HEYNE BÜCHER

W02957757

SCIENCE FICTION

Herausgegeben
von Wolfgang Jeschke

Science Fiction
Fantasy & Horror
im
HEYNE TASCHENBUCH

Das Programm

1960 bis Oktober 1998

Stand der Planung für das
VERZEICHNIS DER ZYKLEN UND SERIEN
(Planungsstand: August 1998)

Herausgegeben
von
Werner Bauer
&
Wolfgang Jeschke

WILHELM HEYNE VERLAG
MÜNCHEN

HEYNE SCIENCE FICTION & FANTASY
Band 06/2500

Redaktion: Werner Bauer & Wolfgang Jeschke

http://www.heyne.de
Printed in Germany 1998
Umschlagbild: Patrick Woodroffe
Umschlaggestaltung: Atelier Ingrid Schütz, München
Technische Betreuung: M. Spinola
Satz: Schaber Satz- und Datentechnik, Wels
Druck und Bindung: Ebner Ulm

ISBN 3-453-06226-4

INHALT

Zur Benutzung

Sie finden in diesem Band drei Register, die einander ergänzen und Ihnen gezielt und ausführlich Informationen über alle Science Fiction-, Fantasy- und Horror-Titel liefern, die zwischen 1960 und 1998 im Wilhelm Heyne Verlag erschienen sind.

Das erste verzeichnet in numerischer Reihenfolge das Programm der Reihe HEYNE SCIENCE FICTION & FANTASY, der BIBLIOTHEK DER SCIENCE FICTION LITERATUR und der CHRONIKEN/WELTEN DER ZUKUNFT sowie sämtliche SF-, Fantasy- und Horror-Titel, die in den jeweiligen anderen Reihen **bis Oktober 1998** erschienen sind. Zuzüglich sind auch Sachbuchtitel aufgenommen, die zu diesem Themenbereich gehören. Sie sind mit dem entsprechenden Reihenkürzel versehen, wenn sie außerhalb der Reihe HEYNE SCIENCE FICTION & FANTASY, BIBLIOTHEK oder CHRONIKEN/WELTEN DER ZUKUNFT erschienen sind. Bei den Bandnummern dieser Reihen wurde nämlich auf die Reihenkennzeichnung ›06/‹ verzichtet.

Bei den ersten 25 Titeln finden Sie in Klammern hinter der jeweiligen Bandnummer eine Ziffer. Dabei handelt es sich um die ursprüngliche Bandnummer des allgemeinen Taschenbuchprogramms, das zu Beginn (bis Juni 1964) noch nicht in einzelne Reihen untergliedert war. Nachdrucke dieser Titel erfolgten ab 1964 unter der Reihenkennziffer 3(000), also 3001, 3002 ff. Die im numerischen Register mit * gekennzeichneten Titel waren zwar intern als Nachdrucke geplant, sind allerdings nicht erschienen (bzw. zum Teil später unter neuer Nummer). Bände mit diesen Nummern gibt es also nicht. Aus Gründen der Einheitlichkeit (und um bspw. Verwechslungen mit der BIBLIOTHEK auszuschließen) ist jedoch bei Querverweisen in allen 3 Registern stets ausschließlich die 3(000)er-Nummer genannt.

Sämtliche Anthologien (Sammlungen von Erzählungen verschiedener Autoren) und Collections (Sammlungen von Erzählungen eines Autors) wurden als solche gekennzeichnet und nach ihren Inhalten aufgeschlüsselt und ggf. die Originaltitel der einzelnen Erzählungen sowie – soweit in den Bänden ausgewiesen – ihre Übersetzer genannt; des weiteren – soweit ausgewiesen – das Jahr der Publikation der Originalstory (hinter dem Originaltitel in Klammern). Fehlt diese Angabe, gilt jeweils das Erscheinungsjahr im Haupttitel.

Selbstverständlich ist das Jahr der Publikation als Heyne-Taschenbuch genannt: in Klammern hinter dem deutschen Titel. Finden sich dort zwei Jahreszahlen, so ist das Buch zu dem genannten früheren Zeitpunkt anderweitig (meist als Hardcover) erschienen. Es kann sich allerdings auch um eine Neuauflage (NA) handeln, wobei dies in der Regel aber in Klammern vermerkt wurde. Wurde ein Band ein- oder gar mehrmals unter neuer Nummer wiederaufgelegt, wird auf die alte(n) Nummer(n) – ebenfalls in Klammern – hingewiesen. Umgekehrt gibt es bei Ersterscheinungen einen Vermerk auf später erschienene Ausgaben des betreffenden Bandes nur in Ausnahmefällen.

Das zweite Register verzeichnet sämtliche Autoren und Herausgeber, die im ersten auftreten, in alphabetischer Reihenfolge. Unter den Autorennamen sind die Titel ihrer Romane, Erzählungen oder Aufsätze **in alphabetischer Reihenfolge ihrer deutschen Titel aufgeführt.** Dabei ist der unbestimmte Artikel (ein/eine, eines, einem usw.) ins Alphabet integriert, **der bestimmte Artikel** (der, die, das) **findet hingegen** – außer in deklinierter Form (des, dem, den u. ä.) – **keine Berücksichtigung.** Unter dem deutschen Titel wird zur besseren Orientierung zusätzlich der Originaltitel genannt. Ist ein Text (im Nachdruck oder bei mehrfacher Publikation) unter verschiedenen deutschen Titeln erschienen, so ist auf den/die anderen verwiesen.

Die den Titeln nachfolgenden Ziffern sind die jeweiligen Bandnummern. Sie dienen zur weiteren Information als Rückverweis auf das erste Register. Deshalb wurde hier auch nicht zwischen Autor und Herausgeber unterschieden, weil dies eindeutig aus dem ersten Register zu ersehen ist. Der **Doppelpunkt** (:) besagt, daß der Titel dem Band entspricht; der Pfeil (➶) hingegen besagt, daß der Titel in dem betreffenden Band enthalten ist. (Dies gilt nicht für Teil Eins, wo der Pfeil den üblichen Zweck eines Querverweises erfüllt.) Fand ein Roman in einem Mehrfachband, Omnibus und dgl. Aufnahme, kann neben : auch ➶ auftreten.

Bei mehrfacher Publikation unter verschiedenen Nummern sind diese genannt, erfolgte diese außerhalb der Reihen HEYNE SCIENCE FICTION & FANTASY, BIBLIOTHEK DER SCIENCE FICTION LITERATUR oder CHRONIKEN/WELTEN DER ZUKUNFT, so ist ihnen die Kennzeichnung AR, JUM u. ä. (siehe Abkürzungsverzeichnis) nachgestellt; eine Ausnahme bildet hier die Anthologienreihe (umgekehrte Kennzeichnung: ANTH + Bandnummer). Bei Nennung verschiedener Nummern steht die kennzeichnungslose SF-Nummer stets an erster Stelle, danach folgen ANTH, AR usw. Gleiches gilt für die Allgemeine Reihe mit ihren Subreihen; zu letzteren zählen in diesem Verzeichnis auch die Hardcoverausgaben.

Bitte beachten Sie des weiteren, daß eine Anthologie oder Collection auf deutsch unter dem Titel einer anderen enthaltenen Story erschienen sein kann. Der betreffende Titel tritt in solchen Fällen zweimal auf – mit : als Titelstory, mit ➶ als enthaltene Story. Ein Nachschlagen im ersten Register klärt diesen Sachverhalt auf einen Blick.

Zusätzlich finden Sie am Ende der Werkverzeichnisse bei einigen Autoren Querverweise innerhalb des Autorenregisters. Sie nennen Co-Autoren oder Mitherausgeber oder machen auf Interviews, Aufsätze und dgl. aufmerksam, die in DAS SF-JAHR, im HEYNE SCIENCE FICTION MAGAZIN oder als Vorworte bzw. Nachworte erschienen sind.

Ein drittes Register listet alle Zyklen, Serien und ›Sagas‹ noch einmal gesondert auf. Letzteres verzeichnet nicht nur die bis Oktober 1998 erschienenen, sondern – zu Ihrer umfassenden Orientierung – auch die in Vorbereitung befindlichen Titel, soweit diese bis **Redaktionsschluß – 31. August 1998 –** bekannt waren.

Für alle Bücher, die zur Zeit der Drucklegung des vorliegenden Programmbandes noch nicht erschienen sind, bleiben Titeländerungen vorbehalten.

Zum Schluß noch ein paar Informationen zu den leidigen ›Lücken‹ in der fortlaufenden Numerierung: Es ist im Laufe der Jahre immer wieder einmal vorgekommen, daß ein Buch unter einer bestimmten Nummer geplant war, dann aber – aus welchem Grund auch immer – nie erschienen ist. Die so freigewordenen Bandnummern sind – soweit vertriebstechnisch möglich – mittlerweile großteils wieder neu besetzt.

Frei (bzw. freigeworden bzw. freigehalten für einen ggf. weiteren Ausbau von Zyklen) sind folgende Einzelnummern:

4381	5267	5367	5914
4716	5268	5368	5915
4782	5269	5369	6300
5161	5277	5488	
5235	5280	5506	
5236	5309	5654	

sowie die größeren – vorerst – freigehaltenen Bereiche:
5529-5532 (Robert Jordan: DAS RAD DER ZEIT)
5559-5570 (WARHAMMER 40 000)
5578-5600 (WARHAMMER)
5610-5621 (WILD CARDS)
5684-5720 (STAR TREK CLASSIC, z. T. bereits erschienen)
5721-5749 (STAR TREK – DEEP SPACE NINE, z. T. bereits erschienen)
5750-5810 (STAR TREK – NEXT GENERATION, z. T. bereits erschienen)
5811-5875 (STAR TREK – VOYAGER, z. T. bereits erschienen)
6041-6126 (DAS SCHWARZE AUGE)
6133-6237 (SHADOWRUN)
6238-6299 (BATTLETECH)
6519-6549 (STAR TREK – STARFLEET KADETTEN)
6613-6630 (MAGIC)

Die Bereiche
7001 ff. sind der Nachdruckreihe WARP 7,
8001 ff. sind der Klassikerreihe HIGH 8000,
8100 ff. sind Sonderausgaben (Isaac Asimov FOUNDATION, Hans Dominik, JUBILÄUMS-EDITION u. dgl.) vorbehalten.
Der Bereich
9000 ff. ist von nun an durch Fantasy-Neuerscheinungen besetzt.

Echte »Tote Briefkästen«, d. h. Nummern, unter denen kein Titel erscheinen kann, weil sie bereits für Projekte vergeben wurden, die nicht realisiert werden konnten, oder Nummern, die vom Vertrieb anderweitig verwendet wurden, sind:

4150 Frank Herbert, DER WÜSTENPLANET (Kassette mit 5 Bänden)
5555 CONAN-PLAKAT
6550 Torsten Dewi, DAS BABYLON 5-UNIVERSUM
6453 STAR TREK – BLACK EDITION (Kassette UHURA)
6454 STAR TREK – BLACK EDITION (Kassette McCOY)

Stand der Planung: August 1998

Wilhelm Heyne Verlag
Science Fiction Lektorat

Werner Bauer & Wolfgang Jeschke

Abkürzungsverzeichnis des Gesamtprogramms

A	Anthologie (Sammlung von Erzählungen verschiedener Autoren)
ANTH	Heyne Anthologie
AR	Heyne Allgemeine Reihe
Ausw.	Auswahl
Bd.	Band
C	Collection (Sammlung von Erzählungen eines Autors)
C/OA	Collection/deutsche Originalausgabe, die in dieser Zusammenstellung in der Sprache des Verfassers nicht erschienen ist
EW	Esoterisches Wissen
F.	Folge
FB	Heyne Filmbibliothek
HAF	Haffmans Kriminalromane (HaffmansTaschenBuch bei Heyne)
HC	Heyne Hardcover
HC/S	Heyne Hardcover Sachbuchprogramm
Hrsg.	Herausgeber
HSB	Heyne Sachbuch
in Vorb.	in Vorbereitung
JB	Heyne Jubiläumsbände
JT	Heyne Jugendtaschenbuch-Reihe
JUM	Heyne Jumbobände
MINI	Heyne MINI
NA	Neuauflage
NN	Nomen Nescio (Name nicht bekannt)
o.J.	ohne Angabe des Publikationsjahres
PRh	Perry Rhodan
SP	Heyne Sonderproduktion
TdM	Tip des Monats
UB	Die Unheimlichen Bücher
Ü	Übersetzer
I	Erster Teil
II	Zweiter Teil
:	entspricht
➶	ist enthalten in

TEIL EINS

Numerisches bibliographisches Verzeichnis der Reihe
»Heyne Science Fiction & Fantasy«
und aller SF-, Fantasy- und Horror-Publikationen
sowie themenbezogener Sachbuchbeiträge
in anderen Reihen

Heyne Science Fiction & Fantasy

1996 Ralph Sander (Hrsg.)
STAR TREK Timer 1996 (1995)

1997 Ralph Sander (Hrsg.)
STAR TREK Timer 1997 (1996)

1998 Ralph Sander (Hrsg.)
STAR TREK Timer 1998 (1997)

1999 Ralph Sander (Hrsg.)
STAR TREK Timer 1999 (1998)

2500 Werner Bauer & Wolfgang Jeschke (Hrsg.)
SF & FANTASY: Das Programm
– 1960 bis 1998 –

3001* (39) John Wyndham
Die Triffids (1960)
The Day of the Triffids (1951)
Ü: Hubert Greifeneder

3002* (58) Richard Matheson
Die unglaubliche Geschichte des Mister C. (1960)
The Shrinking Man (1956)
Ü: Werner Gronwald

3003* (66) Curt Siodmak
Donovans Gehirn (1960)
Donovan's Brain (1942)
Ü: Mary Brand

3004 (90) Isaac Asimov
Der Mann von drüben (1961)
The Caves of Steel (1953)
Ü: Dr. Hansheinz Werner

3005* (103) Edmond Cooper
Aufstand der Roboter (1961)
The Uncertain Midnight (1958),
Ü: Werner Gronwald
US-Ausgabe: *Deadly Image* (1958)

3006 (139) Nelson Bond
Lancelot Biggs' Weltraumfahrten (1961)
Lancelot Biggs: Spaceman (1958)
Ü: Kurt Seibt

3007* (149) Curt Siodmak
Hotel im Weltraum (1961)
Skyport (1959)
Ü: Maria von Schweinitz

3008* (166) Jack Finney
Unsichtbare Parasiten (1962)
The Body Snatchers (1954)
Ü: Fritz Moeglich

3009 (177) Isaac Asimov
Die nackte Sonne (1962)
The Naked Sun (1957)
Ü: Jesco von Puttkamer

3010* (188) H. L. Lawrence
Kinder des Lichts (1962)
Children of Light (1960)
Ü: Hans Maeter

3011* (214) Charlotte Winheller (Hrsg.)
The Magazine of Fantasy and Science Fiction, 1. Folge
Saturn im Morgenlicht (A) (1962)
Ü: Charlotte Winheller

Arthur C. Clarke
Saturn im Morgenlicht
Saturn Rising

Die mit * gekennzeichneten Nummern waren derzeit eingeplant, sind aber nicht erschienen. (Näheres dazu im Vorspann »Zur Benutzung«)

Gordon R. Dickson
Die Unvollkommenen
Rehabilitated

Isaac Asimow
Die Maschine, die den Krieg gewann
The Machine That Won the War

John Wyndham
Experiment mit kleinen Fehlern
A Stitch in Time

Brian Kelly
Der Tunnel
The Tunnel

J. T. McIntosh
Aus eins mach zwei
One into Two

Will Stanton
Du bist dabei!
You Are with It!

Theodore L. Thomas
Der Test
Test

Henry Slesar
Die seltsame Geschichte des Salvatore Ross
The Self-Improvement of Salvatore Ross

Charles V. De Vet
Zeitkorrektur
Return Journey

Rick Rubin
Der letzte Appell
Final Muster

3012* (219) K. H. Scheer
Die Großen in der Tiefe (1963)

3013* (224) Charlotte Winheller (Hrsg.)
The Magazine of Fantasy and Science Fiction, 2. Folge
Das letzte Element (A) (1963)
Ü: Charlotte Winheller

Arthur C. Clarke
Meridian City
Crime on Mars

Harry Harrison
Gesetz des Überlebens
Survival Planet

Clifford D. Simak
Unternehmen Kelly
Shotgun Cure

Hugo Correa
Das letzte Element
The Last Element

John Brunner
Die gestohlenen Träume
Such Stuff

Robert F. Young
Die Auswanderer
There Was an Old Woman…

Theodore L. Thomas
Der Eindringling
The Intruder

Zenna Henderson
Das Schiff im Berg
Shadow on the Moon

3014 (231) Chad Oliver
Das große Warten (1963)
The Winds of Time (1956)
Ü: Charlotte Winheller

3015* (236) Charlotte Winheller (Hrsg.)
The Magazine of Fantasy and Science Fiction, 3. Folge
Heimkehr zu den Sternen (A) (1963)
Ü: Charlotte Winheller

Mack Reynolds
Der Revolutionär
Speakeasy

James White
Die Puppen
Counter Security

Frederik Pohl
Entenjagd
Punch

Robert Wallsten
Aberglauben rächt sich
Punk's Progress

Henry Slesar
Heimkehr zu den Sternen
Way-Station

3016 (241) Robert Sheckley
Planet der Verbrecher (1963)
The Status Civilization (1960)
Ü: Charlotte Winheller

3017* (248) Charlotte Winheller (Hrsg.)
The Magazine of Fantasy and Science Fiction, 4. Folge
Signale vom Pluto (A) (1963)
Ü: Charlotte Winheller

Isaac Asimov
Signale vom Pluto
My Son, the Physicist

D. K. Findlay
Die Zeit der Aale
The Day after Saturation

Gertrude Friedberg
Der erholsame Tod des George F.
The Short and Happy Death of George Frunkin

Larry M. Harris und Donald E. Westlake
»Schönes Wetter heute«
The Question

Richard McKenna
Der Wald der Phytos
Hunter, Come Home

Fritz Leiber
Das Feuerzeug
Game for Motel Room

Kit Reed
Der Chef des Arztes
Tell Me, Doctor – Please

James White
Zwischen Erde und Mars
Fast Trip

3018 (254) A. E. van Vogt
Der Krieg gegen die Rull (1963)
The War against the Rull (1959)
Ü: Walter Ernsting

3019* (260) Charlotte Winheller (Hrsg.)
The Magazine of Fantasy and Science Fiction, 5. Folge
Die Esper greifen ein (A) (1963)
Ü: Charlotte Winheller

Ray Bradbury
Es war einmal ...
To the Chicago Abyss

J. G. Ballard
Lockende See
Now Wakes the Sea

Con Pederson
Der Freundschaftsdienst
Pushover Planet

Shin'ichi Hoshi
Hobby eines Barbesitzers
Bokko-Chan

John J. Wells & Marion Zimmer Bradley
»Überleben!«
Another Rib

Will Stanton
Solange du hier bist
As Long as You Are Here

Ron Goulart
McNamaras Fisch
McNamara's Fish

Poul Anderson
Die Mission der Fremden
No Truce with Kings

3020 (266) Richard Matheson
Ich, der letzte Mensch (1963)
I Am Legend (1954)
Ü: Werner Gronwald

3021* (272) Charlotte Winheller (Hrsg.)
The Magazine of Fantasy and Science Fiction, 6. Folge
Die Überlebenden (A) (1964)
Ü: Charlotte Winheller

Alfred Bester
Die Überlebenden
They Don't Make Life They Used to

Jack Sharkey
Der letzte Beweis
Collector's Item

Fritz Leiber
Die unzufriedenen Selbstporträts
237 Talking Statues, etc.

P. M. Hubbard
Die Mutter
Special Consent

Richard Matheson
Träume
Girl of My Dreams

Joanna Russ
Woher kommst du?
There Is Another Shore, You Know ...

William Bankier
Der Kürbis
Unholy Hybrid

TP Caravan
Zensur
The Censors: A Sad Allegory

Zenna Henderson
Abschied
Deluge

3022 (278) Sterling Noel
Die fünfte Eiszeit (1964)
We Who Survived (1959)
Ü: Fritz Moeglich

3023* (286) Charlotte Winheller (Hrsg.)
The Magazine of Fantasy and Science Fiction, 7. Folge
Musik aus dem All (A) (1964)
Ü: Charlotte Winheller

Mack Reynolds
Der Pazifist
Pacifist

Valentina Zhuravleva
Musik aus dem All
Starlight Rhapsody

Ray Nelson
Punkt acht Uhr morgens
Eight O'Clock in the Morning

J. P. Sellers
Sein Freund Pete
Pete Gets His Man

Robert F. Young
Ewige Liebe
The Eternal Lovers

Lloyd Biggle jr.
Die Violine
Wings of Song

TP Caravan
Der Hof der Tataren
The Court of Tartary

L. E. Jones
Medusenaugen
The Eyes of Phorkos

3024* (293) H. G. Wells
Stern der Vernichtung (C) (1964)
Best Stories of H. G. Wells (1960)
Ü: Werner Kortwich

Gott der Dynamos
The Lord of the Dynamos (1894)

Der Wohltäter
The Story of the Late Mr. Elvesham (1896)

Das Kristall-Ei
The Crystal Egg (1897)

Stern der Vernichtung
The Star (1897)

Der Mann, der Wunder vollbringen konnte
The Man Who Could Work Miracles (1898)

Der Zauberladen
The Magic Shop (1903)

Der neue Beschleuniger
The New Accelerator (1901)

Von Tagen, die da kommen ...
A Story of the Days to Come (1897)

3025* (299) Charlotte Winheller (Hrsg.)
The Magazine of Fantasy and Science Fiction, 8. Folge
Irrtum der Maschinen (A) (1964)
Ü: Charlotte Winheller

Dean McLaughlin
Raumschiff ahoi
One Hundred Days from Home

J. T. McIntosh
Schlechtes Wetter auf Psit
Humanoid Sacrifice

Robert Lory
Verabredung um 10
Appointment at Ten O'Clock

Ron Goulart
Irrtum der Maschinen
Nobody Starves

Lawrence M. Janifer
Peinliche Verwechslung
In the Bag

Doris Pitkin Buck
Flucht in die Träume
Come Where My Love Lies Dreaming

Evelyn E. Smith
Erzieherin gesucht
Little Gregory

Oscar Wilde
Lord Arthurs Verbrechen
Lord Arthur Savile's Crime

3026 K. H. Scheer
Korps der Verzweifelten (1964)

3027 Charlotte Winheller (Hrsg.)
The Magazine of Fantasy and Science Fiction, 9. Folge
Die Kristallwelt (A) (1964)
Ü: Charlotte Winheller

Simon Bagley
Retter der Menschheit
Welcome, Comrade

James Ransom
Programm für Fred Eins
Fred One

J. P. Sellers
Nachricht für Mr. Prosser
Urgent Message for Mr. Prosser

Ron Goulart
Policar A 10 im Einsatz
Into the Shop

Jon deCles
Die Frau und das Tier
Cantabile

R. Underwood
Ausflug in den Mikrokosmos
Crazy Mathematician

Jack Sharkey
Am Ende aller Träume
Survival of the Fittest

Jane Roberts
Schreckensnacht im Waschomaten
Three Times Around

J. G. Ballard
Die Kristallwelt
The Illuminated Man

3028 James Graham Ballard
Der Sturm aus dem Nichts (1964)
The Wind from Nowhere (1962)
Ü: Gisela Stege

3029 Kurt Vonnegut jr.
Das höllische System (1964)
Player Piano (1952)
Ü: Wulf H. Bergner

3030 Brian W. Aldiss
Am Vorabend der Ewigkeit (1964)
The Long Afternoon of Earth (1962)
Ü: Walter Ernsting

3031 Walter Ernsting (Hrsg.)
The Magazine of Fantasy and Science Fiction, 10. Folge
Wanderer durch Zeit und Raum (A) (1964)
Ü: Walter Ernsting

J. G. Ballard
Wanderer durch Zeit und Raum
The Lost Leonardo

Rosel George Brown
Planet der Selbstmörder
Of All Possible Worlds

Bryce Walton
Der Friedensrichter
The Peace Watchers

Robert F. Young
Metamorphose
Storm over Sodom

Willard Marsh
Grüße an die Toten
Forwarding Service

Henry Shultz
Der telepathische Mord
Oreste

Jack Sharkey
Die Dämonin
Trade-In

Philip José Farmer
Ein Mann wie Prometheus
Prometheus

3032 Edmond Hamilton
Die Heimat der Astronauten (1964)
Battle for the Stars (1961)
Ü: Wulf H. Bergner

3033 Fred Hoyle
Die schwarze Wolke (1964)
The Black Cloud (1957)
Ü: Helmut Degner

3034 Nelson Bond
Insel der Eroberer (1964)
No Time Like the Future (C) (1954)
Ü: Susi-Maria Roediger

Insel der Eroberer
Conqueror's Island (1946)

Jona und das U-Boot
Uncommon Castaway (1949)

Die Bestien von Kios
The Cunning of the Beast (1942)

Außenposten Venus
The Last Outpost (1954)

Der Vogel von den Sternen
And Lo! The Bird (1950)

Nur eine Handvoll Asche
The World of William Gresham (1954)

3035 Walter Ernsting (Hrsg.)
The Magazine of Fantasy and Science Fiction, 11. Folge
Roboter auf dem Kriegspfad (A) (1964)
Ü: Walter Ernsting

J. T. McIntosh
Geheimagent auf Solitaire
Poor Planet

Miriam Allen DeFord
Der große Käfig
The Cage

Arthur Porges
Geschenk für die Königin
A Specimen for the Queen

Robert M. Lipsyte und Thomas Rogers
Der Meisterregisseur
Redman

Murray Leinster
Roboter auf dem Kriegspfad
The Case of the Homicidal Robots

Leonard Tushnet
Der Teufel holt dich immer
In the Calendar of Saints

Kris Neville
Am Ende der Zeit
Closing Time

Robert Sheckley
Nugent Miller und die Mädchen
The Girls and Nugent Miller

Jay Williams
Spiel
Somebody to Play with

3036 Chad Oliver
Brüder unter fremder Sonne (1964)
Unearthly Neighbours (1960)
Ü: Werner Kortwich

3037 Edmund Cooper
Die Welt der zwei Monde (1964)
Transit (1964)
Ü: Susi-Maria Roediger

3038 Fredric Brown
Die grünen Teufel vom Mars (1964)
Martians, Go Home (1955)
Ü: Herbert Roch

3039 John Wyndham
Es geschah am Tage X ... (1965)
The Midwich Cuckoos (1957)
Ü: Gisela Stege

3040 Walter Ernsting (Hrsg.)
Galaxy 1 (A) (1965)
Ü: Walter Ernsting

Harry Harrison
Begegnung in der Unendlichkeit
Final Encounter

Richard Matheson
Frauen haben immer recht
Shipshape Home

J. T. McIntosh
Großmutter Erde
Grandmother Earth

Robert Sheckley
Glücksritter
Prospector's Special

Robert Silverberg
Nachbarn
Neighbours

Fred Saberhagen
Der lange Weg nach Hause
The Long Way Home

3041 Algis Budrys
Projekt Luna (1965)
Rogue Moon (1960)
Ü: Wulf H. Bergner

3042 Edmund Cooper
Die Söhne des Alls (1965)
Seed of Light (1959)
Ü: Wulf H. Bergner

3043 Robert A. Heinlein
Weltraummollusken erobern die Erde (1965)
The Puppet Masters (1951)
Ü: Margaret Auer

3044 Walter Ernsting (Hrsg.)
Galaxy 2 (A) (1965)
Ü: Walter Ernsting

Keith Laumer
Der Held
End as a Hero

Jerome Bixby
Die ewige Wache
Guardian

Lester del Rey
Die Fessel
Earthbound

Jo Friday
Eden
Almost Eden

Robert Silverberg
Der Tod auf dem Bildschirm
The Pain Peddlers

Bill Doede
Die Vögel von Lorrane
The Birds of Lorrane

Robert Sheckley
Das Volk der Krieger
Warrior Race

3045 K. H. Scheer
Der Verbannte von Asyth
(1965)

3046 Fredric Brown
Alpträume (C) (1963) (1965)
Nightmares and Geezenstacks
(1961)
Ü: B. A. Egger

Stell dir vor!
Imagine (1955)

Alptraum in Grau
Nightmare in Gray (1961)

Alptraum in Grün
Nightmare in Green (1961)

Alptraum in Weiß
Nightmare in White (1961)

Alptraum in Blau
Nightmare in Blue (1961)

Alptraum in Gelb
Nightmare in Yellow (1961)

Alptraum in Rot
Nightmare in Red (1961)

Der Yeti
Abominable (1960)

Zurückgegeben
Rebound (1961)

Omas Geburtstag
Granny's Birthday (1961)

Er stahl nur Katzen
Cat Burglar (1961)

Große verlorengegangene Entdeckungen
I – Unsichtbarkeit
Great Lost Discoveries:
I. Invisibility (1961)

Große verlorengegangene Entdeckungen
II – Unverwundbarkeit
Great Lost Discoveries:
II. Invulnerability (1961)

Große verlorengegangene Entdeckungen
III – Unsterblichkeit
Great Lost Discoveries:
III. Immortality (1961)

Brief aus dem Jenseits
Dead Letter (1961)

Sein Hobby
Hobbyist (1961)

Die Vergeltungsflotte
Vengeance Fleet (1950)

Fatal
Fatal Error (1961)

Die kurzen glücklichen Leben des Eustace Weaver
The Short Happy Lives of Eustace Weaver I (1961)

Die kurzen glücklichen Leben des Eustace Weaver I
The Short Happy Lives of Eustace Weaver II (1961)

Die kurzen glücklichen Leben des Eustace Weaver II
The Short Happy Lives of Eustace Weaver III (1961)

Die Expedition
Expedition (1957)

Rotbart
Bright Beard (1961)

Pago
Jaycee (1955)

Der Kontakt
Contact (1961)

Noch einmal davongekommen
Not Yet the End (1941)
Drei kleine Eulen
Three Little Owls (1961)
Sie lassen einen ins Leere laufen
Runaround (1961)
Mord leicht gemacht, in zehn Lektionen
Murder in Ten Easy Lessons (1961)
Dunkles Zwischenspiel
Dark Interlude (1951)
Bewußtseins-Falle
Entity Trap (1961)
Lämmchen
The Little Lamb (1961)
Der Scherz
The Joke (1961)
Vorsicht bei Karikaturen
Cartoonist (1961)
Die Giesenstecks
The Geezenstacks (1953)
Das Mißverständnis
Unfortunately (1958)
Schlappohr und die Marsianer
Me and Flapjack and the Martians (1952)
Morgen im Stadion
Second Chance (o.J.)
Des Meeres und der Liebe Wellen
Fish Story (1961)
Das Ende
The End (1961)

3047 Alfred Elton van Vogt
Die Weltraumexpedition der »Space Beagle« (1965)
The Voyage of the Space Beagle (1950)
Ü: Jesco von Puttkamer

3048 Walter Ernsting (Hrsg.)
The Magazine of Fantasy and Science Fiction, 12. Folge
Die letzte Stadt der Erde (A) (1965)
Ü: Walter Ernsting

Gordon R. Dickson
Projekt »Großer Bruder«
Brother Charlie
R. A. Lafferty
Der Mann, der Haycock hieß
The Man with the Speckled Eyes
Chad Oliver
Die letzte Stadt der Erde
End of the Line
Leslie Jones
Mrs. Ackenbaugh und der Teufel
The Devil and Mrs. Ackenbaugh
Richard Matheson
Lemminge
Lemmings
Harold Calin
Zwischenspiel auf Lodan
The Hills of Lodan
Miriam Allen de Ford
Der absolut perfekte Mord
The Absolutely Perfect Murder
Robert J. Tilley
Der Spion vom anderen Stern
Apprentice
J. T. McIntosh
Der General und die Außerirdischen
The Stupid General

3049 Robert A. Heinlein
Ein Doppelleben im Kosmos (1965)
Double Star (1956)
Ü: Else von Hollander-Lossow

3050 Fredric Brown
Der unheimliche Besuch aus dem All (1965)
The Mind Thing (1961)
Ü: Wulf H. Bergner

3051 Alfred Bester
Die Rache des Kosmonauten (1965)
The Stars My Destination (1956)
Ü: Gisela Stege

3052 Walter Ernsting (Hrsg.)
Galaxy 3 (A) (1965)
Ü: Walter Ernsting

Lester del Rey
Rächer der Menschen
To Avenge Man

Philip K. Dick
Die große Illusion
Precious Artifact

Patrick Fahy
Das kurze Glück des Jubes
Bad Memory

Bill Doede
Die treibende Kraft
Jamison

Charles V. de Vet
Die Symbionten
Metamorphosis

Harry Harrison
Pechvogel
The Many Dooms

Philip José Farmer
Das größte aller Monster
The King of Beasts (1964)

3053 George O. Smith
Das Geheimnis der Wunderkinder (1965)
The Fourth »R« (1959)
Ü: S. M. Roediger

3054 Robert A. Heinlein
Bewohner der Milchstraße (1958) (1965)
Citizen of the Galaxy (1957)
Ü: Else von Hollander-Lossow

3055 John Wyndham & Lucas Parkes
Griff nach den Sternen (1965)
The Outward Urge (1959)
Ü: Walter Brumm

3056 Walter Ernsting (Hrsg.)
The Magazine of Fantasy and Science Fiction, 13. Folge
Expedition nach Chronos (A) (1965)
Ü: Walter Ernsting

A. Bertram Chandler
Flucht in die Ewigkeit
The Man Who Could Not stop

Kit Reed
Die Macht der Bombe
Judas Bomb

Gordon R. Dickson
Knopfdrücker
Button, Button

Walter Tevis
Am anderen Ende der Leitung
The Other End of the Line

Bryce Walton
Die letzte Prüfung
Final Exam

Stephen Barr
Expedition nach Chronos
The Homing Instinct of Joe Vargo

Edmond Hamilton
Der Profi
The Pro

J. T. McIntosh
Die 10. Zeitreise
Tenth Time Round

3057 Ray Bradbury
Der illustrierte Mann (C) (1965)
The Illustrated Man (1951)
Ü: Peter Naujack

Das Kinderzimmer
The Veldt (1950)

Kaleidoskop
Kaleidoscope (1949)

Die Landstraße
The Highway (1950)

Der Mann
The Man (1949)

Der lange Regen
The Long Rain (1950)
Die Feuerballons
The Fire Balloons (1951)
Die letzte Nacht der Welt
The Last Night of the World (1951)
Die Verbannten
The Exiles (1949)
Kein Abend, kein Morgen ...
No Particular Night or Morning (1951)
Der Fuchs und die Hasen
The Fox and the Forest (1950)
Der Besucher
The Visitor (1948)
Zementmixer
The Concrete Mixer (1949)
Marionetten, e. V.
Marionettes, Inc. (1948)
Die Stadt
The City (1950)
Stunde Null
Zero Hour (1947)
Das Raumschiff
The Rocket (1950)

3058 Harry Harrison
Retter einer Welt (1965)
Planet of the Damned (1962)
Ü: Wulf H. Bergner

3059 Harold Mead
Marys Land (1965)
Mary's Country (1957)
Ü: N. O. Scarpi

3060 Walter Ernsting (Hrsg.)
Galaxy 4 (A) (1965)
Ü: Walter Ernsting

David Duncan
Das Y-Hormon
The Immortals

Robert Sheckley
Die Versuchung des Formlosen
Keep Your Shape

Algis Budrys
Falschgeld von Deneb
Protective Mimicry

L. J. Stecher
Die Zeit-Korrektur
Upstarts

J. T. McIntosh
Frauen für Pastan
The Wrong World

T. K. Brown III
Antwort von den Sternen
When the Stars Answer

3061 Fred Hoyle
Das Geheimnis der Stadt Caragh (1965)
Ossian's Ride (1959)
Ü: Hertha Balling

3062 Theodore Sturgeon
Das Milliarden-Gehirn (1966)
The Cosmic Rape (1958)
Ü: Wulf H. Bergner

3063 Poul Anderson
Kontakt mit Jupiter (1966)
Three Worlds to Conquer (1964)
Ü: Werner Gronwald

3064 Walter Ernsting (Hrsg.)
The Magazine of Fantasy and Science Fiction, 14. Folge
Im Dschungel der Urzeit (A) (1965)
Ü: Walter Ernsting

Edgar Pangborn
Kundschafter auf Demeter
The Red Hills of Summer
Ü: Thomas Schlück

Richard Matheson
Wer bist du?
The Edge

Ernesto Gastaldi
Das Ende Roms
The End of Eternity

Robert Rohrer
Der Henker
Keep Them Happy

Robert F. Young
Der blaue Planet
Hopsoil

Philip K. Dick
Rückkehr vom Mars
Explorers We

Isaac Asimov
Konvent der Weltraumforscher
The Dying Night

Poul Anderson
Im Dschungel der Urzeit
Wildcat

3065 Lewis Padgett
Die Mutanten (1966)
Mutant (1953)
Ü: Wulf H. Bergner

3066 Isaac Asimov
Geliebter Roboter (C) (1966)
Earth Is Room Enough (1957)
Ü: Walter Brumm

Das Chronoskop
The Dead Past (1956)

Wahltag im Jahre 2008
Franchise (1955)

Sternstunde in Twin Gulch
The Watery Place (1956)

Geliebter Roboter
Satisfaction Guaranteed (1951)

Höllenfeuer
Hell-Fire (1956)

Die Posaune des Jüngsten Gerichts
The Last Trump (1955)

Die Schule
The Fun They Had (1954)

Der Witzbold
Jokester (1956)

Der Märchenerzähler
Someday (1956)

Die Träumer
Dreaming Is a Private Thing (1955)

3067 Harry Harrison
Die Todeswelt (1966)
Deathworld (1960)
Ü: Wulf H. Bergner

3068 Walter Ernsting (Hrsg.)
Galaxy 5 (A) (1966)
Ü: Walter Ernsting

Clifford D. Simak
Geschenke von den Sternen
Kindergarden

Norman Spinrad
Botschafter der Zukunft
The Realized Man

Frederik Pohl
Heiler für den Mars
The Candle Lighter

Lester del Rey
Die Ewigkeit hat ihre Grenzen
The Dwindling Years

William Tenn
Besuch aus dem Jahre 2487
The Discovery of Morniel Mathaway

Robert Sheckley
Die Produktionsmaschine
The Laxian Key

Richard R. Smith
Die Menschenfalle
The Snare

3069 Harry Harrison
Die Sklavenwelt (1966)
Deathworld II (1963)
auch: *The Ethical Engineer* (1963)
Ü: Wulf H. Bergner

3070 K. H. Scheer
Die Männer der Pyrrhus (1966)

3071/72 George R. Stewart
Leben ohne Ende (1952) (1966)
Earth Abides (1949)
Ü: Ernst Sander

3073 Wulf H. Bergner (Hrsg.)
The Magazine of Fantasy and Science Fiction, 15. Folge
Die Maulwürfe von Manhattan (A) (1966)
Ü: Wulf H. Bergner

Richard Wilson
Die Maulwürfe von Manhattan
The Eight Billion

Leo P. Kelley
Mr. Tod auf Besuch
O'Grady's Girl

Miriam Allen DeFord
Die Expedition der Alten
The Expendables

Robert F. Young
Johanna II: von Orleans
L'Arc de Jeanne

Leslie Charteris
Der Heilige und das Ungeheuer
The Convenient Monster

John Thomas Richard
Korrigierte Geschichte
Minor Alternation

Keith Roberts
Niederlage auf dem 3. Planeten
Survey of the Third Planet

Ron Goulart
Passiver Widerstand
To the Rescue

3074 Hal Clement
Botschafter von den Sternen (1966)
Close to Critical (1958/1964)
Ü: Wulf H. Bergner

3075 Clark Darlton & Robert Artner
Am Ende der Furcht (C) (1966)

Die Sonnenbombe
Das Haus
Roboter irren nie
Am Ende der Furcht
Der Todeskandidat
Exitus
Begnadigt
Weltuntergang
Das Urteil
Sanogal beruhigt die Nerven
Nur ein Foto
Wichtiges über Katzen
Der Krieg der Affen

3076 A. E. van Vogt
Das unheimliche Raumschiff (1966)
Rogue Ship (1965)
Ü: Wulf H. Bergner

3077 Walter Ernsting (Hrsg.)
Galaxy 6 (A) (1966)
Ü: Walter Ernsting

Ned Lang
Havarie im Weltraum
Death Wish

Robert Sheckley
Der unsichtbare Beschützer
Protection

Clifford D. Simak
Die Viecher
Drop Dead

Theodore R. Cogswell
In der Zwischenzeit
Minimum Sentence

William Tenn
Das flachäugige Ungeheuer
The Flat-Eyed Monster

Robert Bloch
Der letzte Psychiater
Dead-End Doctor

Mack Reynolds
Menschenjäger
Time of War

George Henry Smith
Die Welt der Illusion
In the Imagicon

3078 Alfred Coppel
Nach der Stunde Null (1966)
Dark December (1960)
Ü: Norbert Wölfl

3079 Poul Anderson
Der Sternenhändler (C) (1966)
Trader to the Stars (1964)
Ü: Walter Brumm

Das Versteck
Hiding Place (1961)

Der sterbende Planet
Territory (1963)

Die Wilden von Kain
The Master Key (1964)

3080 Isaac Asimov
Der Tausendjahresplan (1966)
Foundation (1951)
Ü: Wulf H. Bergner

3081 Wulf H. Bergner (Hrsg.)
The Magazine of Fantasy and Science Fiction, 16. Folge
Die Menschenfarm (A) (1966)
Ü: Wulf H. Bergner

Randall Garrett
Die Interstellaren Händler
Witness for the Persecution

Philip K. Dick
Mr. Quails Erinnerungen
We Can Remember It for You Wholesale

Richard Winkler
Der Mob
An Afternoon in May

J. T. McIntosh
Das Katastrophenteam
The Sudden Silence

Larry Niven
Die Menschenfarm
Bordered in Black

H. L. Gold
Die Felsenfresser
Man of Parts

3082 Isaac Asimov
Der galaktische General (1966)
Foundation and Empire (1952)
Ü: Wulf H. Bergner

3083 Harry Harrison
Agenten im Kosmos (1966)
The Stainless Steel Rat (1961)
Ü: Wulf H. Bergner

3084 Isaac Asimov
Alle Wege führen nach Trantor (1966)
Second Foundation (1953)
Ü: Wulf H. Bergner

3085 Walter Ernsting (Hrsg.)
Galaxy 7 (A) (1966)
Ü: Walter Ernsting

J. T. McIntosh
Am Ende der Reise
At Journey's End

Frank M. Robinson
Das Feuer, das Schwert und das Paradies
The Fire and the Sword

Alan Cogan
Der Blick in die Zukunft
In the Cards

Lester del Rey
Invasion auf Samtpfoten
Dead Ringer

Robert Sheckley
Der schönste Tod
The Victim from Space

3086 John Mantley
Der 27. Tag (1957) (1967)
The 27th Day (1951)
Ü: Werner Jochens

3087 Robert A. Heinlein
Die Reise in die Zukunft (1967)
Farnham's Freehold (1964)
Ü: Birgit Reß-Bohusch

3088 Isaac Asimov
Das Ende der Ewigkeit (1967)
The End of Eternity (1955)
Ü: Walter Brumm

3089 Wulf H. Bergner (Hrsg.)
The Magazine of Fantasy and Science Fiction, 17. Folge
Grenzgänger zwischen den Welten (A) (1967)
Ü: Wulf H. Bergner

Wilma Shore
Das Interview mit dem Zeitreisenden
A Bulletin from the Trustees

Keith Laumer
Eine faire Chance
Founder's Day

Miriam Allen DeFord
Grenzgänger zwischen den Welten
Slips Take Over

Jack Sharkey
Die Maschine mit Humor
Breakthrough

Bruce Simonds
Der perfekteste Roboter
The Search

Robert F. Young
Jonathan und der Raumwal
Jonathan and the Space Whale

Fritz Leiber
Gefährliche Freundschaft
The Man Who Made Friends with Electricity

Chad Oliver
Mit vertauschten Rollen
A Stick for Harry Eddington

J. H. Brennan
Die letzte Instanz
Final Appeal

3090 Chad Oliver
Die vom andern Stern (1967)
Shadows in the Sun (1954)
Ü: Christiane Nogly

3091 Frank Herbert
Atom-U-Boot S 1881 (1967)
The Dragon in the Sea (1955/1966)
Ü: Wulf H. Bergner

3092 John D. MacDonald
Herrscher der Galaxis (1967)
Ballroom of the Skies (1952)
Ü: Wulf H. Bergner

3093 Walter Ernsting (Hrsg.)
Galaxy 8 (A) (1967)
Ü: Thomas Schlück

Christopher Grimm
Handel mit dem Hyperraum
Someone to Watch Over Me

William Tenn
Besuch vom Beteigeuze
Betelgeuse Bridge

Lester del Rey
Die Weltraumkrankheit
Operation Distress

Clifford D. Simak
Schlachtfest
Small Deer

Jerome Bixby
Löcher auf dem Mars
The Holes around Mars

3094 A. E. van Vogt
Slan (1959) (1967)
Slan (1940, 1945, 1951)
Ü: Wulf H. Bergner

3095 Poul Anderson
Die Macht des Geistes (1967)
Brain Wave (1954)
Ü: Wulf H. Bergner

3096 Fritz Leiber
Wanderer im Universum (1967)
The Wanderer (1964)
Ü: Wulf H. Bergner

3097 Wulf H. Bergner (Hrsg.)
The Magazine of Fantasy and Science Fiction, 18. Folge
Die Kolonie auf dem 3. Planeten (A) (1967)
Ü: Wulf H. Bergner

Ardrey Marshall
Gehirn Nummer fünfundvierzig
Brain Bank

Miriam Allen DeFord
Die Kolonie auf dem 3. Planeten
The Colony

Isaac Asimov
Verschlüsselte Botschaft
The Key

Jack Vance
Blick in die Überwelt
The Overworld

Max Gunter
Die Springer
Municipal Dump

James Pulley
Die Weltraumzwillinge
The Space Twins

3098 Murray Leinster
Der Planeten-Inspektor (C) (1967)
The Planet Explorer (1957)
Ü: Walter Brumm

Die Sonnenkonstante
Solar Constant (1956)

Sand im Getriebe
Sand Doom (1955)

Die Kampfgruppe
Combat Team (1956)

Erdrutsch
The Swamp Was Upside Down (1956)

3099 Rick Raphael
Die fliegenden Bomben (1967)
Code Three (1963/64/65)
Ü: Wulf H. Bergner

3100 A. E. van Vogt
Die Waffenhändler von Isher (1967)
The Weapon Shops of Isher (1949)
Ü: Wulf H. Bergner

3101 Robert A. Heinlein
Die lange Reise (1967)
Orphans of the Sky (1963)
Ü: Walter Brumm

3102 A. E. van Vogt
Die Waffenschmiede von Isher (1967)
The Weapon Makers (1947)
Ü: Wulf H. Bergner

3103 Walter Ernsting (Hrsg.)
Galaxy 9 (A) (1967)
Ü: Thomas Schlück

Larry Niven
Der Tod auf dem Mars
How the Heroes Die

Arthur Porges
Weltraumbeute
Priceless Possession

J. B. Woodley
Die Rächer Seiner Majestät
With a Vengeance

John Brunner
Die Babyplage
Children in Hiding

Clifford D. Simak
Das Ding von den Sternen
A Death in the House

Isaac Asimov
Das letzte Mittel
Founding Father

Wilson Tucker
Der König des Planeten
King of the Planet

Robert Sheckley
Ungeziefer
Squirrel Cage

3104 Hans Kneifel
Das Brennende Labyrinth (1967)

3105 William C. Anderson
Weltraum-Roboter (1967)
Adam M-1 (1964)
Ü: Hans P. Thomas

3106 Helmuth W. Mommers & Arnulf D. Krauß (Hrsg.)
Die Nacht der zehn Milliarden Lichter (A) (1967)
Ü: Wulf H. Bergner

Gordon R. Dickson
Das Geschenk
Christmas Present (1958)

John Christopher
Der letzte Flug
Christmas Tree (1949)

Rod Serling
Sein größter Wunsch
The Night of the Meek (1962)

Isaac Asimov
Weihnachten auf Ganymed
Christmas on Ganymede (1942)

James White
Spielzeug-Raketen
Christmas Treason (1962)

Irving E. Cox jr.
Der Stern von Bethlehem
Christmas on Mars (1954)

Frederik Pohl
Ende der Hochsaison
Happy Birthday, Dear Jesus (1956)

Ray Bradbury
Die Nacht der zehn Milliarden Lichter
The Gift (1952)

David R. Bunch
Weihnachten in Utopia
A Little Girl's X-Mas in Modernia (1958)

3107 Brian W. Aldiss
Aufstand der Alten (1967)
Greybeard (1964)
Ü: Walter Brumm

3108/09 Frank Herbert
Der Wüstenplanet (1967)
Dune (1965)
Ü: Wulf H. Bergner (als 3108 ungekürzte Neuübersetzung 1978 unter demselben Titel; Ü: Ronald M. Hahn)

3110 Wulf H. Bergner (Hrsg.)
The Magazine of Fantasy and Science Fiction, 19. Folge
Welt der Illusionen (A) (1967)
Ü: Wulf H. Bergner

Ron Goulart
Unbeglichene Forderungen
Experiment in Autobiography

Miriam Allen DeFord
Der grüne Schnee
The Green Snow

H. Kenneth Bulmer
Welt der Illusionen
The Adjusted

James Thurber
Duell im Traum
A Friend to Alexander

Robert F. Young
Himmel über der Erde
Kingdom Come, Inc.

Ben Bova
Nur fünfzehn Meilen
Fifteen Miles

Bryce Walton
Tod nach Maß
The Best Is Yet to Be

Larry Eisenberg
Der Geigenvirtuose
The Two Lives of Ben Coulter

Bob Lerman
Lockvogel
Bait

Brian W. Aldiss
Sieg der Schwachen
Burning Question

Robin Scott
Glücklich davongekommen
Near Thing

3111 Jack Vance
Start ins Unendliche (1959) (1968)
To Live Forever (1956)
Ü: Wulf H. Bergner
(NA von 3311 fälschlicherweise unter dieser Nummer)

3112 Ray Bradbury
Fahrenheit 451 (1968)
Fahrenheit 451 (1951)
Ü: Fritz Güttinger

3113 Eric Frank Russell
Menschen, Marsianer und Maschinen (1968)
Men, Martians, and Machines (1955)
Ü: Walter Brumm

3114 James Graham Ballard
Welt in Flammen (1968)
The Burning World (1964)
(amerik. Originalausg.)
auch: *The Drought (1964)*
(engl. Originalausg.)
Ü: Wulf H. Bergner

3115 Poul Anderson
Korridore der Zeit (1968)
The Corridors of Time (1965)
Ü: Fritz Moeglich

3116 Walter Ernsting & Thomas Schlück (Hrsg.)
Galaxy 10 (A) (1968)
Ü: Walter Ernsting und Thomas Schlück

Robert Silverberg
Gefangene der Ewigkeit
Hawksbill Station

Christopher Anvil
Das neue Mitglied
The New Member

Keith Laumer
Die Arena der Körperlosen
The Body Builders

Ted Thomas
Der Mann im Höllenloch
The Being in the Tank

Linda Marlowe
Das Versteckspiel
Hide and Seek

Robert Sheckley
Die Wundermaschine
The Necessary Thing

3117 A. E. van Vogt
Welt der Null-A (1958)
World of Null-A (1945, 1948)
Ü: Walter Brumm

3118 Edmund Cooper
Unter den Strahlen von Altair (1968)
A Far Sunset (1967)
Ü: Wulf H. Bergner

3119 A. E. van Vogt
Kosmischer Schachzug (1958)
The Pawns of Null-A (1956)
Ü: Walter Brumm

3120 William F. Nolan (Hrsg.)
Die anderen unter uns (A) (1968)
The Pseudo-People (1965)
Ü: Wulf H. Bergner

Ray Bradbury
Doppelgänger
Changeling

Shelly Lowenkopf
Appetit kommt beim Essen
The Addict

Chad Oliver
Die Stadt im Eis
The Life Game

Isaac Asimov
Ein schlagender Beweis
Evidence

James Causey
Die Show geht weiter
The Show Must Go On

Charles E. Fritch
Geevers Flucht
Geever's Flight

Dennis Etchison
Die Feuer der Nacht
The Fires of Night

Richard Matheson
Ring frei!
Steel

Ron Goulart
Kredit
Badinage

Robert F. Young
Das Puppenhaus
Juke Doll

Charles Beaumont
Das letzte Problem
Last Rites

William F. Nolan
Familienglück
The Joy of Living

3121 Hal Clement
Unternehmen Schwerkraft (1959)
Mission of Gravity (1953)
Ü: Wulf H. Bergner

3122 Wulf H. Bergner (Hrsg.)
The Magazine of Fantasy and Science Fiction, 20. Folge
Mord in der Raumstation (A) (1968)
Ü: Wulf H. Bergner

Greg Benford
Die Aufnahmeprüfung
Representative from Earth

Richard McKenna
Der Deserteur
Home the Hard Way

Charles Beaumont
Die Lachgesellschaft
Gentlemen, Be Seated

R. A. Lafferty
Die Zweifachen
Camels and Dromedaries, Clem

J. T. McIntosh
Mord in der Raumstation
The Saw and the Carpenter

J. W. Schutz
SOS im All
The Star Driver

Ron Goulart
Das Spukhaus
Breakaway House

3123 Clark Darlton
Der Sprung ins Jenseits (1968)

3124 Brian W. Aldiss
Der Sternenschwarm (1968)
Starswarm (1964)
Ü: Wulf H. Bergner

3125 Frank Herbert
Revolte gegen die Unsterblichen (1968)
The Eyes of Heisenberg (1966)
Ü: Leni Sobez

3126 Clifford D. Simak
Mann aus der Retorte (1968)
The Werewolf Principle (1967)
Ü: Wulf H. Bergner

3127 Philip José Farmer
Die Irrfahrten des Mr. Green (1968)
The Green Odyssey (1957)
Ü: Wulf H. Bergner

3128 Walter Ernsting & Thomas Schlück (Hrsg.)
Galaxy 11 (A) (1968)
Ü: Walter Ernsting und Thomas Schlück

James Blish & Norman L. Knight
Der Katalyt
The Piper of Dis

James McKimmey
Nach dem Tag des Blutes
The Young Priests of Adytum 199

Harry Harrison
Im öffentlichen Dienst
The Fairly Civil Service

Richard Wilson
Billiges Geld
The South Waterford Rumple Club

Gary Wright
Auf der Stuka-Bahn
Mirror of Ice

Ray Bradbury
Rakete ins Himmelreich
A Little Journey

Philip K. Dick
Der Gegenspieler
Return Match

Donald E. Westlake
Die Kolonie der Unheimlichen
Earthman's Burden

3129 Martin Caidin
Alarm in der Tiefsee (1968)
The Last Fathom (1967)
Ü: Wulf H. Bergner

3130 Keith Laumer
Galaktische Odyssee (1968)
Galactic Odyssey (1967)
Ü: Birgit Reß-Bohusch

3131 Wulf H. Bergner (Hrsg.)
The Magazine of Fantasy and Science Fiction, 21. Folge
Flucht in die Vergangenheit (A) (1968)
Ü: Wulf H. Bergner

Larry Niven
Generalprobe
Dry Run

Harry Harrison
Der Unermüdliche
I Have My Vigil

Robert Sheckley
Planet mit Fehlern
Budget Planet

Henry Slesar
Flucht in die Vergangenheit
I Remember Oblivion

Robert McKenna
Die Sternenvögel
They Are Not Robbed

Isaac Asimov
Das Schlüsselwort
The Key

J. W. Schutz
Deanes Satellit
The Bubble

James Thurber
Interview mit einem Lemming
Interview with a Lemming

Chet Arthur
Die Glücklichen
The Lucky People

Miriam Allen DeFord
Das stärkere Geschlecht
The Superior Sex

Robert Lory
Punktlandung
The Locator

3132/33 Robert A. Heinlein
Revolte auf Luna (1968)
The Moon Is a Harsh Mistress (1966)
Ü: Wulf H. Bergner
(NA als 3132)

3134 John Wyndham
Die Triffids (1960) (1969)
The Day of the Triffids (1951)
Ü: Hubert Greifeneder
(➶ 3001/NA unter neuer Nummer)

3135 Isaac Asimov
10 SF-Kriminalgeschichten (C) (1969)
Asimov's Mysteries (1968)
Ü: Wulf H. Bergner

Der sprechende Stein
The Talking Stone (1955)

Tod einer Blondine
What's in a Name (1956)

Projekt Gans
Pâté de Foie Gras (1956)

In der Atmosphärenkammer
The Dust of Death (1956)

Ohne Hilda in Marsport
I'm in Marsport without Hilda (1957)

Gefangene des Alls
Marooned off Vesta (1939, 1966)

Das Souvenir
Anniversary (1959)

Nachruf für Lancelot
Obituary (1959)

Die Nova
Star Light (1962)

Energie aus dem Nichts
The Billiard Ball (1967)

3136 Harry Harrison
Die Barbarenwelt (1969)
Deathworld III (1968)
auch: *The Horse Barbarians* (1968)
Ü: Wulf H. Bergner

3137 John Brunner
Spion aus der Zukunft (1969)
The Productions of Time (1967)
Ü: Wulf H. Bergner

3138 Walter Ernsting & Thomas Schlück (Hrsg.)
Galaxy 12 (A) (1969)
Ü: Walter Ernsting und Thomas Schlück

Clifford D. Simak
Albert, der Roboter
How-2

Harry Harrison
Einbahnstraße
Waiting Place

Jerry Sohl
Teamarbeit
Brink's Bounty

Larry Niven
Das Glücksspiel
There Is a Tide

Robert Sheckley
Die perfekte Stadt
Street of Dreams, Feet of Clay

John Christopher
Sprung in die Verbannung
The Drop

John Brunner
Der Wirtschaftsbericht
Factsheet Six

3139 Jack Vance
Jäger im Weltall (1969)
The Star King (1964)
Ü: Walter Brumm

3140 Theodore Sturgeon
Parallele X (C) (1969)
Sturgeon in Orbit (1964)
Ü: Birgit Reß-Bohusch

Der bestgehaßte Mann der Welt
Extrapolation (1954)

Synergie
The Wages of Synergy (1953)

Die Psyche des Parasiten
Make Room for Me (1951)

Das Herz
The Heart (1955)

Parallele X
The Incubi of Parallel X (1951)

3141 Jack Vance
Die Mordmaschine (1969)
The Killing Machine (1964)
Ü: Walter Brumm

3142 Hans Stefan Santesson (Hrsg.)
Die Mächtigen des Universums (A) (1969)
Rulers of Men (1965)
Ü: Birgit Reß-Bohusch

Robert Bloch
Die Welt der Fans
A Way of Life

Fritz Leiber
Der Weltuntergangsbrief
Be of Good Cheer

L. Sprague de Camp
Die Fremden kommen
A Thing of Custom

Miriam Allen DeFord
Revolte in San Quentin
Prison Break

Arthur C. Clarke
Seine Majestät der König
This Earth of Majesty

Randall Garrett
Der Augentest
The Eyes Have It

Wenzell Brown
Die Mörderkette
Murderer's Chain

Harry Harrison
Der K-Faktor
The K-Factor

Edward D. Hoch
Die Wolframjäger
The Wolfram Hunters

3143 Jack Vance
Der Dämonenprinz (1969)
The Palace of Love (1967)
Ü: Walter Brumm

3144 Philip José Farmer
Das Tor der Zeit (1969)
The Gate of Time (1966)
Ü: Walter Brumm

3145 Wulf H. Bergner (Hrsg.)
The Magazine of Fantasy and Science Fiction, 22. Folge
Im Angesicht der Sonne (A) (1969)
Ü: Wulf H. Bergner

William M. Lee
Sieg über die Tiefe
Sea Home

Gahan Wilson
Harry der Große
Harry's Golden Years

Robert Sheckley
Das Landrennen
The People Trap

Larry Niven
Baujahr 3100
Safe at Any Speed

Arthur Sellings
Das andere Leben
Crack in the Shield

Thomas M. Disch
Die letzten Minuten
Moondust, the Smell of Hay, and Dialectical Materialism

Phyllis Murphy
Der Eilige
Time Was

Isaac Asimov
Ein Herz aus Metall
Segregationist

Ron Goulart
Muscadine, der Androide
Muscadine

Dean R. Koontz
Im Angesicht der Sonne
To Behold the Sun

3146/47 K. Laumer & R. G. Brown
Blut der Erde (1969)
Earthblood (1966)
Ü: Birgit Reß-Bohusch

3148/49 Philip Wylie
Das große Verschwinden (1969)
The Disappearance (1951)
Ü: Walter Brumm
(NA als 3148)

3150 Sam Moskowitz & Roger Elwood (Hrsg.)
Der Robotspion (A) (1969)
The Human Zero (1967)
Ü: Wulf H. Bergner

E. Stanley Gardner
Der absolute Nullpunkt
The Human Zero

Arthur C. Clarke
Die Schätze des Meeres
The Man Who Ploughed the Sea

Robert Bloch
Der Robotspion
The Proxy Head

Chad Oliver
Das Kontaktproblem
Hands across Space

A. E. van Vogt
Itself, der König
Itself!

Isaac Asimov
Die imaginäre Größe
The Imaginary

Eric Frank Russell
Der treue Diener
The Cosmic Relic

Ray Bradbury
Ich, die Rakete
I, Rocket

3151 Wulf H. Bergner (Hrsg.)
The Magazine of Fantasy and Science Fiction, 23. Folge
Am Tag vor der Ewigkeit (A) (1969)
Ü: Wulf H. Bergner

Keith Laumer
Am Tag vor der Ewigkeit
The Day before Forever

Harry Harrison
Das Geheimnis von Stonehenge
The Secret of Stonehenge

K. M. O'Donnell
Der Sozialhelfer
How I Take Their Measure

Larry Niven
Der Marsianer
The Meddler

Joe L. Hensley
Blut ist das Leben
Urgent Blood

Fred Saberhagen
Nachts in der Galerie
Young Girl at an Open Halfdoor

Ilya Varshavsky
Der Konflikt
The Conflict

3152 Edward E. Smith
Die Ersten der Galaxis (1969)
The Galaxy Primes (1959)
Ü: Wulf H. Bergner

3153 James Blish
Der PSI-Mann (1969)
Jack of Eagles (1952)
Ü: Wulf H. Bergner

3154 J. T. McIntosh
Sechs Tore zur Hölle (1969)
Six Gates from Limbo (1968)
Ü: Wulf H. Bergner

3155 Walter Ernsting & Thomas Schlück (Hrsg.)
Galaxy 13 (A) (1969)
Ü: Walter Ernsting und Thomas Schlück

Gordon R. Dickson
Frage nicht, Soldat!
Soldier Ask Not

C. C. McApp
Bleistifte für Arkturus
A Flask of Fine Arcturan

Horace L. Gold
Die Nachbarin
The Riches of Embarassment

Colin Kapp
Die programmierten Hände
I Bring You Hands

Larry Niven
Bedienung inbegriffen
The Deceivers

Hal Clement
Die Gravitationsfalle
Bulge

3156/57 Frank Herbert
Die Leute von Santaroga (1969)
The Santaroga-Barrier (1967/68)
Ü: Birgit Reß-Bohusch
(NA als 3156)

3158 James Graham Ballard
Der Sturm aus dem Nichts (1964) (1969)
The Wind from Nowhere (1962)
Ü: Gisela Stege
(➶ 3028/NA unter neuer Nummer)

3159 Kurt Vonnegut jr.
Das höllische System (1969)
Player Piano (1952)
Ü: Wulf H. Bergner
(➶ 3029/NA unter neuer Nummer)

3160 Edmund Cooper
Das Regime der Frauen (1969)
Five to Twelve (1968)
Ü: Birgit Reß-Bohusch

3161 Clifford D. Simak
Die Kolonie der Kobolde (1969)
The Goblin Reservation (1968)
Ü: Birgit Reß-Bohusch

3162 J. T. McIntosh
Die Überlebenden (1969)
The Fittest (1955)
Ü: Wulf H. Bergner

3163/64 Martin Caidin
Der große Computer (1969)
The God Machine (1968)
Ü: Wulf H. Bergner

3165 Wulf H. Bergner (Hrsg.)
The Magazine of Fantasy and Science Fiction, 24. Folge
Der letzte Krieg (A) (1969)
Ü: Wulf H. Bergner

Joseph Harris
Sieg aus dem Jenseits
A Score for Timothy

Keith Laumer
Planet der Riesen
Once There Was a Giant

K. M. O'Donnell
Der letzte Krieg
Final War

Larry Brody
Nur ein armer Teufel
Demon

Ron Goulart
Polizeistaat
Copstate

3166 John D. MacDonald
Planet der Träumer (1969)
Wine of the Dreamers (1951)
Ü: Wulf H. Bergner

3167 Edmond Hamilton
Die Heimat der Astronauten (1969)
Battle for the Stars (1961)
Ü: Wulf H. Bergner
(➶ 3032/NA unter neuer Nummer)

3168 Stanley G. Weinbaum
Mars Odyssee (C) (1970)
A Martian Odyssey (1934, 1935, 1936, 1962)
Ü: Walter Brumm

Mars Odyssee
A Martian Odyssey

Die letzte Anpassung
The Adaptive Ultimate

Die Lotosesser
The Lotus Eaters

Insel des Proteus
Proteous Island

Der Rand der Unendlichkeit
Brink of Infinity

3169 Poul Anderson
Das letzte Sternenschiff (1970)
Orbit Unlimited (1961)
Ü: Walter Brumm

3170/71/72 Robert A. Heinlein
Ein Mann in einer fremden Welt (1970)
Stranger in a Strange Land (1961)
Ü: Wulf H. Bergner
(NA als 3170)

3173 Philip José Farmer
Als die Zeit stillstand (1970)
The Day of Timestop (1968)
Ü: Birgit Reß-Bohusch

3174 Ray Cummings
Besucher aus dem Jahre X (1970)
The Exile of Time (1964)
Ü: Walter Brumm

3175 Walter Ernsting & Thomas Schlück (Hrsg.)
Galaxy 14 (A) (1970)
Ü: Walter Ernsting und Thomas Schlück

Robert Sheckley
Das Duell
Meeting of the Minds

Edgar Pangborn
Maxwells Affe
Maxwell's Monkey

Kurt Vonnegut jr.
Die Körperlosen
Unready to Wear

Larry Niven
Selbstmord en gros
All the Myriad Ways

Sydney J. van Scyoc
Trixie
Soft and Soupy Whispers

Donald E. Westlake
Der Spion im Fahrstuhl
The Spy in the Elevator

Damon Knight
Ein alter Wahn
An Ancient Madness

3176 Day Keene & Leonard Pruyn
Welt ohne Frauen (1970)
World without Women (1960)
Ü: Wulf H. Bergner

3177 Chad Oliver
Brüder unter fremder Sonne (1964)
Unearthly Neighbours (1960)
Ü: Werner Kortwich
(↗ 3036/NA unter neuer Nummer)

3178 Philip Wylie & Edwin Balmer
Wenn Welten zusammenstoßen (1959)
When Worlds Collide (1951)
Ü: Else von Hollander-Lossow

3179/80 Robert A. Heinlein
Straße des Ruhms (1970)
Glory Road (1963)
Ü: Walter Brumm
(NA als 3179)

3181 August Derleth (Hrsg.)
Paradies II (A) (1970)
Time to Come (1954)
Ü: Wulf H. Bergner

Poul Anderson
Projekt Geistesblitz
Butch

Isaac Asimov
Im Hinterhof
The Pause

Charles Beaumont
Der große Traum
Keeper of the Dream

Arthur C. Clarke
Die Gedankenbotschaft
No Morning after

Philip K. Dick
Das Zeitschiff
Jon's World

Robert Sheckley
Paradies II
Paradise II

Clark Ashton Smith
Prometheus
Phoenix

3182 Eric Frank Russell
Agenten der Venus (1970)
Sentinels of Space (1953)
Ü: Wulf H. Bergner

3183 Philip Wylie & Edwin Balmer
Auf dem neuen Planeten (1960)
After Worlds Collide (1933)
Ü: Else von Hollander-Lossow

3184/85 Robert A. Heinlein
Farmer im All (1970)
Farmer in the Sky (1950)
Ü: Birgit Reß-Bohusch
(NA als 3184)

3186 Wulf H. Bergner (Hrsg.)
The Magazine of Fantasy and Science Fiction, 25. Folge
Planet der Selbstmörder (A) (1970)
Ü: Wulf H. Bergner

William M. Lee
Planet der Selbstmörder
Trouble on Kort

Larry Niven
Aus dem Bilderbuch
Get a Horse

Isaac Asimov
Jane 5
Female Intuition

Paul Thielen
Der Geldmacher
The Money Builder

Ron Goulart
In eigener Sache
Penny Dreadful

Philip K. Dick
Die elektrische Ameise
The Electric Ant

3187 Fred Hoyle
Die schwarze Wolke (1970)
The Black Cloud (1957)
Ü: Helmut Degner

3188 E. R. Burroughs
Piraten der Venus (1970)
Pirates of Venus (1932)
Ü: Thomas Schlück

3189 Martin Caidin
Alarm in der Raumstation (1970)
Four Came Back (1968)
Ü: Walter Brumm

3190 Edmund Cooper
Die Herren des Kosmos (1970)
Sea-Horse in the Sky (1969)
Ü: Birgit Reß-Bohusch

3191 Brian W. Aldiss
Fahrt ohne Ende (1970)
Star Ship (1958)
Ü: Wulf H. Bergner

3192 E. R. Burroughs
Auf der Venus verschollen (1970)
Lost on Venus (1933/35)
Ü: Thomas Schlück

3193/94 Robert Silverberg
Gast aus der Zukunft (1970)
The Masks of Time (1968)
Ü: Walter Brumm

3195 Brian W. Aldiss
Die neuen Neandertaler (C) (1970)
Intangibles, Inc. (1969)
Ü: Walter Brumm

Die neuen Neandertaler
Neanderthal Planet

Revolte der Ungeborenen
Randy's Syndrome

Viktorias Welt
Send Her Victorious

Ungreifbarkeiten e. V.
Intangibles, Inc.

Mondzeit
Since the Assassination

3196 Richard Matheson
Ich, der letzte Mensch (1963) (1970) (1982)
I Am Legend (1954)
Ü: Werner Gronwald
(➹ 3020/NA unter neuer Nummer,
➹ 12/NA unter neuem Titel)

3197/98 R. C. Sheriff
Der Mond fällt auf Europa (1970)
The Hopkins Manuscript (1939)
Ü: Maria von Schweinitz

3199 A. E. van Vogt
Die Veränderlichen (1970)
The Silkie (1969)
Ü: Walter Brumm

3200 Theodore Sturgeon
Die neue Macht der Welt (1970)
More than Human (1953)
Ü: Walter Brumm

3201 J. T. McIntosh
Einer von 300 (1970)
One in Three Hundred (1956)
Ü: Wulf H. Bergner

3202 Robert E. Howard, L. Sprague de Camp & Lin Carter
Conan (1970) (1982/1992)
Conan (1967)
Ü: Fritz Moeglich
(ungekürzte Neuübersetzung 1982 unter alter Nummer, NA unter alter Nummer
Ü: Lore Strassl)

3203 John Brunner
Bürger der Galaxis (1970)
Into the Slave Nebula (1967)
auch: *Slavers of Space* (1960)
C: Birgit Reß-Bohusch

3204 Wulf H. Bergner (Hrsg.)
The Magazine of Fantasy and Science Fiction, 26. Folge
Am Ende aller Träume (A) (1970)
Ü: Wulf H. Bergner

Robert Silverberg
Schicksalsgefährten
Sundance

Tom Purdom
Kontrollierte Abrüstung
Reduction in Arms

M. John Harrison
Stadt im Nebel
London Melancholy

Gary Jennings
Am Ende aller Träume
After All Dreaming Ends

Leonard Tushnet
Geschenkartikel
Gifts from the Universe

Ron Goulart
Gruppe A
The Sword Swallover

Larry Eisenberg
Explosiv!
The Sage of DMM

3205 A. E. van Vogt
Der Krieg gegen die Rull (1963) (1970)
The War against the Rull (1959)
Ü: Walter Ernsting (➶ 3018/NA unter neuer Nummer)

3206 Robert E. Howard, L. Sprague de Camp & Lin Carter
Conan von Cimmerien (C) (1982/1994)
Conan of Cimmeria (1969)
Ü: Lore Strassl
(eine gekürzte Fassung erschien 1970 unter dem Titel
»Conan von Cimmeria«
Ü: Fritz Moeglich)

L. Sprague de Camp
Einleitung

Lin Carter/L. Sprague de Camp
Der Fluch des Monolithen
The Curse of the Monolith (1968)

Robert E. Howard/L. Sprague de Camp
Der blutbefleckte Gott
The Bloodstained God (1955)

Robert E. Howard
Ymirs Tochter
The Frost Giant's Daughter (1953)

Lin Carter/L. Sprague de Camp
Die Eisschlange
The Lair of the Iceworm

Robert E. Howard
Die Königin der schwarzen Küste
Queen of the Black Coast (1934)

Robert E. Howard
Das Tal der verlorenen Frauen
The Val of Lost Women (1947)

Lin Carter/L. Sprague de Camp
Die Ruine des Schreckens
The Castle of Terror

Lin Carter /L. Sprague de Camp
Der Dämon aus der Nacht
The Snout in the Dark

L. Sprague de Camp
Erinnerungen an Robert E. Howard
Memories of Robert E. Howard
Ü: Hubert Strassl

3207 John Wyndham
Ärger mit der Unsterblichkeit (1970)
Trouble with Lichen (1960)
Ü: Brigitte Kraus

3208 Jack Williamson
Antimaterie (1970)
Seetee Ship (1951)
Ü: Thomas Schlück

3209 Charles L. Harness
Todeskandidat Erde (1970)
The Ring of Ritornel (1968)
Ü: Birgit Reß-Bohusch

3210 Robert E. Howard, Sprague de Camp & Lin Carter
Conan der Pirat (1982/1994)
Conan the Freebooter (1968)
Ü: Lore Strassl
(in gekürzter Fassung 1970 ersch. als »Conan der Freibeuter«
Ü: Fritz Moeglich)

3211 Jack Williamson
Antimaterie-Bombe (1970)
Seetee Shock (1949/50)
Ü: Thomas Schlück

3212 Poul Anderson
Das Horn der Zeit (C) (1970)
The Horn of Time (1968)
Ü: Birgit Reß-Bohusch

Das Horn der Zeit
The Horn of the Time Hunter

Attentäter unterwegs
A Man to My Wounding

Die Totalitären
The High Ones

Der Mann, der zu früh kam
The Man Who Came Early

Marius
Marius

Fortschritt
Progress

3213 Edmund Cooper
Aufstand der Roboter (1961) (1970)
The Uncertain Midnight (1958)
Ü: Werner Gronwald
(➶ 3005/NA unter neuer Nummer)

3214 Olaf Stapledon
Die Insel der Mutanten (1970)
Odd John (1936)
Ü: Walter Brumm

3215 Fredric Brown
Das andere Universum (1970)
What Mad Universe (1951)
Ü: Werner Gronwald

3216 Mirra Ginsburg (Hrsg.)
Draußen im Weltraum (A)
(1970)
Last Door to Aiya (1968)
Ü: Birgit Reß-Bohusch
(nach der amerikanischen Ausgabe)

A. Dnjeprow
Das zweite Leben
(The World in Which I Disappeared)
Mir, v kotorom ia ischez

M. Greschnow
Der goldene Lotos
(The Golden Lotos, a Legend)
Zolotoi Lotus

V. Grigoriew
Arbeitsteilung
(My Colleague)
Kollèga – tak ia nazval ego

V. Grigoriew
Wanja
(Vanya) Wanja

E. Parnow & M. Jemzew
Das letzte Tor nach Aiya
(Last Door to Aiya)
Posledniaia dver'

A. Poleschtschuk
Wer war Homer?
(Homer's Secret)
Padaet vverkh

A. Strugatzki & B. Strugatzki
Das Ei
(The White Cone of the Alaid)
Belyi konus Alaida

I. Warschawskij
Draußen im Weltraum
(Out in Space)
Znaruži v kozmoz

3217 Isaac Asimov
Ich, der Robot (C) (1952) (1970)
I Robot (1950)
Ü: Otto Schrag
ohne Einzeltitel der Erzählungen erschienen (NA in vollständiger Fassung unter dem Titel »Meine Freunde, die Roboter«)

Einführung

Robbie
Robbie (1940)

Runaround
Runaround (1942)

Vernunft
Reason (1941)

Erst den Hasen fangen!
Catch That Rabbit (1944)

Ein Lügner
Liar! (1941)

Kleiner verlorener Robot
Little Lost Robot (1947)

Flucht
Paradoxical Escape (1945)

Beweismaterial
Evidence (1946)

Der unvermeidliche Konflikt,
auch: Der unvermeidbare Konflikt
The Evitable Conflict (1950)

3218 Jewgenij Samjatin
Wir (1958) (1970)
My (1920)
Ü: Gisela Drohla

3219 Wulf H. Bergner (Hrsg.)
The Magazine of Fantasy and Science Fiction, 27. Folge
Das Schiff der Schatten (A) (1970)
Ü: Wulf Bergner

Neil Shapiro
Liebesgrüße vom Mond
From the Moon, with Love

Fritz Leiber
Das Schiff der Schatten
Ship of Shadows

Lester del Rey
Petes Entscheidung
Robots Should Be Seen (1958)

Avram Davidson
Das Nebenprodukt
Jury-Rig (1957)

Joanna Russ
Der Barometer-Test
A Short and Happy Life

3220 Robert A. Heinlein
Zeit der Hexenmeister (C) (1970)
Waldo and Magic, Inc. (1940, 1942, 1950)
Ü: Walter Brumm

Waldo
Waldo

Magie GmbH
Magic, Inc.

3221 George O. Smith
Das Geheimnis der Wunderkinder (1965) (1970)
The Fourth »R« (1959)
Ü: S. M. Roediger
(➶ 3053/NA unter neuer Nummer)

3222 E. R. Burroughs
Krieg auf der Venus (1971)
Carson of Venus (1937, 1938, 1939)
Ü: Thomas Schlück

3223 Edmund Cooper
Der letzte Kontinent (1971)
The Last Continent (1970)
Ü: Birgit Reß-Bohusch

3224 Robert Silverberg
Das heilige Atom (1971)
To Open the Sky (1967)
Ü: Walter Brumm

3225 Michael Avallone
Rückkehr zum Planet der Affen (1971)
Beneath the Planet of the Apes (1970)
Ü: Walter Brumm

3226/27 Iwan Jefremow
Das Mädchen aus dem All (1971)
Tumannost' Andromedy (1957)
Ü: Heinz Lorenz und Dieter Pommerenke
(NA in ungekürzter Neuübersetzung unter dem Titel »Andromedanebel«
Ü: Annemarie Kienpointner)

3228 John Christopher
Das Tal des Lebens (1959) (1971)
The Death of Grass (1956)
Ü: Gerhard Thebs

3229 Robert A. Heinlein
Entführung in die Zukunft (C) (1971)
The Unpleasant Profession of Jonathan Hoag (1959)
Ü: Wulf H. Bergner

Die Söhne des Vogels
The Unpleasant Profession of Jonathan Hoag (1942)

Entführung in die Zukunft
All You Zombies (1959)

Sie
They (1941)

Unsere schöne Stadt
Our Fair City (1949)

Das 4-D-Haus
And He Built a Crooked House (1941)

3230 K. H. Scheer
Der Verbannte von Asyth (1965) (1971)
(➶ 3045/NA unter neuer Nummer)

3231/32 John W. Campbell
Der unglaubliche Planet (1952) (1971)
The Incredible Planet (1949)
Ü: Otto Schrag
(NA als 3231)

3233 Diane & Meir Gillon
Welt ohne Schlaf (1971)
The Unsleep (1961)
Ü: Birgit Reß-Bohusch

3234 John Brunner
Die Zeitsonde (1971)
Timescoop (1969)
Ü: Walter Brumm

3235 W. L. Mann
Der Gigant (1971)

3236 Robert E. Howard, L. Sprague de Camp & Lin Carter
Conan der Wanderer (1971) (1983/1995)
Conan the Wanderer (1968)
Ü: Fritz Moeglich
(ungekürzte Neuübersetzung 1983 unter alter Nummer
Ü: Lore Strassl)

3237 Wulf H. Bergner (Hrsg.)
The Magazine of Fantasy and Science Fiction, 28. Folge
Stürme auf Siros (A) (1971)
Ü: Wulf H. Bergner

Robert Silverberg
Stürme auf Siros
The Winds of Siros

Ron Goulart
Die Dollarsuche
Hobo Jungle

D. F. Jones
Alarmglocke
The Tocsin

Theodore R. Cogswell
Falschspieler
Aces Loaded

Avram Davidson
Die Primitiven
Now Let Us Sleep

Doris Pitkin Buck
Lebensweisheit
Insurance

3238 John Brunner
Die Pioniere von Sigma Draconis (1971)
Bedlam Planet (1968)
Ü: Walter Brumm

3239/40 Arthur C. Clarke (Hrsg.)
Komet der Blindheit (A) (1971)
Time Probe (1966)
Ü: Birgit Reß-Bohusch

Murray Leinster
Der Schwänzler
The Wabbler

Theodore L. Thomas
Die Wettermacher
The Weather Man

Robert Silverberg
Antiquitäten
The Artifact Business

James H. Schmitz
Opa
Grandpa

Isaac Asimov
Das Jupiter-Problem
Not Final

Cyril Kornbluth
Die kleine schwarze Tasche
The Little Black Bag

Philip Latham
Komet der Blindheit
The Blindness

Arthur C. Clarke
Die Vakuum-Atmer
Take a Deep Breath

Jack Vance
Die Töpfer von Firsk
The Potters of Firsk

Julian Huxley
Labor in der Wildnis
The Tissue-Culture King

3241 E. R. Burroughs
Odyssee auf der Venus (1971)
Escape on Venus (1946)
Ü: Thomas Schlück

3242 Charles L. Harness
Die Rose (C) (1971)
The Rose (1953)
Ü: Birgit Reß-Bohusch

Die Rose
The Rose (1953)

Schachspieler
The Chessplayers (1953)
Das neue Sein
The New Reality (1950)

3243 Robert A. Heinlein
Die sechste Kolonne (1971)
The Day after Tomorrow (1949)
Ü: Thomas Schlück

3244 W. L. Mann
Die Biomaten (1971)

3245 Robert E. Howard, Lin Carter & L. Sprague de Camp
Conan der Abenteurer (C) (1983/1998)
Conan the Adventurer (1966)
Ü: Lore Strassl
(NA unter alter Nummer)
L. Sprague de Camp
Einleitung
Robert E. Howard
Der schwarze Kreis
Black Tears (1934)
Robert E. Howard
Der wandelnde Schatten
The Slithering Shadow (1933)
Robert E. Howard & L. Sprague de Camp
Die Trommeln von Tombalku
Drums of Tombalku
Robert E. Howard
Der Teich der Riesen
The Pool of the Black Ones (1933)

3246 Ian Wallace
Der große Croyd (1969) (1971)
Croyd (1967)
Ü: Kim Lander

3247 Clifford D. Simak
Verteufelte Welt (1971)
Out of Their Minds (1970)
Ü: Birgit Reß-Bohusch

3248 Robert Silverberg
Die Sterne rücken näher (1971)
Starman's Quest (1958, 1969)
Ü: Leni Sobez

3249/50 György Botond-Bolics
Tausend Jahre auf der Venus (1969) (1971)
Ezer év a Vénuszon (1966)
Ü: Gottfried Feidel

3251 Robert A. Heinlein
Unternehmen Alptraum (C) (1971)
The Menace from Earth (1959)
Ü: Fritz Steinberg
Kolumbus war ein Depp
Columbus Was a Dope (1947)
Unternehmen Alptraum
Project Nightmare (1953)
Himmelsbrücke
Sky Lift (1953)
Erwachen im Goldfischglas
Goldfish Bowl (1942)
Das Biest von der Erde
The Menace from Earth (1957)
Im Jahr der Zeichen und Wunder
The Year of the Jackpot (1952)

3252 Christian Meyer-Oldenburg
Stadt der Sterne (1971)

3253 Poul Anderson
Rebellion auf Alpha Crucis (1971)
The Rebel Worlds (1969)
Ü: Birgit Reß-Bohusch

3254 Hans Dominik
Unsichtbare Kräfte (1928) (1971)

3255 Wulf H. Bergner (Hrsg.)
The Magazine of Fantasy and Science Fiction, 29. Folge
Der verkaufte Planet (A) (1970)
Ü: Wulf H. Bergner

Poul Anderson
Der Notstand
For the Duration

Ted Thomas
Hoher Besuch
The Tour

Isaac Asimov
Der verkaufte Planet
Buy Jupiter!

Roger Zelazny
Sturm über Station B
This Moment of the Storm

Gordon R. Dickson
Das Fünferspiel
The Game of Five

Harlan Ellison & A. E. van Vogt
Starfighter 31
The Human Operators

Larry Niven
Nur ein Fabeltier
Bird in the Hand

3256 Robert Silverberg
Die Seelenbank (1971)
To Live Again (1971)
Ü: Walter Brumm

3257 A. E. van Vogt
Palast der Unsterblichkeit (1971)
Quest for the Future (1970)
Ü: Walter Brumm

3258 Robert E. Howard, L. Sprague de Camp & Lin Carter
Conan der Krieger (1971)
Conan the Warrior (1967)
Ü: Fritz Moeglich
(ungekürzte Neuübersetzung 1983 unter alter Nummer
Ü: Lore Strassl)

3259/60 Arthur C. Clarke
2001 – Odyssee im Weltraum
(1971)
2001 A Space Odyssey (1969)
Ü: Egon Eis
(NA als 3259)

3261 Jack Vance
Emphyrio (1971)
Emphyrio (1969)
Ü: Birgit Reß-Bohusch

3262 Robert A. Heinlein
Utopia 2300 (1971)
Beyond This Horizon (1948)
Ü: Birgit Reß-Bohusch

3263 Robert E. Howard,
L. Sprague de Camp & Lin Carter
Conan der Usurpator (C)
(1971)
Conan the Usurper (1971)
Ü: Fritz Moeglich
(ungekürzte Neuübersetzung 1984
unter alter Nummer und neuem Titel
»Conan der Thronräuber«
Ü: Lore Strassl)

Robert E. Howard &
L. Sprague de Camp
Der Schatz des Tranicos
The Treasure of Tranicos (1953)

Robert E. Howard &
L. Sprague de Camp
Wölfe jenseits der Grenze
Wolves beyond the Border (1965)

Robert E. Howard
Im Zeichen des Phönix
The Phoenix on the Sword (1932/46)

Robert E. Howard
Die scharlachrote Zitadelle
The Scarlet Citadel (1933)

3264 Robert Silverberg (Hrsg.)
Die Mörder Mohammeds (A)
(1970) (1971)
Voyagers in Time (1967)
Ü: Alfred Joseph

Alfred Bester
Die Mörder Mohammeds
The Men Who Murdered Mohammed (1958)

P. Schuyler Miller
Spuren im Sand der Zeit
The Sand of Time (1937)

Lester del Rey
Es hätte schiefgehen können
And It Comes Out Here (1951)

William Tenn
Das Projekt Brooklyn
Brooklyn Project (1948)

Poul Anderson
Die Zeit heilt
Time Heals (1949)

Larry Niven
Falsche Richtung
Wrong-Way Street (1965)

David I. Masson
An der Zeitgenze
Traveller's Rest (1965)

Robert Silverberg
Absolut unbeugsam
Absolutely Inflexible (1956)

H. G. Wells
Die Zeitmaschine
The Time Machine (1895)
(Auszug Kap. XI u. XII)

3265 Philip José Farmer
Der Sonnenheld (1971)
Flesh (1968)
Ü: Birgit Reß-Bohusch

3266 Frank Herbert
Der Herr des Wüstenplaneten (1971)
Dune Messiah (1969)
Ü: Walter Brumm
(ungekürzte Neuübersetzung 1978
unter alter Nummer
Ü: Walter Brumm und R. M. Hahn)

3267 Ray Bradbury
Medizin für Melancholie (C) (1969) (1971)
A Medicine for Melancholy (1958)
Ü: Margarete Bormann

Zur warmen Jahreszeit
In a Season of Calm Weather (1957)

Der Drache
The Dragon (1956)

Medizin für Melancholie
A Medicine for Melancholy (1958)

Das Ende vom Anfang
The End of the Beginning (1956)

Der wunderbare Eiskrem-Anzug
The Wonderful Ice Cream Suit (1958)

Fiebertraum
Fever Dream (1948)

Die Stadt, in der niemand ausstieg
The Town Where No One Got Off (1958)

Der Duft der Sarsaparilla
A Scent of Sarsaparilla (1953)

Sie waren dunkelhäutig und goldäugig
Dark They Were, and Golden-Eyed (1949)

Das Lächeln
The Smile (1952)

Zeit zum Aufbruch
The Time of Going Away (1956)

Der ganze Sommer an einem Tag
All Summer in a Day (1954)

Die Mäuse
The Little Mice (1955)

Sonnenuntergang an der Küste
The Shore Line at Sunset (1958)

Das Erdbeerfenster
The Strawberry Window (1954)
Der Tag, an dem der große Regen kam
The Day It Rained Forever (1957)

3268 John Brunner
Im Zeichen des Mars (1971)
Born under Mars (1967)
Ü: Walter Brumm

3269 Robert Silverberg
Exil im Kosmos (1971)
The Man in the Maze (1969)
Ü: Walter Brumm

3270 Robert A. Heinlein
Der Mann, der den Mond verkaufte (C) (1971)
The Man Who Sold the Moon (1950)
Ü: Fritz Steinberg
Es werde Licht
Let There Be Light (1940)
Die Straßen müssen rollen
The Roads Must Roll (1940)
Der Mann, der den Mond verkaufte
The Man Who Sold the Moon (1950)

3271 Hans Dominik
Die Spur des Dschingis-Khan (1923) (1971)

3272 Wulf H. Bergner (Hrsg.)
The Magazine of Fantasy and Science Fiction, 30. Folge
Planet der Frauen (A) (1971)
Ü: Wulf H. Bergner
Poul Anderson
Planet der Frauen
Virgin Planet
Robert Marner
Eine Welt namens Mary
A World Named Mary
Richard Wilson
Die letzten Minuten
The Day They Had the War
Robert Sheckley & Harlan Ellison
Verdammtes Plankton
I See a Man Sitting on a Chair, and the Chair Is Biting His Leg
Gahan Wilson
Der Ritter und der Drache
The Knight-Errant, the Dragon, and the Maiden

3273 Philip K. Dick
Träumen Roboter von elektrischen Schafen? (1969) (1971)
Do Androids Dream of Electric Sheep? (1968)
Ü: Norbert Wölfl

3274 Robert Silverberg
Schwingen der Nacht (1971)
Nightwings (1968, 1969)
Ü: Birgit Reß-Bohusch

3275 Robert E. Howard & L. Sprague de Camp
Conan der Eroberer (1972)
Conan the Conqueror (1967)
Ü: Fritz Moeglich
(ungekürzte Neuübersetzung 1984 unter alter Nummer
Ü: Lore Strassl)

3276 György Botond-Bolics
Das Marsgehirn denkt anders (1972)
Redivius tüzet ker (1970)
Ü: Gottfried Feidel

3277 Robert A. Heinlein
Welten (C) (1972)
The Worlds of Robert A. Heinlein (1967)
Ü: Walter Brumm
Freie Männer
Free Men (1941)
Katastrophen kommen vor
Blowups Happen (1940)
Scheinwerfer
Searchlight (1962)

Lebenslinie
Life Line (1939)

Lösung unbefriedigend
Solution Unsatisfactory (1941)

3278 A. E. van Vogt
Kinder von morgen (1972)
Children of Tomorrow (1970)
Ü: Walter Brumm

3279 Hans Dominik
Himmelskraft (1937) (1972)

3280 Leonard Daventry
Mr. Coman hoch 3 (1972)
A Man of Double Deed (1970)
Ü: Helga Wingert-Uhde

3281 Poul Anderson
Siegeszug im All (C) (1972)
Seven Conquests (1969)
Ü: Thomas Schlück

Der Übermensch
Kings Who Die (1962)

Der Rettungsplan
Wildcat (1958)

Siegeszug im All
Inside Straight (1955)

Menschenjäger
License (1957)

3282 Robert Silverberg
Macht über Leben und Tod (1972)
Master of Life and Death (1957)
Ü: Werner Gronwald

3283 Robert E. Howard, Björn Nyberg & L. Sprague de Camp
Conan der Rächer (1972)
Conan the Avenger (1968)
Ü: Fritz Moeglich

Conans Rückkehr
The Return of Conan

Das hyborische Zeitalter
The Hyborian Age

(ungekürzte Neuübersetzung 1984 unter alter Nummer
Ü: Lore Strassl)

3284 James Blish & Damon Knight
Tausend Milliarden glückliche Menschen (1972)
A Torrent of Faces (1967)
Ü: Helga Wingert-Uhde

3285 Robert A. Heinlein
Nächste Station: Morgen (C) (1972)
Assignment in Eternity (1953)
Ü: Fritz Steinberg

Der sprechende Affe
Jerry Was a Man (1947)

Der Nova-Effekt
Gulf (1949)

Anderswann
Elsewhen (1941)

3286 John Brunner
Geheimagentin der Erde (1972)
The Avengers of Carrig (1969)
Ü: Walter Brumm

3287 Hans Dominik
Lebensstrahlen (1938) (1972)

3288 Wulf H. Bergner (Hrsg.)
The Magazine of Fantasy and Science Fiction, 31. Folge
Als der Wind starb (A) (1972)
Ü: Wulf H. Bergner (Hrsg.)

Peter Tate
Als der Wind starb
The Day the Wind Died

Michael Gillgannon
Das Kreuz des Mr. Krisky
Mr. Krisky's Cross

Mack Reynolds
Der Pannenmacher
Snafu on the New Taos

James E. Gunn
Der Heiler
Not so Great an Enemy

Larry Niven
Welt im Nebel
For a Foggy Night

Ron Goulart
Freund der Roboter
The Way Things Work

Gahan Wilson
Die freundliche Drohung
The Sea Monster and the Mayor of New York City

3289 Christopher Hodder-Williams
Der große summende Gott (1969) (1972)
A Fistful of Digits (1968)
Ü: Wolfgang Vorhauer

3290 William Tenn
Von Menschen und Monstren (1972)
Of Men and Monsters (1968)
Ü: Gretl Friedmann

3291 Anne McCaffrey
Die Welt der Drachen (1972)
Dragonflight (1968)
Ü: Birgit Reß-Bohusch

3292 Ray Bradbury
Geh nicht zu Fuß durch stille Straßen (C) (1970) (1972)
The Golden Apples of the Sun (1953)
Ü: Margarete Bormann

Geh nicht zu Fuß durch stille Straßen
The Pedestrian (1952)

Das Nebelhorn
The Fog Horn (1951)

Die Aprilhexe
The April Witch (1952)

Die Wildnis
The Wilderness (1952)

Die Flugmaschine
The Flying Machine (1953)

Der Mörder
The Murderer (1953)

Der goldene Drache und der silberne Wind
The Golden Kite, the Silver Wind (1953)

Stickerei
Embroidery (1951)

Ferner Donner
A Sound of Thunder (1953)

Das Kraftwerk
Power House (1948)

En la noche
En la noche (1952)

Sonne und Schatten
Sun and Shadow (1953)

Die Wiese
The Meadow (1948)

Der Müllkutscher
The Garbage Collector (1953)

Das große Feuer
The Great Fire (1949)

Die goldenen Äpfel der Sonne
The Golden Apples of the Sun (1953)

Die Früchte ganz unten in der Schale
The Fruit at the Bottom of the Bowl (1948)

Der unsichtbare Junge*
The Invisible Boy (1945)

Ich sehe Sie nie*
I See You Never (1947)

Das große schwarzweiße Spiel*
The Big Black and White Game (1948)

Die große weite Welt da drüben*
The Great Wide World Over There (1952)

Der Junge*
Hail and Farewell (1953)

*** nur in der erweiterten Neuauflage 1980**

3293 John Brunner
Ein Stern kehrt zurück (1972)
Catch a Falling Star (1968)
Ü: Birgit Reß-Bohusch

3294 Thomas M. Disch
Die Duplikate (1972)
Echo Round His Bones (1969)
Ü: Fritz Steinberg

3295 L. Sprague de Camp & Lin Carter
Conan von den Inseln (1972) (1984)
Conan of the Isles (1968)
Ü: Fritz Moeglich
(ungekürzte Neuübersetzung 1984
unter alter Nummer
Ü: Lore Strassl)

3296 René Barjavel
Elea (1972)
La nuit des temps (1968)
Ü: Walter H. Schünemann

3297 William Tenn
Das Robothaus (C) (1972)
The Seven Sexes (1968)
Ü: Heinz Nagel

Bernie
Bernie the Faust (1963)

Das Eiskrem-Ungeheuer
The Malted Milk Monster (1959)

Der Botenjunge
Errand Boy (1947)

Das Robothaus
The House Dutiful (1948)

Der Menschenbaukasten
Child's Play (1947)

Asyl in der Zukunft
Sanctuary (1957)

3298 Frank Herbert
Gefangen in der Ewigkeit (1972)
The Heaven Makers (1968)
Ü: Walter Brumm

3299 Kurd Laßwitz
Auf zwei Planeten (1897) (1972)

3300 Thomas M. Disch
Jetzt ist die Ewigkeit (C) (1972)
Under Compulsion (1968)
Ü: Fritz Steinberg

Mondstaub, Heugeruch und dialektischer Materialismus
Moondust, the Smell of Hay, and Dialectic Materialism (1967)
(➶ 3145, als »Die letzten Minuten«)

Anruf aus dem Nichts
The Number You Have Reached (1967)

Komm zur Venus, mein Schatz
Come to Venus Melancholy (1965)

Küchenschaben
The Roaches (1965)

Lindas Baby
Linda and Daniel and Spike (1967)

Der Käfig
The Squirrel Cage (1966)

Weihnachten in Casablanca
Casablanca (1967)

Jetzt ist die Ewigkeit
Now Is Forever (1964)

Nada
Nada (1964)

Die Welt der Schizophrenen
Thesis on Social Forms & Social Controls in the USA (1964)

3301 Algis Budrys
Das verlorene Raumschiff (1972)
The Iron Thorn (1967)
Ü: Walter Brumm

3302 Philip José Farmer
Der Mondkrieg (1972)
Tongues of the Moon (1964)
Ü: Birgit Reß-Bohusch

3303 L. Sprague de Camp & Lin Carter
Conan der Bukanier (1972)
Conan the Buccaneer (1971)
Ü: Fritz Moeglich
(➶ 3972, ungekürzte Neuübersetzung 1983 unter neuer Nummer mit dem Titel »Conan der Freibeuter«
Ü: Lore Strassl)

3304 René Barjavel
Sintflut der Atome (1972)
Le diable l'emporte (1948)
Ü: Kurt Seibt

3305 Wulf H. Bergner (Hrsg.)
The Magazine of Fantasy and Science Fiction, 32. Folge
Welt der Zukunft (A) (1972)
Ü: Wulf H. Bergner

Sandy Fisher
Ich sorge für Dich
Thank God You're Alive

Les Cole & Rose Sharon
Welt der Zukunft
World of the Future

Fritz Leiber
Das Haus der Diebe
Ill Met in Lankhmar

Howard L. Myers
Heureka!
All around the Universe

Ray Bradbury
McGillahees Baby
McGillahee's Brat

Ben Bova
Das große Beben
A Slight Miscalculation

William Dean
21. Januar 2038, 24.00 Uhr
An Occurance on the Mars-to-Earth Run Number 128, at Approximately 24.00 Hours, 21st January 2038

Joanna Russ
Das Bewährungsjahr
Wilderness Year

Gahan Wilson
Das Ungeheuer und die Präriehunde
The Thing from Outer Space and the Prairie Dogs

3306 Poul Anderson
Universum ohne Ende (1972)
Tau Zero (1970)
Ü: Birgit Reß-Bohusch

3307 Fritz Leiber
Schwerter und Teufelei (C) (1972)
Swords and Deviltry (1970)
Ü: Thomas Schlück

Die Schneefrauen
The Snow Women

Der unheilige Gral
The Unholy Grail

3308 J. G. Ballard
Karneval der Alligatoren (1970) (1972)
The Drowned World (1961)
Ü: Inge Wiskott

3309 Robert Silverberg
Dimension 12 (C) (1972)
Dimension Thirteen (1969)
Ü: Gretl Friedmann

Die unwillige Eva
Eve and the Twenty-Three Adams (1958)

Der dunkle Begleiter
Dark Companion (1961)

Der Gütige
Warm Man (1957)

Am Seewall
By the Seawall (1967)

Die PSI-Rebellen
The Four (1958)

Die 91. Braut
Bride Ninety-One (1967)

Welt der tausend Farben
World of Thousand Colors (1957)

Der Flug zur Erde
En Route to Earth (1957)

3310 Roger Zelazny
Straße der Verdammnis (1972)
Damnation Alley (1969)
Ü: Walter Brumm

3311 Bernhard Kellerrnann
Der Tunnel (1913) (1972)
(➶ 3111/NA fälschlicherweise unter Nummer 3111!)

3312 F. Hoyle & G. Hoyle
Raketen auf Ursa Major (1972)
Rockets on Ursa Major (1970)
Ü: Thomas Schlück

3313 William Tenn
Der menschliche Standpunkt (C) (1972)
The Human Angle (1956)
Ü: Gretl Friedmann

Das flachäugige Ungeheuer
The Flat-Eyed Monster (1955)

Unternehmen Pst
Project Hush (1954)

Ein Mann mit Familie
A Man of Family (1956)

Grüße aus dem Jahr 2487
The Discovery of Morniel Mathaway (1955)

Der Zweigeteilte
Party of the Two Parts (1954)

Das Dienerproblem
The Servant Problem (1955)

Mittwochs Kind
Wednesday's Child (1956)

Der menschliche Standpunkt
The Human Angle (1948)

3314 Anne McCaffrey
Planet der Entscheidung (1972)
Decision at Doona (1969)
Ü: Birgit Reß-Bohusch

3315 Fritz Leiber
Schwerter gegen den Tod (C) (1972)
Swords against Death (1970)
Ü: Thomas Schlück

Der Fluch
The Circle Curse

Der Schatz im Walde
The Jewels in the Forest

Die Stätte der Schädel
Thieve's House

Die öde Küste
The Bleak Shore

Der heulende Turm
The Howling Tower

3316 Poul Anderson
Jenseits der Unendlichkeit (C) (1972)
Beyond the Beyond (1969)
Ü: Walter Brumm

Erinnerung
Memory (1957)

Bremsmanöver
Brake (1957)

Der integrierte Mensch
The Sensitive Man (1954)

Mondpiraten
The Moonrakers (1966)

Sternennebel
Starfog (1967)

3317 Frank Herbert
Der letzte Caleban (1972)
Whipping Star (1969/70)
Ü: Walter Brumm

3318 Arkadij & Boris Strugatzki
Es ist nicht leicht, ein Gott zu sein (1972)
Trudno byt' Boghom (1971)
Ü: Hermann Buchner

3319 Hans Dominik
Der Befehl aus dem Dunkel (1933) (1972)

3320 Wulf H. Bergner (Hrsg.)
The Magazine of Fantasy and Science Fiction, 33. Folge
Sieg in der Kälte (A) (1972)
Ü: Wulf H. Bergner

Poul Anderson
Sieg in der Kälte
Cold Victory

Curt Siodmak
Der Heiligenschein
Variation of a Theme

John Morressy
Der Unregistrierte
Accuracy

Burt Filer
Der Zeitsprung
Backtracked

Howard L. Myers
Im Land der Hunde
Fit for a Dog

Frederik Pohl
Shafferys Syndrom
Shaffery among the Immortals

Jesse Bier
Die Geisterstadt
No Vacancy

Algis Budrys
Der Preis des Überlebens
The Price

3321 Frederik Pohl & C. M. Kornbluth
Die letzte Antwort (1972)
Search the Sky (1954)
Ü: Fritz Steinberg

3322 J. T. McIntosh
Der Seelenwanderer (1972)
Transmigration (1970)
Ü: Fritz Steinberg

3323 Fritz Leiber
Schwerter im Nebel (C) (1973)
Swords against Death and Swords in the Mist (1968)
Ü: Thomas Schlück

Das versunkene Land
The Sunken Land

Sieben schwarze Priester
The Seven Black Priests

Klauen der Nacht
Claws from the Night

Basar des falschen Zaubers
Bazar of the Bizarre

Im Tempel des Hasses
The Cloud of Hate

3324 James Graham Ballard
Der unmögliche Mensch (C) (1971) (1973)
The Impossible Man and Other Stories (1968)
Ü: Alfred Scholz

Der unmögliche Mensch
The Impossible Man (1966)

Der ertrunkene Riese
The Drowned Giant (1965)

Das Delta bei Sonnenuntergang
The Delta at Sunset (1964)

Das Schlangengehege
The Reptile Enclosure (1963)

Sturmvogel, Sturmträumer
Stormbird, Storm-Dreamer (1966)

Ein Tag Ewigkeit
The Day of Forever (1967)

Die Zeit des Laufes
Time of Passage (1964)

Die Gioconda des Mittagszwielichts
The Gioconda of the Twilight Noon (1964)

3325 Edmund Cooper
Die neue Zivilisation (1973)
The Overman Culture (1971)
Ü: Johann Georg Scheffner

3326 Philip José Farmer
Die synthetische Seele (1973)
Inside Outside (1964)
Ü: Walter Brumm

3327 Ernst von Khuon
Helium (1947) (1973)

3328 Wolfgang Jeschke
Der Zeiter (C) (1970) (1973) (1978)
- Zwölf Minuten und einiges mehr (1958)
- Sirenen an Ufern (1960)
- Tore zur Nacht (1960)
- Der König und der Puppenmacher (1961)
- Der Riß im Berg (1955)*
- Welt ohne Horizont (1957)*
- Pater Ramseys Totenmessen (1961)*
- Die Anderen (1959)*
- Fünf Gedichte (1974/1976)*

3329 Poul Anderson
Operation Chaos (1972)
Operation Chaos (1971)
Ü: Fritz Steinberg

3330 Anne McCaffrey
Die Suche der Drachen (1973)
Dragonquest (1971)
Ü: Birgit Reß-Bohusch

3331 Fritz Leiber
Schwerter gegen Zauberei (C) (1973)
Swords against Wizardry (1968/70)
Ü: Thomas Schlück
- Die besten Diebe von Lankhmar
  The Two Best Thieves in Lankhmar
- Die Herren von Quarmall
  The Lords of Quarmall

3332 Brian W. Aldiss
Tod im Staub (1970) (1973)
Earthworks (1965)
Ü: Evelyn Linke

3333 William Tenn
Mögliche Welten (C) (1973)
Of All Possible Worlds (1955)
Ü: Heinz Nagel
- Der Bewahrer
  The Custodian (1953)
- Die neuen Mieter
  The Tenants (1954)
- Die Befreiung der Erde
  The Liberation of Earth (1953)
- Unter Toten
  Down among the Dead Men (1954)
- Der Flirgelflipper
  Flirgleflip (1953)
- Alle Welt liebt Irving Bommer
  Everybody Loves Irving Bommer (1951)

3334 James Blish
Der Gewissensfall (1973)
A Case of Conscience (1958)
Ü: Walter Brumm

3335 Rudolf H. Daumann
Gefahr aus dem Weltall (1939) (1973)

3336 Robert A. Heinlein
Abenteuer im Sternenreich (1954) (1973)
Starman Jones (1953)
Ü: Kurt Seibt

3337 Wulf H. Bergner (Hrsg.)
The Magazine of Fantasy and Science Fiction, 34. Folge
Flug nach Murdstone (A) (1973)
Ü: Wulf H. Bergner

*** nur in der erweiterten Neuauflage 1978**

Ron Goulart
Flug nach Murdstone
Passage to Murdstone

Philip José Farmer
Das verhängnisvolle Experiment
Only Who Can Make a Tree?

Larry Niven
Ein Wolf in der Zeitmaschine
There's a Wolf in My Time Machine

Joseph Renard
Die letzte Show
The Antropiranhas

Wayne Bongianni
Schönheit vom Fließband
A New and Happy Woman

Gary Jennings
Geisterbeschwörung
Specialization

Frederik Pohl
Gelenkte Vernichtung
Sad Solarian Screenwtiter Sam

William D. Cottrell
Glückliche Heimkehr
A Hundred Miles Is Forever

Gahan Wilson
Der Wissenschaftler und das Ungeheuer
The Scientist and the Monster

3338 Poul Anderson
Der Außenweltler (1973)
The Byworlder (1971)
Ü: Fritz Steinberg

3339 Fritz Leiber
Die Schwerter von Lankhmar (1973)
The Swords of Lankhmar (1968)
Ü: Thomas Schlück

3340 Chad Oliver
Die Affenstation (1973)
The Shores of Another Sea (1971)
Ü: Fritz Steinberg

3341 William Tenn
Venus – Planet für Männer (C) (1973)
The Square Root of Man (1968)
Ü: Gretl Friedmann

Alexander der Lockvogel
Alexander the Bait (1968)

Geliebter Vampir
She Only Goes Out at Night (1956)

Meine Mutter, die Hexe
My Mother Was a Witch (1966)

Ein Flug mit Hindernissen
Confusion Cargo (1948)

Venus – Planet für Männer
Venus Is a Man's World (1951)

Der Mars-Konsul
Consulate (1948)

Der zitronengrüne, spaghettilaute Tag
The Lemon-Green Spaghetti-Loud Dynamite Dribble Day (1967)

3342 Walter M. Miller jr.
Lobgesang auf Leibowitz (1971) (1979)
A Canticle for Leibowitz (1959)
Ü: Jürgen Saupe und Walter Erev
(NA unter alter Nummer)

3343 Hugo Gernsback
Ralph 124C 41+ (1973)
Ralph 124C 41 + (1911, 1925/1950/1958)
Ü: Eugen Müller-Frantz

3344 Damon Knight (Hrsg.)
Panne in der Hölle (A) (1973), als »Der Gigant« (1971)
Nebula Award Stories 1 (1966)
Ü: Hans Maeter

Brian W. Aldiss
Der Speichelbaum
The Saliva Tree (1965)

Roger Zelazny
Das Biest
The Doors of His Face, the Lamps of His Mouth (1965)

Larry Niven
Panne in der Hölle
Becalmed in Hell (1965)

3345 Robert Silverberg
Die Mysterien von Belzagor (1973)
Downward to the Earth (1971)
Ü: Walter Brumm

3346 James Blish
Brücke zur Ewigkeit (1973)
They Shall Have Stars (1956)
Ü: Birgit Reß-Bohusch

3347 David G. Compton
Das elektrische Krokodil (1973)
The Steel Crocodile (1970)
Ü: Walter Brumm

3348 Michael Moorcock
Miss Brunners letztes Programm (1971) (1973)
The Final Programme (1968)
Ü: Wolfgang Eisermann

3349 William Tenn
Null-P (C) (1973)
The Wooden Star (1968)
Ü: Yoma Cap

Null-P
Null-P (1951)

Noahs Kinder
Generation of Noah (1951)

Der Marsflug
The Dark Star (1957)

Das freie Land
Eastward Ho! (1958)

Der Deserteur
The Deserter (1953)

Besuch von Beteigeuze
Betelgeuse Bridge (1951)

Das Angebot
Will You Walk a Little Faster? (1951)

Die bessere Welt
It Ends with a Flicker (1956)

Paradies der Spione
Lisbon Cubed (1958)

3350 Poul Anderson
Höllenzirkus (1973)
A Circus of Hells (1970)
Ü: Yoma Cap

3351 Hugo Gernsback
Invasion 1996 (1973)
Ultimate World (1971)
Ü: Fritz Steinberg

3352 Harry Harrison
Der Daleth-Effekt (1971) (1973)
In Our Hands the Stars (1970)
Ü: Thomas Schlück

3353 Wulf H. Bergner (Hrsg.)
The Magazine of Fantasy and Science Fiction, 35. Folge
Ein Tag in Suburbia (A) (1973)
Ü: Wulf H. Bergner

Evelyn E. Smith
Ein Tag in Suburbia
A Day in the Suburbs

Ron Goulart
Der Hitzewandler
Canned Heat

Stephen Barr
Aus der Zukunft
A Sense of the Future

Howard Fast
Der Ring
The Hoop

Bruce McAllister
Männerjagd
Ecce Femina!

John Morressy
Die Prüfung
When the Stars Threw Down Their Spears

Gene Wolfe
Tarzan bei den Trauben
Tarzan of the Grapes

Gahan Wilson
Warnung vor dem Hunde
Beware of the Dog

3354 Anne McCaffrey
Ein Raumschiff namens Helva (1973)
The Ship Who Sang (1969)
Ü: Birgit Reß-Bohusch

3355 John Norman
Gor – Die Gegenerde (1973)
Tarnsman of Gor (1966)
Ü: Thomas Schlück

3356 Anders Bodelsen
Brunos tiefgekühlte Tage (1971) (1973)
Frysepunktet (1970)
Ü: Monika Buttler

3357 William Voltz
Quarantäne (C) (1973)

Quarantäne

Die Unterdrückten

Vorurteile

Der Preis

Der Doppelgänger

Alphabet des Schreckens

Der Spion

Der Mann mit dem sechsten Sinn

3358 Robert A. Heinlein
Das geschenkte Leben (1973)
I Will Fear No Evil (1970)
Ü: Walter Brumm

3359 John Wyndham
Die Reise zum Mars (1973)
Stowaway to Mars (1935)
Ü: Angelika Deutsch

3360 Damon Knight (Hrsg.)
Computer streiten nicht (A) (1970) (1973)
Nebula Award Stories 1 (1966)
Ü: Hans Maeter

Gordon R. Dickson
Computer streiten nicht
Computers Don't Argue (1965)

James H. Schmitz
Ausgeglichene Ökologie
Balanced Ecology (1965)

Harlan Ellison
»Bereue, Harlekin!« sagte der Ticktackmann
»Repent, Harlequin!« Said the Ticktockman (1965)

Roger Zelazny
Der Former
He Who Shapes (1965)

3361 Christian Meyer-Oldenburg
Im Dunkel der Erde (1973)

3362 Anne McCaffrey
Die Wiedergeborene (1973)
Restoree (1967)
Ü: Birgit Reß-Bohusch

3363 Robert E. Howard
Almuric (1973)
Almuric (1964)
Ü: Yoma Cap

3364 Wolfgang Jeschke (Hrsg.)
Planetoidenfänger (A) (1971)
Ü: Elke Kamper

Jonathan Blake MacKenzie
Planetoidenfänger
Anchorite (1962)

Dean McLaughlin
Ein Falke unter Spatzen
Hawk among the Sparrows (1968)

Mack Reynolds
Geschäft ist Geschäft
Subversive (1962)

3365 James Blish
Triumph der Zeit (1973)
A Clash of Cymbals (1959)
Ü: Walter Brumm

3366 Roger Zelazny
Die Insel der Toten (1973)
Isle of the Dead (1969)
Ü: Birgit Reß-Bohusch

3367 Rudolf H. Daumann
Protuberanzen (1940) (1973)

3368 Frederik Pohl & C. M. Kornbluth
Eine Handvoll Venus und ehrbare Kaufleute (1971) (1973)
The Space Merchants (1953)
Ü: Helga Wingert-Uhde

3369 Wulf H. Bergner (Hrsg.)
The Magazine of Fantasy and Science Fiction, 36. Folge
Ein Pegasus für Mrs. Bullitt (A) (1973)
Ü: Wulf H. Bergner

F. A. Jevor
Ein Pegasus für Mrs. Bullitt
The Triumph of Pegasus

Robert Sheckley
Das Problem
Starting from Scratch

Ron Goulart
Unter Schriftstellern
Confessions

Frederik Pohl & C. M. Kornbluth
Die Entscheidung
The Meeting

Jon Lucas
Das elektronische Huhn
The Self-Priming, Solid-State Electronic Chicken

Hank Davis
Raumfahrt tut not
Staying Power

Maureen Bryan Exter
Aufbruch ins Unbekannte
The Good-Bye-Birthday

Charles E. Fritch
Prophezeiungen
The Misfortune Cookie

Robert F. Young
Gespräche mit einem Vogel
Dialogue in a Twenty-First Century Dining Room

3370 Clifford D. Simak
Die letzte Idylle (1973)
A Choice of Gods (1972)
Ü: Birgit Reß-Bohusch

3371 John Wyndham
Das versteckte Volk (1974)
The Secret People (1935)
Ü: Yoma Cap

3372 Herbert W. Franke
Zone Null (1970) (1974)

3373 Ursula K. Le Guin
Die Geißel des Himmels (1974) (1993)
The Lathe of Heaven (1971)
Ü: Birgit Reß-Bohusch
(NA unter alter Nummer)

3374 Wolfgang Jeschke (Hrsg.)
Science Fiction Story Reader 1 (A) (1974)
Ü: Walter Brumm

Bob Stickgold
Susies Wirklichkeit
Susie's Reality (1973)

Arnold M. Auerbach
Anläßlich der Wiederaufführung von Hair im Jahr 2016
When Hair Were Revived in 2016 (1971)

Theodore Sturgeon
Ockhams Skalpell
Occam's Scalpel (1971)

Barry N. Malzberg
Ort der Qualen
Gehenna (1971)

Sydney J. van Scyoc
Mnarra Mobilis
Mnarra Mobilis (1973)

Herbert W. Franke
Mißverständnis oder Vorsicht mit Nichtrauchern (1974)

Thomas M. Disch
Abstieg
Descending (1968)

Larry Niven
Rammer
Rammer (1971)

3375 Hans Dominik
Der Brand der Cheopspyramide (1927) (1974)

3376 Philip José Farmer
Der Steingott erwacht (1974)
The Stone God Awakens (1970)
Ü: Walter Brumm

3377 Arkadij & Boris Strugatzki
Atomvulkan Golkonda (1961) (1974)
Strana bagrovyc tuc (1959)
Ü: Willi Berger

3378 Robert Silverberg (Hrsg.)
Menschen und andere Ungeheuer (A) (1974)
The Science Fiction Bestiary (1971)
Ü: Yoma Cap und Gisela Stege

Theodore Sturgeon
Hurkls sind fröhliche Geschöpfe
The Hurkle Is a Happy Beast

L. Sprague de Camp
Die blaue Giraffe
The Blue Giraffe

Philip K. Dick
Die Partiturwesen
The Preserving Machine

Poul Anderson & Gordon R. Dickson
Der Sheriff von Canyon Gulch
The Sheriff of Canyon Gulch

Clifford D. Simak
Die Mehrzweck-Tiere
Drop Dead

R. Bretnor
Die Geheimwaffe
The Gnurrs Come from the Voodvork Out

Robert Silverberg
Der Zoo
Collecting Team

3379 John Norman
Der Geächtete von Gor (1973)
Outlaw of Gor (1967)
Ü: Thomas Schlück

3380 Harry Harrison & Brian W. Aldiss (Hrsg.)
Der Tag Million (A) (1971)
Nebula Award Stories 2 (1967)
Ü: Hans Maeter und Mary Hammer

Frederik Pohl
Der Tag Million
Day Million (1966)

Richard McKenna
Das tiefe Land
The Secret Place (1966)

Sonya Dorman
Mein Leben als Miß Dow
When I Was Miss Dow (1966)

R. A. Lafferty
Mitleid? Mit Menschen?
Among the Hairy Earthmen (1966)

Gordon R. Dickson
Sie nennen ihn Lord
Call Him Lord (1966)

Philip K. Dick
Rekal, Inc. – Erinnerungen jeder Art
We Can Remember It for You Wholesale (1966)

Jack Vance
Die letzte Burg
The Last Castle (1966)

3381 James Blish
Zeit der Vögel (1974)
Midsummer Century (1972)
Ü: Yoma Cap

3382 Kit Pedler & Gerry Davis
Die Plastikfresser (1974)
Mutant 59: The Plastic Eater (1971)
Ü: Rolf Palm

3383 Piers Anthony
Chthon oder Der Planet der Verdammten (1971) (1974)
Chthon (1967)
Ü: Margarete Bormann und Thomas Schlück

3384 Frank Herbert
Ein Cyborg fällt aus (1971)
Destination Void (1966)
Ü: Thomas Schlück

3385 Wulf H. Bergner (Hrsg.)
The Magazine of Fantasy and Science Fiction, 37. Folge
Die Traumpatrouille (A) (1974)
Ü: Wulf H. Bergner

Charles W. Runyon
Die Traumpatrouille
Dream Patrol

Wilma Shore
Und das ist das Ende der Welt?
Is It the End of the World?

Jesse Bier
Milliarden Augen sehen dich an
The Man on Zero Four

Philip Latham
Jeanettes Hände
Jeanette's Hands

Michael Goldberg & Laurence M. Janifer
Bilder fürs Familienalbum
Family Album

Ron Goulart
Ein Meisterstück
Masterpiece

Miriam Allen DeFord
Der Augenzeuge
Murder in the Transcontinental Tunnel

Edward Wellen
Androiden weinen nicht
Androids Don't Cry

3386 Clifford D. Simak
Welt der Puppen (1974)
Destiny Doll (1972)
Ü: Walter Brumm

3387 Stanley G. Weinbaum
Die schwarze Flamme (1974)
The Black Flame (1948)
Ü: Günter Treffer

3388 Lin Carter
Der grüne Stern (1974)
Under the Green Star (1972)
Ü: Walter Brumm

3389 Herbert W. Maly (Hrsg.)
Der metallene Traum (A) (1971) (1974)
Ü: Mary Hammer, Hans Maeter und Gisela Stege

Jürgen vom Scheidt
Der metallene Traum (1970)

Robert Silverberg
Trip in die Wirklichkeit
The Reality Trip (1970)

Larry Niven
Tod durch Ekstase
Death by Ecstasy (1969)

Harlan Ellison
Scherben
Shattered Like a Glass Goblin (1968)

James E. Gunn
Zeit zum Füttern
Feeding Time (1955)

3390 James Blish
Der Tag nach dem Jüngsten Gericht (1974)
The Day after Judgement (1971)
Ü: Birgit Reß-Bohusch

3391 John Norman
Die Priesterkönige von Gor (1974)
Priest Kings of Gor (1969)
Ü: Thomas Schlück

3392 Robert Silverberg
Der Gesang der Neuronen (1971) (1974)
Thorns (1967)
Ü: Elke Kamper

3393 Harry Harrison
Rachezug im Kosmos (1974)
The Stainless Steel Rat's Revenge (1970)
Ü: Walter Brumm

3394 J. G. Ballard
Die tausend Träume von Stellavista (C) (1972) (1974)
Vermilion Sands (1971)
Ü: Alfred Scholz

Die tausend Träume von Stellavista
The 1000 Dreams of Stellavista (1962)

Prima Belladonna
Prima Belladonna (1956)

Die Venus lächelt
Venus Smiles (1967)

Die singenden Plastiken
The Singing Statues (1962)

Das Kulissenspiel
The Screen Game (1963)

Die Wolkenbildner von Coral D
The Cloud-Sculptors of Coral D (1967)

Hope Cunard
Cry Hope, Cry Fury! (1967)

Sag dem Wind Lebewohl
Say Goodbye to the Wind (1970)

Studio 5
Studio 5: the Stars (1961)

3395 Hans Dominik
Das Erbe der Uraniden (1928) (1974)

3396 Michael Fisher
Der Spiegelkäfig (1971) (1974)
The Captives (1970)
Ü: Mary Hammer

3397 Philip K. Dick
Irrgarten des Todes (1974)
A Maze of Death (1970)
Ü: Yoma Cap

3398 Herbert W. Franke (Hrsg.)
Science Fiction Story Reader 2 (A) (1974)
Ü: Charlotte Winheller

Gene Wolfe
Westwind
Westwind (1973)

Brian W. Aldiss
In den Raumschiffdocks
Working in the Spaceship Yards (1969)

Langdon Jones
Durchreise
Transient (1965)

Wolfgang Jeschke
I Love Bombay 1980 (1974)

Norman Spinrad
Das Schöne an sich
A Thing of Beauty (1973)

Peter Tate
Liebe Hexe Hazel, meine Vögel fliegen nicht fort ...
Dear Witch Hazel, My Birds Won't Fly ... (1973)

Herbert W. Franke
Der Traum vom Meer (1974)

Bob Parkinson
Sternenfeuer
Starfire

3399 Michael Moorcock
I.N.R.I. oder Die Reise mit der Zeitmaschine (1972) (1974/1987)
Behold the Man (1970)
Ü: Alfred Scholz

3400 Ursula K. Le Guin
Winterplanet (1974)
The Left Hand of Darkness (1969)
Ü: Gisela Stege

3401 John Norman
Die Nomaden von Gor (1974)
Nomads of Gor (1969)
Ü: Thomas Schlück

3402 Wulf H. Bergner (Hrsg.)
The Magazine of Fantasy and Science Fiction, 38. Folge
Der vierte Zeitsinn (A) (1974)
Ü: Wulf H. Bergner

Albert Teichner
Der vierte Zeitsinn
The Fourth Sense of Time

Raylyn Moore
Der Hummer-Trick
Lobster Trick

Ron Goulart
Vorschuß
Down and Out

Kit Reed
Hundstage
Dog Days

G. C. Edmondson
Wer glaubt schon einem Indianer
Nobody Believes an Indian

Philip José Farmer
Eva
Skinburn

Richard P. Lupoff
12.01
12.01 p. m.

3403 Alexander A. Bodganov
Der Rote Stern (1972)
Krasnaja Zuesda (1908)
Ü: Hermynia zur Mühlen

3404 Poul Anderson
Die Tänzerin von Atlantis (1974) (1992)
The Dancer from Atlantis (1971)
Ü: Yoma Cap
(NA unter alter Nummer)

3405 Thomas M. Disch
Camp Concentration (1971) (1974)
Camp Concentration (1968)
Ü: Gertrud Baruch

3406 Brian W. Aldiss
Raum, Zeit und Nathaniel (C) (1974)
Space, Time, and Nathaniel (1957)
Ü: Birgit Reß-Bohusch

T
T (1956)

Unsere Erkenntnis
Our Kind of Knowledge (1955)

Psiklopen
Psyclops (1956)

Das Urteil
Conviction (1956)

Für alle Zeit
Not for an Age (1955)

Das Orakel
The Shubshub Race (1957)
Polizeibericht
Criminal Record (1954)
Die Gescheiterten
The Failed Men (1957)
Alles durch nichts
Supercity (1956)
Die Flut
There Is a Tide (1956)
Pogsmith
Pogsmith (1955)
Draußen
Outside (1955)
Tele-Vision
Panel Game (1955)
Pantomime
Dumb Show (1956)

3407 Robert Bloch
Das Regime der Psychos (1974)
Sneak Preview (1971)
Ü: Walter Brumm

3408 Lin Carter
Der grüne Stern ruft (1974)
When the Green Star Calls (1974)
Ü: Walter Brumm

3409 Fritz Leiber
Ein Gespenst sucht Texas heim (1974)
A Spectre Is Haunting Texas (1968)
Ü: Birgit Reß-Bohusch

3410 Ray Bradbury
Die Mars-Chroniken (C) (1970) (1974)
The Martian Chronicles (1951)
Ü: Wolfgang Jeschke und Thomas Schlück
(rev. NA unter alter Nummer)

Januar 1999: Raketensommer
January 1999: Rocket Summer (1947)
Februar 1999: Ylla
February 1999: Ylla (1950)
August 1999: Die Sommernacht
August 1999: The Summer Night (1948)
August 1999: Die Männer von der Erde
August 1999: The Earth Men (1948)
März 2000: Der Steuerzahler
March 2000: The Taxpayer (1951)
April 2000: Die dritte Expedition (1982)
April 2000: The Third Expedition (1950)
Juni 2001: Scheint der Mond in heller Pracht
June 2001: And the Moon Be Still as Bright (1948)
August 2001: Die Siedler
August 2001: The Settlers (1951)
Dezember 2001: Der grüne Morgen
December 2001: The Green Morning (1951)
Februar 2002: Die Heuschrecken
February 2002: The Locusts (1951)
August 2002: Nächtliche Begegnung
August 2002: Night Meeting (1951)
Oktober 2002: Das Ufer
October 2002: The Shore (1951)
Februar 2003: Interim
February 2003: Interim (1947)
April 2003: Die Musiker
April 2003: The Musicians (1951)
Juni 2003: Mit dem Kopf in den Wolken
June 2003: Way in the Middle of the Air (1950)
2004–2005: Die Namen
2004–2005: The Naming of Names (1949)
April 2005: Ascher II
April 2005: Usher II (1950)
August 2005: Die Alten
August 2005: The Old Ones (1951)
September 2005: Der Marsianer
September 2005: The Martian (1949)
November 2005: Der Gepäckladen
November 2005: The Luggage Store (1951)
November 2005: Schlechte Saison
November 2005: The Off Season (1948)

November 2005: Die Zuschauer
November 2005: The Watchers (1945)

Dezember 2005: Die leeren Städte
December 2005: The Silent Towns (1949)

April 2026: Die langen Jahre
April 2026: The Long Years (1948)

August 2026: Es werden kommen leise Regen (1990)
August 2026: There Will Come Soft Rains (1950)

Oktober 2026: Das ewige Picknick (1983/1989)
October 2026: The Million-Year Picnic (1946)

3411 Hans Dominik
Flug in den Weltraum (1935) (1974)

3412 John Norman
Meuchelmörder von Gor (1974)
Assassin of Gor (1970)
Ü: Thomas Schlück

3413 Curt Siodmak
Hausers Gedächtnis (1974)
Hauser's Memory (1968)
Ü: Yoma Cap

3414 Yves Gandon
Der letzte Weiße (1948) (1974)
Le dernier blanc (1945)
Ü: Robert Brandt

3415 Gene Wolfe
Der fünfte Kopf des Zerberus (C) (1974)
The Fifth Head of Cerberus (1972)
Ü: Yoma Cap

Der fünfte Kopf des Zerberus
The Fifth Head of Cerberus

Ein Märchen von John V. Marsch
»A Story« by John V. Marsch

V. R. T.
(auch ➶ 3962)
V. R. T

3416 David Gerrold
Ich bin Harlie (1974) (1992)
When Harlie Was One (1972)
Ü: Charlotte Franke-Winheller
(NA unter alter Nummer)

3417 Harry Harrison
Ein Fall für Bolivar di Criz, die Stahlratte (1974)
The Stainless Steel Rat Saves the World (1970)
Ü: Walter Brumm

3418 Wulf H. Bergner (Hrsg.)
The Magazine of Fantasy and Science Fiction, 39. Folge
Reisebüro Galaxis (A) (1974)
Ü: Wulf H. Bergner

Leonard Tushnet
Reisebüro Galaxis
The Galaxy Travel Service

Dean R. Koontz
Kohlköpfe
Cosmic Sin

M. R. Anver
Das Auswahlkomitee
Unto Us a Child

Gary K. Wolf
Muttersöhnchen
Slammer

Herbie Brennan
Mammut
Mammoth

Edward Wellen
Wer liebt wen?
Chalk Talk

Andrew J. Offutt
Sareva, meine Hexe
Sareva: In Memoriam

Robin Scott Wilson
Lochkarten-Harley
For a While There, Herbert Marcuse, I Thought You were Maybe Right about Alienation and Eros

A. Bertram Chandler
Der Ratten-Gang
The Pied Potter

3419 Mark S. Geston
Das Sternenschiff (1974)
Lords of the Starship (1967)
Ü: Birgit Reß-Bohusch

3420 Hans Dominik
Die Macht der Drei (1922) (1974)

3421 Wolfgang Jeschke (Hrsg.)
Science Fiction Story Reader 3 (A) (1975)
Ü: Walter Brumm

Barry N. Malzberg
Sieg
Conquest (1971)

Norman Spinrad
Kein Weg nach Hause
No Direction Home (1971)

Brian W. Aldiss
Ein Jäger am Ende der Strecke
The Hunter at His Ease (1970)

Gerd Maximović
Der Mann, das Metall und das Wasser (1975)

Piers Anthony
Im Stall
In the Barn (1972)

Philip José Farmer
Bevölkerungsimplosion
Seventy Years of Decpop (1972)

3422 Ben Bova
Die dunklen Wüsten des Titan (1975)
As on a Darkling Plain (1972)
Ü: Bernt Kling

3423 Mark S. Geston
Die Ruinenwelt (1974)
Out of the Mouth of the Dragon (1969)
Ü: Birgit Reß-Bohusch

3424 Stanley G. Weinbaum
Der dunkle Doppelgänger (1974)
The Dark Other (1950)
Ü: Yoma Cap

3425 Sterling E. Lanier
Hieros Reise (1975)
Hiero's Journey (1973)
Ü: Yoma Cap

3426 Ralph Blum
Der Simultanmensch (1975)
The Simultaneous Man (1970)
Ü: Gertrud Baruch

3427 John Brunner
Durchstieg ins Irgendwann (C) (1975)
Entry to Elsewhen (1972)
Ü: Walter Brumm

Die Epidemie
Host Age (1956)

Die Lungenfische
Lungfish (1957)

Die Welt der Telepathen
No Other Gods But Me (1956)

3428 Mark S. Geston
Der Stern der Hoffnung (1975)
The Day Star (1972)
Ü: Birgit Reß-Bohusch

3429 Hans Dominik
Kautschuk (1930) (1975)

3430 Josef Nesvadba
Einsteins Gehirn (C) (1975)
Einšteinův Mozek (1960)
Ü: Erich Bertleff

Einsteins Gehirn
Einšteinův Mozek

Die zweite Insel des Dr. Moreau
Druhý Ostrov Dr. Moreau

Theriak
Dryák

Die absolute Maschine
Absolutn

Mordair
Mordair

Weltgeschichtsvernichtungstrust
Trus Pro Zničení Dějepisu

Auf den Spuren des Schneemenschen
Po Stopách Sněžného Muže

3431 Rudolf H. Daumann
Dünn wie eine Eierschale (1934) (1975)

3432 Barry N. Malzberg
Der Sturz des Astronauten (1975)
The Falling Astronauts (1971)
Ü: Walter Brumm

3433 John Norman
Die Piratenstadt von Gor (1975)
Raiders of Gor (1971)
Ü: Thomas Schlück

3434 Roger Zelazny
Der Tod in Italbar (1975)
To Die in Italbar (1973)
Ü: Thomas Schlück

3435 Wulf H. Bergner (Hrsg.)
The Magazine of Fantasy and Science Fiction, 40. Folge
Stadt der Riesen (A) (1975)
Ü: Wulf H. Bergner

Herbie Brennan
Stadt der Riesen
Big City

Robert F. Young
Ann
Spacetrack

George Alec Effinger
Soldaten
Curtains

Haskell Barkin
Mr. Sperling läßt ausräuchern
Mr. Sperling Bugs Out

Dean McLaughlin
Gegengeschäfte
West of Scranton and Beyond the Dreams of Avarice

Poul Anderson
Der Besucher
The Visitor

Barry N. Malzberg
Die letzte Antwort
A Short Religious Novel

3436 Peter Tate
Landluft und tödlicher Regen (1975)
Country Love and Poison Rain (1973)
Ü: Gisela Stege

3437 René Barjavel
Das große Geheimnis (1975)
Le grand secret (1973)
Ü: M. van der Brugge

3438 Hans Dominik
Atomgewicht 500 (1935) (1975)

3439 L. Sprague de Camp
Der Schmetterlingsthron (1975) (1994)
The Goblin Tower (1968)
Ü: Thomas Schlück
(NA unter alter Nummer)

3440 David Lindsay
Die Reise zum Arcturus (1975)
A Voyage to Arcturus (1920)
Ü: Walter Brumm

3441 Robert Silverberg
Kinder der Retorte (1975) (1992)
Tower of Glass (1970)
Ü: Leopold Voelker
(NA unter alter Nummer)

3442 Wolfgang Jeschke (Hrsg.)
Die sechs Finger der Zeit (A) (1971) (1975)
Ü: Elke Kamper & Gisela Stege

R. A. Lafferty
Die sechs Finger der Zeit
The Six Fingers of Time (1960)

R. A. Lafferty
So frustrieren wir Karl den Großen
Thus We Frustrate Charlemagne (1967)

Manuel van Loggem
Greifsehen (1971)

Katherine MacLean
Incommunicado
Incommunicado (1950)

Hansjörg Präger
Apollo + 1 (1971)

James H. Schmitz
Zeitdrift
The Winds of Time (1962)

Christopher Anvil
Stein der Weisen
Philosopher's Stone (1962)

3443 Keith Laumer
Der Zwischenbereich (A) (1975)
Five Fates (1970)
Ü: Yoma Cap

Harlan Ellison
Der Zwischenbereich
The Region Between

Poul Anderson
Tödliche Schöpfungen
The Fatal Fulfillment

Frank Herbert
Lebe dem Mord
Murder Will In

Gordon R. Dickson
Einzelgänger
Maverick

Keith Laumer
Schlafen, vielleicht träumen
Of Death What Dreams

3444 Roger Zelazny
Heut wählen wir Gesichter (1975)
Today We Choose Faces (1973)
Ü: Thomas Schlück

3445 Robert Silverberg
Es stirbt in mir (1975)
Dying Inside (1972)
Ü: Gisela Stege

3446 Hal Clement
Der Feuerzyklus (1975)
Cycle of Fire (1957)
Ü: Heinz Nagel

3447 Hans Dominik
Atlantis (1925) (1975)

3448 Jack Vance
Der Mann ohne Gesicht (1975)
The Anome (1971)
Ü: Thomas Schlück

3449 Hans Wörner
Wir fanden Menschen (1948) (1975)

3450 Philip José Farmer
Lord Tyger (1975)
Lord Tyger (1970)
Ü: Wolfgang Eisermann

3451 Herbert W. Franke (Hrsg.)
Science Fiction Story Reader 4 (A) (1975)
Ü: Charlotte Winheller

Keith Laumer
Der letzte Befehl
The Last Command (1973)

Scott W. Schumack
Persephone und Hades
Persephone and Hades (1975)

Anthony R. Lewis
Aufforderung zur Erstellung eines Angebots
Request for Proposal (1972)

Kurt K. Doberer
Saturn (1975)

Winfried Göpfert
Tag für Tag (1975)

Dieter Hasselblatt
Notlandung (1975)

Jürgen vom Scheidt
Im Spiegelkabinett (1975)

J. T. Lamberty jr.
Im Rechnen eine Null
Young Beaker (1975)

Colin Kapp
Crimescan
Crimescan (1973)

Clifford D. Simak
Konstruktion mit kleinen Fehlern
Construction Shack (1973)

3452 Piers Anthony
Makroskop (1975)
Macroscope (1969)
Ü: Bernt Kling

3453 John W. Campbell jr.
Invasion aus der Unendlichkeit (1975)
Invaders from the Infinite (1932)
Ü: Ilse Pauli

3454 Wulf H. Bergner (Hrsg.)
The Magazine of Fantasy and Science Fiction, 41. Folge
Der Aufstand der Kryonauten (A) (1975)
Ü: Wulf H. Bergner

Edward Wellen
Der Aufstand der Kryonauten
The Cryonauts

John Christopher
Waidmannsheil
Specimen

Philip Latham
Nangst
After Enfer

Ward Moore
God Save the Queen
Dominions Beyond

Graham Petrie
Herman
Herman

R. Bretnor
Die Frist
Party Night

Robert Lory
Ein Drachen, gelb und grün
Kite: Yellow and Green

Larry Eisenberg
Das Chamäleon
The Chameleon

Barry N. Malzberg
Der Helm
The Helmet

Gahan Wilson
Der fast ideale Butler
The Zombie Butler

3455 John Norman
Sklavin auf Gor (1975)
Captive of Gor (1972)
Ü: Thomas Schlück

3456 Hans Dominik
Das stählerne Geheimnis (1934) (1975)

3457 Thomas M. Disch
Die Feuerteufel (1975)
The Genocides (1964)
Ü: Walter Brumm

3458 John W. Campbell jr.
Die tote Sonne (1975)
The Black Star Passes (1930/1953)
Ü: Walter Brumm

3459 Alan Burt Akers
Transit nach Scorpio (1975) (1986)
Transit to Scorpio (1972)
Ü: Thomas Schlück
(NA unter alter Nummer)

3460 Frank Herbert
Die Riten der Götter (1975)
The God Makers (1972)
Ü: Birgit Reß-Bohusch

3461 Carl Amery
Der Untergang der Stadt Passau (1975)

3462 James Tiptree jr.
10000 Lichtjahre von zuhaus (C) (1975)
Ten Thousand Light-Years from Home (1973), Ausw.
Ü: Walter Brumm

Und ich erwachte und fand mich hier am kalten Berghang
And I Awoke and Found Me Here on the Cold Hill's Side (1971)

Der Schnee ist geschmolzen, der Schnee ist fort
The Snows Are Melted, the Snows Are Gone (1969)

Schmerzerfahren
Painwise (1971)

Treu dir, Terra, auf unsere Art
Faithful to Thee, Terra, in Our Fashion (1968)

Der Kerl, den die Türen grüßten
The Man Doors Said Hello to (1968)

Ein Leben für eine Decke der Hudson Bay Company
Forever to a Hudson Bay Blanket (1972)

Ich bin zu groß, aber ich spiele gern
I'm Too Big But I Love to Play (1970)

Mutter im Himmel – mit Diamanten
Mother in the Sky with Diamonds (1971)

3463 Jack Vance
Der Kampf um Durdane
The Brave Free Men (1972)
Ü: Thomas Schlück

3464 Jens Rehn
Die Kinder des Saturns (1959) (1975)

3465 Christopher Priest
Die Stadt (1976)
The Inverted World (1974)
Ü: Yoma Cap

3466 Ursula K. Le Guin
Das Wort für Welt ist Wald (1975) (1992)
The Word for World Is Forest (1972)
Ü: Gisela Stege
(NA unter alter Nummer)

3467 Jewgenij Samjatin
Wir (1958) (1970/1975)
My (1920/1924)
Ü: Gisela Drohla
(➶ 3218/NA unter neuer Nummer)

3468 Lin Carter
Im Licht des grünen Sterns (1975)
By the Light of the Green Star (1974)
Ü: Thomas Schlück

3469 Hal Clement
Stützpunkt auf Dhrawn (1975)
Starlight (1971)
Ü: Horst Pukallus

3470 Wulf H. Bergner (Hrsg.)
The Magazine of Fantasy and Science Fiction, 42. Folge
Insel der Krebse (A) (1975)
Ü: Wulf H. Bergner

Anatolij Dnjeprow
Insel der Krebse
Kraby idut po ostrovu
Ü: Elisabeth Riedt

Dean McLaughlin
Die Schwierigkeiten mit Projekt Erdrutsch
The Trouble with Project Slickenside

Keith Laumer
Die Müllinvasion
The Garbage Invasion

Miriam Allen DeFord
Die Treyaner kommen
The Treyans Are Coming

3471 Olaf Stapledon
Sirius (1975)
Sirius (1944)
Ü: Ilse Pauli

3472 John Norman
Die Jäger von Gor (1975)
Hunters of Gor (1974)
Ü: Thomas Schlück

3473 Wolfgang Jeschke (Hrsg.)
Science Fiction Story Reader 5 (A) (1975)
Ü: Walter Brumm, Yoma Cap, Gisela Stege

William Harrison
Rollerball
Rollerball Murder (1966–1974)

Joern J. Bambeck
Romeo und Julia (1975)

Viktorias Pivonas
Für die linke Hand (1975)

Kathleen Sky
Ein gewöhnlicher Tag – mit Kasten
One Ordinary Day with Box (1972)

Peter Beh
Die Abweichung (1973)

George R. R. Martin
Abschied von Lya
A Song for Lya (1974)

Thomas Le Blanc
Das Experiment (1975)

Stephen Goldin
Träum süß, Melissa
Sweet Dreams, Melissa (1968)

Langdon Jones
Symphonie Nr. 6, c-moll, die Tragische von Ludwig van Beethoven II
Symphony No. 6, in C Minor »The Tragic« by Ludwig van Beethoven II (1968)

3474 Kit Pedler & Gerry Davis
Gehirnpest (1976)
Brainrack (1974)
Ü: Ilse Pauli

3475 Leo Szilard
Die Stimme der Delphine (C) (1963) (1976)
The Voice of the Dolphins (1961)
Ü: Horst Dölvers

Der Kriegsverbrecherprozeß
My Trial as a War Criminal (1947)

Achtung alle Sterne
Calling All Stars (1949)

Der Zentralbahnhof
Report on »Grand Central Terminal« (1948)

Die Stimme der Delphine
The Voice of the Dolphins (1960)

Die unterminierten Städte
The Mined Cities (1961)

Die Mark-Gable-Stiftung
The Mark Gable Foundation (1961)

3476 Alan Burt Akers
Die Sonnen von Scorpio (1976) (1986)
The Suns of Scorpio (1973)
Ü: Thomas Schlück
(NA unter alter Nummer)

3477 Robert Silverberg
Ein glücklicher Tag im Jahr 2381 (1976)
The World Inside (1971)
Ü: Bernt Kling

3478 David Gerrold
Zeitmaschinen gehen anders (1976)
The Man Who Folded Himself (1973)
Ü: Mary Hammer

3479 E. E. ›Doc‹ Smith
Die Abenteuer der Skylark (1976)
The Skylark of Space
(1928/1946/1947/1950/1958)
Ü: Thomas Schlück

3480 Jack Vance
Die Asutra (1976)
The Asutra (1973)
Ü: Thomas Schlück

3481 Robert A. Heinlein
Die Leben des Lazarus Long (1976)
Time Enough for Love (1973)
Ü: Birgit Reß-Bohusch

3482 Jörg Weigand (Hrsg.)
Die Stimme des Wolfs (A) (1976)
Ü: Otto Martin

Francis Carsac
Die Stimme des Wolfs
La voix du loup (1960)

Charles Henneberg
Mondfischer
Pêcheurs de lune (1959)

Stefan Wul
Spiele der Vestalinnen
Jeux des vestales (1960)

Gerard Klein
Die Städte
Les villes (1956)

Jean Michel Ferrer
Ein Cepheide
Cepheide (1964)

Jean-Pierre Andrevon
Das Reservat
La réserve (1968)

Daniel Walther
Knallt mir alles ab!
Flinguez-moi tout ça! (1968)

3483 Vercors
Das Geheimnis der Tropis (1959) (1976)
Les animaux dénaturés (1952)
Ü: Ewald Czapski

3484 L. Sprague de Camp
Die Uhren von Iraz (1976) (1994)
The Clocks of Iraz (1971)
Ü: Thomas Schlück
(NA unter alter Nummer)

3485 J. T. McIntosh
Die Crock-Expedition (1976)
Galactic Takeover Bid (1973)
Ü: Horst Pukallus

3486 Manfred Kluge (Hrsg.)
The Magazine of Fantasy and Science Fiction, 43. Folge
Das Geschenk des Fakirs (A) (1976)
Ü: Birgit Reß-Bohusch

Warner Law
Das Geschenk des Fakirs
A Gift from the Fakir

Harlan Ellison
Croatoan
Croatoan

Richard Lupoff
In den Abendnachrichten
With the Evening News

Edward Wellen
Sankt Psikolo
Sanity Clause

Fritz Leiber
Versäum nicht den Zeppelin!
Catch That Zeppelin

Vance Aandahl
Sylvesters Rache
Sylvester's Revenge

Lou Fisher
Niemand namens Gallix
Nobody Named Gallix

Manly W. & Wade Wellman
Sherlock Holmes kontra Mars
Sherlock Holmes Versus Mars

3487 Frederik Pohl & Wolfgang Jeschke (Hrsg.)
Titan - 1 (A) (1976)
Star Science Fiction 1, 2 (1953) (1954), Ausw.
Ü: Yoma Cap

William Morrison
Der Landarzt
Country Doctor (1953)

Cyril M. Kornbluth
Domino
Dominos (1953)

Lester del Rey
Ideale
Idealist (1953)

Fritz Leiber
Liebeskummer
The Night He Cried (1953)

John Wyndham
Das Chronoklasma
The Chronoclasm (1953)

Lester del Rey
Therapie
A Pound of Cure (1954)

James Blish
ZII
FYI (1954)

Jack Williamson
Das glücklichste Geschöpf
The Happiest Creature (1954)

Cyril M. Kornbluth
Die Reuigen
The Remorseful (1954)

Richard Wilson
Ein Freund der Familie
Friend of the Family (1954)

3488 Alan Burt Akers
Der Schwertkämpfer von Scorpio (1976) (1986)
Warrior of Scorpio (1973)
Ü: Thomas Schlück
(NA unter alter Nummer)

3489 D. Gerrold & L. Niven
Die fliegenden Zauberer (1976) (1992)
The Flying Sorcerers (1971)
Ü: Yoma Cap
(NA unter alter Nummer)

3490 Mike Dolinsky
Die PSI-Droge (1976)
Mind One (1972)
Ü: Horst Pukallus

3491 E. E. ›Doc‹ Smith
Die Skylark und die Schlacht um Osnome (1976)
Skylark Three (1930/1948)
Ü: Thomas Schlück

3492 Michael Moorcock
Die Zeitmenagerie (1976)
An Alien Heat (1972)
Ü: Otto Martin

3493 Oliver Lange
Vandenberg oder Als die Russen Amerika besetzten (1973) (1976)
Vandenberg (1971)
Ü: Herbert Schlüter

3494 Philip José Farmer
Das echte Log des Phileas Fogg (1976)
The Other Log of Phileas Fogg (1973)
Ü: Horst Pukallus

3495 Hellmuth Lange
Blumen wachsen im Himmel (1948) (1976)

3496 Alan Burt Akers
Die Armada von Scorpio (1976) (1987)
Swordships of Scorpio (1973)
Ü: Thomas Schlück
(NA unter alter Nummer)

3497 Arkadij & Boris Strugatzki
Der ferne Regenbogen (1973)
Dalekaja raduga (1963)
Ü: Aljonna Möckel

3498 Herbert W. Franke (Hrsg.)
Science Fiction Story Reader 6 (A) (1976)
Ü: Charlotte Winheller, Peter Scheibler, Christa Schubert-Consbruch, Johannes Jankowiak und Hannes Elischer

Peter Tate
Mit der Kamera dabei
Crumbling Hollywood Mansion, Crumbling Hollywood Man…

Rowland E. Burns
Entweder – oder
Exclusive either/or

J. W. Schultz
Nicht an weiße Bären denken
Wait. You'll See!

George R. R. Martin
Im Auftrag der FTL
FTA

Adrian Rogoz
Perfekter als perfekter Mord
Mai Mult ca Perfectul Crimei

Jack B. Kerr
Wellen
Waves

Gerd Maximović
Der rote Kristallplanet

Charlotte Winheller
Wegen Elsie

Charles Eric Maine
Quantenphysik der Geistererscheinungen
Scholarly Correspondence

Konrad Fiałkowski
Bevor sie zu den Sternen fliegen
Poprzez piaty wymiar

Domenico Garelli
Schreibe ich deinen Namen…
Scrivo il tuo nome

K. K. Doberer
Attentat

Robert Sheckley
Endstadt
End City

Bob Parkinson
Preis der Unsterblichkeit
Premonitions of Immortality

3499 Clive Staples Lewis
Jenseits des schweigenden Sterns (1948) (1976)
Out of the Silent Planet (1938)
Ü: Walter Brumm

3500 Roger Zelazny
Herr des Lichts (1976)
Lord of Light (1976)
Ü: Frank Clemeur

3501 Fritz Leiber
Schwerter im Kampf (C) (1976)
Swords in the Mist (1968)
Ü: Thomas Schlück

Harte Zeiten in Lankhmar
Lean Times in Lankhmar

Tor zu einer anderen Welt
Their Mistress, the Sea/The Wrong Branch

Das Spiel des Adepten
Adept's Gambit

3502 Manfred Kluge (Hrsg.)
The Magazine of Fantasy and Science Fiction, 44. Folge
Wegweiser ins Nirgendwo (A) (1976)
Ü: Birgit Reß-Bohusch

Brian Lumley
Wegweiser ins Nirgendwo
No Way Home

Doris Pitkin Buck
Katzen auf dem Gelände
Please Close That Gate on Account of the Kitten

Henry Slesar
Aufstieg und Untergang des Vierten Reichs
The Rise and Fall of the Fourth Reich

Randall Garrett
Der letzte Kampf des Fion Mac Cumhaill
The Final Fighting of Fion Mac Cumhaill

Jon Fast
Schwund
Decay

Clifford D. Simak
Altersheim
Senior Citizen

Barry N. Malzberg
Eine Galaxis namens Rom
A Galaxy Called Rome

3503 E. E. ›Doc‹ Smith
Die Skylark und die Sternenwanderer (1976)
Skylark of Valeron (1934/1935/1949)
Ü: Thomas Schlück

3504 Alan Burt Akers
Der Prinz von Scorpio (1976) (1987)
Prince of Scorpio (1974)
Ü: Thomas Schlück
(NA unter alter Nummer)

3505 Ursula K. Le Guin
Planet der Habenichtse (1976)
The Dispossessed (1974)
Ü: Gisela Stege

3506 Curt Siodmak
Die Stadt im All (1976)
City in the Sky (1974)
Ü: Yoma Cap

3507 Frederik Pohl & Wolfgang Jeschke (Hrsg.)
Titan – 2 (A) (1976)
Star Science Fiction 3, 4 (1954) (1958), Ausw.
Ü: Yoma Cap

Arthur C. Clarke
Hirten der Tiefe
The Deep Range (1954)

Lester del Rey
Fremdling
Alien (1954)

Chad Oliver
Gibt es noch mehr von Ihrer Sorte?
Any More at Home Like You? (1954)

Cyril M. Kornbluth
Advent auf Kanal Zwölf
The Advent of Channel Twelve (1958)

Jack Vance
Der Teufel auf der Segensklippe
The Devil on Salvation Bluff (1954)

Fritz Leiber
Raum-Zeit-Sprünge
Space-Time for Springers (1958)

Philip K. Dick
Foster, du bist tot
Foster, You're Dead (1954)

Lester del Rey
Entwicklungshilfe
Helping Hand (1958)

Jack Williamson
Konsumartikel
Guinevere for Everybody (1954)

3508 Jane Gaskell
Der Turm der Göttin (1976)
The Serpent (1966), Teil 1
Ü: Horst Pukallus

3509 J. G. Ballard
Der vierdimensionale Alptraum (C) (1973) (1976)
The 4-Dimensional Nightmare (1963)
Ü: Wolfgang Eisermann
Die Stimmen der Zeit
The Voices of Time (1960)
Der Garten der Zeit
The Garden of Time (1962)
Der Sandkäfig
The Cage of Sand (1962)
Die Wachttürme
The Watchtowers (1962)
Der überlastete Mann
The Overloaded Man (1961)
Dreizehn unterwegs zum Alpha Centauri
Thirteen to Centaurus (1962)
Der Klangsauger
The Sound Sweep (1960)
Chronopolis
Chronopolis (1960)

3510 Clifford D. Simak
Heimat Erde (1976)
Cemetary World (1972/1973)
Ü: Horst Pukallus

3511 Clive Staples Lewis
Perelandra (1957) (1976)
Perelandra (1943)
Ü: Walter Brumm

3512 Alan Burt Akers
Die Menschenjäger von Antares (1976) (1987)
Manhounds of Antares (1973)
Ü: Thomas Schlück
(NA unter alter Nummer)

3513 David G. Compton
Leb wohl, gute Erde (1976)
Farewell, Earth's Bliss (1966)
Ü: Hans Maeter

3514 James Tiptree jr.
Beam uns nach Haus (C) (1976)
Ten Thousand Light-Years from Home (1973), Ausw.
Ü: Gertrud Baruch
Beam uns nach Haus
Beam Us Home (1969)
Die Friedfertigkeit Vivyans
The Peacefulness of Vivyan (1971)
Mama kommt nach Hause
Mama Comes Home (1968)
Hilfe
Help (1968)
Der Mann, der sich auf den Heimweg machte
The Man Who Walked Home (1972)
Wer rastet, der rostet
I'll Be Waiting for You When the Swimming Pool Is Empty (1971)
Geburt eines Handlungsreisenden
Birth of a Salesman (1968)

3515 E. E. ›Doc‹ Smith
Die Skylark und der Kampf um die Galaxis (1976)
Skylark Duquesne (1965)
Ü: Thomas Schlück

3516 Jane Gaskell
Der Drache (1976)
The Serpent (1966), Teil 2
Ü: Horst Pukallus

3517 Isaac Asimov
Die nackte Sonne (1960) (1962) (1976)
The Naked Sun (1956, 1957)
Ü: Jesco von Puttkamer
(➚ 3009/NA unter neuer Nummer)

3518 Nancy Freedman
Joshua Niemandssohn (1976)
Joshua Son of None (1973)
Ü: Walter Brumm

3519 Manfred Kluge (Hrsg.)
The Magazine of Fantasy and Science Fiction, 45. Folge
Ein Affe namens Shakespeare (A) (1976)
Ü: Birgit Reß -Bohusch

Robert F. Young
Ein Affe namens Shakespeare
Shakespeare of the Apes

Harry Manders
Der Fall mit den Juwelen
The Problem of the Sore Bridge – among Others

Larry Tritten
Eine einschneidende Maßnahme
Final Cut

Gordon Eklund
Der neue Trend
Changing Styles

Brian Lumley
Der Windgott
Born of the Winds

3520 Frederik Pohl & Wolfgang Jeschke (Hrsg.)
Titan - 3 (A) (1976)
Star Science Fiction 1, 2, 4 (1953, 1954, 1958), Ausw.
Ü: Yoma Cap & Walter Brumm

Henry Kuttner u. Catherine Lucile Moore
Eine abenteuerliche Vermutung
A Wilde Surmise (1953)

Judith Merril
Die Auswanderer
So Proudly We Hail (1953)

Isaac Asimov
Junior
Nobody Here But - (1953)

Arthur C. Clarke
Die neun Milliarden Namen Gottes
The Nine Billion Names of God (1953)

James E. Gunn
Die Unsterblichen
The Immortals (1958)

Richard Wilson
Der neue Job
Helping Hand (1958)

Alfred Bester
Die Nummer mit dem Verschwinden
Disappearing Act (1954)

3521 John Norman
Die Marodeure von Gor (1976) (1985) (1996)
Marauders of Gor (1975)
Ü: Thomas Schlück
(NA unter alter Nummer)

3522 Eric Koch
Die Freizeit-Revoluzzer (1976)
The Leisure Riots (1973)
Ü: Walter Brumm

3523 Wolfgang Jeschke (Hrsg.)
Science Fiction Story Reader 7 (A) (1976)
Ü: Birgit Reß-Bohusch, Horst Adam, Walter Brumm und Otto Martin

George R. R. Martin
Am Morgen fällt der Nebel
With Morning Comes Mistfall (1973)

René Sussan
Der Geruch der Angst
Le sale air de la peur (1974)

Chelsea Quinn Yarbro
Am Froschteich
Frogpond (1971)

Lothar van de Renne
Stell dir vor (1976)

William Harrison
Der Kämpfer
The Warrior (1971)

Jack Dann
Karussell
Whirl Cage (1972)

Bob van Laerhoven
Wandel unter Kennedy
Kennedy Revisited (1975)

Gérard Klein
Wiederaufbau
Réhabilitation (1973)

Kai Riedemann
Heimsuchung (1967)

Jean-Pierre Andrevon
Das Tal
Le vallon (1975)

Christian Meyer-Oldenburg
Drei Stufen zur Wirklichkeit (1976)

Wolfgang Jeschke
(Gedichte)
Sterne (1976)
Aufbruch (1976)

3524 Clive Staples Lewis
Die böse Macht (1954) (1976)
That Hideous Strength (1945)
Ü: Walter Brumm

3525 Clifford D. Simak
Marc Cornwalls Pilgerfahrt (1977)
Enchanted Pilgrimage (1975)
Ü: Otto Martin

3526 Olaf Stapledon
Die Insel der Mutanten (1970) (1976)
Odd John (1936)
Ü: Walter Brumm
(➶ 3214/NA unter neuer Nummer)

3527 Keith Roberts
Die folgenschwere Ermordung Ihrer Majestät Königin Elisabeth I. (1977)
Pavane (1966, 1968)
Ü: Thomas Schlück

3528 Philip K. Dick
Eine andere Welt (1977)
Flow My Tears, the Policeman Said (1974)
Ü: Walter Brumm

3529 Laurence Manning
Der Jahrtausendschläfer (1977)
The Man Who Awoke (1933)
Ü: Walter Brumm

3530 Jane Gaskell
Im Reich der Atlantiden (1977)
Atlan (1965)
Ü: Horst Pukallus

3531 Larry Niven & Jerry Pournelle
Der Splitter im Auge Gottes (1974)
The Mote in God's Eye (1974)
Ü: Yoma Cap

3532 Roberto Vacca
Der Tod der Megalopolis (1977)
La morte di Megalopoli (1974)
Ü: Ragni Maria Gschwend

3533 Frederik Pohl & Wolfgang Jeschke (Hrsg.)
Titan - 4 (A) (1977)
Star Science Fiction 2, 3, 4, 5 (1953, 1954, 1958, 1959), Ausw.
Ü: Walter Brumm und Horst Pukallus

Algirdas Jonas Budrys
Die integrierten Menschen
The Congruent People (1953)

Hal Clement
Der kritische Faktor
Critical Factor (1953)

Jerome Bixby
Schöner leben
It's a Good Life (1953)

Isaac Asimov
Ein so herrlicher Tag
It's Such a Beautiful Day (1954)

Henry Kuttner
Tyrell der Erlöser
A Cross of Centuries (1958)

Damon Knight
Einer muß der Dumme sein
Idiot Stick (1958)

Robert Silverberg
Kolonist Wingert in der Klemme
Company Store (1959)

3534 Alan Burt Akers
In der Arena von Antares (1977)
(1987)
Arena of Antares (1974)
Ü: Thomas Schlück
(NA unter alter Nummer)

3535 Robert A. Heinlein
Reise in die Zukunft (1967) (1976)
Farnham's Freehold (1964)
Ü: Birgit Reß-Bohusch
(➶ 3087/NA unter neuer Nummer)

3536 Frank Herbert
Hellstrøms Brut (1977)
Hellstrøm's Hive (1972/73)
Ü: Walter Brumm

3537 Manfred Kluge (Hrsg.)
The Magazine of Fantasy and Science Fiction, 46. Folge
Tod eines Samurai (A) (1977)
Ü: Birgit Reß-Bohusch

Michael Bishop
Tod eines Samurai
The Samurai and the Willows

Charles W. Runyon
Bei Gefahr den Ntxivbw prspn!
In Case of Danger Prspn the Ntxivbw!

Haskell Barkin
Zeit ist Geld
Time Is Money

Paul Chapin
Der Vulkan
The Volcano

Stuart Dybek
Der Horrorfilm
Horror Movie

Marcel Aymé
Dermuche
Dermuche

3538 Felix Aderca
Die Unterwasserstädte (1977)
Orsele Scufundate (1937)
Ü: Erich Mesch

3539 Roger Zelazny
Corwin von Amber (1977)
Nine Princes in Amber (1970)
Ü: Thomas Schlück

3540 Christopher Priest
Sir Williams Maschine (1977)
The Space Machine (1976)
Ü: Thomas Schlück

3541 Wolfgang Jeschke (Hrsg.)
Die große Uhr (A) (1977)
Ü: Birgit Reß-Bohusch, Inke Schultze-Kraft-Klingelhöffer und Werner Fuchs

Langdon Jones
Die große Uhr
The Great Clock (1966)

Wolfgang Altendorf
Der Delegierte (1976)

James E. Gunn
Verbrennt die Hexen
Witches Must Burn (1956)

Karl Michael Armer
Mit beiden Beinen fest auf der Erde (1977)

Alfred Andersch
Ein Auftrag für Lord Glouster (1969/74)

Fritz J. Schmidhäusler
Der TDB-Transmitter (1977)

Hugo Lindo
Parallele Spiegel (1969)
Espejos paralelos (1963)

Steven Utley & Howard Waldrop
Custers letzter Absprung
Custer's Last Jump (1976)

Stephen Goldin
Der letzte Geist
The Last Ghost (1971)

Norman Spinrad
Der Weg der Flamme
Riding the Torch (1974)

Oliver Behnssen
7 Gedichte

3542 Stanley G. Weinbaum
Der neue Adam (1977)
The New Adam (1939)
Ü: Werner Fuchs

3543 Jane Gaskell
Im Land der Affenmenschen
(1977)
The City (1966)
Ü: Horst Pukallus

3544 William F. Nolan & George Clayton Johnson
Flucht ins 23. Jahrhundert (1977)
Logan's Run (1967)
Ü: Ernst Heyda

3545 Ian Watson
Der programmierte Wal (1977)
The Jonah Kit (1975)
Ü: Walter Brumm

3546 Frederik Pohl & Wolfgang Jeschke (Hrsg.)
Titan - 5 (A) (1977)
Star Short Novels u. *Star Science Fiction,* 5, 6 (1954, 1959), Ausw.
Ü: Walter Brumm, Joachim Pente, Horst Pukallus

Arthur Sellings
Der Kulissenschieber
The Scene Shifter (1959)

Algirdas Jonas Budrys
Abstieg
Star Descending (1959)

Lester del Rey
... denn ich bin ein eifersüchtig Volk!
For I Am a Jealous People! (1954)

Gordon R. Dickson
Der Schutzengel
Dreamsman (1959)

Tom Purdom
Der heilige Gral
The Holy Grail (1959)

Rosel George Brown
Ein haarsträubendes Abenteuer
A Hair Raising Adventure (1959)

Cordwainer Smith
Angerhelm
Angerhelm (1959)

3547 Alan Burt Akers
Die Flieger von Antares (1977) (1987)
Fliers of Antares (1975)
Ü: Thomas Schlück
(NA unter alter Nummer)

3548 Barry N. Malzberg
Herovits Welt (1977)
Herovit's World (1973)
Ü: Walter Brumm

3549 Herbert W. Franke (Hrsg.)
Science Fiction Story Reader 8 (A) (1977)
Ü: B. Rullkötter, Ch. Winheller

George R. R. Martin
Der Held
The Hero (1971)

Eddy C. Bertin
Die Stadt - sie stirbt
The City, Dying (1972)

Herbert W. Franke
Fantastischer Realismus (1977)

Sam Lundwall
Schatten
Nobody Here But Us Shadows (1975)

Duncan Lunan
Der Komet, der Hügel und die Kapsel
The Comet, the Cairn, and the Capsule (1977)

Stephen Vincent Benét
Alptraum Nummer Drei
Nightmare Number Three (1935/1963)

David S. Garnett
Kriegsherr der Erde
Warlord of Earth (1977)

Gerd Maximović
Die Reise in den Roten Nebel (1977)

Robert Sheckley
Die Pistole ohne Knall
The Gun without a Bang (1958)

Dennis Etchison
Fraukind
Damechild (1970)

Chris Boyce
Man weint nicht mehr
Nobody Cries Any More (1977)

Robert F. Young
Der Bastler
Tinkerboy (1976)

3550 H. G. Wells
Stern der Vernichtung (C) (1964) (1977)
Best Stories of H. G Wells (1960)
Ü: Werner Kortwich
(➶ 3024/NA unter neuer Nummer)

Gott der Dynamos
The Lord of the Dynamos (1894)

Der Wohltäter
The Story of the Late Mr. Elvesham (1896)

Das Kristall-Ei
The Crystal Egg (1897)

Stern der Vernichtung
The Star (1897)

Der Mann, der Wunder vollbringen konnte
The Man Who Could Work Miracles (1898)

Der Zauberladen
The Magic Shop (1903)

Der neue Beschleuniger
The New Accelerator (1901)

Von Tagen, die da kommen ...
A Story of the Days to Come (1897)

3551 Roger Zelazny
Die Gewehre von Avalon (1977)
The Guns of Avalon (1972)
Ü: Thomas Schlück

3552 William Rotsler
Ein Patron der Künste (1977)
Patron of the Arts (1974)
Ü: Birgit Reß-Bohusch

3553 Manfred Kluge (Hrsg.)
The Magazine of Fantasy and Science Fiction, 47. Folge
Frankensteins Wiegenlied (A) (1977)
Ü: Birgit Reß-Bohusch und Horst Pukallus

Mel Gilden
Frankensteins Wiegenlied
The Ice Cream Golem

Thayer Waldo
Stille über Sordera
A Stillness at Sordera

Mary-Carter Roberts
Reitet, Colonel!
Ride Colonel, Ride!

Joanna Russ
Mein Boot
My Boat

Richard Cowper
Die Wächter
The Custodians

3554 Konstantin E. Ciolkovskij
Außerhalb der Erde (1977)
Vne Zemli (1896/1916) (1958)
Ü: Winfried Petri

3555 Esther Rochon
Der Träumer in der Zitadelle (1977)
Le rêveur dans la citadelle (1973)
Ü: Otto Martin

3556 Harald Buwert & Roland M. Hahn
Die Flüster-Zentrale (1977)

3557 David S. Garnett
Das Rätsel der Creeps (1977)
Mirror in the Sky (1969)
Ü: Walter Brumm

3558 Robert Silverberg & Wolfgang Jeschke (Hrsg.)
Titan – 6 (A) (1977)
Science Fiction Hall of Fame, Bd. 1 (1970), Ausw.
Ü: Yoma Cap

Stanley G. Weinbaum
Eine Mars-Odyssee
A Martian Odyssey (1934)

John W. Campbell
Abenddämmerung
Twilight (1934)

Lester del Rey
Helena
Helen O'Loy (1938)

Robert A. Heinlein
Die Straßen müssen rollen
The Roads Must Roll (1940/1967)

3559 John Norman
Die Stammeskrieger von Gor (1977) (1985)
Tribesmen of Gor (1976)
Ü: Thomas Schlück
(NA unter alter Nummer)

3560 Thomas M. Disch
Angoulême (1977)
334 (1974)
Ü: Walter Brumm

3561 David G. Compton
Zerfall (1977)
The Silent Multitude (1966)
Ü: Rosemarie Jeschke

3562 Hans Dominik
Ein neues Paradies (C) (1977)

Die Nahrung der Zukunft (1907)
Die Reise zum Mars (1908)
Ein neues Paradies (1910)
Eine Expedition in den Weltraum (1918)
Schätze der Tiefe (1919)
Zukunftsmusik (1921)
30 Jahre später (1930)
Professor Belians Tagebuch (1933)

3563 Jack Vance
Trullion: Alastor 2262 (1977)
Trullion: Alastor 2262 (1973)
Ü: Yoma Cap

3564 Daniel Keyes
Charly (1970) (1977)
Flowers for Algernon (1959/1966)
Ü: Maria Dessauer und Hiltgunt Monecke

3565 John Brunner
Die dunklen Jahre (1977)
The Stone That Never Came Down (1973)
Ü: Walter Brumm

3566 Konrad Fiałkowski
Allein im Kosmos (C) (1977)
Witalizacja Kosmogatora
Ü: Christa und Johannes Jankowiak

Ploxis
Ploxis

Recht der Entscheidung
Prkwo wyboru
Die fünfte Dimension
Poprzez piaty wymiar
Das Kosmodron
Kosmodrom
Der elektronische Teddy
Elektronowy miš
Sein ernstes Gesicht
Jego pierwsza twarz
Allein im Kosmos
Witalizacja kosmogatora
Biohasard
Biohazard
Die Chance des Todes
Szansa šmierci

3567 Alan Burt Akers
Die Waffenbrüder von Antares (1977) (1987)
Bladesman of Antares (1975)
Ü: Thomas Schlück
(NA unter alter Nummer)

3568 Lothar Streblow
Der Planet der bunten Damen (1977)

3569 Manfred Kluge (Hrsg.)
The Magazine of Fantasy and Science Fiction, 48. Folge
Cagliostros Spiegel (A) (1977)
Ü: Birgit Reß-Bohusch und Horst Pukallus
L. Sprague de Camp
Cagliostros Spiegel
Balsamo's Mirror
Cordwainer Smith
Hinab in den sonnenlosen See
Down to a Sunless Sea
Herbie Brennan
Saros
Saros
Tom Reamy
San Diego Lightfoot Sue
San Diego Lightfoot Sue

3570 Fletcher Pratt
Der blaue Stern (1977)
The Blue Star (1952)
Ü: Horst Pukallus

3571 Roger Zelazny
Im Zeichen des Einhorns (1977)
Sign of the Unicorn (1974/1975)
Ü: Thomas Schlück

3572 Joe Haldeman
Der ewige Krieg (1977) (1992)
The Forever War (1974)
Ü: Walter Brumm
(NA unter alter Nummer)

3573 Sergej Snegow
Menschen wie Götter (1972) (1977)
Ljudi Kak Bogi (1966)
Ü: Heinz Kübart

3574 Wolfgang Jeschke (Hrsg).
Science Fiction Story Reader 9 (A) (1977)
Ü: Birgit Reß-Bohusch, Werner Fuchs und Horst Pukallus
Fritz Deppert
Die Humaniden (1977)
Steve Chapman
Das Ding von der Müllkippe
The Throwaway Man (1977)
Dieter Hasselblatt
Marija und das Tier (1977)
Kurt Morawietz
Ein Besuch im Colosseum (1976)
Jacques Sternberg
Vergangenheit
Le passé (1970)
Thomas Ziegler
Matuscheks Welten (1977)

Heidelore Kluge
Kopfgeld (1977)
Hans Georg Bulla
Stau (1977)
Heidelore Kluge
Systemtechnik (1977)
Thomas Ziegler
Holzmann weiß, was Menschen brauchen (1977)
Heidelore Kluge
Kälte (1977)
H. W. Springer
Unser unsterblicher Präsident (1977)
Ronald M. Hahn
Irgendwas geht hier vor, aber Sie wissen nicht, was es ist, nicht wahr, Mr. Jones? (1977)
Sylvia Pukallus
Schatten (1977)
Fritz Deppert
Jahresbericht (2469) des Forschungsrats für Geschichte und Herkunft an die Weltkolumne (1977)
Walter Irlacher
Maschinen (1977)
Richard Radßat
Seher von Patmos (1977)
Norman Spinrad
Sierra Maestra
Sierra Maestra (1975)
Jacques Sternberg
Der Astronaut
Le navigateur (1970)
William Tenn
Wir haben einen Rabbi auf der Venus
On Venus, Have We Got a Rabbi (1974)
Robert Steffen
Die Bedeutung der Zahl 30000 in den Werken von R. S. (Ein Beitrag zu einer zukünftigen Germanistik) (1977)

3575 Lyon Sprague de Camp
Die Räder der Zeit (C) (1978)
The Wheels of If (1949)
Ü: Jürgen Abel, René Mahlow, Joachim Pente und Horst Pukallus

Hyperpelositus
Hyperpelosity (1938)
Tritonen
The Merman (1938)
Der knorrige Mann
The Gnarly Man (1939)
Die Räder der Zeit
The Wheels of If (1940)
Der beste Plan
The Best-Laid Scheme (1941)
Die Kriegerrasse
The Warrior Race (1940)
Kein Steak von heiligen Kühen
The Contraband Cow (1942)

3576 Katherine Kurtz
Das Geschlecht der Magier (1978)
Deryni Rising (1970)
Ü: Horst Pukallus

3577 Ben Bova
Jahrtausendwende (1978)
Millennium (1976)
Ü: Walter Brumm

3578 Ursula K. Le Guin
Rocannons Welt (1978)
Rocannon's World (1966)
Ü: Birgit Reß-Bohusch

3579 Robert Silverberg & Wolfgang Jeschke (Hrsg.)
Titan - 7 (A) (1978)
Science Fiction Hall of Fame, Bd. 1 (1970), Ausw.
Ü: Bernd W. Holzrichter und Joachim Pente

Theodore Sturgeon
Der kleine Gott
Microcosmic God (1941)

Isaac Asimov
Einbruch der Nacht
Nightfall (1941/1968)

Alfred Elton van Vogt
Der Waffenladen
The Weapon Shop (1942)

3580 Jack Vance
Marune: Alastor 933 (1978)
Marune Alastor 933 (1975)
Ü: Yoma Cap

3581 Peter Tate
Mondlicht auf stählernen Wiesen (1978)
Moon on an Iron Meadow (1974)
Ü: Walter Brumm

3582 Stephen Goldin
Scavenger Jagd (1978)
Scavenger Hunt (1976)
Ü: Werner Fuchs und Ronald M. Hahn

3583 Gilles D'Argyre
Die Herrschaft des Zufalls (1978)
Le sceptre du hazard (1974)
Ü: Martin Fischer

3584 Lyon Sprague de Camp
Das Orakel der Fremden (1978)
Rogue Queen (1951)
Ü: Friedl und Yoma Cap

3585 Alan Burt Akers
Der Rächer von Antares (1978) (1987)
Avengers of Antares (1976)
Ü: Thomas Schlück
(NA unter alter Nummer)

3586 Peter Dickinson
Das grüne Gen (1978)
The Green Gene (1973)
Ü: Horst Pukallus

3587 Manfred Kluge (Hrsg.)
The Magazine of Fantasy and Science Fiction, 49. Folge
Jupiters Amboß (A) (1978)
Ü: Birgit Reß-Bohusch, Keto von Waberer und Horst Pukallus

Gregory Benford & Gordon Eklund
Jupiters Amboß
The Anvil of Jove

Frederik Pohl
Der Mutterwahn
The Mother Trip

Ursula K. Le Guin
Das Hügelgrab
The Barrow

Richard Frede
Theorie und Praxis ökonomischer Entwicklung: Der Metallurg und seine Frau
Theory and Practice of Economic Development: The Metallurgist and His Wife

Robert Bloch
Altersstarrsinn
A Case of Stubborns

3588 Edgar Pangborn
Der Beobachter (1978)
A Mirror for Observers (1954)
Ü: Walter Brumm

3589 Stuart Gordon
Der Krähengott (1978)
Suaine and the Crow-God (1975)
Ü: Horst Pukallus

3590 Robert Silverberg
Der Seher (1978)
The Stochastic Man (1975)
Ü: René Mahlow

3591 Alan Dean Foster
Die Eissegler von Tran-ky-ky (1978)
Icerigger (1974)
Ü: Heinz Nagel

3592 Wolfgang Jeschke (Hrsg.)
Im Grenzland der Sonne (A) (1978)
Ü: Susi Groß, Margot Kempf, Birgit Reß-Bohusch und Horst Pukallus

Larry Niven
Im Grenzland der Sonne
The Borderland of Sol (1975)

Paul H. Linckens
Die Muschel im Kristall (1978)

Lisa Tuttle & George R. R. Martin
Sturm über Windhaven
The Storms of Windhaven (1975)

Ursula K. Le Guin
Die Omelas den Rücken kehren
The Ones Who Walk Away from Omelas (1973/1975)

Charles L. Grant
Tödliche Schatten
A Crowd of Shadows (1976)

Gene Wolfe
Die Wunder der Augen-Blicke
The Eyeflash Miracles (1976/1977)

3593 Edgar Pangborn
Davy (1978)
Davy (1964)
Ü: René Mahlow

3594 Roger Zelazny
Die Hand Oberons (1978)
The Hand of Oberon (1976)
Ü: Thomas Schlück

3595 Ian Wallace
Der Flug nach Ligeria (1978)
Deathstar Voyage (1969)
Ü: Yoma Cap

3596 Reinmar Cunis
Livesendung (1978)

3597 Ben Bova & Wolfgang Jeschke (Hrsg.)
Titan - 8 (A) (1978)
Science Fiction Hall of Fame, Bd. 2/A (1973), Ausw.
Ü: Uwe Anton

John W. Campbell jr.
Wer da?
Who Goes There? (1938)

Poul Anderson
Nenn mich Joe
Call Me Joe (1957)

Cordwainer Smith
Die Ballade der verlorenen K'mell
The Ballad of Lost C'mell (1962)

3598 Katherine Kurtz
Die Zauberfürsten (1978)
Deryni Checkmate (1972)
Ü: Horst Pukallus

3599 Poul Anderson
Zeit des Feuers (1978)
Fire Time (1974)
Ü: Walter Brumm

3600 Kate Wilhelm
Hier sangen früher Vögel (1978)
Where Late the Sweet Birds Sang (1976)
Ü: René Mahlow

3601 Giorgio Scerbanenco
Mailand wird wieder aufgebaut (1978)
Il cavallo venduto (1963)
Ü: Ursula Schädler und Abel Sermi

3602 Herbert W. Franke (Hrsg.)
Science Fiction Story Reader 10 (A) (1978)
Ü: Hans Hermann, Eva-Maria Pietsch, Bernd Rullkötter und Charlotte Winheller

Brian W. Aldiss
Anschein von Leben
Appearance of Life (1976)
Viktor Kolupajew
Das allergrößte Haus (1974)
Richard Cowper
Trink mich, Francesca
Drink Me, Francesca (1977)
Dean R. Koontz
Wir drei
We Three (1974)
Naomi Mitchison
Das Kommen des neuen Gottes
The Coming of the New God (1977)
Charlotte Winheller
Eins ums andere (1977)
Chris Boyce
Der heilige Gral
Sangraal (1978)
Heinrich Werner
Die Finger im Licht (1978)
Charlotte Winheller
Bennie ist ein schöner Name (1978)
Bob Parkinson
Eine bessere Welt als diese
A Better World than This (1978)
Peter Schattschneider
Rechtsbrecher (1978)
Heinrich Werner
Das Familientreffen (1978)
John Sladek
Die Freundlichen
The Kindly Ones (1974)
J. A. Lawrence
Sternenstoff
Starstuff (1978)
David S. Garnett
Ewige Wechsel
Forever Changes (1976)
Hendrik P. Linckens
Beschreibung eines Extragalaktikers und Die Verwirrung einer Menschin (1977)

3603 Abraham Merritt
Der Mondsee (1978)
The Moon Pool (1919)
Ü: Bernd Holzrichter

3604 Ursula K. Le Guin
Das zehnte Jahr (1978)
Planet of Exile (1966)
Ü: Birgit Reß-Bohusch

3605 Manfred Kluge (Hrsg.)
The Magazine of Fantasy and Science Fiction, 50. Folge
Die Cinderella-Maschine (A) (1978)
Ü: Birgit Reß-Bohusch und Keto von Waberer

Michael G. Coney
Die Cinderella-Maschine
The Cinderella-Machine
Tom Reamy
Der Detweiler Bub
The Detweiler Boy
Damon Knight
Ich seh dich
I See You
John Varley
Im Audienzsaal der Marskönige
In the Hall of the Martian Kings

3606 Jack Vance
Die sterbende Erde (1978)
The Dying Earth (1950)
Ü: Lore Strassl

3607 Alan Burt Akers
Die fliegenden Städte von Antares (1978) (1988)
Armada of Antares (1976)
Ü: Thomas Schlück
(NA unter alter Nummer)

3608 Birgit Reß-Bohusch (Hrsg.)
Isaac Asimov's Science Fiction Magazin, 1. Folge (A) (1978)
Ü: Birgit Reß-Bohusch

Stephen Leigh
Mörderehre
In Darkness Waiting (1977)

Ted Reynolds
Der Untermieter
Boarder Incident (1977)

Sally A. Sellers
Todesqualen
Perchance to Dream (1977)

Edward D. Hoch
Das heimwehkranke Huhn
The Homesick Chicken (1977)

Keith Laumer
Der Geburtstag
Birthday Party (1977)

Isaac Asimov
Eine Geschmacksfrage
Good Taste (1977)

John Shirley
Zwei Fremde
Two Strangers (1977)

Joan D. Vinge
Der Sträfling
To Bell the Cat (1977)

3609 John Brunner
Der ganze Mensch (1978) (1991)
The Whole Man (1964)
Ü: René Mahlow
(NA unter alter Nummer)

3610 Michael Bishop
Die seltsamen Bäume von Ectaban (1978)
And Strange at Ectaban the Trees (1976)
Ü: Elisabeth Simon

3611 Fritz Leiber
Das grüne Millennium (1978)
The Green Millennium (1953)
Ü: Elisabeth Simon

3612 John Norman
In Sklavenketten auf Gor (1978) (1997)
Slave Girl of Gor (1977)
Ü: Thomas Schlück

3613 Roger Zelazny
Die Aschenbrücke (1978)
Bridge of Ashes (1976)
Ü: Thomas Schlück

3614 Robert Silverberg & Wolfgang Jeschke (Hrsg.)
Titan – 9 (A) (1978)
Science Fiction Hall of Fame, Bd. 1 (1970), Ausw.
Ü: Ronald M. Hahn, Bernd W. Holzrichter und Ulrich Kiesow

Lewis Padgett
Gar elump war der Pluckerwank
Mimsy Were the Borogoves (1943)

Clifford D. Simak
Zuflucht
Huddling Place (1944)

Fredric Brown
Arena
Arena (1944)

Murray Leinster
Erstkontakt
First Contact (1945)

3615 Frank Herbert
Die Kinder des Wüstenplaneten (1978)
Children of Dune (1976)
Ü: Roland M. Hahn

3616 Tanith Lee
Im Herzen des Vulkans (1979)
The Birthgrave (1975)
Ü: Thomas Schlück

3617 John Brunner
Schafe blicken auf (1978)
The Sheep Look up (1972)
Ü: Horst Pukallus

3618 Horst Pukallus (Hrsg.)
Das blaue Fenster des Theokrit (A) (1978)
Ü: H. Bertold, Hannelore Menke, Aljonna Möckel und Erich Mesch

Carlos Rasch (DDR)
Polaröl (1972)

Ion Hobana (Rumänien)
Die beste der Welten (1972)
Cea mai buna dintre lumi

Gennadi Gor (UdSSR)
Das blaue Fenster des Theokrit (1972)
Sine okno Feokrita

Ivan Jefremov (UdSSR)
Das Herz der Schlange (1972)
Serdce zmei

Sever Gansovskij (UdSSR)
Vincent van Gogh (1972)
Vincent van Gogh

3619 Karin Boye
Kallocain (1947) (1978)
Kallocain (1940)
Ü: Helga Clemens

3620 Katherine Kurtz
Ein Deryni-König (1978)
High Deryni (1973)
Ü: Horst Pukallus

3621 Isaac Asimov
Der Zweihundertjährige (C) (1978)
The Bicentennial Man and Other Stories (1976)
Ü: Elisabeth Simon
(NA unter dem Titel »Meine Freunde, die Roboter«)

Im besten Mannesalter
The Prime of Life (1966)

Weibliche Intuition
Feminine Intuition (1969)

Der Wasserschlag
Waterclap (1970)

Daß du seiner eingedenk bist
That Thou Art Mindful of Him (1974)

Fremdling im Paradies
Stranger in Paradise (1974)

Das Leben und Streben des Multivac
The Life and Times of Multivac (1975)

Worfeln
The Winnowing (1976)

Der Zweihundertjährige
The Bicentennial Man (1976)

Marching In
Marching in (1976)

Altmodisch
Old Fashioned (1976)

Der Zwischenfall bei der Dreihundertjahrfeier
The Tercentenary Incident (1976)

Geburt eines Begriffs
Birth of a Notion (1976)

3622 Eric Koch
Die Spanne Leben (1978)
The Last Thing You'd Want to Know (1976)
Ü: Elisabeth Simon

3623 Manfred Kluge (Hrsg.)
The Magazine of Fantasy and Science Fiction, 51. Folge
Katapult zu den Sternen (A) (1978)
Ü: Rose Aichele, Angelika Fuchs, Birgit Reß-Bohusch, Keto von Waberer und Fredy Köpsell

Michael G. Coney
Katapult zu den Sternen
Catapult to the Stars (1977)

John Varley
In der Schüssel
In the Bowl (1975)

Brian W. Aldiss
Drei Wege
Three Ways (1978)

Bruce McAllister
Victor
Victor (1977)

Sterling E. Lanier
Der Geist der Krone
Ghost of a Crown (1976)

3624 Karel Čapek
Krakatit (1978)
Krakatit (1924)
Ü: J. Mader

3625 Brian W. Aldiss
Der Malacia-Gobelin (1978)
The Malacia Tapestry (1976)
Ü: Walter Brumm

3626 Robert Silverberg
Schadrach im Feuerofen (1979)
Shadrach in the Furnace (1976)
Ü: Walter Brumm

3627 Wolfgang Jeschke (Hrsg.)
Science Fiction Story Reader 11 (A) (1979)
Ü: Birgit Reß-Bohusch, Sylvia und Horst Pukallus

Gene Wolfe
Der wunderbare messingne Schachautomat
The Marvellous Brass Chessplaying Automaton (1977)

Vonda McIntyre
Die Schlange
Of Mist, and Grass, and Sand (1973)

Lota Ponitka
Zu den Sternen (1978)

Michael Bishop
Tod und Bestimmung unter den Asadi
Death and Designation among the Asadi (1973)

Irmtraud Kremp
Das Bild (1978)

John Varley
Leb wohl, Robinson Crusoe!
Good-bye, Robinson Crusoe (1977)

Kate Wilhelm
Meine Damen und Herren, hier ist Ihre Krise
Ladies and Gentlemen, This Is Your Crisis (1976)

Ursula K. Le Guin
Das Tagebuch der Rose
The Diary of the Rose (1976)

Axel Melhardt
Grivas Abschiedsparty (1978)

Raphael Aloysius Lafferty
Die Hand mit den hundert Fingern
The Hand with One Hundred Fingers (1976)

3628 Fritz Leiber
Wanderer im Universum (1979)
The Wanderer (1964)
Ü: Thomas Schlück
(➶ 3096/ungekürzte Neuübersetzung unter neuer Nummer)

3629 C. J. Cherryh
Das Tor von Ivrel (1979)
Gate of Ivrel (1976)
Ü: Thomas Schlück

3630 Aleksandr Kazancev
Stärker als die Zeit (1979)
Silneje Vremenic (1973/1977)
Ü: Winfried Petri

3631 Christopher Priest
Ein Traum von Wessex (1979)
A Dream of Wessex (1977)
Ü: Ronald M. Hahn

3632 Ulrich Harbecke
Invasion (1978)

3633 Ben Bova & Wolfgang Jeschke (Hrsg.)
Titan - 10 (A) (1979)
Science Fiction Hall of Fame, Bd. 2/A (1973), Ausw.
Ü: Uwe Anton

Lester del Rey
Nerven
Nerves (1942)
Robert A. Heinlein
Das Universum
Universe (1941)
Cyril M. Kornbluth
Der Marsch der Idioten
The Marching Morons (1951)

3634 Alan Burt Akers
Die Gezeiten von Kregen (1979) (1988)
The Tides of Kregen (1976)
Ü: Thomas Schlück
(NA unter alter Nummer)

3635 Kit Pedler & Gerry Davis
Die Dynostar-Drohung (1979)
The Dynostar Menace (1975)
Ü: Elisabeth Simon

3636 Birgit Reß-Bohusch (Hrsg.)
Isaac Asimov's Science Fiction Magazin, 2. Folge (A) (1979)
Ü: Birgit Reß-Bohusch
Theresa Harned
Komposition in Purpur
A Hideous Splotch of Purple (1978)
Poul Anderson
Joelle
Joelle (1977)
Herb Boehm
Luftangriff
Air Raid (1977)
Richard Wilson
Der ferne König
The Far King (1978)

3637 Edgar Pangborn
Die Prüfung (1979)
The Judgement of Eve (1966)
Ü: René Mahlow

3638 Tanith Lee
Vazkor (1979)
Vazkor, Son of Vazkor (1978)
Ü: Thomas Schlück

3639 Philip José Farmer
Die Flußwelt der Zeit (1979)
To Your Scattered Bodies Go (1971)
Ü: Ronald M. Hahn

3640 Alan Dean Foster
Das Tar-Aiym Krang (1979)
The Tar-Aiym Krang (1972)
Ü: Heinz Nagel

3641 Barry N. Malzberg
Die Zerstörung des Tempels (1979)
The Destruction of the Temple (1974)
Ü: Hilde Linnert

3642 Manfred Kluge (Hrsg.)
The Magazine of Fantasy and Science Fiction, 52. Folge
Altar Ego (A) (1979)
Ü: Rose Aichele, Keto von Waberer, Ronald M. Hahn, Bernd Holzrichter und Ulrich Kiesow
Phyllis und Alex Eisenstein
Altar Ego
Altar Ego (1977)
Keith Roberts
Ariadne Potts
Ariadne Potts (1978)
George Alec Effinger
Manndeckung
From Downtown at the Buzzer (1977)
Robert Thurston
Das Marsschiff
Marsship (1977)
James Tiptree jr.
Geteiltes Leid
Time-Sharing Angel (1977)

Richard Frede
Brief an einen Lektor
Letter to the Editor (1977)

3643 Michael Moorcock
Elric von Melniboné (1979)
Elric of Melniboné (1972)
Ü: Thomas Schlück

3644 Robert Silverberg
Miit den Toten geboren (C) (1979)
Born with the Dead (1971) (1972) (1974)
Ü: Walter Brumm

Mit den Toten geboren
Born with the Dead (1971)

Thomas der Verkünder
Thomas the Proclaimer (1972)

Der Heimgang
Going (1974)

3645 Arthur C. Clarke
Makenzie kehrt zur Erde heim (1977) (1979)
Imperial Earth (1975)
Ü: Thomas Schlück

3646 Wolfgang Jeschke (Hrsg.)
Spinnenmusik (A) (1979)
Ü: Birgit Reß-Bohusch, Sylvia Pukallus, Horst Pukallus und René Mahlow

Régis Messac
Spinnenmusik
Musique arachnéenne (1973)

Bernhard Ganter
Anke (1979)

Oliver Behnssen
Drei Gedichte (1979)

Philip K. Dick
Eine Kleinigkeit für uns Temponauten
A Little Something for Us Temponauts (1974)

Peter Schattschneider
Zeitstopp (1979)

Christopher Priest
Ein endloser Sommer
An Infinite Summer (1976)

Wolfgang G. Fienhold
Unz Zew (1979)

Lothar Streblow
Kwem (1979)

Irmtraud Kremp
Kontaktaufnahme (1979)

Gérard Klein
Das Gesetz der Vergeltung
La loi du talion (1973)

Gertrud Hanke-Maiwald
Zwischenstation (1979)

Irmtraud Kremp
Zwiebeln mit blauer Schale (1979)

Karl-Ulrich Burgdorf
Staatlich geprüfter Diplomverräter (1979)

Joseph Dolezal
Geisterfahrer (1979)

Wolfgang G. Fienhold
Morgen ist ein anderer Tag (1979)

Kathleen Sky
Ein Gänseblumenkränzchen für Paw
A Daisychain for Paw (1976)

Richard D. Nolane
Wo die Neurosen wachsen
Où fleurissent les névroses (1978)

Jack M. Dann
Versuch doch mal, an einen Baum zu fahren
I'm with You in Rockland (1972)

Manfred Borchard
Der Saurier (1979)

Richard Radßat
Dem 20. Jahrhundert (1979)

Dieter Beckmann
Sechs Gedichte (1979)

Grant Carrington
Sein Stündchen auf der Bühne
His Hour upon the Stage (1976)

Heidelore Kluge
Die Sache mit dem Hund (1977)

Lutz Rathenow
Der Herrscher (1979)

Diethard van Heese
Der Hauptgewinn (1979)

Gert Nieke
Zwei Gedichte (1979)

Irmtraud Kremp
Der Spaziergang (1979)

Grete Wassertheurer
Monster (1979)

Diethard van Heese
Mondlicht (1979)

Diethard van Heese
Die Muschel (1979)

Angela Hoffmann
Fünf Gedichte (1979)

Joe Haldeman
Dreihundertjähriges
Tricentennial (1976)

3647 Henry Rider Haggard
Allan Quatermain (1979)
Allan Quatermain (1887)
Ü: Joachim Pente

3648 C. J. Cherryh
Brüder der Erde (1979)
Brothers of Earth (1976)
Ü: Hans Maeter

3649 Marc Agapit
Die Agentur (1979)
Agence tous crimes (1976)
Ü: Martin Fischer

3650 Thomas Le Blanc (Hrsg.)
Die Anderen (A) (1979)

Joern J. Bambeck
Die Anderen

Hans Wolf Sommer
Rettung eines Sergeanten

Michael Lindermann
Der Spiegel

Jörg Weigand
Eigentor

Lothar van de Renne
Ein glücklicher Mensch

Horst Christiani
Der Neue

Gerd Maximović
Spiel mit dem Feuer

Akif Pirinçi
Am Ende aller Zeiten

Thomas Ziegler
See You Later, Alligator

3651 Ben Bova & Wolfgang Jeschke (Hrsg.)
Titan – 11 (A) (1979)
Science Fiction Hall of Fame, Bd. 2/A, 2/B (1973), Ausw.
Ü: Uwe Anton

Henry Kuttner & Catherine Lucile Moore
Traubenlese
Vintage Season (1946)

Eric Frank Russell
... dann war'n sie alle futsch
... And Then There Were None (1951)

Theodore Sturgeon
Baby ist drei
Baby Is Three (1952)

3652 Jack Vance
Der graue Prinz (1979)
The Gray Prince (1974)
Ü: Lore Strassl

3653 Philip José Farmer
Auf dem Zeitstrom (1979)
The Fabulous Riverboat (1971)
Ü: Ronald M. Hahn

3654 Michael Bishop
Gestohlene Gesichter (1979)
Stolen Faces (1977)
Ü: Joachim Pente

3655 Herbert W. Franke (Hrsg.)
Science Fiction Story Reader 12 (A) (1979)
Ü: Horst Adam, Martin Beranek, Ronald M. Hahn, Bernd Rullkötter, Charlotte Winheller und Helga Abret

Brian W. Aldiss
Aufzeichnungen aus einem Polizeistaat
Manuscript Found in a Police State (1972)

Garry Kilworth
Grenzkrieg
Institution (1979)

Angus McAllister
Was im Todesschlaf an Träumen käme
What Dreams May Come (1978)

Dr. Frank Freeperson (J. A. Lawrence)
Anleitung zum häuslichen Glück für die emanzipierte Frau
The Liberated Woman's Guide to Domestic Felicity (1978)

Joanna Russ
Ein altmodisches Mädchen
An Oldfashioned Girl (1974)

Bob Parkinson
Die frühen imaginären Abenteuer von Gott
The Early, Imaginary Adventures of God (1979)

Rosemarie Voges
Olympia Männertrost (1979)

Dieter Hasselblatt
Du bist – ich bin. Dame, zwei Hunde, zwei Männer, eine Peitsche (1979)

K. K. Doberer
Wunder im Mond (1979)

Alfred Leman und Hans Taubert
Parallelen (1979)

Karlheinz Steinmüller
Duell der Tiger (1979)

Karlheinz Steinmüller
Zerdoppelung (1979)

Gerhard Stein
Der Zoo (1979)

Darrell Schweitzer
Reisende durch Lichtjahre
Wanderers and Travellers We Are (1977)

Chelsea Quinn Yarbro
Der Schmetterling des Generalissimus
The Generalissimo's Butterfly (1977)

Gerd Maximović
Das schwarze Schiff (1979)

Jean-Pierre Andrevon
... mit Riesenschritten kommt er zurück
... Il revient au galop (1971)

Herbert W. Franke
Die SF-Welten des Roberto Bonadimani (1979) (Sachartikel)

3656 Gordon R. Dickson
Nichts für Menschen (1979)
No Room for Man
(auch: *Necromancer*) (1962)
Ü: Walter Brumm

3657 Michael Moorcock
Die See des Schicksals (1979)
The Sailor on the Seas of Fate (1961) (1962) (1976)
Ü: Thomas Schlück

3658 Cecelia Holland
Wandernde Welten (1979)
Floating Worlds (1975)
Ü: Hans Maeter

3659 Manfred Kluge (Hrsg.)
The Magazine of Fantasy and Science Fiction, 53. Folge
Die Trägheit des Auges (A) (1979)
Ü: Rose Aichele, Marcel Bieger, Ronald M. Hahn und Johannes Jaspert

John Varley
Die Trägheit des Auges
The Persistence of Vision (1978)

Gregory Benford
In fremdem Fleisch
In Alien Flesh (1978)

Edward Bryant
Die Schere zerbricht am Stein
Stone (1978)

Robert Bloch
Du kriegst, was du siehst
What You See Is What You Get (1977)

Woody Allen
Kugelmaß, der Unglücksrabe
The Kugelmass Episode (1977)

3660 Alan Dean Foster
Die denkenden Wälder (1979)
Midworld (1975)
Ü: Heinz Nagel

3661 Alan Burt Akers
Die Abtrünnigen von Kregen (1979) (1988)
Renegade of Kregen (1976)
Ü: Thomas Schlück
(NA unter alter Nummer)

3662 Gordon R. Dickson
Der ferne Ruf (1979)
The Far Call (1973) (1978)
Ü: Yoma Cap

3663 David Gerrold
Die Bestie (1979)
Deathbeast (1978)
Ü: Stephen G. Morse

3664 Birgit Reß-Bohusch (Hrsg.)
Isaac Asimov's Science Fiction Magazin, 3. Folge (A) (1979)
Ü: Birgit Reß-Bohusch

Nancy Kress
Ein zarter Hauch von Kipni
A Delicate Shade of Kipney (1978)

F. Paul Wilson
Wer sein Fett abkriegt ...
Lipidleggin (1978)

James Gunn
Schuld
Guilt (1978)

Jesse Peel
Der Blick für Details
An Eye for Details (1978)

Tony Sarowitz
Platinen-Therapie
A Child of Penzance (1978)

Mildred Downey Broxon
Ein einmaliges Erlebnis
Singularity (1978)

3665 Otto Willi Gail
Der Schuß ins All (1925) (1979)

3666 Katherine Kurtz
Camber von Culdi (1979)
Camber of Culdi (1976)
Ü: Horst Pukallus

3667 John Brunner
Der Schockwellenreiter (1979)
The Shockwave Rider (1975)
Ü: Horst Pukallus

3668 Reinmar Cunis
Zeitsturm (1979)

3669 Ben Bova & Wolfgang Jeschke (Hrsg.)
Titan - 12 (A) (1979)
Science Fiction Hall of Fame, Bd. 2/A und 2/B (1973), Ausw.
Ü: Uwe Anton und Heinz Nagel

Jack Williamson
Die Humanoiden
With Folded Hands (1954)

Isaac Asimov
Auf marsianische Art
The Martian Way (1952)

Clifford D. Simak
Ein großer Vorgarten
The Big Front Yard (1958)

3670 Alfred Bester
Demolition (1979) (1992)
The Demolished Man (1953)
Ü: Horst Pukallus
(NA unter alter Nummer)

3671 Fletcher Pratt
Die Einhornquelle (1979)
Well of the Unicorn (1948)
Ü: Joachim Pente

3672 Ursula K. Le Guin
Stadt der Illusionen (1979)
City of Illusions (1967)
Ü: Birgit Reß-Bohusch

3673 Michael Coney
Der Sommer geht (1979)
Hello Summer, Goodbye (1975)
Ü: Yoma Cap

3674 Wolfgang Jeschke (Hrsg.)
Der Tod des Dr. Island (A) (1979)
Ü: Sylvia und Horst Pukallus

Jack Vance
Heimsuchung einer Stadt
Assault on a City (1974)

Fritz Leiber
Ritual des Abgangs
Rite of Spring (1977)

Spider Robinson
Nur nicht beim wirklichen Namen
By Any Other Name (1976)

Algis Budrys
Die schweigenden Augen der Zeit
The Silent Eyes of Time (1975)

Gene Wolfe
Der Tod des Dr. Island
The Death of Doctor Island (1973)

3675 Ursula K. Le Guin
Der Magier der Erdsee (1979)
A Wizard of Earthsea (1968)
Ü: Margot Paronis

3676 Ursula K. Le Guin
Die Gräber von Atuan (1979)
The Tombs of Atuan (1971)
Ü: Margot Paronis

3677 Ursula K. Le Guin
Das ferne Ufer (1979)
The Farthest Shore (1972)
Ü: Margot Paronis

3678 Harry Harrison
Jim diGriz, die Edelstahlratte (1979)
The Stainless Steel Rat Wants You (1978)
Ü: Thomas Schlück

3679 William Rotsler
Ins Land des elektrischen Engels (1979)
To the Land of the Electric Angel (1976)
Ü: Hans Maeter

3680 Thomas Ziegler & Uwe Anton
Zeit der Stasis (1979)

3681 Manfred Kluge (Hrsg.)
The Magazine of Fantasy and Science Fiction, 54. Folge
Lektrik Jack (A) (1979)
Ü: Marcel Bieger, Ronald M. Hahn und Johannes Jaspert

Ron Goulart
Lektrik Jack
Lektrik Jack (1978)

John Brunner
Der Kerl, der uns Elefanten besorgte
The Man Who Could Provide Us with Elephants (1977)

Jane Yolen
Bruder Hirsch
Brother Hart (1978)

Michael Bishop
Abbilder
Effigies (1978)

Lyon Sprague de Camp
Die »Teufelskunst Union«
The United Imp (1977)

M. Mendelsohn
Kleiner Goethe
Little Goethe (1978)

3682 Gordon R. Dickson
Uralt mein Feind (C) (1979)
Ancient, My Enemy (1974)
Ü: Hans Maeter

Uralt, mein Feind
Ancient, My Enemy (1969)

Die Seltsamen
The Odd Ones (1955)

Sand im Getriebe
The Monkey Wrench (1951)

Tiger Grün
Tiger Green (1965)

Der freundliche Mann
The Friendly Man (1951)

Liebe mich
Love Me True (1961)

Unser erster Todesfall
Our First Death (1955)

Bis auf die Haut
In the Bone (1966)

Der steinige Garten Eden
The Bleak and Barren Land (1952)

3683 Algis Budrys
Michaelmas (1979)
Michaelmas (1977)
Ü: Walter Brumm

3684 John Crowley
Geschöpfe (1979)
Beasts (1976)
Ü: Hans Maeter

3685 Wolfgang Jeschke (Hrsg.)
Science Fiction Story Reader 13 (A) (1980)
Ü: Rose Aichele, Marcel Bieger, Hans Maeter, Winfried Petri und Horst Pukallus

V. N. Komarov
Sackgasse
Tupik (1978)

David Chippers
Hilfe für eine Dritte Welt (1979)

Vonda McIntyre
Azteken
Aztecs (1978)

Irmtraud Kremp
Der Tag der goldenen Reifen (1979)

Joan D. Vinge
Der alte Zinnsoldat
Tin Soldier (1974)

Robert Holdstock
Das Friedhofskreuz
The Graveyard Cross (1976)

Sven Ove Kassau
Die Blumen der Stinx (1979)

Gerhard Stein
Tertiär (1979)

C. J. Cherryh
Kassandra
Cassandra (1978)

3686 Lino Aldani
Arnos Flucht (1980)
Quando le radici (1976)
Ü: Hilde Linnert

3687 Tanith Lee
Die weiße Hexe (1980)
Quest for the White Witch (1978)
Ü: Thomas Schlück

3688 John Brunner
Die Plätze der Stadt (1980)
The Squares of the City (1965)
Ü: Horst Pukallus

3689 Michel Grimaud
Sonne auf Kredit (1980)
Soleil à crédit (1975)
Ü: Hilde Linnert

3690 Jörg Weigand (Hrsg.)
Sie sind Träume (A) (1980)
Ü: Martin Fischer

Jörg Weigand
Einleitung (1980)
(Sachartikel)

Jean-Pierre Andrevon
Sie sind Träume
Ils sont rêve (1975)

Dominique Douay
Thomas
Thomas (1974)

Jean-Pierre Hubert
Sekunden der Wahrheit
Secondes de vérité (1976)

Michel Jeury
Rendez-vous im Süden
Le rendez-vous du sud (1974)

Christian Léourier
Gesichtspunkt
Point du vue (1975)

Pierre Pelot
Pioniere
Pionniers (1976)

Guy Scovel
Die Treibjagd
La traque (1975)

3691 Ben Bova & Wolfgang Jeschke (Hrsg.)
Titan - 13 (A) (1980)
Sience Fiction Hall of Fame, Bd. 2/B (1973), Ausw.
Ü: Heinz Nagel

James Blish
Überall ist die Erde
Earthman, Come Home (1953)

Algis Budrys
Die Bewährung
Rogue Moon (1960)

3692 Michael Moorcock
Zauber des weißen Wolfs (1979)
The Weird of the White Wolf (1967/1970/1977)
Ü: Thomas Schlück

3693 Philip José Farmer
Das dunkle Muster (1980)
The Dark Design (1977)
Ü: Ronald M. Hahn

3694 Ronald M. Hahn (Hrsg.)
Die Tage sind gezählt (A) (1980)
Ü: Ronald M. Hahn

Ronald M. Hahn
Science Fiction in den Niederlanden und Flandern (1980)
(Sachartikel)

Harry Mulisch
Alter Ego
Gelijkenis (1974)

Eddy C. Bertin
Der achtjährige Gott
De achtjaarlijkse God (1971)

Bob van Laerhoven
Das Ende und der Anfang
De Grijze Alliantie (1975)

Thijs van Ebbenhorst-Tengbergen
Deine Liebe ist keine steinerne Blume
Jouw Liefde is geen stenen Bloem (1977)

Julien C. Raasveld
Das Midas-Syndrom
Het Midas-Complex (1977)

Anton Quintana
Ein neuer Anfang auf Onyx
Een groote Taak op Onyx (1973)

Max Dendermonde
Die Tage sind gezählt
Het Museum (1977)

Paul van Herck
Die Plagiatoren
Polsuurwerk (1977)

Rein Blijstra
Das Planetarium des Otze Otzinga
Het Planetarium Otze Otzinga (1977)

Manuel van Loggem
Die Sexpuppen
Paarpoppen (1974)

Olga Rodenko
Die Bewerbung
Antichambreren (1977)

Eddy C. Bertin
Eine Frage des Überlebens
De Raaf (1976)

Gust van Brussel
Homo Imperialis
Het Imperium (1977)

3695 Birgit Reß-Bohusch (Hrsg.)
Isaac Asimov's Science Fiction Magazin, 4. Folge (A) (1980)
Ü: Birgit Reß-Bohusch

Nancy Kress
Im Spannungsfeld
Against a Crooked Stile (1979)

Melisa Michaels
Der Splitter im Auge ...
In the Country of the Blind No One Can See (1979)

J. P. Boyd
Der erste Stern
The First Star (1978)

Ron Goulart
Abfallprodukte
Garbage (1979)

Ted Reynolds
Quaak-Plop
Ker-Plop (1979)

3696 H. Warner Munn
Ein König am Rande der Welt (1980)
King of the World's Edge (1930)
Ü: Joachim Pente

3697 Alan Burt Akers
Krozair von Kregen (1980) (1989)
Krozair of Kregen (1977)
Ü: Thomas Schlück
(NA unter alter Nummer)

3698 Robert A. Heinlein
Der Rote Planet (1952) (1980)
The Red Planet (1949)
Ü: Herbert Roch

3699 Frank Herbert
Das Dosadi-Experiment (1980)
The Dosadi Experiment (1977)
Ü: Walter Brumm

3700 Larry Niven & Jerry Pournelle
Luzifers Hammer (1980)
Lucifer's Hammer (1977)
Ü: Gottfried Feidel

3701 Hans Dominik
Der Wettflug der Nationen (1933) (1969)

3702 Hans Dominik
Ein Stern fiel vom Himmel (1934) (1969)

3703 Hans Dominik
Land aus Feuer und Wasser (1939) (1969)

3704 E. E. Smith
Die Planetenbasis (1969)
Triplanetary (1948)
Ü: Thomas Schlück

3705 E. E. Smith
Die ersten Lensmen (1969)
The First Lensmen (1950)
Ü: Thomas Schlück

3706/07 Olaf Stapledon
Der Sternenmacher (1969)
Starmaker (1937)
Ü: Thomas Schlück
(NA als 3706)

3708/09 E. E. Smith
Galaktische Patrouille (1969)
Galactic Patrol (1950)
Ü: Thomas Schlück
(NA als 3708)

3710/11 E. E. Smith
Die grauen Herrscher (1969)
Gray Lensmen (1951)
Ü: Thomas Schlück
(NA als 3710)

3712 Ray Cummings
Eroberer der Unendlichkeit (1969)
Explorers into Infinity (1927)
Ü: Birgit Reß-Bohusch

3713/14 E. E. Smith
Das zweite Imperium (1969)
Second Stage Lensmen (1953)
Ü: Thomas Schlück
(NA als 3713)

3715 Conan Doyle
Die vergessene Welt (1969)
(auch als »Der streitbare Professor«) (1979)
The Professor Challenger Stories
The Lost World (1912)
Ü: Werner Engel (1969)
Neu-Ü: Elisabeth Simon (1979)

3716/17 E. E. Smith
Das Erbe der Lens (1969)
Children of the Lens (1954)
Ü: Thomas Schlück
(NA als 3716)

3717 E. E. Smith
Wächter des Mahlstroms (1977)
The Vortex Blaster (1960)
(auch: *Master of the Vortex*)
Ü: Thomas Schlück

3718 Manfred Kluge (Hrsg.)
The Magazine of Fantasy and Science Fiction, 55. Folge
Sterbliche Götter (A) (1980)
Ü: Keto von Waberer, Marcel Bieger, Johannes Jaspert, S. G. Morse

Orson Scott Card
Sterbliche Götter
Mortal Gods (1979)

Terry Carr
Virra
Virra (1978)

Dulan Barber
Kuckuck
Cuckoo (1978)

Stephen King
Der Revolvermann
The Gunslinger (1978)

Richard Cowper
Wohin die großen Schiffe gehen
Out There Where the Big Ships Go (1979)

3719 Lyon Sprague de Camp
Ein Yankee bei Aristoteles (C) (1980)
A Gun for Dinosaur (1963), 1. Teil
Ü: Werner Fuchs, Irmhild Hübner und Sylvia Pukallus

Ein Yankee bei Aristoteles
Aristotle and the Gun (1958)

... Kontrolle ist besser
The Guided Man (1952)

Energiekrise
Internal Combustion (1956)

Cornzan der Mächtige
Cornzan the Mighty (1955)

Rückfall
Throwback (1949)
Der Tag des Gerichts
Judgement Day (1955)

3720 Katherine Kurtz
St. Camber (1980)
Saint Camber (1978)
Ü: Horst Pukallus

3721 Ron Goulart
Unternehmen Capricorn (1979)
Capricorn One (1978)
Ü: Juscha Zoeller

3722 Alan Dean Foster
Alien (1979)
Alien (1979)
Ü: Heinz Nagel

3723 Alan Dean Foster
Der Waisenstern (1980)
Orphan Star (1977)
Ü: Heinz Nagel

3724 Jack Vance
Showboot-Welt (1980)
Showboat World (1975)
Ü: Lore Strassl

3725 Wolfgang Jeschke (Hrsg.)
Eine Lokomotive für den Zaren (A) (1980)
Ü: Rose Aichele, Sigrid Ehemann, Irene Holicki, Franziska Zinn, Werner Vetter, Helga Abret, Winfried Petri
Kir Bulyćev
Eine Lokomotive für den Zaren
Parovoz dlja carja (1977)
Vernor Vinge
Das Karussell der Zeit
The Whirligig of Time (1974)
Donald Kingsbury
Um den Stahl einzufahren
To Bring in the Steel (1978)
Kathleen Sky
Malequar
Malequar (1975)
Charles L. Grant
Der Schein von Kerzen, das Auge des Einhorns
A Glow of Candles, a Unicorn's Eye (1977)
Frederik Pohl
Gekauft
We Purchased People (1974)
Philippe Curval
Das Sex-Kind
L'enfant sexe (1978)
Frederik S. Lord jr.
Aber reiten sie auf Delphinen?
But Do They Ride Dolphins (1978, 1979)
Jörg Weigand
Der Vogel (1980)
Irmtraud Kremp
Der Bronzespiegel (1980)
Bert Jäger
Als die Flut gewichen war (1980)
Sven Ove Kassau
Der Astronaut und die Blume (1980)
Gisela Bulla
Der Tag nach dem Tode (1980)
Gertrud Hanke-Maiwald
Die Glastropfenwand (1980)
Diethard van Heese
Das Ziel (1980)

3726 Clifford D. Simak
Ein Erbe der Sterne (1980)
A Heritage to Stars (1977)
Ü: Stephen G. Morse

3727 Michael Moorcock
Der verzauberte Turm (1980)
The Vanishing Tower (1970)
Ü: Thomas Schlück

3728 Lyon Sprague de Camp
Neu-Arkadien (C) (1980)
A Gun for Dinosaur (1963), 2. Teil
Ü: Sylvia Pukallus

Dankbarkeit
Gratitude (1955)

Eine Frage der Gewohnheit
A Thing of Custom (1957)

Das Ei
The Egg (1956)

Machen wir doch ein Faß auf!
Let's Have Fun (1957)

Ein unmöglicher Streich
Impractical Joke (1956)

In-Group
In-Group (1952)

Neu-Arkadien
New Arcadia (1956)

3729 Wolfgang Jeschke (Hrsg.)
Heyne Science Fiction Jahresband 1980 (A) (1980)
Ü: Rose Aichele, Birgit Reß-Bohusch, Charlotte Winheller, Walter Ernsting, René Mahlow, Fritz Steinberg

Poul Anderson
Jägermond
Hunter's Moon (1978)

Isaac Asimov
Die Maschine, die den Krieg gewann
The Machine That Won the War (1961)

Ray Bradbury
Heimkehr
Homecoming (1946)

Robert A. Heinlein
Der Mann, der den Mond verkaufte
The Man Who Sold the Moon (1950)

Robert Silverberg
Reise ans Ende der Welt
When We Went to See the End of the World (1972)

Tanith Lee
Weggefährten
Companions of the Road (1975)

John Varley
Das Phantom von Kansas
The Phantom of Kansas (1975)

Alfred Elton van Vogt
Der Krieg gegen die Rull
The War against the Rull (1959)
(➶ 3018, ➶ 3205)

3730 Harry Harrison
Das Prometheus-Projekt (1980)
Skyfall (1976)
Ü: Thomas Piltz

3731 Péter Zsoldos
Die Aufgabe (1980)
A Feladat (1961)
Ü: Gottfried Feidel

3732 C. J. Cherryh
Der Quell von Shiuan (1980)
Well of Shiuan (1978)
Ü: Thomas Schlück

3733 Henry Rider Haggard
Nada, die Lilie (1980)
Nada the Lily (1891/1892)
Ü: Hans Maeter

3734 Ben Bova & Wolfgang Jeschke (Hrsg.)
Titan - 14 (A) (1980)
Science Fiction Hall of Fame, Bd. 2/B (1973), Ausw.
Ü: Heinz Nagel

James H. Schmitz
Die Hexen von Karres
The Witches of Karres (1949)

Frederik Pohl
Die Midas-Seuche
The Midas Plague (1954)

Theodore Cogswell
Der Generalinspekteur kommt
The Spectre General (1952)

3735 Birgit Reß-Bohusch (Hrsg.)
Isaac Asimov's Science Fiction Magazin, 5. Folge (A) (1980)
Ü: Birgit Reß-Bohusch, Keto von Waberer

D. C. Poyer
Hitzewelle
Heat Wave (1979)

A. Amalia Andujar
Berühre sanft den Geist des Fremdlings
Softly Touch the Stranger's Mind (1978)

Randall Garrett
Ein seltsamer Vogel
Polly Plus (1978)

Lee Chisholm
In einem fremden Haus
Someone Else's House (1979)

Isaac Asimov
Nichts ist umsonst
Nothing for Nothing (1979)

Jo Clayton
Traumköder
A Bait of Dreams (1979)

3736 Alan Dean Foster
Der Kollapsar (1980)
The End of the Matter (1977)
Ü: Heinz Nagel

3737 Wolfgang Jeschke (Hrsg.)
Science Fiction Story Reader 14 (A) (1980)
Ü: Rose Aichele, Uta McKechneay, Sylvia Pukallus, Johannes Jaspert

Roger Zelazny
Der Henker ist heimgekehrt
Home Is the Hangman (1975)

Peter Schattschneider
Vakuum (1980)

Gerd Maximović
Das Kampfobjekt (1980)

Curd Paetzke
Die Reise nach Andromeda (1980)

Horst-Günter Rubahn
Teufelskreis (1980)

Reinmar Cunis
Prinzip der Gewaltlosigkeit (1980)

Joachim Grünhagen
Sechs Gedichte (1980)

Grant Carrington
Was tun, wenn die Geliebte an Bord des Raumschiffs weilt?
What Are You Going to Do When You See Your Lady Strolling on the Deck of the Starship (1980)

Thomas Parczik
Visitation aus dem All (1980)

Lutz Rathenow
Eine Lektion Geschichte (1980)

Christian Haderer
In einer Ecke (1980)

Bernd Mayer
Regen (1980)

Sven Ove Kassau
Der Einsame von Frediro (1980)

Gertrud Hanke-Maiwald
Begegnung (1980)

Peter Schattschneider
Ein traumhafter Erfolg (1980)

P. J. Plauger
Ein Kind jeglichen Alters
Child of All Ages (1975)

Joern J. Bambeck
Das Schachspiel (1980)

Grete Wassertheurer
Ich bin eine Frau (1980)

Thomas F. Monteleone
Feraxya
Breath's a Ware That Will Not Keep (1980)

Rudolf Stolte
Liebe Deinen Nächsten – auch wenn er kleiner ist als Du (1980)

Rudolf Stolte
Kanaken (1980)
Manfred Fischer
Wir sind wieder wer (1980)
(Gedicht)
Thomas Parczik
Schwarzes Universum (1980)
Irmtraud Kremp
Die Stunde des Horus (1980)

3738 Doris Piserchia
Sternenreiter (1980)
Star Rider (1974)
Ü: Hilde Linnert

3739 Manfred Kluge (Hrsg.)
The Magazine of Fantasy and Science Fiction, 56. Folge
Jeffty ist fünf (A) (1980)
Ü: Marcel Bieger, Bernd W. Holzrichter, Johannes Jaspert, Werner Vetter, Keto von Waberer
Olaf Stapledon
Ein moderner Magier
A Modern Magician (1979)
Lee Killough
Zerbrochene Treppen – Mauern aus Zeit
Broken Stairways, Walls of Time (1979)
Thomas M. Disch
Der Mann, der keine Idee hatte
The Man Who Had No Idea (1978)
Stephen R. Donaldson
Die Dame in Weiß
The Lady in White (1978)
Jean Cox
Der Junge mit der eisernen Maske
The Boy in the Iron Mask (1976)
Harlan Ellison
Jeffty ist fünf
Jeffty Is Five (1977)

3740 Stephen R. Donaldson
Lord Fouls Fluch (1980)
Lord Foul's Bane (1977)
Ü: Horst Pukallus

3741 H. Warner Munn
Das Schiff von Atlantis (1980)
The Ship from Atlantis (1967)
Ü: Joachim Pente

3742 Jack Vance
Maske: Thaery (1980)
Maske: Thaery (1976)
Ü: Lore Strassl

3743 Michael Bishop
Die Cygnus-Delegation (1980)
A Little Knowledge (1977)
Ü: Walter Brumm

3744 Chelsea Quinn Yarbro
Falsche Dämmerung (1980)
False Dawn (1978)
Ü: Sylvia Pukallus

3745 Roland Rosenbauer (Hrsg.)
Computerspiele (A) (1980)
Roland Rosenbauer
Orientierungsebene 1-8 (1980)
Thomas Ziegler
Die sensitiven Jahre (1980)
Ronald M. Hahn
Der letzte Verteidiger (1980)
Jürgen vom Scheidt
Der Engel im Fegefeuer (1980)
Herbert W. Franke
Der Hölle entronnen (1980)
Uwe Anton
Heimkehr (1980)
Thomas Landfinder
Triumph der Technik (1980)
Helmut Ehls
Spielzeit (1980)

Roland Rosenbauer
Und wer ist Gott? (1980)
Manfred Borchard
Der Zeitarzt (1980)
Christian Meyer-Oldenburg
Einzelhaft (1980)
Jürgen Grasse
Abschied von einem Stern (1980)

3746 Alan Burt Akers
Geheimnisvolles Scorpio (1980) (1989)
Secret Scorpio (1977)
Ü: Thomas Schlück
(NA unter alter Nummer)

3747 Lyon Sprague de Camp
Ein Dämon mit kleinen Fehlern (1980)
The Fallible Fiend (1973)
Ü: Bernd Holzrichter

3748 Birgit Reß-Bohusch (Hrsg.)
Isaac Asimov's Science Fiction Magazin, 6. Folge (A) (1980)
Ü: Birgit Reß-Bohusch, Keto von Waberer
F. Paul Wilson
Es wimmle das Wasser von Lebendigem
To Fill the Sea and Air (1978)
Steve Perry
Ein gewisses Geschick
Small Talent (1978)
William F. Wu
Elektronisches Blutvergießen
On the Shadow of a Phosphor Sheen (1978)
Jo Clayton
Sehnsucht nach rauher See
A Thirst for Broken Water (1978)

3749 James Tiptree jr.
Die Feuerschneise (1980)
Up the Walls of the World (1978)
Ü: René Mahlow

3750 John Brunner
Morgenwelt (1980) (1985)
Stand on Zanzibar (1968)
Ü: Horst Pukallus
(NA unter alter Nummer)

3751 Georg Zauner
Die Enkel der Raketenbauer (1980)

3752 Konrad Fiałkowski
Homo Divisus (1980)
Homo Divisus (1979)
Ü: Maria Kurecka

3753 Michael Moorcock
Im Banne des schwarzen Schwertes (1980)
The Bane of the Black Sword (1967/1970/1977)
Ü: Thomas Schlück

3754 Susanne Päch (Hrsg.)
Als der Welt Kohle und Eisen ausging (A) (1980)
Friedrich Meister
(nach Edward Hale)
Unser Trabant (1887)
Friedrich Meister
Weiteres von »Unserem Trabanten« (1888)
Friedrich Meister
Montezuma (1891)
Friedrich Meister
(nach Hugh McColl)
Die Weltfahrten und Abenteuer der »Sternschnuppe« (1897/1898)
P. Meyer
Ein Flug zum Mond (1901)
Anonym
Eine Reise im Jahre 1970 (1909)
Anonym
(Hans Dominik)
Ein Experiment (1913)
Colin Ross
Als der Welt Kohle und Eisen ausging (1913)

Herbert Frank
Die Wunder der geheimnisvollen Insel (1915)

3755 Robert Silverberg (Hrsg.)
Das neue Atlantis (A) (1980)
The New Atlantis (1975)
Ü: Sylvia Pukallus

Gene Wolfe
Silhouette
Silhouette (1975)

Ursula K. Le Guin
Das neue Atlantis
The New Atlantis (1975)

James Tiptree jr.
Ein flüchtiges Seinsgefühl
A Momentary Taste Of Being (1975)

3756 Piers Anthony
Steppe (1980)
Steppe (1976)
Ü: Michael Kubiak

3757 Ian Wallace
Eine Reise nach Dari (1980)
A Voyage to Dari (1974)
Ü: Elisabeth Simon

3758 Barbara Meck
Das Gitter (1980)

3759 Tanith Lee
Herr der Stürme (1980)
The Storm Lord (1976)
Ü: Thomas Schlück

3760 Ward Moore
Der große Süden (1980)
Bring the Jubilee (1955)
Ü: Walter Brumm

3761 Birgit Reß-Bohusch (Hrsg.)
Isaac Asimov's Science Fiction Magazin, 7. Folge (A) (1980)
Ü: Birgit Reß-Bohusch, Keto von Waberer

Jayge Carr
Die Freistatt
Sanctuary (1979)

Milton Rothman
Das erste Verbrechen
Prime Crime (1979)

Barry B. Longyear
Du, mein Feind
Enemy Mine (1979)

Tanith Lee
Die Frau, die aus der Kälte kam
The Thaw (1979)

Herbert Somplatzki
Ein Kuß aus Sternenstaub im Salz des Meeres (1980)

3762 Edmund H. North & Franklin Coen
Meteor (1980)
Meteor (1979)
Ü: Uta McKechneay

3763 Edward L. Ferman (Hrsg.)
30 Jahre The Magazine of Fantasy and Science Fiction (A) (1981)
Ü: Gisela Stege, Charlotte Winheller, Franziska Zinn, Wulf H. Bergner, Walter Brumm, Reinhard Heinz, Bernd W. Holzrichter, René Mahlow

Theodore Sturgeon
Es folgen die Nachrichten
And Now the News (1956)

Grendel Briarton
Durch Raum und Zeit mit Ferdinand Feghoot
Through Time and Space with Ferdinand Feghoot (1956)

Daniel Keyes
Blumen für Algernon
Flowers for Algernon (1959)

Walter M. Miller jr.
Ein Lobgesang auf Leibowitz
A Canticle for Leibowitz (1955)

Damon Knight
Ohne Knall
Not with a Bang (1950)

Alfred Bester
Geliebtes Fahrenheit
Fondly Fahrenheit (1954)

Richard Matheson
Menschenkind
Born of Man and Woman (1950)

Robert A. Heinlein
Entführung in die Zukunft
All You Zombies... (1964)

Harlan Ellison
Jeffty ist fünf
Jeffty Is Five (1977)

Anthony Boucher
Auf den Spuren des heiligen Aquin
The Quest for Saint Aquin (1951)

Thomas M. Disch
Probleme der Kreativität
Problems of Creativeness (1967)

Philip K. Dick
Mr. Quails Erinnerungen
We Can Remember It for You Wholesale (1966)

Brian W. Aldiss
Armer kleiner Krieger!
Poor Little Warrior! (1955)

Isaac Asimov
Die Träumer
Dreaming Is a Private Thing (1955)

R. Bretnor
Die Geheimwaffe
The Gnurrs Come from the Voodvork Out (1950/1977)

Robert Silverberg
Schicksalsgefährten
Sundance (1969)

Zenna Henderson
Ararat
Ararat (1952)

Shirley Jackson
Ein gewöhnlicher Tag - mit Erdnüssen
An Ordinary Day – with Peanuts (1954)

James Tiptree jr.
Die unscheinbaren Frauen
The Women Men Don't See (1973)

3764 Ben Bova
Die Kolonie (1980)
Colony (1978)
Ü: Gottfried Feidel

3765 Kate Wilhelm
Der Clewiston-Test (1981)
The Clewiston Test (1976)
Ü: Sylvia Pukallus

3766 D. Keith Mano
Die Brücke (1980)
The Bridge (1973)
Ü: Klaus Boer

3767 Manfred Kluge (Hrsg.)
The Magazine of Fantasy and Science Fiction, 57. Folge
Insekten im Bernstein (A) (1980)
Ü: Marcel Bieger, Krista Herkenrath, Jörg Adrian & Micaela Huber, Johannes Jaspert, Michael Nagula, Werner Vetter

Richard Matheson
Menschenkind
Born of Man and Woman (1950/1977)

Joanna Russ
Die außergewöhnlichen Reisen der Amelie Bertrand
The Extraordinary Voyages of Amélie Bertrand (1979)

Bob Leman
Loob
Loob (1979)

Jack Dann
Lager
Camps (1979)

Avram Davidson
Ein sanftes Ruhekissen
A Good Night's Sleep (1978)

Bill Pronzini & Barry N. Malzberg
Wenigstens ein Klon
A Clone at Last (1978)

Tom Reamy
Insekten im Bernstein
Insects in Amber (1978)

3768 Lyon Sprague de Camp & Fletcher Pratt
An den Feuern des Nordens (1981)
The Roaping Trumpet (1941)
Ü: Bernd Holzrichter

3769 Gordon R. Dickson
Die Nacht der Drachen (1980)
The Dragon and the George (1976)
Ü: Irene Holicki

3770 Gregory Benford
Im Meer der Nacht (1980)
In the Ocean of Night (1972/1973/1974/1977)
Ü: Gerd Hallenberger

3771 Arnold Federbush
Eis! (1980)
Ice! (1978)
Ü: Walter Brumm

3772 C. J. Cherryh
Weltenjäger (1980)
Hunter of Worlds (1977)
Ü: Irene Holicki

3773 Thomas R. P. Mielke
Grand Orientale 3301 (1980)

3774 Edmond Hamilton
Die Sternenkönige (1980)
(auch: »Herrscher im Weltraum«, 1952)
The Star Kings (1949)
Ü: Margarete Auer und Thomas Le Blanc

3775 Fritz Leiber
Herrin der Dunkelheit (1980)
Our Lady of Darkness (1976)
Ü: Hans Maeter

3776 Birgit Reß-Bohusch (Hrsg.)
Isaac Asimov's Science Fiction Magazin, 8. Folge (A) (1980)
Ü: Birgit Reß-Bohusch, Michael Nagula

Joan D. Vinge
Der Sturmkönig
The Storm King (1978)

John M. Ford
Mandalay
Mandalay (1978)

Gene Wolfe
Der Gott und sein Mensch
The God and His Man (1978)

Kevin O'Donnell jr.
Was vermag ein Regentropfen?
The Raindrop's Role (1978)

Somtow Sucharitkul
Ein Tag in Mallwelt
A Day in Mallworld (1978)

Peter K. Spies
Triebe wie Glas (1980)

3777 Alan Dean Foster
Die Moulokin-Mission (1981)
Mission to Moulokin (1979)
Ü: Heinz Nagel

3778 Vonda N. McIntyre
Die Asche der Erde (1981)
The Exile Waiting (1975)
Ü: Walter Brumm

3779 Robert A. Smith
Das Kramer-Projekt (1981)
The Kramer Project (1975)
Ü: Bodo Baumann

3780 Wolfgang Jeschke (Hrsg.)
Science Fiction Story Reader 15 (A) (1981)
Ü: Marcel Bieger, Irmhild Hübner, Rosemarie Jeschke, Joachim Körber, Horst Pukallus, Keto von Waberer, Hilde Linnert

Jörg Weigand
Objekt der Verehrung (1981)

Joe Wehrle jr.
Der Bandemar
The Bandemar (1979)

George R. R. Martin
Bitterblumen
Bitter Blooms (1977)

Vernor Vinge
Mit der Sünde geboren
Original Sin (1972)

Richard D. Nolane
Proteine stinken nicht
Les proteines n'ont pas d'odeur (1979)

Georges Hausemer
Landung in 10 Phasen (1981)

Robert P. Holdstock
Auf der Innenseite
On the Inside (1976)

Dietrich Wachler
Archaeopteryx (1981)

Michael Morgental
Späte La-Tène-Zeit (1981)

Jörn J. Bambeck
Das Interview (1981)

Wolf von Barloewen
Das Steigen
Das Fallen (1981)

Curd Paetzke
Die Reise nach Cleveland
oder
Der böse Traum (1981)

Thomas F. Monteleone
Der Quacksalber
Curandeiro (1977)

Hermann Jauk
In der Versuchsanstalt (1981)

Richard Radßat
Satania (1981)
(Gedicht)

Reinmar Cunis
Drei Wochen im September (1981)

François Camoin
Manche meiner Freunde sind Amerikaner
Some of My Friends Are Americans (1980)

Wolfgang Jeschke
Dokumente über den Zustand des Landes vor der Verheerung (1981)

3781 Edmond Hamilton
Rückkehr zu den Sternen (1981)
(auch: »Ihre Heimat sind die Sterne«, 1976)
Return to the Stars (1964/1965/1968/1969)
Ü: Thomas Le Blanc

3782 Michael Moorcock
Sturmbringer (1981)
Stormbringer (1963/1965/1967/1977)
Ü: Thomas Schlück

3783 Norman Spinrad
Der stählerne Traum (1981)
The Iron Dream (1971)
Ü: Walter Brumm

3784 Piers Anthony
Flint von Außenwelt (1981)
Cluster (1977)
Ü: Michael Kubiak

3785 Jack L. Chalker
Das Netz der Chozen (1981)
The Web of the Chozen (1978)
Ü: Hans Maeter

3786 Reinmar Cunis
Der Mols-Zwischenfall (1981)

3787 Robert Silverberg & Wolfgang Jeschke (Hrsg.)
Titan - 15 (A) (1981)
Science Fiction Hall of Fame, Bd. 1 (1970), Ausw.
Ü: Franziska Zinn, Heinz Nagel

Judith Merril
Nur eine Mutter
That Only a Mother (1948)

Cordwainer Smith
Checker sind passé
Scanners Live in Vain (1948)

Fritz Leiber
Maskenball
Coming Attraction (1950)

Tom Godwin
Die unerbittlichen Gesetze
The Cold Equations (1954)

Roger Zelazny
Dem Prediger die Rose
A Rose for Ecclesiastes (1963)

3788 Alan Burt Akers
Wildes Scorpio (1981)
Savage Scorpio (1978)
Ü: Thomas Schlück

3789 Birgit Reß-Bohusch (Hrsg.)
Isaac Asimov's Science Fiction Magazin, 9. Folge (A) (1981)
Ü: Birgit Reß-Bohusch, Keto von Waberer

Alan Dean Foster
Das Geschenk eines Taugenichts
Gift of a Useless Man (1979)

Sydney J. van Scyoc
Silbervögel
Mountain Wings (1979)

C. R. Faddis
Im Zeichen des Äskulap
Caduceus (1979)

Peter Schattschneider
Die Angst des L. vor den Steinen (1981)

Jo Clayton
Südwind, meine Mutter
South Wind My Mother (1979)

3790 Wolfgang Jeschke (Hrsg.)
Heyne Science Fiction Jahresband 1981 (A) (1981)
Ü: Helga Abret, Carl Amery, Gertrud Baruch, Walter Brumm, Hans Maeter, Aljonna Möckel, Hans Reisinger

Wolfgang Jeschke
Vorbemerkungen

Brian W. Aldiss
Letzte Bestellung
Last Orders (1976)

Anthony Burgess
Die Muse
The Muse (1971)

Thomas M. Disch
Abwärts
Descending (1968)

Alain Dorémieux
Der Turm
Seul en haut de la tour bientôt prête à crouler (1978)

Rudyard Kipling
Die schönste Geschichte der Welt
The Finest Story in the World (1925)

Arkadij & Boris Strugatzki
Der Knirps
Malyš (1975)

James Tiptree jr.
Geburt eines Handlungsreisenden
Birth of a Salesman (1968)

Roger Zelazny
Der Former
He Who Shapes (1965)

Jack Vance
Die letzte Festung
The Last Castle (1966)

3791 Anne McCaffrey
Drachengesang (1981)
Dragonsong (1976)
Ü: Birgit Reß-Bohusch

3792 Manfred Kluge (Hrsg.)
The Magazine of Fantasy and Science Fiction, 58. Folge
Grenzstreifzüge (A) (1981)
Ü: Irmtraud Kremp, Walter Brumm, Rüdiger Hipp, Wolfgang Schrader

Christopher Priest
Grenzstreifzüge
Palely Loitering (1979)

Stephen King
Das Rasthaus
The Way Station (1980)

Bill Pronzini & Barry N. Malzberg
Endspiel im Prosastadion
Prose Bowl (1979)

Eric Norden
Der Fluch des Mhondoro Nkabele
The Curse of the Mhondoro Nkabele (1980)

3793 Paul van Herck
Framstag Sam (1981)
Sam, of de Pluterdag (1968)
Ü: Ronald M. Hahn

3794 Phyllis Gotlieb
Die Geißel des Lichts (1981)
Sunburst (1964)
Ü: Walter Brumm

3795 Stephen R. Donaldson
Die Macht des Steins (1981)
The Illearth War (1977)
Ü: Horst Pukallus

3796 Robert A. Heinlein
Die Zahl des Tiers (1981)
The Number of the Beast (1980)
Ü: Thomas Schlück

3797 David Chippers
Zeit der Wanderungen (1981)

3798 Kirill Bulyčov (Hrsg.)
Ein Takan für die Kinder der Erde (C) (1981)
Takan dlja detej zemli
Ü: Gisela Frankenberg und Leonore Weist

Teile mit mir
Podelis' so mnoj

Hochwasser kommt
Ta načinajutsja navodenija

Das leere Haus
Pustoj dom

Ein Takan für die Kinder der Erde
Takan dlja detej zemli (1976)

Ich habe euch zuerst entdeckt!
Ja vas pervym obnaružil!

Defekt in der Leitung
Polomka na linii

Die Geschichte vom häßlichen Bioform
O nekrasivom bioforme

Die Kunst, den Ball zu werfen
Umenie kidat' mjač

Persönliche Beziehungen
Svjazi ličnogo charaktera

Wie ihn erkennen?
Kak ego uznat'?

Born der Weisheit
Kladez' mudrosti

Goldfische eingetroffen
Postupili v prodažu zolotye

Gegenliebe
Otvetnoe čuvstvo

3799 P. J. O'Shaughnessy
Trauma (1981)
Trauma (1978)
Ü: Hilde Linnert

3800 Jack Finney
Das andere Ufer der Zeit (1981)
Time and Again (1970)
Ü: Thomas Schlück

3801 James Branch Cabell
Jürgen (1981)
Jurgen (1919/1946)
Ü: Walter Brumm

3802 Tanith Lee
Herr der Nacht (1981)
Night's Master (1978)
Ü: Will Peterstal

3803 James Graham Ballard
Die Betoninsel (1981)
Concrete Island (1973)
Ü: Walter Brumm

3804 Daniel Keyes
Kontakt radioaktiv (1981)
(auch: »Wer fürchtet sich vor Barney Stark?«, 1971)
The Touch (1968)
Ü: Helga und Peter von Tramin

3805 Wolfgang Jeschke (Hrsg.)
Feinde des Systems (A) (1981)
Ü: Rose Aichele, Sylvia und Horst Pukallus

Brian W. Aldiss
Feinde des Systems
Enemies of the System (1978)

Joan Hunter Holly
Psi-Klon
Psi Clone (1977)

Karl-Ulrich Burgdorf
Delta Omicron (1981)

Gene Wolfe
Fährtensucherlied
Tracking Song (1975)

Joan D. Vinge & Vernor Vinge
Der Lehrling des fahrenden Händlers
The Peddler's Apprentice (1975)

3806 Ian Wallace
Pan Sagittarius (1981)
Pan Sagittarius (1973)
Ü: Peter Pape

3807 Birgit Reß-Bohusch (Hrsg.)
Isaac Asimov's Science Fiction Magazin, 10. Folge (A) (1981)
Ü: Eva Brossmann, Susi Grixa und Birgit Reß-Bohusch

Somtow Sucharitkul
Die Strangtänzerin
The Web Dancer (1979)

Sydney J. van Scyoc
Der lange Schlaf
Darkmorning (1980)

David Andreissen & D. C. Poyer
Wenn nichts als nur der Wille sagt: Steh fest!
If You Can Fill the Unforgiving Minute... (1980)

Wolfgang E. Hohlbein
Frankenstein & Co. (1981)

3808 Michael Moorcock
Gloriana (1981)
Gloriana or the Unfulfill'd Queen (1978)
Ü: Walter Brumm

3809 Arkadij & Boris Strugatzki
Milliarden Jahre vor dem Weltuntergang (1981)
Sa milliard let do konza sweta (1976/1977)
Ü: Welta Ehlert

3810 Michael G. Coney
Flut (1981)
Syzygy (1973)
Ü: Sylvia Pukallus

3811 Manfred Kluge (Hrsg.)
The Magazine of Fantasy and Science Fiction, 59. Folge
Eine irre Show (A) (1981)
Ü: Irmtraud Kremp, Johannes Jaspert, Werner Vetter

Jeffrey A. Carver
Aquanauten
Seastate Zero (1978)

Raylyn Moore
Die Haushüter
The House Sitters (1977)

Ramsey Campbell
Der Stellvertreter
The Proxy (1979)

Thomas Wylde
Die unglaublich dicke Welt
The Incredible Thick World (1979)

Stephen R. Donaldson
Es war einmal ein Tier...
Mythological Beast (1979)

Phyllis Eisenstein
Antwort auf deinen Ruf
In Answer to Your Call (1978)

Robert Bloch
Eine irre Show
Freak Show (1979)

3812 Mariangela Sala (Hrsg.)
Die Stimme der Unendlichkeit (A) (1981)
La voce dell'infinito
Ü: Hilde Linnert

Cesare Falessi
Die Wahrheit des Astronauten
La veritá del pilota spaziale (1971)

Antonio Bellomi
Ein Leuchtturm zwischen den Sternen
Un faro tra le stelle (1973)

Lino Aldani
Siebenunddreißig Grad
Trentasette centigradi (1963)

Renato Pestriniero
21 Stunden Nacht
Una notte di 21 ore (1960)

Gilda Musa
Dreißig Kolonnen Nullen
Trenta colonne di zeri (1972)

Giulio Raiola
Der Papierdrachen
L'aquilone (1964)

Anna Rinonapoli
Die übliche fliegende Untertasse
Il solito disco volante (1975)

Carlo Vittorio Cattaneo
Der Turm
La torre (1968)

Renato Pestriniero
AU.R.A.
AU.R.A. (1971)

Inisero Cremaschi
Natürlicher Feind
Nemico naturale (1963)

Stefano Sudriè
Der unentbehrliche Gegenstand
L'accessorio indispensabile (1978)

N. L. Janda
Unsichtbarer Feind
Nemico invisible (1962)

Gilda Musa
Abhorrens
Abhorrens (1972)

Alberto Sacchetto
Stille Nacht
Stille Nacht (1969)

Giancarlo Castello
Die Brennessel und der Granatapfel
L'ortica e il melograno (1976)

Riccardo Leveghi
Rho lupis
Rho lupis (1976)

Maurizio Viano
Zum Fischen an den Qumran-See
A pesca sul Lago Qumran (1970)

Antonio Bellomi
Ein Freund für Theon
Un amico per Theon (1966)

Alcide Montanari
Vorspiel zur Stille
Preludio al silenzio (1964)

Daniele Ganapini
Der Ritus
Il ito (1978)

Adalberto Cersosimo
Delirium
Delirio (1971)

Antonio Bellomi
Die Stimme der Unendlichkeit
La voce dell'infinito (1975)

3813 Alan Dean Foster
Kampf der Titanen (1981)
Clash of the Titans (1981)
Ü: Heinz Nagel

3814 Lyon Sprague de Camp & Fletcher Pratt
Die Kunst der Mathemagie (1981)
The Mathematics of Magic (1941)
Ü: Bernd W. Holzrichter

3815 Adam Wiśniewski-Snerg
Roboter (1981)
Robot (1971/1977)
Ü: Halina und Gerhard Meiser

3816 Jack Vance
Wyst: Alastor 1716 (1981)
Wyst: Alastor 1716 (1978)
Ü: Lore Strassl

3817 Larry Niven
Der Flug des Pferdes (C) (1981)
The Flight of the Horse (1973)
Ü: Hans Maeter

Der Flug des Pferdes
The Flight of the Horse (1969)

Leviathan!
Leviathan (1970)

Der Spatz in der Hand
Bird in the Hand (1970)

In meiner Zeitmaschine ist ein Wolf!
There's a Wolf in My Time Machine (1971)

Der Tod im Käfig
Death in a Cage

Menschenauflauf
Flesh Crowd (1973)

Wozu ist ein Glasdolch gut?
What Good Is a Glass Dagger? (1972)

3818 Wolfgang Jeschke (Hrsg.)
Science Fiction Story Reader 16 (A) (1981)
Ü: Irene Holicki, Franziska Zinn, Bernd W. Holzrichter, Hans Maeter, Ronald M. Hahn, Michael Morgental, Horst Pukallus, Hanna Rottensteiner, Hilde Linnert

Stepan Chapman
Der Ausbruch des Gefreiten Gilbert
The Eruption of Private Gilbert (1978)

Christian Haderer
Die Band (1981)

Thomas Parczik
Helden für einen Tag (1981)

Hans Zakel
Der heilige Götze des Friedens (1981)

Jörn J. Bambeck
Alptraum (1981)

Adam Wiśniewski-Snerg
Engel der Gewalt
Aniol przemocy (1980)

Jürgen Lehnart
Humaner Strafvollzug (1981)

Malte Heim
Die Schatulle (1981)

Joachim Grünhagen
Galaktisches Märchen
Prometheus 3000
Alfomikron (1981)

Guido Eekhaut
Der Strand
Het Strand (1979)

Jörn J. Bambeck
Jour Fixe (1981)

Diethard van Heese
Licht auf die Grenze (1981)

Harald K. Hülsmann
10 Gedichte aus den Notizen des Mago-Psycho-Technikers Carl Schultes (1981)

Gisela Bulla
Ludmilla (1981)

Werner Münchow
Spot (1981)

Vernor Vinge
Der Mitarbeiter
The Accomplice (1967)

Karl-Ulrich Burgdorf
Wohnung mit Küche und Bad (1981)

Georges Hausemer
Home Sweet Home. Eine Familiengeschichte (1981)

Michael Morgental
Parteiverkehr (1981)

Taku Mayumura
Der Schulhof
Kotei (1973)

Dietrich Wachler
Die Ruhestörung (1981)

Reinmar Cunis
Würfelspiel (1981)

John Varley
Optionen
Options (1979)

Heidi Kluge
Panem et Circenses
Wieviel wiegt eine Seele?
Der Schmerz im Ohr des dicken Gottes (1981)

Rafael Sanchez Ferlosio
Das Wappen von Jotán
El escudo de Jotán (1980)

Gheorghe Săsărman
Algernons Flucht
Evadarea lui Algernon (1979)

Ronald M. Hahn
Ein paar kurze, durch die Zensur geschmuggelte Szenen aus den Akten der Freiheit & Abenteuer GmbH (1981)

Lutz Rathenow
Die Kitzelmaschine
Nonfiction
Verkündung
Meldungen (1981)

Bob van Laerhoven
Soll das mein alter Freund sein, der Präsident?
Zou dit Mijn Oude Vriend de President Hunnen Zijn? (1976)

Bernd Mayer & Peter Ebersberger
Kausalität (1981)

Jörg Weigand
Ein Stückchen Heimat und die Folgen (1981)

Lothar Streblow
Sundera (1981)

Richard A. Lupoff
Auf dem Strom der Trauer
Sail the Tide of Mourning (1975)

3819 Fritz Leiber
Schwerter und Eiszauber (1981)
Swords & Ice Magic (1977)
Ü: Thomas Schlück

3820 Hugh C. Rae
Harkfast (1981)
Harkfast. The Making of the King (1976)
Ü: Lore Strassl

3821 John Crowley
In der Tiefe (1981)
The Deep (1975)
Ü: Irene Holicki

3822 James Tiptree jr.
Warme Welten und andere (C) (1981)
Warm Worlds and Otherwise (1975)
Ü: René Mahlow

Robert Silverberg & Wolfgang Jeschke
Einleitung: Wer, was ist Tiptree?

All die schönen Jas
All the Kinds of Yes (1972)

Das ein- und ausgeschaltete Mädchen
The Girl Who Was Plugged In (1973)

Am letzten Nachmittag
On the Last Afternoon (1972)

Und irrend hab ich dies gefunden
And I Have Come upon This Place by Lost Ways (1972)

Amberjack
Amberjack (1972)

Liebe ist der Plan, der Plan ist Tod
Love Is the Plan the Plan Is Death (1973)

Paradiesmilch
The Milk of Paradise (1972)

Nachts blüht der Saurier
The Night-Blooming Saurian (1970)

Doktor Ains letzter Flug
The Last Flight of Doctor Ain (1969)

Fehler
Fault (1968)

Ein Kommen, ein Gehen
Through a Lass Darkly (1972)

3823 Garry Kilworth
Einsiedler (1981)
In Solitary (1977)
Ü: Hans Maeter

3824 Ian Watson
Botschafter von den Sternen (1981)
Alien Embassy (1977)
Ü: Walter Brumm

3825 Birgit Reß-Bohusch (Hrsg.)
Isaac Asimov's Science Fiction Magazin, 11. Folge (A) (1981)
Ü: Birgit Reß-Bohusch, Biggy Winter

W. T. Quick
Ein Bombeneinfall
Rest in Pieces (1980)

Somtow Sucharitkul
Die schwarze Fee
Darktouch (1980)

Richard Sean McEnroy
Drachenhäuter
Skinner (1980)

Joanne Mitchell
Antiquitäten
Heritage (1980)

Barry B. Longyear
Projekt Angst
Project Fear (1980)

Till Bastian
Eine Neurose (1981)

3826 H. Warner Munn
Merlins Ring (1981)
Merlin's Ring (1974)
Ü: Joachim Pente

3827 Ben Bova & Wolfgang Jeschke (Hrsg.)
Titan - 16 (A) (1981)
Science Fiction Hall of Fame, Bd. 2/B (1973), Ausw.
Ü: Heinz Nagel

T. L. Sherred
Das Zeitkino
E for Effort (1947)

Wilmar H. Shiras
Verborgen
In Hiding (1948)

Jack Vance
Die Mondmotte
The Moon Moth (1961)

3828 Piers Anthony
Melodie von Mintaka (1981)
Chaining the Lady (1978)
Ü: Michael Kubiak

3829 Christopher Hodder-Williams
Virus der Angst (1981)
Panic O'Clock (1973)
Ü: Hans Maeter

3830 Richard Stone
Die Satanskunst (1981)
The Devil's Engineering (1981)
Ü: Karl A. Klewer

3831 Horst Pukallus (Hrsg.)
Der hohle Mann (A) (1981)
Ü: Horst Pukallus, Sylvia Pukallus, Egon Hartmann, Heinz Riedt, Renate Landa

Pavel Vesinov
Die blauen Schmetterlinge
Sinije peper udi (1973)

Italo Calvino
Das Blut und das Meer (1969)
Il sanguine e il mare (1967)

Barry N. Malzberg
Abnabelung
Tapping Out (1973)

Dmitri Bilenkin
Der Mann, der dabei war (1978)
Celovek, Kotoryi Prisutsvoval

Johanna & Günter Braun
Der große Kalos-Prozeß (1975)

Daniel Walther
Und einen bittren Kiff für Ganymed
Et une touffe d'herbes amères pour Ganymède (1971)

Bert Jäger
Nur den heiteren Morgen (1978)

Andrew Darlington
Wenn die Musik verstummt
When the Music's Over (1974)

Eddy C. Bertin
Der hohle Mann
De lege Man (1972)

3832 Jack Williamson
Die Mondkinder (1981)
The Moon Children (1972)
Ü: Sylvia Pukallus

3833 E. R. Eddison
Der Wurm Ouroboros (1981)
The Worm Ouroboros (1926/1962)
Ü: Reinhard Heinz

3834 Frank Herbert & Bill Ransom
Der Jesus-Zwischenfall (1981)
The Jesus Incident (1979)
Ü: Thomas Schlück

3835 Carl Amery
An den Feuern der Leyermark (1979) (1993*)
(NA unter alter Nummer)

3836 Philip José Farmer
Das magische Labyrinth (1981)
The Magic Labyrinth (1980)
Ü: Ronald M. Hahn

*** Der Band 06/3835 wurde 1993 durch ein Versehen unter der Nr. 06/3935 (Tippfehler) nachgedruckt (Sonderausgabe TOP HITS DER SCIENCE FICTION). Der Fehler war, als er entdeckt wurde, bereits so fest in die Vertriebsmaschinerie eingebaut worden, daß er nicht mehr korrigiert werden konnte.**

3837 Daniel Fondanèche (Hrsg.)
Die gezinkten Karten der Zukunft (A) (1981)
Les cartes truquées du futur
Ü: Hilde Linnert

Daniel Fondanèche
Kurzer Abriß der modernen französischen Science Fiction
(Sachartikel)

Yves Dermèze
Der Gürtel des Roboters
La ceinture du robot (1981)

André Ruellan
Chrysalia
Chrysalia (1981)

Philippe Curval
Sterbeerlaubnis
Permis de mourir

Michel Jeury
Die Abriegler
Les colmateurs (1981)

Christine Renard & Claude Cheinisse
Delta
Delta (1981)

Pierre Barbet
Schmetterlinge lieben Parfüm
Les papillons sont au parfum (1981)

Daniel Walther
Tango: Langsame Nekrose
Tango: Nécrose lente (1981)

Philippe Goy
Mein Zusammentreffen mit Pol Pot-Pus
Ma rencontre avec Pol Pot-Pus (1981)

Pierre Suragne
iUL
iUL (1981)

3838 Thomas F. Monteleone
Die heimgesuchte Stadt (1981)
The Time-Swept City (1977)
Ü: Irene Holicki

3839 Stephen R. Donaldson
Die letzte Walstatt (1981)
The Power That Preserves (1977)
Ü: Horst Pukallus

3840 Roger Zelazny
Die Burgen des Chaos (1981)
The Courts of Chaos (1978)
Ü: Thomas Schlück

3841 Alan Dean Foster
Outland (1981)
Outland (1981)
Ü: Peter Pape

3842 Thomas R. P. Mielke
Der Pflanzen Heiland (1981)

3843 Joseph Green
Meine Freunde, die Aliens (1981)
Conscience Interplanetary (1973)
Ü: Albrecht Giese u. René Mahlow

3844 Michael Bishop
Flammenaugen (1981)
A Funeral for the Eyes of Fire (1975)
Ü: Hans Maeter

3845 Manfred Kluge (Hrsg.)
The Magazine of Fantasy and Science Fiction, 60. Folge
Das Zeitsyndikat (A) (1981)
Ü: Hannelore Hoffmann, Biggy Winter, Barbara Schönberg, Hans Maeter, Rose Aichele, Traute Reil-Kaczorowski

Sterling E. Lanier
Das Zeitsyndikat
The Syndicated Time (1978)

Nicholas Yermakow
Weit entfernt vom Ort des Verbrechens
Far Removed from the Scene of the Crime (1980)

Tom Godwin
Noch ehe die Rosen Dornen hatten
Before Willows Ever Walked (1980)

C. A. Cador
Die Schatten über den Wassern
The Shadowed Waters (1980)

Stephen Dixon
Im Heim und doch nicht allein
A Home Away from Home (1979)

David F. Bischoff
Draußen
Outside (1980)

Keith Roberts
Die Edlen
The Lordly Ones (1980)

Hilbert Schenck
Die Schlacht am Abaco Riff
The Battle of the Abaco Riff (1979)

3846 Terry Carr
Cirque (1981)
Cirque (1977)
Ü: Keto von Waberer

3847 Ronald M. Hahn & Wolfgang Jeschke (Hrsg.)
Titan – 17 (A) (1981)
Ü: Sylvia Pukallus, Ronald M. Hahn, Michael Görden, Uwe Anton, Wolfgang E. Hohlbein & Dieter Winkler, Hannelore Hoffmann, Marcel Bieger

Murray Leinster
Der verrückte Planet
The Mad Planet (1920)

R. F. Starzl
Vorstoß in den Mikrokosmos
Out of the Sub-Universe (1928)

Bob Olsen
Vierdimensionaler Bankraub
Four-Dimensional Robberies (1927)

Stanton A. Coblentz
Die Gaspflanze
The Gas Weed (1927)

Dr. Miles J. Breuer
Das Buch der Welten
The Books of Worlds (1929)

David H. Keller, H. D.
Der fliegende Narr
The Flying Fool (1929)

Francis Flagg
Die Herrenameisen
The Master Ants (1928)

Captain S. P. Meek
Unzulänglichkeit
Futility

3848 Wolfgang Jeschke (Hrsg.)
Heyne Science Fiction Magazin, Band 1 (A) (1981)
Ü: Birgit Reß-Bohusch, Halina und Gerhard Meiser, Walter Brumm, Yoma Cap, Hannelore Hoffmann

Wolfgang Jeschke
Editorial

Joan Hunter Holly
Stille
Silence (1965)

Marcel Bieger
Profis wollen sich organisieren (1981)

Joern J. Bambeck
Wie groß bin ich als Schwarzes Loch? (1981)

James A. Michener
Dem Ziel entgegen. Das Space Shuttle (1981)

Sylvia Pukallus
»... aber ich lebe noch immer.«
Zur Aktualität des Autors Bernhard Kellermann (1981)

Irmtraud Kremp
Mary, liebste Schwester (1981)

Horst Pukallus
Interview mit John Brunner (1980)
Kurd-Laßwitz-Preis 1980
Dieter Hasselblatt
Hörspiel und Science Fiction (1981)
Adam Wiśniewski-Snerg
Gedankenverzehr (1971) (1977)
aus: *Robot* (➶ 3815)
Karel Thole
Eine fragmentarische Biographie
(1981)
Ü: Gabriele von Groll-Ysenburg
Brian W. Aldiss
Der Magier und der Klempner (1980)
Ü: Elizabeth Pesold
Wolfgang Jeschke
Meister Carolus – mein Freund (1981)
Sydney J. van Scyoc
Ein Besuch im Allgemeinen Krankenhaus von Cleveland
A Visit to Cleveland General (1968)
Werner Fuchs
Der Kampf um den Wüstenplaneten Dune
1979 Nebula Awards
1980 Nebula Awards
1980 Grand Master Award
1980 Hugo Gernsback Awards
1980 John W. Campbell Award
1980 Gandalf Award
1979 British Fantasy Awards
1980 World Fantasy Awards
1980 John W. Campbell Memorial Award
1981 John W. Campbell Memorial Award
1980 Locus Awards
1981 Locus Awards
Jörg Weigand
Wenn Grenzen sichtbar werden oder Wie steht es augenblicklich um die französische Science Fiction? (1981)
Ronald M. Hahn
Aus deutschen und anderen Landen
James Tiptree jr.
Der Psychologe, der keine Ratten quälen wollte
The Psychologist Who Wouldn't Do Awful Things to Rats
(1976)
Ronald M. Hahn/Friedel Wahren
Science Fiction und Phantastik seit Redaktionsschluß des »Lexikons der Science Fiction-Literatur«

3849 Anne McCaffrey
Drachensinger (1981)
Dragonsinger (1977)
Ü: Birgit Reß-Bohusch

3850 John Brunner
Doppelgänger (1981)
Double, Double (1980)
Ü: Hans Maeter

3851 Gert Prokop
Der Tod der Unsterblichen
(1981)
(auch: »Wer stiehlt schon Unterschenkel?«
(1977/1978)
Timothy Truckle
Wer stiehlt schon Unterschenkel?
Der Tod der Unsterbliichen
Schneewittchen und der Mann aus dem 20. Jahrhundert
Tote stehlen nicht, oder?
Ein Freundesdienst
Samuel, das Monster
Spiel auf Leben und Tod
Die Drossel

3852 John Varley
Der heiße Draht nach Ophiuchi
(1981)
The Ophiuchi Hotline (1977)
Ü: Rose Aichele

3853 Birgit Reß-Bohusch (Hrsg.)
Isaac Asimov's Science Fiction Magazin, 12. Folge (A) (1981)
Ü: Eva Brossmann, Biggy Winter, Birgit Reß-Bohusch, Jürgen Langowski

John Kelly
Eine geraubte Klicka
One Kidnapped Clicka (1980)

Barry B. Longyear
Die Heimkehr
Homecoming (1980)

Jeff Duntemann
Kalte Hände
Cold Hands (1980)

Peter C. Wiesmeier
Game Over (1981)

F. Gwynplaine MacIntyre
Die Mannesprobe
Martian Walkabout (1980)

Sharon Webb
Variationen zu einem Beethoven-Thema
Variations on a Theme from Beethoven (1980)

3854 Lyon Sprague de Camp & Fletcher Pratt
Die stählerne Festung (1981)
The Castle of Iron (1941)
Ü: Bernd W. Holzrichter

3855 James Graham Ballard
Der Block (1982)
High-Rise (1975)
Ü: Walter Brumm

3856 Virginia Kidd (Hrsg.)
Futura (1982) (A)
Millennial Women (1978)
Ü: Sylvia Pukallus

Ursula K. Le Guin
Das Auge des Reihers
The Eye of the Heron (1978)

Joan D. Vinge
Phönix in der Asche
Phoenix in the Ashes (1978)

Cherry Wilder
Mab Gallen, Bordarzt a. D.
Mab Gallen Recalled (1978)

Elizabeth A. Lynn
Die Geschichte von Jubiläa
Jubilee's Story (1978)

Diana L. Paxson
Das Heldenlied des N'Sardi-el
The Song of N'Sardi-El (1978)

Cynthia Felice
Keiner hat gesagt, es sei für immer
No One Said Forever. (1978)

3857 C. J. Cherryh
Kesrith – Die sterbende Sonne (1982)
The Faded Sun: Kesrith (1978)
Ü: Thomas Schichtel

3858 Alain Dorémieux
Spaziergänge am Rande des Abgrunds (C) (1982)
Promenades au bord du gouffre (1978)
Ü: Helga Abret, Josiane Geisler & Georges Hausemer, Bernhard Thieme

Im Krankenzimmer
Dans la chambre d'hôpital (1978)

Gefangener der Insektenfrauen
Prisonnier des femmes insectes (1978)

Der Turm
Seul en haut de la tour bientôt prête à crouler (1978)

Die Tiere
Les bêtes (1978)

Begegnungen der vierten Art
Rencontre du quatrième type (1978)

Welche Katastrophe?
Quel cataclysme (1978)

Die Vana (1979)
Ce puits de velours sans fond (1978)

Alptraum in Rosa
Cauchemar rose (1978)
In der fernen Fremde
Vers un ailleurs lointain (1978)
Wie ein Vogel, der davonfliegt
L'oiseau qui prend son vol (1978)

3859 Matthew Phipps Shiel
Die purpurne Wolke (1982)
The Purple Cloud (1901/1977)
Ü: Hans Maeter

3860 Wolfgang Jeschke (Hrsg.)
Science Fiction Story Reader 17 (A) (1982)
Ü: Hilde Linnert, Winfried Petri, Sylvia Pukallus, Keto von Waberer, Eva Brossmann, Biggy Winter, Walter Brumm, Horst Pukallus

Martin Wambsganss
Der Regen (1982)
Remo Guerrini
Giaime, der Schachspieler
Giaime gioca a scacchi (1979)
Irmtraud Kremp
Die Glastür (1982)
Gheorghe Săsărman
Konfitüre aus bitteren Kirschen
Dulceatä de cirese amare
Dmitrij Bilenkin
Seien Sie doch kein Mystiker!
Ne bud'te mistikom!
C. L. Grant
Komm, tanz mit mir auf meines Ponys Grab!
Come Dance with Me on My Ponys Grave! (1973)
Diethard van Heese
Gehirnwäsche GmbH (1982)
J. T. McIntosh
Made in U.S.A
Made in U.S.A. (1953)
Lisa Tuttle
Der Herr des Landes
The Horse Lord (1977)
Stephan de la Motte
Prokyon (1982)
Brian W. Aldiss
Trennung
Segregation (1958)
Lothar Streblow
Ein Planet für Hentrup (1982)
Bernd Mayer
Der Restaurateur (1982)
Malte Heim
Das Ökoid (1981)
James Tiptree jr.
Houston, Houston, bitte melden!
Houston? Houston, Do You Read? (1976)
Robert Holdstock
Die Zeit jenseits des Alters. Eine Exkursion
The Time beyond Age: a Journey (1976)

3861 Alan Burt Akers
Dayra von Scorpio (1982)
Captive Scorpio (1978)
Ü: Thomas Schlück

3862 Robert A. Heinlein
Die Invasion der Wurmgesichter (1982)
Have Space Suit – Will Travel (1958)
Ü: Heinz Nagel

3863 Joe Haldeman (Hrsg.)
Nie wieder Krieg (A) (1982)
Study War No More – A Selection of Alternatives (1977)
Ü: Sylvia Pukallus

Harlan Ellison
Basilisk
Basilisk (1972)
Ben Bova
Die Duelliermaschine
The Dueling Machine (1969)
Poul Anderson
Einen Mann für meine Wunde
A Man to My Wounding (1959)

Harry Harrison
Unternehmen Stoßtrupp
Commando Raid (1970)

George Alec Effinger
Vorhänge
Curtains (1974)

Mack Reynolds
Söldner
Mercenary (1962)

Damon Knight
Die goldene Regel
Rule Golden (1954)

William Nabors
Das Stadium des endgültigen Friedens
The State of Ultimate Peace (1974)

Isaac Asimov
Nummernweise
By the Numbers (1973)

Joe Haldeman
An Howard Hughes: Ein bescheidener Vorschlag
To Howard Hughes: A Modest Proposal (1974)

3864 Phyllis Gotlieb
O Meister Caliban! (1982)
O Master Caliban! (1976)
Ü: Hilde Linnert

3865 Lloyd Biggle jr.
Das tödliche Schweigen (1982)
Silence Is Deadly (1977)
Ü: Hans Maeter

3866 Manfred Kluge (Hrsg.)
The Magazine of Fantasy and Science Fiction, 61. Folge
Fenster (A) (1982)
Ü: Barbara Schönberg, Biggy Winter, Jürgen Langowski, Hans Maeter

Richard Cowper
Das Netz der Magier
The Web of the Magi (1980)

Garry Kilworth
Der Herr des Tanzes
The Lord of the Dance (1980)

Keith Roberts
Die Toilettenanlage
The Comfort Station (1980)

Edward Bryant
Bißwunden
Teeth Marks (1979)

Thomas M. Disch
Tapferer kleiner Toaster
Brave Little Toaster (1980)

Charles L. Grant
Geheimnisse des Herzens
Secrets of the Heart (1980)

Lee Killough
Achronos
Achronos (1980)

Bob Leman
Fenster
Windows (1980)

3867 E. R. Eddison
Die Herrin Zimiamvias (1982)
Mistress of Mistresses (1935)
Ü: Reinhard Heinz

3868 Andrew J. Offutt
Valeron der Barbar (1982)
My Lord Barbarian (1977)
Ü: Lore Strassl

3869 Wolfgang Jeschke (Hrsg.)
Heyne Science Fiction Magazin – Band 2 (A) (1982)

Wolfgang Jeschke
Editorial

Alfred Bester
Galatea Galante
Galatea Galante (1980)
Ü: Hannelore Hoffmann

Wolfgang Jeschke
Der Gutschein auf die Zukunft

Joern J. Bambeck
Statistronomie (1982)

Paul Walker
Roger Zelazny (1978)
Ü: Marcel Bieger

Malte Heim
Die Zukunft des Menschen im All (1982)

Jim Burns
Eine fragmentarische Biographie (1982)
Ü: Mary Hammer

Harry Harrison
Die Kunst von Jim Burns (1982)
Ü: Friedel Wahren

Stanisław Lem
Meine drei Wünsche (1982)

Lothar Streblow
Der Fisch

Anthony Burgess
Der Tod der Liebe.
Über George Orwells »1984« (1978)
Ü: Walter Brumm

Susan Wood
Die Rolle der Frau in der Science Fiction (1978)
Ü: Joachim Körber

1981 Hugo Gernsback Awards
1981 John W. Campbell Award
1981 British Fantasy Awards

Uwe Anton
Ein kurzes, vertrauliches Gespräch mit dem Herausgeber (1982)

George R. R. Martin
Der Fleischhausmann
Meathouse Man (1976)
Ü: Michael Windgassen

Ronald M. Hahn
Aus deutschen und anderen Landen

Ronald M. Hahn
Science Fiction und Phantastik in deutscher Sprache, von 1945–1959

3870 Wolfgang Jeschke (Hrsg.)
Heyne Science Fiction Jahresband 1982 (A) (1982)

Wolfgang Jeschke
Vorbemerkungen

Ray Bradbury
April 2000: Die Dritte Expedition
The Third Expedition (1950/70/74)
Ü: Thomas Schlück & Wolfgang Jeschke

C. L. Moore
Shambleau
Shambleau (1933/61)
Ü: Irene Holicki

C. J. Cherryh
Hestia
Hestia (1979)
Ü: Thomas Schichtel

Lino Aldani
Das andere Ufer
L'altra riva (1979)
Ü: Hilde Linnert

John Brunner
Die Berendt-Umwandlung
The Berendt Conversion (1975)
Ü: Peter Pape

Larry Niven
Wechselhafter Mond
Inconstant Moon (1971)
Ü: Peter Pape

Walter M. Miller jr.
Der Darfsteller
The Darfsteller (1954/67)
Ü: Birgit Reß-Bohusch & Walter Brumm

Arthur C. Clarke
Die neun Milliarden Namen Gottes
The Nine Billion Names of God (1953/76)
Ü: Yoma Cap

3871 Gordon R. Dickson
Sturm der Zeit (1982)
Time Storm (1977)
Ü: Irene Holicki

3872 Mária Szepes
Spiegeltür in der See (1982)
Tükörajtó a Tengerben (1975)
Ü: Stephanie von Werz-Kovács, Györgu Kovács, Tibor von Fáu

3873 Birgit Reß-Bohusch (Hrsg.)
Isaac Asimov's Science Fiction Magazin, 13. Folge (A) (1982)
Ü: Eva Brossmann, Birgit Reß-Bohusch, Keto von Waberer

Sydney J. van Scyoc
Felsfohlen
Stonefoal (1980)

Gordon Dykstra
Zerbrochenes Spielzeug
Broken Toys (1980)

Lisa Tuttle
Die Stadt in der Wüste
A Spaceship Built of Stone (1980)

Jeff Duntemann
Der Wächter
Guardian (1980)

Gene Wolfe
Der Adoptivvater
The Adopted Father (1980)

Jo Clayton
Kamerad
Companioning (1980)

H. Rüdiger Hipp
Fahrt zur Grenze (1982)

3874 C. L. Moore
Der Kuß des Schwarzen Gottes (C) (1979) (1982)
The Best of C. L. Moore (1975)
Ü: Irene Holicki, Uwe Anton

Lester del Rey
Vorwort (1975)

Shambleau
Shambleau (1933/1961)

Schwarzer Durst
Black Thirst (1934/1961)

Das glänzende Trugbild
The Bright Illusion (1934/1961)

Der Kuß des Schwarzen Gottes
Black God's Kiss (1934/1961)

Stelldichein in der Zeit
Tryst in Time (1936/1961)

Größer als die Götter
Greater than Gods (1939/1966)

Frucht der Erkenntnis
Fruit of Knowledge (1940/1968)

Nie wurde eine solche Frau geboren
No Woman Born (1944/1971)

Der Dämon
Demon (1946/1974)

Traubenlese
Vintage Season (1946/1973)

3875 John Norman
Die Bestien von Gor (1982)
Beasts of Gor (1978)
Ü: Thomas Schlück

3876 Michael Moorcock
Der Herr der Lüfte (1982)
The Warlord of the Air (1971)
Ü: Sylvia Pukallus

3877 W. J. Watkins & G. Snyder
Die Litanei von Sh'reev (1982)
The Litany of Sh'reev (1976)
Ü: Hans Maeter

3878 Bernard Goorden & A. E. van Vogt (Hrsg.)
Die Venusnarbe (A) (1982)
Ü: Hilde Linnert

Bernard Goorden
Ein Überblick über die Science Fiction in Lateinamerika (1982)

Jorge Luis Borges
Es gibt mehr Dinge
There Are More Things

José B. Adolph
Beharrlichkeit
Persistencia (1974)

Magdalena Araceli
Moujan Otaño
Gu ta gutarrak (1967)

Angel Arango
Der Kosmonaut
El cosmonauta (1964)

Angélica Gorodischer
Die Embryonen des Violetten
Los embriones del violeta
(1973)

Hugo Corres
Der im Wind verweilt
Alguien mora en el viento

Eduardo Goligorsky
Die Venusnarbe
La cicatriz de Venus (1977)

Mario Levrero
Kapitel 30
Capitulo XXX

André Carneiro
Die Dunkelheit
Ao escuridao

Carlos Maria Federici
Das Wichtigste
Primera necesidad

Luis Britto Garcia
Zukunft
Futuro

Mario Levrero
Kaninchenjagd
Caza de conejos

3879 John Boyd
Der Andromeda Gunman
(1982)
Andromeda Gun (1974)
Ü: Bodo Baumann

3880 Charles Platt
Dämmerung über der Stadt (1982)
Twilight of the City – A Novel of the Near Future
(1977)
Ü: Hans Maeter

3881 Lyon Sprague de Camp & Fletcher Pratt
Die Mauer der Schlangen (1982)
Wall of Serpents (1953/1960)
Der grüne Magier (1982)
The Green Magician (1954/1960)
Ü: Bernd W. Holzrichter

3882 Patricia A. McKillip
Die vergessenen Tiere von Eld (1982)
The Forgotten Beasts of Eld (1974)
Ü: Lore Strassl

3883 Robert A. Heinlein
Tunnel zu den Sternen (1956/1982)
Tunnel in the Sky (1955)
Ü: Kurt Seibt

3884 John Brunner
Reisender in Schwarz (1982)
Traveller in Black (1971)
Ü: Hans Maeter

3885 Ben Bova
Im Exil (1982)
End of Exile (1975)
Ü: Hilde Linnert

3886 D. G. Compton
Die übliche Verrücktheit (1982)
A Usual Lunacy (1978)
Ü: Walter Brumm

3887 Lyon Sprague de Camp & Fletcher Pratt
Geschichten aus Gavagans Bar (C) (1982)
Tales From Gavagan's Bar (1978)
Ü: Hilde Linnert

Elephas frumenti
Elephas frumenti (1950)

Das Erbstück
The Ancestral Amethyst (1952)

Hierher, Putzi!
Here, Putzi! (1953)

Nicht nur oberflächlich
More than Skin Deep (1951)

Bourbon-Tiere
Beasts of Bourbon (1951)

Die Gottesgabe
The Gift of God (1950)

Besser als eine Mausefalle
The Better Mousetrap (1950)

Keine Nachsendeadresse
No Forwarding Address (1953)

Der ungebetene Zecher
The Untimely Toper (1953)

Johannisnacht
The Eve of St. John (1953)

Das Liebesnest
The Love Nest (1953)

Der Stein der Weisen
The Stone of the Sages (1953)

Corpus delectable
Corpus delectable (1953)

Das Palimpsest des heiligen Augustinus
The Palimpsest of St. Augustine (1953)

Wohin, bitte?
Where to, Please? (1952)

Ich vernahm eine Stimme
Me Thought I Heard A Voice (1951)

Das Fleisch eines Menschen
One Man's Meat (1952)

Meines Bruders Hüter
My Brother's Keeper (1953)

Ein Zehncentstück bringt Erfolg
A Dime Brings You Success (1953)

Sag, siehst du dort ...
Oh, Say! Can You See (1958/1959)
(erschien ursprünglich unter dem Titel *Ward of the Argonaut*)

Die Sache mit dem Schloß
The Rape of the Lock (1951/1952)

Glocke, Buch und Kerze
Bell, Book, and Candle (1959)

Alles was glitzert
All the Glitters (1953)

Gin kommt in Flaschen
Gin Comes in Bottles (1953)

Man könnte ein Vermögen damit verdienen
There'd Be Thousands in It (1978)

Die schwarze Kugel
The Black Ball (1952)

Die Meisterköchin
The Green Thumb (1953)

Caveat emptor
Caveat emptor (1953)

Die Weissenbroch-Brille
The Weissenbroch Spectacles (1954)

3888 Wolfgang Jeschke (Hrsg.)
Heyne Science Fiction Magazin – Band 3 (A) (1982)

Wolfgang Jeschke
Editorial

Robert Sheckley
Nur eine Frage des Körpers
Body Game (1980)
Ü: Hannelore Hoffrnann

Carl Sagan
Science Fiction – Eine Ansichtssache (1978)
Ü: Birgit Reß-Bohusch

Winfried Petri
Die große Planetenparade (1982)

A. P. Kazancev zum 75. Geburtstag (1981)
Ü: Winfried Petri

Kurd Laßwitz-Preis 1981

Karl-Ulrich Burgdorf
Das Haus im Nebelwald (1982)

Wolfgang Jeschke
Der Roboter als Konkurrent auf dem Arbeitsmarkt

Jeffrey Elliot
Interview mit Catherine Lucile Moore (1979)
Ü: Irene Holicki

Karl Wrchowetzky
Nimm die Schätze und verlasse uns! (1982)

Rainer Eisfeld
»... und der Ring des Saturn kann niemanden mehr erschüttern« (In memoriam Wolf Detlef Rohr, 1928–1981) (1982)

Michael Morgental
Science Fiction aus einer anderen Welt: Shinichi Hoshi (1982)

Shinichi Hoshi
»Hallo, komm raus!«
»Oi, dete kôi« (1971)
Ü: Michael Morgental und Keiko Miriam Inaba

Peter Gendolla
Die Spur der inneren Maschine (1982)

Kai Riedemann
Können Affen sprechen? (1982)

Dieter Hasselblatt
Radiophonisches Reiseabenteuer ins All und retour (1982)

Wolfgang Jeschke
Weitere Kürzungen im NASA-Budget

Ronald M. Hahn
Aus deutschen und anderen Landen (1981)

Wolfgang Jeschke
Der stählerne Traum und die Deutschen. Eine Dokumentation zur Indizierung des umstrittenen Romans von Norman Spinrad

Charlotte Franke-Winheller
World SF – Chancen für die Zukunft (1982)

Jörg Weigand
Ausklang (1982)

Joern J. Bambeck
Mein Riesenfehler beim Schwarzen Riesenloch (1982)

3889 Lin Carter & Lyon Sprague de Camp
Conan der Barbar (1982)
Conan the Barbarian (1982)
Ü: Lore Strassl

3890 John Seymour
Die Lerchen singen so schön (1982)
The Larks They Sang Melodious (1982)
Ü: Irene Holicki

3891 Boris & Arkadij Strugatzki
Die häßlichen Schwäne (1982)
Gadkie lebedi (1972)
Ü: Hans Földeak

3892 Shinichi Hoshi
Ein hinterlistiger Planet (C) (1982)
Ijiwaru na Hoshi (1957/1978)
Ü: Keiko Miriam Inaba, Hertha Zidek, Michael Morgental

Ein hinterlistiger Planet
Ijiwaru na hoshi (1978)

Allzu menschlich
Ningenteki (1978)

Ein Roboter mit Launen
Kimagure robotto (1978)

Feineinstellung
Chôsei (1978)

Das Rätsel der Fußspuren
Ashiato no nazo (1978)

Trompetensignale
Rappa no oto (1978)

Der Universal-Wertmesser
Kachi-kensaki (1978)

Fortschritt
Shimpo (1978)

Die Prämie
Keihin (1978)

Erziehungshilfe
Kowai ojisan (1978)

Anders
Chigai (1978)

Das gebührenfreie Telephon
Muryô denwaki (1978)

Im Zeitalter der Verträge
Keiyaku jidai (1978)

Der Sekretär auf der Schulter
Kata no nue no hisho (1971)

Sweet Bonny
Bokko-chan (1971)

Kidnapping
Yûkai (1971)

Das eine Ziel
Hitotsu no mokuhyô (1976)

Das Ministerium für Erhaltung des Lebens
Seikatsu-iji-sho (1971)

Zwischenhalt auf dem Transport
Yusô-chû (1976)

»Soll ich sie bauen?«
Tsukuru-beki ka (1976)

Im Zeitalter des Stillstands
Chintai no jidai (1976)

Urteilsvollstreckung
Shokei (1972)

Ein Glückspilz
Shiawase na yatsu (1978)

Das Mitbringsel
Omiyage (1971)

Die Höllenmaschine
Yakkai na sôchi (1978)

Notlandung
Sônan (1978)

Die Geschenke vom Knopfstern
Botan-hoshi kara no okurimono (1976)

Der Besucher
Raihôsha (1971)

Eden
Tôgenkyô (1972)

Ein herrlicher Stern
Subarashii hoshi (1976)

Ein wunderbarer Himmelskörper
Subarashi tentai (1972)

Eine Geschenksendung
Purezento (1971)

Wenn der Winter kommt
Fuyu kitarinaba (1971)

Die Forderung
Yôkyû (1976)

Absolut zuverlässige Produkte
Shinyô are seihin (1972)

Mit dem Geschenk der Unsterblichkeit
Omiyage o motte (1976)

Die Siedler
Kaitakusha-tachi (1972)

Das letzte Unternehmen
Saigo no jigyô (1972)

»Hallo, komm raus!«
»Oi, dete kôi« (1971)

Der eine Apparat
Hitotsu no sôchi (1976)

3893 Michael Bishop
Die Jahre in den Katakomben (1982)
Catacomb Years (1979)
Ü: Walter Brumm

3894 Birgit Reß-Bohusch (Hrsg.)
Isaac Asimov's Science Fiction Magazin, 14. Folge (A) (1982)
Ü: Rüdiger Hipp, Biggy Winter

R. A. Wilson
Der Mann von der Insel
Island Man (1981)

John Stallings
Einzelfälle
Isolated Events (1981)

Sydney J. van Scyoc
Träume in blauen Wassern
Bluewater Dreams (1981)

Barry B. Longyear
Der Sonne nach
Catch the Sun (1980)

Melisa Michaels
Die Schuld der Davongekommenen
I Have a Winter Reason (1981)

Reinhard Merker
Der letzte Einsatz (1982)

3895 Lyon Sprague de Camp, Lin Carter & Björn Nyberg
Conan der Schwertkämpfer (1982)
Conan The Swordsman (1970/1978)
Ü: Lore Strassl

3896 Robert A. Heinlein
Zwischen den Planeten (1982)
Between Planets (1951)
Ü: Heinz Nagel

3897 Wolfgang Jeschke (Hrsg.)
Science Fiction Story Reader 18 (A) (1982)
Ü: Helga Brachmann, Hannelore Hoffmann, Birgit Reß-Bohusch, Hilde Linnert

M. G. Käsbauer
Die Gärten von Velt (1982)

Dieter Hasselblatt
Den Schluß machen (1982)

Christel Lorek
4 Gedichte (1982)

Jobst H. Teltschik
leben - leben - leben (1982)

Joern J. Bambeck
Mmirg (1982)

Gheorghe Săsărman
Atlantis
Atlantis (1978)

Joachim Grünhagen
6 Gedichte (1982)

Karl-Heinz Link
Ritual der Nacht (1982)

Remo Guerrini
Kavalier
Cavaliere (1978)

Curd Paetzke
Der Schneemann (1982)

Michael Morgental
An der Straße nach Ghardaia (1982)

Inge Holm
Rückkehr (1982)

Wolfgang Ueding
2 Gedichte (1982)

Malte Heim
Kintopp (1982)

Peter C. Wiesmeier
Ein Spiel aus der Dose (1982)

George R. R. Martin
Sandkönige
Sandkings (1980)

Billie Sanders
2 Gedichte (1982)

Lino Aldani
Besuch beim Vater
Visita al padre (1976)

Michael Bishop
Die Rettung der Gesichter
Saving Faces (1980)

Diethard van Heese
Sintschnee (1982)

Dieter Beckmann
4 Texte (1982)

Joern J. Bambeck
Science Fiction? (1982)

Horst Pukallus
Die Vereinigten Staaten nach der Reageneration (1982)

Richard D. Nolane
Darf ich bitten?
Dansons, maintenant (1980)

3898 Piers Anthony
Herald der Heiler (1983)
Kirlian Quest (1978)
Ü: Michael Kubiak

3899 Manfred KJuge (Hrsg.)
The Magazine of Fantasy and Science Fiction, 62. Folge
Gefährliche Spiele (A) (1982)
Ü: Hannelore Hoffmann, Irmtraud Kremp, Barbara Schönberg, Biggy Winter, Jörg Adrian Huber, Peter Indermaur

Lisa Tuttle
Heim für Käfer
Bug House (1980)

John Morressy
Ein ganz gewöhnlicher Schultag
No More Pencils, No More Books (1979)

Felix C. Gotschalk
Bei den Höhlenmenschen des San-Andreas-Canyon
Among the Cliff-Dwellers of the San Andreas Canyon (1980)

Nicholas V. Yermakov
Ein Schimmer von Gold
A Glint of Gold (1980)

Jack C. Haldeman II
Frühlingsfieber
Spring Fever (1980)

Susan C. Petrey
Das Lied der Spinne
Spidersong (1980)

William Rotsler
Väterliche Führung gesucht
Parental Guidance Suggested (1979)

Marta Randall
Gefährliche Spiele
Dangerous Games (1980)

J. W. Shutz
Lebenstraum
Lebenstraum (1980)

Mack Reynolds & Gary Jennings
Höllenfeuer
Hell's Fire (1980)

3900 Tom Reamy
Blinde Stimmen (1982)
Blind Voices (1978)
Ü: Hertha Zidek

3901 Roger Zelazny
Jack aus den Schatten (1982)
Jack of the Shadows (1971)
Ü: Hans Maeter

3902 John Brunner
Treibsand (1982)
Quicksand (1967)
Ü: Horst Pukallus

3903 Michael Moorcock
Der Land-Leviathan (1982)
The Land Leviathan (1974)
Ü: Sylvia Pukallus

3904 Bob Stickgold & Mark Noble
Gentrip (1982)
Gloryhit (1978)
Ü: Yoma Cap

3905 Levon Surenovitsch Chatschaturjanc & Evgenij Vasiljevitsch Chrunov
Der Weg zum Mars (1982)
Put' k Marsu (1979)
Ü: Winfried Petri

3906 Zbigniew Przyrowski (Hrsg.)
Eine neue Zivilisation (A) (1971) (1982)
Nowa Cywilizacja (1973)
Ü: Christa und Johannes Jankowiak, I. Zimmermann-Göllheim, Hanna Rottensteiner

Zbigniew Przyrowski
Vorwort

Ignacy Krasicki
Die Insel Nipu
Wyspa nipu

Karol Libelt
Das Schachspiel
Gra w szachy

Sygurd Wiśniowski
Der Unsichtbare
Niewidzialny (1881)

Bolesław Prus
Die Metalle des Professor Geist
Metale profesora Geista

Władysław Umiński
Sonne auf Erden
Słónce na ziemi

Antoni Lange
Herr über die Zeit
Władca czasu (1912)

Jerzy Zuławski
Rückkehr zum Planeten der Urväter
Powrot na planete praojcow

Stefan Grabiński
Professor Czelawas Problem
Problemat Czelawy (1918)

Stefan Żeromski
Eine neue Zivilisation
Nowa cywilizacja (1925)

Jan Karczewski
Ein bißchen Technik oder ein automatischer Präsident
Trochę techniki, czyli automatyczny prezydent (1931)

Stanisław Lem
Die Wahrheit
Prawda (1964)

Konrad Fialkowski
Biohasard
Biohazard (1969)

3907 E. R. Eddison
Ein Fischessen in Memison (1982)
A Fish Dinner in Memison (1941)
Ü: Reinhard Heinz

3908 Wolfgang Jeschke (Hrsg.)
Heyne Science Fiction Magazin – Band 4 (A) (1982)

Wolfgang Jeschke
Editorial

Vernor Vinge
Spiel mit dem Schrecken
Bomb Scare (1971)
Ü: Franziska Zinn

Joachim Körber
Philip K. Dick ist tot (1982)

James van Hise
Interview mit Philip K. Dick (1982)
Ü: Uwe Anton

Georg Zauner
Zur Theorie der Zeitmaschine (1982)

Bob van Laerhoven
Trautes Heim
Lief (1973)
Ü: Ronald M. Hahn

Dietrich Wachler
Die Wirklichkeit des Phantoms

Marcel Bieger
Dictionaries und Anthologien (1982)

Uwe Luserke
David A. Hardy, der exakte Visionär (1982)

Peter C. Wiesmeier
Space Shuttle nach Sindelfingen (1982)

Jürgen Lehnart
Der letzten Tage Wandlung (1982)

World SF General Meeting 1982

Jörg Weigand
Eine Apokalypse namens »Würm« (1982)

Franz Rottensteiner
Science Fiction in Osteuropa (1982)

Christian Hellmann
Das erste Abenteuer der Menschheit (1982)

Werner Fuchs
Zwischen Modergruft und Hyperraum (1982)

Ronald M. Hahn
Aus deutschen und anderen Landen

3909 Lyon Sprague de Camp & Lin Carter
Conan der Befreier (1982)
Conan the Liberator (1979)
Ü: Lore Strassl

3910 Harry Harrison
Heimwelt (1982)
Homeworld (1979)
Ü: Thomas Schlück

3911 Harry Harrison
Radwelt (1982)
Wheelworld (1978)
Ü: Thomas Schlück

3912 Harry Harrison
Sternwelt (1982)
Starworld (1980)
Ü: Thomas Schlück

3913 Friedel Wahren (Hrsg.)
Isaac Asimov's Science Fiction Magazin, 15. Folge (A) (1982)
Ü: Irene Bonhorst, Rüdiger Hipp, Uta McKechneay, Biggy Winter

Isaac Asimov
Vergißesnicht
Lest We Remember (1982)

Reginald Bretnor
Diese Steine werden sich erinnern
These Stones Will Remember (1981)

Craig C. Koscho
Bon Appetit
Bon Appetit (1981)

Scott Sanders
Anatomie-Unterricht
The Anatomy Lesson (1981)

R. A. Lafferty
Es gibt kein Zurück
Yo Can't Go Back (1981)

Roger Zelazny
Die Einhorn-Variante
Unicorn Variation (1981)

Somtow Sucharitkul
Aquila
Aquila (1982)

Wilfried Schönfelder
Der Zweikampf (1982)

3914 Adam Wiśniewski-Snerg
Das Evangelium nach Lump (1982)
Wedlug lotra (1978)
Ü: Rudolf J. Retz

3915 E. Ringer & H. Urbanek (Hrsg.)
Ashtaru der Schreckliche (A) (1982)
Ü: Walter Praxl, Thomas Schlück, Horst Pukallus, Michael Wittmann, Lore Strassl, Eduard Lukschandl

Hermann Urbanek
Vorwort

Theodore Sturgeon
Das Rätsel Ragnaröks
Riddle of Ragnarok (1955)

Iny Klocke
Die steinernen Krieger (1982)

Lyon Sprague de Camp
Der Stein der Hexenkönigin
The Stone of the Witch-Queen (1977)

Thomas Burnett Swann
Die Nacht des Einhorns
The Night of the Unicorn (1975)

Roger Zelazny
Die Glocken von Shoredan
The Bells of Shoredan (1966)

Howard Phillips Lovecraft
Die Sehnsucht Iranons
The Quest of Iranon (1939)

Katherine Kurtz
Des Marluks Untergang
Swords against Marluk (1977)

Stephan de la Motte
Schachspieler der Götter (1982)

Alan Burt Akers
Der Zauberer von Scorpio
Wizard of Scorpio (1976)

Poul Anderson
Ashtaru der Schreckliche
Ashtaru the Terrible (1953)

3916 Frank Herbert
Der Gottkaiser des Wüstenplaneten (1982)
God Emperor of Dune (1981)
Ü: Ronald M. Hahn

3917 Michael Lorenz
Die nackten Wilden (1982)

3918 Anne McCaffrey
Der weiße Drache (1982)
The White Dragon (1978)
Ü: Birgit Reß-Bohusch

3919 Philippe Curval
Ist da jemand? (1982)
Y a quelqu'un? (1979)
Ü: Josiane Geisler und Georges Hausemer

3920 Brian W. Aldiss & Wolfgang Jeschke (Hrsg.)
Titan – 18 (A) (1982)
Galactic Empires 1/1 (1976)
Ü: Heinz Nagel

Brian W. Aldiss
Einleitung

R. A. Lafferty
Eine Sekunde der Ewigkeit
Been A Long, Long Time (1969)

Arthur C. Clarke
Die Besessenen
The Possessed (1953)

H. B. Fyfe
Tierschutz
Protected Species (1951)

Michael Shaara
Da Capo
All the Way Back (1952)

Poul Anderson
Der Sternenplünderer
The Star Plunderer (1952)

Isaac Asimov
Die Stiftung
Foundation (1951)

Mark Clifton & Alex Apostolides
Wir sind zivilisiert!
We're Civilized! (1953)

3921 C. J. Cherryh
Die Feuer von Azeroth (1982)
Fires of Azeroth (1979)
Ü: Thomas Schlück

3922 Robert A. Heinlein
Ein Doppelleben im Kosmos (1961) (1982)
Double Star (1956)
Ü: Else von Hollander-Lossow
(➶ 3049/NA unter neuer Nummer)

3923 Jack Williamson
Antimaterie (1970) (1982)
Seetee Ship (1951)
Ü: Thomas Schlück
(➶ 3208/NA unter neuer Nummer)

3924 Thomas Wylie & Edwin Balmer
Wenn Welten zusammenstoßen (1959) (1982)
When Worlds Collide (1933)
Ü: Else von Hollander-Lossow
(➶ 3178/NA unter neuer Nummer)

3925 A. E. van Vogt
Die Welt der Null-A (1970) (1982)
World of Null-A (1945/1948)
Ü: Walter Brumm
(➶ 3117/NA unter neuer Nummer)

3926 Frank Herbert
Die Augen Heisenbergs (1968) (1983)
The Eyes of Heisenberg (1966)
Ü: Leni Sobez
(➶ 3125/NA unter neuer Nummer und neuem Titel)

3927 Robert A. Heinlein
Die sechste Kolonne (1971) (1983)
The Day after Tomorrow (1949)
Ü: Thomas Schlück
(➶ 3243/NA unter neuer Nummer)

3928 Harry Harrison
Agenten im Kosmos (1971) (1983)
The Stainless Steel Rat (1961)
Ü: Wulf H. Bergner
(➶ 3083/NA unter neuer Nummer)

3929 Robert Silverberg
Schwingen der Nacht (1971) (1983)
Nightwings (1968/1969)
Ü: Birgit Reß-Bohusch
(➶ 3274/NA unter neuer Nummer)

3930 Wolfgang Jeschke (Hrsg.)
SF-Sammelband – 3 Romane (A)
(1972/1971/1966) (1982)

Frank Herbert
Gefangen in der Ewigkeit
The Heaven Makers (1968)
Ü: Walter Brumm
(➶ 3298)

John Brunner
Im Zeichen des Mars
Born under Mars (1967)
Ü: Walter Brumm
(➶ 3268)

Poul Anderson
Kontakt mit Jupiter
Three Worlds to Conquer (1964)
Ü: Werner Gronwald
(➶ 3063)

3931 Manfred Kluge (Hrsg.)
The Magazine of Fantasy and Science Fiction, 63. Folge
Terrarium (A) (1982)
Ü: Hannelore Hoffmann, Jörg Adrian Huber, Joachim Körber, Barbara Schönberg, Biggy Winter

Bill Pronzini
Nächste Station: Venus
Then We Went to Venus (1980)

Hilbert Schenck
Riskanter Aufstieg
Buoyant Ascent (1980)

Scott Sanders
Terrarium
Terrarium (1980)

Edward Bryant
Relikte
Strata (1980)

Robert Aickman
Hand im Handschuh
Hand in Glove (1979)

James Patrick Kelly
Die Angst namens Mut
The Fear That Men Call Courage (1980)

Michael Shea
Die Autopsie
The Autopsy (1980)

Bruce McAllister
... und nahm für sie an der Menschen Gestalt
What He Wore for Them (1980)

Gary Jennings
Die Reliquie
The Relic (1979)

3932 John Crowley
Maschinensommer (1982)
Engine Summer (1979)
Ü: Irene Holicki

3933 Lee Killough
Das Doppelgänger-Gambit (1982)
The Doppelganger Gambit (1979)
Ü: Irene Holicki

3934 Konrad Fiałkowski
Adam, einer von uns (1982)
Adam, jeden z nas (1982)
Ü: Hanna Rottensteiner

3935 Wolfgang Jeschke (Hrsg.)
Heyne Science Fiction Magazin – Band 5 (A)
(1982)

Wolfgang Jeschke
Editorial

Hayford Peirce
Die Eiswanderer-Invasion
Iceback Invasion (1980)
Ü: Hannelore Hoffmann und Joachim Körber

Jörg Weigand
Die zwei Traditionen der deutschen SF (1982)

Joachim Körber
Michael Moorcock (1982)

Robert Holdstock
Der neue Magier
Magic Man (1979)
Ü: Hans Maeter

Otto Kuhn
Darf Conan nicht mehr kämpfen? (1982)

Aleksandr Kazancev
Die Glaubhaftigkeit des Ungewöhnlichen. Iwan A. Jefremow – zur 75. Wiederkehr seines Geburtstages (1982)
Ü: Winfried Petri

F. A. Friedrichs
Albert Camus als SF-Autor (1982)

Joern J. Bambeck
Das Geheimnis des Crab-Nebels (1982)

Peter Gendolla
Die Spur der inneren Maschine (1982)

Rainer Erler, interviewt von Ute Bauer, Britta Rau, Thomas Tilsner und Olaf Rappold (1982)

Peter C. Wiesmeier
SF-Filmvorschau (1982)

Werner Zillig
Rezensionen von SF-Literatur (1982)

Helga Abret & Lucian Boia
Die Entstehung des Marsmythos (1982)

Herbert Somplatzki
Unter der Doppelsonne (1982)

Jörg Weigand
Zur Praxis der SF-Kritik (1982)

Kurd Laßwitz-Preis 1981

Ronald M. Hahn
Aus deutschen und anderen Landen

Christoph Schmidt
Festival der Fantastik (1982)

Europa-Preise

1981 Nebula Awards
1982 Hugo Gernsback Awards
1982 John W. Campbell Award
1982 John W. Campbell Memorial Award
1982 Locus Award
1981 Ditmar Award

Ronald M. Hahn
Science Fiction und Phantastik in deutscher Sprache, von 1960–1970

3936 C. J. Cherryh
Shon'jir – die sterbende Sonne (1982)
The Faded Sun: Shon'jir (1978)
Ü: Thomas Schichtel

3937 Reinmar Cunis
Ende eines Alltags (C) (1982)

Sohn um Sohn

Hanni Bojens

Pelargonium Mentale

Freischicht

Ein Fall für den Knopfgießer

Nachwort:
Social Fiction

3938 Michael Frayn
Blechkumpel (1982)
The Tin Men (1965)
Ü: Hilde Linnert

3939 Otto Willi Gail
Der Stein vom Mond (1926/1982)

3940 Friedel Wahren (Hrsg.)
Isaac Asimov's Science Fiction Magazin, 16. Folge (A) (1982)
Ü: Rüdiger Hipp, Jürgen Langowski, Uta McKechneay, Margit Reindl, Biggy Winter

Bob Shaw
Der Durchbruch
Conversion (1981)

Barry N. Malzberg
Wo ein Wille ist ...
Coursing (1982)

George Alec Effinger
Hinter der Bühne
In the Wings (1982)

Alan Dean Foster
Die strahlende Schönheit
The Dark Light Girl (1981)

Lee Killough
Das Jarabon
The Jarabon (1981)

Brian W. Aldiss
Parasiten der Leidenschaft
Parasites of Passion (1982)

Joan D. Vinge
Der Exorzyklus
Exorcycle (1982)

James Tiptree jr.
Lirios: Eine Erzählung von Quintana Roo
Lirios: A Tale of the Quintana Roo (1981)

Marockh Lautenschlag
Bru (1982)

3941 Andrew J. Offutt
Conan und das Schwert von Skelos (1982)
Conan: The Sword of Skelos (1979)
Ü: Lore Strassl

3942 Ian Watson
Das Babel-Syndrom (1983)
The Embedding (1973)
Ü: Walter Brumm

3943 Karl Alexander
Flucht ins Heute (1983)
Time after Time (1979)
Ü: Reinhard Heinz

3944 Wolfgang Jeschke (Hrsg.)
Science Fiction Story Reader 19 (A) (1983)
Ü: Manuel van Loggem, Hilde Linnert, Michael Windgassen, Joachim Körber, Irene Bonhorst

Manuel van Loggem
Schöpferisches Spiel (1982)

Gero Reimann
Illusionaut (1982)

Gheorghe Săsărman
Hattusás
Hattusás (1978)

Vladimir Jakovlev
Kreis der Zeit (1982)

Steven Utley & Howard Waldrop
Schwarz wie der Abgrund, von Pol zu Pol
Black as the Pit, from Pole to Pole (1977)

Richard Radßat
Augurenreport (1982)

Irmtraud Kremp
Spielereien (1982)

Vittorio Curtoni
Das Licht
La luce (1970/77)

Hendrik Heimer
Der Alte (1982)

David Chippers
Optimale Lebensform (1982)

Lino Aldani
Rotgewürfelt
Screziato di rosso (1977)

Hennig Heske
2 Gedichte:
Nachtblume
Funkspruchgedicht

Kai Riedemann
Einen Tag nach dem Gestern, einen Tag vor dem Morgen (1982)

Gisela Bulla
Eine Welt für Roboter (1982)

Lutz Rathenow
3 Gedichte:
Nonfiction
Aufsteigen
Hoffnung

Christian Haderer
Im Schatten (1982)

Daniel Walther
Bin ich es, der Deinen Namen lästert, o Herr?
Est-ce moi qui blasphème ton nom, seigneur? (1973)

Arndt Ellmer
Dein Universum (1982)

R. Henning
5 Gedichte:
raum
vendetta
mythologie 3
stimmchen aus dem jenseits

James White
Kleider machen Leute
Custom Fitting (1976)

Martin Wambsganss
Das dunkle Schiff (1982)

Billie Sanders
2 Gedichte (1982)

Gene Wolfe
Krieg unterm Weihnachtsbaum
War beneath the Tree (1979)

3945 Brian W. Aldiss
Die dunklen Lichtjahre (1983)
The Dark Light Years (1964)
Ü: Hans Maeter

3946 Ronald M. Hahn (Hrsg.)
The Magazine of Fantasy and Science Fiction, 64. Folge
Das fröhliche Volk von Methan (1983)
Ü: Uwe Anton, Martin Eisele, Hannelore Hoffmann, Rainer Schmidt, Biggy Winter

Parke Godwin
Das Feuer, wenn es kommt
The Fire When It Comes (1981)

Michael D. Taylor
Eine Menge Nichts
Plenty of Nothing (1981)

Lee Killough
Taaéhalaan ertrinkt
Taaéhalaan Is Drowning (1981)

Philip K. Dick
Fremde denken anders
The Alien Mind (1981)

Stephen Tall
Das fröhliche Volk von Methan
The Merry Men of Methane (1980)

Edward Bryant
Himmelskämpfer
The Thermals of August (1981)

Ron Goulart
Max Kearney kehrt zurück
The Return of Max Kearney (1981)

Reg Bretnor
Nicht die Liebe läßt die Welt sich dreh'n
It Isn't Love That Makes the World Go 'Round (1981)

Scott Sanders
Der Schlafwandler
The Sleepwalker (1981)

3947 Dieter König
Feuerblumen (1983)

3948 C. J. Cherryh
Kutath – Die sterbende Sonne (1983)
The Faded Sun: Kutath (1979)
Ü: Thomas Schichtel

3949 Brian W. Aldiss & Wolfgang Jeschke (Hrsg.)
Titan – 19 (A) (1983)
Galactic Empires 1/2 (1976)
Ü: Heinz Nagel

Brian W. Aldiss
Einleitung

Cordwainer Smith
Das Verbrechen und der Ruhm des Kommandanten Suzdal
The Crime and Glory of Commander Suzdal (1953)

Alfred Coppel
Der Rebell von Walkür
The Rebel of Valkyr (1950)

Idris Seabright
Sternenstaub fällt vom Himmel
Brightness Falls from the Air (1954)

Clifford D. Simak
Der Einwanderer
The Immigrant (1954)

James White
Leibarzt
Resident Physician (1961)

Hal Lynch
Pensionsalter
Age of Retirement (1954)

Pete Adams & Charles Nightingale
Pflanzzeit
Planting Time (1976)

3950 Joan D. Vinge
Die Schneekönigin (1983) (1994)
The Snow Queen (1980)
Ü: Joachim Körber
(NA unter alter Nummer)

3951 James Gunn
Die Horcher (1983)
The Listeners (1972)
Ü: Klaus Boer

3952 Michael Nagula (Hrsg.)
Fenster ins Licht (A) (1983)

Frank Töppe
Die letzten Bilder des Grafikers Schneider (1978)

Wolfgang Kellner
Totalschaden (1981)

Klaus Wohlrabe
Korrektur der Vergangenheit (1976)

Alfred Leman
Ungeordnete Verhältnisse (1980)

Karlheinz Steinmüller
Der Traum vom Großen Roten Fleck (1979)

Bernd Ulbrich
Ein Gott hat geweint (1977)

Günter Kunert
Museumsbesuch (1975)

Karl-Heinz Jakobs
Quedlinburg (1975)

Erik Simon
Die Konsumaten (1976)

Günter Kunert
Unterwegs nach Utopia (1977)

Michael Nagula
Ästhetik und Zerfall. Die Arbeiten des Thomas Franke (1982)

Lutz Hartmann
Eden im All (1980)

Michael Szameit
Urlaub auf Aldebaranisch (1976)

Erik Simon
Invasion aus dem Weltraum (1976)

Alfred Leman & Hans Taubert
Begegnung (1973)

Gerhard Branstner
Utopische Anekdoten (1973)

Gert Prokop
Die Sache mit dem Alpha-No-i (1979)

Günther Krupkat
Das Duell (1974)

Heiner Hüfner
Unverhoffte Bekanntschaft durch einen Automaten (1981)

Wolf Weitbrecht
Imago (1976)

Herbert Ziergiebel
Die Experimente des Professors von Pulex (1975)

Klaus Nöckel
Der Irrtum (1980)

Karl-Heinz Tuschel
Wie ich meinen linken Beruf wechselte (1977)

Ekkehard Redlin
Nachwort: Reifeprozeß

3953 Michael G. Coney
Brontomek! (1983)
Brontomek! (1976)
Ü: Hans Maeter

3954 Wolfgang Jeschke (Hrsg.)
Heyne Science Fiction Magazin – Band 6 (A) (1983)

Wolfgang Jeschke
Editorial

Lothar Streblow
Überlebenstraining (1983)

Peter C. Wiesmeier
E. T. – ein Traum

Carl Amery
Finale Rettung Michigan (1982)

Dieter Hasselblatt
Amerys Amerika-Science Fiction-Hörspiel (1983)

Wolfgang Jeschke
Tralala anstatt Science Fiction

Darko Suvin
Ursula K. Le Guin und Philipp K. Dick. Zwei der bedeutendsten SF-Autoren unserer Zeit
Ü: Joachim Körber

Gabriele Dietze
Wir haben diesen Planeten verlassen. Ein Gespräch mit Doris Lessing
Ü: Mechthild Küpper

Christian Haderer
Schweigendes Deutschland – Wolf Gremms Film »Kamikaze 1989« (1983)

Thomas Le Blanc
SF in Wetzlar (1983)

Joseph Dolezal
Hermann Kasack und die deutsche Phantastik (1982)

Wolfgang Jeschke
Der Traum vom Fliegen: Über den viel zu jung verstorbenen Berliner SF-Künstler Ulf Herholz (1983)

Ronald M. Hahn
Die Arglosen im Ausland. Impressionen vom 40. Welt-SF-Convent in Chicago (1983)

Joan Hunter Holly
Kommt, seht den letzten Menschen weinen!
Come See the Last Man Cry (1975)
Ü: Hannelore Hoffmann

Christian Hellmann
Genrekino in Reinkultur – John Carpenter und seine Filme (1982)

Christian Hellmann
»The King from Another World« von Howard Hawks und John Carpenter (1983)

3955 Elizabeth A. Lynn
Die Zwingfeste (1983)
Watchtower (1979)
Ü: Roland Fleissner

3956 Elizabeth A. Lynn
Die Tänzer von Arun (1983)
The Dancers of Arun (1979)
Ü: Roland Fleissner

3957 Elizabeth A. Lynn
Die Frau aus dem Norden (1983)
The Northern Girl (1980)
Ü: Roland Fleissner

3958 Friedel Wahren (Hrsg.)
Isaac Asimov's Science Fiction Magazin, 17. Folge (A) (1983)
Ü: Irene Bonhorst, Ingrid Herrmann, Jürgen Langowski, Susi-Maria Roediger, Keto von Waberer, Biggy Winter

Robert Silverberg
Stammgäste
The Regulars (1981)

Coleman Brax
Das Zepter des Despoten
The Scepter of the Despot Ronin (1982)

Joan Aiken
Das Rennen
Two Races (1982)

Paul E. Holt
Gold gab ich für Eisen
Good as Gold (1982)

Gregory Benford
Belichtungen
Exposures (1981)

Scott Sanders
Berge der Erinnerungen
Mountains of Memory (1982)

Sydney J. van Scyoc
Die Unterweisung
The Teaching (1982)

Lowell Kent Smith
Der Schnupfen
The Sneeze (1981)

Charles L. Grant
... was in ernstem Schweigen
What in Solemn Silence (1982)

Friedrich Hagemeyer
Weltweit Mrs. Struthers (1983)

3959 Reinhard Köhrer
Weg der Erde (1983)

3960 Nelson Bond
Herrn Mergenthwirkers Lobblies (C) (1983)
Mr. Mergenthwirker's Lobblies and Other Fantastic Tales (1946)
Ü: Thomas Schlück

Herrn Mergenthwirkers Lobblies
Mr. Mergenthwirker's Lobblies (1937)

Die magische Treppe
The Magic Staircase (1946)

Egbert Haw – das große Talent
The Remarkable Talent of Egbert Haw (1941)

Johnny Cartwrights Kamera
Johnny Cartwright's Camera (1940)

Der Herr von Cotswold
The Master of Cotswold (1944)

Der Einstein-Wurf
The Einstein Inshoot (1938)

Der Quell
The Fountain (1941)

Dr. Fuddles Finger
Dr. Fuddle's Finger (1946)

Die Insel der Eroberer
Conqueror's Isle (1946)

Der Sokrates vom Rübenfeld
Socrates of the South Forty (1946)

Die rückuläre Uhr
The Bacular Clock (1942)

Hader im Hades
Union in Gehenna (1942)

Der Buchladen
The Bookshop (1946)

3961 Pierre Pelot
Der Olympische Krieg (1983)
La guerre olympique (1980)
Ü: Josiane Geisler & Georges Hausemer

3962 Wolfgang Jeschke (Hrsg.)
Heyne Science Fiction Jahresband 1983 (A) (1983)
Ü: Walter Brumm, Joachim Pente, Heinz Nagel, Peter Indermaur, Yoma Cap, Biggy Winter

Wolfgang Jeschke
Vorbemerkungen

Ambrose Bierce
Moxons Meister
Moxon's Master (1893)

Robert A. Heinlein
Katastrophen kommen vor
Blowups Happen (1940)

Isaac Asimow
Einbruch der Nacht
Nightfall (1941)

Alan Dean Foster
Die Glockenbäume
Ye Who Would Sing (1976)

William Golding
Der Sondergesandte
Envoy Extraordinary (1956)

Gene Wolfe
V.R.T.
V.R.T. (1972)

Kate Wilhelm
Winterlicher Strand
Winterbeach (1981)

3963 Norman Spinrad
Eine Welt dazwischen (1983)
A World Between (1979)
Ü: Walter Brumm

3964 John Brunner
Der Infinitiv von Go (1983)
The Infinitive of Go (1980)
Ü: Hans Maeter

3965 Ronald M. Hahn (Hrsg.)
The Magazine of Fantasy and Science Fiction, 65. Folge
Cyrion in Bronze (A) (1983)
Ü: Biggy Winter, Martin Eisele, Uwe Anton, Hannelore Hoffmann, Wolfgang Schrader, Udo Hösterey, Rainer Schmidt, Ronald M. Hahn

Thomas M. Disch
Zum Verstehen menschlichen Verhaltens
Understanding Human Behavior (1982)

Tanith Lee
Cyrion in Bronze
Cyrion in Bronze (1980)

John Brunner
Der Mann, der das tausendjährige Reich sah
The Man Who Saw the Thousand Year Reich (1981)

Howard Roller & Parke Godwin
Variationen über Sergeant Pepper
Sergeant Pepper Variations (1982)

Alan Ryan
Sanasardo lernt Attila kennen
Sanasardo Meets Attila (1981)

Robert Silverberg
Die Wüste der gestohlenen Träume
The Desert of Stolen Dreams (1981)

Juleen Brantingham
Felly
Felly (1981)

Stephen King
Das Orakel und die Berge
The Oracle and the Mountains (1981)

Lisa Tuttle
Die Knochenflöte
The Bones Flute (1981)

Ron Goulart
Trilby Swain für jedermann
Presenting Trilby Swain (1981)

Mildred Downey Broxon
Geh übers Eis
Walk the Ice (1981)

3966 Poul Anderson
Das Erdenbuch von Sturmtor (C) (1983)
The Earth Book of Stormgate (1978)
Ü: Peter Pape

Vorwort (1978)

Flügel des Sieges
Wings of Victory (1972)

Vom Sinn des Leidens
The Problem of Pain (1973)

Wie man spielend in einer einzigen Lektion Rassenbewußtsein erlangt
How to Be Ethnic in One Easy Lesson
(auch: *How to Be Ethnic*)
(1974)

Die Gewinnspanne
Margin of Profit (1956)

Esau
Esau
(auch: *Birthright*) (1970)

Zeit der Vergebung
The Season of Forgiveness
(1973)

Ein Mann, der zählt
The Man Who Counts (1958)

Mit etwas Verstand
A Little Knowledge (1971)

Der Tag des großen Brandes
Day of Burning
(auch: *Supernova*) (1967)

Polarstern
Lodestar (1973)

Flügellos
Wingless
(auch: Wingless on Avalon)
(1973)

Rettung auf Avalon
Rescue on Avalon (1973)

3967 Wolfgang Altendorf
Das Stahlmolekül (1983)

3968 Karl Edward Wagner
Conan und die Straße der Könige (1983) (1995)
Conan: The Road of Kings (1979)
Ü: Lore Strassl
(NA unter alter Nummer)

3969 Philip K. Dick
Blade Runner (1969/1971) (1982)
Do Androids Dream of Electric Sheep? (1968)
Ü: Norbert Wölfl
(➶ 3273/NA unter neuer Nummer und neuem Titel)

3970 Helmut Wenske & Wolfgang Jeschke (Hrsg.)
Arcane oder Die Tele-Vision der Unsterblichkeit in 1 Minute, 39 Sek. Scirular (A) (1982)

Gerd Maximović
Der Mann im Raum (1982)

Thomas Ziegler
Delirion: Liza (1982)

Horst Pukallus
Preiset, Gestirne des Himmels, den Herrn! (1982)

Wolfgang Jeschke
Osiris Land (1982)

Andreas Brandhorst
An den Gestaden der Wahrscheinlichkeit (1982)

Ronald M. Hahn
Inmitten der großen Leere (1982)

Joachim Körber
Das Schloß im Nebelwald (1982)

Hans Joachim Alpers
Zero (1982)

3971 Vonda N. McIntyre
Star Trek II: Der Zorn des Khan (1982)
Star Trek: The Wrath of Khan (1981)
Ü: Hans Maeter

3972 L. Sprague de Camp & Lin Carter
Conan der Freibeuter (1983)
Conan the Buccaneer (1971)
Ü: Lore Strassl
(➶ 3303/NA unter neuer Nummer und neuem Titel)

3973 Peter Tate
Landluft und tödlicher Regen (1975) (1982)
Country Love and Poison Rain (1973)
Ü: Gisela Stege
(➶ 3436/NA unter neuer Nummer)

3974 Harry Harrison
Rachezug im Kosmos (1974/83)
The Stainless Steel Rat's Revenge (1970)
Ü: Walter Brumm
(➶ 3393/NA unter neuer Nummer)

3975 Philip José Farmer
Der Sonnenheld (1971) (1983)
Flesh (1968)
Ü: Birgit Reß-Bohusch
(➶ 3265/NA unter neuer Nummer)

3976 Philip Wylie & Edwin Balmer
Auf dem neuen Planeten (1960) (1983)
After Worlds Collide (1933)
Ü: Else von Hollander-Lossow
(➶ 3183/NA unter neuer Nummer)

3977 Jack Vance
Die sterbende Erde (1978) (1983)
The Dying Earth (1950)
Ü: Lore Strassl
(➶ 3606/NA unter neuer Nummer)

3978 Jack Williamson
Antimaterie-Bombe (1970) (1983)
Seetee Shock (1949/1950)
Ü: Thomas Schlück
(➶ 3211/NA unter neuer Nummer)

3979 Algis Budrys
Das verlorene Raumschiff (1972) (1984)
The Iron Thorn (1967)
Ü: Walter Brumm
(➶ 3301/NA unter neuer Nummer)

3980 Philip José Farmer
Das echte Log des Phileas Fogg (1976) (1984)
The Other Log of Phileas Fogg (1973)
Ü: Horst Pukallus
(➶ 3494/NA unter neuer Nummer)

3981 Robert A. Heinlein
Weltraumkadetten (1952) (1983)
Space Cadets (1948)
Ü: Heinz Nagel

3982 John Brunner
Mehr Dinge zwischen Himmel und Erde (1983)
More Things in Heaven (1973)
Ü: Hans Maeter

3983 Kate Wilhelm
Wacholderzeit (1983)
Juniper Time (1979)
Ü: Sylvia Pukallus

3984 Taku Mayumura
Der lange Weg zurück zur Erde (C) (1980) (1983)
Chikyû e no tôi michi (1961–1980)
Ü: Michael Morgental & Keiko Miriam Inaba

Befehl zur Einstellung der Bauarbeiten
Kôji-chûhi-meirei (1978)

»Die Affen sind da!«
Saru Ga iru (1978)

»Pî!«
Pî ya (1978)

Der Schulhof
Kôtei (1980)

Auf dem Schlachtfeld
Yoeba senjô (1978)

Ein Verkäufer
Sêruman (1978)
Der Reisende auf Platz C
C-seki no kyaku (1980)
Das Mädchen aus Suma
Suma no onna (1977)
Die Frau aus dem Innern des Hida-Gebirges
Oku-hida no onna (1977)
Torokin
Torokin (1979)
Eine seltsame Ehefrau
Kimyô na tsuma (1978)
Ideenfinder im untersten Rang
Kakyû-aideaman (1978)
Die Hölle der Gravitation
Jûryoku-jigoku (1978)
Wie die Kurve der Tangensfunktion
Seisetsu-kyokusen (1978)
Der lange Weg zurück zur Erde
Chikyû e no tôi michi (1980)

3985 Wolfgang Fienhold & Harald Braem (Hrsg.)
Die letzten 48 Stunden (A) (1983)

Georges Hausemer
Die Auswanderer
Margarete Kubelka
Alle Uhren stehen still
Peter Jacobi
Raptus
Günther Abel
Der große Unbekannte
Herbert Berger
Strichweise noch Menschen
Rita Gerlach
Eines Tages
Angela Pietrzik
Mitten auf der Barmbeker Straße
Volker Rafflenbeul
Das neue Spiel der Kinder
Alban Nikolai Herbst
Eva oder Eines langen Tages Ende
Hadayatullah Hübsch-Jamil
Was heißt hier Weltuntergang
Ingeborg Görler
Wir im Dorf
Gerald Graßl
Ein schlechter Verlierer
Manfred Hausin
Peters' Heinrichs seltsamer Tod
Rudolf Rolfs
Abfall
Hans Stilett
Die Superpolypriapisten
Alfred Probst
»... un Ruh is!«
Roland Rosenbauer
Die letzte große Tat
Karlhans Frank
Ordnung bis zum letzten Atemzug
Henri Jacob Hempel
Mach's noch mal, Sam!
Klaus Kordon
Hollywood
Ludwig Fienhold
Laß die Sonne wieder scheinen!
Ludwig Fienhold
Neulich, auf dem Rummelplatz
Peter Seipel
Wie Helmut K. sein Leben in die Hand nimmt
Alfons Katzenbach
Wenn der Weihnachtsmann kommt
Heinz Mees
Der schwere Traum
Harald Braem
Regierungserklärung
Helga Braun
Science Fiction
Renate Wiggershaus
apokalypse

Peter O. Chotjewitz
Gelegenheitsgedicht oder unordentliche Prosa

Werner Streletz
Weitere Aussichten

Alf Tondern
das ende

Dagmar Scherf
Noch zehn Minuten bis Euroschima

Peter Kaczmarek
Wenn ich noch 48 Stunden hätte

Ingo Cesaro
Abschuß frei

Peter Roos
Letzte Lust

Jürgen Buchmann
Warten auf die Atombombe

Ruth Bartel
Whisky und Tabletten

Ludwig Fels
12 Uhr

Kurt Schnurr
Der vorletzte Balken

Kriemhild Magyari
Die Spielkiste

Wolfgang Jelend
Karl

Joachim Krämer
Herr Kleinhans hatte Spüldienst am Tage X

Horst Bingel
Wie immer

Klaus F. Schmidt-Mâcon
Carpe diem

Karl-Heinz Thiel
Die letzte Runde

Marianne Hiller
Einfach hinüberschwimmen

Arman Sahihi
Das Scheißspiel

Oswald Michel
Eine Idylle

Fritz Deppert
Noch 48 Stunden

Elmar Podlech
Die Harmonie der Welt

Ulli Harth
Siegfrieds Schlußstein

Harald Braem
Keine Zeit für Tränen

Wolfgang G. Fienhold
Die letzten 48 Stunden

Peter Feraru
Es war die Bombe und nicht das Getriebe

Ingeborg Haberkorn
Der reinste Wahnsinn

Wulf Goebel
Ein paar letzte Dinge, die einem einfallen, wenn man über ein paar letzte Dinge nachdenkt, die einem einfallen

Hanns-Peter Karr
Null Null

Dieter Klink
LT +++ TILT +++ TILT +++ TILT +++ TILT +++ TILT +++ TI

Leonie Lambert
Im Schatten des Lichtes

Artur K. Führer
b42 w41 g1lähmt

Thomas Altpeter
Rabenflug

Karl Becker
Das letzte Kapitel

Ulrich Horstmann
Nachrede von der atomaren Vernunft und der Geschichte

3986 John Varley
Der Satellit (1983)
Titan (1979)
Ü: Thomas Schichtel

3987 John Varley
Der Magier (1983)
Wizard (1980)
Ü: Thomas Schichtel

3988 Vonda N. McIntyre
Der Entropie-Effekt (1983)
The Entropy Effect (1981)
Ü: Hans Maeter

3989 Wolfgang Jeschke (Hrsg.)
Heyne Science Fiction Magazin – Band 7 (A) (1983)

Taku Mayumura
Der Reisende auf Platz C
C-seki no kyaku (1973)
Ü: Michael Morgental

Michael Morgental
Taku Mayumura, ein Meister der poetischen Phantastik (1983)

Inge Holm
Das bekannte Fremde.
Die Schlupfwespe.
A. E. van Vogt und was daraus wurde (1982)

Jörg Weigand
Zwischen Weltgeschichte und Spekulation.
Jens Rehn (1918–1983) in memoriam (1983)

Michael Görden
Frühling für Helliconia
Ein Werkstattgespräch mit Brian W. Aldiss (1982)

Walter Bühler
Keine Antwort mehr für »Demoskopia« (1983)

Joern J. Bambeck
Die Entdeckungsgeschichte von Nr. 7, Nr. 8 und Nr. 9

Rosemarie Voges
Olympia Männertrost (1978)

Darko Suvin, Eike Barmeier, Dieter Hasselblatt
Gespräch über die beiden Science Fiction-Hörspiele »Gibt es Sie, Mr. Johns?« von Stanisław Lem und »Olympia Männertrost« von Rosemarie Voges (1982)

Inge Holm
Sie sagen, er wird kommen ...
Zu Conan, der Barbar (1983)

Karl Michael Armer
Tsunehisa Kimura, Realitäts-Saboteur (1983)

Manuel van Loggem
SFAN (1983)

Peter Gendolla
Die Spur der inneren Maschine

Roger Zelazny
Halbjack
Halfjack (1980)
Ü: Hannelore Hoffmann

Jörg Weigand
Neues von und über Jules Verne (1983)

Ronald M. Hahn
Aus deutschen und anderen Landen

Hans Stilett
Die Superpolypriapisten (1983)

3990 Lino Aldani
Verfinsterung (C) (1983)
Eclissi 2000 (1979)
Ü: Hilde Linnert

Verfinsterung
Eclissi 2000

Das andere Ufer
L'altra riva

Unsichtbarer Feind
Nemico invisibile

Doppelschach
Scacco doppio

3991 Brian W. Aldiss & Wolfgang Jeschke (Hrsg.)
Titan - 20 (A) (1983)
Galactic Empires 2/1 (1976)
Ü: Heinz Nagel

Brian W. Aldiss
Einleitung

John D. MacDonald
Flucht ins Chaos
Escape to Chaos (1951)

A. E. van Vogt
Versteck
Concealment (1943/70)

Algis Budrys
Die Lehrer
To Civilize (1954)

James Blish
Pieps
Beep (1954)

Mack Reynolds
Verkauft
Down The River (1950)

Avram Davidson
Der Prämienjäger
The Bounty Hunters (1958)

Fredric Brown
Aufgeschoben
Not Yet the End (1941)

3992 E. R. Eddison
Das Tor des Mezentius (1983)
The Mezentian Gate (1958)
Ü: Reinhard Heinz

3993 Hal Clement
Die Nadelsuche (1983)
Needle (1949/50)
Ü: Hans Maeter

3994 Hal Clement
Das Nadelöhr (1983)
Through the Eye of a Needle (1978)
Ü: Hans Maeter

3995 Wolfgang Jeschke (Hrsg.)
Science Fiction Story Reader 20 (1983)
Ü: Sylvia Pukallus, Biggy Winter, Helga Abret, Hilde Linnert, Winfried Petri, Hans Maeter

Karl Wrchowetzky
Morgen wird die Kiste gebracht

Anna Rinonapoli
Nächtliches Ministerium
Ministro notturno

Jörg Weigand
Shira (1983)

Dmitrij Bilenkin
Die Schattenseite der Vollkommenheit
Ten' soversenstva (1982)

Shaikupt
Aus dem Herzen der Galaxis zur Erde
Jark Jai Klarnk Galaxi Soo Loke (1982)

Rainer-Michael Rahn
Der Glückliche (1983)

Oliver Behnssen
Vier Gedichte:
Für einen beliebigen berühmten Staatsmann
Frieden: Utopia?
Sonnenbestattung
Konkrete Utopie (1983)

Irmtraud Kremp
Paulette (1983)

Gene Wolfe
Sieben amerikanische Nächte
Seven American Nights (1979)

Henning Heske
Vier Gedichte:
Steine des Lichts
Strahlen von Musica
Kreuz des Fliegens
Parseksteine (1983)

Kate Wilhelm
Ein Untier an der Angel
With Thimbles, with Forks, and Hope (1981)

Billie Sanders
Zwei Gedichte:
Gestern – Heute – Morgen
Einzug (1983)

Joern J. Bambeck
Prinz Eisenherz (1983)

Frank Scheurer
Gedicht:
Ersatz (1983)

F. J. Samedy
Das zweite Paradies (1983)

Horst Mehler
Kosmische Mission (1983)

Daniel Walther
Sonnenwende – An den Toren von Obriariatan
Solstice – aux portes d'Obriariatan (1976)

3996 Anne McCaffrey
Drachentrommeln (1983)
Dragondrums (1979)
Ü: Birgit Reß-Bohusch

3997 Thomas R. P. Mielke
Das Sakriversum (1983)

3998 Friedel Wahren (Hrsg.)
Isaac Asimov's Science Fiction Magazin, 18. Folge (A) (1983)
Ü: Ingrid Herrmann, Rüdiger Hipp, Horst Pukallus, Biggy Winter

Isaac Asimov
Ein dumpfes Dröhnen
The Dim Rumble (1982)

Connie Willis
Brandwache
Fire Watch (1982)

Chuck Rothman
Die Deserteure von Munij
The Munij Deserters (1982)

Jack McDevitt
Der ferne Strand
The Far Shore (1982)

Damon Knight
Azimuth 1, 2, 3 ...
Azimuth 1, 2, 3 ... (1982)

John Brunner
Die Flamme ist entfacht
The Fire Is Lit (1982)

F. A. Friedrichs
Das Rad des Glücks

3999 Peter Straub
Schattenland (1983)
Shadowland (1980)
Ü: Walter Brumm

4000 Wolfgang Jeschke (Hrsg.)
25 Jahre Heyne Science Fiction & Fantasy
Das Lesebuch (A) (1983)

Wolfgang Jeschke
Vorbemerkungen (1984)

John Wyndham
Die Triffids (1960)
The Day of the Triffids (1951)
(Auszüge)
Ü: Hubert Greifeneder

Richard Matheson
Die unglaubliche Geschichte des Mr. C (1960)
The Shrinking Man (1956)
(Auszüge)
Ü: Werner Gronwald und Lore Strassl

Curt Siodmak
Donovans Gehirn (1960)
Donovan's Brain (1942)
(Auszug)
Ü: Mary Brand

Isaac Asimov
Der Mann von drüben (1961)
The Caves of Steel (1953)
(Auszug)
Ü: Hansheinz Werner

Nelson Bond
Lancelot Biggs' Weltraumfahrten (1961)
Lancelot Biggs: Spaceman (1958) (Auszug)
Ü: Kurt Seibt

Arthur C. Clarke
Saturn im Morgenlicht (1962)
Saturn Rising (1961)
Ü: Charlotte Winheller

Shinichi Hoshi
Hobby eines Barbesitzers (1963)
Bokko-Chan (1971)
Ü: Michael Morgental

Frederik Pohl
Die Volkszähler (1963)
The Census Takers (1956)
Ü: Charlotte Winheller

H. G. Wells
Gott der Dynamos (1964)
Lord of the Dynamos (1894)
Ü: Werner Kortwich

Bertram Chandler
Der Käfig (1964)
The Cage (1957)
Ü: Charlotte Winheller

Ray Bradbury
Das Kinderzimmer (1965)
The Veldt (1951)
Ü: Peter Naujack

Fredric Brown
Die Giesenstecks (1965)
The Geezenstacks (1961)
Ü: B. A. Egger

Robert Sheckley
Die Produktionsmaschine (1966)
The Laxian Key (1954)
Ü: Walter Ernsting

Walter Ernsting (Clark Darlton) & Robert Armer
Am Ende der Furcht (1966)

Clifford D. Simak
Das Ding von den Sternen (1967)
A Death in the House (1959)
Ü: Thomas Schlück

Gary Wright
Auf der Stuka-Bahn (1968)
Mirror Of Ice (1967)
Ü: Thomas Schlück

R. A. Lafferty
Die Zweifachen (1968)
Camels and Dromedaries, Clem (1967)
Ü: Wulf H. Bergner

Frederik Pohl
Die Marsianer kommen! (1969)
The Day after the Day the Martians Came (1969)
Ü: Wulf H. Bergner

David R. Bunch
Nur eine Feuerpause (1969)
Incident in Moderan (1969)
Ü: Wulf H. Bergner

Norman Spinrad
Die letzte Grenze (1969)
Carcinoma Angels (1969)
Ü: Wulf H. Bergner

Stanley G. Weinbaum
Die Lotus-Esser (1970)
The Lotus Eaters (1935)
Ü: Walter Brumm

Arkadij & Boris Strugatzki
Das Ei (1970)
Belyi konus Alaida (1968)
Ü: Birgit Reß-Bohusch

Robert A. Heinlein
Das 4-D-Haus (1971)
»And He Built a Crooked House« (1941)
Ü: Wulf H. Bergner

Alfred Bester
Die Mörder Mohammeds (1971)
The Man Who Murdered Mohammed (1958)
Ü: Alfred Joseph

Peter Tate
Als der Wind starb (1972)
The Day the Wind Died (1970)
Ü: Wulf H. Bergner

Thomas Disch
Weihnachten in Casablanca (1972)
Casablanca (1968)
Ü: Fritz Steinberg

William Voltz
Der Preis (1973)

J. G. Ballard
Der ertrunkene Riese (1973)
The Drowned Giant (1964)
Ü: Alfred Scholz

Theodore Sturgeon
Ockhams Skalpell (1974)
Occam's Scalpel (1971)
Ü: Walter Brumm

Harlan Ellison
Scherben (1974)
Shattered Like a Glass Goblin (1968)
Ü: Gisela Stege

Josef Nesvadba
Die zweite Insel des Doktor Moreau (1975)
Druhý Ostrov Dr. Moreau (1960)
Ü: Erich Bertleff

Daniel Walther
Knallt mir alles ab! (1976)
Flinguez-moi tout ça! (1968)
Ü: Otto Martin

James Tiptree jr.
Beam uns nachhaus! (1976)
Beam Us Home (1969)
Ü: Gertrud Baruch

Fritz Leiber
Versäum nicht den Zeppelin!(1976)
Catch That Zeppelin (1975)
Ü: Birgit Reß-Bohusch

Konrad Fiałkowski
Allein im Kosmos (1977)
Witalizacja Kosmogatora (o.J.)
Ü: Christa und Johannes Jankowiak

George R. R. Martin
Der Held (1977)
The Hero (1971)
Ü: Bernd Rullkötter

Gennadij Gor
Das blaue Fenster des Theokrit (1978)
Sine okno Feokrita (o.J.)
Ü: Aljonna Möckel

Woody Allen
Kugelmaß, der Unglücksrabe (1979)
The Kugelmass Episode (1977)
Ü: Johannes Jaspert

Kate Wilhelm
Meine Damen und Herren, hier ist Ihre Krise (1979)
Ladies and Gentlemen, This Is Your Crisis (1967)
Ü: Sylvia Pukallus

Irmtraud Kremp
Die Stunde des Horus (1980)

C. J. Cherryh
Kassandra (1980)
Cassandra (1978)
Ü: Marcel Bieger

Adam Wiśniewski-Snerg
Engel der Gewalt (1981)
Aniol przemocy (1980)
Ü: Hanna Rottensteiner

François Camoin
Manche meiner Freunde sind Amerikaner (1981)
Some of My Friends Are Americans (1980)
Ü: Rosemarie Jeschke

Robert Holdstock
Die Zeit jenseits des Alters. Eine Exkursion (1982)
The Time beyond Age: A Journey (1976)
Ü: Horst Pukallus

Gert Prokop
Die Sache mit dem Alpha-No-i (1983)

Gene Wolfe
Krieg unterm Weihnachtsbaum (1983)
Christmas Eve: The War beneath the Tree (1979)
Ü: Irene Bonhorst

Erik Simon
Die Konsumaten (1983)

Carl Amery
Nur einen Sommer gönnt ihr Gewaltigen (1984)

Wolfgang Jeschke
Nekyomanteion (1984)

4001 Wolfgang Jeschke (Hrsg.)
Aufbruch in die Galaxis (A) (1980) (1983)

Hal Clement
Der Feuerzyklus
Cycle of Fire (1957)
Ü: Heinz Nagel

Ray Bradbury
Oktober 2026: Das ewige Picknick
The Million-Year Picnic (1946)
Ü: Thomas Schlück & Wolfgang Jeschke

James H. Schmitz
Ausgeglichene Ökologie
Balanced Ecology (1965)
Ü: Hans Maeter

William Morrison
Der Landarzt
Country Doctor (1953)
Ü: Yoma Cap

Arthur C. Clarke
Hirten der Tiefe
The Deep Range (1954/1958)
Ü: Yoma Cap

Brian W. Aldiss
Der Speichelbaum
The Saliva Tree (1965)
Ü: Hans Maeter

Theodore Sturgeon
Baby ist drei
Baby Is Three (1952)
Ü: Uwe Anton

Ray Bradbury
Die andere Haut
The Other Foot (1951)
Ü: Peter Naujack

Lewis Padgett
Gar elump war der Pluckerwank
Mimsy Were the Borogoves (1943)
Ü: Bernd W. Holzrichter

4002 Alan Dean Foster
Cachalot (1983)
Cachalot (1980)
Ü: Heinz Nagel

4003 David Chippers
Die Botschaft (1983)

4004 Michael Coney
Das letzte Raumschiff (1983)
The Ultimate Jungle (1979)
Ü: Hans Maeter

4005 Ronald M. Hahn (Hrsg.)
The Magazine of Fantasy and Science Fiction, 66. Folge
Im fünften Jahr der Reise (A) (1983)
Ü: Uwe Anton, Marcel Bieger, Andreas Decker, Ronald M. Hahn, Hannelore Hoffmann, Jürgen Langowski, Traute Reil-Kaczorowski, Biggy Winter

Eric Norden
Das Familientreffen
The Gathering of the Clan (1979)

James P. Hogan
Prä-Histörchen
Neander-Tale (1980)

Ken Wisman
Ein einzigartiger Mensch
A Peculiar Man (1981)

Nicholas Yermakov
Das Orpheus-Implantat
The Orpheus Implant (1981)

Michael Armstrong
Die garantiert aller-aller-letzte Geschichte, in der es um einen Pakt mit dem Teufel geht – und danach wollen wir nie, nie wieder eine schreiben
Absolutely the Last, This Is It, No More, the Final Pact with the Devil Story (1981)

Lee Killough
Menage Outré
Menage Outré (1981)

Lewis Shiner
Trip zur Traumwelt
Stuff of Dreams (1981)

Robert F. Young
Larkins Stern
The Summer of the Fallen Star (1981)

Graham Petrie
Bars: Ein Aspekt des Nachtlebens
Bars: An Aspect of Night Life (1981)

Tom Sullivan
Koschere Spaghetti gesucht
The Case for Kosher Pasta (1981)

Ian Watson
Nachtmahre
Nightmares (1981)

Stephen King
Die Geistermutanten
The Slow Mutants (1981)

Gene Wolfe
Der Student und sein Sohn
The Tale of the Student and His Son (1981)

Robert Silverberg
Im fünften Jahr der Reise
In the Fifth Year of the Voyage (1981)

4006 Andrew J. Offutt
Conan und der Zauberer (1983) (1993)
Conan and the Sorcerer (1978)
Ü: Lore Strassl
(NA unter alter Nummer)

4007 John Brunner
Warnung an die Welt (1983)
Give Warning to the World (1974)
Ü: Hans Maeter

4008 Brian Harris
Der nächste Weltkrieg (1983)
World War III (1982)
Ü: Hans Maeter

4009 Horst Pukallus (Hrsg.)
Der zweite Tod (A) (1983)
Ü: Horst Pukallus, Irma und Heinz Entner

Thore Hansen
Bobadilla
Bobadilla (1975)

Malte Heim
Du hast mich erhöht, als ich am schwächsten war (1983)

Stepan Chapman
Autopsie auf der Fahrt
Autopsy in Transit (1975)

Cato N. Lindberg
De anima
De anima (1972)

Thomas F. Monteleone
Tänzerin der Finsternis
The Dancer in the Darkness (1981)

Dirk Josczok
Kunstwerk (1983)

Andreas Brandhorst
Rotmarkierung (1983)

Lisa Tuttle
Der zweite Tod
The Hollow Man (1979)

Tor Åge Bringsvaerd
Das neue Jerusalem
Det Nye Jerusalem (1974)

Nachwort Horst Pukallus

4010 Aleksandr Kazancev
Auf drei Planeten (1983)
Phaety (1978)
Ü: Winfried Petri

4011 Friedel Wahren (Hrsg.)
Isaac Asimov's Science Fiction Magazin, 19. Folge (A) (1983)
Ü: Jürgen Langowski, Uta McKechneay, Peter Pape, Biggy Winter

Richard A. Lupoff
Ein Bummel auf dem Stroka-Prospekt
Stomping down Stroka Prospect (1982)

Mildred Downey Broxon
Gezeitenwende
Sea Changeling (1981)

Larry Niven
Gute Werbung
The Real Thing (1982)

John M. Ford
Der dunkle Begleiter
The Dark Companion (1981)

Tony Richards
Denn die Flut wird kommen ...
The Tide Will Come (1982)

Gene Wolfe
Die Frau, die das Einhorn liebte
The Woman the Unicorn Loved (1981)

Wolfgang Weimer
Drei auf Alderamin II (1983)

4012 Tanith Lee
Herr des Todes (1983)
Death's Master (1979)
Ü: Will Peterstal

4013 Jack Vance
Das Gesicht (1983)
The Face (1980)
Ü: Lore Strassl

4014 Jack Vance
Das Buch der Träume (1983)
The Book of Dreams (1981)
Ü: Lore Strassl

4015 Ursula K. Le Guin & Virginia Kidd (Hrsg.)
Kanten (A) (1983)
Edges (1980)
Ü: Hannelore Hoffmann und Abel Miser

Damien Broderick
Die Ballade von Bogenspriet Bärenhaut
The Ballad of Bowsprit Bear's Stead

Carol Emshwiller
Omen
Omen

Scott Sanders
Berührt die Erde
Touch the Earth

Avram Davidson
Der andere Magus
The Other Magus

Sonya Dorman
Versteckspiel
Peek-A-Boom

Gene Wolfe
Suzanne Delage
Suzanne Delage

Naomi Mitchison
Der Finger
The Finger

Lowry Pei
Barranca, König der Baumstraßen
Barranca, King of the Tree Streets

George P. Elliot
Thomas in Jahwestan
Thomas in Yahvestan

Thomas M. Disch
Die Rache der Hera
The Vengeance of Hera

Raylyn Moore
Fallen
Falling

Luis Urrea
Vaters Heimkehr vom Berg
Father Returns from the Mountain

M. J. Engh
Das Orakel
The Oracle

4016 Lee Killough
Die Pest der Götter (1983)
A Voice out of Ramah (1979)
Ü: Irene Holicki

4017 Michael Morgental
Garten zwischen Lebensbäumen (C) (1983)

Archivdienst

Parteiverkehr

Bundesbehörde, 12. Stock

Späte La-Tène-Zeit

Golden Delicious

Die unbekannte Fee

An der Straße nach Ghardaia

Nürnberger Bratwürste - spezial

In den Tälern von Nysai

Zwei Kapitel aus »Rettung von Bilil«

Entscheidung zwischen den Flüssen

Garten zwischen Lebensbäumen

Nachbemerkung des Autors

4018 Katherine Kurtz
Camber der Ketzer (1983)
Camber the Heretic (1981)
Ü: Horst Pukallus

4019 Wolfgang Jeschke (Hrsg.)
Heyne Science Fiction Magazin - Band 8 (A) (1983)

Wolfgang Jeschke
Editorial

Isaac Asimov
Entdeckt
Found (1978)
Ü: Hannelore Hoffmann und Abel Miser

Stanisław Lem
Prognose über die Entwicklung der Biologie bis zum Jahre 2000 (1981)
Ü: Jens Reuter

Ian Watson
Die Räume des Paradieses
The Rooms of Paradise (1978)
Ü: Hannelore Hoffmann

1982 Nebula Awards
1982 Philip K. Dick Memorial Award
1983 Locus Awards

Ian Watson
Die Rhetorik der Erkenntnis:
Über die Science Fiction Michael Bishops (1982)
Ü: Joachim Körber

Günter Zettl
Interview mit Ian Watson (1983)

Dieter Hasselblatt
Genau phantasierter Zukunfts-Zoo (1983)

Ian Watson
Denken wir eine Weile über die Evolution nach ...
– Auszug aus: Botschafter von den Sternen – (1977)
Ü: Walter Brumm

Konrad Karbe
Goldschmiedemeister (1983)

Thomas Le Blanc
Menschenrechte (1983)

Christian Haderer
Exposed (1983)

Werner Fuchs
Abenteuer Science Fiction - ein Film von Rose Aichele (1983)

Joern J. Bambeck
Die Entdeckungsgeschichte von Nr. 7, Nr. 8 und Nr. 9 (Fortsetzung) (1983)

Guido Sprenger
U (1983)

Wolfgang Jeschke
Die Angst der Mächtigen vor der Macht der Phantasie (1983)

Ronald M. Hahn
Aus deutschen und anderen Landen (1983)

4020 Andrew J. Offutt
Conan der Söldner (1983) (1993)
Conan the Mercenary (1980)
Ü: Lore Strassl
(NA unter alter Nummer)

4021 Terry Carr (Hrsg.)
Die schönsten Science Fiction Stories des Jahres – Band 1 (A) (1983)
The Best Science Fiction of the Year 10 (1981)
Ü: Klaus Boer, Walter Brumm, Jürgen Langowski, Sylvia Pukallus, Birgit Reß-Bohusch

Terry Carr
Einleitung

Clifford D. Simak
Grotte des tanzenden Wildes
Grotto of the Dancing Deer (1980)

Suzy McKee Charnas
Dicke Luft auf Neu-Nigeria
Scorched Supper on New Niger (1980)

Michael Swanwick
Ginungagap
Ginungagap (1980)

Philip K. Dick
Tiefgekühlt
Frozen Journey (1980)

Howard Waldrop
Die häßlichen Hühnchen
The Ugly Chickens (1980)

George R. R. Martin
Nachtflieger
Nightflyers (1980)

John Varley
Im Sumpf
Beatnik Bayou (1980)

Bob Leman
Fenster
Window (1980)

Zenna Henderson
Erzähl uns eine Geschichte!
Tell Us a Story (1980)

Barry N. Malzberg
Le Croix
Le Croix (1980)

F. Gwynplaine MacIntyre
Die Mannesprobe (1981)
Martian Walkabout (1980)

James Tiptree jr.
Sphärenklänge
Slow Music (1980)

Charles N. Brown
Das Science Fiction-Jahr (1981)

4022 Isaac Asimov, Charles G. Waugh & Martin H. Greenberg (Hrsg.)
Isaac Asimov präsentiert Science Fiction-Erzählungen des 19. Jahrhunderts (A) (1983)
Isaac Asimov Presents the Best SF of the 19th Century (1981)

Isaac Asimov
Die ersten hundert Jahre der Science Fiction

E. T. A. Hoffmann
Der Sandmann

Mary Wollstonecraft Shelley
Der sterbliche Unsterbliche
The Mortal Immortal
Ü: Edda Petri

Edgar Allan Poe
Im Strudel des Mahlstroms
A Descent into the Maelstrom
Ü: G. Etzel

Nathaniel Hawthorne
Rappaccinis Tochter
Rappaccini's Daughter
Ü: Ilse Krämer

Edward Page Mitchell
Die Uhr, die rückwärts ging
The Clock That Went Backwards
Ü: Edda Petri

Robert Duncan Milne
In die Sonne
Into the Sun
Ü: Edda Petri

Frank R. Stockton
Die Erzählung von der negativen Schwerkraft
A Tale of Negative Gravity
Ü: Edda Petri

Guy de Maupassant
Der Horla
Le Horla
Ü: Rudolf Mühlstrasser

J. H. Rosny Ainé
Die Xipehuz
Les Xipehuz
Ü: Michael Rumpf & Cornelia Rumpf

Edward Bellamy
Wen immer dies erreicht
To Whom This May Come
Ü: Edda Petri

Arthur Conan Doyle
Das große Keinplatz-Experiment
The Great Keinplatz Experiment
Ü: Edda Petri

Herbert George Wells
In der Tiefe
In the Abyss
Ü: Gertrud J. Klett

Grant Allen
Die Katastrophe im Themsetal
The Thames Valley Catastrophe
Ü: Edda Petri

C. J. Cutcliffe Hyne
Die Echse
The Lizard
Ü: Edda Petri

Jack London
Tausend Tode
A Thousand Deaths
Ü: Edda Petri

4023 Isaac Asimov, Charles G. Waugh & Martin H. Greenberg (Hrsg.)
Isaac Asimov präsentiert Fantasy-Erzählungen des 19. Jahrhunderts (A) (1983)
Isaac Asimov Presents the Best Fantasy of the 19th Century (1982)

Isaac Asimov
Als die Phantastik zur Fantasy wurde
Ü: Thomas Schlück

Washington Irving
Die Legende vom verschlafenen Tal
The Legend of Sleepy Hollow
Ü: Hans Maeter

Prosper Mérimée
Federigo
Federigo
Ü: Thomas Schlück

Nathaniel Hawthorne
Dr. Heideggers Experiment
Dr. Heidegger's Experiment
Ü: Joachim A. Frank

Nikolaj Gogol
Der Mantel
Sinel'
Ü: Josef Hahn

Charles Dickens
Ein Weihnachtslied in Prosa
A Christmas Carol
Ü: Carl Kolb

Hans Christian Andersen
Die Schneekönigin
Snedronningen
Ü: Thyra Dohrenburg

Edward Everett Hale
Hände weg!
Hands Off
Ü: Thomas Schlück

Leo Tolstoi
Wieviel Land braucht ein Mensch?
Mnogo li celoveku zemli nuzno?
Ü: Thomas Schlück

Oscar Wilde
Das Gespenst von Canterville
The Canterville Ghost
Ü: Gertrud Baruch

Arthur Conan Doyle
Objekt Nr. 249
Lot No. 249
Ü: Bernd Seligmann

Robert Louis Stevenson
Der Flaschenteufel
The Bottle Imp
Ü: Richard Mummendey

Frank Stockton
Der Weihnachts-Sadrach
The Christmas Shadrach
Ü: Bodo Baumann

H. Rider Haggard
Schwarzes Herz und Weißes Herz
Black Heart and White Heart
Ü: Bodo Baumann

H. George Wells
Der Mann, der Wunder tun konnte
The Man Who Could Work Miracles
Ü: Lena Neumann

4024 Georg Zauner
Der verbotene Kontinent
(1983)

4025 Philippe Curval
Das Wunschgesicht (1983)
La face cachée du désir
(1980)
Ü: Josiane Geisler

4026 Martin Eisele
Das Arche Noah Prinzip
(1984)

4027 Ronald M. Hahn (Hrsg.)
The Magazine of Fantasy and Science Fiction, 67. Folge
Dinosaurier auf dem Broadway (A) (1983)
Ü: Marcel Bieger, Yvonne Krampen, Michael Windgassen

Tony Sarowitz
Dinosaurier auf dem Broadway
Dinosaurs on Broadway (1981)

Ian Watson
Der Ruf der Wildnis
The Call of the Wild: The Dog-Flea-Version (1981)

Phyllis Eisenstein
Nachtleben
Night Life (1982)

Jack Haldeman II/Jack Dann
Hochstahl
High Steel (1982)

Harlan Ellison
Am Rande des Geschehens, von Touristen unbemerkt
The Outpost Undiscovered by Tourists (1982)

Mike Conner
Die Nachttreppe
The Night Stair (1982)

Joanna Russ
Seelen
Souls (1982)

John Varley
Der Pusher
The Pusher (1981)

Charles Sheffield
Der Teufel von Malkirk
The Devil of Malkirk (1982)

4028 Mark M. Lowenthal
Crispan Magicker (1983)
Crispan Magicker (1979)
Ü: Hans Maeter

4029 Lyon Sprague de Camp
Conan und der Spinnengott (1983) (1994)
Conan and the Spider God (1980)
Ü: Lore Strassl
(NA unter alter Nummer)

4030 Robert A. Heinlein
Freitag (1983)
Friday (1923/1951/1969/1982)
Ü: Thomas Schlück

4031 Ben Bova
Kinsman (1983)
Kinsman (1965/1967/1972/1974/1979)
Ü: Gottfried Feidel

4032 Joern J. Bambeck
Innenwelten (1983) (C)

Die Spinne

Mmirg (1982)

Das Schachspiel

Das Interview

Die Anderen

Romeo und Julia

Du sollst nicht töten

Science Fiction? (1982)

Im Namen Allahs

4 SF-Miniaturen

Nimm reichlich Butter, damit sie schön braun werden ...

Dornröschen im Schnee oder Den Seinen gibt's der Herr im Schlaf

Teufelskreise

Im toten Herz des Kharnabhar

Nachwort

4033 Elizabeth A. Lynn
Sardonyxnetz (1983)
The Sardonyx Net (1981)
Ü: Roland Fleissner

4034 Friedel Wahren (Hrsg.)
Isaac Asimov's Science Fiction Magazin, 20. Folge (A) (1983)
Ü: Reinhard Heinz, Ingrid Herrmann, Jürgen Langowski, Uta McKechneay, Biggy Winter

Isaac Asimov
Besondere Begabung
Potential (1983)

Ronald Anthony Cross
Ewiger Sommer
The Forever Summer (1983)

Brian W. Aldiss
Liebe am Äquator
Romance of the Equator (1983)

Steve Perry
Pfeile
Darts (1983)

Spider Robinson
Nicht umsonst
Not Fade Away (1982)

Timothy Robert Sullivan
Der Komiker
The Comedian (1982)

John M. Ford
Amy am Treppenfuß
Amy, at the Bottom of the Stairs (1982)

Barry B. Longyear
Das Bildnis des Baron Negay
The Portrait of Baron Negay (1981)

Gero Reimann
Die Geschichte vom lebenden Toten

4035 Robert E. Vardeman
Das Klingonen-Gambit (1983)
The Klingon Gambit (1981)
Ü: Hans Maeter

4036 Brian W. Aldiss & Wolfgang Jeschke (Hrsg.)
Titan - 21 (A) (1983)
Galactic Empires 2/2 (1976)
Ü: Heinz Nagel

Gardner F. Fox
Heut nacht erheben sich die Sterne!
Tonight the Stars Revolt! (1952)

Harry Harrison
Begegnung am Ende
Final Encounter (1964)

Poul Anderson
Herr über tausend Sonnen
Lord of Thousand Suns (1951)

F. L. Wallace
Der große Vorfahr
Big Ancestor (1955)

Roger Dee
Die Störenfriede
The Interlopers (1954)

Brian W. Aldiss
Epilog

4037 Poul Anderson
Conan der Rebell (1983) (1994)
Conan the Rebel (1980)
Ü: Lore Strassl
(NA unter alter Nummer)

4038 C. J. Cherryh
Pells Stern (1984)
Downbelow Station (1981)
Ü: Thomas Schichtel

4039 C. J. Cherryh
Das Schiff der Chanur (1984)
The Pride of Chanur (1981/1982)
Ü: Thomas Schichtel

4040 C. J. Cherryh
Kauffahrers Glück (1984)
Merchanter's Luck (1982)
Ü: Thomas Schichtel

4041 Wolfgang Jeschke (Hrsg.)
Science Fiction Story Reader 21 (A) (1984)
Ü: Reinhard Heinz, Helga Abret, Hilde Linnert, Winfried Petri, Aljonna Möckel

Peter Meleghy
Katastrophentourismus oder Das schielende Ungeheuer hinter dem Samtvorhang (1983)

Theodor Dolezal
Das große Experiment (1982)

Wladimir Stscherbakow
Der Rückzug (1981)
Oststyplenie

Herbert Somplatzki
Der längere Atem (1984)

Mijndert Bertram
Störungen (1982)

Klaus M. Matthey
Der Retter oder Ein echt harter Typ ist überall gefragt (1983)

Andrej Dmitruk
Overmoon
Skol'zjaščij po morju kosmosa (1981)

Vittorio Curtoni
Schiffszeit
Il tempo dell'astronave (1982)

Gheorghe Săsărman
Cosmovia
Cosmovia (1977)

Gheorghe Săsărman
Sah-Harah
Sah-Harah (1977)

Kurt Bracharz
Das Tremendum (1983)

Diethard van Heese
Der letzte Wunsch (1984)

Barbara Ercklentz
Der Katzenprinz (1983)

Oliver Behnssen
Drei Gedichte:
Die männliche Komödie
ein steak ist ein steak
Unverletzbare Wolke

Marockh Lautenschlag
Hang Down Your Head, Tom Dooley (1982)

Joern J. Bambeck
Der Liebesdiener oder Die neueste Errungenschaft der Technik (1983)

Peter Meleghy
Ein Brief oder Moderne Zeiten: Knast-Cafés (1983)

Richard D. Nolane
Letzte Augenblicke in Gesellschaft teurer Wesen
Derniers instants en compagnie d'êtres chers (1981)

Christine Renard
Die Narzissen wachsen am Abend
Les narcisses poussent le soir (1981)

Thomas Wolffram-Falk
Umfassende Vorsorge (1983)

Till Bastian
Terroristenfotos (1983)

Michael Bishop
Die Barmherzige Gemeinschaft
The House of the Compassionate Sharers (1977)

Heidelore Kluge
Szenario für einen Weltuntergang (1983)

Henning Heske
Zwei Gedichte:
Sie
Aus dieser Entfernung

St. Georg Grzesik
Hasso (1983)

Joern J. Bambeck
Der Flug (1983)

Lisa Tuttle
Der Familienaffe
The Family Monkey (1977)

Bemd Mayer
Garleen (1983)

Karl Wrchowetzky
Nach Babylon, nach Babylon! (1983)

4042 Kingsley Amis
Das Auge des Basilisken (1984)
Russian Hide and Seek (1980)
Ü: Walter Brumm

4043 Mariá Szepes
Der rote Löwe (1984)
A vörös oroszlan (1946)
Ü: Gottfried Feidel

4044 Christof Schade
Das Paulus-Projekt (1984)

4045 John Norman
Die Erforscher von Gor (1984) (1998)
Explorers of Gor (1979)
Ü: Thomas Schlück
(NA unter alter Nummer)

4046 Robert A. Heinlein
Von Stern zu Stern (1984)
Time for the Stars (1956)
Ü: Heinz Nagel

4047 Terry Carr (Hrsg.)
Die schönsten Science Fiction Stories des Jahres – Band 2 (A) (1984)
The Best Science Fiction of the Year, 11 (1982)
Ü: Marcel Bieger, Ronald M. Hahn, Uta McKechneay, Edda Petri, Rainer Schmidt

Poul Anderson
Das Saturnspiel
The Saturn Game (1981)

Mildred Downey Broxon
Geh übers Eis
Walk the Ice (1980)

Ted Reynolds
Muster ohne Wert
Trial Sample (1981)

John Varley
Der Pusher
The Pusher (1981)

Kim Stanley Robinson
Venedig unter Wasser
Venice Drowned (1981)
Michael Swanwick
Walden Drei
Walden Three (1981)
Pat Cadigan
Einmal zurück - gar nicht so teuer
Second Comings – Reasonable Rates (1981)
Damon Knight
Auf immer und ewig
Forever (1981)
David R. Palmer
Ende und Anfang
Emergence (1980)
R. A. Lafferty
Es gibt kein Zurück (1982)
You Can't Go Back (1981)
Roger Zelazny
Walpurgisnacht
Walpurgisnacht (1981)
Gene Wolfe
Die Frau, die das Einhorn liebte
The Woman the Unicorn Loved (1981)
Spider Robinson
Schlangenzähne
Serpents' Teeth (1981)
Edward Bryant
Himmelskämpfer
The Thermals of August (1981)
Jack Dann
Untergang
Going Under (1981)
George Florance-Guthridge
Die Ruhe
The Quiet (1981)
Gregory Benford
Schwärmer - Schneller
Swarmer, Skimmer (1981)
Charles N. Brown
Das Science Fiction-Jahr (1982)

4048 Gero Reimann
Lila Zukunft und hellgelbe Liebe (1984)

4049 Alan Dean Foster
Meine galaktischen Freunde (C) (1984)
With Friends Like These (1977)
Ü: Heinz Nagel
Meine galaktischen Freunde
With Friends Like These (1971)
Einige Anmerkungen zu einer grünen Schachtel
Some Notes Concerning a Green Box (1971)
California Freeway
Why Johnny Can't Speed (1971)
Der Emomann
The Emoman (1972)
Weltraumoper
Space Opera (1973)
Das Reich der T'ang Lang
The Empire of T'Ang Lang (1973)
Das Sardinen-Wunder
A Miracle of Small Fishes (1974)
Vergessene Träume
Dream Done Green (1974)
Er
He (1976)
Polonaise
Polonaise (1975)
Wolfsmusik
Wolfstroker (1977)
Die Glockenbäume
Ye Who Would Sing (1976)

4050 Kate Wilhelm
Fühlbare Schatten (1984)
A Sense of Shadow (1981)
Ü: Sylvia Pukallus

4051 Wolfgang Jeschke (Hrsg.)
Heyne Science Fiction Magazin - Band 9 (A) (1984)

Wolfgang Jeschke
Editorial

Kurt Bracharz
Vorschlag zur Kopfarbeit (1984)

Peter Gaschler
Neue SF-Filme 1983 (1984)

Michael Nagula
George Orwell, Und willst du nicht mein Bruder sein ... (1984)

Anthony Burgess
1984 von George Orwell
Wiedersehen mit 1948 (1978)
Ü: Walter Brumm

Jeremias Wolf
Mit der Waffe Phantasie eine Bresche in die gepanzerte Ignoranz der Wirklichkeit schlagen (1984)

Christof Schade
Science Fiction fürs Fernsehen? – eine Glückssache (1984)

Winston S. Churchill
Wenn Lee die Schlacht von Gettysburg nicht gewonnen hätte
If Lee Had Not Won the Battle of Gettysburg (1972)
Ü: Walter Brumm

Herbert W. Franke
»Babel 333 ... « ein experimentelles Stück der Groupe 33 (1984)

Susanne Päch
Filmtrick 2000 – Star Wars, Tron – und dann? (1984)

Wolfgang Jeschke
Ist der »Wüstenplanet« versandet? (1984)

Marcel Bieger
Frei vom Mief des eigenen Dunstkreises (1984)

Florian F. Marzin
Erste internationale Tage der Science Fiction und Phantastik (1983)

Kurd Laßwitz-Preis 1982

Joseph Kiermeier-Debre
E.T. – die perfekte Blasphemie? (1984)

Ronald M. Hahn
Aus deutschen und anderen Landen (1984)

Michail Puchov
Kontakt? Nein ...
Kohtakt? Het kohtakta ... (1982)
Ü: N. N.

Helga Abret u. Lucian Boia
Die häßlichen Nachbarn

Hendrik Heimer
Danach (1984)

Ronald M. Hahn
Science Fiction und Phantastik in deutscher Sprache von 1971–1980

4052 Donald R. Bensen
Zwischenhalt (1984)
And Having Writ ... (1978)
Ü: Irene Holicki

4053 Jack Vance
Die Welten des Magnus Ridolph (1984)
The Many Worlds of Magnus Ridolph (1966/1980)
Ü: Lore Strassl

Die Kokodkrieger
The Kokod Warriors (1952)

Der unnennbare McInch
The Unspeakable McInch (1948)

Die heulenden Schlinger
The Howling Bounders (1949)

Der König der Diebe
The King of Thieves (1949)

Kurort zwischen den Sternen
The Spa of the Stars (1950)

Gnadenstreich
Coupe de Grace (1966)

Die manipulierten Sardinen
The Sub-Standard Sardines (1949)

Das mysteriöse Verschwinden
To B or not to C or to D (1966)

4054 Fred Allhoff
Blitzkrieg. Die Nazi-Invasion in Amerika (1984)
Lightning in the Night
(1940/1967/1968/1979)
Ü: Hans Maeter

4055 Arthur C. Clarke
Geschichten aus dem Weißen Hirschen (C)
(1984)
Tales from the White Hart (1957/1970/1972)
Ü: Hilde Linnert

Ruhe, bitte!
Silence Please! (1950)

Großwildjagd
Big Game Hunt (1954)

Patent angemeldet
Patent Pending (1954)

Wettrüsten
Armaments Race (1954)

Kritische Masse
Critical Mass (1957)

Die elementare Melodie
The Ultimate Melody (1957)

Der Pazifist
The Pacifist (1956)

Die nächsten Mieter
The Next Tenants (1957)

Treibender Geist
Moving Spirit (1957)

Die widerspenstige Orchidee
The Reluctant Orchid (1956)

Kalter Krieg
Cold War (1957)

Was oben ist, muß runterkommen
What Goes Up (1956)

Dornröschen
Sleeping Beauty (1957)

Der Fenstersturz von Ermintrude Inch
The Defenstration of Ermintrude Inch (1957)

Über Arthur C. Clarke

4056 John Brunner
Das Menschenspiel (1984)
Players at the Game of People (1980)
Ü: Hans Maeter

4057 Wolfgang Jeschke (Hrsg.)
Die Gebeine des Bertrand Russell (A) (1984)
Ü: Andreas Brandhorst, Irene Holicki, Rosemarie Jeschke, A. M. Al-Khammas, Sigrid Ehemann, Hannelore Hoffmann, Hilde Linnert, Helga Abret, Jens Reuter

Stanisław Lem
Die zweite Reise oder König Grausams Angebot
Wyprawa druga, czyli oferta Króla Okrucyusza (1983)

Gerd Maximović
Die Jagd der Menschenkillerhunde (1976)

Michael Springer
Der Held der Pest auf Blo (1984)

Michael Bishop
Die Verwandlung
Rogue Tomato (1975)

Christine Renard
Für einen Rosenstrauß
Pour une gerbe de roses (1981)

Inisero Cremaschi
Ein unordentlicher Planet
Un planeta disordinato (1963)

Gero Reimann
Akenguacú oder Die Austreibung der Mbüa-Indios aus der Ayuydjé, dem Ziel am Ende ihres Weges (1984)

Richard D. Nolane
Peep-Show (Chronik des neuen amerikanischen Mittelalters)
Peep-Show (Chronique de nouveau moyen age américain) (1981)

Brian W. Aldiss
Die Gebeine des Bertrand Russell
The Bones of Bertrand Russell (1976)

Harald Kurt Frost
Flug ins Vergessen (1984)

Ian Watson
Die Neuverfilmung von »Realität, der Film der Filme«
The Remake of »Reality, the Motion Picture« (1980)

Hans-Jürgen Raben
Die sieben Leben der Katze (1984)

Harry Harrison
Es grünt so grün ...
The Greening of the Green (1978)

Ghassan Homsi
Der Wettbewerb
(المسابقة · *Al-Musāba-qua*) (1984)

Joern J. Bambeck
Der Fall Belmont oder Eine Möglichkeit, in Zukunft ein Heiliger zu werden (1984)

Patrick Woodroffe
Die Madonna mit dem Spiegel
The Madonna of the Mirror (1982)

Wolfgang Jeschke
Yeti (1981)

L. Sprague de Camp
Die blaue Giraffe
The Blue Giraffe (1939)

4058 Tony Rothman
Die Welt ist rund (1984)
The World Is Round (1978)
Ü: Gottfried Feidel

4059 Lino Aldani (Hrsg.)
Die Labyrinthe der Zukunft (A) (1984)
Ü: Hilde Linnert

Claudio Ferrari
Es spielt keine Rolle
Un modo come un altro (1984)

Gustavo Gasparini
Die Fabrik
La fabbrica (1984)

Gilda Musa
Erinnerungen eines Raumschiffes
Memorie di una nave (1984)

Gianluigi Zuddas
Komm mit!
Vieni con me (1984)

Gianni Montanari
Unter der blauen Wölbung
Sotto l'architrave azzurro (1984)

Remo Guerrini
Das Kind, die Schlange und der Kapitän
Il bambino, il serpente e il Capitano (1984)

Adalberto Cersosimo
Wo ist der Schnee?
Dove sono le nevi (1984)

Livio Horrakh
Die ganze Säure des Imperiums
Tutto l'acido dell'impero (1984)

Sandro Sandrelli
Ein Triptychon für die Brüder
Un trittico per i fratelli (1984)

Massimo Pandolfi
Das weiße Meer
Il mare bianco (1984)

Maurizio Viano
Die Jahre des Wartens
Gli anni dell'attesa (1984)

Giuseppe Pederiali
Die schönen Töchter der Madame Doré
Le belle figlie di Madame Doré (1984)

Anna Rinonapoli
Der Registrator
Il registratore (1984)

Daniela Piegai
Die fröhlichen Gevatterinnen aus dem Wald
Le allegre comati della foresta (1984)

Vittorio Curtoni
Die Explosion des Minotaurus
L'esplosione del minotauro (1984)

Mauro Antonio Miglieruolo
Bürokratisches Diptychon
Dittico burocratico (1984)

Gianluigi Pilu
Totales Spektakel
Spettacolo totale (1984)

Piero Prosperi
Autogrill
Autogrill (1984)

Giulio Raiola
Die Frauen von Onfale
Le donne di Onfale (1984)

Renato Pestriniero
Knoten
Nodi (1984)

Vittorio Catani
Drei für einen
Tre per uno (1984)

4060 Wolfgang Jeschke (Hrsg.)
Heyne Science Fiction Jahresband 1984 (A) (1984)
Ü: Edda Petri, Sylvia Pukallus, Walter Brumm, Horst Pukallus, Eva Malsch, Annemarie Kienpointner

Mark Twain
Aus der »Londoner Times« von 1904
From the »London Times« of 1904 (1898)

Edgar Pangborn
Das Elfenei
Angel's Egg (1951)

Arthur C. Clarke
Begegnung mit Medusa (1982)
A Meeting with Medusa (1971)

Frank Herbert
Feuerpause
Cease Fire (1958)

Karl Michael Armer
Die Eingeborenen des Betondschungels (1982)

Ursula K. Le Guin
Das Tagebuch der Rose
The Diary of the Rose (1976)

Jewgeni Jewtuschenko
Ardabiola
Ardabiola (1981)

Sydney J. van Scyoc
Süßschwesterlein, Grünbrüderlein
Sweet Sister, Green Brother (1973)

Gene Wolfe
Der fünfte Kopf des Zerberus
The Fifth Head of Cerberus (1972)

4061 Hans-Jürgen Raben
Krieg der Geschlechter (1984)

4062 Ronald M. Hahn (Hrsg.)
The Magazine of Fantasy and Science Fiction, 68. Folge
Mythen der nahen Zukunft (A) (1984)
Ü: Andreas Decker, Joachim Körber, Rainer Schmidt, Anita Wied, Michael Windgassen

J. G. Ballard
Mythen der nahen Zukunft
Myths of the Near Future (1982)

Richard A. Lupoff
Die Dokumente im Fall Elizabeth Akeley
Documents in the Case of Elizabeth Akeley (1982)

Sterling E. Lanier
Aus dem Nebel der Zeiten
Commander in the Mist (1982)

John Kessel
Eine andere Waise
Another Orphan (1982)

Michael Shea
Horror in Linie 33
The Horror on the # 33 (1982)

James Tiptree jr.
Das Tor zur Vergangenheit
The Boy Who Waterskied Forever (1982)

R. A. Lafferty
Das Schachbrett
Square and Above Board (1982)

Connie Willis
Doppelgänger per Post
Mail Order Clone (1982)

Stephen King
Der Revolvermann und der Mann in Schwarz
The Gunslinger and the Dark Man (1981)

Harlan Ellison
Die überspannte Stunde
The Hour That Stretches (1982)

4063 Gene Wolfe
Der Schatten des Folterers (1984)
The Shadow of the Torturer
The Book of the New Sun – Volume One (1980)
Ü: Reinhard Heinz

4064 Gene Wolfe
Die Klaue des Schlichters (1984)
The Claw of the Conciliator
The Book of the New Sun – Volume Two (1981)
Ü: Reinhard Heinz

4065 Gene Wolfe
Das Schwert des Liktors (1984)
The Sword of the Lictor
The Book of the New Sun – Volume Three (1981)
Ü: Reinhard Heinz

4066 Gene Wolfe
Die Zitadelle des Autarchen (1984)
The Citadel of the Autarch
The Book of the New Sun – Volume Four (1982)
Ü: Reinhard Heinz

4067 Dmitrij Bilenkin
Das Unsicherheits-Prinzip (C) (1984)
The Uncertainty Principle (1978)
Ü: Gustaf Beindorf

Das Unsicherheitsprinzip
Prinzip Neopredelennosti

Die Abschlußprüfung
Poslednij Ékzamen

Der Mann, der dabei war
Celovek, Kotoryi Prisutsvoval

Moderne Hölle
Adskij Modern

Das Verbot
Zapret

Was nie geschah
To, Čego ne Bylo

Die Augen des Fremden
Čužie Glaza

Des Schicksals unerbittlicher Finger
Neumolimyj Perst Sud'By

Ein Platz in der Erinnerung
Mesto v Pamjati

Der Intelligenztest
Proverka na Razumnostj

Nichts als Eis
Ničego, Krome, l'Da

Der Schnee des Olymp
Snega Olimpa

Auf staubigem Wege
Na Pyl'nych Tropinkach

Der Maler
Chudožnik

Was wirst du werden?
Kem ty Staneš'?

So etwas gibt es nicht
Ne Byvaet

Irrtum ausgeschlossen
Ošibka Nevozmožna

Die Zeitbank
Sberkassa Vremeni

4068 Margret Käsbauer
Der Ruf der Götter (1984)

4069 Friedel Wahren (Hrsg.)
Isaac Asimov's Science Fiction Magazin, 21. Folge (A) (1984)
Ü: Reinhard Heinz, Rüdiger Hipp, Jürgen Langowski, Peter Pape, Biggy Winter

Elizabeth A. Lynn
Ich träume von Fischen, ich träume von Vögeln
I Dream of a Fish, I Dream of a Bird (1983)

Tom Fristoe
Cleos Offenbarung
The Revelation of Cleo (1982)

Robert F. Young
Schattenwelt
Darkspace (1982)

Coleman Brax
200 Lichtjahre vom Paradies
200 Light Years from Paradise (1982)

Tanith Lee
Die weiße Königin
La reine blanche (1983)

Gregory Benford
Die Auferstehung des Lazarus
Lazarus Rising (1982)

Jayge Carr
Gliondor
Measuremen (1982)

Frederik Pohl
Die Flugprüfung
The High Test (1983)

Roland W. Hölzing
Der Raub des Lebenssteines

4070 Franz L. Neher
Menschen zwischen den Planeten
(1953/1983)

4071 Robert A. Heinlein
Abenteuer im Sternenreich (1954) (1984)
Starman Jones (1953)
Ü: Kurt Seibt
(➶ 3336/rev. NA unter neuer Nummer)

4072 Larry Niven & Jerry Pournelle
Todos Santos (1984)
Oath of Fealty (1981)
Ü: Heinz Nagel

4073 Christopher Priest
Der weiße Raum (1984)
The Affirmation (1981)
Ü: Walter Brumm

4074 Isaac Asimov, Martin Harry Greenberg & Charles G. Waugh (Hrsg.)
Der letzte Mensch auf Erden (A) (1984)
The Last Man on Earth (1982)
Ü: Walter Ernsting, Eva Malsch, Edda Petri, Birgit Reß-Bohusch, Otto Schrag, Leni Sobez, Leopold Voelker

William F. Nolan
In der Unterwelt
The Underdweller (1957)

Poul Anderson
Flug in die Ewigkeit
Flight to Forever (1950)

Clifford D. Simak
Das Problem mit den Ameisen
Trouble with Ants (1951)

G. Peyton Wertenbaker
Das Eis kommt
The Coming of the Ice (1926)

Evelyn E. Smith
Der sentimentalste Mann
The Most Sentimental Man (1957)

Wallace West
Einfach Eddie
Eddie for Short (1953)

Fredric Brown
Es klopft
Knock (1948)

S. Fowler Wright
Erbsünde
Original Sin (1949)

Richard Wilson
Der Schwätzer
A Man Spekith (1969)

Edmond Hamilton
Welt im Dämmerlicht
In the World's Dusk (1936)

Lester del Rey
Güte
Kindness (1944)

Roger Zelazny
Luzifer
Lucifer (1964)

A. E. van Vogt
Wiedererweckung
Resurrection (1948)

Damon Knight
Mensch zweiter Klasse
The Second-Class Citizen (1963)

Edmond Hamilton
Tag des Gerichts
Day of Judgement (1946)

Gordon Eklund
Die Vorstellung geht weiter
Continuous Performance (1974)

Charles L. Harness
Das neue Sein
The New Reality (1950)

4075 Adam Hollanek
Noch ein bißchen Leben (1984)
Jeszcze troche pożyć (1980)
Ü: Ellen-Alexa Schwarz

4076 Erhard Ringer & Hermann Urbanek (Hrsg.)
Die Götter von Pegana (A) (1984)
Ü: Lore Strassl, Pauline Suchy, Hermann Urbanek, Günter Zettl

Hermann Urbanek
Vorwort (1984)

Michael Moorcock
Elric am Ende der Zeit
Elric at the End of Time (1981)

Karl Edward Wagner
Im Banne Yslsls
In the Lair of Yslsl (1973)

Wolfgang E. Hohlbein & Karl-Ulrich Burgdorf
Das Prinzip der Gerechtigkeit (1983)

Lin Carter
Der Schwarze Falke
Black Hawk of Valkarth (1974)

Adrian Cole
Das Universum der Inseln
The Universe of Islands (1978)

Henry Kuttner
Donner in der Morgendämmerung
Thunder in the Dawn (1938/1965)

Roger Zelazny
Der Weg nach Dilfar
Passage to Dilfar (1965)

Ray Cardwell & Hugh Walker
Mordins Kraft (1968/1983)

Lord Dunsany
Die Götter von Pegana
The Gods of Pegana (1972)

Andre Norton
Der Träumeschild
Dream Smith (1972)

Fritz Leiber
Sternhöh
In the Witch's Tent & Stardock (1968)

4077 Ursula K. Le Guin
Das Wunschtal (1984)
The Beginning Place (1980)
Ü: Hilde Linnert

4078 Vera Chapman
Der Grüne Ritter (1984)
The Green Knight (1975/1976)
Ü: Inge Holm & Malte Heim

4079 Vera Chapman
Die Rückkehr des Lichts (1984)
The King's Damosel (1975/1976)
Ü: Malte Heim

4080 Vera Chapman
König Artus' Tochter (1984)
King Arthur's Daughter (1975/1976)
Ü: Malte Heim

4081 C. J. Cherryh
Der Biß der Schlange (1984)
Serpent's Reach (1980)
Ü: Thomas Schichtel

4082 Jeanne & Spider Robinson
Sternentanz (1984)
Stardance (1977/1978/1979)
Ü: Irene Holicki

4083 Lee Correy
Hort des Lebens (1984)
The Abode of Life (1982)
Ü: Hans Maeter

4084 Dietrich Wachler
Die dreizehnte Tafel (1984)

4085 Wolfgang Jeschke (Hrsg.)
Heyne Science Fiction Magazin – Band 10 (A) (1984)

Wolfgang Jeschke
Editorial

Joe Haldeman
Kein zukunftsträchtiges Geschäft
No Future in It (1978)
Ü: Hannelore Hoffmann

Peter Gaschler
Neue SF-Filme 1983 (1984)

Kai Riedemann
Ein neuer Goethe? (1984)

Kurt Bracharz
Computer Versus Kabbala (1984)

Günther Luxbacher
Wiener Autorenprojekt zu Science Fiction (1984)

Professor Hermann Oberth zum 90. Geburtstag

Winfried Petri
Das Schweigen des Weltalls (1984)

Ute Bauer, Olaf Rappold, Thomas Tilsner
Interview mit Carl Amery (1984)

Joseph Kiermeier-Debre
Theater und Science Fiction (1984)

Reinmar Cunis
Chopin (1984)

George Macaulay Trevelyan
Wenn Napoleon die Schlacht von Waterloo gewonnen hätte
If Napoleon Had Won the Battle of Waterloo (1907)
Ü: Walter Brumm

Georg Zauner
Begegnungen der dritten Art (1984)

L. V. Leskov
Modelle der Evolution kosmischer Zivilisationen
Modeli evoljucii kosmičeskich civilizacij (1983)
Ü: Winfried Petri

Peter C. Wiesmeier
Kino im Kopf (1984)

Ronald M. Hahn
Aus deutschen und anderen Landen (1984)

Hans-Ulrich Böttcher
Willi Voltz 1938–1984 (1984)

4086 L. Sprague de Camp
Die Königin von Zamba (1984)
The Queen of Zamba (1949/1976)
Ü: Joachim Pente

4087 L. Sprague de Camp
Die Suche nach Zei (1984)
The Search for Zei (1950/1951/1962/1978)
Ü: Joachim Pente

4088 L. Sprague de Camp
Die Rettung von Zei (1984)
The Hand of Zei (1950/1951/1963/1978)
Ü: Joachim Pente

4089 L. Sprague de Camp
Die Geisel von Zir (1984)
The Hostage of Zir (1977)
Ü: Joachim Pente

4090 L. Sprague de Camp
Die Jungfrau von Zesh (1984)
The Virgin of Zesh (1953/1981)
Ü: Joachim Pente

4091 L. Sprague de Camp
Der Turm von Zanid (1984)
The Tower of Zanid (1958)
Ü: Joachim Pente

4092 L. Sprague der Camp
Der Gefangene von Zhamanak (1984)
The Prisoner of Zhamanak (1982)
Ü: Joachim Pente

4093 L. Sprague de Camp
Die Gebeine von Zora (1986)
The Bones of Zora (1986)
Ü: Joachim Pente

4094 Tanith Lee
Das Winterspiel (1984)
The Winter Players (1976)
Ü: Lore Strassl

4095 Michael Bishop
Nur die Zeit zum Feind (1984)
No Enemy But Time (1982)
Ü: Biggy Winter

4096 Harry Harrison
Macht Stahlratte zum Präsidenten! (1984)
The Stainless Steel Rat for President (1982)
Ü: Thomas Schlück

4097 Wolfgang Jeschke (Hrsg.)
Das Gewand der Nessa (A) (1984)
Ü: Biggy Winter, Heinz F. Kliem, Helga Abret, Hilde Linnert, Winfried Petri

Michail Puchov
Monopol auf Intelligenz
Drei Geschichten vom Planeten Marion
Monopolija na razun – tri istorii s Mariona (1982)

Sydney J. van Scyoc
Lied des Todes
Deathsong (1974)

Lothar Streblow
Sie sollten den Schlaf fürchten! (1984)

Hartwig Kittler
Sieben Gedichte (1984):
Schneefall und Kriegsfall
Sklavenmarkt
Wärmeentzug
Verschachtelte Wohnung
Ruhe 3000
Die Radiofliege
Systemidyll Küche

Gérard Klein
Das Gewand der Nessa
La tunique de Nessa (1965)

Bernhard Ganter
Das Duell (1984)

Reinhard Bongers
Das Jahr der Veilchen (1984)

Michael Grote & Volker Pielert
Anno domini (1984)

Joachim Grünhagen
Fünf Gedichte (1984):
Ikarus
Ego Gal I
Feuer im Blut
Hand am Feuer
Fremddimension

Reinmar Cunis
Der Augenblick zum Kriege (1984)

Gianni Montanari
Ad Maiorem Dei Gloriam
Ad Maiorem Dei Gloriam (1970)

Dieter Rieken
Überlebensprogramm (1984)

Manuel van Loggem
Die anderen Sprachen (1984)

Dieter Beckmann
Zwei Gedichte (1984):
Schonung
Applaus

Kurt Bracharz
Der Schlunz (1984)

Joern J. Bambeck
Weit entfernt im Land der Steine, saß ein Riese, ganz alleine (1984)

Kate Wilhelm
Julian
Julian (1977)

Irmtraud Kremp
Cinderella's Castle (1984)

4098 Gilda Musa
Der häusliche Dschungel (1984)
Giungla domestica (1975)
Ü: Hilde Linnert

4099 Ronald M. Hahn (Hrsg.)
The Magazine of Fantasy and Science Fiction, 69. Folge
Nacht in den Ruinen (A) (1984)
Ü: Jürgen Langowski und Michael Windgassen
(Der Umschlag trägt fälschlicherweise die Nr. 68!)

A. Bertram Chandler
Grimes und die sonderbaren Götter
Grimes and the Odd Gods (1983)

James Tiptree jr.
Hinterm Totenriff
Beyond the Dead Reef (1983)

Thomas M. Disch
Downtown
Downtown (1983)

Edward Wellen
Einbruch in den Alptraum
Spur the Nightmare (1983)

Theodore Sturgeon
Keine Affäre
Not an Affair (1983)

Warren Brown
Nacht in den Ruinen
What We Did That Night in the Ruins (1983)

Fritz Leiber
Das Katzenhotel
The Cat Hotel (1983)

Phyllis Eisenstein
Unterwelt
Subworld (1983)

Michael Shea
Probefahrt mit dem Grunt 12
Grunt-12 Test Drive (1983)

Gardner Dozois & Jack Dann
Unter Toten
Down among the Dead Men (1983)

Frederik Pohl
Ein Tag auf der Lotteriekirmes
Spending a Day at the Lottery Fair (1983)

Ian Watson
Der schwarze Strom
The Black Current (1983)

4100 Wolfgang Jeschke (Hrsg.)
25 Jahre Heyne Science Fiction & Fantasy
Das Programm 1960–1984

4101 Michael Moorcock
Elric von Melniboné
Die Sage vom Ende der Zeit
Elric-Zyklus (1979/1980) (1984)
Ü: Thomas Schlück

Elric von Melniboné
Elric of Melniboné (1972)
(➶ 3643)

Die See des Schicksals
The Sailor on the Seas of Fate (1961/1962/1976)
(➶ 3657)

Der Zauber des weißen Wolfs
The Weird of the White Wolfe
(1967/1970/1977)
(↗ 3692)

Der verzauberte Turm
The Vanishing Tower (1970)
(↗ 3727)

Im Banne des Schwarzen Schwertes
The Bane of the Black Sword
(1967/1970/1977)
(↗ 3753)

Sturmbringer
Stormbringer (1963/1965/1967/1977)
(↗ 3782)

4102 John Norman
Kampfsklave auf Gor (1984)
Fighting Slave of Gor (1980)
Ü: Thomas Schlück

4103 Brian W. Aldiss
Der entfesselte Frankenstein
(1984)
Frankenstein Unbound (1973)
Ü: Irene Holicki

4104 Björn Kurtén
Der Tanz des Tigers (1981) (1984)
Den svarta Tigern
The Dance of the Tiger (1978/1980)
Ü: Charlotte Franke

4105 Wilson Tucker
Die Lincoln-Jäger (1984)
The Lincoln Hunters (1958)
Ü: Ronald M. Hahn

4106 Bob Shaw
Der Himmel ist frei (1984)
Vertigo (1978)
Ü: Thomas Schlück

4107 Friedel Wahren (Hrsg.)
Isaac Asimov's Science Fiction Magazin,
22. Folge (A) (1984)
Ü: Jürgen Langowski, Uta McKechneay,
Peter Pape, Biggy Winter

Isaac Asimov
Auf den Gewinner
To the Victor (1982)

Thomas Wylde
Das Kindermädchen
The Nanny (1983)

Scott Sanders
Der Konstrukteur der wilden Tiere
The Engineer of Beasts (1982)

Ursula K. Le Guin
Die Besteigung der Nordflanke
The Ascent of the North Face (1983)

James Killus & Dorothy Smith
Eisen von draußen
High Iron (1982)

Sydney J. van Scyoc
Die Feuerpriesterin
Fire Caller (1983)

Gene Wolfe
Der letzte packende Groschenroman
The Last Thrilling Wonder Story (1982)

Gerhard Hejk
Selbstmord (1984)

4108 Stephen R. Donaldson
Das verwundete Land (1984)
The Wounded Land (1980)
Ü: Horst Pukallus

4109 Stephen R. Donaldson
Der einsame Baum (1984)
The One Tree (1982)
Ü: Horst Pukallus

4110 Stephen R. Donaldson
Der Bann des weißen Goldes (1984)
White Gold Wielder (1983)
Ü: Horst Pukallus

4111 Sydney J. van Scyoc
Kind der Dunkelheit (1984)
Darkchild (1982)
Ü: Inge Holm

4112 Sydney J. van Scyoc
Das Blaue Lied (1984)
Bluesong (1983)
Ü: Inge Holm

4113 Robert E. Howard, Björn Nyberg & L. Sprague de Camp
Conan von Aquilonien (C) (1984)
Conan of Aquilonia (1977)
Ü: Lore Strassl

Das Phantom aus der Vergangenheit
The Witch of the Mists (1977)

Die schwarze Sphinx von Nebthu
Black Sphinx of Nebthu (1977)

Der Rote Mond von Zembabwei
Red Moon of Zembabwei (1977)

Die letzte Schlacht
Shadows in the Skull (1977)

4114 Kate Wilhelm
Margaret und ich (1984)
Margaret and I (1971)
Ü: Mega Simon

4115 Piers Anthony
Tausendstern (1984)
Thousandstar (1980)
Ü: Michael Kubiak & Hans Maeter

4116 Elizabeth A. Lynn
Die Frau, die den Mond liebte (C) (1984)
The Woman Who Loved the Moon and Other Stories (1981)
Ü: Roland Fleissner

Zauberers Reich
Wizard's Domain (1980)

Die Götter von Reorth
The Gods of Reorth (1980)

Wir müssen alle einmal fort
We All Have to Go (1976)

Die Heiligen von Driman
The Saints of Driman (1977)

Ich träum von einem Fisch, ich träum von einem Vogel (1984)
I Dream of a Fish, I Dream of a Bird (1977)

Die Insel
The Island (1977)

Der Drachen, der im Meer lebte
The Dragon That Lived in the Sea (1979)

Mit den Augen der Seele
Mindseye (1977)

Der Mann, der schwanger wurde
The Man Who Was Pregnant (1977)

Die Besessenen
Obsessions (1978)

Die Frau in der Telefonzelle
The Woman in the Phone Booth (1981)

Sieh mich nicht an!
Don't Look at Me (1978)

Die Geschichte von Jubiläa (1982)
Jubilee's Story (1978)

Der Zirkus, der verschwand
The Circus That Disappeared (1978)

Der Traum des weißen Königs
The White King's Dream (1979)

Die Frau, die den Mond liebte
The Woman Who Loved the Moon (1979)

4117 Mik Ort
Zurück in die Steinzeit (1984)

4118 Brian W. Aldiss & Wolfgang Jeschke (Hrsg.)
Titan - 22 (A) (1984)
Evil Earths 1 (1974)
Ü: Heinz Nagel

Brian W. Aldiss
Einleitung

Chad Oliver & Charles Beaumont
Das letzte Wort
The Last Word (1955)

John Scott Campbell
Film des Todes
Film of Death (1948)

Howard Fast
Die Wunde
The Wound (1970)

Philip K. Dick
Der goldene Mann
The Golden Man (1954)

Allen K. Lang
Gastexperte
Guest Expert (1951)

Richard Stockham
Das Tal
The Valley (1948)

William Tenn
Drunten bei den Toten
Down among the Dead Men (1948)

R. A. Lafferty
Bei den haarigen Erdenmenschen
Among the Hairy Earthmen (1966)

Fritz Leiber
Später als Sie glauben
Later than You Think (1950)

4119 Tanith Lee
Östlich von Mitternacht (1984)
East of Midnight (1977)
Ü: Lore Strassl

4120 Frank Herbert
Die weiße Pest (1984)
The White Plague (1982)
Ü: Roland Fleissner

4121 Ljuben Dilov
Die Last des Skaphanders (1984)
Teschesta na skafandara (1969)
Ü: Egon Hartmann

4122 Michael Moorcock
Der Stahlzar (1984)
The Steel Tsar (1981)
Ü: Sylvia Pukallus

4123 Norbert Loacker
Aipotu (1984)

4124 Wolfgang Jeschke (Hrsg.)
Heyne Science Fiction Magazin - Band 11 (A) (1984)

Wolfgang Jeschke
Editorial

Alex & Phyllis Eisenstein
Das Wetter auf dem Mars
The Weather on Mars (1974)
Ü: Marcel Bieger

Kai Schätzl
Golding: Nobelpreis für einen Plagiator?

Jörg Weigand
Interview mit Thomas Franke

Josef Nesvadba
Der Schnuller
Dudlik (1981)
Ü: Peter Aschner

Brian W. Aldiss
Nesvadba – In den Fußstapfen des bewundernswerten Čapek
Nesvadba: In the Footsteps of the Admirable Čapek (o.J.)
Ü: Joachim Körber

Milton Waldman
Wenn Booth Präsident Lincoln verfehlt hätte
If Booth Had Failed President Lincoln (o.J.)

Rainer Erler
Science Fiction und/oder Das neunzehnte Jahrhundert

Michail Puchov
Philosophie des Kontaktes
Ü: Winfried Petri

Christopher Priest
Verlorene Rede eines Sohnes
Ü: Walter Brumm

Franz Rottensteiner
Henry Rider Haggard, ein Autor phantastischer Abenteuerromane

Kai Schätzl
The Neverending Story – The Movie ...

Peter Gaschler
Science Fiction und Fantasy im Kino '84

Georg Ruppelt
Zukunft von gestern

S. Bardin
Lemma
Lemma (1984)
Ü: Winfried Petri

Uwe Anton
Aus deutschen und (diesmal hauptsächlich) anderen Landen

Wolfgang Marx
Das Bab(b)el-Syndrom

4125 John Brunner
Von diesem Tage an (C) (1984)
From This Day Forward (1972)
Ü: Hans Maeter

Das größte Wild
The Biggest Game (1966)

Das Leid, das ich sehe
The Trouble I See (1959)

Ein Elixier für den Imperator
An Elixir for the Emperor (1964)

Verschwendet für die Jungen
Wasted on the Young (1965)

Gleiche Chance
Even Chance (1965)

Auf dem Planeten
Planetfall (1965)

Judas
Judas (1967)

Die Vitanulen
The Vitanuls (1967)

Datenblatt Sechs
Factsheet Six (1968)

Das fünfte Gebot
Fifth Commandment (1970)

Im Land der Piskies
Fairy Tale (1970)

Der Beginn der Epoche von Mrs. Bedonebyasyoudid
The Inception of the Epoch of Mrs. Bedonebyasyoudid (1971)

Der älteste Spiegel
The Oldest Glass (1972)

4126 Aleksandr Kazancev
Die Kuppel der Hoffnung (1984)
Kupol nadezhdy (1980)
Ü: Winfried Petri

4127 Ronald M. Hahn (Hrsg.)
The Magazine of Fantasy and Science Fiction, 70. Folge
Willkommen in Coventry (1984)
Ü: Karl-Ulrich Burgdorf, Jürgen Langowski, Michael Windgassen

Richard Mueller
Willkommen in Coventry
Welcome to Coventry (1983)

Gordon Eklund
Revisionen
Revisions (1983)

Raylyn Moore
Wildnistraum
Running Easy in the Dream of Wilderness (1983)

Reginald Bretnor
Gilpins Raum
Gilpin's Space (1983)

Richard Cowper
Brüder
Brothers (1983)

Kim Stanley Robinson
Schwarze Luft
Black Air (1983)

Robert F. Young
Der verlorene Erdensohn
The Lost Earthman (1983)

Lucius Shepard
Solitarios Augen
Solitario's Eyes (1983)

Ian Watson
Silvester in Tambimatu
New Year's Eve at Tambimatu (1983)

4128 David G. Compton
Scudders Spiel (1984)
Scudder's Game (1984)
Ü: Walter Brumm

4129 David Bischoff
Mandala (1984)
Mandala (1983)
Ü: Hans Maeter

4130 Henry Rider Haggard
Sie (1970/1984)
»She« – A History of Adventure (1887)
Ü: Helmut Degner

4131 Henry Rider Haggard
Allan Quatermain (1979/1984)
Alan Quatermain (1887)
Ü: Joachim Pente

4132 Henry Rider Haggard
Ayesha – Sie kehrt zurück (1984)
Ayesha – The Return of She (1905)
Ü: Hans Maeter

4133 Henry Rider Haggard
Sie und Allan (1985)
She and Allan (1921)
Ü: Hans Maeter

4134 Henry Rider Haggard
König Salomons Diamanten (1971/1985)
King Solomon's Mines (1885)
Ü: Volker H. Schmied

4135 Henry Rider Haggard
Die heilige Blume (1985)
The Holy Flower (1915)
Ü: Hans Maeter

4136 Henry Rider Haggard
Das Halsband des Wanderers (1985)
The Wanderer's Necklace (1914)
Ü: Hans Maeter

4137 Henry Rider Haggard
Tochter der Weisheit (1985)
Wisdom's Daughter (1923)
Ü: Hans Maeter

4138 Henry Rider Haggard
Helena kehrt zurück (1985)
The World's Desire (1890)
Ü: Hans Maeter

4139 Lothar Streblow
Sundera (C) (1984)

Sundera
Ein Planet für Hentrup
Der Mensch von Kandun
Das Geräusch
Der Prospektor
Progressive Lebensqualität
Entwicklungstendenzen I: Humanisten
Entwicklungstendenzen II: Der Alpdruck
Entwicklungstendenzen III: Die Tauben
Der Fisch
Perspektiven für Deserteure
Mondkristalle
Manipulation
Die lautlose Invasion
Kwem
Das Phänomen
Träume für eine Birke
Überlebenstraining
Über den Autor

4140 Friedel Wahren (Hrsg.)
Isaac Asimov's Science Fiction Magazin, 23. Folge (A) (1984)
Ü: Ingrid Herrmann, Joachim Körber, Jürgen Langowski

Greg Bear
Der Feind in mir
Hardfought (1983)

John Kessel
Nicht im Auge schaut man des Herzens Glanz
Hearts Do Not in Eyes Shine (1983)

Tanith Lee
Tiger
Bright Burning Tiger (1984)

Pat Cadigan
Gedankenspieler
Nearly Departed (1983)

Karl-Heinz Prieß
Hoffnung (1984)

4141 Frank Herbert
Die Ketzer des Wüstenplaneten (1984)
Heretics of Dune (1984)
Ü: Ronald M. Hahn

4142 Frank Herberts
»Der Wüstenplanet«
Enzyklopädie – Band 1 (1984)
The Dune Encyclopedia (1984), (Teil 1)
Zusammengestellt von Willis E. McNelly
Deutsche Ausgabe hrsg. von Ronald M. Hahn
Ü: Uwe Anton, Karl Ulrich Burgdorf, Baldur Buscher, Ronald M. Hahn, Udo Hösterey, Michael K. Iwoleit, Michael Windgassen

4143 Frank Herberts
»Der Wüstenplanet«
Enzyklopädie – Band 2 (1984)
The Dune Encyclopedia (1984), (Teil 2)
Zusammengestellt von Willis E. McNelly
Deutsche Ausgabe hrsg. von Ronald M. Hahn
Ü: Uwe Anton, Karl Ulrich Burgdorf, Baldur Buscher, Ronald M. Hahn, Udo Hösterey, Michael K. Iwoleit, Michael Windgassen

4144 Marion Zimmer Bradley
Der Bronzedrache (1984)
The Brass Dragon (1969)
Ü: Malte Heim

4145 L. Frank Baum
Ozma von Oz (1981/1985)
Ozma of Oz (1907)
Ü: Christine Hettinger
(➶ 233JT/NA unter neuem Titel)

4146 Henry Rider Haggard
Morgenstern (1985)
Morningstar (1910)
Ü: Hans Maeter

4147 Henry Rider Haggard
Als die Welt erbebte (1985)
When the World Shook (1919)
Ü: Hans Maeter

4148 Henry Rider Haggard
Das Nebelvolk (1986)
The People of the Mist (1893/1894)
Ü: Hans Maeter

4149 Henry Rider Haggard
Das Herz der Welt (1986)
Heart of the World (1895/1896)
Ü: Hans Maeter

4150 Frank Herbert
Der Wüstenplanet-Zyklus (1985)
Kassette mit 5 Bänden
Sonderausgabe
(nicht erschienen)

4151 Paul O. Williams
Die Zitadelle von Nordwall (1985)
The Breaking of Northwall (1981)
Ü: Irene Holicki

4152 Paul O. Williams
Die Enden des Kreises (1985)
The Ends of the Circle (1981)
Ü: Irene Holicki

4153 Paul O. Williams
Die Kuppel im Walde (1985)
The Dome in the Forest (1981)
Ü: Irene Holicki

4154 Paul O. Williams
Der Fall der Muschel (1985)
The Fall of the Shell (1982)
Ü: Irene Holicki

4155 Paul O. Williams
Der Hinterhalt der Schatten (1985)
An Ambush of Shadows (1983)
Ü: Irene Holicki

4156 Paul O. Williams
Das Lied der Axt (1985)
The Song of the Axe (1984)
Ü: Irene Holicki

4157 Paul O. Williams
Das Schwert der Geduld (1986)
Sword of Forbearance (1986)
Ü: Irene Holicki

4158 John Norman
Der Schurke von Gor (1984)
Rogue of Gor (1981)
Ü: Thomas Schlück

4159 Isaac Asimov, Charles G. Waugh & Martin H. Greenberg (Hrsg.)
Drachenwelten (A) (1985)
Dragon Tales (1982)
Evelyn E. Smith
Gerda
Gerda (1954)
Ü: Edda Petri

David Drake
Drachenzähne
Dragon's Teeth (1977)
Ü: Edda Pertri

L. Sprague de Camp
Drei Ellen Drachenhaut
Two Yards of Dragon (1976)
Ü: Rosemarie Hundertmarck

Gregory Benford & Marc Laidlaw
Drachenschnauben (1983)
A Hiss of Dragon (1978)
Ü: Tony Westermayr

Fitz-James O'Brien
Der Drachenzahn des Zauberers Piou-Lu
The Dragon Fang Possessed by the Conjurer Piou-Lu
Ü: Edda Petri

Orson Scott Card
Der Raufbold und das Ungeheuer
The Bully and the Beast (1980)
Ü: Edda Petri

L. Frank Baum
Der Kopf des Königs und der Purpurdrache
The King's Head and the Purple Dragon
Ü: Edda Petri

Dean R. Koontz
Leise kommen die Drachen
Soft Come the Dragons (1967)
Ü: Edda Petri

Gordon R. Dickson
St. Drache und der Georg
St. Dragon and the George (1957)
Ü: Edda Petri

Thomas N. Scortia
John Robert und das Drachenei
John Robert and the Dragon's Egg (1957/1975)
Ü: Edda Petri

Janet Fox
Dämon und Demoiselle
Demon and Demoiselle (1978)
Ü: Edda Petri

Anne McCaffrey
Die Drachenkönigin (1971)
Weyr Search (1967/1968)
Ü: Ursula Richter

4160 Alan Dean Foster
Auch keine Tränen aus Kristall (1985)
Nor Crystal Tears (1982)
Ü: Heinz Nagel

4161 Wolfgang Jeschke (Hrsg.)
Das Digitale Dachau (A) (1985)

Darrell Schweitzer
Rückkehr aus dem Exil
Return from Exile (1984)
Ü: Sylvia Pukallus

Dmitrij Bilenkin
Irdische Lockspeisen
Semnije promanki (1980)
Ü: Anna Kienpointer

József Czerna
Freier Fall
Ürkaland (1962)
Ü: Gottfried Feidel

G. Pfersman
Das unrühmliche Ende der »Dunkelstern« (1984)

Hans Jürgen Raben
Die Erben (1984)

Giuseppe Pederiali
Der Traumreisende
Il viaggiatore dei sogni (1983)
Ü: Hilde Linnert

Vittorio Catani
Der Schnee von Oghiz
Le nevi di Oghiz (1962)
Ü: Hilde Linnert

C. J. Cherryh
Der dunkle König
The Dark King (1984)
Ü: Jürgen Langowski

Daniela Piegai
Die Geschichte einer verlorenen Entropie
Le sentinelle dell' entropia (1982)
Ü: Hilde Linnert

Kate Wilhelm
Wüstenmond
Moongate (1981)
Ü: Biggy Winter

Branko Pihač
Eine und tausend Nächte
Tisućud posljenih noći Dra. Hagena (1984)
Ü: Kornelia Mikula

Dean R. Lambe
Eins zuviel
The One Over (1980)
Ü: Marcel Bieger

Herbert Somplatzki
Im Ghetto (1984)

Wolfgang F. Bachschneider
Das digitale Dachau (1984)

Klaus N. Frick
Sternfahrt (1984)

Hans Zakel
Soldatentod (1984)

Manuel van Loggem
Das Hasenpanier (1980)

George R. R. Martin
Erinnerungen an Melody
Remembering Melody (1981)
Ü: Jürgen Langowski

Ian Watson
Programmierte Liebesgeschichte
Programmed Love Story (1974)
Ü: Hannelore Hoffmann

4162 Michel Jeury
Die Inseln im Monde (1985)
Les îles de la lune (1979)
Ü: Georges Hausemer

4163 Robert Jordan
Conan der Verteidiger (1985)
Conan the Defender (1982)
Ü: Lore Strassl

4164 Sydney J. van Scyoc
Sternenseide (1985)
Starsilk (1984)
Ü: Malte Heim

4165 Terry Carr (Hrsg.)
Die schönsten Science Fiction Stories des Jahres – Band 3 (A) (1985)
The Best Science Fiction of the Year # 12 (1984)

Robert Silverberg
Der Papst der Schimpansen
The Pope of the Chimps (1982)
Ü: Edda Petri

Bruce Sterling
Schwärmer
Swarm (1982)
Ü: Edda Petri

Joanna Russ
Seelen (1984)
Souls (1981/1982)
Ü: Michael Windgassen

William Gibson
Chroms Erbe
Burning Chrome (1982)
Ü: Edda Petri

Frederik Pohl
Farmer in Not
Farmer on the Dole (1982)
Ü: Edda Petri

Bill Johnson
Treffpunkt Apogäum
Meet Me at Apogee (1982)
Ü: Edda Petri

Ursula K. Le Guin
Rose des Südens
Sur (1982)
Ü: Hilde Linnert

Thomas M. Disch
Zum Verstehen menschlichen Verhaltens (1983)
Understanding Human Behavior (1981/1982)
Ü: Michael Windgassen

Gregory Benford
Relativistische Effekte
Relativistic Effects (1982)
Ü: Edda Petri

Connie Willis
Brandwache
Firewatch (1982)
Ü: Ingrid Herrmann

O. Niemand
Die Werbung um Schlepper-Sadie
The Wooing of Slowboat Sadie (1982)
Ü: Edda Petri

Nancy Kress
In Originalbesetzung
With the Original Cast (1982)
Ü: Edda Petri

Bruce McAllister
Wenn Vater eine Reise macht
When the Fathers Go (1982)
Ü: Edda Petri

Charles N. Brown
Das Science Fiction-Jahr
The Science Fiction Year (1983)
Ü: Edda Petri

4166 Edgar Pangborn
Ein glorreicher Haufen (1985)
The Company of Glory (1975)
Ü: René Mahlow

4167 Wolfgang Jeschke (Hrsg.)
Heyne Science Fiction Magazin – Band 12 (A) (1985)

Wolfgang Jeschke
Editorial

David Garnett
Retten wir das Universum!
Saving the Universe (1984)
Ü: Hilde Linnert

Larry Niven
Männer wie Stahl, Frauen wie Kleenex
Man of Steel, Woman of Kleenex (1971)
Ü: Jürgen Langowski

Brian W. Aldiss
Helliconia: Wie und Warum
Helliconia: How and Why (1984)
Ü: Walter Brumm

Joern Bambeck
Das große Rad des Kharnabhar auf Helliconia (1985)

Götz Müller
Utopie – Antiutopie – Science Fiction (1985)

Dietrich Wachler
Das Experiment mit dem Menschen (1984)

Linus Hauser
Wurmgott Heilbringer (1984)

Michael C. Goodwin
Alan Dean Fosters »Homanx-Universum«
A Guide to Alan Dean Foster's Commonwealth
Ü: Joachim Fuchs

Peter Gaschler
Science Fiction und Fantasy im Kino '84 (1985)

H. A. L. Fisher
Wenn Napoleon nach Amerika entkommen wäre
If Napoleon Had Escaped to America (um 1930?)
Ü: Walter Brumm

Jeff Hecht
Laserwaffen – Ausweg oder Bedrohung
Laser Weapons: Promise or Threat? (1984)
Ü: Horst Pukallus

Michael Schwelien
Den Himmel blankputzen (1984)

Hermann Urbanek
Edition Phantasia (1985)

Michael Nagula
John Brunner, Hurra wir leben noch!
Bemerkungen zur »Träumenden Erde« (1985)

4168 Anne McCaffrey
Dinosaurier-Planet (1985)
Dinosaur Planet (1978)
Ü: Birgit Reß-Bohusch

4169 Ronald M. Hahn (Hrsg.)
The Magazine of Fantasy and Science Fiction, 71. Folge
Kryogenese (A) (1985)

Frederik Pohl
Es grünt in Bedford-Stuyvesant
The Greening of Bed-Stuy (1984)
Ü: Jürgen Bürger

Damon Knight
La Ronde
La Ronde (1983)
Ü: Heinz-Wilhelm Fabry

Ben Bova
Sam Gunn
Sam Gunn (1983)
Ü: Heinz-Wilhelm Fabry

Reginald Bretnor
Kryogenese
Cryogenesis (1983)
Ü: Michael Windgassen

Charles L. Harness
Der Fall des Robin Arms
The Fall of Robin Arms (1984)
Ü: Baldur Buscher

Gregory Frost
Abfall
Rubbish (1984)
Ü: Michael K. Iwoleit

Gene Wolfe
Ein Haus an der Küste
A Cabin on the Coast (1984)
Ü: Michael K. Iwoleit

Donald E. Westlake
Hydra
Hydra (1984)
Ü: Udo Hösterey

Richard Mueller
Justins Lied
A Song for Justin (1983)
Ü: Jürgen Langowski

Ian Watson
Dr. Edricks Plan
A Walk to Manhome, and Away (1984)
Ü: Jürgen Langowski

4170 Andrzej Krzepkowski & Andrzej Wójcik
Diskrete Zone (1985)
Obszar nieciaglosci (1979)
Ü: Ellen-Alexa Schwarz

4171 Brian W. Aldiss & Wolfgang Jeschke (Hrsg.)
Titan - 23 (A) (1985)
Evil Earths (II) (1975)
Ü: Heinz Nagel

Henry Kuttner
Die Zeitfalle
The Time Trap (1938/1965)

Jack Vance
Die Menschen kehren zurück
The Men Return (1957)

Brian W. Aldiss
Die Häresien des Riesigen Gottes
Heresies of the Huge God (1966)

Arthur C. Clarke
»Wenn ich dich je vergesse, Erde ...«
»If I Forget Thee, oh Earth ...« (1951)

John W. Campbell
Nacht
Night (1935)

4172 Robert Jordan
Conan der Unbesiegbare (1985)
Conan the Invincible (1982)
Ü: Lore Strassl

4173 Tanith Lee
Der Besessene (1985)
Shon the Taken (1979)
Ü: Will Peterstal

4174 C. J. Cherryh
Die letzten Städte der Erde (C) (1985)
Sunfall (1981)
Ü: Thomas Schichtel

Der einzige Tod in der Stadt (Paris)
The Only Death in the City (Paris)

Der Spukturm (London)
The Haunted Tower (London)

Eis (Moskau)
Ice (Moscow)

Nächtliche Spiele (Rom)
Nightgame (Rome)

Der Highliner (New York)
Highliner (New York)

Der General (Peking)
The General (Peking)

4175 Ursula K. Le Guin & Virginia Kidd (Hrsg.)
Grenzflächen (A) (1985)
Interfaces (1980)
Ü: Birgit Reß-Bohusch

John Crowley
Der Grund des Besuches
The Reason for the Visit (1980)

Jill Paton Walsh
Was bleibt?
Set Piece (1980)

Hilary Bailey
Wenn alles hochgeht: Ein Abenteuer von Una Persson, der Heldin in Raum und Zeit
Everything Blowing up: An Adventure of Una Persson, Heroine of Time and Space (1980)

Avram Davidson & Grania Davis
Die neuen Zombies
The New Zombies (1980)

Robert Holdstock
Stein und Erde
Earth and Stone (1980)

Michael Bishop
Das Fahrrad – Ein kurzer geschichtlicher Abriß von 401 v.Chr. bis 2677 n.Chr.
A Short History of the Bicycle. 401 B. C. to 2677 A. D. (1980)

Vonda N. McIntyre
Schatten, die wandern
Shadows, Moving (1980)

Laurence Josephs
Der Trompetenschwan
The Trumpeter Swan (1980)

Laurence Josephs
Stein, Sein und Schein
Lose, Place, and Show (1980)

Philippa C. Maddern
Bilder der Vergangenheit
The Pastseer (1980)

Gary Weinberg
Hunger und der Computer
Hunger and the Computer (1980)

Daphne Castell
Haushaltsgötter
Household Gods (1980)

David G. Compton
Bender, Fenugreek, Slatterman und Mupp
Bender, Fenugreek, Slatterman, and Mupp (1980)

Edward Bryant
Präzession
Precession (1980)

Gene Wolfe
Der Prozeß
Criminal Proceeding (1980)

Jean Femling
Für wen pfeifen diese Schlangen da oben?
For Whom Are Those Serpents Whistling Overhead? (1980)

Michael G. Coney
Süßer Sommer, bitt'rer Winter
The Summer Sweet, the Winter Wild (1980)

Sonya Dorman
Die Wintergötter
The Gods in Winter

Sonya Dorman
Vater Sonne, Mutter Mond
Father Sun, Mother Moon

Sonya Dorman
Großmutter Nordwind
Grandmother North Wind

Sonya Dorman
Herdgeist, die arme Verwandte
Hearth Spirit, Poor Relative

Sonya Dorman
Schwester Tag, Bruder Nacht
Sister Day, Brother Night

Sonya Dorman
Die Vettern Licht und Schatten
Cousins Light and Shadow (1980)

James Tiptree jr.
Sphärenklänge
Slow Music (1980)

4176 Serge Brussolo
Der Schlaf des Blutes (1985)
Sommeil de sang (1981)
Ü: Georges Hausemer

4177 Joe Haldeman
Unendliche Träume (C) (1985)
Infinite Dreams (1978)
Ü: Sylvia Brecht-Pukallus

Kontrapunkt
Counterpoint (1972)

Jubiläums-Projekt
Anniversary Project (1974)

Die Mazel Tov-Revolution
The Mazel Tov Revolution (1974)

An Howard Hughes: Ein bescheidener Vorschlag (1982)
To Howard Hughes: A Modest Proposal (1974)

Ein eigenes Bewußtsein
A Mind of His Own (1974)

Das ganze Universum in einer Ballonflasche
All the Universe in a Mason Jar (1977)

Der private Krieg des Gefreiten Jacob
The Private War of Private Jacob (1974)

Lebenszeit
A Time to Live (1977)

Dienstvernichtet
Juryrigged (1974)

Sommerpracht
Summer's Lease (1974)

26 Tage auf der Erde
26 Days on Earth (1972)

Armaja Das
Armaja Das (1976)

Tricentennial (1979)
Tricentennial (1976)
Ü: Horst Pukallus

4178 Friedel Wahren (Hrsg.)
Isaac Asimov's Science Fiction Magazin, 24. Folge (A) (1985)

Leigh Kennedy
Martha
Belling Martha (1983)
Ü: Biggy Winter

Connie Willis
Blauer Mond-Tag
Blued Moon (1984)
Ü: Jürgen Langowski

Garry Killworth
Der unsichtbare Feind
The Invisible Foe (1982)
Ü: Rüdiger Hipp

Tanith Lee
Medra
Medra (1984)
Ü: Jürgen Langowski

Ian Watson
Geisterlesungen
Ghost Lecturer (1984)
Ü: Peter Pape

Rick Johnson
Die letzte Stimme
The Final Voice (1983)
Ü: Biggy Winter

John Kessel
Der große Traum
The Big Dream (1984)
Ü: Jürgen Langowski

Matthias M. Merkelbach
Zeit des Stratus (1985)

4179 John Norman
Der Leibwächter von Gor (1985)
Guardsman of Gor (1981)
Ü: Thomas Schlück

4180 Phyllis Eisenstein
Alaric (1985)
Born to Exile (1978)
Ü: Lore Strassl

4181 Vonda N. McIntyre
Star Trek III – Auf der Suche nach Mr. Spock (1984)
Star Trek III – The Search for Spock (1984)
Ü: Hans Maeter

4182 John Crowley
Maschinensommer (C) (1981/1980/1982/1985)
Sonderausgabe

In der Tiefe (1981)
In the Deep (1975)
Ü: Irene Holicki
(➶ 3821)

Geschöpfe (1980)
Beasts (1976)
Ü: Hans Maeter
(➶ 3684)

Maschinensommer (1982)
Engine Summer (1979)
Ü: Irene Holicki
(➶ 3932)

4183 Wolfgang Jeschke (Hrsg.)
Heyne Science Fiction Jahresband 1985 (A)
(1985)

Robert Silverberg
Gefangene der Ewigkeit (1968)
Hawksbill Station (1967)
Ü: Walter Ernsting & Thomas Schlück

Frederik Pohl
Die armen Reichen (1966)
The Midas Plague (1954)
Ü: Birgit Reß-Bohusch

Isaac Asimov
Mutter Erde (1964)
Mother Earth (1951)
Ü: Helmut W. Mommers & Hubert Strassl

John Wyndham
Geh hin zur Ameise! (1967)
Consider Her Ways (1961)
Ü: Birgit Reß-Bohusch & Walter Brumm

Fitz-James O'Brien
Was war es (1985)
What Was It? (1859)
Ü: Walter Brumm

Clifford D. Simak
Flucht (1952)
Desertion (1944/1972)
Ü: Elisabeth Klein

John Varley
Ich muß singen, ich muß tanzen (1985)
Gotta Sing, Gotta Dance (1976/1978)
Ü: Rose Aichele

James Blish
Der Tag nach dem Jüngsten Gericht (1974)
The Day after Judgement (1971)
Ü: Birgit Reß-Bohusch

Charles L. Harness
Die Rose (1971)
The Rose (1953)
Ü: Birgit Reß-Bohusch

4184 D. G. Compton
Synthetische Freuden (1985)
Synthajoy (1978)
Ü: Walter Brumm

4185 E. E. Smith
Die Planetenbasis (1969/1985)
Triplanetary (1948)
Ü: Thomas Schlück
(➶ 3704/NA unter neuer Nummer)

4186 E. E. Smith
Die ersten Lensmen
(1969/1985)
The First Lensmen (1950)
Ü: Thomas Schlück
(➶ 3705/NA unter neuer Nummer)

4187 E. E. Smith
Galaktische Patrouille
(1969/1985)
Galactic Patrol (1950)
Ü: Thomas Schlück
(➶ 3708-09/NA unter neuer Nummer)

4188 E. E. Smith
Die grauen Herrscher
(1969/1985)
Gray Lensmen (1951)
Ü: Thomas Schlück
(➶ 3710-11/NA unter neuer Nummer)

4189 E. E. Smith
Das Zweite Imperium
(1969/1985)
Second Stage Lensmen
(1953)
Ü: Thomas Schlück
(➶ 3713-14/NA unter neuer Nummer)

4190 E. E. Smith
Das Erbe der Lens (1969/1985)
Children of the Lens (1954)
Ü: Thomas Schlück
(➶ 3716-17/NA unter neuer Nummer)

4191 David Kyle
Drachen-Lensmen (1985)
Dragon Lensmen (1980)
Ü: Thomas Schlück

4192 David Kyle
Lensmen von Rigel (1985)
Lensmen from Rigel (1982)
Ü: Thomas Schlück

4193 L. Sprague de Camp & Catherine Crook de Camp
Die Ritter von Zinjaban (1997)
The Swords of Zinjaban (1991)
Ü: Joachim Pente

4194 Michael Moorcock
Die Kriegsmeute (1985)
The War Hound and the World's Pain (1981)
Ü: Peter Indermaur

4195 John Norman
Die Wilden von Gor (1985)
Savages of Gor (1982)
Ü: Thomas Schlück

4196 Anne McCaffrey
Moreta – Die Drachenherrin von Pern (1985)
Moreta: Dragon Lady of Pern (1983)
Ü: Birgit Reß-Bohusch

4197 Sterling E. Lanier
Der unvergessene Hiero (1985)
The Unforsaken Hiero (1983)
Ü: Reinhard Heinz

4198 Uwe Anton & Thomas Ziegler
Erdstadt (1985)

4199 Wolfgang Jeschke (Hrsg.)
Venice 2 (A) (1985)

Remo Guerrini
Sori
Sori (1980)
Ü: Bruno Gräf

Dmitri Bilenkin
Zum Fliegen geschaffen
Sosdan, tschtoby letat (1980)
Ü: Anna Maria Kienpointner

Lino Aldani
Während ich auf den Frachter wartete
In attesa del cargo (1980)
Ü: Hilde Linnert

Joachim Grünhagen
Vier Gedichte
Atomsonne
Flucht in den Kosmos
Zeit der Ikarier
Terra sine nomine (1985)

Barry N. Malzberg
Eine Galaxis namens Rom
A Galaxy Called Rome (1975)
Ü: Walter Brumm

Billie Sanders
Zwei Gedichte
Ich seh dich
Zwischen dir und mir (1985)

Sydney J. van Scyoc
Zac der Häßliche
Zack with His Scar (1963)
Ü: Yoma Cap

Wladimir Ruibin
Die Perle
Schemtschuschnoe serno (1981)
Ü: Anna Maria Kienpointner

Reinhard Köhrer
Begegnungen (1985)

Branko Pihač
Bumerang
Bumerang (1984)
Ü: Kornelia Mikula

Werner Petermann
Drei Gedichte
strand und schrott, zurade
saiensfikschn
katze fahlgelb im raum (1984)

Wolfgang Weimer
Justitias Traum (1985)

Stefan Weymar
Pokerface (1985)

Katharina Werner
Schöne nackte Welt (1985)

Gero Reimann
Rotten-Kidnapping, Dublin (1985)

Oliver Behnssen
Zwei Gedichte
Keine Küste
Mein Leuchten (1984)

Kurt Bracharz
Venice 2 (1985)

Patrick Woodroffe
Himmlische Landwirtschaft und der kultivierte Mensch
Celestial Husbandry and the Cultivated Man (1985)
Ü: Hilde Linnert

Peter Meleghy
Ein Spiel – oder? (1985)

Christopher Priest
Der Beobachtete
The Watched (1978)
Ü: Rose Aichele

Dirk Josczok
Erinnerung (1985)

Maurizio Viano
Die Säerin
La seminatrice (1978)
Ü: Hilde Linnert

Saradindu Banerjee
Die grüne Brille
Sabuja caśamá (1975)
Ü: Rahul Peter Das

Brigitte Pixner
Verbrennung eines Modells (1985)

Andrzej Drzewiński
Der Bote
Posłaniec (1983)
Ü: Ellen-Alexa Schwarz

Christian Lautenschlag
Niemand außer dir (1985)

Jacek Rodek & Daroslaw J. Toruń
Der einzige echte Mensch
Jedyny prawdziwy (1980)
Ü: Hanna Rottensteiner

R. Henning
Zwei Gedichte
Maximus
Warten (1985)

Wladimir Scherbakow
Der grüne Zug
Seleny poesd (1976)
Ü: Anna Maria Kienpointner

Gerd Pfersmann
Tomas Neumann (1985)

M. Rammensee
Spuren (1985)

Karl Wrchowetzky
... und dann singen alle die Hymne (1985)

4200 Wolfgang Jeschke
Der letzte Tag der Schöpfung (1981) (1985/1993)
(NA unter alter Nummer)

4201 Kit Reed
Magische Zeit (1985)
Magic Time (1980)
Ü: Edda Petri

4202 Jack Vance
Staub ferner Sonnen (C) (1985)
Dust of Far Suns (1964)
Ü: Lore Strassl

Raumsegler Fünfundzwanzig
Dust of Far Suns (1962)

Dodkins Job
Dodkin's Job (1959)

Ullwards Zuflucht
Ullward's Retreat (1958)

Die Gabe der Sprache
The Gift of Gab (1955)

4203 Robert Jordan
Conan der Unüberwindliche (1985)
Conan the Unconquered (1983)
Ü: Lore Strassl

4204 C. J. Cherryh
Tore ins Chaos (C) (1979/1980/1982) (1985)
Der Morgaine-Zyklus
Ü: Thomas Schlück
Sonderausgabe

Das Tor von Ivrel
Gate of Ivrel (1976)
(➶ 3629)

Der Quell von Shiuan
Well of Shiuan (1978)
(➶ 3732)

Die Feuer von Azeroth
Fires of Azeroth (1979)
(➶ 3921)

4205 Brian W. Aldiss
Dr. Moreaus neue Insel (1981/1985)
Moreau's Other Island (1980)
Ü: Heinz Nagel

4206 Ian Watson
Todesjäger (1985)
Deathhunter (1981)
Ü: Walter Brumm

4207 Gennadi Gor
Die Statue (1978/1985)
Iswajanie (1972)
Ü: Klaus-Dieter Goll

4208 Ronald M. Hahn (Hrsg.)
The Magazine of Fantasy and Science Fiction, 72. Folge
Der Drachenheld (A) (1985)

Frederik Pohl
Die Kuppel
The Blister (1984)
Ü: Jürgen Bürger

Ian Watson
Der Kopf des Wurms
The Worm's Head (1984)
Ü: Jürgen Langowski

Mary C. Pangborn
Ich heiße Samantha
My Name Is Samantha (1984)
Ü: Jürgen Bürger

Kim Stanley Robinson
Die Gratwanderung
Ridge Running (1984)
Ü: Jürgen Bürger

P. E. Cunningham
Der Drachenheld
To Slay the Dragon (1983)
Ü: Heinz Wilhelm Fabry

Michael Bishop
With A Little Help from Her Friends
With a Little Help From Her Friends (1984)
Ü: Michael K. Iwoleit

4209 M. S. Murdock
Das Netz der Romulaner (1985)
The Web of the Romulans (1983)
Ü: Hans Maeter

4210 Tanith Lee
Herr der Illusionen (1985)
Delusion's Master (1981)
Ü: Jürgen Langowski

4211 Ursula K. Le Guin
Geschichten aus Orsinien (C) (1985)
Orsinian Tales (1976)
Ü: Biggy Winter

Springbrunnen
The Fountains

Das Hünengrab
The Barrow

Der Wald von Ile
Ile Forest
Gespräche in der Nacht
Conversations at Night
Die Straße nach Osten
The Road East
Brüder und Schwestern
Brother & Sister
Eine Woche auf dem Land
A Week in the Country
Das Haus
The House
An die Musik
An die Musik
Die Herrin von Moge
Lady of Moge
Die Länder unserer Phantasie
Imaginary Countries

4212 Bob Stickgold
Das Kalifornien-Projekt (1985)
The California Coven Project (1981)
Ü: Nora Jensen

4213 Phillip Mann
Das Auge der Königin (1985)
The Eye of the Queen (1982)
Ü: Hans Maeter

4214 Michael Coney
Die Galaktische Dampflokomotive (1985)
The Celestial Steam Locomotive – Volume I of The Song of Earth (1983)
Ü: Marcel Bieger

4215 Isaac Asimov (Hrsg.)
Zukünfte – nah und fern (1985)
Asimov's Near Futures and Far (1981)
Ü: Edda Petri
Jack Williamson
Jenseits-Station
Farside Station (1978)
Francis E. Izzo
Panzer
Tank (1979)
Paul David Novitski & Tony Sarowitz
Illusionen
Illusions (1979)
Milton A. Rothman
Widersprüche bei Überschreitung der Lichtgeschwindigkeit
On Faster-Than-Light Paradoxes (1980)
Rory Harper
Psycho-Stars
Psycho Stars (1980)
Juleen Brantingham
Wo bist du, Stephanie Tobin?
Where Are You, Stephanie Tobin? (1979)
John Brunner
Der Selbstmord des Menschen
The Suicide of Man (1978)
Somtow Sucharitkul
Tollwut in Mallwelt
Rabid in Mallworld (1980)
Carter Scholz
Reisen
Travels (1980)
Sharon Webb
Laß die Sau raus!
Switch on the Bull Run (1979)
Ted Reynolds
Tausendjahrfeier
Millennial (1979)
Richard Wilson
Der Ferne König (1979)
The Far King (1978)

4216 Dieter König
Betondschungel (1985)

4217 Roger Zelazny
Katzenauge (1985)
Eye of Cat (1982)
Ü: Irene Holicki

4218 Daniel Keyes
Die Leben des Billy Milligan (1985)
The Minds of Billy Milligan (1981/1982)
Ü: Roland Fleissner

4219 Alan Dean Foster
Flinx (1985)
For Love of Mother-Not (1983)
Ü: Heinz Nagel

4220 Alan Dean Foster
Homanx Eins (C) (1979/1980/1985)
Ü: Heinz Nagel
Sonderausgabe

Das Tar – Aiym Krang
The Tar – Aiym Krang (1972)
(➶ 3640)

Der Waisenstern
Orphan Star (1977)
(➶ 3723)

Der Kollapsar
The End of the Matter (1977)
(➶ 3736)

4221 Rudy Rucker
Weißes Licht (1981/1985)
White Light (1980)
Ü: Udo Breger

4222 Friedel Wahren (Hrsg.)
Isaac Asimov's Science Fiction Magazin, 25. Folge (A) (1985)

James Gunn
Der Nordwind
The North Wind (1981)
Ü: Susi-Maria Roediger

Jack McDevitt
Geheim
Cryptic (1983)
Ü: Peter Pape

Mildred Downey Broxon
Die Nacht der Fünften Sonne
Night of the Fifth Sun (1982)
Ü: Peter Pape

Frederik Pohl
Am Pool herumsitzen und Strahlen tanken
Sitting around the Pool, Soaking up the Rays (1984)
Ü: Peter Pape

John Varley
Eingang drücken
Press Enter (1984)
Ü: Inge Holm

Cherie Wilkerson
Rufe Kanal 4 (Cathy)
$ Call Link 4 (Cathy) (1983
Ü: Peter Pape

Richard Kearns
Die Macht der Presse
The Power of the Press (1983)
Ü: Jürgen Langowski

Ian Watson
Künstlerische Begegnung
The Artistic Touch (1981)
Ü: Susi-Maria Roediger

Jack Dann
Schlechte Medizin
Bad Medicine (1984)
Ü: Jürgen Langowski

Mijndert Bertram
Denken Sie positiv! (1985)

4223 Dominique Douay
Traumsegler (1985)
La vie comme une course de chars à voile (1978)
Ü: Sylvia Brecht-Pukallus

4224 John Norman
Die Blutsbrüder von Gor (1985)
Blood Brothers of Gor (1982)
Ü: Thomas Schlück

4225 Stephen R. Donaldson
Tochter der Könige (C) (1985)
Daughter of Regals & Other Tales (1984)

Tochter der Könige
Daughter of Regals (1984)
Ü: Horst Pukallus

Gülden-Feuer
Gilden-Fire (1981)
Ü: Horst Pukallus

Es war einmal ein Tier (1981)
Mythological Beast (1978)
Ü: Irmtraud Kremp

Die Dame in Weiß (1980)
The Lady in White (1978)
Ü: Johannes Jaspert

Der Tierfreund
Animal Lover (1978)
Ü: Horst Pukallus

Des Engels unwürdig
Unworthy of the Angel (1983)
Ü: Horst Pukallus

Der sieghafte Wurm
The Conqueror Worm (1983)
Ü: Horst Pukallus

Ser Visals Erzählung
Ser Visal's Tale (1984)
Ü: Horst Pukallus

4226 John Brunner
Die Gußform der Zeit (1985)
The Crucible of Time (1982/1983)
Ü: Walter Brumm

4227 John Brunner
Träumende Erde (1983/1985)
The Dreaming Earth (1963)
Ü: Hans Maeter

4228 Gerben Hellinga jr.
Coriolis (1986)
Coriolis (1985)
Ü: Hildegard Höhr

4229 Christof Schade
Der genetische Krieg (1985)

4230 Joan D. Vinge
Psion (1985)
Psion (1982)
Ü: Joachim Körber

4231 C. J. Cherryh
Stein der Träume (1985)
The Dreamstone (1983)
Ü: Thomas Schichtel

4232 Robert Jordan
Conan der Siegreiche (1985)
Conan the Triumphant (1983)
Ü: Lore Strassl

4233 E. E. Smith
Wächter des Mahlstroms (1977) (1985)
The Vortex Blaster (1960)
(auch: *Master of the Vortex*)
Ü: Thomas Schlück
(➶ 3717/NA unter neuer Nummer)

4234 Frank Herbert
Die Ordensburg des Wüstenplaneten (1985)
Chapterhouse Dune (1985)
Ü: Ronald M. Hahn

4235 Wolfgang Jeschke (Hrsg.)
Das Auge des Phönix (A) (1985)

Wolfgang Jeschke
Vorbemerkungen (1985)

Karl Michael Armer
Es ist kein Erdbeben, Ihnen zittern nur die Knie (1981)

Reinmar Cunis
Livesendung (1978)

Joern J. Bambeck
Der Clown (1985)

Dieter Hasselblatt
Die blaue Lust-Gonchris (1981)

Thomas R. P. Mielke
Grand Orientale 3301 (1980)
Wolfgang Jeschke
Der König und der Puppenmacher (1970)
Georg Zauner
Die Enkel der Raketenbauer
Die bajuvischen Dokumente (1980)
Ronald M. Hahn & Hans Joachim Alpers
Traumjäger (1985)
Herbert W. Franke
Garten Eden (1984)
Horst Pukallus
Die Wellenlänge der Wirklichkeit (1979)
Carl Amery
Statt eines Nachworts oder Ein Gegenbeispiel (1985)

4236 Gregory Benford & David Brin
Im Herzen des Kometen (1986)
In the Heart of the Comet (1985)
Ü: Walter Brumm

4237 Gregory Benford
Durchs Meer der Sonnen (1985)
Across the Sea of Suns (1984)
Ü: Gottfried Feidel

4238 John Brunner
Zeiten ohne Zahl (C) (1985)
Times without Number (1974/1981)
Ü: Biggy Winter
Teil Eins
Siegesblüte von gestern
Spoil of Yesterday (1962)
Teil Zwei
Wie es nicht geschrieben stand ...
The Word Not Written (1962)
Teil Drei
Da die Zeit erfüllet ward
The Fullness of Time (1962)

4239 John Brunner
Fremde Konstellationen (C) (1985)
Foreign Constellations (1980)
Die Berendt-Umwandlung (1982)
The Berendt Conversion (1975)
Ü: Peter Pape
Der Erlöser
The Easy Way Out (1975)
Ü: Yoma Cap
Außer Denkweite
Out of Mindshot (1970)
Ü: Yoma Cap
Wasser aus dem Teich
Pond Water (1968)
Ü: Yoma Cap
Die Geheimprotokolle der Räte von Britannien
The Protocols of the Elders of Britain (1974)
Ü: Yoma Cap
Der Selbstmord der Menschheit
The Suicide of Man (1978)
Ü: Yoma Cap
Der Geschmack eines Gerichts und das Aroma des Tages
The Taste of the Dish and the Savour of the Day (1977)
Ü: Yoma Cap
Wofür Freunde da sind
What Friends Are for (1974)
Ü: Yoma Cap

4240 David C. Smith & Richard L. Tierney
Der Ring von Ikribu (1985)
The Ring of Ikribu (1981)
Ü: Lore Strassl

4241 David C. Smith & Richard L. Tierney
Nacht der Dämonen (1985)
Demon Night (1982)
Ü: Lore Strassl

4242 David C. Smith & Richard L. Tierney
Die Hölle lacht (1985)
When Hell Laughs (1982)
Ü: Lore Strassl

4243 David C. Smith & Richard L. Tierney
Endithors Tochter (1986)
Endithor's Daughter (1992)
Ü: Lore Strassl

4244 David C. Smith & Richard L. Tierney
Der Prinz der Hölle (1986)
Against the Prince of Hell (1983)
Ü: Lore Strassl

4245 David C. Smith & Richard L. Tierney
Der Stern des Untergangs (1986)
Star of Doom (1983)
Ü: Lore Strassl

4246 John Norman
Kajira von Gor (1985)
Kajira of Gor (1983)
Ü: Thomas Schlück

4247 Roger Zelazny
Wechselhaftes Land (1985)
The Changing Land (1981)
Ü: Hans Maeter

4248 Detlev P. Adler
Bis ans Ende aller Hoffnung (1985)

4249 Friedel Wahren (Hrsg.)
Isaac Asimov's Science Fiction Magazin,
26. Folge (A) (1985)

Lucius Shepard
Der Wanderer
The Wanderer (1984)
Ü: Jürgen Langowski

Gene Wolfe
Grund zum Jubel
Cherry Jubilee (1982)
Ü: H. Rüdiger Hipp

Nancy Kress
Wer suchet, der findet
Trinity (1984)
Ü: Jürgen Langowski

Michael Bishop
Das Evangelium nach Gamaliel Crucis
(oder Das Vermächtnis des Astrogators)
The Gospel According to Gamaliel Crucis (or, The Astrogator's Testimony) (1983)
Ü: Ingrid Herrmann

Hans Bach
Wandelsterne (1985)

4250 L. Neil Smith
Der Durchbruch (1985)
The Probability Broach (1980)
Ü: Irene Holicki

4251 L. Neil Smith
Der Venus-Gürtel (1985)
The Venus Belt (1980)
Ü: Irene Holicki

4252 L. Neil Smith
Ihrer Majestäten Kübeliere (1986)
Their Majesties' Bucketeers (1981)
Ü: Irene Holicki

4253 L. Neil Smith
Der Nagasaki-Vektor (1986)
The Nagasaki Vector (1983)
Ü: Irene Holicki

4254 Terry Carr & Martin Harry Greenberg (Hrsg.)
Traumreich der Magie – Höhepunkte der modernen Fantasy (A) (1985)
A Treasury of Modern Fantasy (1981)

H. P. Lovecraft
Die Ratten in den Mauern
The Rats in the Walls (1924)
Ü: Ingrid Neumann

A. Merritt
Mord im Geisterwald
The Woman of the Wood (1926)
Ü: Walter Brumm

H. L. Gold
Der Ärger mit dem Wasser
Trouble with Water (1939)
Ü: Klaus Mahn

C. M. Kornbluth
Dreizehn Uhr
Thirteen O'Clock (1941)
Ü: Birgit Reß-Bohusch

C. A. Smith
Der weiße Wurm
The Coming of the White Worm (1941)
Ü: Birgit Reß-Bohusch

Theodore Sturgeon
Gestern war Montag
Yesterday Was Monday (1941)
Ü: Lore Strassl & Susi Matthaey

Anthony Boucher
Sie beißen
They Bite (1943/1945)
Ü: Birgit Reß-Bohusch

Henry Kuttner
Vielleicht ein Dämon
Call Him Demon (1945)
Ü: Birgit Reß-Bohusch

C. L. Moore
Der Dämon (1979/1982)
Daemon (1946)
Ü: Irene Holicki

Ray Bradbury
Das schwarze Riesenrad
The Black Ferris (1948)
Ü: Birgit Reß-Bohusch

Eric Frank Russell
Nicht erwünscht
Displaced Person (1948)
Ü: Birgit Reß-Bohusch

Robert A. Heinlein
Unsere schöne Stadt (1971)
Our Fair City (1949)
Ü: Wulf H. Bergner

Fredric Brown
Komm und werd verrückt
Come and Go Mad (1949)
Ü: Leni Sobez

James Blish
Wenn die Wolfsblume blüht
There Shall Be No Darkness (1950)
Ü: Evelyn Linke

Jack Vance
Dunkles Wirken
The Loom of Darkness (1950)
Ü: Birgit Reß-Bohusch

Donald A. Wollheim
Das Ding
The Rag Thing (1951)
Ü: Tony Westermayr

Philip José Farmer
Weitersegeln! Weitersegeln!
Sail On! Sail On! (1952)
Ü: Ronald M. Hahn

Shirley Jackson
Ein gewöhnlicher Tag – mit Erdnüssen (1981)
One Ordinary Day, with Peanuts (1955)
Ü: Reinhard Heinz

Robert Bloch
Der Zug zur Hölle (1982)
That Hell-Bound Train (1958)
Ü: Irene Holicki

Manly Wade Wellman
Neun Ellen feinstes Tuch
Nine Yards of Other Cloth (1958)
Ü: Birgit Reß-Bohusch

Avram Davidson
Die Montavarde-Kamera
The Montavarde Camera (1959)
Ü: Birgit Reß-Bohusch

John Collier
Mann über Bord
Man Overboard (1960)
Ü: Birgit Reß-Bohusch

Joanna Russ
Liebste Emily
My Dear Emily (1962)
Ü: Birgit Reß-Bohusch

Thomas M. Disch
Abstieg (1974/1981)
Descending (1964)
Ü: Walter Brumm

Fritz Leiber
Vier Geister in Hamlet
Four Ghosts in Hamlet (1965)
Ü: Birgit Reß-Bohusch

Roger Zelazny
Göttlicher Wahnsinn
Divine Madness (1966)
Ü: Eva Malsch

R. A. Lafferty
Das enge Tal
Narrow Valley (1966)
Ü: Karl H. Kosmehl

Keith Roberts
Timothy
Timothy (1966)
Ü: Birgit Reß-Bohusch

Edgar Pangborn
Langzahn
Longtooth (1970)
Ü: Jürgen Saupe

Zenna Henderson
Sichtverschiebung
Through a Glass – Darkly (1970)
Ü: Hans Maeter

Richard Cowper
Morgendämmerung
Piper at the Gates of Dawn (1976)
Ü: Tony Westermayr

Harlan Ellison
Jeffty ist fünf (1980/1981)
Jeffty Is Five (1977)
Ü: Bernd W. Holzrichter

Michael Bishop
Ein Modeartikel
Within the Walls of Tyre (1978)
Ü: Hans Maeter

4255 Wolfgang Jeschke (Hrsg.)
Entropie (A) (1986)

Eric Vinicoff & Marcia Martin
Der Wäger
The Weigher (1984)
Ü: Peter Pape

Branko Pihač
Der springende Punkt
Točka divergenije (1986)
Ü: Kornelia Mikula

Karl Michael Armer
Umkreisungen (1986)

Ljuben Dilov
Die schöne Helena
Hubawata Elena (1977)
Ü: Egon Hartmann

Hanspeter Weigl
Die Expedition (1986)

Lucius Shepard
Das Ende der Welt, wie wir sie kennen
The End of Life as We Know It (1985)
Ü: Ingrid Herrmann

Gero Reimann
Besuch aus Mexiko (1986)

Dieter Beckmann
Epos 3000 (1986)

Thomas Pynchon
Entropie
Entropy (1960)
Ü: Kollektiv
Leitung: Thomas Piltz

Giuseppe Pederiali
Das Leben mit dem JBS
Vita con JBS (1978)
Ü: Hilde Linnert

Ernst Petz
Pharma (1986)

Joern J. Bambeck
Requiem (1985)

Hartwig Kittler
Zehn Gedichte (1986)

A. B. Derman
Der Halleysche Komet
Kometa Halley (1910/1984)
Ü: Winfried Petri

Herbert W. Franke
Die Pyramide (1986)

Konrad Fiałkowski
An der Grenze zweier Zeiten
Ten ktory trwa nad granica dwu czasow (1969)
Ü: Johannes Jankowiak

Oliver Behnssen
Drei Gedichte (1986)

Grant Carrington
Für die Zukunft, stets der Ihrige
Yours for the Future (1977)
Ü: Ronald M. Hahn

Malte Heim
Der Mensch im Zeitalter seiner technischen Reproduzierbarkeit (1986)

4256 Philip José Farmer
Die Götter der Flußwelt (1986)
Gods of Riverworld (1983)
Ü: Uwe Anton & Ronald M. Hahn

4257 Michael Coney
Neptuns Hexenkessel (1986)
Neptune's Cauldron (1981)
Ü: Andreas Brandhorst

4258 Michael Coney
Der Monitor im Orbit (1986)
Monitor Found in Orbit (1974)
Ü: Hans Maeter

4259 Gheorghe Săsărman
Die Enklaven der Zeit (1986)
2000 (1982)
Ü: Hilde Linnert

4260 Wolfgang Jeschke (Hrsg.)
Das Science Fiction Jahr # 1
Ausgabe 1986 (A) (1986)

Wolfgang Jeschke
Editorial

Kate Wilhelm
Die verschwommenen Grenzen der Realität
The Uncertain Edge of Reality (1980)
Ü: Biggy Winter

René Mahlow
Ein Gespräch mit Kate Wilhelm (1985)

Hermann Urbanek
Die amerikanische SF-Szene 1984/85 (1985)

Horst Illmer
Sekundärliteratur = Zweitrangige Literatur? (1985)

Amit & Maggie Goswami
Die kosmischen Traumtänzer oder Wie steht es mit der Science in Science Fiction?
The Cosmic Dancers. Exploring the Physics of Science Fiction (1983)
Ü: Winfried Petri

Hermann Urbanek
Die britische SF-Szene 1984/85 (1985)

René Mahlow
Ein Gespräch mit Larry Niven (1985)

Karl Michael Armer
Think small – Ein Plädoyer für die SF-Story (1985)

Michael K. Iwoleit & Walter Jost
Die deutsche Science Fiction und ihre Autoren

Michael K. Iwoleit
Die deutsche Science Fiction '84/85 (1985)

Uwe Anton
Nachrichten von Büchem und Menschen (1985)

Kurd Laßwitz-Preis 1985

Hugo Gernsback Awards 1985

Wolfgang Jeschke
»Der stählerne Traum« von Norman Spinrad noch immer auf dem Index

Achim Barsch
Science Fiction und juristische Fiktionen (1985)

C. J. Henderson
Ein Gespräch mit Norman Spinrad (1982/1985)
Ü: Uwe Luserke

Franz Rottensteiner
Weltraumstationen, verrückte Wissenschaftler und dämonische Gehirne: die SF Curt Siodmaks (1985)

Jeffrey M. Elliot
Größe ist mein Ziel – Ein Interview mit John Norman (1981)
Ü: Thomas Schlück

Wolfgang Marx
Zenon, Borges und ich (1985)

Thomas Tilsner u. a.
Science Fiction-Hörspiele 1984/85 (1985)

Peter Gaschler
Science Fiction & Fantasy im Kino 84/85 (1985)

André Maurois
Wenn Ludwig XVI. eine Spur von Festigkeit gezeigt hätte
If Louis XVI Had Had an Atom of Firmness (1972)
Ü: Walter Brumm

Werner Bauer
Phantastische Literatur im Heyne-Taschenbuch 1985

Buchrezensionen

4261 Roderick MacLeish
Prinz Ombra (1986)
Prince Ombra (1982)
Ü: Reinhard Heinz

4262 Wolfgang Jeschke (Hrsg.)
Heyne Science Fiction Jahresband 1986 (A) (1986)

Alan Dean Foster
Das Geschenk eines Taugenichts (1979)
Gift of a Useless Man (1979)
Ü: Birgit Reß-Bohusch

Walter M. Miller jr.
Bedingt menschlich
Conditionally Human (1952)
Ü: Ingrid Herrmann

René Sussan
Ein Sohn des Prometheus
Un fils de Prométhée (1984)
Ü: Georges Hausemer

Fritz Leiber
Harte Zeiten in Lankhmar (1976)
Lean Times in Lankhmar (1968)
Ü: Thomas Schlück

Philip José Farmer
Die kreuzweise herausgeschnippelte Ausschließlich-am-Dienstag-Welt
The Sliced-Crosswise Only-on-Tuesday-World (1971)
Ü: Heinz Nagel

Ralph Blum
Der Simultanmensch (1975)
The Simultaneous Man (1970)
Ü: Gertrud Baruch

Ray Bradbury
Die Landstraße (1965)
The Highway (1950)
Ü: Peter Naujack

Shinichi Hoshi
»Hallo, komm raus!« (1982)
»Oi, dete kôi« (1971)
Ü: Michael Morgental und Keiko Miriam Inaba

Thomas M. Disch
Tapferer kleiner Toaster (1982)
Brave Little Toaster (1980)
Ü: Biggy Winter

Harlan Ellison
Die Puppe Maggie Moneyeyes (1972)
Pretty Maggie Moneyeyes (1967)
Ü: Alfred Scholz

4263 C. J. Cherryh
40 000 in Gehenna (1986)
Forty Thousand in Gehenna (1983)
Ü: Thomas Schichtel

4264 C. J. Cherryh
Das Unternehmen der Chanur (1986)
Chanur's Venture (1984)
Ü: Thomas Schichtel

4265 Ronald M. Hahn (Hrsg.)
The Magazine of Fantasy and Science Fiction, 73. Folge
Der Zeitseher (A) (1986)

Marion Zimmer Bradley
Der anderen Magie
Somebody Else's Magic (1984)
Ü: Karl-Ulrich Burgdorf

George Alec Effinger
Die Außerirdischen, die einfach alles wußten
The Aliens, Who Knew, I Mean, Everything (1984)
Ü: Karl-Ulrich Burgdorf

L. S. Blanchard
Spiegel der Seele
Mirror of the Soul (1983)
Ü: Jürgen Langowski

Gregg Keizer
Im Gegensatz zu Cortez
Unlike Cortez (1984)
Ü: Jürgen Bürger

P. E. Cunningham
Der Zeitseher
The Time-Seer (1984)
Ü: Andreas Decker

Chet Williamson
Wird der echte Sam Starburst ...?
Will the Real Sam Starburst ... (1984)
Ü: Michael K. Iwoleit

Edward Bryant
Der Mann der Zukunft
The Man of the Future (1984)
Ü: Karl-Ulrich Burgdorf

4266 Norbert Stöbe
Spielzeit (1986)

4267 Lino Aldani
Die vierte Dimension (C) (1986)
Quarta Dimensione (1964)
Ü: Hilde Linnert

Tod eines Geheimagenten
Morte d'un agente segreto

Das Bergwerk
La miniera

Canis sapiens
Canis sapiens

Vollkommene Technokratie
Tecnocrazia integrale

Der Krake
Il kraken

Über Befehle wird nicht diskutiert
Gli ordini non si discutono

Eine echte Rothaarige
Una rossa autentica

Die Neugierigen
I curiosi

Die letzte Wahrheit
L'ultima verità

Der Mond mit den zwanzig Armen
La luna delle venti braccia

Korok
Korok

Gute Nacht, Sofia
Buonanotte, Sofia

4268 Mary Gentle
Goldenes Hexenvolk (1986)
Golden Witchbreed (1983)
Ü: Malte Heim

4269 Pierre Giuliani
Die Grenzen von Ulan Bator (1986)
Les frontières d'Oulan-Bator (1979)
Ü: Georges Hausemer

4270 Sonni Cooper
Schwarzes Feuer (1986)
Black Fire (1982)
Ü: Hans Maeter

4271* Hal Clement
Schwere Welten (C) (1982/1993)
(➶ 3/NA unter neuer Nummer)

Unternehmen Schwerkraft (1968)
Mission of Gravity (1953)
Ü: Peter Pape
(➶ 3121)

Stützpunkt auf Dhrawn (1975)
Starlight (1971)
Ü: Horst Pukallus
(➶ 3469)

*** Unter dieser Nummer war ursprünglich geplant: John Norman, Die Spieler von Gor. Der Band ist 1995 unter der Nummer 06/5125 erschienen.**

4272 Gianni Montanari
Daimon (1986)
Daimon (1978)
Ü: Hilde Linnert

4273 Friedrich Scholz
Nach dem Ende (1986)

4274 Isaac Asimov & Alice Laurance (Hrsg.)
Isaac Asimov präsentiert: Spekulationen (A) (1986)
Speculations (1982)
Ü: Jürgen Langowski

Isaac Asimov
Vorwort: Der Horizont der Science Fiction

Roger Robert Lovin
Der große Käfig
Nor Iron Bars of Cage

Alan Dean Foster
Das Ungeheuer
Surfeit

Isaac Asimov
Die Zeiten ändern sich
The Winds of Change

Joe L. Hensley
Die Harfner
Harpist

R. A. Lafferty
Der große Tom Fool oder Das Geheimnis der Schatzkissen im Zollhaus von Calais
Great Tom Fool or The Conundrum of the Calais Customhouse Coffers

Mack Reynolds
Die Handschrift des Dichters
The Hand of the Bard

Robert Silverberg
Der Mann, der in der Zeit trieb
The Man Who Floated in Time

Rachel Cosgrove Payes
Flieh auf den Berg
Flee to the Mountains

Gene Wolfe
Der letzte Tag
Last Day

Phyllis Gotlieb
Der neue Beruf
The Newest Profession

Jack Williamson
Eine Chance für die Dinosaurier
A Break for the Dinosaurs

Jacqueline Lichtenberg
Zwischenfall am Holiday Rock
Event at Holiday Rock

William K. Carlson & Alice Laurance
Ein Hauch von Wahrheit
A Touch of Truth

Bill Pronzini & Barry Malzberg
Darf ich es wagen, diesen Pfirsich zu verzehrn?
»Do I Dare to Eat a Peach?«

Zenna Henderson
Die Garderobe
... Old... as a Garment

Scott Baker
Flachkalmar
Flatsquid Thrills

Joanna Russ
Das Geheimnis des jungen Herrn
The Mystery of the Young Gentleman

4275 Roger Zelazny
Die Prinzen von Amber (C)
(1977/1977/1977/1978/1981) (1986)
Ü: Thomas Schlück
Sonderausgabe

Corwin von Amber
Nine Princes in Amber (1970)
(➶ 3539)

Die Gewehre von Avalon
The Guns of Avalon (1972)
(➶ 3551)

Im Zeichen des Einhorns
Sign of the Unicorn (1975)
(➶ 3571)

Die Hand Oberons
The Hand of Oberon (1976)
(➶ 3594)

Die Burgen des Chaos
The Courts of Chaos (1978)
(➶ 3840)

4276 Alan Dean Foster
Bannsänger (1986)
Spellsinger (1983)
Ü: Leo P. Kreysfeld

4277 Alan Dean Foster
Die Stunde des Tors (1986)
The Hour of the Gate (1984)
Ü: Leo P. Kreysfeld

4278 Alan Dean Foster
Der Tag der Dissonanz (1986)
The Day of Dissonance (1984)
Ü: Leo P. Kreysfeld & Ralph Tegtmeier

4279 Alan Dean Foster
Der Augenblick des Magiers (1986)
The Moment of the Magician (1984)
Ü: Ralph Tegtmeier

4280 Frank Herbert
Der Wüstenplanet-Zyklus (1986)
Kassette mit 6 Bänden
Sonderausgabe

4281 L. Neil Smith
Tom Paine Maru (1986)
Tom Paine Maru (1984)
Ü: Irene Holicki

4282 L. Neil Smith
Die Gallatin-Abweichung (1986)
The Gallatin Divergence (1985)
Ü: Irene Holicki

4283 Edgar Pangborn
Tiger Boy (C) (1986)
Still I Persist in Wondering (1978)
Ü: René Mahlow

Vorbemerkungen des Autors
Author's Note (1975)

Der Kinderkreuzzug
The Children's Crusade (1974)

Harfner Conan und Sänger David
Harper Conan and Singer David (1975)
Die Legende von Hombas
The Legend of Hombas (1974)
Tiger Boy
Tiger Boy (1972)
Der Hexer von Nupal
The Witches of Nupal (1974)
Mein Bruder Leopold
My Brother Leopold (1973)
Der Nachtwind
The Night Wind (1974)

4284 Peter Schmidt
Das Prinzip von Hell und Dunkel (1986)

4285 Robert E. Vardeman
Meuterei auf der Enterprise (1986)
Mutiny on the Enterprise (1983)
Ü: Hans Maeter

4286 Marge Piercy
Die Frau am Abgrund der Zeit (1986)
Woman on the Edge of Time (1976)
Ü: Norbert Werner & Hertha Zidek

4287 Fritz Leiber
Schwerter im Nebel (C) (1986)
Der Zyklus von Fafhrd und dem Grauen Mausling, Bd. 1
Ü: Thomas Schlück

Erstes Buch:
Schwerter und Teufelei (1972)
Swords and Devilry (1970)
(➶ 3307)
Die Schneefrauen
The Snow Women
Der unheilige Gral
The Unholy Grail
Das Haus der Diebe (1972)
Ill Met in Lankhmar (1970)
Ü: Wulf H. Bergner
(➶ 3305)

Zweites Buch:
Schwerter gegen den Tod (1972)
Swords against Death (1970)
(➶ 3315)
Der Fluch
The Circle Curse
Der Schatz im Walde
The Jewels in the Forest
Die Stätte der Schädel
Thieves' House
Die öde Küste
The Bleak Shore
Der heulende Turm
The Howling Tower
Das versunkene Land (1973)
The Sunken Land (1968)
(➶ 3323)
Sieben schwarze Priester (1973)
The Seven Black Priests (1968)
(➶ 3323)
Klauen der Nacht (1973)
Claws from the Night (1968)
(➶ 3323)
Alles hat seinen Preis
The Price of Pain-Ease (1968)
Bazar des falschen Zaubers (1973)
Bazar of the Bizarre (1968)
(➶ 3323)

Drittes Buch:
Schwerter im Nebel (1973)
Swords in the Mist (1968)
Im Tempel des Hasses
The Cloud of Hate
(➶ 3323)

Harte Zeiten in Lankhmar
(1976)
Lean Times in Lankhmar
(➶ 3501)

Ihre Herrin, das Meer (1976)
Their Mistress the Sea
(➶ 3501)

Der Schneekönig
When the Sea King's Away

Tor zu einer anderen Welt
(1976)
The Wrong Branch
(➶ 3501)

Das Spiel des Adepten (1976)
Adept's Gambit 1–9
(➶ 3501)

4288 Fritz Leiber
Schwerter von Lankhmar (C) (1986)
Der Zyklus von Fafhrd und dem Grauen
Mausling, Bd. 2
Ü: Thomas Schlück

Erstes Buch:
Schwerter gegen Zauberei (1973)
Swords against Wizardry
(1968/1970)
(➶ 3331)

Im Zelt der Hexe
In the Witch's Tent
Ü: Lore Strassl

Sternhöh
Stardock
Ü: Lore Strassl

Die besten Diebe von Lankhmar
The Two Best Thieves in Lankhmar

Die Herren von Quarmall
The Lords of Quarmall

Zweites Buch:
Die Schwerter von Lankhmar (1973)
The Swords of Lankhmar (1968)
(➶ 3339)

Drittes Buch:
Schwerter und Eiszauber
(1981)
Swords and Ice Magic (1977)
(➶ 3819)

Die Trauer des Todbringers
The Sadness of the Executioner

Schönheit und Ungeheuer
Beauty and the Beast

Gefangene im Schattenland
Trapped in Shadowland

Der Köder
The Bait

In der Gewalt der Götter
Under the Thumbs of the Gods

Gefangene im Meer der Sterne
Trapped in the Sea of Stars

Die Frost-Monstreme
The Frost Monstreme

Reifinsel
Rime Isle

4289 Anne McCaffrey
Wilde Talente (1986)
To Ride Pegasus (1973)
Ü: Joachim Pente

4290 Curt Siodmak
Ich, Gabriel (1986)
I, Gabriel (1986)
Ü: Walter Brumm

4291 Christopher Hodder-Williams
Das Paradies der Feiglinge (1986)
Coward's Paradise (1974)
Ü: Andreas Brandhorst

4292 James Gunn
Die Träumer (1986)
The Dreamers (1980)
Ü: Walter Brumm

4293 Benoît Becker
Tu alle Hoffnung ab (1986)
Laisse toute espérance (1955)
Ü: Georges Hausemer

4294 Friedel Wahren (Hrsg.)
Isaac Asimov's Science Fiction Magazin, 27. Folge (A) (1986)

James Patrick Kelly
Die heilige Theresa der Aliens
Saint Theresa of the Aliens (1984)
Ü: Jürgen Langowski

Octavia E. Butler
Blutsbande
Bloodchild (1984)
Ü: Jürgen Langowski

Michael Swanwick
Genosse Tod
Marrow Death (1984)
Ü: Werner Richter

Scott Baker
Stilleben mit Skorpion
Still Life with Scorpion (1984)
Ü: Inge Holm

Tanith Lee
Blume des Feuers
Fleur de feu (1984)
Ü: Peter Pape

Leigh Kennedy
Ihr hübsches Fellgesicht
Her Furry Face (1983)
Ü: Biggy Winter

Brigitte Pixner
Posthuman

4295 Tanith Lee
Anackire (1986)
Anackire (1983)
Ü: Malte Heim

4296 Alan Burt Akers
Goldenes Scorpio (1986)
Golden Scorpio (1978)
Ü: Thomas Schlück

4297 Alan Burt Akers
Ein Leben für Kregen (1986)
A Life for Kregen (1979)
Ü: Thomas Schlück

4298 Alan Burt Akers
Ein Schwert für Kregen (1986)
A Sword for Kregen (1979)
Ü: Thomas Schlück

4299 Uschi Zietsch
Sternwolke und Eiszauber (1986)

4300 Julian May
Das vielfarbene Land (1986)
The Many-Colored Land (1981)
Ü: Rosemarie Hundertmarck

4301 Julian May
Der goldene Ring (1986)
The Golden Torc (1982)
Ü: Rosemarie Hundertmarck

4302 Julian May
Kein König von Geburt (1987)
The Nonborn King (1983)
Ü: Rosemarie Hundertmarck

4303 Julian May
Der Widersacher (1987)
The Adversary (1984)
Ü: Rosemarie Hundertmarck

4304 David Gerrold
Die biologische Invasion (1986)
A Matter for Men (1983)
Ü: Heinz Nagel

4305 David Gerrold
Der Tag der Verdammnis (1986)
A Day for Damnation (1984)
Ü: Heinz Nagel

4306 Alfred Bester
Tiger! Tiger! (1965) (1983/1993)
The Stars My Destination (1956)
Ü: Gisela Stege
(➶ 24/NA unter neuer Nummer, ➶ 3051/NA unter neuer Nummer und neuem Titel)

Ursprünglich war unter dieser Nummer geplant: David Gerrold, »Der Zorn der Rache«.

4307 Walter M. Miller jr.
Bedingt menschlich (C) (1986)
The Best of Walter M. Miller jr. (1980)

Du nichtsnutziges Stinktier
You Triflin' Skunk (1953)
Ü: Ingrid Herrmann

Der letzte Wille
The Will (1953)
Ü: Malte Heim

Gibt es noch jemanden wie mich?
Anybody Else Like Me? (!952)
Ü: Malte Heim

Cruzifixus Etiam
Cruzifixus Etiam (1953)
Ü: Joachim Körber

Ich, der Träumer
I, Dreamer (1953)
Ü: Malte Heim

Die sterbende Stadt
Dumb Waiter (1952)
Ü: Bodo Baumann

Abfallprodukte
Bloodbank (1952)
Ü: Birgit Reß-Bohusch

Big Joe und die n-te Generation
Big Joe and the Nth Generation (1952)
Ü: Malte Heim

Der große Hunger
The Big Hunger (1952)
Ü: Malte Heim

Bedingt menschlich
Conditionally Human (1952)
Ü: Ingrid Herrmann

Der Darfsteller (1982)
The Darfsteller (1955)
Ü: Walter Brumm

Dunkle Segnung
Dark Benediction (1951/1979)
Ü: Leni Sobez

Der Kabelleger
The Lineman (1957)
Ü: Malte Heim

Vergeltung für Nikolai
Vengeance for Nikolai (1956)
Ü: Irene Bonhorst

4308 Alan Dean Foster
Die Reise zur Stadt der Toten (1986)
Voyage to the City of the Dead (1984)
Ü: Heinz Nagel

4309 Kurd Laßwitz
Homchen und andere Erzählungen (C) (1986)

Kurd Laßwitz – Erkenntnis und Ethik dazu Vorwort von Franz Rottensteiner

Homchen (1902)

Bis zum Nullpunkt des Seins (1871)

Gegen das Weltgesetz (1877)

Apoikis (1882)

Prinzessin Jaja (1892)

Aladins Wunderlampe (1888)

Psychotomie (1885)

Mirax (1888)

Auf der Seifenblase (1887)

Die Fernschule (1902)

Der Traumfabrikant (1886)

Der Gehirnspiegel (1900)

Wie der Teufel den Professor holte (1907)

Die Weltprojekte (1908/1985)
Die Universalbibliothek (1904)
Über Zukunftsträume (1899)
Literarische Seifenblasen des deutschen Kaiserreichs – Nachwort von Dietmar Wenzel

4310 Henry Rider Haggard
Kleopatra (1986)
Cleopatra (1889)
Ü: Hans Maeter

4311 Henry Rider Haggard
Der Geist von Bambatse (1986)
The Spirit of Bambatse (1906)
Ü: Hans Maeter

4312 Jerry Yulsman
Elleander Morning oder: Der Krieg, der nicht stattfand (1986)
Elleander Morning (1984)
Ü: Biggy Winter

4313 John Varley
Der Dämon (1986)
Demon (1984)
Ü: Thomas Schichtel

4314 Kingsley Amis
Die Verwandlung (1986)
The Alteration (1976)
Ü: Walter Brumm

4315 Ronald M. Hahn (Hrsg.)
The Magazine of Fantasy and Science Fiction, 74. Folge
Der Schatten des Sternenlichts (A) (1986)

M. Sargent Mackay
Dämonische Liebe
Demon Lover (1984)
Ü: Karl-Ulrich Burgdorf

Gael Baudino
Der Schatten des Sternenlichts
The Shadow of the Starlight (1985)
Ü: Uwe Anton

John Dalmas
Der Bildermann
The Picture Man (1985)
Ü: Uwe Anton

Wayne Wightman
Ganglion
Ganglion (1984)
Ü: Uwe Anton

George Alec Effinger
Der Mann, der die Wahrheit über Todd und Adrianas Baby bestimmte
The Man Who Decided the Truth about Todd and Adriana's Baby (1984)
Ü: Uwe Anton

Brad Strickland
Der Kinder-Greifer
The Taker of Children (1984)
Ü: Uwe Anton

Barbara Owen
Die Türen
The Doors (1984)
Ü: Uwe Anton

Reid Collins
Ein großer gefleckter Vogel
Great Speckle Bird (1984)
Ü: Silvia Frehse

4316 Stephen Robinett
Ein Mann mit Verantwortung (1986)
The Man Responsible (1978)
Ü: Hans Maeter

4317 David Mason
Kavins Welt (1986)
Kavin's World (1969)
Ü: Lore Strassl

4318 David Mason
Kavins Rückkehr (1986)
The Return of Kavin (1982)
Ü: Lore Strassl

4319 Frank T. Zumbach (Hrsg.)
Böse Stimmen (A) (1987)

Vorwort

Anonymus
Die Schwarze Spinne
The Black Spider (o.J.)
Ü: Oliver Stephan

Elliott O'Donnell
Die Würgeeiche
The Strangling Oak of Nannau Woods (1965)
Ü: Oliver Stephan

Vernon Lee
Die böse Stimme
A Wicked Voice (o.J.)
Ü: Oliver Stephan

Lord Dunsany
Blagdaross
Blagdaross (1910)
Ü: Oliver Stephan

Marianne Villa-Gilbert
Der Läufer
The Green Boy (1967)
Ü: Oliver Stephan

E. M. Forster
Einmal Himmel und zurück
The Celestial Omnibus (1947)
Ü: Oliver Stephan

Max Beerbohm
Enoch Soames
Enoch Soames (1920)
Ü: Oliver Stephan

A. E. Coppard
Ene mene Muh, und aus bist du
Adam and Eve and Pinch Ye (1922)
Ü: Oliver Stephan

W. Somerset Maugham
Lord Mountdrago
Lord Mountdrago (o.J.)
Ü: Elfriede Wagner

Conrad Aiken
Mr. Arcularis
Mr. Arcularis (1931)
Ü: Oliver Stephan

Ralph Straus
Eine Geschichte zum Verrücktwerden
The Most Maddening Story in the World (o.J.)
Ü: Oliver Stephan

O. Henry
Wege des Schicksals
Roads of Destiny (o.J.)
Ü: Oliver Stephan

Elizabeth Bowen
Der dämonische Liebhaber
The Demon Lover (1981)
Ü: Annette Charpentier

Charles Beaumont
Der geheimnisvolle Dr. Silk
The Magic Man (1965)
Ü: Oliver Stephan

Ray Bradbury
Das Schachtelmännchen
Jack-in-the-Box (1956)
Ü: Oliver Stephan

Truman Capote
Master Misery
Master Misery (o.J.)
Ü: Liselotte Fassbinder

Patrick Quentin
Porträt eines Mörders
Portrait of a Murderer (1942)
Ü: Oliver Stephan

Leo P. Kelley
Mr. Tod auf Besuch (1966)
O'Grady's Girl (1966)
Ü: Wulf H. Bergner

4320 Frank Herbert & Bill Ransom
Der Lazarus-Effekt (1986)
The Lazarus Effect (1983)
Ü: Thomas Schlück

4321 Spider Robinson
Die Zeitreisenden in Callahans Saloon (C) (1986)
Callahan's Crosstime Saloon/Time Travellers Strictly Cash (1977/1981), Ausw.
Ü: Hilde Linnert

Der SF-Schriftsteller als Empath – Vorwort von Ben Bova

Vorbemerkung des Autors

Der Kerl mit den Augen
The Guy with the Eyes (1977)

Der Zeitreisende
The Time-Traveller (1977)

Das Dilemma des Tausendfüßlers
The Centipede's Dilemma (1977)

Das Gesetz von der Erhaltung des Schmerzes
The Law of Conservation of Pain (1977)

»In Ramah ertönt eine Stimme ...«
»A Voice Is Heard in Ramah ...« (1977)

Unnatürliche Ursachen
Unnatural Causes (1977)

Die wunderbare Verschwörung
The Wonderful Conspiracy (1977)

Rah Rah R.A.H.
Rah Rah R.A.H. (1980)

4322 Spider Robinson
Für Zeitreisende nur gegen bar (C) (1986)
Callahan's Crosstime Saloon/Time Travellers Strictly Cash (1977/1981), Ausw.
Ü: Hilde Linnert

Vorworte
An neue Leser/An Freunde von Callahans Saloon

Vor-Vorahnung
Fivesight (1979)

Seelensuche
Soul Search (1979)

Hundstagsabend
Dog Day Evening (1977)

Zwei Köpfe sind besser als einer
Two Heads Are Better Than One (1977)

Kennen Sie den schon?
Have You Heard the One ...? (1980)

Gerechte Nachspeise
Just Dessert (1977)

Spieglein, nielgeipS an der Wand
Mirror/ rorriM Off the Wall (1977)

Lokalchampion
Local Champ (1979)

Schlangenzähne (1984)
Serpent's Teeth (1981)

Gott ist hart wie Eisen
God Is an Iron (1979)

Das Netz der Vernunft
The Web of Sanity (1981)

4323 Thomas F. Monteleone
Die Tore in der Tiefe (1986)
The Secret Sea (1979)
Ü: Ronald M. Hahn

4324 Russell M. Griffin
Die Blinden und der Elefant (1986)
The Blind Men and the Elephant (1982)
Ü: Irene Holicki

4325 Wolfgang Jeschke (Hrsg.)
Langsame Apokalypse (A) (1986)

Patrick & Rosie Woodroffe
Ben und die Kunst des Kamikaze-Zeitreisens
Ben and the Art of Kamikaze Time Travel (1986)
Ü: Hilde Linnert

Janusz & Sławomir Mil
Die Sanduhr
Klepsydra (1982)
Ü: Ellen-Alexa Schwarz

Dietrich Wachler
Fünf Gedichte (1986)

Kurt Bracharz
Zwei Kinder im Nichts (1986)

Wolfgang Weimer
Vier Shortstories (1986)
Resignierte Bemerkungen zum Unglauben auf einem jüngst entdeckten Planeten
Lehrreiche Eroberung
Wie John-Zacharias seinen Ruf als bester Moderator des interplanetarischen Rundfunks begründete
Der Wahrheit eine Gasse!

Wladimir Scherbakow
Erinnern Sie sich an mich?
POMNITE MINJA?/(ПОМИТЕ МЕНЯ?) (1976)
Ü: Anna Maria Platzgummer-Kienpointner

DYNAMIC HUMANBIOTECH, INC. (Anzeige)
Wir empfehlen Ihnen den Zweitkörper ...

Florian F. Marzin
Nicht alle, die vom Teufel geholt wurden, sind auch in der Hölle angekommen (1986)

Anna Rinonapoli
Langsame Apokalypse
Apocalisse lenta (1985)
Ü: Hilde Linnert

Dieter Beckmann
Zwei Gedichte (1986)

Irmtraud Kremp
Nyyli (1986)

Heinrich Schirmbeck
Hektors Abschied von Andromache (1950/1986)

Saradindu Banerjee
Die weiße Erde
SADA PRTHIBI/ [illegible] (1977)
Ü: Rahul Peter Das

Joachim Grünhagen
Fünf Gedichte (1986)

Paul Campbell
Kleines Mädchen gefunden
Little Girl Found (1986)
Ü: Inge Holm

Karl-Heinz Bölling
Drei Gedichte (1986)

Pat Cadigan
Medusa
Death from Exposure (1978)
Ü: Marcel Bieger

Billie Sander
Zwei Gedichte (1986)

Vittorio Curtoni
Im Bunker
Nel bunker (1984)
Ü: Hilde Linnert

Kundeyt Şurdum
Sieben Gedichte (1986)

Christian Lautenschlag
Die langen Stunden vor der Dunkelheit (1986)

Ralph Tegtmeier
Die Enge des Alls (1986)

Oliver Behnssen
Teilhabe (1986)

Robert Silverberg
Meerfahrt nach Byzanz
Sailing to Byzantium (1985)
Ü: Ingrid Herrmann

4326 Poul Anderson
Das Tor der fliegenden Messer (C) (1985)
Fantasy (1981)

Hausregel
House Rule (1976)
Ü: Yoma Cap

Hauks Saga
The Tale of Hauk (1977)
Ü: Yoma Cap

Von Schweinen und Menschen
Of Pigs and Men (1979)
Ü: Yoma Cap

Eine logische Schlußfolgerung
A Logical Conclusion (1960)
Ü: Yoma Cap

Cappen Varras Heldenmut
The Valor of Cappen Varra (1957)
Ü: Yoma Cap

Das Tor der fliegenden Messer
The Gate of the Flying Knifes (1979)
Ü: Yoma Cap

Der Barbar
The Barbarian (1956)
Ü: Yoma Cap

Pfusch und Schlamperei in der Fantasy
On Thud and Blunder (1978)
Ü: Jürgen Langowski

Der Eindringling
Interloper (1959)
Ü: Jürgen Langowski

Der Pakt
Pact (1951)
Ü: Jürgen Langowski

Aberglaube
Superstition (1952)
Ü: Jürgen Langowski

Fantasy im Zeitalter der Wissenschaft
Fantasy in the Age of Science (1981)
Ü: Jürgen Langowski

Der Besucher (1975)
The Visitor (1974)
Ü: Wulf Bergner

Bullwinchs Mythologie
Bullwinch's Mythology (1967)
Ü: Jürgen Langowski

Sandra Miesel
Eine Einladung ins Reich
der Elfen – Nachwort
An Invitation to Elfland (1981)
Ü: Jürgen Langowski

4327 Carl Amery
Das Königsprojekt (1974) (1984) (1993)
(➶ 35/NA unter neuer Nummer)

4328 Philip K. Dick
Kosmische Puppen und andere Lebensformen
(C) (1986)

Kosmische Puppen
The Cosmic Puppets (1956)
Ü: Rainer Schmidt

Zarathustra und der moralische Imperativ:
Nachwort von Uwe Anton

Die Verteidiger
The Defenders (1953)
Ü: Rainer Schmidt

Gewisse Lebensformen
Some Kinds of Life (1953)
Ü: Uwe Anton

Die Welt der Talente
A World of Talent (1954)
Ü: Uwe Anton

Null-O
Null-O (1958)
Ü: Horst Pukallus

Unfaires Spiel
Fair Game (1959)
Ü: Uwe Anton

Projekt Wasserspinne
Waterspider (1964)
Ü: Horst Pukallus

Heiliger Streit
Holy Quarrel (1966)
Ü: Rainer Schmidt

Eine Kleinigkeit für uns Temponauten
(1979/1985)
A Little Something for Us Temponauts
(1974)
Ü: Sylvia Pukallus

Die Ausgangstür führt hinein
The Exit Door Leads In (1979)
Ü: Michael Kubiak

Tiefgekühlt (1983)
Frozen Journey (1980)
Ü: Walter Brumm

Merkwürdige Erinnerungen an den Tod
Strange Memories of Death
(1984, posth.)
Ü: Silvia Frehse

Androiden und Menschen
The Android and the Human
(1972)
Ü: Uwe Anton & Thomas Ziegler

Wenn Sie glauben, diese Welt sei schlecht, sollten Sie einmal ein paar andere sehen
If You Find This World Bad, You Should See Some of the Others (1977)
Ü: Uwe Anton

Uwe Anton & Werner Fuchs
Interview mit Philip K. Dick (1977)
Ü: Uwe Anton

4329 George Alec Effinger
Die Wölfe der Erinnerung (1986)
The Wolves of Memory (1981)
Ü: Roland Fleissner

4330 Alain Dorémieux
Symbiose Phase Eins (C) (1986)
Couloirs sans issue (1981)
Ü: Georges Hausemer

Vorwort des Übersetzers

Die schwarzen Schiffe des Todes
Les noirs vaissaux de la mort

Symbiose Phase Eins
Symbiose phase une

Der Mann im Meer
L'homme qui a gagné la mer

Die Natur der Katastrophe
La nature de la catastrophe

Perverse Partner AG
Partenaires pervers S.A.

Wie Tropfen für Tropfen abfließendes Wasser
Comme une eau coulant goutte à goutte

Die große schwarze Krabbe
Le grand crabe noir

Das Labyrinth
Le labyrinthe

Auf ewig im Innern des Würfels
Pour toujours à l'interieur du cube

Nachwort

4331 Michael Bishop
Transfigurationen (1986)
Transfigurations (1979)
Ü: Walter Brumm

4332 Isaac Asimov (Hrsg.)
Die Wunder der Welt (A) (1986)
Asimov's Wonders of the World (1982)

James Tiptree jr.
Lirios: Eine Erzählung von Quintana Roo (1982)
A Tale of the Quintana Roo (1981)
Ü: Uta McKechneay

Gregory Benford
Belichtungen (1983)
Exposures (1981)
Ü: Susi-Maria Roediger

Isaac Asimov
Nur Vögel brauchen Flügel
For the Birds (1980)
Ü: Ingrid Herrmann

Gene Wolfe
Die Frau, die das Einhorn liebte (1983)
The Woman the Unicorn Loved (1981)
Ü: Uta McKechneay

Eric Iverson & Elaine O'Byrne
Tod in Vesunna
Death in Vesunna (1981)
Ü: Ingrid Herrmann

Elizabeth A. Lynn
Ich träume von Fischen, ich träume von Vögeln (1984)
I Dream of a Fish, I Dream of a Bird (1977)
Ü: Jürgen Langowski

Connie Willis
Brandwache (1983)
Firewatch (1982)
Ü: Ingrid Herrmann

Rand B. Lee
Fünf Faden tief mein Vater liegt
Full Fathom Five My Father Lies (1981)
Ü: Ingrid Herrmann

Ted Reynolds
Muster ohne Wert (1984)
Trial Sample (1981)
Ü: Edda Petri

Joan D. Vinge
Der Sturmkönig (1980)
The Storm King (1980)
Ü: Birgit Reß-Bohusch

Robert Silverberg
Stammgäste (1983)
Regulars (1981)
Ü: Keto von Waberer

Barry B. Longyear
Du, mein Feind (1980)
Enemy Mine (1979)
Ü: Birgit Reß-Bohusch

4333 Frena Bloomfield
Die Drachenpfade (1986)
The Dragon Paths (1973)
Ü: Malte Heim

4334 Frena Bloomfield
Die Himmelsflotte von Atlantis (1986)
Skyfleet of Atlantis (1979)
Ü: Malte Heim

4335 Roger Zelazny
Vier Romane in einem Band (C)
(1973/1973/1972/1975) (1986)
Sonderausgabe

Das Biest
The Doors of His Face, The Lamps of His Mouth (1965)
Ü: Hans Maeter
(➶ 3344)

Die Insel der Toten
Isle of the Dead (1969)
Ü: Birgit Reß-Bohusch
(➶ 3366)

Straße der Verdammnis
Damnation Alley (1969)
Ü: Walter Brumm
(➶ 3310)

Der Tod in Italbar
To Die in Italbar (1973)
Ü: Thomas Schlück
(➶ 3434)

4336 Wolfgang Jeschke (Hrsg.)
Drei Romane in einem Band (A)
(1969/1978/1967) (1986)
Sonderausgabe

Frank Herbert
Die Leute von Santaroga
The Santaroga Barrier (1967/1968)
Ü: Birgit Reß-Bohusch
(➶ 3156)

L. Sprague de Camp
Das Orakel der Fremden
Rogue Queen (1951)
Ü: Friedl und Yoma Cap
(➶ 3584)

John D. MacDonald
Herrscher der Galaxis
Ballroom of the Skies (1952)
Ü: Wulf H. Bergner
(➶ 3092)

4337 Robert Silverberg
Drei Romane in einem Band (C)
(1973/1979/1979) (1986)
Ü: Walter Brumm
Sonderausgabe

Die Mysterien von Belzagor
Downward to the Earth (1971)
(➶ 3345)

Schadrach im Feuerofen
Shadrach in the Furnace (1976)
(➶ 3626)

Mit den Toten geboren
Born with the Dead (1971)
(➶ 3644)

4338 Alan Dean Foster
Colligatarch (1986)
The I Inside (1984)
Ü: Heinz Zwack

4339 David Bischoff
Star Fall (1986)
Star Fall (1980)
Ü: Hans Maeter

4340 Gene Wolfe
Das Buch der Feiertage (C) (1986)
Book of Days (1981)

Lincolns Geburtstag:
Die Rückkehr der Peitsche
How the Whip Came Back
Lincoln's Birthday (1970)
Ü: Irene Bonhorst

Valentinstag:
Von Relais und Roten Rosen
Of Relays and Roses
Valentine's Day (1970)
Ü: Irene Bonhorst

Tag des Baums:
Pauls Baumhütte
Paul's Treehouse
Arbor Day (1969)
Ü: Irene Bonhorst

Sankt Patricks Tag:
St. Brandon
St. Brandon
St. Patrick's Day (1975)
Ü: Biggy Winter

Tag der Erde:
Beautyland
Beautyland
Earth Day (1973)
Ü: Biggy Winter

Muttertag:
Automobiles Mißgeschick
Car Sinister
Mother's Day (1970)
Ü: Irene Bonhorst

Tag der Streitkräfte:
Die blaue Maus
The Blue Mouse
Armed Forces Day
(1971)
Ü: Irene Bonhorst

Heldengedenktag:
Wie ich den Zweiten Weltkrieg
verlor und mithalf,
die deutschen Invasoren
zurückzuwerfen
How I Lost the Second World War
and Helped Turn Back
the German Invasion
Memorial Day (1973)
Ü: Biggy Winter

Vatertag:
Der Adoptivvater
(1982)
The Adopted Father
Father's Day (1980)
Ü: Birgit Reß-Bohusch

Tag der Arbeit:
Forlesen
Forlesen
Labor Day (1974)
Ü: Irene Bonhorst

Beginn der Jagdsaison:
Ein Artikel über die Jagd
An Article about Hunting
Opening Day (1973)
Ü: Biggy Winter

Tag der Kriegsheimkehrer:
Der Wechselbalg
The Changeling
Homecoming Day (1968)
Ü: Biggy Winter

Allerheiligen:
... der Häuser viele
Many Mansions
Halloween (1978)
Ü: Biggy Winter

Jahrestag des Waffenstillstandes,
vom 18. November 1918:
Gegen die Staffel »Lafayette«
Against the Lafayette Escadrille
Armistic Day (1972)
Ü: Biggy Winter

Erntedank:
Drei Millionen Quadratmeilen
Three Million Square Miles
Thanksgiving (1971)
Ü: Irene Bonhorst

Heiliger Abend
Krieg unterm Weihnachtsbaum
(1983/1985)
The War beneath the Tree
Christmas Eve (1979)
Ü: Irene Bonhorst

Weihnachten:
La Befana
La Befana
Christmas Day (1973)
Ü: Biggy Winter

Silvester:
Auflösung
Melting
New Year's Eve (1974)
Ü: Biggy Winter

4341 John Brunner
Die Opfer der Nova – 3 Romane
in einem Band (C) (1983/1972,
1986/1993) (1993)

Polymath
Polymath (1974)
Ü: Barbara Heidkamp

Die Rächer von Carrig
The Avengers of Carrig (1969)
Ü: Walter Brumm
(➶ 3286, ➶ 1012)

Die Erlöser von Zyklop
The Repairmen of Cyclops
(1981)
Ü: Horst Pukallus

4342 Howard Weinstein
Die Macht der Krone (1986)
The Covenant of the Crown (1981)
Ü: Hans Maeter

4343 Ursula K. Le Guin
Erdsee – Drei Romane in einem Band (C)
(1979/1979/1979) (1986)
Ü: Margot Paronis
Sonderausgabe

Der Magier der Erdsee
A Wizard of Earthsea (1968)
(➶ 3675)

Die Gräber von Atuan
The Tombs of Atuan (1971)
(➶ 3676)

Das ferne Ufer
The Farthest Shore (1972)
(➶ 3677)

4344 Robert Jordan
Conan der Prächtige (1986)
Conan the Magnificent (1984)
Ü: Lore Strassl

4345 Robert Jordan
Conan der Glorreiche (1987)
Conan the Victorious (1984)
Ü: Lore Strassl

4346 John Maddox Roberts
Conan der Tapfere (1987)
Conan the Valorous (1985)
Ü: Lore Strassl

4347 Anne McCaffrey
Die Überlebenden (1986)
The Survivors (Dinosaur Planet II) (1984)
Ü: Birgit Reß-Bohusch

4348 Mária Szepes
Sonnenwind (1986)
Napszel (1983)
Ü: Gottfried Feidel

4349 Ian Watson
Tschechows Reise (1986)
Chekhov's Journey (1983)
Ü: Walter Brumm

4350 Harry Harrison
Todeswelten - 3 Romane in einem Band (C) (1966/1966/1969) (1985) (1993)
Ü: Wulf H. Bergner
(➶ 5/NA unter neuer Nummer)

Die Todeswelt
Deathworld I (1960)
(➶ 3067)

Die Sklavenwelt
Deathworld II (1962)
(➶ 3069)

Die Barbarenwelt
Deathworld III (1968)
(➶ 3136)

4351 Harry Harrison
New York 1999 (1983/1989/1992)
Make Room! Make Room! (1966)
Ü: Tony Westermayr
(➶ 26, ➶ 37 JB/NA unter neuer Nummer)

4352 Josh Pachter (Hrsg.)
Top Science Fiction (A) (1987)

Brian W. Aldiss
Alle Träume dieser Welt
All the World's Tears (1956)
Ü: Edda Petri

Alfred Bester
Die Männer, die Mohammed ermordeten
The Man Who Murdered Mohammed (1958)
Ü: Edda Petri

Marion Zimmer Bradley
Ellenbogenfreiheit
Elbow Room (1980)
Ü: Edda Petri

John Brunner
Die sehr Reichen
The Totally Rich (1963)
Ü: Edda Petri

Arthur C. Clarke
Transit
Transit of Earth (1971)
Ü: Malte Heim

Lyon Sprague de Camp
Innere Verbrennung
Internal Combustion (1955)
Ü: Edda Petri

Thomas M. Disch
Veränderlichkeit
Mutability (1978)
Ü: Malte Heim

Alan Dean Foster
California Freeway (1984)
Why Johnny Can't Speed (1971)
Ü: Heinz Nagel

Harry Harrison
Befreiungsoperation
Rescue Operation (1963)
Ü: Malte Heim

Edward D. Hoch
Zoo
Zoo (1958)
Ü: Malte Heim

Ursula K. Le Guin
Labyrinthe (1985)
Mazes (1975)
Ü: Hilde Linnert

Barry N. Malzberg
Eine Galaxis namens Rom (1976)
A Galaxy Called Rome (1975)
Ü: Walter Brumm

Larry Niven
Der grüne Marodeur
The Green Marauder (1980)
Ü: Andreas Brandhorst

Josh Pachter
Der Junge, der den Alien sah
The Boy Who Cried Alien
(1987)
Ü: Andreas Brandhorst

Robert Silverberg
Steinbock-Spiele
Capricorn Games (1974)
Ü: Andreas Brandhorst

Michael Swanwick
Walden Drei (1984)
Walden Three (1981)
Ü: Edda Petri

A. E. van Vogt
Filmbibliothek
Film Library (1946)
Ü: Andreas Brandhorst

4353 Josh Pachter (Hrsg.)
Top Fantasy (A) (1987)

Michael Avallone
Der Mann, der auf Luft gehen konnte
The Man Who Walked on Air
(1953)
Ü: Edda Petri

Ben Bova
Vinces Drache
Vince's Dragon (1980)
Ü: Lore Strassl

Marion Zimmer Bradley
Der Tag der Schmetterlinge
Day of the Butterflies
(1976)
Ü: Lore Strassl

Terry Carr
Der Prüfstein
Touchstone (1964)
Ü: Lore Strassl

Lyon Sprague de Camp
Des Kaisers Fächer
The Emperor's Fan (1973)
Ü: Lore Strassl

Thomas M. Disch
Lasset uns eilen zum Elfenbeintor
Let Us Quickly Hasten to the Gate of Ivory (1970)
Ü: Lore Strassl

Alan Dean Foster
Wu-Lings Torheit
Wu-Ling's Folly (1982)
Ü: Lore Strassl

Edward D. Hoch
Die letzten Einhörner
The Last Unicorns (1958)
Ü: Lore Strassl

Katherine Kurtz
Heilerlied
Healer's Song (1982)
Ü: Lore Strassl

R. A. Lafferty
An der Küste
By the Seashore (1973)
Ü: Lore Strassl

Barry N. Malzberg
Nachtwandler
Nightshapes (1979)
Ü: Lore Strassl

Josh Pachter
Höhlen in Klippen
Caves in Cliffs (1984)
Ü: Lore Strassl

Robert Silverberg
Tänzer im Zeitstrom
Dancers in the Time-Flux
(1982)
Ü: Lore Strassl

Henry Slesar
Mein Vater, der Kater
My Father, the Cat (1957)
Ü: Lore Strassl

Michael Swanwick
Der Mann, der Picasso begegnete
The Man Who Met Picasso
Ü: Lore Strassl

Karl Edward Wagner
Sing noch einmal von Valdese
Sing a Last Song of Valdese (1976)
Ü: Lore Strassl

Connie Willis
Der Vater der Braut
The Father of the Bride (1982)
Ü: Lore Strassl

4354 Robert Silverberg
Der Seher (1978) (1988)
The Stochastic Man (1975)
Ü: René Mahlow
(➶ 3590/NA unter neuer Nummer)

4355 Alan Dean Foster
El Magico (1986)
Slipt (1984)
Ü: Heinz Zwack

4356 David Lindsay
Fenster ins Frühlicht (1986)
The Haunted Woman (1922/1947/1975)
Ü: Walter Brumm

4357 Alan Burt Akers
Ein Schicksal für Kregen (1986)
A Fortune for Kregen (1979)
Ü: Thomas Schlück

4358 Alan Burt Akers
Ein Sieg für Kregen (1987)
A Victory for Kregen (1980)
Ü: Thomas Schlück

4359 Alan Burt Akers
Die Bestien von Antares (1987)
Beasts of Antares (1980)
Ü: Thomas Schlück

4360 Wolfgang Jeschke (Hrsg.)
Drei Romane in einem Band (A)
(1970/1975/1969) (1986)
Sonderausgabe

Robert A. Heinlein
Farmer im All
Farmer in the Sky (1950)
Ü: Birgit Reß-Bohusch
(➶ 3184)

Thomas M. Disch
Die Feuerteufel
The Genocides (1964)
Ü: Walter Brumm
(➶ 3457)

John Brunner
Spion aus der Zukunft
The Productions of Time (1967)
Ü: Wulf H. Bergner
(➶ 3137)

4361 Jack Vance
Durdane (C) (1975/1975/1976/1987)
Ü: Thomas Schlück

Der Mann ohne Gesicht
The Anome (1971)
(➶ 3448)

Der Kampf um Durdane
The Brave Free Man (1972)
(➶ 3463)

Die Asutra
The Asutra (1973)
(➶ 3480)

4362 Wolfgang Jeschke (Hrsg.)
Zwei SF-Romane in einem Band (A)
(1967/1980) (1987)

Robert A. Heinlein
Die lange Reise
Orphans of the Sky (1963)
Ü: Walter Brumm
(➶ 3101)

Péter Zsoldos
Die Aufgabe
A Feladat (1961)
Ü: Gottfried Feidel
(➶ 3731)

4363 Gregory Benford
Artefakt (1987)
Artifact (1985)
Ü: Walter Brumm

4364 Joan C. Holly
Der grüne Planet (1987)
The Green Planet (1960)
Ü: Marcel Bieger

4365 Christian Mähr
Magister Dorn (1987)

4366 Friedel Wahren (Hrsg.)
Isaac Asimov's Science Fiction Magazin, 28. Folge (A) (1987)

Dennis Takesako
Stadt der Vernichtung
Destroyer City (1982)
Ü: Rüdiger Hipp

Michael Bishop
Ein Geschenk aus dem Grauen Land
A Gift from the Graylanders (1985)
Ü: Birgit Reß-Bohusch

Bruce Sterling
Abendmahl in Audoghast
Dinner in Audoghast (1985)
Ü: Birgit Reß-Bohusch

J. V. Brummels
Deus ex Machina
Deus ex Machina (1985)
Ü: Joachim Pente

David Brin
Koexistenz
Coexistence (1982)
Ü: Peter Pape

Pat Murphy
In einer heißen Sommernacht weit weg
In a Hot Summer Night in a Place Far Away (1986)
Ü: Birgit Reß-Bohusch

Frederik Pohl
Fermi und Frost
Fermi and Frost (1985)
Ü: Ingrid Herrmann

Gregory Benford
Der Zahn der Zeit
Time's Rub (1985)
Ü: René Mahlow

Octavia E. Butler
Der süße Klang des Wortes
Speech Sound (1983)
Ü: Biggy Winter

Hans Altmeyer
Lebenskraft (1987)

4367 Henry Rider Haggard
Allan Quatermain der Jäger (1987)
Maiwa's Revenge und *Allan's Wife* (1888/1889)
Ü: Hans Maeter

4368 Henry Rider Haggard
Allan Quatermain und die Eisgötter (1987)
Allan and the Ice-Gods, A Tale of Beginnings (1927)
Ü: Hans Maeter

4369 Henry Rider Haggard
Das Elfenbeinkind (1987)
The Ivory Child (1916)
Ü: Hans Maeter

4370 Henry Rider Haggard
Der gelbe Gott (1987)
The Yellow God (1894)
Ü: Hans Maeter

4371 Wolfgang Jeschke (Hrsg.)
Das Science Fiction Jahr # 2
Ausgabe 1987 (A) (1987)

Editorial

René Mahlow
Ein Gespräch mit Caroline Janice Cherryh

Michael K. Iwoleit
Die deutsche Science Fiction und ihre Autoren, Teil 2

Günther Luxbacher
Die Rechenzeit der Imagination – Über die *Ars Electronica* 1986 in Linz

Hermann Urbanek
Die amerikanische SF-Szene 1985/86

Hermann Urbanek
Die britische SF-Szene 1985/86

Jörg Weigand
Die französische SF-Szene

Die SF-Szene in der DDR – Die von DDR-Verlagen edierte phantastische Literatur 1985/86

Uwe Anton
Aus deutschen (und anderen) Landen

Kurd Laßwitz Preise 1986

Hugo Gernsback Awards 1986

Locus Awards 1986

Michael K. Iwoleit
Die deutsche Science Fiction 1986

Jörg Weigand
Ein Wort an deutsche SF-Autoren

Peter Gaschler
Science Fiction und Fantasy im Kino 1985/86

Norbert Stresau
Kurz notiert: SF-Filme

Manfred Riepe & Michael Nagula
2001 – Odyssee im Weltraum

Carl Amery & Dieter Hasselblatt
F.R.O.H.: Gespräch über ein Hörspiel

Dieter Hasselblatt
Erdenkliches ausphantasieren – Literarische und außerliterarische Reflexionen zur Science Fiction

Thomas Tilsner, Horst G. Tröster & Ute Bauer
Science Fiction-Hörspiele 1985/86

Ralph Sander
20 Jahre STAR TREK – »Raumschiff Enterprise« feiert Geburtstag

Amit & Maggi Goswami
Die kosmischen Traumtänzer oder Wie steht es mit der Science in Science Fiction, Teil 2
The Cosmic Dancers. Exploring the Physics of Science Fiction (1983)
Ü: Winfried Petri

Philip Guedalla
Wenn die Mauren in Spanien gesiegt hätten ...
If the Moor in Spain Had Won (1982)
Ü: Walter Brumm

Robert Frazier
Ein Gespräch mit Gene Wolfe
aus: *Thurst – Science Fiction in Review* (1983)
Ü: Reinhard Heinz

Winfried Petri
Kosmische Einwirkungen und die Evolution der Biosphäre

Karl Michael Armer
Zwischen Avantgarde und Trivialität – Zur literarischen Positionsbestimmung der Science Fiction

Linus Hauser
Zwischen Gnosis, Tiefenpsychologie und Surrealismus. Kulturgeschichtliche Gedanken zu David Lindsays Roman »Die Reise zum Arcturus«

Buchrezensionen

Werner Bauer
Phantastische Literatur im Heyne-Taschenbuch 1986

4372 Sydney J. van Scyoc
Salzblume (1987)
Saltflower (1971)
Ü: Birgit Reß-Bohusch

4373 Lee Harding
Limbus (1987)
Displaced Person (1979)
Ü: Roland Fleissner

4374 Friedrich Wilhelm Mader
Wunderwelten (1911/1987)

4375 Ursula K. Le Guin
Malafrena (1984/1987)
Malafrena (1979)
Ü: Gisela Stege

4376 George Henry Smith
Die Hexenkönigin (1987)
Witch Queen of Lochlann (1969)
Ü: Irene Holicki

4377 Poul Anderson
Zeitpatrouille (1987)
Time Patrolman (1983)
Ü: Hans Maeter

4378 William Goldman
Totale Kontrolle (1987)
Control (1982)
Ü: Hans Maeter

4379 Sondra Marshak & Myrna Culbreath
Das Prometheus-Projekt (1987)
The Prometheus Design (1982)
Ü: Hans Maeter

4380 Wolfgang Jeschke (Hrsg.)
Schöne nackte Welt (A) (1987)

Eric Vinicoff & Marcia Martin
Der Kompromiß
The Compromise (1983)
Ü: Andreas Brandhorst

Maciej Parowski
Der Brunnenschacht
Studnia (1983?)
Ü: Ellen-Alexa Schwarz

Eckhard & Anette Kühn
Check (1986)

Peter Meleghy
Die dritte Haut (1986)

Ervin Gyertyán
Kaufhaus Printemps Parisien
A Printemps Parisien Áruház (1983)
Ü: Gottfried Feidel

William Gibson
Der Wintermarkt
Wintermarket (1986)
Ü: Reinhard Heinz

Ernst Petz
Schöne nackte Welt oder Die Verfügbarkeit freiwilliger Kriegsschauplätze (1986)

Lucius Shepard
R&R
R&R (1986)
Ü: Irmtraud Kremp

Roger Zelazny
24 Ansichten des Berges Fuji, von Hokusai
24 Views of Mt. Fuji, by Hokusai (1985)
Ü: Birgit Reß-Bohusch

Lucius Shepard
Der Pfad des Jaguars
The Jaguar Hunter (1985)
Ü: Birgit Reß-Bohusch

Gianni Montanari
Staatliches Fleisch
Carne di stato (1978)
Ü: Hilde Linnert

Christian Lautenschlag
Tiger (1986)

Damir Mikulčić
Prokionische Kirschen
Prokionske trešnje (1983)
Ü: Kornelia Mikula

Orson Scott Card
Sonate ohne Begleitung
Unaccompanied Sonata (1979)
Ü: Edda Petri

Kim Stanley Robinson
Flucht aus Katmandu
Escape from Kathmandu (1986)
Ü: Edda Petri

Ralph Tegtmeier
Ein müdes Programm (1986)

4381 George R. R. Martin
Die Flamme erlischt (1978) (1993)
Dying of the Light (1977)
Ü: Werner Fuchs

4382 Greg Bear
Das Lied der Macht (1987)
The Infinity Concerto (1984)
Ü: Walter Brumm

4383 J. Michael Reaves
Zerschmetterte Welt (1987)
The Shattered World (1984)
Ü: Walter Brumm

4384 Jack Vance
Verlorene Monde (C) (1987)
Lost Moons (1982)
Ü: Reinhard Heinz

Der Weltersinner
The World-Thinker (1945)

Traumschloß
Dreamcastle (1947)

Die Töpfer von Firsk (1971)
The Potters of Firsk (1950)
Ü: Birgit Reß-Bohusch

Treffen Sie Miß Universum!
Meet Miss Universe (1955)

Wer siegt, verliert
Winner Lose All (1951)

Sabotage auf dem Schwefelplaneten
Sabotage on Sulphur Planet (1952)

Vierhundert Amseln
Four Hundred Blackbirds (1953)

Sieben Ausgänge von Bocz
Seven Exits from Bocz (1952)

Sturm auf die Stadt
Assault on a City (1974)

4385 Wolfgang Jeschke (Hrsg.)
Heyne Science Fiction Jahresband 1987 (A) (1987)

Harry Harrison
Weder Krieg noch Kampfeslärm
No War, or Battle's Sound (1970)
Ü: Rosemarie Ott

Frank Herbert
Die Mary-Celeste-Umzüge
The Mary Celeste Move (1964)
Ü: Birgit Reß-Bohusch

Robert Bloch
Fiese Aussichten (1974)
Sneak Preview (1971)
Ü: Walter Brumm

Larry Niven
Tod durch Ekstase (1974)
Death by Ecstasy (1969)
Ü: Hans Maeter

Robert Silverberg
Trip in die Wirklichkeit (1974)
The Reality Trip (1970)
Ü: Gisela Stege

Brian W. Aldiss
Tür schlägt zu in der Vierten Welt
Door Slams in Fourth World (1982)
Ü: Michael Windgassen

Kate Wilhelm
Somerset träumt
Somerset Dreams (1969)
Ü: Sylvia Pukallus

Andrew Darlington
Isis
Isis (1987)
Ü: Horst Pukallus

Vonda McIntyre
Transit
Transit (1983)
Ü: Joachim Körber

4386 Daniel Keyes
Die fünfte Sally (1983/1986)
The Fifth Sally (1980)
Ü: Ulla H. de Herrera

4387 Philip José Farmer
Jenseits von Raum und Zeit (C) (1987)
The Classic Philip José Farmer (1984)

Isaac Asimov
Über die Restaurierung des Verlorenen – Vorwort
Retrieving the Lost (1984)
Ü: Ronald M. Hahn

Martin Harry Greenberg
Einleitung
Introduction (1984)
Ü: Ronald M. Hahn

Weitersegeln! Weitersegeln! (1981/1985)
Sail On! Sail On! (1952)
Ü: Ronald M. Hahn

Mutter (1983)
Mother (1953)
Ü: Verena C. Harksen

Das Gewerbe der Götter
The God Business (1954)
Ü: Ronald M. Hahn

Der Müllkutscher (1983)
The Alley Man (1959)
Ü: Irmhild Hübner

Der Bruder meiner Schwester (1983)
My Sister's Brother (1960)
Ü: Martin Eisele

Das größte aller Monster (1965)
The King of Beasts (1964)
Ü: Walter Ernsting

Jenseits von Raum und Zeit (1977)
The Shadow of Space (1967)
Ü: Tony Westermayr

Die Reiter der Purpurnen Sozialhilfe oder Das Große Ding (1982)
Riders of the Purple Wage of the Great Gavage (1967)
Ü: Joachim Körber

Diamanten spült man nicht – Ein polytropischer Paramythos
Don't Wash the Carats (1968)
Ü: Ronald M. Hahn

Dschungel-Stuß-Kid im Tran (1984)
The Jungle Rot Kid on the Nod (1968)
Ü: Rainer Schmidt

Die Ovogenese von Bird City
The Ovogenesis of Bird City (1970)
Ü: Ronald M. Hahn

Die kreuzweise herausgeschnippelte Ausschließlich-am-Dienstag-Welt (1973/1985)
The Sliced-Crosswise Only-On-Tuesday World (1971)
Ü: Heinz Nagel

Skizzen in den Ruinen meines Verstandes (1984)
Sketches among the Ruins of My Mind (1983)
Ü: Martin Eisele

Nach King Kongs Sturz (1984)
After King Kong Fell (1973)
Ü: Martin Eisele

Darrell Schweitzer
Interview mit P. J. Farmer
Interview (1985)
Ü: Malte Heim

4388 Bernhard Grimminger
Der Zeitmann (1987)

4389 Ronald M. Hahn (Hrsg.)
The Magazine of Fantasy and Science Fiction, 75. Folge
Sphärenklänge (A) (1987)
Ü: Michael Windgassen

Stephen R. Donaldson
Was uns zu Menschen macht
What Makes Us Human (1984)
Ü: Uwe Anton

Bradley Denton
Sphärenmusik
The Music of the Spheres (1984)
Ü: Hans-Georg Meyer

John Morressy
Steinhaut
Stoneskin (1984)

Lucius Shepard
Der Mann, der den Drachen Griaule malte
The Man Who Painted the Dragon Griaule (1984)

Nancy Kress
Erklärungen GmbH
Explanations, Inc. (1984)

Bob Leman
Instruktionen
Instructions (1984)

Edward Bryant
Armageddon in der Pause
Armageddon between Sets (1984)

Madeleine E. Robins
Kuckuck
Cuckoo (1984)

Hal Hill
Ein flüchtiger Tag
Quicksilver Day (1984)

Molly Glosse
Am Meer
Seaborne (1984)

4390 Péter Zsoldos
Die Rückkehr der Wiking (1987)
A Wiking Visszatér (1963)
Ü: Gottfried Feidel

4391 Péter Zsoldos
Fernes Feuer – Wiking II (1988)
Tavoli tüz – Wiking II (1969)
Ü: Gottfried Feidel

4392 Ben Bova
Orion steigt herab (1987)
Orion (1984)
Ü: Horst Pukallus

4393 David A. Kyle
Z-Lensmen (1987)
Z-Lensmen (1983)
Ü: Thomas Schlück

4394 Mary Corran
Allmächtiges Licht (1996)
Imperial Light (1994)
Ü: Peter Robert

4395 Keith Roberts
Pavane (1977) (1984/1993)
Pavane (1966/1968)
Ü: Thomas Schlück
(➶ 38, ➶ 3527/erw. NA unter neuer Nummer)

4396 Karel Čapek
Der Krieg mit den Molchen (1985/1993)
Válka s mloky (1937)
Ü: Mirek Ort
(➶ 46/NA unter neuer Nummer)

4397 Alan Burt Akers
Der Rebell von Antares (1987)
Rebel of Antares (1980)
Ü: Thomas Schlück

4398 Alan Burt Akers
Die Legionen von Antares (1987)
Legions of Antares (1981)
Ü: Thomas Schlück

4399 Alan Burt Akers
Die Verbündeten von Antares (1987)
Allies of Antares (1981)
Ü: Thomas Schlück

4400 William Gibson
Neuromancer (1987)
Neuromancer (1984)
Ü: Reinhard Heinz

4401 C. J. Cherryh
Die Kif schlagen zurück (1987)
The Kif Strike Back (1985)
Ü: Thomas Schlück

4402 C. J. Cherryh
Die Heimkehr der Chanur (1988)
Chanur's Homecoming (1986)
Ü: Thomas Schichtel

4403 Wolfgang Jeschke (Hrsg.)
Drei Science Fiction-Romane in einem Band (A) (1971/1982/1982) (1987)

Frank Herbert
Ein Cyborg fällt aus
Destination: Void (1966)
Ü: Thomas Schlück
(➶ 3384)

Konrad Fiałkowski
Adam, einer von uns
Adam, jeden z nas (1982)
Ü: Hanna Rottensteiner
(➶ 3934)

Adam Wiśniewski-Snerg
Das Evangelium nach Lump (1982)
Wedlug lotra (1978)
Ü: Rudolf J. Retz
(➶ 3914)

4404 Reinmar Cunis
Wenn der Krebsbaum blüht (1987)

4405 Friedel Wahren (Hrsg.)
Isaac Asimov's Science Fiction Magazin, 29. Folge (A) (1987)

John Kessel
Das reine Produkt
The Pure Product (1986)
Ü: Joachim Pente

Gene Wolfe
Der Mann aus Nebraska und die Nereide
The Nebrascan and the Nereid (1985)
Ü: Irene Bonhorst

Carter Scholz
Galileo der Nörgler
Galileo Complains (1986)
Ü: Joachim Pente

James Tiptree jr.
All dies und der Himmel dazu
All This and Heaven Too (1985)
Ü: Biggy Winter

Lee Killough
Todesglas
Death Glass (1985)
Ü: Irmtraud Kremp

Barry N. Malzberg
Quartermain
Quartermain (1985)
Ü: Ingrid Herrmann

Lisa Goldstein
Eine Vorstudie über die Jang
Preliminary Notes on the Jang (1986)
Ü: Birgit Reß-Bohusch

Ben Bova
Vorwahlen
Primary (1985)
Ü: Ingrid Herrmann

Tanith Lee
Der scharlachrote Mantel
Blood Mantle (1986)
Ü: Joachim Pente

Bernhard Luipold
PH

4406 Stephen Gallagher
Die Schimäre (1987)
Chimera (1982)
Ü: Peter Indermaur

4407 Alan Dean Foster
Shadowkeep - das dunkle Land (1987)
Shadowkeep™ (1984)
Ü: Malte Heim

4408 Reginald Bretnor
Die Schimmelhorn-Akte (C) (1987)
The Schimmelhorn File – Memoirs of a Dirty Old Genius (1979)
Ü: Andreas Brandhorst

Die Geheimwaffe
The Gnurrs Come from the Voodvork Out
Ü: Gisela Stege

Der kleine Anton
Little Anton

Die Frauen von Betaigäuse Neun
The Ladies of Beetlegoose Nine

Graf von Schimmelhorn und das Zeit-Pony
Count Von Schimmelhorn and the Time-Pony

Papa Schimmelhorns Yang
Papa Schimmelhorn's Yang

Papa Schimmelhorn und das S.O.D.O.M.-Serum
Papa Schimmelhorn and the S.O.D.O.M. Serum

4409 Reginald Bretnor
Schimmelhorns Gold (C) (1987)
Schimmelhorn's Gold (1986)
Ü: Andreas Brandhorst

Die Gnome von Zürich
The Gnomes of Zürich

Papa, Mama und der Glockenturm
Papa and Mama and the Stepple

Meister Gansfleisch
Meister Gansfleisch

Einkaufsliste
Shopping Lists

Die Prinzessin und der Tölpel: eine Ouvertüre
The Princess and the Peasant: Overture

Aine Frage där Potänz
Der Lead in der Pencil

Große Liebe
Love Story

Prinz Auh-guscht
Prinz Owgoost

Minotauruskampf
Minotauromachy

Unter den Vermißten
Among the Missing

Aus den Augen - aber nicht aus dem Sinn
Gone But not Forgotten

Heißer Draht nach Moskau
Hot Line from Moscow

4410 Wolfgang Jeschke (Hrsg.)
L wie Liquidator (A) (1987)

Ernst Petz
Das liederlich-machend Liedermacher-Leben (1987)

Karl Michael Armer
Die Endlösung der Arbeitslosenfrage (1986)

Ghassan Homsi
Die Vision
Al-Ru'iah (1987)
Ü: Ahmad M. Al-Khammas

Karl von Wetzky
Die Beschleunigung des Prozesses (1987)

Wladimir Scherbakow
Sternenweiten
Swesdnye dali (1976)
Ü: Anna Maria Platzgummer-Kienpointner

Tais Teng
Die Aussicht von hochgelegenen Plätzen
Het uitzicht vanaf hoge platsen (1985)
Ü: Hildegard Höhr

Lucius Shepard
Challenger - von der Westernbrook Bar aus gesehen
Challenger as Viewed from the Westernbrook Bar (1986)
Ü: Wolfgang Jeschke

Tor Åge Bringsvaerd
Die Apachenmädchen sausen über die Ebene. Blonde Haare. Wind
Apachenpikene farer frem over sletten. Blondt hår. Vinden (1974)
Ü: Susanne Kirchberger

George R. R. Martin
Ein Wochenende im Kampfgebiet
Weekend in a War Zone (1977)
Ü: Roland Fleissner

Kurt Bracharz
Das andere Ufer (1987)

Pat Cadigan
Dein ist die Rache
Vengeance Is Yours (1983)
Ü: Inge Holm

Eric Vinicoff
E-Dep
E-Dep (1977)
Ü: Andreas Brandhorst

Daniel Walther
Eine Fahrt aufs Land im Jahre 1984
Une partie de campagne en l'an 1984 (1980)
Ü: Georges Hausemer

M. Rammensee
No Future (1987)

James Patrick Kelly
Ratte
Rat (1986)
Ü: Malte Heim

Kim Stanley Robinson
Aus und erledigt im Jahr 2000
Down and Out in the Year 2000 (1986)
Ü: Inge Holm

Gianni Montanari
L wie Liquidator
L come Liquidatore (1985)
Ü: Hilde Linnert

Eric Vinicoff & Marcia Martin
Ein dauerhaft legiertes Leben
To Live in Alloy Continuity (1975)
Ü: Andreas Brandhorst

Ian McDonald
Die Inseln der Toten
The Islands of the Dead (1982)
Ü: Irmtraud Kremp

Lee Killough
Sinfonie für einen Sternenwanderer
Symphony for a Lost Traveller (1984)
Ü: Birgit Reß-Bohusch

David Zindell
Höhlen
Caverns (1985)
Ü: Inge Holm

Inìsero Cremaschi
Der Monstermörder
Il mostricida (1983)
Ü: Hilde Linnert

Paul Campbell
Ein Prost auf die Sterne
A Bottle for the Stars (1987)
Ü: Birgit Reß-Bohusch

Krzystof Boruń
Toccata
Toccata (1980)
Ü: Hanna Rottensteiner

4411 Sondra Marshak & Myrna Culbreath
Tödliches Dreieck (1987)
Triangle (1983)
Ü: Andreas Brandhorst

4412 Suzette H. Elgin
Amerika der Männer (1987)
Native Tongue (1984)
Ü: Horst Pukallus

4413 Christopher Priest
Der schöne Schein (1987)
The Glamour (1984)
Ü: Walter Brumm

4414 André Ruellan
Memo (1987)
Mémo (1984)
Ü: Georges Hausemer

4415 Jack Vance
Alastor (C) (1977/1978/1981/1987)
Trullion: Alastor 2262
Trullion: Alastor 2262 (1973)
Ü: Yoma Cap
(➶ 3563)
Marune: Alastor 933
Marune: Alastor 933 (1975)
Ü: Yoma Cap
(➶ 3580)
Wyst: Alastor 1716
Wyst: Alastor 1716 (1978)
Ü: Lore Strassl
(➶ 3816)

4416 Lawrence Watt-Evans
Der Blick des Basilisken (1987)
The Lure of the Basilisk (1980)
Ü: Jürgen Langowski

4417 Lawrence Watt-Evans
Die sieben Altäre von Dûsarra (1987)
The Seven Altars of Dûsarra (1981)
Ü: Joachim Pente

4418 Lawrence Watt-Evans
Das Schwert des Bheleu (1988)
The Sword of Bheleu (1982)
Ü: Joachim Pente

4419 Lawrence Watt-Evans
Das Buch der Stille (1988)
The Book of Silence (1982)
Ü: Joachim Pente

4420 Robert Silverberg
König Gilgamesch (1987)
Gilgamesh the King (1984)
Ü: Roland Fleissner

4421 Robert E. Howard
Die Tiger der See (1987)
Tigers of the Sea (1969/1974)
Ü: Lore Strassl

4422 Andrew J. Offutt
Die Nebel des Untergangs (1987)
The Mists of Doom (1977)
Ü: Lore Strassl

4423 Andrew J. Offutt & Keith Taylor
Der Turm des Todes (1987)
The Tower of Death (1982)
Ü: Lore Strassl

4424 Andrew J. Offutt & Keith Taylor
Die Todesvögel (1987)
When Death Birds Fly (1980)
Ü: Lore Strassl

4425 Andrew J. Offutt
Das Schwert des Kelten (1988)
Sword of the Gael (1975)
Ü: Lore Strassl

4426 Andrew J. Offutt
Der unsterbliche Hexer (1988)
The Undying Wizard (1976)
Ü: Lore und Hubert Strassl

4427 Andrew J. Offutt
Das Zeichen des Mondes (1988)
The Sign of the Moonbow (1977)
Ü: Lore und Hubert Strassl

4428 Wim Gijsen
Die Ersten von Rissan (1987)
De Eesten van Rissan (1980)
Ü: Hildegard Höhr

4429 Wim Gijsen
Die Könige der Vorzeit (1987)
De Koningen van Weleer (1981)
Ü: Hildegard Höhr

4430 John Brunner
Die Gezeiten der Zeit (1987)
The Tides of Time (1984)
Ü: Irene Holicki

4431 A. C. Crispin
Sohn der Vergangenheit (1987)
Yesterday's Son (1983)
Ü: Andreas Brandhorst

4432 John Sladek
Das Momster und andere Aliens (C) (1987)
The Steam-Driven Boy and Other Strangers (1973)
Ü: Ronald M. Hahn

Das Geheimnis des alten Eierkuchens
The Secret of the Old Custard (1966)

Der Aggressor
The Aggressor (1969)

Der Bestseller
The Best-Seller (1966)

Gibt es den Tod auf anderen Planeten?
Is There Death on Other Planets? (1966)

Die glückliche Spezies
The Happy Breed (1967)

Ein Bericht über die Abwanderung der Bildungsgüter
A Report on the Migrations of Educational Materials (1968)

Der seltsame Besucher aus dem Noch-Nicht
The Singular Visitor from Not-Yet (1968)

Das fett-fröhliche Weib Mansard Eliots
The Short, Happy Wife of Mansard Eliot (1971)

Das Momster
The Momster (1969)

Anno Domini 1937
1937 A.D.? (1967)

Geheimidentität
Secret Identity

Das Transzendentale Sandwich
The Transcendental Sandwich

Der Dampfmaschinen-Junge
The Steam-Driven Boy

Das entwendete Dingsbums
The Purloined Butter

Pemberlys Neubeginn-Dampforgel
Pemberly's Start-Afresh Calliope (1971)

Ralph 4 F
Ralph AF

Ingenieur der Götter
Engineer to the Gods

Mit brutaler Gewalt
Broot Force

Der Ausflug
Joy Ride

Der Mond ist ein Groschen
The Moon Is Sixpence

Der Solare Schuhverkäufer
Solar Shoe Salesman

Eine verdammte Sache nach der anderen
One Damned Thing after Another

Die Sublimierungswelt
The Sublimation World

4433 Greg Bear
Äon (1987)
Eon (1987)
Ü: Reinhard Heinz

4434 Ian Watson
Das Buch vom Fluß (1987)
The Book of the River (1983)
Ü: Walter Brumm

4435 Ian Watson
Das Buch von den Sternen (1987)
The Book of the Stars (1984)
Ü: Walter Brumm

4436 Ian Watson
Das Buch vom Sein (1987)
The Book of Being (1985)
Ü: Walter Brumm

4437 Colin Kapp
Der Ionen-Krieg (1987)
The Ion War (1978)
Ü: Irene Holicki

4438 Ronald M. Hahn (Hrsg.)
The Magazine of Fantasy and Science Fiction, 76. Folge
Die Wildnis einer großen Stadt (A) (1987)

Felix C. Gotschalk
Die Wildnis der Großstadt
Reconn Man in the City (1986)
Ü: Michael Windgassen

Barry N. Malzberg
Im Steptanz über die Highways und Nebenstraßen des Lebens, etc.
Tapdancing Down the Highways and Byways of Life, etc. (1986)
Ü: Ronald M. Hahn

George Alec Effinger
Maureen Birnbaum im Mittelpunkt der Erde
Maureen Birnbaum at the Earth's Core (1986)
Ü: Andreas Decker

Stephen Gallagher
Am Fluß, bei Fontainebleau
By the River, Fontainebleau (1986)
Ü: Ronald M. Hahn

Harvey Jacobs
Wie gewonnen, so zerronnen
Seymourlama (1986)
Ü: Herbert Moss

Larry Eisenberg
Ich und mein Schatten
Me and My Shadow (1986)
Ü: Michael Windgassen

Suzette Haden Elgin
Siehe, die Eiche blüht ewig
Lo, How an Oak E'er Blooming (1986)
Ü: Michael Windgassen

Marion Zimmer Bradley
Die wandernde Laute
The Wandering Lute (1986)
Ü: Andreas Decker

Larry Tritten
Das Listenbuch der Science Fiction
The SF Book of Lists (1985)
Ü: Ronald M. Hahn

Vance Aandahl
Mitternachtshäppchen
Midnight Snack (1986)
Ü: Shagwan Hagen

Chuck Rothman
Spielgefährten
Playmates (1986)
Ü: Ronald M. Hahn

James Sallis
Kartoffelbaum
Potato Tree (1986)
Ü: Daniela Hahn

Robert F. Young
Revolution 20
Revolution 20 (1986)
Ü: Michael Windgassen

Harry Harrison
Der Blick von der Turmspitze
The View from the Top of the Tower (1986)
Ü: Ronald M. Hahn

Michael Bishop
Begegnung mit Taccati
Taccati's Tomorrow (1986)
Ü: Michael Windgassen

Brad Strickland
Die Stunde vor dem Morgengrauen
In the Hour before Dawn (1986)
Ü: Ronald M. Hahn

4439 Wolfgang Jeschke (Hrsg.)
Drei SF-Romane in einem Band (A) (1976/1977/1978) (1987)

Kit Pedler & Gerry Davis
Gehirnpest
Brainrack (1974)
Ü: Ilse Pauli
(➶ 3474)

John Brunner
Die dunklen Jahre
The Stone That Never Came Down (1973)
Ü: Walter Brumm
(➶ 3565)

Roger Zelazny
Die Aschenbrücke
Bridges of Ashes (1976)
Ü: Thomas Schlück
(➶ 3613)

4440 Stephen Gallagher
Fenris (1987)
Follower (1984)
Ü: Jürgen Langowski

4441 Frank Herbert
Auge (C) (1987)
Eye (1985)
Ü: Ronald M. Hahn

Rattenrennen
Rat Race (1955)

Der Drache in der See
Dragon in the Sea (1955)
(ursp. als *Under Pressure*)

Feuer einstellen!
Cease Fire (1958)

Auf das Geschirr kommt es an
A Matter of Traces (1958)

Erinnert Euch!
Try to Remember (1961)

Der taktvolle Saboteur
The Tactful Saboteur (1964)

Auf dem Wüstenplaneten
The Road to Dune (1985)

Streng nach Vorschrift
By the Book (1966)

Saatgut
Seed Stock (1970)

Komm zu mir, mein Mörder!
Murder Will In (1970)

Transit für einen Flügel
Passage for Piano (1973)

Der Tod einer Stadt
Death of a City (1973)

Frösche und Forscher
Frogs and Scientists (1985)

4442 Leonard Daventry
Erinnert euch an uns (1987)
You Must Remember Us ...? (1980)
Ü: Peter Robert

4443 Sakyô Komatsu
Der Tag der Auferstehung (1987)
Fukkatsu No Hi (1964)
Ü: Michael Morgental und Keiko Miriam Inaba

4444 Robert A. Heinlein
Future History – Die Vergangenheit der Zukunft (C) (1988)
The Past Through Tomorrow Future History Stories Complete in One Volume (1967)
Ü: Rosemarie Hundertmarck

Damon Knight
Einleitung (1977)

Lebenslinie (1972)
Life-Line (1939)

Die Straßen müssen rollen (1971) (1977)
The Roads Must Roll (1940)

Katastrophen kommen vor (1972) (1983)
Blowups Happen (1940)

Der Mann, der den Mond verkaufte (1971)
The Man Who Sold the Moon (1949)

Delila und der Raummonteur
Delilah and the Space-Rigger (1949)

Raum-Jockey
Space Jockey (1947)

Requiem
Requiem (1939)

Die lange Wache
The Long Watch (1948)

Nehmen Sie Platz, meine Herren!
Gentlemen, Be Seated (1948)

Die schwarzen Klüfte Lunas
The Black Pits of Luna (1947)

»Wie schön, wieder zu Hause zu sein!«
»It's Great to Be Back!« (1946)

»... Wir führen auch Hunde spazieren«
»... We Also Walk Dogs« (1941)

Suchscheinwerfer (1972)
Searchlight (1962)

Zerreißprobe im All
Ordeal in Space (1947)

Die grünen Hügel der Erde
The Green Hills of Earth (1947)

Imperialistische Logik
Logic of Empire (1941)

Das Ekel von der Erde (1971)
The Menace from Earth (1957)

»Wenn das so weitergeht ...«
»If This Goes On ...« (1940)

Coventry
Coventry (1940)

Außenseiter
Misfit (1939)

Methusalems Kinder
Methuselah's Children (1941/1958)

Zeittafel

4445 Isaac Asimov
Lunatico oder Die nächste Welt (1974/1982) (1993)
The Gods Themselves (1972)
Ü: Thomas Schlück
(➶ 7, ➶ 5126 AR/NA unter neuer Nummer)

4446 Friedel Wahren (Hrsg.)
Isaac Asimov's Science Fiction Magazin, 30. Folge (A) (1987)

Isaac Asimov
Roboterträume
Robot Dreams (1986)
Ü: Edda Petri

Orson Scott Card
Hatrack River
Hatrack River (1986)
Ü: Michael Nagula

Rudy Rucker & Bruce Sterling
Die Erstürmung des Kosmos
Storming the Cosmos (1985)
Ü: Biggy Winter

M. J. Engh
Der Aurinbaum
Aurin Tree (1987)
Ü: Andreas Brandhorst

Walter Jon Williams
Zeit des Wolfs
Wolf Time (1987)
Ü: Andreas Brandhorst

Lucius Shepard
Ayamara
Ayamara (1986)
Ü: Peter Pape

Reinhard Köhrer
Schnupfendämmerung (1987)

4447 Charles Sheffield
Die Gesichter des Proteus (1995)
Sight of Proteus (1978/1994)
Ü: Walter Brumm
(Ursprünglich geplant unter dieser Nummer: »Die Tür ins Feuer« von Diane Duane, bereits erschienen unter der Nummer 6749 AR)

4448 Diane Duane
Das Tor der Schatten (1987)
The Door into Shadow (1983)
Ü: Uschi Gnade

4449 David Brin
Der Übungseffekt (1986) (1993)
The Practice Effect (1983)
Ü: Rainer Schmidt

4450 David Brin
Sternenflut (1983) (1993)
Startide Rising (1983)
Ü: Rainer Schmidt

4451 Jane Gaskell
Der Turm der Göttin (1976/1987)
The Serpent (1966), Teil 1
Ü: Horst Pukallus
(➶ 3508)

4452 Jane Gaskell
Der Drache (1976/1987)
The Serpent (1966), Teil 2
Ü: Horst Pukallus
(➶ 3516)

4453 Jane Gaskell
Im Reich der Atlaniden (1977/1987)
Atlan (1965)
Ü: Horst Pukallus
(➶ 3530)

4454 Jane Gaskell
Im Land der Affenmenschen
(1977/1987)
The City (1966)
Ü: Horst Pukallus
(➶ 3543)

4455 Jane Gaskell
Die Länder des Sommers (1987)
Some Summer Lands (1977)
Ü: Horst Pukallus

4456 Robert Silverberg
Tom O'Bedlam (1987)
Tom O'Bedlam (1985)
Ü: Roland Fleissner

4457 Michael Weisser
Off Shore (1987)

4458 Diane Duane
Der verwundete Himmel (1987)
The Wounded Sky (1983)
Ü: Hans Maeter

4459 James Tiptree jr.
Sternenlieder eines alten Primaten
(C) (1987)
Star Songs of an Old Primate (1978)

Vorwort
von Ursula K. Le Guin
Ü: Irene Bonhorst

Dein haploides Herz
Your Haploid Heart (1969)
Ü: Jürgen Langowski

Und so weiter, und so weiter
And So On, And So On (1971)
Ü: Jürgen Langowski

Ihr Rauch stieg ewig auf
Her Smoke Rose Up Forever (1974)
Ü: Jürgen Langowski

Ein flüchtiges Seinsgefühl (1980)
A Momentary Taste of Being (1975)
Ü: Sylvia Pukallus

Houston, Houston, bitte melden (1982)
»Houston, Houston, Do You Read?«
(1976)
Ü: Walter Brumm

Der Psychologe, der keine Ratten quälen wollte (1981)
The Psychologist Who Wouldn't Do Awful Things to Rats (1976)
Ü: Walter Brumm

Sie wartet auf alle geborenen Menschen
She Waits for All Men Born (1976)
Ü: Jürgen Langowski

4460 Ursula K. Le Guin
Drei Romane – Früher Hainish-Zyklus, Erster Teil
(C) (1978/ 1978/1979) (1987)
Ü: Birgit Reß-Bohusch

Rocannons Welt
Rocannon's World (1966)
(➶ 3578)

Das zehnte Jahr
Planet of Exile (1966)
(➶ 3604)

Stadt der Illusionen
City of Illusions (1967)
(➶ 3672)

4461 James P. Hogan
Unternehmen Proteus (1988)
The Proteus Operation (1985)
Ü: Edda Petri

4462 Joël Houssin
Die Geier (1988)
Les vautours (1985)
Ü: Georges Hausemer

4463 Wolfgang Jeschke (Hrsg.)
Drei SF-Romane in einem Band (A)
(1978/1988/1973) (1988)

John W. Campbell jr.
Wer da?
Who Goes There? (1938/1966)
Ü: Uwe Anton
(➶ 3597)

Margit Gáspár
Der schwarze Kaiser
A fekete császár (1983)
Ü: Gottfried Feidel

Roger Zelazny
Fluch der Unsterblichkeit (1973)
This Immortal (1966)
Ü: Roland Fleissner

4464 Wolfgang Jeschke (Hrsg.)
Das Science Fiction Jahr # 3
Ausgabe 1988 (A) (1988)

Editorial

Carl Amery
Ist Kassandra verstummt?

Michael Nagula
Keine Zukunft für Science Fiction

Michael Swanwick
Postmoderne: Neue Strömungen in der Science Fiction
A User's Guide to the Postmoderns (1986)
Ü: Michael Nagula

Peter Gaschler
Monsterama und apokalyptisches Bewußtsein – Science Fiction und Phantastik im Kino 1986/87

Peter Gaschler
Kommentierte Filmografie der Kinofilme 1986/1987

Peter Gaschler
Science Fiction und Phantastik auf Video 1986/87

Peter Gaschler
Coming Attractions – Neue Filme 1986/87

Wolfgang Bachschwöll und Christian Haderer
»Warum erwachsen werden?« – Ein Gespräch mit dem deutschen Regisseur Roland Emmerich

Hermann Urbanek
Die amerikanische SF-Szene 1986/87
Die britische SF-Szene 1986/87
Die deutsche SF-Szene 1986/87

Preise – Preise – Preise

Horst Tröster und Thomas Tilsner
Science Fiction-Hörspiele 1986/87

Regine Ahrem
»Vom Weltraumklamauk zu den Abenteuern der Seele« – Kurd Laßwitz Sonderpreis 1986 für Dieter Hasselblatt

Darrell Schweitzer
Ein Gespräch mit Julian May
Ü: (N. N.)

Duncan Lunan
Die Politik des erdnahen Weltraums
The Politics in Near Space (1987)
Ü: Winfried Petri

Mark Siegel
Die Kurzgeschichten von James Tiptree jr.
James Tiptree, jr. (1985)
(Auszug)
Ü: Franz Rottensteiner

Egon Sammel
Regen in der Nacht, Im Traum erscheint mir die Welt, Frühnebel steigt auf ...
in memoriam Andrej Tarkowskij

Reinmar Cunis
Heinrich Odenheimers Einführung in die Allgemeine Dilatations-Theorie

Ute Bauer und Thomas Tilsner
Ein Gespräch mit Reinmar Cunis

Christian Haderer
Die Rettung der Netzhaut oder
To make visible what is audible

Michael K. Iwoleit
Die deutsche Science Fiction und ihre Autoren (3. Teil)

Olaf R. Spittel
Zur DDR-SF der 80er Jahre

SF-Neuerscheinungen in der DDR

Egon Sammel
»Invasion vom Mars« oder
Die Renaissance der 50er Jahre

Jörg Weigand
Ein Gespräch mit Daniel Walther

Günther Luxbacher
Kunst und Konserve:
Europäische Video-Art auf der Ars electronica '87

Buchrezensionen

Werner Bauer
Phantastische Literatur im Heyne-Taschenbuch 1987

4465 Lee Harding
Der weinende Himmel
(1988)
The Weeping Sky (1977)
Ü: Roland Fleissner

4466 Henry Rider Haggard
Heu Heu oder das Monster
(1988)
Heu-Heu (1924)
Ü: Niko Karapancsa

4467 Henry Rider Haggard
Nada die Lilie
(1980) (1988)
Nada the Lily
(1891/1892)
Ü: Hans Maeter
(➶ 3733/NA unter neuer Nummer)

4468 William Gibson
Cyberspace (C) (1900)
Burning Chrome (1986)
Ü: Reinhard Heinz

Bruce Sterling
Vorwort

Der mnemonische Johnny
Johnny Mnemonic (1981)

Das Gernsback-Kontinuum
The Gernsback Continuum (1981)

Fragmente einer Hologramm-Rose
Fragments of a Hologram Rose
(1977)

Zubehör
The Belonging Kind (1981)
(mit John Shirley)

Hinterwäldler
Hinterlands (1981)

Roter Stern, Winterorbit
Red Star, Winter Orbit (1983)
(mit Bruce Sterling)

New Rose Hotel
New Rose Hotel (1982)

Der Wintermarkt (1987)
Winter Market (1986)

Luftkampf
Dogfight (1982)
(mit Michael Swanwick)

Chrom brennt
Burning Chrome (1985)

4469 Bruce T. Holmes
Die letzte Generation (1988)
Anvil of the Heart (1983)
Ü: Andreas Brandhorst

4470 Wolfgang Jeschke (Hrsg.)
Second Hand Planet (A) (1988)

James Patrick Kelly
Der Gefangene von Chillon
The Prisoner of Chillon (1986)
Ü: Winfried Petri

George R. R. Martin
Bilder seiner Kinder
Portraits of His Children (1985)
Ü: Birgit Reß-Bohusch

Lino Aldani
Harem im Koffer
Harem nella valigia (1963)
Ü: Hilde Linnert

Sylvia Brecht-Pukallus
Myogie (1987)

Karl-Michael Armer
Malessen mitte Biotechnik (1987)

Dieter Hasselblatt
Projekt Ichthanthropos gescheitert (1987)

Michael K. Iwoleit
Der Eisgarten (1983)

Darosław J. Torún
Geschichte mit lebensfremdem Ende
Historia z nieżyciowym zakończeniem (1982)
Ü: Hanna Rottensteiner

Vittorio Curtoni
Das Leben als Intermezzo zwischen Geburt und Tod
La vita considerata come un'interferenza tra nascita e morte (1984)
Ü: Hilde Linnert

Ronald M. Hahn und Thomas Ziegler
Die Zivilisation, wie wir sie kennen (1988)

David Zindell
Traumloser Schlaf
The Dreamer's Sleep (1984)
Ü: Ingrid Herrmann

Gerben Hellinga jr.
Dichte 9
Dichtheid negen (1986)
Ü: Hildegard Höhr

Karen Joy Fowler
Das wahre Gesicht der Dinge
Face Value (1986)
Ü: Irene Bonhorst

Kate Wilhelm
Ein Meisterwerk der Liebe
Masterpiece of Love (1983)
Ü: Jürgen Langowski

Walter Jon Williams
Video Star
Video Star (1986)
Ü: Jürgen Langowski

James Patrick Kelly
Letztkontakt
Last Contact (1981)
Ü: Inge Holm

Richard Paul Russo
In der Regenzeit
In the Seasons of the Rains (1987)
Ü: Birgit Reß-Bohusch

Lucius Shepard
Feuerzone Grün
Firezone Emerald (1986)
Ü: Walter Brumm

Bernd H. Schoeps
Probe Sechs (1988)

Wolfgang Ueding
Finale (1988)

Wladimir Ruibin
Die Erde ruft
Semlja sawjot
ЗЕМЛЯ ЗОВЕТ (1981)
Ü: Anna Maria Kienpointner-Platzgummer

Eric Vinicoff und Marcia Martin
Letzte Jagd
Last Hunt (1979)
Ü: Andreas Brandhorst

Andreas Brandhorst
Waldkinder (1987)

Bernard Jacques
Second Hand Planet oder Heute früh, die Wale
Ce matin, les baleines (1980)
Ü: Hilde Linnert

4471 Jack Vance
Herrscher von Lyonesse (1993)
Lyonesse (1983)
Ü: Joachim Pente

4472 Alan Burt Akers
Die Labyrinthe von Scorpio (1988)
Mazes of Scorpio (1982)
Ü: Thomas Schlück

4473 Tim Powers
Die Tore zu Anubis Reich (1980)
The Anubis Gates (1983)
Ü: Walter Brumm

4474 David Dvorkin
Die Trellisane-Konfrontation (1988)
The Trellisane Confrontation (1984)
Ü: Andreas Brandhorst

4475 Ian Watson
Die Räume des Paradieses (C) (1988)
Sunstroke and Other Stories (1982)
Ü: Walter Brumm

Die Räume des Paradieses
The Rooms of Paradise (1978)

Alpträume
Nightmares (1981)

Heimkehr
Homecoming

Die Knospe
Bud (1980)

Die Milch des Wissens
The Milk of Knowledge

Frieden
Peace

Jean Sandwich, der Gönner und ich
Jean Sandwich, the Sponsor, and I (1981)

Ein Brief von Gott
A Letter from God (1981)

Einsicht
Insight (1980)

In den Pumpenraum mit Jane
To the Pump-Room with Jane (1975)

Flamme und Heiler
Flame and the Healer

Der Ruf der Wildnis: die Version des Hundeflohs
The Call of the Wild: the Dog Flea Version (1981)

Die künstlerische Note
The Artistic Touch (1981)

Die World Science Fiction Convention von 2080
The World Science Fiction Convention of 2080 (1980)

Sonnenstich
Sunstroke

Die tausend Schnitte
The Thousand Cuts

4476 Bob Shaw
Brandmuster (1988)
Fire Pattern (1984)
Ü: Hilde Linnert

4477 Wolfgang Jeschke (Hrsg.)
Heyne Science Fiction Jahresband 1988 (A) (1988)

Orson Scott Card
Auge um Auge
Eye for Eye (1987)
Ü: Hilde Linnert

James Patrick Kelly
Todestherapie
Death Therapy (1978)
Ü: Edda Petri

Robert A. Heinlein
Der Mann, der in Elefanten reiste
The Man Who Travelled in Elephants (1957)
Ü: Rosemarie Hundertmarck

Ian McDonald
Christian
Christian (1984)
Ü: Malte Heim

Robert Silverberg
Gilgamesch im Outback
Gilgamesh in the Outback (1986)
Ü: Jürgen Langowski

Kate Wilhelm
Das Mädchen, das in den Himmel fiel
The Girl Who Fell into the Sky (1986)
Ü: Birgit Reß-Bohusch

Kim Stanley Robinson
Der blinde Geometer
The Blind Geometer (1986)
Ü: Peter Pape

Harry Harrison
Polizeirevier Mars
Arm of the Law (1958)
Ü: Tony Westermayr

Frank Herbert
Saatgut
Seed Stock (1970)
Ü: Ronald M. Hahn

C. J. Cherryh
Der Sündenbock
The Scapegoat (1985)
Ü: Irene Holicki

Lucius Shepard
Die Sonnenspinne
The Sun Spider (1987)
Ü: Irene Bonhorst

Alan Dean Foster
Das Sardinen-Wunder (1984)
A Miracle of Small Fishes (1974)
Ü: Heinz Nagel

John Varley
Abgespeichert
Overdrawn at the Memory Bank (1976)
Ü: Marcel Bieger

William Gibson
Chrom brennt (1988)
Burning Chrome (1986)
Ü: Reinhard Heinz

4478 Jack Vance
Grüne Magie (C) (1988)
Green Magic (1979)
Ü: Andreas Brandhorst

Grüne Magie
Green Magic (1963)

Die Wundermacher
The Miracle Workers (1958)

Die Mondmotte (1981)
The Moon Moth (1961)
Ü: Heinz Nagel

Mitr
The Mitr (1953)

Die Menschen kehren zurück
The Men Return (1957)
Ü: Heinz Nagel

Das Schmale Land
The Narrow Land (1967)

Die Pilger
The Pilgrirm (1966)

Das Geheimnis
The Secret (1966)

Liane der Wanderer
Liane the Wayfarer (1950)

4479 John Brunner
Das öde Land (1988)
To Conquer Chaos (1981)
Ü: Irene Holicki

4480 Greg Bear
Blutmusik (1988)
Blood Music (1985)
Ü: Walter Brumm

4481 Wim Gijsen
Iskander der Traumdieb (1988)
Iskander de Dromendief (1982)
Ü: Hildegard Höhr

4482 Wim Gijsen
Das Haus des Wolfs (1988)
Het Huis van de Wolf – De Terugkeer van Iskander de Dromendief! (1983)
Ü: Hildegard Höhr

4483 Jean-Pierre Andrevon
Neutron (C) (1988)
Neutron (1981)
Ü: Hilde Linnert

Man muß daran denken
Il faut bien y penser

Im Herzen der Bombe
Au coeur de la bombe

Die Haut eines Hundes und die Augen einer Frau
La peau d'un chien et les yeux d'une femme

Wie ein einsamer, flüchtiger Stern
Comme une étoile solitaire et fugitive

Essen!
Manger!

Das gesamte Gedächtnis der Welt
Toute la mémoire du monde

Die langen Ferien
Les longues vacances

Das Fenster
La fenêtre

Neutron
Neutron

4484 Wolfgang Jeschke (Hrsg.)
Drei SF-Romane in einem Band (A) (1979/1974/1987) (1988)

C. L. Moore
Traubenlese
Vintage Season (1946)
Ü: Uwe Anton
(➶ 3651)

James Blish
Der Hexenmeister
Black Easter (1968)
Ü: Richard Paul
(➶ 5059 AR)

Péter Zsoldos
Kontrapunkt
Ellenpont (1973)
Ü: Gottfried Feidel

4485 Ronald M. Hahn (Hrsg.)
The Magazine of Fantasy and Science Fiction, 77. Folge
Reisegefährten (A) (1988)
Ü: Ronald M. Hahn

John Brunner
Reisegefährten
Fellow Traveller (1986)

Reginald Bretnor
Die endgültige Waffe
The Ultimate Weapon (1986)

Michael Shea
Normalbenzin
Fill It with Regular (1986)

Frederik Pohl
Die große Absahne
Saucery (1986)

Richard Kearns
Grabengel
Grave Angels (1986)
Ü: Thomas Ziegler

John Barnes
Wie stumm und kalt sie ist
How Cold She Is, and Dumb (1986)

Vance Aandahl
Aus der Bestie geboren
Born from the Beast (1986)
Ü: Thomas Ziegler

4486 Vonda N. McIntyre
Zurück in die Gegenwart (1987)
Star Trek IV – The Voyage Home (1986)
Ü: Hans Maeter

4487 Harry Harrison
Die Geburt einer Stahlratte (1988)
A Stainless Steel Rat Is Born (1987)
Ü: Thomas Schlück

4488 Harry Harrison
Stahlratte wird Rekrut (1988)
The Stainless Steel Rat Gets Drafted (1987)
Ü: Thomas Schlück

4489 Harry Harrison
Stahlratte zeigt die Zähne (1966/1983) (1988)
The Stainless Steel Rat (1961)
Ü: Wulf Bergner
(↗ 3083, ↗ 3928/NA unter neuer Nummer und neuem Titel)

4490 Harry Harrison
Stahlratte schlägt zurück (1974/1983) (1988)
The Stainless Steel Rat's Revenge (1970)
Ü: Thomas Schlück
(↗ 3393, ↗ 3974/NA unter neuer Nummer und neuem Titel)

4491 Harry Harrison
Stahlratte rettet die Welt (1974) (1988)
The Stainless Steel Rat Saves the World (1970)
Ü: Thomas Schlück (↗ 3417/NA unter neuer Nummer und neuem Titel)

4492 Harry Harrison
Stahlratte will dich (1979) (1988)
The Stainless Steel Rat Wants You (1978)
Ü: Thomas Schlück
(↗ 3678/NA unter neuer Nummer und neuem Titel)

4493 Harry Harrison
Macht Stahlratte zum Präsidenten! (1984) (1988)
The Stainless Steel Rat for President! (1982)
Ü: Thomas Schlück
(↗ 4096/NA unter neuer Nummer)

4494 Wolfgang Jeschke (Hrsg.)
Drei SF-Romane in einem Band (A) (1975/1981/1979) (1988)

Ursula K. Le Guin
Das Wort für Welt ist Wald
The Word for World Is Forest (1972)
Ü: Gisela Stege
(↗ 3466)

Peter Lorenz
Quarantäne im Kosmos

Alan Dean Foster
Die denkenden Wälder
Midworld (1975)
Ü: Heinz Nagel
(↗ 3660)

4495 Friedel Wahren (Hrsg.)
Isaac Asimov's Science Fiction Magazin, 31. Folge (A) (1988)
Ü: Andreas Brandhorst

Pat Cadigan
Engel
Angel (1987)

James Patrick Kelly
Die Glaswolke
Glass Cloud (1987)

Bruce Sterling
Die Blumen von Edo
Flowers of Edo (1987)

Pat Murphy
Rachel ist verliebt
Rachel in Love (1987)

James P. Blaylock
Myron Chester und die Kröten
Myron Chester and the Toads (1987)

Andrew Weiner
Wellen
Waves (1987)

Ute Bauer
Und Gott schuf den Menschen nach seinem Bilde ... (1988)

4496 C. J. Cherryh
Das Kuckucksei (1988)
Cuckoo's Egg (1985)
Ü: Thomas Schlück

4497 Mary Gentle
Der silberne Falke (1988)
A Hawk in Silver (1977)
Ü: Jürgen Langowski

4498 Rudy Rucker
Software (1988)
Software (1982)
Ü: Kurt Bracharz

4499 Greg Bear
Corona (1988)
Corona (1984)
Ü: Andreas Brandhorst

4500 Randall Garrett & Vicki Ann Heydron
Der Stahl von Raithskar (1988)
The Steel of Raithskar (1981)
Ü: Fredy Köpsell

4501 Randall Garrett & Vicki Ann Heydron
Das Glas von Dyskornis (1988)
The Glass of Dyskornis (1982)
Ü: Fredy Köpsell

4502 Randall Garrett & Vicki Ann Heydron
Die Bronze von Eddarta (1988)
The Bronze of Eddarta (1983)
Ü: Fredy Köpsell

4503 Randall Garrett & Vicki Ann Heydron
Der Quell der Dunkelheit (1988)
The Well of Darkness (1983)
Ü: Irene Holicki

4504 Randall Garrett & Vicki Ann Heydron
Die Suche nach Kä (1988)
The Search for Kä (1984)
Ü: Christian Jentzsch

4505 Randall Garrett &
Vicki Ann Heydron
Die Rückkehr nach Eddarta (1988)
Return to Eddarta (1984)
Ü: Christian Jentzsch

4506 Randall Garrett &
Vicki Ann Heydron
Der heilige Stein (1989)
The River Wall (1986)
Ü: Christian Jentzsch

4507 Gilles Thomas
Jalen der Krieger (1988)
La croix des decates (1977)
Ü: Georges Hausemer

4508 Alan Dean Foster
Die Pfade des Wanderers (1988)
The Paths of the Perambulator (1985)
Ü: Ralph Tegtmeier

4509 Alan Dean Foster
Die Zeit der Heimkehr (1988)
The Time of the Transference (1987)
Ü: Ralph Tegtmeier

4510 Alan Burt Akers
Delia von Vallia (1988)
Delia of Vallia (1982)
Ü: Thomas Schlück

4511 Alan Burt Akers
Die Feuer von Scorpio (1988)
Fires of Scorpio (1983)
Ü: Thomas Schlück

4512 L. S. Chatschaturjanc &
E. V. Chrunov
Der Asteroid (1988)
*Na asteroide/*На астероиле
(1984)
Ü: Winfried Petri

4513 Wolfgang Jeschke (Hrsg.)
Wassermans Roboter (A) (1988)

Lucius Shepard
Professor Sombras Automaten
Dancing It All Away at Nadoka (1986)
Ü: Birgit Reß-Bohusch

Ian McDonald
Van Goghs unvollendetes Porträt des Königs der Schmerzen
Unfinished Portrait of the King of Pain by Van Gogh (1988)
Ü: Ronald M. Hahn

Harlan Ellison
Der Wächter der verlorenen Stunde
Paladin of the Lost Hour (1985)
Ü: Irene Bonhorst

Christian Mähr
Sprecher und Hörer (1988)

Thomas Wintner
Das Geschenk
Het Geschenk (1986)
Ü: Hildegard Höhr

Joern J. Bambeck
Ich werde immer da sein, wenn du mich brauchst (1988)

Lino Aldani
Psychosomatisches Doppel
Doppio psicosomatico (1982)
Ü: Hilde Linnert

Richard Stone
Wassermans Roboter
Wasserman's Robots (1988)
Ü: Karl A. Klewer

Hans Altmeyer
Sprung in die Tiefe (1988)

Karen Joy Fowler
Das Geistertor
The Gate of Ghosts (1986)
Ü: Peter Robert

Richard Paul Russo
Gebete eines Regengottes
Prayers of a Rain God (1987)
Ü: Walter Brumm

Florian F. Marzin
Traumzeit (1988)

James Patrick Kelly
Dämon
Daemon (1987)
Ü: Andreas Brandhorst

Wladimir Scherbakow
Ein beschwingter Morgen
Krylatoje Utro/
КРЫЛАТОЕ УТРО (1976)
Ü: Anna Maria Platzgummer-Kienpointner

Eddy C. Bertin
Die Todesträume der Sybillia Sternenstaub
De doodsdromen von Sybillia Sternenstaub (1985)
Ü: Hildegard Höhr

Christian Lautenschlag
Es kommt der Pan (1988)

George R. R. Martin
Die Glasblume
The Glassflower (1986)
Ü: Irene Bonhorst

David Brin
Thor trifft Captain Amerika
Thor Meets Captain America (1986)
Ü: Birgit Reß-Bohusch

Ernst Petz
Warum Frankenstein scheitern mußte (1988)

4514 C. J. Cherryh
Der Baum der Schwerter und Juwelen (1988)
The Tree of Swords and Jewels (1983)
Ü: Thomas Schichtel

4515 Mark Geston
Das Schiff (C) (1975/1975/1975) (1988)
Ü: Birgit Reß-Bohusch

Das Sternenschiff
Lords of the Starship
(➚ 3419)
Die Ruinenwelt
Out of the Mouth of the Dragon
(➚ 3423)
Der Stern der Hoffnung
The Day Star
(➚ 3428)

4516 Ronald M. Hahn & Harald Pusch
Die Temponauten (1983) (1988)

4517 Josh Pachter (Hrsg.)
Top Science Fiction, Band 2 (A) (1988)

Isaac Asimov
Die letzte Frage
The Last Question (1956)
Ü: Edda Petri

Barrington J. Bayley
Die Erforschung des Raumes
The Exploration of Space (1972)
Ü: Edda Petri

Robert Bloch
Ich mag Blondinen
I Like Blondes (1956)
Ü: Edda Petri

Ben Bova
Eine kleine Freundlichkeit
A Small Kindness (1983)
Ü: Edda Petri

Gardner R. Dozois
Maschinen von liebevoller Güte
Machines of Loving Grace (1972)
Ü: Malte Heim und Werner Bauer

Carol Emshwiller
Der Anfang vom Ende der Welt
The Start of the End of the World (1978)
Ü: Malte Heim

Horace L. Gold
Der Mann, der englischte
The Man with English (1953/1955)
Ü: Malte Heim

R. A. Lafferty
Fortsetzung auf dem nächsten Felsen
Continued on Next Rock (1970)
Ü: Malte Heim

Anne McCaffrey
Ein Raumschiff namens Helva (1973)
The Ship Who Sang (1961) (1. Kap.)
Ü: Birgit Reß-Bohusch

Doris Piserchia
Ein ganz gewöhnlicher Tag
A Typical Day (1974)
Ü: Andreas Brandhorst

Frederik Pohl
Der Tag Million (1971)
Day Million (1966)
Ü: Mary Hammer

Bill Pronzini
Nächste Station: Venus (1982)
and Then We Went to Venus
(1980)
Ü: Jörg Adrian Huber

Pamela Sargent
Clone Sister
Clone Sister (1973)
Ü: Andreas Brandhorst

Brian M. Stableford
Der Ingenieur und der Exekutor
The Engineer and the Executioner
(1975)
Ü: Andreas Brandhorst

Jack Williamson
Kosmos-Express
The Cosmic Express (1931)
Ü: Andreas Brandhorst

Gene Wolfe
Im Spiegelglas-Schloß
In Looking-Glass Castle (1980)
Ü: Andreas Brandhorst

George Zebrowski
Der heidnische Gott
Heathen God (1970)
Ü: Andreas Brandhorst

4518 Josh Pachter (Hrsg.)
Top Fantasy, Band 2 (A) (1988)
Ü: Lore Strassl

Barrington J. Bayley
Das Schiff des Unheils
The Ship of Disaster (1965)
Ü: Franz Rottensteiner

Michael Bishop
Zusammenarbeit
Collaborating (1979)
Ü: Franz Rottensteiner

Robert Bloch
Der Mann, der Poe sammelte
The Man Who Collected Poe (1951)
Ü: Edda Werfel

Ramsey Campbell
Die Tiefen
The Depths (1982)

Jack Dann
Schabernack vom Elfenpack
Fairy Tale (1981)

Richard Deming
Reillys Leben nach dem Tod
The Afterlife of Reilly (1982)

Joe L. Hensley
Harfner
Harpist (1982)

Lael J. Littke
Mrs. Twillers Einkaufsbummel
Mrs. Twiller Takes a Trip (1970)

John Lutz
Die wirkliche Form der Küste
The Real Shape of the Coast (1971)

Bill Pronzini
Der Mann, der *The Shadow* sammelte
The Man Who Collected The Shadow (o.J.)

Nancy Springer
Wiedergutmachung
Amends – A Tale of the Sun Kings (1983)

Edward Wellen
Gelehrtensprache
Chalk Talk (1973)

Jack Williamson
Das kalte grüne Auge
The Cold Green Eye (1953)

Gene Wolfe
Kevin Malone
Kevin Malone (1980)

4519 Robin McKinley
Die Heldenkrone (1988)
The Hero and the Crown (1985)
Ü: Irene Holicki

4520 Robin McKinley
Das Blaue Schwert (1988)
The Blue Sword (1982)
Ü: Irene Holicki

4521 Tanith Lee
Der Prinz auf dem weißen Pferd (1988)
Prince on a White Horse (1982)
Ü: Andreas Brandhorst

4522 Phillip Mann
Der Herr von Paxwax (1988)
Master of Paxwax (1986)
Ü: Walter Brumm

4523 Phillip Mann
Der Fall der Familien (1988)
The Fall of the Families (1987)
Ü: Walter Brumm

4524 Walter Jon Williams
Hardware (1988)
Hardwired (1987)
Ü: Peter Robert

4525 Ronald M. Hahn (Hrsg.)
The Magazine of Fantasy and Science Fiction, 78. Folge
Volksrepublik Disneyland
(A) (1988)

Vance Aandahl
Volksrepublik Disneyland
Deathmatch in Disneyland (1987)
Ü: Michael Windgassen

Lisa Tuttle
Die Kolonisation des Edwin Beal
The Colonization of Edwin Beal (1987)
Ü: Ronald M. Hahn

Ron Goulart
Glory
Glory (1987)
Ü: Ronald M. Hahn

Terry Carr
Schon erfüllt
You Got It (1987)
Ü: Ronald M. Hahn

Rosalind Warren
Der Bote
The Messenger (1987)
Ü: Michael K. Iwoleit

Robert F. Young
Ein Riese, ein irisches Mädchen und 21 Kühe
The Giant, the Colleen, and the Twenty One Cows (1987)
Ü: Michael K. Iwoleit

Mary Caraker
Aus der Traufe gehoben
Out of the Cradle (1987)
Ü: Michael Windgassen

Andrew Weiner
Begegnung mit den Aliens
Going to Meet the Alien (1987)
Ü: Michael K. Iwoleit

4526 C. J. Cherryh
Der Engel mit dem Schwert (1988)
Angel with the Sword (1985)
Ü: Thomas Schichtel

4527 Kate Wilhelm
Somerset träumt (C) (1988)
Somerset Dreams (1978)
Ü: Sylvia Brecht-Pukallus

R. Glenn Wright
Vorwort (1977)

Somerset träumt (1979)
Somerset Dreams (1969)

Die Begegnung
The Encounter (1970)

Eine Planetengeschichte
Planet Story (1975)

Mrs. Bagley fliegt zum Mars
Mrs. Bagley Goes to Mars (1978)

Symbiose
Symbiosis (1972)

Meine Damen und Herren, hier ist Ihre Krise (1979/1983)
Ladies and Gentlemen, This Is Your Crisis (1976)

Die Hunde
The Hounds (1974)

Stand der Gnade
State of Grace (1977)

4528 John M. Ford
Der letzte Schachzug (1988)
The Final Reflection (1984)
Ü: Andreas Brandhorst

4529 William Gibson
Biochips (1988)
Count Zero (1986)
Ü: Reinhard Heinz

4530 Stephen R. Donaldson
Der Spiegel ihrer Träume (1988)
The Mirror of Her Dreams (1986)
Ü: Horst Pukallus

4531 Stephen R. Donaldson
Einer reitet durch (1989)
A Man Rides Through (1989)
Ü: Horst Pukallus

4532 L. Sprague de Camp & Fletcher Pratt
Mathemagie – Die fünf Harold Shea-Romane in einem Band (C)
(1981/1981/1982/1982/1982)
(1988)
Ü: Bernd W. Holzrichter

An den Feuern des Nordens
The Roaring Trumpet (1941)
(➶ 3768)

Die Kunst der Mathemagie
The Mathematics of Magic (1941)
(➶ 3814)

Die stählerne Festung
The Castle of Iron (1941)
(➶ 3854)

Die Mauer der Schlangen
The Wall of Serpents (1953/1960)
(➶ 3881)

Der grüne Magier
The Green Magician (1954/1960)
(➶ 3881)

4533 Alan Dean Foster
Pfade des Ruhms (1988)
Glory Lane (1987)
Ü: Ralph Tegtmeier

4534 Jack Williamson
Manseed (1988)
Manseed (1982)
Ü: Andreas Brandhorst

4535 Diane Duane
Der Feind, mein Verbündeter
(1988)
My Enemy, My Ally (1984)
Ü: Andreas Brandhorst

4536 Friedel Wahren (Hrsg.)
Isaac Asimov's Science Fiction Magazin, 32. Folge (A) (1988)

Michael Bishop
Extraterrestrische Graffiti – Ein Erlebnisbericht über wandernde Projektionen
Alien Graffiti – A Personal History of Vagrant Intrusions (1987)
Ü: Ingrid Herrmann

Pat Cadigan
Meines Bruders Hüterin
My Brother's Keeper (1988)
Ü: Rosemarie Hundertmarck

Lisa Goldstein
Cassandras Fotografien
Cassandra's Photographs (1987)
Ü: Ingrid Herrmann

Bruce McAllister
Traumbaby
Dream Baby (1987)
Ü: Rosemarie Hundertmarck

Jack McDevitt
Das Heldenschiff
Dutchman (1987)
Ü: Andreas Brandhorst

Alexander Jablokov
Der Totenbinder
Deathbinder (1988)
Ü: Rosemarie Hundertmarck

Neal Barrett jr.
Ewiges Blau
Perpetuity Blues (1987)
Ü: Andreas Brandhorst

Hartmut Fredl
Auf Abwegen (1988)

4537 Robert Don Hughes
Der Prophet von Lamath
(1988)
The Prophet of Lamath (1979)
Ü: Joachim Pente

4538 Robert Don Hughes
Der doppelköpfige Drache (1988)
The Wizard in Waiting (1982)
Ü: Joachim Pente

4539 Robert Don Hughes
Die Macht und der Prophet (1988)
The Power and the Prophet (1985)
Ü: Joachim Pente

4540 Tanith Lee
Die Burg der Dunkelheit (1988)
The Castle of Dark (1978)
Ü: Irene Holicki

4541 Robert Silverberg
Zigeunerstern (1988)
Star of Gypsies (1986)
Ü: Roland Fleissner

4542 Eric Koch
Kassandrus (1988)
Cassandrus (1988)
Ü: Walter Brumm

4543 Georgij Gurewitsch
Tempograd (1988)
Tempograd/ТЕМПОГРАД
(1980)
Ü: Anna Maria Platzgummer-Kienpointner

4544 Bruce Sterling (Hrsg.)
Spiegelschatten (A) (1988)
Mirrorshades (1986)
Ü: Roland Fleissner

Vorwort

William Gibson
Das Gernsback-Kontinuum
The Gernsback Continuum (1981)
Ü: Reinhard Heinz

Tom Maddox
Schlangenaugen
Snake-Eyes (1986)

Pat Cadigan
Rock On
Rock On (1984)

Rudy Rucker
Houdinis Erzählungen
Tales of Houdini (1983)

Marc Laidlaw
400 Boys
400 Boys (1983)

James Patrick Kelly
Sonnenwende
Solstice (1985)

Greg Bear
Petra
Petra (1982)

Lewis Shiner
Bis Menschenstimmen uns wecken
Till Human Voices Wake Us
(1985)

John Shirley
Freezone
Freezone (1985)

Paul Di Filippo
Stone lebt
Stone Lives (1985)

Bruce Sterling & William Gibson
Roter Stern, Winterorbit
Red Star, Winter Orbit
Ü: Reinhard Heinz

Bruce Sterling & Lewis Shiner
Mozart mit Spiegelbrille
Mozart in Mirrorshades
(1985)

4545 Henry Rider Haggard
Der Schatz im See (1988)
The Treasure of the Lake (1926)
Ü: Reinhard Heinz

4546 Dorothea Sara
Katerherz und Tigerseele
(1986) (1989)

4547 Jack Dann
Der schmelzende Mensch (1989)
The Man Who Melted (1984)
Ü: Hilde Linnert

4548 Anne McCaffrey
Nerilkas Abenteuer (1989)
Nerilka's Story (1986)
Ü: Birgit Reß-Bohusch

4549 Charles Sheffield
Zwischen den Schlägen der Nacht (1989)
Beetween the Strokes of Night (1985)
Ü: Walter Brumm

4550 Wolfgang Jeschke (Hrsg.)
Das Science Fiction Jahr # 4
Ausgabe 1989 (A) (1989)

Editorial

Peter Schattschneider & Günter Zettl
Science versus Fiction

Hermann Urbanek
Die amerikanische SF-Szene 1987/88
Die britische SF-Szene 1987/88
Die deutsche SF-Szene 1987/88

SF-Neuerscheinungen in der DDR
(August 1987 bis September 1988)

Karsten Kruschel
Höhenflüge und triviale Träume:
Noch einmal zur DDR-SF der Achtziger Jahre

René Mahlow
Ein Gespräch mit William Gibson (1988)
Ü: Reinhard Heinz

Dieter Hasselblatt
Triptes, Pfifltriggis, Ssfaia, Solaris, Berenice:
»Tiere«, Wesen, Unwesen – vernachlässigte Denkmuster der Science Fiction

Horst Tröster, Thomas Tilsner & Ute Bauer
Science Fiction-Hörspiel 1987/88

Horst Tröster
Science Fiction als Radiospiel: Die Geschichte der SF aus dem Studio Heidelberg des SDR

Horst Tröster & Thomas Tilsner
Is There Anybody Out There? – Ein Gespräch mit dem Regisseur Andreas Weber-Schäfer

Norbert Stresau
Die Bilder des Jahres 1988
Eine Zensur findet nicht statt ...
»Tanz der Teufel« vor Gericht

Günter Luxbacher
Europäisches Film- und Fernsehjahr 1988:
Die elektronischen Medien machen Dampf.
Eindrücke von drei europäischen Medienfestivals

Jörg Helbig
Die Vergangenheit, die keine war:
Über parahistorische Literatur

Raphael Sáadah
Ein Gespräch mit Lucius Shepard
(1988)
Ü: Jürgen Langowski

Ernst Petz
Science Fiction – quo vadis?
Erinnerungen an die Vergangenheit bei der 13. Euro-Convention von SF-Autoren in Budapest

Michael K. Iwoleit
Herbert W. Frankes Leonardo – Über Kunst und Pseudokunst

Preise – Preise – Preise

Buchrezensionen

Werner Bauer
Phantastische Literatur im Heyne-Taschenbuch 1988

4551 Melinda Snodgrass
Die Tränen der Sänger (1989)
The Tears of the Singers (1984)
Ü: Andreas Brandhorst

4552 Lyndon Hardy
Der Herr der fünf Zauber (1989)
Master of the Five Magics (1980)
Ü: Malte Heim

4553 Lyndon Hardy
Das Geheimnis des sechsten Zaubers (1989)
Secret of the Sixth Magic (1984)
Ü: Malte Heim

4554 Alan Burt Akers
Die Klauen von Scorpio (1989)
The Talons of Scorpio (1983)
Ü: Thomas Schlück

4555 Lucius Shepard
Das Leben im Krieg (1989)
Life During Wartime (1987)
Ü: Irmtraud Kremp und Irene Bonhorst

4556 Bruce Sterling
Schismatrix (1989)
Schismatrix (1985)
Ü: Roland Fleissner

4557 Maria J. Pfannholz
Den Überlebenden (1989)

4558 Philip José Farmer
Fleisch (C) (1990)
Ü: Ronald M. Hahn

Theodore Sturgeon
Ein Wort vorab

Die Verkörperung des Bösen
The Image of the Beast (1968)

Außer Atem
Blown (1969)

Fleisch (1971)
Flesh (1968)
(➶ 3265, auch ➶ 3975)

4559 Alan Dean Foster
Afrikas dunkles Herz (1989)
Into the Out of (1986)
Ü: Ralph Tegtmeier

4560 Wolfgang Jeschke (Hrsg.)
Papa Godzilla (A) (1989)

David Brin
Tankfarm-Dynamo
Tank Farm Dynamo (1983)
Ü: Irene Bonhorst

Charles Sheffield
Die Höfe von Xanadu
The Courts of Xanadu (1988)
Ü: Peter Robert

Bert Vos
Schwarze Flügel in einem Kranz von Dunkelheit
Zwarte vleugels in een krans van duisternis (1986)
Ü: Hildegard Höhr

Connie Willis
Schwarzschild-Radius
Schwarzschild Radius (1987)
Ü: Susanne Tschirner

Karen Joy Fowler
Andere Ebenen
Other Plains (1986)
Ü: Peter Robert

Einar Gjärevold
Der Flötenspieler
Fløytespilleren (1987)
Ü: Angela Hede

Ian McDonald
Romy tanzt
Romy Dances (1989)
Ü: Ronald M. Hahn

Joern J. Bambeck
Stern mit vom Weinen verklebten Augen (1968)

Walter Jon Williams
Der Zeuge
Witness (1986)
Ü: Malte Heim

Ian McDonald
Radio Marrakesch
Radio Marrakech (1989)
Ü: Irene Bonhorst

Christian Mähr
Die Essenz des Realen

David Brin & Daniel Brin
Bühne der Erinnerung
A Stage of Memory (1986)
Ü: Inge Holm

Hans-Joachim Schmidt
Innen und Außen

George Alec Effinger
Der Ghost-Writer
The Ghost Writer (1973)
Ü: Peter Pape

Manfred Fischer
Vier Gedichte (1988)

Friedrich Scholz
Auf der Suche nach dem Schöpfer

Mauro Antonio Miglieruolo
Papa Godzilla
Papa Godzilla (1982)
Ü: Hilde Linnert

David I. Masson
The Show Must Go On
The Show Must Go On (1970)
Ü: Michael K. Iwoleit

4561 Katherine Kurtz
Das Erbe des Bischofs (1989)
The Bishop's Heir (1984)
Ü: Horst Pukallus

4562 Katherine Kurtz
Die Gerechtigkeit des Königs (1989)
The King's Justice (1985)
Ü: Horst Pukallus

4563 Katherine Kurtz
Die Suche nach St. Camber (1989)
The Quest for Saint Camber (1986)
Ü: Horst Pukallus

4564 Katherine Kurtz
Die Deryni-Archive (C) (1991)
– Erzählungen und Berichte –
The Deryni Archives (1986)
Ü: Horst Pukallus

4565 Vernor Vinge
Der Friedenskrieg (1989)
The Peace War (1984)
Ü: Rosemarie Hundertmarck

4566 Vernor Vinge
Gestrandet in der Realzeit (1989)
Marooned in Realtime (1986)
Ü: Rosemarie Hundertmarck

4567 John Sladek
Laß die Giraffe brennen (C) (1989)
Keep the Giraffe Burning (1977)
Ü: Joachim Körber

Vorwort

Elefant mit Holzbein
Elephant with Wooden Leg (1975)

Der Entwurf
The Design (1968)

Das Gesicht
The Face (1977)

Der Meisterplan
The Master Plan (1968)

Flachland
Flatland (1969)

Das Sprungspiel
A Game of Jump (1977)

Der Hammer des Bösen
The Hammer of Evil (1970)

Das verschlossene Zimmer
The Locked Room (1972)

Ein zweiter Blick
Another Look (1975)

Die Weltraumschuhe der Götter
Space Shoes of the Gods (1977)

Die Dichter von Millgrove, Iowa
The Poets of Millgrove, Iowa (1974)

Die Rezensionen
The Commentaries (1969)

Der Himmel unter uns
Heavens Below (1975)

Bilder aus dem Landleben
Scenes from Rural Life (1975)

Das Geheimnis des alten Puddings (1987)
The Secret of the Old Custard (1966)

Undezember
Undecember (1976)

Die Große Mauer von Mexiko
The Great Wall of Mexico (1973)

Nachwort

4568 Jean Lorrah
Mord an der Vulkan-Akademie (1989)
The Vulcan Academy Murders (1984)
Ü: Andreas Brandhorst

4569 Greg Bear
Der Schlangenmagier (1989)
The Serpent Mage (1986)
Ü: Walter Brumm

4570 Wolfgang Jeschke (Hrsg.)
Heyne Science Fiction Jahresband 1989 (A) (1989)

Joe Haldeman
Jahreszeiten
Seasons (1985)
Ü: Malte Heim

Karen Joy Fowler
Ein Mensch mit Seltenheitswert
The Faithful Companion at Forty (1987)
Ü: Peter Robert

Walter Jon Williams
Dinosaurier
Dinosaurs (1987)
Ü: Andreas Brandhorst

Phillip Mann
Lux in Tenebris
Lux in Tenebris (OA) (1989)
Ü: Walter Brumm

George R. R. Martin
Der Seuchenstern
Tuf Voyaging: The Plague Star (1985)
Ü: Malte Heim

Lucius Shepard
Delta Sly Honey
Delta Sly Honey (1986)
Ü: Irene Bonhorst

James Tiptree jr.
Yanqui Doodle
Yanqui Doodle (1987)
Ü: Irene Bonhorst

Ian McDonald
Vivaldi
Vivaldi (OA) (1989)
Ü: Ronald M. Hahn

Robert Silverberg
Vox
The Secret Sharer (1987)
Ü: Roland Fleissner

4571 Frank Herbert & Brian Herbert
Mann zweier Welten (1989)
Man of Two Worlds (1986)
Ü: Ronald M. Hahn

4572 Robert Silverberg
Der Gesang der Neuronen (1971) (1974/1985) (1989)
Thorns (1967)
Ü: Elke Kamper
(➶ 1005, ➶ 3392/NA unter neuer Nummer)

4573 Edgar Pangborn
Westlich der Sonne (1989)
West of the Sun (1953)
Ü: René Mahlow

4574 Ronald M. Hahn (Hrsg.)
The Magazine of Fantasy and Science Fiction, 79. Folge
Die Rückkehr von der Regenbogenbrücke (A) (1989)

Marion Zimmer Bradley
Der Verfolger
The Walker Behind (1987)
Ü: Michael Windgassen

Edward F. Shaver
Die Ankunft der Götter
The Gods Arrive (1987)
Ü: Ronald M. Hahn

Martha Soukup
Meister aller Klassen
Master of the Game (1987)
Ü: Ronald M. Hahn

Russell M. Griffin
Zeitersparnis
Saving Time (1987)
Ü: Michael K. Iwoleit

Kate Wilhelm
Der Demontierer
The Disassembler (1987)
Ü: Ronald M. Hahn

Barry N. Malzberg & Jack Dann
Melancholie und die abstrakte Wahrheit
Blues and the Abstract Truth (1988)
Ü: Ronald M. Hahn

Kim Stanley Robinson
Die Rückkehr von der Regenbogenbrücke
The Return from Rainbow Bridge (1987)
Ü: Michael J. Berridge und Ronald M. Hahn

4575 Tanith Lee
Die Herrin des Deliriums (1989)
Delirium's Mistress (1986)
Ü: Irene Holicki

4576 Lawrence Watt-Evans
Das verhexte Schwert (1989)
The Misenchanted Sword (1986)
Ü: Joachim Pente

4577 Frank Herbert & Bill Ransom
Der Himmelfahrts-Faktor (1989)
The Ascension Factor (1988)
Ü: Thomas Schlück

4578 Walter Jon Williams
Die Stimme des Wirbelwinds (1989)
Voice of the Whirlwind (1987)
Ü: Peter Robert

4579 Christopher Evans
Capellas goldene Augen (1989)
Capella's Golden Eyes (1980)
Ü: Walter Brumm

4580 Horst Pukallus & Michael K. Iwoleit
Hinter den Mauern der Zeit (OA) (1989)

4581 Friedel Wahren (Hrsg.)
Isaac Asimov's Science Fiction Magazin, 33. Folge (A) (1989)

Neal Barrett jr.
Ginny Sweethips' fliegender Zirkus
Ginny Sweethips' Flying Circus (1988)
Ü: Ingrid Herrmann

David Brin
Gordons Berufung
The Postman (1982)
Ü: Jürgen Langowski

Dave Smeds
Termiten
Termites (1987)
Ü: Irene Bonhorst

Lucius Shepard
Des Schuppensammlers schöne Tochter
The Scalehunter's Beautiful Daughter (1988)
Ü: Irene Bonhorst

Robert Feldhoff
Orgienengel

4582 Tim Powers
Zu Tisch in Deviants Palast (1989)
Dinner at Deviant's Palace (1985)
Ü: Walter Brumm

4583 Terry Pratchett
Das Licht der Phantasie (1989)
The Light Fantastic (1986)
Ü: Andreas Brandhorst

4584 Terry Pratchett
Das Erbe des Zauberers (1989)
Equal Rites (1987)
Ü: Andreas Brandhorst

4585 Robert Silverberg
Am Ende des Winters (1989)
At Winter's End (1989)
Ü: Roland Fleissner

4586 Timothy Zahn
Die Blackcollar-Elite (1989)
The Blackcollar (1983)
Ü: Hilde Linnert

4587 Timothy Zahn
Die Backlash-Mission (1989)
The Backlash Mission (1986)
Ü: Hilde Linnert

4588 Adam Wiśniewski-Snerg
Nacktes Ziel (1989)
Nagi cel (1980)
Ü: Hanna Rottensteiner

4589 David Gerrold
Mission Farpoint (1989)
Encounter at Farpoint (1987)
Ü: Andreas Brandhorst

4590 Lyndon Hardy
Das Rätsel der sieben Sphären (1989)
The Riddle of the Seven Realms (1988)
Ü: Malte Heim

4591 Jack Vance
Die grüne Perle (1990/1993)
The Green Pearl (1985)
Ü: Joachim Pente

4592 Gloria Rand Dank
Der Wald von App (1989)
The Forest of App (1983)
Ü: Irene Holicki

4593 Alan Burt Akers
Die Masken von Scorpio (1989)
Masks of Scorpio (1984)
Ü: Thomas Schlück

4594 David Brin
Gordons Berufung (1989)
The Postman (1985)
Ü: Jürgen Langowski

4595 George R. R. Martin
Armageddon Rock (1986) (1989)
Armageddon Rag (1983)
Ü: Peter Robert

4596 Kate Wilhelm
Huysmans Schoßtierchen (1989)
Huysman's Pets (1986)
Ü: Irene Bonhorst

4597 Robert W. Franson
Der Schatten des Schiffs (1990)
The Shadows of the Ship (1983)
Ü: Birgit Reß-Bohusch

4598 Barry Longyear
Sie kommen aus Schenectady
(C) (1989)
It Came from Schenectady (1984)
Ü: Ronald M. Hahn

Vorwort

Sammlerstück
Collector's Item (1981)
Ü: Joachim Körber

Träume
Dreams (1979)
Das Wenn-Haus
The House of If (1981)
Der Neuling
The Initiation (1979)
Das Bildnis des Baron Negay (1983)
The Portrait of Baron Negay (1981)
Ü: Jürgen Langowski
Shawna Ltd.
Shawna, Ltd. (1979)
Es gibt Zeiten für Terror
Time of Terror (1979)
Die Heimkehr (1981)
The Homecoming (1979)
Ü: Biggy Winter
Die allerletzte Pointe
Twist Ending (1979)
Der Sonne hinterher
Catch the Sun (1984)
Adagio
Adagio (1984)
Woher haben Sie diese Ideen?
Where Do You Get Your Ideas? (1984)

4599 Stephen Gallagher
Tal der Lichter (1989)
Valley of Lights (1987)
Ü: Jürgen Langowski

4600 Isaac Asimov & Martin H. Greenberg (Hrsg.)
Science Fiction aus den Goldenen Jahren (A) (1989)
Isaac Asimov Presents the Great SF Stories 6: 1944 (1981)
Ü: Rosemarie Hundertmarck

Einführung

A. E. Van Vogt
Ferner Centaurus
Far Centaurus

Cleve Cartmill
In letzter Sekunde
Deadline

Leigh Brackett
Der Schleier von Astellar
The Veil of Astellar

Fritz Leiber
Geistige Gesundheit
Sanity

John R. Pierce
Unveränderlich
Invariant

Clifford D. Simak
Die Stadt
City

Fredric Brown
Arena (1978)
Arena
Ü: Ulrich Kiesow

Clifford D. Simak
Zuflucht (1978)
Huddling Place
Ü: Bernd W. Holzrichter

Lester Del Rey
Güte (1984)
Kindness
Ü: Edda Petri

Clifford D. Simak
Flucht
Desertion
Ü: Elisabeth Klein

Lewis Padgett
Wenn der Zweig bricht
When the Bow Breaks

Theodore Sturgeon
Killdozer!
Killdozer!

C. L. Moore
Nie wurde eine solche Frau geboren (1982)
No Woman Born
Ü: Irene Holicki

4601 Henry Rider Haggard
Marie (1989)
Marie (1912)
Ü: Reinhard Heinz

4602 Gene Wolfe
Soldat des Nebels (1989)
Soldier of the Mist (1986)
Ü: Jürgen Langowski

4603 Tanith Lee
Nächtliche Zauber (C) (1989)
Night's Sorceries (1987)
Ü: Irene Holicki

4604 Lucius Shepard
Grüne Augen (1989)
Green Eyes (1984)
Ü: Irene Bonhorst

4605 Janet Kagan
Uhuras Lied (1989)
Uhura's Song (1985)
Ü: Andreas Brandhorst

4606 Sharon Webb
Erdenkind (1989)
Earthchild (1981/82)
Ü: Peter Robert

4607 Sharon Webb
Erdenlied (1989)
Earth Song (1983)
Ü: Peter Robert

4608 Sharon Webb
Raketenlied (1989)
Ramsong (1984)
Ü: Peter Robert

4609 Iain Banks
Bedenke Phlebas (1989)
Consider Phlebas (1989)
Ü: Rosemarie Hundertmarck

4610 Wolfgang Jeschke (Hrsg.)
An der Grenze (A) (1989)

Lucius Shepard
An der Grenze
On the Border (1987)
Ü: Jürgen Langowski

Pat Murphy
Fynns Pflanzenfrau
His Vegetable Wife (1986)
Ü: Biggy Winter

Reinmar Cunis
Testosteron

David Brin
Dr. Paks Vorschule
Dr. Pak's Preschool (1989/OA)
Ü: Michael Kubiak

Marcia Martin & Eric Vinicoff
... und ihr Baby macht drei
And Baby Makes Three (1977)
Ü: Edda Petri

Vance Aandahl
Ein Abenteuer in der Yolla Bolly
Middle Eel Wilderness
An Adventure in the Yolla Bolly Middle Eel Wilderness (1969)
Ü: Malte Heim

Daniela Piegai
Der Mann, der kein Grau sah
L'uomo, que non vedeva il grigio (1981)
Ü: Hilde Linnert

Jan J. P. Kuipers
Unter den Ebenen
Onder de vlakten (1983)
Ü: Hildegard Höhr

Michail Puchov
Pilotballon
Lider/лидср (1982)
Ü: Winfried Petri

Vladimir Colin
Der Fotograf des Unsichtbaren
Fotograful invizibilului (1975)
Ü: Hilde Linnert

Ghassan Homsi
Träume vor dem Einbruch der Nacht
Ahlām ma kabla hulūl al-Lail (1989/OA)
أحلام ما قبل حلول الليل
Ü: Ahmad M. Al-Khammas

Jack Dann & George Zebrowski
33¹/₃
Thirty-Three and One-Third (1974)
Ü: Michael Kubiak

Tony Richards
Verloren in den Schaltern
Lost in The Switchboard (1980)
Ü: Horst Pukallus

James Patrick Kelly
Der Tanz mit den Stühlen
Dancing with the Chairs (1989)
Ü: Biggy Winter

Vittorio Curtoni
Morgen, sehr bald
Domani, molto presto (1984)
Ü: Hilde Linnert

Oliver Behnssen
Grün ist des Lebens goldener Baum (Gedicht)

Ron A. Montana
Interstate 15
Interstate 15 (1975)
Ü: Malte Heim

David Brin
Nur ein Hinweis
Just a Hint (1980)
Ü: Irene Bonhorst

Ian Watson
Als das Zeittor versagte
When the Timegate Failed (1985)
Ü: Jürgen Langowski

Bernd H. Schoeps
Das Zeichen des dritten Planeten

Eric Vinicoff
Ein Haiku für einen Asteroiden-Scout
Haiku for an Asteroid Scout (1986)
Ü: Inge Holm

Robert Feldhoff
Wolkenstadt

Richard Paul Russo
Hörst Du meinen Herzschlag
Listen to My Heartbeat (1988)
Ü: Susanne Tschirner

Joachim Grünhagen
Kalkül (Gedicht)

John Crowley
Schnee
Snow (1985)
Ü: Biggy Winter

4611 Ad Visser
Sobriëtas (1989)
Sobriëtas (1982)
Ü: Hildegard Höhr

4612 James Tiptree jr.
Aus dem Überall und andere seltsame Visionen (C) (1989)
Out of the Everywhere and Other Extraordinary Visions (1981)
Ü: Jürgen Langowski

Ein sauberer Deal
Angel Fix (1974)

Bibertränen
Beaver Tears (1976)

Eure Gesichter, meine Schwestern! Eure strahlenden Gesichter!
Your Faces, O My Sisters! Your Faces Filled of Light (1976)

Die Goldflieger-Lösung
The Screwfly Solution (1977)

Geteiltes Leid (1979)
Time-Sharing Angel (1977)
Ü: Ronald M. Hahn

Wir haben den *Traum* gestohlen
Whe Who Stole the Dream (1978)

Sphärenklänge (1985)
Slow Music (1980)
Ü: Birgit Reß-Bohusch

Eine Quelle unschuldiger Freude
Source of Innocent Merriment
(1980)

Mit zarten irren Händen
With Delicate Mad Hands

4613 Norbert Stöbe
Namenlos (1989)

4614 Susan Dexter
Der Ring von Allaire (1989)
The Ring of Allaire (1981)
Ü: Irene Bonhorst

4615 Susan Dexter
Das Schwert von Calandra (1989)
The Sword of Calandra (1985)
Ü: Irene Bonhorst

4616 Susan Dexter
Die Berge von Channadran (1989)
The Mountains of Channadran (1986)
Ü: Irene Bonhorst

4617 Greg Bear
Schmiede Gottes (1989)
The Forge of God (1987)
Ü: Winfried Petri

4618 Alan Dean Foster
Die Fahrt der Slanderscree (1989)
The Deluge Drivers (1987)
Ü: Ralph Tegtmeier

4619 Vonda McIntyre
Die erste Mission (1989)
Enterprise: The First Adventure (1986)
Ü: Andreas Brandhorst

4620 Charles Sheffield
Die Nimrod-Jagd (1990)
The Nimrod Hunt (1986)
Ü: Winfried Petri

4621 Ronald M. Hahn (Hrsg.)
The Magazine of Fantasy and Science Fiction, 80. Folge
In Video Veritas (A) (1989)

Alan Dean Foster & Sally McBride
Tanz auf einsamem Strand
Dance on a Forgotten Shore (1988)
Ü: Michael Windgassen

Ray Bradbury
Das Ding auf der Treppe
The Thing at the Top of the Stairs (1988)
Ü: Michael Windgassen

Ron Goulart
Das Haus der Geheimnisse
House of Secrets (1988)
Ü: Ronald M. Hahn

Larry Tritten
In Video Veritas
In Video Veritas (1987)
Ü: Michael Windgassen

Keith Roberts
Der Tigerpulli
The Tiger Sweater (1987)
Ü: Michael Windgassen

James Tiptree jr.
Mitten im Leben
In Midst of Life (1987)
Ü: Ronald M. Hahn

Brian Aldiss
Wie sich eine innere Tür meinem Herzen öffnete
How an Inner Door Opened to My Heart (1988)
Ü: Michael Windgassen

F. Paul Wilson
Muskeln
Muscles (1988)
Ü: Ronald M. Hahn

Charles Platt
Unergründliche Science Fiction
Inside Science Fiction (1988)
Ü: Michael Windgassen

4622 Patricia Kennealy
Die Kupferkrone (1989)
The Copper Crown (1984)
Ü: Uta McKechneay
(➶ 6818 AR/NA unter neuer Nummer und neuem Titel)

4623 Patricia Kennealy
Der Thron von Scone (1989)
The Throne of Scone (1986)
Ü: Irene Holicki

4624 Alan Burt Akers
Seg der Bogenschütze (1989)
Seg the Bowman (1984)
Ü: Thomas Schlück

4625 Michael Coney
Charisma (1989)
Charisma (1975)
Ü: Hans Maeter

4626 Alan Dean Foster
Prisma (1989)
Sentenced to Prism (1985)
Ü: Michael Kubiak

4627 Laurence Yep
Herr der Schatten (1989)
Shadow Lord (1985)
Ü: Andreas Brandhorst

4628 William H. Keith jr.
Entscheidung am Thunder Rift (1989)
Battle Tech I
Decision at Thunder Rift (1987)
Ü: Reinhold H. Mai

4629 William H. Keith jr.
Der Söldnerstern (1989)
Battle Tech II
Mercenary's Star (1987)
Ü: Reinhold H. Mai

4630 William H. Keith jr.
Der Preis des Ruhms (1989)
Battle Tech III
Battle Tech: The Price of Glory (1987)
Ü: Reinhold H. Mai

4631 Friedel Wahren (Hrsg.)
Isaac Asimov's Science Fiction Magazin, 34. Folge (A) (1989)

Nancy Kress
In Memoriam
In Memoriam (1988)
Ü: Jürgen Langowski

Harry Turtledove
Winterlager
Trapping Run (1988)
Ü: Ingrid Herrmann

George Alec Effinger
Das Untier aus Ein-Viertel-Faden-Tiefe
The Beast from One-Quarter Fathom (1985)
Ü: Irmtraud Kremp

John Barnes
Unter dem Sternenbogen
Under the Covenant Stars (1988)
Ü: Ingrid Herrmann

Bruce Sterling
Das Schöne und das Erhabene
The Beautiful and the Sublime (1987)
Ü: Ingrid Herrmann

Peter Gustav Bartschat
Forcierte Perspektive (1989)*

4632 Tim Powers
Seltsame Gezeiten (1989)
On Stranger Tides (1987)
Ü: Walter Brumm

4633 Laurence Yep
Seedämonen (1989)
Seademons (1977)
Ü: Friedel Schröder

4634 David Brin
Entwicklungskrieg (1990)
The Uplift War (1987)
Ü: Gottfried Feidel

4635 Kate Wilhelm
Verrückte Zeit (1989)
Crazy Time (1988)
Ü: Irene Bonhorst

4636 Michael Swanwick
Vakuumblumen (1990)
Vacuum Flowers (1987)
Ü: Peter Robert

4637 Leigh Kennedy
Das Tagebuch von Nicholas dem Amerikaner (1989)
The Joumal of Nicholas the American (1986)
Ü: Biggy Winter

4638 Uwe Luserke & Wolfgang Jeschke (Hrsg.)
Frohes Fest! – 13 grausige Bescherungen (A) (1989)

Vorwort

Ardath Mayhar
Das Weihnachtsmann-Komplott
The Nicholas Caper (1989)
Ü: Alfons Winkelmann

Curt Clark
(Donald Westlake)
Nackles
Nackles (1964)
Ü: Alfons Winkelmann

Cherry Wilder
Das Haus in der Friedhof-Straße
The House on Cemetary Street (1988)
Ü: Maria Castro

J. N. Williamson
Stille Weihnachten
You'd Better Watch Out (1989)
Ü: Ingrid Herrmann

Thomas Ligotti
Die Weihnachten mit Tante Elise – Die Geschichte einer Besessenheit aus Old Grosse Point
The Christmas Eves of Aunt Elise: A Tale of Possession in Old Grosse Point (1982)
Ü: Ingrid Herrmann

John Jakes
Fröhliche Weihnachten – Post-Gutenberg
Merry Xmas, Post/Gute (1970)
Ü: Michael K. Iwoleit

Arthur C. Clarke
Der Stern (1982)
The Star (1955)
Ü: Irene Holicki

Fritz Leiber
Eine Station auf dem Weg
One Station on the Way (1968)
Ü: Michael K. Iwoleit

Harlan Ellison
Ein von Touristen unentdeckter Außenposten
The Outpost Undiscovered by Tourists (1981)
Ü: Florian F. Marzin

Sven Christer Swahn
Die Weihnachtskarte
Julkortet (1985)
Ü: Regine Schmitz

Robert F. Young
Dein Reich komme GmbH
Kingdom Come, Inc. (1967)
Ü: Florian F. Marzin

Terry Pratchett
Zwanzig Pence – mit Umschlag und Weihnachtsgrüßen
Twenty Pence with Envelope and Seasonal Greetings (1987)
Ü: Florian F. Marzin

4639 Terry Pratchett
Die dunkle Seite der Sonne (1989)
The Dark Side of the Sun (1976)
Ü: Andreas Brandhorst

4640 Wolfgang Jeschke (Hrsg.)
Das Science Fiction Jahr # 5
Ausgabe 1990 (A) (1990)

Wolfgang Jeschke
Editorial

Hermann Urbanek
Die deutsche SF-Szene 1988/89

SF-Neuerscheinungen in der DDR

Michael K. Iwoleit
Ein Nachruf auf Reinmar Cunis

Jörg Pfleiderer
Winfried Petri zum 75. Geburtstag

Jörg Weigand
Nicht den Lesernachwuchs vergessen!

Klaus W. Pietrek
Die Geburt der Tragödie aus dem Geiste der Nation: Überlegungen zu Hans Dominik

Ingrid Herrmann
Die britische SF-Szene 1988/89

Paul Kincaid
Ein Gespräch mit Terry Pratchett (1988)
Ü: Andreas Brandhorst

Usch Kiausch
Ein Gespräch mit Doris Lessing
Ein Gespräch mit Michaela Roessner

Jörg Weigand
Die französische SF geht in die Provinz

Hermann Urbanek
Die amerikanische SF-Szene 1988/89

Norman Spinrad
Wiedersehen mit dem Cyberpunk
Cyberpunk Revisited (1989)
Ü: Reinhard Heinz

Usch Kiausch
Ein Gespräch mit Tom Maddox

Wendy Graham
Ein Gespräch mit David Brin (1987)
Ü: Walter Brumm

Michael K. Iwoleit
Philip K. Dick und die SF der Neunzigerjahre

Horst Pukallus
Ein Gespräch mit Darko Suvin

Dieter Hasselblatt
Stanisław Lem, Philosoph und Kriminalromanschriftsteller

Norbert Stresau
Film: Die Nummern des Jahres

Michael K. Iwoleit
Perspektiven des Films – am Beispiel von Ridley Scotts »Blade Runner« und Terry Gilliams »Brazil«

Günther Luxbacher
Kybernetische Dörfer:
Die »Ars Electronica« wird zehn Jahre alt – als Mediendorf

Ute Bauer/Sascha Mamczak/Thomas Tilsner/Horst Tröster
Science Fiction-Hörspiel 1988/89

Heiko Langhans
Like a Bat out of Hell …
Batman wird fünfzig

Ute Thiemann
Dark Knight in Gotham City:
Batman – der Film

Willmar Plewka
Lautlos im Weltraum? – SF und Musik

Peter Schattschneider
Vergangenheit wird Zukunft

Linus Hauser
Der »Neue Mensch« – ein »Termitenstaat findiger Tiere?«

Preise – Preise – Preise

Buchrezensionen

Werner Bauer
Phantastische Literatur im Heyne Taschenbuch 1989

4641 Zach Hughes
Killervögel (1989)
Killbird (1980)
Ü: Irene Holicki

4642 Alan Burt Akers
Die Werwölfe von Kregen (1989)
Werewolves of Kregen (1980)
Ü: Thomas Schlück

4643 Iain Banks
Die Brücke (1990)
The Bridge (1986)
Ü: Rosemarie Hundertmarck

4644 Ernst Petz
Stellvertreter-Krieg (1990)

4645 Timothy Zahn
Astra (1990)
Spinneret (1985)
Ü: Hilde Linnert

4646 Gene Deweese
Die Friedenswächter (1989)
The Peacekeepers (1988)
Ü: Andreas Brandhorst

4647 Jo Clayton
Seelentrinkerin (1990)
Drinker of Souls (1986)
Ü: Horst Pukallus

4648 Jo Clayton
Blaue Magie (1990)
Blue Magic (1988)
Ü: Horst Pukallus

4649 Jo Clayton
Das Sammeln der Steine (1990)
A Gathering of Stones (1989)
Ü: Horst Pukallus

4650 Wolfgang Jeschke (Hrsg.)
Heyne Science Fiction Jahresband 1990
(A) (1990)

Michael F. Flynn
Eifelheim
Eifelheim (1986)
Ü: Walter Brumm

George R. R. Martin
Panzerspiele
Shell Games (1986)
Ü: Malte Heim

Ursula K. Le Guin
»He, Büffelmädchen, kommt ihr nicht raus heut nacht?«
»Buffalo Gals Wont You Come Out Tonight« (1987)
Ü: Hilde Linnert

Walter Jon Williams
Aus der Tiefe
Surfacing (1988)
Ü: Peter Robert

Bernd Ulbrich
Philemons Idee

Robert Silverberg
Fürs Dunkel bestimmt
We Are for the Dark (1988)
Ü: Roland Fleissner

Ryszard Głowacki
Parosysmus No. minus eins
Paroksyzm numer minus jeden (1979)
Ü: Hanna Rottensteiner

4651 Suzette Haden Elgin
Die Judasrose (1990)
The Judas Rose
Native Tongue II (1987)
Ü: Horst Pukallus

4652 Charles Sheffield
Die McAndrew Chroniken (1990)
The McAndrew Chronicles (1983)
Ü: Walter Brumm

4653 Susan B. Weston
Kinder des Lichts (1990)
Children of the Light (1985)
Ü: Rainer Schmidt

4654 Josh Pachter (Hrsg.)
Top Science Fiction, Band 3 (A) (1990)

Michael Bishop
Cathadonia-Odyssee
Cathadonian Odyssey (1974)
Ü: Edda Petri

Ray Bradbury
Sanfter Regen wird fallen (1974)
There Will Come Soft Rains (1951)
Ü: Edda Petri

Damien Broderick
Erdenfahrt
Passage in Earth (1979)
Ü: Edda Petri

Terry Carr
Mein Freund Hopser
Hop-Friend (1962)
Ü: Edda Petri

Lee Correy
Die neuerschaffene Eva
The Remodeling of Eve (1981)
Ü: Edda Petri

Jack Dann
Untergang (1984)
Going Under (1981)
Ü: Edda Petri

Dennis Etchison
Die Schwelle des Todes
The Dead Line (1979)
Ü: Edda Petri

Ron Goulart
Amnestie
Amnesty (1971)
Ü: Edda Petri

Fritz Leiber
Der Endfray der Ofay
The Endfray of the Ofay (1969)
Ü: Edda Petri

Sam Moskowitz
Der Weg zurück
The Way Home (1941)
Ü: Edda Petri

Andre Norton
Alle Katzen sind grau
All Cats Are Grey (1949)
Ü: Andreas Brandhorst

Joanna Russ
Veränderung
When It Changed (1974)
Ü: Andreas Brandhorst

Henry Slesar
Prüfungstag
Examination Day (1956)
Ü: Andreas Brandhorst

James White
Gegenzauber
Countercharm (1962)
Ü: Andreas Brandhorst

Connie Willis
Daisy in der Sonne
Daisy, in the Sun (1979)
Ü: Andreas Brandhorst

4655 Gene Wolfe
Die Urth der Neuen Sonne (1990)
The Urth of the New Sun
The Book of the New Sun – Volume Five (1987)
Ü: Reinhard Heinz

4656 Henry Rider Haggard
Kind des Sturms (1990)
Child of Storm (1913)
Ü: Reinhard Heinz

4657 Alan Dean Foster
Long Tunnel (1990)
Flinx in Flux (1988)
Ü: Michael Kubiak

4658 Jeffrey A. Carver
Tachyon (1990)
The Infinity Link (1984)
Ü: Kurt Bracharz

4659 James Gunn
Die Freudenspender (1990)
The Joy Makers (1961)
Ü: Yoma Cap

4660 Wolfgang Jeschke (Hrsg.)
Mondaugen (A) (1990)

Richard Paul Russo
Teleskop, Saxophon und der Tod des Piloten
Telescope, Saxophone, and the Pilot's Death (1989)
Ü: Maria Castro

Kate Wilhelm
Die Drachensaat
The Dragon Seed (1988)
Ü: Irene Bonhorst

M. A. Miglieruolo
Die Verrückte
La Prazza (1983)
Ü: Hilde Linnert

Carter Scholz
An der Küste
At the Shore (1984)
Ü: Michael K. Iwoleit

Marc Laidlaw
Brunos Schatten
Bruno's Shadow (1988)
Ü: Barbara Heidkamp

Thomas Pynchon
Kurt Mondaugen aus Leipzig erlebt in Foppls Landhaus einen Aufstand der Eingeborenen
Mondaugen's Story (1961)
Ü: Dietrich Stössel

Kim Stanley Robinson
Schnittstelle
A Transect (1986)
Ü: Inge Holm

Robert Silverberg
Ein Schlaf und ein Vergessen
A Sleep and a Forgetting (1989)
Ü: Denis Scheck

Karen Joy Fowler
Lily rot
Lily Red (1988)
Ü: Barbara Heidkamp

Orson Scott Card
Amerika
America (1987)
Ü: Andreas Brandhorst

Guy de Maupassant
Der Horla
Le Horla (1887)
Ü: Rudolf Mühlstrasser

Erik Simon
Der Omm (1984)

Olaf R. Spittel
Fall nach oben (1990)

Ludvik Souček
Das Teufelchen Mefisto
Čertík Mefisto (1978)
Ü: Karl von Wetzky

Lucius Shepard
Der Junge aus schwarzem Ton
The Black Clay Boy (1987)
Ü: Michael Kubiak

Matthias Weigold
Mörder-Automaten (1988)

Paris ja Young
Die Höllentaucher
The Helldivers (1985)
Ü: Michael Kubiak

David I. Masson
Kopf oder Zahl
Take It or Leave It (1970)
Ü: Michael K. Iwoleit

4661 Ursula K. Le Guin
Planet der Habenichtse (1976/1985/1990)
The Dispossessed (1974)
Ü: Gisela Stege
(➶ 43, ➶ 3504/NA unter neuer Nummer)

4662 Barbara Hambly
Ishmael (1990)
Ishmael (1985)
Ü: Andreas Brandhorst

4663 Steve Perry
Conan der Furchtlose (1990)
Conan the Fearless (1994)
Ü: Edda Petri

4664 Leonard Carpenter
Conan der Renegat (1990)
Conan the Renegade (1986)
Ü: Edda Petri

4665 John Brunner
Schnittstelle (1990)
The Shift Key (1987)
Ü: Roland Fleissner

4666 Anne McCaffrey
Drachendämmerung (1990)
Dragonsdawn (1988)
Ü: Irene Holicki

4667 Christopher Evans
Im Limbus (1990)
In Limbo (1985)
Ü: Walter Brumm

4668 Jack Womack
Ambient (1990)
Ambient (1987)
Ü: Walter Brumm

4669 Margaret Wander Bonanno
Der Fremde vom Himmel (1990)
Strangers from the Sky (1987)
Ü: Andreas Brandhorst

4670 Ralph Sander (Hrsg.)
Das *Star Trek*-Universum –
Handbuch zur Multimedia-SF-Serie
(1990)

4671 Alan Burt Akers
Dayra von Scorpio (1982/1990)
Captive Scorpio (1978)
Ü: Thomas Schlück
(➶ 3861/NA unter neuer Nummer)

4672 John Brunner
Ein irrer Orbit (1982) (1993)
The Jagged Orbit (1969)
Ü: Horst Pukallus

4673 Ronald M. Hahn (Hrsg.)
The Magazine of Fantasy and Science Fiction,
81. Folge
Die Lärmverschwörung (A) (1990)

Ben Bova
Die Krise des Monats
Crisis of the Month (1988)
Ü: Uwe Anton

Bray Bradbury
Mach's gut, Lafayette
Farewell Lafayette (1988)
Ü: Ronald M. Hahn

Harvey Jacobs
Die Zollbrücke
The Toll Bridge (1988)
Ü: Uwe Anton

Thomas Wylde
Körperbeherrschung
The Man Who Controlled Himself (1987)
Ü: Andreas Decker

Marc Laidlaw
Die Demonstration
The Demonstration (1989)
Ü: Ronald M. Hahn

Paul Di Filippo
Die Lärmverschwörung
Conspiracy of Noise (1987)
Ü: Michael K. Iwoleit

Richard A. Lupoff
Mr. Tindle
Mr. Tindle (1989)
Ü: Kai Müller und Daniela Hahn

Larry Eisenberg
Leben Sie sich aus-GmbH
Live It Up, Inc. (1988)
Ü: Uwe Anton

Brad Strickland
Warnschild
Caution Sign (1988)
Ü: Michael K. Iwoleit

Larry Tritten
Führer durch das Universum - für Science Fiction-Leser und Autoren
A Science Fiction Reader's and Writer's Guide to the Universe (1988)
Ü: Andreas Decker

Robert White
Natürliche Auslese
Natural Selection (1988)
Ü: Michael K. Iwoleit

Andrew Weiner
Der Glückspilz
The Man Who Was Lucky (1988)
Ü: Ronald M. Hahn

Karen Haber
Madre de Dios
Madre de Dios (1988)
Ü: Michael K. Iwoleit

Felix C. Gotschalk
Nakajima-Cyberspace
Nakajima Cyberspace (1988)
Ü: Ronald M. Hahn

4674 James P. Blaylock
Land der Träume (1990)
Land of Dreams (1987)
Ü: Biggy Winter

4675 Alan Burt Akers
Die Hexen von Kregen (1990)
Witches of Kregen (1985)
Ü: Thomas Schlück

4676 Thea von Harbou
Frau im Mond (1926) (1989)

4677 Hans Dominik
Drei Romane in einem Band (C)
(1926/1922/1928) (1989)

Der Brand der Cheopspyramide
(1974)
(➶ 3375)

Die Macht der Drei (1974)
(➶ 3420)

Das Erbe der Uraniden (1974)
(➶ 3395)

4678 Brian W. Aldiss
Helliconia: Frühling (1983/1985) (1990)
Helliconia Spring (1982)
Ü: Walter Brumm
(➶ 50/NA unter neuer Nummer)

4679 Brian W. Aldiss
Helliconia: Sommer (1985) (1990)
Helliconia Summer (1983)
Ü: Walter Brumm
(➶ 51/NA unter neuer Nummer)

4680 Brian W. Aldiss
Helliconia: Winter (1985) (1990)
Helliconia Summer (1983)
Ü: Walter Brumm
(➶ 52/NA unter neuer Nummer)

4681 William Gibson
Mona Lisa Overdrive (1989)
Mona Lisa Overdrive (1988)
Ü: Reinhard Heinz

4682 J. M. Dillard
Am Rande des Universums (1992)
Star Trek V – The Final Frontier (1989)
Ü: Norbert Stresau

4683 John Brunner
Kinder des Donners (1990)
Children of the Thunder (1988)
Ü: Irene Bonhorst

4684 John Shirley
Ein herrliches Chaos (1990)
A Splendid Chaos (1988)
Ü: Walter Brumm

4685 Carmen Carter
Die Kinder von Hamlin (1990)
The Children of Hamlin (1988)
Ü: Andreas Brandhorst

4686 Ardath Mayhar
Das Schwert und der Dolch (1990)
The Sword and the Dagger (1987)
Ü: Reinhold H. Mai

4687 Michael A. Stackpole
En Garde (1990)
BATTLETECH: Warrior: En Garde (1988)
Ü: Reinhold H. Mai

4688 Michael A. Stackpole
Riposte (1990)
BATTLETECH: Warrior: Riposte (1988)
Ü: Reinhold H. Mai

4689 Michael A. Stackpole
Coupé (1990)
BATTLETECH: Warrior: Coupé (1989)
Ü: Reinhold H. Mai

4690 Friedel Wahren (Hrsg.)
Isaac Asimov's Science Fiction Magazin, 35. Folge (A) (1990)

Kim Stanley Robinson
Der Gletscher
The Glacier (1988)
Ü: Ingrid Herrmann

Suzy McKee Charnas
Möpse
Boops (1989)
Ü: Vincenzo Benestante

Frederik Pohl
Die freundliche Insel
The Kindly Isle (1984)
Ü: Susi Maria Roediger

Nancy Kress
Das Zufallsspiel
Craps (1988)
Ü: Ingrid Herrmann

M. Shayne Bell
Nikoji Bayou
Nicoji (1988)
Ü: Ingrid Herrmann

John Kessel
Ein glatter Ausstieg
A Clean Escape (1986)
Ü: Birgit Reß-Bohusch

Geoffrey A. Landis
Wellen im Diracschen Meer
Ripples in the Dirac Sea (1988)
Ü: Ingrid Herrmann

George Alec Effinger
Unferno
Unverno (1985)
Ü: Biggy Winter

Neal Barrett jr.
Stimmen im Treppenhaus
Stairs (1988)
Ü: Ingrid Herrmann

Matthias Weigold
Ein bißchen Angst ist zu wenig

4691 Bruce Fergusson
Der Schatten seiner Flügel (1990)
The Shadow of His Wings (1987)
Ü: Ronald M. Hahn und Michael Windgassen

4692 Sheri S. Tepper
Erbe des Blutes (1990)
Blood Heritage (1986)
Ü: Friedel Schröder

4693 Iain Banks
Das Spiel Azad (1990)
The Player of Games (1988)
Ü: Rosemarie Hundertmarck

4694 Gregory Benford
Himmelsfluß (1994)
Great Sky River (1987)
Ü: Winfried Petri

4695 Harry Harrison
Zu den Sternen: Die Sternenwelt-Trilogie (C) (1982/1982/1982) (1990)
Ü: Thomas Schlück

Heimwelt
Homeworld (1979)
(➶ 3910)

Radwelt
Wheelworld (1978)
(➶ 3911)

Sternwelt
Starworld (1980)
(➶ 3912)

4696 Joanna Russ
Zwei von ihnen (1990)
Two of Them (1978)
Ü: Alexandra Bartoszko

4697 Wolfgang Jeschke (Hrsg.)
Johann Sebastian Bach Memorial Barbecue (A) (1990)

Carter Scholz
Johann Sebastian Bach Memorial Barbecue
The Johann Sebastian Bach Memorial Barbecue and Nervous Breakdown (1980)
Ü: Michael K. Iwoleit

Václav Kajdoš
Der Golem
Hmota bez tvaru (1973)
Ü: Karl von Wetzky

David Zindell
Shanidar
Shanidar (1975)
Ü: Ingrid Herrmann

Richard Paul Russo
Für einen Platz im Himmel
For a Place in the Sky (1986)
Ü: Norbert Stöbe

Karsten Kruschel
Großartige Party, wirklich großartig (1989)

Steven Utley
Der Mann auf dem Meeresgrund
The Man at the Bottom of the Sea (1976)
Ü: Joachim Pente

Matthias Weigold
Schlangenbeschwörung (1984)

Ian Watson
Ritter Geordies Loch
Jingling Geordie's Hole (1986)
Ü: Walter Brumm

Michael Butterworth
Ein Hurrikan im Nachttopf
A Hurricane in a Night Jar (1982)
Ü: Horst Pukallus

Vittorio Catani
Vor dem Glaspalast
Devanti al Palazzo di Vetro (1983)
Ü: Hilde Linnert

Leigh Kennedy
Petit Mal
Petit Mal (1986)
Ü: Biggy Winter

Bernhard Grimminger
Erdbeeren

Connie Willis
Der Austauschtrick
Substitution Trick (1985)
Ü: Malte Heim

Gerben Hellinga jr.
Schuld und Sühne
Schuld en boete (1984)
Ü: Hildegard Höhr

Sydney van Scyoc
Wenn Blüten welken
When Petals Fall (1973)
Ü: Yoma Cap

Michael Blumlein
So wie es ist
The Thing Itself (1988)
Ü: Michael K. Iwoleit

Robert Chilson
Mondlose Nacht
Moonless Night (1978)
Ü: Michael K. Iwoleit

Pat Murphy
Wo der Schnee zu Hause ist
In the Abode of the Snows (1986)
Ü: Peter Pape

Bruce McAllister
Dream Baby
Dream Baby (1988)
Ü: Friedel Schröder

James Patrick Kelly
Heimatfront
Home Front (1988)
Ü: Malte Heim

Uwe Luserke
Das Ende der Jagd

William E. Cochrane
Der Habitatmanager
The Habitat Manager (1971)
Ü: Maria Castro

Michael Bishop
Pinienherbst
Pinon Fall (1970)
Ü: Joachim Fuchs

Richard Cowper
Eine Botschaft an den König von Brobdingnag
A Message to the King of Brobdingnag (1984)
Ü: Walter Brumm

4698 Della van Hise
Zeit zu töten (1990)
Killing Time (1985)
Ü: Andreas Brandhorst

4699 James P. Blaylock
Homunculus (1990)
Homunculus (1986)
Ü: Biggy Winter

4700 David Zindell
Neverness (1991)
Neverness (1988)
Ü: Winfried Petri

4701 John Maddox Roberts
Conan der Champion (1990)
Conan the Champion (1984)
Ü: Edda Petri

4702 Bruce Sterling
Inseln im Netz (1990)
Islands in the Net (1988)
Ü: Walter Brumm

4703 Frederik Pohl
Terror (1990)
Terror (1986)
Ü: Ralph Tegtmeier

4704 Michael Nagula (Hrsg.)
Atomic Avenue – Die andere große Cyberpunk-Anthologie (A) (1990)

Ian McDonald
Atomic Avenue
Atomic Avenue (1989)
Ü: Michael Nagula

Tom Maddox
Der Geist der Nacht
Spirit of the Night (1987)
Ü: Peter Robert

William Gibson
Fernsehen machen
Doing Television (1988)
Ü: Reinhard Heinz

Pat Cadigan
Pretty Boy Crossover
Pretty Boy Crossover (1986)
Ü: Michael Nagula

John Shirley
Wölfe des Plateaus
Wolves of the Plateau (1988)
Ü: Peter Robert

Greg Bear
Musik des Blutes
Blood Music (1983)
Ü: Peter Robert

Rob Hardin
nerve terminals
Nerventerminals (1988)
Ü: Michael Nagula

Lewis Shiner
Sag es Santa
Stompin' at the Savoy
(1985)
Ü: Kurt Bracharz

John Shirley & Bruce Sterling
Die Entfaltung
The Unfolding (1985)
Ü: Michael Nagula

Richard Kadrey
Das Klo war voller Nietzsche
The Toilet Was Full of Nietzsche
(1988)
Ü: Reinhard Heinz

Michael Blumlein
Ersäuf dich
Drown Yourself (1988)
Ü: Reinhard Heinz

Samuel R. Delany
Unter Blobs
Among the Blobs (1988)
Ü: Michael Nagula

Lewis Shiner
Tänzer
Dancers (1988)
Ü: Kurt Bracharz

David Porush
Induktion. Ein Drama von R. Boots
Induction (1988)
Ü: Reinhard Heinz

Rudy Rucker
Tod ohne Stachel AG
Soft Death (1986)
Ü: Kurt Bracharz

Thomas M. Disch
Schwerarbeit oder Die Geheimnisse des
Erfolgs
Hard Work or, The Secrets of Success
(1986)
Ü: Peter Robert

William Gibson
Tokio Collage
Tokio Collage (1988)
Ü: Reinhard Heinz

Walter Jon Williams
Solip: System
Solip: System (1989)
Ü: Reinhard Heinz

Iain Banks
Ein Geschenk der Kultur
A Gift from Culture (1987)
Ü: Kurt Bracharz

Bruce Sterling
Der Barmherzige, der Digitale
The Compassionate, the Digital (1985)
Ü: Reinhard Heinz

George Alec Effinger
König der Cyberschützen
King of the Cyber Rifles (1987)
Ü: Michael Nagula

Marc Laidlaw
Nutrimancer
Nutrimancer (1987)
Ü: Reinhard Heinz

Walter Jon Williams
Flatline
Flatline (1988)
Ü: Reinhard Heinz

Vincent Omniaveritas
(alias Bruce Sterling)
Die Neue Science Fiction
The New Science Fiction (1985)
Ü: Michael Nagula

Larry McCaffery
Ein Gespräch mit William Gibson
An Interview with William Gibson (1988)
Ü: Reinhard Heinz

Timothy Leary
Der Cyber-Punk: Das Individuum als Realitätspilot
The Cyber-Punk: The Individual as Reality Pilot (1988)
Ü: Michael Nagula

Michael Nagula
»Abgefuckte Landschaft – ziemlich Schrott«: Ein Gespräch mit H. R. Giger (1990)

Istvan Csicery-Ronay
Cyberpunk und Neuromantik
Cyberpunk and Neuromanticism (1988)
Ü: Michael Nagula

Darko Suvin
Über Gibson und Cyberpunk-SF
On Gibson and Cyberpunk SF (1989)
Ü: Franz Rottensteiner

Michael Nagula
Domenica Regelkreis. Das Er-suchen der »virtuellen Realität« (1990)

Samuel R. Delany
Ist Cyberpunk eine gute oder eine schlechte Sache?
Is Cyberpunk a Good Thing or a Bad Thing? (1988)
Ü: Michael Nagula

Mark Dery
Cyberpunk – Mit dem toxischen Underground die Schockwelle reiten
Cyberpunk – Riding the Shockwave (1989)
Ü: Isabella Bruckmaier

Michael Nagula
Nachwort

Bibliographie deutscher Cyberpunk-Publikationen

4705 Jean Lorrah
Überlebende (1990)
Survivors (1989)
Ü: Andreas Brandhorst

4706 Terry Pratchett
Gevatter Tod (1990)
Mort (1987)
Ü: Andreas Brandhorst

4707 Henry Rider Haggard
Zikalis Rache (1992)
Finished (1916)
Ü: Irene Holicki

4708 Larry Niven & Jerry Pournelle
Fußfall (1990)
Footfall (1985)
Ü: Alfred Hans

4709 Bruce Sterling
Zikadenkönigin – Cyberpunk und danach (C) (1990)
Crystal Express (1989)
Ü: Jürgen Langowski

Schwärmer (1985)
Swarm (1982)
Ü: Edda Petri

Spider Rose
Spider Rose (1982)

Zikadenkönigin
Cicada Queen (1983)

Versunkene Gärten
Sunken Gardens (1984)
Zwanzig Anrufungen
Twenty Evocations (1984)
Grüne Tage in Brunei
Green Days in Brunei (1985)
Spitzel
Spook (1983)
Das Schöne und das Erhabene (1989)
The Beautiful and the Sublime (1987)
Ü: Ingrid Herrmann
Telliamed
Telliamed (1984)
Der kleine Zauberladen
The Little Magic Shop (1987)
Die Blumen von Edo (1988)
Flowers of Edo (1987)
Ü: Andreas Brandhorst
Abendmahl in Audoghast (1987)
Dinner in Audoghast (1985)
Ü: Birgit Reß-Bohusch

4710 C. J. Cherryh
Cyteen: Der Verrat (1990)
Cyteen: The Betrayal (1988)
Ü: Michael K. Iwoleit

4711 C. J. Cherryh
Cyteen: Die Wiedergeburt (1990)
Cyteen: The Rebirth (1988)
Ü: Michael K. Iwoleit

4712 C. J. Cherryh
Cyteen: Die Rechtfertigung (1990)
Cyteen: The Vindication (1988)
Ü: Michael K. Iwoleit

4713 Uwe Anton (Hrsg.)
Willkommen in der Wirklichkeit:
Die Alpträume des Philip K. Dick (A) (1990)
Uwe Anton
Philip K. Dicks Halbleben:
Ein Vorwort
Paul Williams
Einführung
Introduction (1990)
Ü: Uwe Anton
Uwe Anton
Willkommen in der Wirklichkeit
Michael Bishop
Die Verwandlung (1984)
Rogue Tomato (1975)
Ü: Andreas Brandhorst
Philip K. Dick
Warnung: Wir sind eure Polizei!
Warning: We Are Your Police (1985)
Ü: Uwe Anton
Thomas M. Disch
Das Mädchen mit dem Vita-Gel-Haar
The Girl with the Vita-Gel Hair (1986)
Ü: Uwe Anton
Neil Ferguson
Der Mann aus der Zukunft
A Man from the Future (1983)
Ü: Uwe Anton
Ronald M. Hahn
Philip K. Dick ist tot und lebt glücklich und zufrieden in Wuppertal-Vohwinkel (1990)
Ova Hamlet
(Richard A. Lupoff)
Schmerz und Reue auf Rhesus IX
Agony and Remorse on Rhesus IX (1979)
Ü: Uwe Anton und Silvia Frehse
Michael K. Iwoleit
Das PKD-Projekt (1990)
Richard A. Lupoff
Die digitale Armbanduhr des Philip K. Dick
The Digital Wristwatch of Philip K. Dick (1985)
Ü: Uwe Anton
Horst Pukallus
Was in dem Schlaf für Träume kommen mögen (1990)

Gero A. Reimann
Vom Sterben und Leben eines gott- und wertlosen Gnostikers (1984)

Robert Silverberg
Der Stellvertreter
The Changeling (1982)
Ü: Joachim Körber

John Sladek
Der Solare Schuhverkäufer (1987)
Solar Shoe Salesman (1973)
Ü: Ronald M. Hahn

Norman Spinrad
Ubik Does the Trick (1983)
(Originaltext)

Michael Swanwick
Die Verwandlung des Philip K.
The Transmigration of Philip K. (1985)
Ü: Uwe Anton

Thomas Ziegler
Eine Kleinigkeit für uns Reinkarnauten (1990)

4714 Diane Carey
Die letzte Grenze (1990)
Final Frontier (1988)
Ü: Andreas Brandhorst

4715 Terry Pratchett
Der Zauberhut (1990)
Sourcery (1988)
Ü: Andreas Brandhorst

4716* Nummer noch nicht vergeben

*** Ursprünglich geplant unter dieser Nummer war: John Brunner, Am falschen Ende der Zeit. Dieser Titel ist unter der Nummer 06/5333 erschienen.**

4717 Alan Burt Akers
Sturm über Vallia (1990)
Storm over Vallia (1985)
Ü: Thomas Schlück

4718 Joan D. Vinge
Katzenpfote (1990)
Catspaw (1988)
Ü: Alfons Winkelmann

4719 Ben Bova
Feuerprobe (1991)
Test of Fire (1982)
Ü: Norbert Stresau

4720 George Alec Effinger
Zeitknick (1990)
The Nick of Time (1985)
Ü: Isabella Bruckmaier

4721 John Shirley
Eclipse (1991)
Eclipse (1985)
Ü: Peter Robert

4722 John Shirley
Eclipse Penumbra (1991)
Eclipse Penumbra (1988)
Ü: Peter Robert

4723 John Shirley
Eclipse Corona (1991)
Eclipse Corona (1990)
Ü: Peter Robert

4724 Margaret Wander Bonanno
Geiseln für den Frieden (1990)
Dwellers in the Crucible (1985)
Ü: Andreas Brandhorst

4725 Dave Duncan
Der zögernde Schwertkämpfer (1990)
The Reluctant Swordsman (1988)
Ü: Irene Bonhorst

4726 Dave Duncan
Die Ankunft des Wissens (1990)
The Coming of Wisdom (1988)
Ü: Irene Bonhorst

4727 Dave Duncan
Die Bestimmung des Schwertes (1990)
The Destiny of the Sword (1988)
Ü: Irene Bonhorst

4728 Anne McCaffrey
Killashandra (1990)
Killashandra (1985)
Ü: Jürgen Langowski

4729 Alan Dean Foster
Die denkenden Wälder (1979/1988) (1990)
Midworld (1975)
(➚ 3660, ➚ 4494/NA unter neuer Nummer)

4730 Patrick Tilley
Wolkenkrieger (1990)
Cloudwarrior (1985)
The Amtrak Wars – Book 1:
Ü: Ronald M. Hahn

4731 Patrick Tilley
Erste Familie (1990)
First Family (1985)
The Amtrak-Wars – Book 2:
Ü: Ronald M. Hahn

4732 Patrick Tilley
Eisenmeister (1990)
Iron Master (1987)
The Amtrak-Wars – Book 3:
Ü: Ronald M. Hahn

4733 Peter David
Planet der Waffen (1990)
Strike Zone (1989)
Ü: Andreas Brandhorst

4734 Ronald M. Hahn (Hrsg.)
The Magazine of Fantasy and Science Fiction, 82. Folge
Mr. Corrigans Homunculi (A) (1990)
Ü: Michael Windgassen

Brad Ferguson
Lügner haben kurze Beine
To Tell the Troof (1988)

Joyce Carol Oates
Die Verdammung des A.K.
The Damnation of A.K. (1989)

John Brunner
Preisgekrönter Schund
The Man with a Taste for Turkeys (1989)

Larry Tritten
Mr. Corrigans Homunculi
Corrigan's Homunculi (1989)

Ronald Anthony Cross
Der Krämerladen
The Country Store (1988)

Frederik Pohl
Star War
The Star War (1988)

James Tiptree jr.
Die Farbe von Neandertaleraugen
The Color of Neanderthal Eyes (1988)
Ü: Michael K. Iwoleit

Ian Watson
Das Maulwurffeld
The Mole Hill (1988)

4735 Paula Volsky
Die Lady des Zauberers (1990)
The Sorcerer's Lady (1986)
Ü: Irene Holicki

4736 Paula Volsky
Das Vermächtnis des Zauberers (1990)
The Sorcerer's Heir (1988)
Ü: Irene Holicki

4737 Timothy Zahn
Totmannschaltung (1990)
Deadman Switch (1988)
Ü: Brigitte Gruß

4738 Richard Stone
Das Todesprogramm (1990)
The Death Program (1990)
Ü: Alfred Hans

4739 Sydney van Scyoc
Auftrag: Nor'Dyren (1990)
Assignment: Nor'Dyren (1973)
Ü: Lore Strassl

4740 Karl Michael Armer (Hrsg.)
Hiroshima soll leben!
(A) (1990)

Kim Stanley Robinson
Lucky Strike
The Lucky Strike (1984)
Ü: Michael Windgassen

George Alec Effinger
Ziel: Berlin
Target: Berlin (1976)
Ü: Jürgen Langowski

Harry Turtledove
Das letzte Gebot
The Last Article (1988)
Ü: Michael Windgassen

Kate Wilhelm
Das Dorf
The Village (1973)
Ü: Norbert Stresau

Somtow Sucharitkul
Aquila (1982)
Aquila (1982)
Ü: Rüdiger Hipp

George R. R. Martin
Belagert
Under Siege (1985)
Ü: Barbara Heidkamp

Brian W. Aldiss
Vorsicht! Religion!
Danger! Religion! (1969)
Ü: Barbara Heidkamp

Joe R. Lansdale
Brief aus dem Süden, zwei Monde westlich von Nacogdoches
Letter from the South, Two Moons West of Nacogdoches (1986)
Ü: Norbert Stresau

Stefano Tuvo
Die wunderbaren Welten des Casey Deiss
I mondi veramigliosi di Casey Deiss (1986)
Ü: Andreas Brandhorst

William Gibson
Das Gernsback-Kontinuum oder Der amerikanische Traum (1988)
The Gernsback Continuum (1981)
Ü: Reinhard Heinz

Lewis Shiner
Zeit des Zwielichts
Twilight Time (1984)
Ü: Michael Windgassen

Connie Willis
Chancen
Chance (1986)
Ü: Norbert Stöbe

4741 Majliss Larson
Das Faustpfand der Klingonen
(1990)
Pawns and Symbols (1985)
Ü: Andreas Brandhorst

4742 Friedel Wahren (Hrsg.)
Isaac Asimov's Science Fiction Magazin, 36. Folge (A) (1990)

Bruce Sterling
Das Schwert des Damokles
The Sword of Damocles (1990)
Ü: Vincenzo Benestante

Judith Moffett
Erinnerungen an Künftiges
Remembrance of Things Future (1989)
Ü: Michael Windgassen

Megan Lindholm
Ein Hauch von Lavendel
A Touch of Lavender (1989)
Ü: Michael Windgassen

Jane Yolen
Der stille Mönch
The Quiet Monk (1988)
Ü: Ingrid Herrmann

Frederik Pohl
Es passiert so allerhand ...
The Things That Happen (1985)
Ü: Biggy Winter

Karen Joy Fowler
Das Gefängnis
Duplicity (1989)
Ü: Michael Windgassen

Orson Scott Card
Carthago City
Carthago City (1987)
Ü: Claudia Pape

Kai Riedemann
Isabellas Kind (1990)

4743 Tanith Lee
Herr der Nacht (1981) (1990)
Night's Master (1978)
Ü: Will Peterstal
(➶ 3802/NA unter neuer Nummer)

4744 Tanith Lee
Aztira (1990)
The White Serpent (1988)
Ü: Michael Windgassen

4745 Steve Perry
Conan der Herausforderer (1990)
Conan the Defiant (1987)
Ü: Edda Petri

4746 Brian W. Aldiss & Sam Lundwall (Hrsg.)
Der große Heyne World SF Omnibus (A) (1991)
World Omnibus of Science Fiction (1986)
Ü: Norbert Stöbe

Krsto A. Mažuranić
Vorwort (1985)

Brian W. Aldiss
Einführung (1986)

Josef Nesvadba
Der Idiot von Xeenemünde
The Half-wit of Xeenemuende (1960)

Hugo Correa
Alter Ego
Alter Ego (1967)

André Carneiro
Eine perfekte Ehe
A Perfect Marriage (1985)

Tetsu Yano
Die Legende vom papierenen Raumschiff
The Legend of the Paper Spaceship (1978)

Bob Shaw
Kleine Welt
Small World (1978)

Leon Zeldis
Die Hure von Babylon
The Whore of Babylon (1986)

Robert Sheckley
Der Preis des Fortschritts
Cost of Living (1952)

Ion Hobana
Nachtprograrnm
Night Broadcast (1986)

Konrad Fiałkowski
Frohe Weihnachten!
A Perfect Christmas Evening (1986)

Jon Bing
Ein Treffen in Georgestown
A Meeting in Georgestown (1981)

B. Sridhar Rao
Opfer der Zeit
Victims of Time (1968)

Bertil Mårtensson
Myxomatose forte
Myxomatosis forte (1986)

Karl Michael Armer
Wissenswertes über BCO-Geräte (1981)

Arkadij & Boris Strugatzki
Sechs Streichhölzer
Six Matches (1960)

Goran Hudec
Der Ring
The Ring (1985)

Carlos Maria Federici
»O Lenore!« wisperte das Echo
»O Lenore! Came the Echo« (1980)
Ü: Ingo Dierkschnieder

Lino Aldani
Quo vadis, Francisco?
Quo vadis, Francisco? (1985)
Ü: Andreas Brandhorst

Ljuben Dilov
Vorwärts, Menschheit!
Napred, Chovechestvo (1967)
Ü: Ingo Dierkschnieder

Zheng Wenguang
Das Spiegelbild der Erde
The Mirror Image of the Earth (1985)
Ü: Ingo Dierkschnieder

René Rebetez-Cortes
Die neue Vorzeit
The New Prehistory (1983)

Quah Kung Yu
Gleichberechtigung
Equality (1980)
Ü: Ingo Dierkschnieder

Péter Lengyel
Sonnenaufgang oder: Die Feier der Innigen Freude (Evangelium und Dokument)
Rising Sun or The Celebration of Heartfelt Joy (Gospel and Document) (1985)
Ü: Ingo Dierkschnieder

Annemarie von Ewyck
Die Linse
The Lens (1985)
Ü: Ingo Dierkschnieder

Philippe Curval
Progenitor
Progenitor (1985)

Bertram Chandler
Der Käfig
The Cage (1957)

Victor Sabah
Eine imaginäre Reise zum Mond
An Imaginary Journey to the Moon (1972)
Ü: Ingo Dierkschnieder

4747 Wolfgang Jeschke (Hrsg.)
Die wahre Lehre – nach Mickymaus
(A) (1991)

Nancy Etchemendy
Der Tempel am Fluß
The River Temple (1986)
Ü: Jürgen Langowski

Ron Montana
Der letzte Picasso
The Last Picasso (1982)
Ü: Jürgen Langowski

Richard Mueller
Bullivants Messer
Bullivant's Knife (1986)
Ü: Irene Bonhorst

Válac Kajdoš
Der Drache
Drak (1972)
Ü: Karl von Wetzky

Carter Scholz
Amadeus
Amadeus (1980)
Ü: Dagmar Kreye

James Stevens
Seelenretter
Soulsaver (1983)
Ü: Michael K. Iwoleit

Renato Pestriniero
Souvenir
Souvenir (1985)
Ü: Andreas Brandhorst

Michael K. Iwoleit
Europa nach dem Regen

Vance Aandahl
Im Lichte des Heiligen Krauts
In the Light of the Holy Herb (1988)
Ü: Irene Bonhorst

Joe R. Lansdale
Dichte kleine Stiche im Rücken eines Toten
Tight Little Stitches in a Dead Man's Back (1986)
Ü: Hilde Linnert

James Patrick Kelly
Fluchtwege
Not to the Swift (1979)
Ü: Andreas Brandhorst

Gert Prokop
Kasperle ist wieder da (1982)

René Sussan
Die Agentur
L'Agence (1984)
Ü: Angelika Schlenk

Ian McDonald
Gardenien
Gardenias (1988)
Ü: Irene Bonhorst

Connie Willis
Notruf
Distress Call (1984)
Ü: Michael K. Iwoleit

Eric Simon
Elementarsonette (1988)

Werner Künzel
Gottfried Wilhelm Overdrive: Leibniz im Cyberspace (1990)

Kurt Bracharz
Die intelligente Küche

Kate Wilhelm
O homo, o femina, o tempora
O homo, o femina, o tempora (1985)
Ü: Irene Bonhorst

George Turner
Nicht vor den Kindern
Not in front of the Children (1987)
Ü: Maria Castro

Peter Schattschneider
Pflegeleicht!

Charles Platt
Kulturelle Invasion
Cultural Invasion (1965)
Ü: Joachim Pente

Rich Brown
Urbar machen
Cultivation (1978)
Ü: Maria Castro

Ray Aldridge
Klick
Click (1986)
Ü: Jürgen Langowski

Michael Blumlein
Glanz und Glamour
The Glitter and the Glamour (1991)
(Erstveröffentlichung)
Ü: Theresa Junek-Enzian

Judith Moffett
Mausketiere
Not without Honor (1989)
Ü: Jürgen Langowski

Phillip Mann
Die wahre Lehre – nach Mickymaus
The Gospel According to Mickey Mouse (1991)
(Erstveröffentlichung)
Ü: Walter Brumm

4748 Richard Herley
Die Strafkolonie (1990)
The Penal Colony (1987)
Ü: Reinhard Heinz

4749 Irma Walker
Die Erbin der Erde (1990)
Inherit the Earth (1981)
Ü: Ingrid Herrmann

4750 Philip José Farmer:
Das Dungeon 1 –
Richard A. Lupoff:
Der Schwarze Turm (1990)
The Dungeon, Book 1 – The Black Tower (1988)
Ü: Alfons Winkelmann

4751 Philip José Farmer:
Das Dungeon 2 –
Bruce Coville:
Der dunkle Abgrund (1990)
The Dungeon, Book 2 – The Dark Abyss (1989)
Ü: Alfons Winkelmann

4752 Philip José Farmer:
Das Dungeon 3 –
Charles de Lint:
Das Tal des Donners (1990)
The Dungeon, Book 3 – The Valley of Thunder (1989)
Ü: Alfons Winkelmann

4753 Philip José Farmer:
Das Dungeon 4 –
Robin W. Bailey:
Der See aus Feuer (1991)
The Dungeon, Book 4 – The Lake of Fire (1989)
Ü: Alfons Winkelmann

4754 Philip José Farmer:
Das Dungeon 5 –
Charles de Lint:
Die verborgene Stadt (1991)
The Dungeon, Book 5 – The Hidden City (1990)
Ü: Alfons Winkelmann

4755 Philip José Farmer:
Das Dungeon, Band 6 –
Richard A. Lupoff:
Das letzte Gefecht (1991)
The Dungeon, Book 6 – The Final Battle (1990)
Ü: Alfons Winkelmann

4756 Hans Dominik
Ein Stern fiel vom Himmel/Land aus Feuer und Wasser/Der Wettflug der Nationen
Drei SF-Romane in einem Band (C)
(1934/1939/1933) (1969/1969/1969) (1990)
(➚ 3702, ➚ 3703, ➚ 3701/NA unter neuer Nummer)

4757 Diane Carey
Gespensterschiff (1990)
Ghost Ship (1988)
Ü: Norbert Stresau

4758 Richard Kadrey
Metrophage (1991)
Metrophage (1988)
Ü: Kurt Bracharz

4759 Janet Asimov
Bewußtseinstransfer (1990)
Mind Transfer (1988)
Ü: Norbert Stöbe

4760 Wolfgang Jeschke (Hrsg.)
Das Science Fiction Jahr # 6
Ausgabe 1991 (A) (1991)

Wolfgang Jeschke
Editorial

Hermann Urbanek
Die deutsche SF-Szene 1989/90

Karsten Kruschel
Die unwiderruflich letzte Rubrik:
Neuerscheinungen in den DDR-Verlagen

Udo Klotz/Michael Matzer
Eine Blume im Sturm:
Die Situation der DDR-Science Fiction nach der »Wende«

Hermann Urbanek
Die amerikanische SF-Szene 1989/90
Die britische SF-Szene 1989/90

Jörg Weigand
»Fiction« - vom leidvollen Sterben
der alten Dame

Franz Rottensteiner
Kunde von Nirgendwo:
Die wunderbare Welt des SF-Pachtwesens

Preise – Preise – Preise

Norbert Stresau
Der Sieg des Wie

Ute Perchtold/Sascha Mamczak/Thomas Tilsner/Horst Tröster
Science Fiction-Hörspiele 1989/90

Ralph Sander
Vom Zeichenbrett ins All

Michael Nagula & Jörg Ritter
Raketen, Götter und Barbaren: F&SF im Comic 1989/90

Hans Joachim Alpers
Dark Future oder Die fortschreitende und endgültige Verschrottung des Campbell-Kontinuums

George Slusser
Literarische MTV: ein Streifzug durch den Cyberpunk
Literary MTV (1988)
Ü: Michael Nagula

Usch Kiausch
»Kidnapping Tarzan and Frankenstein« – ein Abend mit Brian W. Aldiss und Philip José Farmer
Ü: Usch Kiausch

Theresia Sauter-Bailliet
Weist die SF von Frauen neue Wege?

Usch Kiausch
Ein Gespräch mit Brian W. Aldiss
Ein Gespräch mit Charles N. Brown

Ernst Petz
»Die Figuren leben – ich beschreibe nur«
Ein Gespräch mit John Brunner

Usch Kiausch
Ein Gespräch mit Hal Clement
Ein Gespräch mit Stephen R. Donaldson

Joseph Nicholas & Judith Hanna
Ein Gespräch mit William Gibson (1985)
Ü: Michael Nagula

Colin Greenland
Ein Gespräch mit William Gibson
A Nod to the Apocalypse (1986)
Ü: Michael Nagula

Richard Kadrey
Ein Gespräch mit Rudy Rucker (1987)
Ü: Michael Nagula

Richard Kadrey
Ein Gespräch mit John Shirley (1986)
Ü: Michael Nagula

Scream/Press
Ein Gespräch mit John Shirley (1988)
Ü: Peter Robert

Andy Robertson & David Pringle
Ein Gespräch mit Bruce Sterling (1986)
Ü: Michael Nagula

Joachim Stahl
– Iain Banks –

Günther Derra
Ein gewichtiges Wort in die Waagschale werfend: eine Begegnung mit Bob Shaw

Rainer Eisfeld
Von Raumfahrtpionieren und Menschenkindern. Ein verdrängtes Kapitel der Technikentwicklung im Dritten Reich

Günther Luxbacher & Wolfgang Neuhaus
Cyberspace und virtuelle Welten:
Ars Electronica 1990

Helmut Hansen
Das Tor zu den Sternen

Buchrezensionen

Werner Bauer
Phantastische Literatur im Heyne Taschenbuch 1990

4761 Gregory Benford
Lichtgezeiten (1994)
Tides of Light (1989)
Ü: Winfried Petri

4762 J. M. Dillard
Bewußtseinsschatten (1991)
Mindshadow (1986)
Ü: Andreas Brandhorst

4763 C. J. Cherryh
Die sterbenden Sonnen
(C) (1978/1978/1979) (1991)
Ü: Thomas Schichtel

Kesrith – die sterbende Sonne
The Faded Sun: Kesrith (1982)
(➶ 3857)

Shon'jir – die sterbende Sonne
The Faded Sun: Shon'jir (1982)
(➶ 3936)

Kutath – die sterbende Sonne
The Faded Sun: Kutath (1983)
(➶ 3848)

4764 Terry Pratchett
Pyramiden (1991)
Pyramids (1989)
Ü: Andreas Brandhorst

4765 Octavia E. Butler
Dämmerung (1991)
Dawn – Xenogenesis 1 (1987)
Ü: Barbara Heidkamp

4766 Octavia E. Butler
Rituale (1991)
Adulthood Rites – Xenogenesis 2 (1988)
Ü: Barbara Heidkamp

4767 Octavia E. Butler
Imago (1991)
Imago – Xenogenesis 3 (1989)
Ü: Barbara Heidkamp

4768 Lewis Shiner
Verlassene Städte des Herzens
(1991)
Deserted Cities of the Heart (1988)
Ü: Irene Bonhorst

4769 Jeffrey A. Carver
Die Waffe der Begeisterung (1991)
The Rapture Effect (1987)
Ü: Walter Brumm

4770 Wolfgang Jeschke (Hrsg.)
Heyne Science Fiction Jahresband 1991
(A) (1991)

Gregory Benford
Hinunter zum stürmischen Golf
To the Storming Gulf (1986)
Ü: Michael Kubiak

Connie Willis
Der letzte Winnebago
The Last of the Winnebago (1988)
Ü: Irene Bonhorst

Sydney J. van Scyoc
Blaufalke
Little Blue Hawk (1969)
Ü: Yoma Cap

Kate Wilhelm
Doppelgänger
The Lookalike (1988)
Ü: Irene Bonhorst

James Patrick Kelly
Der Blumenfreund
Faith (1989)
Ü: Michael Windgassen

Bruce McAllister
Ihre unsterblichen Herzen
Their Immortal Hearts (1980)
Ü: Malte Heim

James Tiptree jr.
Schlangengleich erneuert die Erde sich
The Earth Does Like a Snake Renew
(1988)
Ü: Irene Bonhorst

Robert Silverberg
Erster Auftritt: Soldat
Darauf: ein anderer
Enter a Soldier. Later:
Enter Another (1988)
Ü: Ingrid O. Fischer

4771 Howard Weinstein
Machthunger (1991)
Power Hungry (1989)
Ü: Andreas Brandhorst

4772 Patricia Kennealy
Der Silberzweig (1991)
The Silver Branch (1988)
Ü: Irene Holicki

4773 Bob Shaw
Die Heißluft-Astronauten (1991)
The Ragged Astronauts (1986)
Ü: Hendrik P. Linckens

4774 Bob Shaw
Die hölzernen Raumschiffe (1991)
The Wooden Spaceship (1987)
Ü: Hendrik P. Linckens

4775 Bob Shaw
Die flüchtigen Welten (1991)
The Fugitive Worlds (1989)
Ü: Hendrik P. Linckens

4776 Brad Ferguson
Krise auf Centaurus (1991)
Crisis on Centaurus (1986)
Ü: Andreas Brandhorst

4777 E. E. Smith
Die Abenteuer der Skylark
(1976/1991)
The Skylark of Space
(1946)
Ü: Thomas Schlück
(➶ 3479/NA unter neuer Nummer)

4778 E. E. Smith
Die Skylark und die Schlacht um Osnome
(1976/1991)
Skylark Three (1948)
Ü: Thomas Schlück
(➶ 3491/NA unter neuer Nummer)

4779 E. E. Smith
Die Skylark und die Sternenwanderer
(1976/1991)
Skylark of Valeron (1949)
Ü: Thomas Schlück
(➶ 3503/NA unter neuer Nummer)

4780 E. E. Smith
Die Skylark und der Kampf
um die Galaxis
(1976/1991)
Skylark Duquesne (1965)
Ü: Thomas Schlück
(➶ 3515/NA unter neuer Nummer)

4781 John Maddox Roberts
Conan der Marodeur (1991)
Conan the Marauder (1987)
Ü: Edda Petri

4782* Nummer noch nicht vergeben

*** Ursprünglich geplant: Jack Vance, Araminta Station; erschienen unter dem Titel »Station Araminta« mit der Nummer 06/5300)**

4783 Iain Banks
Die Wespenfabrik (1991)
The Wasp Factory (1984)
Ü: Irene Bonhorst

4784 Phillip Mann
Pioniere (1991)
Pioneers (1988)
Ü: Walter Brumm

4785 Michael Bishop
Dieser Mann ist leider tot
(1991)
The Secret Ascension
(1987)
(englische Originalausgabe:
Philip K. Dick Is Dead, Alas)
Ü: Rainer Schmidt

4786 Ronald M. Hahn (Hrsg.)
The Magazine of Fantasy and Science Fiction, 83. Folge
Der Wassermann (A) (1991)

Paul di Filippo
Kleine Dienerin
Little Worker (1989)
Ü: Jon Trepsaj

Charles Sheffield
Nennen Sie mich Al
Out of Copyright (1989)
Ü: Horst Pukallus

Michael P. Kube-McDowell
Vermurkst
Misbegotten (1989)
Ü: Jon Trepsaj

Larry Tritten
Die heißeste Nacht von Hollywood
The Date (1990)
Ü: Andreas Decker

Robert Reed
Spreu
Chaff (1990)
Ü: Horst Pukallus

John Maddox Roberts
Stoney Griffon und die UFO-Insassen
Stoney Griffon and the UFO People (1990)
Ü: Horst Pukallus

R. Garcia y Robertson
Schatten an einem fernen Ufer
Cast on a Distant Shore (1989)
Ü: Jon Trepsaj

Jane Yolen
Der Wassermann
The Sea Man (1989)
Ü: Jon Trepsaj

Ray Aldridge
Hyänenaugen
Hyena Eyes (1990)
Ü: Andreas Decker

4787 John Vornholt
Masken (1991)
Masks (1989)
Ü: Andreas Brandhorst

4788 Michael Bishop
Die Einhorn-Berge (1991)
Unicorn Mountain (1988)
Ü: Ingrid Herrmann

4789 Alan Burt Akers
Die Omen von Kregen (1991)
Omens of Kregen (1985)
Ü: Thomas Schlück

4790 Jack Womack
Terraplane (1991)
Terraplane (1988)
Ü: Walter Brumm

4791 Norbert Stöbe
Der Weg nach unten (1991)

4792 Paul Cook
Der Rand des Mandala (1991)
On the Rim of the Mandala (1987)
Ü: Horst Pukallus

4793 David & Daniel Dvorkin
Die Ehre des Captain (1991)
The Captain's Honor (1989)
Ü: Andreas Brandhorst

4794 Robert N. Charrette
Wölfe an der Grenze (1991)
Wolves on the Border (1988)
Ü: Christian Jentzsch

4795 Friedel Wahren (Hrsg.)
Isaac Asimov's Science Fiction Magazin, 37. Folge (A) (1991)

Michael Bishop
Eine intensive Begegnung mit der Gottheit
Close Encounter with the Deity (1986)

Orson Scott Card
Der Hundeführer
Dogwalker (1989)
Ü: Michael Windgassen

Steven Popkes
Das Ei
The Egg (1989)
Ü: Ingrid Herrmann

Damian Kilby
Der Tourist
Travellers (1990)
Ü: Vincenzo Benestante

Eileen Gunn
Computerfreundlich
Computer Friendly (1989)
Ü: Vincenzo Benestante

Gregory Frost
Divertimento
Divertimento (1989)
Ü: Michael Windgassen

Ian Watson
Nanowarezeit
Nanoware Time (1989)
Ü: Vincenzo Benestante

Angelika-Martina Lebéus
Der Kinobesuch

4796 Freda Warrington
Drei Krieger in Silber (1991)
A Blackbird in Silver (1985)
Ü: Rosemarie Hundertmarck

4797 Freda Warrington
Drei Krieger in Schwarz (1991)
A Blackbird in Darkness (1986)
Ü: Rosemarie Hundertmarck

4798 Mary Gentle
Goldenes Hexenvolk (1986/1991)
Erste Chronik von Carrick V der Botschafterin Lynne de Lisle Christie
Golden Witchbreed (1983)
Ü: Malte Heim
(➶ 4268/überarb. NA unter neuer Nummer)

4799 Mary Gentle
Altes Licht (1991)
Zweite Chronik von Carrick V der Botschafterin Lynne de Lisle Christie
Ancient Light (1987)
Ü: Irene Bonhorst

4800 John Gribbin
Vater der Menschheit (1991)
Father to the Man (1989)
Ü: Peter Robert

4801 Leigh Kennedy
St. Hiroshima (1991)
St. Hiroshima (1987)
Ü: Biggy Winter

4802 Rudy Rucker
Wetware (1991)
Wetware (1988)
Ü: Kurt Bracharz

4803 Wolfgang Jeschke (Hrsg.)
Das Blei der Zeit (A) (1991)

Michael Blumlein
Interview mit. C. W.
Interview with C. W. (1989)
Ü: Teresa Junek-Enzian

Giorgio Ginelli
Das sanfte Tröpfeln der Zeit
Il limpido trascorrere del tempo (1987)
Ü: Andreas Brandhorst

Leigh Kennedy
Russell
The Silent Cradle (1983)
Ü: Biggy Winter

Horst Pukallus
Das Blei der Zeit

Eric Vinicoff
Trauma
Trauma (1988)
Ü: Ingrid Straube

Karen Joy Fowler
Duplizität
Duplicity (1989)
Ü: Jürgen Langowski

Cherry Wilder
Kein Tod in Venedig
Alive in Venice (1991)
Ü: Dagmar Kreye
(Erstveröffentlichung)

Carlo Della Corte
Venedig mal zwei
Venezia dello spazio (1991)
Ü: Andreas Brandhorst
(Erstveröffentlichung)

Richard Paul Russo
Städte im Staub
Cities in Dust (1990)
Ü: Jürgen Langowski

Vance Aandahl
Aus dem Spiel
Beyond the Game (1968)
Ü: Malte Heim

Florian F. Marzin
Zensur

Egon Eis
Das letzte Signal

Ron Montana
Charleys Schwester
Charley's Sister (1991)
Ü: Jon Trepsaj
(Erstveröffentlichung)

David I. Masson
Doktor Fausta
Doctor Fausta (1974)
Ü: Michael K. Iwoleit

Kim Stanley Robinson
Unsere Stadt
Our Town (1986)
Ü: Jon Trepsaj

Martha Soukop
Mit seinen eigenen Händen
With His Own Two Hands (1991)
Ü: Uwe Luserke
(Erstveröffentlichung)

John Maclay
Der Gott des Büchermenschen
The Bookman's God (1987)
Ü: Michael K. Iwoleit

Kristine Kathryn Rusch
Der Mond ist ein Loch im Himmel
The Moon Is a Hole in the Sky (1991)
Ü: Ingo Dierkschnieder
(Erstveröffentlichung)

Stefan Cyrpic
Gedanken über ein Grab

Michael K. Iwoleit
Die Duplikate

James Patrick Kelly
Der schrecklichste Monat
The Cruelest Month (1983)
Ü: Inge Holm

Nancy Etchemendy
Die Glaskatze
Cat in Glass (1989)
Ü: Ingrid Straube

Pat Murphy
Frauen in den Bäumen
Women in the Trees (1990)
Ü: Maria Castro

Ray Aldridge
Ihre Vorzüge
Her Virtues (1989)
Ü: Maria Castro

Lubomir Macháček
Die an die Wand geschriebene Nachricht
Zpráva psaná na stěně (1984)
Ü: Karl von Wetzky

Lucius Shepard
Unterwerfung
Surrender (1989)
Ü: Irene Bonhorst

4804 Diane Carey
Das Schlachtschiff (1991)
Dreadnought! (1986)
Ü: Andreas Brandhorst

4805 Terry Pratchett
Wachen! Wachen! (1991)
Guards! Guards! (1989)
Ü: Andreas Brandhorst

4806 Alan Burt Akers
Der Kriegsherr von Antares (1991)
Warlord of Antares (1988)
Ü: Thomas Schlück

4807 Alan Burt Akers
Die Intrige von Antares (1993)
Intrigue of Antares (1993)
(Originalausgabe)

4808 Frank Herbert
Der Wüstenplanet-Zyklus (1991)
Sonderausgabe für Zweitausendeins Versand

4809 Kate Wilhelm
Die Tür ins Dunkel (1991)
The Dark Door (1988)
Ü: Irene Bonhorst

4810 Michael Bishop
Die Alpträume der Stevie Crye (1991)
Who Made Stevie Crye? (1984)
Ü: Irene Bonhorst

4811 Michael McCollum
Treffer (1991)
Thunderstrike! (1989)
Ü: Norbert Stöbe

4812 Péter Zsoldos
Die letzte Versuchung – Wiking III – (1991)
Az utolsó kisértés (1988)
Ü: Gottfried Feidel

4813 Mack Reynolds
Die Türme von Utopia (1991)
The Towers of Utopia (1975)
Ü: Andreas Brandhorst

4814 Michael Jan Friedman
Ein Ruf in die Dunkelheit (1991)
A Call to Darkness (1989)
Ü: Andreas Brandhorst

4815 George Zebrowski (Hrsg.)
Synergy 1 (A) (1991)
Synergy 1 (1987)
Ü: Kurt Bracharz

George Zebrowski
Synergisten/Einführung

Gregory Benford
Schreckliche Geschwindigkeiten
Bleak Velocities

Ian Watson
Juwelen auf einem Engelsflügel
Jewels in an Angel's Wing

Charles Harness
Signale
Signals

James Morrow
Veritas
Veritas

Frederik Pohl
Mein Leben als wiedergeborenes Schwein
My Life as a Born-Again Pig

W. Warren Wagar
Madonna der Roten Sonne
Madonna of the Red Sun

Rudy Rucker
Umgestülpt
Inside Out

Brian W. Aldiss
Wovon sollte ein SF-Roman handeln?
What Should an SF Novel Be About? (1986)

4816 Tim Powers
Die kalte Braut (1991)
The Stress of Her Regard (1989)
Ü: Michael Windgassen

4817 George R. R. Martin
Fiebertraum (1991)
Fevre Dream (1982)
Ü: Michael Kubiak

4818 Malcolm Edwards (Hrsg.)
War Tours (A) (1991)
Gollancz Sunday Times SF Competition Stories (1987)
Ü: Christian Jentzsch

Malcolm Edwards
Vorbemerkung

Paul Heapy
Moraltechnologie
Moral Technology

John Bark
Großkatzen
Big Cats

Anna Lieff Saxby
Gefangene
Prisoners

Malcolm Ashworth
Ein Senoi-Traum
A Senoi Dream

Rick Slaughter
Zarte unsterbliche Bedeutung
Delicate Immortal Meanings

Simon Ounsley
Adam gefunden
Adam Found (1986)

Keith Haviland
Seifenopern
Soap

Stephen Richard
Sternschnuppen
Meteors

Jenny Ordish
So viele von mir
Bundles of Joy

Luke Adrenski
Skiophanes' Beweis
Skiophanes' Proof

Geoff Nicholson
Zeitreisen als Spaß und Bereicherung
Time Travel for Fun and Profit

Bartholomew Blockley
Eine Art Sommersprossen
A Sort of Sunspot

Mark Wilkins
Wartours
Wartours

Anne Gay
Wünschelknochen
Wishbone

Mark Gorton
Der Sündenfall
The Fall

Elisabeth Sourbut
Das afrikanische Kontingent
The African Quota

Philip St. Leger
Neuere Geschichte
Modern History

James Gibbins
Wer ist ein kluger Junge?
Who's a Clever Boy?

Gerry McCarthy
Entropanto
Entropanto

Tony Bowerman
Gärten und Quellen
Gardens and Fountains

Sue Moorhouse
Rikas Welt
Rika's World

Philip Gladwin
Altweibersommer
Indian Summer

Richard Spivack
Mein bester Urlaub überhaupt
My Best Ever Holiday

Stephen Earl
Hanuman
Hanuman

Paul Gooding
Das Maschinenzeitalter
The Machine Age

4819 J. M. Dillard
Dämonen (1991)
Demons (1986)
Ü: Andreas Brandhorst

4820 Michael Moorcock
Zeitnomaden – 3 Romane in einem Band (C) (1982/1982/1984) (1991)
Ü: Sylvia Pukallus

Der Herr der Lüfte
The Warlord of the Air (1971)
(➶ 3876)

Der Landleviathan
The Land Leviathan (1974)
(➶ 3903)

Der Stahlzar
The Steel Tsar (1981)
(➶ 4122)

4821 Karen Joy Fowler
Künstliche Dinge (C) (1991)
Artificial Things (1986)
Ü: Peter Robert

Der See war voller künstlicher Dinge
The Sea Was Full of Artifical Things (1985)

Das Poplar Street-Experiment
The Poplar Street Study (1985)

Der Preis des Gesichts
Face Value

Der Kopf des Drachen
The Dragon's Head

Der Rosenkrieg
The War of the Roses (1985)

Rekorde
Contention

Rückrufaktion für Cinderella
Recalling Cinderella (1985)

Andere Ebenen (1989)
Other Plains

Das Geistertor (1988)
The Gate of Ghosts

Die Moormenschen
The Bog People

Wilde Jungs – Variationen über ein Thema
Wild Body: Variations on a Theme

Der Blick von der Venus. Eine Fallstudie
The View from Venus: A Case Study

Praxis
Praxis (1985)

4822 Garry Kilworth
Hexenwasser (1991)
Witchwater Country (1986)
Ü: Ingrid Herrmann

4823 James P. Blaylock
Die letzte Münze (1991)
The Last Coin (1988)
Ü: Ronald M. Hahn

4824 C. J. Cherryh
Yeager (1991)
Rimrunner (1989)
Ü: Rosemarie Hundertmarck

4825 John Shirley
Hitzefühler (C) (1991)
Heatseeker (1988)
Ü: Norbert Stöbe

Stephen P. Brown
Vorwort

William Gibson
Einleitung

Was Cindy sah
What Cindy Saw (1983)

Unter dem Generator
Under the Generator (1976)

Schlafwandler
Sleepwalkers (1976)
Tahiti zum Quadrat
Tahiti in Terms of Squares (1978)
Stumme Grillen
Silent Crickets (1975)
Ich lebe in Elisabeth
I Live in Elizabeth (1975)
Die fast leeren Räume
The Almost Empty Rooms (1980)
Der Schuß
The Gunshot (1980)
Gleichgewicht
Equilibrium
Lästige Schmetterlingspuppen, unsre Gedanken
Uneasy Chrysalids, Our Memories (1976)
Quill Tripstickler entkommt einer Braut
Quill Tripstickler Eludes a Bride (1980)
Wiederkehrende Träume vom Atomkrieg stürzen B.T. Quizenbaum in geistige Verwirrung
Recurrent Dreams of Nuclear War Lead B. T. Quizenbaum into Moral Dissolution
Wie es sich anfühlt, einen Menschen zu töten
What's It Like to Kill a Man (1986)
Der Knoten
Triggering (1987)
Sechs Arten Dunkelheit
Six Kinds of Darkness
Die Erscheinung
The Unfolding (1985)
Das sonderbare Glück des Professor Cort
The Peculiar Happiness of Professor Cort
Fahrkarte zum Himmel
Ticket to Heaven
Wölfe des Plateaus (1989)
Wolves of the Plateau

4826 James White
Die Föderation (1991)
Federation World (1988)
Ü: Kalla Wefel

4827 R. M. Meluch
Jerusalem in Flammen (1991)
Jerusalem Fire (1985)
Ü: Horst Pukallus

4828 Thomas M. Disch
Der Mann ohne jede Idee (C) (1991)
The Man Who Had No Idea (1982)
Ü: Michael Windgassen

Der Mann ohne jede Idee (1990)
The Man Who Had No Idea (1978)
Ü: Marcel Bieger
Die schwarze Katze
The Black Cat (1978)
Der Weihnachtsmann-Kompromiß
The Santa Claus Compromise (1975)
Die Rache der Hera oder Triumph der Monogamie (1983)
The Vengeance of Hera, or Monogamy Triumphant (1980)
Ü: Hannelore Hoffmann
Entwürfe
Concepts (1978)
Das Apartment neben dem Krieg
The Apartment Next to the War (1974)
Der Fötus
The Foetus (1980)
Das Feuer fing an, den Stock zu verbrennen; der Stock fing an, den Hund zu schlagen
The Fire Began to Burn the Stick; the Stick Began to Beat the Dog (1976)
Im Vergnügungszentrum
At the Pleasure Centre (1974)
Der Erwachsene
The Grown-Up (1981)
Wie man fliegt
How to Fly (1977)

Planet der Vergewaltigung
Planet of the Rapes (1977)
Die Offenbarung
The Revelation (1980)
Pyramiden für Bayern
Pyramids for Minnesota
(1974)
Josie und der Fahrstuhl:
Eine Geschichte zur Warnung
Josie and the Elevator:
A Cautionary Tale
(1980)
Eine Italienischstunde
An Italian Lesson (1982)
Zum Verstehen menschlichen
Verhaltens (1983)
Understanding Human Behavior
(1981)

4829 Robert N. Charrette
Ein Erbe für den Drachen (1991)
Heir to the Dragon (1989)
Ü: Christian Jentzsch

4830 Diane Duane
Spocks Welt (1991)
Spock's World (1988)
Ü: Andreas Brandhorst

4831 Patricia Kennealy
Des Falken graue Feder (1991)
The Hawk's Gray Feather (1991)
Ü: Irene Holicki

4832 Poul Anderson
Zeitfahrer (1991)
The Boat of a Million Years (1989)
Ü: Edda Petri

4833 Christopher Priest
Die stille Frau (1991)
The Quiet Woman (1990)
Ü: Biggy Winter

4834 Lewis Shiner
Frontera (1991)
Frontera (1984)
Ü: Peter Robert

4835 Rainer Fuhrmann
Die Untersuchung (1991)

4836 Ronald M. Hahn (Hrsg.)
The Magazine of Fantasy and Science Fiction,
84. Folge
Der magische Helm (A) (1991)

Ian Watson
Mit der Sommerfeuer-Brigade in die obere
Kreidezeit
In the Upper Cretaceous with the
Summerfire Brigade (1990)
Ü: Michael Windgassen
Ray Aldridge
Sinneswandel
Chump Change (1989)
Ü: Jon Trepsaj
Paul Cook
Der Hausmeister
Master of the House (1990)
Ü: Michael Windgassen
Bruce Holland Rogers
Lied der Wale
Whalesong (1989)
Ü: Jon Trepsaj
Ronald Anthony Cross
Hermes und der magische Helm
Hermes and the Magic Helmet
(1989)
Ü: Horst Pukallus
Ramsey Campbell
Die alte Schule
The Old School (1989)
Ü: Jon Trepsaj
Bill Johnson
Wahlen aus der Urne
Vote Early, Vote Often (1990)
Ü: Michael Windgassen

Patricia Ferrara
Kühlschrank-Fieber
Freezer Madness (1989)
Ü: Jon Trepsaj

Marnie Winston-Macauley
Die perfekte Lösung
The Perfect Solution (1990)
Ü: Michael Windgassen

Garry Kilworth
Bogenschützen im Nebel
Bowmen in the Mist (1989)
Ü: Jon Trepsaj

4837 Peter David
Eine Hölle namens Paradies (1991)
A Rock and a Hard Place (1991)
Ü: Andreas Brandhorst

4838 Jonathan Wylie
Der Erwählte (1991)
Servants of Ark Book One: The First Named (1987)
Ü: Ronald M. Hahn

4839 Jonathan Wylie
Das Zentrum des Kreises (1991)
Servants of Ark Book Two: The Centre of the Circle (1987)
Ü: Thomas Ziegler

4840 Jonathan Wylie
Das Zauberkind (1991)
Servants of Ark Book Three: The Mage-Born Child (1988)
Ü: Ronald M. Hahn

4841 Ian Watson
Die Fliegen der Erinnerung (1991)
The Flies of Memory (1990)
Ü: Walter Brumm

4842 George Alec Effinger
Das Ende der Schwere (1991)
When Gravity Fails (1981)
Ü: Isabella Bruckmaier

4843 George Alec Effinger
Ein Feuer auf der Sonne (1991)
A Fire in the Sun (1989)
Ü: Isabella Bruckmaier

4844 Jordan K. Weisman (Hrsg.)
Der Weg in die Schatten (A) (1991)
Into the Shadows (1990)

Einleitung: Man schreibt das Jahr 2050

Vorgeschichte

Tom Dowd
Dämonenpack
A Plague of Demons (1990)
Ü: Thomas Schichtel

Elizabeth T. Danforth
Grabräuber
Graverobbers (1990)
Ü: Christian Jentzsch

Paul R. Hume
Blindgänger
Talechaser (1990)
Ü: Christian Jentzsch

Nyx Smith
Striper
Striper (1990)
Ü: Christian Jentzsch

Lorelei Shannon
Whitechapel Rose
Whitechapel Rose (1990)
Ü: Christian Jentzsch

Ken St. Andre
Turtle im Turm
Turtle in the Tower (1990)
Ü: Thomas Schichtel

Tom Dowd
Free Fall
Free Fall (1990)
Ü: Thomas Schichtel

Michael A. Stackpole
Hilft es, wenn ich sag, es tut mir leid?
Would It Help to Say I'm Sorry?
(1990)
Ü: Thomas Schichtel

Michael A. Stackpole
Spiegelfechtereien
It's All Done with Mirrors (1990)
Ü: Thomas Schichtel

4845 Robert N. Charrette
Laß ab von Drachen (1991)
Never Deal with a Dragon (1990)
Ü: Christian Jentzsch

4846 Robert N. Charrette
Wähl deine Feinde mit Bedacht (1991)
Choose Your Enemies Carefully (1991)
Ü: Christian Jentzsch

4847 Robert N. Charrette
Such deine eigene Wahrheit (1992)
Find Your Own Truth (1991)
Ü: Christian Jentzsch

4848 Diane Carey
Der Verräter (1991)
Battlestations! (1986)
Ü: Andreas Brandhorst

4849 Alan Burt Akers
Wiedergeborenes Scorpio (1991)
Scorpio Reborn (1991)
Ü: Thomas Schlück

4850 Wolfgang Jeschke (Hrsg.)
Das Science Fiction Jahr # 7
Ausgabe 1992 (A) (1992)

Wolfgang Jeschke
Editorial

Hermann Urbanek
- Die deutsche SF-Szene 1990/91
- Die amerikanisch SF-Szene 1990/91
- Die britische SF-Szene 1990/91

Karsten Kruschel
Zwischen Vision und Banalität:
Die SF-Literatur der DDR
- ein abgeschlossenes Gebiet?
Ein Rückblick. Ein Countdown

Norbert Stresau
Die Bilder des Jahres

Wolfram Knorr
Der Automat, die Maschine –
das bin ich. Warum »Terminator 2«
mit Arnold Schwarzenegger zum
erfolgreichsten Film aller Zeiten
werden wird

Ute Perchtold/Sascha Mamczak/
Thomas Tilsner/Horst G. Tröster/
Günther Wessley
Science Fiction-Hörspiele 1990/91

Horst G. Tröster
Tumohrs Rache oder Mit Nirwana Jones im
Weißwurstsektor. Über die phantastischen
Produkte von Hörspiel-Amateuren

Michael Nagula & Jörg Ritter
Aliens, Saurier, Partnertausch: Fantasy und
Science Fiction im US-Comic 1990/91

Christian Haderer
Das Ende der Medien

Christian Haderer & Tobias Hierl
Tage des Donners

Friedrich Bronner
Im Cyberspace – Auf dem Weg zum
medialen Gesamtkunstwerk

Usch Kiausch (Hrsg.)
Cyberpunk – 10 Jahre danach: Joe
Haldeman, Bruce Sterling und Tom Maddox
extrapolieren

Rainer Eisfeld
30 Jahre bemannter Raumflug. Raumflug als
Schreckensvision bei
Ray Bradbury und Nigel Kneale

Peter Schattschneider
Science Fiction – Vision für das 3.
Jahrtausend

Karsten Kruschel
Wird die Science Fiction geplündert? oder Wie man Science Fiction benutzen und trotzdem ein »anständiger« Autor bleiben kann

Carl Amery
»Das Geheimnis der Krypta« oder: SF-Genre- Mittel in der Literatur

Ernst Petz
»Also ab ins Wortall ...« Arno Schmidt als Science Fiction-Autor. Drei Großbeispiele – drei Weltentwürfe

Michael Nagula & Detlef Hedderich
Bruce Sterling – die graue Eminenz des Cyberpunk

Florian F. Marzin
Mythologie und Sprache: Die Beziehung von Sprache und Mythologie in den Romanen von Samuel R. Delany

Jörg Weigand
Otfried von Hanstein. Eine bio-bibliographische Skizze

Michael K. Iwoleit
Staunend im brennenden Labyrinth. Über die Wiederveröffentlichung eines Meisterwerks von Hanns Kneifel

Karsten Kruschel
Imaginator des Ausdenkbaren: Ein Nachruf für Rainer Fuhrmann (1940–1991)

Wilfried Onckels
Fan und Herausgeber der »ersten Stunde«: Ein Nachruf für Mario Kwiat (1935–1991)

Ralph Sander
»Er ist tot, Jim.«: Ein Nachruf für Gene Roddenberry (1921–1991)

Florian F. Marzin
Ein Nachruf für Karl-Herbert Scheer (1928–1991)

Karsten Kruschel
Sein Credo: Ein Mensch zu sein ist schwer. Ein Nachruf für Arkadij Strugatzki (1925–1991)

Mathias Hofmann
Von der Wespenfabrik zur Krähenstraße: Ein Gespräch mit Iain M. Banks

Larry McCaffery & Jim McMenamin
Ein Gespräch mit Octavia E. Butler
An Interview with Octavia E. Butler (1990)
Ü: Irene Bonhorst

Usch Kiausch
Ein Gespräch mit Joe Haldeman

Michael K. Iwoleit
Ein Gespräch mit David I. Masson

Usch Kiausch
Ein Gespräch mit Bruce Sterling

Larry McCaffery & Brooks Landon
Ein Gespräch mit Bruce Sterling
An Interview with Bruce Sterling (1990)
Ü: Irene Bonhorst

Usch Kiausch
»Kein Wunder, daß der Cyberpunk so wenige weibliche Stimmen hat.« – Ein Gespräch mit Elisabeth Vonarburg

Karl Bruckmaier
Ein Gespräch mit Jack Womack

Werner Bauer
Phantastische Literatur im Heyne Taschenbuch 1991

4851 Katherine Kurtz
Lehrs Vermächtnis (1991)
The Legacy of Lehr (1986)
Ü: Horst Pukallus

4852 Iain Banks
Barfuß über Glas (1991)
Walking on Glass (1985)
Ü: Irene Bonhorst

4853 Christian Mähr
Fatous Staub (1991)

4854 Philip José Farmer
Die Irrfahrten des Mr. Green –
3 Romane in einem Band (C)
(1968, 1985/1974, 1985/1975) (1991)

Die Irrfahrten des Mr. Green
The Green Odyssey (1957)
Ü: Wulf H. Bergner
(➶ 1004, ➶ 3127)

Der Steingott erwacht
The Stone God Awakens (1970)
Ü: Wulf H. Bergner
(➶ 1005, ➶ 3376)

Lord Tyger
Lord Tyger (1970)
Ü: Wolfgang Eisermann
(➶ 3450)

4855 Friedel Wahren (Hrsg.)
Isaac Asimov's Science Fiction
Magazin, 38. Folge (A) (1991)

Kim Stanley Robinson
Das Ende der Traumzeit
Before I Wake (1988)
Ü: Jakob Leutner

George Alec Effinger
Marid ändert seine Meinung
Marîd Changes His Mind (1989)
Ü: Vincenzo Benestante

Michael Kallenberger
Weißes Chaos
White Chaos (1991)
Ü: Jakob Leutner

James Patrick Kelly
Mr. Boy
Mr. Boy (1990)
Ü: Martin Gilbert

Mike Resnick
Manamouki
The Manamouki (1990)
Ü: Joerg-Uwe Dosse

Megan Lindholm
Silberdame und der Mann um die Vierzig
Silver Lady and the Fortyish Man (1989)
Ü: Vincenzo Benestante

Peter Frey
Abenddämmerung

4856 Jean Lorrah
Metamorphose (1991)
Metamorphosis (1990)
Ü: Andreas Brandhorst

4857 Keith Roberts
Drachenpiloten (1991)
Kiteworld (1985)
Ü: Horst Pukallus

4858 Jean Pierre Andrevon & Philippe
Cousin
Das Haus gegenüber (1992)
L'immeuble d'en face (1982)
Ü: Georges Hausemer

4859 Spider Robinson
Nacht der Gewalt (1992)
Night of Power (1985)
Ü: Rosemarie Hundertmarck

4860 William Gibson &
Bruce Sterling
Die DifferenzMaschine (1992)
The Difference Engine (1990)
Ü: Walter Brumm

4861 George Zebrowski (Hrsg.)
Synergy 2 (A) (1992)
Synergy 2 (1988)
Ü: Birgit Reß-Bohusch

George Zebrowski
Im Fluß von Synergien/
Einführung

James Morrow
Tagebuch einer irren Gottheit
Diary of a Mad Deity

Howard Waldrop
Französische Filmszenen
French Scenes

Daniel Perlman
Abschöpfungen
Taking from the Top

Rudy Rucker & Marc Laidlaw
Pipeline in den Surfspace
Probability Pipelines

Robert Frazier
Unser tägliches Tschernobyl
The Daily Chernobyl

James Tiptree jr.
Zurück! Dreh's zurück!
Backward, Turn Backward

Andrew Joron
SF-Dichtung – ein neues Genre
State of the Art: SF Poetry – a New Genre

4862 Gene DeWeese
Zwischen den Fronten (1991)
Renegade (1991)
Ü: Andreas Brandhorst

4863 Terry Pratchett
MacBest (1992)
Wyrd Sisters (1988)
Ü: Andreas Brandhorst

4864 Alan Burt Akers
Meuchelmörder von Scorpio (1992)
Scorpio Assassin (1992)
Ü: Andreas Decker

4865 Wolfgang Jeschke (Hrsg.)
Heyne Science Fiction Jahresband 1992 (A) (1992)

Joe Haldeman
Der Schwindel um Hemingway
The Hemingway Hoax (1990)
Ü: Winfried Petri

Carter Scholz
Die Neunte Sinfonie von Ludwig van Beethoven und andere verlorene Stücke
The Ninth Symphony of Ludwig van Beethoven and Other Lost Songs (1977)
Ü: Irene Bonhorst

Frederik Pohl
In Erwartung der Olympier
Waiting for the Olympians (1990)
Ü: Ralph Tegtmeier

Michael F. Flynn
Im Wald der Zeit
The Forest of Time (1987)
Ü: Uwe Luserke

Kristine Kathryn Rusch
Die Galerie seiner Träume
The Gallery of His Dreams (1991)
Ü: Uwe Luserke
(Erstveröffentlichung)

Lucius Shepard
Endstation Herrlichkeit
Bound for Glory (1989)
Ü: Irene Bonhorst

Michael Blumlein
Bestseller
Bestseller (1990)
Ü: Christian Mähr

Walter Jon Williams
Nebeneffekte
Side Effects (1990)
Ü: Jens Withöft

Ian McDonald
Siegen ist alles
Winning (1990)
Ü: Irene Bonhorst

4866 Warren Norwood
Ein Bild aus Stimmen (1992)
The Windhover Tapes: An Image of Voices (1982)
Ü: Michael Windgassen

4867 Warren Norwood
Die Krümmung des Raums (1992)
The Windhover Tapes: Flexing the Warp (1982/83)
Ü: Michael Windgassen

4868 Warren Norwood
Fize der Gabriel-Ratschen (1992)
The Windhover Tapes: Fize of the Gabriel Ratchets (1983)
Ü: Michael Windgassen

4869 J. M. Dillard
Die verlorenen Jahre (1992)
The Lost Years (1989)
Ü: Andreas Brandhorst

4870 Michael A. Stackpole
Tödliches Erbe (1992)
BATTLETECH: Lethal Heritage (1989)
Ü: Reinhold H. Mai

4871 Michael A. Stackpole
Blutiges Vermächtnis (1992)
BATTLETECH: Blood Legacy (1990)
Ü: Reinhold H. Mai

4872 Michael A. Stackpole
Dunkles Schicksal (1992)
BATTLETECH: Lost Destiny (1991)
Ü: Reinhold H. Mai

4873 Christopher Stasheff
Der Zauberer Ihrer Majestät (1992)
Her Majesty's Wizard (1986)
Ü: Edda Petri

4874 Henry Rider Haggard
Der Allan der Antike (1992)
The Ancient Allan (1919/20)
Ü: Irene Holicki

4875 Joe Haldeman
Gekauftes Leben (1992)
Buying Time (The Long Habit of Living) (1989)
Ü: Winfried Petri

4876 Walter Jon Williams
Engelstation (1992)
Angel Station (1989)
Ü: Peter Robert

4877 Daniel Keyes
Die Enthüllung Claudias (1992)
Unveiling Claudia: The True Story of a Serial Murder (1986)
Ü: Hilde Linnert

4878 Michael Armstrong
Nach dem Zap (1992)
After the Zap (1987)
Ü: Irene Holicki

4879 Howard Weinstein
Akkalla (1992)
Peep Domain (1987)
Ü: Andreas Brandhorst

4880 Wolfgang Jeschke (Hrsg.)
Der Fensterjesus (A) (1992)

Carter Scholz
Eindringen
Intrusions (1984)
Ü: Teresa Junek-Enzian

Eric Brown
Der Pharageanische Effekt
The Pharagean Effect (1990)
Ü: Uwe Luserke

Madeleine E. Robins
Der Untermieter
The Boarder (1982)
Ü: Jürgen Langowski

Wayne Wightman
Käfig 37
Cage 37 (1987)
Ü: Michael K. Iwoleit

Kristine Kathryn Rusch
Schnelle Autos
Fast Cars (1989)
Ü: Ingo Dierkschnieder

Norbert Stöbe
Zehn Punkte

Judith Moffett
Überleben
Surviving (1986)
Ü: Jürgen Langowski

Nancy Etchemendy
Clotaires Ballon
Clotaire's Balloon (1984)
Ü: Jürgen Langowski

Leigh Kennedy
Der Fensterjesus
The Window Jesus
(1986)
Ü: Biggy Winter

Erik Simon
Zwischen Erde und Mond –
Ein Triptychon

Anna Rinonapoli
Die Eremiten des dritten Jahrtausends
I romiti del terzo millennio
(1985)
Ü: Andreas Brandhorst

Greg Egan
Blutschwestern
Blood Sisters (1991)
Ü: Uwe Luserke

Heinz Schneeweiss
Drei Gedichte

Cherry Wilder
Frauensache
A Woman's Ritual (1992)
Ü: Dagmar Kreye
(Erstveröffentlichung)

Stephen Baxter
Spuren
Traces (1991)
Ü: Uwe Luserke

Lois McMaster Bujold
Schaurige Ernte
Aftermaths (1986)
Ü: Tom Linckens

Steven Utley
Raubtiere
Predators (1976)
Ü: Joachim Pente

Richard Paul Russo
Dorthin kam man nicht mehr
zurück
No Place Any More
(1990)
Ü: Karin König

Adam Synowiec
Die Brücke
Most (1987)
Ü: Erik Simon

Ugo Malaguti
Elegie
Elegia (1988)
Ü: Gabriele Fischer

4881 Angela Steinmüller &
Karlheinz Steinmüller
Der Traummeister (1992)

4882 Alan Burt Akers
Invasion von Scorpio (1992)
Scorpio Invasion (1992)
Ü: Andreas Decker

4883 Connie Willis
Lincolns Träume (1992)
Lincoln's Dreams (1987)
Ü: Norbert Stöbe

4884 Uwe Luserke & Wolfgang Jeschke
(Hrsg.)
Frohes Fest! (A) (1989/1991)

I
Ü: Uwe Luserke

Vorwort

Ian Watson
Wenn Jesus den Schornstein runter kommt
When Jesus Comes Down the Chimney (1986)

Sharon N. Farber
Elvis, Aliens und der ganze Rest
Space Aliens Saved My Marriage (1991)

Thomas M. Disch
Der Weihnachtsmann-Kompromiß
The Santa Claus Compromise (1975)
Ü: Michael Windgassen

David Redd
Als Jesus zu Weihnachten den Mond besuchte
When Jesus Came to the Moon for Christmas (1991)

Michael Shayne Bell
Heimweh
Earthlonging (1991)

Jerry Oltion
Friede auf Erden
Peace on Earth (1990)

Ardath Mayhar
Das Geschenk des Lichts
A Gift of Light (1991)

Kristine Kathryn Rusch
Ein ganz besonderes Weihnachtsfest
Christopher's Crummy Christmas (1989)

Jack McDevitt
Spuren
Tracks (1989)

Ken Wisman
Oma Babkas Weihnachts-Pfefferkuchenhaus und die Glück/Pech-Leschi
Grandma Babka's Christmas Ginger and the Good Luck/Bad Luck Leshy (1991)

Kristine Kathryn Rusch
Thomas und die Weisen
Thomas and the Wise Men (1991)

André Norton
Chole und Nackie
Chole and Nackie (1967)

Walther & Antonio Bellomi
Eine unglaubliche Weihnachtsgeschichte
L'incredibile storia di natale (1991)

Martha Soukop
Scheinwerfer
Floodlights (1989)

Uschi Zietsch
Der chinesische Weihnachtsmann

John Brunner
Ein weihnachtliches Verbrechen
A Christmas Crime (1991)

John R. Little
Schatten aus der Vergangenheit
The Shadows of Christmas (1991)

II (1989)
(➶ 4638/NA unter neuer Nummer)

Vorwort

Ardath Mayhar
Das Weihnachtsmann-Komplott
The Nicholas Caper (1989)
Ü: Alfons Winkelmann

Curt Clark
(Donald Westlake)
Nackles
Nackles (1964)
Ü: Alfons Winkelmann

Cherry Wilder
Das Haus in der Friedhof-Straße
The House on Cemetary Street (1988)
Ü: Maria Castro

J. N. Williamson
Stille Weihnachten
You'd Better Watch Out (1989)
Ü: Ingrid Herrmann

Thomas Ligotti
Die Weihnachten mit Tante Elise – Die Geschichte einer Besessenheit aus Old Grosse Point
The Christmas Eves of Possession in Old Grosse Point (1982)
Ü: Ingrid Herrmann

John Jakes
Fröhliche Weihnachten – Post-Gutenberg
Merry Xmas, Post/Gute (1970)
Ü: Michael K. Iwoleit

Arthur C. Clarke
Der Stern (1982)
The Star (1955)
Ü: Irene Holicki

Fritz Leiber
Eine Station auf dem Weg
One Station on the Way (1968)
Ü: Michael K. Iwoleit

Harlan Ellison
Ein von Touristen unentdeckter Außenposten
The Outpost Undiscovered by Tourists (1981)
Ü: Florian F. Marzin

Sven Christer Swahn
Die Weihnachtskarte
Julkortet (1985)
Ü: Regine Schmitz

Robert F. Young
Dein Reich komme GmbH
Kingdom Come, Inc. (1967)
Ü: Florian F. Marzin

Terry Pratchett
Zwanzig Pence – mit Umschlag und Weihnachtsgrüßen
Twenty Pence with Envelope and Seasonal Greetings (1987)
Ü: Florian F. Marzin

4885 Patrick Tilley
Blutiger Fluß (1992)
The Amtrak Wars – Book Four: Blood River (1988)
Ü: Ronald M. Hahn

4886 Patrick Tilley
Todbringer (1992)
The Amtrak Wars – Book Five: Death-Bringer (1989)
Ü: Ronald M. Hahn

4887 Patrick Tilley
Erdendonner (1992)
The Amtrak Wars – Book Six: Earth-Thunder (1990)
Ü: Ronald M. Hahn

4888 Ronald M. Hahn (Hrsg.)
The Magazine of Fantasy and Science Fiction, 85. Folge
Hüter der Zeit (A) (1992)

Edward Wellen
Cool Cat
Cool Cat (1990)
Ü: Michael Kubiak

Kathe Koja
Abrechnung
Reckoning (1990)
Ü: Heinz W. Fabry

Kim Stanley Robinson
Zürich
Zurich (1990)
Ü: Michael Kubiak

Mike Resnick
Frankie, der Ghostwriter
Frankie the Spook (1990)
Ü: Ronald M. Hahn

Philip José Farmer
Die eine kommt, die andre geht
One Down, One to Go (1990)
Ü: Andreas Decker

Dean Whitlock
Faxmann
The Fax Man (1990)
Ü: Heinz W. Fabry

John Morressy
Hüter der Zeit
Timekeeper (1990)
Ü: Andreas Decker

Stephen Gallagher
Über mir: Fetzen aus Finsternis
Ribbons of Darkness, over Me (1989)
Ü: Ronald M. Hahn

4889 Keith Sharee
Gullivers Flüchtlinge (1992)
Gulliver's Fugitives (1990)
Ü: Andreas Brandhorst

4890 Peter Hanratty
Mordred (1992)
The Book of Mordred (1988)
Ü: Brigitte Gruss

4891 Peter Hanratty
Der letzte Ritter von Albion (1992)
The Last Knight of Albion (1986)
Ü: Hilde Linnert

4892 Peter Hanratty
Der Strand von Avalon (1992)
The Avalon Shore (1992)
Ü: Hilde Linnert

4893 L. Sprague de Camp
Die Kontinente-Macher
(C) (1991)
Zehnter Band des Krishna-Zyklus
Ü: Joachim Pente

Die Kontinente-Macher
The Continent Makers (1951)

Perpetuum Mobile
Perpetuum Motion (1950)

Ein für allemal
Finished (1949)

4894 Robert Silverberg
Der neue Frühling (1992)
The New Springtime (1990)
Ü: Roland Fleissner

4895 Mel Gilden
Surfing Samurai Robots (1992)
Surfing Samurai Robots (1988)
Ü: Hilde Linnert

4896 Jerry Oltion
Mission Starchild (1992)
Frame of Reference (1987)
Ü: Ralph Tegtmeier

4897 Olaf Spittel (Hrsg.)
Zeit-Spiele. Ex oriente Science Fiction
(A) (1992)

Johanna & Günter Braun
Canterville 1990

Rainer Fuhrmann
Stabwechsel

Lutz Hartmann
Time Bandit

Wolfgang Landgraf
Die siebte Frage

Peter Lorenz
***

Ernst-Otto Luthardt
Fremde Vertrautheit

Hartmut Mechtel
Supercontrol

Gottfried Meinhold
Verwechslungen

Klaus Möckel
Eine Falle für Dagobert

Gert Prokop
Story für Anfänger

Erik Simon
Von der Zeit, von der Erinnerung

Olaf R. Spittel
Der Spieler

Angela Steinmüller
Der Tintenschwarze Spiegel

Bernd Ulbrich
Ein unfaires Spiel

Berit Neumann
Widofried geht einkaufen oder Der Zauberspruch des Jahrhunderts

4898 Carmen Carter
McCoys Träume (1992)
Dreams of the Raven (1987)
Ü: Andreas Brandhorst

4899 Carmen Carter/Peter David/
Michael Jan Friedman/
Robert Greenberger
Planet des Untergangs (1992)
Doomsday World (1990)
Ü: Andreas Brandhorst

4900 Ralph Sander (Hrsg.)
Das *Star Trek*-Universum –
Handbuch zur Multimedia-
SF-Serie (A) (1990/1991)
(➶ 4670/erw. NA unter
neuer Nummer)

4901 Freda Warrington
Drei Krieger in Gold (1992)
A Blackbird in Amber (1987)
Ü: Christian Jentzsch

4902 Freda Warrington
Drei Krieger im Zwielicht (1992)
A Blackbird in Twilight (1988)
Ü: Christian Jentzsch

4903 Iain Banks
Einsatz der Waffen (1992)
Use of Weapons (1990)
Ü: Irene Bonhorst

4904 Iain Banks
Ein Geschenk der Kultur (C) (1992)
The State of the Art (1991)
Ü: Irene Bonhorst

Straße der Schädel
Road of Skulls (1988)

Ein Geschenk der Natur
A Gift from the Culture (1987)

Ungerade
Odd Attachment (1989)

Heruntergekommen
Descendant (1987)
(aus: TALES FROM THE
FORBIDDEN PLANET)

Entsorgung
Cleaning Up (1987)

Fundstück
Piece (1987)

Der letzte Stand der Kunst
The State of the Art (1989)

Kratzer
Scratch (1987)

4905 Joseph Nesvadba
Zärtliche Apokalypse (1992)
Hledám za manzela muze. Druhé tisícíletí nescontcí (1986)
Ü: Roswitha Eberstaller-Ripota

4906 Friedel Wahren (Hrsg.)
Isaac Asimov's Science Fiction Magazin,
39. Folge (A) (1992)

Karen Joy Fowler
Lieserl
Lieserl (1990)
Ü: Jakob Leutner

Gregory Benford
Raum-Zeit-Fluß
Of Space-Time and the River (1986)
Ü: Yoma Cap

Jack McDevitt
Letzter Kontakt
Last Contact (1988)
Ü: Jürgen Langowski

Lucius Shepard
Nomans Land
Noman's Land (1988)
Ü: Yoma Cap

Nancy Kress
Der Preis der Orangen
The Price of Oranges (1989)
Ü: Vincenzo Benestante

Connie Willis
Auszeit
Time-Out (1989)
Ü: Yoma Cap

Mark W. Tiedemann
Auf der Abschußliste
Targets (1990)
Ü: Peter Pape

Peter Meleghy
Der Todestag

4907 Diane Duane & Peter Morwood
Die Romulaner (1992)
The Romulan Way (1987)
Ü: Andreas Brandhorst

4908 Erhard Ringer
Das Conan-Universum
(1992)
Das Handbuch zum Conan-Zyklus

4909 John Brunner
Labyrinth der Sterne (1992)
A Maze of Stars (1991)
Ü: Horst Pukallus

4910 Michael P. Kube-McDowell
Diaspora (1992)
The Quiet Pools (1990)
Ü: Ralph Tegtmeier

4911 Terry Pratchett
Strata (1992)
Strata (1983)
Ü: Andreas Brandhorst

4912 Terry Pratchett
Die Farben der Magie (1992)
The Colour of Magic (1983)
Ü: Andreas Brandhorst

4913 Rainer Fuhrmann
Medusa (1992)

4914 A. C. Crispin
Die Augen der Betrachter (1992)
The Eyes of the Beholders (1990)
Ü: Andreas Brandhorst

4915 Robert E. Howard
Conan und der Schatz des Tranicos
(1971/1984) (1992)
The Treasure of Tranicos
(1953)
Ü: Lore Strassl
(➶ 3263/NA unter neuer Nummer)

4916 Greg Bear
Ewigkeit (1992)
Eternity (1988)
Ü: Winfried Petri

4917 Warren Norwood
Planet der Blumen (1993)
The Windhover Tapes: Planet of Flowers
(1984)
Ü: Michael Windgassen

4918 Stuart Gordon
Feuer in der Tiefe (1992)
Fire in the Abyss (1983)
Ü: Alfons Winkelmann

4919 Leonard Daventry
Das 21-milliardste Paradoxon (1992)
Twenty-One Billionth Paradox (1971)
Ü: Jürgen Langowski

4920 Wolfgang Jeschke (Hrsg.)
Die Menagerie von Babel (A) (1992)

Judith Moffett
Tiny Tango
Tiny Tango (1989)
Ü: Jürgen Langowski

Richard Paul Russo
Liz and Diego
Liz and Diego (1990)
Ü: Karin König

Greg Egan
Axiomatisch
Axiomatic (1990)
Ü: Uwe Luserke

Carter Scholz
Die Menagerie von Babel
The Menagerie of Babel
(1984)
Ü: Jens Withöft und
Abel Miser

Michael A. Flynn
Der Longford-Sammler
The Longford Collector
(1988)
Ü: Michael Kubiak

Joëlle Wintrebert
In letzter Instanz
Sans Appel (1980)
Ü: Georges Hausemer

Gianni Menarini
Der Wein und die Zeit
Il vino e il tempo (1988)
Ü: Andreas Brandhorst

Ljuben Lukina & Jewgenij Lukin
Das Denkmal
Mohimeth (1990)
Ü: Erik Simon

Daniela Piegai
Drusilla
Drusilla (1982)
Ü: Hilde Linnert

Karel Blažek
Der Hund
Pes (1984)
Ü: Karl von Wetzky

Stefan Cypric
Wenn Wega im Norden steht

Nancy Etchemendy
Landurlaub
Shore Leave Blacks
(1990)
Ü: Biggy Winter

James Morrow
Biblische Geschichten für Erwachsene – Nr. 7: Die Sündflut
Bible Stories for Adults, Nr. 7: The Deluge (1989)
Ü: Claudia Pape

Kristine Kathryn Rusch
Warenhaus
Repository (1989)
Ü: Christina Unger

Eric Brown
Karmel und die Schneekristalle
Star-Crystals and Karmel
(1989)
Ü: Vincenzo Benestante

Nancy Kress
Bettler in Spanien
Beggars in Spain (1991)
Ü: Martin Gilbert

4921 Gottfried Meinhold
Weltbesteigung (1992)

4922 John M. Ford
Was kostet dieser Planet?
How Much for Just the Planet?
(1987)
Ü: Andreas Brandhorst

4923 Alan Burt Akers
Scorpio in Flammen (1992)
Scorpio Ablaze (1992)
Ü: Andreas Decker
(Originalausgabe)

4924 James Morrow
Die eingeborene Tochter (1992)
Only Begotten Daughter (1990)
Ü: Christian Mähr

4925 James Morrow
Der Kontinent der Lügen (1992)
The Continent of Lies (1984)
Ü: Peter Robert

4926 Hayford Peirce
Der zeitgereiste Bonaparte (1992)
Napoleon Disentimed (1987)
Ü: Michael Windgassen

4927 George Zebrowski (Hrsg.)
Synergy 3 (A) (1992)
Synergy 3 (1988)
Ü: Barbara Heidkamp

George Zebrowski
Die Weine der Synergie. Einführung

Fruma Klass
Vor dem Regenbogen
Before the Rainbow

Paul di Filippo
Phylogenese
Phylogenesis

Bruce Clemence
Die ganze lebenslange Nacht
All the Livelong Night

Gregory Benford & Paul A. Carter
Proserpinas Tochter
Proserpina's Daughter

Ian Watson
Der Autor als Folterer
The Author as Torturer

4928 Alan Burt Akers
Die Trommeln von Scorpio (1992)
Scorpio Drums (1992)
Ü: Andreas Decker
(Originalausgabe)

4929 J. M. Dillard
Blutdurst (1992)
Bloodthirst (1987)
Ü: Andreas Brandhorst

4930 Robert E. Howard & L. Sprague de Camp
Conan und der Flammendolch (1971) (1992)
The Flame Knife (1955)
Ü: Lore Strassl
(➶ 3236/NA unter neuer Nummer)

4931 Robert Thurston
Clankrieger (1993)
Way of the Clans (1991)
Ü: Reinhold H. Mai

4932 Robert Thurston
Blutrecht (1993)
Bloodname (1991)
Ü: Reinhold H. Mai

4933 Robert Thurston
Falkenwacht (1993)
Falcon Guard (1991)
Ü: Reinhold H. Mai

4934 Sheri S. Tepper
Nach langem Schweigen
(1992)
After Long Silence (1987)
Ü: Horst Pukallus

4935 Philip José Farmer
Bizarre Beziehungen
(C) (1992)

Die Liebenden
The Lovers (1961)
Ü: Jürgen Inhoff

Eine Frau pro Tag
(1970/1986)
A Woman, a Day
(1968)
(auch *The Day of Timestop*)
Ü: Birgit Reß-Bohusch
(➶ 1011, ➶ 3173)

Mutter
Mother (1953)
Ü: Verena C. Harksen

Tochter
Daughter (1954)
Ü: Thomas M. Look

Sohn
Son (1954)
(auch *Queen of the Deep*)
Ü: Hans Schütz

Der Bruder meiner Schwester
My Sister's Brother
(1959)
(auch *The Strange Birth* und
Open to My Sister)
Ü: Martin Eisele

Der Müllkutscher
The Alley Man (1959)
Ü: Irmhild Hübner

4936 Ronald M. Hahn (Hrsg.)
The Magazine of Fantasy and Science Fiction, 86. Folge
Cyberella (A) (1992)

Sheila Finch
Cyberella
Cyberella (1990)
Ü: Michael Kubiak

Paul di Filippo
Stumö gafer
Mairzy Doats (1991)
Ü: Thomas Ziegler

Brad Strickland
Schwarze Muse
Her Wild Wild Eyes (1991)
Ü: Horst Pukallus

Bruce Holland Rogers
Groß fern jetzt
Big Far Now (1991)
Ü: Horst Pukallus

Madeleine E. Robins
Papa geht auf Jagd
Papa's Gone A-Hunting (1991)
Ü: Thomas Ziegler

Alan Brennert
Die verlorene Seele
Ma Qui (1991)
Ü: Thomas Ziegler

Wayne Wightman
Der König der Neandertaler
The King of the Neanderthals (1990)
Ü: Horst Pukallus

Delia Sherman
Land's End
Land's End (1991)
Ü: Horst Pukallus

4937 Howard Weinstein
Im Exil (1992)
Exiles (1990)
Ü: Andreas Brandhorst

4938 Paula Volsky
Der Fluch des Zauberers (1992)
The Sorcerer's Curse (1989)
Ü: Irene Holicki

4939 Paula Volsky
Das Glück des Relian Kru (1992)
The Luck of Relian Kru (1987)
Ü: Irene Holicki

4940 Geoff Ryman
Ein Garten für Kinder oder Eine Posse (1992)
The Child Garden or A Low Comedy (1989)
Ü: Ingrid Herrmann

4941 Timothy Zahn
Kriegspferd (1992)
Warhorse (1990)
Ü: Hilde Linnert

4942 Gene Roddenberry (Hrsg.)
Star Trek - der Film (1992)
Star Trek – The Motion Picture (1979)
Ü: Jesco von Puttkamer und Andreas Brandhorst

4943 J. M. Dillard
Star Trek VI - das unentdeckte Land (1992)
Star Trek VI – the Undiscovered Country (1992)
Ü: Andreas Brandhorst

4944 Norman Spinrad
Russischer Frühling (1992)
Russian Spring (1991)
Ü: Irene Bonhorst

4945 Lucius Shepard
Kalimantan (1992)
Kalimantan (1990)
Ü: Irene Bonhorst

4946 Melissa Scott
Die Freundlichen (1992)
The Kindly Ones (1987)
Ü: Norbert Stöbe

4947 E. C. Ellis
Weltenschöpfer (1992)
Worldmaker (1985)
Ü: Norbert Stöbe

Der Ertrinkende
Book One:
The Drowning Man (1980)

Unter fremden Monden
Book Two:
Under Alien Moons

Im Untergrund
Book Three:
In the Underground

Weltenschöpfer
Book Four:
Worldmaker

4948 Alan Dean Foster
Flinx' Abenteuer – Vier Romane (C)
(1985/1979/1980/1980) (1985) (1992)
Ü: Heinz Nagel

Flinx
For Love of Mother-Not (1983)
(➶ 4219)

Das Tar-Aiym Krang
The Tar-Aiym Krang (1972)
(➶ 3640, ➶ 4220)

Der Waisenstern
Orphan Star (1977)
(➶ 3723, ➶ 4220)

Der Kollapsar
The End of the Matter (1977)
(➶ 3736, ➶ 4220)

4949 Jean Lorrah
Die Umuk-Seuche (1992)
The Idic Epidemic (1988)
Ü: Andreas Brandhorst

4950 Henry Rider Haggard
Die Rückkehr der Göttin
(C) (1984/1984/1985) (1992)

Sie
»She« – A History of Adventure (1905)
Ü: Helmut Degner
(➶ 4130)

Ayesha – Sie kehrt zurück
Ayesha – the Return of She (1905)
Ü: Hans Maeter
(➶ 4132)

Sie und Allan
She and Allan (1921)
Ü: Hans Maeter
(➶ 4133)

4951 Henry Rider Haggard
Die Berge des Mondes
Drei Romane in einem Band (C)
(1979/1985/1980, 1988) (1993)

Allan Quatermain
Allan Quatermain (1887)
Ü: Joachim Pente
(➶ 4131)

König Salomons Diamanten
King Solomon's Mines (1885)
Ü: Volker H. Schmied
(➶ 4134)

Nada die Lilie
Nada the Lily (1892)
Ü: Hans Maeter
(➶ 3733, ➶ 4467)

4952 Ursula K. Le Guin
Tehanu (1992)
Vierter Roman des Erdsee-Zyklus
Tehanu (1990)
Ü: Hilde Linnert

4953 Terry Pratchett
Eric (1992)
Ein Roman von der bizarren Scheibenwelt
Eric (1990)
Ü: Andreas Brandhorst

4954 Greg Bear
Königin der Engel (1993)
Queen of Angels (1990)
Ü: Peter Robert

4955 Phillip Mann
Wolfsgarn (1992)
Wulfsyarn (1990)
Ü: Hendrik P. und Tom Linckens

4956 Miranda Miller
Smiles und das neue Jahrtausend (1992)
Smiles and the Millennium (1987)
Ü: Alfons Winkelmann

4957 Friedel Wahren (Hrsg.)
Isaac Asimov's Science Fiction Magazin, 40. Folge (A) (1992)

James Patrick Kelly
In der Schlange mit Mister Jimmy
Standing in Line with Mister Jimmy (1991)
Ü: Birgit Reß-Bohusch

Richard Paul Russo
Die Kugel im Visier
Celebrate the Bullet (1991)
Ü: Birgit Reß-Bohusch

Lawrence Watt-Evans
Sturmtruppen
Storm Trooper (1992)
Ü: Jakob Leutner

Greg Egan
Ein zugriffsicheres Schließfach
The Safe-Deposit Box (1990)
Ü: Peter Pape

Michael Bishop
Der Luftballon
The Balloon (1992)
Ü: Jakob Leutner

Charles Sheffield
Systematische Gesundheitsfürsorge
Health Care System (1990)
Ü: Peter Pape

Patricia Anthony
Aus keinem besonderen Grund
For No Reason (1990)
Ü: Peter Pape

Molly Gloss
Verano
Verano (1992)
Ü: Jakob Leutner

Stephen Baxter
Planck-Null
Planck Zero (1992)
Ü: Jakob Leutner

Ronald M. Hahn
Ein Abend, eine Nacht, ein Morgen

4958 Michael Jan Friedman
Das verschwundene Juwel (1992)
Fortune's Light (1991)
Ü: Andreas Brandhorst

4959 John Maddox Roberts
Conan der Draufgänger (1992)
Conan the Bold (1989)
Ü: Edda Petri

4960 Wolfgang Jeschke (Hrsg.)
Das Science Fiction Jahr # 8
Ausgabe 1993 (A) (1993)

Wolfgang Jeschke
Editorial

Hermann Urbanek
Die deutsche SF-Szene 1991/92
Die amerikanische SF-Szene 1991/92
Die britische SF-Szene 1991/92

Ulrich Harbecke
Grenzüberschreitender Verkehr:
Laudatio auf den Nicht-Preisträger der »Wetzlarer Tage der Phantastik«

Waldemar Kumming
Magicon, der fünfzigste
Welt-Science-Fiction-Kongreß

Preise - Preise - Preise

Samuel R. Delany
Einige überhebliche Arten, sich der SF zu nähern
Some Presumptuous Approaches to Science Fiction (1984)
Ü: Florian F. Marzin

Horst Pukallus
Naked Lunch: Die Realität am Ende der Gabel. Über die Affinität zwischen David Cronenberg und William S. Burroughs

Rainer Eisfeld
Der reale Horror unseres Jahrhunderts: Einleitung zu Fritz Leibers »Expreß-Zug nach Belsen«

Fritz Leiber
Expreßzug nach Belsen
Belsen Express (1975)
Ü: Rainer Eisfeld

Ernst Petz
Labyrinth der Sterne: Über John Brunners gleichnamigen Roman, Iain Banks' »Einsatz der Waffen« und Joe Haldemans »Der ewige Krieg«

Theresia Sauter-Bailliet
Hat die Raumfahrt ein Geschlecht? SF-Spekulationen von Arthur C. Clarke und James Tiptree jr.

Michael Salewski
Andere Welten, andere Geschichte - Verheißung oder Drohung?

Heinrich Vormweg
Carl Amery: Laudatio anläßlich des Münchner Literaturpreises

Gerd Schäfer
Von bösen und guten Robotern und anderen Menschen: Über den avantgardistischen Science Fiction-Autor John Sladek

Bernhard Kempen
Eine Lektion in Misanthropie: Über Octavia E. Butlers »schwarze SF«

Florian F. Marzin
Der Traummeister oder Der Traum der DDR-Science-Fiction ausgeträumt

Michael K. Iwoleit
Reductio ad absurdum: Die Science Fiction des David I. Masson

Ernst Petz
Vom Schicksal im Universum oder Das polyenzephalische Konter-Kraftfeld des Philip K. Dick

Karsten Kruschel
Ein Nachruf für Werner Steinberg

Usch Kiausch
Ein Gespräch mit Connie Willis

Doris Dreßler/Hartmut Klages/Christian Mathioschek
(Aktionskreis Fantastik)
Ein Gespräch mit Ian Watson

Usch Kiausch
Ein Gespräch mit Tom Maddox

Horst G. Tröster
Wenn das Grauen in den Alltag einbricht ... Die phantastischen Hörspiele des Christian Mähr

Horst G. Tröster/Ute Perchtold/Helmut Magnana/Sascha Mamczak/Thomas Tilsner
Science Fiction-Hörspiele 1991/92

Ronald M. Hahn
Die Dumpfmeister – SF-Filme 1991/92

Buchrezensionen

Werner Bauer
Phantastische Literatur im Heyne Taschenbuch 1992

4961 Poul Anderson
Der Schild der Zeit (1993)
The Shield of Time (1990)
Ü: Edda Petri

4962 R. M. Meluch
Kriegsvögel (1993)
Warbirds (1989)
Ü: Peter Pape

4963 Ian Watson
Der Mond und Michelangelo (C) (1993)
Salvage Rites (1989)
Ü: Walter Brumm

Verwertungsriten
Salvage Rites (1987)

Der Mond und Michelangelo
The Moon and Michelangelo (1987)

Edelsteine in eines Engels Flügel
Jewels in an Angel's Wing (1987)

Die Legende von den Sieben, die das Ei des Blitzes fanden
The Legend of the Seven Who Found the True Egg of Lightning (1986)

Hyperzoo
Hyperzoo (1987)

Buchstaben aus dem Affenalphabet
Letters from the Monkey Alphabet (1984)

Tag des Wolfes
Day of the Wolf (1983)

Die Maulwurfswiese
The Mole Field (1988)

Die Uhr des Emirs
The Emir's Clock (1987)

Verlorene Körper
Lost Bodies (1988)

Die Anrufung Samathiels
Samathiel's Summons (1984)

Hilfe von einem Vampir
Aid from a Vampire (1988)

Wenn Jesus den Schornstein runter kommt (1991)
When Jesus Comes Down the Chimney (1986)

Der Auferstehungsmann
The Resurrection Man (1988)

Joans Welt
Joan's World (1988)

4964 Gary Gygax
Die Anubis-Morde (1993)
– Mythus 1 –
(DANGEROUS JOURNEYS/
Gefährliche Reisen)
DANGEROUS JOURNEYS, Mythus 1: The Anubis Murders (1992)
Ü: Christian Jentzsch

4965 Gary Gygax
Die Lösung von Samarkand (1993)
– Mythus 2 –
(DANGEROUS JOURNEYS/
Gefährliche Reisen)
DANGEROUS JOURNEYS, Mythus 2: The Samarkand Solution (1993)
Ü: Christian Jentzsch

4966 Gary Gygax
Tod in Delhi (1994)
– Mythus 3 –
(DANGEROUS JOURNEYS/
Gefährliche Reisen)
DANGEROUS JOURNEYS, Mythus 3: Death in Delhi (1993)
Ü: Christian Jentzsch

4967 L. Sprague de Camp
Der ungeköpfte König (1994)
The Unbeheaded King (1983)
Ü: Walter Brumm

4968 Lois McMaster Bujold
Scherben der Ehre (1994)
Shards of Honor (1986)
Ü: Michael Morgental

4969 A. C. Crispin
Zeit für Gestern (1993)
Time for Yesterday (1988)
Ü: Andreas Brandhorst

4970 Terry Pratchett
Trucker (1993)
Truckers (1989)
Ü: Andreas Brandhorst

4971 Terry Pratchett
Wühler (1993)
Diggers (1993)
Ü: Andreas Brandhorst

4972 Terry Pratchett
Flügel (1993)
Wings (1990)
Ü: Andreas Brandhorst

4973 Robert Silverberg
Über den Wassern (1995)
The Face of the Waters (1991)
Ü: Roland Fleissner

4974 James White
Hospital Station (1993)
Hospital Station (1963)
Ü: Kalla Wefel

4975 James White
Star Chirurg (1993)
Star Surgeon (1963)
Ü: Kalla Wefel

4976 James White
Großoperation (1993)
Major Operation (1971)
Ü: Kalla Wefel

4977 James White
Ambulanzschiff (1993)
Ambulance Ship (1974/1980)
Ü: Kalla Wefel

4978 James White
Sector General (1994)
Sector General (1983)
Ü: Kalla Wefel

4979 James White
Notfall Code Blau (1994)
Code Blue – Emergency (1987)
Ü: Kalla Wefel

4980 James White
Der Wunderheiler (1995)
Star Healer (1984)
Ü: Kalla Wefel

4981 James White
Radikaloperation (1996)
The Genocidical Healer (1991)
Ü: Kalla Wefel

4982 James White
Chef de Cuisine (1997)
The Galactic Gourmet (1995)
Ü: Kalla Wefel

4983 Nigel Findley
2XS (1993)
2XS – To Excess (1992)
Ü: Christian Jentzsch

4984 Chris Kubasik
Der Wechselbalg (1993)
Changeling (1992)
Ü: Christian Jentzsch

4985 Robert N. Charrette
Trau keinem Elf (1993)
Never Trust an Elf (1992)
Ü: Christian Jentzsch

4986 John Vornholt
Kontamination (1993)
Contamination (1991)
Ü: Andreas Brandhorst

4987 Stephen Leigh
Abraxas (1993)
The Abraxas Marvel Circus (1990)
Ü: Irene Bonhorst

4988 Roland Green
Conan der Wagemutige (1993)
Conan the Valiant (1988)
Ü: Edda Petri

4989 Alan Burt Akers
Der Triumph von Scorpio (1993)
Scorpio Triumph (1993)
Ü: Andreas Decker
(Originalausgabe)

4990 Wolfgang Jeschke (Hrsg.)
Die Zeitbraut (A) (1993)

Joe Haldeman
Passagen
Passages
Ü: Winfried Petri
(Originalausgabe)

Dirk Strasser
Der Vorbeimarsch der Soldaten
Watching the Soldiers (1993)
Ü: Franz Rottensteiner

J. G. Ballard
Die Geheimgeschichte des Dritten Weltkriegs
The Secret History of World War 3 (1988)
Ü: Joachim Körber

Achim Stößer
Aufstieg eines Primaten

Eric Brown
Karacho Joe und die Epiphyse-Zen-Gleichung
Krash-Bangg Joe and the Pineal-Zen Equation (1987)
Ü: Vincenzo Benestante

David Skal
Ambiente
Ambience (1975/1993)
Ü: Ralph Tegtmeier

Zbyněk Rill
Das letzte Gericht
Poslední soud (1992)
Ü: Karl v. Wetzky

Richard Paul Russo
Blick von oben
View from Above (1990)
Ü: Karin König

Gert Prokop
Liebe, du zärtlicher, zitternder Vogel

Ian McDonald
Fragmente einer Analyse eines Falles von Hysterie
Fragments of an Analysis of a Case of Hysteria (1993)
Ü: Irene Bonhorst

George R. R. Martin
Die Nadelmänner
The Needle Men (1981)
Ü: Roland Fleissner

Jewgeni Drosd
Phönix
Феникс (1990)
Ü: Erik Simon

Anne Gay
Howie träumt
Howie Dreams (1989)
Ü: Ralph Tegtmeier

Daniele Vecchi
Der Wanderer
Il camminatore (1990)
Ü: Gabriele Fischer

Pierre Stolze
Heimlicher Spaziergang ins Land der Lebenden
Promenade furtive au pays des vivants (1993)
Ü: Georges Hausemer

Ludvík Souček
Herr Kollege
Pan kolega (1978)
Ü: Karl v. Wetzky

Peter Schattschneider
Gips Unlimited (1992)

Gardner Dozois & Jack Dann
Die Zeitbraut
Time Bride (1983)
Ü: Barbara Heidkamp

Pat Murphy
Liebe und Sex unter den Wirbellosen
Love and Sex among the Invertebrates (1990)
Ü: Michael Morgental

Wladimir Wolf
Folter zu verkaufen
(ПРОДАЕТСЯ ПЫТКА) (1990)
Ü: Erik Simon

Tom Maddox
In ferner Landschaft
In a Distant Landscape (1988)
Ü: Ralph Tegtmeier

Jacques Barbéri
Der Fährmann
Le passeur (1983)
Ü: Georges Hausemer

Paolo Brera
Amarantrot
Rosso-Amaranto (1991)
Ü: Gabriele Fischer

Terry Bisson
Die Bären entdecken das Feuer
Bears Discover Fire (1990)
Ü: Irene Bonhorst

4991 Wolfgang Jeschke (Hrsg.)
Heyne Science Fiction Jahresband 1993 (A) (1993)

Bedřich Mácha
Gullivers letztes Abenteuer im Lande HIER
Guliverovo poslední dobrodruzství v Tadyzemi (1989)
Ü: Karl v. Wetzky

Mária Szepes
Die Schande der Familie Jasper
A Jasper család szégyene (1987)
Ü: Gottfried Feidel

Reinmar Cunis
Eine Geschichte, von der ich manchmal träume

Carter Scholz
Der Vorabend der letzten Apollo-Mission
The Eve of the Last Apollo (1976)
Ü: Irene Bonhorst

Richard Stone
Der Defekt
Bug
Ü: Karl A. Klewer
(Originalausgabe)

Wayne Wightman
Der Tensor des Begehrens
The Tensor of Desire (1985)
Ü: Kalla Wefel

Kristine Kathryn Rusch
Eine Zeit zu jedem Zweck
A Time for Every Purpose (1990)
Ü: Ingo Dierkschnieder und Abel Miser

Thomas Wylde
Zu den Toren des Ostens
To the Eastern Gates (1991)
Ü: Martin Gilbert

Ian McDonald
Zum Kilimandscharo
Toward Kilimanjaro (1990)
Ü: Michael Morgental

4992 Colin Greenland
Begegnungen auf dem Möbiusband (1993)
Take Back Plenty (1990)
Ü: Hendrik P. und Marianne Linckens

4993 Keith Roberts
Molly Zero (1993)
Molly Zero (1980)
Ü: Peter Pape

4994 Jack Womack
Heidern (1993)
Heathern (1990)
Ü: Horst Pukallus

4995 M. G. Käsbauer
Die goldene Spinne (1993)

4996 David Dvorkin
Die Zeitfalle (1993)
Timetrap (1988)
Ü: Andreas Brandhorst

4997 Mária Szepes
Der Berg der Adepten (1993)
Raguel 7 tranitványa (1991), 1. Teil
Ü: Gottfried Feidel

4998 Mária Szepes
Weltendämmerung (1993)
Raguel 7 tranitványa (1991), 2. Teil
Ü: Gottfried Feidel

4999 Werner Bauer & Wolfgang Jeschke (Hrsg.)
SF & Fantasy:
Das Programm (1993)

5000 Karl Michael Armer & Wolfgang Jeschke (Hrsg.)
Neuland – Autoren der Weltliteratur schreiben über die Welt von morgen (A) (1993)

Patricia Highsmith
Operation Balsam
Operation Balsam; or Touch-Me-Not (1987)
Ü: Otto Bayer

Stefano Benni
A Night in Paris
Paris La Nuit (1983)
Ü: Pieke Biermann

Paul Auster
Im Land der letzten Dinge
In the Country of the Last Things (Auszug) (1987)
Ü: Werner Schmitz

Fay Weldon
Ich bin froh, daß ich tot bin
The Rules of Life (Auszug) (1987)
Ü: Ursula Pommer

Peter Carey
Das Los
The Chance (1980)
Ü: Jakob Leutner

John Updike
Der keusche Planet
The Chaste Planet (1975)
Ü: Willi Winkler

Lars Gustafsson
Niederfahrt in die Porosität/Von Zeitschleifen und eigentümlich wiederkehrenden Fremden
Det sällsamma djuret från norr (Auszug) (1989)
Ü: Verena Reichel

Dino Buzzati
Die Maschine des Aldo Christofari
La macchina che fermera il tempo (1953)
Ü: Percy Eckstein und Wenda Lipsius

Martin Amis
Die Zeitkrankheit
The Time Disease (1987)
Ü: Norbert Stöbe

J. G. Ballard
Der größte Freizeitpark der Welt
The Largest Theme Park in the World (1990)
Ü: Joachim Körber

Wladimir Woinowitsch
Moskau 2042
Mockwa (Auszug) (1986)
Ü: Swetlana Geier

Hermann Harry Schmitz
Der Umzug (1914)

Italo Calvino
Die Töchter des Mondes
Le cosmicomiche (Auszug) (1989)
Ü: Burkhart Kroeber

Ian McEwan
Samstag, März 199-
Saturday, March 199- (1978)
Ü: Wulf Teichmann

Angela Carter
Helden und Schurken
Heroes and Villains (Auszug) (1969)
Ü: Joachim Kalka

Margaret Atwood
Der Report der Magd
The Handmaid's Tale (Auszug) (1985)
Ü: Helga Pfetsch

Guido Morselli
In Saecula Saeculorum
Roma senza papa – cronache romane di fine secolo ventesimo (Auszug) (1974)
Ü: Arianna Giachi

T. Coraghessan Boyle
Die Neumondpartei
The New Moon Party (1979)
Ü: Jürgen Langowski

Carl Amery
Geist-Transfer (1985)

Patricia Highsmith
Präsident Buck Jones zeigt Flagge
President Buck Jones Rallies and Waves the Flag (1987)
Ü: Otto Bayer

Friedrich Dürrenmatt
Der Dritte Weltkrieg (1990)

Doris Lessing
Die Memoiren einer Überlebenden
The Memoirs of a Survivor (Auszug) (1974)
Ü: Rudolf Hermstein

Ignácio de Loyola Brandao
Tristeza
Nao verás país nemhu (Auszug) (1983)
Ü: Ray-Güde Mertin

Franz Hohler
Die Rückeroberung (1982)

Wolfgang Jeschke
Nachrichten von Lebenden und von Toten

Karl Michael Armer
Die Eingeborenen des Betondschungels (1984)

5001 Wolfgang Jeschke
Midas oder Die Auferstehung des Fleisches (1989) (1993)

5002 Michael Swanwick
Die Todesschneise (1993)
In the Drift (1985)
Ü: Irene Holicki

5003 Damon Knight
Der Mann im Baum (1993)
The Man in the Tree (1984)
Ü: Biggy Winter

5004 Ronald M. Hahn (Hrsg.)
The Magazine of Fantasy and Science Fiction, 87. Folge
Ebenbilder (A) (1993)

Richard Paul Russo
Das offene Boot
The Open Boat (1991)
Ü: Ronald M. Hahn

Bruce Sterling
Das Undenkbare
The Unthinkable (1991)
Ü: Thomas Ziegler

Chelsea Quinn Yarbro
Ermittlungen in Sachen Jericho
Investigating Jericho (1992)
Ü: Michael K. Iwoleit

Bradley Denton
Skidmore
Skidmore (1991)
Ü: Ronald M. Hahn

John Kessel
Buffalo
Buffalo (1991)
Ü: Thomas Ziegler

David Hoing
Die Stadt der furchtbaren Nacht
City of the Dreadful Night (1991)
Ü: Thomas Ziegler

Dean Whitlock
Daniels Sterben
On the Death of Daniel (1991)
Ü: Horst Pukallus

Thomas A. Easton
Mikro-Macho
Micro-Macho (1991)
Ü: Thomas Ziegler

Joe Haldeman
Ebenbilder
Images (1991)
Ü: Ronald M. Hahn

5005 Barbara Paul
Das Drei-Minuten-Universum (1993)
The Three-Minute Universe (1988)
Ü: Andreas Brandhorst

5006 Ralf Winter
Das Herz des Stroms (1993)

5007 Anne McCaffrey
Die Renegaten von Pern (1993)
The Renegades of Pern (1988)
Ü: Irene Holicki

5008 Storm Constantine
Hermetech (1993)
Hermetech (1991)
Ü: Christian Mähr

5009 Ian McDonald
Herzen, Hände und Stimmen (1993)
Hearts, Hands, and Voices (Broken Land) (1993)
Ü: Peter Robert

5010 John Brosnan
Die Macht der Himmelsherren (1993)
The Skylords (1989)
Ü: Rosemarie Hundertmarck

5011 John Brosnan
Der Krieg der Himmelsherren (1993)
War of the Skylords (1990)
Ü: Rosemarie Hundertmarck

5012 John Brosnan
Der Sturz der Himmelsherren
(1993)
The Fall of the Skylords (1991)
Ü: Rosemarie Hundertmarck

5013 Connie Willis
Die Jahre des Schwarzen Todes
(1993)
Doomsday Book (1992)
Ü: Walter Brumm

5014 Jonathan Carroll
Schwarzer Cocktail (1993)
Black Cocktail (1990)
Ü: Irene Bonhorst

5015 Judith & Garfield Reeves-Stevens
Das Zentralgehirn (1993)
Memory Prime (1988)
Ü: Andreas Brandhorst

5016 Michael Moorcock
Die Festung der Perle (1993)
The Fortress of the Pearl (1989)
Ü: Edda Petri

5017 C. J. Cherryh
Schwerkraftzeit (1993)
Heavy Time (1991)
Ü: Rosemarie Hundertmarck

5018 Friedel Wahren (Hrsg.)
Isaac Asimov's Science Fiction Magazin,
41. Folge (A) (1993)

Pamela Sargent
Danny fliegt zum Mars
Danny Goes to Mars (1992)
Ü: Paul-Heinz Linckens

Diane De Avalle-Acre
Fledermäuse
Bats (1992)
Ü: Reinhard Heinz

Lisa Tuttle
Die andere Art
The Other Kind (1984)
Ü: Susi-Maria Roediger

Deborah Wessell
Joyride (1990)
Ü: Vincenzo Benestante

Eileen Gunn
Perfekte Personalplanung
Stable Strategies for Middle Management (1988)
Ü: Jürgen Langowski

Nancy Kress
Und zügellos wild ...
And Wild for to Hold (1991)
Ü: Birgit Reß-Bohusch

Sharon N. Farber
Weltraumwesen retteten meine Ehe
Space Aliens Saved My Marriage (1990)
Ü: Peter Pape

Mary Rosenblum
Synthese
Synthesis (1992)
Ü: Margret Krätzig

Irmtraud Kremp
Jahre

5019 Gene DeWeese
Nexus (1993)
The Final Nexus (1988)
Ü: Andreas Brandhorst

5020 Lois McMaster Bujold
Der Kadett (1993)
The Warrior's Apprentice (1986)
Ü: Edda Petri

5021 Jack Vance
Madouc (1993)
Madouc (1990)
Ü: Joachim Pente

5022 Alan Dean Foster
Der Cyberweg (1993)
Cyberway (1990)
Ü: Hilde Linnert

5023 John D. MacDonald
Das Mädchen, die goldene Uhr und der ganze Rest (1993)
The Girl, the Gold Watch and Everything (1962)
Ü: Brigitte Gruss

5024 Mel Gilden
Baldwins Entdeckungen (1993)
Boogeymen (1991)
Ü: Andreas Brandhorst

5025 Wolfgang Jeschke
Schlechte Nachrichten aus dem Vatikan – Hörspiele und Erzählungen (C) (1993)

Yeti (1980)

Dokumente über den Zustand des Landes vor der Verheerung (1981)

Osiris Land (1982)

Wir kommen auf Sie zu, Mr. Smith (1983)

Sibyllen im Herkules oder Instant Biester (1984)

Nekyomanteion (1985)

Jona im Feuerofen oder Das versehrte Leben (1988)

The Mississippi Straightforward Society (1988)

Es lebe der Wald (1990)

Schlechte Nachrichten aus dem Vatikan (1991)

Happy Birthday, dear Alice. Happy Birthday, dear Anne (1993)

5026 Robert Jordan
Drohende Schatten (1993)
Eye of the World (1990), 1. Teil
Ü: Uwe Luserke

5027 Robert Jordan
Das Auge der Welt (1993)
Eye of the World (1990), 2. Teil
Ü: Uwe Luserke

5028 Robert Jordan
Die große Jagd (1993)
The Great Hunt (1990), 1. Teil
Ü: Uwe Luserke

5029 Robert Jordan
Das Horn von Valere (1993)
The Great Hunt (1990), 2. Teil
Ü: Uwe Luserke

5030 Robert Jordan
Der wiedergeborene Drache (1994)
The Dragon Reborn (1991), 1. Teil
Ü: Uwe Luserke

5031 Robert Jordan
Die Straße des Speers (1994)
The Dragon Reborn (1991), 2. Teil
Ü: Uwe Luserke

5032 Robert Jordan
Schattensaat (1995)
The Shadow Rising (1992), 1. Teil
Ü: Uwe Luserke

5033 Robert Jordan
Die Heimkehr (1995)
The Shadow Rising (1992), 2. Teil
Ü: Uwe Luserke

5034 Robert Jordan
Der Sturm bricht los (1995)
The Shadow Rising (1992), 3. Teil
Ü: Uwe Luserke

5035 Robert Jordan
Zwielicht (1995)
The Fires of Heaven (1993), 1. Teil
Ü: Uwe Luserke

5036 Robert Jordan
Scheinangriff (1996)
The Fires of Heaven (1993), 2. Teil
Ü: Uwe Luserke

5037 Robert Jordan
Der Drache schlägt zurück (1996)
The Fires of Heaven (1993), 3. Teil
Ü: Uwe Luserke

5038 Mike Resnick
Santiago (1993)
Santiago: A Myth of the Near Future (1986)
Ü: Alfons Winkelmann

5039 Roger Zelazny & Walter Jon Williams
Ein Wendebuch (A) (1993)

Roger Zelazny
Das Friedhofsherz
The Graveyard Heart (1964)
Ü: Rosemarie Hundertmarck

Walter Jon Williams
Eine Elegie für Engel und Hunde
Elegy for Angels and Dogs (1990)
Ü: Jakob Leutner

5040 Jack Williamson
Überleben (1993)
Lifeburst (1984)
Ü: Jakob Leutner

5041 Hans Dominik
Drei Romane in einem Band (C) (1935, 1974/1952, 1972/1953, 1972) (1993)

Flug in den Weltraum
(➶ 3411)

Der Befehl aus dem Dunkel
(➶ 3319)

Himmelskraft
(➶3279)

5042 George Zebrowski (Hrsg.)
Synergy 4 (A) (1993)
Synergy 4 (1989)

George Zebrowski
Mehr als Unterhaltung
Beyond Entertainment
Ü: Barbara Heidkamp

James Gunn
Der Ende-der-Welt-Ball
The End-of-the-World Ball
Ü: Barbara Heidkamp

Robert Reed
In der Oortschen Wolke
Oort Cloud
Ü: Yoma Cap

Jayge Carr
Chimäre
Chimera
Ü: Yoma Cap

Michael Cassutt
Passagen
Passages
Ü: Barbara Heidkamp

Marc Laidlaw
Der Farmer an der Wand
The Farmer on the Wall
Ü: Barbara Heidkamp

Chad Oliver
Alt Vierauge
Old Four-Eyes
Ü: Ralph Tegtmeier

Daniel Pearlman
Der letzte Traum
The Final Dream
Ü: Yoma Cap

Andrew Joron
Antenne
Antenna
Ü: Birgit Reß-Bohusch

Pamela Sargent
Rückkehr zu einem unbescheidenen Vorschlag
An Immodest Proposal Revisited
Ü: Ronald M. Hahn

5043 D. C. Fontana
Vulkans Ruhm (1993)
Vulcan's Glory (1989)
Ü: Andreas Brandhorst

5044 Leonard Carpenter
Conan der Kriegsherr (1993)
Conan the Warlord (1988)
Ü: Edda Petri

5045 W. Michael Gear
Spinnenkrieger (1993)
The Warriors of Spider (1988)
Ü: Horst Pukallus

5046 W. Michael Gear
Spinnenfäden (1993)
The Way of Spider (1989)
Ü: Horst Pukallus

5047 W. Michael Gear
Spinnennetze (1993)
The Web of Spider (1989)
Ü: Horst Pukallus

5048 Hal Clement
Die Flüsse der Tiefe (1993)
Still River (1987)
Ü: Winfried Petri

5049 Ronald M. Hahn (Hrsg.)
The Magazine of Fantasy and Science Fiction, 88. Folge
Johnnys Inferno (A) (1993)
Ü: Thomas Ziegler

Kristine Kathryn Rusch
Tänzer wie Kinder
Dancers like Children (1991)

Larry Tritten
Reisen mit Harry
Travels with Harry (1991)

Charles Pellegrino & George Zebrowski
O Miranda!
Oh, Miranda! (1991)

Grania Davis
Der gesegnete/verfluchte Thornston-Smaragd
The Blessed/Damned Thorston Emerald (1991)
Ü: Ronald M. Hahn

Ronald Anthony Cross
Johnnys Inferno
Johnny's Inferno (1991)

Mike Conner
Blindenhund
Guide Dog (1991)

Wennicke Eide
Blauer Engel
Blue Angel (1991)

Brian W. Aldiss
Die bessere Verwandlung
Better Morphosis (1991)

5050 James Morrow
Die Stadt der Wahrheit (1993)
City of Truth (1990)
Ü: Irene Bonhorst

5051 Judith & Garfield Reeves-Stevens
Die Erste Direktive (1993)
Prime Directive (1990)
Ü: Andreas Brandhorst

5052 Pat Cadigan
Synder (1993)
Synners (1991)
Ü: Michael Windgassen

5053 Daniel da Cruz
S-Waffen (1993)
F-cubed (1987)
Ü: Barbara Heidkamp

5054 George Alec Effinger
Der Kuß des Exils (1993)
The Exile Kiss (1991)
Ü: Isabella Bruckmaier

5055 Wolfgang Jeschke (Hrsg.)
Lenins Zahn und Stalins Tränen
(A) (1994)

Michael Shayne Bell
Lenins Zahn
Lenin's Bones (1989)
Ü: Uwe Luserke

Anne Gay
Die Welt in Silber geschrieben
The World of the Silver Whiter (1990)
Ü: Ralph Tegtmeier

Barbara Koczauer
An den Ufern des Styx (1993)

David Skal
Sie werden mit den Dingen fertig
They Cope (1972)
Ü: Irene Bonhorst

Inisero Cremaschi
Durchprogammiert
Il cervello programmatore (1984)
Ü: Hilde Linnert

Dean Whitlock
Die Kunst, ein Künstler zu sein
Iridescene (1989)
Ü: Ralph Tegtmeier

Miklós Nyári
Die Drachenjäger
Sárkányvadászok (1985)
Ü: Gottfried Feidel

Phillip C. Jennings
Teddykäfer und der heiße Schneeball
Teddy Bug and the Hot Purple Snowball (1986)
Ü: Ralph Tegtmeier

Ray Aldridge
Der Tierbändiger
The Beastbreaker (1991)
Ü: Ralph Tegtmeier

Alan Brennert
Stimmen in der Erde
Voices in the Earth (1980)
Ü: Ralph Tegtmeier

Jean-Pierre Hubert
Gelatine
Gélatine (1981)
Ü: Georges Hausemer

Jirí W. Prochazka
Die Schöpfer der Zeit
Tvůrci času (1991)
Ü: Karl v. Wetzky

Lars Gustafsson
Die sechs Standbilder
(Auszug aus »Das seltsame Tier aus dem Norden«)
Det sällsamma djuret från norr (1989)
Ü: Verena Reichel

Karl Michael Armer
Virtualienmarkt (1993)

Michael F. Flynn
Blut an der Rose
The Blood upon the Rose (1991)
Ü: Yoma Cap

Ian McDonald
Die Unschuldigen
Innocents (1992)
Ü: Ralph Tegtmeier

Dirk Strasser
Warten auf den Regen
Waiting for the Rain (1991)
Ü: Franz Rottensteiner

Ian Watson
Stalins Tränen
Stalin's Teardrops (1990)
Ü: Walter Brumm

Carter Scholz
Eine Katastrophenmaschine
A Catastrophe Machine (1984)
Ü: Michael K. Iwoleit

Kim Stanley Robinson
Eine Geschichte des 20. Jahrhunderts mit Illustrationen
A History of the Twentieth Century, with Illustrations (1991)
Ü: Ralph Tegtmeier

5056 Thomas Ziegler
Stimmen der Nacht (1993)

5057 Peter David
Vendetta (1993)
Vendetta (1991)
Ü: Andreas Brandhorst

5058 Robert N. Charrette
Wolfsrudel (1993)
Wolfpack (1992)
Ü: Christian Jentzsch

5059 Tom Holt
Wer hat Angst vor Beowulf? (1993)
Who's Afraid of Beowulf? (1988)
Ü: Kalla Wefel

5060 Pamela Sargent
Das Ufer der Frauen (1993)
The Shore of Women (1986)
Ü: Irene Bonhorst

5061 Lois McMaster Bujold
Barrayar (1994)
Barrayar (1991)
Ü: Michael Morgental

5062 C. J. Cherryh
Höllenfeuer (1994)
Hellburner (1992)
Ü: Rosemarie Hundertmarck

5063 Pat Cadigan
Bewußtseinsspiele (1994)
Mindplayers (1987)
Ü: Alfons Winkelmann

5064 Philip First
In tiefer Finsternis (1994)
Dark Night. A Gospel According to the Late Adam Shatt (1989)
Ü: Ralph Tegtmeier

5065 STAR TREK
6 Romane in einem Band (A) (1994)

Vonda N. McIntyre
Der Entropie-Effekt (1983)
The Entropy Effect (1981)
Ü: Hans Maeter
(➶ 3988)

J. M. Dillard
Am Rande des Universums (1992)
Star Trek V – The Final Frontier (1989)
Ü: Norbert Stresau
(➶ 4682)

Diane Carey
Das Schlachtschiff (1991)
Dreadnought! (1986)
Ü: Andreas Brandhorst
(➶ 4804)

Diane Duane
Spocks Welt (1991)
Spock's World (1988)
Ü: Andreas Brandhorst
(➶ 4830)

Carmen Carter
McCoys Träume (1992)
Dreams of the Raven (1987)
Ü: Andreas Brandhorst
(➶ 4898)

Diane Duane & Peter Morwood
Die Romulaner (1992)
The Romulan Way (1987)
Ü: Andreas Brandhorst
(➶ 4907)

5066 Kit Pedler & Gerry Davis
Hausgemachte Katastrophen – Das tödliche Ende des Fortschritts (C) (1974/1976/1979) (1994)

Die Plastikfresser (1986)
Mutant 59: The Plastic Eater (1971)
Ü: Rolf Palm
(➶ 3382, auch ➶ 60)

Gehirnpest
Brainrack (1974)
Ü: Ilse Pauli
(➶ 3474)

Die Dynostar-Drohung
The Dynostar Menace (1975)
Ü: Elisabeth Simon
(➶ 3635)

5067 Michael Jan Friedman
Das Doppelgänger-Komplott (1994)
Double, Double (1989)
Ü: Andreas Brandhorst

5068 Nigel Findley
Schattenspiele (1993)
Shadowplay (1993)
Ü: Christian Jentzsch

5069 Adam Wiśniewski-Snerg
Die Arche (1993)
Arka (1985)
Ü: Hanna Rottensteiner

5070 Joan D. Vinge
Die Sommerkönigin - Erster Teil: Der Wandel der Welt (1993)
The Summer Queen – Part 1: The Change (1991)
Ü: Ingrid Herrmann

5071 Joan D. Vinge
Die Sommerkönigin - Zweiter Teil: Die Abkehr der Welt (1993)
The Summer Queen – Part 2: The Return (1991)
Ü: Ingrid Herrmann

5072 Jennifer Roberson
Schwerttänzer (1994)
Sword-Dancer (1986)
Ü: Karin König

5073 Jennifer Roberson
Schwertsänger (1994)
Sword-Singer (1988)
Ü: Karin König

5074 Jennifer Roberson
Schwertmeister (1994)
Sword-Maker (1989)
Ü: Karin König

5075 Karl Michael Armer & Wolfgang Jeschke (Hrsg.)
Die Gehäuse der Zeit – Die besten Zeitreisegeschichten aller Zeiten
(A) (1994)

Karl Michael Armer/Wolfgang Jeschke
Vorwort der Herausgeber

DIE FUSSANGELN DER ZEIT (1984)
Anthony Burgess
Die Muse
The Muse (1971)
Ü: Gertrud Baruch

David I. Masson
Reis durch zween Zeiten
A Two-Timer (1965)
Ü: Walter Brumm

Robert Sheckley
Trübe Aussichten
Sneak Previews (1978)
Ü: Michael Görden

Richard D. Nolane
Die Zeit der Überraschungen
Le temps des surprises (1981)
Ü: Hilde Linnert

Alfred Bester
Die Mörder Mohammeds (1971/1983)
The Men Who Murdered Mohammed (1967)
Ü: Alfred Joseph

R. A. Lafferty
So frustrieren wir Karl den Großen (1975/1993)
Thus We Frustrate Charlemagne (1967)
Ü: Gisela Stege

Marion Gross
Die tüchtige Hausfrau
The Good Provider (1952)
Ü: Walter Brumm

Alfred Bester
Die Achterbahn
The Roller Coaster (1953)
Ü: Walter Brumm

Robert A. Heinlein
Entführung in die Zukunft (1971/1981/1989)
»All You Zombies ...« (1964)
Ü: Wulf H. Bergner

Ian Watson
Die Sehr Langsame Zeitmaschine
The Very Slow Time Machine (1978)
Ü: Rainer Schmidt

Henry Slesar
Der Stoff
The Stuff (1961)
Ü: Walter Ernsting

James Tiptree jr.
Ein Leben für eine Decke der Hudson Bay Company (1975/1984)
Forever to a Hudson Bay Blanket (1973)
Ü: Walter Brumm

F. Scott Fitzgerald
Der seltsame Fall des Benjamin Button
The Curious Case of Benjamin Button (1922)
Ü: Walter E. Richartz

J. G. Ballard
Chronopolis (1976)
Chronopolis (1967)
Ü: Wolfgang Eisermann

Brian W. Aldiss
Als die Zeit ausbrach (1969)
The Night That All Time Broke Out (1967)
Ü: Wulf H. Bergner

David J. Masson
Ablösung (1971)
Traveller's Rest (1965)
Ü: Walter Brumm

Harlan Ellison
Zähl ich den Glockenschlag, der Stunden mißt
Count the Clock That Tells the Time (1965)
Ü: Walter Brumm

J. G. Ballard
Der Garten der Zeit (1976)
The Garden of Time (1967)
Ü: Wolfgang Eisermann

Karl Michael Armer
Nachwort

ZIELZEIT (1985)

Christopher Priest & David Redd
Der Agent
The Agent (1982)
Ü: Ulrike von Puttkamer

Philip K. Dick
Eine Kleinigkeit für uns Temponauten (1979/1986)
A Little Something for Us Temponauts (1974)
Ü: Sylvia Pukallus

Kingsley Amis
Verein der Freunde des Fusels
The Friends of Plonk (1964)
Ü: Biggy Winter

John Brunner
Der Galaktische Verbraucher-Service. 1. Bericht: Preiswerte Zeitmaschinen
Galactic Consumer Report No 1: Inexpensive Time Machines (1965)
Ü: Tony Westermayr

Garry Kilworth
Auf nach Golgatha!
Let's Go to Golgatha! (1975)
Ü: Biggy Winter

Mack Reynolds
Zins und Zinseszins
Compounded Interest (1956)
Ü: Biggy Winter

Wilma Shore
Wie aus gewöhnlich gutunterrichteten Kreisen verlautet (1967)
A Bulletin from the Trustees (1964)
Ü: Wulf H. Bergner

Robert Silverberg
Was heute in der Morgenzeitung stand
What We Learned from This Morning's Newspapers (1972)
Ü: Biggy Winter

Renato Pestriniero
Knoten (1984)
Nodi (1984)
Ü: Hilde Linnert

John Sladek
Im Überlandbus
The Interstate (1971)
Ü. Horst Pukallus

Christopher Priest
Ein endloser Sommer (1979)
An Infinite Summer (1976)
Ü: René Mahlow

Brian W Aldiss
Der Mann in seiner Zeit
Man in His Time (1965)
Ü: Rudolf Hermstein

Robert Bloch
Die alten Rittersleut ... (1973)
A Good Knights' Work (1941/1969)
Ü: Günter Treffer

Ursula K. Le Guin
April in Paris (1983)
April in Paris (1962)
Ü: Gisela Stege

Robert F. Young
Das Mädchen mit dem Löwenzahnhaar
The Dandelion Girl (1968)
Ü: Biggy Winter

Robert Silverberg
Viele Häuser (1984)
Many Mansions (1973)
Ü: Wolfgang Crass

Philip José Farmer
Die Welt, die Dienstag war
The Sliced-Crosswise Only-on-Tuesday World (1971)
Ü: Heinz Nagel

Klaus Möckel
Der Irrtum (1983)

Herbert Rosendorfer
Briefe in die chinesische Vergangenheit (1983) (Auszug)

Zeit – eine variable Konstante?
Nachwort der Herausgeber

5076 Andreas Melzer
Killerbaby (1993)

5077 Peter David
Eine Lektion in Liebe (1994)
Q-in-Law (1991)
Ü: Andreas Brandhorst

5078 Michael A. Stackpole
Natürliche Auslese (1993)
Natural Selection (1992)
Ü: Reinhold H. Mai

5079 Tom Holt
Der Fliegende Holländer (1993)
Flying Dutch (1991)
Ü: Kalla Wefel

5080 Wolfgang Jeschke (Hrsg.)
Das Science Fiction Jahr # 9
Ausgabe 1994 (A) (1994)

Wolfgang Jeschke
Editorial

Hermann Urbanek
Die deutsche SF-Szene 1992/93
Die amerikanische SF-Szene 1992/93
Die britische SF-Szene 1992/93

Preise-Preise-Preise

Doris Dreßler
Science Fiction-Tage NRW 1993

Waldemar Kumming
San Francisco – Here We Come

Angela und Karlheinz Steinmüller
DDR-Science Fiction zwischen Wunschtraum und (Selbst-)Zensur

Robert Jungk
Plädoyer für eine lebensrettende Wissenschaft

Rainer Eisfeld
»Wissender« anstelle sozial »blinden« Fortschritts. Eine Laudatio auf Robert Jungk

Ralf Reiter
Mit Sprache gegen Unterdrückung: Ian McDonald und seine Bücher

Ernst Petz
»Einfach tun, was zu tun ist.« Rundgang durch das Werk von und Interview mit Harry Harrison

Rainer Eisfeld
Ein Nachruf auf Chad Oliver

Usch Kiausch
Ein Gespräch mit Ursula K. Le Guin
Ein Gespräch mit Karen J. Fowler
Ein Gespräch mit Roger Corman

Judith Gálvölgyi
Jedes Labyrinth ist offen – nach innen und nach oben.
Ein Gespräch mit Mária Szepes (1992)
Ü: Gottfried Feidel

Usch Kiausch
Ein Gespräch mit dem US-Literaturkritiker H. Bruce Franklin
Ein Gespräch mit Michael Bishop

Doris Dreßler
Die Welt ist so wundervoll.
Warum schicken wir sie zum Teufel? – Ein Gespräch mit Brian W. Aldiss

Frank Borsch
Humans and Human Aliens.
Ein Gespräch mit James White

Widmar Puhl
Die Gegenwart der Zukunft.
Ein Gespräch mit Stanisław Lem

Stanisław Lem
Die Zukunft hält einmalige Bedrohungen und einmalige Chancen bereit
(1992)

Robert Hector
Hoffen auf Utopia

Linus Hauser
Science Fiction, Neomythos und Neue Religiosität

Iain Banks
Auf der Flucht vor den Gesetzen der Physik (1993)
Ü: Kurt Bracharz

Dieter Hasselblatt
Radio im Konditional. Über Science Fiction und Hörspiel

Horst G. Tröster/Ute Bauer/Birke/Vock/Bärbel Weixner/Sascha Mamczak/Helmut Magnana
Science Fiction-Hörspiele 1992/93

Peter M. Gaschler
Die Filme des Jahres. Das Angebot 1992/93

Buchrezensionen

5081 Leonard Carpenter
Conan der Held (1993)
Conan the Hero (1989)
Ü: Edda Petri

5082 Richard Paul Russo
Innere Verfinsterung (1993)
Inner Eclipse (1988)
Ü: Biggy Winter

5083 Roger MacBride Allen
Die Laserfaust (1993)
Farside Cannon (1988)
Ü: Rosemarie Hundertmarck

5084 Timothy Zahn
Zeitbombe (1994)
Timebomb (1988)
Ü: Hilde Linnert

5085 Friedel Wahren (Hrsg.)
Isaac Asimov's Science Fiction Magazin, 42. Folge (A) (1994)

Mary Rosenblum
Die Treppe
Stairway (1993)
Ü: Ingrid Hermann

Robert Reed
An der Schwelle zu einem strahlenden neuen Zeitalter
On the Brink of That Bright New World (1993)
Ü: Hendrik P. Linckens

Melanie Tem
Bröselspur
Trail of Crumbs (1992)
Ü: Hendrik P. Linckens

Greg Egan
Die Liebkosung
The Caress (1990)
Ü: Yoma Cap

Sage Walker
Carita
Roadkill (1993)
Ü: Ingrid Herrmann

Maureen McHugh
Schutzhaft
Protection (1992)
Ü: Jakob Leutner

Barbara Slawig
Vogelkralle

5086 Judy Klass
Der Boaco-Zwischenfall (1994)
The Cry of the Onlies (1989)
Ü: Andreas Brandhorst

5087 Carl Sargent
Blutige Straßen (1993)
Streets of Blood (1992)
Ü: Christian Jentzsch

5088 Eric Brown
Tage auf Meridian (1994)
Meridian Days (1992)
Ü: Brigitte Gruss

5089 Eric Brown
Pithecanthropus Blues (C) (1993)
The Time-Lapsed Man and Other Stories (1990)
Ü: Brigitte Gruss

Der Mann, der aus der Zeit sank
The Time-Lapsed Man (1989)

Das Karmakind transzendiert
The Karma Kid Transcends (1988)

Große Probleme da oben
Big Trouble Upstairs (1988)

Karmel und die Sternkristalle (1992)
Star-Crystals and Carmel (1989)
Ü: Vincenzo Benestante

Karacho Joe und die Epiphyse-Zen-Gleichung (1993)
Krash-Bangg Joe and the Pineal-Zen-Equation (1987)
Ü: Vincenzo Benestante

Pithecanthropus Blues
Pithecanthropus Blues

Das Mädchen, das für die Kunst starb, um zu leben
The Girl Who Died for Art and Lived (1987)

Die Erben der Erde
The Inheritors of Earth

5090 Wolfgang Jeschke (Hrsg.)
Gogols Frau (A) (1994)

Sherry Goldsmith
So tun, als ob
Faking It (1990)
Ü: Irene Bonhorst

James Patrick Kelly
Pogrom
Pogrom (1991)
Ü: Peter Pape

Achim Stößer
Die Erdbeerdiebin

Lois Tilton
Der Schrei einer Möwe
The Cry of a Seagull (1991)
Ü: Kamala Kiel

Ian McDonald
Die Imbißstube der verlorenen Träume
The Luncheonette of Lost Dreams (1994)
Ü: Michael Morgental

Lisa Mason
Deus ex machina
Deus Ex Machina (1988)
Ü: Irene Bonhorst

Gert Prokop
Bestürzender Einbruch des Unberechenbaren

Terry Boren
Drei Ansichten der Llano Estacado
Three Views of a Staked Plain (1992)
Ü: Kamala Kiel

Dirk Strasser
Die Lichter von Nullarbor
Nullarbor Lights (1994)
Ü: Franz Rottensteiner

Geoffrey Landis
Die Stadt der endgültigen Freiheit
The City of Ultimate Freedom (1990)
Ü: Doris Leitner-Turnbull

Ugo Malaguti
Der Phönix
La fenice (1977)
Ü: Gabriele Fischer

Carter Scholz
Im Reticulum
In Reticulum (1981)
Ü: J. Trepsaj

Barrington J. Bayley
Folge der Krümmung!
Cling to the Curvature!
Ü: Ralph Tegtmeier

Dietmar Dath
Anderes Leben

Nancy Springer
Herbstnebel
Autumn Mist (1991)
Ü: Kamala Kiel

Michael Blumlein
Sein Bestes geben
Shed His Grace (1994)
Ü: Birgit Reß-Bohusch

Vitali Sabirko
Der Wachhund
Сгорожевой пес (1991)
Ü: Erik Simon

Bedřich Mácha
Der Steinkerl aus dem Gebirge
Kammený chlapík z pohoří (1994)
Ü: Karl von Wetzky

Agnes Hosszú
Hermann, das Hermelin
Herman, a hermelin (1994)
Ü: Roberto Kohlstedt

Ljubow Lukina & Jewgeni Lukin
Actio –
Сила действия равна ... (1990)
Ü: Erik Simon

Simon Zwystein
Die Germelshausen-Manuskripte

Simon Zwystein
Leichter als Vakuum

Tommaso Landolfi
Gogols Frau
La moglie di Gogol (1982)
Ü: Heinz Riedt

5091 Michael Scott Rohan
Der Amboß aus Eis (1993)
The Anvil of Ice (1986)
Ü: Irene Bonhorst

5092 Michael Scott Rohan
Die Schmiede im Wald (1993)
The Forge in the Forest (1987)
Ü: Irene Bonhorst

5093 Michael Scott Rohan
Der Hammer der Sonne (1994)
The Hammer of the Sun (1988)
Ü: Irene Bonhorst

5094 Michael Swanwick
Eines Greifen Ei (1993)
Griffin's Egg (1990)
Ü: Irene Bonhorst

5095 George C. Chesbro
Projekt Walhalla (1994)
The Beasts of Walhalla (1985)
Ü: Norbert Stöbe

5096 Howard Weinstein
Die Macht der Former (1994)
Perchance to Dream (1991)
Ü: Andreas Brandhorst

5097 Chris Kubasik
Das Antlitz des Krieges (1994)
Ideal War (1991)
Ü: Reinhold H. Mai

5098 Steve Perry
Conan der Unbezähmbare (1994)
Conan the Indomitable (1989)
Ü: Edda Petri

5099 James Morrow
So muß die Welt enden (1994)
This Is the Way the World Ends (1986)
Ü: Horst Pukallus

5100 Wolfgang Jeschke (Hrsg.)
Heyne Science Fiction Jahresband 1994 (A) (1994)

Brian W. Aldiss
Die Madonna der Zukunft
The Madonna of Futurity (1991)
Ü: Walter Brumm

Michael F. Flynn
Ein anderes Wort für Rose
A Rose by Other Name (1990)
Ü: Karin König

Robert Silverberg
Das hunderttorige Theben
Thebes of the Hundred Gates (1991)
Ü: Roland Fleissner

Kim Stanley Robinson
Eine kurze, heftige Erschütterung
A Short, Sharp Shock (1990)
Ü: Irene Bonhorst

John Barnes
Canso De Fis De Jovent
Canso De Fis De Jovent (1991)
Ü: Yoma Cap

Alan Brennert
Die Pilgerseele in dir
Her Pilgrim Soul (1990)
Ü: Ralph Tegtmeier

Ian McDonald
Beste Verteidigung
Best Defence (1994)
Ü: Norbert Stöbe

5101 Isidore Haiblum
Der Zadik der sieben Wunder (1994)
The Tsaddik of the Seven Wonders (1971)
Ü: Ingrid Herrmann

5102 William F. Wu
Cyber Opera (1995)
Hong on the Range (1989)
Ü: Hendrik P. und Tom Linckens

5103 Julia Ecklar
Kobayashi Maru (1994)
The Kobayashi Maru (1989)
Ü: Andreas Brandhorst

5104 Hans Joachim Alpers
Das zerrissene Land (1994)

5105 Hans Joachim Alpers
Die Augen des Riggers (1994)

5106 Hans Joachim Alpers
Die graue Eminenz (1995)

5107 Tom Holt
Wir haben Sie irgendwie größer erwartet (1994)
Expecting Someone Taller (1987)
Ü: Kalla Wefel

5108 Mária Szepes
Märchenland Gondwana (1993)
A mesés Gondvána (1992)
Ü: Gottfried Feidel

5109 Lois McMaster Bujold
Der Prinz und der Söldner (1994)
The Vor Game (1990)
Ü: Michael Morgental

5110 Richard Paul Russo
Die unterirdische Galerie (1994)
Subterranean Gallery (1989)
Ü: Ralph Tegtmeier

5111 Michael Martin
Ein Jahr in der Nähe von Proxima Centauri (1994)
A Year Near Proxima Centauri (1992)
Ü: Uwe Luserke

5112 Lee Harding
Warten aufs Ende der Welt (1994)
Waiting for the End of the World (1983)
Ü: Michael Windgassen

5113 Ronald M. Hahn (Hrsg.)
The Magazine of Fantasy and Science Fiction, 89. Folge
Invasoren (A) (1994)

John Kessel
Invasoren
Invaders (1990)
Ü: Thomas Ziegler

Brian Stableford
Der unsichtbare Wurm
The Invisible Worm (1991)
Ü: Thomas Ziegler

Marc Laidlaw
Gasoline Lake
Gasoline Lake (1991)
Ü: Thomas Ziegler

John Brunner
Der Mann, der das Spiel des Lebens verlor
The Man Who Lost the Game of Life (1992)
Ü: Horst Pukallus

Ronald Anthony Cross
Herumtreiben mit Bitsy
Hanging Out with Bitsy (1991)
Ü: Thomas Ziegler

Ron Goulart
Ferreros Küßchen
Hershey's Kisses (1992)
Ü: Horst Pukallus

Robert Reed
Endgültige Gewißheit
After All (1992)
Ü: Horst Pukallus

5114 James White
- Orbit Hospital # 10 -
(in Vorb.)

5115 J.M. Dillard
Botschafter (1994)
Emissary (1993)
Ü: Andreas Brandhorst

5116 James D. Long
Stahlgladiatoren (1994)
Main Event (1993)
Ü: Reinhold H. Mai

5117 Christopher Kubasik
Der magische Ring (1994)
The Longing Ring (1993)
Ü: Christian Jentzsch

5118 Christopher Kubasik
Die Stimme der Mutter (1994)
Mother Speaks (1993)
Ü: Christian Jentzsch

5119 Christopher Kubasik
Vergiftete Erinnerungen (1994)
Poisoned Memories (1993)
Ü: Christian Jentzsch

5120 Greg Gorden
Die Prophezeiung (1994)
Prophecy (1994)
Ü: Christian Jentzsch

5121 Megan Lindholm
Das Rentiervolk (1994)
The Reindeer People (1988)
Ü: Walter Brumm

5122 Megan Lindholm
Wolfsbruder (1994)
Wolf's Brother (1988)
Ü: Walter Brumm

5123 Terry Pratchett
Die Scheibenwelt - 2 Romane in einem Band (C) (1989/1989) (1994)
Ü: Andreas Brandhorst

Das Licht der Phantasie
The Light Phantastic (1986)
(➶ 4583)

Das Erbe des Zauberers
Equal Rites (1987)
(➶ 4584)

5124 Terry Pratchett
Die Teppichvölker (1994)
The Carpet People (1971)
Ü: Andreas Brandhorst

5125 John Norman
Die Spieler von Gor (1995)
Players of Gor (1984)
Ü: Andreas Decker

5126 C. J. Cherryh
Chanurs Legat (1994)
Chanur's Legacy (1992)
Ü: Rosemarie Hundertmarck

5127 Ian McDonald
Schere schneidet Papier wickelt Stein (1994)
Scissors Cut Paper Wrap Stone (1993)
Ü: Ralph Tegtmeier

5128 J. Andrew Keith
Die Stunde der Helden (1994)
Blood of Heroes (1993)
Ü: Reinhold H. Mai

5129 Peter David
Die Belagerung (1994)
The Siege (1993)
Ü: Andreas Brandhorst

5130 K. W. Jeter
Die Station der Cardassianer (1994)
Bloodletter (1993)
Ü: Andreas Brandhorst

5131 Doris Egan
Das Elfenbeintor (1994)
The Gate of Ivory (1989)
Ü: Michael Morgental

5132 Doris Egan
Schäbige Helden (1994)
Two-Bit Heroes (1992)
Ü: Michael Morgental

5133 Doris Egan
Der Schuldspruch (1994)
Guilt-Edged Ivory (1992)
Ü: Michael Morgental

5134 Robin McKinley
Tochter des Schattens
(1994)
Deerskin (1993)
Ü: Edda Petri

5135 Anne McCaffrey
Die Weyr von Pern (1994)
All the Weyrs of Pern (1991)
Ü: Irene Holicki

5136 Philip First
Papierdünn (C) (1994)
Paperthin (1986)
Ü: Ralph Tegtmeier

Papierdünn
Paperthin

Rauch
Smoke

Derweil auf dem Planeten Erde
Meanwhile, Back on Planet Earth

Dreizehn Minuten Sonnenschein
Thirteen Minutes Sunshine

Cleo
Coming Out

Eines Mannes bester Freund und sein Fernseher
A Man's Best Friend and His Television

Sphingen
Sphinxes

Buddhazap!
Buddhazap

5137 Alan Burt Akers
Die Banditen von Antares (1994)
Gangs of Antares (1994)
Ü: Andreas Decker

5138 Irma Walker
Die Pforte ins Anderland
(1994)
Portal to E'ewhere (1983)
Ü: Jakob Leutner

5139 Geoff Ryman
Das unbesiegte Land (1994)
The Unconquered Land. A Life History
(1986)
Ü: Hans-Ulrich Möhring

5140 Philip George Chadwick
Die Todesgarde (1994)
The Death Guard (1939)
Ü: Norbert Stöbe

5141 Friedel Wahren (Hrsg.)
Isaac Asimov's Science Fiction Magazin,
43. Folge (A) (1994)

James Patrick Kelly
Nur eine Frage der Hormone
Chemistry (1993)
Ü: Stephanie Reuter

Nancy Kress
Wenn der Prophet nicht zum Berg kommt …
The Mountain to Mohammed
(1992)
Ü: Jakob Leutner

Mary Rosenblum
Entrada
Entrada (1993)
Ü: Hendrik P. Linckens

Larry Niven
Der Sinn des Wahnsinns
Madness Has Its Place (1990)
Ü: Yoma Cap-Krapf

Dafydd ab Hugh
Wie der Waschbär rollte und sich
den Hals aufriß
The Coon Rolled Down and Ruptured
His Larinks (1990)
Ü: Jürgen Langowski

Steven Utley
Haiti
Haiti (1992)
Ü: Margret Krätzig

Charles Sheffield
Safari in die Tiefe
Deep Safari (1992)
Ü: Margret Krätzig

Valerie J. Freirich
Das Wunder
The Prodigy (1993)
Ü: Annemarie Telieps

Geoffrey A. Landis
Aufprall-Parameter
Impact Parameter (1992)
Ü: Reinhard Heinz

Stefan Sprang
Das letzte Siegel

5142 Michael Jan Friedman
Wieder vereint (1994)
Reunion (1991)
Ü: Andreas Brandhorst

5143 Leonard Carpenter
Conan der Angreifer (1994)
Conan the Raider (1986)
Ü: Edda Petri

5144 Henry Rider Haggard
Der Ring der Königin von Saba (1994)
Queen Sheba's Ring (1909/10)
Ü: Irene Holicki

5145 David Brin
Erde (1995)
Earth (1990)
Ü: Winfried Petri

5146 Frederik Pohl
Die Unsterblichen und die Toten (1994)
Outnumbering the Dead (1990)
Ü: Irene Bonhorst

5147 Peter Morwood
Angriff auf Dekkaner (1994)
Rules of Engagement (1990)
Ü: Andreas Brandhorst

5148 Michael A. Stackpole
Kalkuliertes Risiko (1994)
Assumption of Risk (1993)
Ü: Reinhold H. Mai

5149 Wolfgang Jeschke
Meamones Auge (1994) (1997)

5150 Ralph Sander
Das Star Trek-Universum (1990/1991) (1994)
- Neuausgabe in 2 Bänden -
(➶ 4670, ➶ 4900/NA unter neuer Nummer)

5151 Ralph Sander
Das Star Trek-Universum
Dritter Band (1995)
– Ergänzung zu der erweiterten und aktualisierten Neuausgabe in zwei Bänden von 1994 –
(➶ 5150)

5152 James P. Blaylock
Das Elfenschiff (1995)
The Elfin Ship (1982)
Ü: Andreas Brandhorst

5153 George Zebrowski
Fremdere Sonnen (1994)
Stranger Suns (1991)
Ü: Walter Brumm

5154 Nancy Kress
Schädelrose (1994)
Brainrose (1990)
Ü: Peter Robert

5155 Cherry Wilder
Grausame Muster (1994)
Cruel Design (1988)
Ü: Irene Bonhorst

5156 Michael Blumlein
Das Bewegen der Berge (1994)
The Movement of Mountains (1987)
Ü: Walter Brumm

5157 Tanith Lee
Tage des Grases (1994)
Days of Grass – After the Fall of Humanity (1985)
Ü: Walter Brumm

5158 T. L. Mancour
Spartacus (1994)
Spartacus (1992)
Ü: Horst Pukallus

5159 Paula Volsky
Im Bann der Hexenkönigin (1994)
The Curse of the Witch-Queen (1982)
Ü: Irene Holicki

5160 Wolfgang Jeschke (Hrsg.)
Die Pilotin (A) (1995)

Karen Joy Fowler
Im Dunkel
The Dark (1991)
Ü: Birgit Reß-Bohusch

Dean R. Lambe
Tefé Lauswurz
Damn Shame (1979)
Ü: Marcel Bieger

Dirk Strasser
Ein grauer, dräuender Regen
At Rain's Grey Teeming (1994)
Ü: Franz Rottensteiner

Bruce Boston & Robert Frazier
Holos auf einer Ausstellung
Holos at an Exhibition (1991)
Ü: Hubert Konrad Frank

Ronald Anthony Cross
Der ewige Sommer
The Forever Summer (1993)
Ü: Maria Castro

M. Shayne Bell
Inuit
Inuit (1991)
Ü: Yoma Cap

Lionel Evrard
Die brennenden Tasten
Le clavier incendiè (1983)
Ü: Georges Hausemer

Tony Daniel
Am Strand von Dover
Dover Beach (1992)
Ü: Doris Leitner-Turnbull

Vilma Kadlečková
Auf der Kehrseite der Welt
Na rubu sveta (1994)
Ü: Karl von Wetzky

Jewgeni Drosd
Phönix
Феникс (1990)
Ü: Erik Simon

Ian McDonald
Fetter Dienstag
Fat Tuesday (1994)
Ü: Irene Bonhorst

Miroslaw P. Jabłoński
Der Stammbaum
Drzewo genealogiczne (1990)
Ü: Hanna Rottensteiner

Pat Murphy
Voraussicht
Prescience (1989)
Ü: Karin König

Usch Kiausch
Soho Generation (1994)

Carter Scholz
Altamira
Altamira (1981)
Ü: Maria Castro

Leigh Kennedy
Altgriechisch
Greek (1986)
Ü: Biggy Winter

Achim Stößer
Aesop (1994)

Gianni Montanari
S wie Spion
S come spia (1985)
Ü: Hilde Linnert

Don Webb
Zugriff
Reach Out (1991)
Ü: Kamala Kiel

Charles Sheffield
Nacht der Ladies im OK Corral
Ladies Night at the OK Corral
(1992)
Ü: Doris Leitner-Turnbull

George Turner
Eine Jagd nach Wundern
A Pursuit of Miracles
(1982)
Ü: Irene Bonhorst

Eric Brown
Die Pilotin
Piloting (1990)
Ü: Uwe Luserke

Gert Prokop
Würde (1990/1994)

Lisa Goldstein
Letzte Nachrichten
Midnight News (1990)
Ü: Tom Linckens

5161 (Nummer noch nicht vergeben)

5162 Stephen Baxter
Das Floß (1994)
Raft (1991)
Ü: Martin Gilbert

5163 Walter Jon Williams
Die Kronjuwelen (1994)
The Crown Jewels
(1987)
Ü: Peter Robert

5164 Walter Jon Williams
Das Haus der Scherben (1994)
House of Shards (1988)
Ü: Peter Robert

5165 Michael Szameit
Drachenkreuzer Ikaros (1987/1994)

5166 Ronald M. Hahn (Hrsg.)
The Magazine of Fantasy and Science Fiction, 90. Folge
Der letzte Mars-Trip (A) (1994)
Ü: Thomas Ziegler

Terry Bisson
Canción Autentica de *Alterde*
Canción Autentica de Old Earth (1992)

Jack Williamson
Die Chance der Vögel
The Birds' Turn (1992)

Ray Aldridge
Tor der Gesichter
Gate of Faces (1991)

Algis Budrys
Grabow, Collicker und ich
Grabow, Collicker, and I (1992)
Ü: Horst Pukallus

Michael Cassutt
Der letzte Mars-Trip
The Last Mars Trip (1992)
Ü: Horst Pukallus

F. Paul Wilson
Aus dem Abgrund
Bugs (1992)
Ü: Horst Pukallus

Joe Haldeman
Gräber
Graves (1992)

Bob Shaw
Ein Fressen für die Champions
Lunch of Champions (1991)

Robert Frazier
Mimen
Mummers (1991)

Gene Wolfe
Die Legende von Xi Cygnus
The Legend of Xi Cygnus (1992)

5167 Carolyn Clowes
Das Pandora-Prinzip (1995)
The Pandora Principle (1990)
Ü: Andreas Brandhorst

5168 Peter Rice
Fernes Land (1995)
Far Country (1993)
Ü: Reinhold H. Mai

5169 C. J. Cherryh
Der Paladin (1994)
The Paladin (1988)
Ü: Norbert Stöbe

5170 Alan Burt Akers
Die Dämonen von Antares (1994)
The Demons of Antares (1994)
Ü: Andreas Deckert

5171 Harry Harrison
Bill, der galaktische Held: Der unglaubliche Beginn! (1994)
Bill, the Galactic Hero (1965)
Ü: Hilde Linnert

5172 Harry Harrison
Bill, der galaktische Held: Die Welt der Robotersklaven (1994)
Bill, the Galactic Hero # 1: The Planet of the Robot Slaves (1989)
Ü: Hilde Linnert

5173 Harry Harrison & Robert Sheckley
Bill, der galaktische Held: Die Welt der eßbaren Gehirne (1994)
Bill, the Galactic Hero # 2: On the Planet of Bottled Brains (1990)
Ü: Hilde Linnert

5174 Harry Harrison & David Bischoff
Bill, der galaktische Held: Die Welt der unaussprechlichen Wonnen (1995)
Bill, the Galactic Hero # 3: On the Planet of Tasteless Pleasure (1991)
Ü: Hilde Linnert

5175 Harry Harrison & David Bischoff
Bill, der galaktische Held: Die Welt der zehntausend Bars (1995)
Bill, the Galactic Hero # 4: On the Planet of the Ten Thousand Bars (1995)
Ü: Hilde Linnert

5176 Harry Harrison & Jack Haldeman II
Bill, der galaktische Held: Die Welt der Zombievampire (1995)
Bill, the Galactic Hero # 5: On the Planet of Zombie Vampires (1991)
Ü: Hilde Linnert

5177 Harry Harrison & David Harris
Bill, der galaktische Held:
Das letzte inkohärente Abenteuer (1997)
Bill the Galactic Hero # 6:
The Final Incoherent Adventure! (1992)
Ü: Hilde Linnert

5178 Jennifer Roberson
Schwertmagier (1995)
Sword-Breaker (1991)
Ü: Karin König

5179 Michael Jan Friedman
Schatten auf der Sonne (1996)
Shadows on the Sun (1993)
Ü: Bernhard Kempen

5180 Larry Niven & Jerry Pournelle
Der Ring um das Auge Gottes (1994)
The Moat around Murcheson's Eye (1993)
(Titel d. amerik. Ausg.:
The Gripping Hand)

5181 Karen Haber & Robert Silverberg
Die Zeit der Mutanten (1994)
The Mutant Season (1989)
Ü: Rosemarie Hundertmarck

5182 Karen Haber
Das Erwachen der Mutanten (1994)
The Mutant Prime (1990)
Ü: Rosemarie Hundertmarck

5183 Karen Haber
Der Aufstand der Mutanten (1995)
Mutant Star (1992)
Ü: Rosemarie Hundertmarck

5184 Karen Haber
Das Vermächtnis der Mutanten (1995)
Mutant Legacy (1992)
Ü: Rosemarie Hundertmarck

5185 Frank Herbert
Der Tod einer Stadt und andere Erzählungen (C) (1994)

Suchen Sie was?
Looking for Something? (1952)
Ü: Jakob Leutner

Zerhackersyndrom
Operation Syndrome (1954)
(auch: *Nightmare Blues*)
Ü: Jakob Leutner

Die verschwundenen Hunde
The Gone Dogs (1954)
Ü: Kamala Kiel

Rattenrennen (1987)
Rat Race (1955)
Ü: Ronald M. Hahn

Besatzungsmacht
Occupation Force (1955)
Ü: Jakob Leutner

Der Drache in der See (1987)
Under Pressure (1955/56)
(auch: *The Dragon in the Sea*)
Ü: Ronald M. Hahn

Der Nichts
The Nothing (1956)
Ü: Kamala Kiel

Feuer einstellen! (1987)
Cease Fire (1958)
Ü: Ronald M. Hahn

Das wandernde Haus
Old Rambling House (1958)
Ü: Walter Brumm

Aufs Geschirr kommt es an (1987)
A Matter of Traces (1958)
Ü: Ronald M. Hahn

Werben mit beschränkter Haftung
AWF Unlimited (1961)
Ü: Walter Brumm

Paarungsruf
Mating Call (1961)
Ü: Walter Brumm

Erinnert euch!
Try to Remember (1961)
Ü: Walter Brumm

Gedankenfeld (1987)
Mindfield (1962)
Ü: Joachim Körber

Unter Einschluß der Öffentlichkeit
Committee of the Whole (1964)
Ü: Walter Brumm

Die Mary-Celeste-Umzüge (1987)
The Mary Celeste Move (1964)
Ü: Birgit Reß-Bohusch

Der taktvolle Saboteur (1987)
The Tactful Saboteur (1964)
Ü: Ronald M. Hahn

Der Insektenkrieg (1976)
Greensleavers (1965)
Ü: Dolf Strasser

Der GG-Effekt
The GM Effect (1965)
Ü: Walter Brumm

Jenseits der Dunkelwolke
Escape Felicity (1966)
Ü: Walter Brumm

Streng nach Vorschrift (1987)
By the Book (1966)
Ü: Ronald M. Hahn

Jeder Floh hat seine Flöhe
The Featherbedders (1966)
Ü: Walter Brumm

Die Denkbombe (1989)
The Mindbomb (1969)
(auch: *The Being Machine*)
Ü: Klaus Weidemann

Saatgut (1987/1988)
Seed Stock (1970)
Ü: Ronald M. Hahn

Komm zu mir, mein Mörder
(1987)
Murder Will In (1970)
Ü: Yoma Cap

Transit für einen Flügel (1987)
Passage for Piano (1973)
Ü: Ronald M. Hahn

Der Spielautomat
Gambling Device (1973)
Ü: Jakob Leutner

Begegnung an einem einsamen Ort
Encounter in a Lonely Place (1973)
Ü: Jakob Leutner

Der Tod einer Stadt (1987)
Death of a City (1973)
Ü: Ronald M. Hahn

Frösche und Forscher (1987)
Frogs and Scientists (1985)
Ü: Ronald M. Hahn

5186 Tom Dowd
Spielball der Nacht (1994)
Night's Pawn (1993)
Ü: Christian Jentzsch

5187 Sandy Schofield
Das große Spiel (1994)
The Big Game (1993)
Ü: Andreas Brandhorst

5188 William Shatner & Chris Kreski
STAR TREK-Erinnerungen (1994)
Star Trek Memories (1993)
Ü: Andreas Brandhorst

5189 Megan Lindholm
Die Stunde des Fauns (1994)
Cloven Hooves (1991)
Ü: Walter Brumm

5190 Michael Moorcock
Die Rache der Rose (1995)
The Revenge of the Rose (1991)
Ü: Heiko Langhans

5191 Tom Holt
Der Ziegenchor (1994)
Goatsong (1989)
Ü: Kalla Wefel

5192 Tom Holt
Der Garten hinter der Mauer (1994)
Walled Orchard (1990), 1. Teil
Ü: Kalla Wefel

5193 Tom Holt
Liebling der Götter (1995)
Ye Gods! (1992)
Ü: Kalla Wefel

5194 Victor Kelleher
Das Himmelsmonster (1994)
The Beast of Heaven (1984)
Ü: Jakob Leutner

5195 Michael A. Stackpole
Die Kriegerkaste (1995)
Bred for War (1995)
Ü: Reinhold H. Mai

5196 Friedel Wahren (Hrsg.)
Isaac Asimov's Science Fiction Magazin, 44. Folge (A) (1994)

Ben Bova
Der Tabernakel
Sepulcher (1992)
Ü: Hendrik P. Linckens

Kathleen Ann Goonan
Haifischauge
Shark Eye (1993)
Ü: Erik Simon

Jonathan Lethem
Die frühreifen Objekte
The Precocious Objects (1993)
Ü: Erik Simon

James Patrick Kelly
Monster
Monsters (1992)
Ü: Jakob Leutner

Andrew Weiner
Im Traum
In Dreams (1993)
Ü: Erik Simon

Martha Soukup
Die gespenstische Willkür der Wohnhausarchitektur
The Arbitrary Placement of Walls (1992)
Ü: Jakob Leutner

Maureen F. McHugh
Ein Kind der Mission
The Missionary's Child (1992)
Ü: Hendrik P. Linckens

Esther M. Friesner
So viel Schuld
All Vows (1992)
Ü: Hendrik P. Linckens

Ian R. MacLeod
Marnie
Marnie (1991)
Ü: Martin Gilbert

Frederik Pohl
Erlösung im Reich der Quanten
Redemption in the Quantum Realm (1994)
Ü: Olaf Bolzen

Gundula Sell
Georg Büchner

5197 Steve Perry
Conan der Landsknecht (1995)
Conan the Freelance (1990)
Ü: Edda Petri

5198 Steve Perry
Conan der Schreckliche (1995)
Conan the Formidable (1990)
Ü: Edda Petri

5199 Phil Farrand
Cap'n Beckmessers Führer durch
STAR TREK – The Next Generation (1995)
The Nitpicker's Guide for Next Generation Trekkers (1993)
Ü: Andreas Brandhorst

5200 Isaac Asimov
Die Foundation-Trilogie (C) (1966/1966/1966) (1991/1994)
Ü: Rosemarie Hundertmarck
(NA unter neuer Nummer)

Der Tausendjahresplan
Foundation (1951)
(➶ 79, auch ➶ 3080)

Der galaktische General
Foundation and Empire (1952)
(➶ 79, auch ➶ 3082)

Alle Wege führen nach Trantor
Second Foundation (1953)
(➶ 79, auch ➶ 3084)

Michael F. Flynn
Einführung in die Psychohistorik
An Introduction to Psychohistory (1988)
Ü: Heinz Nagel

Wolfgang Jeschke
Nachbemerkung

5201 Ray Bradbury
Die Mars-Chroniken (C) (1970) (1974) (1994)
The Martian Chronicles (1951)
Ü: Wolfgang Jeschke und Thomas Schlück
(➶ 3410/bearb. NA unter neuer Nummer)

Januar 1999: Raketensommer
January 1999: Rocket Summer (1947)

Februar 1999: Ylla
February 1999: Ylla (1950)

August 1999: Die Sommernacht
August 1999: The Summer Night (1948)

August 1999: Die Männer von der Erde
August 1999: The Earth Men (1948)

März 2000: Der Steuerzahler
March 2000: The Taxpayer (1951)

April 2000: Die dritte Expedition (1982)
April 2000: The Third Expedition (1950)

Juni 2001: Scheint der Mond in heller Pracht
June 2001: And the Moon Be Still As Bright (1948)

August 2001: Die Siedler
August 2001: The Settlers (1951)

Dezember 2001: Der grüne Morgen
December 2001: The Green Morning (1951)

Februar 2002: Die Heuschrecken
February 2002: The Locusts (1951)

August 2002: Nächtliche Begegnung
August 2002: Night Meeting (1951)

Oktober 2002: Das Ufer
October 2002: The Shore (1951)

Februar 2003: Interim
February 2003: Interim (1947)

April 2003: Die Musiker
April 2003: The Musicians (1951)

Juni 2003: Mit dem Kopf in den Wolken
June 2003: Way in the Middle of the Air (1950)

2004–2005: Die Namen
2004–2005: The Naming of Names (1949)

April 2005: Ascher II
April 2005: Usher II (1950)

August 2005: Die Alten
August 2005: The Old Ones (1951)

September 2005: Der Marsianer
September 2005: The Martian (1949)

November 2005: Der Gepäckladen
November 2005: The Luggage Store (1951)

November 2005: Schlechte Saison
November 2005: The Off Season (1948)

November 2005: Die Zuschauer
November 2005: The Watchers (1945)

Dezember 2005: Die leeren Städte
December 2005: The Silent Towns (1945)

April 2026: Die langen Jahre
April 2026: The Long Years (1948)

August 2026: Es werden kommen leise Regen (1990)
August 2026: There Will Come Soft Rains (1950)

Oktober 2026: Das ewige Picknick (1983/1989)
October 2026: The Million-Year Picnic (1946)

5202 Robert N. Charrette
Laß ab von Drachen (1991/1994)
Never Deal with a Dragon (1990)
Ü: Christian Jentzsch
(➶ 4845/NA unter neuer Nummer)

5203 Arthur C. Clarke
2001 – Odysee im Weltraum (1971/1994)
2001 A Sprace Odyssey (1969)
Ü: Egon Eis
(➶ 3259/60 bzw. 3259/NA unter neuer Nummer)

5204 Diane Duane
Der Feind – mein Verbündeter (1988/1994)
My Enemy, My Ally (1984)
Ü: Andreas Brandhorst
(➶ 4535/NA unter neuer Nummer)

5205 Philip José Farmer
Die Flußwelt der Zeit (1979/1994)
To Your Scattered Bodies Go (1971)
Ü: Ronald M. Hahn
(➶ 3639/NA unter neuer Nummer)

5206 Nigel Findley
2XS (1993/1994)
2XS – To Excess (1992)
Ü: Christian Jentzsch
(➶ 4983/NA unter neuer Nummer)

5207 Alan Dean Foster
Alien (1979/1994)
Alien (1979)
Ü: Heinz Nagel
(➶ 3722/NA unter neuer Nummer)

5208 William Gibson
Neuromancer (1987/1994)
Neuromancer (1984)
Ü: Reinhard Heinz
(➶ 4400/NA unter neuer Nummer)

5209 William Gibson
Cyberspace (C) (1988/1994)
Burning Chrome (1986)
Ü: Reinhard Heinz
(➶ 4468/NA unter neuer Nummer)

Bruce Sterling
Vorwort

Der mnemonische Johnny
Johnny Mnemonic (1981)

Das Gernsback-Kontinuum (1988)
The Gernsback Continuum (1981)

Fragmente einer Hologramm-Rose
Fragments of a Hologram Rose (1977)

Zubehör
The Belonging Kind (1981)
(mit John Shirley)

Hinterwäldler
Hinterlands (1981)

Roter Stern, Winterorbit (1988)
Red Star, Winter Orbit (1983)
(mit Bruce Sterling)

New Rose Hotel
New Rose Hotel (1982)

Der Wintermarkt (1987)
Winter Market (1986)

Luftkampf
Dogfight (1982)
(mit Michael Swanwick)
Chrom brennt
Burning Chrome (1985)

5210 William Gibson
Biochips (1988/1994)
Count Zero (1986)
Ü: Reinhard Heinz
(➶ 4529/NA unter neuer Nummer)

5211 Frank Herbert
Die Kinder des Wüstenplaneten (1978/1994)
Children of Dune (1976)
Ü: Ronald M. Hahn
(➶ 3615/NA unter neuer Nummer)

5212 Frank Herbert
Die Ketzer des Wüstenplaneten (1984/1994)
Heretics of Dune (1984)
Ü: Ronald M. Hahn
(➶ 4141/NA unter neuer Nummer)

5213 Frank Herbert
Der Wüstenplanet (1978/1994)
Dune (1965)
Ü: Ronald M. Hahn
(➶ 3108/NA unter neuer Nummer)

5214 D. C. Fontana
Vulkans Ruhm (1993/1994)
Vulcan's Glory (1989)
Ü: Andreas Brandhorst
(➶ 5043/NA unter neuer Nummer)

5215 Frank Herbert
Der Herr des Wüstenplaneten (1978/1994)
Dune Messiah (1969)
Ü: Ronald M. Hahn
(➶ 3266/NA unter neuer Nummer)

5216 Frank Herbert
Der Gottkaiser des Wüstenplaneten (1982/1994)
God Emperor of Dune (1981)
Ü: Ronald M. Hahn
(➶ 3916/NA unter neuer Nummer)

5217 Frank Herbert
Die Ordensburg des Wüstenplaneten (1985/1994)
Chapterhouse Dune (1985)
Ü: Ronald M. Hahn
(➶ 4234/NA unter neuer Nummer)

5218 Larry Niven & Jerry Pournelle
Fußfall (1990/1994)
Footfall (1985)
Ü: Alfred Hans
(➶ 4708/NA unter neuer Nummer)

5219 William H. Keith jr.
Entscheidung am Thunder Rift (1989/1994)
Battletech: Decision at Thunder Rift (1987)
Ü: Reinhold H. Mai
(➶ 4628/NA unter neuer Nummer)

5220 Christopher Kubasik
Der Wechselbalg (1993/1994)
Changeling (1992)
Ü: Christian Jentzsch
(➶ 4984/NA unter neuer Nummer)

5221 Ursula K. Le Guin
Planet der Habenichtse (1976/1985/1994)
The Dispossessed (1974)
Ü: Gisela Stege
(➶ 43, auch ➶ 3505/NA unter neuer Nummer)

5222 Ursula K. Le Guin
Erdsee – Drei Romane in einem Band (C) (1979/1979/1979) (1986/1994)
Ü: Margot Paronis
(➶ 4343/NA unter neuer Nummer)

Der Magier der Erdsee
A Wizard of Earthsea (1968)
(➶ 3675)
Die Gräber von Atuan
The Tombs of Atuan (1971)
(➶ 3676)
Das ferne Ufer
The Farthest Shore (1972)
(➶ 3677)

5223 Jean Lorrah
Mord an der Vulkan-Akademie (1989/1994)
The Vulcan Academy Murders (1984)
Ü: Andreas Brandhorst
(➶ 4568/NA unter neuer Nummer)

5224 Anne McCaffrey
Die Welt der Drachen (1972/1994)
Dragonflight (1968)
Ü: Birgit Reß-Bohusch
(➶ 3291/NA unter neuer Nummer)

5225 Vonda N. McIntyre
Zurück in die Gegenwart (1987/1994)
Star Trek IV – The Voyage Home (1986)
Ü: Hans Maeter
(➶ 4486/NA unter neuer Nummer)

5226 Michael Moorcock
Elric von Melniboné – Die Sage vom Ende der Zeit (C) (1979/1979/1979/1980/1980/1981) (1984/1994)
Ü: Thomas Schlück
(➶ 4101/NA unter neuer Nummer)
Elric von Melniboné
Elric of Melniboné (1972)
(➶ 3643)
Die See des Schicksals
The Sailor on the Seas of Fate (1976)
(➶ 3657)
Der Zauber des weißen Wolfs
The Weird of the White Wolfe (1977)
(➶ 3692)
Der verzauberte Turm
The Vanishing Tower
(1970)
(➶ 3727)
Im Banne des Schwarzen Schwertes
The Bane of the Black Sword
(1977)
(➶ 3753)
Sturmbringer
Stormbringer (1977)
(➶ 3782)

5227 Larry Niven & Jerry Pournelle
Der Splitter im Auge Gottes (1977/1994)
The Mote in God's Eye (1974)
Ü: Yoma Cap
(➶ 3531/NA unter neuer Nummer)

5228 Keith Sharee
Gullivers Flüchtlinge (1992/1994)
Gulliver's Fugitives (1990)
Ü: Andreas Brandhorst
(➶ 4889/NA unter neuer Nummer)

5229 Michael A. Stackpole
En Garde (1990/1994)
BATTLETECH: Warrior: En Garde (1988)
Ü: Reinhold H. Mai
(➶ 4687/NA unter neuer Nummer)

5230 Michael A. Stackpole
Tödliches Erbe (1992/1994)
BATTLETECH: Lethal Heritage (1989)
Ü: Reinhold H. Mai
(➶ 4870/NA unter neuer Nummer)

5231 Mária Szepes
Der Rote Löwe (1984/1992/1994)
A vörös oroszlan (1946)
Ü: Gottfried Feidel
(➶ 4043, auch ➶ 8457 AR/NA unter neuer Nummer)

5232 Robert Thurston
Clankrieger (1993/1994)
Way of the Clans (1992)
Ü: Reinhold H. Mai
(➶ 4931/NA unter neuer Nummer)

5233 Patrick Tilley
Wolkenkrieger (1990/1994)
Cloudwarrior: The Amtrak Wars – Book One (1985)
Ü: Ronald M. Hahn
(➶ 4730/NA unter neuer Nummer)

5234 Terry Pratchett
Der Zauberhut (1990/1994)
Sourcery (1988)
Ü: Andreas Brandhorst
(➶ 4715/NA unter neuer Nummer)

5235 (Nummer noch nicht vergeben)

5236 (Nummer noch nicht vergeben)

5237 Charles de Lint
Das verborgene Volk (1995)
The Little Country (1991), 1. Teil
Ü: Norbert Stöbe

5238 Charles de Lint
Die vergessene Musik (1995)
The Little Country (1991), 2. Teil
Ü: Norbert Stöbe

5239 Hans Dominik
Lebensstrahlen – 3 Romane in einem Band (C) (1972/1971/1971) (1994)

Lebensstrahlen
(➶ 3287)

Die Spur des Dschingis-Khan
(➶ 3271)

Unsichtbare Kräfte
(➶ 3254)
(auch als »König Laurins Mantel«)

5240 Stephen Baxter
Das Geflecht der Unendlichkeit (1995)
Timelike Infinity (1992)
Ü: Martin Gilbert

5241 Alan Burt Akers
Die Geißel von Antares (1995)
Scourge of Antares (1995)
Ü: Andreas Decker

5242 Bill McCay & Eloise Flood
Ketten der Gewalt (1995)
Chains of Command (1992)
Ü: Horst Pukallus

5243 Lois McMaster Bujold
Die Quaddies von Cay Habitat (1995)
Falling Free (1988)
Ü: Michael Morgental

5244 Mike Resnick
Elfenbein (1995)
Ivory (1988)
Ü: Alfons Winkelmann

5245 Wolfgang Jeschke (Hrsg.)
Das Science Fiction Jahr # 10
Ausgabe 1995 (A) (1995)

Wolfgang Jeschke
Editorial

Hermann Urbanek
Die deutsche SF-Szene 1993/94
Die amerikanische SF-Szene 1993/94
Die britische SF-Szene 1993/94

Preise – Preise – Preise

Waldemar Kumming
Auf in das Herz von Kanada. Bericht vom ConAdian, dem 52. Welt-SF-Con.

Wolfgang Kokott
Übersetzen heißt vermitteln: Winfried Petri zum 80. Geburtstag

Iain M. Banks
Ein paar Anmerkungen zur KULTUR (1993)
Ü: Jürgen Thomann

Jerry Pournelle
So bauten wir »Der Splitter im Auge Gottes«
Building THE MOTE IN GOD'S EYE (1979)
Ü: Heinz Nagel

Doris Dreßler
An Innocent Abroad.
George Alec Effinger bei den 7. Science Fiction-Tagen NRW in Düsseldorf

Peter M. Gaschler
Die Filmszene 1993/94

Wolfgang Neuhaus
Cyberface.
Max Headroom

Michael Falkenstein
Ein Gespräch mit Gisbert Haefs

Michael Baumgartner
Der schöne Schein. Einige vorläufige Anmerkungen zum Stand der Kunst auf dem Cover bei den Phantastik-Reihen im deutschsprachigen Raum

Ute Perchtold, Birke Vock, Bärbel Weixner & Horst G. Tröster
Science Fiction-Hörspiele 1993/94

Horst G. Tröster
Traumkristalle

Michael K. Iwoleit
Ein Gespräch mit David Wingrove

Colin Munro
Ein Gespräch mit Stephen Baxter
Adventures in Science: Colin Munro Talks to Stephen Baxter (1991)
Ü: Kamala Kiel

Widmar Puhl
Ein Gespräch mit Andreas Weber-Schäfer

Widmar Puhl
High Tech, Magie und Gesellschaft in der SF. Die »Shadowrun«-Romane von Robert N. Charrette und anderen

Wolfgang Neuhaus
Am Nullpunkt der Posthumanität. Cyberpunkt-Fragmente.
Noch einmal: William Gibsons »Neuromancer«

Widmar Puhl
»Handfeste Luftschlösser«.
Der Cyberspace wird ganz seriös. Ein Tagungsbericht

Nicolaus Millin
SETI: The Search for Extraterrestrial Intelligence

Wolfgang Thadewald
Neunzig Jahre Anthologien mit Erzählungen phantastischer Literatur im deutschsprachigen Raum

Buchrezensionen

Werner Bauer
Phantastische Literatur im Heyne Taschenbuch 1993/1994

5246 Zach Hughes
Sonnentrinker (1995)
Sundrinker (1987)
Ü: Peter Pape

5247 Diane Duane
Die Befehle des Doktors (1995)
Doctor's Orders (1990)
Ü: Ronald M. Hahn

5248 V.E. Mitchell
Der unsichtbare Gegner (1995)
Enemy Unseen (1990)
Ü: Andreas Brandhorst

5249 Charles Sheffield
Der entfesselte Proteus (1995)
Proteus Unbound (1988)
Ü: Walter Brumm

5250 Wolfgang Jeschke (Hrsg.)
Heyne Science Fiction Jahresband 1995 (A) (1995)

Michael F. Flynn
Die Wäscherin an der Furt
The Washer at the Ford (1989/1990)
Ü: Ingo Dierkschnieder u. Abel Miser

Elisabeth Vonarburg
Äon
Eon (1980)
Ü: Gabrielle u. Georges Hausemer

Michael K. Iwoleit
Die Endzeitkinder

Ray Aldridge
Das Tor der Gesichter
Gate of Faces (1991)
Ü: Ingrid Herrmann

Bedřich Mácha
Casanova zwischen Himmel und Hölle
Casanova mezi nebem a peklem (1994)
Ü: Karl v. Wetzky

Ian McDonald
Treibende Hunde
Floating Dogs (1995)
Ü: Norbert Stöbe

James Morrow
Abe Lincoln in McDonald's
Abe Lincoln in McDonald's (1989)
Ü: Ingrid Herrmann

Rainer Erler
Der Käse (1988)

5251 David Wingrove
Das Reich der Mitte (1994)
The Middle Kingdom:
Chung Kuo – Book One (1989)
Erster Teil
Ü: Michael K. Iwoleit

5252 David Wingrove
Die Domäne (1994)
The Middle Kingdom:
Chung Kuo – Book One (1989)
Zweiter Teil
Ü: Michael K. Iwoleit

5253 David Wingrove
Die Kunst des Krieges
(1994)
The Broken Wheel:
Chung Kuo – Book Two (1990)
Erster Teil
Ü: Michael K. Iwoleit

5254 David Wingrove
Schutt und Asche (1995)
The Broken Wheel:
Chung Kuo – Book Two (1990)
Zweiter Teil
Ü: Michael K. Iwoleit

5255 David Wingrove
Das gebrochene Rad (1996)
The White Mountain:
Chung Kuo – Book Tree (1991)
Erster Teil
Ü: Michael K. Iwoleit

5256 David Wingrove
Der weiße Berg (1996)
The White Mountain:
Chung Kuo – Book Three (1991)
Zweiter Teil
Ü: Michael K. Iwoleit

5257 David Wingrove
Ungeheuer der Tiefe (1997)
The Stone Within:
Chung Kuo – Book Four (1992)
Erster Teil
Ü: Michael K. Iwoleit

5258 David Wingrove
Ein Herz aus Stein (1997)
The Stone Within:
Chung Kuo – Book Four (1992)
Zweiter Teil
Ü: Michael K. Iwoleit

5259 David Wingrove
Auf einem Feuerrad (1998)
Beneath the Tree of Heaven:
Chung Kuo – Book Five (1993)
Erster Teil
Ü: Michael K. Iwoleit

5260–5269 David Wingrove
Chung Kuo-Zyklus
(in Vorb.)

5270 Ralph Sander
Das Star-Trek-Universum, Vierter Band
(1998)
– Zweiter Ergänzungsband zur vollständig
überarbeiteten, erweiterten und
aktualisierten Neuausgabe
in zwei Bänden –
(➶ 5151/erw. NA unter neuer Nummer)

5271 Maureen F. McHugh
ABC Zhang (1995)
China Mountain Zhang (1992)
Ü: Michael Windgassen

5272 Victor Milan
Auge um Auge (1995)
Close Quarters (1994)
Ü: Oliver Hoffmann

5273 Dana Kramer-Rolls
Der Prüfstein ihrer Vergangenheit (1995)
Home Is the Hunter (1990)
Ü: Ronald M. Hahn

5274 Sam Lewis (Hrsg.)
Der Talisman (A) (1995)
Talisman (1994)
Ü: Christian Jentzsch

Sam Lewis
Prolog

Louis J. Prosperi
Das steinerne Gefängnis
Prison of Stone

Tom Dowd
Alles hat seinen Preis
Nothing without Price

Christopher Kubasik
Bevor das Leben endet
Before Life Ends

Scott Jenkins
Ausweglos
Nowhere to Run

Jak Koke
In dunklem Bernstein
Coiled in Dark Amber

Greg Gorden
Aus Blut und Zeit
Of Blood and Time

5275 Wolfgang Jeschke
(Hrsg.)
Die Straße nach Candarei
(A) (1995)

Peter Robert
Das Gleis

Brian Stableford
Träger
Carriers (1993)
Ü: Heiko Langhans

Jewgeni Drosd
Ewiger Mittag
Вечный нолдень
(В раю мы жили на суше) (1990)
Ü: Erik Simon

Michael Shayne Bell
Die Straße nach Candarei
The Road to Candarei (1989)
Ü: Uwe Luserke

Rob Chilson
Gerda und der Zauberer
Gerda and the Wizard (1990)
Ü: Ingrid Herrmann

David Redd
Das Schwarze
The Blackness (1992)
Ü: Jakob Leutner

Nicola Griffith
Der Gesang der Ochsenfrösche – der Schrei der Wildgänse
Song of Bullfrogs, Cry of Geese (1991)
Ü: Kamala Kiel

Alastair Reynolds
Enola
Enola (1991)
Ü: Annemarie Telieps

Dirk Strasser
Das Dunkle unter der Haut
The Dark under the Skin (1995)
Ü: Franz Rottensteiner

Ian McDonald
Legitime Ziele
Legitimate Targets (1994)
Ü: Ingrid Herrmann

Renato Pestriniero
Die Darsteller der Szenen
Quelli dei Quadri (1978)
Ü: Hilde Linnert

Pavel Toufar
Das Experiment
Experiment (1994)
Ü: Karl v. Wetzky

Michael F. Flynn
Große, gütige Mutter
Great Sweet Mother (1993)
Ü: Ingrid Herrmann

Alan Brennert
Die Königin von Disneyland
Queen of the Magic Kingdom (1987)
Ü: Ingrid Herrmann

Norbert Stöbe
Der Durst der Stadt

Richard Paul Russo
Gefangen in Schwarz und Weiß
Impressed in Black and White (1995)
Ü: Birgit Reß-Bohusch

Mary A. Turzillo
Der Schnaal
The Sleel (1992)
Ü: Alfons Winkelmann

Herbert W. Franke
Sind Sie es, Mr. Smith?

Molly Brown
Schlechtes Timing
Bad Timing (1991)
Ü: Annemarie Telieps

Isidora Lamue/Robert Schlangweiser
Pluralis Majestatis

Peter Schattschneider
Hausmacht

David Brin
Psssst
Shhhh (1989)
Ü: Ingrid Herrmann

5276 Terry Bisson
Mars Live (1995)
Voyage to the Red Planet (1990)
Ü: Irene Bonhorst

5277 (Nummer noch nicht vergeben)

5278 David Brin
Sonnentaucher
Sundiver (1980)
Ü: Rainer Schmidt

5279 V. E. Mitchell
Die Jarada (1995)
Imbalance (1992)
Ü: Horst Pukallus

5280 (Nummer noch nicht vergeben)

5281 Roger Zelazny
Die Trümpfe des Jüngsten Gerichts (1995)
Trumps of Doom (1985)
Ü: Irene Bonhorst

5282 Roger Zelazny
Das Blut von Amber (1995)
Blood of Amber (1986)
Ü: Irene Bonhorst

5283 Roger Zelazny
Zeichen des Chaos (1995)
Sign of Chaos (1987)
Ü: Irene Bonhorst

5284 Roger Zelazny
Ritter der Schatten (1995)
Knight of Shadow (1989)
Ü: Irene Bonhorst

5285 Roger Zelazny
Prinz des Chaos (1995)
Prince of Chaos (1991)
Ü: Irene Bonhorst

5286 Margaret Wander Bonanno
Die Inseln der Anderen (1998)
The Others (1990)
Ü: Michael Morgental

5287 C. J. Cherryh
Geklont – die 3 Cyteen-Romane in einem Band (C) (1990/1990/1990) (1998)
The Cloning-Project Ariane Emory (1988)
Ü: Michael K. Iwoleit

Der Verrat
Cyteen: The Betrayal
(➶ 4710)

Die Wiedergeburt
Cyteen: The Rebirth
(➶ 4711)

Die Rechtfertigung
Cyteen: The Vindication
(➶ 4712)

5288 James P. Blaylock
Die Festung des Selznak (1995)
The Disappearing Dwarf (1983)
Ü: Andreas Brandhorst

5289 Ronald M. Hahn (Hrsg.)
The Magazine of Fantasy and Science Fiction, 91. Folge
Ein neuer Mensch (A) (1995)

Andrew Weiner
Sehen
Seeing (1992)
Ü: Horst Pukallus

Kathe Koja
Der verwilderte Garten
The Neglected Garden (1991)
Ü: Thomas Ziegler

Andrew Weiner
Ein neuer Mensch
A New Man (1992)
Ü: Horst Pukallus

Elizabeth Hand
Gerechtigkeit
Justice (1993)
Ü: Michael K. Iwoleit

William D. Shunn
Von uns aus gesehen standen wir links
From Our Point of View We Had Moved to the Left (1993)
Ü: Ronald M. Hahn

Robert Reed
Ehrengast
Guest of Honor (1993)
Ü: Michael K. Iwoleit

5290 James D. Long
Black Thorn Blues (1995)
D.R.T. (1994)
Ü: Christian Jentzsch

5291 Guy Gavriel Kay
Der Fluch (1995)
Tigana (1990), Erster Teil
Ü: Irene Holicki

5292 Guy Cavriel Kay
Der Hofnarr (1995)
Tigana (1990), Zweiter Teil
Ü: Irene Holicki

5293 Lois McMaster Bujold
Ethan von Athos (1995)
Ethan of Athos (1986)
Ü: Michael Morgental

5294 Nyx Smith
Die Attentäterin (1995)
Striper Assassin (1993)
Ü: Christian Jentzsch

5295 Stephen Baxter
Zeitschiffe (1995)
Time Ships (1995)
Ü: Martin Gilbert

5296 Harry Harrison
Die Stahlratte singt den Blues (1995)
The Stainless Steel Rat Sings the Blues (1994)
Ü: Thomas Schlück u. Ronald M. Hahn

5297 Harry Harrison
Visionen einer Stahlratte
(C) (1995)
Stainless Steel Rat Visions (1993)

Nach dem Sturm
After the Storm (1985)
Ü: Michael Windgassen

Bei den Wasserfällen
By the Falls (1970)
Ü: Michael Windgassen

Druck
Pressure (1969)
Ü: Michael Windgassen

Unternehmen Stoßtrupp (1982)
Commando Raid (1970)
Ü: Sylvia Pukallus

Der Reparateur
The Repairman (1958)
Ü: Tony Westermayr

Schöne neuere Welt
Brave Newer World (1971)
Ü: Michael Windgassen

Das Geheimnis von Stonehenge (1969)
The Secret of Stonehenge (1968)
Ü: Wulf H. Bergner

Rettungsaktion
Rescue Operation (1964)
Ü: Ulrich Nichau

Das Selbstporträt
Portrait of the Artist (1964)
Ü: Ulrich Nichau

Gesetz des Überlebens (1963)
Survival Planet (1961)
Ü: Charlotte Winheller

Mitbewohner
Roommates (1971)
Ü: Michael Windgassen

Die Goldenen Jahre der Stahlratte
The Golden Years of the Stainless Steel Rat
Ü: Michael Windgassen

5298 George Zebrowski
Die Omega-Punkt-Trilogie (1995)
The Omega Point Trilogy (1983)
Ü: Walter Brumm

5299 Vernor Vinge
Ein Feuer auf der Tiefe (1995)
A Fire upon the Deep (1992)
Ü: Erik Simon

5300 Jack Vance
Station Araminta (1995)
Araminta Station (1988)
Ü: Joachim Pente

5301 Jack Vance
Ecce und die alte Erde (1995)
Ecce and Old Earth (1991)
Ü: Joachim Pente

5302 Jack Vance
Throy (1995)
Throy (1992)
Ü: Joachim Pente

5303 Kristine Kathryn Rusch
Die weißen Schleier der Macht (1995)
The White Mists of Power (1991)
Ü: Peter Pape

5304 Marc Laidlaw
Neon Lotus (1995)
Neon Lotus (1988)
Ü: Edda Petri

5305 Nigel Findley
Der Einzelgänger (1995)
Lone Wolf (1994)
Ü: Christian Jentzsch

5306 Paul J. McAuley
Vierhundert Milliarden Sterne (1995)
Four Hundred Billion Stars (1988)
Ü: Peter Pape

5307 Paul J. McAuley
Verborgene Harmonien (1995)
Secret Harmonies (1989)
Ü: Peter Pape

5308 Paul J. McAuley
Ewiges Licht (1995)
Eternal Light (1991)
Ü: Winfried Petri

5309 (Nummer noch nicht vergeben)

5310 Ralph Sander
Der Garten – »Die Natur kehrt zurück« (1995)

5311 Friedel Wahren (Hrsg.)
Isaac Asimov's Science Fiction Magazin, 45. Folge (A) (1995)

Mary Rosenblum
Selkies
Selkies (1994)
Ü: Karl Veit

Dean Whitlock
Schillernd
Iridescence (1989)
Ü: Vincenzo Benestante

W. M. Shockley
Das Erbe der Väter
A Father's Gift (1992)
Ü: Jakob Leutner

Alison Lurie
Der Wiedergänger
In the Shadow (1994)
Ü: Ingrid Herrmann

W. F. McHugh
Baffinland
Baffin Island (1989)
Ü: Vincenzo Benestante

Kathleen Ann Goonan
Der Papageienmann
The Parrot Man (1993)
Ü: Annette Charpentier

M. Shayne Bell
Mrs. Lincolns Porzellan
Mrs. Lincoln's China (1994)
Ü: Birgit Reß-Bohusch

Geoffrey A. Landis
Unter den Sternen der Arktis
Beneath the Stars of Winter (1993)
Ü: Hendrik P. Linckens

Uwe Anton
Jurassic Mark

5312 John Vornholt
Kriegstrommeln (1995)
War Drums (1992)
Ü: Horst Pukallus

5313 Charles Sheffield
Proteus in der Unterwelt (1995)
Proteus in the Underworld (1995)
Ü: Walter Brumm

5314 Robert Thurston
Ich bin Jadefalke (1996)
I Am Jade Falcon (1995)
Ü: Reinhold H. Mai

5315 Tanith Lee
Der dunkle Engel (1995)
The Blood of Roses (1990), Erster Teil
Ü: Norbert Stöbe

5316 Tanith Lee
Der Gott des Waldes (1995)
The Blood of Roses (1990), Zweiter Teil
Ü: Norbert Stöbe

5317 Caroline Spector
Narben (1995)
Scars (1994)
Ü: Christian Jentzsch

5318 Caroline Spector
Kleine Schätze (1995)
Little Treasures (1995)
Ü: Christian Jentzsch

5319 Alan Dean Foster
Der Highway ins Nichts (1995)
To the Vanishing Point (1988)
Ü: Alfons Winkelmann

5320 Marc Laidlaw
Kalifornia (1995)
Kalifornia (1988)
Ü: Edda Petri

5321 Garry Kilworth
Schatten (1995)
Cloudrock (1988)
Ü: Hendrik P. Linckens

5322 Dafydd ab Hugh
Gefallene Helden (1997)
Fallen Heroes (1994)
Ü: Uwe Anton

5323 Lois Tilton
Verrat (1995)
Betrayal (1994)
Ü: Bernhard Kempen

5324 Nyx Smith
In die Dunkelnheit (1995)
Fade to Black (1994)
Ü: Christian Jentzsch

5325 Wolfgang Jeschke (Hrsg.)
Partner fürs Leben (A) (1996)

John Brunner
Gut mit Reis
Good with Rice (1994)
Ü: Walter Brumm

Marcus Hammerschmitt
Hundherz

Gabor Csaba Trenka
Frühlingsanfang, oben im Rabental
Koratavasszal, fenn a varjúvölgyben (1995)
Ü: Roberto Kohlstedt

Michael Blumlein
Das Versprechen von Wärme
The Promise of Warmth (1988)
Ü: Ingrid Herrmann

Brian Stableford
Was will Chloë?
What Can Chloë Want? (1994)
Ü: Karl Veit

Michael F. Flynn
Das gemeinschaftliche Ziel der Natur
The Common Goal of Nature (1990)
Ü: Uwe Luserke

Michael K. Iwoleit
Wachablösung

Stephen Baxter
Lieserl
Lieserl (1993)
Ü: Martin Gilbert

Kristine Kathryn Rusch
Pas de deux mit einem Toten
Waltzing on a Dancer's Grave
(1991)
Ü: Ingrid Herrmann

Diane Mapes
Weibsteufel
She Devil (1992)
Ü: Kamala Kiel

Ralph Sander
Bruxelles-Midi

Paul di Filippo
Dritter Weltkrieg – revidierte Fassung
World War III (1992)
Ü: Jakob Leutner

Ian McDonald
Sonderwünsche
Some Strange Desire (1996)
Ü: Ingrid Herrmann

Josef Souchop
Die Rückkehr auf den Planeten Erde
Návrat na planetu Zemi (1988)
Ü: Karl v. Wetzky

Gabriel Laub
Wesen vom Planeten Sonne-3

Gwyneth Jones
Blauer Ton
Blue Clay Blues (1993)
Ü: Kamala Kiel

Jirí W. Procházka
Die Schöpfer der Zeit
Tvůrci času (1996)
Ü: Karl v. Wetzky

Kathleen Ann Goonan
Tagespunkte, Inc.
Daydots, Inc. (1992)
Ü: Kamala Kiel

Jonathan Lethem
Die fleckenlose Kathedrale
The Speckless Cathedral
(1991)
Ü: Alfons Winkelmann

Richard Paul Russo
Vorbei die Nacht
Night Passage (1996)
Ü: Birgit Reß-Bohusch

Wolfgang Jeschke
Partner fürs Leben

5326 Tom Holt
Wenn die Zeit aber nun ein Loch hat...
(1995)
Overtime (1993)
Ü: Kalla Wefel

5327 Alan Burt Akers
Die Fehde von Antares (1995)
Challenge of Antares (1995)
Ü: Andreas Decker

5328 Nancy Kress
Fremdes Licht (1995)
An Alien Light (1988)
Ü: Hendrik P. u. Antje Linckens

5329 Kevin O'Donnell
Der Tisser-Krieg (1995)
War of Omission (1982)
Ü: Florian F. Marzin

5330 William R. Forstchen
Der Eisprophet (1995)
Ice Prophet (1983)
Ü: Irene Holicki

5331 Harry Harrison
Die Stahlratte fährt zur Hölle (1997)
The Stainless Steel Rat Goes to Hell
(1996)
Ü: Ronald M. Hahn

5332 Simon Hawke
Der Zauberer aus der 4th Street
(1995)
The Wizard of 4th Street (1987)
Ü: Peter Pape

5333 John Brunner
Am falschen Ende der Zeit (1995)
The Wrong End of Time (1971)
Ü: Horst Pukallus

5334 Barbara Hambly
Der Kampf ums nackte Überleben (1995)
Ghost Walker (1991)
Ü: Ronald M. Hahn

5335 Blaine Pardoe
Highlander Gambit (1996)
Highlander Gambit (1995)
Ü: Reinhold H. Mai

5336 Storm Constantine
Schattengräber (1995)
Burying the Shadow (1992)
Ü: Christian Mähr

5337 Lori Martin
Das Orakel von Lindahne (1988) (1995)
Darkling Hills (1986)
Ü: Hans Jürgen Jacobs
(➶ 8160 AR)

5338 Lori Martin
Die Priesterin der Nialia (1992) (1995)
Calling Up the Fire (1988)
Ü: Andreas Brandhorst
(➶ 8430 AR)

5339 David J. Skal
Perfekte Geschöpfe (1995)
When We Were (1981)
Ü: Walter Brumm

5340 Barry N. Malzberg
Eroberungstaktiken (1995)
Tactics of Conquest (1973)
Ü: Martin Gilbert

5341 Ronald M. Hahn (Hrsg.)
The Magazine of Fantasy and Science Fiction, 92. Folge
Ansleys Dämonen (A) (1995)

Michael F. Flynn
Timothy Leary, Batu Khan und die Palimpseste der universalen Realität
Timothy Leary, Batu Khan, and the Palimpsest of Universal Reality (1993)
Ü: Michael K. Iwoleit

Barry N. Malzberg
Muster und Gewohnheiten
Standards and Practices (1992)
Ü: Michael K. Iwoleit

Marc Laidlaw
Terrors größter Fan
Terror's Biggest Fan (1993)
Ü: Michael K. Iwoleit

Jack Cady
Die Nacht, als wir Pistenhengst begruben
The Night We Buried Road Hog (1993)
Ü: Horst Pukallus

Dale Bailey
Der Berührte
Touched (1993)
Ü: Gerrit Hahn

James Sallis
Ansleys Dämonen
Ansley's Demons (1992)
Ü: Horst Pukallus

5342 Laurell K. Hamilton
Nacht über Oriana (1995)
Nightshade (1992)
Ü: Andreas Brandhorst

5343 Carl Sargent & Marc Gascoigne
Nosferatu 2055 (1995)
Nosferatu 2055 (1994)
Ü: Christian Jentzsch

5344 Sheri S. Tepper
Die Schöne (1995)
Beauty (1991)
Ü: Biggy Winter

5345 Leonard Carpenter
Conan der Große (1996)
Conan the Great (1989)
Ü: Edda Petri

5346 Walter Jon Williams
Aristoi (1996)
Aristoi (1992)
Ü: Jakob Leutner

5347 Greg Bear
Köpfe (1995)
Heads (1990)
Ü: Irene Bonhorst

5348 Gene Wolfe
Frees Vermächtnis (1995)
Free Live Free (1984/85)
Ü: Jürgen Langowski

5349 Brad Ferguson
Eine Flagge voller Sterne (1995)
A Flag Full of Stars (1991)
Ü: Ronald M. Hahn

5350 Uwe Anton & Ronald M. Hahn (Hrsg.)
STAR TREK-ENZYKLOPÄDIE:
Film, TV und Video (1995)

5351 Paul J. McAuley
Roter Staub (1995)
Red Dust (1993)
Ü: Alfons Winkelmann

5352 Patricia Anthony
Kalte Verbündete (1995)
Cold Allies (1993)
Ü: Rosemarie Hundertmarck

5353 Patricia Anthony
Bruder Termite (1995)
Brother Termite (1993)
Ü: Ingrid Herrmann

5354 Tom Dowd
Nuke City (1995)
Burning Bright (1994)
Ü: Christian Jentzsch

5355 William Gibson
Virtuelles Licht (1993) (1996)
Virtual Light (1993)
Ü: Peter Robert

5356 David Bischoff
Die Epidemie (1995)
Grounded (1993)
Ü: Horst Pukallus

5357 Peter David
Imzadi (1997)
Imzadi (1992)
Ü: Andreas Brandhorst

5358 Donald G. Phillips
Ritter ohne Furcht und Tadel (1996)
Star Lord (1996)
Ü. Reinhold H. Mai

5359 Tom Holt
Im Himmel ist die Hölle los (1995)
Here Comes the Sun (1993)
Ü: Kalla Wefel

5360 J. M. Dillard
Generationen (1996)
STAR TREK Generations (1994)
Ü: Andreas Brandhorst

5361 Kim Stanley Robinson
Roter Mars (1997)
Red Mars (1993)
Ü: Winfried Petri

5362 Kim Stanley Robinson
Grüner Mars (1997)
Green Mars (1993)
Ü: Winfried Petri

5363 Kim Stanley Robinson
Blauer Mars
(in Vorb.)

5364 Mary Gentle
Herr der Ratten (1996)
Rats and Gargoyles (1990)
Ü: Alfons Winkelmann

5365 Alan Dean Foster
Der Sohn des Bannsängers (1996)
Son of Spellsinger (1993)
Ü: Norbert Stöbe

5366 Alan Dean Foster
Die Entführung der Musik (1996)
Chorus Skating (1994)
Ü: Barbara Ostrop

5367–5369 (Nummern noch nicht vergeben)

5370 Walter Jon Williams
Tage der Sühne (1996)
Days of Atonement (1992)
Ü: Brigitte Gruss

5371 Kirill Bulytschow
Überlebende (1995)
ПОСЕАОК (1983/1988)
Ü: Aljonna Möckel u. Erik Simon

5372 Joan Gould
Alt geboren (1995)
Otherborn (1980)
Ü: Edda Petri

5373 Friedel Wahren (Hrsg.)
Isaac Asimov's Science Fiction Magazin, 46. Folge (A) (1995)
Mary Rosenblum
Sternenfischer
Casting at Pegasus (1995)
Ü: Barbara Ostrop
Pamela Sargent
Amphibien
Amphibians (1995)
Ü: Peter Beyer
Sonia Orin Lyris
Es könnte Sonnenschein sein
It Might Be Sunlight (1993)
Ü: Walter Brumm
Kate Wilhelm
Ich weiß, was du denkst
I Know What You're Thinking (1993)
Ü: Ingrid Herrmann
Valerie J. Freireich
Eis-Atlantis
Ice Atlantis (1993)
Ü: Walter Brumm
Ursula K. Le Guin
Das Fest der Vergebung
Forgiveness Day (1994)
Ü: Hilde Linnert
Oliver Pfohlmann
BigFISH PAT

5374 William H. Keith
Pflichtübungen (1996)
Tactics of Duty (1995)
Ü: Reinhold H. Mai

5375 Gene DeWeese
Die Kolonie der Abtrünnigen (1996)
Renegade (1991)
Ü: Ronald M. Hahn

5376 Frank M. Robinson
Die Dunkelheit jenseits der Sterne
(in Vorb.)

5377 Michael Swanwick
Die Tochter des stählernen Drachen (1996)
The Iron Dragon's Daughter (1994)
Ü: Alfons Winkelmann

5378 C.J. Cherryh
Der Koboldspiegel (1996)
The Goblin Mirror (1992)
Ü: Norbert Stöbe

5379 Paula Volsky
Thron der Wölfe (1996)
The Wolf of Winter (1993)
Ü: Irene Holicki

5380 Wolfgang Jeschke (Hrsg.)
Das Science Fiction Jahr # 11
Ausgabe 1996 (A) (1996)

Wolfang Jeschke
Editorial

Hermann Urbanek
Die deutsche SF-Szene 1994/95
Die amerikanische SF-Szene 1994/95
Die britische SF-Szene 1994/95

Waldemar Kumming
Intersection: Die 53ste World Science Fiction Convention in Glasgow

Wolfgang Jeschke
Einmal Glasgow und zurück. Eindrücke von einer Reise zur Intersection, der 53sten World Science Fiction Convention vom 24. bis zum 28. August in Glasgow

Albrecht M. Fritzsche
Der SF-Fan. Eine Analyse

Waldemar Kumming
John Brunner in memoriam

Waldemar Kumming
»Stand on Zanzibar«

Wolfgang Jeschke
Nachbemerkung

Uwe Vöhl
Chamäleon der Nacht: Dan Simmons

Jürgen Thomann
Über die Mauern des Grauens: Dan Simmons – Meister des Horrors und der SF ... und mehr

Jörg Martin Munsonius
Michael Ende in memoriam

Jörg Martin Munsonius
Zum 30. Todestag Hans Wörners

Angela und Karlheinz Steinmüller
Verschenkte Möglichkeiten: Die Science Fiction in den Augen der Profis

Udo Klotz
Die sechs Reisen des Lemuel Gulliver: Kritik und Satire bei Jonathan Swift und Frigyes Karinthy

Rosemarie Hundertmarck
Über das Risiko, Messiasgestalten in der Science Fiction zu schildern

Matthias Neiden
Golgatha live – Operation Jesus – Pontius Pilatus. Über Zeitreisen zur Zeitenwende

Stan Nicholls
Den Waschbären kosten
Ein Gespräch mit Dan Simmons
Chewing the Raccoon (1992)
Ü: Kamala Kiel und Abel Miser

Frank Borsch
Ein Gespräch mit Christopher Priest

Jörg Martin Munsonius
Ein Gespräch mit Gerd Maximovic

Peter M. Gaschler
Die Filmszene 1994/95

Ralph Sander
Dreimal Zukunft und zurück: Robert Zemeckis' Zeitreisetrilogie »Back to the Future«

Ute Perchtold, Christiane Timper, Birke Vock, Bärbel Weixner, Helmut Magnana & Horst G. Tröster
Science Fiction Hörspiele (1994/1995)

Gerd Frey
SF-Computerspiele

Michael K. Iwoleit
Creatio ex silicio.
Über die Terra incognita der neuen Computerwissenschaften

Buchrezensionen

Werner Bauer
Phantastische Literatur im Heyne Taschenbuch 1994/95

5381 Michael McCollum
Die Lebenssonde (1996)
Life Probe (1983)
Ü: Walter Brumm

5382 Michael McCollum
Antares erlischt (1996)
Antares Dawn (1986)
Ü: Walter Brumm

5383 Michael McCollum
Die Wolken des Saturn (1996)
The Clouds of Saturn (1991)
Ü: Walter Brumm

5384 Nyx Smith
Jäger und Gejagte (1996)
Who Hunts the Hunter (1995)
Ü: Christian Jentzsch

5385 Carl Sargent & Marc Gascoigne
Schleier des Wahnsinns (1996)
Shroud of Madness (1995)
Ü: Christian Jentzsch

5386 Mary Rosenblum
Die verstummten Quellen (1996)
The Drylands (1993)
Ü: Birgit Reß-Bohusch

5387 Mary Rosenblum
Virtuelles Fleisch (1996)
Chimera (1993)
Ü: Norbert Stöbe

5388 Terry A. Adams
Kontakt (1996)
Sentience (1986)
Ü: Norbert Stöbe

5389 Terry A. Adams
Die Lady der Aliens (1996)
The Master of Chaos (1989)
Ü: Norbert Stöbe

5390 Wolfgang Jeschke (Hrsg.)
Riffprimaten (A) (1996)

Michael Bishop
Das Leben als Puzzle aus Katzen mit glänzendem Fell
Life Regarded as a Jigsaw Puzzle of Highly Lustrous Cats (1990)
Ü: Ingrid Herrmann

Brian Stableford
Die Tatsachen des Lebens
The Facts of Life (1993)
Ü: Rosemarie Hundertmarck

Dave Smeds
Riffprimaten
Reef Apes (1992)
Ü: Yoma Cap

Dirk Strasser
Theoretisch
In Theory (1996)
Ü: Franz Rottensteiner

Cherry Wilder
Odd ... Man ... Search
Odd Man Search (1979)
Ü: Margret Krätzig

Gennadi Praschkewitsch
Das Glück à la Colonde
(Счастье по Колонду)
(1991)
Ü: Erik Simon

René Sussan
Die Zähne des Weltraums
Les dents de l'espace (1984)
Ü: Georges Hausemer

Eric Brown
Paramathea
Paramathea (1992)
Ü: Ingrid Herrmann

Greg Egan
Vergegenständlichungstour
Reification Highway (1991)
Ü: Reinhard Heinz

Stephen Baxter
Nach Art der Bäume
In the Manner of Trees (1992)
Ü: Hendrik P. u. Marianne Linckens

Vladimír Chrastina
Blinze mal, Schwesterchen
Sestricka mrkací panenky (1996)
Ü: Karl v. Wetzky

Brian W. Aldiss
Drei Grad zuviel
Three Degrees Over (1989)
Ü: Walter Brumm

Ian McDonald
Der große Stuhl
Big Chair (1996)
Ü: Norbert Stöbe

Graham Joyce
Der Sozialarbeiter
The Careperson (1992)
Ü: Hendrik P. u. Marianne Linckens

David Redd
England, schönes grünes Land
England's Green and Pleasant Land (1988)
Ü: Margret Krätzig

Viktor Pelewin
Schlaf
(СПИ) (1991)
Ü: Erik Simon

Peter Robert
Die grünen Himmel der Provence

Anonymus
Riddhanisches Horoskop aus dem Küstenarchipel
(♋♏♑♁ ⇕⇔ ○) (1996)
Ü: Erik Simon

5391 Michael Stackpole
Abgefeimte Pläne (1997)
Malicious Intent (1996)
Ü: Reinhold H. Mai

5392 Victor Milán
Im Herzen des Chaos (1996)
Hearts of Chaos (1996)
Ü: Oliver Hoffmann

5393 William H. Keith jr.
Die Ehre der Legion (1997)
Renegade's Honor (1988)
Ü: Birgit Oberg

5394 Andrew Harman
Der Appendix des Zauberers (1996)
The Sorcerer's Appendix (1993)
Ü: Jakob Leutner

5395 Andrew Harman
Die Frösche des Krieges (1996)
The Frogs of War (1994)
Ü: Jakob Leutner

5396 Alan Burt Akers
Der Zorn von Antares (1996)
Wrath of Antares (1996)
Ü: Andreas Decker

5397 Stephen Baxter
Ring (1996)
Ring (1994)
Ü: Martin Gilbert

5398 Wolfgang Jeschke (Hrsg.)
Heyne Science Fiction Jahresband 1996 (A) (1996)

Mike Resnick
Sieben Blicke in die Olduvai-Schlucht
Seven Views of Olduvai Gorge (1994)
Ü: Alfons Winkelmann

Mary Rosenblum
Der Kamm der Meeresjungfer
The Mermaid's Comb
(1994)
Ü: Birgit Reß-Bohusch

Krzysztof Beruń
Die Algen
Algi (1978)
Ü: Hanna Rottensteiner

Michael F.Flynn
Mama Morgan
Mammy Morgan Played the Organ; her Daddy Beat the Drum
(1990)
Ü: Birgit Reß-Bohusch

Nancy Kress
Ein Tanz in der Luft
Dancing on Air (1992)
Ü: Heiko Langhans

Elisabeth Vonarburg
Band ohne Ende
Bande ohne Ende (1984)
Ü: Gabrielle u. Georges Hausemer

Michael Bishop
Apartheid, Superstrings und Mordecai Thubana
Apartheid, Superstrings, and Mordecai Thubana (1989)
Ü: Rosemarie Hundertmarck

5399 Rainer Fuhrmann
Kairos (1996)

5400 Paul Park
Coelestis (1996)
Coelestis (1993)
Ü: Erik Simon

5401 L.A. Graf
Der Beschützer (1995)
STAR TREK Voyager # 1: Caretaker (1995)
Ü: Andreas Brandhorst

5402 Dean Wesley Smith & Kristine Kathryn Rusch
Die Flucht (1996)
STAR TREK Voyager # 2: The Escape (1995)
Ü: Andreas Brandhorst

5403 Nathan Archer
Ragnarök (1996)
STAR TREK Voyager # 3: The Ragnarok (1995)
Ü: Harald Pusch

5404 Susan Wright
Verletzungen (1996)
STAR TREK Voyager # 4: Violations (1995)
Ü: Andreas Brandhorst

5405 John Betancourt Gregory
Der Arbuk-Zwischenfall (1996)
Incident at Arbuk (1995)
Ü: Andreas Brandhorst

5406 Christie Golden
Die ermordete Sonne (1997)
The Murdered Sun (1995)
Ü: Andreas Brandhorst

5407 Mark A. Garland & Charles G. McGraw
Geisterhafte Visionen (1997)
Ghost of a Chance (1996)
Ü: Andreas Brandhorst

5408 S. N. Lewitt
Cybersong (1997)
Cybersong (1996)
Ü: Andreas Brandhorst

5409 Dafydd ab Hugh
Invasion 4 - Die Raserei des Endes (1998)
Invasion! – The Final Fury (1996)
Ü: Andreas Brandhorst

5410 Karen Haber
Segnet die Tiere (1997)
Bless the Beasts (1996)
Ü: Andreas Brandhorst

5411 Nigel Findley
Haus der Sonne
House of the Sun (1994)
Ü: Christian Jentzsch

5412 Michael Jan Friedman
Späte Rache (1996)
Legacy (1991)
Ü: Ronald M. Hahn

5413 Simon Hawke
Die Beute der Romulaner
(1996)
STAR TREK: The Next Generation – The Romulan Prize
(1993)
Ü: Bernhard Kempen

5414 Rebecca Neason
Der Kronprinz (1996)
STAR TREK: The Next Generation – Guises of the Mind
(1993)
Ü: Horst Pukallus

5415 John Peel
Drachenjäger (1996)
Here There Be Dragons
(1993)
Ü: Horst Pukallus

5416 Diane Carey
Abstieg (1996)
Descent (1993)
Ü: Andreas Brandhorst

5417 Diane Duane
Dunkler Spiegel (1997)
Dark Mirror (1993)
Ü: Uwe Anton

5418 Jeri Taylor
Die Zusammenkunft (1998)
Unification (1990)
Ü: Andreas Brandhorst

5419 Michael Jan Friedman
Relikte (1996)
Relics (1992)
Ü: Uwe Anton

5420 Alan Dean Foster
Eissegler (C) (1978/1981/1989) (1996)

Die Eissegler von Tran-ky-ky
Icerigger (1974)
Ü: Heinz Nagel
(➶ 3591)

Die Moulokin-Mission
Mission to Moulokin (1979)
Ü: Heinz Nagel
(➶ 3777)

Die Fahrt der Slanderscree
The Deluge Drivers (1987)
Ü: Ralph Tegtmeier
(➶ 4618)

5421 John Barnes
Eine Million offener Tore (1996)
A Million Open Doors (1992)
Ü: Hilde Linnert

5422 John Barnes
Die Mutter aller Stürme (1996)
Mother of Storms (1994)
Ü: Martin Gilbert

5423 John Barnes
Orbitale Resonanz (1996)
Orbital Resonance (1993)
Ü: Martin Gilbert

5424 John Barnes
Das kaleidoskopische Jahrhundert (1996)
Kaleidoscope Century (1995)
Ü: Martin Gilbert

5425 John Kessel
Gute Nachricht von den Sternen (1996)
Good News from Outer Space (1989)
Ü: Hendrik P. und Marianne Linckens

5426 Tom Holt
Faust und Konsorten (1996)
Faust among Equals (1994)
Ü: Kalla Wefel

5427 John Norman
Die Söldner von Gor (1996)
Mercenaries of Gor (1985)
Ü: Andreas Decker

5428 (Nummer noch nicht vergeben)

5429 Ronald M. Hahn (Hrsg.)
The Magazine of Fantasy and Science Fiction, 93. Folge
Die Untiefen der Sirenen
(A) (1996)
Ü: Michael K. Iwoleit

Maureen F. McHugh
Virtuelle Liebe
Virtual Love (1994)

Jack McDevitt
Standardkerzen
Standard Candles (1994)

Robert Vamois
Mit dir oder ohne dich
With or without You (1994)

R. Garcia y Robertson
Die Untiefen der Sirenen
The Siren Shoals (1993)

Walter Jon Williams
Wall, Stone, Craft
Wall, Stone, Craft (1993)

5430 Esther Friesner
Kriegskind (1996)
Warchild (1994)
Ü: Uwe Anton

5431 John Vornholt
Antimaterie
(in Vorb.)

5432 Diane Carey
Die Suche (1996)
The Search (1994)
Ü: Uwe Anton

5433 K. W. Jeter
Das Böse
(in Vorb.)

5434 Melissa Scott
Der Pirat (1996)
Proud Helios (1995)
Ü: Bernhard Kempen

5435 Nigel Findley
Das vergessene Kaer (1996)
Lost Kaer (1996)
Ü: Christian Jentzsch

5436 Roland Green
Conan der Beschützer
(1996)
Conan the Guardian (1991)
Ü: Edda Petri

5437 John Maddox Roberts
Conan das Schlitzohr
(1997)
Conan the Rogue (1991)
Ü: Edda Petri

5438 Susan Wright
Die Mörder des Sli (1997)
Sins of Commission (1994)
Ü: Uwe Anton

5439 W. R. Thompson
Planet der Schuldner (1997)
Debtor's Planet (1994)
Ü: Uwe Anton

5440-5441 STAR TREK
(in Vorb.)

5442 Michael Jan Friedman &
Kevin Ryan
Requiem (1997)
Requiem (1994)
Ü: Uwe Anton

5443 Dafydd Ab Hugh
Gleichgewicht der Kräfte (1997)
Balance of Power (1992)
Ü: Andreas Brandhorst

5444 Michael Jan Friedman
Die Verurteilung (1996)
All Good Things ... (1994)
Ü: Andreas Brandhorst

5445 STAR TREK
(in Vorb.)

5446 Simon Hawke
Die Rückkehr der Despoten
(1997)
*STAR TREK: The Next Generation
– Blaze of Glory* (1995)
Ü: Uwe Anton

5447 Robert Greenberger
Die Strategie der Romulaner
(1997)
The Romulan Stratagem (1995)
Ü: Uwe Anton

5448 Gene DeWeese
Im Staubnebel verschwunden
(1998)
Into the Nebula (1995)
Ü: Uwe Anton

5449 Brad Ferguson
Das letzte Aufgebot (1998)
The Last Stand (1995)
U: Bernhard Kempen

5450 William Shatner & Chris Kreski
Erinnerungen. Die Filme (1996)
STAR TREK Movie Memories (1994)
Ü: Bernhard Kempen

5451 Phil Farrand
Cap'n Beckmessers Führer durch STAR-TREK –
Die Classic-Serie, Teil 1 (1996)
The Nitpicker's Guide for Classic Trekkers
(1994)
Ü: Ronald M. Hahn

5452 Lois McMaster Bujold
Grenzen der Unendlichkeit (1996)
Borders of Infinity (1989)
Ü: Michael Morgental

5453 Peter Rice
Den Teufel werden wir tun (1997)
Damned If We Do ... (1990)
Ü: Birgit Oberg

5454 Peter Rice
Eisiger Tod (1997)
Frost Death (1990)
Ü: Birgit Oberg

5455 Peter Rice
Monsun (1998)
Renegade Legion: Monsoon (1992)
Ü: Birgit Oberg

5456 Storm Constantine
Wraeththu – Der Zauber von
Fleisch und Geist (1996)
The Enchantments of Flesh and Spirit
(1987)
Ü: Biggy Winter

5457 Storm Constantine
Wraeththu – Im Bann von Liebe und Haß
(1996)
The Bewitchments of Love and Hate (1988)
Ü: Biggy Winter

5458 Storm Constantine
Wraeththu – Die Erfüllung von Schicksal und Begehren (1996)
The Fulfilment of Fate and Desire (1988)
Ü: Biggy Winter

5459 Sharon Green
Der Rebellenprinz
(in Vorb.)

5460 Robert Jordan
Der große Conan: 3 Romane in einem Band (C) (1985/1985/1985) (1996)
Ü: Lore Strassl

Conan der Verteidiger
Conan the Defender (1982)
(➶ 4163)

Conan der Unbesiegbare
Conan the Invincible (1982)
(➶ 4172)

Conan der Unüberwindliche
Conan the Unconquered (1983)
(➶ 4203)

5461 Ian McDonald
Necroville (1996)
Necroville (1994)
Ü: Horst Pukallus
(amerik. Titel: »Terminal Café«)

5462 Paul J. McAuley
Die Herren der Erde (C) (1996)
The King of the Hill and Other Stories (1991)
Ü: Peter Pape

Der König des Hügels
The King of the Hill (1985/86)

Karl und das Urwesen
Karl and the Ogre (1988)

Transzendenz
Transcendence (1988)

König auf Zeit
The Temporary King (1987)

Exilanten
Exiles (1990)

Klein-Ilia, Spider und Box
Little Ilya and Spider and Box (1985)

Die Herren der Erde
The Airs of Earth (1986)

Die Erben der Erde
The Heirs of Earth (1987)

5463 Charles Sheffield
Die Welt der Handelsfahrer (1996)
Trader's World (1988)
Ü: Martin Gilbert

5464 Peter David
Der Riß im Kontinuum (1996)
The Rift (1991)
Ü: Ronald M. Hahn

5465 Michael Jan Friedman
Gesichter aus Feuer (1996)
Faces of Fire (1992)
Ü: Ronald M. Hahn

5466 Peter David/Michael Jan Friedman/Robert Greenberger
Die Enterbten (1996)
The Disinherited (1992)
Ü: Ronald M. Hahn

5467 L. A. Graf
Die Eisfalle (1996)
The Ice Trap (1992)
Ü: Michael Kubiak

5468 John Vornholt
Zuflucht (1996)
Sanctuary (1992)
Ü: Ronald M. Hahn

5469 L. A. Graf
Der Saboteur (1997)
Death Count (1992)
Ü: Harald Pusch

5470 Melissa Crandall
Die Geisterstation (1997)
Shell Game (1993)
Ü: Ronald M. Hahn

5471 Mel Gilden
Die Raumschiff-Falle (1997)
The Starship Trap (1993)
Ü: Harald Pusch

5472 V. E. Mitchell
Tore auf einer toten Welt (1997)
Windows on a Lost World (1993)
Ü: Gerrit und Ronald M. Hahn

5473 Victor Milan
Aus Okeanos' Tiefen (1997)
From the Depths (1993)
Ü: Uwe Anton

5474 Diane Carey
Das große Raumschiffrennen (1997)
The Great Starship Race (1995)
Ü: Ronald M. Hahn

5475 Margaret Wander Bonanno
Die Sonde
(in Vorb.)

5476 Diane Carey
Kirks Bestimmung (1998)
Best Destiny (1992)
Ü: Harald Pusch

5477 L. A. Graf
Feuersturm (1997)
Firestorm (1994)
Ü: Achim Lehmkuhl

5478 A.C. Crispin
Sarek (1998)
Sarek (1994)
Ü: Bernhard Kempen

5479 Simon Hawke
Die Terroristen von Patria (1998)
The Patrian Transgression (1994)
Ü: Bernhard Kempen

5480 Harvey Jacobs
Herrliche Suppe (1996)
Beautiful Soup. A Novel for the 21st Century (1990/1993)
Ü: Peter Pape

5481 Friedel Wahren (Hrsg.)
Asimov's Science Fiction, 47. Folge (A) (1996)

Daniel Marcus
Gespräche mit Michael
Conversations with Michael (1994)
Ü: Ingrid Herrmann

Brian W. Aldiss
In den Tunnel
Into the Tunnel! (1995)
Ü: Barbara Ostrop

Mary Rosenblum
Grenzstadt
Bordertown (1993)
Ü: Walter Brumm

Joe Haldeman
Das zweite Gesicht
None So Blind (1994)
Ü: Ingrid Herrmann

Ian McDowell
Einer alten Liebe Geist
Some Old Lover's Ghost (1993)
Ü: Walter Brumm

Pat Cadigan
Der mehrfache Sovay
Fool to Believe (1990)
Ü: Jürgen Langowski

Nicola Griffith
Yaguara
Yaguara (1995)
Ü: Ingrid Herrmann

Michael Swanwick
Der Umzug
Walking Out (1995)
Ü: Ingrid Herrmann

Marcus Harnmerschmitt
Café Vidocq

5482 Caroline Spector
Die endlosen Welten (1996)
Worlds without End (1995)
Ü: Christian Jentzsch

5483 Robert N. Charrette
Gerade noch ein Patt (1996)
Just Compensation (1996)
Ü: Christian Jentzsch

5484 Gwyneth Jones
Weiße Königin (1996)
White Queen (1991)
Ü: Hendrik P. und Marianne Linckens

5485 Michael P. Kube-McDowell
Trigon 1: Das Wagnis (1997)
Emprise (1985)
Ü: Barbara Slawig

5486 Michael P. Kube-McDowell
Trigon 2: Das Geheimnis (1997)
Enigma (1986)
Ü: Barbara Slawig

5487 Michael P. Kube-McDowell
Trigon 3: Das Reich (1998)
Empery (1987)
Ü: Barbara Slawig

5488 (Nummer noch nicht vergeben)

5489 Zirew Harman
Das Wurmloch ins Biblioversum (1996)
The Tome Tunnel (1994)
Ü: Jakob Leutner

5490 Bruce Sterling
Schwere Wetter (1996)
Heavy Weather (1994)
Ü: Norbert Stöbe

5491 Bruce Sterling
Der Staubozean (1996)
Involution Ocean (1977)
Ü: Bernd Holzrichter

5492 William H. Keith
Operation Excalibur (1997)
Operation Excalibur (1996)
Ü: Reinhold H. Mai

5493 Victor Milán
Der schwarze Drache (1997)
Black Dragon (1996)
Ü: Oliver Hoffmann

5494 Howard Waldrop
Ihre Gebeine (1996)
Them Bones (1984)
Ü: Margret Krätzig

5495 Wolfgang Jeschke (Hrsg.)
Die Verwandlung (A) (1996)

Geoffrey A. Landis
Neue Männer braucht das Land
Paradigms of Change (1991)
Ü: Jürgen Langowski

Sharon M. Hall
Die Geburt der Söhne
The Birth of Sons (1991)
Ü: Jürgen Langowski

Ian McDonald
Frooks
Frooks (1995)
Ü: Norbert Stöbe

Nancy Etchemendy
Molluskenträume
Mollusc Dreams (1995)
Ü:Peter Robert

Franz Kafka
Die Verwandlung
(1915/1918)

Michael K. Iwoleit
Der Keller

Astrid Julian
Irenes Lied
Irene's Song (1993)
Ü: Jakob Leutner

Jacques Mondoloni
Memoschmerzen
Mémo-Douleurs (1983)
Ü: Gabrielle und
Georges Hausemer

Achim Stößer
Virulente Wirklichkeit

Brian W. Aldiss
Vor dem Abgrund
North of the Abyss (1989)
Ü: Walter Brumm

James Morrow
Der Krieger und die Frau
Arms and the Woman
(1991)
Ü: Margret Krätzig

Václav Kajdoš
Das unlösbare Problem
Neřešitelná otázka (1996)
Ü: Karl v. Wetzky

John Meany
Heiligung
Sanctification (1993)
Ü: Jürgen Langowski

Ivan Kubíček
Bilder gratis
Obrazy zdarma (1996)
Ü: Karl v. Wetzky

Stephen Baxter
Das Sonnenwesen
The Sun Person (1992)
Ü: Hendrik P. und
Marianne Linckens

Michael Bishop
Bob Dylans Tambourine Software &
Satori Support Services Konsortium, Ltd.
The Bob Dylan Software &
Satori Support Services Consortium, Ltd.
(1985)
Ü: Peter Robert

Garry Kilworth
Im Land der tätowierten Männer
In the Country of Tattooed Men
(1993)
Ü: Jürgen Langowski

5496 Colin Greenland
Sophies Kurs (1996)
Harm's Way (1993)
Ü: Peter Pape

5497 Alan Burt Akers
Die Scorpio-Bänder.
Die ersten drei Romane
der Saga von Dray Prescot
in einem Band
(C) (1975/1976/1976) (1996)
Ü: Thomas Schlück

Transit nach Scorpio
Transit to Scorpio (1972)
(➶ 3459)

Die Sonnen von Scorpio
The Suns of Scorpio (1973)
(➶ 3476)

Der Schwertkämpfer von Scorpio
Warrior of Scorpio (1973)
(➶ 3488)

5498 Alan Burt Akers
Schatten über Kregen (1996)
Shadows over Kregen (1996)
Ü: Andreas Decker

5499 Tom Holt
Snottys Gral (1996)
Grailblazers (1994)
Ü: Kalla Wefel

5500 Gustave Flaubert
Salammbo (1996)
Salammbô (Ausg. 1962/1963)
Ü: Birgit Reß-Bohusch

5501 Stephen R. Donaldson
Der Schritt in den Konflikt: Die wahre Geschichte (1996)
The Gap into Conflict: The Real Story (1991)
Ü: Horst Pukallus

5502 Stephen R. Donaldson
Der Schritt zur Vision: Verbotenes Wissen (1996)
The Gap into Vision: Forbidden Knowledge (1991)
Ü: Horst Pukallus

5503 Stephen R. Donaldson
Ein dunkler hungriger Gott erwacht (1997)
The Gap into Power: A Dark and Hungry God Arises (1992)
Ü: Horst Pukallus

5504 Stephen R. Donaldson
Chaos und Ordnung (1998)
The Gap into Madness: Chaos and Order (1994)
Ü: Horst Pukallus

5505 Stephen R. Donaldson
(in Vorb.)

5506 (Nummer noch nicht vergeben)

5507 Alan Varney
Die Geister, die man ruft (1998)
Piercing a Veil (1997)
Ü: Christian Jentzsch

5508 J. Michael Reaves
Darkland Detective (1996)
Darkland Detective (1982)
Ü: Alfons Winkelmann

5509 Greg Bear
Die Macht der Steine (1996)
Strength of Stones (1981)
Ü: Martin Gilbert

5510 Greg Bear
Der Amboß der Sterne (1996)
Anvil of Stars (1992)
Ü: Winfried Petri

5511 Ronald M. Hahn (Hrsg.)
The Magazine of Fantasy and Science Fiction, 94. Folge
Die Halle der neuen Gesichter (A) (1996)

Kit Reed
Die Halle der neuen Gesichter
The Hall of New Faces (1992)
Ü: Thomas Ziegler

Jeff Bredenberg
Stell dir eine vollbusige Frau vor ...
Imagine a Large-Breasted Woman (1994)
Ü: Michael K. Iwoleit

Robert Reed
Vergrabene Schätze
Treasures Buried (1994)
Ü: Michael K. Iwoleit

Esther M. Friesner
Zwei Liebende, zwei Götter und eine Fabel
Two Lovers, Two Gods, and a Fable (1994)
Ü: Michael K. Iwoleit

Michael Armstrong
Mutter der Elfen
Mother to Elves (1994)
Ü: Michael K. Iwoleit

Brian Stableford
Fleißiges Sterben
Busy Dying (1994)
Ü: Falk Fouad

Mary Soon Lee
Ebbe
Ebb Tide (1995)
Ü: Ronald M. Hahn

Matthew Wells
Der Auschwitz-Zirkus
The Auschwitz-Circus
(1996)
Ü: Ronald M. Hahn

Ray Bradbury
Dorian in Excelsis
Dorian in Excelsis
(1995)
Ü: Ronald M. Hahn

David Brin
Natulife
Natulife (1994)
Ü: Uwe Anton

Harlan Ellison
In einer vernünftigen Stadt
Sensible City (1994)
Ü: Uwe Anton

5512 Nathan Archer
Walhalla (1997)
Valhalla (1995)
Ü: Harald Pusch

5513 Greg Cox &
John Gregory Betancourt
Der Teufel im Himmel (1997)
Devil in the Sky (1985)
Ü: Bernhard Kempen

5514 Robert Sheckley
Das Spiel der Laertaner (1997)
The Laertian Gamble (1995)
Ü: Bernhard Kempen

5515 Diane Carey
Der Weg des Kriegers (1998)
The Way of the Warrior (1995)
Ü: Bernhard Kempen

5516 Diane Carey
Die Katakombe (1998)
Station Rage (1995)
Ü: Bernhard Kempen

5517 Dean Wesley Smith &
Kristine Kathryn Rusch
Die lange Nacht (1998)
The Long Night (1996)
Ü: Bernhard Kempen

5518 (noch nicht erschienen)

5519 L. A. Graf
Invasion 3 - Der Feind der Zeit
(1998)
Invasion! – Time's Enemy (1996)
Ü: Andreas Brandhorst

5520 (noch nicht erschienen)

5521 Robert Jordan
Die Fühler des Chaos (1996)
The Lord of Chaos (1994), 1. Teil
Ü: Uwe Luserke

5522 Robert Jordan
Stadt des Verderbens (1997)
The Lord of Chaos (1994), 2. Teil
Ü: Uwe Luserke

5523 Robert Jordan
Die Amyrlin (1997)
The Lord of Chaos (1994), 3. Teil
Ü: Karin König

5524 Robert Jordan
Die Hexenschlacht (1998)
The Lord of Chaos (1994)), 4. Teil
Ü: Karin König

5525 Robert Jordan
Die zerbrochene Krone (1998)
A Crown of Swords (1996), 1. Teil
Ü: Karin König

5526 Robert Jordan
Wolken über Ebou Dar (1998)
A Crown of Swords (1996), 2. Teil
Ü: Karin König

5527–5532 Robert Jordan
Das Rad der Zeit #16–#24
(in Vorb.)

5533 John Norman
Die Tänzer von Gor
(in Vorb.)

5534 Andrew Harman
Hundstage (1997)
101 Damnations (1995)
Ü: Ronald M. Hahn

5535 John Brunner
Chaos Erde (1996)
Muddle Earth (1993)
Ü: Horst Pukallus

5536 Kate Wilhelm
Inseln im Chaos (1996)
Death Qualified (1991)
Ü: Walter Brumm

5537 Kate Wilhelm
Kinder des Windes (C) (1996)
Children of the Wind (1989)
Ü: Irene Bonhorst

Bruder der Drachen, Kamerad der Eulen
A Brother to Dragons, a Companion of Owls (1974)

Das Gorgonenfeld
The Gorgon Field (1985)

Kinder des Windes
Children of the Wind

Die blauen Damen
The Blue Ladies (1983)

Das Mädchen, das in den Himmel fiel
The Girl Who Fell into the Sky (1986)

5538 Lois McMaster Bujold
Waffenbrüder (1996)
Brothers in Arms (1989)
Ü: Michael Morgental

5539 Carl Sargent & Marc Gascoigne
Schwarze Madonna (1996)
Black Madonna (1996)
Ü: Christian Jentzsch

5540 Anne McCaffrey
Die Delphine von Pern (1996)
The Dolphins of Pern (1994)
Ü: Barbara Ostrop

5541 Paul Voermans
Der Quantenfisch (1996)
The Weird Colonial Boy (1993)
Ü: Jürgen Langowski

5542 Robert Silverberg
Das Land der Lebenden (1996)
To the Land of the Living (1990)
Ü: Roland Fleissner

5543 Bob Shaw
Die wilden Astronauten (C/OA) (1991/1991/1991) (1996)
Ü: Hendrik P. Linckens

Die Heißluft-Astronauten
The Ragged Astronauts (1986)
(➶ 4773)

Die hölzernen Raumschiffe
The Wooden Spaceships (1987)
(➶ 4774)

Die flüchtigen Welten
The Fugitive Worlds (1989)
(➶ 4775)

5544 David Alexander
Gene Roddenberry – die autorisierte Biographie (1997)
The Authorized Biography of Gene Roddenberry, STAR TREK Creator (1995)
Ü: Ralph Sander

5545 Judith & Garfield Reeves-Stevens
STAR TREK-Design (1997)
STAR TREK Design (1996)
Ü: Ralph Sander

5546 Aris Kazidian & Bruce Jacoby
Das STAR-TREK-Kochbuch (1997)
Originaltitel: *NN* (1997)
Ü: Ralph Sander

5547 Nichelle Nichols
Nicht nur Uhura – Star Trek und andere Erinnerungen (1994)
Beyond Uhura, Star Trek and Other Memories (1994)
Ü: Andreas Decker

5548 Leonard Nimoy
Ich bin Spock (1996)
I Am Spock (1995)
Ü: Yvonne Angkawidjaja

5549 Lawrence M. Krauss
Die Physik von STAR TREK (1996)
The Physics of STAR TREK (1995)
Ü: Andreas Brandhorst

5550 Judith & Garfield Reeves-Stevens
STAR TREK Deep Space Nine – Die Realisierung einer Idee
(1996)
The Making of STAR TREK Deep Space Nine (1996)
Ü: Ralph Sander

5551 Ian Watson
Inquisitor (1996)
Inquisitor (1991)
Ü: Walter Brumm

5552 Ian Watson
Space Marine (1996)
Space Marine (1993)
Ü: Walter Brumm

5553 Ian Watson
Harlekin (1997)
Harlequin (1995)
Ü: Walter Brumm

5554 Neil Jones &
David Pringle
(Hrsg.)
Genräuber (A) (1997)
Deathwing (1990)
Ü: Walter Brumm

Bryan Ansell & William King
Genräuber
Deathwing

Ian Watson
Im Schatten des Chaos
Warped Stars

Storm Constantine
Lacrymata
Lacrymata

Charles Stross
Todeskloster
Monastery of Death

Neil McIntosh
Saat des Zweifels
Seed of Doubt

William King
Des Teufels Marodeure
Devil's Marauders

Ian Watson
Das Scheusal im Leib
The Alien Beast within

5555 Conan Plakat
(Warhammer 40.000 # 4)

5556 Ian Watson
Kind des Chaos (1998)
Chaos Child (1995)
Ü: Walter Brumm

5557–5570
(Warhammer 40.000 geplant)

5571 Jack Yeovil
Drachenfels (1996)
Drachenfels (1989)
Ü: Walter Brumm

5572 David Ferring
Konrad (1997)
Konrad (1990)
Ü: Walter Brumm

5573 David Ferring
Schattenbrut (1997)
Shadowbreed (1990)
Ü: Walter Brumm

5574 David Ferring
Kriegsklinge (1998)
Warblade (1993)
Ü: Walter Brumm

5575 Jack Yeovil
Die untote Geneviève (1998)
Genevieve Undead (1997)
Ü: Walter Brumm

5576–5600 (in Vorb.)

5601 George R. R. Martin (Hrsg.)
Wild Cards 1: Vier Asse (A) (1996)
Wild Cards 1 (1986), 1. Teil
Ü: Christian Jentzsch

Vorbemerkung des Herausgebers

John J.Miller
Die Geschichte des Wild Card-Projekts

Howard Waldrop
Dreißig Minuten über dem Broadway. Jetboys letztes Abenteuer
Thirty Minutes over Broadway!

Roger Zelazny
Der Schläfer
The Sleeper

Walter Jon Williams
Der Zeuge
Witness

Melinda M. Snodgrass
Erniedrigungsrituale
Degradation Rites

Epilog

Anhang: Die Wissenschaft des Wild Card-Virus. Auszüge aus der Literatur.
The Science of the Wild Card Virus. Excerpts from the Literature

5602 George R. R. Martin (Hrsg.)
Wild Cards 2: Asse und Joker (A) (1996)
Wild Cards 1 (1986), 2.Teil
Ü: Christian Jentzsch

George R. R. Martin
Taschenspielertricks
Shell Games

Lewis Shiner
Die lange, dunkle Nacht Fortunatos
The Long, Dark Night of Fortunato

Victor Milán
Verklärungen
Transfigurations

Edward Bryant & Leanne C. Harper
Tief unten
Down Deep

Stephen Leigh
Fäden
Strings

John J. Miller
Kommt ein Jäger ...
Comes a Hunter

Lewis Shiner
Epilog: Die dritte Generation
Epilogue: The Third Generation

5603 George R. R. Martin (Hrsg.)
Wild Cards 3: Asse hoch! (A) (1996)
Wild Cards 2 (1987), 1. Teil
Ü: Christian Jentzsch

Lewis Shiner
Pennies aus der Hölle
Pennies from Hell

George R. R. Martin
Jube: eins
Jube

Walter Jon Williams
Bis in die sechste Generation - Prolog
Unto the Sixth Generation

George R.R. Martin
Jube: zwei
Jube

Roger Zelazny
Asche zu Asche
Ashes to Ashes

Walter Jon Williams
Bis in die sechste Generation - Teil Eins
Unto the Sixth Generation
Bis in die sechste Generation - Teil Zwei
Unto the Sixth Generation

George R.R. Martin
Jube: drei
Jube

Walter Simons
Wenn Blicke töten könnten
If Looks Could Kill

George R.R. Martin
Jube: vier
Jube

Walter Jon Williams
Bis in die sechste Generation - Epilog
Unto the Sixth Generation

George R. R. Martin
Winterkälte
Winter's Chill

5604 George R. R. Martin (Hrsg.)
Wild Cards 4: Schlechte Karten (A) (1996)
Wild Cards 2 (1987), 2. Teil
Ü: Christian Jentzsch

George R. R. Martin
Jube: eins
Jube

Melinda M. Snodgrass
Verwandtschaftsprobleme
Relative Difficulties

Victor Milán
Mit etwas Hilfe von seinen Freunden
With a Little Help from His Friends

George R. R. Martin
Jube: zwei
Jube

Pat Cadigan
Auf vergessenen Wegen
By Lost Ways

Walter Jon Williams
Mr. Koyamas Komet
Mr. Koyama's Comet

John J. Miller
Toter als tot
Half Past Dead

George R. R. Martin
Jube: drei
Jube

5605 George R. R. Martin (Hrsg.)
Melinda M. Snodgrass, Leanne C. Harper, Walton Simons, Lewis Shiner, John J. Miller, George R. R. Martin & Edward Bryant
Wild Cards 5: Wilde Joker - Ein Mosaikroman (1997)
Wild Cards 3 (1987)
Ü: Christian Jentzsch

5606 George R. R. Martin (Hrsg.)
Wild Cards 6: Asse im Einsatz
(A) (1997)
Wild Cards 4: Aces Abroad) (1988)
Ü: Christian Jentzsch

Stephen Leigh
Die Farbe des Hasses
- Prolog -
The Tint of Hatred

George R. R. Martin
Aus dem Tagebuch von Xavier Desmond
The Journal of Xavier Desmond

Stephen Leigh
Die Farbe des Hasses
- Teil Eins -
The Tint of Hatred

George R. R. Martin
Aus dem Tagebuch von
Xavier Desmond
The Journal of Xavier Desmond

John J. Miller
Lasttiere
Beasts of Burden

George R. R. Martin
Aus dem Tagebuch von
Xavier Desmond
The Journal of Xavier Desmond

Stephen Leigh
Die Farbe des Hasses
- Teil Zwei -
The Tint of Hatred

Leanne C. Harper
Blutrechte
Blood Rights

George R. R. Martin
Aus dem Tagebuch von Xavier Desmond
The Journal of Xavier Desmond

Stephen Leigh
Die Farbe des Hasses
- Teil Drei -
The Tint of Hatred

George R. R. Martin
Aus dem Tagebuch von Xavier Desmond
The Journal of Xavier Desmond

Stephen Leigh
Die Farbe des Hasses
- Teil Vier -
The Tint of Hatred

George R. R. Martin
Aus dem Tagebuch von Xavier Desmond
The Journal of Xavier Desmond

Gail Gerstner-Miller
An den Ufern des Nils
Down by the Nile

George R. R. Martin
Aus dem Tagebuch von
Xavier Desmond
The Journal of Xavier Desmond

Stephen Leigh
Die Farbe des Hasses
- Teil Fünf -
The Tint of Hatred

George R. R. Martin
Aus dem Tagebuch von
Xavier Desmond
The Journal of Xavier Desmond

Walton Simons
Die Träne von Indien
The Teardrop of India

Edward Bryant
In der Traumzeit
Down in the Dreamtime

George R. R. Martin
Aus dem Tagebuch von
Xavier Desmond
The Journal of Xavier Desmond

Lewis Shiner
Stunde Null
Zero Hour

George R. R. Martin
Aus dem Tagebuch von
Xavier Desmond
The Journal of Xavier Desmond

Victor W. Milán
Puppen
Puppets

Melinda M. Snodgrass
Spiegel der Seele
Mirrors of the Soul

Michael Cassutt
Legenden
Legends

George R. R. Martin
Aus dem Tagebuch von
Xavier Desmond
The Journal of Xavier Desmond

5607 George R. R. Martin (Hrsg.)
Wild Cards 7: Nur Tote kennen Jokertown (A) (1998)
Wild Cards 5: Down and Dirty (1988), 1. Teil
Ü: Christian Jentzsch

John J. Miller
Nur Tote kennen Jokertown
Only the Dead Know Jokertown

George R. R. Martin
Alle Pferde des Königs
All the King's Horses
– Teil Eins –

Roger Zelazny
Konzert für Sirenen und Serotonin
Concerto for Siren and Serotonin
– Teil Eins –

Leanne C. Harper
Niederschlag
Breakdown

George R. R. Martin
Alle Pferde des Königs
All the King's Horses
– Teil Zwei –

Roger Zelazny
Konzert für Sirenen und Serotonin
Concerto for Siren and Serotonin
– Teil Zwei –

Arthur Byron Cover
Jesus war ein As
Jesus Was an Ace

George R. R. Martin
Alle Pferde des Königs
All the King's Horses
– Teil Drei –

Roger Zelazny
Konzert für Sirenen und Serotonin
Concerto for Siren and Serotonin
– Teil Drei –

George R. R. Martin
Alle Pferde des Königs
All the King's Horses
– Teil Vier –

Melinda M. Snodgrass
Blutsbande
Blood Ties
– Teil Eins –

Roger Zelazny
Konzert für Sirenen und Serotonin
Concerto for Siren and Serotonin
– Teil Vier –

Edward Bryant
Die Wiederkunft Buddy Holleys
The Second Coming of Buddy Holley

Melinda M. Snodgrass
Blutsbande
Blood Ties
– Teil Zwei –

George R. R. Martin
Alle Pferde des Königs
All the King's Horses
– Teil Fünf –

Roger Zelazny
Konzert für Sirenen und Serotonin
Concerto for Siren and Serotonin
– Teil Fünf –

5608 George R. R. Martin (Hrsg.)
Wild Cards 8: Konzert für Sirenen und Serotonin (A) (1998)
Wild Cards 5: Down and Dirty (1988), 2. Teil
Ü: Christian Jentzsch

Stephen Leigh
Die Farbe eines Geistes
The Hue of a Mind

Melinda M. Snodgrass
Blutsbande
Blood Ties
– Teil Drei –

Pat Cadigan
Süchtig nach Liebe
Addicted to Love

Leanne C. Harper
K.O.
Takedown

Roger Zelazny
Konzert für Sirenen und Serotonin
Concerto for Siren and Serotonin
- Teil Sechs -
Melinda M. Snodgrass
Blutsbande
Blood Ties
- Teil Vier -
Roger Zelazny
Konzert für Sirenen und Serotonin
Concerto for Siren and Serotonin
- Teil Sieben -
Melinda M. Snodgrass
Blutsbande
Blood Ties
- Teil Fünf -
George R. R. Martin
Alle Pferde des Königs
All the King's Horses
- Teil Sechs -
Walter Jon Williams
Sterblichkeit
Mortality
Melinda M. Snodgrass
Blutsbande
Blood Ties
- Teil Sechs -
Roger Zelazny
Konzert für Sirenen und Serotonin
Concerto for Siren and Serotonin
- Teil Acht -
Leanne C. Harper
»Welch rauhe Bestie ...«
»What Rough Beast ...«
John J. Miller
Nur Tote kennen Jokertown
Only the Dead Know Jokertown
- Epilog -
George R. R. Martin
Alle Pferde des Königs
All the King's Horses
- Teil Sieben -

5609-5621 Wild Cards 7-21
(in Vorb.)

5622 Anne McCaffrey
Rowan (1997)
The Rowan (1990)
Ü: Mike Noris

5623 Anne McCaffrey
Damia (1997)
Damia (1992)
Ü: Michael K. Iwoleit

5624 Anne McCaffrey
Damias Kinder (1997)
Damia's Children (1993)
Ü: Ronald M. Hahn

5625 Anne McCaffrey
Lyon (1997)
Lyon's Ride (1994)
Ü: Ronald M. Hahn

5626 Elizabeth Hand
Die Mondgöttin erwacht
(1996)
Waking the Moon (1995)
Ü: Norbert Stöbe

5627 Darrell Schweitzer
Wir sind Legende
(1996)
We Are All Legends (1981)
Ü: Yoma Cap

5628 Alan Burt Akers
Mord auf Kregen (1997)
Murder on Kregen (1997)
Ü: Andreas Decker
- Originalausgabe -

5629 Alan Burt Akers
Tod auf Antares
(in Vorb.)

5630 Tom Holt
Auch Götter sind nur Menschen (1997)
Odds and Gods (1995)
Ü: Kalla Wefel

5631 Kristine Kathryn Rusch
Die Herzleser (1997)
Heart Readers (1992)
Ü: Norbert Stöbe

5632 Paula Volsky
Trugbilder (1997)
Illusions (1992)
Ü: Norbert Stöbe

5633 Andrew Harman
Fahrenheit 666 (1998)
Fahrenheit 666 (1995)
Ü: Kalla Wefel

5634 Sharon Shinn
Im Zeichen der Weide (1997)
The Shape-Changer's Wife (1995)
Ü: Irene Bonhorst

5635 Friedel Wahren (Hrsg.)
Asimov's Science Fiction, 48. Folge (A) (1996)

Mary Rosenblum
Flug
Flight (1995)
Ü: Ingrid Herrmann

Greg Egan
Lichtborn
Luminous (1995)
Ü: Erik Simon

Paul Park
Der letzte Homosexuelle
The Last Homosexual (1996)
Ü: Birgit Reß-Bohusch

Ian MacLeod
Raumschifftag
Starship Day (1995)
Ü: Erik Simon

Steven Utley
Damals auf der jungen Erde
There and Then (1993)
Ü: Walter Brumm

G. David Nordley
Venus bei Tagesanbruch
Dawn Venus (1995)
Ü: Erik Simon

Michael Windgassen
Ein Mann mit zwei Müttern

5636 Blaine Lee Pardoe
Der Vater der Dinge (1998)
Impetus of War (1997)
Ü: Reinhold H. Mai

5637 Richard Bowker
Die Replik (1997)
Replica (1986)
Ü: Biggy Winter

5638 Wolfgang Jeschke (Hrsg.)
Das Science Fiction Jahr # 12
Ausgabe 1997 (A) (1997)

Wolfgang Jeschke
Editorial

Hermann Urbanek
Die amerikanische SF-Szene 1995/96
Die britische SF-Szene 1995/96
Die deutsche SF-Szene 1995/96

Preise - Preise - Preise

Jürgen Thomann
Es gibt sie noch ...?
Bericht zur Lage der deutschsprachigen Science Fiction 1995/96 und deren Literaturpreise

Waldemar Kumming
The Anaheim World Science Fiction Convention
(29. 8.-2. 9. 1996)

Wolfgang Jeschke
Die Reise einer Zeitmaschine

Jürgen Thomann
Dem Kommunikationszeitalter auf der Spur: Science Fiction im Internet

Miguel Angel Fernández-Delgado
»Wer sagt denn, daß ein Astronaut nicht auch Chilaquiles essen kann?« Kontinuität und Wandel in der mexikanischen Science Fiction – ein kurzer historischer Abriß
Ü: Usch Kiausch

Arno R. Behrend
Zum Tod von Rosemarie Hundertmarck

Ralf Reiter
H. G. Wells und »The Time Machine«

Karlheinz Steinmüller
Laudatio auf Carl Amery

Guntram Geser
Cyberpunk: Techno-Pop/Techno-Fiction

Brian Aldiss
All diese großen Maschinen – das Thema, das die Science Fiction nicht behandelt
Ü: Usch Kiausch
(Originaltext: 1996)

Greg Bear
»Seid Wanderratten statt Dinosaurier – unsere Zeit kommt jetzt«
Ü: Usch Kiausch
(Originaltext:1996)

Lutz Gräfe & Olaf Möller
Ein Gespräch mit Curt Siodmak

Jens H. Altmann
Ein Gespräch mit Jan Friedman

Usch Kiausch
»A Country of the Mind«, ein Land der inneren Vorstellung. Ein Gespräch mit Greg Bear

Ute Perchtold, Christiane Timper, Birke Vock, Bärbel Weixner und Horst G. Tröster
Science Fiction-Hörspiele 1995/96

Dieter Hasselblatt
Hörspiel ist Hör-Spiel

Peter M. Gaschler
Kurd Laßwitz-Filmpreis? Die Filmszene 1995/96

Jacek Rzeszotnik
»Morgen ist heute – nur daß es morgen ist.« Zur Geschichte des polnischen SF-Films der Nachkriegszeit

Lutz Gräfe
»La Jetée« und »12 Monkeys« oder: Wie aus einem intellektuellen europäischen Experimentalfilm ein intelligenter Hollywood-Film wurde

Ralph Sander
Erfolg ist doch alles – oder? – Roland Emmerichs »Independence Day«

Gerd Frey
Literaturadaptionen für den Computer/ SF-Computer-Spiele 1995/96

Günther Luxbacher
Zuses Maschinen. Eine deutsche Technikgeschichte des Computers

Martin Ruf
Kein Rätsel, ein Geheimnis. Über die Grundlagen menschlicher Zeiterfahrung

Bücher

Werner Bauer
Phantastische Literatur im Heyne Taschenbuch 1995/96

5639 Kristine Kathryn Rusch
Fremde Einflüsse (1997)
Alien Influences (1994)
Ü: Peter Robert

5640 Iain Banks
Vor einem dunklen Hintergrund (1998)
Against a Dark Background (1993)
Ü: Horst Pukallus

5641 Christopher Hinz
Paratwa – Killer aus dem Eis (1997)
Liege Killers (1987)
Ü: Dagmar Kreye und Abel Miser

5642 Christopher Hinz
Paratwa – Ash Ock (1997)
Ash Ock (1989)
Ü: Walter Brumm

5643 Christopher Hinz
Paratwa – Paratwa (1997)
The Paratwa (1991)
Ü: Walter Brumm

5644 Elisabeth Vonarburg
Die schweigende Stadt (1997)
Le silence de la cité (1981)
Ü: Usch Kiausch

5645 Wolfgang Jeschke (Hrsg.)
Die säumige Zeitmaschine (A) (1997)

R. A. Lafferty
Das magere Volk in der Leptophlebo Street
The Skinny People of Leptophlebo Street (1975)
Ü: Kurt Bracharz

Michael F. Flynn
Vergang'ne Küsse
Remember'd Kisses (1988)
Ü: Irene Holicki

Jacques Mondoloni
Die kleine Katze ist tot
Le petit chat est mort (1983)
Ü: Gabrielle und Georges Hausemer

Frank Borsch
Was, wenn ich an deine Tür klopfte?

Alan Brennert
Das dritte Geschlecht
The Third Sex (1989)
Ü: Ralph Tegtmeier

Peter Robert
Alien

Kir Bulytschow
Das Treffen der Tyrannen bei Rowno
(Встреча тиранов под Ровно)
(1992)
Ü: Erik Simon

Pavel Toufar
Zur Hölle mit der Maus, noch ein Bier, bitte!
K certu s tou mysi, naleijte mi pivo! (1997)
Ü: Karl v. Wetzky

Erik Simon
Die Frachtluke klemmt

René Sussan
Die Probeexemplare
Les spécimens (1993)
Ü: Georges Hausemer

Sabine Wedemeyer-Schwiersch
Von der Schwierigkeit, vuliworpische Liebeslyrik zu übersetzen

Dirk Strasser
Die Skerricks von Truth
The Skerricks of Truth (1997)
Ü: Franz Rottensteiner

Jürgen Thomann
Eine Frage der Sichtweise

Nancy Etchemendy
Benbow
Benbow (1995)
Ü: Peter Robert

Brian W. Aldiss
Die Verwandlung II
Better Morphosis (1991)
Ü: Walter Brumm

Ivan Kubíček
Autodafé – ein Happening für zwei
Autodafé – aneb happening pro dva (1997)
Ü: Karl v. Wetzky

Elisabeth Vonarburg
Die säumige Zeitmaschine
La machine lente du temps (1984)
Ü: Gabrielle und Georges Hausemer

Erik Simon
Versunkene Zeit

Cherry Wilder
Ein Hauch von Hoffnung
Something Coming Through (1983)
Ü: Margret Krätzig

John Kessel
Invasoren
Invaders (1990)
Ü: Irene Holicki

5646 Nicola Griffith
Ammonit (1997)
Ammonite (1993)
Ü: Ingrid Herrmann

5647 Harry Harrison & Marvin Minsky
Die Turing-Option (1997)
The Turing Option (1992)
Ü: Christian Mähr

5648 Wolfgang Jeschke (Hrsg.)
Heyne Science Fiction Jahresband (A) (1997)

Michael F. Flynn
Auf den Flügeln eines Schmetterlings
On the Wings of a Butterfly (1989)
Ü: Peter Pape

Elisabeth Vonarburg
Mane, Tekel, Phares
Mane, Tekel, Phares (1994)
Ü: Georges Hausemer

Ben Bova
Dein Reich komme
Thy Kingdom Come (1993)
Ü: Kamala Kiel

Stephen Baxter
Goldwimper
Cilia-of-Gold (1993)
Ü: Martin Gilbert

Lucius Shepard
Muschelkratzer-Bill
Barnacle Bill the Spacer (1992)
Ü: Walter Brumm

Marcus Hammerschmitt
Wind

Charles Sheffield
Die Rechenmaschine von South Georgia
Georgia on My Mind (1993)
Ü: Walter Brumm

5649 Ronald M. Hahn (Hrsg.)
The Magazine of Fantasy and Science Fiction, 95. Folge
Der dreifache Absturz des Jeremy Baker (A) (1997)

Dave Smeds
Letzter Einsatz
Short Timer (1994)
Ü: Michael K. Iwoleit

Ben Bova
Inspirationen
Inspiration (1994)
Ü: Uwe Anton

Carolyn Ives Gilman
Die wilden Schiffe von Fairny
The Wild Ships of Fairny (1994)
Ü: Michael K. Iwoleit

Michael Coney
Hauptmann Hülsensack und der große Schnitter
Bulldog Drummond and the Grim Reaper (1996)
Ü: Horst Pukallus

J. Steven York
Der unbeschrankte Bahnübergang
The Unmarked Crossing (1996)
Ü: Markus Held

Ray Bradbury
Die letzte Ölung
Last Rites (1994)
Ü: Ronald M. Hahn

Ray Vukcevich
Pappnasen im Weltraum
White Guys in Space (1996)
Ü: Ronald M. Hahn

Roger Zelazny
Der dreifache Absturz des Jeremy Baker
The Three Descents of Jeremy Baker (1995)
Ü: Horst Pukallus

Ron Goulart
Glatzkopf macht Karriere
A Cure for Baldness (1996)
Ü: Ronald M. Hahn

Scott Mackay
Die Weisen der Cassiopeia
The Sages of Cassiopeia (1994)
Ü: Michael K. Iwoleit

Dean Wesley Smith
Schatten der Vergangenheit
In the Shade of the Slowboat Man (1996)
Ü: Horst Pukallus

5650 Torsten Dewi
Das Babylon 5-Universum
(Erscheinen ungewiß)

5651 C. J. Cherryh
Fremdling (1997)
Foreigner (1994)
Ü: Michael Windgassen

5652 C. J. Cherryh
Eroberer (1997)
Invader (1995)
Ü: Michael Windgassen

5653 C. J. Cherry
Erbe
(in Vorb.)

5654 (Nummer noch nicht vergeben)

5655 Nigel Findley
Höhenflug (1998)
No Limits (1997)
Ü: Reinhold H. Mai

5656 D. G. Compton
Die Herren von Talojz (1997)
The Masters of Talojz (1997)
Ü: Frank Borsch

5657 Sean A. Moore
Conan der Jäger (1997)
Conan the Hunter (1994)
Ü: Edda Petri

5658 John Norman
Die Verräter von Gor (1997)
Renegades of Gor (1986)
Ü: Andreas Decker

5659 Mel Odom
Auf Beutezug (1997)
Preying for Keeps (1996)
Ü: Christian Jentzsch

5660 Ian McDonald
Chaga (1997)
Chaga/Evolution's Shore (1995)
Ü: Irene Bonhorst

5661 Poul Anderson
Die Chroniken der Zeitpatrouille (C) (1997)
The Time Patrol (1983/1991)
Ü: Peter Pape
(➶ 4377/erw. NA unter neuer Nummer und neuem Titel)

Die Zeitpatrouille
Time Patrol

Der Mut, ein König zu sein
Brave to Be a King

Die Gibraltar-Fälle
Gibraltar Falls

Ein unfaires Spiel
The Only Game in Town

Delenda est
Delenda est

Elfenbein, Affen und Pfauen
Ivory, and Apes, and Peacocks
Ü: Hans Maeter

Die Trauer Odins des Goten
The Sorrow of Odin the Goth
Ü: Hans Maeter

Stern des Meeres
Star of the Sea

Das Jahr der Erlösung
The Year of the Ransom

5662 Gordon R. Dickson
Wolf und Eisen (1997)
Wolf and Iron (1990)
Ü: Michael Morgental

5663 Greg Bear
Tangenten (C) (1997)
Tangents (1989)
Ü: Andreas Irle

Vorwort des Autors

Musik des Blutes
(1990)
Blood Music (1983)
Ü: Peter Robert

Die Hure
Sleepside Story (1988)

Webster
Webster (1973)

Ein marsianischer Ricorso
A Martian Ricorso (1976)

Totenfuhre
Dead Run (1985)

Schrödingers Seuche
Schrödinger's Plague
(1982)

Die Straße ins Nirgendwo
Through Road No Whither
(1985)

Tangenten
Tangents (1986)

Schwestern
Sisters (1989)

Die Unterhaltungsmaschinerie – ein Bericht aus den Trickstudios über die Medien der Zukunft
The Machineries of Joy
(1987)

5664 Norman Spinrad
Bilder um 11 (1997)
Pictures at 11 (1994)
Ü: Peter Robert

5665 Robert Silverberg
Der heiße Himmel um Mitternacht (1997)
Hot Sky at Midnight (1994)
Ü: Roland Fleissner

5666 Friedel Wahren (Hrsg.)
Asimov's Science Fiction, 49. Folge
(A) (1997)

Mary Rosenblum
Gasfische
Gas Fish (1996)
Ü: Ulrich Fröschle

Daniel Marcus
Mutter Gottes der Prärie
Prairie Godmother (1996)
Ü: Ulrich Fröschle

Nancy Kress
Verwirrung der Gefühle
Fault Lines (1995)
Ü: Ulrike Ziegra

Pat Murphy
Knochen
Bones (1990)
Ü: Jürgen Langowski

Geoffrey A. Landis
Der letzte Sonnenuntergang
The Last Sunset (1996)
Ü: Ulrich Fröschle

Gardner Dozois
Gemeinschaft
Community (1996)
Ü: Barbara Slawig

Mike Resnick
Ein wenig Wissen
A Little Knowledge (1994)
Ü: Barbara Ostrop

Burkhard Schröder
Cypherguerilla

5667 Jak Koke
Funkstille (1997)
Dead Air (1996)
Ü: Christian Jentzsch

5668 Iain Banks
Träume vom Kanal (1997)
Canal Dreams (1989)
Ü: Lutz Gräfe

5669 Arkadij & Boris Strugatzki
Die Wanderer (1988) (1997)
Волны гасят ветер (1985/86)
Ü: Erik Simon

5670 Alan Dean Foster
Schlangenaugen (C) (1997)
Who Needs Enemies (1984)
Ü: Susanne Walter

Weihnachten auf dem Sumpfplaneten
Swamp Planet Christmas (1976)

Schlangenaugen
Snake Eyes (1978)

Der Beobachter
Bystander (1978)

Was treibt das einfache Volk?
What Do the Simple Folk Do? (1979)

Das Geschenk eines nutzlosen Mannes (1981/1986)
Gift of a Useless Man (1979)

Monströs (1986)
Surfeit (1982)

Das letzte Rennen
The Last Run (1982)

Stadt der Erwählten
Village of the Chosen (1983)

5671 Jennifer Roberson
Cheysuli: Wolfsmagie (1996)
Shapechangers/Chronicles of the Cheysuli: Book One (1997)
Ü: Karin König

5672 Jennifer Roberson
Cheysuli: Das Lied von Homana (1997)
The Song of Homana/Chronicles of the Cheysuli: Book Two (1995)
Ü: Karin König

5673 Jennifer Roberson
Cheysuli: Das Vermächtnis des Schwerts (1997)
Legacy of the Sword/Chronicles of the Cheysuli: Book Three (1986)
Ü: Karin König

5674 Jennifer Roberson
Cheysuli: Die Fährte des weißen Wolfs (1997)
Track of the White Wolf/Chronicles of the Cheysuli: Book Four (1987)
Ü: Karin König

5675 Jennifer Roberson
Cheysuli: Die Ehre der Prinzen (1997)
A Pride of Princes/Chronicles of the Cheysuli: Book Five (1988)
Ü: Karin König

5676 Anne McCaffrey
Die Welt der Drachen (C) (1972/1973/1981) (1997)
Ü: Birgit Reß-Bohusch

Die Welt der Drachen
Dragonflight (1968)
(➶ 3291)

Die Suche der Drachen
Dragonquest (1971)
(➶ 3330)

Der Drachengesang
Dragonsong (1976)
(➶ 3791)

5677 Charles de Lint
Das kleine Land (C) (1995/1995) (1997)
Ü: Norbert Stöbe

Das verborgene Volk
The Little Country (1991), Erster Teil
(➶ 5236)

Die vergessene Musik
The Little Country (1991), Zweiter Teil
(➶ 5237)

5678 Peter Hanratty
Mordred (C) (1992/1992/1992) (1997)
Mordred
The Book of Mordred (1988)
Ü: Brigitte Gruss
(➶ 4890)
Der letzte Ritter von Albion
The Last Knight of Albion (1986)
Ü: Hilde Linnert
(➶ 4891)
Der Strand von Avalon
The Avalon Shore (1992)
Ü: Hilde Linnert
(➶ 4892)

5679 Tom Holt
Richards Blockbusters (C) (1993/1994) (1997)
Ü: Kalla Wefel
Der Fliegende Holländer
Flying Dutch (1991)
(➶ 5079)
Wir haben Sie irgendwie größer erwartet
Expecting Someone Taller (1987)
(➶ 5107)

5680 Lyon Sprague de Camp
Jorian (C) (1975/1976/1997) (1997)
Der Schmetterlingsthron
The Goblin Tower (1968)
Ü: Thomas Schlück
(➶ 3439)
Die Uhren von Iraz
The Clocks of Iraz (1971)
Ü: Thomas Schlück
(➶ 3484)
Der ungeköpfte König
The Unbeheaded King (1983)
Ü: Walter Brumm
(➶ 4967)

5681 Barbara Hambly
Kreuzwege (1998)
Crossroad (1994)
Ü: Bernhard Kempen

5682 L. A. Graf
Ein Sumpf von Intrigen (1998)
Traitor Winds (1994)
Ü: Ronald M. Hahn

5683 Howard Weinstein
McCoys Tochter (1998)
The Better Man (1994)
Ü: Ronald M. Hahn

5684 (noch nicht erschienen)

5685 J.M. Dillard
Sabotage (1998)
Recovery (1995)
Ü: Harald Pusch

5686–5693 (noch nicht erschienen)

5694 Diane Carey
Invasion 1 – Der Erstschlag (1998)
Invasion! – First Strike (1992)
Ü: Andreas Brandhorst

5695–5740 STAR TREK
(in Vorb. bzw. geplant)

5741–5749 (Nummern noch nicht vergeben)

5750–5753 (noch nicht erschienen)

5754 Dean W. Smith & Kristine Kathryn Rusch
Invasion 2 – Soldaten des Schreckens (1998)
Invasion! – The Soldiers of Fear (1995)
Ü: Andreas Brandhorst

5755–5756 (noch nicht erschienen)

5757 J. M. Dillard
Der erste Kontakt (1996)
Star Trek: First Contact (1992)
Ü: Andreas Brandhorst

5758-5810 (noch nicht erschienen)

5811 Jeri Taylor
Mosaik (1998)
Mosaik (1996)
Ü: Andreas Brandhorst

5812 Melissa Scott
Der Garten (1998)
The Garden (1996)
Ü: Andreas Brandhorst

5813-5875 (noch nicht erschienen)

5876 Jennifer Roberson
Cheysuli: Die Tochter des Löwen (1997)
Daughter of the Lion/Chronicles of the Cheysuli: Book Six (1988/1989)
Ü: Karin König

5877 Jennifer Roberson
Cheysuli: Der Flug des Raben (1997)
Flight of the Raven/Chronicles of the Cheysuli: Book Seven (1990)
Ü: Karin König

5878 Jennifer Roberson
Cheysuli: Ein Gobelin mit Löwen (1997)
A Tapestry of Lions/Chronicles of the Cheysuli: Book Eight (1992), Teil 1
Ü: Karen König

5879 Jennifer Roberson
Cheysuli: Löwenmagie (1997)
A Tapestry of Lions/Chronicles of the Cheysuli: Book Eight (1992), Teil 2
Ü: Karen König

5880 Wolfgang Jeschke (Hrsg.)
Die letzten Bastionen (A) (1997)

Will McCarthy
Amerikano Hiaika
Americano Hiaika (1991)
Ü: Ulrich Fröschle

Jacques Mondoloni
Morgen spreche ich Amerikanisch mit meinem Hund
Demain, je parle américain à mon chien (1980)
Ü: Gabrielle und Georges Hausemer

Rainer Erler
Der Schlangenmensch

Brian Aldiss
Rattenvogel
Ratbird (1992)
Ü: Walter Brumm

Cherry Wilder
Die Ballade von Hilo Hill
The Ballad of Hilo Hill (1985)
Ü: Margret Krätzig

Christian Lautenschlag
Ich komme aus meinen Schwingen heim (1997)

Ondřej Neff
Reinhard Heydrichs siebte Inkarnation
Sedmé převtělení Reinharda Heydricha (1997)
Ü: Karl v. Wetzky

Michael Vyse
Die letzten Bastionen
The Last Bastions (1980)
Ü: Inge Holm

Stephen Baxter
Das Blut der Engel
The Blood of Angels (1994)
Ü: Martin Gilbert

Adam Wiśniewski-Snerg
Gespalten
Rozdwojenie (1997)
Ü: Hanna Rottensteiner

Achim Stößer
Haare
Ray Aldridge
Das Fabularium
The Fabularium (1991)
D: Ingrid Herrmann
Konrad Schaef
Kryptomnesia
Geoffrey A. Landis
Mit der Sonne um die Wette
A Walk in the Sun (1991)
Ü: Irene Holicki
Paul Park
Der Tourist
The Tourist (1993)
D: Reinhard Heinz
Marcus Hammerschmitt
Target
Greg Egan
Wahre Liebe
Appropriate Love (1990)
Ü: Irene Holicki
Allen Steele
Die gute Ratte
The Good Rat (1991)
Ü: Irene Holicki

5881 Nancy Kress
Bettler in Spanien (1997)
Beggars in Spain (1993)
Ü: Biggy Winter

5882 Nancy Kress
Bettler und Sucher (1997)
Beggars and Choosers (1994)
Ü: Biggy Winter

5883 Nancy Kress
Bettlers Ritt
(in Vorb.)

5884 (Nummer noch nicht vergeben)

5885 Lois McMaster Bujold
Spiegeltanz (1997)
Mirror Dance (1994)
Ü: Michael Morgental

5886 Loren Coleman
Blindpartie (1998)
Double Blind (1997)
Ü: Reinhold H. Mai

5887 Rudy Rucker
Hohlwelt (1997)
The Hollow Earth (1990)
Ü: Kurt Bracharz

5888 Elisabeth Vonarburg
Die Maerlande-Chroniken (1997)
Maerlande Chronicles (1992)
Ü: Usch Kiausch

5889 Lisa Smedan
Das Luzifer-Deck (1997)
The Lucifer Deck (1996)
Ü: Christian Jentzsch

5890 Michael Swanwick
In Zeiten der Flut (1997)
Stations of the Tide (1991)
Ü: Norbert Stöbe

5891 Stephen Baxter
Anti-Eis (1997)
Anti-Ice (1993)
Ü: Martin Gilbert

5892 Ronald M. Hahn (Hrsg.)
The Magazine of Fantasy and Science Fiction, 96. Folge
Der Lincoln-Zug
(A) (1997)

Maureen F. McHugh
Der Lincoln-Zug
The Lincoln Train (1995)
Ü: Horst Pukallus

Sheila Finch
Geistige Gemeinschaft
Communion of the Minds (1996)
Ü: Horst Pukallus

John Crowley
Fort
Gone (1996)
Ü: Horst Pukallus

James Patrick Kelly
Warum die Brücke nicht mehr singt
Why the Bridge Stopped Singing (1996)
Ü: Horst Pukallus

Robert Reed
Das Turnier
The Tournament (1995)
Ü: Cecilia Palinkas

Bruce Holland Rogers
Rettungsboot auf brennender See
Lifeboat on a Burning Sea (1995)
Ü: Markus Held

Ron Savage
Connecticut-Nazi
Connecticut-Nazi (1996)
Ü: Manfred Weinland

Felicity Savage
Cyberschicksal
Cyberfate (1995)
Ü: Manfred Weinland

5893 Loren L. Coleman
Loyal zu Liao (1998)
Binding Force (1997)
Ü: Silvia Jettkant

5894 Terry Pratchett & Neil Gaiman
Ein gutes Omen (1991/1997)
Good Omens (1990)
Ü: Andreas Brandhorst

5895 Lois McMaster Bujold
Fiamettas Ring (1997)
The Spirit Ring (1992)
Ü: Michael Morgental

5896 Tom Holt
Flaschengeister
(in Vorb.)

5897 Mike Resnick
Die Einhornpirsch (1997)
Stalking the Unicorn: A Fable of Tonight (1987)
Ü: Alfons Winkelmann

5898 Alan Burt Akers
Aufruhr in Kregen (1997)
Turmoil on Kregen (1997)
Ü: Andreas Decker

5899 Roland Green
Conan am Dämonentor (1998)
Conan at the Demon's Gate (1994)
Ü: Edda Petri

5900 Charles de Lint
Grünmantel (1997)
Greenmantle (1988)
Ü: Peter Pape

5901 Paul Kidd
Die Maus von Kerbridge (1997)
Mus of Kerbridge (1995)
Ü: Alfons Winkelmann

5902 Gordon R. Dickson
Die Nacht der Drachen (1980/1997)
The Dragon and the George (1976)
Ü: Irene Holicki
(➶ 3769/NA unter neuer Nummer)

5903 Gordon R. Dickson
Der Drachenritter (1997)
The Dragon Knight (1990)
Ü: Norbert Stöbe

5904 Gordon R. Dickson
Der Drache an der Grenze (1997)
The Dragon on the Border (1992)
Ü: Norbert Stöbe

5905 Gordon R. Dickson
Der Drache im Krieg (1997)
The Dragon at War (1992)
Ü: Michaela Link

5906 Gordon R. Dickson
Der Drache, der Graf und der Troll (1997)
The Dragon, the Earl, and the Troll (1994)
Ü: Michaela Link

5907 Gordon R. Dickson
Der Drache und der Dschinn (1997)
The Dragon and the Djinn (1996)
Ü: Norbert Stöbe

5908 Andrew Harman
Die Nanowichte (1997)
The Scrying Game (1996)
Ü: Jakob Leutner

5909 Peter Haining (Hrsg.)
Gefährliche Possen (A) (1998)
The Wizards of Odd. Comic Tales of Fantasy (1996)
Ü: Erik Simon

Vorwort des Herausgebers

Terry Pratchett
Gefährliche Possen
Theatre of Cruelty (1993, 1996)
Ü: Andreas Brandhorst

Lord Dunsany
Wie Nuth seine Kunstfertigkeit an den Gnolen versuchte
How Nuth Would Have Practised His Art upon the Gnoles (1912)
Ü: Friedrich Polakovics

John Collier
Hölle, wo ist dein Sieg?
Hell Hath No Fury (o.J.)

Henry Kuttner
Der Twonky
The Twonky (1942)

Eric Frank Russell
Zu mächtig
A Great Deal of Power (o.J.)

Ray Bradbury
Dingsbums
Doodad (1943)

Philip K. Dick
Auf den Einband kommt es an
Not by Its Cover (1968)
Ü: Joachim Körber

Ursula K. Le Guin
Die Namensregel (1983)
The Rule of Names (1964)
Ü: Ursula Stege

Stephen R. Donaldson
Es war einmal ein Tier ... (1981, 1985)
Mythological Beast (1979)
Ü: Irmtraud Kremp

F. Anstey
Die Abenteuer mit der Schneekugel
The Adventure of the Snowing Globe (o.J.)

James Branch Cabell
Begebenheiten in Poictesme
Affairs in Poictesme (1921)

Fredric Brown
Der Ring des Hans Carvel
The Ring of Hans Carvel (1961)

Fritz Leiber
Der Köder (1981, 1986)
The Bait (1973)
Ü: Thomas Schlück

Robert Bloch
Die alten Rittersleut ... (1973, 1985, 1994)
A Good Knight's Work (1941)
Ü: Günther Treffer

Brian W. Aldiss
Armer kleiner Krieger
Poor Little Warrior (1958)
Ü: Rudolf Hermstein

Avram Davidson
Der komische alte Vogel
The Odd Old Bird (1988)

Douglas Adams
Der Junge Zaphod geht auf Nummer Sicher
Young Zaphod Plays It Safe (1986)

H.G. Wells
Die Wildesel des Teufels
The Wild Asses of the Devil (1908)

C.S. Lewis
Dienstbare Engel
Ministering Angels (1958)

Reginald Bretnor
Die Geheimwaffe (1974, 1981, 1987)
The Gnurrs Come from the Voodvork Out (1950)
Ü: Gisela Stege

Arthur C. Clarke
Kapitän Wyxtpthlls Fliegende Untertasse
Captain Wyxtpthll's Flying Saucer (1951)

Isaac Asimov
Was man so Liebe nennt ...
Playboy and the Slime God (1961)
Ü: Gisela Stege

Larry Niven
Ein Wolf in der Zeitmaschine (1973)
There's a Wolf in My Time Machine (1971)
Ü: Wulf H. Bergner

Kurt Vonnegut jr.
Die Farbe des Weins
2 B R 0 2 B (1962)

5910 Fritz Leiber
Ritter und Knappe des Schwerts – Die glorreiche Rückkehr von Fafhrd und dem Grauen Mausling (1997)
The Knight and Knave of Swords (1988)
Ü: Barbara Ostrop und Lore Strassl

5911 Philip José Farmer
Der Zorn des Roten Lords (1997)
Red Orc's Rage (1991)
Ü: Usch Kiausch

5912 Roger MacBride Allen
Der Ring von Charon (1997)
The Ring of Charon (1990)
Ü: Martin Gilbert

5913 Roger MacBride Allen
Die zerschmetterte Sphäre (1998)
The Shattered Sphere (1994)
Ü: Martin Gilbert

5914 (Nummer noch nicht vergeben)

5915 (Nummer noch nicht vergeben)

5916 James B. Johnson
Treckmeister (1997)
Trekmaster (1987)
Ü: Norbert Stöbe

5917 Norman Spinrad
Deus X (1997)
Deus X (1992/93)
Ü: Peter Robert

5918 Sheri S. Tepper
Monströse Welten: Gras (1997)
Grass (1989)
Ü: Martin Gilbert

5919 Sheri S. Tepper
Monströse Welten: Hobbs Land (1997)
Raising the Stones (1990)
Ü: Martin Gilbert

5920 (noch nicht erschienen)

5921 Friedel Wahren (Hrsg.)
Asimov's Science Fiction, 50. Folge (A) (1997)

Stephen Baxter
Zemyla
Zemyla (1997)
Ü: Christian Lautenschlag

Nancy Kress
Evolution
Evolution (1995)
Ü: Siglinde Müller

Terry Bisson
Die Botschaft
The Message (1993)
Ü: Walter Brumm

Esther M. Friesner
Der Tod und die Bibliothekarin
Death and the Librarian (1994)
Ü: Yoma Cap

Mike Resnick & Susan Shwartz
Bibi (1995)
Bibi
Ü: Siglinde Müller

Brian Stableford
Berührungslos
Out of Touch (1995)
Ü: Siglinde Müller

Sally McBride
Der Duft von Orchideen
The Fragrance of Orchids (1994)
Ü: Ulrike Ziegra

Lawrence Watt-Evans
Warum ich Harrys nachts durchgehend geöffnetes Hamburger-Lokal verließ
Why I Left Harry's All-Night Hamburgers (1987)
Ü: Rosemarie Hundertmarck

M. Shayne Bell
Das Rauschen des Flusses
The Sound of the River (1992)
Ü: Walter Brumm

Steven Utley
Wind über der Welt
The Wind over the World (1996)
Ü: Christian Lautenschlag

William Barton
Das Zeitalter des Wassermanns
Age of Aquarius (1996)
Ü: Ingrid Herrmann

William Tenn
Der Ruhm der Familie. Und George
The Girl with Some Kind of Past. And George (1993)
Ü: Walter Brumm

Malte S. Sembten
Blind Date

5922 (noch nicht erschienen)

5923 Michael Bishop
Brüchige Siege (1998)
Brittle Innings (1994)
Ü: Hendrik P. und Marianne Linckens

5924 Michael McCollum
Antares-Passage (1998)
Antares Passage (1987)
Ü: Walter Brumm

5925 Wolfgang Jeschke (Hrsg.)
Das Science Fiction Jahr # 13
Ausgabe 1998 (A) (1998)

Wolfgang Jeschke
Editorial

Hermann Urbanek
Die amerikanische SF-Szene 1996/97
Die britische SF-Szene 1996/97
Die deutsche SF-Szene 1996/97

Preise – Preise – Preise

Uwe-Michael Witt
Renaissance der Utopie oder Einübung in die Endzeit – die russische Science Fiction nach der Perestrojka

Hans-Arthur Marsiske
Mut zur Zukunft – Science Fiction aus Japan

Lutz Gräfe
9. SF-Tage NRW in Dortmund

Waldemar Kumming
Lonestarcon – Weltcon mit kleinen Fehlern

Eckart Spoo
Von einem Menschheitstraum und verletztem Stolz
Ein Professor schrieb über Wernher von Braun, »Wunderwaffen«-Vergangenheit inklusive, und provozierte Wut

Ralph Sander
Krieg der Sterne und kein Ende – Was hat uns die Special Edition gebracht?

Ernst Petz
Science Fiction-Filme gibt's nicht!

Lutz Gräfe
G

Peter M. Gaschler
Die Film-Szene 1996/97

Michael K. Iwoleit
Ein offener Brief an Peter M. Gaschler

Christiane Timper, Birke Vock, Bärbel Weixner, Ulrich Bettermann, Sascha Mamczak und Horst G. Tröster
Science Fiction-Hörspiele 1996/97

Jörg Weigand
Literaturliteratur, Science Fiction und mehr: Dieter Hasselblatt (1926–1997) in memoriam

Horst G. Tröster
Phantasie und Kalkül: Erinnerungen an Dieter Hasselblatt

Rainer Eisfeld
Carl Sagan (1934–1997)

Horst Pukallus
Der wahre Unsichtbare.
Zum Tode von William S. Burroughs

Jacek Rzeszotnik
Im siebten Himmel eingeklemmt.
Ein Nachruf auf Roland Topor

Franz Rottensteiner
Robinson im Meer der Informationen.
Über Stanisław Lem

Michael K. Iwoleit
Wiederbegegnung mit einem Propheten.
Einige Bemerkungen zu Marshall McLuhan

Gerd Frey
SF-Computerspiele 1997

Jens H. Altmann
»Am Ende paßt alles zusammen.« Ein Interview mit Alan Dean Foster

Lutz Gräfe
Interview mit Ian McDonald

Lutz Gräfe
Interview mit Stephen Baxter

Michael Roth
Zu Besuch bei Robert Sheckley

Frank Borsch
Ein Gespräch mit Paul Williams

Karlheinz Steinmüller
Schwarzes Loch jenseits von 2000? oder: Was kann die Science Fiction zur Zukunftsforschung beitragen?

Günther Stoll
Schritte ins Leben

Bücher

Werner Bauer
Phantastische Literatur im Heyne Taschenbuch 1996/97

5926 Larry Niven, Jerry Pournelle & Michael Flynn
Gefallene Engel (1998)
Fallen Angels (1991)
Ü: Walter Brumm

5927 Andreas Eschbach
Die Haarteppich-Knüpfer (1995) (1998)

5928 Jonathan Lethem
Knarre mit Begleitmusik (1998)
Gun, with Occasional Music (1994)
Ü: Biggy Winter

5929 Hayford Peirce
Der dreizehnte Majestral (1998)
The Thirteenth Majestral (1989)
Ü: Norbert Stöbe

5930 Nancy Kress
Verico Target (1998)
Oaths and Miracles (1996)
Ü: Biggy Winter

5931 David Brin
Die Clans von Stratos (1998)
Glory Season (1993)
Ü: Christine Strüh

5932 Ramsey Campbell
Gespenstersuche (1998)
Needing Ghosts (1990)
Ü: Irene Bonhorst

5933 Alan Dean Foster
Katzenspiel (1998)
Cat-a-lyst (1991)
Ü: Ulrike Ziegra

5934 Ronald M. Hahn (Hrsg.)
The Magazine of Fantasy and Science Fiction, 97. Folge
Der Dunkelstern (A) (1998)

Gregory Benford & David Brin
Paris schlägt zurück
Paris Conquers All (1996)
Ü: Michael K. Iwoleit

Ellen Gilchrist
Schwarzer Winter
Black Winter (1995)
Ü: Cecilia Palinkas

Leonard Rysdyk
Der Holo-Mann
The Holo Man (1995)
Ü: Manfred Weinland

R. Garcia y Robertson
Schon auf dem Weg nach Glory
Gone to Glory (1995)
Ü: Einhard Daeter

Robert J. Levy
Kein Tag wie der andere
Every Day Different (1996)
Ü: Manfred Weinland

Jack Williamson
Der Dunkelstern
Dark Star (1995)
Ü: Michael K. Iwoleit

Andrew Weiner
Die lila Tablette
The Purple Pill (1996)
Ü: Cecilia Palinkas

5935 Wolfgang Jeschke (Hrsg.)
Heyne Science Fiction Jahresband 1998 (A) (1998)

Mary Gentle
Die Straße nach Jerusalem
The Road to Jerusalem (1991)
Ü: Alfons Winkelmann

Thomas Ziegler
Eine Kleinigkeit für uns Reinkarnauten

Arkadij und Boris Strugatzki
Stalker
СТАЛКЕР (o.J.)
Ü: Roberto Kohlstedt

Marek Baraniecki
Der Kopf der Kassandra
Gtowa Kasandry (1985)
Ü: Hanna Rottensteiner

George Guthridge
Der Spiegel von Lop Nor – 1. Spiegelung/2. Brechung
The Mirror of Lop Nor – 1. Reflection/2. Refraction (o.J.)
Ü: Michael K. Iwoleit

Kim Stanley Robinson
Der grüne Mars
Green Mars (1985)
Ü: Ulrich Fröschle

5936 Ronald M. Hahn
Socialdemokraten auf dem Monde (1998)

5937 Stephen Baxter
Flux (1998)
Flux (1993)
Ü: Martin Gilbert

5938 Algis Budrys
Harte Landung (1998)
Hard Landing (1993)
Ü: Frank Borsch

5939 Alan Dean Foster
Der Metrognom (C) (1998)
The Metrognome & Other Stories (1990)
Ü: Ralf Hlawatsch und Silvia Jettkant

Einführung

Für handvermittelte Telefonverbindungen gelten höhere Gebühren
Operator Assisted Calls Are Charged at a Higher Rate

Der Metrognom
The Metrognome

Schub
Thrust

Pfeifenträume
Pipe Dream

Mutter Donner
Mother Thunder

Der Stuhl
The Chair
(mit Jane Cozart)

Das Erbe
The Inheritance

Laufen
Running

Langweilig
Unamusing

Der Donnerer
The Thunderer

Pleistosport
Pleistosport

Norg glieble gop
Norg gleeble gop

Frosch
Batrachian

Die tessellierte tetrahexaedrische Gelbe Rose von Texas
The Thessellated Tetrahexahedral Yellow Rose of Texas

Sammlung
Collectible

5940 Tricia Sullivan
Lethe (1998)
Lethe (1995)
Ü: Jakob Leutner

5941 Gene Wolfe
Die Nachtseite der langen Sonne (1998)
Nightside of the Long Sun (1993)
Ü: Jürgen Langowski

5942 Gene Wolfe
Der See der langen Sonne (1998)
Lake of the Long Sun (1994)
Ü: Jürgen Langowski

5943 Gene Wolfe
Der Caldé der langen Sonne (1998)
Caldé of the Long Sun (1994)
Ü: Jürgen Langowski

5944 Gene Wolfe
Der Exodus aus der langen Sonne (1998)
Exodus from the Long Sun (1996)
Ü: Jürgen Langowski

5945 (noch nicht erschienen)

5946 Hayford Peirce
Ein Paradies mit Tücken (1998)
The Burr in the Garden of Eden (1998)
Ü: Norbert Stöbe

5947 Colin Kapp
Der Zauberer von Anharitte (1998)
The Wizard of Anharitte (1972/73)
Ü: Michael K. Iwoleit

5948 Friedel Wahren (Hrsg.)
Asimov's Science Fiction, 51. Folge
(A) (1998)

Greg Abraham
Pojechali
Poyekhali (1997)
Ü: Ulrich Fröschle

Robert Reed
Der Traumverkäufer
Dreams from a Severed Heart (1995)
Ü: Ingrid Herrmann

Neil Barrett jr.
Cush
Cush (1993)
Ü: Walter Brumm

Ian McLeod
Papa
Papa (1993)
Ü: Walter Brumm

Geoffrey A. Landis
Winterfeuer
Winterfire (1997)
Ü: Ralf Hlawatsch

James Sarafin
Im Tiegel der Nacht
In the Furnace of the Night (1997)
Ü: Heiko Fiedler

Michael Siefener
Das Reliquiar

5949 (noch nicht erschienen)

5950 Wolfgang Jeschke (Hrsg.)
Die Vergangenheit der Zukunft (A) (1998)

Greg Egan
Gute Gründe, fröhlich zu sein
Reasons to Be Cheerful (1996)
Ü: Kurt Bracharz

Marcus Hammerschmitt
Wüstenlack

Giuseppe O. Longo
Tage des Windes
I giorni del vento (1997)
Ü: Andreas Brandhorst

Geoff Ryman
Wärme
Warmth (1995)
Ü: Peter Robert

Usch Kiausch
Eine Zeile von Stevenson

Kathleen Ann Goonan
Kamehamehas Gebeine
Kamehameha's Bones (1992)
Ü: Margret Krätzig

Jacques Mondoloni
Papa I.
Papa 1ER (1982)
Ü: Gabrielle und Georges Hausemer

Cherry Wilder
Wir sehen der Ernte entgegen
Looking Forward to the Harvest (1991)
Ü: Margret Krätzig

Achim Stößer
Jagdfieber

Zbynvěk Rill
Die Vergangenheit der Zukunft
Minulost Budoucnosti (1998)
Ü: Karl v. Wetzky

Rainer Erler
Die Heerschar Gottes

Peter Schattschneider
Zwiedenker

Stephen Baxter
StromAb
Downstream (1992)
Ü: Hendrik P. und Marianne Linckens

Dave Smeds
Selbstmörderische Neigungen
Suicidal Tendencies (1992)
Ü: Kurt Bracharz

Paul J. McAuley
Gefängnisträume
Prison Dreams (1995)
Ü: Kurt Bracharz

5951 John Norman
Die Vagabunden von Gor (1998)
Vagabonds of Gor (1987)
Ü: Andreas Decker

5952 Sharon Shinn
Erzengel (1998)
Archangel (1996)
Ü: Irene Bonhorst

5953 R. A. Salvatore
Das Joch der Zyklopen (1997)
The Sword of Bedwyr (1995)
Ü: Michael Windgassen

5954 R. A. Salvatore
Luthiens Wagnis (1997)
Luthien's Gamble (1996)
Ü: Michael Windgassen

5955 R. A. Salvatore
Der Blutrote Schatten (1998)
The Dragon King (1996)
D: Michael Windgassen

5956 Michael A. Stackpole
Es war einmal ein Held (1998)
Once a Hero (1994)
Ü: Mina H. L. Buts

5957 Leonard Carpenter
Conan der Gladiator (1998)
Conan the Gladiator (1995)
Ü: Edda Petri

5958 (in Vorb.)

5959 Mary Stewart
Flammender Kristall (1971) (1998)
The Crystal Cave (1970)
Ü: Günter Panske
(➶ 5035 AR/NA unter neuer Nummer)

5960 Mary Stewart
Der Erbe (1977) (1998)
The Hollow Hills (1973)
Ü: Günter Panske
(➶ 5336 AR/NA unter neuer Nummer)

5961 Mary Stewart
Merlins Abschied (1984) (1998)
The Last Enchantment (1979)
Ü: Karl-Otto und Friderike von Czernicki
(➶ 6395 AR/NA unter neuer Nummer)

5962 Mary Stewart
Tag des Unheils (1988) (1998)
The Wicked Day (1983)
Ü: Helmut Kossodo
(➶ 6969 AR/NA unter neuer Nummer)

5963 Patricia McKillip
Königin der Träume (1998)
The Book of Atrix Wolfe (1995)
Ü: Michael Morgental

5964-5966 (noch nicht erschienen)

5967 Michael Bishop
Das Herz eines Helden (1998)
Ancient of Days (1995)
Ü: Christian Mähr

5968 (noch nicht erschienen)

5969 Jack Womack
Zufällige Akte sinnloser Gewalt (1998)
Random Acts of Senseless Violence (1993)
Ü: Karl Bruckmaier

5970 (noch nicht erschienen)

5971 Michael Swanwick
Engel der Schwerkraft (C) (1998)
Gravity's Angels (1991)
Ü: Norbert Stöbe

Ein Wintermärchen
A Midwinter's Tale (1988)

Das Fest der Heiligen Janis
The Feast of Saint Janis (1980)

Der blinde Minotaurus
The Blind Minotaur (1984)

Die Seelenwanderung des Philip K. (1990)
The Transmigration of Philip K. (1984)

Die Kirche der göttlichen Verheißung
Covenant of Souls (1986)

Die Drachenlinie
The Dragon Line (1988)

Mummenkuß
Mummer Kiss (1981)

Das trojanische Pferd
Trojan Horse (1984)

Schnee-Engel
Snow Angels (1989)

Der Mann, der Picasso kannte (1987)
The Man Who Met Picasso (1982)

Weitsicht
Foresight (1987)

Ginungagap (1983)
Ginungagap (1980)

Der Rand der Welt
The Edge of the World (1989)

5972 Kathleen Ann Goonan
Die Gebeine der Zeit (1998)
The Bones of Time (1996)
Ü: Paul H. und Marianne Linckens

5973 Roger MacBride Allen
Die Waisen der Schöpfung (1998)
Orphan of Creation (1988)
Ü: Walter Brumm

5974 (noch nicht erschienen)

5975 Colin Kapp
Die Suche nach der Sonne (1998)
Cageworld 1: Search for the Sun (1982)
Ü: Frank Borsch

5976 Colin Kapp
Die verlorenen Welten von Cronus (1998)
Cageworld 2: The Lost Worlds of Cronus (1982)
Ü: Frank Borsch

5977 Colin Kapp
Der Tyrann von Hades (1998)
Cageworld 3: The Tyrant of Hades (1982)
Ü: Frank Borsch

5978–5979 (noch nicht erschienen)

5980 Ronald M. Hahn (Hrsg.)
The Magazine of Fantasy and Science Fiction, 98. Folge
Der Tod im Land der Blumen (A) (1998)

L. Timmel Duchamp
De Secretis Mulierum
De Secretis Mulierum (1995)
Ü: Michael K. Iwoleit

Michael Cassutt
Auf großer Fahrt
The Longer Voyage (1996)
Ü: Cecilia Palinkas

Deborah Wheeler
Der Tod im Land der Blumen
Javier, Dying in the Land of Flowers (1996)
Ü: Horst Pukallus

Kit Reed
Rajmahal
Rajmahal (1997)
Ü: Manfred Weinland

Jonathan Lethem, John Kessel & James Patrick Kelly
So endet Welt wirklich
The True History of the End of the World (1995)
Ü: Cecilia Palinkas

Ben Bova
Der Caféhaus-Putsch
Cafe Coup (1997)
Ü: Chris Weber

5981 Ian McDonald
Narrenopfer (1998)
Sacrifice of Fools (1996)
Ü: Jakob Leutner

5982–5993 (noch nicht erschienen)

5994 Terry Bisson
Die Bären entdecken das Feuer (C) (1998)
Bears Discover Fire (1993)

Die Bären entdecken das Feuer (1993)
Bears Discover Fire (1990)
Ü: Irene Bonhorst

Die beiden Janets
The Two Janets (1990)
Ü: Michael Koseler

Sie sind aus Fleisch
They're Made Out of Meat (1991)
Ü: Michael Koseler

Über den Tafelberg
Over Flat Mountain (1990)
Ü: Michael Siefener

Drück auf Ann
Press Ann (1991)
Ü: Michael Koseler

Der Anzug aus Waschbärenfell
The Coon Suit (1991)
Ü: Michael Koseler

George
George (1993)
Ü: Michael Windgassen

Der nächste
Next (1992)
Ü: Michael Koseler

Nekronauten
Necronauts (1993)
Ü: Michael Windgassen

Noch Fragen?
Are There Any Questions? (1992)
Ü: Manfred Weinland

Zwei Jungs aus der Zukunft
Two Guys from the Future (1993)
Ü: Manfred Weinland

Der toxische Donut
The Toxic Donut (1993)
Ü: Manfred Weinland

Canción Auténtica de *Alterde* (1994)
Canción Auténtica de Old Earth (1992)
D: Thomas Ziegler

Teilmenschen
Partial People (1993)
Ü: Manfred Weinland

Carls Gärtnerei
Carl's Lawn & Garden (1992)
Ü: Michael Windgassen

Die Botschaft (1997)
The Message (1993)
Ü: Michael Windgassen

England unterwegs
England under Way (1993)
Ü: Manfred Weinland

Nur mit Genehmigung
By Permit Only (1993)
Ü: Michael Siefener

Der Schatten weiß es
The Shadow Knows (1993)
Ü: Michael Siefener

Nachwort des Autors
Ü: Michael Koseler

5995–5999 (noch nicht erschienen)

6000–6099 Das Schwarze Auge
s. *eigene Rubrik*

6100–6126 Shadowrun-Zyklus
(geplant)

6127 Nyx Smith
Stahlregen (1997)
Steel Rain (1997)
Ü: Christian Jentzsch

6128 Nick Polotta
Schattenboxer (1997)
Shadow Boxer (1997)
Ü: Christian Jentzsch

6129 Jak Koke
Fremde Seelen (1998)
Stranger Souls (1997)
Ü: Christian Jentzsch

6130 Mel Odom
Kopfjäger (1998)
Headhunters (1997)
Ü: Christian Jentzsch

6131 Jak Koke
Der Cyberzombie (1998)
Clockword Asylum (1997)
Ü: Christian Jentzsch

6132 ff. (weitere Bände in Vorb.
bzw. geplant)
[...]

6238 Blaine Lee Pardoe
Exodus (1998)
Exodus Road (1997)
D: Reinhold H. Mai
[...]

6451–6500 STAR TREK *Black Edition*
und Sonderbände
s. *eigene Rubrik*

6501 ff. STAR FLEET Kadetten
s. *eigene Rubrik*

6601 ff. MAGIC
s. *eigene Rubrik*

7001 ff. WARP 7
s. *eigene Rubrik*

8001 ff. HIGH 8000
s. *eigene Rubrik*

8100 ff. Sonderbände, Jubiläums-Ausgaben u. ä. m.
s. *eigene Rubrik*

9000 Heyne Fantasy
s. *eigene Rubrik*

Das Schwarze Auge

6000 Ulrich Kiesow
Das zerbrochene Rad (1997)

6001 Ulrich Kiesow
Der Scharlatan (1995)

6002 Uschi Zietsch
Tuan der Wanderer (1995)

6003 Björn Jagnow
Die Zeit der Gräber (1995)

6004 Ina Kramer
Die Löwin von Neetha (1995)

6005 Ina Kramer
Thalionmels Opfer (1995)

6006 Pamela Rumpel
Feuerodem (1995)

6007 Christel Scheja
Katzenspuren (1995)

6008 Uschi Zietsch
Der Drachenkönig

6009 Ulrich Kiesow
Der Göttergleiche (1995)
(Ersatztitel für »Wolfmond« von Uschi Zietzsch/»Wolfmond« erscheint vorerst nicht)

6010 Jörg Raddatz
Die Legende von Assarbad (1996)

6011 Karl-Heinz Witzko
Treibgut (1996)

6012 Bernhard Hennen
Der Tanz der Rose (1996)
Drei Nächte in Fasar - 1.Teil

6013 Bernhard Hennen
Die Ränke des Raben (1996)
Drei Nächte in Fasar - 2.Teil

6014 Bernhard Hennen
Das Reich der Rache (1996)

6015 Hans Joachim Alpers
Hinter der Eisernen Maske (1996)
Die Piraten des Südmeers - 1. Teil

6016 Ina Kramer
Im Farindelwald (1996)

6017 Ina Kramer
Die Suche (1996)

6018 Ulrich Kiesow
Die Gabe der Amazonen (1996)

6019 H. J. Alpers
Flucht aus Ghurenia (1997)
Die Piraten des Südmeers - 2. Teil

6020 Karl-Heinz Witzko
Spuren im Schnee (1996)

6021 Lena Falkenhagen
Schlange und Schwert (1997)

6022 Christian Jentzsch
Der Spieler (1996)

6023 H. J. Alpers
Das letzte Duell (1998)
Die Piraten des Südmeers - 3. Teil

6024 Bernhard Hennen
Das Gesicht am Fenster (1997)

6025 Niels Gaul
Steppenwind (1997)

6026 Hadmar von Wieser
Der Lichtvogel (1997)
Elementare Gewalten - 1. Teil

6027 Lena Falkenhagen
Die Boroninsel (1997)

6028 Barbara Büchner
Aus dunkler Tiefe (1997)

6029 Lena Falkenhagen
Kinder der Nacht (1997)

6030 Ina Kramer (Hrsg.)
Von Menschen und Monstern (A) (1998)

Barbara Büchner
Das Wesen im Schloß

Hadmar von Wieser
Tronde, geht feiern

Ulrich Kiesow
Am Großen Fluß

Lars Feddern
Gaukeleien

Ina Kramer
Nach der Predigt

Stefan Küppers
Eine Geschichte dreier Raben

Stephan Johach
Der Menschenfresser

Christel Scheja
Ratte

Ina Kramer
Erklärung aventurischer Begriffe

6031 Johan Kerk
Heldenschwur (1998)

6032 Gun-Britt Tödter
Das letzte Lied (1998)

6033–6099 (z. T. in Vorb., z. T. Nummern noch nicht vergeben)

6033 Barbara Büchner
Das Galgenschloß (1998)

6034 Karl-Heinz Witzko
Tod eines Königs (1998)

6035 Hadmar von Wieser
Der Schwertkönig (1998)

6036 Barbara Büchner
Schatten aus dem Abgrund (1998)

STAR TREK – Black Edition

6451 STAR TREK –
Black Edition
KIRK – Classic 1:
8 Romane in einem Band (A)
(1982/1983/1983/1984/1984/1985/
1986/
1986/1995)
Ü: Hans Maeter

Vonda N. McIntyre
Star Trek II: Der Zorn des Khan
Star Trek II: The Wrath of Khan
(1982)
(➶ 3971)

Vonda N. McIntyre
Der Entropie-Effekt (1994)
The Entropy Effect (1981)
(➶ 3988, auch ➶ 5065)

Robert E. Vardeman
Das Klingonen-Gambit
The Klingon Gambit (1981)
(➶ 4035)

Lee Correy
Hort des Lebens
The Abode of Life (1982)
(➶ 4083)

Vonda N. McIntyre
Star Trek III: Auf der Suche
nach Mr. Spock
Star Trek III: The Search for Spock
(1984)
(➶ 4181)

M. S. Murdock
Das Netz der Romulaner
Web of the Romulans
(1983)
(➶ 4209)

Sonni Cooper
Schwarzes Feuer
Black Fire (1982)
(➶ 4270)

Robert E. Vardeman
Meuterei auf der Enterprise
Mutiny on the Enterprise
(1963)
(➶ 4285)

6452 STAR TREK –
Black Edition
SPOCK – Classic 2:
8 Romane in einem Band (A)
(1986/1987/1987/1987/1987/1988/
1987/
1988) (1995)

Howard Weinstein
Die Macht der Krone
The Covenant of the Crown
(1981)
Ü: Hans Maeter
(➶ 4342)

Sondra Marshak &
Myrna Culbreath
Das Prometheus-Projekt
The Prometheus-Project (1982)
Ü: Hans Maeter
(➶ 4379)

Sondra Marshak &
Myrna Culbreath
Tödliches Dreieck
Triangle (1983)
Ü: Andreas Brandhorst

A. C. Crispin
Sohn der Vergangenheit
Yesterday's Son (1983)
Ü: Andreas Brandhorst
(➶ 4431)

Diane Duane
Der verwundete Himmel
The Wounded Sky (1983)
Ü: Hans Maeter
(➶ 4458)

David Dvorkin
Die Trellisane-Konfrontation
The Trellisane Confrontation (1984)
Ü: Andreas Brandhorst
(➶ 4474)

Vonda N. McIntyre
Star Trek IV: Zurück in die Gegenwart (1994)
Star Trek IV: The Voyage Home (1986)
Ü: Hans Maeter
(➶ 4486, auch ➶ 5225)

Greg Bear
Corona
Corona (1984)
Ü: Andreas Brandhorst
(➶ 4499)

6453–6456 (noch nicht erschienen)

6457 Phil Farrand
Cap'n Beckmessers Führer durch
STAR TREK – The Next Generation,
2. Teil (1998)
The Nitpicker's Guide for
Next Generation Trekkers,
Vol. II (1995)
Ü: Andreas Brandhorst

6458–6469 (noch nicht erschienen)

6470 Judith & Garfield Reeves-Stevens
STAR TREK – Phase II:
Die verlorene Generation (1998)
STAR TREK – Phase II: The Lost Series
(1997)
Ü: Ralph Sander

6471–6498 (noch nicht erschienen)

6499 Herbert F. Solow &
Robert H. Justman
STAR TREK – die wahre Geschichte.
Ein Blick hinter die Kulissen
(1998)
Inside STAR TREK. The Real Story
(1996)
Ü: Ralph Sander

6500 J. M. Dillard
STAR TREK – Wo bisher noch niemand
gewesen ist. Eine Chronik in Bildern (1995)
STAR TREK – Where No One Has
Gone Before (1994)
Ü: Ralph Sander

STAR FLEET-Kadetten

6501 John Vornholt
Generationen (1995)
– Roman zum Film STAR TREK VII –
STAR TREK Generations (1994)
Ü: Andreas Brandhorst

6502 Peter David
Worfs erstes Abenteuer (1995)
Star Fleet Academy # 1:
Worf's First Adventure (1993)
Ü: Uwe Anton

6503 Peter David
Mission auf Dantar (1995)
Star Fleet Academy # 2:
Line of Fire (1993)
Ü: Uwe Anton

6504 Peter David
Überleben
Star Fleet Academy # 3:
Survival (1993)
Ü: Uwe Anton

6505 Brad Strickland
Das Sternengespenst (1995)
Star Fleet Academy # 4: The Star Ghost (1994)
Ü: Uwe Anton

6506 Brad Strickland
In den Wüsten von Bajor (1995)
STAR TREK Deep Space Nine # 2: Stowaways (1994)
Ü: Uwe Anton

6507 John Peel
Freiheitskämpfer (1995)
STAR TREK Deep Space Nine # 3: Prisoners of Peace (1994)
Ü: Uwe Anton

6508 Mel Gilden & Ted Pedersen
Das Schoßtierchen (1995)
STAR TREK Deep Space Nine # 4: The Pet (1994)
Ü: Uwe Anton

6509 John Vornholt
Erobert die Flagge! (1996)
STAR TREK: *The Next Generation – Star Fleet Academy #4: Capture the Flag* (1994)
Ü: Uwe Anton

6510 V. E. Mitchell
Die Atlantis-Station (1996)
STAR TREK: *The Next Generation – Star Fleet Academy #5: Atlantis Station* (1994)
Ü: Uwe Anton

6511 Michael Jan Friedman
Die verschwundene Besatzung (1997)
STAR TREK: *The Next Generation – Star Fleet Academy # 6: Mystery of the Missing Crew* (1995)
Ü: Uwe Anton

6512 Michael Jan Friedman
Das Echsenvolk (1996)
STAR TREK: *The Next Generation – Star Fleet Academy # 7: Secret of the Lizard People* (1995)
Ü: Uwe Anton

6513 Diana G. Gallagher
Arcade (1997)
STAR TREK Deep Space Nine # 5: Arcade (1995)
Ü. Uwe Anton

6514 John Peel
Ein Trip durch das Wurmloch (1997)
STAR TREK Deep Space Nine # 6: Field Trip (1995)
Ü: Uwe Anton

6515 Brad & Barbara Strickland
Kadett Jean-Luc Picard (1997)
STAR TREK: *The Next Generation – Star Fleet Academy # 8: Starfall* (1995)
Ü: Uwe Anton

6516 Brad & Barbara Strickland
Picards erstes Kommando (1997)
Nova Command (1995)
Ü: Uwe Anton

6517 Ted Pedersen
Zigeunerwelt (1998)
Gypsy World (1997)
Ü: Uwe Anton

MAGIC

6601 William R. Forstchen
Die Arena (1995)
Magic – the Gathering: Arena (1994)
Ü: Birgit Oberg

6602 Clayton Emery
Flüsterwald (1995)
Magic – the Gathering: Whispering Woods (1995)
Ü: Anja Jäcke u. Armin Abele

6603 Clayton Emery
Zerschlagene Ketten (1996)
Magic – the Gathering: Shattered Chains (1995)
Ü: Anja Jäcke u. Armin Abele

6604 Clayton Emery
Die letzte Opferung (1996)
Magic – the Gathering: Final Sacrifice (1995)
Ü: Anja Jäcke, Armin Abele und Christian Jentzsch

6605 Teri McLaren
Das verwunschene Land (1996)
Magic – the Gathering: The Cursed Land (1995)
Ü: Birgit Oberg

6606 Kathy Ice (Hrsg.)
Der Gobelin (A) (1996)
Magic – the Gathering: Tapestries (1995)
Ü: Birgit Oberg

Kathy Ice
Zum Geleit

Vorwort

Carla Montgomery
Der Flug der Diebin
Thief's Flight

Michael A. Stackpole
Namen sind Schall und Rauch
What's in a Name?

Hanovi Braddock
Vom Messingmann, der versinken wollte
The Brassman Who Would Sink

S. D. Perry
Die Erbschaft
Inheritance

Mark Sheperd
Auf der Suche nach Taradomnu
Cathering the Taradomnu

Ben Ohlander
Rauch und Siegel
Smoke and Mirrors

Michael Scott
Das Licht im Wald
The Light in the Forest

David M. Honigsberg
Dochyels Schlittenfahrt
Dochyel's Ride

Bruce Holland Rogers
Das Herz von Shanodin
Heart of Shanodin

M. C. Sumner
In der Falle
Animal Trap

Billie Sue Mosiman
Der Raub der Bayende
The Theft of Bayende, Heart and Soul

Cynthia Ward
Die Quellen des Mana
Wellspring

Morgan Llywelyn
Dryadenkuss
Dryad's Kiss

S. M. Stirling
Das Klagelied
The Lament

David Drake
Der Luftangriff
Airbone All the Way!

Peter Friend
Mehr als nur eine kleine grüne Welt?
Not Just Another Green World?

Sonia Orin Lyris
Alles hat seinen Preis
The Going Price

6607 Mark Summer
Der verschwenderische Magier (1996)
Magic – the Gathering:
The Prodigal Sorcerer (1995)
Ü: Birgit Oberg

6608 Hanovi Braddock
Die Asche der Sonne (1997)
Magic – the Gathering:
Ashes of the Sun (1996)
Ü: Birgit Oberg

6609 Teri McLaren
Das Lied der Zeit (1997)
Magic – the Gathering:
Song of Time (1996)
Ü: Birgit Oberg

6610 Sonia Orin Lyris
Der schlummernde Friede (1997)
Magic – the Gathering:
And Peace Shall Sleep (1996)
Ü: Birgit Oberg

6611 Kathy Ice (Hrsg.)
Ferne Welten (A) (1998)
Magic – the Gathering: Distant Planes (1996)
Ü: Birgit Oberg

Michael A. Stackpole
Unzureichende Beweise
Insufficient Evidence

Robert E. Vardeman
Trauerfeier
Festival of Sorrow

Sonia Orin Lyris
Spezialität des Hauses
Chef's Surprise

Stonefeather Grubbs
Foulmere
Foulmere

Keith R. A. DeCandido
Gott sündigt
God Sins

Kathleen Dalton-Woodbury
Der Fluch
A Monstrous Duty

Hanovi Braddock
Was Blatt von den Goblins lernte
What Leaf Learned of Goblins

Glen Vasey
Tochter der Sonne
Dual Loyalties

Peter Friend
Traum und Wirklichkeit
Distant Armies

Jane M. Lindskold
Teekas Wunderwelt
Better Mousetrap

Adam-Troy Castro
Ewige Feindschaft
The Face of the Enemy

Amy Thomson
Die Horntänzerin
Horn Dancer

Laura Waterman
Shen Magierschlächter
Shen Mage-Slayer

Edd Vick
Der Wächter
Defender

Michael G. Ryan
Der lange Weg nach Vacar
The Old Way to Vacar Slab

WARP 7

7001 Carl Amery
Der Untergang der Stadt Passau
(1975) (1997)
(➶ 3461/NA unter neuer Nummer)

7002 (noch nicht erschienen)

7003 Timothy Zahn
Die Blackcollar-Elite
(1989) (1998)
The Blackcollar (1983)
Ü: Hilde Linnert
(➶ 4586/NA unter neuer Nummer)

7004 Timothy Zahn
Die Backlash-Mission
(1989) (1998)
The Backlash Mission (1989)
Ü: Hilde Linnert
(➶ 4587/NA unter neuer Nummer)

7005 Ray Bradbury
Die Mars-Chroniken
(1974) (1994) (1998)
The Martian Chronicles (1951)
Ü: Wolfgang Jeschke und
Thomas Schlück
(➶ 3410/NA unter neuer Nummer)

7006 Patrick Tilley
Wolkenkrieger (1990) (1998)
Cloudwarrior (1985)
The Amtrak Wars - Book 1
Ü: Ronald M. Hahn
(➶ 4730/NA unter neuer Nummer)

7007 Patrick Tilley
Erste Familie (1990) (1998)
First Family (1985)
The Amtrak Wars - Book 2
Ü: Ronald M. Hahn
(➶ 4731/NA unter neuer Nummer)

7008 Patrick Tilley
Eisenmeister (1990) (1998)
Iron Master (1987)
The Amtrak Wars - Book 3
Ü: Ronald M. Hahn
(➶ 4732/NA unter neuer Nummer)

7009-7011 (noch nicht erschienen)

7012 Lois McMaster Bujold
Scherben der Ehre (1994) (1998)
Shards of Honor (1986)
Ü: Michael Morgental
(➶ 4968/NA unter neuer Nummer)

7013 Lois McMaster Bujold
Barrayar (1994) (1998)
Barrayar (1991)
Ü: Michael Morgental
(➶ 5061/NA unter neuer Nummer)

7014 (noch nicht erschienen)

7015 Diane Carey
Das Gespensterschiff (1990) (1998)
Ghost Ship (1989)
Ü: Norbert Stresau
(➶ 4757/NA unter neuer Nummer)

7016 Carmen Carter
Die Kinder von Hamlin
(1990) (1998)
The Children of Hamlin (1988)
Ü: Andreas Brandhorst
(➶ 4685/NA unter neuer Nummer)

7017 Peter David
Eine Hölle namens Paradies
(1991) (1998)
A Rock and a Hard Place (1991)
Ü: Andreas Brandhorst
(➶ 4837/NA unter neuer Nummer)

7018 Alan Dean Foster
Die denkenden Wälder (1979, 1988, 1990) (1998)
Midworld (1975)
Ü: Heinz Nagel
(➶ 3660, ➶ 4494, ➶ 4729/NA unter neuer Nummer)

7019 Sterling E. Lanier
Hieros Reise (1975, 1984) (1998)
Hiero's Journey (1973)
Ü: Yoma Cap
(➶ 39, ➶ 3425/NA unter neuer Nummer)

7020 Hans Joachim Alpers
Das zerrissene Land (1994) (1998)
(➶ 5104/NA unter neuer Nummer)

7021 James White
Hospital Station (1993) (1998)
Hospital Station (1963)
Ü: Kalla Wefel
(➶ 4974/NA unter neuer Nummer)

7022 Larry Niven & David Gerrold
Die fliegenden Zauberer (1976, 1982) (1998)
The Flying Sorcerers (1971)
Ü: Yoma Cap
(➶ 8, ➶ 3489/NA unter neuer Nummer)

7023 Jack Vance
Der Mann ohne Gesicht
(1975, 1987) (1998)
The Anome (1971)
Ü: Thomas Schlück
(➶ 3448, ➶ 4361/NA unter neuer Nummer)

7024 Harry Harrison
Die Barbarenwelt (1969, 1985, 1993) (1998)
Deathworld III
(auch: *The Horse Barbarians*) (1968)
Ü: Wulf H. Bergner
(➶ 55, ➶ 3136, ➶ 4350/NA unter neuer Nummer)

7025 Frank Herbert
Hellstrøms Brut
(1977, 1982) (1998)
Hellstrøms Hive (1972/73)
Ü: Walter Brumm
(➶ 14, ➶ 3536/NA unter neuer Nummer)

7026 Wolfgang Jeschke
Osiris Land
(1982, 1993) (1998)
(➶ 3970, ➶ 5025)

(weitere Bände geplant)

HIGH 8000

8001 Bob Shaw
Andere Tage, andere Augen (1984) (1996)
Other Days, Other Eyes (1972)
Ü: Irene Bonhorst
(➶ 36/NA in ungekürzter Neuübersetzung)

8002 D. G. Compton
Tod Live (1975/1980) (1997)
The Continuous Katherine Mortenhoe (1974)
Ü: Thomas Schlück
(NA unter neuem Titel)

8003 John Brunner
Schafe blicken auf (1978) (1997)
The Sheep Look Up (1972)
Ü: Horst Pukallus
(➶ 3617/NA unter neuer Nummer)

8004 John Brunner
Morgenwelt
(in Vorb.)

8005 Dan Simmons
Hyperion (1991) (1997)
Hyperion (1989)
Ü: Joachim Körber
(➶ 8321 AR/NA unter neuer Nummer)

8006 (noch nicht erschienen)

8007 Kurd Laßwitz
Auf zwei Planeten
(1897) (1972) (1998)
(➶ 3299/NA unter neuer Nummer)

Sonderbände, Jubiläums-Ausgaben u. ä. m.

8100 Isaac Asimov
Der Foundation-Zyklus
– Sonderausgabe in 10 Bänden –
(C) (1997)

8101 Isaac Asimov
Meine Freunde, die Roboter
(C) (1982) (1997)
(➶ 20/NA unter neuer Nummer)

Ich, der Robot (1970)
I, Robot (1950)
Ü: Otto Schrag
(➶ 3217)

Geliebter Roboter (1966)
Earth Is Room Enough (1957)
Ü: Walter Brumm
(➶ 3066)

Der Zweihundertjährige (1978)
The Bicentennial Man and Other Stories (1976)
Ü: Elisabeth Simon
(➶ 3621)

8102 Isaac Asimov
Die Stahlhöhlen. Zwei Romane
(C) (1988, 1988) (1997)
Ü: Heinz Nagel
(➶ 71, ➶ 72)

Der Mann von drüben (1961)
The Caves of Steel (1953)
Ü: Hansheinz Werner
(➶ 3004/ungekürzte Neuübersetzung unter dem Titel »Die Stahlhöhlen«)

Die nackte Sonne (1962, 1976)
The Naked Sun (1957)
Ü: Jesco von Puttkamer
(➶ 3009, ➶ 3517/ungekürzte Neuübersetzung unter dem gleichen Titel)

8103 Isaac Asimov
Der Aufbruch zu den Sternen (1985) (1997)
The Robots of Dawn (1983)
Ü: Heinz Nagel
(➶ 6579 AR/NA unter neuer Nummer und neuem Titel)

8104 Isaac Asimov
Das galaktische Imperium
(1985) (1997)
Robots and Empire (1985)
Ü: Heinz Nagel
(➶ 6607 AR/NA unter neuer Nummer)

8105 Isaac Asimov
Das Foundation-Projekt
(1995) (1997)
Forward to Foundation (1993)
Ü: Irene Holicki
(➶ 9563 AR/NA unter neuer Nummer)

8106 Isaac Asimov
Die Größe des Imperiums. Drei Romane
(C) (1997)
Ü: Irene Holicki

Ein Sandkorn am Himmel
Pebble in the Sky (1950)

Sterne wie Staub
The Stars, Like Dust
(auch: *The Rebellious Stars*) (1951)

Ströme im All
The Currents of Space (1952)

8107 Isaac Asimov
Die Rettung des Imperiums
(1989) (1997)
Prelude to Foundation (1988)
Ü: Heinz Nagel
(➶ 7815 AR/NA unter neuer Nummer)

8108 Isaac Asimov
Foundation. Drei Romane (C) (1991, 1994)
(1997)
Ü: Rosemarie Hundertmarck
(➶ 79, ➶ 5200)

Der Tausendjahresplan (1966)
Foundation (1951)
Ü: Wulf H. Bergner
(➶ 3080)

Der galaktische General (1966)
Foundation and Empire (1952)
Ü: Wulf H. Bergner
(➶ 3082)

Alle Wege führen nach Trantor (1966)
Second Foundation (1953)
Ü: Wulf H. Bergner
(➶ 3084)

8109 Isaac Asimov
Die Suche nach der Erde (1984) (1997)
Foundation's Edge (1982)
Ü: Horst Pukallus
(➶ 6401 AR/NA unter neuer Nummer und
neuem Titel)

8110 Isaac Asimov
Die Rückkehr zur Erde (1987) (1997)
Foundation and Earth (1986)
Ü: Heinz Nagel
(➶ 6861 AR/NA unter neuer Nummer)

8111 Hans Dominik
Die Macht der Drei (1921) (1997)
(➶ 3420, ➶ 4677/erw. NA unter
neuer Nummer)

8112 Hans Dominik
Atlantis (1924/25) (1997)
(➶ 3447/erw. NA unter neuer Nummer)

8113 Hans Dominik
Die Spur des Dschingis Khan
(in Vorb.)

8114 Hans Dominik
Der Brand der Cheopspyramide (1925/26)
(1998)
(➶ 3375, ➶ 4677/erw. NA unter neuer
Nummer)

(weitere Bände in Vorb. bzw. geplant)

Heyne Fantasy

9000 Robert Jordan & Teresa Patterson
Die Welt von Robert Jordans
»Das Rad der Zeit« (1998)
The World of Robert Jordan's
»The Wheel of Time« (1997)
Ü: Karin König

9001 Jonathan Wylie
Botschaften aus einem fremden Land (1998)
Other Lands (1995)
Ü: Peter Pape

9002 Teresa Edgerton
Das Kind des Saturn (1998)
Child of Saturn (1989)
Ü: Barbara Ostrop

9003 Teresa Edgerton
Der verborgene Mond (1998)
The Moon in Hiding (1989)
Ü: Barbara Ostrop

9004 Teresa Edgerton
Das Werk der Sonne (1998)
The Work of the Sun (1990)
Ü: Barbara Ostrop

9005 (noch nicht erschienen)

9006 Andrzej Sapkowski
Der letzte Wunsch (1998)
Ostatnie życzenie (1993)
Ü: Erik Simon

9007 Andrzej Sapkowski
Das Schwert der Vorsehung (1998)
Miecz przeznaczenia (1992)
Ü: Erik Simon

9008 (noch nicht erschienen)

9009 Tom Holt
Immer Ärger mit Georgie (1998)
Paint Your Dragon (1996)
Ü: Michael Koseler

9010 Mária Szepes
Die lebenden Statuen von Surayana (1998)
Surayana élö szobrai (1971)
Ü: Gottfried Feidel

9011 Megan Lindholm
Das Glück der Räder (1998)
The Luck of the Wheels (1989)
Ü: Walter Brumm

9012 Patricia Kennealy-Morrison
Die Königseiche (1998)
The Oak above the Kings (1995)
Ü: Irene Holicki

9013 (noch nicht erschienen)

9014 Hugh Cook
Der Todesstein (1998)
Wizard War (1986)
Ü: Michaela Link

9015 Hugh Cook
Held wider Willen (1998)
The Questing Hero
(auch: *The Wordsmiths and the Warguild,*
1. Teil) (1987)
Ü: Michaela Link

9016 Hugh Cook
Toguras Rückkehr (1998)
The Hero's Return
(auch: *The Wordsmiths and the Warguild,*
2. Teil) (1987)
Ü: Michaela Link

Bibliothek der Science Fiction-Literatur

1 Kate Wilhelm
Hier sangen früher Vögel (1978/1981)
Where Late the Sweet Birds Sang (1976)
Ü: René Mahlow
(➶ 3600)

2 Joe Haldeman
Der ewige Krieg (1977/1981)
The Forever War (1974)
Ü: Walter Brumm
(➶ 3572)

3 Hal Clement
Schwere Welten (C) (1968/1975) (1982)

Unternehmen Schwerkraft
Mission of Gravity (1953/1954)
Ü: Peter Pape
(➶ 3121)

Stützpunkt auf Dhrawn
Starlight (1971)
Ü: Horst Pukallus
(➶ 3469)

4 Frederik Pohl & C. M. Kornbluth
Eine Handvoll Venus und ehrbare Kaufleute (1971) (1973/1982)
The Space Merchants (1953)
Ü: Helga Wingert-Uhde
(➶ 3368)

5 Olaf Stapledon
Der Sternenschöpfer (1969/1982)
Star Maker (1937)
Ü: Thomas Schlück
(➶ 3706)

6 John W. Campbell jr.
Der unglaubliche Planet (1952/1982)
The Incredible Planet (1949)
Ü: Otto Schrag
(➶ 3231)

7 Isaac Asimov
Lunatico oder Die nächste Welt (1973/1981)
The Gods Themselves (1972)
Ü: Thomas Schlück
(➶ 5126/AR)

8 Larry Niven & David Gerrold
Die fliegenden Zauberer (1976/1982)
The Flying Sorcerers (1971)
Ü: Yoma Cap
(➶ 3489)

9 Thomas M. Disch
Camp Concentration (1971/1983)
Camp Concentration (1968)
Ü: Gertrud Baruch
(➶ 3405)

10 George R. Stewart
Leben ohne Ende (1966/1982)
Earth Abides (1966)
Ü: Ernst Sander
(➶ 3071)

11 James Graham Ballard
Karneval der Alligatoren (1970/1982)
The Drowned World (1962)
Ü: Inge Wiskott
(➶ 3308)

12 Richard Matheson
Ich bin Legende (1963/1970/1982)
I Am Legend (1954)
Ü: Lore Strassl
(➶ 3020, ➶ 3196/erw. NA unter neuer Nummer und neuem Titel)

13 Isaac Asimov (Hrsg.)
Das Forschungsteam (A) (1982)
The Hugo Winners, Vol. 1 (1962)
Ü: Irene Holicki

13. Convention, Cleveland (1955)
Walter M. Miller jr.
Der Darfsteller
The Darfsteller
Ü: Walter Brumm
Eric Frank Russell
Allamagoosa
Allamagoosa
14. Convention, New York (1965)
Murray Leinster
Das Forschungsteam
Exploration Team
Arthur C. Clarke
Der Stern
The Star
16. Convention, Los Angeles (1958)
Avram Davidson
Oder alle Meere voll Austern
Or All the Seas with Oysters
17. Convention, Detroit (1959)
Clifford D. Simak
Der große Vorgarten
The Big Front Yard
Ü: Uwe Anton
Robert Bloch
Der Zug zur Hölle
The Hell-Bound Train
18. Convention, Pittsburgh (1960)
Daniel Keyes
Blumen für Algernon
Flowers for Algernon
Ü: Charlotte Winheller
19. Convention, Seattle (1961)
Poul Anderson
Die längste Reise
The Longest Voyage
Nachwort von I. Asimov
Anhang: Die HUGOS

14 Frank Herbert
Hellstrøms Brut (1977/1982)
Hellstrøm's Hive (1972/73)
Ü: Walter Brumm
(➶ 3536)

15 David G. Compton
Das elektrische Krokodil (1973/1982)
The Steel Crocodile (1970)
Ü: Walter Brumm
(➶ 3347)

16 Daniel F. Galouye
Simulacron Drei (1965/1983)
Simulacron-3 (1964)
Ü: Tony Westermayr

17 Brian W. Aldiss
Tod im Staub (1970/1983)
Earthworks (1965)
Ü: Evelyn Linke
(➶ 3332)

18 Thomas M. Disch
Angoulême (1977/1983)
334 (1974)
Ü: Walter Brumm
(➶ 3560)

19 Iwan A. Jefremow
Andromedanebel (1965/1983)
Tumannost' Andromedy (1965)
Ü: Annamaria Kienpointner
(➶ 3226)

20 Isaac Asimov
Meine Freunde, die Roboter (C) (1982)
Ich, der Robot (1952)
I, Robot (1950)
Ü: Otto Schrag
(➶ 3217)

Robbie
Robbie (1940)

Runaround
Runaround (1942)
Vernunft
Reason (1941)
Erst den Hasen fangen!
Catch That Rabbit (1944)
Ein Lügner
Liar! (1941)
Kleiner verlorener Robot
Little Lost Robot (1947)
Flucht
Paradoxical Escape (1945)
Beweismaterial
Evidence (1946)
Der unvermeidliche Konflikt
The Evitable Conflict (1950)

Geliebter Roboter (1966)
Earth Is Room Enough (1957)
Ü: Walter Brumm
(➶ 3066)

Das Chronoskop
The Dead Past (1956)
Wahltag im Jahre 2008
Franchise (1955)
Sternstunde in Twin Gulch
The Watery Place (1956)
Geliebter Roboter
Satisfaction Guaranteed (1951)
Höllenfeuer
Hell-Fire (1956)
Die Posaune des Jüngsten Gerichts
The Last Trump (1955)
Die Schule
The Fun They Had (1954)
Der Witzbold
Jokester (1956)
Der Märchenerzähler
Someday (1956)
Die Träumer
Dreaming Is a Private Thing (1955)

Der Zweihundertjährige
The Bicentennial Man and Other Stories (1976)
Ü: Elisabeth Simon
(➶ 3621)

Im besten Mannesalter
The Prime of Life (1966)
Weibliche Intuition
Feminine Intuition (1969)
Der Wasserschlag
Waterclap (1970)
Daß du seiner eingedenk bist
That Thou Art Mindful of Him (1974)
Fremdling im Paradies
Stranger in Paradise (1974)
Das Leben und Streben des Multivac
The Life and Times of Multivac (1975)
Worfeln
The Winnowing (1976)
Der Zweihundertjährige
The Bicentennial Man (1976)
Marching in
Marching in (1976)
Altmodisch
Old Fashioned (1976)
Der Zwischenfall bei der Dreihundertjahrfeier
The Tercentenary Incident (1976)
Geburt eines Begriffs
Birth of a Notion (1976)

21 Olaf Stapledon
Die letzten und die ersten Menschen (1983)
Last and First Men (1930)
Ü: Kurt Spangenberg

22 Richard Matheson
Die seltsame Geschichte des Mr. C (1960/1983)
The Shrinking Man (1956)
Ü: Lore Strassl
(➶ 3002/erw. NA unter neuer Nummer und neuem Titel)

23 Curt Siodmak
Das Dritte Ohr (1983)
The Third Ear (1971)
Ü: Johannes Piron

24 Alfred Bester
Tiger! Tiger! (1983)
The Stars My Destination (1956)
Ü: Gisela Stege
(➶ 3051)

25 Ursula K. Le Guin
Die zwölf Striche der Windrose
(C) (1980/1983)
The Wind's Twelve Quarters (1975)
Ü: Gisela Stege

Semleys Geschmeide
Semley's Necklace (1964)
Ü: Birgit Reß-Bohusch

April in Paris
April in Paris (1962)

Die Meister
The Masters (1963)

Ein Kasten voll Dunkelheit
Darkness Box (1963)

Das lösende Wort
The Word of Unbinding (1964)

Die Namensregel
The Rule of Names (1964)

Der König von Winter
Winter's King (1969)

Der gute Trip
The Good Trip (1970)

Neun Leben
Nine Lives (1969)

Dinge
Things (1970)

Reise in die Erinnerung
A Trip to the Head (1970)

Unermeßlich wie ein Weltreich – langsamer gewachsen
Vaster than Empires and More Slow (1971)

Die Sterne unten
The Stars below (1973)

Sehbereich
The Field of Vision (1973)

Wegrichtung
Direction of the Road (1974)

Die Omelas den Rücken kehren
The Ones Who Walk Away from Omelas (1973)
Ü: Margot Kempf

Der Tag vor der Revolution
The Day before the Revolution (1974)

26 Harry Harrison
New York 1999 (1983)
Make Room! Make Room! (1966)
Ü: Tony Westermayr

27 John Wyndham
Die Triffids (1960/1969/1983)
The Day of the Triffids (1951)
Ü: Hubert Greifeneder
(➶ 3001, ➶ 3134)

28 Karl Michael Armer & Wolfgang Jeschke (Hrsg.)
Die Fußangeln der Zeit (A) (1984)

Anthony Burgess
Die Muse (1973)
The Muse (1971)
Ü: Gertrud Baruch

David J. Masson
Reis durch zween Zeiten
The Two-Timer (1965)
Ü: Walter Brumm

Robert Sheckley
Trübe Aussichten (1981)
Sneak Previews (1978)
Ü: Michael Görden

Richard D. Nolane
Die Zeit der Überraschungen
Le temps des surprises (1981)
Ü: Hilde Linnert

Alfred Bester
Die Mörder Mohammeds (1970)
The Men Who Murdered Mohammed (1967)
Ü: Alfred Joseph

R. A. Lafferty
So frustrieren wir Karl den Großen (1971)
Thus We Frustrate Charlemagne (1967)
Ü: Gisela Stege

Marion Gross
Die tüchtige Hausfrau
The Good Provider (1952)
Ü: Walter Brumm

Alfred Bester
Die Achterbahn
The Roller Coaster (1953)
Ü: Walter Brumm

Robert A. Heinlein
Entführung in die Zukunft (1971)
»All You Zombies...« (1964)
Ü: Wulf H. Bergner

Ian Watson
Die Sehr Langsame Zeitmaschine (1982)
The Very Slow Time Machine (1978)
Ü: Rainer Schmidt

Henry Slesar
Der Stoff (1965)
The Stuff (1961)
Ü: Walter Ernsting

James Tiptree jr.
Ein Leben für eine Decke der Hudson Bay Company (1975)
Forever to a Hudson Bay Blanket (1973)
Ü: Walter Brumm

F. Scott Fitzgerald
Der seltsame Fall des Benjamin Button (1980)
The Curious Case of Benjamin Button (1922/1949)
Ü: Walter E. Richartz

James Graham Ballard
Chronopolis (1973)
Chronopolis (1967)
Ü: Wolfgang Eisermann

Brian W. Aldiss
Als die Zeit ausbrach (1969)
The Night That All Time Broke Out (1967)
Ü: Wulf H. Bergner

David J. Masson
Ablösung
Traveller's Rest (1965)
Ü: Walter Brumm

Harlan Ellison
Zähl ich den Glockenschlag, der Stunden mißt
Count the Clock That Tells the Time (1978)
Ü: Walter Brumm

James Graham Ballard
Der Garten der Zeit (1973)
The Garden of Time (1967)
Ü: Wolfgang Eisermann

Karl Michael Armer
Nachwort

29 Karl Michael Armer & Wolfgang Jeschke (Hrsg.)
Zielzeit (A) (1985)

Christopher Priest & David Redd
Der Agent (1982)
The Agent (1982)
Ü: Ulrike von Puttkamer

Philip K. Dick
Eine Kleinigkeit für uns Temponauten (1979)
A Little Something for Us Temponauts (1974)
Ü: Sylvia Pukallus

Kingsley Amis
Verein der Freunde des Fusels
The Friends of Plonk (1964/1980)
Ü: Biggy Winter

John Brunner
Der galaktische Verbraucher-Service.
1. Bericht: Preiswerte Zeitmaschinen (1976)
Galactic Consumer Report No. 1.: Inexpensive Time Machines (1965)
Ü: Tony Westermayr

Garry Kilworth
Auf nach Golgatha
Let's Go to Golgatha! (1975)
Ü: Biggy Winter

Mack Reynolds
Zins und Zinseszins
Compounded Interest (1956)
Ü: Biggy Winter

Wilma Shore
Wie aus gewöhnlich gutunterrichteten Kreisen verlautet (1967)
A Bulletin from the Trustees (1964)
Ü: Wulf H. Bergner

Robert Silverberg
Was heute in der Morgenzeitung stand
What We Learned from This Morning's Newspaper (1972)
Ü: Biggy Winter

Renato Pestriniero
Knoten
Nodi (1984)
Ü: Hilde Linnert

John Sladek
Im Überlandbus (1984)
The Interstate (1971)
Ü: Horst Pukallus

Christopher Priest
Ein endloser Sommer (1979)
An Infinite Summer (1976)
Ü: René Mahlow

Brian W. Aldiss
Der Mann in seiner Zeit (1972)
Man in His Time (1965)
Ü: Rudolf Hermstein

Robert Bloch
Die alten Rittersleut (1973)
A Good Knight's Work (1941)
Ü: Günther Treffer

Ursula K. Le Guin
April in Paris (1980)
April in Paris (1962)
Ü: Gisela Stege

Robert F. Young
Das Mädchen mit dem Löwenzahn
Dandelion Girl (1968)
Ü: Biggy Winter

Robert Silverberg
Viele Häuser (1984)
Many Mansions (1973)
Ü: Wolfgang Crass

Philip José Farmer
Die Welt, die Dienstag war (1973)
The Sliced-Crosswise Only-On-Tuesday World (1971)
Ü: Heinz Nagel

Herbert Rosendorfer
Briefe in die chinesische Vergangenheit (Auszüge) (1983)

30 Philip K. Dick
Eine andere Welt (1977/1984)
Flow My Tears, the Policeman Said (1974)
Ü: Walter Brumm
(➶ 3528)

31 Oliver Lange
Vandenberg oder Als die Russen Amerika besetzten (1973/1984)
Vandenberg (1971)
Ü: Herbert Schlüter
(➶ 3493)

32 Helga Abret & Lucian Boia
Das Jahrhundert der Marsianer
Ein SF-Sachbuch (1984)

33 Ray Bradbury
Fahrenheit 451 (1962/1984)
Fahrenheit 451 (1953)
(➶ 3112)
Ü: Fritz Güttinger

34 Curt Siodmak
Donovans Gehirn (1960/1984)
Donovan's Brain (1942)
Ü: Mary Brand
(➶ 3003)

35 Carl Amery
Das Königsprojekt (1974/1984)

36 Bob Shaw
Andere Tage, andere Augen (1984)
Other Days, Other Eyes (1972)
Ü: Tony Westermayr

37 Olaf Stapledon
Sirius (1975/1984)
Sirius (1944)
Ü: Ilse Pauli
(➶ 3471)

38 Keith Roberts
Pavane (1984)
Pavane (1966/1968)
Ü: Thomas Schlück
(➶ 3527/erw. NA unter neuer Nummer und neuem Titel)

39 Sterling E. Lanier
Hieros Reise (1975/1984)
Hiero's Journey (1973)
Ü: Yoma Cap
(➶ 3425)

40 Thomas M. Disch
Auf Flügeln des Gesangs (1986)
On Wings of Song (1978/1979)
Ü: Irene Holicki

41 Christopher Priest
Der steile Horizont (1976/1984)
The Inverted World (1974)
Ü: Yoma Cap
(➶ 3425)

42 Edgar Pangborn
Davy (1978/1985)
Davy (1964)
Ü: René Mahlow
(➶ 3593)

43 Ursula K. Le Guin
Planet der Habenichtse (1976/1985/1990)
The Dispossessed (1974)
Ü: Gisela Stege
(➶ 3505, ➶ 4661)

44 Theodore Sturgeon
Baby ist drei (1970/1985)
More than Human (1953)
Ü: Walter Brumm
(➶ 3200)

45 Roger Zelazny
Herr des Lichts (1976/1985)
Lord of Light (1967)
Ü: Frank Clemeur
(➶ 3500)

46 Karel Čapek
Der Krieg mit den Molchen (1985)
Válka s mloky (1964)
Ü: Mirek Ort

47 Ursula K. Le Guin
Die Kompaßrose (C) (1985)
The Compass Rose (1982)
Ü: Hilde Linnert

Der Autor der Akaziensamen und andere Auszüge aus dem »Journal der Gesellschaft für Therolinguistik«
The Author of the Acacia Seeds and Other Extracts from the »Journal of the Association of the Therolinguistics« (1974)

Das neue Atlantis (1980)
The New Atlantis (1975)

Schrödingers Kater
Schrödinger's Cat (1974)

Zwei Verspätungen auf der Nordstrecke
Two Delays on the Norhtern Line (1979)

SQ
SQ (1978)

Kleingeld
Small Change (1981)

Der erste Bericht des schiffbrüchigen Fremden an den Kandanh von Derb
The First Report of the Ship-Wrecked Foreigner to the Kandanh of Derb (1978)

Das Tagebuch der Rose (1979/1984)
The Diary of the Rose (1976)
Ü: Sylvia Pukallus

Der weiße Esel
The White Donkey (1980)

Der Phönix
The Phoenix (1982)

Intercom
Intracom (1974)

Die Veränderung des Auges
The Eye Altering (1974)

Labyrinthe
Mazes (1975)

Die Pfade des Verlangens
The Pathways of Desire (1979)

Gwilans Harfe
Gwilan's Harp (1977)

Unglücksland
Malheur Country (1979)

Das Wasser ist groß
The Water Is Wide (1976)

Die Erzählung der Frau
The Wife's Story (1982)

Einige Stellungnahmen zum Problem der Zeitknappheit
Some Approaches to the Problem of the Shortage of Time (1979)

Die Rose des Südens
Ein zusammenfassender Bericht über die Yelcho-Expedition in die Antarktis, 1909–1910
Sur – A Summary Report of the Yelcho-Expedition to the Antarctic, 1909–1910 (1982)

48 Algis Budrys
Projekt Luna (1965/1985)
Rogue Moon (1960)
Ü: Wulf H. Bergner
(➶ 3041)

49 Walter M. Miller jr.
Lobgesang auf Leibowitz (1973/1979) (1986)
A Canticle for Leibowitz (1959)
Ü: Jürgen Saupe und Walter Erev
(➶ 3342/erw. NA unter neuer Nummer)

50 Brian W. Aldiss
Helliconia: Frühling (1983/1985)
Helliconia Spring (1982)
Ü: Walter Brumm

51 Brian W. Aldiss
Helliconia: Sommer (1985)
Helliconia Summer (1983)
Ü: Walter Brumm

52 Brian W. Aldiss
Helliconia: Winter (1985)
Helliconia Winter (1985)
Ü: Walter Brumm

53 David Lindsay
Die Reise zum Arcturus (1975/1986)
A Voyage to Arcturus (1920)
Ü: Walter Brumm
(➶ 3440)

54 Jack Williamson
Wing 4 (1986)
The Humanoids (1948/1949/1980)
Ü: Otto Schrag

55 Harry Harrison
Todeswelten (C) (1966/1966/1969) (1985)
Deathworld I–III
Ü: Wulf H. Bergner
Illustrierte Sonderausgabe

Die Todeswelt
Deathworld I (1960)
(➶ 3067)

Die Sklavenwelt
Deathworld II (1963)
(➶ 3069)

Die Barbarenwelt
Deathworld III (1968)
(➶ 3136)

56 Cyrano de Bergerac
Mondstaaten und Sonnenreiche
(1986)
L'autre monde ou les états et empires de la lune (1977)
Ü: Martha Schimper

57 Daniel Keyes
Charley (1977/1986)
Flowers for Algernon (1959/1966)
Ü: Maria Dessauer und Hiltgunt Monecke
(➶ 3564)

58 A. E. van Vogt
Null-A (C) (1986)
Ü: Rainer Eisfeld

Welt der Null-A (1968)
The World of Null-A
(1945/1948/1970)
(➶ 3117)

Die kosmischen Schachspieler
(1968)
The Players of Null-A
(1948/1970)
(➶ 3119)

Der dritte Gosseyn
Null-A Three (1984)

59 James Blish
Der Gewissensfall (1973/1986)
A Case of Conscience (1958)
Ü: Walter Brumm
(➶ 3334)

60 Kit Pedler & Gerry Davis
Mutant 59: Der Plastikfresser (1974/1986)
Mutant 59: The Plastic Eater (1971)
Ü: Rolf Palm
(➶ 3382)

61 Brian W. Aldiss
Der lange Nachmittag der Erde (1964/1986)
Hothouse (The Long Afternoon of Earth)
(1962)
Ü: Reinhard Heinz
(➶ 3030/NA unter neuer Nummer und neuem Titel)

62 Edgar Pangborn
Der Spiegel des Beobachters (1978/1986)
A Mirror für Observers (1954)
Ü: Walter Brumm
(➶ 3588)

63 Michael Moorcock
I.N.R.I. oder Die Reise mit der Zeitmaschine
(1974/1987)
Behold the Man (1970)
Ü: Alfred Scholz
(➶ 3399)

64 Stanley G. Weinbaum
Mars-Odyssee (C) (1970/1987)
A Martian Odyssey (1934/1935/1936/1936)
(1962)
Ü: Walter Brumm
(➶ 3168)

Das Wunder Weinbaum –
Eine Einleitung von Sam Moskowitz

Mars-Odyssee
A Martian Odyssey (1934)

Die letzte Anpassung
The Adaptive Ultimate (1936)

Die Lotosesser
The Lotus Eaters (1935)

Insel des Proteus
Proteous Island (1936)

Der Rand der Unendlichkeit
Brink of Infinity (1936)

65 James Tiptree jr.
10 000 Lichtjahre von zu Haus
(C) (1976/1987)
Ten Thousand Light-Years from Home (1973)
(➶ 3462 und ➶ 3514)

Und ich erwachte und fand mich hier am kalten Berghang
And I Awoke and Found Me Here on the Cold Hill's Side (1971)
Ü: Walter Brumm

Der Schnee ist geschmolzen, der Schnee ist fort
The Snows Are Melted, the Snows Are Gone (1969)
Ü: Walter Brumm

Die Friedfertigkeit Vivyans
The Peacefulness of Vivyan (1971)
Ü: Gertrud Baruch

Mama kommt nach Hause
Mama Come Home (1968)
Ü: Gertrud Baruch

Hilfe!
Help (1968)
Ü: Gertrud Baruch

Schmerzerfahren
Painwise (1971)
Ü: Walter Brumm

Treu Dir, Terra, auf unsere Art
Faithful to Thee, Terra, in Our Fashion (1968)
Ü: Walter Brumm

Der Kerl, den die Türen grüßten
The Man Doors Said Hello to (1968)
Ü: Walter Brumm

Der Mann, der sich auf den Heimweg machte
The Man Who Walked Home (1972)
Ü: Gertrud Baruch

Ein Leben für eine Decke der Hudson Bay Company (1984)
Forever to a Hudson Bay Blanket (1972)
Ü: Walter Brumm

Wer rastet, der rostet
I'll Be Waiting for You When the Swimming Pool Is Empty (1971)
Ü: Gertrud Baruch

Ich bin zu groß, aber ich spiele gern
I'm Too Big But I Love to Play (1970)
Ü: Walter Brumm

Geburt eines Handlungsreisenden
Birth of a Salesman (1968)
Ü: Gertrud Baruch

Mutter im Himmel – mit Diamanten
Mother in the Sky with Diamonds (1971)
Ü: Walter Brumm

Beam uns nachhaus
Beam Us Home (1969)
Ü: Gertrud Baruch

Nachwort
von Gardner Dozois

66 Philip K. Dick
Irrgarten des Todes (1974/1987)
A Maze of Death (1970)
Ü: Yoma Cap
(➶ 3397)

67 Eric Koch
C.R.U.P.P (C) (1976/1978) (1987)

Die Freizeitrevoluzzer
The Leisure Riots (1973)
Ü: Walter Brumm
(➶ 3522)

Die Spanne Leben
The Last Thing You'd Want to Know (1976)
Ü: Elisabeth Simon
(➶ 3622)

Ein Blick hinter Friedrich Bierbaums Amerika –
Nachwort von Florian F. Marzin

68 Daniel Keyes
Kontakt Radioaktiv (1981/1987)
The Touch (1968)
Ü: Helga und Peter von Tramin

69 Ian Watson
Der programmierte Wal
(1977/1988)
The Jonah Kit (1975)
Ü: Walter Brumm
(➶ 3545)

70 Ward Moore
Der große Süden
(1980/1988)
Bring the Jubilee (1955)
Ü: Walter Brumm
(➶ 3760)

71 Isaac Asimov
Die Stahlhöhlen (1988)
The Caves of Steel
(1953/1954)
Ü: Heinz Nagel
(➶ 3004/ungekürzte NA unter neuer Nummer)

72 Isaac Asimov
Die nackte Sonne (1988)
The Naked Sun (1956/1957)
Ü: Heinz Nagel
(➶ 3009, ➶ 3517/ungekürzte NA
unter neuer Nummer)

73 A. E. van Vogt
Ischer (C) (1989)
Ü: Rainer Eisfeld

Rainer Eisfeld
Vorwort

Die Wippe
The Seesaw (1941)

Der Waffenladen
The Weapon Shop (1942)

Die Waffenläden von Ischer
The Weapon Shops of Ischer
(1949)

Die Waffenschmiede
The Weapon Makers (1943)

Rainer Eisfeld
Nachwort/Anhang

74 Brian W. Aldiss
Graubart (1989)
Greybeard (1964)
Ü: Reinhard Heinz

75 Robert A. Heinlein
Ein Mann in einer fremden Welt (1970/1989)
Stranger in a Strange Land (1961)
Ü: Rosemarie Hundertmarck
(➶ 3170/ungekürzte NA)

76 Frederik Pohl
Mensch + (1989)
Man Plus (1976)
Ü: Tony Westermayr

77 C. L. Moore
Shambleau (C) (1990)
The Best of C. L. Moore (1975)
Ü: Irene Holicki

Lester Del Rey
Vorwort

Shambleau (1982)
Shambleau (1933)

Schwarzer Durst (1982)
Black Thirst (1934)

Das glänzende Trugbild (1982)
The Bright Illusion (1934)

Der Kuß des schwarzen Gottes (1982)
Black God's Kiss (1934)

Stelldichein in der Zeit (1982)
Tryst in Time (1936)

Größer als die Götter (1982)
Greater Than Gods (1939)

Frucht der Erkenntnis (1982)
Fruit of Knowledge (1940)

Nie wurde eine solche Frau geboren (1982)
No Woman Born (1944)

Der Dämon (1982/1985)
Deamon (1946)

Traubenlese (1979/1985/1988)
Vintage Season (1946)

Zu »Shambleau« und den anderen –
Nachwort der Autorin

78 John Brunner
Der Schockwellenreiter (1979/1990)
The Shockwave Rider (1975)
Ü: Horst Pukallus
(➶ 3667/NA unter neuer Nummer)

79 Isaac Asimov
Die *Foundation*-Trilogie
(C) (1966/1966/1966) (1991)
Ü: Rosemarie Hundertmarck

Der Tausendjahresplan
Foundation (1951)
(➶ 3080)

Der galaktische General
Foundation and Empire (1952)
(➶ 3082)

Alle Wege führen nach Trantor
Second Foundation (1953)
(➶ 3084)

Michael F. Flynn
Einführung in die Psychohistorik
An Introduction to Psychohistory (1988)
Ü: Heinz Nagel

Wolfgang Jeschke
Nachbemerkung

80 Jack Finney
Das andere Ufer der Zeit (1981/1990)
Time and Again (1970)
Ü: Thomas Schlück
(➶ 3800)

81 Gene Wolfe
Der fünfte Kopf des Zerberus
(C) (1974/1991)
The Fifth Head of Cerberus (1972)
Ü: Yoma Cap

Der fünfte Kopf des Zerberus (1984)
The Fifth Head of Cerberus
(➶ 3415, ➶ 4060)

Ein Märchen von John V. Marsch
»A Story« by John V. Marsch
(➶ 3415)

V.R.T. (1983)
V.R.T.
(➶ 3415, ➶ 3962)

Joan Gordon
Nachwort
Ü: Martin Dechant

82 J. G. Ballard
Zeit endet (C)
(1964/1984/1982) (1991)

DIE ELEMENTE:
LUFT oder
Der Sturm aus dem Nichts
The Wind from Nowhere (1962)
Ü: Gisela Stege
(➶ 3028, ➶ 3158)

WASSER oder
Die Dürre
The Drought, auch:
The Burning World (1964)
Ü: Maria Gridling
[auch: Welt in Flammen
(1968)
Ü: Wulf H. Bergner
(➶ 3114)]

ERDE oder
Die Kristallwelt
The Crystal World (1966)
Ü: Margarete Bormann

Klaus W. Pietrek
Nachwort
»Da macht ein Hauch mich von Verfall
erzittern« –
Kulturpessimismus und Dekadenz in den
Romanen J. G. Ballards

James Goddard & David Pringle
Interview mit J. G. Ballard
An Interview with J. G. Ballard
(1976)
Ü: Werner Faber

David Pringle
Zwei Aspekte von J. G. Ballards Werken,
aus: *Earth Is the Alien Planet,*
J. G. Ballard's Four-Dimensional Nightmare
(1979)
Ü: Werner Faber

Bibliographie/
Sekundärliteratur

83 A. E. van Vogt
Die Expedition der »Space Beagle« (1992)
– Roman in 4 Erzählungen –
Voyage of the »Space Beagle« (1950)
Ü: Rainer Eisfeld

Rainer Eisfeld
Vorwort

Schwarzer Verheerer (1988)
Black Destroyer (1939)
(➶ 93/NA unter neuem Titel)

Nervenkrieg
War of Nerves (1950)

Mißton in Scharlach
Discord in Scarlet (1939)

M33 im Sternbild Andromeda
M33 in Andromeda (1943)

Kommentar zu »Black Destroyer«
On »Black Destroyer« (1981)

Rainer Eisfeld
Nachwort

84 Ursula K. Le Guin
Winterplanet (1974)
The Left Hand of Darkness (1969)
Ü: Gisela Stege
(Auszug ➶ 96, ➶ 3400)

85 Saki
Als Wilhelm kam (1992)
When William Came.
A Story of London under the Hohenzollerns
(1914)
Ü: Irene Bonhorst

86 John Sladek
Robert Roderick - 2 Romane (C) (1992)
Ü: Joachim Körber

Roderick oder die Erziehung einer Maschine
Roderick (1980)

Roderick II.
Lehr- und Wanderjahre einer Maschine
Roderick at Random (1983)

87 Samuel R. Delany
Nova (1992)
Nova (1968)
Ü: Heinz Nagel

88 Jerry Yulsman
Elleander Morning oder:
Der Krieg, der nicht stattfand (1986)
Elleander Morning (1984)
Ü: Biggy Winter
(➶ 4312/NA unter neuer Nummer)
(in Vorb.)

89 R. A. Lafferty
So frustrieren wir Karl den Großen (C) (1993)
Nine Hundred Grandmothers (1970)
Ü: Karl H. Kosmehl

Neunhundert Großmütter
Nine Hundred Grandmothers (1966)

Das Land der Großen Pferde
Land of the Great Horses (1967)

Ginny in Sonne gewickelt
Ginny Wrapped in the Sun (1967)

Die sechs Finger der Zeit (1975)
The Six Fingers of Time (1960)
Ü: Gisela Stege

Frosch auf dem Berg
Frog on the Mountain (1970)

Alle Menschen
All the People (1961)

Die Elementarerziehung der Camiroi
Primary Education of the Camiroi (1966)

Langsame Dienstag-Nacht (1990)
Slow Tuesday Night (1965)

Schnoffel
Snuffles (1960)
So frustrieren wir Karl den Großen (1975/1984)
Thus We Frustrate Charlemagne (1969)
Ü: Gisela Stege
Der Name der Schlange
Name of the Snake (1964)
Das enge Tal
Narrow Valley (1966)
Rechtswesen, Sitten und Gebräuche der Camiroi
Polity and Customs of the Camiroi (1967)
In unserer Straße
In Our Block (1965)
Schweinebauch-Liebling
Hog-Belly Honey (1965)
Sieben Tage Terror
Seven Day Terror (1962)
Das Loch an der Ecke
The Hole on the Corner (1967)
Wie heißt diese Stadt?
What's the Name of That Town? (1964)
Mit anderen Augen
Through Other Eyes (1960)
Immer nur einer
One at a Time (1969)
Besuchszeit
Guesting Time (1965)

90 James Gunn (Hrsg.)
Wege zur Science Fiction, Erster Band (A) (1990)
The Road to Science Fiction 1 (1977), Erster Teil

Einführung
Ü: Werner Bauer
Die phantastischen Anfänge: Gilgamesch (Auszug aus dem Gilgamesch-Epos)
Lukianos von Samosata
Eine wahre Geschichte (Auszug)
Alethes Historia
Ü: C. M. Wieland, 1769–1772
John Mandeville
Die Reisen eines Ritters durch das gelobte Land, Indien und China (Auszug)
Mandeville's Travels oder *The voiage and travaeille of Sir John Mandeville*
Ü: Otto von Diemeringen, bearbeitet von Theo Stammler, 1966
Thomas More (Morus)
Utopia (Auszug)
Utopia (1516)
Ü: Klaus J. Heinisch, 1960
Tommaso Campanella
Sonnenstaat (Auszug)
Civitas solis, idea reipublicae Philosophicae (1623)
Ü: Klaus J. Heinisch, 1960
Francis Bacon
Neu-Atlantis (Auszug)
The New Atlantis (1627, Fragment)
Ü: Klaus J. Heinisch, 1960
Johannes Kepler
Der Traum vom Mond (Auszug)
Somnium seu opus posthumum de astronomia lunari (1634)
Ü: Klaus Jaritz, 1965, sowie Ludwig Günther, 1898
Cyrano de Bergerac
Die andere Welt oder Die Staaten und Reiche des Mondes (Auszug)
L'autre monde ou Les états et empires de la lune (1656)
Ü: Martha Schimper, 1913, berarbeitet und ergänzt von Winfried Petri

Jonathan Swift
Eine Reise nach Laputa
(Auszug aus »Gullivers Reisen«)
A Voyage to Laputa (1726)
(Gulliver's Travels, Book Three)
Ü: Kurt Heinrich Hansen, 1958

Ludvig Holberg
Nils Klims unterirdische Reise
(Auszug)
Nikolai Klimii inter subterraneum (1741)
Ü: Hans Adolf Neunzig, 1970

Mary Shelley
Frankenstein oder Der moderne Prometheus
(Auszug)
Frankenstein or The Modern Prometheus
(1818)
Ü: Friedrich Polakovics, 1970

Nathaniel Hawthorne
Rappaccinis Tochter
Rappaccini's Daughter (1844)
Ü: Siegfried Schmitz, 1977

91 James Gunn (Hrsg.)
Wege zur Science Fiction, Zweiter Band (A)
(1989)
The Road to Science Fiction 1 (1977), Zweiter
Teil

Edgar Allan Poe
Mellonta Tauta
Mellonta Tauta (1849)
Ü: Rosemarie Hundertmarck

Fitz-James O'Brien
Die Diamanten-Linse
The Diamond Lens (1858)
Ü: Rosemarie Hundertmarck

Jules Verne
Zwanzigtausend Meilen unter dem Meer
Vingt mille lieues sous les mers (1870)
Ü: Angelika Schlenk

Jules Verne
Reise um den Mond (Kapitel XIII u. XVIII)
Autour de la lune, (1870), Auszug
Ü: Angelika Schlenk

Henry Rider Haggard
Sie (Kapitel 24 u. 25)
She (1887), Auszug
Ü: Helmut Degner

Edward Bellamy
Ein Rückblick aus dem Jahr 2000
auf das Jahr 1887
Looking Backward, 2000–1887, (1888),
Auszug
Ü: Jürgen Langowski

Ambrose Bierce
Das verfluchte Ding
The Damned Thing (1898)
Ü: Rosemarie Hundertmarck

Rudyard Kipling
Mit der Nachtpost
With the Nightmail (1905)
Ü: Rosemarie Hundertmarck

Herbert George Wells
Der Stern (1964/1977)
The Star (1913)
Ü: Werner Kortwich

92 James Gunn (Hrsg.)
Wege zur Science Fiction,
Dritter Band (A) (1988)
The Road to Science Fiction 2
(1979), Erster Teil

Einführung
Ü: Werner Bauer

Herbert George Wells
Der neue Beschleuniger
(1964/1977)
The New Accelerator (1901)
Ü: Werner Kortwich
(➶ 3024, ➶ 3550)

Edward Morgan Forster
Die Maschine bleibt stehen
(1985)
The Machine Stops
(1909/1956)
Ü: Gisela Stege
(➶ 6611 AR)

Edgar Rice Burroughs
Die Schachfiguren des Mars
The Chessmen of Mars (1922), Auszug
Ü: Ronald M. Hahn

Abraham Merritt
Die Wesen der Tiefe
The People in the Pit (1945)
Ü: Rosemarie Hundertmarck

Jack London
Der Rote
The Red One (1918)
Ü: Ronald M. Hahn

Howard Phillips Lovecraft
Dagon
Dagon (1923)
Ü: Ronald M. Hahn

Julian Huxley
Der Gewebekulturen-König
The Tissue-Culture King (1927)
Ü: Rosemarie Hundertmarck
(auch als »Labor in der Wildnis«)

David Harry Keller
Die Revolution der Fußgänger
The Revolt of the Pedestrians (1928)
Ü: Rosemarie Hundertmarck

Olaf Stapledon
Die letzten und die ersten Menschen (1983)
Last and First Men (1930), Auszug
Ü: Kurt Spangenberg
(➶ 21)

93 James Gunn (Hrsg.)
Wege zur Science Fiction, Vierter Band (A) (1988)
The Road to Science Fiction 2 (1979), Zweiter Teil

Aldous Huxley
Schöne neue Welt
(Auszug)
Brave New World (1932/1953)
Ü: Herbert E. Herlitschka

Stanley G. Weinbaum
Mars-Odyssee (1970)
A Martian Odyssey (1934)
Ü: Walter Brumm

John W. Campbell jr.
Abenddämmerung (1977)
Twilight (1934)
Ü: Yoma Cap

Murray Leinster
Proxima Centauri
Proxima Centauri (1935)
Ü: Inge Holm

Edmond Hamilton
Wie ist es dort draußen?
What's It Like Out There? (1952)
Ü: Malte Heim

Jack Williamson
Die Humanoiden (1979)
With Folded Hands (1947/1975)
Ü: Uwe Anton

Lyon Sprague de Camp
Hyperpelositus (1978)
Hyperpilosity (1938/1965)
Ü: Horst Pukallus

Lester Del Rey
Die Gläubigen
The Faithful (1938)
Ü: Inge Holm

Alfred Elton van Vogt
Der schwarze Zerstörer
Black Destroyer (1939/1967)
Ü: Irene Holicki

Isaac Asimov
Einbruch der Nacht (1978)
Nightfall (1941/1968)
Ü: Joachim Pente

Robert A. Heinlein
Requiem
Requiem (1939/1967)
Ü: Rosemarie Hundertmarck

94 James Gunn (Hrsg.)
Wege zur Science Fiction, Fünfter Band (A) (1989)
The Road to Science Fiction 3 (1979), Erster Teil

Einführung
Ü: Werner Bauer

Robert A. Heinlein
Entführung in die Zukunft (1971)
All You Zombies... (1964)
Ü: Wulf H. Bergner

Isaac Asimov
Vernunft (1970/1982)
Reason (1950)
Ü: Otto Schrag

Clifford D. Simak
Flucht
Desertion (1944)
Ü: Elisabeth Klein

Catherine L. Moore & Henry Kuttner (Lewis Padgett)
Gar elump war der Pluckerwank (1978)
Mimsy Were the Borogoves (1943)
Ü: Bernd W. Holzrichter

Ray Bradbury
Oktober 2026: Das ewige Picknick (1974/1983)
The Million-Year Picnic (1946)
Ü: Thomas Schlück und Wolfgang Jeschke

Theodore Sturgeon
Donner und Rosen
Thunder and Roses (1947)
Ü: Birgit Reß-Bohusch

Judith Merril
Nur eine Mutter (1981)
That Only a Mother (1948)
Ü: Franziska Zinn

William Tenn
Das Projekt Brooklyn (1970)
Brooklyn Project (1948)
Ü: Alfred Joseph

Fritz Leiber
Maskenball (1981)
Coming Attraction (1950)
Ü: Franziska Zinn

Arthur C. Clarke
Der Wächter
The Sentinel (1951)
Ü: Irene Holicki

Philip José Farmer
Weitersegeln! Weitersegeln!
Sail On! Sail On! (1953)
Ü: Ronald M. Hahn

95 James Gunn (Hrsg.)
Wege zur Science Fiction, Sechster Band (A) (1990)
The Road to Science Fiction 3 (1979), Zweiter Teil
Ü: Michael K. Iwoleit

Hal Clement
Der kritische Faktor (1977)
Critical Factor (1953)
Ü: Walter Brumm

Alfred Bester
Geliebtes Fahrenheit (1963)
Fondly Fahrenheit (1954)
Ü: Charlotte Winheller

Tom Godwin
Die kalten Gleichungen
The Cold Equations (1954)

Cordwainer Smith
Das Spiel »Ratte und Drache«
The Game of Rat and Dragon (1955)

Robert Sheckley
Pilgerfahrt zur Erde
Pilgrimage to Earth (1956)

Brian W. Aldiss
Wer kann einen Menschen ersetzen?
Who Can Replace a Man? (1958)

Kurt Vonnegut jr.
Harrison Bergeron
Harrison Bergeron (1961)

Harry Harrison
Die Straßen von Askalon
The Streets of Ashkelon (1962)

James Graham Ballard
Endzeitstrand
The Terminal Beach (1964)

Gordon R. Dickson
Durch die Delphine
Dolphin's Way (1964)

Raphael Aloysius Lafferty
Langsame Dienstagnacht
Slow Tuesday Night (1965)

Frederik Pohl
Der Tag Million (1971)
Day Million (1966)
Ü: Mary Hammer

Philip K. Dick,
Mr. Quails Erinnerungen (1966/1981)
We Can Remember It for You Wholesale (1966)
Ü: Wulf H. Bergner

96 James Gunn (Hrsg.)
Wege zur Science Fiction, Siebter Band (A) (1991)
The Road to Science Fiction 3 (1979), Dritter Teil

Harlan Ellison
Ich will schreien und habe keinen Mund
I Have No Mouth, and I Must Scream (1968)
Ü: Winfried Czech

Samuel R. Delany
Und dann war da noch Gomorrha (1970)
Aye, and Gomorrah (1967)
Ü: Wulf H. Bergner

Larry Niven
Kurzer Prozeß (1970)
The Jigsaw Man (1967)
Ü: Wulf H. Bergner

Poul Anderson
Kyrie
Kyrie (1968)
Ü: Kurt Bracharz

Damon Knight
Masken
Masks (1968)
Ü: Kurt Bracharz

John Brunner
Morgenwelt (1980)
Stand on Zanzibar (1968), Auszug
Ü: Horst Pukallus

Norman Spinrad
Der große Blitz
The Big Flash (1969)
Ü: Winfried Czech

Robert Silverberg
Schicksalsgefährten (1981)
Sundance (1969)
Ü: Wulf H. Bergner

Ursula K. Le Guin
Winterplanet (1974)
The Left Hand of Darkness (1969), Auszug
Ü: Gisela Stege

Joanna Russ
Als alles anders wurde
When It Changed (1972)
Ü: Kurt Bracharz

Roger Zelazny
Die Maschine im Herzsprung-Zentrum
The Engine at Heartspring's Centre (1974)
Ü: Kurt Bracharz

Joe Haldeman
Dreihundertjähriges (1979)
Tricentennial (1976)
Ü: Kurt Bracharz

97 James Gunn (Hrsg.)
Wege zur Science Fiction, Achter Band (A) (1992)
The Road to Science Fiction 4 (1982), Erster Teil

Einführung
Ü: Werner Bauer

Richard Matheson
Menschenkind (1981)
Born of Man and Woman
(1950)
Ü: Franziska Zinn

Avram Davidson
Ich hab 'nen Freund,
und der heißt Jello
My Boy Friend's Name Is Jello
(1954)
Ü: Irene Bonhorst

Walter M. Miller jr.
Ein Lobgesang auf Leibowitz
(1981)
A Canticle for Leibowitz (1955)
Ü: Reinhard Heinz

Algis Budrys
Niemand schert sich um Gus
Nobody Bothers Gus (1955)
Ü: Irene Bonhorst

Daniel Keyes
Blumen für Algernon
(1981)
Flowers for Algernon
(1959)
Ü: Charlotte Winheller

Jack Vance
Die Mondmotte (1981)
The Moon Moth (1961)
Ü: Heinz Nagel

Jorge Luis Borges
Die Bibliothek von Babel
La biblioteca de Babel (1941)
Ü: Karl August Horst

Frank Herbert
Der Wüstenplanet
(1967/1978/1984)
Dune (1965), Auszug
Ü: Ronald M. Hahn

Bob Shaw
Licht für die Zukunft
Light of Other Days (1966)
Ü: Gisela Stege

98 James Gunn (Hrsg.)
Wege zur Science Fiction, Neunter Band (A)
(1993)
The Road to Science Fiction 4 (1982),
Zweiter Teil

Stanisław Lem
Die Reise Eins A oder Trurls Elektrobarde
Wyprawa pierwsza a czyli electrybalt Trurla
(1965)
Ü: Jens Reuter

Pamela Zoline
Der Wärmetod des Universums
The Heat Death of the Universe (1967)
Ü: Irene Bonhorst

Kate Wilhelm
Die Planer
The Planners (1968)
Ü: Stasi Kull

Terry Carr
Der Tanz der Mutanten
The Dance of the Changer and the Three
(1968)
Ü: Stasi Kull

James Tiptree jr.
Doktor Ains letzter Flug (1981)
The Last Flight of Doctor Ain
(1975)
Ü: René Mahlow

Gardner Dozois
Wo keine Sonne scheint
Where No Sun Shines (1970)
Ü: Michael Windgassen

Gene Wolfe
Die Insel von Dr. Death und andere
Geschichten
The Island of Doctor Death and
Other Stories (1970)
Ü: Birgit Reß-Bohusch und
Ute Steinbicker

Thomas M. Disch
Angoulême (1977/1983)
Angoulême (1971)
Ü: Walter Brumm

Pamela Sargent
Wundmale
Gather Blue Roses (1971)
Ü: Michael Windgassen

David Gerrold
Finger im Ich
With a Finger in My I (1972)
Ü: Michael Windgassen

George Alec Effinger
Der Ghostwriter
The Ghost Writer (1973)
Ü: Michael Windgassen

Vonda McIntyre
Die Schlange (1979)
Of Mist, and Grass, and Sand (1973)
Ü: Horst Pukallus

John Varley
(Herb Boehm)
Luftangriff (1979)
Air Raid (1977)
Ü: Birgit Reß-Bohusch

99 James Gunn (Hrsg.)
Wege zur Science Fiction,
Zehnter Band (A)
(1993)
The Road to Science Fiction 4 (1982),
Dritter Teil
Ü: Erik Simon

Barry N. Malzberg
Abkopplung
Uncoupling (1975)

Michael Bishop
Die Verwandlung (1984)
Rogue Tomato (1975)
Ü: Andreas Brandhorst

George R. R. Martin
Dieser Turm von Asche
This Tower of Ashes (1976)

Edward Bryant
Teilchentheorie
Particle Theory (1977)

Joan D. Vinge
Blick aus der Höhe
View from a Height (1979)

George Zebrowski
Der Wortkehrer
The Word Sweep (1979)

Ian Watson
Die World Science Fiction Convention von 2080 (1988)
The World Science Fiction Convention of 2080 (1980)
Ü: Walter Brumm

Carol Emshwiller
Abscheulich
Abominable (1980)

Gregory Benford
Belichtungen (1983)
Exposures (1981)
Ü: Susi-Maria Roediger

100 James Gunn (Hrsg.)
Wege zur Science Fiction, Elfter Band
(in Vorb.)

101 James Gunn (Hrsg.)
Wege zur Science Fiction, Zwölfter Band
(in Vorb.)

102 James Gunn (Hrsg.)
Wege zur Science Fiction,
Dreizehnter Band
(in Vorb.)

103 James Gunn (Hrsg.)
Wege zur Science Fiction,
Vierzehnter Band
(in Vorb.)

104 Carl Amery (Hrsg.)
Der G. K. Chesterton Omnibus –
Erster Teil (C) (1981/1947)
(1993)

Carl Amery
Vorwort

Der Held von Nottinghill
The Napoleon of Notting Hill
(1904)
Ü: Manfred Georg

Der Mann, der Donnerstag war
The Man Who Was Thursday
(1908)
Ü: Bernhard Sengfelder

105 Carl Amery (Hrsg.)
Der G. K. Chesterton Omnibus – Zweiter Teil (C) (1967/o.J.) (1993)

Carl Amery
Vorwort

Das fliegende Wirtshaus
The Flying Inn (1914)
Ü: Josef Grabisch

Don Quijotes Wiederkehr
The Return of Don Quixote (1927)
Ü: Curt Thesing

Chroniken/Welten der Zukunft

CHRONIKEN DER ZUKUNFT

1001 Chroniken der Zukunft, Band 1 (A) (1984)
(Hrsg.: Wolfgang Jeschke)

Robert Silverberg
Die Sterne rücken näher (1971)
Starman's Quest (1958/1969)
Ü: Leni Sobez
(➶ 3248)

John Brunner
Die Pioniere von Sigma Draconis (1971)
Bedlam Planet (1968)
Ü: Walter Brumm
(➶ 3238)

C. J. Cherryh
Brüder der Erde (1979)
Brothers of Earth (1976)
Ü: Hans Maeter
(➶ 3648)

1002 Chroniken der Zukunft, Band 2 (A) (1984)
(Hrsg.: Wolfgang Jeschke)

Robert A. Heinlein
Revolte auf Luna (1968)
The Moon Is a Harsh Mistress (1966)
Ü: Wulf H. Bergner
(➶ 3132)

Ben Bova
Die dunklen Wüsten des Titan (1975)
As on a Darkling Plain (1972)
Ü: Bernt Kling
(➶ 3422)

Poul Anderson
Das letzte Sternenschiff (1970)
Orbit Unlimited (1961)
Ü: Walter Brumm
(➶ 3169)

1003 Chroniken der Zukunft, Band 3 (A) (1984)
(Hrsg.: Wolfgang Jeschke)

John Brunner
Die Zeitsonde (1971)
Timescoop (1969)
Ü: Walter Brumm
(➶ 3234)

Brian W. Aldiss
Feinde aus dem Kosmos
Equator (1958)
Ü: Uta McKechneay

Robert Silverberg
Kinder der Retorte (1975)
Tower of Glass (1970)
Ü: Leopold Voelker
(➶ 3441)

WELTEN DER ZUKUNFT

1004 Welten der Zukunft, Band 4 (A) (1985)
(Hrsg.: Wolfgang Jeschke)

Chad Oliver
Die Affenstation
The Shores of Another Sea (1971)
Ü: Fritz Steinberg
(➶ 3340)

Philip José Farmer
Die Irrfahrten des Mr. Green (1968)
The Green Odyssey (1957)
Ü: Wulf H. Bergner
(➶ 3127)

John Brunner
Bürger der Galaxis
Into the Slave Nebula (1967)
Ü: Birgit Reß-Bohusch
(➶ 3203)

1005 Welten der Zukunft, Band 5 (A) (1985)
(Hrsg.: Wolfgang Jeschke)

A. E. van Vogt
Kinder von morgen (1972)
Children of Tomorrow (1970)
Ü: Walter Brumm
(↗ 3278)

Robert Silverberg
Der Gesang der Neuronen (1974)
Thorns (1967)
Ü: Elke Kamper
(↗ 3392)

Philip José Farmer
Der Steingott erwacht (1974)
The Stone God Awakens (1970)
Ü: Walter Brumm
(↗ 3376)

1006 Welten der Zukunft, Band 6 (A) (1985)
(Hrsg.: Wolfgang Jeschke)

Philip José Farmer
Das Tor der Zeit (1969)
The Gate of Time (1966)
Ü: Walter Brumm
(↗ 3144)

Chad Oliver
Das große Warten (1963)
The Winds of Time (1956)
Ü: Charlotte Winheller
(↗ 3014)

Robert Silverberg
Macht über Leben und Tod (1972)
Master of Life and Death (1957)
Ü: Werner Gronwald
(↗ 3282)

1007 Welten der Zukunft, Band 7 (A) (1985)
(Hrsg.: Wolfgang Jeschke)

Robert Silverberg
Ein glücklicher Tag im Jahr 2381 (1976)
The World Inside (1971)
Ü: Bernt Kling
(↗ 3477)

Hal Clement
Botschafter von den Sternen (1966)
Close to Critical (1958/1964)
Ü: Wulf H. Bergner
(↗ 3074)

Poul Anderson
Die Tänzerin von Atlantis (1974)
The Dancer from Atlantis (1971)
Ü: Yoma Cap
(↗ 3404)

1008 Welten der Zukunft, Band 8 (A) (1985)
(Hrsg.: Wolfgang Jeschke)

Eric Frank Russell
Menschen, Marsianer und Maschinen (1968)
Men, Martians, and Machines (1955)
Ü: Walter Brumm
(↗ 3113)

Anne McCaffrey
Ein Raumschiff namens Helva (1973)
The Ship Who Sang (1969)
Ü: Birgit Reß-Bohusch
(↗ 3354)

David Gerrold
Ich bin Harlie (1974)
When Harlie Was One (1972)
Ü: Charlotte Franke
(↗ 3416)

1009 Welten der Zukunft, Band 9 (A) (1985)
(Hrsg.: Wolfgang Jeschke)

John D. MacDonald
Planet der Träumer (1969)
Wine of the Dreamer (1951)
Ü: Wulf H. Bergner
(↗ 3166)

John Brunner
Ein Stern kehrt zurück (1972)
Catch a Falling Star (1968)
Ü: Birgit Reß-Bohusch
(↗ 3293)

Michael Coney
Der Sommer geht (1979)
Hello Summer, Good Bye (1975)
Ü: Yoma Cap
(➶ 3673)

1010 Welten der Zukunft, Band 10 (A) (1986)
(Hrsg.: Wolfgang Jeschke)

Chad Oliver
Die vom anderen Stern (1967)
Shadows in the Sun (1954)
Ü: Christiane Nogly
(➶ 3090)

Stephen Goldin
Scavenger-Jagd (1978)
Scavenger Hunt (1976)
Ü: Werner Fuchs und Ronald M. Hahn
(➶ 3582)

James Blish
Zeit der Vögel (1974)
Midsummer Century (1972)
Ü: Yoma Cap
(➶ 3381)

1011 Welten der Zukunft, Band 11 (A) (1986)
(Hrsg.: Wolfgang Jeschke)

Harry Harrison
Die Pest kam von den Sternen
Plague from Space (1965)
Ü: Fritz Moeglich

Philip José Farmer
Als die Zeit stillstand (1970)
The Day of Timestop (1968)
Ü: Birgit Reß-Bohusch
(➶ 3173)

Jack Vance
Maske: Thaery (1980)
Maske: Thaery (1976)
Ü: Lore Strassl
(➶ 3742)

1012 Welten der Zukunft, Band 12 (A) (1986)
(Hrsg.: Wolfgang Jeschke)

John Brunner
Geheimagentin der Erde (1972)
The Avengers of Carrig (1969)
Ü: Walter Brumm
(➶ 3286)

René Barjavel
Das große Geheimnis (1975)
Le grand secret (1973)
Ü: M. van der Brugge
(➶ 3437)

A. E. van Vogt
Slan (1967)
Slan (1940/1945/1951)
Ü: Wulf H. Bergner
(➶ 3094)

Science Fiction in der Anthologien-Reihe

Anthologie 2
Anthony Boucher (Hrsg.)
20 Science Fiction Stories (A) (1963)
The Best from Fantasy and Science Fiction
(1954/1955/1956/1957), (Ausw.)
Ü: Charlotte Winheller

C. M. Kornbluth
Bestseller
The Cosmic Expense Account

Frederik Pohl
Die Volkszähler
The Census Takers

Alfred Bester
Geliebtes Fahrenheit
Fondly Fahrenheit

Theodore Sturgeon
Es folgen die Nachrichten
And Now the News...

Arthur Porges
$ 1.98
$ 1.98

Chad Oliver & Charles Beaumont
Das letzte Wort
The Last Word

Arthur C. Clarke
Seine Majestät, der König
This Earth of Majesty

Isaac Asimov
Mondglocken
The Singing Bell

Richard Matheson
Modell zum Überleben
Pattern for Survival

Ray Bradbury
Icarus Montgolfier Wright
Icarus Montgolfier Wright

Robert Sheckley
Der Kontorist
The Accountant

Charles Beaumont
Unsichtbar
The Vanishing American

Daniel F. Galouye
Zuflucht
Sanctuary

Ron Smith
Das stört mich nicht
I Don't Mind

Poul Anderson
Der Mann, der zu früh kam
The Man Who Came Early

Jay Williams
Das Gesetz der Asa
The Asa Rule

Will Stanton
Das Geburtstagsgeschenk
The Last Present

P. M. Hubbard
Sehnsucht
Manuscript Found in a Vacuum

Robert Abernathy
Die rechtmäßigen Erben
Heirs Apparent

C. S. Lewis
Trugwelt
The Shoddy Lands

Anthologie 5
Anthony Boucher (Hrsg.)
16 Science Fiction Stories (A) (1964)
The Best from Fantasy and Science Fiction
(1957/1959/1960), (Ausw.)
Ü: Charlotte Winheller

Kem Bennett
Blick ins All
A Different Purpose

Poul Anderson
Der Märtyrer
The Martyr

G. C. Edmondson
Rettung
Rescue

Robert A. Heinlein
Wer bin ich?
All You Zombies

R. M. McKenna
Sterben ist nicht leicht
Casey Agonists

Chad Oliver
Geplantes Risiko
Between the Thunder and the Sun

Fritz Leiber
Der große Treck
The Big Trek

Isaac Asimov
Ein Loch in der Zeit …
A Point of Law

Daniel Keyes
Blumen für Algernon
Flowers for Algernon

Katherine MacLean
Ausgleich?
Interbalance

Lee Sutton
Ein Herz und eine Seele
Soul Mate

C. M. Kornbluth
Die tragische Niederschrift eines Verschollenen
Ms. Found in a Chinese Fortune Cookie

Alfred Bester
Der Pi-Mann
The Pi-Man

Theodore Sturgeon
Verlorene See
The Man Who Lost the Sea

Joel Townsley Rogers
Wo du auch hingehst
No Matter Where You Go

Bertram Chandler
Der Käfig
The Cage

Anthologie 8
Martin Greenberg (Hrsg.)
8 Science Fiction Stories (A) (1964)
Journey to Infinity
(1951), (Ausw.)
Ü: Helmuth W. Mommers und Hubert Strassl

Fredric Brown
An dich, den Phönix
Letter to a Phoenix

Theodore Sturgeon
Einigkeit über alles
Unite and Conquer

Jack Williamson
Zusammenbruch
Breakdown

John D. MacDonald
Ferne Saat
Dance of a New World

Isaac Asimov
Mutter Erde
Mother Earth

C. L. Moore
Kein Licht am Horizont
There Shall Be Darkness

Fritz Leiber
Tabu
Taboo

Eric Frank Russell
Metamorphose
Metamorphosite

Anthologie 11
Helmuth W. Mommers und Arnulf D. Krauß (Hrsg.)
10 Science Fiction Kriminal-Stories (A) (1965)
Ü: Helmuth W. Mommers

Eric Frank Russell
Der letzte Zeuge
The Witness (1951)

George O. Smith
So überaus perfekt
The Undetected (1959)

Lewis Padgett
Den Rächer auf den Fersen
Two-Handed Engine (1955)

Cordwainer Smith
Mutter Fettchens kleene Kettchens
Mother Hitton's Littul Kittons (1961)

Frederik Pohl
Die eiserne Tugend
The Seven Deadly Virtues (1958)

Henry Kuttner & C. L. Moore
Spürauge
Private Eye (1944)

Daniel F. Galouye
Der Formbare
The Pliable (1956)

H. W. Mommers & Ernst Vlček
Wenn trügerisch Besuch kommt
(1964)

J. T. McIntosh
Dort, wo es sich nicht lohnt
No Place for Crime (1959)

Brian W. Aldiss
Und Judas tanzte ...
Judas Danced (1958)

Anthologie 14
Walter Ernsting (Hrsg.)
9 Science Fiction Stories.
Die große Galaxy-Anthologie (A) (1965)
Ü: Helmuth W. Mommers und Wulf H. Bergner

Poul Anderson
Problem Luna
To Build a World (1964)

William W. Stuart
Sternenbaby
Star-Crossed Lover (1962)

Allen Kim Lang
Gourmet
Gourmet (1962)

Jack Williamson
Richtspruch über Terra
A Planet for Plundering (1962)

Jack Sharkey
Das Erwachen
The Awakening (1964)

Philip K. Dick
Wenn man ein Blobel ist ...
Oh, to Be a Blobel! (1964)

Daniel F. Galouye
Die Ersatz-Mannschaft
Homey Atmosphere (1961)

Robert Silverberg
Die Saat der Erde
The Seed of Earth (1962)

Arthur C. Clarke
Mondhund
Moondog (1962)

Anthologie 17
H. W. Mommers und A. D. Krauß (Hrsg.)
7 Science Fiction Stories (A) (1966)
Ü: Gisela Stege, Robert Arol und
Heinz F. Kliem

Fritz Leiber
Ruhe ist die erste Bürgerpflicht
Tranquility, or Else!

Daniel F. Galouye
Das Mädchen mit den vier Persönlichkeiten
Descent into the Maelstrom (1961)

Henry Kuttner
Der Androide
Android (1951)

Eric Frank Russell
Die Friedensbringer
Design for Great-Day (1952)

Brian W. Aldiss
Der Ungeborene
Psyclops (1956)

A. E. van Vogt
Achtung, Supermann!
The Silkie (1964)

Isaac Asimov
Und Finsternis wird kommen …
Nightfall (1941)

Anthologie 20
H. W. Mommers und A. D. Krauß (Hrsg.)
7 Science Fiction Siories (A) (1966)
Ü: Birgit Reß-Bohusch und Christiane Nogly

Clifford D. Simak
Eldorado der Milchstraße
Immigrant (1954)

Ray Bradbury
Die Achttagemenschen
Frost and Fire (1946)

James E. Gunn
Abigail, die kleine Hexe
Wherever You May Be (1953)

Frederik Pohl
Die armen Reichen
The Midas Plague (1954)

Theodore Sturgeon
Der Strafplanet
The Education of Drusilla Strange (1954)

Philip José Farmer
Es geschah in der Nacht des Lichts
The Night of Light (1957)

Alfred Bester
Vor Zeitreisen wird gewarnt
Hobson's Choice (1952)

Anthologie 23
H. W. Mommers und A. D. Krauß (Hrsg.)
8 Science Fiction Stories (A) (1967)
Ü: Birgit Reß-Bohusch und Walter Brumm

Algis Budrys
Der dritte Mai
The Real People (1953)

Philip K. Dick
Der Bunker
Foster, You're Dead (1954)

John Wyndham
Gehe hin zur Ameise
Consider Her Ways (1961)

Robert Sheckley
Infiziert
Carrier (1954)

Arthur C. Clarke
Der Senator und der Tod
Death and the Senator (1961)

James Blish
Zwischen Zeit und Unendlichkeit
Common Time (1953)

Robert A. Heinlein
Was ist der Mensch?
Jerry Is a Man (1947)

Walter M. Miller jr.
Der Schauspieler
The Darfsteller (1955)

Anthologie 30
H. W. Mommers und A. D. Krauß (Hrsg.)
9 Science Fiction Stories (A) (1969)
Ü: Birgit Reß-Bohusch

Clifford D. Simak
Kampf gegen die Unsterblichkeit
Second Childhood

Isaac Asimov
Der perfekte Roboter
Galley Slave

Harlan Ellison
Zeigt mir einen Stern!
Blind Lightning

Cordwainer Smith
Die Weissagung des Abba-Dingo
Alpha Ralpha Boulevard

Theodore Sturgeon
Baby ist drei
Baby Is Three

James E. Gunn
Der Sicherheitsfaktor
Space Is a Lonely Place

Charles L. Harness
Der Elektra-Komplex
Child by Chronos

Jack Vance
Das Land der Masken
The Moon Moth

J. F. Bone
Den Finger am Drücker
Triggerman

Anthologie 32
Harlan Ellison (Hrsg.)
15 Science Fiction Stories
(A) (1969)
Dangerous Visions (1967), (Ausw.)
Ü: Wulf H. Bergner

Lester del Rey
Der achte Tag
Evensong

Robert Silverberg
Experimente
Flies

Howard Rodman
Zweimal zum Mond und zurück
The Man Who Went to the Moon – Twice

Frederik Pohl
Die Marsianer kommen!
The Day after the Day the Martians Came

Miriam Allen DeFord
Therapie
The Malley System

Robert Bloch
Ein Spielzeug für Juliette
A Toy for Juliette

Harlan Ellison
Die Stadt am Rande der Welt
The Prowler in the City at the Edge of the World

Joe L. Hensley
Mein Sohn Randy
Lord Randy, My Son

David R. Bunch
Nur eine Feuerpause
Incident in Moderan

Brian W. Aldiss
Als die Zeit ausbrach …
The Night That All Time Broke Out

Poul Anderson
Flucht in eine andere Welt
Eutopia

Philip K. Dick
Mr. Chiens
Halluzinationen
Faith of Our Fathers

Keith Laumer
Zerreißprobe
Test to Destruction

Norman Spinrad
Die letzte Grenze
Carcinoma Angels

Henry Slesar
Ersatz
Ersatz

Anthologie 34
Harlan Ellison (Hrsg.)
15 Science Fiction Stories
(A) (1970)
Dangerous Visions (1967), (Ausw.)
Ü: Wulf H. Bergner

Larry Niven
Kurzer Prozeß
The Jigsaw Man

Kris Neville
Programmierte Erziehung
From the Government Printing Office

Fritz Leiber
Würfelspiele
Gonna Roll the Bones

John Brunner
Judas
Judas

J. G. Ballard
Der Zirkus
The Recognition

Roger Zelazny
Sein letzter Kampf
Auto-da-fé

Sonya Dorman
Zu jung, um zu sterben
Go, Go, Go, Said the Bird

Samuel R. Delany
Raumfahrer
Aye, and Gomorrah …

Larry Eisenberg
Erfahrungen eines Reporters
What Happened to Auguste Clarot?

Jonathan Brand
Gespräch an der Bar
Encounter with a Hick

John T. Sladek
Die glückliche Menschheit
The Happy Breed

R. A. Lafferty
Heimkehr der Heimatlosen
Land of the Great Horses

Theodore Sturgeon
Die Ausgestoßenen
If All Men Were Brothers, Would You Let One Marry Your Sister?

James Cross
Das Orakel
The Doll-House

Damon Knight
Wo warst du?
Shall the Dust Praise Thee?

Science Fiction und Fantasy in der Jugendtaschenbuch-Reihe

3 Walter Ernsting
Das Weltraumabenteuer (1965) (1972)

14 Walter Ernsting
Das Planetenabenteuer (1966) (1972)

33 Hans Dominik
Moderne Piraten (1955) (1973)

34 Harry Harrison
Raumschiff in Gefahr (1973)
Spaceship Medic (1970)
U: Sylvia Brecht

45 Robert A. Heinlein
Tunnel zu den Sternen (1956) (1974/1982)
Tunnel in the Sky (1955)
Ü: Kurt Seibt
(➶ 3883/NA unter neuer Nummer)

50 Walter Ernsting
Das Rätsel der Urwaldhöhlen (1974)

59 Walter Ernsting
Das Geheimnis der Marsgötter (1974)

67 Walter Ernsting
Das Rätsel der Milchstraße (1974)

72 Robert A. Heinlein
Der rote Planet (1952) (1974/1980)
Red Planet (1949)
Ü: Herbert Roch
(➶ 3698/NA unter neuer Nummer)

90 Walter Ernsting
Das Marsabenteuer (1964, 1975)

103 Freder van Holk
Das Ende des Golfstroms (1952) (1976)

125 Arthur C. Clarke
Die Delphininsel (1974) (1977)
Dolphin Island (1963)
Ü: Hans-Georg Noack

145 Walter Ernsting
Raumschiff Neptun – Der verzauberte Planet (1978)

158 Walter Ernsting
Raumschiff Neptun – Begegnung im Weltraum (1978)

172 Walter Ernsting
Raumschiff Neptun – Der Tempel der Götter (1978)

221 C. S. Lewis
Der König von Narnia (1979, 1981)
The Lion, the Witch, and the Wardrobe (1950)
Ü: Lisa Tetzner

226 L. Frank Baum
Im Reich des Zauberers von Oz (1981)
Land of Oz (1904)
Ü: Christine Hettinger

233 L. Frank Baum
Prinzessin Ozma von Oz (1981/1985)
Ozma of Oz (1907)
Ü: Christine Hettinger
(➶ 4145/NA unter neuem Titel)

Science Fiction, Fantasy und Horror in der Allgemeinen Reihe

526/27 Bram Stoker
Dracula (1967)
Dracula (1897)
Ü: Wulf H. Bergner
(NA als 526)

928 Anthony Burgess
Uhrwerk Orange (1972)
A Clockwork Orange (1962)
Ü: Walter Brumm

978 Ira Levin
Rosemaries Baby (1972)
Rosemary's Baby (1967)
Ü: Herta Balling

5076 Richard Matheson
Das Höllenhaus (1974)
Hell House (1971)
Ü: Kurt Spieler

5124 Anthony Burgess
Das Uhrwerk-Testament (1974)
The Clockwork Testament (1974)
Ü: Walter Brumm

5126 Isaac Asimov
Lunatico oder die nächste Welt (1972) (1974)
The Gods Themselves (1972)
Ü: Thomas Schlück

5370 Arthur C. Clarke
Rendezvous mit 31/439 (1975) (1977)
Rendezvous with Rama (1973)
Ü: Roland Fleissner

5512 Jack London
Die eiserne Ferse (1972) (1978)
The Iron Heel (1907)
Ü: Erwin Magnus

5648 Herbert George Wells
Die Insel des Dr. Moreau (1976) (1980)
The Island of Doctor Moreau (1896)
Ü: Paul Felix Greve

5981 Anthony Burgess
1985 (1982)
1985 (1978)
Ü: Walter Brumm

6065 William Kotzwinkle
E.T. – Der Außerirdische und seine Abenteuer auf der Erde (1983)
E.T., the Extra-Terrestrial in His Adventure on Earth (1982)
Ü: Uta McKechneay

6107 Alan Dean Foster
Das Ding aus einer anderen Welt (1982)
The Thing (1982)
Ü: Heinz Nagel

6117 Lin Carter & L. Sprague de Camp
Conan der Barbar (1982)
Conan the Barbarian (1982)
Ü: Lore Strassl

6192 A. C. H. Smith
Der dunkle Kristall (1983)
The Dark Crystal (1982)
Ü: Horst Pukallus

6275 Remy Eyssen
Die unendliche Geschichte (1984)

6281 Robert Jordan
Conan der Zerstörer (1984)
Conan the Destroyer (1984)
Ü: Lore Strassl

6286 Alan Dean Foster
Krull (1983)
Krull (1983)
C: Hilde Linnert

6334 William Kotzwinkle
Superman III (1984)
Superman III (1983)
Ü: Uta McKechneay

6351 Hans Gamber (Hrsg.)
Das Weißbuch des schwarzen Humors (A) (1984)

6356 Frank Herbert
Der Wüstenplanet (1978) (1984) (Sonderausgabe)
Dune (1965)
Ü: Ronald M. Hahn
(➶ 3108/NA unter neuer Nummer)

6359 Marion Zimmer Bradley
Der Bronzedrache (1984/1985)
The Brass Dragon (1969)
Ü: Malte Heim

6369 Alan Dean Foster
Starman (1985)
Starman (1984)
Ü: Eva Malsch

6401 Isaac Asimov
Auf der Suche nach der Erde (1984)
Foundation's Edge (1982)
Ü: Horst Pukallus

6478 Stephen King
Brennen muß Salem! (1985)
Salem's Lot (1985)
Ü: Ilse Winger und Christoph Wagner

6498 Dämmerlicht (A) (1985)
aus: *The Twillight Zone Magazine* (o.J.)
Ü: Rolf Jurkeit

Charles L. Grant
Erinnerungen an Annie
Recollections of Annie (1983)

John S. McFarland
Eine glückliche Familie
One Happy Family (1985)

Rod Serling
Mein schönstes Weihnachtsfest
My Most Memorable Christmas (1982)

Melisa Mia Hall
Andrews Garten
In a Green Shade (1982)

Chet Williamson
Laren und Penaten
Lares and Penates (1983)

Jack C. Haldeman II
Bowling
Open Frame (1983)

Robert H. Curtis
Harrys Story
Harry's Story (1983)

Isaac B. Singer
Hanka
Hanka (1984)

Andrew Weiner
Die Übernahme
Takeover Bid (1983)

Thomas Disch
Musikbox
Music Box (1983)

Susan Johnson
Hinter verschlossener Tür
Behind the Doors (1982)

John Carpenter
Harlekin
Harlequin (1984)

Mitch Potter
Die Klassenarbeit
The Assignment (1981)

Ramsey Campbell
Noch einmal
Again (1981)

Stephen King
Das Floß
The Raft (1983)

Stephen Schlich
Die letzte Stufe
Top of the Stairs (1982)

Leslie Horvitz
Die Stimmen der Toten
The Voices of the Dead (1982)

Vic Johnson
Von Schlitten und vierzig Wintern
Of Sledges and Forty Winters (1982)

Reginald Bretnor
Komm, träum mit mir
Dream Along with Me (1982)

Connie Willis
Verloren und gefunden
Lost and Found (1982)

Richard Christian Matheson
Ferien
Holiday (1982)

Curtis K. Stadtfeld
Der Baum
In the Field of the Dying Cherry Tree (1983)

Chris Massie
Fragmente der Wirklichkeit
A Fragment of Fact (1983)

Barbara Owens
Die Pest
Something Evil (1982)

Cezarija Abartis
Das Traumhaus
The Dreamhouse (1982)

Jim Cort
Abschied von Anne
The Reaper (1982)

George R. R. Martin
Melody
Remembering Melody (1981)

6516 William Kotzwinkle & Steven Spielberg
E.T. - Das Buch vom grünen Planeten (1985)
E.T. The Book of the Green Planet (1985)
Ü: Hartmut Zahn

6524 Ulrich Kaiser
Die Ruine des Unheils - Ein Fantasy-Spiel (1985)

6540 Lawrence Sanders
Die Zukunftsakte (1985)
The Tomorrow File (1975)
Ü: Michael Schlesinger

6553 Stephen King
Im Morgengrauen (C) (1985)
Short Story Collection (1985), Teil 1
Ü: Alexandra v. Reinhardt

Der Mann, der niemandem die Hand geben wollte
The Man Who Would Not Shake Hands

Achtung - Tiger!
Here There Be Tygers

Omi
Gramma

Morgenlieferungen
Morning Deliveries (Milkman 1)

Der Nebel
The Mist

6555 Magisches Dunkel (A) (1985)
aus: *The Twilight Zone Magazine* (o.J.)
Ü: Rolf Jurkeit

Donald R. Burleson
Der Friseurladen in der Phillips Street
A Little Two-Chair Barber Shop on Phillips Street (1984)

Ramsey Campell
Schlangen und Leitern
Snakes & Ladders (1982)

Carmen C. Carter
Sommer in New York
Summer Heat (1981)

Robert Silverberg
Nicht unser Bruder
Not Our Brother (1982)

Steve Rasnic Tem
Alans Mutter
Alan's Mother (1982)

Joe R. Lansdale
Besuch von Mr. Merguston
Listen (1983)

Pamela Sargent
Etwas stimmt nicht
Out of Place (1981)

Michael Beres
Der Präriepfad
Prairie Path (1983)

Clark Howard
Der Spezialist
The Specialist (1981)

Barbara Owens
Der Neue Mensch
The New Man (1982)

Francois Camoin
Die Zentauren
Centaur (1982)

Charles L. Grant
Silber
Silver (1981)

George Clayton Johnson
Die Macht des Meeres
Sea Change (1981)

Jack C. Haldeman II
Der Tag des Jüngsten Gerichts
Judgement Day (1984)

D. J. Pass
Abendmahl
Anniversary Dinner (1982)

Robert Sheckley
Miß Mouse und die
Vierte Dimension
Miss Mouse and the
Fourth Dimension
(1982)

Dennis Delaney
Windigo
Windigo Country (1984)

Jor Jennings
Die Familie
Other (1982)

Kit Reed
Auf Posten
Frontiers (1982)

Chet Williamson
Harolds Alibi
A Lover's Alibi (1982)

Gary Brandner
Das Manuskript
One Small Change (1982)

Mel Gilden
Deadline
Deadline (1981)

Mort Castle
Altenmoor, wo die Hunde tanzen
Altenmoor, Where the Dogs Dance
(1982)

Robert Sheckley
Sein Geschöpf
Shootout in the Toy Shop (1981)

Richard Partlow
Kein schlechter Job
Not a Bad Job (1984)

Nancy Kress
Zehntausend Bilder, ein Wort
Ten Thousand Pictures, One Word (1984)

Chet Williamson
Der Lauscher
The Night Listener (1984)

6572 Ulrich Kaiser
Der Teich der Träume (1985)

6579 Isaac Asimov
Aurora oder Der Aufbruch zu den Sternen
(1985)
The Robots of Dawn (1983)
Ü: Heinz Nagel

6596 Alan Dean Foster
Pale Rider - Der namenlose Reiter (1985)
Pale Rider (1985)
Ü: Joachim Honnef

6598 Manfred Kluge (Hrsg.)
Das Universum der Phantasie (A) (1985)

Edward Plunkett
Lord Dunsany
Die Zwingburg so keiner bezwingt denn Sacnoth das Schwert (1971)
The Fortress Unvanguishable, Save for Sacnoth (1908)
Ü: Friedrich Polakovics

William Butler Yeats
Die Weisheit des Königs (1971)
aus: *The Secret Rose* (1897)
Ü: Susanne Schaup

J. R. R. Tolkien
Baumbart (1970)
aus: *Der Herr der Ringe,* Band 2 (1970)
The Two Towers (1954), Auszug
Ü: Margaret Carroux

Leopoldo Lugones
Die Pferde von Abdera (1983)
Los caballos de Abdera (1906)
Ü: Arthur Wagner

Jorge Luis Borges
Spiegel und Maske (1982)
El espejo y la máscara (1975)
Ü: Dieter E. Zimmer

Marie Luise Kaschnitz
Die drei Geschichten von der Sonne
aus: *Der alte Garten* (1975)

Wolfgang Hildesheimer
Warum ich mich in eine Nachtigall verwandelt habe
aus: Lieblose Legenden (1962)

Michael Ende
Es ist ein Zimmer und ist zugleich Wüste (1984)

Brian Lumley
Der Windgott (1976)
Born of the Winds (1975)
Ü: Birgit Reß-Bohusch

Truman Capote
Verkaufte Träume (1957)
Master Misery (1945?)
Ü: Liselotte Faßbinder

Ursula K. Le Guin
Ein Kasten voll Dunkelheit (1983)
Darkness Box (1975)
Ü: Gisela Stege

Peter S. Beagle
Das letzte Einhorn (1975)
The Last Unicorn (1968)
Ü: Jürgen Schweier

J. G. Ballard
Der ertrunkene Riese (1971/1973)
The Drowned Giant (1965)
Ü: Alfred Scholz

Ray Bradbury
Der goldene Drachen und der silberne Wind (1970/1972/1980)
The Golden Kite, the Silver Wind (1953)
Ü: Margarete Bormann

Dino Buzzati
Die Ermordung des Drachen (1966)
L'ucciosione del drago
aus: *I sette messaggeri* (o.J.)
Ü: Nino Erné

Stanisław Lem
Das Märchen vom König Murdas (1971 u. ö.)
Bajka o królu Murdasie (1964)
Ü: J. Zimmermann-Göllheim

Marion Zimmer Bradley
Robins Welt (1973)
The Wind People (1958)
Ü: Ursula Goldschmidt

John Crowley
Sphinx
aus: Geschöpfe, 2. Kapitel (1979/1980)
Beasts (1976), Auszug
Ü: Hans Maeter

Randall Garrett
Der letzte Kampf des Fion MacCumhaill (1976)
The Final Fighting of Fion MacCumhaill (1975)
Ü: Birgit Reß-Bohusch

Tanith Lee
Die weiße Königin (1984)
La reine blanche (1982/1983)
Ü: Jürgen Langowski

6601 Richard Bachman
Der Fluch (1986)
Thinner (1984)
Ü: Nora Jensen

6602 Marion Zimmer Bradley
Trommeln in der Dämmerung (1985)
Drums of Darkness (1976)
Ü: Burkhard Jost

6607 Isaac Asimov
Das galaktische Imperium (1985)
Robots and Empire (1985)
Ü: Heinz Nagel

6611 Manfred Kluge (Hrsg.)
Schöne Zukunftswelten (A) (1985)

Kurd Laßwitz
Die Weltenprojekte
aus: *Traumkristalle* (1908)

Fjodor Dostojewski
Der Traum eines lächerlichen Menschen (hier 1970)
Som smesnogo celoveka (1877)
Ü: Erich Müller-Kamp

Franz Werfel
Der Djebel
aus: *Stern der Ungeborenen* (1946)

Vladimir Nabokov
Lance (1962 u. ö., hier 1966)
Lance (1952)
Ü: Dieter E. Zimmer

E. M. Forster
Die Maschine (1973)
The Machine Stops (1909)
Ü: Gisela Stege

Josef Nesvadba
Kapitän Nemos letztes Abenteuer (1962 u. ö.)
Posledni dobrudnizstvi kapitána Nemo (1960)
Ü: Erich Bertleff

George Orwell
Gedankenverbrechen
(aus: *1984*), (1950 u. ö. hier 1984)
1984 (1949), Auszug
Ü: Michael Walter

Aldous Huxley
Eine der Hauptstützen menschlicher Beständigkeit
aus: *Schöne neue Welt* (1932 u. ö., hier 1976)
Brave New World (1932)
Ü: Herbert E. Herlitsch

Kurt Vonnegut jr.
Morgen ... morgen ... morgen (1971)
Tomorrow and Tomorrow and Tomorrow (1954)
Ü: Kurt Wagenseil

Jorge Luis Borges
Utopie eines müden Mannes
Utopía de un hombre que está cansado (1975)
Ü: Dieter E. Zimmer

Stanisław Lem
Der Futurologische Konreß, 1. Tag (1971)
aus: *Kongress Futurologiczny* (1971)
Ü: J. Zimmermann-Göllheim

Herbert W. Franke
Expedition
aus: *Einsteins Erben* (1972)

Carl Amery
Geist-Transfer (1985)

J. G. Ballard
Billennium (1964 u. ö., hier 1983)
Billennium (1961)
Ü: Michael Walter

Arthur C. Clarke
»Wenn ich dich je vergesse, Erde ...« (1960 u. ö., hier 1985)
»If I Forget Thee, oh Earth ...« (1951)
Ü: Heinz Nagel

Isaac Asimov
Geliebter Robot (1961 u. ö.)
Satisfaction Guaranteed (1951)
Ü: Walter Brumm

Ursula K. Le Guin
SQ (1980 u. ö., hier 1985)
SQ (1978)
Ü: Hilde Linnert

John Brunner
Der Selbstmord des Menschen (1985)
The Suicide of Man (1978)
Ü: Edda Petri

Wladimir Sawtschenko
Erwachen im 20. Jahrtausend (1963)
Molodja gwar daja (1959)
Ü: Ruth Elisabeth Riedt

6614 Karl Edward Wagner (Hrsg.)
Die Gruselgeschichten des Jahres (A) (1985)
The Year's Best Horror Stories (1984)

Stephen King
Onkel Ottos Lastwagen
Uncle Otto's Truck (1983)
Ü: Martin Bliesse

David Langford
3 Uhr 47
3.47 AM (1983)
Ü: Martin Bliesse

Jon Wynne-Tyson
Mistral
Mistral (1983)
Ü: Regina Rawlinson

David Drake
Aus Afrika
Out of Africa (1983)
Ü: Regina Rawlinson

Roger Johnson
Das Wandgemälde
The Wall-Painting (1983)
Ü: Regina Rawlinson

Vincent McHardy
Der Talisman
Keepsake (1983)
Ü: Regina Rawlinson

Lawrence C. Connolly
Echos
Echos (1982)
Ü: Regina Rawlinson

Malcolm Edwards
Schattenrisse
After-Images (1982)
Ü: Regina Rawlinson

Juleen Brantingham
Die Tochter des Bauchredners
The Ventriloquist's Daughter (1983)
Ü: Regina Rawlinson

Frances Garfield
Die Party
Come to the Party (1983)
Ü: Regina Rawlinson

Dennis Etchison
Der Stuhl
The Chair (1983)
Ü: Regina Rawlinson

Jane Yolen
Namen
Names (1983)
Ü: Regina Rawlinson

Billy Wolfenbarger
Der Speicher
The Attic (1983)
Ü: Martin Bliesse

Ramsey Campbell
50 Jahre danach
Just Waiting (1983)
Ü: Martin Bliesse

David J. Schow
Der Filmnarr
One for the Horrors (1983)
Ü: Martin Bliesse

Tanith Lee
Elle Est Trois, (La Mort)
Elle Est Trois, (La Mort) (1983)
Ü: Martin Bliesse

Susan Casper
Übung macht den Meister
Spring-Fingered Jack (1983)
Ü: Martin Bliesse

Scott Bradfield
Der Bombenjunge
The Flash! *Kid* (1983)
Ü: Martin Bliesse

Al Sarrantonio
Der Mann mit den Beinen
The Man with Legs (1983)
Ü: Martin Bhesse

6622 Fred M. Stewart
Sternenkind (1986)
Starchild (1974)
Ü: Arja Wilms

6625 Tabitha King
Das Puppenhaus (1986)
Small World (1981)
Ü: Rainer Epp

6636 John Saul
Blinde Rache (1986)
Comes the Blind Fury (1980)
Ü: Rolf Jurkeit

6649 Manfred Kluge (Hrsg.)
Das Buch Avalon – Die Mythen und Legenden um König Artus und die Ritter seiner Tafelrunde (A) (1986)

6657 Stephen King
»es« (1986)
It (1986)
Ü: Alexandra von Reinhardt

6658 Jean M. Auel
Das Tal der Pferde (1986)
The Valley of Horses (1982)
Ü: Werner Peterich

6667 Dean R. Koontz
Unheil über der Stadt (1986)
Phantoms (1983)
Ü: Wolfgang Crass

6671 Robert Louis Stevenson
Unheimliche Geschichten
(C) (1986)
Ü: N. N.

Der seltsame Fall des Dr. Jekyll und Mr. Hyde
The Strange Case of Dr. Jekyll and Mr. Hyde

Markheim
Markheim

Die krumme Janet
Thrawn Janet

Der Leichenräuber
The Body Snatcher

Quartier für die Nacht
A Lodging for the Night

Olalla
Olalla

Die tollen Männer
The Merry Men

Das Holzhaus in den Dünen
The Pavilion on the Links

Der Strand von Falesa
Uma

Die Stimmeninsel
The Isle of Voices

Der Flaschenkobold
The Bottle Imp

Friedhofsgeschichten
Graveyard Stories
(6. Kapitel des 2. Teiles,
»The Paumotus«, von »In the South Seas«)

6672 Vonda N. McIntyre
Die Braut (1985)
The Bride (1985)
Ü: Uta McKechneay

6677 Barry B. Longyear & David Gerrold
Enemy Mine – Geliebter Feind
(1986)
Enemy Mine (1985)
Ü: Eva Malsch

6680 Arthur C. Clarke
Odyssee 2010 – Das Jahr, in dem wir Kontakt aufnehmen (1986)
2010: Odyssey Two (1982)
Ü: Irene Holicki

6687 Richard Bachman
Menschenjagd (1986)
Running Man (1982)
Ü: Nora Jensen

6697 Marion Zimmer Bradley
Die Teufelsanbeter (1986)
Dark Satanic (1972)
Ü: Walter Brumm

6705 Stephen King
Der Gesang der Toten (C) (1986)
Skeleton Crew (1985), Ausw.
Ü: Alexandra von Reinhardt

Mrs. Todds Abkürzung
Mrs. Todd's Shortcut (1984)

Der Hochzeitsempfang
The Wedding Gig (1980)

Travel
The Jaunt (1981)

Kains Aufbegehren
Cain Rose Up (1968/1985)

Das Floß (1985)
The Raft (1982)

Der Gesang der Toten
The Reach (Do the Dead Sing?) (1981)

Der Sensenmann
The Reeper's Image (1969)

Nona
Nona (1978)

Onkel Ottos Lastwagen
Uncle Otto's Truck (1983)

6710 Thomas Berger
Die Geheimnisse von Camelot (1986)
Arthur Rex (1978)
Ü: Uta McKechneay

6713 Peter Straub
Schattenland (1983/1986)
Shadowland (1980)
Ü: Walter Brumm
(➶ 3999/NA unter neuer Nummer)

6723 Magisches Licht (A) (1985)
aus: *The Twilight Zone Magazine* (o.J.)
Ü: Rolf Jurkeit

Michael Garrett
Das Rendezvous
Brief Encounter (1981)

Jack Ritchie
Wie man Freunde gewinnt
The Rules of the Game (1981)

Ron Wolfe
Der Tiger und ich
Tiger of the Mind (1981)

Lisa Tuttle
Ein Mädchen wie ein Traum
A Friend in Need (1981)

Sam Wilson
Nacht des Midas
Midas Night (1981)

Jack Wodhams
Der Traum
Premonition (1981)

John Alfred Taylor
Wenn die Katze aus dem Haus ist …
When the Cat's Away (1981)

Gary Brandner
Borgen bringt Sorgen
The Loaner (1981)

Hal Hill
Der Erdling
Chameleon Junction (1981)

T. R. Sullivan
Zeke
Zeke (1981)

Robert E. Vardeman
Im Park
Incident on Park 37 (1982)

Joseph Bocchi
Drachensaat
The Seed (1982)

Robert Crais
Wiegestation
Weigh Station (1982)

Michael Kube-McDowell
Richard und Elaine
Slippage (1982)

Joseph Cromarty
Werwolf
The Screenplay (1982)

Jon Wynne-Tyson
Mistral
Mistral (1983)

John Kessel
Unter Null
Below Zero (1983)

Scott Bradfield
Flitterwochen
Ghost Guessed (1984)

Oliver Lowenbruck
Demnächst in diesem Theater
Coming Soon to a Theatre Near You (1984)

Evan Eisenberg
Asche zu Asche
God Shed His Grace (1984)

Steven Millhauser
Das Jademädchen
Cathay (1984)

6724 Peter Straub
Julia (1986)
Julia (1984)
Ü: Joachim Körber

6734 Jean M. Auel
Ayla und der Clan des Bären (1986)
The Clan of the Cave Bear (1980)
Ü: Mechthild Sandberg

6740 John Saul
Wehe, wenn sie wiederkehren (1986)
Suffer the Children (1977)
Ü: Georgette Shalecki

6749 Diane Duane
Die Tür ins Feuer (1986)
The Door into Fire (1979)
Ü: Ira Lanz

6755 Tabitha King
Die Seelenwächter (1986)
Caretakers (1983)
Ü: Wolfgang Crass

6762 Richard Bachman
Sprengstoff (1986)
Roadwork (1981)
Ü: Nora Jensen und Inge Leipold

6777 Anthony Burgess
Uhrwerk Orange (1972/1986)
A Clockwork Orange (1962)
Ü: Walter Brumm
(➶ 928 AR/NA unter neuer Nummer)

6781 Peter Straub
Das geheimnisvolle Mädchen (1986)
Under Venus (o.J.)
Ü: Joachim Körber

6793 Karl Edward Wagner (Hrsg.)
Die Gruselgeschichten des Jahres # 2 (A) (1987)
The Year's Best Horror Stories: Series XII (1985)
Ü: Sonja Hauser

Stephen King
Mrs. Todds Abkürzung (1985)
Mrs. Todd's Shortcut (1984)
Ü: Alexandra v. Reinhardt

Charles L. Grant
Hast du Angst im Dunkeln?
Are You Afraid of the Dark? (1984)

John Gordon
Fang dir den Tod
Catch Your Death (1984)

Gardner Dozois
Abendgesellschaft
Dinner Party (1984)

Daniel Wynn Barber
Tiger im Schnee
Tiger in the Snow (1984)

Ramsey Campbell
Ja, wo ist denn das Vögelchen?
Watch the Birdie (1984)

David J. Schow
(Oliver Lowenbruck)
Bald auch in Ihrem Theater (1985)
Coming Soon to a Theatre Near You (1984)

Leslie Halliwell
Hände mit langen Fingern
Hands with Long Fingers (1984)

Fred Chappell
Unheimliche Geschichten
Weird Tales (1984)

Jovan Panich
Der Kleiderschrank
The Wardrobe (1984)

Vincent McHardy
Angst um die Erinnerungen
Angst for the Memories (1984)

David Langford
Das Ding im Schlafzimmer
The Thing in the Bedroom (1984)

John Brizzolara
An der Grenze
Borderland (1984)

Roger Johnson
Die Vogelscheuche
The Scarecrow (1984)

James B. Hemesath
Das Ende der Welt
The End of the World (1983)

John Gordon
Werd niemals erwachsen
Never Grow Up (1984)

Charles Wagner
Schein-Werfer
Deadlights (1984)

Dennis Etchison
Gespräch im Dunkeln
Talking in the Dark (1984)

6805 Tabitha King
Die Falle (1987)
The Trap (1985)
Ü: Uschi Gnade

6813 Arthur C. Clarke
Das Lied der fernen Erde (1987)
Songs of a Distant Earth (1985)
Ü: Irene Holicki

6815 Marion Zimmer Bradley
Das graue Schloß am Meer (1987)
Souvenir of Monique (1967)
Ü: Christian Barth

6818 Patricia Kennealy
Die dreizehn Schätze von Keltia (1987)
The Copper Crown (1984)
Ü: Uta McKechneay

6824 Stephen King
Die Augen des Drachen (1987)
The Eyes of the Dragon (1987)
Ü: Joachim Körber

6833 Dean R. Koontz
Wenn die Dunkelheit kommt (1987)
Darkfall (1984)
Ü: Irene Holicki

6839 Alan Dean Foster
Aliens – Die Rückkehr (1987)
Aliens II (1984)
Ü: Irene Holicki

6848 Richard Bachman
Todesmarsch (1987)
The Long Walk (1979)
Ü: Nora Jensen

6861 Isaac Asimov
Die Rückkehr zur Erde (1987)
Foundation and Earth (1986)
Ü: Heinz Nagel

6872 Robert Bloch
Der Ripper (1987)
The Night of the Ripper (1984)
Ü: Regina Rawlinson

6877 Peter Straub
Die fremde Frau (1987)
Marriages (1973)
Ü: Joachim Körber

6888 Stephen King
Der Fornit (C) (1987)
Skeleton Crew (1985), Teil 3

Der Affe
The Monkey
Ü: Alexandra v. Reinhardt

Paranoid: Der Gesang
A Chant
Ü: Joachim Körber

Der Textcomputer der Götter
Word Processor of the Gods
Ü: Alexandra v. Reinhardt

Für Owen
For Owen
Ü: Joachim Körber

Der Überlebenstyp
Survivor Type
Ü: Monika Hahn

Der Milchmann schlägt wieder zu
Big Wheels: A Tale of the Laundry Game (Milkman 2)
Ü: Alexandra v. Reinhardt

Der Fornit
The Ballad of the Flexible Bullet
Ü: Alexandra v. Reinhardt

Der Dünenplanet
Beachworld
Ü: Alexandra v. Reinhardt

6894 Manfred Kyber
Die helle Nacht der mythologischen Gestalten (C) (1982/1987)

Das Gespenst
Die Ehe Niederbeuge
Leichte Störungen
Träume
Die mythologische Nacht
Das Verjüngungsmittel
Die physische Person
Kapitaldeutsch
Das Gerippe
Assimilation
Die spiritistische Sitzung
Ein Theaterbrief
Eine geschwänzte Geschichte
Freundlichkeiten
Die Postkutsche
Herr Minutius im Gehäus
Der Giftpilz

Der richtige Mieter
Der Sittlichkeitskongreß
Der Generaloberhofzeremonienmeister

6898 Cus Hallow
Tjack (1987)

6913 Dean R. Koontz
Haus der Angst (1987)
The House of Thunder (1982)
Ü: Edgar Müller-Frantz

6927 Greenberg, Martin Harry/
Matheson, Richard/Waugh, Charles G.
(Hrsg.)
Twilight Zone – Magische Schatten
(A) (1987)
The Twilight Zone – The Original Stories
(1985), (1. Teil)

Anne Serling-Sutton
Eine für die Engel
One for the Angels (1985)
Ü: Helmut Degner

Charles Beaumont
Vielleicht ein Traum
Perchance to Dream (1958)
Ü: Helmut Degner

Richard Matheson
Furie des Verschwindens
Disappearing Act (1953)
Ü: Helmut Degner

Lynn A. Venable
Endlich genug Zeit
Time Enough at Last (1952)
Ü: Helmut Degner

Lewis Padgett
Alles was Sie brauchen
What You Need (1945)
Ü: Helmut Degner

Richard Matheson
Der dritte von der Sonne
Third from the Sun (1950)
Ü: Helmut Degner

Charles Beaumont
Elegie
Elegy (1960)
Ü: Helmut Degner

Paul Fairman
Brüder jenseits des Nichts
Brothers beyond the Void (1952)
Ü: Helmut Degner

Charles Beaumont
Der heulende Mann
The Howling Man (1960)
Ü: Helmut Degner

Jerome Bixby
Schöner leben (1977/1987)
It's a GOOD Life (1953)
Ü: Horst Pukallus

Manly Wade Wellman
Still war das Tal
The Valley Was Still (1939)
Ü: Helmut Degner

Charles Beaumont
Der Dschungel
The Jungle (1956)
Ü: Helmut Degner

Damon Knight
Ein Plan für die Menschheit
To Serve Man (1950)
Ü: Helmut Degner

Richard Matheson
Verschwunden
Little Girl Lost (1953)
Ü: Helmut Degner

Price Day
Vier Uhr
Four O'Clock (1958)
Ü: Helmut Degner

Ray Bradbury
Ich singe den Leib, den elektrischen
(1984/1987)
I Sing the Body Electric! (1969)
Ü: Christa Hotz und
Hans-Joachim Harstein

6951 Dean R. Koontz
Die Maske (1988)
The Mask (1981)
Ü: Sonja Hauser

6953 Stephen King
Das Attentat (1987)
Dead Zone (1979)
Ü: Joachim Körber

6963 John Saul
Das Kind der Rache (1987)
Brainchild (1985)
Ü: Rolf Jurkeit

6969 Mary Stewart
Tag des Unheils (1988)
The Wicked Day (1983)
Ü: Helmut Kossodo

6975 Das Buch Merlin (A) (1988)
Mythen, Legenden und Dichtungen um den Zauberer Merlin

6977 John Farris
Bruder des Satans (1988)
Son of the Endless Night (1985)
Ü: Walter Ahlers

7500 Stephen King
Sie (1987)
Misery (1987)
Ü: Joachim Körber

7616 James Herbert
Domain (1988)
Domain (1984)
C: Rolf Jurkeit

7624 Ralf Bülow (Hrsg.)
Denk, Maschine! (A) (1988)

Herbert W. Franke
Vorwort: »Elektronengehirn« oder »Blechtrottel«?

Ralf Bülow
Einleitung:
Die Seele einer alten Maschine

Theodor Heuss
Der künstliche Mensch –
Das Leben des Wolfgang von Kempelen (1954)

Edgar Allan Poe
Maelzels Schachspieler (Auszug)
Maelzel's Chess-Player (1836)
Ü: Friedrich Polakovics

Jean Paul
Untertänigste Vorstellung (o.J.) (Auszug)

Walter Benjamin
Geschichtsphilosophische Thesen (o.J.)
(Auszug aus: Zur Kritik der Gewalt und andere Aufsätze)

E.T.A. Hoffmann
Die Automate
(Auszug aus: Die Serapionsbrüder, 1819–1821)

E.T.A. Hoffmann
Der Sandmann (1814) (Auszug)

Jacques Offenbach & Jules Barbier
Phöbus stolz im Sonnenwagen (o.J.)
(aus: Hoffmanns Erzählungen)

Jean-Marie Villiers de L'Isle-Adam
Erstes Erscheinen der Maschine in der Menschheit
Auszug aus: Die Eva der Zukunft (1984)
L'Eve Future (1886)
Ü: Annette Kolb

Thea von Harbou
Metropolis (1926) (Auszug)

Ambrose Bierce
Moxons Herr und Meister (1963)
Moxon's Master (1893)
Ü: Gisela Günther

Isaac Asimov
Robbie (1970/1982)
Robbie (1940)
Ü: Otto Schrag

Hans Magnus
Enzensberger
G.W.L. (1646-1716) (1975)

Lorenzo da Ponte
Registerarie (o.J.)
aus: Don Giovanni

Hans Magnus Enzensberger
C.B./A.M.T. (1975)

Karl Nickel
Die Zuse Vier (1977)

Kurt Tucholsky
Rechenmaschine aus USA (o.J.)

Robert Jungk
Roboter im Büro (1952)

Anonym
Immer vorwärts

Anonym
Hear the Census with Its Bell (1890)

Emst Vollenweider
Der Mensch und die Lochkarte
(1957) (Auszug)

Otto Steiger
Sonja oder Sie hat nie geheiratet,
die Gute! (1965)

Robert Jungk
Das Elektronenorakel/Think! (1952)

Kurt Vonnegut jr.
Epipac
Epipac (1950)
Ü: Kurt Wagenseil

Karl Nickel
Die Ermeth (1977)

Thaddäus Troll
Der geisteskranke Roboter
(1965)

Hubert Cremer
Die Bitte des Bits (1965)

Alexander Solschenizyn
Kerze im Wind (1975) (Auszug)

Thaddäus Troll
Der himmlische Computer (1981)

Klaus Haefner
Mensch und Computer
im Jahre 2000 (Auszug)
(1984)

Felix Mitterer
Der Sprachtest (1978)

Art Buchwald
Vorübergehend außer Betrieb
Auszug aus: *You Can Fool The People All the Time* (1985)
Ü: Hardo Wichmann

Urs Widmer
Stan und Ollie in Deutschland
(1979), (Auszug)

Lars Gustafsson
Der Tennisspieler (Auszug)
Tennisspelarna (1977)
Ü: Verena Reichel

Reinhard Mey
Klagelied eines sentimentalen
Programmierers (o.J.)

Emil Zopfi
23.14 (1977)

Karl Nickel
Der Rechner, Die IBM'sche Ehe
(1977)

Werner Mitsch
Aphorismen (o.J.)

Jakob Gillmann
Und es wird Montag werden
(1980)

Reinhard Zuschlag
Das Programm (1972)

Horst Kammrad
als der computer kam
(1976)

Art Buchwald
Der elektronische Schuldkomplex/
Ärger mit dem Heimcomputer
Auszug aus: *You Can Fool the People All the Time* (1985)
Ü: Hardo Wichmann

John Skow
Die Ballade von Steve Juraszek und wie er 16 Stunden lang Defender spielte
Auszug aus: *Time Magazine* 1/82 (1982)
Ü: Ralf Bülow

Erich Pawlu
Zwischen Handheld und Natur (1986)

Gert Loschütz
Eine wahnsinnige Liebe (Auszug) (1984)

Kai Riedemann
Im Speicher/Programmier-Probleme (o.J.)

Johannes Leckebusch
Computerfreaks. Aus den vorläufigen Memoiren von Prof. Ungruen (1984)

Richard Cheshire
Die Hacker-Hymne (o.J.)

Helmut Stephan Tenz
Der endgültige Computer-Krimi (1985)

Anonym
Vatical (tm). Die Apokalypse der Programmiersprachen

Anonym
Computer-Sprüche

Jonathan Swift
Gullivers Reisen
Gulliver's Travels (1726/1735) (Auszug)
Ü: N. N.

Kai Riedemann
Ein neuer Goethe? (1983)

Peter Glaser
Fahrten im Datenschlauchboot (o.J.)

Manfred Krause & Götz F. Schaudt
Klänge perlen/Ölige Affekte (1969)

E. M. Forster
Die Maschine versagt
The Machine Stops (1909)
Ü: N. N.

Kurt Küther
Kommando zurück! (o.J.)

Helmut Heißenbüttel
Lochkartenesserinnenherbst (1978)

Kai Riedemann
Beruhigend/Märchen (o.J.)

Jörg Zink
Am Dritten Tage
(Auszug aus: Die letzten sieben Tage der Menschheit, 1973)

Friedrich Dürrenmatt
Elektronische Hirne
(1980)

Hans Magnus Enzensberger
blindenschrift (1964)

7627 Stephen King
Friedhof der Kuscheltiere
(1988)
Pet Sematary (1983)
Ü: Christel Wiemken

7630 Marion Zimmer Bradley
Trapez (1985/1988)
The Catch Trab (1979)
Ü: Günther Angerstein und Robert Forst (nach Vorlage von Gerhard Schulte)

7659 John Saul
Höllenfeuer (1988)
Hellfire (1986)
Ü: Joachim Pente

7662 Stephen King & Peter Straub
Der Talisman (1988)
The Talisman (1984)
Ü: Christel Wiemken

7666 Whitley Strieber
Katzenmagie (1988)
Catmagic (1986)
Ü: Michael Kubiak

7684 Thomas Harris
Roter Drache (1988)
Red Dragon (1981)
Ü: Sepp Leeb

7686 James Herbert
Die Ratten (1988)
The Rats (1974)
Ü: Joachim Honnef

7695 Richard Bachmann
Amok (1988)
Amok (1977)
Ü: Joachim Honnef

7701 Ernst M. Frank (Hrsg.)
Hexengeschichten (A) (1988)

Johannes Praetorius
Eine ausführliche Darstellung des Hexen-Sabbats (1979)

E.T.A. Hoffmann
Aus dem Leben eines bekannten Mannes (aus: Die Serapionsbrüder, Band 3, 1820)

Robert Louis Stevenson
Die krumme Janet (1986)
Thrawn Janet (o.J.)
Ü: Birgit Reß-Bohusch

Ludwig Bechstein
In optimo forma (1922)

Nikolaj Gogol
Der verschwundene Brief (o.J.)
(aus: Abende auf dem Gutshof bei Dikanka)
Ü: Ludwig Rubiner und Frieda Schak

Gustav Adolf Becquer
Die Hexen von Trasmoz (o.J.)
(aus: Von Teufeln, Geistern und Dämonen)
Ü: Hans Krüger-Welf

Alexij R. Remisow
Sanofa (o.J.)
(aus: Phantastische Geschichten aus dem alten Rußland)
Ü: Gundula Bahro

M. R. James
Der Eschenbaum (1970)
The Ashtree (1905)
Ü: Friedrich Polakovics

Algernon Blackwood
Mit Hexen verwandt (1975)
Ancient Sorceries (o.J.)
Ü: N. N.

H. P. Lovecraft
Träume im Hexenhaus (1969)
Dreams in the Witch House (1932)
Ü: Rudolf Hermstein

W. B. Seabrook
Die Rache der Hexe (o.J.)
(aus: Spuk, hrsg. von Peter Haining)
Ü: N. N.

Harold Lawlor
Hexen, gibt's die?
Which's Witch (o.J.)
Ü: Richard Paul

Robert Bloch
Hexensabbat (1975)
A Question of Etiquette (o.J.)
Ü: N. N.

Stephen King
Omi (1986)
Gramma (1985)
Ü: Alexandra v. Reinhardt

Ernst Vlček
Hexenhammer (1973)

Dorothy Quick
Bund mit dem Satan (1973)
Two for a Bargain (o.J.)
Ü: Birgit Reß-Bohusch

7707 Dean R. Koontz
Die Augen der Dunkelheit (1988)
The Eyes of Darkness (1981)
Ü: Alexandra v. Reinhardt

7709 Arthur C. Clarke
2061: Odyssee III (1988)
2061: Odyssey Three (1988)
Ü: Irene Holicki

7712 Marion Zimmer Bradley
Schloß des Schreckens (1988)
Castle Terror (1965)
Ü: Sepp Leeb

7727 Alan Dean Foster
Spacecop L.A. 1991 (1989)
Alien Nation (1988)
Ü: Norbert Stresau

7728 John Farris
Blutsteine (1988)
Catacombs (1981)
Ü: Gertraud Perlinger

7730 Jean M. Auel
Mammutjäger (1988)
The Mammoth Hunters (1985)
Ü: Werner Peterich

7755 John Saul
Wehe, wenn der Wind weht (1988)
When the Wind Blows (1981)
Ü: Hartmut Huff

7773 Tabitha King
Die Entscheidung (1989)
Pearls (1988)
Ü: Walter Ahlers

7779 Thomas Harris
Schwarzer Sonntag (1989)
Black Sunday (1975)
Ü: Ulla H. de Herrera

7784 James Herbert
Die Brut (1989)
Lair (1979)
Ü: Peter Pape

7789 Whitley Strieber
Die Besucher (1988)
COMMUNION: a true story (1987)
Ü: Joachim Körber und Angelika Felenda

7810 Dean R. Koontz
Schattenfeuer (1989)
Shadowfires (1987)
Ü: Andreas Brandhorst

7815 Isaac Asimov
Die Rettung des Imperiums (1989)
Prelude to Foundation (1988)
Ü: Heinz Nagel

7828 Whitley Strieber
Der Kuß des Todes (1989)
The Hunger (1981)
Ü: Ralph Tegtmeier

7857 James Herbert
Die Gruft (1989)
Sepulchre (1987)
Ü: Helmut Degner

7870 Marion Zimmer Bradley
Die geheimnisvollen Frauen (1989)
Bluebird's Daughter (1968)
Ü: Irene Bonhorst

7873 John Saul
Im Banne des Bösen (1989)
The Unwanted (1987)
Ü: Walter Brumm

7877 Das Stephen-King-Buch (A) (1989)
Ü: Joachim Körber

Vorwort

Einige autobiographische Anmerkungen (1988)
Danse Macabre, Auszug

Ein Vortrag in der Billerica Library
An Evening at the Billerica Library (1989)

Warum ich Richard Bachman war
Why I Was Bachman (1984)
Ü: Nora Jensen

Charles Platt
Stephen King
Stephen King (1983)

Douglas E. Winter
Stephen King, Peter Straub und die Suche nach dem Talisman
Stephen King, Peter Straub, and the Quest for the Talisman (1985)

Alan Ryan
Das Marsten Haus in *Salem's Lot*
The Marsten House in Salem's Lot (1982)

Charles L. Grant
Die graue Arena
The Grey Arena (1982)

Heiko Langhans
Kurzarbeit für die Nachtschicht

Dennis Rickard
Horror ohne Grenzen:
Ein Blick in den Nebel
Horror without Limits:
Looking into the Mist (1988)

Whoopi Goldberg
Es kapiert
Digging It (1987)

Bernadetty Bosky
Angst und Freundschaft:
Stephen King und Peter Straub
Fear und Friendship:
Stephen King and Peter Straub (1985)

Ben P. Indick
King als Schriftsteller für Jugendliche
King as Writer for Children (1985)

L. Sprague de Camp
Der Drache mit den gläsernen Augen
The Glass-Eyed Dragon (1988)

Joachim Körber
Der Mythos vom dunklen Turm

Hans Joachim Alpers
King als »Richard Bachman«

Peter Tremayne
Crouch End, auf den Inseln
In Crouch End, on the Isles (1988)

Eric Norden
Das Playboy-Interview mit Stephen King
Playboy-Interview: Stephen King (1983)

Peter Straub
Mein Freund Stevie
Meeting Stevie (1982)

Ramsey Campbell
Willkommen in Zimmer 217
Welcome to Room 217 (1982)

Clive Barker
Die Fahrt überleben
Surviving the Ride (1988)

Warum lesen wir phantastische Geschichten?
Foreword (1978), Auszug
Ü: Michael Görden

Ben P. Indick
Wie macht er uns nur solche Angst?
What Makes Him So Scary
(1985)

Joachim Körber
Notizen aus der Toten Zone

Fritz Leiber
Horror vom Feinsten
Horror Hits a High (1982)

Norbert Stresau
Horror in Hollywood

Michael R. Collings
Maximum Overdrive:
Stephen King als Regisseur
(1987)
Maximum Overdrive (1986)
Ü: Norbert Stresau

Der Sensenmann (1986)
The Reaper's Image (1985)
Ü: Alexandra v. Reinhardt

Das Schreckgespenst
The Boogey Man (1973)
Ü: Harro Christensen

Die Höllenkatze (1984)
The Cat from Hell (1977)
Ü: Rolf Jurkeit

Die Kiste (1985)
The Crate (1979)
Ü: Sonja Hauser und Bernd Lenz

Der Überlebenstyp (1984)
Survivor Type (1982)
Ü: Monika Hahn

Das Floß (1985/1987)
The Raft (1982)
Ü: Alexandra v. Reinhardt

Der Gesang der Toten (1987)
The Reach (1984)
Ü: Alexandra v. Reinhardt

Popsy
Popsy (1987)
Ü: Ingrid Herrmann

Joachim Körber
Bibliographie der Veröffentlichungen von Stephen King

7880 Bertram Kircher (Hrsg.)
Das Buch vom Gral - Mythen, Legenden und Dichtungen (A) (1989)

7885 Robin Moore & Gerald Griffin
Grüne Pest (1989)
The Death Disciple (1987)
Ü: Uwe Anton

7887 Arthur C. Clarke & Gentry Lee
Die Wiege der Zukunft (1989)
Cradle (1988)
Ü: Irene Holicki

7888 Whitley Strieber
Die Kirche der Nacht (1989)
The Night Church (1983)
Ü: Ronald M. Hahn

7903 Dean R. Koontz
Schwarzer Mond (1989)
Strangers (1986)
Ü: Alexandra v. Reinhardt

7909 Peter Straub
Wenn Du wüßtest ... (1989)
If You Could See Me Now (1977)
Ü: Elisabeth Hartweger

7927 Charles L. Grant
Haus der Nacht (1989)
For Fear of the Night (1987)
Ü: Eva Malsch

7944 John Saul
Zeit des Grauens (1989)
The Unloved (1988)
Ü: Hartmut Huff

7974 James Herbert
Unheil (1990)
The Fog (1975)
Ü: Walter Brumm

7992 Dean R. Koontz
Die Tür ins Dunkel (1990)
The Door to December (1985)
Ü: Alexandra v. Reinhardt

7995 Stephen King
Das Monstrum »Tommyknockers« (1990)
The Tommyknockers (1987)
Ü: Joachim Körber

8010 Peter Morwood & Diane Duane
Mission unter Wasser (1994)
seaQuest DSV: Secrets to Be or Not to Be (1993)
Ü: Sabine Lorenz & Felix Seewöster

8035 John Saul
Bestien (1990)
Creature (1989)
Ü: Walter Brumm

8041 Dean R. Koontz
Todesdämmerung (1991)
The Servants of Twilight (1984)
Ü: Heinz Nagel

8049 James Herbert
Dunkel (1990)
The Dark (1980)
Ü: Hartmut Huff

8063 Dean R. Koontz
Brandzeichen (1990)
Watchers (1987)
Ü: Heinz Nagel

8076 Whitley Strieber
Wolfbrut (1990)
The Wolfen (1978)
Joachim Körber

8084 Isaac Asimov
Nemesis (1990)
Nemesis (1989)
Ü: Irene Holicki

8094 Kathryn Ptacek (Hrsg.)
Feuertanz – Frauen schreiben Horror
(A) (1990)
Women of Darkness (1988)

Einleitung
Introduction
Ü: Marion Dill

Kit Reed
Baby
Baby
Ü: Marion Dill

Nancy Varian Berberick
Ransom Cowl geht um
Ransom Cowl Walks the Road
Ü: Marion Dill

Patricia Russo
Wahre Liebe
True Love
Ü: Marion Dill

Joan Vander Putten
Im Schatten meiner Angst
In the Shadows of My Fears
Ü: Marion Dill

Elizabeth Massie
Buzzer, schock mich!
Hooked on Buzzer
Ü: Marion Dill

Rachel Cosgrove Payes
Mutter ruft, aber ich
antworte nicht
Mother Calls But I Do Not
Answer
Ü: Marion Dill

Carol Orlock
Dort lebt jetzt niemand, nichts passiert
Nobody Lives There Now.
Nothing Happens.
Ü: Marion Dill

Lucy Taylor
Der Baku
The Baku
Ü: Susanne Dickerhof-Kranz

Tanith Lee
Die Teufelsrose
The Devil's Rose
Ü: Marion Dill

Wendy Webb
Heller Wahn
Midnight Madness
Ü: Susanne Dickerhof-Kranz

Cary G. Osborne
Monster McGill
Monster McGill
Ü: Susanne Dickerhof-Kranz

Melanie Tem
Auf ewig dein
Aspen Graffiti
Ü: Susanne Dickerhof-Kranz

Wennicke Eide Cox
Schwestern
Sister
Ü: Susanne Dickerhof-Kranz

Karen Haber
Samba Sentado
Samba Sentado
Ü: Susanne Dickerhof-Kranz

Conda V. Douglas
Die Rache des Kojoten
When Thunder Walks
Ü: Susanne Dickerhof-Kranz

Sharon Epperson
Blutabstrich Nummer Sieben
Slide Number Seven
Ü: Susanne Dickerhof-Kranz

Melissa Mia Hall
Die Ungeliebte
The Unloved
Ü: Susanne Dickerhof-Kranz

Lisa Tuttle
Die Séance
The Spirit Cabinets
Ü: Susanne Dickerhof-Kranz

Nancy Holder
Die Nacht der Kannibalenkatzen
Cannibal Cats Come Out Tonight
Ü: Marion Dill

Rivka Jacobs
Kleines verlorenes Mädchen
Little Maid Lost
Ü: Marion Dill

8098 Douglas E. Winter (Hrsg.)
Nachtvisionen – Sieben beklemmende Geschichten (A) (1990)
Originaltitel: N. N. (o.J.)
Ü: Joachim Körber

Stephen King
Die Reploiden
The Reploids
Turnschuhe
Sneakers
Entschlossenheit
Dedication

Dan Simmons
Metastasis
Metastasis
Vanni Fucci lebt in der Hölle
Vanni Fucci Is Alive and Well and Living in Hell
Iversons Gruben
Iverson's Pits

George R. R. Martin
Maskerade
The Skin Trade

8106 Graham Watkins
Nacht der Schlange (1990)
Dark Wind (1989)
Ü: Marion Dill

8119 Arthur C. Clarke
Rendezvous mit 31/439 (1977) (1996)
Rendezvous with Rama (1973)
Ü: Roland Fleissner
(➶ 5370 AR/NA unter neuer Nummer)

8134 Ray Bradbury
Fahrenheit 451 (1968/1984/1990)
Fahrenheit 451 (1951)
Ü: Fritz Güttinger
(➶ 33, auch ➶ 73112/NA unter neuer Nummer)

8138 James Herbert
Todeskralle (1990)
The Survivor (1976)
Ü: Hartmut Huff

8152 John Farris
Engel des Grauens (1990)
Nightfall (1987)
Ü: Walter Ahlers

8175 Joachim Körber (Hrsg.)
Das Erste Buch des Horrors (A) (1991)

Vorwort

Fritz Leiber
Das Rauchgespenst
The Smoke Ghost (1941)
Ü: Ute Thiemann

Thomas Owen
Die Gefahr
Le péril (1943)
Ü: Rein A. Zondergeld

Shirley Jackson
Die Lotterie
The Lottery (1949)
Ü: Anna Leube und Anette Grube

Richard Matheson
Menschenkind
Born of Man and Woman
Ü: Joachim Körber

Claude Seignolle
Die Gorel
Les Gorel (1952)
Ü: Josette Haferkorn

Ramsey Campbell
Der Keller
The Cellars (1967)
Ü: Joachim Körber

Stephen King
Der Wäschemangler
The Mangler (1972)
Ü: Karin Balfer

Dennis Etchison
Die Nachtschicht
The Late Shift (1980)
Ü: Joachim Körber

Peter Straub
Die Frau des Generals (1984)
The General's Wife (1982)
Ü: Rolf Jurkeit

Clive Barker
Neue Morde in der Rue Morgue
New Murders in the Rue Morgue
(1984)
Ü: Peter Kobbe

Patrick McGrath
Die schwarze Hand des Raj
The Black Hand of the Raj (1988)
Ü: Brigitte Walitzek

Anhang: *Zur weiteren Lektüre empfohlen*

8179 Whitley Strieber
Todesdunkel (1991)
Black Magic (1982)
Ü: Sepp Leeb

8187 Arthur C. Clarke & Gentry Lee
Rendezvous mit Übermorgen (1991)
Rama II (1989)
Ü: Roland Fleissner

8190 Dan Simmons
Göttin des Todes (1991)
Song of Kali (1985)
Ü: Joachim Körber

8199 Isaac Asimov
Die Asimov-Chronik I:
Robot ist verloren (C) (1991)
The Asimov Chronicles
(1989), (1. Teil)

Gefangene des Alls (1969)
Marooned Off Vesta (1939)
Ü: Wulf H. Bergner

Robbie (1970/1982/1988)
Robbie (1940)
Ü: Otto Schrag

Einbruch der Nacht (1978/1983)
Nightfall (1940)
Ü: Joachim Pente

Runaround (1970/1982)
Runaround (1942)
Ü: Otto Schrag

Todesurteil
Death Sentence (1943)
Ü: Walter Brumm

Erst den Hasen fangen!
(1970/1982)
Catch That Rabbit (1944)
Ü: Otto Schrag

Sackgasse
Blind Alley (1945)
Ü: Walter Brumm

Beweismaterial (1982)
Evidence (1946)
Ü: Otto Schrag

Kleiner verlorener Roboter (1970/1982)
Little Lost Robot (1947)
Ü: Otto Schrag

Keine Verbindung!
No Connection (1948)
Ü: Walter Brumm

Rennen, um an Ort und Stelle zu bleiben
The Red Queen's Race (1949)
Ü: Walter Brumm

Grüne Flecken
Green Patches (1950)
(auch: *Misbegotten Missionary*)
Ü: Eva Sander

Die Experimentatoren
Breeds There a Man (1951)
Ü: Eva Sander

8203 John Saul
Teuflische Schwester (1991)
Second Child (1990)
Ü: Peter Pfaffinger

8228 Isaac Asimov
Die Asimov-Chronik II:
Die vierte Generation (C) (1991)
The Asimov Chronicles (1989),
(2. Teil)

Auf marsianische Art (1979)
The Martian Way (1952)
Ü: Heinz Nagel

Sally
Sally (1953)
Ü: Hans Deter

Die Schule (1966/1982)
The Fun They Had (1954)
Ü: Walter Brumm

Wahltag im Jahre 2008
(1966/1982)
Franchise (1955)
Ü: Walter Brumm

Wenn die Sterne verlöschen
The Last Question (1956)
Ü: Jürgen Saupe

Die Olympiade der Techniker
Profession (1957)
Ü: N. N.

Die Mutter des Neandertalers
The Ugly Litte Boy (1958)
(auch: *Last Born*)
Ü: N. N.

Die vierte Generation
Unto the Fourth Generation (1959)
Ü: Eva Sander

Thiotimoline und das Raumfahrtzeitalter
Thiotimoline and the Space Age (1960)
Ü: Walter Brumm

Die Maschine, die den Krieg gewann
(1962/1980)
The Machine That Won the War (1961)
Ü: Charlotte Winheller

Signale vom Pluto (1963)
My Son, the Physicist (1962)
Ü: Charlotte Winheller

Die T-Ordnung
T-Formation (1963)
Ü: Walter Brumm

Des Meisters Meister
Author, Author (1964)
Ü: Udo H. Schwager

Augen, die nicht nur sehen
Eyes Do More Than See (1965)
Ü: Eva Sander

Verschlüsselte Botschaft (1967)
The Key (1966)
Ü: Wulf H. Bergner

Energie aus dem Nichts (1969)
The Billiard Ball (1968)
Ü: Wulf H. Bergner

8237 James Herbert
Nachtschatten (1991)
The Jonah (1981)
Ü: Walter Brumm

8251 Dean R. Koontz
In der Kälte der Nacht (1985) (1991)
Night Chills (1984)
Ü: Rolf Jurkeit
(➶ 25 UB)

8260 Lori Martin
Das Orakel von Lindahne (1991)
Darkling Hills (1986)
Ü: Hans Jürgen Jacobs

8265 Whitley Strieber & James Kunetka
Schwarzer Horizont (1991)
Nature's End (1986)
Ü: Peter Pape

8269 Stephen King
Stark. »The Dark Half« (1991)
The Dark Half (1989)
Ü: Christel Wiemken

8293 Stephen King
»Sie« (1987/1991)
Misery (1987)
Ü: Joachim Körber
(➶ 2 JUM)

8294 Thomas Harris
Das Schweigen der Lämmer
(1990) (1991)
The Silence of the Lambs (1988)
Ü: Marion Dill
(➶ 20 JUM)

8302 Joachim Körber (Hrsg.)
Das Zweite Buch des Horrors
(A) (1991)
Ü: Ute Thiemann

Vorwort

Stefan Grabinski
Der Blick
Spojrzeme (1922)
Ü: Klaus Staemmler

Jean Ray
Die weiße Bestie
La bête blanche (1925)
Ü: Willy Thaler

Seabury Quinn
Der Poltergeist
The Poltergeist (1927)

H. P. Lovecraft
Cthulhus Ruf
The Call of Cthulhu (1928)
Ü: H. C. Artmann

Frank Belknap Long
Die Dämonen von Tindalos
The Hounds of Tindalos (1929)

Cynthia Asquith
Gebe Gott, daß sie in Frieden ruht
God Grante that She Lye Still (1931)

David H. Keller
Das Ding im Keller
The Thing in the Cellar (1932)
Ü: Joachim Körber

Clark Ashton Smith
Ubbo-Sothla
Ubbo-Sothla (1933)

Robert Bloch
Das Grauen von den Sternen
The Shambler from the Stars (1935)

August Derleth
Jenseits der Schwelle
Beyond the Threshold (1941)

Anhang: *Zur weiteren Lektüre empfohlen*

8303 Joachim Körber (Hrsg.)
Das Dritte Buch des Horrors (A) (1992)

Vorwort des Herausgebers

W. W. Jacobs
Die Affenpfote
The Monkey's Paw (1902)
Ü: Peter Naujack

Hanns Heinz Ewers
Die Topharbraut (1903)

William Hope Hodgson
Tropischer Schrecken
A Tropical Horror (1905)
Ü: Joachim Körber

Algernoon Blackwood
Die Weiden
The Willows (1907)
Ü: Friedrich Polakovics

Georg von der Gabelentz
Der gelbe Schädel (1909)

M. R. James
Das Chorgestühl zu Barchester
The Stalls of Barchester Cathedral (1911)
Ü: Friedrich Polakovics

E. F. Benson
Wie die Angst aus der langen Galerie verschwand
How Fear Departed from the Long Gallery (1912)
Ü: Ute Thiemann

Karl Hans Strobl
Das Grabmal auf dem Père Lachaise (1914)

Gustav Meyrink
Meister Leonhard (1916)

Sax Rohmer
Die flüstemde Mumie
The Whispering Mummy (1918)
Ü: Karl Döhring

8304 Joachim Körber (Hrsg.)
Das Vierte Buch des Horrors (A) (1993)

Vorwort des Herausgebers

Gustavo Adolfo Becquer
Das Teufelskreuz
La cruz del diablo (1871)
Ü: Fritz Vogelgsang

Villiers de L'Isle-Adam
Vera
Vera (1874)
Ü: Maria Bamberg

Robert Louis Stevenson
Der Leichendieb (1986)
The Body Snatcher (1884)
Ü: Hans Maeter

Bram Stoker
Die Dualisten oder Der Todesfluch der Zwillinge
The Dualists or, The Death Doom of the Double Born (1887)
Ü: Ute Thiemann

Ambrose Bierce
Die mittlere Zehe des rechten Fußes (1972)
The Middle Toe of the Right Foot (1891)
Ü: Walter Brumm

Charlotte Perkins Gilman
Die gelbe Tapete
The Yellow Wall Paper (1892)
Ü: Karl H. Schulz

F. Marion Crawford
Die obere Koje
The Upper Berth (1894)
Ü: Hans P. Thomas

M. P. Shiel
Huguenins Frau
Huguenin's Wife (1895)
Ü: Joachim Körber

Robert W. Chambers
Der Erschaffer von Monden
The Maker of Moons (1896)
Ü: Ute Thiemann

Arthur Machen
Die weißen Gestalten
The White People (1899)
Ü: Herbert Preissler

8321 Dan Simmons
Hyperion (1991)
Hyperion (1989)
Ü: Joachim Körber

8322 Dan Simmons
Das Ende von Hyperion (1993)
The Fall of Hyperion (1990)
Ü: Joachim Körber

8325 Stephen King
Christine (1991)
Christine (1983)
Ü: Bodo Baumann

8335 Craig Thomas
Auge um Auge (1992)
All the Grey Cats (1988)
Ü: Ingo Angres

8336 John Saul
Prophet des Unheils (1985/1991)
Nathaniel (1974)
Ü: Hans Weber
(➶ 28 UB/NA unter neuer Nummer und neuem Titel)

8340 Dean R. Koontz
Schutzengel (1991)
Lightning (1988)
Ü: Wulf H. Bergner

8358 Isaac Asimov
Die Asimov-Chronik III:
Die Menschheit wird gerettet
(C) (1992)
The Asimov Chronicles (1989),
(3. Teil)

8362 Clive Barker
Das Tor zur Hölle – »Hellraiser« (1992)
The Hellbound Heart (1986)
Ü: Ute Thiemann

8374 James Herbert
Blutwaffe (1992)
Spear (1978/1980)
Ü: Hartmut Huff

8385 Whitley Strieber
Transformation (1992)
Transformation (1988)
Ü: Andreas Brandhorst

8387 Arthur C. Clarke
Aus einem anderen Jahrtausend (1992)
The Ghost from the Grand Banks (1990)
Ü: Andreas Brandhorst

8388 Ira Levin
Rosemaries Baby (1972) (1992)
Rosemary's Baby (1967)
Ü: Herta Balling
(➶ 978 AR/NA unter neuer Nummer)

8403 Stephen King
Frühling, Sommer, Herbst und Tod: Vier Kurzromane (C) (1992)
Different Seasons (1982)
Ü: Harro Christensen

Frühlingserwachen: Pin-Up
Hope Springs Eternal – Rita Hayworth and Shawshank Redemption

Sommergewitter: Der Musterschüler
Summer of Corruption – Art Pupil

Herbstsonate: Die Leiche
Fall from Innocence – The Body

Ein Wintermärchen: Atemtechik
A Winter's Tale – the Breathing Method

Nachwort
Afterword

8408 Michael Stewart
Adam (1992)
Birthright (1990)
Ü: Andreas Brandhorst

8418 James Herbert
Höllenhund (1992)
Fluke (1977)
Ü: Heinz Nagel

8430 Lori Martin
Die Priesterin der Nialia (1992)
Calling Up the Fire (1988)
Ü: Andreas Brandhorst

8435 Carl Amery
Das Geheimnis der Krypta (1992)

8437 John Saul
Wehe, wenn du weggehst (1992)
Sleepwalk (1991)
Ü: Hans Ulrich

8444 Dean R. Koontz
Mitternacht (1992)
Midnight (1989)
Ü: Joachim Körber

8449 William Gibson
Neuromancer (1987/1992)
Neuromancer (1984)
Ü: Reinhard Heinz
(➶ 4400/NA unter neuer Nummer)

8452 Arthur C. Clarke & Gentry Lee
Die nächste Begegnung (1992)
Garden of Rama (1991)
Ü: Roland Fleissner

8457 Mária Szepes
Der Rote Löwe (1984/1992)
A vörös oroszlan (1946)
Ü: Gottfried Feidel
(➶ 4043/NA unter neuer Nummer)

8464 Clive Barker
Cabal (1989) (1992)
Cabal (1988)
Ü: Joachim Körber
(➶ 18 JUM/NA unter neuer Nummer)

8477 Whitley Strieber
Majestic (1992)
Majestic (1989)
Ü: Gottfried Röckelein

8487 Bram Stoker
Dracula (1967/1993)
Dracula (1897)
Ü: Wulf H. Bergner
(➶ 526/27 AR/NA unter neuer Nummer)

8490 Alan Dean Foster
Alien 3 (1992)
Aliens 3 (1992)
Ü: Thomas Hag

8513 Stephen King
Brennen muß Salem! (1985/1991)
Salem's Lot (1979)
Ü: Ilse Winger und Christoph Wagner
(➶ 6478 AR/NA unter neuer Nummer)

8519 Dean R. Koontz
Zwei Romane (C) (1992)

Das Haus der Angst (1987)
The House of Thunder (1980)
Ü: Edgar Müller-Frantz
(➶ 6913 AR/NA unter neuer Nummer)

Wenn die Dunkelheit kommt (1987)
Darkfall (1984)
Ü: Irene Holicki
(➶ 6883 AR, ➶ 71 JB/NA unter neuer Nummer)

8542 Paul M. Sammon (Hrsg.)
Splatterpunk (A) (1992)
Splatterpunks: Extreme Horror (1990), 1. Teil
Ü: Maximilian K. Brocken

Vorwort

Joe R. Lansdale
Die Nacht, in der sie den Horrorfilm verpaßten
The Night They Missed the Horror Show (1988)

Clive Barker
Fleischlieferung um Mitternacht
The Midnight Meat Train (1984)

John Skipp
Filmteam um elf
Film at Eleven (1988)

Richard Christian Matheson
Rot
Red (1986)

Mick Garris
Ein Leben fürs Kino
A Life in the Cinema (1988)

Douglas E. Winter
Nicht ganz ein Zombie
Less Than Zombie (1989)

Wayne Allen Sallee
Schnellverkehr
Rapid Transit (1985)

Edward Bryant
Als sie beim Einkaufen war
While She Was Out (1988)

Nachwort

8543 Paul M. Sammon (Hrsg.)
Splatterpunk 2 (A) (1993)
Splatterpunks: Extreme Horror (1990), 2. Teil
Ü: Maximilian K. Brocken

Vorwort des Herausgebers

Richard Christian Matheson
Gänsehaut
Goosebumps (1987)

Nancy A. Collins
Das Monstrositätenkabinett
Freaktent (1990)

Philip Nutman
Vollgas
Full Throttle

J. S. Russell
Die Stadt der Engel
City of Angels (1990)

George R. R. Martin
Der Fleischhausmann (1982)
Meathouse Man (1976)
Ü: Michael Windgassen

Rex Miller
Das Klassentreffen
Reunion Moon

Roberta Lannes
Zeit für den Abschied
Goodbye, Dark Love (1986)

Chas. Balun
»Euch spuck' ich ins Gesicht«
I Spit in Your Face: Films That Bite (1989)

Nachwort des Herausgebers

8544 Uwe Luserke (Hrsg.)
Splatterpunk 3 (A) (1994)
Ü: Maximilian K. Brocken

Uwe Luserke
Vorwort

J. N. Williamson
Schlag nach im Webster
The Book of Webster's (1986)

Joe R. Lansdale
Bizarre Hände
By Bizarre Hands (1988)

Graham Watkins
Die trauernden Toten
Weeping Women (1993)

Mort Castle
Verflucht sei das Kind (Auszug)
Cursed Be the Child (1990)

James Kisner
Wenn der Mann mit dem Messer liebt
When the Man with the Knife Loves You (1990)

Debra Gray De Noux & O'Neil De Noux
Einzelteile
A Few Pieces (1993)

Hans Dieter Römer
Wölfe im Betonwald

Douglas E. Winter
Schwarze Sonne
Black Sun (1992)

Christopher Fowler
Delikatessen aus dem Schnellimbiß
Jumbo Portions (1989)

Kevin J. Anderson
Redmonds Privatkino
Redmond's Private Screening (1993)

Graham Masterson
Futter für die Schweine
Pig's Dinner (1990)

William Relling jr.
Zu Hause ist es doch am schönsten
No Place Like Home (1991)

Wayne Allen Sallee
Für euch, die ihr lebt
For You, the Living (1992)

8553 Daniel Keyes
Die Leben des Billy Milligan
(1985/1992)
The Minds of Billy Milligan
(1981/1992)
Ü: Roland Fleissner
(➶ 4218/NA unter neuer Nummer)

8603 Peter Straub
Mystery (1990/1992)
Mystery (1990)
Ü: Joachim Körber
(➶ 27 JUM)

8610 Kathe Koja
Schwarzer Abgrund (1992)
The Cipher (1991)
Ü: Thomas Hag

8624 Stephen Solomita
Pur (1993)
Bad to the Bone (1991)
Ü: Gertrud Wittich

8627 Dean R. Koontz
Ort des Grauens (1993)
The Bad Place (1989)
Ü: Monika Seeger

8636 Horror vom Feinsten
(A) (1989) (1993)
(➶ 17 JUM/NA unter neuer Nummer)

Douglas E. Winter
Einführung (1988)
Ü: Walter Ahlers

Stephen King
Der Nachtflieger
The Night Flier (1988)
Ü: Joachim Körber

Paul Hazel
Mittagessen mit Dame
Having a Woman at Lunch
(1988)
Ü: Walter Ahlers

Dennis Etchison
Der Todeskuß
The Blood Kiss (1988)
Ü: Walter Ahlers

Clive Barker
Heimkehr in Trauer
Coming to Grief (1988)
Ü: Joachim Körber

Thomas Tessier
Essen
Food (1988)
Ü: Walter Ahlers

M. John Harrison
Der große Gott Pan
The Great God Pan (1988)
Ü: Walter Ahlers

David Morrell
Die Farbe des Wahnsinns
Orange Is for *Anguish, Blue for Insanity*
(1988)
Ü: Walter Ahlers

Peter Straub
Der Wacholderbaum
The Juniper Tree (1988)
Ü: Joachim Körber

Charles L. Grant
Märchenstunde mit den Toten
Spinning Tales with the Dead
(1988)
Ü: Walter Ahlers

Thomas Ligotti
Alices letztes Abenteuer
Alice's Last Adventure (1988)
Ü: Walter Ahlers

Ramsey Campbell
Ihr werdet mich noch kennenlernen
Next Time You'll Know Me
(1988)
Ü: Joachim Körber

Whitley Strieber
Der Pool
The Pool (1988)
Ü: Joachim Körber

Jack Cady
Wegen des Dunkels
By Reason of Darkness (1988)
Ü: Walter Ahlers

8649 Joachim Körber (Hrsg.)
Erotic Horror (A) (1993)

Ray Garton
Die wunderbare Welt der Filme
Sinema (1988)
Ü: Michael K. Iwoleit

K. W. Jeter
Das erste Mal
The First Time (1990)
Ü: Joachim Körber

A. R. Morlan
Löcher
Holes (1992)
Ü: Ute Thiemann

Richard Christian Matheson
Erregung
Arousal (1990)
Ü: Ursula Mayer

Elizabeth Massie
Die heiße Orgie der gefangenen Jungfrauen
Hot Orgy of the Caged Virgins (1991)
Ü: Joachim Körber

Clive Barker
Sex, Tod und Starglanz
Sex, Death, and Starshine (1984)
Ü: Peter Kobbe

Whitley Strieber
Qual
Pain (1986)
Ü: Michael K. Iwoleit

Graham Masterton
»Schenkst du mir dein Herz?«
»Grease Monkey« (1991)
Ü: Ursula Mayer

Robert A. McCammon
Der Pimmel
The Thang (1990)
Ü: Joachim Körber

James Kisner
Kugelfische
Puffers (1992)
Ü: Ursula Mayer

Ramsey Campbell
Wonnemonat Mai
Merry May (1987)
Ü: Michael K. Iwoleit

Edward Bryant
Fetisch
Fetish (1991)
Ü: Ute Thiemann

8653 Stephen King
In einer kleinen Stadt – »Needful Things« (1994)
Needful Things (1991)
Ü: Christel Wiemken

8661 Whitley Strieber
Billy (1993)
Billy (1990)
Ü: Walter Brumm

8666 James Herbert
Erscheinung (1985/1993)
Shrine (1983)
Ü: Rolf Jurkeit
(➶ 30 UB/NA unter neuer Nummer))

8673 John Saul
In den Klauen des Bösen (1993)
Darkness (1991)
Ü: Gerhard Beckmann

8702 Stephen King
»es« (1986) (1988) (1993)
It (1986)
Ü: Alexandra v. Reinhardt
(➶ 6657 AR, ➶ 1 JUM)

8730 Devin O'Branigan
Hexenspur (1993)
Witch Hunt (1990)
Ü: Helmut Gerstberger

8736 Dean R. Koontz
Vision (1984) (1993)
Vision (1977)
Ü: Wolfgang Lotz
(➶ 19 UB/NA unter neuer Nummer und neuem Titel)

8744 John Farris
Blutfluch (1993)
Friends (1990)
Ü: Michael Windgassen

8755 Gerhard Mensching
Die abschaltbare Frau
(1993)

8756 Ray Garton
Hinter schwarzen Gardinen
(1993)
The New Neighbor (1991)
Ü: Alfred Walter

8762 John Saul
Schule des Schreckens (1993)
Shadows (1992)
Ü: Gabriele Lichtner

8764 Alan Dean Foster
Alien – Das unheimliche Wesen aus einer fremden Welt.
Die 3 *Alien*-Romane
in einem Band (C) (1979/1987/1990)
(1993)

Alien
Alien (1979)
Ü: Heinz Nagel
(➶ 3722)

Aliens – Die Rückkehr
Aliens II (1984)
Ü: Irene Holicki
(➶ 6839 AR)

Alien 3
Aliens III (1992)
Ü: Thomas Hag
(➶ 8490 AR)

8768 Joachim Körber (Hrsg.)
Ratten (A) (1993)

H.P. Lovecraft
Die Ratten im Gemäuer
The Rats in the Walls (1924)
Ü: H. C. Artmann

Uschi Zietsch
Rattenfeuer (1989)

Edward Wellen
Der große Käse
The Big Cheese (1953)
Ü: Joachim Körber

Lord Dunsany
Der Elektrizitätskönig
The Electric King (1931)
Ü: Sepp Leeb

Edward Page Mitchell
Die teuflische Ratte
The Devilish Rat (1878)
Ü: Sepp Leeb

M. R. James
Ratten
Rats (1947)
Ü: Otto Knörrich

Stephen King
Spätschicht
The Graveyard Shift (1970)
Ü: Harro Christensen

Henry Kuttner
Die Friedhofsratten
The Graveyard Rats (1936)
Ü: Ingrid Neumann

Hans Georg Wegener
Das Rattenhaus an der Beresina (1919)

Lygia Fagundes Telles
Ratten-Seminar
Seminário dos ratos (1977)
Ü: Alfred Opitz

Jean Ray
Die grausame Gefahr: Die Ratte
Le péril gris: le rat (1925)
Ü: Alexandra von Reinhardt

Stephen King
Nona (1993)
Nona (1981)
Ü: Joachim Körber & Alexandra von Reinhardt

Witold Gombrowicz
Die Ratte
Szczur (1937)
Ü: Walter Tiel

Alexander Grin
Der Rattenfänger
Krysolov (1924)
Ü: Waltraud Ahrndt

R. Chetwynd-Hayes
Das leere Haus
No One Lives There (1971)
Ü: Thomas Schlück

Robert Bloch
Am Ufer
Water's Edge (1956)
Ü: Monika Wittek

Ramsey Campbell
Da unten
Down There (1987)
Ü: Irene Paetzold

Dean R. Koontz
Gehetzt
Trapped (1990)
Ü: Robert Vito & Klaus Fröba

8772 James Herbert
Besessen (1991) (1993)
Haunted (1988)
Ü: Andreas Brandhorst
(➶ 34 JUM/NA unter neuer Nummer)

8786 Whitley Strieber
Bestie (1993)
Wild (1992)
Ü: Gottfried Röckelein

8789 Arthur C. Clarke
Diesseits der Dämmerung (1993)
Beyond the Fall of Night (1991)
Ü: Walter Brumm

8794 Clive Barker
Jenseits des Bösen (1990) (1993)
The Great and Secret Show (1989)
Ü: Joachim Körber
(➶ 22 JUM/NA unter neuer Nummer)

8820 Thomas Harris
Die Hannibal-Lecter-Romane in einem Band (C) (1988/1990) (1994)

Roter Drache
Red Dragon (1981)
Ü: Sepp Leeb
(➶ 7684)

Das Schweigen der Lämmer
The Silence of the Lambs (1988)
Ü: Marion Dill
(➶ 8294)

8829 Barbara Frischmuth
Die Mystifikationen der Sophie Silber (1993)

8831 Joachim Körber (Hrsg.)
Horror vom Feinsten 2 (A) (1993)

Joachim Körber
Vorwort

Stephen King
Klapperzähne
Chattery Teeth (1992)
Ü: Joachim Körber

Ramsey Campbell
Gutenachtgeschichte
Bedtime Story (1986)
Ü: Ute Thiemann

Clive Barker
Verlorene Seelen
Lost Souls (1985)
Ü: Joachim Körber

Dean R. Koontz
Unten in der Dunkelheit
Down in the Darkness (1986)
Ü: Joachim Körber

Dan Simmons
Zwei Minuten fünfundvierzig Sekunden
Two Minutes Forty-five Seconds (1988)
Ü: Joachim Körber

Peter Straub
Das Geisterdorf
The Ghost Village (1992)
Ü: Ralph Tegtmeier

John Farris
Der Duft von Veilchen
The Odor of Violets (1988)
Ü: Ralph Tegtmeier

Dennis Etchison
In der Ecke, leise wimmernd
Sitting in the Corner, Whimpering Quietly (1976)
Ü: Ralph Tegtmeier

Edward Bryant
Menschliche Überreste
Human Remains (1992)
Ü: Ute Thiemann

Lisa Tuttle
Puppenburger
Dollburger (1972)
Ü: Michael Becker

Steve Rasnic Tem
Vorbereitung auf das Spiel
Preparations for the Game (1986)
Ü: Ute Thiemann

Charles L. Grant
Schneemann
Snow Man (1988)
Ü: Ute Thiemann

John Skipp & Craig Spector
Die man liebt
The Ones You Love (1992)
Ü: Joachim Körber

Felice Picano
Absolutes Schwarz
Absolute Ebony (1982)
Ü: Ute Thiemann

Whitley Strieber
Die Nixon-Maske
The Nixon-Mask (1986)
Ü: Joachim Körber

T.E.D. Klein
Gute Beziehungen
Well-Connected (1988)
Ü: Ralph Tegtmeier

Patrick McGrath
Wasser und Blut
Blood and Water (1988)
Ü: Brigitte Walitzek

Fay Weldon
Ein Unschuldsengel
Angel, All Innocence (1981)
Ü: Ute Thiemann

Joyce Carol Oates
Der Bingomeister
The Bingo Master (1980)
Ü: Sepp Leeb

John Shirley
Delia und die Dinner Party
Delia and the Dinner Party (1990)
Ü: Sepp Leeb

Richard Christian Matheson
Vampir
Vampire (1986)
Ü: Joachim Körber

Joe R. Lansdale
Mein toter Hund Bobby
My Dead Dog Bobby (1987)
Ü: Joachim Körber

Kathe Koja
Monstrositäten
Teratismus (1992)
Ü: Ute Thiemann

Rex Miller
Sweetie
Sweet Pea (1989)
Ü: Ralph Tegtmeier

Nancy A. Collins
Freakbabies. Ein Stück in einem Akt
Freakbabies. A Play in One Act (1992)
Ü: Ralph Tegtmeier

Brian Hodge
Krebs und Ratten
Cancer Causes Rats (1991)
Ü: Sepp Leeb

Ray Garton
Stücke
Pieces (1992)
Ü: Ralph Tegtmeier

Elizabeth Massie
Tod um elf
Death at Eleven (1992)
Ü: Joachim Körber

K. W. Jeter
Blau an einem Ende, gelb am anderen
Blue at One End, Yellow at the Other (1990)
Ü: Joachim Körber

Wayne Allen Sallee
Das Grinsen des Schmerzes
Pain Grin (1993)
Ü: Joachim Körber

8835 Arthur C. Clarke & Gregory Benford
Jenseits der Dämmerung (1993)
Beyond the Fall of Night (1990)
Ü: Walter Brumm

8838 Stephen King
Der Dunkle Turm: »Schwarz« und »Drei« in einem Band (C) (1989/1989) (1994)
Ü: Joachim Körber

SCHWARZ
The Dark Tower:
The Gunslinger (1982)
Der Revolvermann (1980)
The Gunslinger (1976)

Das Rasthaus (1981)
The Way Station (1980)

Das Orakel und die Berge (1983)
The Oracle and the Mountains (1981)

Die langsamen Mutanten (1983)
The Slow Mutants (1981)

Der Revolvermann und der Mann in Schwarz (1984)
The Gunslinger and the Dark Man (1981)

DREI
The Dark Tower:
The Drawing of the Three (1987)

8853 Dean R. Koontz
Zwielicht (1991/1994)
Twilight Eyes (1985)
Ü: Alexandra v. Reinhardt

8859 Stephen Solomita
Push (1994)
Forced Entry (1990)
Ü: Evelin Sudakowa-Blasberg

8861 Kathe Koja
Schwarze Träume (1994)
Bad Brains (1992)
Ü: Thomas Hag

8863 STAR TREK - Die Abenteuer des Raumschiffs »Enterprise« (A) (1990/1990/1991) (1994)
Ü: Andreas Brandhorst

Barbara Hambly
Ishmael
Ishmael (1985)
(➶ 4662)

Majliss Larson
Das Faustpfand der Klingonen
Pawns and Symbols (1985)
(➶ 4741)

Brad Ferguson
Krise auf Centaurus
Crisis on Centaurus (1986)
(➶ 4776)

8868 Clive Barker
Gyre (1992/1994)
Weaveworld (1987)
Ü: Joachim Körber
(➶ 35 JUM)

8874 David Martin
Das Ritual des Hasses (1994)
Bring Me Children (1992)
Ü: Hans Schuld

8887 Marie-Josèphe Guers
Die Braut des Nordens (1994)
La fiancée du nord (1992)
Ü: Helmut A. Groeger

8890 Dan Simmons
In der Schwebe (1994)
Phases of Gravity (1989)
Ü: Joachim Körber

8900 Stephen King
Blut – Im Morgengrauen/
Der Gesang der Toten/Der Fornit: Die Erzählungen »Skeleton Crew« erstmals in einem Band (C) (1985/1986/1987) (1996)
Skeleton Crew (1985)
Ü: Joachim Körber

Vorwort
Introduction

Der Nebel
The Mist
Ü: Alexandra v. Reinhardt
(➶ 6553 AR)

Hier seyen Tiger
Here There Be Tygers
(➶ 6553 AR/als »Achtung – Tiger!«)

Der Affe
The Monkey
Ü: Alexandra v. Reinhardt
(➶ 6888 AR)

Kains Aufbegehren
Cain Rose Up
(➶ 6705 AR)

Mrs. Todds Abkürzungen
Mrs. Todd's Shortcut
(➶ 6705 AR)

Der Jaunt
The Jaunt
(➶ 6705 AR)

Der Hochzeitsempfang
The Wedding Gig
(➶ 6705 AR)

Paranoid: ein Gesang
Paranoid: A Chant
(➶ 6888 AR)

Das Floß
The Raft
(➶ 6705 AR)

Textcomputer der Götter
Word Processor of the Gods
(➶ 6888 AR)

Der Mann, der niemandem die Hand geben wollte
The Man Who Would Not Shake Hands
(➶ 6705 AR)

Dünenwelt
Beachworld
(➶ 6888 AR/als »Der Dünenplanet«)

Das Bildnis des Sensenmanns
The Reaper's Image
(➶ 6705 AR/als »Der Sensenmann«)

Nona
Nona
(➶ 6705 AR)

Für Owen
For Owen
(↗ 6888 AR)

Überlebenstyp
Survivor Type
Ü: Monika Hahn
(↗ 6888 AR)

Onkel Ottos Lastwagen
Uncle Otto's Truck
Ü: Martin Bliesse
(↗ 6705 AR)

Morgenlieferungen
Morning Deliveries
(↗ 6553 AR)

Große Ränder:
eine Geschichte aus dem Wäschereigeschäft
Big Wheels: A Tale of the Laundry Game (1982)
(↗ 6888 AR/als »Der Milchmann schlägt wieder zu«)

Omi
Gramma (1984)
(↗ 6553 AR)

Die Ballade von der flexiblen Kugel
The Ballad of the Flexible Bullet (1984)
(↗ 6888 AR/als »Der Fornit«)

Die Meerenge (1989)
The Reach (1981)
(↗ 6705 AR, ↗ 7877 AR/als »Der Gesang der Toten«)
Ü: Alexandra v. Reinhardt

Anmerkungen
Notes

8910 James Herbert
Creed (1993/1994)
Creed (1990)
Ü: Walter Brumm
(↗ 39 JUM)

8920 Stephen King
DEAD ZONE – Das Attentat (1987/1994)
Dead Zone (1979)
Ü: Joachim Körber
(↗ 6953 AR)

8922 Thomas Harris
Roter Drache (1988/1993)
Red Dragon (1981)
Ü: Sepp Leeb
(↗ 7684 AR, auch ↗ 8820 AR)

8925 Peter Straub
Schattenland (1983/1986/1993)
Shadowland (1980)
Ü: Walter Brumm
(↗ 3999, ↗ 6713 AR/NA unter neuer Nummer)

8929 Dean R. Koontz
Mitternacht (1990/1993)
Midnight (1989)
Ü: Joachim Körber
(↗ 8444 AR/NA unter neuer Nummer)

8933 Richard Bachman
Amok (1988/1993)
Rage (1977)
Ü: Joachim Honnef
(↗ 7695 AR/NA unter neuer Nummer)

8934 John Saul
Bestien (1990/1993)
Creature (1989)
Ü: Walter Brumm
(↗ 8035 AR)

8947 Hanns Kneifel
Raumpatrouille ORION –
Die 7 phantastischen Abenteuer in einem Band (C) (1991/1993)

Angriff aus dem All (1968)
Planet außer Kurs (1968)
Die Hüter des Gesetzes (1968)
Deserteure (1968)
Kampf um die Sonne (1968)
Die Raumfalle (1968)
Invasion (1968)

8950 Stephen King
STARK – The Dark Half
(1989/1993)
The Dark Half (1989)
Ü: Christel Wiemken
(➶ 8269 AR)

8999 Stephen King
In einer kleinen Stadt – »Needful Things«
(1991) (1993/1994)
Needful Things (1991)
Ü: Christel Wiemken
(➶ 8653 AR)

9035 Stephen King
In einer kleinen Stadt »Needful Things«
(1994)
(Sonderausgabe von 01/8653)

9036 Richard Bachman
Todesmarsch
(1987/1994)
The Long Walk (1979)
Ü: Nora Jensen
(➶ 6848 AR)

9038 Dan Simmons
Göttin des Todes (1991/1994)
Song of Kali (1985)
Ü: Joachim Körber
(➶ 8190 AR)

9047 Stephen King
Dolores (1993/1994)
Dolores Claiborne (1992)
Ü: Christel Wiemken

9054 Bernard Werber
Die Ameisen (1994)
Les fourmis (1991)
Ü: Michael Mosblech

9072 Katherine E. Quenot
Weiß wie die Nacht (1994)
Blanc comme la nuit (1991)
Ü: Helmut A. Groeger

9075 Ken Grimwood
Das zweite Spiel (1994)
Replay (1986)
Ü: Norbert Stöbe

9080 Dean R. Koontz
Die Kälte des Feuers (1991/1994)
Cold Fire (1991)
Ü: Andreas Brandhorst
(➶ 32 JUM)

9084 W. & K. Gear
Das Volk des Feuers (1994)
People of the Fire (1991)
Ü: Dagmar Roth

9091 Barbara Frischmuth
Amy oder die Metamorphose (1978/1994)

9092 John Saul
Die Wächter (1994)
Guardian (1993)
Ü: Cornelia Haenchen

9099 Peter Straub
Haus ohne Türen (1993/1994)
Houses without Doors (1990)
Ü: Andreas Brandhorst & Joachim Körber
(➶ 45 JUM)

9112 STAR TREK – Die neuen Abenteuer des Raumschiffs »Enterprise«
(A) (1989/1989/1990) (1994)
Ü: Andreas Brandhorst

David Gerrold
Mission Farpoint
Encounter at Farpoint (1987)
(➶ 4589)
Gene Deweese
Die Friedenswächter
The Peacekeepers (1988)
(➶ 4646)
Carmen Carter
Die Kinder von Hamlin
The Children of Hamlin (1988)
(➶ 4685)

9116 Stephen King
Bachman – Drei Romane in einem Band (C) (1985/1986/1986) (1994)
Ü: Nora Jensen
Der Fluch
Thinner (1984)
(➶ 6601 AR)
Menschenjagd
Running (1982)
(➶ 6687 AR)
Sprengstoff
Roadwork (1984)
(➶ 6762 AR)

9118 John Lutz
Der letzte Tanz (1994)
Dancing with the Dead (1992)
Ü: Ingeborg Salm-Beckgerd

9133 James Herbert
Apokalypse (1994)
Portent (1992)
Ü: Alexandra v. Reinhardt

9143 Tabitha King
Bad Girl (1994)
On the One (1993)
Ü: Marcel Bieger

9146 Gisbert Haefs
Barakuda: Pasdan (1992) (1995)

9147 Gisbert Haefs
Barakuda: Gashiri (1992) (1995)

9148 Gisbert Haefs
Barakuda: Banyadir (1996)

9348 John Saul
Duo – 2 Romane in einem Band (C) (1989/1993) (1995)
Zeit des Grauens
The Unloved (1988)
Ü: Hartmut Huff
(➶ 7944 AR)
In den Klauen des Bösen
Darkness (1991)
Ü: Gerhard Beckmann
(➶ 8673 AR)

9351 Tabitha King
Duo – 2 Romane in einem Band (C) (1986/1986) (1995)
Die Seelenwächter
Caretakers (1983)
Ü: Wolfgang Crass
(➶ 6755 AR)
Das Puppenhaus
Small World (1981)
Ü: Rainer Epp
(➶ 6625 AR)

9353 Dean Koontz
Die Spuren (1995)
Shattered (1973)
Ü: Heinz Zwack
(➶ 136 JUM)

9354 Dean Koontz
Nachtstimmen (1995)
The Voice of the Night (1980)
Ü: Heinz Zwack

9369 Stephen King
Alpträume (C) (1995)
Nightmares and Dreamscapes (1993), 1. Teil
Ü: Joachim Körber

9372 Kathy Tyers
STAR WARS - Der Pakt von Bakura (1994)
Star Wars – A Truce at Bakura (1993)
Ü: Hans Sommer

9373 Kevin J. Anderson
STAR WARS - Flucht ins Ungewisse (1995)
STAR WARS – The Jedi Academy Trilogy, Volume 1: Jedi Search (1994)
Ü: Thomas Ziegler

9374 Dave Wolverton
STAR WARS - Entführung nach Dathomir (1995)
STAR WARS – The Courtship of Princess Leia (1994)
Ü: Thomas Ziegler

9375 Kevin J. Anderson
STAR WARS - Der Geist des Dunklen Lords (1996)
STAR WARS – The Jedi Academy Trilogy, Volume 2: Dark Apprentice (1994)
Ü: Thomas Ziegler

9376 Kevin J. Anderson
STAR WARS - Die Meister der Macht (1995/96)
STAR WARS – The Jedi Academy Trilogy, Volume 3: Champions of The Force (1994)
Ü: Thomas Ziegler

9379 Didier van Cauwelaert
Die Ferien des Phantoms (1994)
Les vacances du Fantôme (1986)
Ü: Veronica Cordes

9399 Dan Simmons
Das leere Gesicht (1994)
The Hollow Man (1992)
Ü: Joachim Körber

9408 Clive Barker
Imagica (1993/1994)
Imajica (1991)
Ü: Andreas Brandhorst
(➶ 49 JUM)

9416 Mary W. Shelley
Frankenstein (1953/1968) (1995)
Frankenstein or The Modern Prometheus (1818/1823)
Ü: Christian Barth u. Christiane Gsänger

9422 Dean Koontz
Das Versteck (1995)
Hideaway (1992)
Ü: Alexandra v. Reinhardt u. Susanne Dickerhof-Kranz

9432 STAR TREK: Raumschiff Enterprise - Die nächste Generation/
Drei Romane in einem Band (A) (1990/1992/1992) (1994)

Diane Carey
Gespensterschiff
Ghostship (1988)
Ü: Norbert Stresau
(➶ 4757)

Carmen Carter/Peter David/Michael Jan Friedman/ Robert Greenberger
Planet des Untergangs
Doomsday World (1990)
Ü: Andreas Brandhorst
(➶ 4899)

A. C. Crispin
Die Augen des Betrachters
The Eyes of the Beholders (1990)
Ü: Andreas Brandhorst
(➶ 4914)

9441 Peter Straub
Der Schlund (1995)
The Throat (1993)
Ü: Edith Walter

9459 John Saul
Am Strand des Todes
(1995)
Cry for the Strangers
(1979)
Ü: D. D. Melur

9468 Richard Bachman
(Stephen King)
2 Romane in einem Band
(C) (1987/1988) (1995)

Todesmarsch
The Long Walk (1979)
Ü: Nora Jensen
(➶ 6848 AR)

Amok
Rage (1977)
Ü: Joachim Honnef
(➶ 7695 AR)

9470 Stephen King
Brennen muß Salem!
(1985/1991) (1996)
Salem's Lot (1979)
Ü: Ilse Winger und Christoph Wagner
(➶ 6478 AR, ➶ 8513 AR)

9471 Stephen King
Die Augen des Drachen (1987)
The Eyes of the Dragon (1987)
Ü: Joachim Körber
(➶ 6824 AR)

9472 Stephen King
Dead Zone – Das Attentat
(1987/1994) (1996)
Dead Zone (1979)
Ü: Joachim Körber
(➶ 6953 AR, ➶ 8920 AR)

9473 Stephen King
Friedhof der Kuscheltiere (1988) (1996)
Pet Sematary (1983)
Ü: Christel Wiemken
(➶ 7627 AR)

9474 Stephen King
Das Monstrum »Tommyknockers« (1990) (1996)
The Tommyknockers (1987)
Ü: Joachim Körber
(➶ 7995 AR)

9475 Stephen King
Stark. »The Dark Half« (1991/1993) (1996)
The Dark Half (1989)
Ü: Christel Wiemken
(➶ 8269 AR, ➶ 8950 AR)

9476 Stephen King
Christine (1991) (1996)
Christine (1983)
Ü: Bodo Baumann
(➶ 8325 AR)

9477 Stephen King
In einer kleinen Stadt – »Needful Things«
(1993/1994/1994) (1996)
Needful Things (1991)
Ü: Christel Wiemken
(➶ 8653 AR, ➶ 8999 AR, ➶ 9035 AR)

9478 Stephen King
Im Morgengrauen (C) (1985) (1996)
Skeleton Crew (1985), Teil 1
Ü: Alexandra v. Reinhardt
(➶ 6553 AR, ➶ 8900 AR)

Der Mann, der niemandem die Hand
geben wollte
The Man Who Would Not Shake Hands

Achtung – Tiger!
Here There Be Tygers

Omi
Gramma
(➶ 7701 AR)

Morgenlieferungen
Morning Deliveries (Milkman 1)
Der Nebel
The Mist
(➶ 21 JB)

9479 Stephen King
Der Gesang der Toten (C) (1986) (1996)
Skeleton Crew (1985), Teil 2
Ü: Alexandra v. Reinhardt
(➶ 6705 AR, ➶ 8900 AR)

Mrs. Todds Abkürzung
Mrs. Todd's Shortcut
(➶ 6793 AR)
Der Hochzeitsempfang
The Wedding Gig (1980)
Travel
The Jaunt (1981)
Kains Aufbegehren
Cain Rose Up (1968/1985)
Das Floß
The Raft (1982)
(➶ 6498 AR, ➶ 7877 AR)
Der Gesang der Toten
The Reach (Do the Dead Sing?) (1981)
Der Sensenmann
The Reaper's Image (1969)
(➶ 7877 AR)
Nona
Nona (1978)
(➶ 8768 AR, ➶ 16 UB)
Onkel Ottos Lastwagen
Uncle Otto's Truck (1983)

9480 Stephen King
Der Fornit (C) (1987) (1996)
Skeleton Crew (1985), Teil 3
Ü: Alexandra v. Reinhardt
(➶ 6888 AR, ➶ 8900 AR)

Der Affe
The Monkey
(➶ 6600 AR)
Paranoid: der Gesang
A Chant
Ü: Joachim Körber
Der Textcomputer der Götter
Word Processor of the Gods
Für Owen
For Owen
Ü: Joachim Körber
Der Überlebenstyp
Survivor Type
Ü: Monika Hahn
(➶ 6351 AR, ➶ 7877 AR)
Der Milchmann schlägt wieder zu
Big Wheels: A Tale of the Laundry Game (Milkman 2)
Der Fornit
The Ballad of the Flexible Bullet
(➶ 6700 AR)
Der Dünenplanet
Beachworld

9481 Stephen King
Die Verurteilten –
Frühling, Sommer,
Herbst und Tod.
4 Kurzromane (C) (1992/1995)
(1996)
Different Seasons (1982)
Ü: Harro Christensen
(➶ 8403 AR)

Die Verurteilten (Frühlingserwachen: Pin-up)
Hope Springs Eternal – Rita Hayworth and Shawshank Redemption
Sommergewitter: Der Musterschüler
Summer of Corruption: Art Pupil
Herbstsonate: Die Leiche
Fall from Innocence – The Body
Ein Wintermärchen: Atemtechnik
Winter's Tale – Breathing Method
Nachwort
Afterword

9482 Richard Bachman
Sprengstoff (1986) (1994) (1996)
Roadwork (1984)
Ü: Nora Jensen und Inge Leipold
(➶ 6762 AR, ➶ 9116 AR)

9489 Dean Koontz
Todesdämmerung (1991/1994) (1996)
The Servants of Twilight (1984)
Ü: Heinz Nagel
(➶ 8041 AR, ➶ 101 TdM)

9518 Stephen King
Das Spiel (1995)
Gerald's Game (1992)
Ü: Joachim Körber

9536 Wolfgang Hohlbein
Das Druidentor (1995)

9543 Terry Pratchett
Gevatter Tod (1990) (1995)
Mort (1987)
Ü: Andreas Brandhorst
(➶ 4706)

9549 John Saul
Töchter des Bösen (1995)
The Homing (1994)
Ü: Alexandra v. Reinhardt

9551 STAR TREK – Auftrag für Raumschiff »Enterprise«:
3 Romane in einem Band (A)
(1996/1987/1987) (1995)

Sonni Cooper
Schwarzes Feuer
Black Fire (1982)
Ü: Hans Maeter
(➶ 4270)

A. C. Crispin
Sohn der Vergangenheit
Yesterday's Son (1983)
Ü: Andreas Brandhorst
(➶ 4431)

Diane Duane
Der verwundete Himmel
The Wounded Sky (1983)
Ü: Hans Maeter
(➶ 4458)

9554 Dean Koontz
Schlüssel der Dunkelheit
(1992) (1995)
The Key to Midnight (1979)
Ü: Alexandra v. Reinhardt
(➶ 40 JUM/erw. NA unter neuer Nummer)

9559 Susan Shwartz
Der Wald von Broliande (1995)
The Grail of Hearts (1992)
Ü: Michaela Link

9563 Isaac Asimov
Das Foundation-Projekt (1995)
Forward to Foundation (1993)
Ü: Irene Holicki

9572 Stephen King
Abgrund (C) (1995)
Nightmares and Dreamscapes
(1993), 2. Teil
Ü: Joachim Körber

9581 Dave Marinaccio
Alles, was ich im Leben wirklich brauche, habe ich von STAR TREK gelernt (1995)
All I Really Need to Know I Learned from Watching STAR TREK
(1994)
Ü: Michael Windgassen

9584 William Gibson
Biochips (1988/1995)
Count Zero (1986)
Ü: Reinhard Heinz
(➶ 4529)

9595 Clive Barker
Stadt des Bösen (1995)
Everville (1994)
Ü: Joachim Körber

9602 Joan Aiken
Die Lady aus Cornwall
(1980) (1995)
Nightfall (o.J.)
Ü: Gabriele Redden
(➶ 2053 RTh = Romantic Thriller/
NA unter neuer Nummer, früherer Titel:
»Träume süß, kleine Meggie«)

9603 Peter Straub
Geisterstunde (1995)
Ghost Story (1979)
Ü: Hanna Molden

9617 STAR TREK – Die Mission des Raumschiffs »Enterprise«:
3 Romane in einem Band (A)
(1986/1986/1987) (1995)
Ü: Hans Maeter

Howard Weinstein
Die Macht der Krone
The Covenant of the Crown (1981)
(➶ 4342)

Robert E. Vardeman
Meuterei auf der Enterprise
Mutiny on the Enterprise (1983)
(➶ 4285)

Sondra Marshak & Myrna Culbreath
Das Prometheus-Projekt
The Prometheus-Design (1982)
(➶ 4379)

9628 Stephen King
Die Verurteilten – Frühling, Sommer, Herbst und Tod
4 Kurzromane (C) (1992/1995)
Different Seasons (1982)
Ü: Harro Christensen
(➶ 8403 AR, auch ➶ 9481 AR)

Die Verurteilten
(Frühlingserwachen: Pin-up)
Hope Springs Eternal – Rita Hayworth and Shawshank Redemption

Sommergewitter:
Der Musterschüler
Summer of Corruption – Art Pupil

Herbstsonate: Die Leiche
Fall from Innocence – The Body

Ein Wintermärchen: Atemtechnik
A Winter's Tale – The Breathing Method

Nachwort
Afterword
(➶ 8403 AR)

9631 Stephen King
Dolores (1993/1994) (1996)
Dolores Claiborne (1992)
Ü: Christel Wiemken
(➶ 9047 AR, ➶ 9488 AR)

9632 Dean Koontz
Das Versteckspiel (1995) (1996)
Hideaway (1992)
Ü: Alexandra v. Reinhardt u.
Susanne Dickerhof-Kranz
(➶ 9422 AR)

9655 Megan Lindholm
Das Rentiervolk
(1994) (1996)
The Reindeer People (1988)
Ü: Walter Brumm
(➶ 5121)

9668 Stephen King
schlaflos/INSOMNIA
(1994) (1996)
Insomnia (1994)
Ü: Joachim Körber
(➶ 5 HC)

9669 Stephen King
»Sie« (1987/1988/1991) (1996)
Misery (1987)
Ü: Joachim Körber
(➶ 7500 AR, ➶ 8293 AR, ➶ 2 JUM)

9670 Stephen King
tot (1992) (1996)
The Dark Tower III: The Waste Lands (1991)
Ü: Joachim Körber
(➶ 37 JUM)

9671 Stephen King
Langoliers (C) (1991) (1996)
Four Past Midnight (1990), Teil 1
Ü: Joachim Körber
(➶ 26 JUM)

Kurz vor Mitternacht: eine Vorbemerkung

Langoliers
The Langoliers

Das heimliche Fenster, der heimliche Garten
Secret Window, Secret Garden

9672 Stephen King
Friedhof der Kuscheltiere
(1988/1996) (1996)
Pet Sematary (1983)
Ü: Christel Wiemken
(➶ 7627 AR, ➶ 9473 AR)

9673 Stephen King
Das Monstrum »Tommyknockers« (1990/1996)
(1996)
The Tommyknockers (1987)
Ü: Joachim Körber
(➶ 7995 AR, ➶ 9474 AR)

9674 Stephen King
In einer kleinen Stadt – »Needful Things«
(1993/1994/1994/1996) (1996)
Needful Things (1991)
Ü: Christel Wiemken
(➶ 8653 AR, ➶ 8999 AR, ➶ 9035 AR,
➶ 9477 AR)

9675 Stephen King
Dolores (1993/1994/1996) (1996)
Dolores Claiborne (1992)
Ü: Christel Wiemken
(➶ 9047 AR, ➶ 9488 AR, ➶ 9631 AR)

9680 Dean Koontz
Die zweite Haut (1994) (1995)
Mr. Murder (1993)
Ü: Joachim Körber
(➶ 2 HC)

9684 Wolfgang Hohlbein
Das Netz (1996)

9694 Joachim Körber (Hrsg.)
Das Stephen King-Buch.
Aktualisierte und erweiterte Ausgabe
(A) (1989) (1995)
(➶ 7877 AR/erw. NA unter neuer Nummer)

9698 Marion Zimmer Bradley/
Julian May/Andre Norton
Die Zauberin von Ruwenda (1994)
(1995)
Black Trillium (1990)
Ü: Marion Balkenhol
(➶ 7 HC)

9724 Arthur C. Clarke & Gentry Lee
Nodus (1996)
Rama Revealed (1993)
Ü: Roland Fleissner

9744 STAR TREK – Botschaft für
Raumschiff »Enterprise«:
2 Romane in einem Band (A)
(1985,1995/1988) (1996)

M.S. Murdock
Das Netz der Romulaner
The Web of the Romulans
(1983)
Ü: Hans Maeter
(➶ 4209, ➶ 6451)

John M. Ford
Der letzte Schachzug
The Final Reflection (1985)
Ü: Andreas Brandhorst
(➶ 4528)

9751 Peter Straub
Der Hauch des Drachen (1996)
Floating Dragon (1983)
Ü: Harro Christensen

9773 Dennis Etchison (Hrsg.)
Metahorror (A) (1996)
Metahorror (1992)
Ü: Hans Schuld

Barry N. Malzberg & Jack Dann
Melancholie und die abstrakte Wahrheit (1988)
Blues and the Abstract Truth (1988)
Ü: Ronald M. Hahn
(➶ 4574)

Scott Edelman
Sind Sie oder waren Sie?
Are You Now?

Lawrence Watt-Evans
Ein Stich
Stab

Richard Christian Matheson
Verstümmler
Mutilator

Joyce Carol Oates
Martyrium
Martyrdom
Ü: Renate Orth-Guttmann

Kim Antieau
Heckenrose
Briar Rose

Lisa Tuttle
Ersatz
Replacements

Donald R. Burleson
Ziggles
Ziggles

Ramsey Campbell
Am anderen Ende
End of the Line

Karl Edward Wagner
Tote sind das einzig Wahre
Did They Get You to Trade?

M.John Harrison
Gifco
Gifco

Whitley Strieber
Eins mit dem Tier
The Properties of the Beast

Thomas Tessier
Zum Lob der Narretei
In Praise of Folly

William F. Nolan
Der Besuch
The Visit

George Clayton Johnson
Der Klang der Wahrheit
The Ring of Truth

David Morrell
Niemand wird dir was tun
Nothing Will Hurt You

Steve Rasnic Tem
Unter der Erde
Underground

Robert Devereaux
Bucky geht zur Kirche
Bucky Goes to Church

Barry N. Malzberg
Dumbarton Oaks
Dumbarton Oaks

Chelsea Quinn Yarbro
Novene
Novena

Peter Straub
Das Geisterdorf
The Ghost Village
Ü: Ralph Tegtmeier

9779 Dan Sirnmons
Styx (C) (1995)
Players of the Broken Stones (1990)
Ü: Joachim Körber

Harlan Ellison
Einführung

Der Styx fließt bergauf
The River Styx Runs Upstream (1982)

Alptraumaugen, die ich fürchte (1994)
Eyes I Dare Not Meet in Dreams (1982)

Vanni Fucci erfreut sich bester Gesundheit und lebt in der Hölle (1990)
Vanni Fucci Is Alive and Well and Living in Hell (1988)

Gequält vom Alptraum in der schaukelnden Wiege
Vexed to Nightmare by a Rocking Cradie (1985)

Erinnerungen an Siri
Remembering Siri (1983)

Metastasis (1990)
Metastasis (1988)

Das Opfer
The Offering (1990)

Nach Nam-Land ohne Rückfahrkarte
E-Ticket to »Namland« (1987)

Iversons Gruben (1990)
Iverson's Pits (1988)

Rasieren und Haareschneiden, zweimal beißen
Shave and a Haircut, Two Bites (1989)

Der Tod des Zentaurs (1993)
The Death of the Centaur (1990)

Zwei Minuten fünfundvierzig Sekunden (1993)
Two Minutes Forty-Five Seconds (1988)

Totengrausen (1992)
Carrion Comfort (1983)

9786 Marion Zimmer Bradley
Trommeln in der Dämmerung (1985/1996)
Drums of Darkness (1976)
Ü: Burkhard Jost
(➶ 6602 AR)

9798 Dan Simmons
Sommer der Nacht (1992/1996)
Summer of Night (1991)
Ü: Joachim Körber
(➶ 36 JUM)

9804 James Herbert
Haunted – Haus der Geister (1991/1996)
Haunted (1988)
Ü: Andreas Brandhorst
(➶ 8772 AR/NA unter neuer Nummer und neuem Titel)

9818 Dean Koontz
Das Versteck (1995) (1996)
Hideaway (1992)
Ü: Alexandra v. Reinhardt und Susanne Dickerhof-Kranz
(➶ 9422 AR)

9819 Dean Koontz
Die Tür ins Dunkel (1990/1992) (1996)
The Door To December (1985)
Ü: Alexandra v. Reinhardt
(➶ 7992 AR, ➶ 85 TdM)

9820 Dean Koontz
Nackte Angst (1996)
The Face of Fear (1977)
Ü: Heinz Nagel

9821 Dean Koontz
Wenn die Dunkelheit kommt (1987/1992/1992) (1996)
Darkfall (1984)
Ü: Irene Holicki
(➶ 6833 AR, ➶ 8519 AR, ➶ 71 JB)

9822 Dean Koontz
Ort des Grauens (1993) (1996)
The Bad Place (1989)
Ü: Monica Seeger
(➶ 8627 AR)

9823 Dean Koontz
Mitternacht (1990/1993) (1996)
Midnight (1989)
Ü: Joachim Körber
(➶ 8444 AR, ➶ 8929 AR)

9824 Dean Koontz
Das Haus der Angst
(1987/1992) (1996)
The House of Thunder (1982)
Ü: Edgar Müller-Frantz
(➶ 6913 AR, ➶ 8519 AR)

9825 Dean Koontz
Zwielicht (1991/1994) (1996)
Twilight Eyes (1985)
Ü: Alexandra v. Reinhardt
(➶ 8853 AR, ➶ 29 JUM)

9826 Dean Koontz
Vision (1984/1990/1992/1993) (1996)
The Vision (1977)
Ü: Wolfgang Lotz
(➶ 8736 AR/als »Die Hellseherin«,
auch ➶ 48 JB, ➶ 76 TdM,
➶ 19 UB)

9827 Dean Koontz
Schlüssel der Dunkelheit
(1992/1995) (1996)
The Key to Midnight (1979)
Ü: Alexandra v. Reinhardt (erw. NA ➶ 9554 AR/gek. Ausg. ➶ 40 JUM)

9828 Dean Koontz
Schwarzer Mond (1989) (1996)
Strangers (1986)
Ü: Alexandra v. Reinhardt
(➶ 7903 AR)

9829 Dean Koontz
Drachentränen (1995/1996)
Dragon Tears (1993)
Ü: Ellen Schlootz
(➶ 14 HC)

9859 Barbara Michaels
Haus der Wiederkehr (1996)
Ammie, Come Home (1986)
Ü: Gabriele Lichtner

9874 Mary Ryan
Schattentanz (1996)
Mask of the Night (1994)
Ü: Sonja Schumacher und
Christine Strüh

9877 Peter Straub
Das geheimnisvolle Mädchen
(1986/1996)
Under Venus (1984)
Ü: Joachim Körber
(➶ 6781 AR)

9882 Wolfgang Hohlbein
Azrael (1994) (1996)
(➶ 6 HC/NA als Taschenbuch mit neuer Nummer)

9885 Bernard Werber
Der Tag der Ameisen (1994) (1996)
Le jour des fourmis (1992)
Ü: Michael Hofmann

9896 STAR TREK –
Verschwörung an Bord der
»Enterprise«:
2 Romane in einem Band (A)
(1987,1995/1988,1995) (1996)
Ü: Andreas Brandhorst

Sondra Marshak & Myrna Culbreath
Tödliches Dreieck
Triangle (1983)
(➶ 4411, ➶ 6452)

David Dvorkin
Die Trellisane-Konfrontation
The Trellisane Confrontation (1984)
(➶ 4474, ➶ 6452)

9903 Stephen King
»es« (1986) (1988) (1990) (1993) (1996)
It (1986)
Ü: Alexandra v. Reinhardt und Joachim Körber
(➶ 6657 AR, ➶ 8702 AR, ➶ 1 JUM,
➶ 125 SP)

9919 Wess Roberts/Bill Ross
Picards Prinzip – Management by TREK
(1996)
Make It So: Leadership Lessons from STAR TREK – The Next Generation (1995)
Ü: Ralph Sander

9926 Dean Koontz
Chase (1996)
Chase (1972)
Ü: Thomas Hag

9935 Dan Simmons
Kinder der Nacht (1993) (1996)
Children of the Night (1992)
Ü: Joachim Körber
(➶ 50 JUM)

9943 William Gibson
Mona Lisa Overdrive (1989/1996)
Mona Lisa Overdrive (1988)
Ü: Reinhard Heinz
(➶ 4681/NA unter neuer Nummer)

9951 Guy Gavriel Kay
Ein Lied für Arbonne (1996)
A Song for Arbonne (1992)
Ü: Irene Holicki

9953 Ellen Datlow (Hrsg.)
Fieber – 24 dunkle Geschichten (A) (1996)
Little Deaths (1994)
Ü: Bernhard Kleinschmidt

Ellen Datlow
Einführung
Introduction

Stephen Dedman
Die Frau, die nicht vergessen konnte
The Lady of Situations

Lucy Taylor
Hungrige Haut
Hungry Skin

Harry Crews
Becky lebt
Becky Lives

Wayne Allen Sallee
Lover Doll
Lover Doll

Nicholas Royle
Das Pendel
The Swing

J. Calvin Pierce
Sahib
Sahib

Kathe Koja & Barry N. Malzberg
Die sorgsame Geometrie der Liebe
The Careful Geometry of Love

Nicola Griffith
Yaguara
Yaguara

Clive Barker
An den Ufern von Amen
On Amen's Shore (1992)

M. John Harrison
Über den Wolken
Isabel Avens Returns to Stepney in the Spring

Joel Lane
Die Schmerzgrenze
The Pain Barrier

Barry N. Malzberg
Sinfonia Expansiva

Joyce Carol Oates
Fieberbläschen
Fever Blisters

Melanie Tem
Der Felsen
The Rock

Ruth Rendell
Eine Freizeitbeschäftigung
An Outside Interest (1982)
Ü: Sepp Leeb

Kelley Eskridge
Und Salome tanzte
And Salome Danced
Ü: Sepp Leeb

Kathe Koja
Die verstörende Muse
The Disquieting Muse
Ü: Sepp Leeb

Sarah Clemens
Löcher
Holes
Ü: Sepp Leeb

Jack Womack
Die alte Universitätskrawatte
That Old School Tie

Douglas Clegg
Der Eispalast
Ice Palace

Pat Cadigan
Serielle Monogamie
Serial Monogamist

K. W. Jeter
Das schwarze Nachtgewand
Black Nightgown

Richard Christian Matheson
Eine Dreiecksgeschichte
Ménage à trois

Lucius Shepard
Das letzte Mal
The Last Time

9957 Whitley Strieber
Unheiliges Feuer (1994) (1996)
Unholy Fire (1992)
Ü: Christel Wiemken

9962 Marion Zimmer Bradley
Die Teufelsanbeterin (1986/1996)
Dark Satanic (1962)
Ü: Walter Brumm
(➶ 6697 AR)

9963 John Saul
Blitze des Bösen (1996)
Black Lightning (1995)
Ü: Peter Schwertner

9968 Klaus N. Frick (Hrsg.)
Das große PERRY RHODAN-Fanbuch
(A) (1996)

Klaus N. Frick
Vorwort

Klaus N. Frick
Zahlen, Daten, Fakten

Peter Terrid
Gesänge aus der Unterwelt

Volker Nübel
Der Visionär aus Bünde

Michael Thiesen
Versuch einer Übersicht

Peter Terrid
Das PERRY RHODAN-Handbuch

Rüdiger Schäfer
Der kosmische Hintergrund

Rüdiger Schäfer
Die Zyklen im Überblick

Sabine Bretzinger
Die Macher der Serie

Michael Thiesen
Der Mann, der Tolot rennen ließ

Heiko Langhans
Rhodan kompakt, Atlan antik und vieles mehr

Peter Griese
Die Rißzeichnungen in der PERRY RHODAN-Serie

Rüdiger Schäfer
Atlan - Der Einsame der Zeit

Klaus N. Frick
PERRY RHODAN all over

Volker Nübel
Eine kurze Chronik

Liste aller PERRY RHODAN-Heftromane

Klaus N. Frick
Statistiken zu PERRY RHODAN

9970 Vonda McIntyre
STAR WARS – Der Kristallstern (1996)
STAR WARS – The Crystal Star (1994)
Ü: Hans Sommer

10020 Stephen King
Das Bild. Rose Madder
(1995) (1996)
Rose Madder (1993)
Ü: Joachim Körber
(➶ 23 HC)

10039 Dean Koontz
Highway ins Dunkel (C) (1997)
Strange Highways Story Collection (1995)
Ü: Alexandra v. Reinhardt

Highway ins Dunkel
Strange Highways

Der schwarze Kürbis (1993)
The Black Pumpkin (1986)

Miss Attila, die Hunnin
Miss Attila the Hun (1987)

Unten in der Dunkelheit (1991)
Down in the Darkness (1986)
Ü: Joachim Körber

Ollies Hände
Ollie's Hands (1972/1995)

Der Handtaschenräuber
Snatcher (1986)

Gehetzt
Trapped (1986)
Ü: Klaus Fröba

Bruno
Bruno (1971/1995)

Wir drei
We Three (1974/1995)

Dickschädel
Hardshell (1987)

Kätzchen
Kittens (1966/1995)

Die Sturmnacht
The Storm of the Night (1974/1995)

Dämmerung des Morgens
(1992)
Twilight of the Dawn
(1987)
Ü: Karina Of

10044 STAR TREK –
Mission in Raum und Zeit
(A) (1990/1993) (1993)
Ü: Andreas Brandhorst

Della Van Hise
Zeit zu töten
Killing Time (1985)
(➶ 4698)

David Dvorkin
Die Zeitfalle
Timetrap (1988)
(➶ 4996)

10051 John Brosnan
Verflixt und zugehext (1997)
Damned & Fancy (1995)
Ü: Thomas Hag

10071 Peter Straub
Die fremde Frau (1987/1997)
Marriages (1973)
Ü: Joachim Körber

10074 Dan Simmons
Kraft des Bösen (1993) (1997)
Carrion Comfort (1989)
Ü: Joachim Körber
(➶ 46 JUM/NA unter
neuer Nummer)

10086 Marion Zimmer Bradley
Das graue Schloß am Meer (1987) (1997)
Souvenir of Monique (1967)
Ü: Christian Barth
(➶ 6815 AR/NA unter neuer Nummer)

10090 Isaac Asimov & Robert Silverberg
Einbruch der Nacht (1997)
Nightfall (1991)
Ü: Irene Holicki

10100 Douglas Adams & John Carnell
Per Anhalter durch die Galaxis – der Comic (1997)
Douglas Adams' Hitchhiker's Guide to the Galaxy (1993)
Ü: Benjamin Schwarz

10104 Julian May
Der Fluch der Schwarzen Lilie (1997)
Blood Trillium (1992)
Ü: Beate Reiter

10106 Dennis William Hauck
William Shatner – der Captain. Eine unautorisierte Biographie (1997)
Captain Quirk. The Unauthorized Biography of William Shatner (1995)
Ü: Bernhard Kempen

10108 Joachim Körber (Hrsg.)
Rabenschwarze Träume:
Phantastische Geschichten der modernen Weltliteratur (A) (1997)

Peter Høeg
Versuch mit der Dauer der Liebe
Originaltitel: N. N. (o.J.)
Ü: N. N.

Carlos Fuentes
Chac Mool
Chac Mool (o.J.)
Ü: Maria Bamberg

J. G. Ballard
Anleitung zum virtuellen Tod
A Guide to Virtual Death (1991)
Ü: Joachim Körber

John Crowley
Neuheit
Novelty (1989)
Ü: Sepp Leeb

T. Coraghessan Boyle
Blutregen
Bloodfall (1995)
Ü: Anette Grube

William S. Burroughs
Die Geisterlemuren von Madagaskar
The Ghost Lemurs of Madagascar (1987)
Ü: Joachim Körber

Valerie Martin
Der Tod besucht eine Party
Originaltitel: NN (1988)
Ü: Rose Aichele

Doris Lessing
Ein harmloser Heuschreckenüberfall
A Mild Attack of Locusts (o.J.)
Ü: Manfred Ohl und Hans Sartorius

Harry Mulisch
Alter Ego
Gelijkenis (1974)
Ü: Siegfried Mrotzek

Kurt Vonnegut
Der große Weltraumfick
The Big Space Fuck (1972)
Ü: Klaus Birkenhauer

Jürgen Ploog
Der Raumagent (1993)

Paul Bowles
Kitty
Kitty (o.J.)
Ü: Pociao

Tim O'Brien
Das Gespenst des Krieges
The Ghost Soldiers (1981)
Ü: Ute Thiemann

Haruki Murakami
Der Elefant verschwindet
Originaltitel: NN (o.J.)
Ü: Nora Bierich

Donald Barthelme
Die Zombies
The Zombies (1979)
Ü: Marianne Frisch und Übersetzergruppe am Englischen Institut der Universität München

John Irving
Anderer Leute Träume
Other People's Dreams (o.J.)
Ü: Dirk van Gunsteren

Joyce Carol Oates
Phasenverschiebung
Phase Change (o.J.)
Ü: Renate Orth-Guttmann

Fay Weldon
Angel, in aller Unschuld (1993)
Angel, All Innocence (1981)
Ü: Sigrid Ruschmeier

Lisa Goldstein
Brotkrumen und Steine
Breadcrumbs and Stones (1994)
Ü: Ute Thiemann

Robertson Davies
Das Gespenst, das Stück für Stück verschwand
The Ghost That Vanished by Degrees (1982)
Ü: Ute Thiemann

Angela Carter
Capriccio-Ouvertüre zu Ein Sommernachtstraum
Ouverture and Incidental Music for a Midsummer Night's Dream (1982)
Ü: Joachim Kalka

Ursula K. Le Guin
Eine andere Geschichte oder Ein Fischer des Binnenmeeres
Another Story or A Fisherman of the Inland Sea (1994)
Ü: Joachim Körber

Anthony Burgess
Die Muse (1984/1994)
The Muse (1971)
Ü: Gertrud Baruch

Wolfgang Hildesheimer
Warum ich mich in eine Nachtigall verwandelt habe (1983)

J. G. Ballard
Der Todessturz
The Dying Fall (1995)
Ü: Joachim Körber

Scott Bradfield
Der Traum des Wolfs
The Dream of the Wolf (1984)
Ü: Ute Thiemann

Peter Carey
Der dicke Mann im Wandel der Zeit
The Fat Man in History (o.J.)
Ü: Peter Torberg

Herbert Rosendorfer
Die unendlich reiche Stadt Jezradef (1980)

10134 Michael Ende
Momo (1973) (1996)

10135 Melissa Crandall
Earth 2 – Das Eden-Projekt (1995) (1996)
Earth 2 (1994)
Ü: Sabina Lorenz und Felix Seewöster

10136 John Vornholt
Earth 2 – Tödlicher Abgrund (1995/1996)
Earth 2: Leather Wings (1995)
Ü: Hans Sommer

10137 Sean Dalton
Earth 2 – Das unterirdische Labyrinth (1997)
Earth 2: Puzzle (1995)
Ü: Hans Sommer

10139 Peter Hooper
Das Hirschvolk:
Die Berge des Morgens (1997)
A Song in the Forest (o.J.)
Ü: Helga Schenk

10140 Peter Hooper
Das Hirschvolk:
Fremde Brüder (1997)
People of the Long Water (o.J.)
Ü: Helga Schenk

10141 Peter Hooper
Das Hirschvolk:
Die Chronik der Väter (1997)
Time and the Forest (o.J.)
Ü: Helga Schenk

10201 Roger MacBride Allen
Der Hinterhalt (1996)
Corellia 1: Ambush at Corellia (1995)
Ü: Thomas Ziegler

10202 Roger MacBride Allen
Angriff auf Selonia (1997)
Corellia 2: Assault at Selonia (1995)
Ü: Thomas Ziegler

10203 Roger MacBride Allen
Showdown auf Centerpoint (1997)
Corellia 3: Showdown at Centerpoint (1995)
Ü: Thomas Ziegler

10204 Barbara Hambly
STAR WARS – Palpatines Auge (1997)
STAR WARS: Children of the Jedi (1995)
Ü: Horst Pukallus

10205 Steve Perry
STAR WARS – Schatten des Imperiums (1997)
STAR WARS: Shadows of the Empire (1996)
Ü: Thomas Ziegler

10206 Kevin J. Anderson
STAR WARS – Darksaber, der Todesstern (1998)
STAR WARS: Darksaber (1995)
Ü: Thomas Ziegler

10207 Michael P. Kube-McDowell
STAR WARS – Die schwarze Flotte/
Vor dem Sturm (1998)
STAR WARS: Before the Storm
(Book One of »The Black Fleet Crises«) (1995)
Ü: Heinz Nagel

10208 Michael P. Kube-McDowell
STAR WARS – Die schwarze Flotte/
Aufmarsch der Yevethaner (1998)
STAR WARS: Shield of Lies
(Book Two of »The Black Fleet Crises«) (1996)
Ü: Heinz Nagel

10263 Dean Koontz
Drachentränen (1995) (1997)
Dragon Tears (1993)
Ü: Ellen Schlootz
(➶ 14 HC/NA unter neuer Nummer)

10270 Iain Banks
Die Wespenfabrik (1991/1997)
The Wasp Factory (1984)
Ü: Irene Bonhorst
(➶ 4783/NA unter neuer Nummer)

10278 Ralph Sander
Das große NEXT GENERATION-Quizbuch:
2222 Fragen für wahre Trekker und solche, die es werden wollen (1997)

10280 Stephen King
schlaflos/INSOMNIA
(1994) (1995)
Insomnia (1994)
Ü: Joachim Körber
(➶ 5 HC/NA unter neuer Nummer)

10285 George Lucas &
Chris Claremont
Schattenmond (1997)
Shadowmoon (1995)
Ü: Christian Quatmann

10294 Alan Dean Foster
Die Eroberer – ein Roman aus der Welt von Dinotopia (1997)
Dinotopia Lost (1996)
Ü: Bärbel Deninger

10305 Peter Straub
Julia (1986/1997)
Julia (1984)
Ü: Joachim Körber
(➶ 6724 AR/NA unter neuer Nummer)

10314 STAR TREK –
Die besessenen Vulkanier
(A) (1988/1991) (1997)
Ü: Andreas Brandhorst

Greg Bear
Corona
Corona (1984)
(➶ 4499)

J. M. Dillard
Dämonen
Demons (1986)
(➶ 4819)

10321 Marion Zimmer Bradley & Andre Norton & Mercedes Lackey
Der Tigerclan von Merina (1996) (1997)
Tiger Burning Bright (1995)
Ü: Marion Balkenhol
(➶ 38 HC/NA unter neuer Nummer)

10340 Marion Zimmer Bradley & Andre Norton
Hüter der Träume (1997)
Golden Trillium (1993)
Ü: Bea Reiter

10344 Nancy A. Collins & Edward E. Kramer & Martin H. Greenberg (Hrsg.)
Schwingen der Finsternis (A) (1997)
Dark Love (1995)
Ü: Sepp Leeb

T.E.D. Klein
Einführung
Introduction

Stephen King
Lunch im Gotham Café
Lunch at the Gotham Café

Michael O'Donoghue
Der Psychopath
The Psycho

Kathe Koja
Pas de Deux
Pas de Deux

Basil Copper
Blitzende Klingen
Bright Blades Gleaming

John Lutz
Hansons Radio
Hanson's Radio

David J. Schow
Der Himmel im Kühlschrank
Refrigerator Heaven

Robert Weinberg
Ro Erg
Ro Erg

Ramsey Campbell
Untergang
Going Under

Stuart Kaminsky
Verborgen
Hidden

Wendy Webb
Prisma
Prism

Richard Laymon
Die Nixe
The Maiden

Bob Burden
Ihr habt eure Probleme, ich habe meine …
You've Got Your Troubles, I've Got Mine …

George C. Chesbro
Waco
Waco

Kathryn Ptacek
Gehetzt
Hunting Game

John Shirley
Barbara
Barbara

Michael Blumlein
Hymenoptera
Hymenoptera

Ed Gorman
Worauf alles hinausläuft
The End of It All

Lucy Taylor
Hitze
Heat

Nancy A. Collins
Dünne Wände
Thin Walls

Karl Edward Wagner
Weggesperrt
Locked Away

Douglas E. Winter
Der Streifen
Loop

10356 Stephen King
Brennen muß Salem (1997)
Salem's Lot (1975)
Ü: Peter Robert
(➶ 6478 AR, ➶ 8513 AR, ➶ 9470 AR/NA in Neuübersetzung)

10366 Isaac Asimov & Robert Silverberg
Kind der Zeit (1997)
Child of Time (1991)
Ü: Irene Holicki

10370 James Hatfield & George ›Doc‹ Burt
Patrick Stewart – der neue Captain. Seine unautorisierte Biographie (1997)
Patrick Stewart (1996)
Ü: Ralph Sander

10446 Stephen King
Desperation (1996) (1998)
Desperation (1996)
Ü: Joachim Körber
(➶ 44 HC/NA unter neuer Nummer)

10454 Richard Bachman
Regulator (1996) (1998)
Regulators (1996)
Ü: Joachim Körber
(➶ 45 HC/NA unter neuer Nummer)

10472 Stephen King
Langoliers (C) (1991, 1996) (1998)
Four Past Midnight (1990), Teil 1
Ü: Joachim Körber
(➶ 9671 AR, ➶ 26 JUM)

Kurz vor Mitternacht: eine Vorbemerkung

Langoliers
The Langoliers

Das heimliche Fenster, der heimliche Garten
Secret Window, Secret Garden

10478 Iain Banks
Die Brücke (1990) (1998)
The Bridge (1986)
Ü: Rosemarie Hundertmarck
(➶ 4634/NA unter neuer Nummer)

10483 John Brosnan
Hokuspokus Hexenkuß (1997)
Have Demon Will Travel (1996)
Ü: Thomas Hag

10502 Molly Cochran & Warren Murphy
Herr der Jahrhunderte (1997)
The Forever King (1992)
Ü: Peter Meier

10515 Kim Newman
Anno Dracula (1998)
Anno Dracula (1992)
Ü: Thomas Mohr

10517 Clive Barker
Das Haus der verschwundenen Jahre (1995) (1998)
The Thief of Always (1992)
Ü: Eva L. Wahser
(➶ 229 HC/S, NA unter neuer Nummer)

10530 David Bischoff
Die UFO-Verschwörung: Entführt – Wir sind nicht allein! – (1998)
Abduction (1990)
Ü: Jürgen Langowski

10531 David Bischoff
Die UFO-Verschwörung: Getäuscht – Traue niemandem! – (1998)
Deception (1991)
Ü: Jürgen Langowski

10532 David Bischoff
Die UFO-Verschwörung: Enthüllt – Die ganze Wahrheit! – (1998)
Revelation (1991)
Ü: Jürgen Langowski

10534 Dean Koontz
Flüstern in der Nacht (1998)
Whispers (1980)
Ü: Heinz Nagel

10554 Julian May
Das Amulett von Ruwenda (1998)
Sky Trillium (1997)
Ü: Bea Reiter

10559 Bernhard Kegel
Das Ölschiefer-Skelett. Eine Zeitreise (1998)

10563 John Carnell, Steve Leialoha & Shepherd Hendrix
Douglas Adams: Das Restaurant am Ende des Universums – der Comic (1998)
Douglas Adams' The Restaurant at the End of the Universe (1994)
Ü: Benjamin Schwarz

10568 Giuseppe Salza
Norman X und Monique Z – eine wahre Liebesgeschichte (1998)
Norman e Monique (1996)
Ü: Elvira Bittner

10569 George Lucas & Chris Claremont
Schattendämmerung (1998)
Shadow Dawn (1996)
Ü: Helmut Gerstberger

10680 Michael Ende
Der satanarchäolügenialkohöllische Wunschpunsch (1998)

10581 Marion Zimmer Bradley
Die Erbin von Ruwenda (1997)
Lady of the Trillium (1995)
Ü: Marion Balkenhol

10601 John Saul
Hauch der Verdammnis (1998)
The Presence (1997)
Ü: Thomas Hag

10604 Thomas Richards
STAR TREK – die Philosophie eines Universums (1998)
The Meaning of Star Trek (1997)
Ü: Bernhard Kempen

10624 Isaac Asimov & Robert Silverberg
Der positronische Mann (1998)
The Positronic Man (1992)
Ü: Walter Brumm
(➶ 3621 u. a./erw. NA unter neuer Nummer und neuem Titel/Romanfassung der Novelle »The Bicentennial Man«)

10669 Neil Gaiman
Niemalsland (1998)
Neverwhere (1996)
Ü: Tina Hohl

10688 Dean Koontz
PHANTOM - Unheil über der Stadt (1998)
Phantoms (1983)
Ü: Ulrike Laszlo

11517 C. J. Cherryh
Lois & Clark. Der *Superman*-Roman (1997)
Lois & Clark (1996)
Ü: Gabriele Lichtner

20011 A. C. Crispin
Alien - die Wiedergeburt (1997)
Alien Resurrection (1997)
Ü: Thomas Hag und Bärbel Deninger

20012 David Brin
Postman
(1989) (1998)
The Postman
(1985)
Ü: Jürgen Langowski
(➶ 4594/NA unter neuem Titel und neuer Nummer)

20026 Dewey Gram
Dämon - trau keiner Seele
(1998)
Fallen (1998)
Ü: H. Roberts

Allgemeine Reihe/Sachbuch

5007 Hans D. Baumann
Horror – Die Lust am Grauen
(1993)

5981 Anthony Burgess
1985 (1982)
1985 (1978)
Ü: Walter Brumm
(Sachbeiträge und Novelle)

7001 L. Sprague de Camp
New York lag einst am Bosporus (1975)
Great Cities of the Ancient World (o.J.)
Ü: Dr. Wilhelm Duden

7010 L. Sprague de Camp
Versunkene Kontinente (1975)
Lost Continents (1954)
Ü: Brigitte Straub

7111 Alpers/Fuchs/Hahn/Jeschke (Hrsg.)
Lexikon der Science Fiction-Literatur, Band 1
(1980)

7112 Alpers/Fuchs/Hahn/Jeschke (Hrsg.)
Lexikon der Science Fiction-Literatur, Band 2
(1980)

7179 Carl Sagan
Aufbruch in den Kosmos (1982)
Broca's Brain (1974, 1975, 1976, 1977, 1978, 1979)
Ü: Birgit Reß-Bohusch

7223 Isaac Asimov
Veränderung (1983)
Change (1981)
Ü: Dr. Wolfgang Crass

7236 Ronald M. Hahn &
Volker Jansen (Hrsg.)
Lexikon des Science Fiction-Films
(1983)

7240 Arthur C. Clarke
Profile der Zukunft (1984)
Profile of the Future (1962, 1973, 1982)
Ü: Alexandra v. Reinhardt

7275 Ronald M. Hahn/Volker Jansen/Norbert Stresau (Hrsg.)
Lexikon des Fantasy-Films (1986)
650 Filme von 1900 bis 1986

7287 Alpers/Fuchs/Hahn/Jeschke (Hrsg.)
Lexikon der Science Fiction-Literatur
(1988)
(➶ 7111/12 AR/erweiterte NA unter neuer Nummer)

7295 Ronald M. Hahn & Volker Jansen (Hrsg.)
Lexikon des Science Fiction-Films
(1983/1987)
(➶ 7236 AR/NA unter neuer Nummer)

Allgemeine Reihe/Neues Sachbuch

2 Stephen King
Danse macabre – Die Welt des Horrors in Literatur und Film (1988)
Danse Macabre (1982)
Ü: Joachim Körber

79 Isaac Asimov
Wie alles anfing – Auf den Spuren der Evolution:
Die Entstehung des Menschen, der Erde und des Universums (1990)
Beginnings: The Story of Origins – Of Mankind, Life, the Earth, the Universe (1987)
Ü: Bernhard Kleinschmidt

91 Stephen King
Angst pur – Gespräche mit dem »King des Horrors« (1990)
Bare Bones. Conversations on Terror with Stephen King (1988)
Ü: Joachim Körber

93 Ronald M. Hahn & Volker Jansen (Hrsg.)
Lexikon des Science Fiction-Films (1983/1987) (1990) (1992)
(➶ 7236 AR, ➶ 7295 AR/aktualisierte NA unter neuer Nummer)

111 J. Alpers/W. Fuchs/ R. M. Hahn/ W. Jeschke (Hrsg.)
Lexikon der Science Fiction-Literatur (1980/1988) (1990)
(➶ 7111/12 AR, ➶ 7287 AR/erweitere NA unter neuer Nummer)

222 George Beahm (Hrsg.)
Die Welt des Stephen King: Was Sie schon immer über den »Meister des Horrors« wissen wollten (A) (1992)
The Stephen King Companion (1989)
Ü: Joachim Körber und Ute Thiemann

258 Beate Kuckertz (Hrsg.)
Menschheitsrätsel (A) (1993)

264 Ernst Meckelburg
Zeittunnel – Reisen an den Rand der Ewigkeit (1993)

321 Ernst Meckelburg
Transwelt – Erfahrungen jenseits von Raum und Zeit (1994)

326 Johannes von Buttlar
Leben auf dem Mars (1994)

334 Johannes von Buttlar
Auf den Spuren der Weltformel (1993/1995)

373 Janet & Colin Bord
Unheimliche Phänomene des 20. Jahrhunderts (1995)
Modern Mysteries of the World (1989)
Ü: Klaus Kamberger

384 Johannes von Buttlar
Supernova
Die jüngsten kosmischen Entdeckungen.
Die Geburt eines neuen Weltbilds (1995)

554 René Coudris
Die Botschaft von Roswell
– Erste Kontakte mit einer Hyperzivilisation (1998)

555 Helmut Lammer & Oliver Sidla
UFO – Nahbegegnungen.
Unidentifizierte Flugobjekte hinterlassen Spuren (1998)

609 Ernst Meckelburg
Hyperwelt – Erfahrungen mit dem Jenseits (1998)

Die Unheimlichen Bücher

1 Gary Brandner
Katzenmenschen (1983)
Cat People (1982)
Ü: Rolf Jurkeit

2 Leonard Bishop
Die Geliebte des Mönchs (1983)
The Everlasting (1982)
Ü: Rolf Jurkeit

3 Frank Lauria
Raga Six (1983)
Raga Six (1972)
Ü: Rolf Jurkeit

4 Jack Martin
Halloween II (1983)
Halloween II (1981)
Ü: Wolfgang Crass

5 Brenda Brown Canary
Der Fluch der Indianerin (1983)
Voice of the Clown (1982)
Ü: Rolf Jurkeit

6 Yvonne MacManus
Die Todeshexe (1983)
The Presence (1982)
Ü: Rolf Jurkeit

7 Dennis M. Clausen
Die Rache des Toten (1983)
Ghost Lover (1982)
Ü: Monika Koch

8 John Tigges
Im Garten Satans (1983)
Garden of the Incubus (1981)
Ü: Monica Michieli

9 John Shirley
Kinder der Hölle (1984)
Cellars (1982)
Ü: Marylin Wilde

10 Jack Martin
Halloween III (1984)
Halloween III (1983)
Ü: Wolfgang Crass

11 Thomas M. Disch
Das Geschäft mit dem Grauen (1984)
The Businessman (1983)
Ü: Rolf Jurkeit

12 Charles L. Grant
Die Schwingen des Todes (1984)
The Nestling (1982)
Ü: Rolf Jurkeit

13 John Saul
Das Gott-Projekt (1984)
The God Project (1982)
Ü: Rolf Jurkeit

14 Tanith Lee
Die Kinder der Wölfe (1984)
Lycanthia or The Children of Wolves (1981)
Ü: Wolfgang Crass

15 Frank Lauria
Baron Orgaz (1984)
Baron Orgaz (o.J.)
Ü: Rolf Jurkeit

16 Charles L. Grant
Das große Gruselkabinett (A) (1984)
The Dodd, Mead Gallery of Horror (1983)
Ü: Rolf Jurkeit

William F. Nolan
Ein bösartiges kleines Geschöpf
Something Nasty (1983)

Joseph Payne Brennan
Canavans Garten
Canavan's Back Yard (1958)

Stephen R. Donaldson
Der Tausendfüßler
The Conqueror Worm (1983)

Alan Ryan
Tod dem Osterhasen
Death to the Easter Bunny! (1983)

Robert Bloch
Die Todeszelle
The Rubber Room (1980)

T.E.D. Klein
Petey
Petey (1979)

Bernard Taylor
Der Einundzwanzigste
Out of Sorts (1983)

Ramsey Campbell
Freunde des Sonnenscheins
The Sunshine Club (1983)

Gardner Dozois & Jack Dann
Musselmann
Down among the Dead Men (1982)

John Coyne
Der verrückte Chinese
The Crazy Chinaman (1983)

Michael Bishop
Schlittenhunde
Gravid Babies (1983)

Dennis Etchison
Der Stuhl
The Chair (1983)

David Morrell
Die Schreibmaschine
The Typewriter (1983)

Tanith Lee
Nunc Dimittis
Nunc Dimittis (1983)

Steve Rasnic Tem
Die Gammler
Derelicts (1983)

Eric Van Lustbader
Engel der Finsternis
In Darkness, Angels (1983)

Chelsea Quinn Yarbro
Die Pfeile
The Arrows (1983)

Theodore Sturgeon
Talent
Talents (1953)

Craig Shaw Gardner
Ins Herz getroffen
Aim for the Heart (1983)

Stephen King
Nona
Nona (1979)

17 John Farris
Der ungeladene Gast (1984)
The Uninvited (1982)
Ü: Götz Pommer

18 Bernardo Teixeira
Blumen für den Henker
(1984)
Flowers for the Executioner
(1982)
Ü: Rainer Epp

19 Dean R. Koontz
Die Hellseherin (1984)
The Vision (1977)
Ü: Wolfgang Lotz

20 Josh Pachter (Hrsg.)
Top Horror (A) (1984)
Top Horror (o.J.)
Ü: Rolf Jurkeit

Joan Aiken
Die Kraft und die Herrlichkeit
Power Cut (1969)

Michael Avallone
Veilchen
Sweet Violet (1962)

Michael Bishop
Zeit zu glauben
Seasons of Belief (1979)

Robert Bloch
Das Meisterwerk
The Masterpiece (1960)

Ray Bradbury
Der Sendbote
The Emissary (1947)
Ü: Rosmarie Kahn-Ackermann

Marion Zimmer Bradley
Kreuz des Bösen
Treason of the Blood (1962)

Gary Brandner
Julians Hand
Julian's Hand (1974)

John Brunner
Der letzte Einsame
The Last Lonely Man (1964)
Ü: Rosmarie Kahn-Ackermann

Ramsey Campbell
Mackintosh Willy
Mackintosh Willy (1979)

Richard Deming
Zu finster für Pushkin
Too Gloomy for Private Pushkin (1953)

Thomas M. Disch
Der Fötus
The Foetus (1980)
Ü: Rosmarie Kahn-Ackermann

Stanley Ellin
Die Hausparty
The House Party (1954)
C: Rosmarie Kahn-Ackermann

David Ely
Stets daheim
Always Home (1975)

Alan Dean Foster & Jane Cozart
Der Stuhl
The Chair (1979)
Ü: Rosmarie Kahn-Ackermann

Howard Goldsmith
Die Heimkehr
Homecoming (1981)

Harry Harrison
Endlich die Wahrheit über Frankenstein
At Last, The True Story of Frankenstein (1963)
Ü: Wolfgang Crass

Barry N. Malzberg
Transfer
Transfer (1972)

Henry Slesar
Der Eindringling
The Intruder (1973)
Ü: Marion Dill

Stephen King
Die Höllenkatze
The Cat from Hell (1977)

Josh Pachter
Der Anruf
Crank Call (1972)

21 Curtis Richards
Halloween (1985)
Halloween (1979)
Ü: Dr. Wolfgang Crass

22 Jan Martenson
Der Hexensabbath (1985)
Death Calls on the Witches (1975)
Ü: Rolf Jurkeit

23 John Saul
Im Zeichen Kains (1985)
Punish the Sinners (1978)
Ü: Thomas Niehaus

24 Victor Koman
Der Jehova-Vertrag (1985)
The Jehova Contract (1984)
Ü: Wolfgang Lotz

25 Dean R. Koontz
In der Kälte der Nacht (1985)
Night Chills (1976)
Ü: Rolf Jurkeit

26 Robert Holdstock
Der Geisterbeschwörer (1985)
Necromancer (1978)
Ü: Wolfgang Lotz

27 Isaac Asimov/Carol-Lynn Rössel Waugh/Martin Harry Greenberg (Hrsg.)
13mal Halloween (1985)
13 Horrors of Halloween (1983)

Isaac Asimov
Vorwort:
Die Mächte des Bösen
Ü: Bernd Lenz

Isaac Asimov
Halloween
Halloween (1975)
Ü: Sonja Hauser

William Bankier
Gottlose Hybride
Unholy Hybrid (1963)
Ü: Sonja Hauser

Anthony Boucher
Mord an Halloween
Trick-Or-Treat (1946)
Ü: Bernd Lenz

Ray Bradbury
Ein herbstliches Spiel
The October Game (1975)
Ü: Sonja Hauser

Robert Grant
Halloween Girl
Halloween Girl (1982)
Ü: Bernd Lenz

Edward D. Hoch
Der Tag des Vampirs
Day of the Vampire (1972)
Ü: Sonja Hauser

Talmage Powell
Die Nacht des Kobolds
Night of the Goblin (1981)
Ü: Sonja Hauser

Ellery Queen
Das Abenteuer der toten Katze
The Adventure of the Dead Cat (1946/1952)
Ü: Bernd Lenz

Al Sarrantonio
Kürbiskopf
Pumpkin Head (1982)
Ü: Sonja Hauser

Lewis Shiner
Der Kreis
The Circle (1982)
Ü: Bernd Lenz

Edith Wharton
Allerseelen
All Souls (1937)
Ü: Sonja Hauser

Gahan Wilson
Kindheitshexe
Yesterday's Witch (1972)
Ü: Sonja Hauser

Robert F. Young
Opfer des Jahres
Victim of the Year (1962)
Ü: Bernd Lenz

28 John Saul
Nathaniel (1985)
Nathaniel (1974)
Ü: Hans Weber

29 Robert Craig
Trauma (1985)
Trauma (1984)
Ü: Rolf Jurkeit

30 James Herbert
Die Erscheinung (1985)
Shrine (1983)
Ü: Rolf Jurkeit

Heyne Filmbibliothek

54 Christian Hellmann
Der Science Fiction-Film
(1983)

68 Norbert Stresau
Der Fantasy-Film (1984)

96 Norbert Stresau
Der Horror-Film (1986)

112 Michael R. Collings
Stephen King und seine Filme
(1987)
The Films of Stephen King
(1986)
Ü: Norbert Stresau

189 Ronald M. Hahn
Die Star-Trek-Filme
(1993)

190 Karsten Prüßmann
Die Dracula-Filme
(1993)

195 Hans Schifferle
Die 100 besten Horror-Filme
(1994)

212 Ralph Sander
Die STAR-TREK-Biographien
Das Who's Who für alle Fans
(1995)

244 Oliver Denker
STAR WARS – Die Filme
(1996)

247 Andreas Kasprzak
Stephen King und seine Filme
(1996)

Perry Rhodan

1 Clark Darlton
Planet der Mock (1994)

2 Kurt Mahr
Der große Denker von Gol (1994)

3 Kurt Brand
Schatzkammer der Sterne (1995)

4 Clark Darlton
Sturz in die Ewigkeit (1995)

5 H. G. Ewers
Die verhängnisvolle Expedition (1995)

6 Kurt Mahr
Die Tochter des Roboters (1995)

7 H. G. Ewers
Die Zeitspringer (1995)

8 Hans Kneifel
Am Rand des blauen Nebels (1995)

9 William Voltz
Invasion der Puppen (1995)

10 Hans Kneifel
Die Goldenen Menschen (1995)

11 Clark Darlton
Im Zentrum der Galaxis (1995)

12 H. G. Ewers
Die Para-Sklaven (1995)

13 Kurt Mahr
Sternkolonie Troja (1995)

14 Hans Kneifel
Die Nacht des violetten Mondes (1995)

15 William Voltz
Ich, Rhodans Mörder (1995)

16 H. G. Ewers
Phantom-Station (1995)

17 Clark Darlton
Flug der Millionäre (1995)

18 H. G. Ewers
Raumkapitän Nelson (1995)

19 William Voltz
Zone des Schreckens (1995)

20 Hans Kneifel
Das Gesetz der gläsernen Vögel (1995)

21 Kurt Mahr
Das tödliche Paradies (1995)

22 H.G. Ewers
Der Geisteragent aus dem All (1995)

23 Hans Kneifel
Der Einsame von Terra (1995)

24 Kurt Mahr
Baumeister des Kosmos (1995)

25 William Voltz
Ins Weltall entführt (1995)

26 H. G. Ewers
Die Fischer des Universums (1995)

27 H. G. Ewers
Ein Teil der Ewigkeit (1996)

28 Clark Darlton
Gucky und die Mordwespen (1996)

29 Kurt Mahr
Die Fremden aus dem Mikronebel (1996)

30 H. G. Ewers
Der Schlüssel zur anderen Welt (1996)

31 Hans Kneifel
Die Spur nach Andromeda (1996)

32 Hans Kneifel
Die Schatten des kristallenen Todes (1996)

33 Clark Darlton
Gucky und die Geheimagenten (1996)

368 Robert Feldhoff
Terra in Trance (1993)

369 Peter Terrid
Das Aralon-Komplott (1993)

370 Susan Schwartz
Welt der Prospektoren (1993)

371 Horst Hoffmann
Luminia ruft (1994)

372 Kurt Mahr
Das Gremium der Vier (1994)

373 Hans Kneifel
Deserteur der USO (1994)

374 Peter Terrid
Die Wurzeln des Todes (1994)

375 Götz Roderer
Halo 1146 (1994)

376 Robert Feldhoff
Die Toleranz-Revolution (1994)

377 Arndt Ellmer
Tränen vom Himmel (1994)

378 Peter Griese
Die Elixiere von Chubbid (1994)

379 H. G. Francis
Sturm der neuen Zeit (1994)

380 Horst Hoffmann
Als die Kröten kamen (1994)

381 Hubert Haensel
Verlorenes Leben (1994)

382 Hans Kneifel
Das sterbende Imperium (1995)

383 Arndt Ellmer
Elohim II (1995)

384 Peter Griese
Das Bermuda-Loch (1995)

385 Uwe Anton
Eisige Zukunft (1995)

386 Peter Terrid
Welt über den Wolken (1995)

387 Konrad Schaef
Hölle Hoch Vier (1995)

388 Hans Kneifel
Galaktische Rache (1995)

389 Hubert Haensel
Schach den Cantaro (1995)

390 Arndt Ellmer
Das hohe Paradies (1995)

391 Peter Terrid
Im Nichts gestrandet (1995)

392 Uwe Anton
Psychospiel (1995)

393 Hans Kneifel
Atlans Todesfeinde (1995)

394 Manfred Weinland
Der Moloch (1996)

395 Hubert Haensel
Testflug (1996)

396 Rainer Castor
Für Arkons Ehre (1996)

397 Konrad Schaef
Duell in Therrania (1996)

398 Peter Griese
Die Nirwana-Teleporter (1996)

399 H. G. Francis
Kampf des Jahrtausends (1996)

400 Peter Terrid
Gesänge aus der Unterwelt (1996)

401 Arndt Ellmer
Herrscher von Sonnenland (1996)

402 Rainer Castor
Die Nacht des Goldenen (1996)

403 Hubert Haensel
Tariga sehen und sterben (1996)

Heyne MINI

1009 Isaac Asimov
Der Zweihundertjährige
(C) (1978/1982) (1985)
The Bicentennial Man and Other Stories (1976)
Ü: Elisabeth Simon
(➶ 20, ➶ 3621)

1123 Horror -
Dracula, Freddy & Co. (C)
(1990)

1216 Das *Star-Trek*-Fan-Buch
1. Generation (A) (1993)

1217 Das *Star-Trek*-Fan-Buch
2. Generation (A) (1993)

1227 Das Stephen-King-Fan- Buch
(C) (1993)

1228 Das Perry-Rhodan-Fan- Buch
(A) (1993)

1278 STAR TREK Voyager-Fan-Buch
(A) (1995)

1309 Ralph Sander
STAR TREK Classic:
Leonard Nimoy (C) (1996)
  Einleitung
  Prä-*Star-Trek*-Historisches
  Die *Star Trek*-Jahre
  Die Post-*Star-Trek*-Zeit
  Von der Vergangenheit eingeholt

1310 Ralph Sander
STAR TREK Classic:
William Shatner
(C) (1996)
  Einleitung
  Prä-*Star-Trek*-Historisches
  Die *Star Trek*-Jahre
  Das Post-*Star-Trek*-Trauma
  Von der Vergangenheit eingeholt

1324 Oliver Denker
STAR WARS - Han solo und Chewbacca
(1997)

1325 Oliver Denker
STAR WARS - Luke und Leia
(1997)

1326 Oliver Denker
STAR WARS - Das Imperium
(1997)

1327 Oliver Denker
STAR WARS - Die Jedi Ritter (1997)

Heyne Esoterisches Wissen

9629 Mária Szepes
Academia Occulta - Die geheimen Lehren des Abendlandes
(in Vorb.)

9901 Mascha Rabben
Weltenwanderer (1993)

9902 Penny McLean
Adeline
und die vierte Dimension
(1990/1993)
(➶ 7975 AR)

Heyne Jubiläumsbände

5 Fantasy (A) (1985)

Stuart Gordon
Der Krähengott (1978)
Suaine and the Crow God (1975)
Ü: Horst Pukallus

Esther Rochon
Der Träumer in der Zitadelle (1977)
Le rêveur dans la citadelle (1973)
Ü: Otto Martin

Andrew J. Offutt
Valeron der Barbar (1982)
My Lord Barbarian (1977)
Ü: Lore Strassl

Tanith Lee
Weggefährten (1980)
Companions of the Road (1975)
Ü: Birgit Reß-Bohusch

Hugh C. Rae
Harkfast (1981)
Harkfast: The Making of the King (1976)
Ü: Lore Strassl

9 Bill Pronzini/Barry Malzberg/Martin Greenberg (Hrsg.)
Unheimliches (A) (1985)
The Arbor House Treasury of Horror and the Super-Natural (1981)

Edgar Allan Poe
Hopp-Frosch
Hop Frog (1849)
Ü: Hedda Eulenberg

Nathaniel Hawthorne
Rappaccinis Tochter
Rappaccini's Daughter (1844)
Ü: Hannelore Neves und Siegfried Schmitz

J. Sheridan Le Fanu
Junker Tobys Testament
Squire Toby's Will (o.J.)
Ü: Helmut Degner

Bram Stoker
Die Squaw
The Squaw (o.J.)
Ü: Erich Fivien und Hans Haas

Henry James
Das glückliche Eck
The Jolly Corner (o.J.)
Ü: Helmut M. Braem und Elisabeth Kaiser

Winston Churchill
»Mann über Bord!«
»Man Overboard!« (o.J.)
Ü: Bernd Lenz

Theodore Dreiser
Die Hand
The Hand (o.J.)
Ü: Sonja Hauser

H. G. Wells
Das Tal der Spinnen
The Valley of the Spiders (o.J.)
Ü: Gertrud J. Klett

Ambrose Bierce
Der mittlere Zeh vom rechten Fuß
The Middle Toe of the Right Foot (1891)
Ü: Walter Brumm

H. P. Lovecraft
Pickmans Modell
Pickman's Model (1927)
Ü: H. C. Artmann

Robert Bloch
Ihr sehr ergebener Jack the Ripper
Your's Truly, Jack the Ripper (1943)
Ü: Christiane Nogly

Cornell Woolrich
Das gellende Lachen
The Screaming Laugh (1938)
Ü: Sonja Hauser und Bernd Lenz

Theodore Sturgeon
Biancas Hand
Bianca's Hand (1947)
Ü: Tony Westermayr

Fritz Leiber
Das Mädchen mit den hungrigen Augen
The Girl with the Hungry Eyes (1949)
Ü: Tony Westermayr

Truman Capote
Schließ die letzte Tür
Shut a Final Door (1947)
Ü: Liselotte Fassbinder

Fredric Brown
Komm und werd verrückt
Come and Go Mad (1949)
Ü: Sonja Hauser und Bernd Lenz

Evan Hunter
Der scharlachrote König
The Scarlet King (1954)
Ü: Bernd Lenz

Karl Edward Wagner
Stöcke
Sticks (1974)
Ü: Marion Dill

Ray Russell
Sardonicus (1973)
Sardonicus (1960)
Ü: Sonja Hauser

Robert Phillips
Lehrers Lohn
A Teacher's Rewards (1970)
Ü: Bernd Lenz

Thomas M. Disch
Küchenschaben (1972)
The Roaches (1965)
Ü: Fritz Steinberg

Henry Slesar
Der Stau
The Jam (1959)
Ü: Sonja Hauser

Bill Pronzini
Schwarzer Wind
Black Wind (1979)
Ü: Bernd Lenz

Adobe James
Die Straße nach Mictlantecutli
The Road to Mictlantecutli (1965)
Ü: Robby Remmers

Robert Silverberg
Reisende
Passengers (1969)
Ü: Bernd Lenz

John Lutz
Der Sprengstoffexperte
The Explosives Expert (1968)
Ü: Sonja Hauser

Ramsey Campbell
Ruf zuerst an
Call First (1975)
Ü: Sonja Hauser

Arthur Porges
Die Fliege
The Fly (1952)
Ü: Sonja Hauser

Elizabeth Morton
Namensvettern
Namesake (1980)
Ü: Sonja Hauser

Jack Dann
Lager (1980)
Camps (1979)
Ü: Werner Vetter

Theodore R. Cogswell
Ihr kennt doch Willie
You Know Willie (1957)
Ü: Sonja Hauser

C. M. Kornbluth
Der Gedankenschmarotzer
The Mindworm (1950)
Ü: Bernd Lenz

Robert Sheckley
Warm
Warm (1953)
Ü: Michael Görden

Barry N. Malzberg
Übergang
Transfer (1975)
Ü: Sonja Hauser

Joyce Carol Oates
Die Puppe
The Doll (1980)
Ü: Bernd Lenz

Charles L. Grant
Wenn Damon kommt
If Damon Comes (1978)
Ü: Bernd Lenz

Arthur L. Samuels
Requiem ohne Gesang
Mass without Voice
(1979)
Ü: Bernd Lenz

Edward D. Hoch
Das längliche Zimmer
The Oblong Room (1967)
Ü: Bernd Lenz

William F. Nolan
Die Party
The Party (1967)
Ü: Bernd Lenz

Stephen King
Die Kiste
The Crate (1979)
Ü: Sonja Hauser und
Bernd Lenz

21 Horror (A) (1987)

Stephen King
Der Nebel (1985)
The Mist (1985)
Ü: Alexandra v. Reinhardt
(➶ 6553 AR)

Dean R. Koontz
In der Kälte der Nacht
(1985)
Night Chills (1976)
Ü: Rolf Jurkeit
(➶ 25 UB)

Richard Matheson
Das Höllenhaus (1974)
Hell House (1971)
Ü: Kurt Spieler
(➶ 5076 AR)

Fritz Leiber
Herrin der Dunkelheit (1980)
Our Lady of Darkness (1977)
Ü: Hans Maeter
(➶ 3775)

John Saul
Nathaniel (1985)
Nathaniel (1974)
Ü: Hans Weber
(➶ 28 UB)

37 Zukunftsabenteuer
(A) (1989)

John Wyndham
Die Triffids (1960/1964/1969/1982)
The Day of the Triffids (1951)
Ü: Hubert Greifeneder
(➶ 27, ➶ 3001, ➶ 3134, ➶ 4000)

Robert A. Heinlein
Die Zeit der Hexenmeister (1970)
Waldo and Magic, Inc. (1940)
Ü: Walter Brumm
(➶ 3220)

Harry Harrison
New York 1999 (1983)
Make Room! Make Room! (1966)
Ü: Tony Westermayr
(➶ 26)

Chad Oliver
Brüder unter fremder Sonne (1964/1970)
Unearthly Neighbours (1960)
Ü: Werner Kortwich
(➶ 3036, ➶ 3177)

Nelson Bond
Lancelot Biggs' Weltraumfahrten
(1961/1964/1982)
Lancelot Biggs: Spaceman (1958)
Ü: Kurt Seibt
(➶ 3006, ➶ 4000)

48 Superhorror
(A) (1990)

Peter Straub
Blaue Rose (1987)
Blue Rose (1985)
Ü: Joachim Körber

Dean R. Koontz
Die Hellseherin (1984)
The Vision (1977)
Ü: Wolfgang Lotz
(➶ 19 UB)

Robert Bloch
Psycho II (1983)
Psycho II (1982)
Ü: Willy Thaler
(➶ 6287 AR)

John Saul
Im Zeichen Kains (1985)
Punish the Sinners (1978)
Ü: Thomas Niehaus
(➶ 23 UB, ➶ 50 TdM)

58 Horror pur
(A) (1991)

Dean R. Koontz
Unheil über der Stadt (1986)
Phantoms (1983)
Ü: Wolfgang Crass
(➶ 6667 AR)

Richard Matheson
Das Höllenhaus (1974)
Hell House (1971)
Ü: Kurt Spieler
(➶ 5076 AR)

Richard Curtis
Halloween (1985)
Halloween (1979)
Ü: Wolfgang Crass
(➶ 21 UB)

Gary Brandner
Katzenmenschen (1983)
Cat People (1982)
Ü: Rolf Jurkeit
(➶ 1 UB)

71 Alptraum – 3 ungekürzte Romane
(A) (1987, 1992/1984/1984) (1992)

Dean R. Koontz
Wenn die Dunkelheit kommt
Darkfall (1984)
Ü: Irene Holicki
(➶ 6833 AR, ➶ 8519 AR)

Charles L. Grant
Die Schwingen des Todes
The Nestling (1982)
Ü: Rolf Jurkeit
(➶ 12 UB)

John Saul
Das Gott-Projekt
The God Project (1982)
Ü: Rolf Jurkeit
(➶ 13 UB)

78 Das Böse – 3 Romane
in einem Band
(A) (1985, 1991/1983, 1991/1984)
(1993)

John Saul
Nathaniel
Nathaniel (1974)
Ü: Hans Weber
(➶ 28 UB/unter dem Titel
»Prophet des Unheils« ➶ 8336 AR)

Gary Brandner
Katzenmenschen
Cat People (1982)
Ü: Rolf Jurkeit
(➶ 1 UB, ➶ 58 JB)

Robert Bloch
Psycho
Psycho (1959)
Ü: Paul Baudisch
(➶ 6374 AR)

84 Grauen pur – Drei eiskalte
Horror-Romane – ungekürzt!
(A) (1986/1984/1984)
(1994)

John Saul
Blinde Rache
Comes the Blind Fury (1980)
Ü: Rolf Jurkeit
(➶ 6636 AR)

John Shirley
Kinder der Hölle
Cellars (1982)
Ü: Marilyn Wilde
(➶ 9 UB)

John Farris
Der ungeladene Gast
The Uninvited (1982)
Ü: Götz Pommer
(➶ 17 UB)

106 König Artus – 2 Romane in einem Band
(A) (1977/1986) (1995)

Mary Stewart
Der Erbe
The Hollow Hills (1963)
Ü: Günter Panske
(➶ 5336 AR)

Thomas Berger
Die Geheimnisse von Camelot
Arthur Rex (1978)
Ü: Uta McKechneay
(➶ 6710 AR)

109 Robert N. Charrette
SHADOWRUN – Zwei Romane in einem Band
(C) (1991/1992) (1996)
Ü: Christian Jentzsch

Laß ab von Drachen
Never Deal with a Dragon (1990)
(➶ 4845)

Wähl deine Feinde mit Bedacht
Choose Your Enemies Carefully (1991)
(➶ 4846)

112 Im Reich der Fantasy
(A) (1984, 1985/1984/1988) (1996)

Marion Zimmer Bradley
Der Bronzedrache
The Brass Dragon (1969)
Ü: Malte Heim
(➶ 4144, ➶ 6359 AR)

Ursula K. Le Guin
Das Wunschtal
The Beginning Place (1980)
Ü: Hilde Linnert
(➶ 4077)

Tanith Lee
Der Prinz auf dem weißen Pferd
Prince on a White Horse (1982)
Ü: Andreas Brandhorst
(➶ 4521)

121 Special STAR TREK – The Next Generation
(A) (1991/1992) (1997)
Ü: Andreas Brandhorst

Michael Jan Friedman
Ein Ruf in die Dunkelheit
A Call to Darkness (1989)
(➶ 4814)

Keith Sharee
Gullivers Flüchtlinge
Gulliver's Fugitives (1990)
(➶ 4889)

136 Fluch (A) (1998)

Dean Koontz
Die Spuren (1995)
Shattered (1973)
Ü: Heinz Zwack
(➶ 9353 AR)

John Saul
Die Wächter (1994)
Guardian (1993)
Ü: Cornelia Haenchen
(➶ 9092 AR)

Heyne Tip des Monats

50 John Saul
Zwei Horror-Romane
(C) (1990)

Im Zeichen Kains
(1985)
Punish the Sinners
(1978)
Ü: Thomas Niehaus
(➶ 23 UB, ➶ 48 JB)

Das Gott-Projekt
(1984)
The God Project
(1982)
Ü: Rolf Jurkeit
(➶ 13 UB)

70 Peter Straub
Drei Romane
(C) (1986/1986/1987)
(1991)
Ü: Joachim Körber

Das geheimnisvolle Mädchcn
Under Venus
(1985)
(➶ 6781 AR)

Julia
Julia (1984)
(➶ 6724 AR)

Die fremde Frau
Marriages (1973)
(➶ 6877 AR)

76 Dean R. Koontz
3 ungekürzte Romane
(C) (1988/1988/
1984, 1990) (1992)

Die Maske
The Mask (1981)
Ü: Sonja Hauser
(➶ 6951 AR)

Die Augen der Dunkelheit
The Eyes of Darkness
(1981)
Ü: Alexandra v. Reinhardt
(➶ 7707 AR)

Die Hellseherin
The Vision (1977)
Ü: Wolfgang Lotz
(➶ 19 UB, ➶ 48 JB)

79 Marion Zimmer Bradley
3 ungekürzte Romane (C) (1984,
1985/1985/1986) (1992)

Der Bronzedrache
(1984/1985)
The Brass Dragon (1969)
Ü: Hans Maeter
(➶ 4144, ➶ 6359 AR)

Trommeln in der Dämmerung
(1985)
Drums of Darkness (1976)
Ü: Burkhard Jost
(➶ 6602 AR)

Die Teufelsanbeter (1986)
Dark Satanic (1972)
Ü: Walter Brumm
(➶ 6697 AR)

81 James Herbert
2 Romane (C) (1985/1988) (1992)
Ü: Rolf Jurkeit

Die Erscheinung
Shrine (1983)
(➶ 30 UB)

Domain
Domain (1984)
(➶ 7616 AR)

85 Dean R. Koontz
2 ungekürzte Romane
(C) (1989/1990) (1992)

Schattenfeuer
Shadowfires (1987)
Ü: Andreas Brandhorst
(➶ 7810 AR)

Tür ins Dunkel
The Door to December
(1985)
Ü: Alexandra v. Reinhardt
(➶ 7992 AR)

101 Dean R. Koontz
2 ungekürzte Romane
(C) (1986, 1991/1991) (1994)

Unheil über der Stadt
Phantoms (1983)
Ü: Wolfgang Crass
(➶ 58 JB, auch ➶ 6667 AR)

Todesdämmerung
The Servants of Twilight
(1984)
Ü: Heinz Nagel
(➶ 8041 AR)

112 Dean R. Koontz
Zwei ungekürzte Romane
(C) (1988/1985) (1995)

Brandzeichen
Watchers (1983)
Ü: Heinz Nagel
(➶ 8063 AR)

In der Kälte der Nacht
(1991)
Night Chills (1976)
Ü: Rolf Jurkeit
(➶ 25 UB, auch ➶ 8521 AR)

117 Terry Pratchett
2 Scheibenwelt-Romane
(C) (1990/1991) (1995)
Ü: Andreas Brandhorst

Der Zauberhut
Sourcery (1988)
(➶ 4715)

Pyramiden
Pyramids (1989)
(➶ 4764)

119 Dean Koontz
3 Thriller in einem Band
(C) (1977/1976/1977) (1995)

Der Maya-Fries
The Wall of Masks (1975)
Ü: Edda Janus

Schlüssel zum Jenseits
Blood Risk (1973)
Ü: Heinz Kausträter

Auf Tauchstation
Surrounded (1974)
Ü: Edda Janus

127 John Saul
Zwei unheimliche Romane
(C) (1986, 1994/1988) (1996)

Blinde Rache
Comes the Blind Fury (1980)
Ü: Rolf Jurkeit
(➶ 6636 AR, ➶ 84 JB)

Höllenfeuer
Hellfire (1986)
Ü: Joachim Pente
(➶ 7659 AR)

129 Terry Pratchett
Die Nomen-Trilogie
(C) (1993/1993/1993)
(1996)
Ü: Andreas Brandhorst

Trucker
Truckers (1989)
(➶ 4970)

Wühler
Diggers (1990)
(➶ 4971)

Flügel
Wings (1990)
(➶ 4972)

141 Terry Pratchett
Pyramiden/MacBest –
Zwei Romane von der
bizarren Scheibenwelt
(C) (1991/1995, 1992) (1997)
Ü: Andreas Brandhorst

Pyramiden
Pyramids (1989)
(➶ 4764, auch ➶ 119 TdM)

MacBest
MacBest (1988)
(➶ 4863)

143 Dean Koontz
Zwei spannende Psychothriller
(C) (1991/1995) (1997)

Schutzengel
Lightning (1988)
Ü: Wulf Bergner
(➶ 8340 AR)

Nachtstimmen
The Voice of the Night
(1980)
Ü: Heinz Zwack
(➶ 9354 AR)

155 Dean Koontz
Zwei spannende Psychothriller
(C) (1994/1991) (1998)

Die zweite Haut
Mr. Murder (1993)
Ü: Joachim Körber
(➶ 9680)

Die Kälte des Feuers
Cold Fire (1991)
Ü: Andreas Brandhorst
(➶ 9080)

Heyne-Jumbo-Bände

1 Stephen King
»es« (1986) (1986/1988/1993) (1994)
It (1986)
Ü: Alexandra v. Reinhardt
(➶ 125 SP, ➶ 6657 AR, ➶ 8702 AR/NA unter alter Nummer)

2 Stephen King
»Sie« (1987/1988/1991)
Misery (1987)
Ü: Joachim Körber

4 Peter Straub
Koko (1989)
Koko (1988)
Ü: Uta McKechneay

11 Stephen King
Schwarz (1989)
The Dark Tower: The Gunslinger (1982)
Ü: Joachim Körber

14 Stephen King
Drei (1989)
The Dark Tower: The Drawing of the Three (1989)
Ü: Joachim Körber

17 Horror vom Feinsten (A) (1989)

Douglas E. Winter
Einführung (1988)
Ü: Walter Ahlers

Stephen King
Der Nachtflieger
The Night Flier (1988)
Ü: Joachim Körber

Paul Hazel
Mittagessen mit Dame
Having a Woman at Lunch (1988)
Ü: Walter Ahlers

Dennis Etchison
Der Todeskuß
The Blood Kiss (1988)
Ü: Walter Ahlers

Clive Barker
Heimkehr in Trauer
Coming to Grief (1988)
Ü: Joachim Körber

Thomas Tessier
Essen
Food (1988)
Ü: Walter Ahlers

M. John Harrison
Der große Gott Pan
The Great God Pan (1988)
Ü: Walter Ahlers

David Morrell
Die Farbe des Wahnsinns
Orange Is for Anguish, Blue for Insanity (1988)
Ü: Walter Ahlers

Peter Straub
Der Wacholderbaum
The Juniper Tree (1988)
Ü: Joachim Körber

Charles L. Grant
Märchenstunde mit den Toten
Spinning Tales with the Dead (1988)
Ü: Walter Ahlers

Thomas Ligotti
Alices letztes Abenteuer
Alice's Last Adventure (1988)
Ü: Walter Ahlers

Ramsey Campbell
Ihr werdet mich noch kennenlernen
Next Time You'll Know Me (1988)
Ü: Joachim Körber

Whitley Strieber
Der Pool
The Pool (1988)
Ü: Joachim Körber

Jack Cady
Wegen des Dunkels
By Reason of Darkness (1988)
Ü: Walter Ahlers

18 Clive Barker
Cabal (1989)
Cabal (1988)
Ü: Joachim Körber

20 Thomas Harris
Das Schweigen der Lämmer (1990)
The Silence of the Lambs (1988)
Ü: Marion Dill

21 Dean R. Koontz
Mitternacht (1990)
Midnight (1989)
Ü: Joachim Körber

22 Clive Barker
Jenseits des Bösen (1990)
The Great and Secret Show (1989)
Ü: Joachim Körber

26 Stephen King
Langoliers (C) (1991)
Four Past Midnight (1990), Erster Teil
Ü: Joachim Körber

Kurz vor Mitternacht: Eine Vorbemerkung

Langoliers
The Langoliers

Das heimliche Fenster,
der heimliche Garten
Secret Window, Secret Garden

27 Peter Straub
Mystery (1990)
Mystery (1990)
Ü: Joachim Körber

29 Dean R. Koontz
Zwielicht (1991)
Twilight Eyes (1985)
Ü: Alexandra v. Reinhardt

30 Stephen King
Nachts (C) (1991)
Four Past Midnight (1990), Zweiter Teil
Ü: Joachim Körber

Der Bibliothekspolizist
The Library Policeman

Zeitraffer
The Sun Dog

32 Dean R. Koontz
Die Kälte des Feuers (1991)
Cold Fire (1991)
Ü: Andreas Brandhorst

34 James Herbert
Besessen (1991)
Haunted (1988)
Ü: Andreas Brandhorst

35 Clive Barker
Gyre (1992)
Weaveworld (1987)
Ü: Joachim Körber

36 Dan Simmons
Sommer der Nacht (1992)
Summer of Night (1991)
Ü: Joachim Körber

37 Stephen King
tot (1992)
The Dark Tower III. The Waste Lands
(1991)
Ü: Joachim Körber

39 James Herbert
Creed (1993)
Creed (1990)
Ü: Walter Brumm

40 Dean R. Koontz
Schlüssel der Dunkelheit (1992)
The Key to Midnight (1979)
Ü: Alexandra v. Reinhardt

42 Stephen King
Das Spiel (1992)
Gerald's Game (1992)
Ü: Joachim Körber

44 Stephen King
Blut (C)
(ersch. unter der Nummer 01/8900)

45 Peter Straub
Haus ohne Türen (1993)
Houses without Doors (1990)
Ü: Andreas Brandhorst und Joachim Körber

46 Dan Simmons
Kraft des Bösen
(1993)
Carrion Comfort
(1989)
Ü: Joachim Körber

49 Clive Barker
Imagica (1993)
Imajica (1991)
Ü: Andreas Brandhorst

50 Dan Simmons
Kinder der Nacht
(1993)
Children of the Night
(1992)
Ü: Joachim Körber

HaffmansTaschenBuch

115 Thomas Harris
Roter Drache
(1977/1988/1993) (1995)
Red Dragon (1981)
Ü: Sepp Leeb
(➶ 7684 AR, ➶ 8820 AR, ➶ 8922 AR)

1058 Philip K. Dick
Erinnerungen en gros (C) (1991)

Orpheus mit Pferdefuß
Orpheus with Clay Feet (1963)
Ü: Thomas Mohr

Augen auf!
The Eyes Have It (1953)
Ü: Denis Scheck

Entdecker sind wir
Explorers We (1958)
Ü: Frank N. Stein

Erinnerungen en gros
We Can Remember It for You Wholesale
(1965)
Ü: Thomas Mohr

Der Ausgang führt hinein
The Exit Door Leads in
(1979)
Ü: Harry Rowohlt

Der Tag, an dem Herrn Computer die Tassen aus dem Schrank fielen
The Day Mr. Computer Fell Out of Its Tree (1987)
Ü: Karl A. Klewer

Der Fall Rautavaara
Rautavaara's Case
(1980)
Ü: Michael Bodmer

Die endgültig allerletzte Geschichte
The Story to End All Stories for Harlan Ellison's Anthology »Dangerous Visions« (1968)
Ü: Thomas Bodmer

1145 Hanns Kneifel
Lichter des Grauens (1990)

Heyne Sonderproduktion

62 Stephen King
Nachtgesichter (1989)
– Photographiert von f-stop Fitzgerald –
Nightmares in the Sky – Gargoyles and Grotesques (1988)
Ü: Joachim Körber

125 Stephen King
»es« (1986) (1990)
It (1986)
Ü: Alexandra v. Reinhardt
(➶ 1 JUM, ➶ 6657 AR/NA unter neuer Nummer)

Heyne Blaue Krimis

2118 Asimov, Greenberg & Waugh (Hrsg.)
Show Business ist Mord (A) (1985)
Showbusiness Is Murder (1981)
Ü: Maren Diestel

Isaac Asimov
Die geheimnisvolle Melodie
The Death Song (1981)

William Bankier
Die Auseinandersetzung
The Confrontation Scene (1981)

George Baxt
Wieheißternoch?
What'isname (1981)

Robert Bloch
Der letzte Pfiff
Sock Finish (1957)

Lionel Booker
Die Bühnenversion einer furchtbaren Handlung
The Acting of Dreadful Thing (1981)

Gary Brandner
Ein schlechter Schauspieler
Bad Actor (1973)

Jon L. Breen
Der geheimnisvolle Radiergummi »Made in Lithuania«
The Lithuania Eraser Mystery (1969)

Michael Scott Cain
Verschiedene Spuren
On Different Tracks (1981)

Karl Detzer
Mord beim Film
Murder in the Movies (1937/1943)

Georgiana Eidukas
Fortsetzung folgt
Cliffhanger (1981)

Ron Goulart
Abstieg und Fall des Norbert Tuffy
The Decline and Fall of Norbert Tuffy (1981)

Tex Hill
Nur ein Gag
Just a Gag (1981)

Edward D. Hoch
Die ganze lange Nacht
The Spy Who Stayed Up All Night (1981)

Francis M. Nevins jr.
Die Kumquats-Affäre
The Kumquats Affaire (1975)

Ellery Queen
Der hängende Akrobat
The Adventure of the Hanging Acrobat (1933 und 1934)

Henry Slesar
Zehn Prozent für einen Mord
Ten Percent of Murder (1958)

Julian Symons
Für Shakespeare
Credit to Shakespeare (1961)

Michael Underwood
Tod in der Oper
Death in the Opera (1980)

Heyne Hardcover

2 Dean R. Koontz
Die zweite Haut (1994)
Mr. Murder (1993)
Ü: Joachim Körber

5 Stephen King
schlaflos/INSOMNIA (1994)
Insomnia (1994)
Ü: Joachim Körber

6 Wolfgang Hohlbein
Azrael (1994)

7 Marion Zimmer Bradley/Julian May/Andre Norton
Die Zauberin von Ruwenda (1994)
Black Trillium (1990)
Ü: Marion Balkenhol

10 Barbara Erskine
Die Tochter des Phoenix (1994)
Child of the Phoenix (1992)
Ü: Tina Bienert u. Dirk Muelder

14 Dean Koontz
Drachentränen (1995)
Dragon Tears (1993)
Ü: Ellen Schlootz

23 Stephen King
Das Bild (1993)
Rose Madder (1995)
Ü: Joachim Körber

24 Barbara Erskine
Mitternacht ist eine einsame Stunde (1995)
Midnight Is a Lonely Place (1994)
Ü: Michael Farin u. Hans Schmid

38 Marion Zimmer Bradley/Andre Norton/Mercedes Lackey
Der Tigerclan von Merina (1996)
Tiger Burning Bright (1995)
Ü: Marion Balkenhol

44 Stephen King
Desperation (1996)
Desperation (1996)
Ü: Joachim Körber

45 Richard Bachman
Regulator (1996)
Regulators (1996)
Ü: Jochim Körber

59 Peter Straub
Reise in die Nacht (1997)
The Hellfire Club (1996)
Ü: Joachim Körber

64 Barbara Erskine
Der Fluch von Belheddon Hall (1996)
Hall of Echoes (1996)
Ü: Ursula Wulfekamp

68 Iain Banks
Die Spur der toten Sonne (1997)
Excession (1996)
Ü: Irene Bonhorst

74 Marion Zimmer Bradley
Geisterlicht (1998)
Ghostlight (1995)
Ü: Andreas Nohl

84 Joachim Körber
Wolf (1998)

90 Buzz Aldrin & John Barnes
Begegnung mit Tiber (1998)
Encounter with Tiber (1996)
Ü: Irene Holicki

94 Stephen King
Glas (1997)
Wizard and Glass (1997)
Ü: Joachim Körber

96 Stephen King
Sara (1998)
Bag of Bones (1998)
Ü: Joachim Körber

Heyne Hardcover-Sachbuch

198 Ronald M. Hahn & Volker Jansen (Hrsg.)
Lexikon des Science Fiction-Films (1983/1987) (1990) (1993)

229 Clive Barker
Das Haus der verschwundenen Jahre (1995)
The Thief of Always (1992)
Ü: Eva L. Wahser

254 James Redfield
Die Prophezeiungen von Celestine. Ein Abenteuer (1994)
The Celestine Prophecy. An Adventure (1993)
Ü: Olaf Kraemer

373 Michael Lemonick
Neue Welten im All (1998)
Other Worlds (1997)
Ü: Hainer Kober

Teil Zwei

Alphabetisches Verzeichnis sämtlicher Autoren
und ihrer im
Wilhelm Heyne Verlag
publizierten Werke

A

AANDAHL, Vance

Aus dem Spiel ➶ 4803
Beyond the Game

Aus der Bestie geboren ➶ 4485
Born from the Beast

Ein Abenteuer in der Yolla Bolly Middle Eel Wilderness ➶ 4610
An Adventure in the Yolla Bolly Middle Eel Wilderness

Im Lichte des Heiligen Krauts ➶ 4747
In the Light of the Holy Herb

Mitternachtshäppchen ➶ 4438
Midnight Snack

Sylvesters Rache ➶ 3486
Sylvester's Revenge

Volksrepublik Disneyland ➶ 4525
Deathmatch in Disneyland

ABARTIS, Cezarija

Das Traumhaus ➶ 6498 AR
The Dreamhouse

ABEL, Günter

Der große Unbekannte ➶ 3985

ABERNATHY, Robert

Die rechtmäßigen Erben ➶ ANTH 2
Heirs Apparent

AB HUGH, Dafydd

Gefallene Helden : 5322
Fallen Heroes

Gleichgewicht der Kräfte : 5443
Balance of Power

Invasion 4 - Die Raserei des Endes : 5409
Invasion! – The Final Fury

Wie der Waschbär rollte und sich den Hals aufriß ➶ 5141
The Coon Rolled Down and Ruptured His Larinks

ABRAHAM, Greg

Pojechali ➶ 5948
Poyekhali

ABRET, Helga/**BOIA**, Lucian

Die Entstehung des Mars-Mythos ➶ 3935

Die häßlichen Nachbarn ➶ 4051

Das Jahrhundert der Marsianer : 32

ADAMS, Douglas

Der Junge Zaphod geht auf Nummer Sicher ➶ 5909
Young Zaphod Plays It Safe

ADAMS, Douglas/**CARNELL**, John

Per Anhalter durch die Galaxis – der Comic : 10100 AR
Douglas Adams' The Hitchhiker's Guide to the Galaxy

ADAMS, Pete/**NIGHTINGALE**, Charles

Pflanzzeit ➶ 3949
Planting Time

ADAMS, Terry A.

Kontakt : 5388
Sentience

Die Lady der Aliens : 5389
The Master of Chaos

ADERCA, Felix

Die Unterwasserstädte : 3538
Orasele Scufundate

ADLER, Detlev P.

Bis ans Ende aller Hoffnung : 4248

ADOLPH, José B.

Beharrlichkeit ➶ 3878
Persistencia

AGAPIT, Marc

Die Agentur : 3649
Agence tous crimes

AHREM, Regine

»Vom Weltraumklamauk zu den Abenteuern der Seele« – Kurd Laßwitz-Sonderpreis 1986 für Dieter Hasselblatt ➶ 4464

AICKMAN, Robert

Hand im Handschuh ➶ 3931
Hand in Glove

AIKEN, Conrad

Mr. Arcularis ➶ 4319
Mr. Arcularis

AIKEN, Joan

Die Kraft und die Herrlichkeit ➶ 20 UB
Power Cut

Die Lady aus Cornwall : 9602 AR
Nightfall

Das Rennen ➶ 3958
Two Races

AÎNÉ, J. H. Rosny

Die Xipehuz ➶ 4022
Les Xipehuz

AKERS, Alan Burt

Die Abtrünnigen von Kregen ➶ 3661
Renegade of Kregen

Die Armada von Scorpio : 3496
Swordships of Scorpio

Aufruhr in Kregen : 5898
Turmoil on Kregen

Die Banditen von Antares : 5137
Gangs of Antares

Die Bestien von Antares : 4359
Beasts of Antares

Die Dämonen von Antares : 5170
The Demons of Antares

Dayra von Scorpio : 3861, auch : 4671
Captive Scorpio

Delia von Vallia : 4510
Delia of Vallia

Ein Leben für Kregen : 4297
A Life for Kregen

Ein Schicksal für Kregen : 4357
A Fortune for Kregen

Ein Schwert für Kregen : 4298
A Sword for Kregen

Ein Sieg für Kregen : 4358
A Victory for Kregen

Die Fehde von Antares : 5327
Challenge of Antares

Die Feuer von Scorpio : 4511
Fires of Scorpio

Die fliegenden Städte von Antares : 3607
Armada of Antares

Die Flieger von Antares : 3547
Fliers of Antares

Geheimnisvolles Scorpio : 3746
Secret Scorpio

Die Geißel von Antares : 5241
Scourge of Antares

Die Gezeiten von Kregen : 3634
The Tides of Kregen

Goldenes Scorpio : 4296
Golden Scorpio

Die Hexen von Kregen : 4675
Witches of Kregen

In der Arena von Antares : 3534
Arena of Antares

Die Intrige von Antares : 4807
Intrigue of Antares

Invasion von Scorpio : 4882
Scorpio Invasion

Die Klauen von Scorpio : 4554
The Talons of Scorpio

Der Kriegsherr von Antares : 4806
Warlord of Antares

Krozair von Kregen : 3697
Krozair of Kregen

Die Labyrinthe von Scorpio : 4472
Mazes of Scorpio

Die Legenden von Antares : 4398
Legions of Antares

Die Masken von Scorpio : 4593
Masks of Scorpio

Die Menschenjäger von Antares : 3512
Manhounds of Antares

Meuchelmörder von Scorpio : 4864
Scorpio Assassin

Mord auf Kregen : 5628
Murder on Kregen

Die Omen von Kregen : 4789
Omens of Kregen

Der Prinz von Scorpio : 3504
Prince of Scorpio

Die Rächer von Antares : 3585
Avengers of Antares

Der Rebell von Antares : 4397
Rebel of Antares

Schatten über Kregen : 5498
Shadows over Kregen

Der Schwertkämpfer von Scorpio : 3488, auch ➶ 5497
Warrior of Scorpio

Die Scorpio-Bänder. Die ersten drei Romane der Saga von Dray Prescot in einem Band : 5497

Scorpio in Flammen : 4923
Scorpio Ablaze

Seg der Bogenschütze : 4624
Seg the Bowman

Die Sonnen von Scorpio : 3476, auch ➶ 5497
The Suns of Scorpio

Sturm über Vallia : 4717
Storm over Vallia

Transit nach Scorpio : 3459, auch ➶ 5497
Transit to Scorpio

Der Triumph von Scorpio : 4989
Scorpio Triumph

Die Trommeln von Scorpio : 4928
Scorpio Drums

Die Verbündeten von Antares : 4399
Allies of Antares

Die Waffenbrüder von Antares : 3567
Bladesman of Antares

Die Werwölfe von Kregen : 4642
Werewolves of Kregen

Wiedergeborenes Scorpio : 4849
Scorpio Reborn

Wildes Scorpio : 3788
Savage Scorpio

Der Zauberer von Scorpio ➶ 3915
Wizard of Scorpio

Der Zorn von Antares : 5396
Wrath of Antares

ALDANI, Lino

Das andere Ufer ➶ 3870, auch ➶ 3990
L'altra riva

Arnos Flucht : 3686
Quando le radici

Das Bergwerk ➶ 4267
La miniera

Besuch beim Vater ➶ 3897
Visita al padre

Canis sapiens ➶ 4267
Canis sapiens

Doppelschach ➶ 3990
Scacco doppio

Eine echte Rothaarige ➶ 4267
Una rossa autentica

Gute Nacht, Sofia ➶ 4267
Buonanotte, Sofia

Harem im Koffer ➶ 4470
Harem nella valigia

Korok ➶ 4267
Korok

Der Krake ➶ 4267
Il kraken
Die Labyrinthe der Zukunft : 4059
Die letzte Wahrheit ➶ 4267
L'ultima verità
Der Mond mit den zwanzig Armen ➶ 4267
La luna delle venti braccia
Die Neugierigen ➶ 4267
I curiosi
Psychosomatisches Doppel ➶ 4513
Doppio psicosomatico
Quo vadis, Francisco? ➶ 4746
Quo vadis, Francisco?
Rotgewürfelt ➶ 3944
Screziato di rosso
Siebenunddreißig Grad ➶ 3812
Trentasette centigradi
Tod eines Geheimagenten ➶ 4267
Morte d'un agente segreto
Über Befehle wird nicht diskutiert ➶ 4267
Gli ordini non si discutono
Unsichtbarer Feind ➶ 3990
Nemico invisibile
Verfinsterung : 3990
Eclissi 2000
Die vierte Dimension : 4267
Quarta dimensione
Vollkommene Technokratie ➶ 4267
Tecnocrazia integrale
Während ich auf den Frachter wartete ➶ 4199
In attesa del cargo

ALDISS, Brian W(ilson)
All diese großen Maschinen – das Thema, das die Science Fiction nicht behandelt ➶ 5638
(Originaltitel: N. N.)
Alle Tränen dieser Welt ➶ 4352
All the World's Tears
Alles durch nichts ➶ 3406
Supercity
Als die Zeit ausbrach ... ➶ 28, auch ➶ 5075, auch ➶ ANTH 32
The Night That All Time Broke Out
Am Vorabend der Ewigkeit : 3030
The Long Afternoon of Earth
Anschein von Leben ➶ 3602
Appearance of Life
Armer kleiner Krieger ➶ 3763, auch ➶ 5909
Poor Little Warrior
Aufstand der Alten : 3107
Greybeard
Aufzeichnungen aus einem Polizeistaat ➶ 3655
Manuscript Found in a Police State
Die bessere Verwandlung ➶ 5049
Better Morphosis
Dr. Moreaus neue Insel : 4205
Moreau's Other Island
Draußen ➶ 3406
Outside
Drei Grad zuviel ➶ 5390
Three Degrees Over
Drei Wege ➶ 3623
Three Ways
Die dunklen Lichtjahre : 3945
The Dark Light Years
Ein Jäger am Ende der Strecke ➶ 3421
The Hunter at His Ease
Einführung ➶ 4746, ➶ 5140
Einleitung ➶ 3920, ➶ 3949, ➶ 3991, ➶ 4036, ➶ 4118
Der entfesselte Frankenstein : 4103
Frankenstein Unbound
Fahrt ohne Ende : 3191
Star Ship
Feinde aus dem Kosmos ➶ 1003
Equator
Feinde des Systems ➶ 3805
Enemies of the System

Die Flut ➶ 3406
There Is a Tide

Für alle Zeit ➶ 3406
Not for an Age

Die Gebeine des Bertrand Russell ➶ 4057
The Bones of Bertrand Russell

Die Gescheiterten ➶ 3406
The Failed Men

Graubart : 73
Greybeard
(auch als »Aufstand der Alten«)

Die Häresien des Riesigen Gottes ➶ 4171
Heresies of the Huge God

Helliconia: Frühling : 50, auch : 4678
Helliconia Spring

Helliconia: Sommer : 51, auch : 4679
Helliconia Summer

Helliconia: Wie und Warum ➶ 4167
Helliconia: How and Why

Helliconia: Winter : 52, auch : 4680
Helliconia Winter

In den Raumschiffdocks ➶ 3398
Working in the Spaceship Yards

In den Tunnel ➶ 5481
Into the Tunnel

Der lange Nachmittag der Erde : 61,
auch : 3030
Hothouse (The Long Afternoon of Earth)

Letzte Bestellung ➶ 3790
Last Orders

Liebe am Äquator ➶ 4034
Romance of the Equator

Die Madonna der Zukunft ➶ 5100
The Madonna of Futurity

Der Magier und der Klempner ➶ 3848
The Art of Karel Thole

Der Malacia-Gobelin : 3625
The Malacia Tapestry

Der Mann in seiner Zeit ➶ 29,
auch ➶ 5075
Man in His Time

Mondzeit ➶ 3195
Since the Assassination

Nesvadba – in den Fußstapfen des
bewundernswerten Čapek ➶ 4124
Nesvadba: In the Footsteps of the Admirable Čapek

Die neuen Neandertaler : 3195
Intangibles, Inc.

Die neuen Neandertaler ➶ 3195
Neanderthal Planet

Das Orakel ➶ 3406
The Shubshub Race

Pantomime ➶ 3406
Dumb Show

Parasiten der Leidenschaft ➶ 3940
Parasites of Passion

Pogsmith ➶ 3406
Pogsmith

Polizeibericht ➶ 3406
Criminal Record

Psiklopen ➶ 3406
Psyclops

Rattenvogel ➶ 5880
Ratbird

Raum, Zeit und Nathaniel : 3406
Space, Time, and Nathaniel

Revolte der Ungeborenen ➶ 3195
Randy's Syndrome

Sieg der Schwachen ➶ 3110
Burning Question

Der Speichelbaum ➶ 3344, auch ➶ 4001
The Saliva Tree

Der Sternenschwarm : 3124
Starswarm

T ➶ 3406
»T«

Tele-Vision ➶ 3406
Panel Game

Tod im Staub : 17, auch : 3332
Earthworks

Trennung ➶ 3860
Segregation
Tür schlägt zu in der Vierten Welt ➶ 4385
Door Slams in Fourth World
Und Judas tanzte ... ➶ ANTH 11
Judas Danced
Der Ungeborene ➶ ANTH 17
Psyclops
Ungreifbarkeiten e.V. ➶ 3195
Intangibles, Inc.
Unsere Erkenntnis ➶ 3406
Our Kind of Knowledge
Das Urteil ➶ 3406
Conviction
Die Verwandlung II ➶ 5645
Better Morphosis
Viktorias Welt ➶ 3195
Send Her Victorious
Vor dem Abgrund ➶ 5495
North of the Abyss
Vorwort zu ➶ 4200
Vorsicht! Religion! ➶ 4740
Danger! Religion!
Wer kann einen Menschen ersetzen? ➶ 95
Who Can Replace a Man?
Wie sich eine innere Tür meinem Herzen öffnete ➶ 4621
How an Inner Door Opened to My Heart
Wovon sollte ein SF-Roman handeln? ➶ 4815
What Should an SF Novel Be About?

ALDISS, Brian W./**JESCHKE**, Wolfgang (Hrsg.)

Titan-18 : 3920
aus: *Galactic Empires* 1/1
Titan-19 : 3949
aus: *Galactic Empires* 1/2
Titan-20 : 3991
aus: *Galactic Empires* 2/1
Titan-21 : 4036
aus: *Galactic Empires* 2/2
Titan-22 : 4118
aus: *Evil Earths,* 1
Titan-23 : 4171
aus: *Evil Earths,* 2

ALDISS, Brian W(ilson)/
LUNDWALL, Sam

Der große Heyne World SF Omnibus : 4746
World Omnibus of Science Fiction
s. **GÖRDEN**, Michael
s. **HARRISON**, Harry/**ALDISS**, Brian W(ilson)

ALDRIDGE, Ray

Das Fabularium ➶ 5880
The Fabularium
Hyänenaugen ➶ 4786
Hyena Eyes
Ihre Vorzüge ➶ 4803
Her Virtues
Klick ➶ 4747
Click
Sinneswandel ➶ 4836
Chump Change
Der Tierbändiger ➶ 5055
The Beastbreaker
Tor der Gesichter ➶ 5166, auch ➶ 5250
Gate of Faces

ALDRIN, Buzz/**BARNES**, John

Begegnung mit Tiber : 90 HC
Encounter with Tiber

ALEXANDER, David

Gene Roddenberry – die autorisierte Biographie : 5544
The Authorized Biography of Gene Roddenberry, STAR TREK Creator

ALEXANDER, Karl

Flucht ins Heute : 3943
Time after Time

ALLEN, Grant

Die Katastrophe im Themsetal ➶ 4022
The Thames Valley Catastrophy

ALLEN, Roger MacBride

Angriff auf Selonia : 10202 AR
Corellia 2: Assaull at Selonia

Der Hinterhalt : 10201 AR
Corellia 1: Ambush at Corellia

Die Laserfaust : 5083
Farside Cannon

Der Ring von Charon : 5912
The Ring of Charon

Showdown auf Centerpoint : 10203 AR
Corellia 3: Showdown at Centerpoint

Die Waisen der Schöpfung : 5973
Orphan of Creation

Die zerschmetterte Sphäre : 5913
The Shattered Sphere

ALLEN, Woody

Kugelmaß, der Unglücksrabe ➶ 3659, auch ➶ 4000
The Kugelmass Episode

ALLHOFF, Fred

Blitzkrieg. Die Nazi-Invasion in Amerika : 4054
Lightning in the Night

ALPERS, Hans Joachim

Augen des Riggers : 5105

Dark Future oder Die fortschreitende und endgültige Verschrottung des Campbell-Kontinuums ➶ 4760

Flucht aus Ghurenia - Die Piraten des Südmeers, 2. Teil : 6019

Hinter der Eisernen Maske : 6015

King als »Richard Bachman« ➶ 7877 AR

Das letzte Duell - Die Piraten des Südmeers, 3. Teil : 6023

Zero ➶ 3970

Das zerrissene Land : 5104

ALPERS, H. J./**FUCHS**, W./**HAHN**, R./**JESCHKE**, W.

Lexikon der Science Fiction Literatur : 111 HSB, auch : 7111/12 AR, auch : 7287 AR

s. **HAHN**, Ronald M./**ALPERS**, Hans Joachim

ALTENDORF, Wolfgang

Der Delegierte ➶ 3541

Das Stahlmolekül : 3967

ALTMANN, Jens

»Am Ende paßt alles zusammen.« - Ein Interview mit Alan Dean Foster ➶ 5925

Ein Gespräch mit Jan Friedman ➶ 5638

ALTMEYER, Hans

Lebenskraft ➶ 4366

Sprung in die Tiefe ➶ 4513

ALTPETER, Thomas

Rabenflug ➶ 3985

AMERY, Carl

An den Feuern der Leyermark : 3835

Finale Rettung Michigan ➶ 3954

Der G. K. Chesterton Omnibus - Erster Teil : 104

Der G. K. Chesterton Omnibus - Zweiter Teil : 105

Das Geheimnis der Krypta : 8435 AR

»Das Geheimnis der Krypta« oder: SF-Genre-Mittel in der Literatur ➶ 4850

Geist-Transfer ➶ 6611 AR, auch ➶ 5000

Ist Kassandra verstummt? ➶ 4464

Das Königsprojekt : 35, auch : 4327

Nur einen Sommer gönnt ihr Gewaltigen ➶ 4000

Statt eines Nachworts oder Ein Gegenbeispiel ➶ 4235

Der Untergang der Stadt Passau : 3461

Vorwort ➶ 104, ➶ 105

AMERY, Carl/**HASSELBLATT**, Dieter

F.R.O.H.: Gespräch über ein Hörspiel ➶ 4371

s. **BAUER**, Ute u.a.

s. **HASSELBLATT**, Dieter

AMIS, Kingsley

Das Auge des Basilisken : 4042
Russian Hide and Seek

Verein der Freunde des Fusels ➶ 29, auch ➶ 5075
The Friends of Plonk

Die Verwandlung : 4314
The Alteration

AMIS, Martin

Die Zeitkrankheit ➶ 5000
The Time Disease

ANDERSCH, Alfred

Ein Auftrag für Lord Glouster ➶ 3541

ANDERSEN, Hans Christian

Die Schneekönigin ➶ 4023
Snedronningen

ANDERSON, Kevin J.

Redmonds Privatkino ➶ 8544 AR
Redmond's Private Screening

STAR WARS - Darksaber, der Todesstern : 10206 AR
STAR WARS: Darksaber

STAR WARS - Flucht ins Ungewisse : 9373 AR
STAR WARS – The Jedi Academy Trilogy, Volume 1: Jedi Search

STAR WARS - Der Geist des Dunklen Lords : 9375 AR
STAR WARS – The Jedi Academy Trilogy, Volume 2: Dark Apprentice

STAR WARS - Die Meister der Macht : 9376 AR
STAR WARS – The Jedi Academy Trilogy, Volume 3: Champions of the Force

ANDERSON, Poul (William)

Aberglaube ➶ 4226
Superstition

Ashtaru der Schreckliche ➶ 3915
Ashtaru the Terrible

Attentäter unterwegs ➶ 3212
A Man to My Wounding
(auch als »Einen Mann für meine Wunde«)

Der Außenweltler : 3338
The Byworlder

Der Barbar ➶ 4226
The Barbarian

Der Besucher ➶ 3435, auch ➶ 4226
The Visitor

Bremsmanöver ➶ 3316
Brake

Bullwinchs Mythologie ➶ 4226
Bullwinch's Mythology

Cappen Varras Heldenmut ➶ 4226
The Valor of Cappen Varra

Die Chroniken der Zeitpatrouille : 4377, auch : 5661
The Time Patrol

Conan der Rebell : 4037
Conan the Rebel

Delenda est ➶ 5661
Delenda est

Ein Mann, der zählt ➶ 3966
The Man Who Counts

Ein unfaires Spiel ➶ 5661
The Only Game in Town

Der Eindringling ➶ 4226
Interloper

Eine logische Schlußfolgerung ➶ 4226
A Logical Conclusion

Einen Mann für meine Wunde ➶ 3863
A Man to My Wounding
(auch als »Attentäter unterwegs«)

Elfenbein, Affen und Pfauen ➶ 4377, auch ➶ 5661
Ivory, and Apes, and Peacocks

Das Erdenbuch von Sturmtor : 3966
The Earth Book of Stormgate

Erinnerung ➶ 3316
Memory

Esau ➶ 3966
Esau
(auch: *Birthright*)

Fantasy im Zeitalter der Wissenschaft ➶ 4226
Fantasy in the Age of Science

Flucht in eine andere Welt ➶ ANTH 32
Eutopia

Flügel des Sieges ➶ 3966
Wings of Victory

Flügellos ➶ 3966
Wingless
(auch: *Wingless on Avalon*)

Flug in die Ewigkeit ➶ 4074
Flight to Forever

Fortschritt ➶ 3212
Progress

Die Gewinnspanne ➶ 3966
Margin of Profit

Die Gibraltar-Fälle ➶ 5661
Gibraltar Falls

Herr über tausend Sonnen ➶ 4036
Lord of a Thousand Suns

Höllenzirkus : 3350
A Circus of Hells

Das Horn der Zeit : 3212
The Horn of Time

Das Horn der Zeit ➶ 3212
The Horn of the Time Hunter

Im Dschungel der Urzeit ➶ 3064
Wildcat

Der integrierte Mensch ➶ 3316
The Sensitive Man

Jägermond ➶ 3729
Hunter's Moon

Das Jahr der Erlösung ➶ 5661
The Year of the Ransom

Jenseits der Unendlichkeit : 3316
Beyond the Beyond

Joelle ➶ 3636
Joelle

Hauks Saga ➶ 4226
The Tale of Hauk

Hausregel ➶ 4226
House Rule

Kontakt mit Jupiter : 3036, auch ➶ 3930
Three Worlds to Conquer

Korridore der Zeit : 3115
The Corridors of Time

Kyrie ➶ 96
Kyrie

Die längste Reise ➶ 13
The Longest Voyage

Das letzte Sternenschiff ➶ 1002, auch : 3169
Orbit Unlimited

Die Macht des Geistes : 3095
Brain Wave

Der Märtyrer ➶ ANTH 5
The Martyr

Der Mann, der zu früh kam ➶ ANTH 2, auch ➶ 3212
The Man Who Came Early

Marius ➶ 3212
Marius

Menschenjäger ➶ 3281
Licence

Die Mission der Fremden ➶ 260 AR, auch ➶ 3019
No Truce with Kings

Mit etwas Verstand ➶ 3966
A Little Knowledge

Mondpiraten ➶ 3316
The Moonrakers

Der Mut, ein König zu sein ➶ 5661
Brave to Be a King

Nenn mich Joe ➶ 3597
Call Me Joe

Der Notstand ➶ 3255
For the Duration

Operation Chaos : 3329
Operation Chaos

Der Pakt ➶ 4226
Pact

Pfusch und Schlamperei in der Fantasy ➶ 4226
On Thud and Blunder

Planet der Frauen ➶ 3272
Virgin Planet

Polarstern ➶ 3966
Lodestar

Problem Luna ➶ ANTH 14
To Build a World

Projekt Geistesblitz ➶ 3181
Butch

Rebellion auf Alpha Crucis : 3253
The Rebel Worlds

Der Rettungsplan ➶ 3281
Wildcat

Rettung auf Avalon ➶ 3966
Rescue on Avalon

Das Saturnspiel ➶ 4047
The Saturn Game

Der Schild der Zeit : 4961
The Shield of Time

Sieg in der Kälte ➶ 3320
Cold Victory

Siegeszug im All : 3281
Seven Conquests

Siegeszug im All ➶ 3281
Inside Straight

Der sterbende Planet ➶ 3079
Territory

Stern des Meeres ➶ 5661
Star of the Sea

Der Sternenhändler : 3079
Trader to the Stars

Sternennebel ➶ 3316
Starfog

Der Sternenplünderer ➶ 3920
The Star Plunderer

Die Tänzerin von Atlantis ➶ 1007, auch : 3404
The Dancer from Atlantis

Der Tag des großen Brandes ➶ 3966
Day of Burning
(auch: *Supernova*)

Tödliche Schöpfungen ➶ 3443
The Fatal Fulfilment

Das Tor der fliegenden Messer : 4226
Fantasy

Das Tor der fliegenden Messer ➶ 4226
The Gate of the Flying Knifes

Die Totalitären ➶ 3212
The High Ones

Die Trauer Odins des Goten ➶ 4377, auch ➶ 5661
The Sorrow of Odin the Goth

Der Übermensch ➶ 3281
Kings Who Die

Universum ohne Ende : 3306
Tau Zero

Das Versteck ➶ 3079
Hiding Place

Vom Sinn des Lebens ➶ 3966
The Problem of Pain

Von Schweinen und Menschen ➶ 4226
Of Pigs and Men

Wie man spielend in einer einzigen Lektion Rassenbewußtsein erlangt ➶ 3966
How to Be Ethnic in One Easy Lesson
(auch: *How to Be Ethnic*)

Die Wilden von Kain ➶ 3079
The Master Key

Zeit der Vergebung ➶ 3966
The Season of Forgiveness

Zeit des Feuers : 3599
Fire Time

Die Zeit heilt ➶ 3264
Time Heals

Zeitfahrer : 4832
The Boat of a Million Years

Die Zeitpatrouille : 4377, auch ➶ 5661
Time Patrolman

ANDERSON, Poul/**DICKSON**, Gordon R(upert)

Der Sheriff von Canyon Gulch ➶ 3378
The Sheriff of Canyon Gulch

ANDERSON, William C(harles)

Weltraum-Roboter : 3105
Adam M – 1

ANDREISSEN, David/**POYER**, D. C.

Wenn nichts als nur der Wille sagt: Steh fest! ➶ 3807
If You Can Fill the Unforgiving Minute…

ANDRESKI, Luke

Skiophanes' Beweis ➶ 4818
Skiophanes' Proof

ANDREVON, Jean-Pierre

Essen! ➶ 4483
Manger!

Das Fenster ➶ 4483
La fenêtre

Das gesamte Gedächtnis der Welt ➶ 4483
Toute la mémoire du monde

Die Haut eines Hundes und die Augen einer Frau ➶ 4483
La peau d'un chien et les yeux d'une femme

Im Herzen der Bombe ➶ 4483
Au cœur de la bombe

Die langen Ferien ➶ 4483
Les longues vacances

Man muß daran denken ➶ 4483
Il faut bien y penser

… Mit Riesenschritten kommt er zurück ➶ 3655
… Il revient au galop

Neutron ➶ 4483
Neutron

Neutron : 4483
Neutron

Das Reservat ➶ 3482
La réserve

Sie sind Träume ➶ 3690
Ils sont réve

Das Tal ➶ 3523
Le vallon

Wie ein einsamer, flüchtiger Stern ➶ 4483
Comme une étoile solitaire et fugitive

ANDREVON, Jean Pierre/**COUSIN**, Philippe

Das Haus gegenüber : 4858
L'immeuble d'en face

ANDUJAR, A. Amalia

Berühre sanft den Geist des Fremdlings ➶ 3735
Softly Touch the Stranger's Mind

ANONYM (Hans Dominik)

Ein Experiment ➶ 3754

ANONYM

Computer-Sprüche ➶ 7624 AR

Eine Reise im Jahre 1970 ➶ 3754

Hear the Census with Its Bell ➶ 7624 AR

Immer vorwärts ➶ 7624 AR
Vatical (tm). Die Apokalypse der Programmiersprachen ➶ 7624 AR

ANONYMUS
Riddhanisches Horoskop ➶ 5390

ANSELL, Bryan/**KING**, William
Genräuber ➶ 5554
Deathwing

ANSTEY, F.
Die Abenteuer mit der Schneekugel ➶ 5909
The Adventure of the Snowing Globe

ANTHONY, Patricia
Aus keinem besonderen Grund ➶ 4957
For No Reason
Bruder Termite : 5353
Brother Termite
Kalte Verbündete : 5352
Cold Allies

ANTHONY, Piers
Chthon oder der Planet der Verdammten : 3383
Chthon
Flint von Außenwelt : 3784
Cluster
Herald der Heiler : 3898
Kirlian Quest
Im Stall ➶ 3421
In the Barn
Makroskop : 3452
Macroscope
Melodie von Mintaka : 3828
Chaining the Lady
Steppe : 3756
Steppe
Tausendstern : 4115
Thousandstar

ANTIEAU, Kim
Heckenrose ➶ 9773 AR
Briar Rose

ANTON, Uwe
Aus deutschen und anderen Landen ➶ 4167
Aus deutschen (und anderen) Landen ➶ 4371
Ein kurzes, vertrauliches Gespräch mit dem Herausgeber ➶ 3869
Eisige Zukunft : 385 PRh
Heimkehr ➶ 3745
Der Irrgarten des Todes als Metapher für den Autor - Nachwort zu ➶ 66
Jurassic Mark ➶ 5311
Nachrichten von Büchern und Menschen ➶ 4260
Nachwort ➶ 4785
Philip K. Dicks Halbleben: Ein Vorwort ➶ 4713
Psychospiel : 392 PRh
Willkommen in der Wirklichkeit: Die Alpträume des Philip K. Dick : 4713
Willkommen in der Wirklichkeit ➶ 4713
Zarathustra und der moralische Imperativ - Nachwort ➶ 4328

ANTON, Uwe/**FUCHS**, Werner
Interview mit Philip K. Dick ➶ 4328

ANTON, Uwe/**HAHN**, Ronald M.
STAR TREK-Enzyklopädie : 5350

ANTON, Uwe/**ZIEGLER**, Thomas
Erdstadt : 4198
s. **ZIEGLER**, Thomas/**ANTON**, Uwe

ANVER, M. R.
Das Auswahlkomitee ➶ 3418
Unto Us a Child

ANVIL, Christopher

Das neue Mitglied ➶ 3116
The New Member

Stein der Weisen ➶ 3442
Philosopher's Stone

APOSTOLIDES, Alex

s. **CLIFTON**, Mark/**APOSTOLIDES**, Alex

ARANGO, Angel

Der Kosmonaut ➶ 3878
El cosmonauta

ARCHER, Nathan

Ragnarök : 5403
STAR TREK Voyager # 3: Ragnarok

Walhalla : 5512
Valhalla

ARMER, Karl Michael

Die Eingeborenen des Betondschungels ➶ 4060, auch ➶ 5000

Die Endlösung der Arbeitslosenfrage ➶ 4410

Es ist kein Erdbeben, Ihnen zittern nur die Knie ➶ 4235

Hiroshima soll leben! : 4740

Malessen mitte Biotechnik ➶ 4470

Mit beiden Beinen fest auf der Erde ➶ 3541

Nachwort ➶ 28, ➶ 85, ➶ 4740

Nachwort: Zeit - eine variable Konstante? ➶ 5075

Think Small - Ein Plädoyer für die SF-Story ➶ 4260

Tsunehisa Kimura, Realitäts-Saboteur ➶ 3989

Umkreisungen ➶ 4255

Virtualienmarkt ➶ 5055

Vorwort ➶ 5075

Wissenswertes über BCO-Geräte ➶ 4746

Zwischen Avantgarde und Trivialität - Zur literarischen Positionsbestimmung der Science Fiction ➶ 4371

ARMER, Karl Michael/**JESCHKE**, Wolfgang

Die Fußangeln der Zeit : 28, auch ➶ 5075

Die Gehäuse der Zeit - Die besten Zeitreisegeschichten aller Zeiten : 5075

Neuland - Autoren der Weltliteratur schreiben über die Welt von morgen : 5000

Zielzeit : 29, auch ➶ 5075

s. **JESCHKE**, Wolfgang/**ARMER**, Karl Michael

ARMSTRONG, Michael

Die garantiert aller-allerletzte Geschichte, in der es um einen Pakt mit dem Teufel geht und danach wollen wir nie, nie wieder eine schreiben ➶ 4005
Absolutely the Last, This Is It, No More, the Final Pact with the Devil Story

Mutter der Elfen ➶ 5511
Mother to Elves

Nach dem Zap : 4878
After the Zap

ARTHUR, Chet

Die Glücklichen ➶ 3131
The Lucky People

ARTNER, Robert

s. **DARLTON**, Clark/**ARTNER**, Robert

ASHWORTH, Malcolm

Ein Senoi-Traum ➶ 4818
A Senoi Dream

ASIMOV, Isaac

Alle Wege führen nach Trantor ➶ 79, auch : 3084, auch ➶ 5200, auch ➶ 8100, auch ➶ 8108
Second Foundation

Altmodisch ➶ 20, auch ➶ 3621
Old Fashioned

Die Asimov-Chronik I – Robot ist verloren : 8199 AR
The Asimov Chronicles (1. Teil)

Die Asimov-Chronik II – Die vierte Generation : 8228 AR
The Asimov Chronicles (2. Teil)

Die Asimov-Chronik III – Die Menschheit wird gerettet : 8358 AR
The Asimov Chronicles (3. Teil)

Auf den Gewinner ➶ 4107
To the Victor

Auf der Suche nach der Erde : 6401 AR
Foundation's Edge

Auf marsianische Art ➶ 3669, auch ➶ 8288 AR
The Martian Way

Der Aufbruch zu den Sternen ➶ 8100, auch : 8103, auch : 6579 AR
The Robots of Dawn

Das Auge des Betrachters ➶ 8358 AR
The Eye of the Beholder

Augen, die nicht nur sehen ➶ 8228 AR
Eyes Do More Than See

Aurora oder Der Aufbruch zu den Sternen : 6579 AR
The Robots of Dawn

Außergewöhnliche Reise – Vorwort ➶ 4215

Besondere Begabung ➶ 4034
Potential

Beweismaterial ➶ 20, auch ➶ 8199 AR
Evidence
(auch als »Ein schlagender Beweis«)

Das Chronoskop ➶ 20, auch ➶ 3066
The Dead Past

Daß Du seiner eingedenk bist ➶ 20, auch ➶ 3621, auch ➶ 8358 AR
That Thou Art Mindful of Him

Des Meisters Meister ➶ 8228 AR
Author, Author

Ein dumpfes Dröhnen ➶ 3998
The Dim Rumble

Ein Herz aus Metall ➶ 3145
Segregationist

Ein Loch in der Zeit ... ➶ ANTH 5
A Point of Law

Ein Lügner ➶ 20, auch ➶ 3217
Liar!

Ein Ort der Stille ➶ 8358 AR
The Quiet Place

Ein Sandkorn am Himmel ➶ 8100, auch ➶ 8106
Pebble in the Sky

Ein schlagender Beweis ➶ 3120
Evidence
(auch als »Beweismaterial«)

Ein so herrlicher Tag ➶ 3533
It's Such a Beautiful Day

Ein Zahlenrätsel ➶ 8358 AR
A Problem of Numbers

Einbruch der Nacht ➶ 93, auch ➶ 3579, auch ➶ 3962, auch ➶ 8199 AR
Nightfall
(auch als »Und Finsternis wird kommen ...«)

Eine Einführung in das Showgeschäft – Vorwort ➶ 2218 BK

Eine Geschmacksfrage ➶ 3608
Good Taste

Einführung: Als die Phantastik zur Fantasy wurde ➶ 4023
When Fantasy Became Fantasy

Einleitung ➶ 4074, ➶ 4159

Das Ende der Ewigkeit : 3088
The End of Eternity

Energie aus dem Nichts ➶ 3135, auch ➶ 8228 AR
The Billiard Ball

Entdeckt! ➶ 4019, auch ➶ 8358 AR
Found!

Erduntergang und Abendstern ➶ 8358 AR
Earthset and Evening Star

Erst den Hasen fangen! ➶ 20, auch ➶ 3217, auch ➶ 8199 AR
Catch That Rabbit

Exil in der Hölle ➶ 8358 AR
Exile to Hell

Die Experimentatoren ➶ 8199 AR
Breeds There a Man

Flucht ➶ 20, auch ➶ 3217
Paradoxical Escape

Foundation. Drei Romane : 79, auch : 5200, auch ➶ 8100, auch : 8108

Das Foundation-Projekt ➶ 8100, auch : 8105, auch : 9563 AR
Forward to Foundation

Der *Foundation*-Zyklus in 10 Bänden : 8100

Die *Foundation*-Trilogie : 79, auch ➶ 5200

Fremdling im Paradies ➶ 20, auch ➶ 3621
Stranger in Paradise

Der galaktische General ➶ 79, auch : 3082, auch ➶ 5200, auch ➶ 8100, auch ➶ 8108
Foundation and Empire

Das galaktische Imperium ➶ 8100, auch : 8104, auch : 6607 AR
Robots and Empire

Geburt eines Begriffs ➶ 20, auch ➶ 3621
Birth of a Notion

Gefangene des Alls ➶ 3135, auch ➶ 8199 AR
Marooned Off Vesta

Die geheimnisvolle Melodie ➶ 2118 BK
Mystery Tune

Geliebter Robot ➶ 6611 AR
Satisfaction Guaranteed
(auch als »Geliebter Roboter«)

Geliebter Roboter ➶ 20, auch : 3066, auch ➶ 8100, auch ➶ 8101
Earth Is Room Enough

Geliebter Roboter ➶ 20, auch ➶ 3066
Satisfaction Guaranteed

Die Größe des Imperiums. Drei Romane ➶ 8100, auch : 8106

Grüne Flecken ➶ 8199 AR
Green Patches

Höllenfeuer ➶ 20, auch ➶ 3066
Hell-Fire

Ich, der Robot ➶ 20, auch : 3217, auch ➶ 8100, auch ➶ 8101
I, Robot

Ich liebe Miezchen ➶ 8358 AR
I Love Pussy

Im besten Mannesalter ➶ 20, auch ➶ 3621
The Prime of Life

Im Hinterhnf ➶ 3181
The Pause

Die imaginäre Größe ➶ 3150
The Imaginary

In der Atmosphärenkammer ➶ 3135
The Dust of Death

Initialzündung ➶ 8358 AR
Ignition Point

Isaac Asimov präsentiert: Drachenwelten : 4159
Dragon Tales

Isaac Asimov präsentiert: Fantasy-Erzählungen des 19. Jahrhunderts : 4023
Isaac Asimov Presents the Best Fantasy of the 19th Century

Isaac Asimov präsentiert: Der letzte Mensch auf Erden : 4074
The Last Man on Earth

Isaac Asimov präsentiert: Science Fiction-Erzählungen des 19. Jahrhunderts : 4022
Isaac Asimov Presents the Best Science Fiction of the 19th Century

Isaac Asimov präsentiert: Zukünfte – nah und fern : 4215
Asimov's Near Futures and Far

Jane 5 ➶ 3186
Female Intuition
(auch als »Weibliche Intuition«)

Junior ➶ 3520
Nobody Here But – – –

Das Jupiter-Problem ➶ 3239
Not Final

Keine Verbindung ➶ 8199 AR
No Connection

Kleiner verlorener Robot ➶ 20, auch ➶ 3217, auch ➶ 8199 AR
Little Lost Robot

Konvent der Weltraumforscher ➶ 3064
The Dying Night

Das Leben und Sterben der Multivac ➶ 20, auch ➶ 3621
The Life and Times of Multivac

Die letzte Frage ➶ 4517
The Last Question
(auch als »Wenn die Sterne verlöschen«)

Das letzte Mittel ➶ 3103
Founding Father

Lichtpoesie ➶ 8358 AR
Light Verse

Lunatico oder Die nächste Welt : 7, auch : 4445, auch : 5126 AR
The Gods Themselves

Die Mächte des Bösen: Vorwort ➶ 27 UB

Der Märchenerzähler ➶ 20, auch ➶ 3066
Someday

Der Mann von drüben : 90 AR, auch : 3004, auch ➶ 4000 (Auszug)
The Caves of Steel

Marching In ➶ 20, auch ➶ 3621
Marching In

Die Maschine, die den Krieg gewann ➶ 3011, auch ➶ 3729, auch ➶ 8288 AR
The Machine That Won the War

Meine Freunde, die Roboter : 20, auch ➶ 8100, auch : 8101

Die Menschheit wird gerettet ➶ 8358 AR
Saving Humanity

Mondglocken ➶ ANTH 2
The Singing Bell

Die Mutter des Neandertalers ➶ 8228 AR
The Ugly Little Boy

Mutter Erde ➶ 4183, auch ➶ ANTH 8
Mother Earth

Nachruf für Lancelot ➶ 3135
Obituary

Die nackte Sonne : 72, auch : 3009, auch : 3517, auch ➶ 8100, auch ➶ 8102
The Naked Sun

Nemesis : 8084 AR
Nemesis

Nichts ist umsonst ➶ 3735, auch ➶ 8358 AR
Nothing for Nothing

Die Nova ➶ 3135
Star Light

Nummernweise ➶ 3863
By the Numbers

Nur Vögel brauchen Flügel ➶ 4332, auch ➶ 8358 AR
For the Birds

Ohne Hilda in Marsport ➶ 3135
I'm in Marsport without Hilda

Die Olympiade der Techniker ➶ 8228 AR
Profession

Der perfekte Roboter ➶ ANTH 30
Galley Slave

Die Posaune des Jüngsten Gerichts ➶ 20, auch ➶ 3066
The Last Trump

Projekt Gans ➶ 3135
Pâté de Foie Gras

Rennen, um an Ort und Stelle zu bleiben ➶ 8199 AR
The Red Queen's Race

Die Rettung des Imperiums ➶ 8100, auch : 8107, auch : 7815 AR
Prelude to Foundation

Robbie ➶ 20, auch ➶ 3217, auch ➶ 7624 AR, auch ➶ 8199 AR
Robbie

Roboterträume ➶ 4446
Robot Dreams

Die Rückkehr zur Erde ➶ 8100, auch : 8110, auch 6861 AR
Foundation and Earth

Runaround ➶ 20, auch ➶ 3217, auch ➶ 8199 AR
Runaround

Sackgasse ➶ 8199 AR
Blind Alley

Sally ➶ 8228 AR
Sally

Das Schlüsselwort ➶ 3131
The Key

Die Schule ➶ 20, auch ➶ 3066, auch ➶ 8228 AR
The Fun They Had

Signale vom Pluto ➶ 248 AR, auch ➶ 3017, auch ➶ 8228 AR
My Son, the Physicist

Das Souvenir ➶ 3135
Anniversary

Spiegelbild ➶ 8358 AR
Mirror Image

Der sprechende Stein ➶ 3135
The Talking Stone

Die Stahlhöhlen. Zwei Romane : 8102

Die Stahlhöhlen : 71, auch ➶ 8100, auch ➶ 8102
The Caves of Steel
(auch als »Der Mann von drüben«)

Sterne wie Staub ➶ 8100, auch ➶ 8106
The Stars, Like Dust
(auch: *The Rebellious Stars*)

Sternstunde in Twin Gulch ➶ 20, auch ➶ 3066
The Watery Place

Die Stiftung ➶ 3920
Foundation (Erzählung)

Ströme im All ➶ 8100, auch ➶ 8106
The Currents of Space

Die Suche nach der Erde ➶ 8100, auch : 8109, auch : 6401 AR
Foundation's Edge

Die T-Ordnung ➶ 8228 AR
T-Formation

Der Tausendjahresplan ➶ 79, auch : 3080, auch ➶ 5200, auch ➶ 8100, auch ➶ 8108
Foundation (Roman)

Thiotimoline und das Raumfahrtzeitalter ➶ 8228 AR
Thiotimoline and the Space Age

Tod einer Blondine ➶ 3135
What's in a Name

Todesurteil ➶ 8199 AR
Death Sentence

Die Träumer ➶ 20, auch ➶ 3066, auch ➶ 3763
Dreaming Is a Private Thing

Über die Restaurierung des Verlorenen – Vorwort ➶ 4387
Retrieving the Lost

Und Finsternis wird kommen … ➶ ANTH 17
Nightfall
(auch als »Einbruch der Nacht«)

Der unvermeidliche Konflikt ➶ 20, auch ➶ 3217
The Evitable Conflict

Veränderung! : 179 HSB, auch : 7223 AR
Change

Vergißesnicht ➶ 3913, auch ➶ 8358 AR
Lest We Remember

Der verkaufte Planet ➶ 3255
Buy Jupiter!

Vernunft ➶ 20, auch ➶ 94, auch ➶ 3217
Reason

Verschlüsselte Botschaft ➶ 3097, auch ➶ 8228 AR
The Key

Die vierte Generation ➶ 8228 AR
Unto the Fourth Generation

Das vierte Hormon ➶ 8358 AR
The Fourth Homonym
Wahltag im Jahre 2008 ➶ 20, auch ➶ 3066, auch ➶ 8228 AR
Franchise
Wahre Liebe ➶ 8358 AR
True Love
Was man so Liebe nennt ➶ 5909
Playboy and the Slime God
Der Wasserschlag ➶ 20, auch ➶ 3621
Waterclap
Weder Tier noch Mensch ➶ 8358 AR
Neither Brute Nor Human
Weibliche Intuition ➶ 20, auch ➶ 3621, auch ➶ 8358 AR
Feminine Intuition
(auch als »Jane 5«)
Weihnachten auf Ganymed ➶ 3106
Christmas on Ganymede
Wenn die Sterne verlöschen ➶ 8228 AR
The Last Question
(auch als »Die letzte Frage«)
Wie alles anfing – Auf den Spuren der Evolution : 79 HSB
Beginnings: The Story of Origins
Willi und ich ➶ 8358 AR
Bill and I
Der Witzbold ➶ 20, auch ➶ 3066
Jokester
Worfeln ➶ 20, auch ➶ 3621
The Winnowing
Die Wunder der Welt : 4332
Asimov's Wonders of the World
Zehn SF-Kriminalgeschichten : 3135
Asimov's Mysteries
Die Zeiten ändern sich ➶ 4274
The Winds of Change
Der Zweihundertjährige ➶ 20, auch : 3621, auch ➶ 8100, auch ➶ 8101
The Bicentennial Man and Other Stories
Der Zweihundertjährige ➶ 20, auch : 3621, auch ➶ 8358 AR
The Bicentennial Man
Der Zwischenfall bei der Dreihundertjahrfeier ➶ 20, auch ➶ 3621
The Tercentenary Incident

ASIMOV, Isaac/**GREENBERG**, Martin H(arry)
Einführung ➶ 4600
Science Fiction aus den Goldenen Jahren : 4600
Isaac Asimov Presents the Great SF Stories 6: 1944

ASIMOV, Isaac/**GREENBERG**, Martin H./ **WAUGH**, Charles G.
Show Business ist Mord : 2118 BK
Showbusiness Is Murder

ASIMOV, Isaac/**LAURENCE**, Alice
Spekulationen : 4274
Speculations

ASIMOV, Isaac/**RÖSSEL WAUGH**, Carol-Lynn/**GREENBERG**, Martin H.
13mal Halloween : 27 UB
13 Horrors of Halloween

ASIMOV, Isaac/**SILVERBERG**, Robert
Einbruch der Nacht : 10090 AR
Nightfall
Kind der Zeit : 10366 AR
Child of Time
Der positronische Mann : 10624 AR
The Positronic Man

s. auch Isaac **ASIMOV'S** Science Fiction Magazin

ASIMOV, Janet
Bewußtseinstransfer : 4759
Mind Transfer

ASQUITH, Cynthia

Gebe Gott, daß sie in Frieden ruht ➶ 8302 AR
God Grante that She Lye Still

ATWOOD, Margaret

Der Report der Magd ➶ 5000
The Handmaid's Tale (Auszug)

AUEL, Jean M.

Ayla und das Tal der Großen Mutter : 8468 AR
The Plains of Passage

Ayla und der Clan des Bären : 6734 AR
The Clan of the Cave Bear

Mammutjäger : 7730 AR
The Mammoth Hunters

Das Tal der Pferde : 6658 AR
The Valley of Horses

AUERBACH, Arnold M.

Anläßlich der Wiederaufführung von Hair im Jahr 2016 ➶ 3374
When Hair Were Revived in 2016

AUSTER, Paul

Im Land der letzten Dinge ➶ 5000
In the Country of the Last Things

AVALLE-ACRE, Diane de

Fledermäuse ➶ 5018
Bats

AVALLONE, Michael

Der Mann, der auf Luft gehen konnte ➶ 4353
The Man Who Walked on Air

Rückkehr zum Planet der Affen ➶ 3225
Beneath the Planet of the Apes

Veilchen ➶ 20 UB
Sweet Violet

AYMÉ, Marcel

Dermuche ➶ 3537
Dermuche

B

BACH, Hans

Wandelsterne ➶ 4249

BACHMAN, Richard

Amok : 7695 AR, auch : 8933 AR, ➶ 9468 AR
Rage

Der Fluch : 6601 AR, auch ➶ 9116 AR
Thinner

Menschenjagd : 6687 AR, auch ➶ 9116 AR
Running (Man)

Regulator : 45 HC
Regulators

Sprengstoff : 6762 AR, auch : 9482 AR, auch : 9482 AR
Roadwork

Todesmarsch : 6848 AR, auch : 9036 AR, ➶ 9468 AR
The Long Walk

2 Romane in einem Band : 9468 AR

BACHSCHNEIDER, Wolfgang F.

Das digitale Dachau ➶ 4161

BACHSCHWÖLL, Wolfgang/**HADERER**, Christian

»Warum erwachsen werden?« - Ein Gespräch mit dem deutschen Regisseur Roland Emmerich ➶ 4464

BACON, Francis

Neu-Atlantis (Auszug) ➶ 90
The New Atlantis

BAGLEY, Simon

Retter der Menschheit ➶ 3027
Welcome, Comrade

BAILEY, Dale

Der Berührte ➶ 5341
Touched

BAILEY, Hilary

Wenn alles hochgeht:
Ein Abenteuer von Una Persson,
der Heldin in Raum und Zeit
➶ 4175
Everything Blowing Up:
An Adventure of Una Persson,
Heroine of Time and Space

BAILEY, Robin W.

Das Dungeon 4 – Der See aus Feuer
: 4753
The Dungeon, Book 4 – The Lake of Fire

BAKER, Scott

Flachkalmar ➶ 4274
Flatsquid Thrills

Stilleben mit Skorpion ➶ 4294
Still Life with Scorpion

BALLARD, J(ames) G(raham)

Anleitung zum virtuellen Tod ➶ 10108 AR
A Guide to Virtual Death

Die Betoninsel : 3803
Concrete Island

Billennium ➶ 6611 AR
Billennium

Der Block : 3855
High-Rise

Chronopolis ➶ 28, auch ➶ 3509,
auch ➶ 5075
Chronopolis

Das Delta bei Sonnenuntergang ➶ 3324
The Delta at Sunset

Dreizehn unterwegs zum Alpha Centauri
➶ 3509
Thirteen to Centaurus

Die Dürre ➶ 82
The Drought
(auch: *The Burning World*)
(auch als »Welt in Flammen«)

Ein Tag Ewigkeit ➶ 3324
The Day of Forever

Endzeitstrand ➶ 95
The Terminal Beach

Der ertrunkene Riese ➶ 3324, auch ➶ 4000,
auch ➶ 6598 AR
The Drowned Giant

Der Garten der Zeit ➶ 28, auch ➶ 3509,
auch ➶ 5075
The Garden of Time

Die Geheimgeschichte des Dritten Weltkriegs
➶ 4990
The Secret History of World War 3

Die Gioconda des Mittagszwielichts
➶ 3324
The Gioconda of the Twilight Noon

Der größte Freizeitpark der Welt ➶ 5000
The Largest Theme Park in the World

Hope Cunard ➶ 3394
Cry Hope, Cry Fury!

Karneval der Alligatoren : 11, auch : 3308
The Drowned World

Der Klangsauger ➶ 3509
The Sound Sweep

Die Kristallwelt ➶ 82, auch : 3027
The Crystal World

Das Kulissenspiel ➶ 3394
The Screen Game

Lockende See ➶ 260 AR, auch ➶ 3019
Now Wakes the Sea

Mythen der nahen Zukunft ➶ 4062
Myths of the Near Future

Prima Belladonna ➶ 3394
Prima Belladonna

Sag dem Wind Lebewohl ➶ 3394
Say Goodbye to the Wind

Der Sandkäfig ➶ 3509
The Cage of Sand

Das Schlangengehege ➶ 3324
The Reptile Enclosure

Die singenden Plastiken ➶ 3394
The Singing Statues

Die Stimmen der Zeit ➶ 3509
The Voices of Time

Studio 5 ➶ 3394
Studio 5, the Stars

Der Sturm aus dem Nichts ➶ 82, auch : 3020, auch : 3158
The Wind from Nowhere

Sturmvogel, Sturmträumer ➶ 3324
Storm-Bird, Storm-Dreamer

Die tausend Träume von Stellavista : 3394
Vermilion Sands

Die tausend Träume von Stellavista ➶ 3394
The 1000 Dreams of Stellavista

Der Todessturz ➶ 10108 AR
The Dying Fall

Der überlastete Mann ➶ 3509
The Overloaded Man

Der unmögliche Mensch : 3324
The Impossible Man and Other Stories

Der unmögliche Mensch ➶ 3324
The Impossible Man

Die Venus lächelt ➶ 3394
Venus Smiles

Der vierdimensionale Alptraum : 3509
The Four-Dimensional Nightmare

Die Wachttürme ➶ 3509
The Watchtowers

Wanderer durch Zeit und Raum ➶ 3031
The Lost Leonardo

Welt in Flammen : 3114
The Burning World

Die Wolkenbildner von Coral D ➶ 3394
The Cloud-Sculptors of Coral D

Die Zeit des Laufes ➶ 3324
Time of Passage

Zeit endet : 82

Der Zirkus ➶ ANTH 34
The Recognition

BALMER, Edwin
s. **WYLIE**, Philip (Gordon)/**BALMER**, Edwin

BALUN, Chas.

Euch spuck' ich ins Gesicht ➶ 8543 AR
I Spit in Your Face: Films That Bite

BAMBECK, Joern J.

Alptraum ➶ 3818

Die Anderen ➶ 3650, auch ➶ 4032

Der Clown ➶ 4235

Dornröschen im Schnee oder Den Seinen gibt's der Herr im Schlaf ➶ 4032

Du sollst nicht töten ➶ 4032

Die Entdeckungsgeschichte von Nr. 7, Nr. 8 und Nr. 9 ➶ 3989

Die Entdeckungsgeschichte von Nr. 7, Nr. 8 und Nr. 9
(Fortsetzung) ➶ 4019

Der Fall Belmont oder Eine Möglichkeit, in Zukunft ein Heiliger zu werden ➶ 4057

Der Flug ➶ 4041

Das Geheimnis des Crab-Nebels ➶ 3935

Das große Rad des Kharnabhar auf Helliconia ➶ 4167

Ich werde immer dasein, wenn du mich brauchst ➶ 4513

Im Namen Allahs ➶ 4032

Im toten Herz des Kharnabhar ➶ 4032

Innenwelten : 4032

Das Interview ➶ 3780, auch ➶ 4032

Jour Fixe ➶ 3818

Der Liebesdiener oder Die neueste Errungenschaft der Technik ➶ 4041

Mein Riesenfehler beim schwarzen Riesenloch ➶ 3888

Mmirg ➶ 3897, auch ➶ 4032

Nachwort zu: Innenwelten ➶ 4032

Nimm reichlich Butter, damit sie schön braun werden ➶ 4032

Prinz Eisenherz ➶ 3995

Requiem ➶ 4255

Romeo und Julia ➶ 3473, auch ➶ 4032

Das Schachspiel ➶ 3737, auch ➶ 4032

Science Fiction? ➶ 3897, auch ➶ 4032

Die Spinne ➶ 4032

Statistronomie ➶ 3869

Stern mit vom Weinen verklebten Augen ➶ 4560

Teufelskreise ➶ 4032

4 SF-Miniaturen ➶ 4032

Weit entfernt im Land der Steine, saß ein Riese, ganz alleine ➶ 4097

Wie groß bin ich als schwarzes Loch? ➶ 3848

BANERJEE, Saradindu

Die grüne Brille ➶ 4199
Sabuja Caśamá

Die weiße Erde ➶ 4325
Sādā Pṛthibī

BANKIER, William

Die Auseinandersetzung ➶ 2118 BK
The Confrontation Scene

Gottlose Hybride ➶ 27 UB
Unholy Hybrid
(auch als »Der Kürbis«)

Der Kürbis ➶ 272 AR, auch ➶ 3021
Unholy Hybrid
(auch als »Gottlose Hybride«)

BANKS, Iain

Auf der Flucht vor den Gesetzen der Physik? ➶ 5080
(Originaltitel: N. N.)

Barfuß über Glas : 4852
Walking on Glass

Bedenke Phlebas : 4609
Consider Phlebas

Die Brücke : 4643, auch 10478 AR
The Bridge

Ein Geschenk der Kultur : 4904
The State of the Art

Ein Geschenk der Kultur ➶ 4704, auch ➶ 4904
A Gift from Culture

Ein paar Anmerkungen zur KULTUR ➶ 5245
(Originaltitel: N. N.)

Einsatz der Waffen : 4903
Use of Weapons

Entsorgung ➶ 4904
Cleaning Up

Fundstück ➶ 4904
Piece

Heruntergekommen ➶ 4904
Descendant

Kratzer ➶ 4904
Scratch

Der letzte Stand der Kunst ➶ 4904
The State of the Art

Das Spiel Azad : 4693
The Player of Games

Die Spur der toten Sonne : 68 HC
Excession

Straße der Schädel ➶ 4904
Road of Skulls

Ungerade ➶ 4904
Odd Attachment

Vor einem dunklen Hintergrund : 5640
Against a Dark Background

Die Wespenfabrik : 4783,
auch : 10270 AR
The Wasp Factory

s. **STAHL**, Joachim

BARANIECKI, Marek

Der Kopf der Kassandra ➶ 5935
Głowa Kasandry

BARBER, Daniel Wynn

Tiger im Schnee ➶ 6793 AR
Tiger in the Snow

BARBER, Dulan

Kuckuck ➶ 3718
Cuckoo

BARBERI, Jacques

Der Fährmann ➶ 4990
Le passeur

BARBET, Pierre

Schmetterlinge lieben Parfüm ➶ 3837
Les papillons sont au parfum

BARBIER, Jules
s. **OFFENBACH**, Jacques/
BARBIER, Jules

BARJAVEL, René

Elea : 3296
La nuit des temps

Das große Geheimnis ➶ 1012,
auch : 3437
Le grand secret

Sintflut der Atome : 3304
Le diable l'emporte

BARK, John

Großkatzen ➶ 4818
Big Cats

BARKER, Clive

An den Ufern von Amen ➶ 9953 AR
On Amen's Shore

Cabal : 18 JUM, auch : 8464 AR
Cabal

Die Fahrt überleben ➶ 7877 AR
Surviving the Ride

Fleischlieferung um Mitternacht
➶ 8542 AR
The Midnight Meat Train

Gyre : 8868 AR, auch : 35 JUM
Weaveworld

Das Haus der verschwundenen Jahre
: 10517 AR, auch : 229 HC/S
The Thief of Always

Heimkehr in Trauer ➶ 17 JUM,
auch ➶ 8636 AR
Coming to Grief

Imagica : 9408 AR, auch : 49 JUM
Imajica

Jenseits des Bösen : 22 JUM,
auch : 8794 AR
The Great and Secret Show

Neue Morde in der Rue Morgue
➶ 8175 AR
New Murders in the Rue Morgue

Sex, Tod und Starglanz ➶ 8649 AR
Sex, Death, and Starshine

Stadt des Bösen : 9595 AR
Everville

Das Tor zur Hölle – »Hellraiser« : 8362 AR
The Hellbound Heart

Verlorene Seelen ➶ 8831 AR
Lost Souls

BARKIN, Haskell

Mr. Sperling läßt ausräuchern ➶ 3435
Mr. Sperling Bugs Out

Zeit ist Geld ➶ 3537
Time Is Money

BARNES, John

Canso De Fis De Jovent ➶ 5100
Canso De Fis De Jovent

Eine Million offener Tore : 5421
A Million Open Doors

Das kaleidoskopische Jahrhundert : 5424
Kaleidoscope Century

Die Mutter aller Stürme : 5422
Mother of Storms

Orbitale Resonanz : 5423
Orbital Resonance

Unter dem Sternenbogen ➶ 4631
Under the Covenant Stars

Wie stumm und kalt sie ist ➶ 4485
How Cold She Is, and Dumb

s. **ALDRIN**, Buzz/**BARNES**, John

BARLOEWEN, Wolf von

Das Fallen ➶ 3780

Das Steigen ➶ 3780

BARMEIER, Eike

s. **SUVIN**, Darko/**BARMEIER**, Eike/**HASSELBLATT**, Dieter

BARR, Stephen

Aus der Zukunft ➶ 3353
A Sense of the Future

Expedition nach Chronos ➶ 3056
The Homing Instinct of Joe Vargo

BARRETT jr., Neal

Cush ➶ 5948
Cush

Ewiges Blau ➶ 4536
Perpetuity Blues

Ginny Sweethips' fliegender Zirkus ➶ 4581
Ginny Sweethips' Flying Circus

Stimmen im Treppenhaus ➶ 4690
Stairs

BARRETT RODDENBERRY, Majel

Einleitung ➶ 5544

BARSCH, Achim

Science Fiction und juristische Fiktionen ➶ 4260

BARTEL, Ruth

Whisky und Tabletten ➶ 3985

BARTHELME, Donald

Die Zombies ➶ 10108 AR
The Zombies

BARTON, William

Das Zeitalter des Wassermanns ➶ 5921
Age of Aquarius

BARTSCHAT, Peter Gustav

Forcierte Perspektive ➶ 4631

BASTIAN, Till

Eine Neurose ➶ 3825

Terroristenfotos ➶ 4041

BAUDINO, Gael

Der Schatten des Sternenlichts ➶ 4315
The Shadow of the Starlight

BAUER, Ute

Und Gott schuf den Menschen nach seinem Bilde ... ➶ 4495

BAUER, Ute/**MAMCZAK**, Sascha/**TILSNER**, Thomas/**TRÖSTER**, Horst

Science Fiction-Hörspiel 1988/89 ➶ 4640

BAUER, Ute/**RAPPOLD**, Olaf/**TILSNER**, Thomas

Interview mit Carl Amery ➶ 4085

BAUER, Ute/**RAU**, Britta/**TILSNER**, Thomas/**RAPPOLD**, Olaf

Interview mit Rainer Erler ➶ 3935

BAUER, Ute/**TILSNER**, Thomas

Ein Gespräch mit Reinmar Cunis ➶ 4464

s. **TILSNER**, Thomas/**TRÖSTER**, Horst G./**BAUER**, Ute

s. **TRÖSTER**, Horst G./**BAUER**, Ute/**VOCK**, Birke/**WEIXNER**, Bärbel/**MAMCZAK**, Sascha/**MAGNANA**, Helmut

s. **TRÖSTER**, Horst/**TILSNER**, Thomas/**BAUER**, Ute

BAUER, Werner

Phantastische Literatur im Heyne-Taschenbuch 1985. Eine Bibliografie ➶ 4260

Phantastische Literatur im Heyne-Taschenbuch 1986. Eine Bibliografie ➶ 4371

Phantastische Literatur im Heyne-Taschenbuch 1987. Eine Bibliografie ➶ 4464

Phantastische Literatur im Heyne-Taschenbuch 1988. Eine Bibliografie ➶ 4550

Phantastische Literatur im Heyne-Taschenbuch 1989. Eine Bibliografie ➶ 4640

Phantastische Literatur im Heyne-Taschenbuch 1990. Eine Bibliografie ➶ 4760

Phantastische Literatur im Heyne-Taschenbuch 1991. Eine Bibliografie ➶ 4850

Phantastische Literatur im Heyne-Taschenbuch 1992. Eine Bibliografie ➶ 4960

Phantastische Literatur im Heyne-Taschenbuch 1994. Eine Bibliografie ➶ 5245

Phantastische Literatur im Heyne-Taschenbuch 1995. Eine Bibliografie ➶ 5380

Phantastische Literatur im Heyne-Taschenbuch 1996. Eine Bibliografie ➶ 5638

Phantastische Literatur im Heyne-Taschenbuch 1997. Eine Bibliografie ➶ 5925

BAUER, Werner/**JESCHKE**, Wolfgang

SF & Fantasy – Das Programm : 2500, auch : 4999

BAUM, L. Frank

Im Reich des Zauberers von Oz : 226 JT
Land of Oz

Der Kopf des Königs und der Purpurdrache ➶ 4159
The King's Head and the Purple Dragon

Prinzessin Ozma von Oz : 233 JT, auch : 4145 (als »Ozma von Oz«)
Ozma of Oz

BAUMANN, Hans D.

Horror – Die Lust am Grauen : 5007 HSB

BAUMGARTNER, Michael

Der schöne Schein. Einige vorläufige Bemerkungen zum Stand der Kunst auf dem Cover bei den Phantastik-Reihen im deutschsprachigen Raum ➶ 5245

BAXT, George

Wieheißternoch? ➶ 2118 BK
What'isname

BAXTER, Stephen

Anti-Eis : 5891
Anti-Ice

Das Blut der Engel ➶ 5880
The Blood of Angels

Das Floß : 5162
Raft

Flux : 5937
Flux

Das Geflecht der Unendlichkeit : 5240
Timelike Infinity

Goldwimper ➶ 5648
Cilia-of-Gold

Lieserl ➶ 5325
Lieserl

Nach Art der Bäume ➶ 5390
In the Manner of Trees

Planck Null ➶ 4957
Planck Zero

Ring : 5397
Ring

Das Sonnenwesen ➶ 5495
The Sun Person

Spuren ➶ 4880
Traces

StromAb ➶ 5950
Downstream

Zeitschiffe : 5295
Time Ships

Zemyla ➶ 5921
Zemyla

BAYLEY, Barrington J(ohn)

Die Erforschung des Raumes ➶ 4517
The Exploration of Space

Folge der Krümmung! ➶ 5090
Cling to the Curvature!

Das Schiff des Unheils ➶ 4518
The Ship of Disaster

BEAGLE, Peter S(oyer)

Das letzte Einhorn ➶ 6598 AR
The Last Unicorn

BEAHM, George

Die Welt des Stephen King : 222 HSB
The Stephen King Companion

BEAR, Greg

Äon : 4433
Eon

Der Amboß der Sterne : 5510
Anvil of Stars

Blutmusik : 4480
Blood Music

Corona : 4499, auch ➶ 6452, auch ➶ 10304 AR
Corona

Ein marsianischer Ricorso ➶ 5663
A Martian Ricorso

Ewigkeit : 4916
Eternity

Der Feind in mir ➶ 4140
Hardfought

Die Hure ➶ 5663
Sleepside Story

Königin der Engel : 4954
Queen of Angels

Köpfe : 5347
Heads

Das Lied der Macht : 4382
The Infinity Concerto

Die Macht der Steine : 5509
Strength of Stones

Musik des Blutes ➶ 4704, auch ➶ 5663
Blood Music

Petra ➶ 4544
Petra

Der Schlangenmagier : 4569
The Serpent Mage

Schmiede Gottes : 4617
The Forge of God

Schrödingers Seuche ➶ 5663
Schrödinger's Plague

Schwestern ➶ 5663
Sisters

»Seid Wanderratten statt Dinosaurier – unsere Zeit kommt jetzt« ➶ 5638
(Originaltitel: N. N.)

Die Straße ins Nirgendwo ➶ 5663
Through Road No Wither

Tangenten ➶ 5663
Tangents
Totenfuhre ➶ 5663
Dead Run
Die Unterhaltungsmaschinerie – Ein Bericht aus den Trickstudios über die Medien der Zukunft ➶ 5663
The Machineries of Joy
Vorwort ➶ 5663
Webster ➶ 5663
Webster

BEAUMONT, Charles
Der Dschungel ➶ 01/6927
The Jungle
Elegie ➶ 6927 AR
Elegy
Der geheimnisvolle Mr. Silk ➶ 4319
The Magic Man
Der große Traum ➶ 3181
Keeper of the Dream
Der heulende Mann ➶ 6927 AR
The Howling Man
Die Lachgesellschaft ➶ 3122
Gentlemen, Be Seated
Das letzte Problem ➶ 3120
Last Rites
Unsichtbar ➶ ANTH 2
The Vanishing American
Vielleicht ein Traum ➶ 6927 AR
Perchance to Dream
s. **OLIVER**, (Symmes) Chad(wick)/ **BEAUMONT**, Charles

BECHSTEIN, Ludwig
In optimo forma ➶ 7701 AR

BECKER, Benoit
Tu alle Hoffnung ab : 4293
Laisse toute espérance

BECKER, Karl
Das letzte Kapitel ➶ 3985

BECKMANN, Dieter
Epos 3000 ➶ 4255
Vier Texte ➶ 3897
Zwei Gedichte ➶ 4097
Schonung
Applaus
Zwei Gedichte ➶ 4325

BECQUER, Gustavo Adolfo
Die Hexen von Trasmoz ➶ 7701 AR
Das Teufelskreuz ➶ 8304 AR
La cruz del diablo

BEERBOHM, Max
Enoch Soames ➶ 4319
Enoch Soames

BEH, Peter
Die Abweisung ➶ 3473

BEHNSSEN, Oliver
Drei Gedichte ➶ 3646
Drei Gedichte ➶ 4041
Die männliche Komödie
ein steak ist ein steak
Unverletzbare Wolke
Drei Gedichte ➶ 4255
Grün ist des Lebens goldener Baum ➶ 4610
7 Gedichte ➶ 3541
Teilhabe (Gedicht) ➶ 4325
Vier Gedichte ➶ 3995
Für einen beliebigen berühmten Staatsmann
Frieden: Utopia?
Sonnenbestattung
Konkrete Utopie
Zwei Gedichte ➶ 4199
Keine Küste
Mein Leuchten

BEHREND, Arno R.
Zum Tod von Rosemarie Hundertmarck ➶ 5638

BELDITE, Gregory
Vorwort ➶ 5140

BELL, Michael Shayne
Heimweh ➶ 4884
Earthlonging
Inuit ➶ 5160
Inuit
Lenins Zahn ➶ 5055
Lenin's Bones
Mrs. Lincolns Porzellan ➶ 5311
Mrs. Lincoln's China
Nikoji Bayou ➶ 4690
Nicoji
Das Rauschen des Flusses ➶ 5921
The Sound of the River
Die Straße nach Candarei ➶ 5275
The Road to Candarei

BELLAMY, Edward
Ein Rückblick aus dem Jahr 2000 auf das Jahr 1887 ➶ 91
Looking Backward, 2000–1887
Wen immer dies erreicht ➶ 4022
To Whom This May Come

BELLOMI, Antonio
Ein Freund für Theon ➶ 3812
Un amico per Theon
Ein Leuchturm zwischen den Sternen ➶ 3812
Un faro tra le stelle
Die Stimme der Unendlichkeit ➶ 3812
La voce dell'infinito
s. **BELLOMI**, Walther/ **BELLOMI**, Antonio

BELLOMI, Walther/**BELLOMI**, Antonio
Eine unglaubliche Weihnachtsgeschichte ➶ 4884
L'incredibile storia di natale

BENET, Stephen Vincent
Alptraum Nummer Drei ➶ 3549
Nightmare Number Three

BENFORD, Gregory (Albert)
Der Artefakt : 4363
Artifact
Die Auferstehung des Lazarus ➶ 4069
Lazarus Rising
Die Aufnahmeprüfung ➶ 3122
Representative from Earth
Belichtungen ➶ 99, auch ➶ 3958, auch ➶ 4332
Exposures
Durchs Meer der Sonnen : 4237
Across the Sea of Suns
Himmelsfluß : 4694
Great Sky River
Hinunter zum stürmischen Golf ➶ 4770
To the Storming Gulf
Im Meer der Nacht : 3770
In the Ocean of Night
In fremdem Fleisch ➶ 3659
In Alien Flesh
Lichtgezeiten : 4761
Tides of Light
Raum-Zeit-Fluß ➶ 4906
Of Space-Time and the River
Relativistische Effekte ➶ 4165
Relativistic Effects
Schreckliche Geschwindigkeiten ➶ 4815
Bleak Velocities
Schwärmer – Schneller ➶ 4047
Swarmer, Skimmer
Der Zahn der Zeit ➶ 4366
Time's Rub

BENFORD, Gregory/**BRIN**, David

Im Herzen des Kometen : 4236
In the Heart of the Comet

Paris schlägt zurück ➶ 5934
Paris Conquers All

BENFORD, Gregory/**CARTER**, Paul A.

Proserpinas Tochter ➶ 4927
Proserpina's Daughter

BENFORD, Gregory (Albert)/
EKLUND, Gordon

Jupiters Amboß ➶ 3587
The Anvil of Jove

BENFORD, Gregory (Albert)/
LAIDLAW, Marc

Drachenschnauben ➶ 4159
A Hiss of Dragon

s. **CLARKE**, Arthur C(harles)/**BENFORD**, Gregory (Albert)

BENJAMIN, Walter

Geschichtsphilosophische Thesen
➶ 7624 AR

BENNETT, Kim

Blick ins All ➶ ANTH 5
A Different Purpose

BENNI, Stefano

A Night in Paris ➶ 5000
Paris La Nuit

BENSEN, Donald R.

Zwischenhalt : 4052
And Having Writ …

BENSON, E(dward) F(rederic)

Wie die Angst aus der langen Galerie verschwand ➶ 8303 AR
How Fear Departed from the Long Gallery

BERBERICK, Nancy Varian

Ransom Cowl geht um ➶ 8094 AR
Ransom Cowl Walks the Road

BERES, Michael

Der Präriepfad ➶ 6555 AR
Prairie Path

BERGER, Herbert

Strichweise noch Menschen ➶ 3985

BERGER, Thomas

Die Geheimnisse von Camelot : 6710 AR, auch ➶ 106 JB
Arthur Rex

BERGNER, Wulf H. (Hrsg.)

The Magazine of Fantasy and Science Fiction, 15. Folge:
Die Maulwürfe von Manhattan : 3073

The Magazine of Fantasy and Science Fiction, 16. Folge:
Die Menschenfarm : 3081

The Magazine of Fantasy and Science Fiction, 17. Folge:
Grenzjäger zwischen den Welten : 3089

The Magazine of Fantasy and Science Fiction, 18. Folge:
Die Kolonie auf dem 3. Planeten : 3097

The Magazine of Fantasy and Science Fiction, 19. Folge:
Welt der Illusionen : 3110

The Magazine of Fantasy and Science Fiction, 20. Folge:
Mord in der Raumstation : 3122

The Magazine of Fantasy and Science Fiction, 21. Folge:
Flucht in die Vergangenheit : 3131

The Magazine of Fantasy and Science Fiction, 22. Folge:
Im Angesicht der Sonne : 3145

The Magazine of Fantasy and Science Fiction, 23. Folge:
Am Tag vor der Ewigkeit : 3151

The Magazine of Fantasy and Science Fiction, 24. Folge:
Der letzte Krieg : 3165

The Magazine of Fantasy and Science Fiction, 25. Folge:
Planet der Selbstmörder : 3186

The Magazine of Fantasy and Science Fiction, 26. Folge:
Am Ende aller Träume : 3204

The Magazine of Fantasy and Science Fiction, 27. Folge:
Das Schiff der Schatten : 3219

The Magazine of Fantasy and Science Fiction, 28. Folge:
Stürme auf Siros : 3237

The Magazine of Fantasy and Science Fiction, 29. Folge:
Der verkaufte Planet : 3255

The Magazine of Fantasy and Science Fiction, 30. Folge:
Planet der Frauen : 3272

The Magazine of Fantasy and Science Fiction, 31. Folge:
Als der Wind starb : 3288

The Magazine of Fantasy and Science Fiction, 32. Folge:
Welt der Zukunft : 3305

The Magazine of Fantasy and Science Fiction, 33. Folge:
Sieg in der Kälte : 3320

The Magazine of Fantasy and Science Fiction, 34. Folge:
Flug nach Murdstone : 3337

The Magazine of Fantasy and Science Fiction, 35. Folge:
Ein Tag in Suburbia : 3353

The Magazine of Fantasy and Science Fiction, 36. Folge:
Ein Pegasus für Mrs. Bullitt : 3369

The Magazine of Fantasy and Science Fiction, 37. Folge:
Die Traumpatrouille : 3385

The Magazine of Fantasy and Science Fiction, 38. Folge:
Der vierte Zeitsinn : 3402

The Magazine of Fantasy and Science Fiction, 39. Folge:
Reisebüro Galaxis : 3418

The Magazine of Fantasy and Science Fiction, 40. Folge:
Stadt der Riesen : 3435

The Magazine of Fantasy and Science Fiction, 41. Folge:
Der Aufstand der Kryonauten : 3454

The Magazine of Fantasy and Science Fiction, 42. Folge:
Insel der Krebse : 3470

BERTIN, Eddy C.

Der achtjährige Gott ➶ 3694
De achtjaarlijkse God

Eine Frage des Überlebens ➶ 3694
De Raaff

Der hohle Mann ➶ 3831
De lege man

Die Stadt – sie stirbt ➶ 3549
The City, Dying

Die Todesträume der Sybillia Sternenstaub ➶ 4513
De doodsdromen von Sybillia Sternenstaub

BERTRAM, Mijndert

Denken Sie positiv! ➶ 4222

Störungen ➶ 4041

BERUŃ, Krzysztof

Die Algen ➶ 5398
Algi

Toccata ➶ 4410
Toccata

BESTER, Alfred

Die Achterbahn ➶ 28, auch ➶ 5075
The Roller Coaster

Demolition : 3670
The Demolished Man

Galatea Galante ➶ 3869
Galatea Galante

Geliebtes Fahrenheit ➶ 95, auch ➶ 3763, auch ➶ ANTH 2
Fondly Fahrenheit

Die Männer, die Mohammed ermordeten ➶ 4352
The Men Who Murdered Mohammed
(auch als »Die Mörder Mohammeds«)

Die Mörder Mohammeds ➶ 28, auch ➶ 3264, auch ➶ 4000, auch ➶ 5075
The Men Who Murdered Mohammed
(auch als »Die Männer, die Mohammed ermordeten«)

Die Nummer mit dem Verschwinden ➶ 3520
Disappearing Act

Der Pi-Mann ➶ ANTH 5
The Pi-Man

Die Rache des Kosmonauten : 3051
The Stars My Destination
(auch als »Tiger! Tiger!«)

Tiger! Tiger! : 24, auch : 4306
The Stars My Destination
(auch als »Die Rache des Kosmonauten«)

Die Überlebenden ➶ 272 AR, auch ➶ 3021
They Don't Make Life They Used To

Vor Zeitreisen wird gewarnt ➶ ANTH 20
Hobson's Choice

BETANCOURT, John Gregory

Der Arbuk-Zwischenfall : 5405
Incident at Arbuk

s. **COX**, Greg/**BETANCOURT**, John Gregory

BETTERMANN, Ulrich

s. **TIMPER**, Christiane/**VOCK**, Birke/**WEIXNER**, Bärbel/**BETTERMANN**, Ulrich/**MAMCZAK**, Sascha/**TRÖSTER**, Horst G.

BIEGER, Marcel

Dictionaries und Anthologien ➶ 3908

BIER, Jesse

Die Geisterstadt ➶ 3320
No Vacancy

Milliarden Augen sehen dich an ➶ 3385
The Man on Zero Four

BIERCE, Ambrose

Der mittlere Zeh des rechten Fußes ➶ 9 JB, auch ➶ 832 AR, auch ➶ 8304 AR
The Middle Toe of the Right Foot

Moxons Meister ➶ 3962, auch ➶ 7624 AR
Moxon's Master

Das verfluchte Ding ➶ 91
The Damned Thing

BIGGLE Jr., Lloyd

Das tödliche Schweigen : 3865
Silence Is Deadly

Die Violine ➶ 286 AR, auch ➶ 3023
Wings of Song

BILENKIN, Dmitrij

Die Abschlußprüfung ➶ 4067
Poslednij Ekzamen

Auf staubigem Wege ➶ 4067
Na Pyl'nych Tropinkach

Die Augen des Fremden ➶ 4067
Čužie Glaza

Des Schicksals unerbittlicher Finger ➶ 4067
Neumolimyi Perst Sud'by

Ein Platz in der Erinnerung ➶ 4067
Mesto v Pamjati

Der Intelligenztest ➶ 4067
Proverka na Razumnostj
Irdische Lockspeisen ➶ 4161
Semnije Promanki
Irrtum ausgeschlossen ➶ 4067
Ošibka Nevozmožna
Der Maler ➶ 4067
Chudožnik
Der Mann, der dabei war ➶ 3831, auch ➶ 4067
Celovek, Kotoryj Prisutsvoval
Moderne Hölle ➶ 4067
Adskij Modern
Nichts als Eis ➶ 4067
Ničego, Krome L'Da
Die Schattenseite der Vollkommenheit ➶ 3995
Ten' Soveršnstva
Der Schnee des Olymp ➶ 4067
Snega Olimpa
Seien Sie doch kein Mystiker ➶ 3860
Ne Bud'te Mistikom!
So etwas gibt es nicht ➶ 4067
Ne Byvaet
Das Unsicherheitsprinzip : 4067
Princip Neopredelennosti
Das Unsicherheitsprinzip ➶ 4067
Princip Neopredelennosti
Das Verbot ➶ 4067
Zapret
Was nie geschah ➶ 4067
To, Čego ne Bylo
Was wirst du werden? ➶ 4067
Kem ty Staneš'?
Die Zeitbank ➶ 4067
Sberkassa Vremeni
Zum Fliegen geschaffen ➶ 4199
Sosdan, Tschtoby Letat

BING, Jon
Ein Treffen in Georgestown ➶ 4746
A Meeting in Georgestown

BINGEL, Horst
Wie immer ➶ 3985

BISCHOFF, David F.
Draußen ➶ 3845
Outside
Die Epidemie : 5356
Grounded
Mandala : 4129
Mandala
Star Fall : 4339
Star Fall
Die UFO-Verschwörung : Entführt – Wir sind nicht allein! – : 10530 AR
Abduction
Die UFO-Verschwörung : Enthüllt – Die ganze Wahrheit! – : 10532 AR
Revelation
Die UFO-Verschwörung : Getäuscht – Traue niemandem! – : 10531 AR
Deception
Wargames – Kriegsspiele : 6199 AR
Wargames
s. **HARRISON**, Harry/**BISCHOFF**, David

BISHOP, Leonard
Die Geliebte des Mönchs : 2 UB
The Everlasting

BISHOP, Michael
Abbilder ➶ 3681
Effigies
Die Alpträume der Stevie Crye : 4810
Who Made Stevie Crye?
Apartheid, Superstrings und Mordecai Thubana ➶ 5398
Apartheid, Superstrings, and Mordecai Thubana
Die barmherzige Gesellschaft ➶ 4041
The House of the Compassionate Sharers
Begegnung mit Taccati ➶ 4438
Taccati's Tomorrow

Bob Dylans Tambourine Software & Satori Support Services Konsortium, Ltd. ➶ 5495
The Bob Dylan Software & Satori Support Services Consortium, Ltd.

Brüchige Siege : 5923
Brittle Innings

Cathadonia-Odyssee ➶ 4654
Cathadonian Odyssey

Die Cygnus-Delegation : 3743
A Little Knowledge

Dieser Mann ist leider tot : 4785
The Secret Ascension/Philip K. Dick Is Dead, Alas

Ein Geschenk aus dem Grauen Land ➶ 4366
A Gift from the Graylanders

Ein Modeartikel ➶ 4254
Within the Walls of Tyre

Eine intensive Begegnung mit der Gottheit ➶ 4795
Close Encounter with the Deity

Die Einhorn-Berge : 4788
Unicorn Mountain

Extraterrestrische Graffiti – Ein Erlebnisbericht über wandernde Projektionen ➶ 4536
Alien Graffiti – A Personal History of Vagrant Intrusions

Das Evangelium nach Gamaliel Crucis (oder Das Vermächtnis des Astrogators) ➶ 4249
The Gospel According to Gamaliel Crucis (or, the Astrogator's Testimony)

Das Fahrrad – Ein kurzer geschichtlicher Abriß von 401 v. Chr. bis 2677 n. Chr. ➶ 4175
A Short History of the Bicycle. 401 B. C. to 2677 A. D.

Flammenaugen : 3844
A Funeral for the Eyes of Fire

Gestohlene Gesichter : 3654
Stolen Faces

Das Herz eines Helden : 5967
Ancient of Days

Die Jahre in den Katakomben : 3893
Catacomb Years

Das Leben als Puzzle aus Katzen mit gläsernem Fell ➶ 5390
Life Regarded as a Jigsaw Puzzle of Highly Lustrous Cats

Der Luftballon ➶ 4957
The Balloon

Nur die Zeit zum Feind : 4095
No Enemy But Time

Pinienherbst ➶ 4697
Pinon Fall

Die Rettung der Gesichter ➶ 3897
Saving Faces

Schlittenhunde ➶ 16 UB
Gravid Babies

Die seltsamen Bäume von Ectaban : 3610
And Strange at Ectaban the Trees

Tod eines Samurai ➶ 3537
The Samurai and the Willows

Tod und Bestimmung unter den Asadi ➶ 3627
Death and Designation among the Asadi

Transfigurationen : 4331
Transfigurations

Die Verwandlung ➶ 99, auch ➶ 4057, auch ➶ 4713
Rogue Tomato

With A Little Help From Her Friends ➶ 4208
With a Little Help from Her Friends

Zeit zu glauben ➶ 20 UB
Seasons of Belief

Zusammenarbeit ➶ 4518
Collaborating

s. **WATSON**, Ian

BISSON, Terry

Der Anzug aus Waschbärenfell ➶ 5994
The Coon Suit

Die Bären entdecken das Feuer : 5994
Bears Discover Fire

Die Bären entdecken das Feuer ➶ 4990, auch ➶ 5994
Bears Discover Fire

Die beiden Janets ➶ 5994
The Two Janets

Die Botschaft ➶ 5921, auch ➶ 5994
The Message

Canción Auténtica de *Alterde* ➶ 5166, auch ➶ 5994
Canción Auténtica de Old Earth

Carls Gärtnerei ➶ 5994
Carl's Lawn & Garden

Drück auf Ann ➶ 5994
Press Ann

England unterwegs ➶ 5994
England under Way

George ➶ 5994
George

Mars Live : 5276
Voyage to the Red Planet

Nachwort ➶ 5994

Der nächste ➶ 5994
Next

Nekronauten ➶ 5994
Necronauts

Noch Fragen? ➶ 5994
Are There Any Questions?

Nur mit Genehmigung ➶ 5994
By Permit Only

Der Schatten weiß es ➶ 5994
The Shadow Knows

Sie sind aus Fleisch ➶ 5994
They're Made Out of Meat

Teilmenschen ➶ 5994
Partial People

Der toxische Donut ➶ 5994
The Toxic Donut

Über den Tafelberg ➶ 5994
Over Flat Monntain

Zwei Jungs aus der Zukunft ➶ 5994
Two Guys from the Future

BIXBY, (Drexel) Jerome (Lewis)

Die ewige Wache ➶ 3044
Guardian

Löcher auf dem Mars ➶ 3093
The Holes around Mars

Schöner leben ➶ *3533,* auch ➶ 6927 AR
It's a Good Life

BLACKWOOD, Algernon

Mit Hexen verwandt ➶ 47 ANTH, auch ➶ 7701 AR
Ancient Sorceries

Die Weiden ➶ 8303 AR
The Willows

BLANCHARD, L. S.

Spiegel der Seele ➶ 4265
Mirror of the Soul

BLAYLOCK, James P.

Das Elfenschiff : 5152
The Elfin Ship

Die Festung des Selznak : 5288
The Disappearing Dwarf

Homunculus : 4699
Homunculus

Land der Träume : 4674
Land of Dreams

Die letzte Münze : 4823
The Last Coin

Myron Chester und die Kröten ➶ 4495
Myron Chester and the Toads

BLAŽEK, Karel

Der Hund ➶ 4920
Pes

BLIJSTRA, Rein
Das Planetarium des Otze Otzinga ➶ 3694
Het Planetarium van Othe Otzinga

BLISH, James (Benjamin)
Brücke zur Ewigkeit : 3346
They Shall Have Stars
Der Gewissensfall : 59, auch : 3334
A Case of Conscience
Der Hexenmeister : 5059 AR, auch ➶ 4484
Black Easter
Der letzte Pfiff ➶ 2118 BK
Sock Finish
Piep ➶ 3991
Beep
Der Psi-Mann : 3153
Jack of Eagles
Der Tag nach dem Jüngsten Gericht : 3390, auch ➶ 4183
The Day after Judgement
Triumph der Zeit : 3365
A Clash of Cymbals
Überall ist die Erde ➶ 3691
Earthman, Come Home
Wenn die Wolfsblume blüht ➶ 4254
There Shall Be No Darkness
Zeit der Vögel ➶ 1010, auch : 3381
Midsummer Century
ZII ➶ 3487
FYI
Der Zug zur Hölle ➶ 13, auch ➶ 4254
That Hell-Bound Train
Zwischen Zeit und Unendlichkeit ➶ ANTH 23
Common Time

BLISH, James (Benjamin)/**KNIGHT**, Norman L(ouis)
Der Katalyt ➶ 3128
The Piper of Dis
Tausend Milliarden glückliche Menschen : 3284
A Torrent of Faces

BLOCH, Robert (Albert)
Die alten Rittersleut ➶ 29, auch ➶ 5075, auch ➶ 5909
A Good Knight's Work
Altersstarrsinn ➶ 3587
A Case of Stubborns
Am Ufer ➶ 8768 AR
Water's Edge
Du kriegst, was du siehst ➶ 3659
What You See Is What You Get
Ein Spielzeug für Juliette ➶ ANTH 32
A Toy for Juliette
Eine irre Show ➶ 3811
Freak Show
Fiese Aussichten : 3407, auch ➶ 4385
Sneak Preview
Das Grauen von den Sternen ➶ 8302 AR
The Shambler from the Stars
Hexensabbat ➶ 47 ANTH, auch ➶ 7701 AR
A Question of Etiquette
Ich mag Blondinen ➶ 4517
I Like Blondes
Ihr sehr ergebener Jack the Ripper ➶ 9 JB
Your's Truly, Jack the Ripper
Der letzte Psychiater ➶ 3077
Dead-End Doctor
Der Mann, der Poe sammelte ➶ 4518
The Man Who Collected Poe
Das Meisterwerk ➶ 20 UB
The Masterpiece
Psycho ➶ 78 JB, auch : 6374 AR
Psycho
Psycho II ➶ 48 JB, auch : 6287 AR
Psycho II
Das Regime der Psychos : 3407
Sneak Preview
Der Ripper : 6872 AR
The Night of the Ripper
Der Robot-Spion ➶ 3150
The Proxy-Head

Die Todeszelle ➶ 16 UB
The Rubber Room
Die Welt der Fans ➶ 3142
A Way of Life
Der Zug zur Hölle ➶ 13
The Hell-Bound Train

BLOCKLEY, Bartholomew
Eine Art Sommersprossen ➶ 4818
A Sort of Sunspot

BLOOMFIELD, Frena
Die Drachenpfade : 4333
The Dragon Paths
Die Himmelsflotte von Atlantis : 4334
Skyfleet of Atlantis

BLUM, Ralph
Der Simultanmensch : 3426,
auch ➶ 4262
The Simultaneous Man

BLUMLEIN, Michael
Bestseller ➶ 4865
Bestseller
Das Bewegen der Berge : 5156
The Movement of Mountains
Ersäuf dich ➶ 4704
Drown Yourself
Glanz und Glamour ➶ 4747
The Glitter and the Glamour
Hymenoptera ➶ 10344 AR
Hymenoptera
Interview mit C. W. ➶ 4803
Interview with C. W.
Sein Bestes geben ➶ 5090
Shed His Grace
So wie es ist ➶ 4697
The Thing Itself
Das Versprechen von Wärme ➶ 5325
The Promise of Warmth

BOARDMAN, John
Seehandel im hyborischen Zeitalter
➶ 3210
Ocean Trade in the Hyborian Age

BOCCHI, Joseph
Drachensaat ➶ 6723 AR
The Seed

BODELSEN, Anders
Brunos tiefgekühlte Tage : 3356
Frysepunktet

BOEHM, Herb
s. **VARLEY**, John

BÖLLING, Karl-Heinz
Drei Gedichte ➶ 4325

BOGDANOV, Alexander A.
Der Rote Stern : 3403
Krasnaja Zuesda

BOIA, Lucian
s. **ABRET**, Helga/**BOIA**, Lucian

BOND, Nelson (Slade)
Außenposten Venus ➶ 3034
The Last Outpost
Die Bestien von Kios ➶ 3034
The Cunning of the Beast
Der Buchladen ➶ 3960
The Bookshop
Dr. Fuddles Finger ➶ 3960
Dr. Fuddle's Finger
Egbert Haw – das große Talent
➶ 3960
The Remarkable Talent of Egbert Haw
Der Einstein-Wurf ➶ 3960
The Einstein Inshoot
Hader im Hades ➶ 3960
Union in Gehenna

Der Herr von Cotswold ➶ 3960
The Master of Cotswold

Herrn Mergenthwirkers Lobblies
: 3960
Mr. Mergenthwirker's Lobblies and Other Fantastic Tales

Herrn Mergenthwirkers Lobblies
➶ 3960
Mr. Mergenthwirker's Lobblies

Insel der Eroberer : 3034
No Time Like the Future

Insel der Eroberer ➶ 3034,
auch ➶ 3960
Conqueror's Isle
(auch: *Conqueror's Island*)

Johnny Cartwrights Kamera ➶ 3960
Johnny Cartwright's Camera

Jona und das U-Boot ➶ 3034
Uncommon Castaway

Lancelot Biggs' Weltraumfahrten : 3006,
auch ➶ 4000 (Auszug), auch ➶ 37 JB
Lancelot Biggs: Spaceman

Die magische Treppe ➶ 3960
The Magic Staircase

Nur eine Handvoll Asche ➶ 3034
The World of William Gresham

Der Quell ➶ 3960
The Fountain

Die rückuläre Uhr ➶ 3960
The Bacular Clock

Der Sokrates vom Rübenfeld ➶ 3960
Socrates of the South Forty

Der Vogel von den Sternen ➶ 3034
And Lo! The Bird

BONE, J. F.

Den Finger am Drücker ➶ ANTH 30
Triggerman

BONGERS, Reinhard

Das Jahr der Veilchen ➶ 4097

BONGIANNI, Wayne

Schönheit vom Fließband ➶ 3337
A New and Happy Woman

BOOKER, Lionel

Die Bühnenversion einer furchtbaren
Handlung ➶ 2118 BK
The Acting of a Dreadful Thing

BORCHARD, Manfred

Der Saurier ➶ 3646

Der Zeitarzt ➶ 3745

BORD, Colin

s. **BORD**, Janet/**BORD**, Colin

BORD, Janet/**BORD**, Colin

Unheimliche Phänomene des
20. Jahrhunderts : 373 HSB
Modern Mysteries of the World

BOREN, Terry

Drei Ansichten der Llano Estacado ➶ 5090
Three Views of a Staked Plain

BORGES, Jorge Luis

Die Bibliothek von Babel ➶ 97
La biblioteca de Babel

Es gibt mehr Dinge ➶ 3878
There Are More Things

Der frühe Wells,
Nachwort zu ➶ 5648 AR

Spiegel und Maske ➶ 6598 AR
El espejo y la máscara

Utopie eines müden Mannes ➶ 6611 AR
Utopía de un hombre que está cansado

BORSCH, Frank

Ein Gespräch mit Christopher Priest ➶ 5380

Ein Gespräch mit Paul Williams ➶ 5925

Humans and Human Aliens. Ein Gespräch
mit James White ➶ 5080

Was, wenn ich an deine Tür klopfte?
➶ 5645

BORUŃ, Krzysztof
s. **BERUŃ**, Krzysztof

BOSKY, Bernadetty
Angst und Freundschaft: Stephen King und Peter Straub ➶ 7877 AR
Fear and Friendship: Stephen King and Peter Straub

BOSTON, Bruce/**FRAZIER**, Robert
Holos auf einer Ausstellung ➶ 5160
Holos at an Exhibition

BOTOND-BOLICS, György
Das Marsgehirn denkt anders : 3276
Redivivus Tüzet Ker
Tausend Jahre auf der Venus : 3249
Ezer év a Vénuszon

BOUCHER, Anthony
Auf den Spuren des hl. Aquin ➶ 3763
The Quest for Saint Aquin
Mord an Halloween ➶ 27 UB
Trick-or-Treat
16 Science Fiction Stories : ANTH 5
aus: *The Best from Fantasy and Science Fiction*
Sie beißen ➶ 4254
They Bite
20 Science Fiction Stories : ANTH 2
aus: *The Best from Fantasy and Science Fiction*

BOVA, Ben(jamin William)
Der Caféhaus-Putsch ➶ 5980
Cafe Coup
Dein Reich komme ➶ 5648
Thy Kingdom Come
Die Duelliermaschine ➶ 3863
The Dueling Machine
Die dunklen Wüsten des Titan ➶ 1002, auch : 3422
As on a Darkling Plain
Eine kleine Freundlichkeit ➶ 4517
A Small Kindness
Feuerprobe : 4719
Test of Fire
Das große Beben ➶ 3305
A Slight Miscalculation
Im Exil : 3885
End of Exile
Inspirationen ➶ 5649
Inspiration
Jahrtausendwende : 3577
Millennium
Kinsman : 4031
Kinsman
Die Kolonie : 3764
Colony
Die Krise des Monats ➶ 4673
The Crisis of the Month
Nur fünfzehn Meilen ➶ 3110
Fifteen Miles
Orion steigt herab : 4392
Orion
Sam Gunn ➶ 4169
Sam Gunn
Der SF-Schriftsteller als Empath: Vorwort zu ➶ 4321
Der Tabernakel ➶ 5196
Sepulcher
Vinces Drache ➶ 4353
Vince's Drache
Vorwahlen ➶ 4405
Primary

BOVA, Ben/**JESCHKE**, Wolfgang
Titan-8 : 3597
aus: *Science Fiction Hall of Fame,* Bd. 2/A
Titan-10 : 3633
aus: Science Fiction Hall of Fame, Bd. 2/A

Titan-11 : 3651
aus: Science Fiction Hall of Fame, Bd. 2/A

Titan-12 : 3669
aus: *Science Fiction Hall of Fame,*
Bde. 2/A und 2/B

Titan-13 : 3691
aus: *Science Fiction Hall of Fame,*
Bd. 2/B

Titan-14 : 3734
aus: *Science Fiction Hall of Fame,*
Bd. 2/B

Titan-16 : 3827
aus: *Science Fiction Hall of Fame,*
Bd. 2/B

BOWEN, Elizabeth

Der dämonische Liebhaber ➶ 4319
The Demon Lover

BOWERMAN, Tony

Gärten und Quellen ➶ 4818
Gardens and Fountains

BOWKER, Richard

Die Replik : 5637
Replica

BOWLES, Paul

Kitty ➶ 10108 AR
Kitty

BOYCE, Chris

Der heilige Gral ➶ 3602
Sangraal

Man weint nicht mehr ➶ 3549
Nobody Cries Any More

BOYD, J. P.

Der Andromeda-Gunman : 3879
Andromeda Gun

Der erste Stern ➶ 3695
The First Star

BOYE, Karin

Kallocain : 3619
Kallocain

BOYLE, T. Coraghessan

Blutregen ➶ 10108 AR
Bloodfall

Die Neumondpartei ➶ 5000
The New Moon Party

BRACHARZ, Kurt

Das andere Ufer ➶ 4410

Computer Versus Kabbala ➶ 4085

Die intelligente Küche ➶ 4747

Der Schlunz ➶ 4097

Das Tremendum ➶ 4041

Venice 2 ➶ 4199

Vorschlag zur Kopfarbeit ➶ 4051

Zwei Kinder im Nichts ➶ 4325

BRACKETT, Leigh

Der Schleier von Astellar ➶ 4600
The Veil of Astellar

BRADBURY, Ray(mond Douglas)

Die Achttagemenschen ➶ ANTH 20
Frost and Fire

Die andere Haut ➶ 4001
The Other Foot

April 2000: Die dritte Expedition ➶ 3410,
auch ➶ 3870, auch ➶ 5201
April 2000: The Third Expedition

April 2003: Die Musiker ➶ 3410,
auch ➶ 5201
April 2003: The Musicians

April 2005: Ascher II ➶ 3410,
auch ➶ 5201
April 2005: Usher II

April 2026: Die langen Jahre ➶ 3410,
auch ➶ 5201
April 2026: The Long Years

Die Aprilhexe ➶ 3292
The April Witch

August 1999: Die Sommernacht ➶ 3410, auch ➶ 5201
August 1999: The Summer Night

August 2001: Die Siedler ➶ 3410, auch 5201
August 2001: The Settlers

August 2005: Die Alten ➶ 3410, auch ➶ 5201
August 2005: The Old Ones

August 2026: Es werden kommen leise Regen ➶ 3410, auch ➶ 4654, auch ➶ 5201
August 2026: There Will Come Soft Rains

August 2002: Nächtliche Begegnung ➶ 3410, auch ➶ 5201
August 2002: Night Meeting

Der Besucher ➶ 3057
The Visitor

Dezember 2001: Der grüne Morgen ➶ 3410, auch ➶ 5201
December 2001: The Green Morning

Dezember 2005: Die leeren Städte ➶ 3410, auch ➶ 5201
December 2005: The Silent Towns

Das Ding auf der Treppe ➶ 4621
The Thing at the Top of the Stairs

Dingsbums ➶ 5909
Doodad

Doppelgänger ➶ 3120
Changeling

Dorian in Excelsis ➶ 5511
Dorian in Excelsis

Der Drache ➶ 3267
The Dragon

Der Duft der Sarsaparilla ➶ 3267
A Scent of Sarsaparilla

Ein herbstliches Spiel ➶ 27 UB
The October Game

En la noche ➶ 3292
En la Noche

Das Ende vom Anfang ➶ 3267
The End of the Beginning

Das Erdbeerfenster ➶ 3267
The Strawberry Window

Es war einmal ... ➶ 260 AR, auch ➶ 3019
To the Chicago Abyss

Fahrenheit 451 : 33, auch : 3112, auch 8134 AR
Fahrenheit 451

Februar 1999: Ylla ➶ 3410, auch ➶ 5201
February 1999: Ylla

Februar 2003: Interim ➶ 3410, auch ➶ 5201
February 2003: Interim

Februar 2002: Die Heuschrecken ➶ 3410, auch ➶ 5201
February 2002: The Locusts

Ferner Donner ➶ 3292
A Sound of Thunder

Die Feuerballons ➶ 3057
The Fire Ballons

Fiebertraum ➶ 3267
Fever Dream

Die Flugmaschine ➶ 3292
The Flying Machine

Die Früchte ganz unten in der Schale ➶ 3292
The Fruit at the Bottom of the Bowl

Der Fuchs und die Hasen ➶ 3057
The Fox and the Forest

Der ganze Sommer an einem Tag ➶ 3267
All Summer in a Day

Geh' nicht zu Fuß durch stille Straßen ➶ 3292
The Golden Apples of the Sun

Geh' nicht zu Fuß durch stille Straßen ➶ 3292
The Pedestrian

Der goldene Drache und der silberne Wind ➶ 3292, auch 6598 AR
The Golden Kite, the Silver Wind

Die goldenen Äpfel der Sonne ➶ 3292
The Golden Apples of the Sun

Das große Feuer ➶ 3292
The Great Fire

Das große schwarzweiße Spiel ➚ 3292
The Big Black and White Game

Die große weite Welt da drüben ➚ 3292
The Great Wide World Over There

Heimkehr ➚ 3729
Homecoming

Icarus Montgolfier Wright ➚ ANTH 2
Icarus Montgolfier Wright

Ich, die Rakete ➚ 3150
I, Rocket

Ich sehe Sie nie ➚ 3292
I See You Never

Ich singe den Leib, den elektrischen ➚ 6927 AR
I Sing the Body Electric!

Der illustrierte Mann : 3057
The Illustrated Man

Januar 1999: Raketensommer ➚ 3410, auch ➚ 5201
January 1999: Rocket Summer

Der Junge ➚ 3292
Hail and Farewell

Juni 2003: Mit dem Kopf in den Wolken ➚ 3410, auch ➚ 5201
June 2003: Way in the Middle of the Air

Juni 2001: Scheint der Mond in heller Pracht ➚ 3410, auch ➚ 5201
June 2001: And the Moon Be Still As Bright

Kaleidoskop ➚ 3057
Kaleidoscope

Kein Abend, kein Morgen ... ➚ 3057
No Particular Night or Morning

Das Kinderzimmer ➚ 3057, auch ➚ 4000
The Veldt

Das Kraftwerk ➚ 3292
Power House

Das Lächeln ➚ 3267
The Smile

Die Landstraße ➚ 3057, auch ➚ 4262
The Highway

Der lange Regen ➚ 3057
The Long Rain

Die letzte Nacht der Welt ➚ 3057
The Last Night of the World

Die letzte Ölung ➚ 5649
Last Rites

Mach's gut, Lafayette ➚ 4673
Farewell, Lafayette

McGillahees Baby ➚ 3305
McGillahee's Baby

März 2000: Der Steuerzahler ➚ 3410, auch ➚ 5201
March 2000: The Taxpayer

Die Mäuse ➚ 3267
The Little Mice

Der Mann ➚ 3057
The Man

Marionetten e.V. ➚ 3057
Marionettes, Inc.

Die Mars-Chroniken : 3410, auch : 5201, auch : 7005
The Martian Chronicles

Medizin für Melancholie : 3267
A Medicine for Melancholy

Medizin für Melancholie ➚ 3267
A Medicine for Melancholy

Der Mörder ➚ 3292
The Murderer

Der Müllkutscher ➚ 3292
The Garbage Collector

Die Nacht der 10 Milliarden Lichter ➚ 3106
The Gift

Das Nebelhorn ➚ 3292
The Fog Horn

November 2005: Der Gepäckladen ➚ 3410, auch ➚ 5201
November 2005: The Luggage Store

November 2005: Schlechte Saison ➚ 3410, auch ➚ 5201
November 2005: The Off Season

November 2005: Die Zuschauer ➚ 3410, auch ➚ 5201
November 2005: The Watchers
Oktober 2026: Das ewige Picknick ➚ 94, auch ➚ 3410, auch ➚ 4001, auch ➚ 5201
October 2026: The Million-Year Picnic
Oktober 2002: Das Ufer ➚ 3410, auch ➚ 5201
October 2002: The Shore
Rakete ins Himmelreich ➚ 3128
A Little Journey
Das Raumschiff ➚ 3057
The Rocket
Sanfter Regen wird fallen ➚ 3410, auch ➚ 4654
There Will Come Soft Rains
Das Schachtelmännchen ➚ 4319
Jack-in-the-Box
Das schwarze Riesenrad ➚ 4254
The Black Ferris
Der Sendbote ➚ 20 UB
The Emissary
September 2005: Der Marsianer ➚ 3410, auch ➚ 5201
September 2005: The Martian
Sie waren dunkelhäutig und goldäugig ➚ 3267
Dark They Were, and Golden-Eyed
Sonne und Schatten ➚ 3292
Sun and Shadow
Sonnenuntergang an der Küste ➚ 3267
The Shore Line at Sunset
Die Stadt ➚ 3057
The City
Die Stadt, in der niemand ausstieg ➚ 3267
The Town, Where No One Got Off
Stickerei ➚ 3292
Embroidery
Stunde Null ➚ 3057
Zero Hour
Der Tag, an dem der große Regen kam ➚ 3267
The Day It Rained Forever
Der unsichtbare Junge ➚ 3292
The Invisible Boy
Die Verbannten ➚ 3057
The Exiles
Vorwort ➚ 5544
Die Wiese ➚ 3292
The Meadow
Die Wildnis ➚ 3292
The Wilderness
Der wunderbare Eiskrem-Anzug ➚ 3267
The Wonderful Icecream Suit
Zeit zum Aufbruch ➚ 3267
The Time of Going Away
Zementmixer ➚ 3057
The Concrete Mixer
Zur warmen Jahreszeit ➚ 3267
In a Season of Calm Weather
2004–2005: Die Namen ➚ 3410, auch ➚ 5201
2004–2005: The Naming of Names

BRADDOCK, Hanovi

Die Asche der Sonne : 6608
Magic – the Gathering: Ashes of the Sun
Vom Messingmann, der versinken wollte ➚ 6606
The Brassman Who Would Sink
Was Blatt von den Goblins lernte ➚ 6611
What Leaf Learned of Goblins

BRADFIELD, Scott

Flitterwochen ➚ 6723 AR
Ghost Guessed
Der Traum des Wolfs ➚ 10108 AR
The Dream of the Wolf

BRAEM, Harald

Keine Zeit für Tränen ➚ 3985
Regierungserklärung ➚ 3985
s. **FIENHOLD**, Wolfgang/ **BRAEM**, Harald

BRAND, Jonathan

Gespräch an der Bar ➶ ANTH 34
Encounter with a Hick

BRAND, Kurt

Schatzkammer der Sterne : 3 PRh

BRANDHORST, Andreas

An den Gestaden der Wahrscheinlichkeit ➶ 3970

Rotmarkierung ➶ 4009

Walkinder ➶ 4470

BRANDNER, Gary

Borgen bringt Sorgen ➶ 6723 AR
The Loaner

Ein schlechter Schauspieler ➶ 2118 BK
Bad Actor

Julians Hand ➶ 20 UB
Julian's Hand

Katzenmenschen : 1 UB, auch ➶ 58 JB, auch ➶ 78 JB
Cat People

Das Manuskript ➶ 6555 AR
One Small Change

BRANSTNER, Gerhard

Utopische Anekdoten ➶ 3952

BRANTINGHAM, Juleen

Felly ➶ 3965
Felly

Wo bist du, Stephanie Tobin? ➶ 4215
Where Are You, Stephanie Tobin?

BRAUN, Helga

Science Fiction ➶ 3985

BRAUN, Günter

s. **BRAUN**, Johanna/**BRAUN**, Günter

BRAUN, Johanna/**BRAUN**, Günter

Canterville 1990 ➶ 4897

Der große Kalos-Prozeß ➶ 3831

BRAX, Coleman

Das Zepter des Despoten ➶ 3958
The Scepter of the Despot Ronin

200 Lichtjahre vom Paradies ➶ 4069
200 Light Years from Paradise

BRECHT-PUKALLUS, Sylvia

Myogie ➶ 4470

BREDENBERG, Jeff

Stell dir eine vollbusige Frau vor ... ➶ 5511
Imagine a Large-Breasted Woman

BREEN, Jon L.

Der geheimnisvolle Radiergummi »Made in Lithuania« ➶ 2118 BK
The Lithuanian Eraser Mystery

BRENNAN, Herbie

Mammut ➶ 3418
Mammoth

Saros ➶ 3569
Saros

Stadt der Riesen ➶ 3435
Big City

BRENNAN, J. H.

Die letzte Instanz ➶ 3089
Final Appeal

BRENNAN, Joseph Payne

Canavans Garten ➶ 16 UB
Canavan's Back Yard

BRENNERT, Alan

Das dritte Geschlecht ➶ 5645
The Third Sex

Die Königin von Disneyland ➶ 5275
Queen of the Magic Kingdom
Die Pilgerseele in dir ➶ 5100
Her Pilgrim Soul
Stimmen in der Erde ➶ 5055
Voices in the Earth
Die verlorene Seele ➶ 4936
Ma Qui

BRERA, Paolo

Amarantrot ➶ 4990
Rosso-Amaranto

BRETNOR, Reg(inald)

Aine Frage där Potänz ➶ 4409
Der Lead in der Pencil
Aus den Augen, aber nicht aus dem Sinn ➶ 4409
Gone But Not Forgotten
Diese Steine werden sich erinnern ➶ 3913
These Stones Will Remember
Die endgültige Waffe ➶ 4485
The Ultimate Weapon
Einkaufsliste ➶ 4409
Shopping Lists
Die Frauen von Betaigäuse Neun ➶ 4408
The Ladies of Beetlegoose Nine
Die Frist ➶ 3454
Party Night
Die Geheimwaffe ➶ 3378, auch ➶ 3763, auch ➶ 4408, auch ➶ 5909
The Gnurrs Come from the Voodvork Out
Gilpins Traum ➶ 4127
Gilpin's Space
Die Gnome von Zürich ➶ 4409
The Gnomes of Zürich
Graf von Schimmelhorn und das Zeitpony ➶ 4408
Count Von Schimmelhorn and the Time-Pony
Große Liebe ➶ 4409
Love Story
Heißer Draht nach Moskau ➶ 4409
Hot Line from Moscow
Der kleine Anton ➶ 4408
Little Anton
Komm, träum mit mir ➶ 6498 AR
Dream Along with Me
Kryogenese ➶ 4169
Cryogenesis
Meister Gansfleisch ➶ 4409
Meister Gansfleisch
Minotauruskampf ➶ 4409
Minotauromachy
Nicht die Liebe läßt die Welt sich drehn ➶ 3946
It Isn't Love That Makes the World Go 'Round
Papa, Mama und der Glockenturm ➶ 4409
Papa and Mama and the Stepple
Papa Schirnmelhorn und das S.O.D.O.M.-Serum ➶ 4408
Papa Schimmelhorn and the S.O.D.O.M.-Serum
Papa Schimmelhorns Yang ➶ 4408
Papa Schimmelhorn's Yang
Prinz Auh-guscht ➶ 4409
Prinz Owgoost
Die Prinzessin und der Tölpel: eine Ouvertüre ➶ 4409
The Princess and the Peasant: Overture
Die Schimmelhorn-Akte : 4408
The Schimmelhom File – The Memoirs of a Dirty Old Genius
Schimmelhorns Gold : 4409
Schimmelhorn's Gold
Unter den Vermißten ➶ 4409
Among the Missing

BREUER, Dr. Miles J.

Das Buch der Welten ➶ 3847
The Book of Worlds

BRETZINGER, Sabine
Die Macher der Serie ➶ 9968 AR

BRIARTON, Grendel
Durch Raum und Zeit mit Ferdinand Feghoot ➶ 3763
Through Time and Space with Ferdinand Feghoot

BRIN, Daniel
s. **BRIN**, David/**BRIN**, Daniel

BRIN, David
Die Clans von Stratos : 5931
Glory Season
Dr. Paks Vorschule ➶ 4610
Dr. Pak's Preschool
Entwicklungskrieg : 4634
The Uplift War
Erde : 5145
Earth
Gordons Berufung : 4594
The Postman
Gordons Berufung ➶ 4581
The Postman
Koexistenz ➶ 4366
Coexistence
Natulife ➶ 5511
Natulife
Nur ein Hinweis ➶ 4610
Just a Hint
Postman : 4594, auch : 20012 AR
The Postman
Psssst ➶ 5275
Shhhh
Sonnentaucher : 5278
Sundiver
Sternenflut : 4450
Startide Rising
Tankfarm-Dynamo ➶ 4560
Tank Farm Dynamo
Thor trifft Captain Amerika ➶ 4513
Thor Meets Captain America
Der Übungseffekt : 4449
The Practice Effect

BRIN, David/**BRIN**, Daniel
Bühne der Erinnerung ➶ 4560
A Stage of Memory
s. **BENFORD**, Gregory/**BRIN**, David

BRINGSVÄERD, Tor Åge
Die Apachenmädchen sausen über die Ebene. Blonde Haare. Wind ➶ 4410
Apachepikene farer frem over sletten. Blondt hår. Vinden
Das neue Jerusalem ➶ 4009
Det Nye Jerusalem

BRIZZOLARA, John
An der Grenze ➶ 6793 AR
Borderland

BRODERICK, Damien
Die Ballade von Bogenspriet Bärenhaut ➶ 4015
The Ballad of Bowsprit Bear's Stead
Erdenfahrt ➶ 4654
Passage in Earth

BRODY, Larry
Nur ein armer Teufel ➶ 3165
Demon

BRONNER, Friedrich
Im Cyberspace – Auf dem Weg zum medialen Gesamtkunstwerk ➶ 4850

BROSNAN, John
Hokuspokus Hexenkuß : 10483 AR
Have Demon Will Travel
Der Krieg der Himmelsherren : 5011
War of the Skylords

Die Macht der Himmelsherren : 5010
The Skylords

Der Sturz der Himmelsherren : 5012
The Fall of the Skylords

Verflixt und zugehext : 10051 AR
Damned & Fancy

BROWN, Charles N.

Das Science Fiction-Jahr (1980) ➶ 4021
The Science Fiction Year

Das Science Fiction-Jahr (1981) ➶ 4047
The Science Fiction Year

Das Science Fiction-Jahr (1982) ➶ 4165
The Science Fiction Year

BROWN, Eric

Die Erben der Erde ➶ 5089
The Inheritors of Earth

Große Probleme da oben ➶ 5089
Big Trouble Upstairs

Karacho Joe und die Epiphyse-Zen-Gleichung ➶ 4990
Krash-Bangg Joe and the Pineal-Zen-Equation

Das Karmakind transzendiert ➶ 5089
The Karma Kid Transcends

Karmel und die Schneekristalle ➶ 4920
Star-Crystals and Karmel

Das Mädchen, das für die Kunst starb, um zu leben ➶ 5089
The Girl Who Died for Art and Lived

Der Mann, der aus der Zeit sank ➶ 5089
The Time-Lapsed Man

Paramathea ➶ 5390
Paramathea

Der Pharageanische Effekt ➶ 4880
The Pharagean Effect

Die Pilotin ➶ 5160
Piloting

Pithecanthropus Blues ➶ 5089
The Time-Lapsed Man and Other Stories

Pithecanthropus Blues ➶ 5089
Pithecanthropus Blues

Tage auf Meridian : 5088
Meridian Days

BROWN, Fredric

Alpträume : 3046
Nightmares and Geezenstacks

Alptraum in Blau ➶ 3046
Nightmare in Blue

Alptraum in Gelb ➶ 3046
Nightmare in Yellow

Alptraum in Grau ➶ 3046
Nightmare in Grey

Alptraum in Grün ➶ 3046
Nightmare in Green

Alptraum in Rot ➶ 3046
Nightmare in Red

Alptraum in Weiß ➶ 3046
Nightmare in White

An dich, den Phönix ➶ ANTH 8
Letter to a Phoenix

Das andere Universum : 3215
What Mad Universe

Arena ➶ 3614, auch ➶ 4600
Arena

Aufgeschoben ➶ 3991
Not Yet the End
(auch als »Noch einmal davongekommen«)

Bewußtseins-Falle ➶ 3046
Entity Trap

Brief aus dem Jenseits ➶ 3046
Dead Letter

Des Meeres und der Liebe Wellen ➶ 3046
Fish Story

Drei kleine Eulen ➶ 3046
Three Little Owls

Dunkles Zwischenspiel ➶ 3046
Dark Interlude

Das Ende ➶ 3046
The End

Er stahl nur Katzen ➚ 3046
Cat Burglar

Es klopft ➚ 4074
Knock

Die Expedition ➚ 3046
Expedition

Fatal ➚ 3046
Fatal Error

Die Giesenstecks ➚ 3046,
auch ➚ 4000
The Geezenstacks

Große verlorengegangene Entdeckungen
I – Unsichtbarkeit ➚ 3046
Great Lost Discoveries:
I. Invisibility

Große verlorengegangene Entdeckungen
II – Unverwundbarkeit ➚ 3046
Great Lost Discoveries:
II. Unvulnerability

Große verlorengegangene Entdeckungen
III – Unsterblichkeit ➚ 3046
Great Lost Discoveries:
III. Immortality

Die grünen Teufel vom Mars : 3038
Martians, Go Home

Komm und werd verrückt ➚ 9 JB,
auch ➚ 4254
Come and Go Mad

Der Kontakt ➚ 3046
Contact

Die kurzen glücklichen Leben des Eustace
Weaver I ➚ 3046
The Short Happy Lives of Eustace Weaver I

Die kurzen glücklichen Leben des Eustace
Weaver II ➚ 3046
The Short Happy Lives of Eustace Weaver II

Die kurzen glücklichen Leben des Eustace
Weaver III ➚ 3046
The Short Happy Lives of Eustace Weaver III

Lämmchen ➚ 3046
The Little Lamb

Das Mißverständnis ➚ 3046
Unfortunately

Mord leicht gemacht, in zehn Lektionen
➚ 3046
Murder in Ten Easy Lessons

Morgen im Stadion ➚ 3046
Second Chance

Noch einmal davongekommen
➚ 3046
Not Yet the End
(auch als »Aufgeschoben«)

Omas Geburtstag ➚ 3046
Granny's Birthday

Pago ➚ 3046
Jaycee

Der Ring des Hans Carvel ➚ 5909
The Ring of Hans Carvel

Rotbart ➚ 3046
Bright Beard

Der Scherz ➚ 3046
The Joke

Schlappohr und Marsianer ➚ 3046
Me and Flapjack and the Martians

Sein Hobby ➚ 3046
Hobbyist

Sie lassen einen ins Leere laufen
➚ 3046
Runaround

Stell Dir vor! ➚ 3046
Imagine

Der unheimliche Besuch
aus dem All : 3050
The Mind Thing

Die Vergeltungsflotte ➚ 3046
Vengeance Fleet

Vorsicht bei Karikaturen ➚ 3046
Cartoonist

Der Yeti ➚ 3046
Abominable

Zurückgegeben ➚ 3046
Rebound

BROWN, Molly

Schlechtes Timing ➚ 5275
Bad Timing

BROWN, Rich

Urbar machen ➚ 4747
Cultivation

BROWN, Rosel George

Ein haarsträubendes Abenteuer ➚ 3546
A Hair Raising Adventure

Planet der Selbstmörder ➚ 3031
Of All Possible Worlds

s. **LAUMER**, (John) Keith/**BROWN**, Rosel George

BROWN, Stephen P.

Interview mit Jack Womack ➚ 5269

Vorwort ➚ 4825

BROWN, Warren

Nacht in den Ruinen ➚ 4099
What We Did That Night in the Ruins

BROWN, Wenzell

Die Mörderkette ➚ 3142
Murderer's Chain

BROWN III, T. K.

Die Antwort von den Sternen ➚ 3060
When the Stars Answer

BROWN CANARY, Brenda

Der Fluch der Indianerin : 5 UB
Voice of the Clown

BROXON, Mildred Downey

Ein einmaliges Erlebnis ➚ 3664
Singularity

Geh übers Eis ➚ 3965, auch ➚ 4047
Walk the Ice

Die Nacht der Fünften Sonne ➚ 4222
Night of the Fifth Sun

Gezeitenwende ➚ 4011
Sea Changeling

BRUCKMAIER, Karl

Ein Gespräch mit Jack Womack ➚ 4850

BRUMMELS, J. V.

Deus ex Machina ➚ 4366
Deus ex Machina

BRUNNER, John

Der älteste Spiegel ➚ 4125
The Oldest Glass

Am falschen Ende der Zeit : 5333
The Wrong End of Time

Auf dem Planeten ➚ 4125
Planetfall

Außer Denkweite ➚ 4239
Out of Mindshot

Die Babyplage ➚ 3103
Children in Hiding

Der Beginn der Epoche von Bedonebyasyoudid ➚ 4125
The Inception of the Epoch of Mrs. Bedonebyasyoudid

Die Berendt-Umwandlung ➚ 3870, auch ➚ 4239
The Berendt Conversion

Bürger der Galaxis ➚ 1004, auch : 3203
Into the Slave Nebula

Chaos Erde : 5535
Muddle Earth

Datenblatt Sechs ➚ 4125
Factsheet Six
(auch als »Der Wirtschaftsbericht«)

Doppelgänger : 3850
Double, Double

Die dunklen Jahre : 3565, auch ➚ 4439
The Stone That Never Came Down

Durchstieg ins Irgendwann : 3427
Entry to Elsewhen

Ein Elixier für den Imperator ➶ 4125
An Elixir for the Emperor

Ein irrer Orbit : 4672
The Jagged Orbit

Ein Stern kehrt zurück ➶ 1009, auch ➶ 3293
Catch a Falling Star

Ein weihnachtliches Verbrechen ➶ 4884
A Christmas Crime

Die Epidemie ➶ 3427
Host Age

Der Erlöser ➶ 4239
The Easy Way Out

Die Erlöser von Zyklop : 4341
The Repairmen of Cyclops

Die Flamme ist entfacht ➶ 3998
The Fire Is Lit

Fremde Konstellationen : 4239
Foreign Constellations

Das fünfte Gebot ➶ 4125
Fifth Commandment

Der galaktische Verbraucher-Service. 1. Bericht: Preiswerte Zeitmaschinen ➶ 29, auch ➶ 5075
Galactic Consumer Report No. 1: Inexpensive Time Machine

Der ganze Mensch : 3609
The Whole Man

Geheimagentin der Erde ➶ 1012, auch : 3286
The Avengers of Carrig
(auch als »Die Rächer von Carrig«)

Die Geheimprotokolle der Räte von Britannien ➶ 4239
The Protocols of the Elders of Britain

Der Geschmack eines Gerichts und das Aroma des Tages ➶ 4239
The Taste of the Dish and the Savour of the Day

Die gestohlenen Träume ➶ 224 AR, auch ➶ 3013
Such Stuff

Die Gezeiten der Zeit : 4430
The Tides of Time

Gleiche Chance ➶ 4125
Even Chance

Das größte Wild ➶ 4125
The Biggest Game

Die Gußform der Zeit : 4226
The Crucible of Time

Gut mit Reis ➶ 5325
Good with Rice

Im Land der Piskies ➶ 4125
Fairy Tale

Im Zeichen des Mars : 3268, auch ➶ 3930
Born under Mars

Der Infinitiv von Go : 3964
The Infinitive of Go

Judas ➶ ANTH 34, auch ➶ 4125
Judas

Der Kerl, der uns Elefanten besorgte ➶ 3681
The Man Who Could Provide Us with Elephants

Kinder des Donners : 4683
Children of the Thunder

Das Labyrinth der Sterne : 4909
A Maze of Stars

Das Leid, das ich sehe ➶ 4125
The Trouble I See

Der letzte Einsame ➶ 20 UB
The Last Lonely Man

Die Lungenfische ➶ 3427
Lungfish

Der Mann, der das Spiel des Lebens verlor ➶ 5113
The Man Who Lost the Game of Life

Der Mann, der das tausendjährige Reich sah ➶ 3965
The Man Who Saw the Thousand Year Reich

Mehr Dinge zwischen Himmel und Erde : 3982
More Things in Heaven

Das Menschenspiel : 4056
Players at the Game of People

Morgenwelt ➶ 96 (Auszug), auch : 3750
Stand on Zanzibar

Das öde Land : 4479
To Conquer Chaos

Die Opfer der Nova – 3 Romane in einem Band : 4341

Die Pioniere von Sigma Draconis ➶ 1001, auch : 3238
Bedlam Planet

Die Plätze der Stadt : 3688
The Squares of the City

Polymath ➶ 4341
Polymath

Preisgekrönter Schund ➶ 4734
The Man with a Taste for Turkeys

Die Rächer von Carrig
The Avengers of Carrig
(auch als »Geheimagentin der Erde«)

Reisegefährten ➶ 4485
Fellow Traveller

Reisender in Schwarz : 3884
Traveller in Black

Schafe blicken auf : 3617, auch : 8003
The Sheep Look Up

Schnittstelle : 4665
The Shift Key

Der Schockwellenreiter : 3667
The Shockwave Rider

Die sehr Reichen ➶ 4352
The Totally Rich

Der Selbstmord der Menschheit ➶ 4239
The Suicide of Man
(auch als »Der Selbstmord des Menschen«)

Der Selbstmord des Menschen ➶ 4215, auch ➶ 6611 AR
The Suicide of Man
(auch als »Der Selbstmord der Menschheit«)

Spion aus der Zukunft : 3137, auch ➶ 4360
The Productions of Time

Träumende Erde : 4227
The Dreaming Earth

Treibsand : 3902
Quicksand

Verschwendet für die Jungen ➶ 4125
Wasted on the Young

Die Vitanulen ➶ 4125
The Vitanuls

Von diesem Tage an : 4125
From This Day Forward

Warnung an die Welt : 4007
Give Warning to the World

Wasser aus dem Teich ➶ 4239
Pond Water

Die Welt der Telepathen ➶ 3427
No Other Gods But Me

Der Wirtschaftsbericht ➶ 3138
Factsheet Six
(auch als »Datenblatt Sechs«)

Wofür Freunde da sind ➶ 4239
What Friends Are for

Zeiten ohne Zahl : 4238
Times without Number

Die Zeitsonde ➶ 1003, auch : 3234
Timescoop

s. **PUKALLUS**, Horst

BRUSSEL, Gust van

Homo Imperials ➶ 3694
Het Imperium

BRUSSOLO, Serge

Der Schlaf des Blutes : 4176
Sommeil de sang

BRYANT, Edward (Winslow)

Als sie beim Einkaufen war ➶ 8542 AR
While She Was Out

Armageddon in der Pause ➶ 4389
Armageddon between Sets

Dißwunden ➶ 3866
Teeth Marks

Fetisch ➶ 8649 AR
Fetish
Himmelskämpfer ➶ 3946, auch ➶ 4047
The Thermals of August
In der Traumzeit ➶ 5606
Down in the Dreamtime
Der Mann der Zukunft ➶ 4265
The Man of the Future
Menschliche Überreste ➶ 8831 AR
Human Remains
Präzession ➶ 4175
Precession
Relikte ➶ 3931
Strata
Die Schere zerbricht am Stein ➶ 3659
Stone
Teilchentheorie ➶ 99
Particle Theory
Die Wiederkunft Buddy Holleys ➶ 5607
The Second Coming of Buddy Holley

BRYANT, Edward/**HARPER**, Leanne C.
Tief unten ➶ 5602
Down Deep
s. **MARTIN**, George R. R.: Wild Cards 5

BUCHMANN, Jürgen
Warten auf die Atombombe ➶ 3985

BUCHWALD, Art
Ärger mit dem Heimcomputer ➶ 7624 AR
Der elektronische Schuldkomplex ➶ 7624 AR
Vorübergehend außer Betrieb ➶ 7624 AR

BUCK, Doris Pitkin
Flucht in die Träume ➶ 299 AR, auch ➶ 3025
Come Where My Love Lies Dreaming
Katzen auf dem Gelände ➶ 3502
Please Close the Gate on Account of the Kitten
Lebensweisheit ➶ 3237
Insurance

BUDRYS, Algis
Abstieg ➶ 3546
Star Descending
Die Bewährung ➶ 3691
Rogue Moon (Erzählung)
Der dritte Mai ➶ ANTH 23
The Real People
Falschgeld von Deneb ➶ 3060
Protective Mimicry
Grabow, Collicker und ich ➶ 5166
Grabow, Collicker and I
Harte Landung : 5938
Hard Landing
Die integrierten Menschen ➶ 3533
The Congruent People
Die Lehrer ➶ 3991
To Civilize
Michaelmas : 3683
Michaelmas
Niemand schert sich um Gus ➶ 97
Nobody Bothers Gus
Der Preis des Überlebens ➶ 3320
The Price
Projekt Luna : 48, auch : 3041
Rogue Moon
Die schweigenden Augen der Zeit ➶ 3674
The Silent Eyes of Time
Das verlorene Raumschiff : 3301,
auch : 3979
The Iron Thorn

BÜCHNER, Barbara
Aus dunkler Tiefe : 6019
Das Galgenschloß : 6033
Schatten aus dem Abgrund : 6036
Das Wesen im Schloß ➶ 6030

BÜHLER, Walter
Keine Antwort mehr für »Demoskopia«
➶ 3989

BUJOLD, Lois McMaster

Barrayar : 5061, auch : 7013
Barrayar

Ethan von Athos : 5293
Ethan of Athos

Fiamettas Ring : 5895
The Spirit Ring

Grenzen der Unendlichkeit : 5452
Borders of Infinity

Der Kadett : 5020
The Warrior's Apprentice

Der Prinz und der Söldner : 5109
The Vor Game

Die Quaddies von Cay Habitat : 5243
Falling Free

Schaurige Ernte ➶ 4880
Aftermaths

Scherben der Ehre : 4968, auch : 7012
Shards of Honor

Spiegeltanz : 5885
Mirror Dance

Waffenbrüder : 5538
Brothers in Arms

BÜLOW, Ralf

Die Seele einer alten Maschine – Einleitung ➶ 7624 AR

Denk, Maschine! : 7624 AR

BULLA, Gisela

Eine Welt für Roboter ➶ 3944

Ludmilla ➶ 3818

Der Tag nach dem Tode ➶ 3725

BULLA, Hans Georg

Stau ➶ 3574

BULMER, H(enry) Kenneth

Welt der Illusionen ➶ 3110
The Adjusted

BULYTSCHOW, Kirill

Born der Weisheit ➶ 3798
Klades' Mudrosti

Defekt in der Leitung ➶ 3798
Polomka na Linii

Ein Takan für die Kinder der Erde : 3798
Takan dlja Detej Semli

Ein Takan für die Kinder der Erde ➶ 3798
Takan dlja Detej Semli

Eine Lokomotive für den Zaren ➶ 3725
Parovozdlja Carja

Gegenliebe ➶ 3798
Otwetnoje Tschuwstwo

Die Geschichte vom häßlichen Bioform ➶ 3798
O Nekrassiwoj Bioforme

Goldfische eingetroffen ➶ 3798
Postupili w Prodashu Solotyje Rybki

Hochwasser kommt ➶ 3798
Tak Natschinajutsja Nawodnenija

Ich habe euch zuerst entdeckt! ➶ 3798
Ja Was Perwym Obnarushil!

Die Kunst, den Ball zu werfen ➶ 3798
Umenije Kidat' Mjatsch

Das leere Haus ➶ 3798
Pustoj Dom

Persönliche Beziehungen ➶ 3798
Swjasi Litschnogo Charaktera

Teile mit mir ➶ 3798
Podelis' so Mnoj

Das Treffen der Tyrannen bei Rowno ➶ 5645
Встреча тиранов под Ровно

Überlebende : 5371
ПОСЕАОК

Wie ihn erkennen? ➶ 3798
Kak Ego Usnát'?

BUNCH, David R(oosevelt)

Nur eine Feuerpause ➶ ANTH 32, auch ➶ 4000
Incident in Moderan

Weihnachten in Utopia ➶ 3106
A Little Girl's X-Mas in Modernia

BURDEN, Bob
Ihr habt eure Probleme, ich habe meine ➶ 10344 AR
You've Got Your Troubles, I've Got Mine

BURGDORF, Karl-Ulrich
Delta Omicron ➶ 3805
Das Haus im Nebelwald ➶ 3888
Staatlich geprüfter Diplomverräter ➶ 3646
Wohnung mit Küche und Bad ➶ 3818

BURGESS, Anthony
Die Muse ➶ 28, auch ➶ 3790, auch ➶ 5075, auch ➶ 10108 AR
The Muse
1985 : 5981 AR
»1985«
1984 von George Orwell. Wiedersehen mit 1948 ➶ 4051
(aus »1985«)
Der Tod und die Liebe. Über George Orwell's »1984« ➶ 3869
Uhrwerk Orange : 928 AR, auch : 6777 AR
A Clockwork Orange
Das Uhrwerk-Testament : 5124 AR
The Clockwork Testament

BURLESON, Donald R.
Der Friseurladen in der Phillips Street ➶ 6555 AR
A Little Two-Chair Barber Shop on Philipps Street
Ziggles ➶ 9773 AR
Ziggles

BURNS, Rowland E.
Entweder – oder ➶ 3498
Exclusive Either/Or

BURROUGHS, E(dgar) R(ice)
Auf der Venus verschollen : 3192
Lost on Venus
Krieg auf der Venus : 3222
Carson of Venus
Odyssee auf der Venus : 3241
Escape on Venus
Piraten der Venus : 3188
Pirates of Venus
Die Schachfiguren des Mars ➶ 92
The Chessmen of Mars
(Auszug)

BURROUGHS, William S.
Die Geisterlemuren von Madagaskar ➶ 10108 AR
The Ghost Lemurs of Madagascar

BURT, George
s. **HATFIELD**, James/**BURT**, George

BUTLER, Octavia E(stelle)
Blutsbande ➶ 4294
Bloodchild
Dämmerung : 4765
Dawn – Xenogenesis 1
Imago : 4767
Imago – Xenogenesis 3
Rituale : 4766
Adulthood Rites – Xenogenesis 2
Der süße Klang des Wortes ➶ 4366
Speech Sound

BUTTERWORTH, Michael
Ein Hurrikan im Nachttopf ➶ 4697
A Hurricane in a Night Jar

BUTTLAR, Johannes von
Auf den Spuren der Weltformel : 334 HSB
Leben auf dem Mars : 326 HSB

Supernova - Die jüngsten kosmischen Entdeckungen. Die Geburt eines neuen Weltbilds : 384 HSB

BUWERT, Harald/**HAHN**, Ronald M.

Die Flüster-Zentrale : 3556

BUZZATI, Dino

Die Ermordung des Drachens ➶ 6598 AR
L'uccisione del drago

Die Maschine des Aldo Christofari ➶ 5000
La macchina che fermera il tempo

C

CABELL, James Branch

Begebenheiten in Poictesme ➶ 5909
Affairs in Poictesme

Jürgen : 3801
Jurgen

CADIGAN, Pat

Auf vergessenen Wegen ➶ 5604
By Lost Ways

Bewußtseinsspiele : 5063
Mindplayers

Dein ist die Rache ➶ 4410
Vengeance Is Yours

Einmal zurück - gar nicht so teuer ➶ 4047
Second Comings – Reasonable Rates

Engel ➶ 4495
Angel

Gedankenspieler ➶ 4140
Nearly Departed

Medusa ➶ 4325
Death from Exposure

Der mehrfache Sovay ➶ 5481
Fool to Believe

Meines Bruders Hüterin ➶ 4536
My Brother's Keeper

Pretty Boy Crossover ➶ 4704
Pretty Boy Crossover

Rock On ➶ 4544
Rock On

Serielle Monogamie ➶ 9953 AR
Serial Monogamist

Süchtig nach Liebe ➶ 5608
Addicted to Love

Synder : 5052
Synners

CADOR, C. A.

Die Schatten über den Wassern ➶ 3845
The Shadowed Waters

CADY, Jack

Die Nacht, als wir Pistenhengst begruben ➶ 5341
The Night We Buried Road Hog

Wegen des Dunkels ➶ 17 JUM, auch ➶ 8636 AR
By Reason of Darkness

CAIDIN, Martin

Alarm in der Raumstation : 3189
Four Came Back

Alarm in der Tiefsee : 3129
The Last Fathom

Der große Computer : 3163
The God Machine

CAIN, Michael Scott

Verschiedene Spuren ➶ 2118 BK
On Different Tracks

CALIN, Harold

Zwischenspiel auf Lodan ➶ 3048
The Hills of Lodan

CALVINO, Italo

Das Blut und das Meer ➶ 3831
Il sanguine e il mare

Die Töchter des Mondes ➶ 5000
Le cosmicomiche (Auszug)

CAMOIN, François

Manche meiner Freunde sind Amerikaner ➶ 3780, auch ➶ 4000
Some of My Friends Are Americans

Die Zentauren ➶ 6555 AR
Centaur

CAMPANELLA, Tommaso

Sonnenstaat (Auszug) ➶ 90
Civitas solis, idea reipublicae philosophicae

CAMPBELL, John Scott

Film des Todes ➶ 4118
Film of Death

CAMPBELL jr., John W(ood)

Abenddämmerung ➶ 93, auch ➶ 3558
Twilight

Invasion aus der Unendlichkeit : 3453
Invaders from the Infinite

Nacht ➶ 4171
Night

Die tote Sonne : 3458
The Black Star Passes

Der unglaubliche Planet : 6, auch : 3231
The Incredible Planet

Wer da? ➶ 3597, auch ➶ 4463
Who Goes There?

CAMPBELL, Paul

Ein Prost auf die Sterne ➶ 4410
A Bottle for the Stars

Ja, wo ist denn das Vögelchen? ➶ 6793 AR
Watch the Birdie

Kleines Mädchen gefunden ➶ 4325
Little Girl Found

CAMPBELL, Ramsey

Die alte Schule ➶ 4836
The Old School

Am anderen Ende ➶ 9773 AR
End of the Line

Da unten ➶ 8768 AR
Down There

Freunde des Sonnenscheins ➶ 16 UB
The Sunshine Club

Gespenstersuche : 5932
Needing Ghosts

Gutenachtgeschichten ➶ 8831 AR
Bedtime Story

Ihr werdet mich noch kennenlernen ➶ 17 JUM, auch ➶ 8636 AR
Next Time You'll Know Me

Der Keller ➶ 8175 AR
The Cellars

Mackintosh Willy ➶ 20 UB
Mackintosh Willy

Noch einmal ➶ 6498 AR
Again

Ruf zuerst an ➶ 9 JB
Call First

Schlangen und Leitern ➶ 6555 AR
Snakes & Ladders

Der Stellvertreter ➶ 3811
The Proxy

Die Tiefen ➶ 4518
The Depths

Untergang ➶ 10344 AR
Going Under

Willkommen in Zimmer 217 ➶ 7877 AR
Welcome to Room 217

Wonnemonat Mai ➶ 8649 AR
Merry May

CAMUS, Albert

s. **FRIEDRICHS**, F. A.

ČAPEK, Karel

Krakatit : 3624
Krakatit

Der Krieg mit den Molchen : 46, auch : 4396
Válka s mloky

CAPOTE, Truman

Master Misery ➶ 4319
Master Misery
(auch als »Verkaufte Träume«)

Schließ die letzte Tür ➶ 9 JB
Shut a Final Door

Verkaufte Träume ➶ 6598 AR
Master Misery
(auch als »Master Misery«)

CAPP, Colin

Crimescan ➶ 3451
Crimescan

CARAKER, Mary

Aus der Traufe gehoben ➶ 4525
Out of the Cradle

CARAVAN, TP

Der Hof der Tataren ➶ 286 AR, auch ➶ 3023
The Court of Tartary

Zensur ➶ 272 AR, auch ➶ 3021
The Censors: A Sad Allegory

CARD, Orson Scott

Amerika ➶ 4460
America

Auge um Auge ➶ 4477
Eye for Eye

Carthago City ➶ 4742
Carthage City

Hatrack River ➶ 4446
Hatrack River

Der Hundeführer ➶ 4795
Dogwalker

Der Raufbold und das Ungeheuer ➶ 4159
The Bully and the Beast

Sonate ohne Begleitung ➶ 4380
Unaccompanied Sonata

Sterbliche Götter ➶ 3718
Mortal Gods

CARDWELL, Ray/**WALKER**, Hugh

Mordins Kraft ➶ 4076

CAREY, Diane

Abstieg : 5416
Descent

Das Gespensterschiff : 4757, auch : 7015, auch ➶ 9432 AR
Ghost Ship

Das große Raumschiffrennen : 5474
The Great Starship Race

Invasion 1 – Der Erstschlag : 5694
Invasion! – First Strike

Die Katakombe : 5516
Station Rage

Kirks Bestimmung : 5476
Best Destiny

Die letzte Grenze : 4714
Final Frontier

Das Schlachtschiff : 4804, auch ➶ 5065
Dreadnought!

Die Suche : 5432
The Search

Der Verräter : 4848
Battlestations!

Der Weg des Kriegers : 5515
The Way of the Warrior

CAREY, Peter

Der dicke Mann im Wandel der Zeit ➶ 10108 AR
The Fat Man in History

Das Los ➶ 5000
The Chance

CARLSON, William K./**LAURANCE**, Alice

Ein Hauch von Wahrheit ➶ 4274
A Touch of Truth

CARNEIRO, André

Die Dunkelheit ➶ 3878
Ao Escuridão

Eine perfekte Ehe ➶ 4746
A Perfect Marriage

CARNELL, John

s. **ADAMS**, Douglas/**CARNELL**, John

CARNELL, John/**LEIALOHA**, Steve/
HENDRIX, Shepherd

Douglas Adams: Das Restaurant am Ende des Universums – der Comic : 10563 AR
Douglas Adams: The Restaurant at the End of the Universe

CARPENTER, John

Harlekin ➶ 6498 AR
Harlequin

s. HELLMANN, Christian

CARPENTER, Leonard

Conan der Angreifer : 5143
Conan the Raider

Conan der Gladiator : 5957
Conan the Gladiator

Conan der Große : 5345
Conan the Great

Conan der Held : 5081
Conan the Hero

Conan der Kriegsherr : 5044
Conan the Warlord

Conan der Renegat : 4664
Conan the Renegade

CARR, Jayge

Chimäre ➶ 5042
Chimera

Die Freistatt ➶ 3761
Sanctuary

Gliondor ➶ 4069
Measuremen

CARR, Terry

Cirque : 3846
Cirque

Einleitung ➶ 4021, ➶ 4047, ➶ 4165

Mein Freund Hopser ➶ 4654
Hop Friend

Der Prüfstein ➶ 4353
Touchstone

Die schönsten Science Fiction Stories des Jahres, Bd. 1 : 4021
The Best Science Fiction of the Year # 10

Die schönsten Science Fiction Stories des Jahres, Bd. 2 : 4047
The Best Science Fiction of the Year # 11

Die schönsten Science Fiction Stories des Jahres, Bd. 3 : 4165
The Best Science Fiction of the Year # 12

Schon erfüllt ➶ 4525
You Got It

Der Tanz der Mutanten ➶ 98
The Dance of the Changer and the Three

Virra ➶ 3718
Virra

CARR, Terry/**GREENBERG**, Martin H.

Traumreich der Magie : 4254
A Treasury of Modern Fantasy

CARRINGTON, Grant

Für die Zukunft, stets der Ihrige ➶ 4255
Yours for the Future

Sein Stündchen auf der Bühne ➶ 3646
His Hour upon the Stage

Was tun, wenn die Geliebte an Bord des Raumschiffs weilt? ➶ 3737
What Are You Going to Do When You See Your Lady Strolling on the Deck of the Starship

CARROLL, Jonathan

Schwarzer Cocktail : 5014
Black Cocktail

CARSAC, Francis

Die Stimme des Wolfs ➶ 3482
La voix du loup

CARTER, Angela

Capriccio-Ouvertüre zu »Ein Sommernachtstraum« ➶ 10108 AR
Overture and Incidental Music for a Midsummer Night's Dream

Helden und Schurken ➶ 5000
Heroes and Villains

CARTER, Carmen

Die Kinder von Hamlin : 4685, auch : 7016, auch 9112 AR
The Children of Hamlin

McCoys Träume : 4898, auch ➶ 5065
Dreams of the Raven

Sommer in New York ➶ 6555 AR
Summer Heat

CARTER, Carmen/**DAVID**, Peter/**FRIEDMAN**, Michael Jan/**GREENBERGER**, Robert

Planet des Untergangs : 4899, auch ➶ 9432 AR
Doomsday World

CARTER, Lin(wood Vrooman)

Das echte hyborische Zeitalter ➶ 4006
The Real Hyborian Age

Der grüne Stern : 3388
Under the Green Star

Der grüne Stern ruft : 3408
When the Green Star Calls

Im Licht des grünen Sterns : 3468
By the Light of the Green Star

Der Schwarze Falke ➶ 4076
Black Hawk of Valkarth

CARTER, Lin(wood Vrooman)/ **DE CAMP**, L(yon) Sprague

Blutmond ➶ 3895
Moon of Blood

Conan der Barbar : 3889, auch : 6117 AR
Conan the Barbarian

Conan der Befreier : 3909
Conan the Liberator

Der Dämon aus der Nacht ➶ 3206
The Snout in the Dark

Die Eisschlange ➶ 3206
The Lair of the Iceworm

Die Elfenbeingöttin ➶ 3895
The Ivory Goddess

Der Fluch des Monolithen ➶ 3206
The Curse of the Monolith

Im Land der Geister ➶ 3236
Black Tears

Das Juwel im Turm ➶ 3895
The Gem in the Tower

Der Kampf in der Grabkammer ➶ 3202
The Thing in the Crypt

Legion der Toten ➶ 3895
Legions of the Dead

Die Ruine des Schreckens ➶ 3206
The Castle of Terror

Schatten in der Finsternis ➶ 3895
Shadows in the Dark

Die Stadt der Schädel ➶ 3202
The City of Skulls

Der Stern von Khorala ➶ 3895
The Star of Khorala

s. **DE CAMP**, L(yon) Sprague/**CARTER**, Lin(wood Vrooman)

s. **HOWARD**, Robert E(rvin)/**CARTER**, Lin(wood Vrooman)/**DE CAMP**, L(yon) Sprague

s. **HOWARD**, Robert E(rvin)/**DE CAMP**, L(yon) Sprague/**CARTER**, Lin(wood Vrooman)

CARTER, Paul A.

s. **BENFORD**, Gregory/**CARTER**, Paul A.

CARTMILL, Cleve

In letzter Sekunde ➶ 4600
Deadline

CARVER, Jeffrey A.

Aquanauten ➶ 3811
Seastate Zero

Tachyon : 4658
The Infinity Link

Die Waffe der Begeisterung : 4769
Rapture Effect

CASSUTT, Michael

Auf großer Fahrt ➶ 5980
The Longer Voyage

Legenden ➶ 5606
Legends

Der letzte Mars-Trip ➶ 5166
The Last Mars Trip

Passagen ➶ 5042
Passages

CASTELL, Daphne

Haushaltsgötter ➶ 4175
Household Gods

CASTELLO, Giancarlo

Die Brennessel und der Granatapfel ➶ 3812
L'ortica e il melongrano

CASTLE, Mort

Altenmoor, wo die Hunde tanzen ➶ 6555 AR
Altenmoor, Where the Dogs Dance

Verflucht sei das Kind (Auszug) ➶ 8544 AR
Cursed Be the Child

CASTOR, Rainer

Für Arkons Ehre : 396 PRh

Die Nacht des Goldenen : 402 PRh

CASTRO, Adam-Troy

Ewige Feindschaft ➶ 6611
The Face of the Enemy

CATANI, Vittorio

Drei für einen ➶ 4059
Tre per uno

Der Schnee von Oghiz ➶ 4161
Le nevi di Oghiz

Vor dem Glaspalast ➶ 4697
Davanti al Palazzo di Vetro

CATTANEO, Carlo Vittorio

Der Turm ➶ 3812
La Torre

CAUSEY, James

Die Show geht weiter ➶ 3120
The Show Must Go On

CAUWELAERT, Didier van

Die Ferien des Phantoms : 9379 AR
Les vacances du Fantôme

CERSOSIMO, Adalberto

Delirium ➶ 3812
Delirio

Wo ist der Schnee? ➶ 4059
Dove sono le nevi

CESARO, Ingo
Abschuß frei ➶ 3985

CHADWICK, Philip George
Die Todesgarde : 5140
The Death Garde

CHALKER, Jack L(aurence)
Das Netz der Chozen : 3785
The Web of the Chozen

CHAMBERS, Robert W.
Der Erschaffer von Monden ➶ 8304 AR
The Maker of Moons

CHANDLER, A(rthur) Bertram
Flucht in die Ewigkeit ➶ 3056
The Man Who Could Not Stop
Grimes und die sonderbaren Götter ➶ 4099
Grimes and the Odd Gods
Der Käfig ➶ ANTH 5, auch ➶ 4000, auch ➶ 4746
The Cage
Der Ratten-Gang ➶ 3418
The Pied Potter

CHAPIN, Paul
Der Vulkan ➶ 3537
The Volcano

CHAPMAN, Stepan (Steve)
Der Ausbruch des Gefreiten Gilbert ➶ 3818
The Eruption of Private Gilbert
Autopsie auf der Fahrt ➶ 4009
Autopsy in Transit
Das Ding von der Müllkippe ➶ 3574
The Throwaway Man

CHAPMAN, Vera
Der grüne Ritter : 4078
The Green Knight
König Artus' Tochter : 4080
King Arthur's Daughter
Die Rückkehr des Lichts : 4079
The King's Damosel

CHAPPELL, Fred
Unheimliche Geschichten ➶ 6793 AR
Weird Tales

CHARNAS, Suzy McKee
Dicke Luft auf Neu-Nigeria ➶ 4021
Scorched Supper on New Niger
Möpse ➶ 4690
Boops

CHARRETTE, Robert N.
Ein Erbe für den Drachen : 4829
Heir to the Dragon
Gerade noch ein Patt : 5483
Just Compensation
Laß ab von Drachen : 4845, auch : 5202, auch ➶ 109 JB
Never Deal with a Dragon
SHADOWRUN, Zwei Romane in einem Band : 109 JB
Such deine eigene Wahrheit : 4847
Find Your Own Truth
Trau keinem Elfen : 4985
Never Trust an Elf
Wähl deine Feinde mit Bedacht : 4846, auch ➶ 109 JB
Choose Your Enemies Carefully
Wölfe an der Grenze : 4794
Wolves on the Border
Wolfsrudel : 5058
Wolfpack

CHARTERIS, Leslie
Der Heilige und das Ungeheuer ➶ 3073
The Convenient Monster

CHATSCHATURJANC, Levon Surenovitsch/**CHRUNOV**, Evgenij Vasiljevitsch

Der Asteroid : 4512
Na Steroide

Der Weg zum Mars : 3905
Put'k Marsu

CHEINISSE, Claude

s. **RENARD**, Christine/**CHEINISSE**, Claude

CHERRYH, C(aroline) J(anice)

Der Baum der Schwerter und Juwelen : 4514
The Tree of Swords and Jewels

Der Biß der Schlange : 4081
Serpent's Reach

Brüder der Erde ➶ 1001, auch : 3648
Brothers of Earth

Chanurs Legat : 5126
Chanur's Legacy

Cyteen: Die Rechtfertigung : 4712, auch ➶ 5287
Cyteen: The Vindication

Cyteen: Der Verrat : 4710, auch ➶ 5287
Cyteen: The Betrayal

Cyteen: Die Wiedergeburt : 4711, auch ➶ 5287
Cyteen: The Rebirth

Der dunkle König ➶ 4161
The Dark King

Der einzige Tod in der Stadt (Paris) ➶ 4174
The Only Death in the City (Paris)

Eis (Moskau) ➶ 4174
Ice (Moscow)

Der Engel mit dem Schwert : 4526
Angel with the Sword

Eroberer : 5652
Invader

Die Feuer von Azeroth : 3921, auch ➶ 4204
Fires of Azeroth

Fremdling : 5651
Foreigner

Geklont - die 3 Cyteen-Romane in einem Band : 5287

Der General (Peking) ➶ 4174
The General (Peking)

Die Heimkehr der Chanur : 4402
Chanur's Homecoming

Hestia ➶ 3870
Hestia

Der Highliner (New York) ➶ 4174
Highliner (New York)

Höllenfeuer : 5062
Hellburner

Kassandra ➶ 3685, auch ➶ 4000
Cassandra

Kauffahrers Glück : 4040
Merchanter's Luck

Kesrith - die sterbende Sonne : 3857, auch ➶ 4763
The Faded Sun: Kesrith

Die Kif schlagen zurück : 4401
The Kif Strike Back

Der Koboldspiegel : 5378
The Goblin Mirror

Das Kuckucksei : 4496
Cuckoo's Egg

Kutath, die sterbende Sonne : 3948, auch ➶ 4763
The Faded Sun: Kutath

Die letzten Städte der Erde : 4174
Sunfall

Lois & Clark. Der *Superman*-Roman : 11517 AR
Lois & Clark

Nächtliche Spiele (Rom) ➶ 4174
Nightgame (Rom)

Der Paladin : 5169
The Paladin

Pells Stern : 4038
Downbelow Station

Der Quell von Shiuan : 3732, auch ➶ 4204
Well of Shiuan

Das Schiff der Chanur : 4039
The Pride of Chanur
Schwerkraftzeit : 5017
Heavy Time
Shon'jir – die sterbende Sonne : 3936, auch ➶ 4763
The Faded Sun: Shon'jir
Der Spukturm (London) ➶ 4174
The Haunted Tower (London)
Stein der Träume : 4231
The Dreamstone
Die sterbenden Sonnen : 4763
Der Sündenbock ➶ 4477
The Scapegoat
Das Tor von Ivrel : 3629, auch ➶ 4204
Gate of Ivrel
Tore ins Chaos – Der Morgaine-Zyklus : 4204
Das Unternehmen der Chanur : 4264
Chanur's Venture
40 000 in Gehenna : 4263
Fourty Thousand in Gehenna
Weltenjäger : 3772
Hunter of Worlds
Yeager : 4824
Rimrunner
s. **MAHLOW**, René

CHESBRO, George C.
Projekt Walhalla : 5095
The Beasts of Walhalla
Waco ➶ 10344 AR
Waco

CHESHIRE, Richard
Die Hacker-Hymne ➶ 7624 AR

CHESTERTON, G(ilbert) K(eith)
Don Quijotes Wiederkehr ➶ 105
The Return of Don Quijote
Das fliegende Wirtshaus ➶ 105
The Flying Inn
Der Held von Notting Hill ➶ 104
The Napoleon of Notting Hill
Der Mann, der Donnerstag war ➶ 104
The Man Who Was Thursday

CHETWYND-HAYES, R(onald Henry Glynn)
Das leere Haus ➶ 8768 AR
No One Lives There

CHILSON, Robert
Gerda und der Zauberer ➶ 5275
Gerda and the Wizard
Mondlose Nacht ➶ 4697
Moonless Night

CHIPPERS, David
Die Botschaft : 4003
Hilfe für eine dritte Welt ➶ 3685
Optimale Lebensformen ➶ 3944
Zeit der Wanderungen : 3797

CHISHOLM, Lee
In einem fremden Haus ➶ 3735
Someone Else's House

CHOTJEWITZ, Peter O.
Gelegenheitsgedicht oder unordentliche Prosa ➶ 3985

CHRASTINA, Vladimir
Blinzle mal, Schwesterchen ➶ 5390
Sestricka mrkací panenky

CHRISTIANI, Horst
Der Neue ➶ 3650

CHRISTOPHER, John
Der letzte Flug ➶ 3106
Christmas Tree

Sprung in die Verbannung ➚ 3138
The Drop

Das Tal des Lebens : 3228
The Death of Grass

Waidmannsheil ➚ 3454
Specimen

CHRONIKEN DER ZUKUNFT
s. unten (eigene Rubrik)

CHRUNOV, Evgenij Vasiljevitsch

s. CHATSCHATURJANC,
Levon Surenovitsch/
CHRUNOV, Evgenij Vasiljevitsch

CHURCHILL, Winston S.

»Mann über Bord!« ➚ 9 JB
»Man Overboard!«

Wenn Lee die Schlacht von Gettysburg nicht gewonnen hätte ➚ 4051
If Lee Had Not Won the Battle of Gettysburg

CIOLKOVSKIJ, Konstantin E(duardovič)

s. ZIOLKOWSKI, Konstantin E(duard)

CLAREMONT, Chris

s. **LUCAS**, George/**CLAREMONT**, Chris

CLARK, Curt (Donald Westlake)

Nackles ➚ 4638, auch ➚ 4884
Nackles

CLARKE, Arthur C(harles)

Aus einem anderen Jahrtausend : 8387 AR
The Ghost from the Great Banks

Begegnung mit Medusa ➚ 4060
A Meeting with Medusa

Die Besessenen ➚ 3920
The Possessed

Die Delphininsel : JT 125
Dolphin Island

Diesseits der Dämmerung : 8789 AR
Beyond the Fall of Night

Die nächste Begegnung : 8452 AR
Garden of Rama

Dornröschen ➚ 4055
Sleeping Beauty

Die elementare Melodie ➚ 4055
The Ultimate Melody

Der Fenstersturz von Ermintrude Inch ➚ 4055
The Defenstration of Ermintrude Inch

Die Gedankenbotschaft ➚ 3181
No Morning After

Geschichten aus dem Weißen Hirschen : 4055
Tales of the White Hart

Großwildjagd ➚ 4055
Big Game Hunt

Hirten der Tiefe ➚ 3507, auch ➚ 4001
The Deep Range

Kalter Krieg ➚ 4055
Cold War

Kapitän Wyxtpthlls Fliegende Untertasse ➚ 5909
Captain Wyxtpthll's Flying Saucer

Komet der Blindheit : 3239
Time Probe

Kritische Masse ➚ 4055
Critical Mass

Das Lied der fernen Erde : 6813 AR
Songs of a Distant Earth

Makenzie kehrt zur Erde heim : 3645
Imperial Earth

Meridian City ➚ 224 AR, auch ➚ 3013
Crime on Mars

Mondhund ➚ ANTH 14
Moondog

Die nächsten Mieter ➚ 4055
The Next Tenants

Die neun Milliarden Namen Gottes ➚ 3520, auch ➚ 3870
The Nine Billion Names of God

Odyssee 2010 - Das Jahr, in dem wir Kontakt aufnehmen : 6680 AR
2010: Odyssey Two

Patent angemeldet ➶ 4055
Patent Pending

Der Pazifist ➶ 4055
The Pacifist

Profile der Zukunft : 7240 AR
Profiles of the Future

Rendezvous mit 31/439 : 5370 AR, auch : 8119 AR
Rendezvous with Rama

Ruhe, bitte! ➶ 4055
Silence Please!

Saturn im Morgenlicht ➶ 214 AR, auch ➶ 3011, auch ➶ 4000 *Saturn Rising*

Die Schätze des Meeres ➶ 3150
The Man Who Ploughed the Sea

Seine Majestät der König ➶ ANTH 2, auch ➶ 3142
This Earth of Majesty

Der Senator und der Tod ➶ ANTH 23
Death and the Senator

Der Stern ➶ 13, auch ➶ 4638, auch ➶ 4884
The Star

Transit ➶ 4352
Transit of Earth

Treibender Geist ➶ 4055
Moving Spirits

Über Arthur C. Clarke ➶ 4055

Die Vakuum-Atmer ➶ 3239
Take a Deep Breath

Der Wächter ➶ 94
The Sentinel

Was oben ist, muß runterkommen ➶ 4055
What Goes Up

»Wenn ich dich je vergesse, Erde ...« ➶ 4171, auch ➶ 6611 AR
»If I Forget Thee, oh Earth ...«

Wettrüsten ➶ 4055
Armaments Race

Die widerspenstige Orchidee ➶ 4055
The Reluctant Orchid

2001 - Odyssee im Weltraum : 3259, auch : 5203
2001 A Space Odyssey

2061: Odyssee III : 7709 AR
2061: Odyssey Three

CLARKE Arthur C(harles)/**BENFORD**, Gregory (Albert)

Jenseits der Dämmerung : 8835 AR
Beyond the Fall of Night

CLARKE, Arthur C(harles)/**LEE**, Gentry

Die nächste Begegnung : 8452 AR
Garden of Rama

Nodus : 9724 AR
Rama Revealed

Rendezvous mit Übermorgen : 8187 AR
Ramall

Die Wiege der Zukunft : 7887 AR
Cradle

CLAUSEN, Dennis M.

Die Rache des Toten : 7 UB
Ghost Lover

CLAYTON, (Patricia) Jo

Blaue Magie : 4648
Blue Magic

Kamerad ➶ 3873
Companioning

Das Sammeln der Steine : 4649
A Gathering of Stones

Seelentrinkerin : 4647
Drinker of Souls

Sehnsucht nach rauher See ➶ 3748
A Thirst for Broken Water

Südwind, meine Mutter ➶ 3789
South Wind My Mother

Traumköder ➶ 3735
A Bait of Dreamer

CLEGG, Douglas

Der Eispalast ➶ 9953 AR
Ice Palace

CLEMENCE, Bruce

Die ganze lebenslange Nacht ➶ 4927
All the Livelong Night

CLEMENS, Sarah

Löcher ➶ 9953 AR
Holes

CLEMENT, Hal

Botschafter von den Sternen ➶ 1007, auch ➶ 3074
Close to Critical

Der Feuerzyklus : 3446, auch ➶ 4001
Cycle of Fire

Die Flüsse der Tiefe : 5048
Still River

Die Gravitationsfalle ➶ 3155
Bulge

Der kritische Faktor ➶ 95, auch ➶ 3533
Critical Factor

Das Nadelöhr : 3993
Through the Eye of a Needle

Die Nadelsuche : 3992
Needle

Schwere Welten : 3

Stützpunkt auf Dhrawn ➶ 3, auch : 3469, auch ➶ 4271
Starlight

Unternehmen Schwerkraft ➶ 3, auch : 3121, auch ➶ 4271
Mission of Gravity

CLIFTON, Mark/**APOSTOLIDES**, Alex

Wir sind zivilisiert ➶ 3920
We're Civilized

CLOWES, Carolyn

Das Pandora-Prinzip : 5167
The Pandora Principle

CLUTE, John

SF - die illustrierte Enzyklopädie : 331 HC/S
Science Fiction

COBLENTZ, Stanton A(rthur)

Die Gaspflanze ➶ 3847
The Gas Weed

COCHRAN, Molly/**MURPHY**, Warren

Herr der Jahrhunderte : 10502 AR
The Forever King

COCHRANE, William E.

Der Habitatmanager ➶ 4697
The Habitat Manager

COEN, Franklin

s. **NORTH**, Edmund H./**COEN**, Franklin

COGAN, Alan

Der Blick in die Zukunft ➶ 3085
In the Cards

COGSWELL, Theodore R(ose)

Falschspieler ➶ 3237
Aces Loaded

Der Generalinspektor kommt ➶ 3734
The Spectre General

Ihr kennt doch Willie ➶ 9 JB
You Know Willie

In der Zwischenzeit ➶ 3077
Minimum Sentence

COLE, Adrian

Das Universum der Inseln ➶ 4076
The Universe of Islands

COLE, Les/**SHARON**, Rose

Welt der Zukunft ➶ 3305
World of the Future

COLEMAN, Loren L.

Blindpartie : 5886
Double Blind

Loyal zu Liao : 5893
Binding Force

COLIN, Vladimir

Der Fotograf des Unsichtbaren ➶ 4610
Fotograful invizibilului

COLLIER, John

Hölle, wo ist dein Sieg? ➶ 5909
Hell Hath No Fury

Mann über Bord ➶ 4254
Man Overboard

COLLINGS, Michael R.

Maximum Overdrive: Stephen King als Regisseur ➶ 112 FB, auch ➶ 7877 AR
Maximum Overdrive

Stephen King und seine Filme : 112 FB

COLLINS, Nancy A.

Dünne Wände ➶ 10344 AR
Thin Walls

Freakbabies. Ein Stück in einem Akt ➶ 8831 AR
Freakbabies. A Play in One Act

Das Monstrositätenkabinett ➶ 8543 AR
Freaktent

COLLINS, Nancy/**KRAMER**, Edward E./**GREENBERG**, Martin H.

Schwingen der Finsternis : 10344 AR
Dark Love

COLLINS, Reid

Ein großer gefleckter Vogel ➶ 4315
Great Speckle Bird

COMPART, Martin

Nachwort ➶ 62

COMPTON, David G(uy)

Bender, Fenugreek, Slatterman und Mupp ➶ 4175
Bender, Fenugreek, Slatterman, and Mupp

Das elektrische Krokodil : 15, auch : 3347
The Steel Crocodile

Die Herren von Talojz : 5656
The Masters of Talojz

Leb wohl, gute Erde : 3513
Farewell, Earth's Bliss

Scudders Spiel : 4128
Scudder's Game

Tod Live : 8002
The Continuous Katherine Mortenhoe

Die übliche Verrücktheit : 3886
A Usual Lunacy

Zerfall : 3561
The Silent Multitude

CONEY, Michael G(reatrex)

Brontomek! : 3953
Brontomek!

Charisma : 4625
Charisma

Die Cinderella-Maschine ➶ 3605
The Cinderella Machine

Flut : 3810
Syzygy

Die Galaktische Dampflokomotive : 4214
The Celestial Steam Locomotive – Volume I of The Song of Earth –

Hauptmann Hülsensack und der große Schnitter ➶ 5649
Bulldog Drummond and the Grim Reaper

Katapult zu den Sternen ➶ 3623
Catapult to the Stars
Das letzte Raumschiff : 4004
The Ultimate Jungle
Der Monitor im Orbit : 4258
Monitor Found in Orbit
Neptuns Hexenkessel : 4257
Neptune's Cauldron
Der Sommer geht ➶ 1009, auch : 3673
Hello Summer, Good Bye
Süßer Sommer, bitt'rer Winter ➶ 4175
The Summer Sweet, the Winter Wild

CONNER, Mike
Blindenhund ➶ 5049
Guide Dog
Die Nachttreppe ➶ 4027
The Night Stair

CONSTANTINE, Storm
Hermetech : 5008
Hermetech
Lacrymata ➶ 5554
Lacrymata
Schattengräber : 5336
Burying the Shadow
Wraeththu - Die Erfüllung von Schicksal und Begehren : 5458
The Fulfilment of Fate and Desire
Wraeththu - Im Bann von Liebe und Haß : 5457
The Bewitchments of Love and Hate
Wraeththu - Der Zauber von Fleisch und Geist : 5456
The Enchantments of Flesh and Spirit

COOK, Hugh
Held wider Willen : 9015
The Questing Hero
(auch: *The Wordsmiths and the Warguild*, 1. Teil)
Der Todesstein : 9014
Wizard War
Toguras Rückkehr : 9016
The Hero's Return
(auch: *The Wordsmiths and the Warguild*, 2. Teil)

COOK, Paul
Der Hausmeister ➶ 4836
Master of the House
Der Rand des Mandala : 4792
On the Rim of the Mandala

COOPER, Edmund
Aufstand der Roboter : 103 AR, auch : 3005, auch : 3213
The Uncertain Midnight
Die Herren des Kosmos : 3190
Sea-Horse in the Sky
Der letzte Kontinent : 3223
The Last Continent
Die neue Zivilisation : 3325
The Overman Culture
Das Regime der Frauen : 3160
Five to Twelve
Die Söhne des Alls : 3042
Seed of Light
Unter den Strahlen von Altair : 3118
A Far Sunset
Die Welt der zwei Monde : 3037
Transit

COOPER, Sonni
Schwarzes Feuer : 4270
Black Fire

COPPARD, A. E.
Ene mene Muh, und aus bist du ➶ 4319
Adam and Eve and Pinch Me

COPPEL, Alfred

Nach der Stunde Null : 3078
Dark December

Der Rebell von Walkür ➶ 3949
The Rebel of Valkyr

COOPER, Basil

Blitzende Klingen ➶ 10344 AR
Bright Blades Gleaming

CORRAN, Mary

Allmächtiges Licht : 4394
Imperial Light

CORREA, Hugo

Alter Ego ➶ 4746
Alter Ego

Das letzte Element ➶ 224 AR,
auch ➶ 3013
The Last Element

CORRES, Hugo

Der im Wind verweilt ➶ 3878
Alguien mora en el viento

CORREY, Lee

Hort des Lebens : 4083, auch ➶ 6451
The Abode of Life

Die neuerschaffene Eva ➶ 4654
The Remodeling of Eve

CORT, Jim

Abschied von Anne ➶ 6498 AR
The Reaper

COSGROVE PAYES, Rachel

Flieh auf den Berg ➶ 4274
Flee to the Mountains

Mutter ruft, aber ich antworte nicht
➶ 8094 AR
Mother Calls But I Do Not Answer

COTTRELL, William D.

Glückliche Heimkehr ➶ 3337
A Hundred Miles Is Forever

COUDRIS, René

Die Botschaft von Roswell : 554 HSB

COUSIN, Philippe

s. **ANDREVON**, Jean Pierre/
COUSIN, Philippe

COVER, Arthur Byron

Jesus war ein As ➶ 5607
Jesus Was an Ace

COVILLE, Bruce

Das Dungeon 2 -
Der dunkle Abgrund : 4751
*The Dungeon, Book 2 -
The Dark Abyss*

COWPER, Richard

Brüder ➶ 4127
Brothers

Eine Botschaft an den König von Brobdingnag
➶ 4697
A Message to the King of Brobdingnag

Morgendämmerung ➶ 4254
Piper at the Gates of Dawn

Das Netz der Magier ➶ 3866
The Web of the Magi

Trink mich, Francesca ➶ 3602
Drink Me, Francesca

Die Wächter ➶ 3553
The Custodians

Wohin die großen Schiffe gehen ➶ 3718
Out There Where the Big Ships Go

COX, Greg/**BETANCOURT**, Gregory

Der Teufel im Himmel : 5513
Devil in the Sky

COX jr., Irving E.

Der Stern von Bethlehem ➶ 3106
Christmas on Mars

COX, Jean

Der Junge mit der eisernen Maske ➶ 3739
The Boy in the Iron Mask

COX, Wennicke Eide

Schwestern ➶ 8094 AR
Sister

COYNE, John

Der verrückte Chinese ➶ 16 UB
The Crazy Chinaman

COZART, Jane

s. **FOSTER**, Alan Dean/**COZART**, Jane

CRAIG, Robert

Trauma : 29 UB
Trauma

CRAIS, Robert

Wiegestation ➶ 6723 AR
Weigh Station

CRANDALL, Melissa

Earth 2 – Das Eden-Projekt : 10135 AR
Earth 2

Die Geisterstation : 5470
Shell Game

CRAWFORD, F. Marion

Die obere Koje ➶ 8304 AR
The Upper Berth

CREMASCHI, Inisero

Durchprogrammiert ➶ 5055
Il cervello programmatore

Ein unordentlicher Planet ➶ 4057
Un planeta disordinato

Der Monstermörder ➶ 4410
Il monstricida

Natürlicher Feind ➶ 3812
Nemico naturale

CREMER, Hubert

Die Bitte des Bits ➶ 7624 AR

CREWS, Harry

Becky lebt ➶ 9953 AR
Becky Lives

CRISPIN, A. C.

Alien – die Wiedergeburt : 20011 AR
Alien Resurrection

Die Augen der Betrachter : 4914,
auch ➶ 9432 AR
The Eyes of the Beholders

Sarek : 5478
Sarek

Sohn der Vergangenheit : 4431,
auch ➶ 6452, auch ➶ 9551 AR
Yesterday's Son

Zeit für Gestern : 4969
Time for Yesterday

CROMARTY, Joseph

Werwolf ➶ 6723 AR
The Screenplay

CROOK DE CAMP, Catherine

s. **DE CAMP**, L. Sprague/
CROOK DE CAMP, Catherine

CROSS, James

Das Orakel ➶ ANTH 34
The Doll-House

CROSS, Ronald Anthony

Ewiger Sommer ➶ 4034, auch ➶ 5160
The Forever Summer

Hermes und der magische Helm ➶ 4836
Hermes and the Magic Helmet
Herumtreiben mit Bitsy ➶ 5113
Hanging Out with Bitsy
Johnnys Inferno ➶ 5049
Johnny's Inferno
Der Krämerladen ➶ 4734
The Country Store

CROWLEY, John
Fort ➶ 5892
Gone
Geschöpfe : 3684, auch ➶ 4182
Beasts
Der Grund des Besuches ➶ 4175
The Reason for the Visit
In der Tiefe : 3821, auch ➶ 4182
The Deep
Maschinensommer : 3932, auch ➶ 4182
Engine Summer
Maschinensommer – Drei phantastische Romane : 4182
Neuheit ➶ 10108 AR
Novelty
Schnee ➶ 4610
Snow
Sphinx ➶ 6598 AR
aus: *Beasts*

CSICSERY-RONAY, Istvan
Cyberpunk und Neuromantik ➶ 4704
Cyberpunk and Neuromanticism

CULBREATH, Myrna
s. **MARSHAK**, Sondra/**CULBREATH**, Myrna

CUMMINGS, Ray
Besucher aus dem Jahre X : 3174
The Exile of Time
Eroberer der Unendlichkeit : 3712
Explorers into Infinity

CUNIS, Reinmar
Der Augenblick zum Kriege ➶ 4097
Drei Wochen im September ➶ 3780
Eine Geschichte, von der ich manchmal träume ➶ 4991
Ende eines Alltags : 3937
Heinrich Odenheimers Einführung in die Allgemeine Dilatations-Theorie ➶ 4464
Livesendung : 3596, auch ➶ 4235
Der Mols-Zwischenfall : 3786
Prinzip der Gewaltlosigkeit ➶ 3737
Testosteron ➶ 4610
Wenn der Krebsbaum blüht : 4404
Würfelspiel ➶ 3818
Zeitsturm : 3668

CUNNINGHAM, P. E.
Der Drachenheld ➶ 4208
To Slay the Dragon
Der Zeitseher ➶ 4265
The Time-Seer

CURTIS, Richard
Halloween ➶ 58 JB, auch : 21 UB
Halloween

CURTIS, Robert H.
Harrys Story ➶ 6498 AR
Harry's Story

CURTONI, Vittorio
Die Explosion des Minotaurus ➶ 4059
L'esplosione del minotauro
Im Bunker ➶ 4325
Nel bunker
Das Leben als Intermezzo zwischen Geburt und Tod ➶ 4470
La vita considerata come un' interferenza tra nascita e morte

Das Licht ➶ 3944
La luce
Morgen, sehr bald ➶ 4610
Domani, molto presto
Schiffszeit ➶ 4041
Il Tempo dell'astronave

CURVAL, Philippe
Ist da jemand? : 3919
Y a quelqu-un?
Progenitor ➶ 4746
Progenitor
Das Sex-Kind ➶ 3725
L'enfant sexe
Sterbeerlaubnis ➶ 3837
Permis de mourir
Das Wunschgesicht : 4025
La face cachée du desir

CYPRIC, Stefan
Gedanken über ein Grab ➶ 4803
Wenn Wega im Norden steht ➶ 4920

CYRANO DE BERGERAC, Savinien
Die andere Welt oder Die Staaten und Reiche des Mondes (Auszug) ➶ 90
L'autre monde ou Les états et empires de la lune
Mondstaaten und Sonnenreiche : 56
L'autre monde ou Les états et empires de la lune

CZERNA, József
Freier Fall ➶ 4161
Ürkaland

D

DA CRUZ, Daniel
S-Waffen : 5053
F-Cubed

DALMAS, John
Der Bildermann ➶ 4315
The Picture Man

DALTON, Sean
Earth 2 – Das unterirdische Labyrinth : 10137 AR
Earth 2: Puzzle

DALTON-WOODBURY, Kathleen
Der Fluch ➶ 6611
A Monstrous Duty

DANFORTH, Elizabeth T.
Grabräuber ➶ 4844
Graverobbers

DANIEL, Tony
Am Strand von Dover ➶ 5160
Dover Beach

DANN, Jack (Mayo)
Karussell ➶ 3523
Whirl Cage
Lager ➶ 9 JB, auch ➶ 3767
Camps
Schabernack vom Elfenpack ➶ 4518
Fairy Tale
Schlechte Medizin ➶ 4222
Bad Medicine
Der schmelzende Mensch : 4547
The Man Who Melted
Untergang ➶ 4047, auch ➶ 4654
Going Under
Versuch doch mal, an einen Baum zu fahren ➶ 3646
I'm with You in Rockland

DANN, Jack (Mayo)/**ZEBROWSKI**, George
$33^{1}/_{3}$ ➶ 4610
Thirty-Three and One-Third
s. **DOZOIS**, Gardner/**DANN**, Jack (Mayo)

s. **HALDEMAN II**, Jack/**DANN**, Jack (Mayo)
s. **MALZBERG**, Barry N(orman)/ **DANN**, Jack (Mayo)

DA PONTE, Lorenzo
Registerarie (Don Giovanni) ➶ 7624 AR

D'ARGYRE, Gilles
Die Herrschaft des Zufalls : 3583
Le sceptre du hazard

DARLINGTON, Andrew
Isis ➶ 4385
Isis
Wenn die Musik verstummt ➶ 3831
When the Music's Over

DARLTON, Clark
Flug der Millionäre : 17 PRh
Gucky und die Geheimagenten : 33 PRh
Gucky und die Mordwespen : 28 PRh
Im Zentrum der Galaxis : 11 PRh
Planet der Mock : 1 PRh
Der Sprung ins Jenseits : 3123
Sturz in die Ewigkeit : 4 PRh
s. **ERNSTING**, Walter

DARLTON, Clark/**ARTNER**, Robert
Am Ende der Furcht : 3075,
Am Ende der Furcht ➶ 3075, auch ➶ 4000
Exitus ➶ 3075
Das Haus ➶ 3075
Begnadigt ➶ 3075
Der Krieg der Affen ➶ 3075
Nur ein Foto ➶ 3075
Roboter irren nie ➶ 3075
Sanogal beruhigt die Nerven
Die Sonnenbombe ➶ 3075
Der Todeskandidat ➶ 3075
Das Urteil ➶ 3075
Weltuntergang ➶ 3075
Wichtiges über Katzen ➶ 3075

DATH, Dietmar
Anderes Leben ➶ 5090

DATLOW, Ellen
Einführung ➶ 9953 AR
Introduction
Fieber – 24 dunkle Geschichten : 9953 AR
Little Deaths

DAUMANN, Rudolf H(einrich)
Dünn wie eine Eierschale : 3431
Gefahr aus dem Weltall : 3335
Protuberanzen : 3367

DAVENTRY, Leonard (John)
Das 21-milliardste Paradoxon : 4919
Twenty-One Billionth Paradox
Erinnert euch an uns : 4442
You Must Remember Us... ?
Mr. Coman hoch 3 : 3280
A Man of Double Deed

DAVID, Peter
Die Belagerung : 5129
The Siege
Eine Hölle namens Paradies : 4837, auch : 7017
A Rock and a Hard Place
Eine Lektion in Liebe : 5077
Q-in-Law
Imzadi : 5357
Imzadi
Mission auf Dantar : 6503
Star Fleet Academy # 2: Line of Fire
Planet der Waffen : 4733
Strike Zone

Der Riß im Kontinuum : 5464
The Rift

Überleben : 6504
Star Fleet Academy # 3: Survival

Vendetta : 5057
Vendetta

Worfs erstes Abenteuer : 6502
Star Fleet Academy # 1: Worf's First Adventure

DAVID, Peter/**FRIEDMAN**, Michael Jan/**GREENBERGER**, Robert

Die Enterbten : 5466
The Disinherited

s. **CARTER**, Carmen/**DAVID**, Peter/**FRIEDMAN**, Michael Jan/**GREENBERGER**, Robert

DAVIDSON, Avram

Der andere Magus ➶ 4015
The Other Magus

Ein sanftes Ruhekissen ➶ 3767
A Good Night's Sleep

Ich hab 'nen Freund, und der heißt Jello ➶ 97
My Boy Friend's Name Is Jello

Der komische alte Vogel ➶ 5990
The Odd Old Bird

Die Montavarde-Kamera ➶ 4254
The Montavarde Camera

Das Nebenprodukt ➶ 3219
Jury-Rig

Oder alle Meere voll Austern ➶ 13
Or All the Seas with Oysters

Der Prämienjäger ➶ 3991
The Bounty Hunters

Die Primitiven ➶ 3237
Now Let Us Sleep

DAVIDSON, Avram/**DAVIS**, Grania

Die neuen Zombies ➶ 4175
The New Zombies

DAVIES, Robertson

Das Gespenst, das Stück für Stück verschwand ➶ 10108 AR
The Ghost That Vanished by Degrees

DAVIS, Gerry

s. **PEDLER**, Kit/**DAVIS**, Gerry

DAVIS, Grania

Der gesegnete/verfluchte Thornston-Smaragd ➶ 5049
The Blessed/Damned Thornston Emerald

s. **DAVIDSON**, Avram/**DAVIS**, Grania

DAVIS, Hank

Raumfahrt tut not ➶ 3369
Staying Power

DAY, Price

Vier Uhr ➶ 6927 AR
Four O'Clock

DEAN, William

21. Januar 2038, 24.00 Uhr ➶ 3305
An Occurrence on the Mars-to-Earth Run Number 128, at Approximately 24.00 Hours, 21st January 2038

DE CAMP, L(yon) Sprague

Der beste Plan ➶ 3575
The Best-Laid Scheme

Die blaue Giraffe ➶ 3378, auch ➶ 4057
The Blue Giraffe

Cagliostros Spiegel ➶ 3569
Balsamo's Mirror

Conan und der Spinnengott : 4029
Conan and the Spider God

Conan von Aquilonien : 4113
Conan of Aquilonia

Dankbarkeit ➶ 3728
Gratitude

Des Kaisers Fächer ➶ 4353
The Emperor's Fan
Der Drache mit den gläsernen Augen ➶ 7877 AR
The Glass-Eyed Dragon
Drei Ellen Drachenhaut ➶ 4159
Two Yards of Dragon
Das Ei ➶ 3728
The Egg
Ein Dämon mit kleinen Fehlern : 3747
The Fallible Fiend
Ein für allemal ➶ 4893
Finished
Ein unmöglicher Streich ➶ 3728
Impractical Joke
Ein Yankee bei Aristoteles : 3719
A Gun for Dinosaur, 1. Teil
Eine Frau der Gewohnheit ➶ 3728
Thing of Custom
Einleitung ➶ 3206, ➶ 3245
Erinnerungen an Robert E. Howard ➶ 3206
Memories of Robert E. Howard
Die Fremden kommen ➶ 3142
A Thing of Custom
Die Gebeine von Zora : 4093
The Bones of Zora
Der Gefangene von Zhamanak : 4092
The Prisoner of Zhamanak
Die Geisel von Zir : 4089
The Hostage of Zir
Hyborische Technik ➶ 3202
Hyborian Technology
Hyperpelositus ➶ 93, auch ➶ 3575
Hyperpilosity
In – Group ➶ 3728
In – Group
Innere Verbrennung ➶ 4352
Internal Combustion
Jorian : 5680

Die Jungfrau von Zesh : 4090
The Virgin of Zesh
Kein Steak von heiligen Kühen ➶ 3575
The Contraband Cow
Der knorrige Mann ➶ 3575
The Gnarly Man
Die Königin von Zamba : 4086
The Queen of Zamba
Die Kontinente-Macher : 4893
Die Kontinente-Macher ➶ 4893
The Continent Makers
Die Kriegerrasse ➶ 3575
The Warrior Race
Machen wir doch ein Faß auf! ➶ 3728
Let's Have Fun
Neu-Arkadien : 3728
A Gun for Dinosaur, 2. Teil
Neu-Arkadien ➶ 3728
New Arcadia
New York lag einst am Bosporus : 7001 AR
Great Cities of the Ancient World
Das Orakel der Fremden : 3584, auch ➶ 4336
Rogue Queen
Perpetuum Mobile ➶ 4893
Perpetuum Motion
Die Räder der Zeit : 3575
The Wheels of If
Die Räder der Zeit ➶ 3575
The Wheels of If
Die Rettung von Zei : 4088
The Hand of Zei
Der Schmetterlingsthron : 3439, auch ➶ 5680
The Goblin Tower
Der Stein der Hexenkönigin ➶ 3915
The Stone of the Witch-Queen
Die Suche nach Zei : 4087
The Search for Zei
Die »Teufelskunst Union« ➶ 3681
The United Imp

Tritonen ➶ 3575
The Merman

Der Turm von Zanid : 4091
Tower of Zanid

Die Uhren von Iraz : 3484, auch ➶ 5680
The Clocks of Iraz

Der ungeköpfte König : 4967,
auch ➶ 5680
The Unbeheaded King

Versunkene Kontinente : 7010 AR
Lost Continents

DE CAMP, L(yon) Sprague/
CARTER, Lin(wood Vrooman)

Conan der Bukanier : 3303
Conan the Buccaneer
(auch als »Conan der Freibeuter«)

Conan der Freibeuter : 3972
Conan the Buccaneer
(auch als »Conan der Bukanier«)

Conan von den Inseln : 3295
Conan of the Isles

Der Fluch des Monolithen ➶ 3206
The Curse of the Monolith

DE CAMP, L(yon) Sprague/
CARTER, Lin(wood Vrooman)/
NYBERG, Björn

Conan der Schwertkämpfer : 3895
Conan the Swordsman

DE CAMP, L(yon) Sprague/
CROOK DE CAMP, Catherine

Die Ritter von Zinjaban : 4193
The Swords of Zinjaban

DE CAMP, L(yon) Sprague/
HOWARD, Robert E(rvin)/
CARTER, Lin(wood Vrooman)

Conan : 3202
Conan

DE CAMP, L(yon) Sprague/**PRATT**, Fletcher

Alles was glitzert ➶ 3887
All That Glitters

An den Feuern des Nordens : 3768,
auch ➶ 4532
The Roaring Trumpet

Besser als eine Mausefalle ➶ 3887
The Better Mousetrap

Bourbon-Tiere ➶ 3887
Beasts of Bourbon

Caveat emptor ➶ 3887
Caveat Emptor

Corpus delectable ➶ 3887
Corpus Delectable

Ein Zehncentstück bringt Erfolg : 3887
A Dime Brings You Success

Elephas frumenti ➶ 3887
Elephas Frumenti

Das Erbstück ➶ 3887
The Ancestral Ametheyst

Das Fleisch eines Menschen ➶ 3887
One Man's Meat

Geschichten aus Gavagans Bar : 3887
Tales from Gavagan's Bar

Gin kommt in Flaschen ➶ 3887
Gin Comes in Bottles

Glocke, Buch und Kerze ➶ 3887
Bell, Book, and Candle

Die Gottesgabe ➶ 3887
The Gift of God

Der grüne Magier ➶ 3881,
auch ➶ 4532
The Green Magician

Hierher, Putzi ➶ 3887
Here, Putzi!

Ich vernahm eine Stimme ➶ 3887
Me Thought I Heard a Voice
(auch: *When the Night Wind Howls)*

Johannisnacht ➶ 3887
The Eye of St. John

Keine Nachsendeadresse ➶ 3887
No Forwarding Address

Die Kunst der Mathemagie : 3814, auch ➶ 4532
The Mathematics of Magic

Das Liebesnest ➶ 3887
The Love Nest

Man könnte ein Vermögen damit verdienen ➶ 3887
There'd Be Thousands in It

Mathemagie – Die fünf Harold Shea-Romane in einem Band : 4532

Die Mauer der Schlangen : 3881, auch ➶ 4532
The Wall of Serpents

Die Mauer der Schlangen ➶ 3881
The Wall of Serpents

Meines Bruders Hüter ➶ 3887
My Brother's Keeper

Die Meisterköchin ➶ 3887
The Green Thumb

Nicht nur oberflächlich ➶ 3887
More Than Skin Deep

Das Palimpsest des heiligen Augustinus ➶ 3887
The Palimpsest of St. Augustine

Die Sache mit dem Schloß ➶ 3887
The Rape of the Lock

Sag, siehst du dort ... ➶ 3887
Oh, Say! Can You See
(auch: *Ward of the Argonaut*)

Die schwarze Kugel ➶ 3887
The Black Ball

Die stählerne Festung : 3854, auch ➶ 4532
The Castle of Iron

Der Stein der Weisen ➶ 3887
The Stone of the Sages

Der ungebetene Zecher ➶ 3887
The Untimely Toper

Die Weissenbroch-Brille ➶ 3887
The Weissenbroch Spectacles

Wohin, bitte? ➶ 3887
Where to, Please?

s. **CARTER**, Lin(wood Vrooman)/ **DE CAMP**, L(yon) Sprague

s. **HOWARD**, Robert E(rvin)/**CARTER**, Lin(wood Vrooman)/ **DE CAMP**, L(yon) Sprague

s. **HOWARD**, Robert E(rvin)/**DE CAMP**, L(yon) Sprague

s. **HOWARD**, Robert E(rvin)/**DE CAMP**, L(yon) Sprague/**CARTER**, Lin(wood Vrooman)

DE CANDIDO, Keith R. A.

Gott sündigt ➶ 6611
God Sins

DECKER, Andreas

Nachwort ➶ 5497

DE CLES, Jon

Die Frau und das Tier ➶ 3027
Cantabile

DEDMAN, Stephen

Die Frau, die nicht vergessen konnte ➶ 9953 AR
The Lady of Situations

DEE, Roger

Die Störenfriede ➶ 4036
The Interlopers

DE FORD, Miriam Allen

Der absolut perfekte Mord ➶ 3048
The Absolutely Perfect Murder

Der Augenzeuge ➶ 3385
Murder in the Transcontinental Tunnel

Die Expedition der Alten ➶ 3073
The Expendables

Grenzgänger zwischen den Welten ➶ 3089
Slips Take Over

Der große Käfig ➶ 3035
The Cage

Der grüne Schnee ↗ 3110
The Green Snow

Die Kolonie auf dem 3. Planeten ↗ 3097
The Colony

Revolte in San Quentin ↗ 3142
Prison Break

Das stärkere Geschlecht ↗ 3131
The Superior Sex

Therapie ↗ ANTH 32
The Malley System

Die Treyaner kommen ↗ 3470
The Treyans Are Coming

DELANY, Dennis

Windigo ↗ 6555 AR
Windigo Country

DELANY, Samuel R(ay)

Einige überhebliche Arten, sich der SF
zu nähern ↗ 4960
Some Presumptuous Approaches to
Science Fiction

Ist Cyberpunk eine gute oder eine schlechte
Sache? ↗ 4704
Is Cyberpunk a Good Thing or a Bad Thing?

Nova : 87
Nova

Raumfahrer ↗ ANTH 34
Aye, and Gomorrah
(auch als »Und dann war da noch Gomorrah«)

Und dann war da noch Gomorrha ↗ 96
Aye, and Gomorrah
(auch als »Raumfahrer«)

Unter Blobs ↗ 4704
Among the Blobs

DE LINT, Charles

Das Dungeon 3 –
Das Tal des Donners : 4752
The Dungeon, Book 3 –
The Valley of Thunder

Das Dungeon 5 –
Die verborgene Stadt : 4754
The Dungeon, Book 5 –
The Hidden City

Grünmantel : 5900
Greenmantle

Das kleine Land : 5677

Das verborgene Volk : 5237, auch ↗ 5677
The Little Country, 1. Teil

Die vergessene Musik : 5238, auch ↗ 5677
The Little Country, 2. Teil

DELLA CORTE, Carlo

Venedig mal zwei ↗ 4803
Venezia dello spazio

DEL REY, Lester

Der achte Tag ↗ ANTH 32
Evensong

... denn ich bin ein eifersüchtig Volk ↗ 3546
For I Am a Jealous People!

Entwicklungshilfe ↗ 3507
Helping Hand

Es hätte schiefgehen können ↗ 3264
And It Comes Out of Here

Die Ewigkeit hat ihre Grenzen ↗ 3068
The Dwindling Years

Die Fessel ↗ 3044
Earthbound

Fremdling ↗ 3507
Alien

Die Gläubigen ↗ 93
The Faithful

Güte ↗ 4074, auch ↗ 4600
Kindness

Helena ↗ *3558*
Helen O'Loy

Ideale ↗ 3487
Idealist

Invasion auf Samtpfoten ↗ 3085
Dead Ringer

Nerven ➶ 3633
Nerves
Petes Entscheidung ➶ 3219
Robots Should Be Seen
Rächer der Menschen ➶ 3052
To Avenge Man
Therapie ➶ 3487
A Pound of Cure
Vorwort ➶ 77, ➶ 3874
Die Weltraumkrankheit ➶ 3093
Operation Distress

DEMING, Richard
Reillys Leben nach dem Tod ➶ 4518
The Afterlife of Reilly
Zu finster für Pushkin ➶ 20 UB
Too Gloomy for Private Pushkin

DENDERMONDE, Max
Die Tage sind gezählt ➶ 3694
Het Museum

DENKER, Oliver
STAR WARS - Die Filme : 244 FB
STAR WARS - Han Solo und Chewbacca : 1324 MINI
STAR WARS - Das Imperium : 1326 MINI
STAR WARS - Die Jedi Ritter : 1327 MINI
STAR WARS - Luke und Leia : 1325 MINI

DE NOUX, O'Neil
s. **GRAY DE NOUX**, Debra/**DE NOUX**, O'Neil

DENTON, Bradley
Skidmore ➶ 5004
Skidmore
Sphärenmusik ➶ 4389
The Music of the Spheres

DEPPERT, Fritz
Die Humaniden ➶ 3574
Jahresbericht (2469) des Forschungsrats für Geschichte und Herkunft an die Weltkommune ➶ 3574
Noch 48 Stunden ➶ 3985

DE RENNE, Lothar van
Ein glücklicher Mensch ➶ 3650
Stell dir vor ➶ 3523

DERLETH, August
Jenseits der Schwelle ➶ 8302 AR
Beyond the Threshold
Paradies II : 3181
Time to Come

DERMAN, A. B.
Der Halleysche Komet ➶ 4255
Kometa Halley

DERMÈZE, Yves
Der Gürtel des Roboters ➶ 3837
La ceinture du robot

DERRA, Günther
Ein gewichtiges Wort in die Waagschale werfend: eine Begegnung mit Bob Shaw ➶ 4760

DERY, Mark
Cyberpunk - mit dem toxischen Underground die Schockwelle reiten ➶ 4704
Cyberpunk – Riding the Shockwave

DETZER, Karl
Mord beim Film ➶ 2118 BK
Murder in the Movies

DEVEREAUX, Robert
Bucky geht zur Kirche ➶ 9773 AR
Bucky Goes to Church

DE VET, Charles V(incent)

Die Symbionten ➶ 3052
Metamorphosis

Zeitkorrektur ➶ 214 AR, auch ➶ 3011
Return Journey

DEWEESE, Gene

Die Friedenswächter : 4646, auch ➶ 9112
The Peacekeepers

Im Staubnebel verschwunden : 5448
Into the Nebula

Die Kolonie der Abtrünnigen : 5375
Renegade

Nexus : 5019
The Final Nexus

Zwischen den Fronten : 4862
Renegade

DEXTER, Susan

Die Berge von Channadran : 4616
The Mountains of Channadran

Der Ring von Allaire : 4614
The Ring of Allaire

Das Schwert von Calandra : 4615
The Sword of Calandra

DICK, Philip K(indred)

Androiden und Menschen ➶ 4328
The Android and the Human

Auf den Einband kommt es an ➶ 5909
Not by Its Cover

Augen auf! ➶ 1058 HAF
The Eyes Have It

Die Ausgangstür führt hinein ➶ 4328
The Exit Door Leads In
(als »Der Ausgang führt hinein«
➶ 1058 HAF)

Bladerunner : 3969
Do Androids Dream of Electric Sheep?
(auch als »Träumen Roboter von elektrischen Schafen?«)

Der Bunker ➶ ANTH 23
Foster, You're Dead
(auch als »Foster, du bist tot«)

Eine andere Welt : 30, auch : 3528
Flow My Tears, the Policeman Said

Eine Kleinigkeit für uns Temponauten
➶ 29, auch ➶ 3646, auch ➶ 4328
A Little Something for Us Temponauts

Die elektrische Ameise ➶ 3186
The Electric Ant

Die endgültig allerletzte Geschichte
➶ 1058 HAF
The Story to End All Stories for Harlan Ellison's Anthology »Dangerous Visions«

Entdecker sind wir ➶ 3064, auch ➶ 1058 HAF
Explorers We
(auch als »Rückkehr vom Mars«)

Erinnerungen en gros : 95, auch ➶ 3081, auch ➶ 3380, auch ➶ 3763, auch ➶ 1058 HAF
We Can Remember It for You Wholesale
(auch als »Mr. Quails Erinnerungen« und »Rekal Inc. – Erinnerungen jeder Art«)

Der Fall Rautavaara ➶ 1058 HAF
Rautavaara's Case

Foster, du bist tot ➶ 3507
Foster, You're Dead
(auch als »Der Bunker«)

Fremde denken anders ➶ 3946
The Alien Mind

Der Gegenspieler ➶ 3128
Return Match

Gewisse Lebensformen ➶ 4328
Some Kinds of Life

Der goldene Mann ➶ 4118
The Golden Man

Die große Illusion ➶ 3052
Precious Artifact

Heiliger Streit ➶ 4328
Holy Quarrel

Irrgarten des Todes : 66, auch : 3399
A Maze of Death

Kosmische Puppen und andere Lebensformen : 4328

Kosmische Puppen ➶ 4328
Cosmic Puppets

Merkwürdige Erinnerungen an den Tod ➶ 4328
Strange Memories of Death

Mr. Chiens Halluzinationen ➶ ANTH 32
Faith of Our Fathers

Mr. Quails Erinnerungen ➶ 95, auch ➶ 3081, auch ➶ 3763
We Can Remember It for You Wholesale
(auch als »Rekal, Inc. – Erinnerungen jeder Art«)

Null-0 ➶ 4328
Null-0

Orpheus mit Pferdefuß ➶ 1058 HAF
Orpheus with Clay Feet

Die Partiturwesen ➶ 3378
The Preserving Machine

Projekt Wasserspinne ➶ 4328
Waterspider

Rekal, Inc. – Erinnerungen jeder Art ➶ 3380
We Can Remember It for You Wholesale
(auch als »Mr. Quails Erinnerungen«)

Rückkehr vom Mars ➶ 3064
Explorers We

Der Tag, an dem Herrn Computer die Tassen aus dem Schrank fielen ➶ 1058 HAF
The Day Mr. Computer Fell Out of Its Tree

Tiefgekühlt ➶ 4021, auch ➶ 4328
Frozen Journey

Träumen Roboter von elektrischen Schafen? : 3273
Do Androids Dream of Electric Sheep?
(auch als »Bladerunner«)

Unfaires Spiel ➶ 4328
Fair Game

Die Verteidiger ➶ 4328
The Defenders

Warnung: Wir sind eure Polizei! ➶ 4713
Warning! We Are Your Police!

Die Welt der Talente ➶ 4328
A World of Talent

Wenn man ein Blobel ist ... ➶ ANTH 14
Oh, to Be a Blobel!

Wenn Sie glauben, diese Welt sei schlecht, sollten Sie einmal ein paar andere sehen ➶ 4328
If You Find This World Bad, You Should See Some of the Others

Das Zeitschiff ➶ 3181
Jon's World

s. **ANTON**, Uwe

s. **ANTON**, Uwe/**FUCHS**, Werner

s. van **HISE**, James

s. **KÖRBER**, Joachim

s. **SUVIN**, Darko

DICKENS, Charles

Ein Weihnachtslied in Prosa ➶ 4023
A Christmas Carol

DICKINSON, Peter (Malcolm)

Das grüne Gen : 3586
The Green Gene

DICKSON, Gordon R(upert)

Computer streiten nicht ➶ 3360
Computers Don't Argue

Der Drache an der Grenze : 5904
The Dragon on the Border

Der Drache, der Graf und der Troll : 5906
The *Dragon, the Earl, and the Troll*

Der Drache im Krieg : 5905
The Dragon at War

Der Drache und der Dschinn : 5907
The Dragon and the Djinn

Der Drachenritter : 5903
The Dragon Knight

Durch die Delphine ➶ 95
Dolphin's Way

Einzelgänger ➶ 3443
Maverick

Der ferne Ruf : 3662
The Far Call

Frage nicht, Soldat ➶ 3155
Soldier Ask Not

Das Fünferspiel ➶ 3255
The Game of Five

Das Geschenk ➶ 3106
Christmas Present

Knopfdrücker ➶ 3056
Button, Button

Die Nacht der Drachen : 3769, auch ➶ 5902
The Dragon and the George

Nichts für Menschen : 3656
No Room for Man
(auch: *Necromancer*)

Projekt »Großer Bruder« ➶ 3048
Brother Charlie

Der Schutzengel ➶ 3546
Dreamsman

Sie nennen ihn Lord ➶ 3380
Call Him Lord

St. Drache und der Georg ➶ 4159
St. Dragon and the George

Sturm der Zeit : 3871
Time Storm

Die Unvollkommenen ➶ 214 AR,
auch ➶ 3011
Rehabilitated

Uralt, mein Freund : 3682
Ancient, My Enemy

Wolf und Eisen : 5662
Wolf and Iron

s. **ANDERSON**, Poul/
DICKSON, Gordon R(upert)

DIETZE, Gabriele

Ein Gespräch mit Doris Lessing
➶ 3954

DI FILIPPO, Paul

Dritter Weltkrieg - revidierte Fassung ➶ 5325
World War III

Kleine Dienerin ➶ 4786
Little Worker

Phylogenese ➶ 4927
Phylogenesis

Die Lärmverschwörung ➶ 4673
Conspiracy of Noise

Stone lebt ➶ 4544
Stone Lives

Stumö gafer ➶ 4936
Mairzy Doats

DILLARD, J. M.

Am Rande des Universums : 4682,
auch ➶ 5065
Star Trek V – The Final Frontier

Bewußtseinsschatten : 4762
Mindshadow

Blutdurst : 4929
Bloodthirst

Botschafter : 5115
Emissary

Dämonen : 4819, auch ➶ 1034 AR
Demons

Der erste Kontakt : 5757
Star Trek: First Contact

Generationen : 5360
STAR TREK Generations

Sabotage : 5685
Recovery

Star Trek VI – das unentdeckte Land
: 4943
Star Trek VI – the Undiscovered Country

STAR TREK: Wo bisher noch niemand
gewesen ist - Eine Chronik in Bildern -
: 6500
Star Trek: Where No One Has Gone Before.
A History in Pictures

Die verlorenen Jahre : 4869
The Lost Years

DILOV, Ljuben

Die Last des Skaphanders : 4121
Teschesta na skafandara

Die schöne Helena ➶ 4255
Hubawata Elena

Vorwärts, Menschheit ➶ 4746
Napred, Chovechestvo

DISCH, Thomas M(ichael)

Abstieg ➶ 3374, auch ➶ 4254
Descending
(auch als »Abwärts«)

Abwärts ➶ 3790
Descending
(auch als »Abstieg«)

Angoulême : 18, auch ➶ 98, auch ➶ 3560
»334«

Anruf aus dem Nichts ➶ 3300
The Number You Have Reached

Das Apartment neben dem Krieg ➶ 4828
The Apartment Next to the War

Auf Flügeln des Gesangs : 40
On Wings of Song

Camp Concentration : 9, auch : 3405
Camp Concentration

Downtown ➶ 4099
Downtown

Die Duplikate : 3294
Echo Round His Bones

Eine Italienischstunde ➶ 4828
An Italian Lesson

Entwürfe ➶ 4828
Concepts

Der Erwachsene ➶ 4828
The Grown-Up

Das Feuer fing an, den Stock zu verbrennen, der Stock fing an, den Hund zu schlagen ➶ 4828
The Fire Began to Burn the Stick, the Stick Began to Beat the Dog

Die Feuerteufel : 3457, auch ➶ 4360
The Genocides

Der Fötus ➶ 20 UB, auch ➶ 4828
The Foetus

Das Geschäft mit dem Grauen : 11 UB
The Businessman

Im Vergnügungszentrum ➶ 4828
At the Pleasure Centre

Jetzt ist die Ewigkeit: 3300
Under Compulsion

Jetzt ist die Ewigkeit ➶ 3300
Now Is Forever

Josie und der Fahrstuhl: Eine Geschichte zur Warnung ➶ 4828
Josie and the Elevator: A Cautionary Tale

Der Käfig ➶ 3300
The Squirrel Cage

Komm zur Venus, mein Schatz ➶ 3300
Come to Venus Melancholy

Küchenschaben ➶ 3300, auch ➶ 9 JB
The Roaches

Lasset uns eilen zum Elfenbeintor ➶ 4353
Let Us Quickly Hasten to the Gate of Ivory

Die letzten Minuten ➶ 3145
Moondust, the Smell of Hay, and Dialectical Materialism
(auch als »Mondstaub, Heugeruch und dialektischer Materialismus«)

Lindas Baby ➶ 3300
Linda and Daniel and Spike

Das Mädchen mit dem Vita-Gel-Haar ➶ 4713
The Girl with the Vita-Gel-Hair

Der Mann, der keine Idee hatte ➶ 3739, auch ➶ 4828
The Man Who Had No Idea

Der Mann ohne jede Idee : 4828
The Man Who Had No Idea

Mondstaub, Heugeruch und dialektischer Materialismus ➶ 3300
Moondust, the Smell of Hay, and Dialectical Materialism
(auch als »Die letzten Minuten«)

Musikbox ➶ 6498 AR
Music Box

Nada ➶ 3300
Nada

Die Offenbarung ➶ 4828
The Revelation

Planet der Vergewaltigung ➶ 4828
Planet of the Rapes

Probleme der Kreativität ➶ 3763
Problems of Creativeness

Pyramiden für Bayern ➶ 4828
Pyramids for Minnesota

Die Rache der Hera oder Triumph der Monogamie ➶ 4015, auch ➶ 4828
The Vengeance of Hera, or Monogamy Triumphant

Die schwarze Katze ➶ 4828
The Black Cat

Schwerarbeit oder Die Geheimnisse des Erfolgs ➶ 4704
Hard Work or, The Secrets of Success

Tapferer kleiner Toaster ➶ 3866, auch ➶ 4262
Brave Little Toaster

Veränderlichkeit ➶ 4352
Mutability

Weihnachten in Casablanca ➶ 3300, auch ➶ 4000
Casablanca

Der Weihnachtsmann-Kompromiß ➶ 4828, auch ➶ 4884
The Santa Claus Compromise

Die Welt der Schizophrenen ➶ 3300
Thesis on Social Forms & Social Controls in the USA

Wie man fliegt ➶ 4828
How to Fly

Zum Verstehen menschlichen Verhaltens ➶ 3965, auch ➶ 4828
Understanding Human Behaviour

DIXON, Stephen

Im Heim und doch nicht daheim ➶ 3845
A Home Away from Home

DMITRUK, Andrej

Overmoon ➶ 4041
Skol'zjaščij po morju kosmosa

DNEPROV, Anatolij (Petrovič)

Insel der Krebse ➶ 3470
Kraby idut po ostrovu

Das zweite Leben ➶ 3216
(The World in Which I Disappeared)
Mir, v kotorom ja isčez

DOBERER, K(urt) K(arl)

Attentat ➶ 3498

Saturn ➶ 3451

Wunder im Mond ➶ 3655

DOEDE, Bill

Die treibende Kraft ➶ 3052
Jamieson

Die Vögel von Lorrane ➶ 3044
The Birds of Lorrane

DOLEZAL, Joseph

Geisterfahrer ➶ 3646

Hermann Kasack und die deutschen Phantasten ➶ 3954

DOLEZAL, Theodor

Das große Experiment ➶ 4041

DOLINSKY, Mike

Die PSI-Droge : 3490
Mind One

DOMINIK, Hans (Joachim)

Atlantis : 3447, auch : 8112

Atomgewicht 500 : 3438

Der Befehl aus dem Dunkel : 3319, auch ➶ 5041

Der Brand der Cheopspyramide : 3375, auch ➶ 4677, auch : 8114

Drei Romane in einem Band : 4677

Drei Romane in einem Band : 4756

Drei Romane in einem Band : 5041

30 Jahre später ➶ 3562

Ein neues Paradies : 3562

Ein neues Paradies ➶ 3562

Ein Stern fiel vom Himmel : 3702, auch ➶ 4756

Eine Expedition in den Weltraum ➶ 3562

Das Erbe der Uraniden : 3395, auch ➶ 4677

Flug in den Weltraum : 3411, auch ➶ 5041

Himmelskraft : 3279, auch ➶ 5041

Kautschuk : 3429

Land aus Feuer und Wasser : 3703, auch ➶ 4756

Lebensstrahlen : 3287, auch : 5239

Lebensstrahlen – 3 Romane in einem Band : 5239

Die Macht der Drei : 3420, auch ➶ 4677, auch : 8111

Moderne Piraten : 33 JT

Die Nahrung der Zukunft ➶ 3562

Professor Belians Tagebuch ➶ 3562

Die Reise zum Mars ➶ 3562

Schätze der Tiefe ➶ 3562

Die Spur des Dschingis-Khan : 3271, auch ➶ 5239

Das stählerne Geheimnis : 3456

Unsichtbare Kräfte : 3254, auch 5239 (auch als »König Laurins Mantel«)

Der Wettflug der Nationen : 3701, auch ➶ 4756

Zukunftsmusik ➶ 3562

DONALDSON, Stephen R.

Chaos und Ordnung : 5504
The Gap into Madness: Chaos and Order

Die Dame in Weiß ➶ 3739, auch ➶ 4225
The Lady in White

Des Engels unwürdig ➶ 4225
Unworthy of the Angel

Ein dunkler hungriger Gott erwacht : 5503
The Gap into Power: A Dark and Hungry God Arises

Einer reitet durch : 4531
A Man Rides Through

Der einsame Baum : 4109
The One Tree

Es war einmal ein Tier ... ➶ 3811, auch ➶ 4225, auch ➶ 5909
Mythological Beast

Gülden-Feuer ➶ 4225
Gilden-Fire

Im Bann des weißen Goldes : 4110
White Gold Wielder

Die letzte Walstatt : 3839
The Power That Preserves

Lord Fouls Fluch : 3740
Lord Faul's Bane

Die Macht des Steins : 3795
The Illearth War

Der Schritt in den Konflikt: Die wahre Geschichte : 5501
The Gap into Conflict: The Real Story

Der Schritt zur Vision: Verbotenes Wissen : 5502
The Gap into Vision: Forbidden Knowledge

Ser Visals Erzählung ➶ 4225
Ser Visal's Tale

Der sieghafte Wurm ➶ 4225
The Conqueror Worm

Der Spiegel ihrer Träume : 4530
The Mirror of Her Dreams

Der Tausendfüßler ➶ 4225, auch ➶ 16 UB
The Conqueror Worm

Der Tierfreund ➶ 4225
Animal Lover

Die Tochter der Könige : 4225
Daughter af Regals and Other Tales

Tochter der Könige ➶ 4225
Daughter of Regals

Das verwundete Land : 4108
The Wounded Land

Was uns zu Menschen macht ➶ 4389
What Makes Us Human

DORÉMIEUX, Alain

Alptraum in Rosa ➶ 3858
Cauchemar rose

Auf ewig im Innern des Würfels ➶ 4330
Pour toujours à l'interieur du cube

Begegnungen der vierten Art ➶ 3858
Recontres du quatrième type

Gefangener der Insektenfrauen ➶ 3858
Prisonnier des femmes-insectes

Die große schwarze Krabbe ➶ 4330
Le grand crabe noir

Im Krankenhauszinimer ➶ 3858
Dans la chambre d'hôpital

In eine ferne Fremde ➶ 3858
Vers un ailleurs lointain

Das Labyrinth ➶ 4330
Le labyrinthe

Der Mann im Meer ➶ 4330
L'homme qui a gagné la mer

Die Natur der Katastrophe ➶ 4330
La nature de la catastrophe

Perverse Partner AG ➶ 4330
Partenaires pervers S. A.

Die schwarzen Schiffe des Todes ➶ 4330
Les noirs vaissaux de la mort

Spaziergänge am Rande des Abgrunds : 3858
Promenades au bord du gouffres

Symbiose Phase Eins : 4330
Couloirs sans issue

Symbiose Phase Eins ➶ 4330
Symbiose phase un

Die Tiere ➶ 3858
Les bêtes

Der Turm ➶ 3790
Seul en haut de la tour bientôt prête à crouler

Die Vana ➶ 3858
Ce puits de velours sans fond

Welche Katastrophe? ➶ 3858
Quel cataclysme?

Wie ein Vogel, der davonfliegt ➶ 3858
L'oiseau qui prend son vol

Wie Tropfen für Tropfen abfließendes Wasser ➶ 4330
Comme une eau coulant goutte à goutte

DORMAN, Sonya

Großmutter Nordwind ➶ 4175
Grandmother North Wind

Herdgeist, die arme Verwandte ➶ 4175
Hearth Spirit, Poor Relative

Mein Leben als Miß Dow ➶ 3380
When I Was Miss Dow

Schwester Tag, Bruder Nacht ➶ 4175
Sister Day, Brother Night

Vater Sonne, Mutter Mond ➶ 4175
Father Sun, Mother Moon

Versteckspiel ➶ 4015
Peek-a-Boom

Die Vettern Licht und Schatten ➶ 4175
Cousins Light and Shadow

Die Wintergötter - Fünf Gedichte ➶ 4175
The Gods in Winter - Five Poems

Zu jung, um zu sterben
➶ ANTH 34
Go, Go, Go, Said the Bird

DOSTOJEWSKI, Fjodor

Der Traum eines lächerlichen Menschen
➶ 6611 AR
Som smesnogo celoveka

DOUAY, Dominique

Thomas ➶ 3690
Thomas

Traumsegler : 4223
La vie comme une course de chars à voile

DOUGLAS, Conda V.

Die Rache des Kojoten ➶ 8094 AR
When Thunder Walks

DOWD, Tom

Alles hat seinen Preis ➶ 5274
Nothing without Price

Dämonenpack ➶ 4844
A Plague of Demons

Free Fall ➶ 4844
Free Fall

Nuke City : 5354
Burning Bright

Spielball der Nacht : 5186
Night's Pawn

DOYLE, Arthur Conan

Das große Keinplatz-Experiment
➶ 4022
The Great Keinplatz-Experiment

Objekt Nr. 249 ➶ 4023
Lot No. 249

Die vergessene Welt : 3715
The Professor Challenger Stories. The Lost World
(auch als »Der streitbare Professor«)

DOZOIS, Gardner

Abendgesellschaft ➶ 6793 AR
Dinner Party

Gemeinschaft ➶ 5666
Community

Maschinen von liebevoller Güte ➶ 4517
Machines of Loving Grace

Nachwort ➶ 65

Wo keine Sonne scheint ➶ 98
Where No Sun Shines

Die Zeitbraut ➶ 4990
Time Bride

DOZOIS, Gardner/**DANN**, Jack

Musselmann ➶ 16 UB
Down among the Dead Men
(auch als »Unter Toten«)

Unter Toten ➶ 4099
Down Among the Dead Men
(auch als »Musselmann«)

DRAKE, David

Drachenzähne ➶ 4159
Dragons' Teeth

Der Luftangriff ➶ 6606
Airbone All the Way!

DREISER, Theodore

Die Hand ➶ 9 JB
The Hand

30 JAHRE MAGAZINE OF FANTASY AND SCIENCE FICTION

s. **FERMAN**, Edward L.

DRESSLER, Doris

An Innocent Abroad. George Alec Effinger bei den 7. Science Fiction-Tagen NRW in Düsseldorf ➶ 5245

Science Fiction-Tage NRW 1993 ➶ 5080

Die Welt ist so wundervoll. Warum schicken wir sie zum Teufel? –
Ein Gespräch mit Brian W. Aldiss ➶ 5080

DRESSLER, Doris/**KLAGES**, Hartmut/**MATHIOSCHEK**, Christian (Aktionskreis Fantastik)
Ein Gespräch mit Ian Watson ➶ 4960

DROSD, Jewgeni
Ewiger Mittag : 5275
Вечный нолдень
(В раю мы жили на суше)
Phönix ➶ 4990, auch ➶ 5160
Феникс

DRZEWIŃSKI, Andrzej
Der Bote ➶ 4199
Poslaniec

DUANE, Diane
Die Befehle des Doktors : 5247
Doctor's Orders
Dunkler Spiegel : 5417
Dark Mirror
Der Feind, mein Verbündeter : 4535, auch : 5204
My Enemy, My Ally
Spocks Welt : 4830
Spock's World
Das Tor der Schatten : 4448
The Door Into Shadow
Die Tür ins Feuer : 6749 AR
The Door Into Fire
Der Verräter : 4848
Battlestations
Der verwundete Himmel : 4458, auch ➶ 6452, auch ➶ 9551 AR
The Wounded Sky

DUANE, Diane/**MORWOOD**, Peter
Die Romulaner : 4907
The Romulan Way
s. **MORWOOD**, Peter/**DUANE**, Diane

DUCHAMP, L. Timmel
De Secretis Mulierum ➶ 5980
De Secretis Mulierum

DÜRRENMATT, Friedrich
Der Dritte Weltkrieg ➶ 5000
Elektronische Hirne ➶ 7624 AR

DUNCAN, Dave
Die Ankunft des Wissens : 4726
The Coming of Wisdom
Die Bestimmung des Schwertes : 4727
The Destiny of the Sword
Der zögernde Schwertkämpfer : 4725
The Reluctant Swordsman

DUNCAN, David
Das Y-Hormon ➶ 3060
The Immortals

DUNSANY, Lord Edward Plunkett
Blagdaross ➶ 4319
Blagdaross
Der Elektrizitätskönig ➶ 8768 AR
The Electric King
Die Götter von Pegana ➶ 4076
The Gods of Pegana
Wie Nuth seine Kunstfertigkeit an den Gnolen versuchte ➶ 5909
How Nuth Would Have Practised His Art upon the Gnoles
Die Zwingburg so keiner bezwingt denn Sacnoth das Schwert ➶ 6598 AR
The Fortress Unvanquishable, Save for Sacnoth

DUNTEMANN, Jeff
Kalte Hände ➶ 3853
Cold Hands
Der Wächter ➶ 3873
Guardian

DUWALD, Frank
Nachwort ➶ 5014

DVORKIN, Daniel
s. **DVORKIN**, David/**DVORKIN**, Daniel

DVORKIN, David
Die Trellisane-Konfrontation : 4474, auch ➶ 6452, auch ➶ 9896 AR
The Trellisane Confrontation
Die Zeitfalle : 4996, auch ➶ 10044 AR
Timetrap

DVORKIN, David/**DVORKIN**, Daniel
Die Ehre des Captain : 4793
The Captain's Honor

DYBEK, Stuart
Der Horrorfilm ➶ 3537
Horror Movie

DYKSTRA, Gordon
Zerbrochenes Spielzeug ➶ 3873
Broken Toys

E

EARL, Stephan
Hanuman ➶ 4818
Hanuman

EASTON, Thomas A.
Mikro-Macho ➶ 5004
Micro Macho

EBBENHORST-TENGBERGEN, Thijs van
Deine Liebe ist keine steinerne Blume ➶ 3694
Jouw liefde is geen stenen bloem

EBERSBERGER, Peter
s. **MAYER**, Bernd/**EBERSBERGER**, Peter

EBERHART, Mark E.
Nachwort ➶ 4934

ECKLAR, Julia
Kobayashi Maru : 5103
The Kobayashi Maru

EDDISON, E(ric) R(ucker)
Ein Fischessen in Memison : 3907
A Fish Dinner in Memison
Die Herrin Zimiamvias : 3867
Mistress of Mistress
Das Tor des Mezentius : 3992
The Mezentian Gate
Der Wurm Ouroboros : 3833
The Worm Ouroboros

EDELMAN, Scott
Sind Sie oder waren Sie? ➶ 9773 AR
Are You Now?

EDGERTON, Teresa
Das Kind des Saturn : 9002
Child of Saturn
Der verborgene Mond : 9003
The Moon in Hiding
Das Werk der Sonne : 9004
The Work of the Sun

EDMONDSON, G. C.
Rettung ➶ ANTH 5
Rescue
Wer glaubt schon einem Indianer ➶ 3402
Nobody Believes an Indian

EDWARDS, Malcolm
Vorbemerkung ➶ 4818
War Tours : 4818
Gollancz Sunday Times SF Competition Stories

EEKHAUT, Guido

Der Strand ➶ 3818
Het Strand

EFFINGER, Geo(rge) Alec

Die Außerirdischen, die einfach alles wußten ➶ 4265
The Aliens Who Knew, I Mean, Everything

Ein Feuer auf der Sonne : 4843
A Fire in the Sun

Das Ende der Schwere : 4842
When Gravity Fails

Der Ghostwriter ➶ 98, auch ➶ 4560
The Ghost-Writer

Hinter der Bühne ➶ 3940
In the Wings

König der Cyberschützen ➶ 4704
King of the Cyber Rifles

Der Kuß des Exils : 5054
The Exile Kiss

Der Mann, der die Wahrheit über Todd und Adrianas Baby bestimmte ➶ 4315
The Man Who Decided the Truth About Todd and Adrianas Baby

Manndeckung ➶ 3642
From Downtown at the Buzzer

Marid ändert seine Meinung ➶ 4855
Marîd Changes His Mind

Maureen Birnbaum im Mittelpunkt der Erde ➶ 4438
Maureen Birnbaum at the Earth's Core

Soldaten ➶ 3435
Curtains
(auch als »Vorhänge«)

Unferno ➶ 4690
Unferno

Das Untier aus Ein-Viertel-Faden-Tiefe ➶ 4631
The Beast from One-Quarter Fathom

Vorhänge ➶ 3863
Curtains
(auch als »Soldaten«)

Die Wölfe der Erinnerung : 4329
The Wolves of Memory

Zeitknick : 4720
The Nick of Time

Ziel: Berlin ➶ 4740
Target: Berlin

s. **NIEMAND**, O.

EFREMOV, Ivan (Antonovič)

s. **JEFREMOW**, Ivan (Antonovič)

EGAN, Doris

Das Elfenbeintor : 5131
The Gate of Ivory

Schäbige Helden : 5132
Two-Bit Heroes

Der Schuldspruch : 5133
Guilt-Edged Ivory

EGAN, Greg

Axiomatisch ➶ 4920
Axiomatic

Blutschwestern ➶ 4880
Blood Sisters

Ein zugriffsicheres Schließfach ➶ 4957
The Safe-Deposit Box

Gute Gründe, fröhlich zu sein ➶ 5950
Reasons to Be Cheerful

Lichtborn ➶ 5635
Luminous

Die Liebkosung ➶ 5085
The Caress

Vergegenständlichungstour ➶ 5390
Reification Highway

Wahre Liebe ➶ 5880
Appropriate Love

EHLS, Helmut

Spielzeit ➶ 3745

EIDE, Wennicke

Blauer Engel ➶ 5049
Blue Angel

EIDUKAS, Georgiana

Fortsetzung folgt ➶ 2118 BK
Cliffhanger

EIS, Egon

Das letzte Signal ➶ 4803

EISELE, Martin

Das Arche Noah-Prinzip : 4026

EISENBERG, Evan

Asche zu Asche ➶ 6723 AR
God Shed His Grace

EISENBERG, Larry

Das Chamäleon ➶ 3454
The Chameleon

Erfahrungen eines Reporters ➶ ANTH 34
What Happened to Auguste Clarot?

Explosiv! ➶ 3204
The Saga of DMM

Der Geigenvirtuose ➶ 3110
The Two Lives of Ben Coulter

Ich und mein Schatten ➶ 4438
Me and My Shadow

Leben Sie sich aus-GmbH ➶ 4673
Live It Up, Inc.

EISENSTEIN, Phyllis

Alaric : 4180
Born to Exile

Antwort auf deinen Ruf ➶ 3811
In Answer to Your Call

Nachtleben ➶ 4027
Night Life

Unterwelt ➶ 4099
Subworld

EISENSTEIN, Phyllis/**EISENSTEIN**, Alex

Altar Ego ➶ 3642
Altar Ego

Das Wetter auf dem Mars : 4124
The Weather on Mars

EISFELD, Rainer

Carl Sagan (1934–1997) ➶ 5925

30 Jahre bemannter Raumflug.
Raumflug als Schreckensvision bei
Ray Bradbury und Nigel Kneale ➶ 4850

Ein Nachruf auf Chad Oliver ➶ 5080

Nachwort/Anhang ➶ 73

Der reale Horror unseres Jahrhunderts:
Einleitung zu Fritz Leibers »Expreßzug nach
Belsen« ➶ 4960

»... und der Ring des Saturns kann niemanden
mehr erschüttern«
(In memoriam Wolf Detlef Rohr, 1928–1981)
➶ 3888

Von Raumfahrtpionieren und Menschenkindern.
Ein verdrängtes Kapitel der Technikentwicklung
im Dritten Reich ➶ 4760

Vorwort ➶ 73, ➶ 83

»Wissender« anstelle sozial »blinden«
Fortschritts. Eine Laudatio auf Robert Jungk
➶ 5080

EKLUND, Gordon

Der neue Trend ➶ 3519
Changing Styles

Revisionen ➶ 4127
Revisions

Die Vorstellung geht weiter ➶ 4074
Continuous Performance

s. **BENFORD**, Gregory (Albert)/
EKLUND, Gordon

ELGIN, Suzette H(aden)

Amerika der Männer : 4412
Native Tongue

Die Judasrose : 4651
The Judas Rose – Native Tongue II
Siehe, die Eiche blüht ewig ➶ 4438
Lo, How an Oak E'er Blooming

ELLIN, Stanley
Die Hausparty ➶ 20 UB
The House Party

ELLIOT, Jeffrey M.
Größe ist mein Ziel – Ein Interview mit John Norman ➶ 4260
Interview mit Catherine Lucile Moore ➶ 3888

ELLIOTT, George P.
Thomas in Jahwestan ➶ 4015
Thomas in Yahvestan

ELLIS, E. C.
Weltenschöpfer : 4947
Worldmaker

ELLISON, Harlan (Jay)
Am Rande des Geschehens, von Touristen unbemerkt ➶ 4027
The Outpost Undiscovered by Tourists
Basilisk ➶ 3863
Basilisk
»Bereue, Harlekin!« sagte der Ticktackmann ➶ 3360
»Repent, Harlequin!« Said the Ticktockman
Croatoan ➶ 3486
Croatoan
Ein von Touristen unentdeckter Außenposten ➶ 4638, auch ➶ 4884
The Outpost Undiscovered by Tourists
Einführung ➶ 9779 AR
15 Science Fiction Stories : ANTH 32
aus: *Dangerous Visions*
15 Science Fiction Stories : ANTH 34
aus: *Dangerous Visions*
Ich will schreien und habe keinen Mund ➶ 96
I Have No Mouth, and I Must Scream
In einer vernünftigen Stadt ➶ 5511
Sensible City
Jeffty ist fünf ➶ 3739, auch ➶ 3763, auch ➶ 4254
Jeffty Is Five
Die Puppe Maggie Moneyeyes ➶ 4262
Pretty Maggie Moneyeyes
Scherben ➶ 3389, auch ➶ 4000
Shattered Like a Glass Goblin
Die Stadt am Rande der Welt ➶ ANTH 32
The Prowler in the City at the Edge of the World
Die überspannte Stunde ➶ 4062
The Hour That Stretches
Der Wächter der verlorenen Stunde ➶ 4513
Paladin of the Lost Hour
Zähl ich den Glockenschlag, der Stunden mißt ➶ 28, auch ➶ 5075
Count the Clock That Tells the Time
Zeigt nur einen Stern! ➶ ANTH 30
Blind Lightning
Der Zwischenbereich ➶ 3443
The Region Between

ELLISON, Harlan (Jay)/
VAN VOGT, A(lfred) E(lton)
Starfighter 31 ➶ 3255
The Human Operators
s. **SHECKLEY**, Robert/**ELLISON**, Harlan (Jay)

ELLMER, Arndt
Dein Universum ➶ 3944
Elohim II : 383 PRh
Herrscher von Sonnenland : 401 PRh
Das hohle Paradies : 390 PRh
Tränen vom Himmel : 377 PRh

ELWOOD, Roger
s. **MOSKOWITZ**, Sam/**ELWOOD**, Roger

ELY, David
Stets daheim ➶ 20 UB
Always Home

EMERY, Clayton
Flüsterwald : 6602
Magic – the Gathering: Whispering Woods
Die letzte Opferung : 6604
Magic – the Gathering: Final Sacrifice
Zerschlagene Ketten : 6603
Magic – the Gathering: Shattered Chains

EMSHWILLER, Carol
Abscheulich ➶ 99
Abominable
Der Anfang vom Ende der Welt ➶ 4517
The Start of the End of the World
Omen ➶ 4015
Omen

ENDE, Michael
Es ist ein Zimmer und ist zugleich Wüste ➶ 6598 AR
Momo : 10134 AR
Der satanarchäolügenialkohöllische Wunschpunsch : 10680 AR

ENGH, M. J.
Der Aurinbaum ➶ 4446
Aurin Tree
Das Orakel ➶ 4015
The Oracle

ENZENSBERGER, Hans Magnus
blindenschrift ➶ 7624 AR
C.B./A.M.T. ➶ 7624 AR
G.W.L. ➶ 7624 AR

EPPERSON, Sharon
Blutabstrich Nummer Sieben ➶ 8094 AR
Slide Number Seven

ERCKLENTZ, Barbara
Der Katzenprinz ➶ 4041

ERLER, Rainer
Die Heerschar Gottes ➶ 5950
Der Käse ➶ 5250
Der Schlangenmensch ➶ 5880
s. **BAUER**, U. u.a.

ERNSTING, Walter
Galaxy 1 : 3040
Galaxy 2 : 3044
Galaxy 3 : 3052
Galaxy 4 : 3060
Galaxy 5 : 3068
Galaxy 6 : 3077
Galaxy 7 : 3085
Galaxy 8 : 3093
Galaxy 9 : 3103
Das Geheimnis der Marsgötter : 59 JT
The Magazine of Fantasy and Science Fiction, 10. Folge: Wanderer durch Zeit und Raum : 3031
The Magazine of Fantasy and Science Fiction, 11. Folge: Roboter auf dem Kriegspfad : 3035
The Magazine of Fantasy and Science Fiction, 12. Folge: Die letzte Stadt der Erde : 3048
The Magazine of Fantasy and Science Fiction, 13. Folge: Expedition nach Chronos : 3056
The Magazine of Fantasy and Science Fiction, 14. Folge: Im Dschungel der Urzeit : 3064
Das Marsabenteuer : 90 JT
9 Science Fiction Stories : ANTH 14

Das Planetenabenteuer : 14 JT

Das Rätsel der Milchstraße : 67 JT

Das Rätsel der Urwaldhöhlen : 50 JT

Raumschiff Neptun – Begegnung im Weltraum : 158 JT

Raumschiff Neptun – Der Tempel der Götter : 172 JT

Raumschiff Neptun – Der verzauberte Planet : 145 JT

Das Weltraumabenteuer : 3 JT

ERNSTING, Walter/**SCHLÜCK**, Thomas

Galaxy 10 : 3116

Galaxy 11 : 3128

Galaxy 12 : 3138

Galaxy 13 : 3155

Galaxy 14 : 3175

ERSKINE, Barbara

Der Fluch von Belheddon Hall : 10589 AR, auch : 64 HC
Hall of Echoes

Mitternacht ist eine einsame Stunde : 10357 AR, auch : 24 HC
Midnight Is a Lonely Place

Die Tochter des Phoenix : 9720 AR, auch : 10 HC
Child of the Phoenix

ESCHBACH, Andreas

Die Haarteppich-Knüpfer : 5926

ESKRIDGE, Kelley

Und Salome tanzte ➶ 9953 AR
And Salome Danced

ETCHEMENDY, Nancy

Benbow ➶ 5645
Benbow

Clotaires Ballon ➶ 4880
Clotaire's Balloon

Die Glaskatze ➶ 4803
Cat in Glass

Landurlaub ➶ 4920
Shore Leave Blacks

Molluskenträume ➶ 5495
Mollusc Dreams

Der Tempel am Fluß ➶ 4747
The River Temple

ETCHISON, Dennis (William)

Die Feuer der Nacht ➶ 3120
The Fires of Night

Fraukind ➶ 3549
Damechild

Gespräch im Dunkeln ➶ 6793 AR
Talking in the Dark

In der Ecke, leise wimmernd ➶ 8831 AR
Sitting in the Corner, Whimpering Quietly

Metahorror : 9773 AR
Metahorror

Die Nachtschicht ➶ 8175 AR
The Late Shift

Die Schwelle des Todes ➶ 4654
The Dead Line

Der Stuhl ➶ 16 UB
The Chair

Der Todeskuß ➶ 8636 AR, auch ➶ 17 JUM
The Blood Kiss

EVANS, Christopher

Capellas goldene Augen : 4579
Capella's Golden Eyes

Im Limbus : 4667
In Limbo

EVRARD, Lionel

Die brennenden Tasten ➶ 5160
Le clavier incendié

EWERS, H. G. (Horst Gehrmann)

Ein Teil der Ewigkeit : 27 PRh

Die Fischer des Universums : 26 PRh
Der Geisteragent aus dem All : 22 PRh
Die Para-Sklaven : 12 PRh
Phantom-Station : 16 PRh
Raumkapitän Nelson : 18 PRh
Der Schlüssel zur anderen Welt : 30 PRh
Die verhängnisvolle Expedition : 5 PRh
Die Zeitspringer : 7 PRh

EWERS, Hanns Heinz
Die Topharbraut ➶ 8303 AR

EWYCK, Annemarie von
Die Linse ➶ 4746
The Lens

EXTER, Maureen Bryan
Aufbruch ins Unbekannte ➶ 3369
The Good-Bye-Birthday

F

FADDIS, C. R.
Im Zeichen des Äskulap ➶ 3789
Caduceus

FAGUNDES TELLES, Lygia
Ratten-Seminar ➶ 8768 AR
Seminário dos ratos

FAHY, Patrick
Das kurze Glück des Jubes ➶ 3052
Bad Memory

FAIRMAN, Paul
Brüder jenseits des Nichts ➶ 6927 AR
Brothers beyond the Void

FALESSI, Cesare
Die Wahrheit des Astronauten ➶ 3812
La verità del pilota spaziale

FALKENHAGEN, Lena
Die Boron-Insel : 6027
Kinder der Nacht : 6029
Schlange und Schwert : 6021

FALKENSTEIN, Michael
Ein Gespräch mit Gisbert Haefs ➶ 5245

FANTASY
s. »Im Reich der Fantasy« ➶ 112 JB

FARBER, Sharon N.
Elvis, Aliens und der ganze Rest ➶ 4884
Space Aliens Saved My Marriage
Weltraumwesen retteten meine Ehe ➶ 5018
Space Aliens Saved My Marriage

FARMER, Philip José
Als die Zeit stillstand ➶ 1011, auch : 3173
The Day of Timestop
Auf dem Zeitstrom : 3653
The Fabulous Riverboat
Außer Atem ➶ 4558
Blown
Bevölkerungsimplosion ➶ 3421
Seventy Years of Decpop
Bizarre Beziehungen : 4935
Der Bruder meiner Schwester ➶ 4387, auch ➶ 4935
My Sister's Brother (The Strange Birth/Open to My Sister)
Die eine kommt, die andre geht ➶ 4888
One Down, One to Go
Diamanten spült man nicht – Ein polytropischer Paramythos ➶ 4387
Don't Wash the Carats
Dschungel-Stuß-Kid im Tran ➶ 4387
The Jungle Rot Kid on the Nod
Das dunkle Muster : 3693
The Dark Design

Das echte Log des Phileas Fogg : 3494, auch : 3980
The Other Log of Phileas Fogg

Ein Mann wie Prometheus ➶ 3031
Prometheus

Eine Frau pro Tag ➶ 1011, auch : 3173, auch ➶ 4935
A Woman a Day (The Day of Timestop)

Es geschah in der Nacht des Lichts ➶ ANTH 20
The Night of Light

Eva ➶ 3402
Skinburn

Fleisch : 4558

Fleisch ➶ 3265, auch ➶ 3975, auch ➶ 4558
Flesh

Die Flußwelt der Zeit : 3639, auch ➶ 5205
To Your Scattered Bodies Go

Das Gewerbe der Götter ➶ 4387
The God Business

Die Götter der Flußwelt : 4256
Gods of Riverworld

Das größte aller Monster ➶ 3052, auch ➶ 4387
The King of Beasts

Die Irrfahrten des Mr. Green – 3 Romane in einem Band : 4854

Die Irrfahrten des Mr. Green ➶ 1004, auch : 3127, auch ➶ 4854
The Green Odyssey

Jenseits von Raum und Zeit : 4387
The Classic Philip José Farmer

Jenseits von Raum und Zeit ➶ 4387
The Shadow of Space

Die kreuzweise herausgeschnippelte Ausschließlich-am-Dienstag-Welt ➶ 4262, auch ➶ 4387
The Sliced-Crosswise Only-On-Tuesday World
(auch als »Die Welt, die Dienstag war«)

Die Liebenden ➶ 4935
The Lovers

Lord Tyger : 3450, auch ➶ 4854
Lord Tyger

Das magische Labyrinth : 3836
The Magic Labyrinth

Der Mondkrieg : 3302
Tongues of the Moon

Der Müllkutscher ➶ 4387, auch ➶ 4935
The Alley Man

Mutter ➶ 4387, auch ➶ 4935
Mother

Nach King Kongs Sturz ➶ 4387
After King Kong Fell

Die Ovogenese von Bird City ➶ 4387
The Ovogenesis of Bird City

Die Reiter der Purpurnen Sozialhilfe oder Das Große Ding ➶ 4387
Riders of the Purple Wage of the Great Gavage

Skizzen in den Ruinen meines Verstandes ➶ 4387
Sketches among the Ruins of My Mind

Sohn ➶ 4935
Son (Queen of the Deep)

Der Sonnenheld : 32651, auch : 3975
Flesh

Der Steingott erwacht ➶ 1005, auch : 3376, auch ➶ 4854
The Stone God Awakens

Die synthetische Seele : 3326
Inside Outside

Tochter ➶ 4935
Daughter

Das Tor der Zeit ➶ 1006, auch : 3144
The Gate of Time

Das verhängnisvolle Experiment ➶ 3337
Only Who Can Make a Tree?

Die Verkörperung des Bösen ➶ 4558
The Image of the Beast

Weitersegeln! Weitersegeln! ➶ 94, auch ➶ 4254, auch ➶ 4387
Sail On! Sail On!

Die Welt, die Dienstag war ➶ 29, auch ➶ 5075
The Sliced-Crosswise Only-on-Tuesday World
(auch als »Die kreuzweise herausgeschnippelte Ausschließlich-am-Dienstag-Welt«)

Der Zorn des Roten Lords : 5911
Red Orc's Rage

s. **LUPOFF**, Richard A(llen):
Das Dungeon 1

s. **COVILLE**, Bruce:
Das Dungeon 2

s. **DE LINT**, Charles:
Das Dungeon 3

s. **BAILEY**, Robin W.:
Das Dungeon 4

s. **DE LINT**, Charles:
Das Dungeon 5

s. **LUPOFF**, Richard A(llen):
Das Dungeon 6

FARRAND, Phil

Cap'n Beckmessers Führer durch STAR TREK – Die Classsic Serie, Teil 1 : 5451
The Nitpicker's Guide for Classic Trekkers

Cap'n Beckmessers Führer durch STAR TREK – The Next Generation : 5199
The Nitpicker's Guide for Next Generation Trekkers

Cap'n Beckmessers Führer durch STAR TREK – The Next Generation, Teil 2 : 6457
The Nitpicker's Guide for Next Generation Trekkers, Vol. II

FARRIS, John

Blutfluch : 8744 AR
Fiends

Blutsteine : 7728 AR
Catacombs

Bruder des Satans : 6977 AR
Son of the Endless Night

Der Duft von Veilchen ➶ 8831 AR
The Odor of Violets

Engel des Grauens : 8152 AR
Nightfall

Der ungeladene Gast : 17 UB, auch ➶ 84 JB
The Uninvited

FAST, Howard (Melvin)

Der Ring ➶ 3353
The Hoop

Die Wunde ➶ 4118
The Wound

FAST, Jon

Schwund ➶ 3502
Decay

FEDDERN, Lars

Gaukeleien ➶ 6030

FEDERBUSH, Arnold

Eis! : 3771
Ice!

FEDERICI, Carlos Maria

»O Lenore!« wisperte das Echo ➶ 4746
»O Lenore! Came the Echo«

Das Wichtigste ➶ 3878
Primera necesidad

FELDHOFF, Robert

Orgienengel ➶ 4581

Terra in Trance : 368 PRh

Die Toleranz-Revolution : 376 PRh

Wolkenstadt ➶ 4610

FELICE, Cynthia

Keiner hat gesagt, es sei für immer ➶ 3856
No One Said Forever

FELS, Ludwig

12 Uhr ➶ 3985

FEMLING, Jean

Für wen pfeifen diese Schlangen da oben? ➶ 4175
For Whom Are Those Serpents Whistling Overhead?

FERARU, Peter

Es war die Bombe und nicht das Gericht ➶ 3985

FERGUSSON, Brad

Eine Flagge voller Sterne : 5349
A Flag Full of Stars

Krise auf Centaurus : 4776, auch ➶ 8863 AR
Crisis on Centaurus

Das letzte Aufgebot : 5449
The Last Stand

Lügner haben kurze Beine ➶ 4734
To Tell the Troof

FERGUSON, Neil

Der Mann aus der Zukunft ➶ 4713
A Man from the Future

FERGUSSON, Bruce

Der Schatten seiner Flügel : 4691
The Shadow of His Wings

FERLOSIO, Rafael Sanchez

Das Wappen von Jotán ➶ 3818
El escudo de Jotán

FERMAN, Edward L.

30 Jahre Magazine of Fantasy and Science Fiction : 3763

FERNANDEZ-DELGADO, Miguel Angel

»Wer sagt denn, daß ein Astronaut nicht auch Chilaquiles essen kann?« – Kontinuität und Wandel in der mexikanischen Science Fiction: ein kurzer historischer Abriß ➶ 5638
(Originaltitel: N. N.)

FERRARA, Patricia

Kühlschrank-Fieber ➶ 4836
Freezer Madness

FERRARI, Claudio

Es spielt keine Rolle ➶ 4059
Un modo come un altro

FERRER, Jean-Michel

Ein Cepheide ➶ 3482
Cepheide

FERRING, David

Konrad : 5572
Konrad

Kriegsklinge : 5574
Warblade

Schattenbrut : 5573
Shadowbreed

FIAŁKOWSKI, Konrad

Adam, einer von uns : 3934, auch ➶ 4403
Adam, jeden z nas

Allein im Kosmos : 3566
Witalizacja kosmogatora

Allein im Kosmos ➶ 3566, auch ➶ 4000
Witalizacja kosmogatora

An der Grenze zweier Zeiten ➶ 4255
Ten ktory trwa nad granica dwu czasow

Bevor sie zu den Sternen fliegen ➶ 3498
Poprzez piaty wymiar

Biohasard ➶ 3566, auch ➶ 3906
Biohasard

Die Chance des Todes ➶ 3566
Szansa smierci

Der elektronische Teddy ➶ 3566
Elektronowy miś

Frohe Weihnachten ➶ 4746
A Perfect Christmas Evening

Homo Divisus : 3752
Homo divisus

Das Kosmodron ➶ 3566
Kosmodrom
Ploxis ➶ 3566
Ploxis
Recht der Entscheidung ➶ 3566
Prkwo wyboru
Sein ernstes Gesicht ➶ 3566
Jego pierwsza twarz

FIENHOLD, Ludwig
Laß die Sonne wieder scheinen! ➶ 3985
Neulich, auf dem Rummelplatz ➶ 3985

FIENHOLD, Wolfgang G(ünter)
Die letzten 48 Stunden ➶ 3985
Morgen ist ein anderer Tag ➶ 3646
Unz Zew ➶ 3646

FIENHOLD, Wolfgang/**BRAEM**, Harald
Die letzten 48 Stunden : 3985

FILER, Burt
Der Zeitsprung ➶ 3320
Backtracked

FINCH, Sheila
Cyberella ➶ 4936
Cyberella
Geistige Gemeinschaft ➶ 5892
Communion of the Minds

FINDLAY, D. K.
Die Zeit der Aale ➶ 248 AR,
auch ➶ 3017
The Day after Saturation

FINDLEY, Nigel
Der Einzelgänger : 5305
Lone Wolf
Haus der Sonne : 5411
House of the Sun
Höhenflug : 5655
No Limits
Schattenspiele : 5068
Shadowplay
2XS : 4983
2XS – To Excess
Das vergessene Kaer : 5435
Lost Kaer

FINNEY, Jack
Das andere Ufer der Zeit : 80,
auch : 3800
Time and Again
Unsichtbare Parasiten : 166 AR,
auch : 3008
The Body Snatchers

FIRST, Philip
Buddhazap! ➶ 5136
Buddhazap
Cleo ➶ 5136
Coming Out
Derweil auf dem Planeten Erde … ➶ 5136
Meanwhile, Back on Planet Earth
Dreizehn Minuten Sonnenschein ➶ 5136
Thirteen Minutes Sunshine
Eines Mannes bester Freund
und sein Fernseher ➶ 5136
A Man's Best Friend and His Television
In tiefer Finsternis : 5064
*Dark Night. A Gospel According
to the Late Adam Shatt*
Papierdünn : 5136
Paperthin
Papierdünn ➶ 5136
Paperthin
Rauch ➶ 5136
Smoke
Sphingen ➶ 5136
Sphinxes

FISCHER, Manfred
Vier Gedichte ➶ 4560
Wir sind wieder wer ➶ 3737

FISHER, Herbert Albert Laurens
Wenn Napoleon nach Amerika entkommen wäre ➶ 4167
If Napoleon Had Escaped to America

FISHER, Lou
Niemand namens Gallix ➶ 3486
Nobody Named Gallix

FISHER, Michael
Der Spiegelkäfig : 3396
The Captives

FISHER, Sandy
Ich sorge für dich ➶ 3305
Thank God You're Alive

FITZGERALD, F. Scott
Der seltsame Fall des Benjamin Button ➶ 28
The Curious Case of Benjamin Button

FLAGG, Francis
Die Herrenameisen ➶ 3847
The Master Ants

FLAMMONDE, Paris
UFOS - es gibt sie wirklich : 7056 AR
UFOS Exist

FLAUBERT, Gustave
Salammbo : 5500
Salammbô

FLEISSNER, Roland
Nachbemerkungen ➶ 4420

FLOOD, Eloise
s. **McCAY**, Bill/**FLOOD**, Eloise

FLORANCE-GUTHRIDGE, George
Die Ruhe ➶ 4047
The Quiet

FLUCH
s. 136 TdM

FLYNN, Michael A.
Der Longford-Sammler ➶ 4920
The Longford Collector
Im Wald der Zeit ➶ 4865
The Forest of Time

FLYNN, Michael F.
Auf den Flügeln eines Schmetterlings ➶ 5648
On the Wings of a Butterfly
Blut an der Rose ➶ 5055
The Blood upon the Rose
Eifelheim ➶ 4650
Eifelheim
Ein anderes Wort für Rose ➶ 5100
A Rose by Other Name
Einführung in die Psychohistorik ➶ 79, auch ➶ 5200, auch ➶ 8108
An Introduction to Psychohistory
Das gemeinschaftliche Ziel der Natur ➶ 5325
The Common Goal of Nature
Große, gütige Mutter ➶ 5275
Great Sweet Mother
Mama Morgan ➶ 5398
Mammy Morgan Played the Organ; her Daddy Beat the Drum
Timothy Leary, Batu Khan und die Palimpseste der universalen Realität ➶ 5341
Timothy Leary, Batu Khan, and the Palimpsest of Universal Reality
Vergang'ne Küsse ➶ 5645
Remember'd Kisses
Die Wäscherin an der Furt ➶ 5250
The Washer at the Ford

s. **NIVEN**, Larry/**POURNELLE**, Jerry/
FLYNN, Michael

FONDANÈCHE, Daniel

Die gezinkten Karten der Zukunft : 3837
Les cartes truguées du futur

Kurzer Geschichtsabriß der modernen französischen Science Fiction ➶ 3837
(Originaltitel: N. N.)

FONTANA, D. C.

Vulkans Ruhm : 5043, auch : 5214
Vulcan's Glory

FORD, John M.

Amy am Treppenfuß ➶ 4034
Amy, at the Bottom of the Stairs

Der dunkle Begleiter ➶ 4011
The Dark Companion

Der letzte Schachzug : 4528, auch ➶ 9744 AR
The Final Reflection

Mandalay ➶ 3776
Mandalay

Was kostet dieser Planet? : 4922
How Much for Just the Planet?

FORSTCHEN, William R.

Die Arena : 6601
Magic – the Gathering: Arena

Der Eisprophet : 5330
Ice Prophet

FORSTER, E(dward) M(organ)

Einmal Himmel und zurück ➶ 4319
The Celestial Omnibus

Die Maschine bleibt stehen ➶ 92, auch ➶ 6611 AR, auch ➶ 7624 AR
The Machine Stops
(auch als »Die Maschine versagt«)

FOSTER, Alan Dean

Afrikas dunkles Herz : 4559
Into the Out of

Alien – Das unheimliche Wesen aus einer fremden Welt.
Die drei Alien-Romane in einem Band : 8764 AR

Alien : 3722, auch ➶ 8764 AR
Alien

Aliens – Die Rückkehr : 6839 AR, auch ➶ 8764 AR
Aliens II

Aliens 3 : 8490 AR, auch ➶ 8764 AR
Aliens III

Auch keine Tränen aus Kristall : 4160
Nor Crystal Tears

Der Augenblick des Magiers : 4279
The Moment of the Magician

Bannsänger : 4276
Spellsinger

Der Beobachter ➶ 5670
Bystander

Cachalot : 4002
Cachalot

California Freeway ➶ 4049, auch ➶ 4352
Why Johnny Can't Speed

Colligatarch : 4338
The I Inside

Der Cyberweg : 5022
Cyberway

Die denkenden Wälder : 3660, auch ➶ 4494, auch : 4729
Midworld

Das Ding aus einer anderen Welt : 6107 AR
The Thing

Der Donnerer ➶ 5939
The Thunderer

Einführung ➶ 4049, ➶ 5939

Einige Anmerkungen zu einer grünen Schachtel ➶ 4049
Some Notes Concerning a Green Box

Eissegler : 5420

Die Eissegler von Tran-ky-ky : 3591, auch ➶ 5420
Icerigger

El Magico : 4355
Slipt

Der Emomann ➶ 4049
The Emoman

Die Entführung der Musik : 5366
Chorus Skating

Er ➶ 4049
He

Das Erbe ➶ 5939
The Inheritance

Die Eroberer – ein Roman aus der Welt von Dinotopia : 10294 AR
Dinotopia Lost

Die Fahrt der Slanderscree : 4618, auch ➶ 5420
The Deluge Drivers

Flinx : 4219, auch ➶ 4948
For Love of Mother-Not

Flinx' Abenteuer – Vier Romane : 4948

Frosch ➶ 5939
Batrachian

Für handvermittelte Telefonverbindungen gelten höhere Gebühren ➶ 5939
Operator Assisted Calls Are Charged at a Higher Rate

Das Geschenk eines Taugenichts ➶ 3789, auch ➶ 4262, auch ➶ 5670
Gift of a Useless Man
(auch als »Das Geschenk eines nutzlosen Mannes«)

Die Glockenbäume ➶ 3962, auch ➶ 4049
Ye Who Would Sing

Der Highway ins Nichts : 5319
The Vanishing Point

Homanx Eins – 3 Romane in Kassette : 4220

Kampf der Titanen : 3813
Clash of the Titans

Katzenspiel : 5933
Cat-a-lyst

Der Kollapsar : 3736, auch ➶ 4220, auch ➶ 4948
The End of the Matter

Krull : 6286 AR
Krull

Langweilig ➶ 5939
Unamusing

Laufen ➶ 5939
Running

Das letzte Rennen ➶ 5670
The Last Run

Long Tunnel : 4657
Flinx in Flux

Meine galaktischen Freunde : 4049
With Friends Like These

Meine galaktischen Freunde ➶ 4049
With Friends Like These

Der Metrognom : 5939
The Metrognome & Other Stories

Der Metrognom ➶ 5939
The Metrognome

Monströs ➶ 4274, auch ➶ 5670
Surfeit

Die Moulokin-Mission : 3777
Mission to Moulokin

Mutter Donner ➶ 5939
Mother Thunder

Norg glieble gop ➶ 5939
Norg gleeble gop

Outland : 3841
Outland

Pale Rider – Der namenlose Reiter : 6596 AR
Pale Rider

Pfade des Ruhms : 4533
Glory Lane

Die Pfade des Wanderers : 4508
The Paths of the Perambulator

Pfeifenträume ➶ 5939
Pipe Dream

Pleistosport ➶ 5939
Pleistosport

Polonaise ➶ 4049
Polonaise

Prisma : 4626
Sentenced to Prism

Das Reich der T'ang Lang ➶ 4049
The Empire of the T'ang Lang

Die Reise zur Stadt der Toten : 4308
Voyage to the City of the Dead

Sammlung ➶ 5939
Collectible

Das Sardinenwunder ➶ 4049, auch ➶ 4477
A Miracle of Small Fishes

Schlangenaugen : 5670
Who Needs Enemies

Schlangenaugen ➶ 5670
Snake Eyes

Schub ➶ 5939
Thrust

Shadowkeep – Das dunkle Land : 4407
Shadowkeep™

Der Sohn des Bannsängers : 5365
Son of Spellsinger

Spacecop L.A. 1991 : 7727 AR
Alien Nation

Stadt der Erwählten ➶ 5670
Village of the Chosen

Starman : 6369 AR
Starman

Die strahlende Schönheit ➶ 3940
The Dark Light Girl

Die Stunde des Tors : 4277
The Hour of the Gate

Der Tag der Dissonanz : 4278
The Day of Dissonance

Das Tar-Aiym Krang : 3640, auch ➶ 4220, auch ➶ 4948
The Tar-Aiym Krang

Die tessellierte tetrahexaedrische Gelbe Rose von Texas ➶ 5939
The Tessellated Tetrahexahedral Yellow Rose of Texas

Das Ungeheuer ➶ 4274
Surfeit

Vergessene Träume ➶ 4049
Dream Done Green

Der Waisenstern : 3723, auch ➶ 4220, auch ➶ 4948
Orphan Star

Was treibt das einfache Volk? ➶ 5670
What Do the Simple Folk Do?

Weihnachten auf dem Sumpfplaneten ➶ 5670
Swamp Planet Christmas

Weltraumoper ➶ 4049
Space Opera

Wolfsmusik ➶ 4049
Wolfstroker

Wu-Lings Torheit ➶ 4353
Wu-Ling's Folly

Die Zeit der Heimkehr : 4509
The Time of the Transference

FOSTER, Alan Dean/**COZART**, Jane

Der Stuhl ➶ 5939, auch ➶ 20 UB
The Chair

FOSTER, Alan Dean/**McBRIDE**, Sally

Tanz auf einsamem Strand ➶ 4621
Dance on a Forgotten Shore

FOWLER, Christopher

Delikatessen aus dem Schnellimbiß ➶ 8544 AR
Jumbo Portions

FOWLER, Karen Joy

Andere Ebenen ➶ 4560, auch ➶ 4821
Other Plains

Der Blick von der Venus. Eine Fallstudie ➶ 4821
The View from Venus. A Case Study

Duplizität ➶ 4803
Duplicity

Ein Mensch mit Seltenheitswert ➶ 4570
The Faithful Companion at Fony

Das Gefängnis ➶ 4742
Duplicity

Das Geistertor ➶ 4513, auch ➶ 4821
The Gate of Ghosts

Im Dunkel ➶ 5160
The Dark

Der Kopf des Drachen ➶ 4821
The Dragon's Head

Künstliche Dinge : 4821
Artificial Things

Lieserl ➶ 4906
Lieserl

Lily rot ➶ 4660
Lily Red

Die Moormenschen ➶ 4821
The Bog People

Das Poplar Street-Experiment ➶ 4821
The Poplar Street Study

Praxis ➶ 4821
Praxis

Der Preis des Gesichts ➶ 4821
Face Value
(auch als »Das wahre Gesicht der Dinge«)

Rekorde ➶ 4821
Contention

Der Rosenkrieg ➶ 4821
The War of the Roses

Rückrufaktion für Cinderella ➶ 4821
Recalling Cinderella

Der See war voller künstlicher Dinge ➶ 4821
The Sea Was Full of Artificial Things

Das wahre Gesicht der Dinge ➶ 4470
Face Value
(auch als »Der Preis des Gesichts«)

Wilde Jungs – Variationen über ein Thema ➶ 4821
Wild Body: Variationen on a Theme

FOX, Gardner F.

Heut nacht erheben sich die Sterne ➶ 4036
Tonight the Stars Revolt!

FOX, Janet

Dämon und Demoiselle ➶ 4159
Demon and Demoiselle

FRANCIS, H. G. (Franciskowsky, Hans Gerhard)

Kampf des Jahrtausends : 399 PRh

Sturm der neuen Zeit : 379 PRh

FRANK, Ernst M(anfred)

Hexengeschichten : 7701 AR

FRANK, Herbert

Die Wunder der geheimnisvollen Insel ➶ 3754

FRANK, Karlhans

Ordnung bis zum letzten Atemzug ➶ 3985

FRANKE, Herbert W(erner)

»Babel 333 ...« Ein experimentelles Stück der Groupe 33 ➶ 4051

»Elektronengehirn« oder »Blechtrottel?« Vorwort ➶ 7624 AR

Expedition ➶ 6611 AR

Fantastischer Realismus ➶ 3549

Garten Eden ➶ 4235

Der Hölle entronnen ➶ 3745

Mißverständnis oder Vorsicht mit Nichtrauchern ➶ 3374
Die Pyramide ➶ 4255
Science Fiction Story Reader 2 : 3398
Science Fiction Story Reader 4 : 3451
Science Fiction Story Reader 6 : 3498
Science Fiction Story Reader 8 : 3549
Science Fiction Story Reader 10 : 3602
Science Fiction Story Reader 12 : 3655
Die SF-Welten des Roberto Bonadimani ➶ 3655
Sind Sie es, Mr. Smith? ➶ 5275
Der Traum vom Meer ➶ 3398
Zone Null : 3372

FRANSON, Robert Wilfred
Der Schatten des Schiffs : 4597
The Shadow of the Ship

FRAYN, Michael
Blechkumpel : 3938
The Tin Men

FRAZIER, Robert
Ein Gespräch mit Gene Wolfe ➶ 4371 aus: *Thurst – Science Fiction in Review*
Mimen ➶ 5166
Mummers
Unser tägliches Tschernobyl ➶ 4861
The Daily Chernobyl!
s. **BOSTON**, Bruce/**FRAZIER**, Robert

FREDE, Richard
Brief an einen Lektor ➶ 3642
Letter to the Editor
Theorie und Praxis ökonomischer Entwicklung: Der Metallurg und seine Frau ➶ 3587
Theory and Practice of Economic Development: The Metallurgist and His Wife

FREDL, Hartmut
Auf Abwegen ➶ 4536

FREEDMAN, Nancy
Joshua Niemandssohn : 3518
Joshua Son of None

FREEPERSON, Frank Dr.
Anleitung zum häuslichen Glück für die emanzipierte Frau ➶ 3655
The Liberated Woman's Guide to Domestic Felicity

FREIREICH, Valerie J.
Eis-Atlantis ➶ 5373
Ice Atlantis
Das Wunder ➶ 5141
The Prodigy

FREY, Gerd
Literaturadaptionen für den Computer/ SF – Computer-Spiele ➶ 5638
SF-Computerspiele ➶ 5380, auch ➶ 5925

FREY, Peter
Abenddämmerung ➶ 4855

FRICK, Klaus N.
Das große PERRY RHODAN-Fanbuch : 9968 AR
PERRY RHODAN all over ➶ 9968 AR
Statistiken zu PERRY RHODAN ➶ 9968 AR
Sternfahrt ➶ 4161
Vorwort ➶ 9968 AR
Zahlen Daten, Fakten ➶ 9968 AR

FRIDAY, Jo
Eden ➶ 3044
Almost Eden

FRIEDBERG, Gertrude

Der erholsame Tod des George F. ➶ 248 AR, auch ➶ 3017
The Short and Happy Death of George Frunkin

FRIEDMAN, Michael Jan

Das Doppelgänger-Komplott : 5067
Double, Double

Das Echsenvolk : 6512
STAR TREK: The Next Generation – Star Fleet Academy # 7: Secret of the Lizard People

Ein Ruf in die Dunkelheit : 4814, auch ➶ 121 JB
A Call to Darkness

Gesichter aus Feuer : 5465
Faces of Fire

Relikte : 5419
Relics

Schatten auf der Sonne : 5179
Shadows on the Sun

Späte Rache : 5412
Legacy

Die verschwundene Besatzung : 6511
STAR TREK: The Next Generation *– Star Fleet Academy # 6: Mystery of the Missing Crew*

Das verschwundene Juwel : 4958
Fortune's Light

Die Verurteilung : 5444
All Good Things

Wieder vereint : 5142
Reunion

FRIEDMAN, Michael Jan/**RYAN**, Kevin

Requiem : 5442
Requiem

s. **CARTER**, Carmen/**DAVID**, Peter/**FRIEDMAN**, Michael Jan/**GREENBERGER**, Robert

s. **DAVID**, Peter/**FRIEDMAN**, Michael Jan/**GREENBERGER**, Robert

FRIEDRICHS, Friedhelm A.

Albert Camus als SF-Autor ➶ 3935

Das Rad des Glücks ➶ 3998

FRIEND, Peter

Mehr als nur eine kleine grüne Welt? ➶ 6606
Not Just Another Green World?

Traum und Wirklichkeit ➶ 6611
Distant Armies

FRIESNER, Esther M.

Kriegskind : 5430
Warchild

So viel Schuld ➶ 5196
All Vows

Der Tod und die Bibliothekarin ➶ 5921
Death and the Librarian

Zwei Liebende, zwei Götter und eine Fabel ➶ 5511
Two Lovers, Two Gods, and a Fable

FRISCHMUTH, Barbara

Amy oder die Metamorphose : 9091 AR

Kai und die Liebe zu den Modellen : 10431 AR

Die Mystifikationen der Sophie Silber : 8829 AR

FRISTOE, Tom

Cleos Offenbarung ➶ 4069
The Revelation of Cleo

FRITCH, Charles E.

Geevers Flucht ➶ 3120
Geever's Flight

Prophezeiungen ➶ 3369
The Misfortune Cookie

FRITZSCHE, Albrecht M.

Der SF-Fan. Eine Analyse ➶ 5380

FROST, Gregory
Abfall ➶ 4169
Rubbish
Divertimento ➶ 4795
Divertimento

FROST, Harald Kurt
Flug ins Vergessen ➶ 4057

FUCHS Werner
Abenteuer Science Fiction. Ein Film von Rose Aichele ➶ 4019
s. **ALPERS**, J./**FUCHS**, W./**HAHN**, R. M./**JESCHKE**, W.
s. **ANTON**, Uwe/**FUCHS**, Werner

FÜHRER, Artur K.
B 42 W41 G1LÄHMT ➶ 3985

FUENTES, Carlos
Chac Mool ➶ 10108 AR
Chac Mool

FUHRMANN, Rainer
Kairos : 5399
Medusa : 4913
Stabwechsel ➶ 4897
Die Untersuchung : 4835

FYVE, H(orace) B(rown)
Tierschutz ➶ 3920
Protected Species

G

GABELENTZ, Georg von der
Der gelbe Schädel ➶ 8303 AR

GAIL, Otto Willi
Der Schuß ins All : 3665
Der Stein vom Mond : 3939

GAIMAN, Neil
Niemalsland : 10669 AR
Neverwhere
s. **PRATCHETT**, Terry/**GAIMAN**, Neil

GAKOW, Wladimir
Nachwort ➶ 84

GALAXY
s. **ERNSTING**, Walter
GALAXY 1-9
s. **ERNSTING**, Walter/**SCHLÜCK**, Thomas
GALAXY 10-14

GALLAGHER, Diana G.
Arcade : 6513
STAR TREK: Deep Space Nine # 5: Arcade

GALLAGHER, Stephen
Am Fluß, bei Fontainebleau ➶ 4438
By the River, Fontainebleau
Fenris : 4440
Follower
Die Schimäre : 4406
Chimera
Tal der Lichter : 4599
Valley of Lights
Über mir: Fetzen aus Finsternis ➶ 4888
Ribbons of Darkness, over Me

GALOUYE, Daniel F(rancis)
Die Ersatz-Mannschaft ➶ ANTH 14
Homey Atmosphere
Der Formbare ➶ ANTH 11
The Pliable

Das Mädchen mit den vier Persönlichkeiten ➶ ANTH 17
Descent into the Maelstrom

Simulacron Drei : 16
Simulacron-3
(auch als »Welt am Draht«)

Zuflucht ➶ ANTH 2
Sanctuary

GALVÖLGYI, Judith

Jedes Labyrinth ist offen – nach innen und nach oben.
Ein Gespräch mit Mária Szepes ➶ 5080

GAMBER, Hans

Das Weißbuch des schwarzen Humors : 6351 AR

GANAPINI, Daniele

Der Ritus ➶ 3812
Il rito

GANDON, Yves

Der letzte Weiße : 3414
Le dernier blanc

GANSOWSKI (GANSOVSKIJ), Sewer F.

Vincent van Gogh ➶ 3618
Vincent van Gogh

GANTER, Bernhard

Anke ➶ 3646

Das Duell ➶ 4097

GARCIA, Luis Britto

Zukunft ➶ 3878
Futuro

GARCIA y ROBERSTON, R(od)

Schatten an einem fernen Ufer ➶ 4786
Cast on a Distant Shore

Schon auf dem Weg nach Glory ➶ 5934
Gone to Glory

Die Untiefen der Sirenen ➶ 5429
The Siren Shoals

GARDNER, Craig Shaw

Ins Herz getroffen ➶ 16 UB
Aim for the Heart

GARDNER, Erle Stanley

Der absolute Nullpunkt ➶ 3150
The Human Zero

GARELLI, Domenico

Schreibe ich deinen Namen ... ➶ 3498
Scrivo il tuo nome

GARLAND, Mark A./**McGRAW**, Charles A.

Geisterhafte Visionen : 5407
Ghost of a Chance

GARNETT, David S.

Ewige Wechsel ➶ 3602
Forever Changes

Kriegsherr der Erde ➶ 3549
Warlord of Earth

Das Rätsel der Creeps : 3557
Mirror in the Sky

Retten wir das Universum! ➶ 4167
Saving the Universe

GARRET, Michael

Das Rendezvous ➶ 6723 AR
Brief Encounter

GARRETT, Randall (Phillips)

Der Augentest ➶ 3142
The Eyes Have It

Ein seltsamer Vogel ➶ 3735
Polly Plus

Die Interstellaren Händler ➶ 3081
Witness for the Persecution

Der letzte Kampf des Fion MacCumhaill
➶ 3502, auch ➶ 6598 AR
The Final Fighting of Fion MacCumhaill
(auch: *The Last Fight of Fion MacCumhaill*)

GARRETT, Randall/**HEYDRON**, Vicki Ann

Die Bronze von Eddarta : 4502
The Bronze of Eddarta

Das Glas von Dyskornis : 4501
The Glass of Dyskornis

Der heilige Stein : 4506
The River Wall

Der Quell der Dunkelheit : 4503
The Well of Darkness

Die Rückkehr nach Eddarta : 4505
Return to Eddarta

Der Stahl von Raithskar : 4500
The Steel of Raithskar

Die Suche nach Kä : 4504
The Search for Kä

GARRIS, Mick

Ein Leben fürs Kino ➶ 8542 AR
A Life in the Cinema

GARTON, Ray

Hinter schwarzen Gardinen : 8756 AR
The New Neighbor

Stücke ➶ 8831 AR
Pieces

Die wunderbare Welt der Filme ➶ 8649 AR
Sinema

GASCHLER, Peter

Coming Attractions - Neue Filme 1986/87
➶ 4464

Filme des Jahres.
Das Angebot 1992/93 ➶ 5080

Die Film-Szene 1993/94 ➶ 5245

Die Film-Szene 1994/95 ➶ 5380

Die Film-Szene 1996/97 ➶ 5925

Kommentierte Filmografie der Kinofilme
1986/87 ➶ 4464

Kurd Laßwitz-Filmpreis? -
Die Filmszene 1995/96 ➶ 5638

Monsterama und apokalyptisches
Bewußtsein - Science Fiction und
Phantastik im Kino 1986/87
➶ 4464

Neue SF-Filme 1983 ➶ 4051

Neue SF-Filme 1983 (Forts.)
➶ 4085

Science Fiction und Fantasy im Kino '84
➶ 4167

Science Fiction und Fantasy im Kino
1984/85 ➶ 4260

Science Fiction und Fantasy im Kino
1985/86 ➶ 4371

Science Fiction und Phantastik auf Video
1986/87 ➶ 4464

GASCOIGNE, Marc

s. **SARGENT**, Carl/**GASCOIGNE**, Marc

GASKELL, Jane

Der Drache : 3516, auch ➶ 4452
The Serpent, Teil 2

Im Land der Affenmenschen : 3543,
auch ➶ 4454
The City

Im Reich der Atlantiden : 3530,
auch ➶ 4453
Atlan

Die Länder des Sommers : 4455
Some Summer Lands

Der Turm der Göttin : 3508,
auch : 4451
The Serpent, Teil 1

GÁSPÁR, Margit

Der schwarze Kaiser ➶ 4463
A fekete Császár

GASPARINI, Gustavo
Die Fabrik ➶ 4059
La fabricca

GASTALDI, Ernesto
Das Ende Roms ➶ 3064
The End of Eternity

GAUL, Niels
Steppenwind : 6025

GAY, Anne
Howie träumt ➶ 4990
Howie Dreams
Die Welt in Silber geschrieben ➶ 5055
The World of the Silver Writer
Wünschelknochen ➶ 4818
Wishbone

GEAR, K.
s. **O'NEIL GEAR**, Kathleen

GEAR, Michael W.
Spinnenfäden : 5046
The Way of Spider
Spinnenkrieger : 5045
The Warriors of Spider
Spinnennetze : 5047
The Web of Spider

GEAR, W. & K.
Das Volk des Feuers : 9084 AR
People of the Fire

GENDOLLA, Peter
Die Spur der inneren Maschine ➶ 3888
Die Spur der inneren Maschine (Forts.) ➶ 3989

GENTLE, Mary
Altes Licht : 4799
Ancient Light
Goldenes Hexenvolk : 4268, auch : 4798
Golden Witchbreed
Herr der Ratten : 5364
Rats and Gargoyles
Der silberne Falke : 4497
A Hawk in Silver
Die Straße nach Jerusalem ➶ 5935
The Road to Jerusalem

GERLACH, Rita
Eines Tages ➶ 3985

GERMESHAUSEN, Alvin F.
Vorwort zu ➶ 4311

GERNSBACK, Hugo
Invasion 1996 : 3351
Ultimate World
Ralph 124C 41+ : 3343
Ralph 124C 41+

GERROLD, David
Die Bestie : 3663
Deathbeast
Die biologische Invasion : 4304
A Matter for Men
Finger im Ich ➶ 98
With a Finger in My I
Ich bin Harlie ➶ 1008, auch : 3416
When Harlie Was One
Mission Farpoint : 4589, auch ➶ 9112 AR
Encounter at Farpoint
Der Tag der Verdammnis : 4305
A Day for Damnation
Zeitmaschinen gehen anders : 3478
The Man Who Folded Himself

GERROLD, David/**NIVEN**, Larry
Die fliegenden Zauberer : 8, auch : 3489
The Flying Sorcerers

s. **LONGYEAR**, Barry B./**GERROLD**, David
s. **NIVEN**, Larry/**GERROLD**, David

GERSTNER-MILLER, Gail
An den Ufern des Nils ➶ 5606
Down by the Nile

GESER, Guntram
Cyberpunk: Techno-PopTechno-Fiction ➶ 5638

GESTON, Mark S(ymington)
Die Ruinenwelt : 3423, auch ➶ 4515
Out of the Mouth of the Dragon
Das Schiff : 4515
Der Stern der Hoffnung : 3428, auch ➶ 4515
The Day Star
Das Sternenschiff : 3419, auch ➶ 4515
Lords of the Starship

GIBBINS, James
Wer ist ein kluger Junge? ➶ 4818
Who's a Clever Boy?

GIBSON, William
Biochips : 4529, auch ➶ 9584 AR
Count Zero
Chrom brennt ➶ 4468, auch ➶ 4477, auch ➶ 5209
Burning Chrome
Chroms Ende ➶ 4165
Burning Chrome
Cyberspace : 4468, auch : 5209
Burning Chrome
Einleitung ➶ 4825
Fernsehen machen ➶ 4704
Doing Television
Fragmente einer Hologramm-Rose ➶ 4468, auch ➶ 5209
Fragments of a Hologram Rose
Das Gernsback-Kontinuum ➶ 4468, ➶ 4544, auch ➶ 4740, auch ➶ 5209
The Gernsback Continuum
Hinterwäldler ➶ 4468, auch ➶ 5209
Hinterlands
Der mnemonische Johnny ➶ 4468, auch ➶ 5209
Johnny Mnemonic
Mona Lisa Overdrive : 4681, auch : 9943 AR
Mona Lisa Overdrive
Neuromancer : 4400, auch : 5208, auch : 8449 AR
Neuromancer
New Rose Hotel ➶ 4468, auch ➶ 5209
New Rose Hotel
Tokio Collage ➶ 4704
Tokio Collage
Virtuelles Licht : 5355
Virtual Light
Der Wintermarkt ➶ 4380, auch ➶ 4468, auch ➶ 5209
Winter Market

GIBSON, William/**SHIRLEY**, John
Zubehör ➶ 4468, auch ➶ 5209
The Belonging Kind

GIBSON, William/**STERLING**, Bruce
Die DifferenzMaschine : 4860
The Difference Engine
Roter Stern, Winterorbit ➶ 4468, auch ➶ 4544, auch ➶ 5209
Red Star, Winter Orbit

GIBSON, William/**SWANWICK**, Michael
Luftkampf ➶ 4468, auch ➶ 5209
Dogfight

GIJSEN, Wim
Die Ersten von Rissan : 4428
De Eersten van Rissan

Das Haus des Wolfs : 4482
Het Huis van de Wolf – De Terugkeer van Iskander de Dromendief!
Iskander der Traumdieb : 4481
Iskander de Dromendief
Die Könige der Vorzeit : 4429
De Koningen van Weleer

GILCHRIST, Ellen
Schwarzer Winter ➶ 5934
Black Winter

GILDEN, Mel
Frankensteins Wiegenlied ➶ 3553
The Ice Cream Golem
Baldwins Entdeckungen : 5024
Boogeymen
Deadline ➶ 6555 AR
Deadline
Die Raumschiff-Falle : 5471
The Starship Trap
Surfing Samurai Robots : 4895
Surfing Samurai Robots

GILDEN, Mel/**PEDERSEN**, Ted
Das Schoßtierchen : 6508
STAR TREK Deep Space Nine # 4: The Pet

GILGAMESCH
Die phantastischen Anfänge: Auszug aus dem Gilgamesch-Epos ➶ 90

GILLES, Thomas
Jalen der Krieger : 4507
La croix des decastes

GILLGANNON, Michael
Das Kreuz des Mr. Krisky ➶ 3288
Mr. Krisky's Cross

GILLMANN, Jakob
Und es wird Montag werden ➶ 7624 AR

GILLON, Diane/**GILLON**, Meir
Welt ohne Schlaf : 3233
The Unsleep

GINELLI, Giorgio
Das sanfte Tröpfeln der Zeit ➶ 4803
Il limpido trascorrere del tempo

GINSBURG, Mira
Draußen im Weltraum : 3216
Last Door to Aiya

GIULIANI, Pierre
Die Grenzen von Ulan-Bator : 4269
Les frontières d'Oulan-Bator

GJÄREVOLD, Einar
Der Flötenspieler ➶ 4560
Floytespilleren

GLADWIN, Philip
Altweibersommer ➶ 4818
Indian Summer

GLASER, Peter
Fahrten im Datenschlauchboot ➶ 7624 AR

GLOSS, Molly
Am Meer ➶ 4389
Seaborne
Verano ➶ 4957
Verano

GŁOWACKI, Ryszard
Paroxysmus No. minus eins ➶ 4650
Paroksyzm numer minus jeden

GODDARD, James/**PRINGLE**, David

Interview mit J. G. Ballard ➶ 82
An Interview with J. G. Ballard

GODWIN, Parke

Das Feuer, wenn es kommt ➶ 3946
The Fire When It Comes

s. **ROLLER**, Howard/**GODWIN**, Parke

GODWIN, Tom

Die kalten Gleichungen ➶ 95
The Cold Equations
(auch als »Die unerbittlichen Gesetze«)

Noch ehe die Rosen Dornen hatten ➶ 3845
Before Willows Ever Walked

Die unerbittlichen Gesetze ➶ 3787
The Cold Equations
(auch als »Die kalten Gleichungen«)

GOEBEL, Wulf

Ein paar letzte Dinge, die einem einfallen, wenn man über ein paar letzte Dinge nachdenkt, die einem einfallen ➶ 3985

GÖPFERT, Winfried

Tag für Tag ➶ 3451

GÖRDEN, Michael

Frühling für Helliconia: Ein Werkstattgespräch mit Brian W. Aldiss ➶ 3989

GÖRLER, Ingeborg

Wir im Dorf ➶ 3985

GOGOL, Nikolaj

Der Mantel ➶ 4023
Šinel'

Der verschwundene Brief ➶ 7701 AR

GOLD, H(orace) L(eonard)

Der Ärger mit dem Wasser ➶ 4254
Trouble with Water

Die Felsenfresser ➶ 3081
Man of Parts

Der Mann, der englischte ➶ 4517
The Man with English

Die Nachbarin ➶ 3155
The Riches of Embarrassment

GOLDBERG, Michael/**JANIFER**, Laurence M.

Bilder fürs Familienalbum ➶ 3385
Family Album

GOLDBERG, Whoopi

Es kapiert ➶ 7877 AR
Digging It

GOLDEN, Christie

Die ermordete Sonne : 5406
The Murdered Sun

GOLDIN, Stephen (Charles)

Der letzte Geist ➶ 3541
The Last Ghost

Scavenger-Jagd ➶ 1010, auch : 3582
Scavenger Hunt

Träum süß, Melissa ➶ 3473
Sweet Dreams, Melissa

GOLDING, William

Der Sondergesandte ➶ 3962
Envoy Extraordinary

GOLDMAN, William

Totale Kontrolle : 4378
Control

GOLDSMITH, Howard

Die Heimkehr ➶ 20 UB
Homecoming

GOLDSMITH, Sherry

So tun, als ob ➶ 5090
Faking It

GOLDSTEIN, Lisa
Brotkrumen und Steine ➶ 10108 AR
Breadcrumbs and Stones
Cassandras Fotografien ➶ 4536
Cassandra's Photographs
Eine Vorstudie über die Jang ➶ 4405
Preliminary Notes on the Jang
Letzte Nachrichten ➶ 5160
Midnight News

GOLIGORSKY, Eduardo
Die Venusnarbe ➶ 3878
La cicatriz de Venus

GOMBROWICZ, Witold
Die Ratte ➶ 8768 AR
Szczur

GOODING, Paul
Das Maschinenzeitalter ➶ 4818
The Machine Age

GOODWIN, Michael C.
Alan Dean Fosters Homanx-Universum ➶ 4167
A Guide to Alan Dean Foster's Commonwealth

GOONAN, Kathleen Ann
Die Gebeine der Zeit : 5972
The Bones of Time
Haifischauge ➶ 5196
Shark Eye
Kamehamehas Gebeine ➶ 5950
Kamehameha's Bones
Der Papageienmann ➶ 5311
The Parrot Man
Tagespunkte Inc. ➶ 5325
Daydots, Inc.

GOORDEN, Bernard/
VAN VOGT, A(lfred) E(lton)
Die Venusnarbe : 3878

GOR, Gennadij
Das blaue Fenster des Theokrit ➶ 3618,
auch ➶ 4000
Sine okno Feokrita
Die Statue : 4207
Iswajanie

GORDEN, Greg
Aus Blut und Zeit ➶ 5274
Of Blood and Time
Die Prophezeiung : 5120
Prophecy

GORDEN, John
Fang Dir den Tod ➶ 6793 AR
Catch Your Death
Werd niemals erwachsen
➶ 6793 AR
Never Grow Up

GORDON, Joan
Nachwort ➶ 79

GORDON, Stuart
Feuer in der Tiefe : 4918
Fire in the Abyss
Der Krähengott : 3589,
auch ➶ 5 JB
Suaine and the Crow-God

GORMAN, Ed
Worauf alles hinausläuft ➶ 10344 AR
The End of It All

GORODISCHER, Angélica
Die Embryonen des Violetten ➶ 3878
Los embriones del violeta

GORTON, Mark
Der Sündenfall ➶ 4818
The Fall

GOSWAMI, Amit/**GOSWAMI**, Maggie

Die kosmischen Traumtänzer oder Wie steht es mit der Science in Science Fiction? ➶ 4260
The Cosmic Dancers. Exploring the Physics of Science Fiction

Die kosmischen Traumtänzer oder Wie steht es mit der Science in Science Fiction, Teil 2 ➶ 4371
The Cosmic Dancers. Exploring the Physics of Science Fiction

GOTLIEB, Phyllis (Fay)

Die Geisel des Lichts : 3794
Sunburst

Der neue Beruf ➶ 4274
The Newest Profession

O Meister Caliban! : 3864
O Master Caliban!

GOTSCHALK, Felix C.

Bei den Höhlenmenschen des San-Andreas-Cañons ➶ 3899
Among the Cliff-Dwellers of the San Andreas Canyon

Nakajima-Cyberspace ➶ 4673
Nakajima Cyberspace

Die Wildnis der Großstadt ➶ 4438
Reconn Man in the City

GOULART, Ron(ald Joseph)

Abfallprodukte ➶ 3695
Garbage

Abstieg und Fall des Norbert Tuffy ➶ 2118 BK
The Decline and Fall of Norbert Tuffy

Amnestie ➶ 4654
Amnesty

Die Dollarsuche ➶ 3237
Hobo Jungle

Ein Meisterstück ➶ 3385
Masterpiece

Ferreros Küßchen ➶ 5113
Hershey's Kisses

Flug nach Murdstone ➶ 3337
Passage to Murdstone

Freund der Roboter ➶ 3288
The Way Things Work

Glatzkopf macht Karriere ➶ 5649
A Cure for Baldness

Glory ➶ 4525
Glory

Gruppe A ➶ 3204
The Sword Swallower

Das Haus der Geheimnisse ➶ 4621,
House of Secrets

Der Hitzewandler ➶ 3353
Canned Heat

In eigener Sache ➶ 3186
Penny Dreadful

Irrtum der Maschinen ➶ 299 AR,
auch ➶ 3025
Nobody Starves

Kredit ➶ 3120
Badinage

Lektrik Jack ➶ 3681
Lektrik Jack

McNamaras Fisch ➶ 260 AR,
auch ➶ 3019
McNamara's Fish

Max Kearney kehrt zurück ➶ 3946
The Return of Max Kearney

Muscadine, der Androide ➶ 3145
Muscadine

Passiver Widerstand ➶ 3073
To the Rescue

Policar A 10 im Einsatz ➶ 3027
Into the Shop

Polizeistaat ➶ 3165
Copstate

Das Spukhaus ➶ 3122
Breakaway House

Trilby Swain für jedermann ➶ 3965
Presenting Trilby Swain

Unbeglichene Forderungen ➶ 3110
Experiment in Autobiography
Unter Schriftstellern ➶ 3369
Confessions
Unternehmen Capricorn : 3721
Capricorn One
Vorschuß ➶ 3402
Down and Out

GOULD, Joan
Alt geboren : 5372
Otherborn

GOY, Philippe
Mein Zusammentreffen mit Pol Pot-Pus ➶ 3837
Ma rencontre avec Pol Pot-Pus

GRABINSKI, Stefan
Der Blick ➶ 8302 AR
Spojrzeme
Professor Czelawas Problem ➶ 3906
Problemat Czelawy

GRAEFE, Lutz
G ➶ 5925
Interview mit Ian McDonald ➶ 5925
Interview mit Stephen Baxter ➶ 5925
»La Jetée« und »12 Monkeys« oder Wie aus einem intelligenten europäischen Experimentalfilm ein intelligenter Hollywood-Film wurde ➶ 5638
9. SF-Tage NRW in Dortmund ➶ 5925

GRAEFE, Lutz/**MÖLLER**, Olaf
Ein Gespräch mit Curt Siodmak ➶ 5638

GRAF, L. A.
Der Beschützer : 5401
STAR TREK Voyager # 1: Caretaker
Ein Sumpf von Intrigen : 5682
Traitor Winds
Die Eisfalle : 5467
The Ice Trap
Feuersturm : 5477
Fire Storm
Invasion 3 – Der Feind der Zeit : 5519
Invasion! – Time's Enemy
Der Saboteur : 5469
Death Count

GRAHAM, Wendy
Ein Gespräch mit David Brin ➶ 4640

GRAM, Dewey
Dämon – trau keiner Seele : 20026 AR
Fallen

GRANT, C(harles) L.
Erinnerungen an Annie ➶ 6498 AR
Recollections of Annie
Geheimnisse des Herzens ➶ 3866
Secrets of the Heart
Die graue Arena ➶ 7877 AR
The Grey Arena
Das große Gruselkabinett : 16 UB
The Dodd, Mead Gallery of Horror
Hast du Angst im Dunkeln? ➶ 6793 AR
Are You Afraid of the Dark?
Komm, tanz mit mir auf meines Ponys Grab! ➶ 3860
Come Dance with Me on My Pony's Grave
Märchenstunde mit den Toten ➶ 17 JUM, auch ➶ 8636 AR
Spinning Tales with the Dead
Der Schein von Kerzen, das Auge des Einhorns ➶ 3725 ➶
Glow of Candles, a Unicorn's Eye
Schneemann ➶ 8831 AR
Snow Man
Die Schwingen des Todes : 12 UB, auch ➶ 71 JB
The Nestling

Silber ➶ 6555 AR
Silver
Tödliche Schatten ➶ 3592
Crowd of Shadows
... was in ernstem Schweigen ➶ 3958
What in Solemn Silence
Wenn Damon kommt ➶ 9 JB
If Damon Comes

GRANT, Robert
Halloween Girl ➶ 27 UB
Halloween Girl

GRASSE, Jürgen
Abschied von einem Stern ➶ 3745

GRASSL, Gerhard
Ein schlechter Verlierer ➶ 3985

GRAY DE NOUX, Debra/
DE NOUX, O'Neil
Einzelteile ➶ 8544 AR
A Few Pieces

GREEN, Joseph (Lee)
Meine Freunde, die Aliens : 3843
Conscience Interplanetary

GREEN, Roland
Conan am Dämonentor : 5899
Conan at the Demon's Gate
Conan der Beschützer : 5436
Conan the Guardian
Conan der Wagemutige : 4988
Conan the Valiant

GREENBERG, Martin Harry
Einleitung ➶ 4387
8 Science Fiction Stories
: ANTH 8
(aus: *Journey to Infinity*)

GREENBERG, Martin H(arry)/**MATHESON**, Richard/**WAUGH**, Charles G.
Twilight Zone - Magische Schatten
: 6927 AR
The Twilight Zone – The Original Stories
(I. Teil)
s. **ASIMOV**, Isaac/**GREENBERG**, Martin H(arry)
s. **ASIMOV**, Isaac/**GREENBERG**, Martin H./**WAUGH**, Charles G.
s. **CARR**, Terry/**GREENBERG**, Martin H(arry)
s. **COLLINS**, Nancy/**KRAMER**, Edward E./**GREENBERG**, Martin H.

GREENBERGER, Robert
Die Strategie der Romulaner
: 5447
The Romulan Stratagem
s. **CARTER**, Carmen/**DAVID**, Peter/**FRIEDMAN**, Michael Jan/**GREENBERGER**, Robert
s. **DAVID**, Peter/**FRIEDMAN**, Michael Jan/**GREENBERGER**, Robert

GREENLAND, Colin
Begegnungen auf dem Möbiusband : 4992
Take Back Plenty
Ein Gespräch mit William Gibson ➶ 4760
A Nod to the Apocalypse
Sophies Kurs : 5496
Harm's Way

GREMM, Wolf
s. **HADERER**, Christian

GRESCHNOW, M.
Der goldene Lotos ➶ 3216
Zolotoi Lotus

GRIBBIN, John
Vater der Menschheit : 4800
Father to the Man

GRIESE, Peter
Das Bermuda-Loch : 384 PRh
Die Elixiere von Chubbid : 378 PRh
Die Nirwana-Teleporter : 398 PRh
Die Rißzeichnungen in der PERRY RHODAN-Serie ➶ 9968 AR

GRIFFIN, Russell M.
Die Blinden und der Elefant : 4324
The Blind Men and the Elephant
Zeitersparnis ➶ 4574
Saving Time

GRIFFITH, Nicola
Ammonit : 5646
Ammonite
Der Gesang der Ochsenfrösche – der Schrei der Wildgänse ➶ 5275
Song of Bullfrogs, Cry of Geese
Yaguara ➶ 5481, auch ➶ 9953 AR
Yaguara

GRIGORIEW, V.
Arbeitsteilung ➶ 3216
Kollèga – takia nazval ego
Wanja ➶ 3216
Wanja

GRIMAUD, Michel
Sonne auf Kredit : 3689
Soleil à crédit

GRIMM, Christopher
Handel mit dem Hyperraum ➶ 3093
Someone to Watch over Me

GRIMMINGER, Bernhard
Erdbeeren ➶ 4697
Der Zeitmann : 4388

GRIMWOOD, Ken
Das zweite Spiel : 9075 AR
Replay

GRIN, Alexander
Der Rattenfänger ➶ 8768 AR
Krysolov

GROSS, Marion
Die tüchtige Hausfrau ➶ 28, auch ➶ 5075
The Good Provider

GROTE, Michael/**PIELERT**, Volker
Anno Domini ➶ 4097

GRUBBS, Stonefeather
Foulmere ➶ 6611
Foulmere

GRÜNHAGEN, Joachim
Drei Gedichte ➶ 3818
Galaktisches Märchen
Prometheus 3000
Alfomikron
Fünf Gedichte ➶ 4325
Fünf Gedichte ➶ 4097
Ikarus
Ego Gal I
Feuer im Blut
Hand am Feuer
Fremddimension
Kalkül ➶ 4610
Sechs Gedichte ➶ 3737
Roboter
Fremde Galaxien
Entdeckungen
Komparation
Spektrum
Gefühlsinformation

Sechs Gedichte ➶ 3897
Homotitanten
Zeitraffer
Raumzeitnacht
Terranisch
Antares
Abseits von Terra

Vier Gedichte ➶ 4199
Atomsonne
Flucht in den Kosmos
Zeit der Ikarier
Terra sine nomine

GRZESIK, St. Georg

Hasso ➶ 4041

GUEDALLA, Philip

Wenn die Mauren in Spanien gesiegt hätten ... ➶ 4371
If the Moor in Spain Had Won

GÜNTHER, Gotthard

Kommentar zur deutschen Erstausgabe des Romans »WING 4« von Jack Williamson ➶ 54

GUERRINI, Remo

Giaime, der Schachspieler ➶ 3860
Giaime gioca a scacchi

Kavalier ➶ 3897
Cavaliere

Das Kind, die Schlange und der Kapitän ➶ 4059
Il bambino, il serpente e il capitano

Sori ➶ 4199
Sori

GUERS, Marie-Joséphe

Die Braut des Nordens : 8887 AR
La fiancée du nord

GUNN, Eileen

Computerfreundlich ➶ 4795
Computer Friendly

Perfekte Personalplanung ➶ 5018
Stable Strategies for Middle Management

GUNN, James E(dwin)

Abigail, die kleine Hexe ➶ ANTH 20
Wherever You May Be

Einführung ➶ 90, ➶ 92, ➶ 94, ➶ 97, ➶ 5153

Der Ende-der-Welt-Ball ➶ 5042
The End-of-the-World Ball

Die Freudenspender : 4659
The Joy Makers

Der Heiler ➶ 3288
Not so Great an Enemy

Die Horcher : 3951
The Listeners

Der Nordwind ➶ 4222
The North Wind

Schuld ➶ 3664
Guilt

Der Sicherheitsfaktor ➶ ANTH 30
Space Is a Lonely Place

Die Träumer : 4292
The Dreamers

Die Unsterblichen ➶ 3520
The Immortals

Verbrennt die Hexer ➶ 3541
Witches Must Burn

Wege zur Science Fiction, Achter Band : 97
The Road to Science Fiction 4, Erster Teil

Wege zur Science Fiction, Dritter Band : 92
The Road to Science Fiction 2, Erster Teil

Wege zur Science Fiction, Erster Band : 90
The Road to Science Fiction 1, Erster Teil

Wege zur Science Fiction, Fünfter Band : 94
The Road to Science Fiction 3, Erster Teil

Wege zur Science Fiction, Neunter Band : 98
The Road to Science Fiction 4, Zweiter Teil

Wege zur Science Fiction, Sechster Band : 95
The Road to Science Fiction 3, Zweiter Teil

Wege zur Science Fiction, Siebter Band : 96
The Road to Science Fiction 3, Dritter Teil

Wege zur Science Fiction, Vierter Band : 93
The Road to Science Fiction 2, Zweiter Teil

Wege zur Science Fiction, Zehnter Band : 99
The Road to Science Fiction 4, Dritter Teil

Wege zur Science Fiction, Zweiter Band : 91
The Road to Science Fiction 1, Zweiter Teil

Zeit zum Füttern
➶ 3389
Feeding Time

GUNTHER, Max

Die Springer
➶ 3097
Municipal Dump

GUREWITSCH, Georgij

Tempograd : 4543
Tempograd

GUSTAFSSON, Lars

Niederfahrt in die Porosität/
Von Zeitschleifen und eigentümlich
wiederkehrenden Fremden
➶ 5000
Det sällsamma djuret från norr
(Auszug)

Die sechs Standbilder
(Auszug aus »Das seltsame Tier
aus dem Norden«)
➶ 5055
Det sällsamma djuret från norr

Der Tennisspieler
➶ 7624 AR
(Auszug)
Tennisspelarna

GUTHRIDGE, George

Der Spiegel von Lop Nor –
1. Spiegelung/2. Brechung ➶ 5935
The Mirror of Lop Nor –
1. Reflection/2. Refraction

GYERTYÁN, Erwin

Kaufhaus Printemps Parisien
➶ 4380
Á Printemps Parisien Áruház

GYGAX, Gary

Die Anubis-Morde – Mythus 1 – : 4964
Dangerous Journeys, Mythus 1:
The Anubis Murders

Die Lösung von Samarkand
– Mythus 2 – : 4965
Dangerous Journeys, Mythus 2:
The Samarkand Solution

Tod in Delhi – Mythus 3 – : 4966
Dangerous Journeys, Mythus 3: Death in Delhi

H

HABER, Karen

Der Aufstand der Mutanten : 5183
Mutant Star

Das Erwachen der Mutanten : 5182
The Mutant Prime

Madre de Dios ➶ 4673
Madre de Dios

Samba Sentado ➶ 8094 AR
Samba Sentado

Segnet die Tiere : 5410
Bless the Beasts

Das Vermächtnis der Mutanten : 5184
Mutant Legacy

HABER, Karen/**SILVERBERG**, Robert

Die Zeit der Mutanten : 5181
The Mutant Season

HABERKORN, Ingeborg
Der reinste Wahnsinn ➶ 3985

HADERER, Christian
Die Band ➶ 3818
Das Ende der Medien ➶ 4850
Exposed ➶ 4019
Im Schatten ➶ 3944
In einer Ecke ➶ 3737
Die Rettung der Netzhaut oder
To make visible what is audible
➶ 4464

HADERER, Christian/**HIERL**, Tobias
Tage des Donners ➶ 4850
Schweigendes Deutschland. Wolf Gremms Film »Kamikaze 1989« ➶ 3954

s. **BACHSCHWÖLL**, Wolfgang/
HADERER, Christian

HAEFNER, Klaus
Mensch und Computer im Jahre 2000
➶ 7624 AR
(Auszug)

HAEFS, Gisbert
Barakuda: Banyadir : 9148 AR
Barakuda: Gashiri : 9147 AR
Barakuda: Pasdan : 9146 AR

HAENSEL, Hubert
Schach den Cantaro : 389 PRh
Tarega sehen und sterben : 403 PRh
Testflug : 395 PRh
Verlorenes Leben : 381 PRh

HAGEMEYER, Friedrich
Weltweit Mrs. Struthers ➶ 3958

HAGGARD, Henry Rider
Der Allan der Antike : 4874
The Ancient Allan
Allan Quatermain : 3647, auch : 4131,
auch ➶ 4951
Allan Quatermain
Allan Quatermain der Jäger : 4367
Maiwa's Revenge/Allan's Wife
Allan Quatermain und die Eisgötter : 4368
Allan and the Ice-Gods, A Tale of Beginnings
Als die Welt erbebte : 4147
When the World Shook
Ayesha – Sie kehrt zurück : 4132, auch
➶ 4950
Ayesha – the Return of She
Die Berge des Mondes – 3 Romane in einem
Band : 4951
Das Elfenbeinkind : 4369
The Ivory Child
Der Geist von Bambatse : 4311
The Spirit of Bambatse
Der gelbe Gott : 4370
The Yellow God
Das Halsband des Wanderers : 4136
The Wanderer's Necklace
Die Heilige Blume : 4135
The Holy Flower
Das Herz der Welt : 4149
Heart of the World
Heu Heu oder das Monster : 4466
Heu-Heu
Kind des Sturms : 4656
Child of Storm
Kleopatra : 4310
Cleopatra
König Salomons Diamanten : 4134, auch
➶ 4951
King Solomon's Mines
Marie : 4601
Marie

Morgenstern : 4146
Morningstar

Nada, die Lilie : 3733, auch : 4467, auch ➶ 4951
Nada the Lily

Das Nebelvolk : 4148
The People of the Mist

Der Ring der Königin von Saba : 5144
Queen Sheba's Ring

Die Rückkehr der Göttin : 4950

Der Schatz im See : 4545
The Treasure of the Lake

Schwarzes Herz und Weißes Herz ➶ 4023
Black Heart and White Heart

Das Sehnen der Welt : 4138
The World's Desire

Sie ➶ 91
She, Auszug

Sie : 4130, auch ➶ 4950
»She« – A History of Adventure

Sie und Allan : 4133, auch ➶ 4950
She and Allan

Tochter der Weisheit : 4137
Wisdom's Daughter – The Life and Love Story of She-Who-Must-Be-Obeyed

Zikalis Rache : 4707
Finished

HAHN, Ronald M.

Aus deutschen und anderen Landen ➶ 3848, ➶ 3869, ➶ 3888, ➶ 3908, ➶ 3935, ➶ 3954, ➶ 3989, ➶ 4019, ➶ 4051, ➶ 4085

Die Dumpfmeister - SF-Filme 1991/92 ➶ 4960

Ein Abend, eine Nacht, ein Morgen ➶ 4957

Ein paar kurze, durch die Zensur geschmuggelte Szenen aus den Akten der Freiheit/Abenteuer GmbH ➶ 3818

Inmitten der großen Leere ➶ 3970

Irgendwas geht hier vor, aber Sie wissen nicht, was es ist, nicht wahr, Mr. Jones? ➶ 3574

Der letzte Verteidiger ➶ 3745

The Magazine of Fantasy and Science Fiction, 64. Folge: Das fröhliche Volk von Methan : 3946

The Magazine of Fantasy and Science Fiction, 65. Folge:
Cyrion in Bronze : 3965

The Magazine of Fantasy and Science Fiction, 66. Folge:
Im fünften Jahr der Reise : 4005

The Magazine of Fantasy and Science Fiction, 67. Folge: Dinosaurier auf dem Broadway : 4027

The Magazine of Fantasy and Science Fiction, 68. Folge:
Mythen der nahen Zukunft : 4062

The Magazine of Fantasy and Science Fiction, 69. Folge:
Nacht in den Ruinen : 4099

The Magazine of Fantasy and Science Fiction, 70. Folge:
Willkommen in Coventry : 4127

The Magazine of Fantasy and Science Fiction, 71. Folge:
Kryogenese : 4169

The Magazine of Fantasy and Science Fiction, 72. Folge:
Der Drachenheld : 4208

The Magazine of Fantasy and Science Fiction, 73. Folge:
Der Zeitseher : 4265

The Magazine of Fantasy and Science Fiction, 74. Folge:
Der Schatten des Sternenlichts : 4315

The Magazine of Fantasy and Science Fiction, 75. Folge:
Sphärenklänge : 4389

The Magazine of Fantasy and Science Fiction, 76. Folge:
Die Wildnis einer großen Stadt : 4438

The Magazine of Fantasy and Science Fiction, 77. Folge:
Reisegefährten : 4485

The Magazine of Fantasy and Science Fiction, 78. Folge:
Volksrepublik Disneyland : 4525

The Magazine of Fantasy and Science Fiction, 79. Folge:
Die Rückkehr von der Regenbogenbrücke : 4574

The Magazine of Fantasy and Science Fiction, 80. Folge:
In Video Veritas : 4621

The Magazine of Fantasy and Science Fiction, 81. Folge:
Die Lärmverschwörung : 4673

The Magazine of Fantasy and Science Fiction, 82. Folge:
Mr. Corrigans Homunculi : 4734

The Magazine of Fantasy and Science Fiction, 83. Folge:
Der Wassermann : 4786

The Magazine of Fantasy and Science Fiction, 84. Folge:
Der magische Helm : 4836

The Magazine of Fantasy and Science Fiction, 85. Folge:
Hüter der Zeit : 4888

The Magazine of Fantasy and Science Fiction, 86. Folge:
Cyberella : 4936

The Magazine of Fantasy and Science Fiction, 87. Folge:
Ebenbilder : 5004

The Magazine of Fantasy and Science Fiction, 88. Folge:
Johnnys Inferno : 5049

The Magazine of Fantasy and Science Fiction, 89. Folge:
Invasoren : 5113

The Magazine of Fantasy and Science Fiction, 90. Folge:
Der letzte Mars-Trip : 5166

The Magazine of Fantasy and Science Fiction, 91. Folge:
Ein neuer Mensch : 5289

The Magazine of Fantasy and Science Fiction, 92. Folge:
Ansleys Dämonen : 5341

The Magazine of Fantasy and Science Fiction. 93. Folge:
Die Untiefen der Sirenen : 5429

The Magazine of Fantasy and Science Fiction, 94. Folge:
Die Halle der neuen Gesichter : 5511

The Magazine of Fantasy and Science Fiction, 95. Folge:
Der dreifache Absturz des Jeremy Baker : 5649

The Magazine of Fantasy and Science Fiction, 96. Folge:
Der Lincoln-Zug : 5892

The Magazine of Fantasy and Science Fiction, 97. Folge:
Der Dunkelstern : 5934

The Magazine of Fantasy and Science Fiction, 98. Folge:
Der Tod im Land der Blumen : 5980

Die *Star-Trek*-Filme: 189 FB

Philip K. Dick ist tot und lebt glücklich und zufrieden in Wuppertal-Vohwinkel ➚ 4713

Science Fiction und Phantastik in deutscher Sprache 1945-1959 ➚ 3869

Science Fiction und Phantastik in deutscher Sprache 1960-1970 ➚ 3935

Die Tage sind gezählt : 3694

HAHN, Ronald M./**JANSEN**, Volker

Lexikon des Science Fiction-Films : 7236 AR, auch : 7295 AR, auch : 93 HSB, auch : 198 HC/S

HAHN, Ronald M./**JANSEN**, Volker/ STRESAU, Norbert

Lexikon des Fantasy-Films : 7275 AR

HAHN, Ronald M./**JESCHKE**, Wolfgang
Titan 17 : 3847

HAHN, Ronald M./**PUSCH**, Harald
Die Temponauten : 4516

HAHN, Ronald M./**ZIEGLER**, Thomas
Die Zivilisation, wie wir sie kennen ➶ 4470
s. **ALPERS**, J./**FUCHS**, W./
HAHN, R. M./**JESCHKE**, W.
s. **ANTON**, Uwe/**HAHN**, Ronald M.
s. **BUWERT**, Harald/**HAHN**, Ronald M.

HAIBLUM, Isidore
Der Zadik der sieben Wunder : 5101
The Tsaddik of the Seven Wonders

HAINING, Peter
Gefährliche Possen : 5909
The Wizards of Odd. Comic Tales of Fantasy
Vorwort ➶ 5909

HALDEMAN II, Jack
Bowling ➶ 6498 AR
Open Frame
Frühlingsfieber ➶ 3899
Spring Fever
Der Tag des Jüngsten Gerichts ➶ 6555 AR
Judgement Day

HALDEMAN II, Jack/**DANN**, Jack
Hochstahl ➶ 4027
High Steel
s. **HARRISON**, Harry/**HALDEMANN II**, Jack

HALDEMAN, Joe (William)
An Howard Hughes: Ein bescheidener Vorschlag ➶ 3863, auch ➶ 4177
To Howard Hughes: A Modest Proposal
Armaja Das ➶ 4177
Armaja Das
Dienstvernichtet ➶ 4177
Juryrigged
Dreihundertjähriges ➶ 96, auch ➶ 3646
Tricentennial
(auch als »Tricentennial«)
Ebenbilder ➶ 5004
Images
Ein eigenes Bewußtsein ➶ 4177
A Mind of His Own
Der ewige Krieg : 2, auch : 3572
The Forever War
Das ganze Universum in einer Ballonflasche ➶ 4177
All the Universe in a Mason Jar
Gekauftes Leben : 4875
Buying Time
(auch: *The Long Habit of Living*)
Gräber ➶ 5166
Graves
Jahreszeiten ➶ 4570
Seasons
Jubiläumsprojekt ➶ 4177
Anniversary Project
Kein zukunftsträchtiges Geschäft ➶ 4085
No Future in It
Kontrapunkt ➶ 4177
Counterpoint
Lebenszeit ➶ 4177
A Time to Live
Die Mazel Tov Revolution ➶ 4177
The Mazel Tov Revolution
Nachwort ➶ 4177
Nie wieder Krieg : 3863
Study War No More
A Selection of Alternatives
Passagen. ➶ 4990
Passages
Der private Krieg des Gefreiten Jacob ➶ 4177
The Private War of Private Jacob
Der Schwindel um Hemingway ➶ 4865
The Hemingway Hoax

26 Tage auf der Erde ➶ 4177
26 Days on Earth

Sommerpracht ➶ 4177
Summer's Lease

Tricentennial ➶ 4177
Tricentennial
(auch als »Dreihundertjähriges«)

Unendliche Träume : 4177
Infinite Dreams

Das zweite Gesicht ➶ 5481
None So Blind

HALE, Edward Everett

Hände weg! ➶ 4023
Hands Off

HALL, Melisa Mia

Andrews Garten ➶ 6498 AR
In a Green Shade

Die Ungeliebte ➶ 8094 AR
The Unloved

HALL, Sharon M.

Die Geburt der Söhne ➶ 5495
The Birth of Sons

HALLIWELL, Leslie

Hände mit langen Fingern ➶ 6793 AR
Hands with Long Fingers

HALLOW, Cus

Tjack : 6898 AR

HAMBLY, Barbara

Ishmael : 4662, auch ➶ 8863
Ishmael

Der Kampf ums nackte Überleben : 5334
Ghost Walker

Kreuzwege : 5681
Crossroad

STAR WARS – Palpatines Auge : 10204 AR
STAR WARS – Children of the Jedi

HAMILTON, Edward (Moore)

Die Heimat der Astronauten : 3032, auch : 3167
Battle for the Stars

Der Profi ➶ 3056
The Pro

Rückkehr zu den Sternen : 3781
Return to the Stars

Die Sternenkönige : 3774
The Star Kings

Tag des Gerichts ➶ 4047
Day of Judgement

Welt im Dämmerlicht ➶ 4074
In the World's Dusk

Wie ist es dort draußen? ➶ 93
What's It Like Out There?

HAMILTON, Laurell K.

Nacht über Oriana : 5342
Nightshade

HAMLET, Ova

Schmerz und Reue auf Rhesus IX ➶ 4713
Agony and Remorse on Rhesus IX

HAMMERSCHMITT, Marcus

Café Vidoq ➶ 5481

Hundherz ➶ 5325

Target ➶ 5880

Wind ➶ 5648

Wüstenlack ➶ 5950

HAND, Elizabeth

Gerechtigkeit ➶ 5289
Justice

Die Mondgöttin erwacht : 5626
Waking the Moon

HANKE-MAIWALD, Gertrud

Begegnung ➶ 3737

Die Glastropfenwand ➶ 3725
Zwischenstation ➶ 3646

HANNA, Judith
s. **NICHOLAS**, Joseph/**HANNA**, Judith

HANRATTY, Peter
Der letzte Ritter von Albion : 4891, auch ➶ 5678
The Last Knight of Albion
Mordred : 5678
Mordred : 4890, auch ➶ 5678
The Book of Mordred
Der Strand von Avalon : 4892, auch ➶ 5678
The Avalon Shore

HANSEN, Helmut
Das Tor zu den Sternen ➶ 4760

HANSEN, Thore
Bobadilla ➶ 4009
Bobadilla

HARBECKE, Ulrich
Grenzüberschreitender Verkehr: Laudatio auf den Nicht-Preisträger der »Wetzlarer Tage der Phantastik« ➶ 4960
Invasion : 3632

HARBOU, Thea von
Frau im Mond : 4676
Metropolis ➶ 7624 AR
(Auszug)

HARDIN, Rob
nerve terminals
Nerventerminals ➶ 4704
(Gedicht)

HARDING, Lee
Limbus : 4373
Displaced Person
Warten aufs Ende der Welt : 5112
Waiting for the End of the World
Der weinende Himmel : 4465
The Weeping Sky

HARDY, Lyndon
Das Geheimnis des sechsten Zaubers : 4553
Secret of the Sixth Magic
Der Herr der fünf Zauber : 4552
Master of the Five Magics
Das Rätsel der sieben Sphären : 4590
The Riddle of the Seven Realms

HARMAN, Andrew
Der Appendix des Zauberers : 5394
The Sorcerer's Appendix
Fahrenheit 666 : 5633
Fahrenheit 666
Frösche des Krieges : 5395
The Frogs of War
Hundstage : 5534
101 Damnations
Die Nanowichte : 5908
The Scrying Game
Das Wurmloch ins Biblioversum : 5489
The Tome Tunnel

HARNED, Theresa
Komposition in Purpur ➶ 3636
A Hideous Splotch of Purple

HARNESS, Charles L(eonard)
Der Elektra-Komplex ➶ ANTH 30
Child by Chronos
Der Fall des Robin Arms ➶ 4169
The Fall of Robin Arms
Das neue Sein ➶ 3242, auch ➶ 4074
The New Reality
Die Rose : 3242
The Rose

Die Rose ➶ 3242, auch ➶ 4183
The Rose
Schachspieler ➶ 3242
The Chessplayers
Signale ➶ 4815
Signals
Todeskandidat Erde : 3209
The Ring of Ritornel

HARPER, Leanne C.
Blutrechte ➶ 5606
Blood Rights
K.O. ➶ 5608
Takedown
Niederschlag ➶ 5607
Breakdown
»Welch rauhe Bestie ...« ➶ 5608
»What Rough Beast ...«
s. **BRYANT**, Edward/**HARPER**, Leanne C.
s. **MARTIN**, George R. R.: Wild Cards 5

HARPER, Rory
Psycho-Stars ➶ 4215
Psycho Stars

HARRIS, Brian
Der nächste Weltkrieg : 4008
World War III

HARRIS, David
s. **HARRISON**, Harry/**HARRIS**, David

HARRIS, Joseph
Sieg aus dem Jenseits ➶ 3165
A Score for Timothy

HARRIS, Larry M./**WESTLAKE**, Donald E.
Schönes Wetter heute ➶ 248 AR,
auch ➶ 3017
The Question

HARRIS, Thomas
Die Hannibal-Lecter-Romane in einem Band
: 8820 AR
Roter Drache : 7684 AR, auch ➶ 8820 AR,
auch : 8922 AR, auch : 115 HAF
Red Dragon
Schwarzer Sonntag : 7779 AR
Black Sunday
Das Schweigen der Lämmer : 8294 AR,
auch ➶ 8820 AR, auch : 20 JUM
The Silence of the Lambs

HARRISON, Harry
Agenten im Kosmos : 3083, auch : 3928
The Stainless Steel Rat
(auch als »Stahlratte zeigt die Zähne«)
Die Barbarenwelt ➶ 55, auch : 3136,
auch ➶ 4350, auch : 7024
Deathworld III
(auch: *The Horse Barbarians)*
Befreiungsoperation ➶ 4352
Rescue Operation
Begegnung am Ende ➶ 4036
Final Encounter
(auch als »Begegnung in der Unendlichkeit«)
Begegnung in der Unendlichkeit ➶ 3040
Final Encounter
(auch als »Begegnung am Ende«)
Final Encounter
Bei den Wasserfällen ➶ 5297
By the Falls
Bill, der galaktische Held: Der unglaubliche
Beginn : 5171
Bill, the Galactic Hero
Bill, der galaktische Held: Die Welt der
Robotersklaven : 5172
*Bill, the Galactic Hero # 1: The Planet of the
Robot Slaves*
Der Blick von der Turmspitze ➶ 4438
The View from the Top of the Tower
Der Daleth-Effekt : 3352
In Our Hands the Stars

Druck ➶ 5297
Pressure

Ein Fall für Bolivar diGriz, die Stahlratte : 3417
The Stainless Steel Rat Saves the World
(auch als »Stahlratte rettet die Welt«)

Einbahnstraße ➶ 3138
Waiting Place

Eingemottet ➶ 5297
The Mothballed Spaceship

Endlich die Wahrheit über Frankenstein ➶ 20 UB
At Last, the True Story of Frankenstein

Es grünt so grün ... ➶ 4057
The Greening of the Green

Der Fahnder ➶ 5297
From Fanaticism, or for Reward

Die Geburt einer Stahlratte : 4487
A Stainless Steel Rat Is Born

Das Geheimnis von Stonehenge ➶ 3151
The Secret of Stonehenge

Gesetz des Überlebens ➶ 3013, auch ➶ 5297
Survival Planet

Die Goldenen Jahre der Stahlratte ➶ 5297
The Golden Years of the Stainless Steel Rat

Heimwelt : 3910, auch ➶ 4695
Homeworld

Im öffentlichen Dienst ➶ 3128
The Fairly Civil Service

Jim diGriz, die Edelstahlratte : 3678
The Stainless Steel Rat Wants You
(auch als »Stahlratte will dich«)

Der K-Faktor ➶ 3142
The K-Factor

Die Kunst von Jim Burns ➶ 3869
The Art of Jim Burns

Macht Stahlratte zum Präsidenten! : 4096, auch : 4493
The Stainless Steel Rat for President!

Mitbewohner ➶ 5297
Roommates

Nach dem Sturm ➶ 5297
After the Storm

New York 1999 : 26, auch : 4351, auch ➶ 37 JB
Make Room! Make Room!

Nicht ich, nicht Amos Cabot! ➶ 5297
Not Me, Not Amos Cabot!

Pechvogel ➶ 3052
The Many Dooms

Die Pest kam von den Sternen ➶ 1011
Plague from Space

Polizeirevier Mars ➶ 4477
Arm of the Law

Das Prometheus-Projekt : 3730
Skyfall

Rachezug im Kosmos : 3393, auch : 3974
The Stainless Steel Rat's Revenge
(auch als »Stahlratte schlägt zurück«)

Radwelt : 3911, auch ➶ 4695
Wheelworld

Der Reparateur ➶ 5297
The Repairman

Retter einer Welt : 3058
Planet of the Damned

Rettungsaktion ➶ 5297
Rescue Operation

Schönere neuere Welt ➶ 5297
Brave Newer World

Das Selbstporträt ➶ 5297
Portrait of the Artist

Die Sklavenwelt ➶ 55, auch : 3069, auch ➶ 4350
Deathworld II
(auch: *The Ethical Engineer*)

Spielzeugladen ➶ 5297
Toy Shop

Die Stahlratte fährt zur Hölle : 5331
The Stainless Steel Rat Goes to Hell

Stahlratte rettet die Welt : 4491
The Stainless Steel Rat Saves the World
(auch als »Ein Fall für Bolivar diGriz, die Stahlratte«)

Stahlratte schlägt zurück : 4490
The Stainless Steel Rat's Revenge
(auch als »Rachezug im Kosmos«)

Die Stahlratte singt den Blues : 5296
The Stainless Steel Rat Sings the Blues

Stahlratte will dich : 4492
The Stainless Steel Rat Wants You
(auch als »Jim diGriz, die Edelstahlratte«)

Stahlratte wird Rekrut : 4488
The Stainless Steel Rat Gets Drafted

Stahlratte zeigt die Zähne : 4489
The Stainless Steel Rat
(auch als »Agenten im Kosmos«)

Sternwelt : 3912, auch ➶ 4695
Starworld

Die Straßen von Ashkelon ➶ 5297
The Streets of Ashkelon

Die Straßen von Askalon ➶ 95
The Streets of Ashkelon

Die Todeswelt ➶ 55, auch : 3067, auch ➶ 4350
Deathworld

Todeswelten : 55, auch : 4350
Deathworld I–III

Der Unerrnüdliche ➶ 3131
I Have My Vigil

Unternehmen Stoßtrupp ➶ 3863, auch ➶5297
Commando Raid

Visionen einer Stahlratte : 5297
Stainless Steel Rat Visions

Weder Krieg noch Kampfeslärm ➶ 4385
No War, or Battle's Sound

HARRISON, Harry/**ALDISS**, Brian W(ilson)

Der Tag Million : 3380
Nebula Award Stories 2

HARRISON, Harry/**BISCHOFF**, David

Bill, der galaktische Held: Die Welt der unaussprechlichen Wonnen : 5174
Bill, the Galactic Hero # 3: On the Planet of Tasteless Pleasure

Bill, der galaktische Held: Die Welt der zehntausend Bars : 5175
Bill, the Galactic Hero # 4: On the Planet of the Ten Thousand Bars

HARRISON, Harry/**HALDEMAN II**, Jack

Bill, der galaktische Held: Die Welt der Zombievampire : 5176
Bill, the Galactic Hero # 5: On the Planet of Zombie Vampires

HARRISON Harry/**HARRIS**, DAVID

Bill, der galaktische Held: Das letzte inkohärente Abenteuer : 5177
Bill, the Galactic Hero # 6: The Final Incoherent Adventure

HARRISON, Harry/**MINSKY**, Marvin

Die Turing-Option : 5647
The Turing Option

HARRISON, Harry/**SHECKLEY**, Robert

Bill, der galaktische Held: Die Welt der eßbaren Gehirne : 5173
Bill, the Galactic Hero # 2: On the Planet of Bottled Brains

HARRISON, M(ichael) John

Gifco ➶ 9773 AR
Gifco

Der große Gott Pan ➶ 17 JUM, auch ➶ 8636 AR
The Great God Pan

Stadt im Nebel ➶ 3204
London Melancholy

Über den Wolken ➶ 9953 AR
Isabel Avens Returns to Stepney in the Spring

HARRISON, William

Der Kämpfer ➶ 3523
The Warrior

Rollerball ➶ 3473
Rollerball Murder

HARTH, Ulli

Siegfrieds Schluß-Stein ➶ 3985

HARTMANN, Lutz

Eden im All ➶ 3952

Time Bandit ➶ 4897

HASSELBLATT, Dieter

Amerys Amerika-Science Fiction-Hörspiel ➶ 3954

Die blaue Lust-Gonchris ➶ 4235

Den Schluß machen ➶ 3897

Du bist - ich bin, Dame, zwei Hunde, zwei Männer, eine Peitsche ➶ 3655

Genau phantasierter Zukunfts-Zoo ➶ 4019

Hörspiel ist Hör-Spiel ➶ 5638

Hörspiel und Science Fiction ➶ 3848

Marija und das Tier ➶ 3574

Notlandung ➶ 3451

Projekt Ichthanthropos gescheitert ➶ 4470

Radio im Konditional. Über Science Fiction und Hörspiel ➶ 5080

Radiophonisches Reiseabenteuer ins All und retour ➶ 3888

Stanisław Lem, Philosoph und Kriminalromanschriftsteller ➶ 4640

Trioptes, Pfifltriggis, Ssfaira, Solatis, Berenice: »Tiere«, Wesen, Unwesen - vernachlässigte Denkmuster der Science Fiction ➶ 4550

s. **AMERY**, Carl/**HASSELBLATT**, Dieter

s. **SUVIN**, Darko/**BARMEIER**,Eike/ **HASSELBLATT**, Dieter

HATFIELD, James/**BURT**, George

Patrick Stewart - der neue Captain. Seine unautorisierte Biographie : 10370 AR
Patrick Stewart

HAUCK, Dennis William

William Shatner - der Captain. Eine unautorisierte Biographie : 10106 AR
Captain Quirk. The Unauthorized Biography of William Shatner

HAUSEMER, Georges

Die Auswanderer ➶ 3985

Home Sweet Home. Eine Familiengeschichte ➶ 3818

Landung in 10 Phasen ➶ 3780

Vorwort ➶ 4330

HAUSER, Linus

Der »Neue Mensch« - ein »Termitenstaat findiger Tiere?« ➶ 4640

Science Fiction, Neomythos und Neue Religiosität ➶ 5080

Wurmgott Heilbringer ➶ 4167

HAUSIN, Manfred

Peters' Heinrichs seltsamer Tod ➶ 3985

HAVILAND, Keith

Seifenopern ➶ 4818
Soap

HAWKE, Simon

Die Beute der Romulaner : 5413
STAR TREK: The Next Generation - The Romulan Prize

Die Rückkehr der Despoten : 5446
STAR TREK: The Next Generation – Blaze of Glory
Die Terroristen von Patria : 5479
The Patrian Transgression
Der Zauberer aus der 4th Street : 5332
The Wizard of 4th Street

HAWKING, Stephen
Nachwort ➶ 5549

HAWKS, Howard
s. **HELLLMANN**, Christian

HAWTHORNE, Nathaniel
Dr. Heideggers Experiment ➶ 4023
Dr. Heidegger's Experiment
Rappaccinis Tochter ➶ 4022 auch ➶ 90, auch ➶ 9 JB,
Rappaccini's Daugther

HAZEL, Paul
Mittagessen mit Dame ➶ 8636 AR, auch ➶ 17 JUM
Having a Woman at Lunch

HEAPY, Paul
Moraltechnologie ➶ 4818
Moral Technology

HECHT, Jeff
Laserwaffen – Ausweg oder Bedrohung ➶ 4167
Laser Weapons: Promise or Threat?

HECTOR, Robert
Hoffen auf Utopia ➶ 5080

HEDDERICH, Detlef
s. **NAGULA**, Michael/**HEDDERICH**, Detlef

HEERE, Bernhard
Ein weißer Jäger im Zululand – Nachwort zu ➶ 4367
Nachwort ➶ 4149
Verschollenes Afrika – Nachwort ➶ 4148

HEESE, Diethard van
Gehirnwäsche GmbH ➶ 3860
Der Hauptgewinn ➶ 3646
Der letzte Wunsch ➶ 4041
Licht auf die Grenze ➶ 3818
Mondlicht ➶ 3646
Die Muschel ➶ 3646
Sintschnee ➶ 3897
Das Ziel ➶ 3725

HEIM, Malte
Du hast mich erhöht, als ich am schwächsten war ➶ 4009
Kintopp ➶ 3897
Der Mensch im Zeitalter seiner technischen Reproduzierbarkeit ➶ 4255
Das Ökoid ➶ 3860
Die Schatulle ➶ 3818
Die Zukunft des Menschen im All ➶ 3869

HEIMER, Hendrik
Der Alte ➶ 3944
Danach ➶ 4051

HEINLEIN, Robert A(nson)
Abenteuer im Sternenreich : 3336, auch : 4071
Starman Jones
Anderswann ➶ 3285
Elsewhen
Außenseiter ➶ 4444
Misfit
Bewohner der Milchstraße : 3054
Citizen of the Galaxy

Das Biest von der Erde ➶ 3251
The Menace from Earth

Coventry ➶ 4444
Coventry

Delila und der Raummonteur ➶ 4444
Delilah and the Space-Rigger

Ein Doppelleben im Kosmos : 3049, auch : 3922
Double Star

Ein Mann in einer fremden Welt : 75, auch : 3170

Das Ekel von der Erde ➶ 3251, auch ➶ 4444
The Menace from Earth

Entführung in die Zukunft : 3229
The Unpleasant Profession of Jonathan Hoag

Entführung in die Zukunft ➶ 28, auch ➶ 94, auch ➶ 3229, auch ➶ 3763, auch ➶ 5075
»All You Zombies ...«
(auch als »Wer bin ich?«)

Erwachen im Goldfischglas ➶ 3251
Goldfish Bowl

Es werde Licht ➶ 3270
Let There Be Light

Farmer im All : 3184, auch ➶ 4360
Farmer in the Sky

Freie Männer ➶ 3277
Free Men

Freitag : 4030
Friday

Future History - Die Vergangenheit der Zukunft : 4444
The Past Through Tomorrow: Future History Stories Complete in One Volume

Das geschenkte Leben : 3358
I Will Fear No Evil

Die grünen Hügel der Erde ➶ 4444
The Green Hills of Earth

Himmelsbrücke ➶ 3251
Sky Lift

Im Jahr der Zeichen und Wunder ➶ 3251
The Year of the Jackpot

Imperialistische Logik ➶ 4444
Logic of Empire

Die Invasion der Wurmgesichter : 3862
Have Space Suit – Will Travel

Katastrophen kommen vor ➶ 3277, auch ➶ 3962, auch ➶ 4444
Blowups Happen

Kolumbus war ein Depp ➶ 3251
Columbus Was a Dope

Die lange Reise : 3101, auch ➶ 4362
Orphans of the Sky

Die lange Wache ➶ 4444
The Long Watch

Die Leben des Lazarus Long : 3481
Time Enough for Love

Lebenslinie ➶ 3277, auch ➶ 4444
Life-Line

Lösung unbefriedigend ➶ 3277
Solution Unsatisfactory

Magie GmbH ➶ 3220
Magic, Inc.

Der Mann, der den Mond verkaufte : 3270
The Man Who Sold the Moon

Der Mann, der den Mond verkaufte ➶ 3270, auch ➶ 3729, auch ➶ 4444
The Man Who Sold the Moon

Der Mann, der in Elephanten reiste ➶ 4477
The Man Who Travelled in Elephants

Methusalems Kinder ➶ 4444
Methuselah's Children

Nächste Station: Morgen : 3285
Assignment in Eternity

Nehmen Sie Platz, meine Herren! ➶ 4444
Gentlemen, Be Seated

Der Nova-Effekt ➶ 3285
Gulf

Raum-Jockey ➶ 4444
Space Jockey

Die Reise in die Zukunft : 3087, auch : 3535
Farnham's Freehold

Requiem ➶ 93, auch ➶ 4444
Requiem

Revolte auf Luna ➶ 1002, auch : 3132
The Moon Is a Harsh Mistress

Der rote Planet : 3698, auch : 72 JT
The Red Planet

Scheinwerfer ➶ 3277
Searchlight

Die schwarzen Klüfte Lunas ➶ 4444
The Black Pits of Luna

Die sechste Kolonne : 3243, auch : 3927
The Day after Tomorrow

Sie ➶ 3229
They

Die Söhne des Vogels ➶ 3229
The Unpleasant Profession of Jonathan Hoag

Der sprechende Affe ➶ 3285
Jerry Was a Man
(auch als »Was ist der Mensch?«)

Straße des Ruhms : 3179
Glory Road

Die Straßen müssen rollen ➶ 3270,
auch ➶ 3558, auch ➶ 4444
The Roads Must Roll

Suchscheinwerfer ➶ 3277, auch ➶ 4444
Searchlight

Tunnel zu den Sternen : 3883, auch : 45 JT
Tunnel in the Sky

Das Universum ➶ 3633
Universe

Unsere schöne Stadt ➶ 3229, auch ➶ 4254
Our Fair City

Unternehmen Alptraum : 3251
The Menace from Earth

Unternehmen Alptraum ➶ 3251
Project Nightmare

Utopia 2300 : 3262
Beyond This Horizon

Das 4-D-Haus ➶ 3229, auch ➶ 4000
»And He Built a Crooked House«

Von Stern zu Stern : 4046
Time for the Stars

Waldo ➶ 3220
Waldo

Was ist der Mensch? ➶ ANTH 23
Jerry Is a Man
(auch als »Der sprechende Affe«)

Welten : 3277
The World of Robert A. Heinlein

Weltraumkadetten : 3981
Space Cadets

Weltraummollusken erobern die Erde : 3043
The Puppet Masters

»Wenn das so weitergeht ...« ➶ 4444
»If This Goes On ...«

Wer bin ich? ➶ ANTH 5
»All You Zombies ...«
(auch als »Entführung in die Zukunft«)

»Wie schön, wieder zu Hause zu sein!« ➶ 4444
»It's Great to Be Back!«

»... Wir führen auch Hunde spazieren« ➶ 4444
»... We Also Walk Dogs«

Die Zahl des Tiers : 3796
The Number of the Beast

Die Zeit der Hexenmeister : 3220,
auch ➶ 37 JB
Waldo and Magic Inc.

Zerreißprobe im All ➶ 4444
Ordeal in Space

Zwischen den Planeten : 3896
Between Planets

HEJC, Gerhard

Selbstmord ➶ 4107

HEISSENBÜTTEL, Helmut

Lochkartenesserinnenherbst ➶ 7624 AR

HELBIG, Jörg

Die Vergangenheit, die keine war: Über parahistorische Literatur ➶ 4550

HELLINGA jr., Gerben

Coriolis : 4228
Coriolis

Dichte 9 ➶ 4470
Dichtheid negen

Schuld und Sühne ➶ 4697
Schuld en boete

HELLMANN, Christian

Das erste Abenteuer der Menschheit ➶ 3908

Genrekino in Reinkultur – John Carpenter und seine Filme ➶ 3954

Der Science Fiction-Film : 54 FB

»The Thing from Another World« von Howard Hawks und John Carpenter ➶ 3954

HEMESATH, James B.

Das Ende der Welt ➶ 6793 AR
The End of the World

HEMPEL, Henri Jacob

Mach's nochmal, Sam! ➶ 3985

HENDERSON, C. J.

Ein Gespräch mit Norman Spinrad ➶ 4260

HENDERSON, Zenna

Abschied ➶ 272 AR, auch ➶ 3021
Deluge

Ararat ➶ 3763
Ararat

Erzähl uns eine Geschichte! ➶ 4021
Tell Us a Story

Die Garderobe ➶ 4274
... Old ... as a Garment

Das Schiff im Berg ➶ 224 AR, auch ➶ 3013
Shadow on the Moon

Sichtverschiebung ➶ 4254
Through a Glass – Darkly

HENDRIX, Shepherd

s. **CARNELL**, John/**LEIALOHA**, Steve/**HENDRIX**, Shepherd

HENNEBERG, Charles

Mondfischer ➶ 3482
Pêcheurs de lune

HENNEN, Bernhard

Das Gesicht am Fenster : 6024

Die Ränke des Raben : 6013

Das Reich der Rache : 6014

Der Tanz der Rose : 6012

HENNING, R.

Fünf Gedichte ➶ 3944

Zwei Gedichte ➶ 4199
Maximus
Warten

HENRY, O.

Wege des Schicksals ➶ 4319
Roads of Destiny

HENSLEY, Joe L(ouis)

Blut ist das Leben ➶ 3151
Argent Blood

Die Harfner ➶ 4274, auch ➶ 4518
Harpist

Mein Sohn Randy ➶ ANTH 32
Lord Randy, My Son

HERBERT, Brian

s. **HERBERT**, Frank/**HERBERT**, Brian

HERBERT, Frank

Atom U-Boot S 1881 : 3091
The Dragon in the Sea

Auf das Geschirr kommt es an ➶ 4441, auch ➶ 5185
A Matter of Traces

Auf dem Wüstenplaneten ➶ 4441
The Road to Dune

Auge : 4441
Eye

Die Augen Heisenbergs : 3926
The Eyes of Heisenberg
(auch als »Revolte gegen die Unsterblichen«)

Begegnung an einem einsamen Ort ➶ 5185
Encounter in a Lonely Place

Besatzungsmacht ➶ 5185
Occupation Force

Die Denkbombe ➶ 5185
The Mindbomb
(auch: *The Being Machine*)

Das Dosadi-Experiment : 3699
The Dosadi Experiment

Der Drache in der See ➶ 4441, auch ➶ 5185
Under Pressure
(auch: *Dragon in the Sea*)

Die Enzyklopädie des Wüstenplaneten, Bd. 1 : 4142
The Dune Encyclopedia (1. Teil)

Die Enzyklopädie des Wüstenplaneten, Bd. 2 : 4143
The Dune Encyclopedia (2. Teil)

Erinnert Euch! ➶ 4441
Try to Remember

Feuer einstellen! ➶ 4441, auch ➶ 5185
Cease Fire
(auch als »Feuerpause«)

Feuerpause ➶ 4060
Cease Fire
(auch als »Feuer einstellen«)

Frösche und Forscher ➶ 4441, auch ➶ 5185
Frogs and Scientists

Gedankenfeld ➶ 5185
Mindfield

Gefangen in der Ewigkeit : 3298, auch ➶ 3930
The Heaven Makers

Der GG-Effekt ➶ 5185
The GG Effect

Der Gottkaiser des Wüstenplaneten : 3916, auch ➶ 4280, auch ➶ 4808, auch ➶ 5216
God Emperor of Dune

Hellstrøms Brut : 14, auch : 3536, auch : 7025
Hellstrøm's Hive

Der Herr des Wüstenplaneten : 3266, auch ➶ 4280, auch ➶ 4808, auch ➶ 5215
Dune Messiah

Der Insektenkrieg ➶ 5185
Greensleaves

Jeder Floh hat seine Flöhe ➶ 5185
The Featherbedders

Jenseits der Dunkelheit ➶ 5185
Escape Felicity

Die Ketzer des Wüstenplaneten : 4141, auch ➶ 4280, auch ➶ 4808, auch ➶ 5215
Heretics of Dune

Die Kinder des Wüstenplaneten : 3615, auch ➶ 4280, auch ➶ 4808, auch ➶ 5215
Children of Dune

Komm zu mir, mein Mörder! : 4441, auch ➶ 5185
Murder Will In
(auch als »Lebe dem Mord«)

Lebe dem Mord ➶ 3443
Murder Will In
(auch als »Komm zu mir, mein Mörder!«)

Der letzte Caleban : 3317
Whipping Star

Die Leute von Santaroga : 3156, auch ➶ 4336
The Santaroga-Barrier

Die Mary Celeste-Umzüge ➶ 4385, auch ➶ 5185
The Mary Celeste Move

Der Nichts ➶ 5185
The Nothing

Die Ordensburg des Wüstenplaneten : 4234, auch ➶ 4280, auch ➶ 4808, auch ➶ 5217
Chapterhouse Dune

Paarungsruf ➶ 5185
Mating Call

Rattenrennen ↗ 4441, auch ↗ 5185
Rat Race

Revolte gegen die Unsterblichen : 3125
The Eyes of Heisenberg
(auch als »Die Augen Heisenbergs«)

Die Riten der Götter : 3460
The God Makers

Saatgut ↗ 4441, auch ↗ 4477,
auch ↗ 5185
Seed Stock

Der Spielautomat ↗ 5185
Gambling Device

Streng nach Vorschrift ↗ 4441, auch ↗ 5185
By the Book

Suchen Sie was? ↗ 5185
Looking for Something?

Der taktvolle Saboteur ↗ 4441, auch ↗ 5185
The Tactful Saboteur

Der Tod einer Stadt und andere Erzählungen
: 5185

Der Tod einer Stadt ↗ 4441, auch ↗ 5185
Death of a City

Transit für einen Flügel ↗ 4441, auch ↗ 5185
Passage for Piano

Unter Einschluß der Öffentlichkeit ↗ 5185
Commitee of the Whole

Die verschwundenen Hunde ↗ 5185
The Gone Dogs

Das wandernde Haus ↗ 5185
Rambling House

Die weiße Pest : 4120
The White Plague

Werben mit beschränkter Haftung ↗ 5185
AWF Unlimited

Der Wüstenplanet ↗ 97 (Auszug), auch : 3108,
auch ↗ 4150, auch ↗ 4280, auch ↗ 4808,
auch : 5213, auch : 6356 AR
Dune

Zerhackersyndrom ↗ 5185
Operation Syndrome

HERBERT, Frank/**HERBERT**, Brian

Mann zweier Welten : 4571
Man of Two Worlds

HERBERT, Frank/**RANSOM**, Bill

Ein Cyborg fällt aus : 3384, auch ↗ 4403
Destination Void

Der Himmelfahrts-Faktor : 4577
The Ascension Factor

Der Jesus-Zwischenfall : 3834
The Jesus Incident

Der Lazarus-Effekt : 4320
The Lazarus Effect

HERBERT, James

Apokalypse : 9133 AR
Portent

Besessen : 34 JUM, auch : 8772 AR
Haunted

Blutwaffe : 8374 AR
Spear

Creed : 8910 AR, auch : 39 JUM
Creed

Domain ↗ 81 TdM, auch : 7616 AR
Domain

Dunkel : 8049 AR
The Dark

Die Erscheinung : 30 UB, auch ↗ 81 TdM,
auch : 8666 AR
Shrine

Die Gruft : 7857 AR
Sepulchre

Haunted – Haus der Geister : 8772 AR,
auch : 9804 AR
Haunted

Höllenhund : 8418 AR
Fluke

Die Maske ↗ 76 TdM, auch : 6951 AR
The Mask

Nachtschatten : 8237 AR
The Jonah

Die Ratten : 7686 AR
The Rats
Todeskralle : 8138 AR
The Survivor
Unheil : 7974 AR
The Fog
Zwei Romane : 81 TdM

HERBST, Alban Nikolai
Eva oder eines langen Tages Ende ➶ 3985

HERCK, Paul van
Framstag Sam : 3793
Sam, of de Pluterdag
Die Plagiatoren ➶ 3694
Polsuurwerk

HERHOLZ, Ulf
s. **JESCHKE**, Wolfgang

HERLEY, Richard
Die Strafkolonie : 4748
The Penal Colony

HESKE, Henning
Vier Gedichte ➶ 3995
Steine des Lichts
Strahlen von Musica
Kreuz des Fliegens
Parseksteine
Zwei Gedichte ➶ 3944
Zwei Gedichte ➶ 4041
Sie
Aus dieser Entfernung

HEUSS, Theodor
Der künstliche Mensch – Das Leben des Wolfgang von Kempelen ➶ 7624 AR

HEYDRON, Vicki Ann
s. **GARRETT**, Randall/**HEYDRON**, Vicki Arm

HEYNE SCIENCE FICTION JAHRESBAND
1980, 1981, 1982, 1983, 1984, 1985, 1986, 1987, 1988, 1989, 1990, 1991, 1992, 1993, 1994, 1995, 1996, 1997, 1998
s. **JESCHKE**, Wolfgang

HEYNE SCIENCE FICTION MAGAZIN 1-12
s. **JESCHKE**, Wolfgang

HEYNE SCIENCE FICTION SAMMELBAND
s. **JESCHKE**, Wolfgang

HIERL, Tobias
s. **HADERER**, Christian/**HIERL**, Tobias

HIGHSMITH, Patricia
Operation Balsam ➶ 5000
Operation Balsam; or Touch-Me-Not
Präsident Buck Jones zeigt Flagge ➶ 5000
President Buck Jones Rallies and Waves the Flag

HILDESHEIMER, Wolfgang
Warum ich mich in eine Nachtigall verwandelt habe ➶ 6598 AR

HILL, Hal
Ein flüchtiger Tag ➶ 4389
Quicksilver Day
Der Erdling ➶ 6723 AR
Chameleon Junction

HILL, Tex
Nur ein Gag ➶ 2118 BK
Just a Gag

HILLER, Marianne
Einfach hinüberschwimmen ➶ 3985

HINZ, Christopher
Paratwa – Ash Ock : 5642
Ash Ock

Paratwa - Killer aus dem Eis : 5641
Liege Killers

Paratwa - Paratwa : 5643
Paratwa

HIPP, H. Rüdiger

Fahrt zur Grenze ➶ 3873

HISE, Della van

Zeit zu töten : 4698
Killing Time

HISE, James van

Interview mit Philip K. Dick
➶ 3908

HOBANA, Ion

Die beste der Welten ➶ 3618
Cea mai buna dintre lumi

Nachtprogramm ➶ 4746
Night Broadcast

HOCH, Edward D(entinger)

Die ganze lange Nacht ➶ 2118 BK
The Spy Who Stayed Up All Night

Das heimwehkranke Huhn ➶ 3608
The Homesick Chicken

Das längliche Zimmer ➶ 9 JB
The Oblong Room

Die letzten Einhörner ➶ 4353
The Last Unicorns

Der Tag des Varnpirs ➶ 27 UB
Day of the Vampire

Die Wolframjäger ➶ 3142
The Wolfram Hunters

Zoo ➶ 4352
Zoo

HODDER-WILLIAMS, (John) Christopher

Der große summende Gott : 3289
A Fistful of Digits

Das Paradies der Feiglinge : 4291
Coward's Paradise

HODGE, Brian

Krebs und Ratten ➶ 8831 AR
Cancer Causes Rats

HODGSON, William Hope

Tropischer Schrecken ➶ 8303 AR
A Tropical Horror

Virus der Angst : 3829
Panic O'Clock

HØEG, Peter

Versuch mit der Dauer der Liebe ➶ 10108 AR
(Originaltitel: N. N.)

HÖLZING, Roland W.

Der Raub des Lebenssteines
➶ 4069

HOFFMANN, E(rnst) T(heodor) A(madeus)

Aus dem Leben eines bekannten Mannes
➶ 7701 AR
(Auszug aus: Die Serapionsbrüder)

Die Automate ➶ 7624 AR

Der Sandmann ➶ 4022,
auch ➶ 7624 AR (Auszug)

HOFFMANN, Horst

Als die Kröten kamen : 380 PRh

Luminia ruft : 371 PRh

HOFMANN, Matthias

Von der Wespenfabrik zur Krähenstraße:
Ein Gespräch mit Iain M. Banks
➶ 4850

HOGAN, James P(atrick)

Prä-Histörchen ➶ 4005
Neander-Tale

Unternehmen Proteus : 4461
The Proteus Operation

HOHLBEIN, Wolfgang E.
Azrael : 9882 AR, auch : 6 HC
Das Druidentor : 9536 AR
Frankenstein & Co. ➶ 3807
Das Netz : 9684 AR

HOHLBEIN, Wolfgang E./**BURGDORF**, Karl-Ulrich
Das Prinzip der Gerechtigkeit ➶ 4076

HOHLER, Franz
Die Rückeroberung ➶ 5000

HOING, David
Die Stadt der furchtbaren Nacht ➶ 5004
City of the Dreadful Night

HOLBERG, Ludvig
Nils Klims unterirdische Reise (Auszug) ➶ 90
Nikolai Klimii inter subterraneum

HOLDER, Nancy
Die Nacht der Kannibalenkatzen ➶ 8094 AR
Cannibal Cats Come Out Tonight

HOLDSTOCK, Robert P.
Auf der Innenseite ➶ 3780
On the Inside
Das Friedhofskreuz ➶ 3685
The Graveyard Cross
Der Geisterbeschwörer : 26 UB
Necromancer
Der neue Magier ➶ 3935
Magic Man
Stein und Erde ➶ 4175
Earth and Stone
Die Zeit jenseits des Alters. Eine Exkursion ➶ 3860, auch ➶ 4000
The Time beyond Age: A Journey

HOLK, Freder van
s. **VAN HOLK**, Freder

HOLLAND, Cecelia
Wandernde Welten : 3658
Floating Worlds

HOLLAND ROGERS, Bruce
Lied der Wale ➶ 4836
Whalesong

HOLLANEK, Adam
Noch ein bißchen Leben : 4075
Jeszcze troche pozyć

HOLLY, Joan C.
Der grüne Planet : 4364
The Green Planet

HOLLY, Joan Hunter
Kommt, seht den letzten Menschen weinen ➶ 3954
Come See the Last Man Cry
Psi-Klon ➶ 3805
Psi-Clone
Stille ➶ 3848
Silence

HOLM, Inge
Das bekannte Fremde. Die Schlupfwespe. A. E. van Vogt und was daraus wurde ➶ 3989
Rückkehr ➶ 3897
Sie sagen, er wird kommen ... Zu »Conan, der Barbar« ➶ 3989

HOLMES, Bruce T.
Die letzte Generation : 4469
Anvil of the Heart

HOLT, Paul E.
Gold gab ich für Eisen ➶ 3958
Good as Gold

HOLT, Tom

Auch Götter sind nur Menschen
: 5680
Odds and Gods

Faust und Konsorten : 5426
Faust among Equals

Der fliegende Holländer : 5079,
auch ➶ 5679
Flying Dutch

Der Garten hinter der Mauer : 5192
Walled Orchard, Teil 1

Im Himmel ist die Hölle los : 5359
Here Comes the Sun

Immer Ärger mit Georgie : 9009
Paint Your Dragon

Liebling der Götter : 5193
Ye Gods!

Richards Blockbusters : 5679

Snottys Gral : 5499
Grâilblazers

Wenn die Zeit aber nun ein Loch hat ...
: 5326
Overtime

Wer hat Angst vor Beowulf? : 5059
Who's Afraid of Beowulf?

Wir haben Sie irgendwie größer erwartet :
5107, auch ➶ 5679
Expecting Someone Taller

Der Ziegenchor : 5191
Goatsong

HOMANN, Jürgen

Eine Frage der Sichtweise
➶ 5645

Dem Kommunikationszeitalter auf der Spur:
Science Fiction im Internet
➶ 5638

Es gibt sie noch ...? Bericht zur Lage der
deutsch-sprachigen Science Fiction 1995/96
und deren Literaturpreise
➶ 5638

HOMSI, Ghassan

Träume vor dem Einbruch der Nacht
➶ 4610
Alām ma kabla hulūl al-Lail

Die Vision ➶ 4410
Al-Ru'iah

Der Wettbewerb ➶ 4057
Al-Musabaqa

HONIGSBERG, David M.

Dochyels Schlittenfahrt ➶ 6606
Dochyel's Ride

HOOPER, Peter

Das Hirschvolk: Die Berge des Morgens
: 10139 AR
A Song in the Forest

Das Hirschvolk: Die Chronik der Väter
: 10141 AR
Time and the Forest

Das Hirschvolk: Fremde Brüder : 10140 AR
People of the Long Water

HORRAKH, Livio

Die ganze Säure des Imperiums ➶ 4059
Tutto l'acido dell'impero

HORSTMANN, Ulrich

Nachrede von der atomaren Vernunft
und der Geschichte ➶ 3985

HORVITZ, Leslie

Die Stimme der Toten ➶ 6498 AR
The Voices of the Dead

HOSHI, Shinichi

Absolut zuverlässige Produkte ➶ 3892
Shinyô Are Seihin

Allzu menschlich ➶ 3892
Ningenteki

Anders ➶ 3892
Chigai

Der Besucher ➶ 3892
Raihôsha

Eden ➶ 3892
Tôgenkyô

Ein Glückspilz ➶ 3892
Shiawase Na Yatsu

Ein herrlicher Stern ➶ 3892
Subarashii Hoshi

Ein hinterlistiger Planet ➶ 3892
Ijiwaru Na Hoshi

Ein Roboter mit Launen ➶ 3892
Kimagure Robotto

Ein wunderbarer Himmelskörper ➶ 3892
Subarashii Tentai

Der eine Apparat ➶ 3892
Hitotsu No Sôchi

Eine Geschenksendung ➶ 3892
Purezento

Das eine Ziel ➶ 3892
Hitotsu No Mokuhyô

Erziehungshilfe ➶ 3892
Kowai Ojisan

Feineinstellung ➶ 3892
Chôsei

Die Forderung ➶ 3892
Yôkyû

Fortschritt ➶ 3892
Shimpo

Das gebührenfreie Telephon ➶ 3892
Muryô Denwaki

Die Geschenke vom Knopfstern ➶ 3892
Botan-Hoshi Kara No Okurimono

»Hallo, komm raus!« ➶ 3888, auch ➶ 3892, auch ➶ 4262
»Oi, Dete Kôi!«

Hobby eines Barbesitzers ➶ 260 AR, auch ➶ 3019, auch ➶ 4000
Bokko-Chan
(auch als »Sweet Bonny«)

Die Höllenmaschine ➶ 3892
Yakkai No Sôchi

Im Zeitalter der Verträge ➶ 3892
Kei Yaku Jidai

Im Zeitalter des Stillstands ➶ 3892
Chintai No Jidai

Kidnapping ➶ 3892
Yûkai

Das letzte Unternehmen ➶ 3892
Saigo No Jigyô

Das Ministerium für Erhaltung des Lebens ➶ 3892
Seikatsu-Ijishô

Mit dem Geschenk der Unsterblichkeit ➶ 3892
Omiyage O Motte

Das Mitbringsel ➶ 3892
Omiyage

Notlandung ➶ 3892
Sônan

Die Prämie ➶ 3892
Keihin

Das Rätsel der Fußspuren ➶ 3892
Ashiato No Nazo

Der Sekretär auf der Schulter ➶ 3892
Kata No Nue No Hisho

Die Siedler ➶ 3892
Kaitakusha-Tachi

»Soll ich sie bauen?« ➶ 3892
Tsukuru-Beki Ka

Sweet Bonny ➶ 3892
Bokko-Chan
(auch als »Hobby eines Barbesitzers«)

Trompetensignale ➶ 3892
Rappa No Oto

Der Universal-Wertmesser ➶ 3892
Kachi-Kensaki

Urteilsvollstreckung ➶ 3892
Shokei

Wenn der Winter kommt ➶ 3892
Fuyu Kitarinaba

Zwischenhalt auf dem Transport ➶ 3892
Yosû-Chû

s. **MORGENTAL**, Michael

HOSSZU, Agnes

Hermann, das Hermelin ➶ 5090
Hermann, a Hermelin

HOUSSIN, Joël

Die Geier : 4462
Le vautours

HOWARD, Clark

Der Spezialist ➶ 6555 AR
The Specialist

HOWARD, Robert E(rvin)

Almuric : 3363
Almuric

Aus den Katakomben ➶ 3258
Red Nails

Conan und der Schatz des Tranicos : 4915
The Treasure of Tranicos

Der eiserne Teufel ➶ 3236
The Devil in Iron

Der Gott in der Schale ➶ 3202
The God in the Bowl

Das hyborische Zeitalter - 1. Teil ➶ 3202
The Hyborian Age – Part I

Das hyborische Zeitalter - 2. Teil ➶ 3283
The Hyborian Age – Part 2

Im Zeichen des Phönix ➶ 3263
The Phoenix on the Sword

Jenseits des schwarzen Flusses ➶ 3258
Beyond the Black River

Die Königin der schwarzen Küste ➶ 3206
Queen of the Black Coast

Die Menschenfresser von Zamboula ➶ 3236
Shadows in Zamboula

Natokh, der Zauberer ➶ 3210
Black Colossus

Der rote Priester ➶ 3202
Rogues in the House

Salome, die Hexe ➶ 3210
A Witch Shall Be Born

Die scharlachrote Zitadelle
➶ 3263
The Scarlet Citadel

Schatten im Mondlicht ➶ 3210
Shadows in the Moonlight

Der Schatz von Gwahlur ➶ 3258
Jewels of Gwahlur

Der schwarze Kreis ➶ 3245
Black Tears

Das Tal der verlorenen Frauen
➶ 3206
The Vale of Lost Women

Der Teich der Riesen ➶ 3245
The Pool of the Black Ones

Die Tiger der See : 4421
Tigers of the Sea

Der Turm des Elefanten ➶ 3202
The Tower of the Elephant

Der wandelnde Schatten ➶ 3245
The Slithering Shadow

Ymirs Tochter ➶ 3206
The Frost Giant's Daughter

HOWARD, Robert E(rvin)/
CARTER, Lin(wood Vrooman)

Nergals Hand ➶ 3202
The Hand of Nergal

HOWARD, Robert E(rvin)/
CARTER, Lin(wood Vrooman)/
DE CAMP, L(yon) Sprague

Conan : 3202
Conan

Conan der Wanderer : 3236
Conan the Wanderer

Conan von Cimmerien : 3206
Conan of Cimmeria

HOWARD, Robert E(rvin)/**DE CAMP**, L(yon) Sprague

Der blutbefleckte Gott ➶ 3206
The Bloodstained God

Conan der Abenteurer : 3245
Conan the Adventurer

Conan der Eroberer : 3275
Conan the Conqueror

Conan der Krieger : 3258
Conan the Warrior

Conan der Pirat : 3210
Conan the Freebooter

Conan der Thronräuber : 3263
Conan the Usurper
(auch als »Conan der Usurpator«)

Conan und der Flammendolch : 3236, auch : 4930
The Flame Knife

In der Halle der Toten ➶ 3202
The Hall of the Dead

Der Schatz des Tranicos ➶ 3263
The Treasure of Tranicos

Die Straße der Adler ➶ 3210
The Road of the Eagles

Die Trommeln von Tombalku ➶ 3245
Drums of Tombalku

Der wahnsinnige König ➶ 3210
Hawks over Shem

Wölfe jenseits der Grenze ➶ 3263
Wolves beyond the Border

HOWARD, Robert E(rvin)/**NYBERG**, Björn/ **DE CAMP**, L(yon) Sprague

Conan der Rächer : 3283
Conan the Avenger

HOYLE, (Sir) Fred

Das Geheimnis der Stadt Caragh : 3061
Ossian's Ride

Die schwarze Wolke : 3033, auch : 3187
The Black Cloud

HOYLE, (Sir) Fred/**HOYLE**, Geoffrey

Raketen auf Ursa Major : 3312
Rockets in Ursa Major

HUBBARD, P. M.

Die Mutter ➶ 3021
Special Consent

Sehnsucht ➶ ANTH 2
Manuscript Found in a Vacuum

HUBERT, Jean-Pierre

Gelatine ➶ 5055
Gélatine

Sekunden der Wahrheit ➶ 3690
Secondes de vérité

HUDEC, Goran

Der Ring ➶ 4746
The Ring

HÜBSCH-JAMIL, Hadayatullah

Was heißt hier Weltuntergang ➶ 3985

HÜFNER, Heiner

Unverhoffte Bekanntschaft durch einen Automaten ➶ 3952

HÜLSMANN, Harald K.

Zehn Gedichte aus den Notizen des Mago-Psycho-Technikers Carl Schultes ➶ 3818

HUGHES, Robert Don

Der doppelköpfige Drache : 4538
The Wizard in Waiting

Die Macht und der Prophet : 4539
The Power and the Prophet

Der Prophet von Lamath : 4537
The Prophet of Lamath

HUGHES, Zach

Killervögel : 4641
Killbird

Sonnentrinker : 5246
Sundrinker

HUME, Paul R.

Blindgänger ➶ 4844
Talechaser

HUNDERTMARCK, Rosemarie

Über das Risiko, Messiasgestalten in der Science Fiction zu schildern ➶ 5380

HUNTER, Evan

Der scharlachrote König ➶ 9 JB
The Scarlet King

HUXLEY, Aldous (Leonard)

Schöne neue Welt ➶ 93
Brave New World
(Auszug)

HUXLEY, Julian

Der Gewebekulturen-König ➶ 92
The Tissue-Culture King
(auch als »Labor in der Wildnis«)

Labor in der Wildnis ➶ 3239
The Tissue-Culture King
(auch als »Der Gewebekulturen-König«)

HYNE, C. J. Cutcliffe

Die Echse ➶ 4022
The Lizard

I

ICE, Kathy

Ferne Welten : 6611
Magic – the Gathering: Distant Places

Der Gobelin : 6606
Magic – the Gathering: Tapestries

Vorwort ➶ 6606

Zum Geleit ➶ 6606

ILMER, Horst

Sekundärliteratur = Zweitrangige Literatur? ➶ 4260

INDICK, Ben P.

King als Schriftsteller für Jugendliche ➶ 7877 AR
King as Writer for Children

Wie macht er uns nur solche Angst? ➶ 7877 AR
What Makes Him So Scary

IRLACHER, Walter

Maschinen ➶ 3574

IRVING, John

Anderer Leute Träume ➶ 10108 AR
Other People's Dreams

IRVING, Washington

Die Legende vom Verschlafenen Tal ➶ 4023
The Legend of Sleepy Hollow

ISAAC ASIMOV'S SCIENCE FICTION MAGAZIN

s. **RESS-BOHUSCH**, Birgit, Folge 1–14

s. **WAHREN**, Friedel, Folge 15 ff.

IVERSON, Eric/**O'BYRNE**, Elaine

Tod in Vesunna ➶ 4332
Death in Vesunna

IVES GILMAN, Carolyn

Die wilden Schiffe von Fairny ➶ 5649
The Wild Ships of Fairny

IWOLEIT, Michael K.

Creatio ex silicio. Über die Terra incognita der neuen Computerwissenschaften ➶ 5380

Die deutsche Science Fiction '84/'85 ➶ 4260

Die deutsche Science Fiction 1986 ➶ 4371

Die deutsche Science Fiction und ihre Autoren, Teil 2 ➶ 4371

Die deutsche Science Fiction und ihre Autoren, Teil 3 ➶ 4464

Die Duplikate ➶ 4803

Ein Gespräch mit David I. Masson ➶ 4850

Ein Gespräch mit David Wingrove ➶ 5245

Ein Nachruf auf Reinmar Cunis ➶ 4640

Ein offener Brief an Peter M. Gaschler ➶ 5925

Der Eisgarten ➶ 4470

Die Endzeitkinder ➶ 5250

Europa nach dem Regen ➶ 4747

Herbert W. Frankes Leonardo – Über Kunst und Pseudokunst ➶ 4550

Der Keller ➶ 5495

Nachwort ➶ 5251, ➶ 5253, ➶ 5257

Perspektiven des Films:
am Beispiel von Ridley Scotts »Blade Runner« und Terry Gilliams »Brazil« ➶ 4640

Philip K. Dick und die SF der Neunzigerjahre ➶ 4640

Das PKD-Projekt ➶ 4713

Reductio ad absurdum:
Die Science Fiction des David I. Masson ➶ 4960

Staunend im brennenden Labyrinth. Über die Wiederveröffentlichung eines Meisterwerks von Hans Kneifel ➶ 4850

Wachablösung ➶ 5325

Wiederbegegnung mit einem Propheten. Einige Bemerkungen zu Marshall McLuhan ➶ 5925

IWOLEIT, Michael K./**JOST**, Walter

Die deutsche Science Fiction und ihre Autoren ➶ 4260

s. **PUKALLUS**, Horst/**IWOLEIT**, Michael K.

IZZO, Francis E.

Panzer ➶ 4215
Tank

J

JABLOKOV, Alexander

Der Totenbinder ➶ 4536
Deathbinder

JABLONSKI, Miroslaw P.

Der Stammbaum ➶ 5160
Drzewo genealogiczne

JACKSON, Shirley

Ein gewöhnlicher Tag mit Erdnüssen ➶ 3763, auch ➶ 4254
One Ordinary Day, with Peanuts

Die Lotterie ➶ 8175 AR
The Lottery

JACOBI, Peter

Raptus ➶ 3985

JACOBS, Harvey

Herrliche Suppe : 5480
Beautiful Soup. A Novel for the 21st Century

Wie gewonnen, so zerronnen ➶ 4438
Seymourlama

Die Zollbrücke ➶ 4673
The Toll Bridge

JACOBS, Rivka

Kleines verlorenes Mädchen ➶ 8094 AR
Little Maid Lost

JACOBS, W(illiam) W(ymark)

Die Affenpfote ➶ 8303 AR
The Monkey's Paw

JACOBY, Bruce

s. **KAZIDIAN**, Aris/**JACOBY**, Bruce

JACQUES, Bernard
Second Hand Planet oder Heute früh, die Wale ➶ 4470
Ce matin, les baleines

JÄGER, Bert
Als die Flut gewichen war ➶ 3725
Nur den heiteren Morgen ➶ 3831

JAGNOW, Björn
Die Zeit der Gräber : 6003

JAKES, John
Fröhliche Weihnachten – Post-Gutenberg ➶ 4638, auch ➶ 4884
Merry Xmas, Post/Gute

JAKOBS, Karl-Heinz
Quedlinburg ➶ 3952

JAKOVLEV, Vladimir
Kreis der Zeit ➶ 3944

JAMES, Adobe
Die Straße nach Mictlantecutli ➶ 9 JB
The Road to Mictlantecutli

JAMES, Henry
Das glückliche Eck ➶ 9 JB
The Jolly Corner

JAMES, M(ontague) R(hodes)
Das Chorgestühl zu Barchester ➶ 8303 AR
The Stalls of Barchester Cathedral
Der Eschenbaum ➶ 7701 AR
The Ashtree
Ratten ➶ 8768 AR
Rats

JANDA, N. L.
Unsichtbarer Feind ➶ 3812
Nemico Invisible

JANIFER, Lawrence M(ark)
Peinliche Verwechslung ➶ 299 AR, auch ➶ 3025
In the Bag
s. **GOLDBERG**, Michael/**JANIFER**, Lawrence M(ark)

JANSEN, Volker
s. **HAHN**, Ronald M./**JANSEN**, Volker
s. **HAHN**, Ronald M./**JANSEN**, Volker/**STRESAU**, Norbert

JAUK, Hermann
In der Versuchsanstalt ➶ 3780

JAVOR, F. A.
Ein Pegasus für Mr. Bullitt ➶ 3369
The Triumph of Pegasus

JEAN PAUL, (Johann Paul Friedrich Richter)
Untertänigste Vorstellung ➶ 7624 AR
(Auszug)

JEFREMOW, Iwan A.
Andromedanebel : 19
Tumannost' Andromedy
(auch als »Das Mädchen aus dem All«)
Das Herz der Schlange ➶ 3618
Serdce zmei
Das Mädchen aus dem All : 3226
Tumannost'Andromedy
(auch als »Andromedanebel«)
s. **KAZANCEV**, Aleksandr

JELEND, Wolfgang
Karl ➶ 3985

JEMZEW, Michail
s. **PARNOW**, Jeremej/**JEMZEW**, Michail

JENKINS, Scott

Ausweglos ➶ 5274
Nowhere to Run

JENNINGS, Gary

Am Ende aller Träume ➶ 3204
After All Dreaming Ends

Geisterbeschwörung ➶ 3337
Specialization

Die Reliquie ➶ 3931
The Relic

s. **REYNOLDS**, Mack/**JENNINGS**, Gary

JENNINGS, Jor

Die Familie ➶ 6555 AR
Other

JENNINGS, Philip C.

Teddykäfer und der heiße Schneeball ➶ 5055
Teddy Bug and the Hot Purple Snowball

JENTZSCH, Christian

Der Spieler : 6022

JESCHKE, Wolfgang

An der Grenze : 4610

Die Anderen ➶ 3328

Die Angst der Mächtigen vor der Macht der Phantasie ➶ 4019

Aufbruch in die Galaxis : 4001

Das Auge des Phönix : 4235

Das Blei der Zeit : 4803

Das digitale Dachau : 4161

Dokumente über den Zustand des Landes vor der Verheerung ➶ 3780, auch ➶ 5025

Drei Science Fiction-Romane in einem Band : 4403

Drei Science Fiction-Romane in einem Band : 4439

Drei Science Fiction-Romane in einem Band : 4463

Drei Science Fiction-Romane in einem Band : 4484

Drei Science Fiction-Romane in einem Band : 4494

Editorial ➶ 3848, ➶ 3869, ➶ 3888, ➶ 3908, ➶ 3935, ➶ 3954, ➶ 3989, ➶ 4019, ➶ 4051, ➶ 4085, ➶ 4124, ➶ 4260, ➶ 4371, ➶ 4464, ➶ 4550, ➶ 4640, ➶ 4760, ➶ 4850, ➶ 4960, ➶ 5080, ➶ 5245, ➶ 5380, ➶ 5638, ➶ 5925

Eine Lokomotive für den Zaren : 3725

Einmal Glasgow und zurück. Eindrücke von einer Reise zur Intersection, der 53sten World Science Fiction Convention vom 24. bis zum 28. August in Glasgow ➶ 5380

Entropie : 4255

Es lebe der Wald ➶ 5025

Fantasy – 5 phantastische Romane in einem Band : 5 JB

Feinde des Systems : 3805

Der Fensterjesus : 4880

Fünf Gedichte ➶ 3328
Seveso
I Love Bombay 1980
Denkmodelle
Sterne
Aufbruch

25 Jahre Heyne Science Fiction/Fantasy – Das Lesebuch : 4000

25 Jahre Heyne Science Fiction/Fantasy – Das Programm : 4100

Die Gebeine des Bertrand Russell : 4057

Das Gewand der Nessa : 4097

Gogols Frau : 5090

Gotthard Günther: Ein Pionier der Science Fiction in Deutschland ➶ 54

Die große Uhr : 3541

Happy Birthday, dear Alice!
Happy Birthday, dear Anne! ↗ 5025
Heyne Science Fiction Jahresband 1980 : 3729
Heyne Science Fiction Jahresband 1981 : 3790
Heyne Science Fiction Jahresband 1982 : 3870
Heyne Science Fiction Jahresband 1983 : 3962
Heyne Science Fiction Jahresband 1984 : 4060
Heyne Science Fiction Jahresband 1985 : 4183
Heyne Science Fiction Jahresband 1986 : 4262
Heyne Science Fiction Jahresband 1987 : 4385
Heyne Science Fiction Jahresband 1988 : 4477
Heyne Science Fiction Jahresband 1989 : 4570
Heyne Science Fiction Jahresband 1990 : 4650
Heyne Science Fiction Jahresband 1991 : 4770
Heyne Science Fiction Jahresband 1992 : 4865
Heyne Science Fiction Jahresband 1993 : 4991
Heyne Science Fiction Jahresband 1994 : 5100
Heyne Science Fiction Jahresband 1995 : 5250
Heyne Science Fiction Jahresband 1996 : 5398
Heyne Science Fiction Jahresband 1997 : 5648
Heyne Science Fiction Jahresband 1998 : 5935
Heyne Science Fiction Magazin 1 : 3848
Heyne Science Fiction Magazin 2 : 3869
Heyne Science Fiction Magazin 3 : 3888
Heyne Science Fiction Magazin 4 : 3908
Heyne Science Fiction Magazin 5 : 3935
Heyne Science Fiction Magazin 6 : 3954
Heyne Science Fiction Magazin 7 : 3989
Heyne Science Fiction Magazin 8 : 4019
Heyne Science Fiction Magazin 9 : 4051
Heyne Science Fiction Magazin 10 : 4085
Heyne Science Fiction Magazin 11 : 4124
Heyne Science Fiction Magazin 12 : 4167
Heyne Science Fiction Sammelband : 3930
I Love Bombay 1980 ↗ 3398
Im Grenzland der Sonne : 3592
Ist »Der Wüstenplanet« versandet? ↗ 4051
Johann Sebastian Bach Memorial Barbecue : 4697
Jona im Feuerofen oder Das versehrte Leben ↗ 5025
Der König und der Puppenmacher ↗ 3328, auch ↗ 4235
L wie Liquidator : 4410
Langsame Apokalypse : 4325
Lenins Zahn und Stalins Tränen : 5055
Der letzte Tag der Schöpfung : 4200
Die letzten Bastionen : 5880
Meamones Auge : 5149
Meister Carolus – mein Freund : 3848
Die Menagerie von Babel : 4920
Midas oder die Auferstehung des Fleisches : 5001
The Mississippi Straightforward Society ↗ 5025, auch ↗ 2528 AR
Mondaugen : 4660
Nachbemerkung ↗ 79, ↗ 5200, ↗ 5380
Nachrichten von Lebenden und von Toten ↗ 5000
Nachwort ↗ 54
Nekyomanteion ↗ 4000, auch ↗ 5025
Osiris Land ↗ 3970, auch ↗ 5025, auch : 7026
Papa Godzilla : 4560
Partner fürs Leben : 5325
Pater Ramseys Totenmessen ↗ 3328
Die Pilotin : 5160
Planetoidenfänger : 3364
Die Reise einer Zeitmaschine ↗ 5638
Riffprimaten : 5390
Der Riß im Berg ↗ 3328
Der Roboter als Konkurrent am Arbeitsplatz ↗ 3888
Die säumige Zeitmaschine : 5645

Zwei SF-Romane in einem Band : 4362
Zwölf Minuten und einiges mehr ➶ 3328

JESCHKE, Wolfgang/**ARMER**, Karl Michael
Die Fußangeln der Zeit : 28
Vorwort ➶ 28

JESCHKE, Wolfgang/**SILVERBERG**, Robert
Wer, was ist Tiptree? ➶ 3822
s. **ALDISS**, Brian W(ilson)/**JESCHKE**, Wolfgang
s. **ALPERS**, J./**FUCHS**, W./**HAHN**, R. M./ **JESCHKE**, W.
s. **ARMER**, Karl Michael/**JESCHKE**, Wolfgang
s. **BAUER**, Werner/**JESCHKE**, Wolfgang
s. **BOVA**, Ben(jamin William)/**JESCHKE**, Wolfgang
s. **HAHN**, Ronald M./**JESCHKE**, Wolfgang
s. **LUSERKE**, Uwe/**JESCHKE**, Wolfgang
s. **POHL**, Frederik/**JESCHKE**, Wolfgang
s. **SILVERBERG**, Robert/**JESCHKE**, Wolfgang

JETER, K. W.
Blau an einem Ende, gelb am anderen ➶ 8831 AR
Blue at One End. Yellow at the Other
Das erste Mal ➶ 8649 AR
The First Time
Das schwarze Nachtgewand ➶ 9953 AR
Black Nightgown
Die Station der Cardassianer : 5130
Bloodletter

JEURY, Michel
Die Abriegler ➶ 3837
Les colmateurs
Die Inseln im Monde : 4162
Les îles de la lune
Rendezvous im Süden ➶ 3690
Le rendez-vous du sud

JEWTUSCHENKO, Jewgeni
Ardabiola ➶ 4060
Ardabiola

JOHACH, Stephan
Der Menschenfresser ➶ 6030

JOHNSON, Bill
Treffpunkt Apogäum ➶ 4165
Meet Me at Apogee
Wahlen aus der Urne ➶ 4836
Vote Early, Vote Often

JOHNSON, George Clayton
Der Klang der Wahrheit ➶ 9773 AR
The Ring of Truth
Die Macht des Meeres ➶ 6555 AR
Sea Change
s. **NOLAN**, William F(rancis)/ **JOHNSON**, George Clayton

JOHNSON, James B.
Treckmeister : 5916
Trekmaster

JOHNSON, Rick
Die letzte Stimme ➶ 4178
The Final Voice

JOHNSON, Roger
Die Vogelscheuche ➶ 6793 AR
The Scarecrow

JOHNSON, Susan
Hinter verschlossener Tür ➶ 6498 AR
Behind the Doors

JOHNSON, Vic

Von Schlitten und vierzig Wintern ➶ 6498 AR
Of Sledges and Forty Winters

JONES, D(ennis) F(eltham)

Alarmglocke ➶ 3237
The Tocsin

JONES, Gwyneth

Blauer Ton ➶ 5325
Blue Clay Blues

Weiße Königin : 5484
White Queen

JONES, L. E.

Medusenaugen ➶ 286 AR, auch ➶ 3023
The Eyes of Phorkos

JONES, Langdon

Durchreise ➶ 3398
Transient

Die große Uhr ➶ 3541
The Great Clock

Symphonie Nr. 6, c-moll, die Tragische von Ludwig van Beethoven II ➶ 3473
Symphony No. 6, in C Minor, »The Tragic« by Ludwig van Beethoven II

JONES, Leslie

Mrs. Ackenbaugh und der Teufel ➶ 3048
The Devil and Mrs. Ackenbaugh

JONES, Neil/**PRINGLE**, David

Genräuber : 5554
Deathwing

JORDAN, Robert

Die Amyrlin : 5523
The Lord of Chaos, 3. Teil

Das Auge der Welt : 5027
Eye of the World, 2. Teil

Conan der Glorreiche : 4345
Conan the Victorious

Conan der Prächtige : 4344
Conan the Magnificent

Conan der Siegreiche : 4232
Conan the Triumphant

Conan der Unbesiegbare : 4172, auch ➶ 5460
Conan the Invincible

Conan der Unüberwindliche : 4203, auch ➶ 5460
Conan the Unconquered

Conan der Verteidiger : 4163, auch ➶ 5460
Conan the Defender

Conan der Zerstörer : 6281 AR
Conan The Destroyer

Der Drache schlägt zurück : 5037
The Fires of Heaven, 3. Teil

Drohende Schatten : 5026
Eye of the World, 1. Teil

Die Fühler des Chaos : 5521
The Lord of Chaos, 1. Teil

Der große Conan: 3 Romane in einem Band : 5460

Die große Jagd : 5028
The Great Hunt, 1. Teil

Die Heimkehr : 5033
The Shadow Rising, 2. Teil

Die Hexenschlacht : 5524
The Lord of Chaos, 4. Teil

Das Horn von Valere : 5029
The Great Hunt, 2. Teil

Schattensaat : 5032
The Shadow Rising, 1. Teil

Scheinangriff : 5036
The Fires of Heaven, 2. Teil

Stadt des Verderbens : 5522
The Lord of Chaos, 2. Teil

Die Straße des Speers : 5031
The Dragon Reborn, 2. Teil

Der Sturm bricht los : 5034
The Shadow Rising, 3. Teil

Der wiedergeborene Drache : 5030
The Dragon Reborn, 1. Teil

Wolken über Ebou Dar : 5526
A Crown of Swords, 2. Teil

Die zerbrochene Krone : 5525
A Crown of Swords, 1. Teil

Zwielicht : 5035
The Fires of Heaven, 1. Teil

JORDAN, Robert/
PATTERSON, Teresa

Die Welt von Robert Jordans »Das Rad der Zeit« : 9000
The World of Robert Jordan's »The Wheel of Time«

JORON, Andrew

Antenne ➶ 5042
Antenna

SF-Dichtung – ein neues Genre ➶ 4861
State of the Art: SF Poetry – a New Genre

JOSCZOK, Dirk

Erinnerung ➶ 4199

Kunstwerk ➶ 4009

JOSEPHS, Laurence

Stein, Sein und Schein ➶ 4175
Lose, Place, and Show

Der Trompetenschwan ➶ 4175
The Trumpeterswan

JOST, Walter

s. **IWOLEIT**, Michael K.

JOYCE, Graham

Der Sozialarbeiter ➶ 5390
The Careperson

JULIAN, Astrid

Irenes Lied ➶ 5495
Irene's Song

JUNGK, Robert

Das Elektronenorakel ➶ 7624 AR

Plädoyer für eine lebensrettende Wissenschaft ➶ 5080

Roboter im Büro ➶ 7624 AR

Think! ➶ 7624 AR

JURKEIT, Rolf

Twilight Zone – Dämmerlicht : 6498 AR
aus: *The Twilight Zone Magazine*

Twilight Zone – Magisches Dunkel : 6555 AR
aus: *The Twilight Zone Magazine*

Twilight Zone – Magisches Licht : 6723 AR
aus: *The Twilight Zone Magazine*

JUSTMAN, Robert H.

s. **SOLOW**, Herbert F./**JUSTMAN**, Robert H.

K

KACZMAREK, Peter

Wenn ich noch 48 Stunden hätte ➶ 3985

KADLECKOVA, Vilma

Auf der Kehrseite der Welt ➶ 5160
Na rubu světa

KADREY, Richard

Ein Gespräch mit John Shirley (I) ➶ 4760

Ein Gespräch mit John Shirley (II) ➶ 4760

Ein Gespräch mit Rudy Rucker ➶ 4704

Das Klo war voller Nietzsche ➶ 4704
The Toilet Was Full of Nietzsche

Metrophage : 4758
Metrophage

KÄSBAUER, Margret
Die Gärten von Velt ➶ 3897
Die goldene Spinne : 4995
Der Ruf der Götter : 4068

KAFKA, Franz
Die Verwandlung ➶ 5494

KAGAN, Janet
Uhuras Lied : 4605
Uhura's Song

KAISER, Ulrich
Die Ruine des Unheils – Ein Fantasy-Spiel : 6524 AR
Der Teich der Träume – Ein Fantasy-Spiel : 6572 AR

KAJDOŠ, Václav
Der Drache ➶ 4747
Drak
Der Golem ➶ 4697
Hmota bez tvaru
Das unlösbare Problem ➶ 5495
Neresitelná otáka

KALLENBERGER, Michael
Weißes Chaos ➶ 4855
White Chaos

KAMINSKY, Stuart
Verborgen ➶ 10344 AR
Hidden

KAMMRAD, Horst
als der computer kam ➶ 7624 AR

KAPP, Colin
Der Ionen-Krieg : 4437
The Ion War
Die programmierten Hände ➶ 3155
I Bring You Hands
Die Suche nach der Sonne : 5975
Cageworld 1. The Search for the Sun
Der Tyrann von Hades : 5977
Cageworld 3: The Tyrant of Hades
Die verlorenen Welten von Cronus : 5976
Cageworld 2: The Lost Worlds of Cronus
Der Zauberer von Anharitte : 5947
The Wizard of Anharitte

KARCZEWSKI, Jan
Ein bißchen Technik oder ein automatischer Präsident ➶ 3906
Trochę Techniki, Czyli Automatyczny Prezydent

KARR, Hanns-Peter
Null Null ➶ 3985

KASACK, Hermann
s. **DOLEZAL**, Joseph

KASCHNITZ, Marie-Luise
Die drei Geschichten von der Sonne ➶ 6598 AR

KASPRZAK, Andreas
Stephen King und seine Filme : 247 FB

KASSAU, Sven Ove
Der Astronaut und die Blume ➶ 3725
Die Blumen der Stinx ➶ 3685
Der Einsame von Frediro ➶ 3737

KATZENBACH, Alfons
Wenn der Weihnachtsmann kommt ➶ 3985

KAY, Guy Gavriel
Ein Lied für Arbonne : 9951 AR
A Song for Arbonne

Der Fluch : 5291
Tigana, Erster Teil

Der Hofnarr : 5292
Tigana, Zweiter Teil

KAZANČEV (KASANZEW), Aleksandr
Auf drei Planeten : 4010
Phaety
Die Glaubhaftigkeit des Ungewöhnlichen – Ivan A. Jefremow – zur 75. Wiederkehr seines Geburtstages ➶ 3935
Die Kuppel der Hoffnung : 4126
Kupol nadezhdy
Stärker als die Zeit : 3630
Silneje vremeni

KAZIDIAN, Aris/**JACOBY**, Bruce
Das STAR TREK-Kochbuch : 5546
(Originaltitel: N. N.)

KEARNS, Richard
Grabengel ➶ 4485
Grave Angels
Die Macht der Presse ➶ 4222
The Power of the Press

KEENE, Day/**PRUYN**, Leonard
Welt ohne Frauen : 3176
World without Women

KEGEL, Bernhard
Das Ölschiefer-Skelett. Eine Zeitreise : 10559 AR

KEITH, J. Andrew
Die Stunde der Helden : 5128
Blood of Heroes

KEITH jr., William H.
Die Ehre der Legion : 5393
Renegade's Honor
Entscheidung am Thunder-Rift : 4628, auch ➶ 5219
Battle Tech: Decision at Thunder Rift
Operation Excalibur : 5492
Operation Excalibur
Pflichtübung : 5374
Tactics of Duty
Der Söldnerstern : 4629
Battle Tech: Mercenary's Star
Der Preis des Ruhms : 4630
Battle Tech: The Price of Glory

KEIZER, Gregg
Im Gegensatz zu Cortez ➶ 4265
Unlike Cortez

KELLEHER, Victor
Das Himmelsmonster : 5194
The Beast of Heaven

KELLER, David H(arry)
Das Ding im Keller ➶ 8302 AR
The Thing in the Cellar
Der fliegende Narr ➶ 3847
The Flying Fool
Die Revolution der Fußgänger ➶ 92
The Revolt of the Pedestrians

KELLERMANN, Bernhard
Der Tunnel : 3311
s. **PUKALLUS**, Sylvia

KELLEY, Leo P(atrick)
Mr. Tod auf Besuch ➶ 3073, auch ➶ 4319
O'Grady's Girl

KELLNER, Wolfgang
Totalschaden ➶ 3952

KELLY, C. Brian

Der Tunnel ➶ 214 AR, auch ➶ 3011
The Tunnel

KELLY, James Patrick

Die Angst namens Mut ➶ 3931
The Fear That Men Call Courage

Der Blumenfreund ➶ 4770
Faith

Dämon ➶ 4513
Daemon

Fluchtwege ➶ 4747
Not to the Swift

Der Gefangene von Chillon ➶ 4470
The Prisoner of Chillon

Die Glaswolke ➶ 4495
Glass Cloud

Die heilige Theresa der Aliens ➶ 4294
Saint Theresa of the Aliens

Heimatfront ➶ 4697
Home Front

In der Schlange mit Mister Jimmy ➶ 4957
Standing in Line with Mister Jimmy

Letztkontakt ➶ 4470
Last Contact

Monster ➶ 5196
Monsters

Mr. Boy ➶ 4855
Mr. Boy

Nur eine Frage der Hormone ➶ 5141
Chemistry

Pogrom ➶ 5090
Pogrom

Ratte ➶ 4410
Rat

Der schrecklichste Monat ➶ 4803
The Cruelest Month

Sonnenwende ➶ 4544
Solstice

Der Tanz mit den Stühlen ➶ 4610
Dancing with the Chairs

Todestherapie ➶ 4477
Death Therapy

Warum die Brücke nicht mehr singt ➶ 5892
Why the Bridge Stopped Singing

s. **LETHEM**, Jonathan/**KESSEL**, John/
KELLY, James Patrick

KELLY, John

Eine geraubte Klicka ➶ 3853
One Kidnapped Clicka

KEMPEN, Bernhard

Eine Lektion in Misanthropie: Über Octavia E. Butlers »schwarze SF« ➶ 4960

KENNEALY, Patricia

Des Falken graue Feder : 4831
The Hawk's Gray Feather

Die dreizehn Schätze von Keltia : 6818 AR
The Copper Crown
(auch als »Die Kupferkrone«)

Die Kupferkrone : 4622
The Copper Crown
(auch als »Die dreizehn Schätze von Keltia«)

Der Silberzweig : 4772
The Silver Branch

Der Thron von Scone : 4623
The Throne of Scone

KENNEALY-MORRISON, Patricia

Die Königseiche : 9012
The Oak above the Kings

KENNEDY, Leigh

Altgriechisch ➶ 5160
Greek

Der Fensterjesus ➶ 4880
The Window Jesus

Ihr hübsches Fellgesicht ➶ 4294
Her Furry Face

Martha ➶ 4178
Belling Martha

Petit Mal ➶ 4697
Petit Mal

Russell ➶ 4803
The Silent Cradle

St. Hiroshima : 4801
St. Hiroshima

Das Tagebuch von Nicholas dem Amerikaner : 4637
The Journal of Nicholas the American

KEPLER, Johannes

Der Traum vom Mond (Auszug) ➶ 90
Somnium seu opus posthumum de astronomia lunari

KERK, Johan

Heldenschwur : 6031

KERR, Jack B.

Wellen ➶ 3498
Waves

KESSEL, John

Buffalo ➶ 5004
Buffalo

Ein glatter Ausstieg ➶ 4690
A Clean Escape

Eine andere Waise ➶ 4062
Another Orphan

Der große Traum ➶ 4178
The Big Dream

Gute Nachricht von den Sternen : 5425
Good News from Outer Space

Invasoren ➶ 5645
Invaders

Nicht im Auge schaut man des Herzens Glanz ➶ 4140
Hearts Do Not in Eyes Shine

Das reine Produkt ➶ 4405
The Pure Product

Unter Null ➶ 6723 AR
Below Zero

s. **LETHEM**, Jonathan/**KESSEL**, John/ **KELLY**, James Patrick

KEYES, Daniel

Blumen für Algernon ➶ 13, auch ➶ 97, auch ➶ 3763, auch ➶ ANTH 5
Flowers for Algernon

Charly : 57, auch : 3564
Flowers for Algernon

Die Enthüllung Claudias : 4877
Unveiling Claudia: The True Story of a Serial Murder

Die fünfte Sally : 4386
The Fifth Sally

Kontakt Radioaktiv : 68, auch : 3804
The Touch

Die Leben des Billy Milligan : 4218, auch ➶ 8553 AR
The Minds of Billy Milligan

KHUON (-WILDEGG), Ernst von

Helium : 3327

KIAUSCH, Usch

»A Country of the Mind«, ein Land der inneren Vorstellung. Ein Gespräch mit Greg Bear ➶ 5638

Cyberpunk – 10 Jahre danach: Joe Haldeman, Bruce Sterling und Tom Maddox extrapolieren ➶ 4850

Ein Gespräch mit Brian W. Aldiss ➶ 4760

Ein Gespräch mit Michael Bishop ➶ 5080

Ein Gespräch mit Charles N. Brown ➶ 4760

Ein Gespräch mit Hal Clement ➶ 4760

Ein Gespräch mit Roger Corman ➶ 5080

Ein Gespräch mit Stephen R. Donaldson ➶ 4760

Ein Gespräch mit (dem US-Literaturkritiker) H. Bruce Franklin ➶ 5080

Ein Gespräch mit Karen J. Fowler ➶ 5080

Ein Gespräch mit Joe Haldeman ➶ 4850

Ein Gespräch mit Ursula K. Le Guin ➶ 5080

Ein Gespräch mit Doris Lessing ➶ 4640

Ein Gespräch mit Tom Maddox ➶ 4640

Ein Gespräch mit Tom Maddox ➶ 4960

Ein Gespräch mit Michaela Roessner ➶ 4640

Ein Gespräch mit Bruce Sterling ➶ 4850

Ein Gespräch mit Connie Willis ➶ 4960

Eine Zeile von Stevenson ➶ 5950

»Kein Wunder, daß der Cyberpunk so wenige weibliche Stimmen hat« - Ein Gespräch mit Elisabeth Vonarburg ➶ 4850

»Kidnapping Tarzan and Frankenstein« - ein Abend mit Brian W. Aldiss und Philip José Farmer ➶ 4760

Soho Generation ➶ 5160

KIDD, Paul

Die Maus von Kerbridge : 5901
Mus of Kerbridge

KIDD, Virginia

Futura : 3856
The Millennial Women

s. **LE GUIN**, Ursula K(roeber)/**KIDD**, Virginia

KIERMEIER-DEBRE, Joseph

E.T. - Die perfekte Blasphemie? ➶ 4051

Theater und Science Fiction ➶ 4085

KIESOW, Ulrich

Am Großen Fluß ➶ 6030

Die Gabe der Amazonen : 6018

Der Göttergleiche : 6009

Der Scharlatan : 6001

Das zerbrochene Rad : 6000

KILBY, Damian

Der Tourist ➶ 4795
Travelers

KILLOUGH, Lee (Karen)

Achronos ➶ 3866
Achronos

Das Doppelgänger-Gambit : 3933
The Doppelganger Gambit

Das Jarabon ➶ 3940
The Jarabon

Menage Outré ➶ 4005
Menage Outre

Die Pest der Götter : 4016
A Voice out of Ramah

Sinfonie für einen Sternenwanderer ➶ 4410
Symphony for a Lost Traveller

Taaéhalaan ertrinkt ➶ 3946
Taaéhalaan Is Drowning

Todesglas ➶ 4405
Death Glass

Zerbrochene Treppen - Mauern aus Zeit ➶ 3739
Broken Stairways, Walls of Time

KILLUS, James/**SMITH**, Dorothy

Eisen von draußen ➶ 4107
High Iron

KILWORTH, Garry

Auf nach Golgatha ➶ 29, auch 5075
Let's Go to Golgatha!

Bogenschützen im Nebel ➶ 4836
Bowman in the Mist

Einsiedler : 3823
In Solitary

Grenzkrieg ➶ 3655
Institution

Hexenwasser : 4822
Witchwater Country

Im Land der tätowierten Männer ➶ 5495
In the Country of Tattoed Men

Schatten : 5321
Cloudrock

Der unsichtbare Feind ➶ 4178
The Invisible Foe

KIMURA, Tsunehisa

s. **ARMER**, Karl Michael

KINCAID, Paul

Ein Gespräch mit Terry Pratchett ➶ 4640

KING, Stephen

Abgrund : 9572 AR
Nightmares and Dreamscapes, 2. Teil

Achtung – Tiger! ➶ 6553 AR
Here There Be Tygers
(auch als »Hier seyen Tiger«)

Der Affe ➶ 6600 AR, auch ➶ 6888 AR, auch ➶ 8900 AR
The Monkey

Alpträume : 9369 AR
Nightmares and Dreamscapes, 1. Teil

Angst pur – Ein Gespräch mit dem »King des Horrors« : 91 HSB
Bare Bones. Conversations on Terror with Stephen King

Anmerkungen ➶ 8900 AR
Notes

Das Attentat : 6953 AR
Dead Zone

Die Augen des Drachen : 6824 AR, auch ➶ 9471 AR
The Eyes of the Dragon

Bachman – Drei Romane in einem Band : 9116 AR

Die Ballade von der flexiblen Kugel ➶ 8900 AR
The Ballad of the Flexible Bullet
(auch als »Der Fornit«)

Der Bibliothekspolizist ➶ 30 JUM
The Library Policeman

Das Bild. Rose Madder : 10020 AR, auch : 23 HC
Rose Madder

Das Bildnis des Sensenmanns ➶ 8900 AR, auch ➶ 9479 AR
The Reaper's Image
(auch als: »Der Sensenmann«)

Blut – Im Morgengrauen/Der Gesang der Toten/Der Fornit: Die Erzählungen »Skeleton Crew« erstmals in einem Band : 8900 AR
Skeleton Crew

Brennen muß Salem : 6478 AR, auch : 8513 AR, auch : 9470 AR, auch : 10356 AR
Salem's Lot

Christine : 8325 AR, auch : 9476 AR
Christine

Danse macabre – Die Welt des Horrors in Literatur und Film : 2 HSB
Danse Macabre

DEAD ZONE – Das Attentat : 6953 AR, auch : 8920 AR, auch : 9472 AR
Dead Zone

Desperation : 10446 AR, auch : 44 HC
Desperation

Dolores : 9047 AR, auch : 9488 AR, : 9631 AR, auch : 9675 AR
Dolores Claiborne

Drei ➶ 8838 AR, auch: 4 JUM
The Dark Tower: The Drawing of the Three

Der Dünenplanet ➶ 6888 AR, auch ➶ 9480 AR
Beachworld
(auch als »Dünenwelt«)

Dünenwelt ➶ 8900 AR
Beachworld
(auch als »Der Dünenplanet«)

Der Dunkle Turm – »Schwarz« und »Drei« in einem Band : 8838 AR

Ein Vortrag in der Billerica Library ➶ 7877 AR
An Evening at the Billerica Library

Ein Wintermärchen: Atemtechnik ➶ 8403 AR, auch ➶ 9481 AR, auch ➶ 9628 AR
A Winter's Tale – The Breathing Method

Einige autobiographische Anmerkungen ➶ 7877 AR
Danse Macabre, Auszug

Einleitung ➶ 9 JB
Introduction

Entschlossenheit ➶ 8098 AR
Dedication

»es« : 6657 AR, auch : 8702 AR, auch : 9903 AR, auch: 1 JUM, auch : 125 SP
It

Das Floß ➶ 6498 AR, auch ➶ 6705 AR, auch ➶ 7877 AR, auch ➶ 8900 AR, auch ➶ 9479 AR
The Raft

Der Fornit ➶ 6888 AR, auch ➶ 8900 AR, auch : 9480 AR
Skeleton Crew, Teil 3

Der Fornit 6700 AR, auch ➶ 6888 AR
The Ballad of the Flexible Bullet
(auch als »Die Ballade von der flexiblen Kugel«)

Friedhof der Kuscheltiere : 7627 AR, auch : 9473 AR, auch : 9672 AR
Pet Sematary

Frühling, Sommer, Herbst und Tod: Vier Kurzromane : 8403 AR
Different Seasons

Frühlingserwachen: Pin-up ➶ 8403 AR
Hope Springs Eternal – Rita Hayworth and Shawshank Redemption

Für Owen ➶ 6888 AR, auch ➶ 8900 AR, auch ➶ 9480 AR
For Owen

Die Geistermutanten ➶ 4005
The Slow Mutants
(auch als »Die langsamen Mutanten«)

Der Gesang der Toten : 6705 AR, auch ➶ 8900 AR, auch : 9479 AR
Skeleton Crew, Teil 2

Der Gesang der Toten ➶ 6705 AR, auch ➶ 7877 AR, auch ➶ 9479 AR
The Reach
(auch als »Die Meerenge«)

Glas : 94 HC
Wizard and Glass

Große Räder: eine Geschichte aus dem Wäschereigeschäft ➶ 8900 AR, auch ➶ 9480 AR
Big Wheels: A Tale of the Laundry Game (Milkman 2)
(auch als »Der Milchmann schlägt wieder zu«)

Das heimliche Fenster, der heimliche Garten ➶ 9671 AR, auch ➶ 10472 AR, auch ➶ 26 JUM
Secret Window, Secret Garden

Herbstsonate: Die Leiche ➶ 8403 AR, auch ➶ 9481 AR, auch ➶ 9628 AR
Fall from Innocence – The Body

Hier seyen Tiger ➶ 8900 AR
Here There Be Tygers
(auch als »Achtung Tiger!«)

Der Hochzeitsempfang ➶ 6705 AR, auch ➶ 8900 AR, auch ➶ 9479 AR
The Wedding Gig

Die Höllenkatze ➶ 20 UB, auch ➶ 7877 AR
The Cat from Hell

Im Morgengrauen : 6553 AR, auch ➶ 8900 AR, auch : 9478 AR
Skeleton Crew, Teil 1

In einer kleinen Stadt – »Needful Things« : 8653 AR, auch : 8999 AR, auch : 9035 AR, auch : 9477 AR, auch : 9674 AR
Needful Things

Der Jaunt ➶ 8900 AR
The Jaunt
(auch als »Travel«)

Kains Aufbegehren ➶ 6705 AR,
auch ➶ 8900 AR, auch ➶ 9479 AR
Cain Rose Up

Die Kiste ➶ 9 JB, auch ➶ 7877 AR
The Crate

Klapperzähne ➶ 8831 AR
Chattery Teeth

Kurz vor Mitternacht: Eine Vorbemerkung
➶ 9671 AR, auch ➶ 10472 AR,
auch ➶ 26 JUM
(Originaltitel: N. N.)

Langoliers : 9671 AR, auch : 10472 AR,
auch : 26 JUM
Four Past Midnight, Erster Teil

Langoliers ➶ 9671 AR, auch ➶ 26 JUM
The Langoliers

Die langsamen Mutanten ➶ 8838 AR,
auch ➶ 11 JUM
The Slow Mutants
(auch als »Die Geistermutanten«)

Lunch im Gotham Café ➶ 10344 AR
Lunch at the Gotham Café

Der Mann, der niemandem die Hand geben
wollte ➶ 6553 AR, ➶ 6705, auch
➶ 8900 AR, auch ➶ 9478 AR
The Man Who Would Not Shake Hands

Die Meerenge ➶ 8900 AR
The Reach
(auch als »Der Gesang der Toten«)

Der Milchmann schlägt wieder zu ➶ 6888 AR
Big Wheels: A Tale of the Laundry Game
(Milkman 2)

Das Monstrum »Tommyknockers« : 7995 AR,
auch : 9474 AR, auch : 9673 AR
The Tommyknockers

Morgenlieferungen ➶ 6553 AR,
auch ➶ 8900 AR, auch ➶ 9478 AR
Morning Deliveries (Milkman 1)

Mrs. Todds Abkürzung ➶ 6705 AR,
auch ➶ 8900 AR, auch ➶ 9479 AR
Mrs. Todd's Shortcut

Der Nachtflieger ➶ 8636 AR, auch ➶ 17 JUM
The Night Flier

Nachtgesichter : 62 SP
Nightmares in the Sky: Gargoyles and Grotesques

Nachts : 30 JUM
Four Past Midnight, Zweiter Teil

Nachwort ➶ 8403 AR, ➶ 9481 AR, ➶ 9628 AR
Afterword

Der Nebel ➶ 6553 AR, auch ➶ 8900 AR,
auch ➶ 9478, auch ➶ 21 JB
The Mist

Nona ➶ 6705 AR, auch ➶ 8768 AR, auch
➶ 8900 AR, auch ➶ 9479 AR, auch ➶ 16 UB
Nona

Omi ➶ 6553 AR, auch ➶ 7701 AR,
auch ➶ 8900 AR, auch ➶ 9478 AR
Gramma

Onkel Ottos Lastwagen ➶ 6705 AR,
auch ➶ 8900 AR, auch ➶ 9479 AR
Uncle Otto's Truck

Das Orakel und die Berge ➶ 3965,
auch ➶ 8838 AR, auch ➶ 11 JUM
The Oracle and the Mountains

Paranoid: ein Gesang ➶ 6888 AR,
auch ➶ 8900 AR, auch ➶ 9480 AR
Paranoid: A Chant

Popsy ➶ 7877 AR
Popsy

Das Rasthaus ➶ 3792, auch ➶ 8838 AR,
➶ 11 JUM
The Way Station

Die Reploiden ➶ 8098 AR
The Reploids

Der Revolvermann ➶ 3718, ➶ 8838 AR,
auch ➶ 11 JUM
The Gunslinger

Der Revolvermann und der Mann in Schwarz
➶ 4062, ➶ 8838 AR, auch ➶ 11 JUM
The Gunslinger and the Dark Man

Sara : 96 HC
Bag of Bones

schlaflos/INSOMNIA : 9668 AR,
auch : 10280 AR, auch: 5 HC
Insomnia

Das Schreckgespenst ➶ 7877 AR
The Boogey Man

Schwarz ➶ 8838 AR, auch : 17 JUM
The Dark Tower: The Gunslinger

Der Sensenmann ➶ 6705 AR, auch
➶ 7877 AR
The Reaper's Image
(auch als »Das Bildnis des Sensenmanns«)

»Sie« : 7500 AR, auch : 8293 AR,
auch : 9669 AR, auch : 2 JUM
Misery

Sommergewitter: Der Musterschüler
➶ 8403 AR, auch ➶ 9481 AR,
auch ➶ 9628 AR
Summer of Corruption: Art Pupil

Spätschicht ➶ 8768 AR
The Graveyard Shift

Das Spiel : 9518 AR, auch 42 JUM
Gerald's Game

Stark. »The Dark Half« : 8269 AR,
auch : 9475 AR
The Dark Half

Stark – The Other Half : 8950 AR
Stark – The Other Half

Textcomputer der Götter ➶ 6888 AR,
auch ➶ 8900 AR, auch ➶ 9480 AR
Word Processor of the Gods

tot : 9670 AR, auch : 37 JUM
The Dark Tower III: The Waste Lands

Travel ➶ 6705 AR
The Jaunt
(auch als »Der Jaunt«)

Turnschuhe ➶ 8098 AR
Sneakers

Der Überlebenskünstler ➶ 6888 AR
Survivor Type
(auch als »Der Überlebenstyp«)

Der Überlebenstyp ➶ 6351 AR, auch ➶ 7877
AR, auch ➶ 8900 AR, auch ➶ 9480 AR
Survivor Type
(auch als »Der Überlebenskünstler«)

Die Verurteilten – Frühling, Sommer,
Herbst und Tod : 8403 AR, auch : 9481 AR,
auch : 9628 AR
Different Seasons

Die Verurteilten
(Frühlingserwachen: Pin-up) ➶ 8403 AR,
auch ➶ 9628 AR, auch ➶ 9481 AR
Hope Springs Eternal – Rita Hayworth and Shawshank Redemption

Vorwort ➶ 8900 AR
Introduction

Warum ich Richard Bachman war ➶ 7877 AR
Why I Was Bachman

Warum lesen wir phantastische Geschichten?
➶ 7877 AR
Foreword, Auszug aus *Nightshift*

Der Wäschemangler ➶ 8175 AR
The Mangler

Zeitraffer ➶ 30 JUM
The Sun Dog

KING, Stephen/**STRAUB**, Peter

Der Talisman : 7662 AR
The Talisman

KING, Tabitha

Bad Girl : 9143 AR
One to One

Die Entscheidung : 7773 AR
Pearls

Duo – 2 Romane in einem Band
: 9351 AR

Die Falle : 6805 AR
The Trap

Das Puppenhaus : 6625 AR,
auch ➶ 9351 AR
Small World

Die Seelenwächter : 6755 AR, auch
➶ 9351 AR
Caretakers

KING, William

Des Teufels Marodeure ➶ 5554
Devil's Marauders

s. **ANSELL**, Bryan/**KING**, William

KINGSBURY, Donald

Um den Stahl einzufahren
➶ 3725
To Bring in the Steel

KIPLING, Rudyard

Mit der Nachtpost ➶ 91
With the Nightmail

Die schönste Geschichte der Welt
➶ 3790
The Finest Story in the World

KISNER, James

Kugelfische ➶ 8649 AR
Puffers

Wenn der Mann mit dem Messer liebt
➶ 8544 AR
When the Man with the Knife Loves You

KITTLER, Hartwig

Sieben Gedichte ➶ 4097
Schneefall und Kriegsfall
Sklavenmarkt
Wärmeentzug
Verschachtelte Wohnung
Ruhe 3000
Die Radiofliege
Systemidyll Küche

Zehn Gedichte ➶ 4255

KLAGES, Hartmut

s. **DRESSLER**, Doris/**KLAGES**, Hartmut/**MATHIOSCHEK**, Christian

KLASS, Fruma

Vor dem Regenbogen ➶ 4927
Before the Rainbow

KLASS, Judy

Der Boaco-Zwischenfall
: 5086
The Cry of the Onlies

KLEIN, Gérard

Das Gesetz der Vergeltung ➶ 3646
La loi du talion

Das Gewand der Nessa ➶ 4097
La tunique de Nessa

Die Städte ➶ 3482
Les villes

Wiederaufbau ➶ 3523
Réhabilitation

KLEIN, T.E.D.

Einführung ➶ 10344 AR
Introduction

Gute Beziehungen ➶ 8831 AR
Well-Connected

Petey ➶ 16 UB
Petey

KLINK, Dieter

LT +++ TILT +++ TILT +++ TILT +++
TILT +++ TILT +++ TI
➶ 3985

KLOCKE, Iny

Die steinernen Krieger ➶ 3915

KLOTZ, Udo

Der Kurd Laßwitz Preis ➶ 8007

Die sechs Reisen des Lemuel Gulliver: Kritik und Satire bei Jonathan Swift und Frigyes Karinthy
➶ 5380

KLOTZ, Udo/**MATZER**, Michael

Eine Blume im Sturm: Die Situation der DDR-Science Fiction nach der »Wende« ➶ 4760

KLUGE, Heidelore

Kälte ➶ 3574

Kopfgeld ➶ 3574

3 Texte ➶ 3818
Panem et Circenses
Wieviel wiegt eine Seele?
Der Schmerz im Ohr des dicken Gottes

Die Sache mit dem Hund ➶ 3646

Systemtechnik ➶ 3574

Szenario für einen Weltuntergang ➶ 4041

KLUGE, Manfred

Das Buch Avalon : 6649 AR

The Magazine of Fantasy and Science Fiction, 43. Folge:
Das Geschenk des Fakirs : 3486

The Magazine of Fantasy and Science Fiction, 44. Folge:
Wegweiser ins Nirgendwo : 3502

The Magazine of Fantasy and Science Fiction, 45. Folge:
Ein Affe namens Shakespeare : 3519

The Magazine of Fantasy and Science Fiction, 46. Folge:
Tod eines Samurai : 3537

The Magazine of Fantasy and Science Fiction, 47. Folge:
Frankensteins Wiegenlied : 3553

The Magazine of Fantasy and Science Fiction, 48. Folge:
Cagliostros Spiegel : 3569

The Magazine of Fantasy and Science Fiction, 49. Folge:
Jupiters Amboß : 3587

The Magazine of Fantasy and Science Fiction, 50. Folge:
Die Cinderella-Maschine : 3605

The Magazine of Fantasy and Science Fiction, 51. Folge:
Katapult zu den Sternen : 3623

The Magazine of Fantasy and Science Fiction, 52. Folge:
Altar Ego : 3642

The Magazine of Fantasy and Science Fiction, 53. Folge:
Die Trägheit des Auges : 3659

The Magazine of Fantasy and Science Fiction, 54. Folge:
Lektrik Jack : 3681

The Magazine of Fantasy and Science Fiction, 55. Folge:
Menschliche Götter : 3718

The Magazine of Fantasy and Science Fiction, 56. Folge:
Jeffty ist fünf : 3739

The Magazine of Fantasy and Science Fiction, 57. Folge:
Insekten im Bernstein : 3767

The Magazine of Fantasy and Science Fiction, 58. Folge:
Grenzstreifzüge : 3792

The Magazine of Fantasy and Science Fiction, 59. Folge:
Eine irre Show : 3811

The Magazine of Fantasy and Science Fiction, 60. Folge:
Das Zeitsyndikat : 3845

The Magazine of Fantasy and Science Fiction, 61. Folge:
Fenster : 3866

The Magazine of Fantasy and Science Fiction, 62. Folge:
Gefährliche Spiele : 3899

The Magazine of Fantasy and Science Fiction, 63. Folge:
Terrarium : 3931

Schöne Zukunftswelten : 6611 AR

Universum der Phantasie : 6598 AR

KNEIFEL, Hans (Hanns)
Am Rand des blauen Nebels : 8 PRh
Angriff aus dem All ➶ 8947 AR
Atlans Todesfeinde : 393 PRh
Das brennende Labyrinth : 3104
Deserteur der USO : 373 PRh
Deserteure ➶ 8947 AR
Der Einsame von Terra : 23 PRh
Galaktische Rache : 388 PRh
Das Gesetz der gläsernen Vögel : 20 PRh
Die Goldenen Menschen : 10 PRh
Die Hüter des Gesetzes ➶ 8947 AR
Invasion ➶ 8947 AR
Kampf um die Sonne ➶ 8947 AR
Lichter des Grauens : 1145 HAF
Die Nacht des violetten Mondes : 14 PRh
Planet außer Kurs ➶ 8947 AR
Die Raumfalle ➶ 8947 AR
Raumpatrouille ORION - Die 7 phantastischen Abenteuer in einem Band : 8947 AR
Die Schatten des kristallenen Todes : 32 PRh
Die Spur nach Andromeda : 31 PRh
Das sterbende Imperium : 382 PRh

KNIGHT, Damon (Francis)
Auf immer und ewig ➶ 4047
Forever
Azimuth 1, 2, 3 ... ➶ 3998
Azimuth 1, 2, 3 ...
Computer streiten nicht : 3360
Nebula Award Stories I
Ein alter Wahn ➶ 3175
An Ancient Madness
Ein Plan für die Menschheit ➶ 6927 AR
To Serve Man
Einer muß der Dumme sein ➶ 3533
Idiot Stick
Einleitung ➶ 4444
Die goldene Regel ➶ 3863
Rule Golden
Ich seh dich ➶ 3605
I See You
La Ronde ➶ 4169
La Ronde
Der Mann im Baum : 5003
The Man in the Tree
Masken ➶ 96
Masks
Mensch zweiter Klasse ➶ 4074
The Second-Class Citizen
Ohne Knall ➶ 3763
Not with a Bang
Panne in der Hölle : 3344
Nebula Award Stories I
Wo warst du? ➶ ANTH 34
Shall the Dust Praise Thee?

KNIGHT, Norman L(ouis)
s. **BLISH**, James (Benjamin)/ **KNIGHT**, Norman L(ouis)

KNORR, Wolfram
Der Automat, die Maschine - das bin ich. - Warum »Terminator 2« mit Arnold Schwarzenegger zum erfolgreichsten Film aller Zeiten werden wird ➶ 4850

KOCH, Eric
C.R.U.P.P. : 67
Die Freizeitrevoluzzer ➶ 67, auch : 3522
The Leisure Riots
Kassandrus : 4542
Cassandrus
Die Spanne Leben ➶ 67, auch : 3622
The Last Thing You'd Want to Know

KOCZAUER, Barbara
An den Ufern des Styx ➶ 5055

KÖHRER, Reinhard

Begegnung ➶ 4199

Schnupfendämmerung ➶ 4446

Weg der Erde : 3959

KÖNIG, Dieter

Betondschungel : 4216

Feuerblumen : 3947

KÖNIG ARTUS : 106 JB

KÖRBER, Joachim

Bibliographie der Veröffentlichungen von Stephen King ➶ 7877 AR

Das Dritte Buch des Horrors : 8303 AR

Einführung ➶ 8636 AR

Erotic Horror : 8649 AR

Das Erste Buch des Horrors : 8175 AR

Horror vom Feinsten : 8636 AR, auch 17 JUM

Horror vom Feinsten 2 : 8831 AR

Michael Moorcock ➶ 3935

Der Mythos vom dunklen Turm ➶ 7877 AR

Notizen aus der Toten Zone : 7877 AR

Philip K. Dick ist tot ➶ 3908

Rabenschwarze Träume. Phantastische Geschichten der modernen Weltliteratur : 10108 AR

Ratten : 8768 AR

Das Schloß im Nebelwald ➶ 3970

Das Stephen King-Buch : 7877 AR, auch : 9694 AR

Das Vierte Buch des Horrors : 8304 AR

Vorwort ➶ 7877 AR, ➶ 8175 AR, ➶ 8302 AR, ➶ 8303 AR, ➶ 8304 AR, ➶ 8831 AR

Wolf : 84 HC

Das Zweite Buch des Horrors : 8302 AR

KOJA, Kathe

Abrechnung ➶ 4888
Reckoning

Monstrositäten ➶ 8831 AR
Teratismus

Pas de Deux ➶ 10344 AR
Pas de Deux

Schwarze Träume : 8861 AR
Bad Brains

Schwarzer Abgrund : 8610 AR
The Cipher

Die verstörende Muse ➶ 9953 AR
The Disquieting Muse

Der verwilderte Garten ➶ 5289
The Neglected Garden

KOJA, Kathe/**MALZBERG**, Barry N(orman)

Die sorgsame Geometrie der Liebe ➶ 9953 AR
The Careful Geometry of Love

KOKE, Jak

Der Cyberzombie : 6131
Clockword Asylum

Fremde Seelen : 6129
Stranger Souls

Funkstille : 5667
Dead Air

In dunklem Bernstein ➶ 5274
Coiled in Dark Amber

KOKOTT, Wolfgang

Übersetzen heißt vermitteln: Winfried Petri zum 80. Geburtstag ➶ 5245

KOLUPAJEW, Viktor

Das allergrößte Haus ➶ 3602

KONLAN, Victor

Der Jehova-Vertrag : 42 UB
The Jehova Contract

KOMAROV, V. N.

In der Klemme ➶ 3685
Tupik

KOMATSU, Sakyô

Der Tag der Auferstehung : 4443
Fukkatsu No Hi

KOONTZ, Dean R(ay)

Auf Tauchstation ➶ 119 TdM
Surrounded

Die Augen der Dunkelheit : 7707 AR, auch ➶ 76 TdM
The Eyes of Darkness

Brandzeichen : 8063 AR, auch ➶ 112 TdM
The Watchers

Bruno ➶ 10039 AR
Bruno

Chase : 9926 AR
Chase

Dämmerung des Morgens ➶ 10039 AR
Twilight of the Dawn

Dickschädel ➶ 10039 AR
Hardshell

Drachentränen : 9829 AR, auch : 14 HC
Dragon Tears

3 Thriller in einem Band : 119 TdM

Drei ungekürzte Romane : 76 TdM

Flüstern in der Nacht : 10534 AR
Whispers

Gehetzt ➶ 8768 AR, auch ➶ 10039 AR
Trapped

Der Handtaschenräuber ➶ 10039 AR
Snatcher

Haus der Angst : 6913 AR, auch ➶ 8519 AR, auch : 9824 AR
The House of Thunder

Die Hellseherin : 19 UB, auch ➶ 48 JB, auch ➶ 76 TdM
The Vision
(auch als »Vision«)

Highway ins Dunkel : 10039 AR
Strange Highways Story Collection

Highway ins Dunkel ➶ 10039 AR
Strange Highways

Im Angesicht der Sonne ➶ 3145
To Behold the Sun

In der Kälte der Nacht : 8251 AR, auch : 25 UB, auch ➶ 112 TdM
Night Chills

Kälte des Feuers : 9080 AR, auch : 32 JUM, auch ➶ 155 TdM
Cold Fire

Kätzchen ➶ 10039 AR
Kittens

Kohlköpfe ➶ 3418
Cosmic Sin

Leise kommen die Drachen ➶ 4159
Soft Come the Dragons

Die Maske : 6951 AR
The Mask

Der Maya-Fries ➶ 119 TdM
The Wall of Masks

Miss Attila, die Hunnin ➶ 10039 AR
Miss Attila the Hun

Mitternacht : 8444 AR, auch : 8929 AR, auch : 9823 AR, auch : 21 JUM
Midnight

Nachtstimmen : 9354 AR, auch ➶ 143 TdM
The Voice of the Night

Nackte Angst : 9820 AR
The Face of Fear

Ollies Hände ➶ 10039 AR
Ollie's Hands

Ort des Grauens : 8627 AR
The Bad Place

PHANTOM – Unheil über der Stadt : 10688 AR
Phantoms
Schattenfeuer : 7810 AR, auch ➶ 85 TdM
Shadowfires
Schlüssel der Dunkelheit : 9554 AR, auch : 9827 AR, auch : 40 JUM
The Key to Midnight
Schlüssel zum Jenseits ➶ 119 TdM
Blood Risk
Schutzengel : 8340 AR, auch ➶ 143 AR
Lightning
Der schwarze Kürbis ➶ 10039 AR
The Black Pumpkin
Schwarzer Mond : 7903 AR, auch : 9828 AR
Strangers
Die Spuren : 9353 AR, auch ➶ 136 JB
Shattered
Die Sturmnacht ➶ 10039 AR
The Storm of the Night
Todesdämmerung : 8041 AR, auch : 9489 AR, auch ➶ 101 TdM
The Servants of Twilight
Die Tür ins Dunkel : 7992 AR, auch : 9819 AR, auch ➶ 85 TdM
The Door to December
Unheil über der Stadt : 6667 AR, auch ➶ 101 TdM, auch ➶ 58 JB
Phantoms
Unten in der Dunkelheit ➶ 8831 AR, auch ➶ 10039 AR
Down in the Darkness
Das Versteck : 9422 AR, auch : 9818 AR
Hideaway
Das Versteckspiel : 9422 AR, auch : 9632 AR
Hideaway
Vision : 8736 AR, auch : 9826 AR
The Vision
(auch als »Die Hellseherin«)
Wenn die Dunkelheit kommt : 6833 AR, auch ➶ 8519 AR, auch : 9821 AR, auch ➶ 71 JB
Darkfall
Wir Drei ➶ 3602
We Three
Zwei spannende Psychothriller : 143 TdM, auch 155 TdM
Zwei Romane : 8519 AR
Zwei ungekürzte Romane : 101 TdM
Zwei ungekürzte Romane : 112 TdM
Die zweite Haut : 9680 AR, auch 155 TdM, auch : 2 HC
Mr. Murder
Zwielicht : 8853 AR, auch : 9825 AR, auch : 29 JUM
Twilight Eyes

KORDON, Klaus
Hollywood ➶ 3985

KORNBLUTH, C(yril) M.
Advent auf Kanal Zwölf ➶ 3507
The Advent on Channel Twelve
Bestseller ➶ ANTH 2
The Cosmic Expense Account
Domino ➶ 3487
Dominos
Dreizehn Uhr ➶ 4254
Thirteen O'Clock
Der Gedankenschmarotzer ➶ 9 JB
The Mindworm
Die kleine schwarze Tasche ➶ 3239
The Little Black Bag
Der Marsch der Idioten ➶ 3633
The Marching Morons
Die Reuigen ➶ 3487
The Remorseful
Die tragische Niederschrift eines Verschollenen ➶ ANTH 5
Ms. Found in a Chinese Fortune Cookie
s. **POHL**, Frederik/ **KORNBLUTH**, C(yril) M.

KOSCHO, Craig C.

Bon Appetit ➶ 3913
Bon Appetit

KOTZWINKLE, William F.

E.T. Das Buch vom grünen Planeten : 6516 AR
E.T. The Book of the Green Planet

Superman III : 6334 AR
Superman III

KRÄMER, Joachim

Herr Kleinhans hatte Spüldienst am Tage X ➶ 3985

KRAMER, Edward E.

s. **COLLINS**, Nancy A./**KRAMER**, Edward E./**GREENBERG**, Martin H.

KRAMER, Ina

Erklärung aventurischer Begriffe ➶ 6030

Im Farindelwald : 6016

Die Löwin von Neetha : 6004

Nach der Predigt ➶ 6030

Die Suche : 6017

Thalionmels Opfer : 6005

Von Menschen und Monstern : 6030

KRAMER-ROLLS, Dana

Der Prüfstein ihrer Vergangenheit : 5273
Home Is the Hunter

KRASICKI, Ignacy

Die Insel Nipu ➶ 3906
Wyspa Nipu

KRAUSE, Manfred/**SCHAUDT**, Götz F.

Klänge perlen ➶ 7624 AR

Ölige Affekte ➶ 7624 AR

KRAUS, Arnulf D.

s. **MOMMERS**, Helmuth W./**KRAUS**, Arnulf D.

KRAUSS, Lawrence M.

Die Physik von STAR TREK : 5549
The Physics of STAR TREK

KREMP, Irmtraud

Das Bild ➶ 3627

Der Bronzespiegel ➶ 3725

Cinderella's Castle ➶ 4097

Die Glastür ➶ 3860

Jahre ➶ 5018

Kontaktaufnahme ➶ 3646

Mary, liebste Schwester ➶ 3848

Nyyli ➶ 4325

Paulette ➶ 3995

Der Spaziergang ➶ 3646

Spielereien ➶ 3944

Die Stunde des Horus ➶ 3737, auch ➶ 4000

Der Tag der goldenen Reifen ➶ 3685

Zwiebeln mit blauer Schale ➶ 3646

KRESKI, Chris

s. **SHATNER**, William/**KRESKI**, Chris

KRESS, Nancy

Bettler in Spanien : 5881
Beggars in Spain

Bettler in Spanien ➶ 4920
Beggars in Spain

Bettler und Sucher : 5882
Beggars and Choosers

Ein Tanz in der Luft ➶ 5398
Dancing on Air

Ein zarter Hauch von Kipni ➶ 3664
A Delicate Shade of Kipney

Erklärungen GmbH ➶ 4389
Explanations, Inc.

Evolution ➶ 5921
Evolution

Fremdes Licht : 5328
An Alien Light
Im Spannungsfeld ➶ 3695
Against a Crooked Stile
In Memoriam ➶ 4631
In Memoriam
In Originalbesetzung ➶ 4165
With the Original Cast
Der Preis der Orangen ➶ 4906
The Price of Oranges
Schädelrose : 5154
Brainrose
Und zügellos wild ... ➶ 5018
And Wild for to Hold
Verico Target : 5930
Oaths and Miracles
Verwirrung der Gefühle ➶ 5666
Fault Lines
Wenn der Prophet nicht zum Berg kommt ... ➶ 5141
The Mountain to Mohammed
Wer sucht, der findet ➶ 4249
Trinity
Zehntausend Bilder, ein Wort ➶ 6555 AR
Ten Thousand Pictures, One Word
Das Zufallsspiel ➶ 4690
Craps

KRUPKAT, Günter

Das Duell ➶ 3952

KRUSCHEL, Karsten

Ein Nachruf für Werner Steinberg ➶ 4960
Großartige Party, wirklich großartig ➶ 4697
Höhenflüge und triviale Träume: Noch einmal zur DDR-SF der Achtziger Jahre ➶ 4550
Imaginator des Ausdenkbaren: Ein Nachruf für Rainer Fuhrmann (1940-1991) ➶ 4850
Sein Credo: Ein Mensch zu sein ist schwer. Ein Nachruf für Arkadij Strugatzki (1925-1991) ➶ 4850
Die unwiderruflich letzte Rubrik: Neuerscheinungen in den DDR-Verlagen ➶ 4760
Wird die Science Fiction geplündert? oder Wie man Science Fiction benutzen und trotzdem ein »anständiger« Autor bleiben kann ➶ 4850
Zwischen Vision und Banalität: Die SF-Literatur der DDR – ein abgeschlossenes Gebiet? Ein Rückblick. Ein Countdown ➶ 4850

KRZEPKOWSKI, Andrzej/**WOJCIK**, Andrzej

Diskrete Zone : 4170
Obszar nieciaglosci

KUBASIK, Chris(topher)

Das Antlitz des Krieges : 5097
Ideal War
Bevor das Leben endet ➶ 5274
Before Life Ends
Der magische Ring : 5117
The Longing Ring
Die Stimme der Mutter : 5118
Mother Speaks
Vergiftete Erinnerungen : 5119
Poisened Memories
Der Wechselbalg : 4984, auch : 5220
Changeling

KUBE-McDOWELL, Michael P.

Diaspora : 4910
The Quiet Pools
Richard und Elaine ➶ 6723 AR
Slippage
STAR WARS – Die schwarze Flotte/Aufmarsch der Yevethaner : 10208 AR
STAR WARS: Shield of Lies
(Book Two of the »Black Fleet Crises«)

STAR WARS – Die schwarze Flotte/Vor dem Sturm : 10207 AR
STAR WARS: Before the Storm (Book One of the »Black Fleet Crises«)
Trigon 1: Das Wagnis : 5485
Emprise
Trigon 2: Das Geheimnis : 5487
Enigma
Trigon 3: Das Reich : 5487
Empery
Vermurkst ➶ 4786
Misbegotten

KUBELKA, Margarete
Alle Uhren stehen still ➶ 3985

KUBICEK, Ivan
Autodafé – ein Happening für zwei ➶ 5645
Autodafé – aneb happening pro dva
Bilder gratis ➶ 5495
Obrazy zdarma

KUCKERTZ, Beate
Menschheitsrätsel : 258 HSB

KÜHN, Eckhard und Anette
Check ➶ 4380

KÜNZEL, Werner
Gottfried Wilhelm Overdrive: Leibniz im Cyberspace ➶ 4747

KÜPPERS, Stefan
Eine Geschichte dreier Raben ➶ 6030

KÜTHER, Kurt
Kommando zurück! ➶ 7624 AR

KUIPERS, Jan J. B.
Unter den Ebenen ➶ 4610
Onder de vlakten

KUMMING, Waldemar
The Anaheim World Science Fiction Convention (29. 8.–2. 9. 1996) ➶ 5638
Auf in das Herz von Kanada. Bericht vom ConAdian, dem 52. Welt-SF-Con ➶ 5245
Intersection: Die 53ste World Science Fiction Convention in Glasgow ➶ 5380
John Brunner in memoriam ➶ 5380
Lonestarcon – Weltcon mit kleinen Fehlern ➶ 5925
Magicon, der fünfzigste Welt-Science-Fiction-Kongreß ➶ 4960
San Francisco – Here We Come ➶ 5080

KUNERT, Günter
Museumsbesuch ➶ 3952
Unterwegs nach Utopia ➶ 3952

KUNETKA, James
s. **STRIEBER**, Whitley/**KUNETKA**, James

KURTÉN, Björn
Der Tanz des Tigers : 4104
Den Svartra Tigern

KURTZ, Katherine
Camber der Ketzer : 4018
Camber the Heretic
Camber von Culdi : 3666
Camber of Culdi
Die Deryni-Archive : 4564
The Deryni Archives
Des Marluks Untergang ➶ 3915
Swords against Marluk
Ein Deryni-König : 3620
High Deryni
Das Erbe des Bischofs : 4561
The Bishop's Heir
Die Gerechtigkeit des Königs : 4562
The King's Justice

Das Geschlecht der Magier : 3576
Deryni Rising
Heilerlied ➶ 4353
Healer's Song
Lehrs Vermächtnis : 4851
The Legacy of Lehr
Sankt Camber : 3720
Saint Camber
Die Suche nach St. Camber : 4563
The Quest for St. Camber
Die Zauberfürsten : 3598
Deryni Checkmate

KUTTNER, Henry
Der Androide ➶ ANTH 17
Android
Donner in der Morgendämmerung ➶ 4076
Thunder in the Dawn
Die Friedhofsratten ➶ 8768 AR
The Graveyard Rats
Der Twonky ➶ 5909
The Twonky
Tyrell der Erlöser ➶ 3533
A Cross of Centuries
Vielleicht ein Dämon ➶ 4254
Call Him Demon
Die Zeitfalle ➶ 4171
The Time Trap

KUTTNER, Henry/**MOORE**, C(atherine) L(ucile)
Eine abenteuerliche Vermutung ➶ 3520
A Wild Surmise
Spürauge ➶ ANTH 11
Private Eye
Traubenlese ➶ 3651, auch ➶ 3874
Vintage Season

KYBER, Manfred
Assimilation ➶ 6894 AR
Die Ehe Niederbeuge ➶ 6894 AR
Ein Theaterbrief ➶ 6894 AR
Eine geschwänzte Geschichte ➶ 6894 AR
Freundlichkeiten ➶ 6894 AR
Der Generaloberhofzeremonienmeister ➶ 6894 AR
Das Gerippe ➶ 6894 AR
Das Gespenst ➶ 6894 AR
Der Giftpilz ➶ 6894 AR
Die helle Nacht der mythologischen Gestalten : 6894 AR
Herr Minutius im Gehäus ➶ 6894 AR
Kapitaldeutsch ➶ 6894 AR
Leichte Störungen ➶ 6894 AR
Die mythologische Nacht ➶ 6894 AR
Die physische Person ➶ 6894 AR
Die Postkutsche ➶ 6894 AR
Der richtige Mieter ➶ 6894 AR
Der Sittlichkeitskongreß ➶ 6894 AR
Die spiritistische Sitzung ➶ 6894 AR
Träume ➶ 6894 AR
Das Verjüngungsmittel ➶ 6894 AR

KYLE David
Drachen-Lensmen : 4191
Dragon Lensmen
Lensmen von Rigel : 4192
Lensmen from Rigel
Z-Lensmen : 4393
Z-Lensman

L

LACKEY, Mercedes
s. **ZIMMER BRADLEY**, Marion/**NORTON**, Andre/**LACKEY**, Mercedes

LAERHOVEN, Bob van
Das Ende und der Anfang ➶ 3694
De Grijze Alliantie

Soll das mein alter Freund sein, der Präsident? ➶ 3818
Zou Dit Mijn Oude Vriend de President Kunnen Zijn?

Trautes Heim ➶ 3908
Lief

Wandel unter Kennedy ➶ 3523
Kennedy Revisited

LAFFERTY, R(aphael) A(loysius)

Alle Menschen ➶ 89
All the People

An der Küste ➶ 4353
By the Seashore

Bei den haarigen Erdenmenschen ➶ 4118
Among the Hairy Earthmen
(auch als »Mitleid? Mit Menschen?«)

Besuchszeit ➶ 89
Guesting Time

Eine Sekunde der Ewigkeit ➶ 3920
Been a Long, Long Time

Die Elementarerziehung der Camiroi ➶ 89
Primaty Education of the Camiroi

Das enge Tal ➶ 89, auch ➶ 4254
Narrow Valley

Es gibt kein Zurück ➶ 3913, auch ➶ 4047
You Can't Go Back

Fortsetzung auf dem nächsten Felsen ➶ 4517
Continued on Next Rock

Frosch auf dem Berg ➶ 89
Frog on the Mountain

Ginny in Sonne gewickelt ➶ 89
Ginny Wrapped in the Sun

Der Große Tom Fool oder das Geheimnis der Schatzkisten im Zollhaus von Calais ➶ 4274
The Conundrum of the Calais Customhouse Coffers

Die Hand mit den hundert Fingern ➶ 3627
The Hand with the One Hundred Fingers

Heimkehr der Heimatlosen ➶ ANTH 34
Land of the Great Horses

Immer nur einer ➶ 89
One at a Time

In unserer Straße ➶ 89
In Our Block

Das Land der großen Pferde ➶ 89
Land of the Great Horses

Langsame Dienstag-Nacht ➶ 89, auch ➶ 95
Slow Tuesday Night

Das Loch an der Ecke ➶ 89
The Hole on the Corner

Das magere Volk in der Leptophlebo Street ➶ 5645
The Skinny People of Leptophlebo Street

Der Mann, der Haycock hieß ➶ 3048
The Man with the Speckled Eyes

Mit anderen Augen ➶ 89
With other Eyes

Mitleid? Mit Menschen ➶ 3380
Among the Hairy Earthmen
(auch als »Bei den haarigen Erdenmenschen«)

Der Name der Schlange ➶ 89
Name of the Snake

Neunhundert Großmütter ➶ 89
Nine Hundred Grandmothers

Rechtswesen, Sitten und Gebräuche der Camiroi ➶ 89
Polity and Customs of the Camiroi

Das Schachbrett ➶ 4062
Square and Above Board

Schnoffel ➶ 89
Snuffles

Schweinebauch-Liebling ➶ 89
Hog-Belly Honey

Die sechs Finger der Zeit ➶ 89, auch ➶ 3442
The Six Fingers of Time

Sieben Tage Terror ➶ 89
Seven Day Terror

So frustrieren wir Karl den Großen : 89
Nine Hundred Grandmothers

So frustrieren wir Karl den Großen ➶ 28,
auch ➶ 89,
auch ➶ 3442, auch ➶ 5075
Thus We Frustrate Charlemagne
Wie heißt diese Stadt? ➶ 89
What's the Name of That Town?
Die Zweifachen ➶ 3122,
auch ➶ 4000
Camels and Dromedaries, Clem

LAIDLAW, Marc
Brunos Schatten ➶ 4660
Bruno's Shadow
Die Demonstration ➶ 4673
The Demonstration
Der Farmer an der Wand ➶ 5042
The Farmer on the Wall
Gasoline Lake ➶ 5113
Gasoline Lake
Kalifornia : 5320
Kalifornia
Neon Lotus : 5304
Neon Lotus
Nutrimancer ➶ 4704
Nutrimancer
Terrors größter Fan ➶ 5341
Terror's Biggest Fan
400 Boys ➶ 4544
400 Boys
s. **BENFORD**, Gregory (Albert)/
LAIDLAW, Marc
s. **RUCKER**, Rudy/**LAIDLAW**, Marc

LAMBE, Dean R.
Eins zuviel ➶ 4161
The One Over
Tefé Lauswurz ➶ 5160
Damn Shame

LAMBERT, Leonie
Im Schatten des Lichtes ➶ 3985

LAMBERTY jr., J. T.
Im Rechnen eine Null ➶ 3451
Young Beaker

LAMMER, Helmut/**SIDLA**, Oliver
UFO – Nahbegegnungen : 555 HSB

LA MOTTE, Stephan de
Prokyon ➶ 3860
Schachspiel der Götter ➶ 3915

LAMUE, Isidora/**SCHLANGWEISER**, Robert
Pluralis Majestatis ➶ 5275

LANDFINDER, Thomas
Triumph der Technik ➶ 3745

LANDGRAF, Wolfgang
Die siebte Frage ➶ 4897

LANDIS, Geoffrey A.
Aufprall-Parameter ➶ 5141
Impact Parameter
Der letzte Sonnenuntergang ➶ 5666
The Last Sunset
Mit der Sonne um die Wette ➶ 5880
A Walk in the Sun
Neue Männer braucht das Land ➶ 5495
Paradigms of Change
Die Stadt der endgültigen Freiheit ➶ 5090
The City of Ultimate Freedom
Unter den Sternen der Arktis ➶ 5311
Beneath the Stars of Winter
Wellen im Diracschen Meer ➶ 4690
Ripples in the Dirac Sea
Winterfeuer ➶ 5948
Winterfire

LANDOLFI, Tommaso
Gogols Frau ➶ 5090
La moglie de Gogol

LANDON, Brooks

s. **McCAFFERY**, Larry/**LANDON**, Brooks

LANE, Joel

Die Schmerzgrenze ➶ 9953 AR
The Pain Barrier

LANG, Allen Kim

Gastexperte ➶ 4118
Guest Expert

Gourmet ➶ ANTH 14
Gourmet

LANG, Ned

Havarie im Weltraum ➶ 3077
Death Wish

LANGE, Antoni

Herr über die Zeit ➶ 3906
Władca czasu

LANGE, Hellmuth

Blumen wachsen im Himmel
: 3495

LANGE, Oliver

Vandenberg oder Als die Russen Amerika besetzten : 31, auch : 3493
Vandenberg

LANGFORD, David

Das Ding im Schlafzimmer
➶ 6793 AR
The Thing in the Bedroom

LANGHANS, Heiko

Kurzarbeit für die Nachtschicht
➶ 7877 AR

Like a Bat out of Hell ...
Batman wird fünfzig ➶ 4640

Rhodan kompakt, Atlan antik und vieles mehr ➶ 9968 AR

LANIER, Sterling E.

Aus dem Nebel der Zeiten ➶ 4062
Commander in the Mist

Der Geist der Krone ➶ 3623
Ghost of a Crown

Hieros Reise : 39, auch ➶ 3425, auch : 7019
Hiero's Journey

Der unvergessene Hiero : 4197
The Unforsaken Hiero

LANNES, Roberta

Zeit für den Abschied ➶ 8543 AR
Goodbye, Dark Love

LANSDALE, Joe R.

Besuch von Mr. Merguson ➶ 6555 AR
Listen

Bizarre Hände ➶ 8544 AR
By Bizarre Hands

Brief aus dem Süden, zwei Monde westlich von Nacogdoches ➶ 4740
Letter from the South, Two Moons West of Nacogdoches

Dichte kleine Stiche im Rücken eines Toten
➶ 4747
Tight Little Stitches in a Dead Man's Back

Mein toter Hund Bobby ➶ 8831 AR
My Dead Dog Bobby

Die Nacht, in der sie den Horrorfilm verpaßten
➶ 8542 AR
The Night They Missed the Horror Show

Das Zeitsyndikat ➶ 3845
The Syndicated Time

LARSON, Majliss

Das Faustpfand der Klingonen : 4741,
auch ➶ 8863 AR
Pawns and Symbols

LASSWITZ, Kurd

Aladins Wunderlampe ➶ 4309

Apoikis ➶ 4309
Auf der Seifenblase ➶ 4309
Auf zwei Planeten : 3299, auch : 8007
Bis zum Nullpunkt des Seins ➶ 4309
Die Fernschule ➶ 4309
Gegen das Weltgesetz ➶ 4309
Der Gehirnspiegel ➶ 4309
Homchen und andere Erzählungen : 4309
Homchen ➶ 4309
Mirax ➶ 4309
Prinzessin Jaja ➶ 4309
Psychotomie ➶ 4309
Der Traumfabrikant ➶ 4309
Die Zukunftsträume ➶ 4309
Die Universitätsbibliothek ➶ 4309
Die Weltprojekte ➶ 6611 AR, auch ➶ 4309
Wie der Teufel den Professor holte ➶ 4309

LATHAM, Philip
Angst ➶ 3454
After Enfer
Jeanettes Hände ➶ 3385
Jeanette's Hands
Komet der Blindheit ➶ 3239
The Blindness

LAUB, Gabriel
Wesen vom Planeten Sonne-3
➶ 5325

LAUMER, (John) Keith
Am Tag vor der Ewigkeit ➶ 3151
The Day before Forever
Die Arena der Körperlosen ➶ 3116
The Body Builders
Eine faire Chance ➶ 3089
Founder's Day
Galaktische Odyssee : 3130
Galactic Odyssee
Der Geburtstag ➶ 3608
Birthday Party
Der Held ➶ 3044
End as a Hero
Der letzte Befehl ➶ 3451
The Last Command
Die Müllinvasion ➶ 3470
The Garbage Invasion
Planet der Riesen ➶ 3165
Once There Was a Giant
Schlafen, vielleicht träumen ➶ 3443
Of Death What Dreams
Zerreißprobe ➶ ANTH 32
Test to Destruction
Der Zwischenbereich : 3443
Five Fates

LAUMER, (John) Keith/
BROWN, Rosel George
Blut der Erde : 3146
Earthblood

LAURANCE, Alice
s. **ASIMOV**, Isaac/**LAURANCE**, Alice
s. **CARLSON**, William K./**LAURANCE**, Alice

LAURIA, Frank
Baron Orgaz : 15 UB
Baron Orgaz
Raga Six : 3 UB
Raga Six

LAUTENSCHLAG, Christian
Es kommt der Pan ➶ 4513
Ich komme aus meinen Schwingen heim
➶ 5880
Die langen Stunden vor der Dunkelheit
➶ 4325
Niemand außer Dir ➶ 4199
Tiger ➶ 4380

LAUTENSCHLAG, Marockh

Bru ➶ 3940

Hang Down Your Head, Tom Dooley ➶ 4041

LAW, Warner

Das Geschenk des Fakirs ➶ 3486
A Gift from the Fakir

LAWLOR, Harold

Hexen, gibt's die? ➶ 5153 AR, auch ➶ 7701 AR
Which's Witch

LAWRENCE, H. L.

Kinder des Lichts : 3010
Children of Light

LAWRENCE, J. A.

Sternenstoff ➶ 3602
Starstuff

LAYMON, Richard

Die Nixe ➶ 10344 AR
The Maiden

LEARY, Timothy

Der Cyber-Punk: Das Individuum als Realitätspilot ➶ 4704
The Cyber-Punk: The Individual as Reality Pilot

LEBÉUS, Angelika-Martina

Der Kinobesuch ➶ 4795

LE BLANC, Thomas

Die Anderen : 3650

Das Experiment ➶ 3473

Menschenrechte ➶ 4019

LECKEBUSCH, Johannes

Computerfreaks. Aus den vorläufigen Memoiren von Prof. Ungruen ➶ 7624 AR

LEE, Gentry

s. **CLARKE**, Arthur C./**LEE**, Gentry

LEE, Mary Soon

Ebbe ➶ 5511
Ebb Tide

LEE, Rand B.

Fünf Faden tief mein Vater liegt ➶ 4332
Full Fathom Five My Father Lies

LEE, Tanith

Anackire : 4295
Anackire

Aztira : 4744
The White Serpent

Der Besessene : 4173
Shon the Taken

Blume des Feuers ➶ 4294
Fleur de feu

Die Burg der Dunkelheit : 4540
The Castle of Dark

Cyrion in Bronze ➶ 3965
Cyrion in Bronze

Der dunkle Engel : 5315
The Blood of Roses, Erster Teil

Die Frau, die aus der Kälte kam ➶ 3761
The Thaw

Der Gott des Waldes : 5316
The Blood of Roses, Zweiter Teil

Herr der Illusionen : 4210
Delusion's Master

Herr der Nacht : 3802, auch : 4743
Night's Master

Herr der Stürme : 3759
The Storm Lord

Herr des Todes : 4012
Death's Master

Die Herrin des Deliriums : 4575
Delirium's Mistress

Im Herzen des Vulkans : 3616
The Birthgrave
Die Kinder der Wölfe : 14 UB
Lycanthia or The Children of Wolves
Medra ➶ 4178
Medra
Nächtliche Zauber : 4603
Night's Sorceries
Nunc Dimittis ➶ 16 UB
Nunc Dimittis
Östlich von Mitternacht : 4119
East of Midnight
Der Prinz auf dem weißen Pferd : 4521, auch ➶ 112 JB
Prince on a White Horse
Der scharlachrote Mantel ➶ 4405
Blood-Mantle
Tage des Grases : 5157
Days of Grass – After the Fall of Humanity
Die Teufelsrose ➶ 8094 AR
The Devil's Rose
Tiger ➶ 4140
Bright Burning Tiger
Vazkor : 3638
Vazkor, Son of Vazkor
Weggefährten : 3729, auch ➶ 5 JB
Companions of the Road
Die weiße Hexe : 3687
Quest for the White Witch
Die weiße Königin ➶ 4069, auch ➶ 6598 AR
La Reine Blanche
Das Winterspiel : 4094
The Winter Players

LEE, Vernon

Die böse Stimme ➶ 4319
A Wicked Voice

LEE, William M.

Planet der Selbstmörder ➶ 3186
Trouble on Kort
Sieg über die Tiefe ➶ 3145
Sea Home

LE FANU, J(oseph) Sheridan

Junker Tobys Testament ➶ 9 JB
Squire Toby's Will

LE GUIN, Ursula K(roeber)

An die Musik ➶ 4211
An die Musik
April in Paris ➶ 25, auch ➶ 29, auch ➶ 5075
April in Paris
Das Auge des Reihers ➶ 3856
The Eye of the Heron
Der Autor der Akaziensamen und andere Auszüge aus dem »Journal der Gesellschaft für Therolinguistik« ➶ 47
The Author of the Acacia Seeds and Other Extracts from the »Journal of the Association of the Therolinguistics«
Die Besteigung der Nordflanke ➶ 4107
The Ascent of the North Face
Brüder und Schwestern ➶ 4211
Brother/Sister
Die Omelas den Rücken kehren ➶ 25, auch ➶ 3592
The Ones Who Walk Away from Omelas
Dinge ➶ 25
Things
Drei Romane – Hainish-Zyklus, Erster Teil : 4460
Ein Kasten voll Dunkelheit ➶ 25, auch ➶ 6598 AR
Darkness Box
Eine andere Geschichte oder Ein Fischer des Binnenmeeres ➶ 10108 AR
Another Story or A Fisherman of the Inland Sea
Eine Woche auf dem Land ➶ 4211
A Week in the Country
Einige Stellungnahmen zum Problem der Zeitknappheit ➶ 47
Some Approaches to the Problem of the Shortage of Time

Erdsee – Drei Romane in einem Band : 4343, auch : 5222

Der erste Bericht des schiffbrüchigen Fremden an den Kadanh von Derb ➶ 47
The First Report of the Shipwrecked Foreigner to the Kadanh of Derb

Die Erzählung der Frau ➶ 47
The Wife's Story

Das ferne Ufer : 3677, auch ➶ 4343, auch ➶ 5222
The Farthest Shore

Das Fest der Vergebung ➶ 5373
Forgiveness Day

Die Geißel des Himmels : 3373
The Lathe of Heaven

Geschichten aus Orsinien : 4211
Orsinian Tales

Gespräche in der Nacht ➶ 4211
Conversations at Night

Die Gräber von Atuan : 3676, auch ➶ 4343, auch ➶ 5222
The Tombs of Atuan

Der gute Trip ➶ 25
The Good Trip

Gwilans Harfe ➶ 47
Gwilan's Harp

Das Haus ➶ 4211
The House

»He, Büffelmädchen, kommt ihr nicht raus heut' nacht?« ➶ 4650
»Buffalo Gals Won't You Come Out Tonight«

Die Herrin von Moge ➶ 4211
Lady of Moge

Das Hügelgrab ➶ 3587, auch ➶ 4211, auch ➶ 6457 AR
The Barrow

Intercom ➶ 47
Intracom

Kleingeld ➶ 47
Small Change

Der König von Winter ➶ 25
Winter's King

Die Kompaßrose : 47
The Compass Rose

Labyrinthe ➶ 47, auch ➶ 4352
Mazes

Die Länder unserer Phantasie ➶ 4211
Imaginary Countries

Das lösende Wort ➶ 25
The World of Unbinding

Der Magier der Erdsee : 3675, auch ➶ 4343, auch ➶ 5222
A Wizard of Earthsea

Malafrena : 4375
Malafrena

Die Meister ➶ 25
The Masters

Die Namensregel ➶ 25, auch ➶ 5909
The Rule of Names

Das neue Atlantis ➶ 47, auch ➶ 3755
The New Atlantis

Neun Leben ➶ 25
Nine Lives

Die Pfade des Verlangens ➶ 47
The Pathways of Desire

Der Phönix ➶ 47
The Phoenix

Planet der Habenichtse : 43, auch : 3505, auch : 4661, auch : 5221
The Dispossessed

Die Reise in die Erinnerung ➶ 25
A Trip to the Head

Rocannons Welt : 3578, auch ➶ 4460
Rocannon's World

Die Rose des Südens
Ein zusammenfassender Bericht über die *Yelcho*-Expedition in die Antarktis, 1909–1910 ➶ 47
Sur – a Summary Report of the Yelcho *Expedition to the Antarctic, 1909–1910*

Rose des Südens ➶ 47, auch ➶ 4165
Sur

Schrödingers Kater ➶ 47
Schrödinger's Cat

Sehbereich ➶ 25
The Field of Vision

Semleys Geschmeide ➶ 25
Semley's Necklace

Springbrunnen ➶ 4211
The Fountains

SQ ➶ 47, auch ➶ 6611 AR
SQ

Stadt der Illusionen : 3672, auch ➶ 4460
City of Illusions

Die Sterne unten ➶ 25
The Stars below

Die Straße nach Osten ➶ 4211
The Road East

Der Tag der Revolution ➶ 25
The Day before the Revolution

Das Tagebuch der Rose ➶ 47, auch ➶ 3627, auch ➶ 4060
The Diary of the Rose

Tehanu : 4952
Tehanu

Unermeßlich wie ein Weltreich – langsamer gewachsen ➶ 25
Vaster Than Empires and More Slow

Unglücksland ➶ 47
Mahlheur Country

Die Veränderung des Auges ➶ 47
The Eye Altering

Vorwort ➶ 84, ➶ 4459

Der Wald von Ile ➶ 4211
Ile Forest

Das Wasser ist groß ➶ 47
The Water Is Wide

Wegrichtung ➶ 25
Direction of the Road

Der weiße Esel ➶ 47
The White Donkey

Winterplanet : 84, auch ➶ 96 (Auszug), auch : 3400
The Left Hand of Darkness

Das Wort für Welt ist Wald : 3466, auch ➶ 4494
The Word for World Is Forest

Das Wunschtal : 4077, auch ➶ 112 JB
The Beginning Place

Das zehnte Jahr : 3604, auch ➶ 4460
Planet of Exile

Zwei Verspätungen auf der Nordstrecke ➶ 47
Two Delays on the Northern Line

Die zwölf Striche der Windrose : 25
The Wind's Twelve Quarters

s. **SUVIN**, Darko

LE GUIN, Ursula K(roeber)/**KIDD**, Virginia

Grenzflächen : 4175
Interfaces

Kanten : 4015
Edges

LEHNART, Jürgen

Der letzten Tage Wandlung ➶ 3908

Humaner Strafvollzug ➶ 3818

LEIBER, Fritz **(REUTER)**

Alles hat seinen Preis ➶ 4287
The Prize of Pain-Ease

Basar des falschen Zaubers ➶ 3323, auch ➶ 4287
Bazar of the Bizarre

Die besten Diebe von Lankhmar ➶ 3331, auch ➶ 4288
The Two Best Thieves in Lankhmar

Ein Gespenst sucht Texas heim : 3409
A Spectre Is Haunting Texas

Eine Station auf dem Weg ➶ 4638, auch ➶ 4884
One Station on the Way

Der Endfray der Ofay ➚ 4654
The Endfray of the Ofay

Das Feuerzeug ➚ 248 AR, auch ➚ 3017
Game for Motel Room

Der Fluch ➚ 3315, auch ➚ 4287
The Circle Curse

Die Frost-Monstreme ➚ 3819, auch ➚ 4288
The Frost Monstreme

Gefährliche Freundschaft ➚ 3089
The Man Who Made Friends with Electricity

Gefangene im Meer der Sterne ➚ 3819, auch ➚ 4288
Trapped in the Sea of Stars

Gefangene im Schattenland ➚ 3819, auch ➚ 4288
Trapped in Shadowland

Geistige Gesundheit ➚ 4600
Sanity

Der große Treck ➚ ANTH 5
The Big Trek

Das grüne Millennium : 3611
The Green Millennium

Harte Zeiten in Lankhmar ➚ 3501, auch ➚ 4262, auch ➚ 4287
Lean Times in Lankhmar

Das Haus der Diebe ➚ 3305, auch ➚ 4287
Ill Met in Lankhmar

Die Herren von Quarmall ➚ 3331, auch ➚ 4288
The Lords of Quarmall

Herrin der Dunkelheit : 3775, auch ➚ 21 JB
Our Lady of Darkness

Der heulende Turm ➚ 3315, auch ➚ 4287
The Howling Tower

Horror vom Feinsten ➚ 7877 AR
Horror Hits a High

Ihre Herrin, das Meer ➚ 3501, auch ➚ 4287
Their Mistress the Sea

Im Tempel des Hasses ➚ 3323, auch ➚ 4287
The Cloud of Hate

Im Zelt der Hexe ➚ 3331, auch ➚ 4288
In the Witch's Tent

In der Gewalt der Götter ➚ 3819, auch ➚ 4288
Under the Thumbs of the Gods

Das Katzenhotel ➚ 4099
The Cat Hotel

Klauen der Nacht ➚ 3323, auch ➚ 4287
Claws from the Night

Der Köder ➚ 3819, auch ➚ 4288, auch ➚ 5909
The Bait

Liebeskummer ➚ 3487
The Night He Cried

Das Mädchen mit den hungrigen Augen ➚ 9 JB
The Girl with the Hungry Eyes

Maskenball ➚ 94, auch ➚ 3787
Coming Attraction

Die öde Küste ➚ 3315, auch ➚ 4287
The Bleak Shore

Das Rauchgespenst ➚ 8175 AR
The Smoke Ghost

Raum-Zeit-Sprünge ➚ 3507
Space-Time for Springers

Reifinsel ➚ 3819, auch ➚ 4288
Rime Isle

Ritter und Knappe des Schwerts – Die glorreiche Rückkehr von Fafhrd und dem Grauen Mausling : 5910
The Knight and Knave of Swords

Ritual des Abgangs ➚ 3674
A Rite of Spring

Ruhe ist die erste Bürgerpflicht ➚ ANTH 17
Tranquility, Or Else!

Der Schatz im Walde ➚ 3315, auch ➚ 4287
The Jewels in the Forest

Das Schiff der Schatten ➚ 3219
Ship of Shadows

Die Schneefrauen ➚ 3397, auch ➚ 4287
The Snow Women

Der Schneekönig ➶ 4287
When the Sea Kind's Away

Schönheit und Ungeheuer ➶ 3819, auch ➶ 4288
Beauty and the Beasts

Schwerter gegen den Tod : 3315, auch ➶ 4287
Swords against Death

Schwerter gegen Zauberei : 3331, auch ➶ 4288
Swords against Wizardry

Schwerter im Kampf : 3501
Swords in the Mist

Schwerter im Nebel – Der Zyklus von Fafhrd und dem Grauen Mausling, Bd. 1 : 4287

Schwerter im Nebel : 3323, auch ➶ 4287
Swords in the Mist

Schwerter und Eiszauber : 3819, auch ➶ 4288
Swords and Ice Magic

Schwerter und Teufelei : 3307, auch ➶ 4287
Swords and Devilry

Schwerter von Lankhmar – Der Zyklus von Fafhrd und dem Grauen Mausling, Bd. 2 : 4288

Die Schwerter von Lankhmar : 3339, auch ➶ 4288
The Swords of Lankhmar

Sieben schwarze Priester ➶ 3323, auch ➶ 4287
The Seven Black Priests

Später als Sie glauben ➶ 4118
Later Than You Think

Das Spiel des Adepten ➶ 3501, auch ➶ 4287
Adept's Gambit 1–9

Die Städte der Schädel ➶ 3315, auch ➶ 4287
Thieves' House

Sternhöh ➶ 3331, auch ➶ 4076, auch ➶ 4288
(auch als »Im Zelt der Hexe«)
Stardock
(auch: *In the Witch's Tent*)

Tabu ➶ ANTH 8
Taboo

Tor zu einer anderen Welt ➶ 3501, auch ➶ 4287
Their Mistress, the Sea/The Wrong Branch

Die Trauer des Todbringers ➶ 3819, auch ➶ 4288
The Sadness of the Executioner

Der unheilige Gral ➶ 3307, auch ➶ 4287
The Unholy Grail

Die unzufriedenen Selbstporträts ➶ 272 AR, auch ➶ 3021
237 Talking Statues, etc.

Versäum nicht den Zeppelin! ➶ 3486, auch ➶ 4000
Catch That Zeppelin

Das versunkene Land ➶ 3323, auch ➶ 4287
The Sunken Land

Vier Geister in Hamlet ➶ 4254
Four Ghosts in Hamlet

Wanderer im Universum : 3096, auch : 3628 (ungekürzte NA)
The Wanderer

Der Weltuntergangsbrief ➶ 3142
Be of Good Cheer

Würfelspiele ➶ ANTH 34
Gonna Roll the Bones

LEIALOHA, Steve

s. **CARNELL**, John/**LEIALOHA**, Steve/**HENDRIX**, Shepherd

LEIGH, Stephen

Abraxas : 4987
The Abraxas Marvel Circus

Fäden ➶ 5602
Strings

Die Farbe des Hasses ➶ 5606
The Tint of Hatred

Die Farbe eines Geistes ➶ 5608
The Hue of a Mind

Mörderehre ➶ 3608
In Darkness Waiting

LEINSTER, Murray

Erdrutsch ➶ 3098
The Swamp Was Upside Down

Erstkontakt ➶ 3614
First Contact

Das Forschungstearn ➶ 13
Exploration Team

Die Kampfgruppe ➶ 3098
Combat Team

Der Planeten-Inspektor : 3098
The Planet Explorer

Proxima Centauri ➶ 93
Proxima Centauri

Roboter auf dem Kriegspfad ➶ 3035
The Case of the Homicidal Robots

Sand im Getriebe ➶ 3098
Sand Doom

Der Schwänzler ➶ 3239
The Wabbler

Die Sonnenkonstante ➶ 3098
Solar Constant

Der verrückte Planet ➶ 3847
The Mad Planet

LEM, Stanisław

Der Futurologische Kongress, 1. Tag ➶ 6611 AR
aus: *Kongress futurologiczny*

Das Märchen vom König Murdas ➶ 6598 AR
Bajka o królu Murdasie

Meine drei Wünsche ➶ 3869

Prognose über die Entwicklung der Biologie bis zum Jahr 2040 ➶ 4019

Die Reise Eins A oder Trurls Elektrobarde ➶ 98
Wyprawa pierwsza a czyli electrybalt Trurla

Die Wahrheit ➶ 3906
Prawda

Die zweite Reise oder König Grausams Angebot ➶ 4057
Wyprawa druga, czyli oferta Króla Okrucyusza

s. **SUVIN**, Darko/**BARMEIER**, Eike/**HASSELBLATT**, Dieter

LEMAN, Alfred

Ungeordnete Verhältnisse ➶ 3952

LEMAN, Alfred/**TAUBERT**, Hans

Begegnung ➶ 3952

Parallelen ➶ 3655

LEMAN, Bob

Fenster ➶ 3866, auch ➶ 4021
Windows

Instruktionen ➶ 4389
Instructions

Lockvogel ➶ 3110
Bait

Loob ➶ 3767
Loob

LEMONICK, Michael

Neue Welten im All : 373 HC/S
Other Worlds

LENGYEL, Péter

Sonnenaufgang oder: Die Feier der innigen Freude ➶ 4746
Rising Sun or The Celebration of Heartfelt Joy (Gospel and Document)

LÉOURIER, Christian

Gesichtspunkt ➶ 3690
Point du vue

LESKOV, L. V.

Modelle der Evolution kosmischer Zivilisation ➶ 4085

LESSING, Doris

Ein harmloser Heuschreckenüberfall ➶ 10108 AR
A Mild Attack of Locusts

Die Memoiren einer Überlebenden ➶ 5000
The Memoirs of a Survivor

s. **DIETZE**, Gabriele

LETHEM, Jonathan

Die fleckenlose Kathedrale ➶ 5325
The Speckless Cathedral

Die frühreifen Objekte ➶ 5196
The Precocious Objects

Knarre mit Begleitmusik : 5928
Gun, with Occasional Music

LETHEM, Jonathan/**KESSEL**, John/**KELLY**, James Patrick

So endet Welt wirklich ➶ 5980
The True History of the End of the World

LEVEGHI, Riccardo

Rho lupis ➶ 3812
Rho Lupis

LEVIN, Ira

Rosemaries Baby : 978 AR, auch : 8388 AR
Rosemary's Baby

LEVRERO, Mario

Kaninchenjagd ➶ 3878
Caza de conejos

Kapitel 30 ➶ 3878
Capitulo XXX

LEVY, Robert J.

Kein Tag wie der andere ➶ 5934
Every Day Different

LEWIS, Anthony R.

Aufforderung zur Erstellung eines Angebots ➶ 3451
Request for Proposal

LEWIS, C(live) S(taples)

Die böse Macht : 3524
That Hideous Strength

Dienstbare Engel ➶ 5909
Ministering Angels

Jenseits des Schweigenden Sterns : 3499
Out of the Silent Planet

Der König von Narnia : 221 JT
The Lion, the Witch, and the Wardrobe

Perelandra : 3511
Perelandra

Trugwelt ➶ ANTH 2
The Shoddy Lands

LEWIS, Sam

Prolog ➶ 5274

Der Talisman : 5274
Talisman

LEWITT, S. N.

Cybersong : 5408
Cybersong

LIBELT, Karol

Das Schachspiel ➶ 3906
Gra w szachy

LICHTENBERG, Jaqueline

Zwischenfall am Holiday Rock ➶ 4274
Event at Holiday Rock

LIEFF SAXBY, Anna

Gefangene ➶ 4818
Prisoners

LIGOTTI, Thomas

Alices letztes Abenteuer ➶ 8636 AR, auch ➶ 17 JUM
Alice's Last Adventure

Die Weihnachten mit Tante Elise – Die Geschichte einer Besessenheit aus Old Grosse Point ➶ 4638, auch ➶ 4884
The Christmas Eves of Possession in Old Grosse Point

LINCKENS, Hendrik P.

Beschreibung eines Extragalaktikers und Die Verwirrung einer Menschin ➶ 3602

LINCKENS, Paul H.

Die Muschel im Kristall ➶ 3592

LINDBERG, Cato N.

De anima ➶ 4009
De Anima

LINDERMANN, Michael

Der Spiegel ➶ 3650

LINDHOLM, Megan

Ein Hauch von Lavendel ➶ 4742
A Touch of Lavender

Das Glück der Räder : 9011
The Luck of the Wheels

Das Rentiervolk : 5121, auch : 9655 AR
The Reindeer People

Silberdame und der Mann um die Vierzig ➶ 4855
Silver Lady and the Fortyish Man

Die Stunde des Fauns : 5189
Cloven Hooves

Wolfsbruder : 5122
Wolf's Brother

LINDO, Hugo

Parallele Spiegel ➶ 3541
Espejos paralelos

LINDSAY, David

Fenster ins Frühlicht : 4356
The Haunted Woman

Die Reise zum Arcturus : 53, auch : 3440
A Voyage to Arcturus

LINDSKOLD, Jane M.

Teekas Wunderwelt ➶ 6611
Better Mousetrap

LINK, Karl-Heinz

Ritual der Nacht ➶ 3897

LIPSYTE, Robert M./**ROGERS**, Thomas

Der Meisterregisseur ➶ 3035
Redman

LITTKE, Lael J.

Mrs. Twillers Einkaufsbummel ➶ 4518
Mrs. Twiller Takes a Trip

LITTLE, John R.

Schatten aus der Vergangenheit ➶ 4884
The Shadows of Christmas

LLYWELYN, Morgan

Dryadenkuss ➶ 6606
Dryad's Kiss

LOACKER, Norbert

Aipotu : 4123

LOGGEM, Manuel van

Die anderen Sprachen ➶ 4097

Greifsehen ➶ 3442

Das Hasenpanier ➶ 4161

Schöpferisches Spiel ➶ 3944

Die Sexpuppen ➶ 3694
Paarpoppen

Sfan ➶ 3989

LONDON, Jack

Die eiserne Ferse : 5512 AR
The Iron Heel

Der Rote ➶ 92
The Red One

Tausend Tode ➶ 4022
A Thousand Deaths

LONG, Frank Belknap

Die Dämonen von Tindalos ➶ 8302 AR
The Hounds of Tindalos

LONG, James D.

Black Thorn Blues : 5290
D.R.T.

Stahlgladiatoren : 5116
Main Event...

LONGO, Giuseppe O.

Tage des Windes ➶ 5950
I giorni del vento

LONGYEAR, Barry B.

Adagio ➶ 4598
Adagio

Die allerletzte Pointe ➶ 4598
Twist Ending

Das Bildnis des Baron Negay ➶ 4034, auch ➶ 4598
The Portrait of Baron Negay

Der Sonne nach ➶ 3894, auch ➶ 4598
Catch the Sun
(auch als »Der Sonne hinterher«)

Du, mein Feind ➶ 3761, auch ➶ 4332
Enemy Mine

Es gibt Zeiten für Terror ➶ 4598
Time for Terror

Die Heimkehr ➶ 3853, auch ➶ 4598
Homecoming

Der Neuling ➶ 4598
The Initiation

Projekt Angst ➶ 3825
Project Fear

Sammlerstück ➶ 4598
Collector's Item

Shawna Ltd. ➶ 4598
Shawna, Ltd.

Sie kommen aus Schenectady : 4598
It Came from Schenectady

Träume ➶ 4598
Dreams

Vorwort ➶ 4598

Das Wenn-Haus ➶ 4598
The House of If

Woher haben Sie diese Ideen? ➶ 4598
Where Do You Get Your Ideas?

LONGYEAR, Barry B./**GERROLD**, David

Enemy Mine – Geliebter Feind : 6677 AR
Enemy Mine

LORD, jr., Frederick S.

Aber reiten sie auf Delphinen? ➶ 3735
But Do They Ride Dolphins?

LOREK, Christel

Vier Gedichte ➶ 3897

LORENZ, Michael

Die nackten Wilden : 3917

LORENZ, Peter

*** ➶ 4897

Quarantäne im Kosmos ➶ 4494

LORRAH, Jean

Metamorphose : 4856
Metamorphosis

Mord an der Vulkan-Akademie : 4568, auch : 5223
The Vulcan Academy Murders

Überlebende : 4705
Survivors
Die Umuk-Seuche : 4949
The Idic Epidemic

LORY, Robert (Edward)
Ein Drachen, gelb und grün ➶ 3454
Kite: Yellow and Green
Punktlandung ➶ 3131
The Locator
Verabredung um 10 ➶ 3025
Appointment at Ten O'Clock

LOSCHÜTZ, Gert
Eine wahnsinnige Liebe ➶ 7624 AR (Auszug)

LOVECRAFT, H(oward) P(hillips)
Cthulhus Ruf ➶ 8302 AR
The Call of Cthulhu
Dagon ➶ 92
Dagon
Pickmans Modell ➶ 9 JB
Pickman's Model
Die Ratten in den Mauern ➶ 4254
The Rats in the Walls
Die Sehnsucht Iranons ➶ 3915
The Quest of Iranon
Träume im Hexenhaus ➶ 7701 AR
Dreams in the Witch House

LOVIN, Roger Robin
Der große Käfig ➶ 4274
Nor Iron Bars of Cage

LOWENBRUCK, Oliver (David J. Schow)
Demnächst in diesem Theater ➶ 6723 AR
Coming Soon to a Theatre Near You

LOWENKOPF, Shelly
Appetit kommt beim Essen ➶ 3120
The Addict

LOWENTHAL, Mark M.
Crispan Magicker : 4028
Crispan Magicker

LOYOLA BRANDÃO, Ignácio de
Tristeza ➶ 5000
Nao verás país nemhu
(Auszug)

LUCAS, George/**CLAREMONT**, Chris
Schattendämmerung : 10569 AR
Shadow Dawn
Schattenmond : 10285 AR
Shadowmoon

LUCAS, Jon
Das elektrische Huhn ➶ 3369
The Self-Priming, Solid-State Electronic Chicken

LUGONES, Leopoldo
Die Pferde von Abdera ➶ 6598 AR
Los caballos de Abdera

LUIPOLD, Bernhard
PH ➶ 4405

LUKIAN (os von Samosata)
Eine wahre Geschichte (Auszug) ➶ 90
Alethes Historia

LUKIN, Jewgeni(j)
s. **LUKINA**, Ljuben (Ljubow)/**LUKIN**, Jewgeni(j)

LUKINA, Ljuben (Ljubow)/**LUKIN**, Jewgeni(j)
Actio ➶ 5090
Сила действия равна…
Das Denkmal ➶ 4920
Mohimeht

LUMLEY, Brian
Wegweiser ins Nirgendwo ➶ 3502
No Way Home

Der Windgott ➶ 3519, auch ➶ 6598 AR
Born of the Winds

LUNAN, Duncan

Der Komet, der Hügel und die Kapsel ➶ 3549
The Comet, the Cairn, and the Capsule

Die Politik des erdnahen Weltraums ➶ 4464
The Politics in Near Space

LUNDWALL, Sam

Schatten ➶ 3549
Nobody Here But Us

s. **ALDISS**, Brian W(ilson)/**LUNDWALL**, Sam

LUPOFF, Richard A(llen)

Auf dem Strom der Trauer ➶ 3818
Sail the Tide of Mourning

Die digitale Armbanduhr des Philip K. Dick ➶ 4713
The Digital Wristwatch of Philip K. Dick

Die Dokumente im Fall Elizabeth Akeley ➶ 4062
Documents in the Case of Elizabeth Akeley

Das Dungeon 1 - Der schwarze Turm : 4750
The Dungeon, Book 1 - The Black Tower

Das Dungeon 6 - Das letzte Gefecht : 4755
The Dungeon, Book 6 - The Final Battle

Ein Bummel auf dem Stroka-Prospekt ➶ 4011
Stomping Down Stroka Prospect

In den Abendnachrichten ➶ 3486
With the Evening News

Mr. Tindle ➶ 4673
Mr. Tindle

12.01 ➶ 3402
12.01 P. M.

s. **HAMLET**, Ova

LURIE, Alison

Der Wiedergänger ➶ 5311
In the Shadow

LUSERKE, Uwe

David A. Hardy, der exakte Visionär ➶ 3908

Das Ende der Jagd ➶ 4697

Splatterpunk 3 : 8544 AR

Vorwort ➶ 8544 AR

LUSERKE, Uwe/**JESCHKE**, Wolfgang

Frohes Fest!
13 grausige Bescherungen : 4638

Frohes Fest! : 4884

LUTHARDT, Ernst-Otto

Fremde Vertrautheit ➶ 4897

LUTZ, John

Hansons Radio ➶ 10344 AR
Hanson's Radio

Der letzte Tanz : 9118 AR
Dancing with the Dead

Der Sprengstoffexperte ➶ 9 JB
The Explosives Expert

LUXBACHER, Günther

Kunst und Konserve:
Europäische VideoArt auf der Ars electronica '87 ➶ 4464

Kybernetische Dörfer:
Die »Ars Electronica« wird zehn Jahre alt - als Mediendorf ➶ 4640

Die Rechenzeit der Imagination - Über die *Ars Electronica* 1986 in Linz ➶ 4371

Zuses Maschinen. Eine deutsche Technikgeschichte des Computers ➶ 5638

LUXBACHER, Günther/**NEUHAUS**, Wolfgang

Cyberspace und virtuelle Welten:
Ars Electronica 1990 ➶ 4760

LYNCH, Hal

Pensionsalter ➶ 3949
Age of Retirement

M

MacAPP, C. C.
Bleistifte für Arkturus ➶ 3155
A Flask of Fine Arcturan

McAULEY, Paul J.
Die Erben der Erde ➶ 5462
The Heirs of Earth
Ewiges Licht : 5308
Eternal Light
Exilanten ➶ 5462
Exiles
Gefängnisträume ➶ 5950
Prison Dreams
Die Herren der Erde : 5462
The King of the Hill and Other Stories
Karl und das Urwesen ➶ 5462
Karl and the Ogre
Klein-Ilia, Spider und Box ➶ 5462
Little Ilya and Spider and Box
König auf Zeit ➶ 5462
The Temporary King
Der König des Hügels ➶ 5462
The King of the Hill
Roter Staub : 5351
Red Dust
Transzendenz ➶ 5462
Transcendence
Verborgene Harmonien : 5307
Secret Harmonies
Vierhundert Milliarden Sterne : 5306
Four Hundred Billion Stars

McBRIDE, Sally
Der Duft von Orchideen ➶ 5921
The Fragrance of Orchids
s. **FOSTER**, Allan Dean/**McBRIDE**, Sally

McCAFFERY, Larry
Ein Gespräch mit William Gibson
➶ 4704
An Interview with William Gibson

McCAFFERY, Larry/**LANDON**, Brooks
Ein Gespräch mit Bruce Sterling ➶ 4850
An Interview with Bruce Sterling

McCAFFERY, Larry/**McMENAMIN**, Jim
Ein Gespräch mit Octavia E. Butler ➶ 4850
An Interview with Octavia E. Butler

McCAFFREY, Anne (Inez)
Damia : 5623
Damia
Damias Kinder : 5624
Damia's Children
Die Delphine von Pern : 5540
The Dolphins of Pern
Dinosaurier-Planet : 4168
Dinosaur Planet
Drachendämmerung : 4666
Dragonsdawn
Drachengesang : 3791
Dragonsong
Die Drachenkönigin ➶ 4159
Weyr Search
Drachensinger : 3849
Dragonsinger
Drachentrommeln : 3996
Dragondrums
Ein Raumschiff namens Helva ➶ 1008,
auch : 3354, auch ➶ 4517
The Ship Who Sang
Killashandra : 4728
Killashandra
Lyon : 5625
Lyon's Ride
Moreta – Die Drachenherrin von Pern
: 4196
Moreta – Dragon Lady of Pern
Nerilkas Abenteuer : 4548
Nerilka's Story
Planet der Entscheidung : 3314
Decision at Doona

Die Renegaten von Pern : 5007
The Renegades of Pern

Rowan : 5622
The Rowan

Die Suche der Drachen : 3330,
auch ➶ 5676
Dragonquest

Die Überlebenden : 4347
The Survivors (Dinosaur Planet II)

Der weiße Drache : 3918
The White Dragon

Die Welt der Drachen : 5676

Die Welt der Drachen : 3291, auch : 5224,
auch ➶ 5676
Dragonflight

Die Weyr von Pern : 5135
All the Weyrs of Pern

Die Wiedergeborene : 3362
Restoree

Wilde Talente : 4289
To Ride Pegasus

McCAMMON, Robert A.

Der Pimmel ➶ 8649 AR
The Thang

McCARTHY, Gerry

Entropanto ➶ 4818
Entropanto

McCARTHY, Will

Amerikano Hiaika ➶ 5880
Americano Hiaika

McCAY, Bill/**FLOOD**, Eloise

Ketten der Gewalt : 5242
Chains of Command

McCOLLUM, Michael

Antares erlischt : 5382
Antares Dawn

Antares-Passage : 5924
Antares Passage

Die Lebenssonde : 5381
Life Probe

Treffer : 4811
Thunderstrike!

Spuren ➶ 4884
Tracks

Die Wolken des Saturn : 5383
The Clouds of Saturn

McDEVITT, Jack

Der ferne Strand ➶ 3998
The Far Shore

Geheim ➶ 4222
Cryptic

Das Heldenschiff ➶ 4536
Dutchman

Letzter Kontakt ➶ 4906
Last Contact

Standardkerzen ➶ 5429
Standard Candles

McDONALD, Ian

Atomic Avenue ➶ 4704
Atomic Avenue

Beste Verteidigung ➶ 5100
Best Defence

Chaga : 5660
Chaga/Evolution's Shore

Christian ➶ 4477
Christian

Einer alten Liebe Geist ➶ 5481
Some Old Lover's Ghost

Fetter Dienstag ➶ 5160
Fat Tuesday

Fragmente einer Analyse eines Falles von
Hysterie ➶ 4990
Fragments of an Analysis of a Case of Hysteria

Frooks ➶ 5495
Frooks

Gardenien ➶ 4747
Gardenias
Der große Stuhl ➶ 5390
Big Chair
Herzen, Hände und Stimmen : 5009
Hearts, Hands, and Voices (Broken Land)
Die Imbißstube der verlorenen Träume ➶ 5090
The Luncheonette of Lost Dreams
Die Insel der Toten ➶ 4410
The Islands of the Dead
Legitime Ziele ➶ 5275
Legitimate Targets
Narrenopfer : 5981
Sacrifice of Fools
Necroville : 5461
Necroville
(auch: *Terminal Café*)
Radio Marrakesch ➶ 4560
Radio Marrakech
Romy tanzt ➶ 4560
Romy Dances
Schere schneidet Papier wickelt Stein : 5127
Scissors Cut Paper Wrap Stone
Siegen ist alles ➶ 4865
Winning
Sonderwünsche ➶ 5325
Some Strange Desire
Treibende Hunde ➶ 5250
Floating Dogs
Die Unschuldigen ➶ 5055
Innocents
Van Goghs unvollendetes Porträt des Königs der Schmerzen ➶ 4513
Unfinished Portrait of the King of Pain by Van Gogh
Vivaldi ➶ 4570
Vivaldi
Zum Kilimandscharo ➶ 4991
Toward Kilimanjaro

MacDONALD, John D(ann)

Ferne Saat ➶ ANTH 8
Dance of a New World
Flucht ins Chaos ➶ 3991
Escape to Chaos
Herrscher der Galaxis : 3092, auch ➶ 4336
Ballroom of the Skies
Das Mädchen, die goldene Uhr und der ganze Rest : 5023
The Girl, the Gold Watch and Everything
Planet der Träumer ➶ 1009, auch : 3166
Wine of the Dreamers

McENROY, Richard Sean

Drachenhäuter ➶ 3825
Skinner

McEWAN, Ian

Samstag, März 199- ➶ 5000
Saturday, March 199-

McFARLAND, John S.

Eine glückliche Familie ➶ 6598 AR
One Happy Family

McGRATH, Patrick

Die schwarze Hand des Raj ➶ 8175 AR
The Black Hand of the Raj
Wasser und Blut ➶ 8831 AR
Blood and Water

McGRAW, Charles G.
s. **GARLAND**, Mark A./**McGRAW**, Charles G.

MÁCHA, Bedřich

Gullivers letztes Abenteuer im Lande HIER ➶ 4991
Guliverovo poslední dobrodruzství v Tadyzemi
Casanova zwischen Himmel und Hölle ➶ 5250
Casanova mezi nebem a peklem
Der Steinkerl aus dem Gebirge ➶ 5090
Kammený chlapik z pohori

MACHAČEK, Lubomír

Die an die Wand geschriebene Nachricht ➶ 4803
Zpráva psaná na stěně

McHARDY, Vincent

Angst um die Erinnerungen ➶ 6793 AR
Angst for the Memories

MACHEN, Arthur

Die weißen Gestalten ➶ 8304 AR
The White People

McHUGH, Maureen F.

ABC Zhang : 5271
China Mountain Zhang

Baffinland ➶ 5311
Baffin Island

Ein Kind der Mission ➶ 5196
The Missionary's Child

Der Lincoln-Zug ➶ 5892
The Lincoln Train

Schutzhaft ➶ 5085
Protection

Virtuelle Liebe ➶ 5429
Virtual Love

McINTOSH, J. T

Am Ende der Reise ➶ 3085
At Journey's End

Aus eins mach zwei ➶ 3011
One into Two

Die Crock-Expedition : 3485
Galactic Takeover Bid

Dort, wo es sich nicht lohnt ➶ ANTH 11
No Place for Crime

Einer von 300 : 3201
One in Three Hundred

Frauen für Pastan ➶ 3060
The Wrong World

Geheimagent auf Solitaire ➶ 3035
Poor Planet

Der General und die Außerirdischen ➶ 3048
The Stupid General

Großmutter Erde ➶ 3040
Grandmother Earth

Das Katastrophenteam ➶ 3081
The Sudden Silence

Made in USA ➶ 3960
Made in USA

Mord in der Raumstation ➶ 3122
The Saw and the Carpenter

Schlechtes Wetter auf Psit ➶ 3025
Humanoid Sacrifice

Sechs Tore zur Hölle : 3154
Six Gates from Limbo

Der Seelenwanderer : 3322
Transmigration

Die Überlebenden : 3162
The Fittest

Die zehnte Zeitreise ➶ 3056
Tenth Time Around

McINTOSH, Neil

Saat des Zweifels ➶ 5554
Seed of Doubt

MacINTYRE, F. Gwynplaine

Die Mannesprobe ➶ 3853, auch ➶ 4021
Martian Walkabout

McINTYRE, Vonda N(eel)

Die Asche der Erde : 3778
The Exile Waiting

Azteken ➶ 3685
Aztecs

Die Braut : 6672 AR
The Bride

Der Entropie-Effekt : 3988, auch ➶ 5065, auch ➶ 6451
The Entropy Effect

Die erste Mission : 4619
Enterprise: The First Adventure

Schatten, die wandern ➶ 4175
Shadows, Moving

Die Schlange ➶ 98, auch ➶ 3627
Of Mist, and Grass, and Sand

Star Trek II: Der Zorn des Khan : 3971, auch ➶ 6451
Star Trek: The Wrath of Khan

Star Trek III: Die Suche nach Mr. Spock : 4181, auch ➶ 6451
Star Trek: The Search for Spock

Star Trek IV: Zurück in die Gegenwart : 4486, auch : 5225, auch ➶ 6452
Star Trek IV: The Voyage Home

STAR WARS – Der Kristallstern : 9970 AR
STAR WARS – The Crystal Star

Transit ➶ 4385
Transit

MACKAY, M. Sargent

Dämonische Liebe ➶ 4315
Demon Lover

MACKAY, Scott

Die Weisen der Cassiopeia ➶ 5649
The Sages of Cassiopeia

McKENNA, Richard (Milton)

Der Deserteur ➶ 3122
Home the Hard Way

Sterben ist nicht leicht ➶ ANTH 5
Casey Agonists

Das tiefe Land ➶ 3380
The Secret Place

Der Wald der Phytos ➶ 3017
Hunter, Come Home

MacKENZIE, Jonathan Blake

Planetoidenfänger ➶ 3364
Anchorite

McKILLIP, Patricia A.

Königin der Träume : 5963
The Book of Atrix Wolfe

Die vergessenen Tiere von Eld : 3882
The Forgotten Beasts of Eld

McKIMMEY, James

Nach dem Tag des Blutes ➶ 3128
The Young Priests of Adytum

McKINLEY, Robin

Das Blaue Schwert : 4520
The Blue Sword

Die Heldenkrone : 4519
The Hero and the Crown

Tochter des Schattens : 5134
Deerskin

McLAREN, Teri

Das Lied der Zeit : 6609
Magic – the Gathering: Song of Time

Das verwunschene Land : 6605
Magic – the Gathering: The Cursed Land

McLAUGHLIN, Dean (Benjamin)

Ein Falke unter Spatzen ➶ 3364
Hawk among the Sparrows

Gegengeschäfte ➶ 3435
West of Scranton and Beyond the Dreams of Avarice

Raumschiff ahoi! ➶ 3025
One Hundred Days from Home

Die Schwierigkeiten mit Projekt Erdrutsch ➶ 3470
The Trouble with Project Slikkenside

MACLAY; John

Der Gott des Büchermenschen ➶ 4803
The Bookman's God

MacLEAN, Katherine

Ausgleich? ➶ ANTH 5
Interbalance

Incommunicado ➶ 3442
Incommunicado

McLEAN, Penny

Adeline und die vierte Dimension : 7975 AR, auch : 9902 EW

MacLEISH, Roderick

Prinz Ombra : 4261
Prince Ombra

MacLEOD, Ian

Marnie ➶ 5196
Marnie

Papa ➶ 5948
Papa

Raumschifftag ➶ 5635
Starship Day

MacMANUS, Yvonne

Die Todeshexe : 6 UB
The Presence

McMENAMIN, Jim

s. **McCAFFERY**, Larry/ **McMENAMIN**, Jim

MADDERN, Philippa C.

Bilder der Vergangenheit ➶ 4175
The Pastseer

MADDOX, Tom

Der Geist der Nacht ➶ 4704
Spirit of the Night

In ferner Landschaft ➶ 4990
In a Distant Landscape

Schlangenaugen ➶ 4544
Snake-Eyes

MADER, Friedrich Wilhelm

Wunderwelten : 4374

MÄHR, Christian

Die Essenz des Realen ➶ 4560

Fatous Staub : 4853

Magister Dorn : 4365

Sprecher und Hörer ➶ 4513

THE MAGAZINE OF FANTASY AND SCIENCE FICTION

s. **WINHELLER**, Charlotte: Folge 1-9

s. **ERNSTING**, Walter: Folge 10-14

s. **BERGNER**, Wulf H.: Folge 15-42

s. **KLUGE**, Manfred: Folge 43-63

s. **HAHN**, Ronald M.: Folge 64 ff.

MAGNANA, Helmut

s. **PERCHTOLD**, Ute/**TIMPER**, Christiane/**VOCK**, Birke/**WEIXNER**, Bärbel/**MAGNANA**, Helmut/ **TRÖSTER**, Horst G.

s. **TRÖSTER**, Horst G./**BAUER**, Ute/**VOCK**, Birke/**WEIXNER**, Bärbel/**MAMCZAK**, Sascha/**MAGNANA**, Helmut

s. **TRÖSTER**, Horst/**PERCHTOLD**, Ute/**MAGNANA**, Helmut/**MAMCZAK**, Sascha/**TILSNER**, Thomas

MAGYARI, Kriemhild

Die Spielkiste
➶ 3985

MAHLOW, René

Ein Gespräch mit Kate Wilhelm
➶ 4260

Ein Gespräch mit Larry Niven
➶ 4260

Ein Gespräch mit Caroline Janice Cherryh
➶ 4371

MAHR, Kurt
Baumeister des Kosmos : 24 PRh
Die Fremden aus dem Mikronebel : 29 PRh
Das Gremium der Vier : 372 PRh
Der große Denker von Gol : 2 PRh
Sternkolonie Troja : 13 PRh
Die Tochter des Roboters : 6 PRh
Das tödliche Paradies : 21 PRh

MAINE, Charles Eric
Quantenphysik der Geistererscheinungen ➶ 3498
Scholary Correspondence

MALAGUTI, Ugo
Elegie ➶ 4880
Elegia
Der Phönix ➶ 5090
La fenice

MALY, Herbert W.
Der metallene Traum : 3389

MALZBERG, Barry N(orman)
Abkopplung ➶ 99
Uncoupling
Abnabelung ➶ 3831
Tapping Out
Dumbarton Oaks ➶ 9773 AR
Dumbarton Oaks
Eine Galaxis namens Rom ➶ 3502, auch ➶ 4199, auch ➶ 4352
A Galaxy Called Rome
Eroberungstaktiken : 5340
Tactics of Conquest
Der Helm ➶ 3454
The Helmet
Herovits Welt : 3548
Herovit's World
Im Steptanz über die Highways und Nebenstraßen des Lebens, etc. ➶ 4438
Tapdancing Down the Highways and Byways of Life, etc.
Le Croix ➶ 4021
Le Croix
Die letzte Antwort ➶ 3435
A Short Religious Novel
Muster und Gewohnheiten ➶ 5341
Standards and Practices
Nachtwandler ➶ 4353
Nightshapes
Ort der Qualen ➶ 3374
Gehenna
Quartermain ➶ 4405
Quartermain
Sieg ➶ 3421
Conquest
Sinfonia Expansiva ➶ 9953 AR
Sinfonia Expansiva
Der Sturz der Astronauten : 3432
The Falling Astronauts
Transfer ➶ 20 UB
Transfer
(auch als »Übergang«)
Übergang ➶ 9 JB
Transfer
(auch als »Transfer«)
Wo ein Wille ist ... ➶ 3940
Coursing
Die Zerstörung des Tempels : 3641
The Destruction of the Temple

MALZBERG, Barry N(orman)/
DANN, Jack (Mayo)
Melancholie und dic abstrakte Wahrheit ➶ 4574, auch ➶ 9773 AR
Blues and the Abstract Truth
s. **KOJA**, Kathe/**MALZBERG**, Barry N(orman)
s. **PRONZINI**, Bill/**MALZBERG**, Barry N(orman)

MAMCZAK, Sascha

s. **BAUER**, Ute/**MAMCZAK**, Sascha/**TILSNER**, Thomas/**TRÖSTER**, Horst

s. **PERCHTOLD**, Ute/**MAMCZAK**, Sascha/**TILSNER**, Thomas/**TRÖSTER**, Horst G.

s. **PERCHTOLD**, Ute/**MAMCZAK**, Sascha/**TILSNER**, Thomas/**TRÖSTER**, Horst G./**WESSLEY**, Günther

s. **TIMPER**, Christiane/**VOCK**, Birke/**WEIXNER**, Bärbel/**BETTERMANN**, Ulrich/**MAMCZAK**, Sascha/**TRÖSTER**, Horst G.

s. **TRÖSTER**, Horst G./**BAUER**, Ute/**VOCK**, Birke/**WEIXNER**, Bärbel/**MAMCZAK**, Sascha/**MAGNANA**, Helmut

s. **TRÖSTER**, Horst/**PERCHTOLD**, Ute/**MAGNANA**, Helmut/**MAMCZAK**, Sascha/**TILSNER**, Thomas

MANCOUR, T. L.

Spartacus : 5158
Spartacus

MANDERS, Harry

Der Fall mit den Juwelen ➶ 3519
The Problem of the Sore Bridge – among Others

MANDEVILLE, John (Pseudonym)

Die Reisen eines Ritters durch das gelobte Land, Indien und China (Auszug) ➶ 90
Mandeville's Travels oder *The voiage and travaeille of Sir John Mandeville*

MANN, Phillip

Das Auge der Königin : 4213
The Eye of the Queen

Der Fall der Familien : 4523
The Fall of the Families

Der Herr von Paxwax : 4522
Master of Paxwax

Lux in Tenebris ➶ 4570
Lux in Tenebris

Pioniere : 4784
Pioneers

Die wahre Lehre - nach Mickymaus ➶ 4747
The Gospel According to Mickey Mouse

Wolfsgarn : 4955
Wulfsyarn

MANN, W. L.

Die Biomaten : 3244

Der Gigant : 3235

MANNING, Laurence (Edward)

Der Jahrtausendschläfer : 3529
The Man Who Awoke

MANO, D. Keith

Die Brücke : 3766
The Bridge

MANTLEY, John (Truman)

Der 27. Tag : 3086
The 27th Day

MAPES, Diane

Weibsteufel ➶ 5325
She Devil

MARCUS, Daniel

Gespräche mit Michael ➶ 5481
Conversations with Michael

Mutter Gottes der Prärie ➶ 5666
Prairie Godmother

MARINACCIO, Dave

Alles, was ich im Leben wirklich brauche, habe ich von STAR TREK gelernt : 9581 AR
All I Really Need to Know I Learned from Watching STAR TREK

MARLOWE, Linda

Das Versteckspiel ➶ 3116
Hide and Seek

MARNER, Robert

Eine Welt namens Mary ➶ 3272
A World Named Mary

MARSH, Willard

Grüße an die Toten ➶ 3031
Forwarding Service

MARSHAK, Sondra/**CULBREATH**, Myrna

Das Prometheus-Projekt
: 4379, auch ➶ 6452,
auch ➶ 9896 AR
The Prometheus Design
Tödliches Dreieck
: 4411, auch ➶ 6452,
auch ➶ 9896 AR
Triangle

MARSHALL, Ardrey

Gehirn Nummer 45 ➶ 3097
Brain Bank

MARSISKE, Hans-Arthur

Mut zur Zukunft – Science Fiction aus Japan
➶ 5925

MARTENSON, Jan

Der Hexensabbath : 22 UB
Death Calls on the Witches (Häxhammaren)

MÅRTENSSON, Bertil

Myxomatose forte ➶ 4746
Myxomatosis forte

MARTIN, David

Das Ritual des Hasses : 8874 AR
Bring Me Children

MARTIN, George R(aymond) R(ichard)

Abschied von Lya ➶ 3473
A Song for Lya
Alle Pferde des Königs
➶ 5607
All the King's Horses
Am Morgen fällt der Nebel
➶ 3523
With Morning Comes Mistfall
Armageddon Rock : 4595
Armageddon Rag
Aus dem Tagebuch von Xavier Desmond
➶ 5606
The Journal of Xavier Desmond
Belagert ➶ 4740
Under Siege
Bilder seiner Kinder ➶ 4470
Portraits of His Children
Bitterblumen ➶ 3780
Bitter Blooms
Dieser Turm von Asche ➶ 99
This Tower of Ashes
Ein Wochenende im Kampfgebiet
➶ 4410
Weekend in a War Zone
Erinnerungen an Melody
➶ 4161
Remembering Melody
(auch als »Melody«)
Fiebertraum : 4817
Fevre Dream
Der Fleischhausmann ➶ 3869,
auch ➶ 8543 AR
Meathouse Man
Die Glasblume ➶ 4513
The Glassflower
Der Held ➶ 3549, auch ➶ 4000
The Hero
Im Auftrag der FTL ➶ 3498
FTA

Jube: drei ➶ 5603, ➶ 5604
Jube

Jube: eins ➶ 5603, ➶ 5604
Jube

Jube: vier ➶ 5603
Jube

Jube: zwei ➶ 5603, ➶ 5604
Jube

Maskerade ➶ 8098 AR
The Skin Trade

Melody ➶ 6498 AR
Remembering Melody
(auch als »Erinnerungen an Melody«)

Nachtflieger ➶ 4021
Nightflyers

Die Nadelmänner ➶ 4990
The Needle Men

Panzerspiele ➶ 4650
Shell Games

Sandkönige ➶ 3897
Sandkings

Der Seuchenstern ➶ 4570
Tuf Voyaging: The Plague Star

Taschenspielertricks ➶ 5602
Shell Games

Vorbemerkung des Herausgebers
➶ 5601

Wild Cards 1: Vier Asse : 5601
Wild Cards 1 (1. Teil)

Wild Cards 2: Asse und Joker : 5602
Wild Cards 1 (2. Teil)

Wild Cards 3: 3 Asse hoch! : 5603
Wild Cards 2 (1. Teil)

Wild Cards 4: Schlechte Karten : 5604
Wild Cards 2 (2. Teil)

Wild Cards 5: Wilde Joker : 5605
Wild Cards 3

Wild Cards 6: Asse im Einsatz
: 5606
Wild Cards 4: Aces Abroad

Wild Cards 7: Nur Tote kennen Jokertown
: 5607
Wild Cards 5: Down and Dirty (1. Teil)

Wild Cards 8: Konzert für Sirenen und Serotonin
: 5608
Wild Cards 5: Down and Dirty (2. Teil)

Winterkälte ➶ 5603
Winter's Chill

s. **TUTTLE**, Lisa/**MARTIN**, George R. R.

MARTIN, Jack

Halloween III : 10 UB
Halloween III

Halloween II : 4 UB
Halloween II

MARTIN, Lori

Das Orakel von Lindahne : 5338,
auch : 8260 AR
Darkling Hills

Die Priesterin der Nialia : 5338,
auch : 8430 AR
Calling Up the Fire

MARTIN, Marcia/**VINICOFF**, Eric

... und Baby macht drei ➶ 4610
And Baby Makes Three

s. **VINICOFF**, Eric/**MARTIN**, Marcia

MARTIN, Michael

Ein Jahr in der Nähe von Proxima Centauri
: 5111
A Year Near Proxima Centauri

MARTIN, Valerie

Der Tod besucht eine Party
➶ 10108 AR
(Originaltitel: N. N.)

MARX, Wolfgang

Zenon, Borges und ich ➶ 4260

MARZIN, Florian F.
Ein Blick hinter Friedrich Bierbaums Amerika – Nachwort zu ➶ 67
I.N.R.I. – Gretchenfrage, Nachwort zu ➶ 63
Mythologie und Sprache: Die Beziehung von Sprache und Mythologie in den Romanen Samuel R. Delanys ➶ 4850
Nicht alle, die vom Teufel geholt wurden, sind auch in der Hölle angekommen ➶ 4325
Der Traummeister oder Der Traum der DDR-Science Fiction – ausgeträumt ➶ 4960
Traumzeit ➶ 4513
Zensur ➶ 4803

MASON, David
Kavins Rückkehr : 4318
The Return of Kavin
Kavins Welt : 4317
Kavin's World

MASON, Lisa
Deus ex machina ➶ 5090
Deus Ex Machina

MASSIE, Chris
Fragmente der Wirklichkeit ➶ 6498 AR
A Fragment of Fact

MASSIE, Elizabeth
Buzzer, schock mich! ➶ 8094 AR
Hooked on Buzzer
Die heiße Orgie der gefangenen Jungfrauen ➶ 8649 AR
Hot Orgy of the Caged Virgins
Tod um elf ➶ 8831 AR
Death at Eleven

MASSON, David I(rvin)
Ablösung ➶ 28, auch ➶ 5075
Traveller's Rest
(auch als »An der Zeitgrenze«)
An der Zeitgrenze ➶ 3264
Traveller's Rest
(auch als »Ablösung«)
Doktor Fausta ➶ 4803
Doctor Fausta
Kopf oder Zahl ➶ 4660
Take It or Leave It
Reis durch zween Zeiten ➶ 28
The Two-Timer
The Show Must Go On ➶ 4560
The Show Must Go On

MASTERTON, Graham
Futter für die Schweine ➶ 8544 AR
Pig's Dinner
»Schenkst du mir dein Herz?« ➶ 8649 AR
»Grease Monkey«

MATHESON, Richard (Burton)
Frauen haben immer recht ➶ 3040
Shipshape Home
Ich bin Legende : 12
I Am Legend
(auch als »Ich, der letzte Mensch«)
Ich, der letzte Mensch : 3020, auch : 3196
I Am Legend
(auch als »Ich bin Legende«)
Lemminge ➶ 3048
Lemmings
Menschenkind ➶ 97, auch ➶ 3763, auch ➶ 8175 AR
Born of Man and Woman
Modell zum Überleben ➶ ANTH 2
Pattern for Survival
Ring frei ➶ 3120
Steel
Die seltsame Geschichte des Mr. C : 22, auch ➶ 4000 (Auszüge)
The Shrinking Man
(auch als »Die unglaubliche Geschichte des Mr. C«)

Träume ➶ 3021
Girls of My Dreams
Die unglaubliche Geschichte des Mr. C. : 58 AR, auch : 3002
The Shrinking Man
(auch als »Die seltsame Geschichte des Mr. C«)
Wer bist du? ➶ 3064
The Edge

MATHESON, Richard Christian
Der dritte von der Sonne ➶ 6927 AR
Third from the Sun
Eine Dreiecksgeschichte ➶ 9953 AR
Menage à trois
Erregung ➶ 8649 AR
Arousal
Ferien ➶ 6498 AR
Holiday
Furie des Verschwindens ➶ 6927 AR
Disappearing Act
Gänsehaut ➶ 8543 AR
Goosebumps
Das Höllenhaus : 5076 AR, auch ➶ 21 JB, auch ➶ 58 JB
Hell House
Rot ➶ 8542 AR
Red
Vampir ➶ 8831 AR
Vampire
Verschwunden ➶ 6927 AR
Little Girl Lost
Verstümmler ➶ 9773 AR
Mutilator
s. **GREENBERG**, Martin Harry u. a.

MATHIOSCHEK, Christian
s. **DRESSLER**, Doris/**KLAGES**, Hartmut/**MATHIOSCHEK**, Christian

MATTHEY, Klaus M.
Der Retter oder Ein echt harter Typ ist überall gefragt ➶ 4041

MATZER, Michael
s. **KLOTZ**, Udo/**MATZER**, Michael

MAUGHAM, W(illiam) Somerset
Lord Mountdrago ➶ 4319
Lord Mountdrago

MAUPASSANT, Guy de
Der Horla ➶ 4022, auch ➶ 4660
Le Horla

MAUROIS, André
Wenn Ludwig XVI. eine Spur von Festigkeit gezeigt hätte ➶ 4260
If Louis XVI Had Had an Atom of Firmness

MAXIMOVIĆ, Gerd
Die Jagd der Menschenkillerhunde ➶ 4057
Das Kampfobjekt ➶ 3737
Der Mann, das Metall und das Wasser ➶ 3421
Der Mann im Raum /3970
Die Reise in den Roten Nebel ➶ 3549
Der Rote Kristallplanet ➶ 3498
Das Schwarze Schiff ➶ 3655
Spiel mit dem Feuer ➶ 3650

MAY, Julian
Das Amulett von Ruwenda : 10554 AR
Sky Trillium
Der Fluch der Schwarzen Lilie : 10104 AR
Blood Trillium
Der goldene Ring : 4301
The Golden Torc
Kein König von Geburt : 4302
The Nonborn King

Das vielfarbene Land : 4300
The Many-Colored Land
Der Widersacher : 4303
The Adversary
s. **ZIMMER BRADLEY**, Marion/ **MAY**, Julian/**NORTON**, Andre

MAYER, Bernd
Garleen ➶ 4041
Regen ➶ 3737
Der Restaurateur ➶ 3860

MAYER, Bernd/**EBERSBERGER**, Peter
Kausalität ➶ 3818

MAYHAR, Ardath
Das Geschenk des Lichts ➶ 4884
A Gift of Light
Das Schwert und der Dolch : 4686
The Sword and the Dagger
Das Weihnachtsmann-Komplott ➶ 4638, auch ➶ 4884
The Nicholas Caper

MAYUMURA, Taku
Die Affen sind da ➶ 3984
Saru Ga Iru
Auf dem Schlachtfeld ➶ 3984
Yoeba Senjô
Befehl zur Einstellung der Bauarbeiten ➶ 3984
Kôji-Chûshi-Meirei
Ein Verkäufer ➶ 3984
Sêruman
Eine seltsame Ehefrau ➶ 3984
Kimyô Na Tsurna
Die Frau aus dem Innern des Hida-Gebirges ➶ 3984
Oku-Hida No Onna
Die Hölle der Gravitation ➶ 3984
Jûryoku-Jigoku
Ideenfinder im untersten Rang ➶ 3984
Kakyû-Aideaman
Der lange Weg zurück zur Erde ➶ 3984
Chikyû E No Tôi Michi
Das Mädchen aus Suma ➶ 3984
Suma No Onna
»Pi!« ➶ 3984
Pi Ya
Der Reisende auf Platz C ➶ 3984, auch ➶ 3989
C – Seki No Kyaku
Der Schulhof ➶ 3818, auch ➶ 3984
Kôtei
Torokin ➶ 3984
Torokin
Wie die Kurve der Tangensfunktion ➶ 3984
Seisetsu-Kyokusen
s. **MORGENTAL**, Michael

MAŽURANIĆ, Krsto A.
Vorwort ➶ 4746

MEAD, Harold
Marys Land : 3059
Mary's Land

MEANY, John
Heiligung ➶ 5495
Sanctification

MECHTEL, Hartmut
Supercontrol ➶ 4897

MECK, Barbara
Das Gitter : 3758

MECKELBURG, Ernst
Hyperwelt – Erfahrungen mit dem Jenseits : 609 HSB

Transwelt - Erfahrungen jenseits von Zeit und Raum : 321 HSB

Zeittunnel - Reisen an den Rand der Ewigkeit : 264 HSB

MEEK, S(terner) (St.) P(aul)

Unzulänglichkeit ➶ 3847
Futility

MEES, Heinz

Der schwere Traum ➶ 3985

MEHLER, Horst

Kosmische Mission ➶ 3995

MEINHOLD, Gottfried

Verwechslungen ➶ 4897

Weltbesteigung : 4921

MEISTER, Friedrich

Montezuma ➶ 3754

Unser Trabant ➶ 3754
(nach Edward Hale)

Weiteres von »unserm Trabanten« ➶ 3754

Die Weltfahrten und Abenteuer der »Sternschnuppe« ➶ 3754
(nach Hugh McColl)

MELEGHY, Peter

Die dritte Haut ➶ 4380

Ein Brief oder Moderne Zeiten: Knast-Cafés ➶ 4041

Ein Spiel - oder? ➶ 4199

Katastrophentourismus oder Das schielende Ungeheuer hinter dem Samtvorhang ➶ 4041

Der Todestag ➶ 4906

MELHARDT, Axel

Grivas Abschiedsparty ➶ 3627

MELUCH, Rebecca M.

Jerusalem in Flammen : 4827
Jerusalem Fire

Kriegsvögel : 4962
Warbirds

MELZER, Andreas

Killerbaby : 5076

MENARINI, Gianni

Der Wein und die Zeit ➶ 4920
Il vino e il tempo

MENDELSOHN, M.

Kleiner Goethe ➶ 3681
Little Goethe

MENSCHING, Gerhard

Die abschaltbare Frau : 8755 AR

MÉRIMÉE, Prosper

Federigo ➶ 4023
Federigo

MERKELBACH, Matthias M.

Zeit des Stratus ➶ 4178

MERKER, Reinhard

Der letzte Einsatz ➶ 3894

MERRIL, Judith

Die Auswanderer ➶ 3520
So Proudly We Hail

Nur eine Mutter ➶ 94, auch ➶ 3787
That Only a Mother

MERRITT, A(braham)

Der Mondsee : 3603
The Moon Pool

Mord im Geisterwald ➶ 4254
The Woman of the Wood

Die Wesen der Tiefe ➶ 92
The People in the Pit

MESSAC, Régis
Spinnenmusik ➶ 3646
Musique Arachnéenne

MEY, Reinhard
Klagelied eines sentimentalen Programmierers ➶ 7624 AR

MEYER, P.
Ein Flug zum Monde ➶ 3754

MEYER-OLDENBURG, Christian
Drei Stufen zur Wirklichkeit ➶ 3523
Einzelhaft ➶ 3745
Im Dunkel der Erde : 3361
Stadt der Sterne : 3252

MEYRINK, Gustav
Meister Leonhard ➶ 8303 AR

MICHAELS, Barbara
Haus der Wiederkehr : 9859 AR
Ammie, Come Home

MICHAELS, Melisa
Die Schuld der Davongekommenen ➶ 3894
I Have a Winter Reason
Der Splitter im Auge ... ➶ 3695
In the Country of the Blind No One Can See

MICHEL, Oswald
Eine Idylle ➶ 3985

MIEHLKE, Holger
Anmerkungen ➶ 8111, ➶ 8112, ➶ 8114
Nachwort ➶ 8111, ➶ 8112, ➶ 8114
Vorwort ➶ 8111, ➶ 8112, ➶ 8114

MIELKE, Thomas R. P.
Grand Orientale 3301 : 3773, auch ➶ 4235
Der Pflanzen Heiland : 3842
Das Sakriversum : 3997

MIESEL, Sandra
Eine Einladung ins Reich der Elfen - Nachwort ➶ 4226
An Invitation to Elfland

MIGLIERUOLO, Mauro Antonio
Bürokratisches Diptychon ➶ 4059
Dittico burocratico
Papa Godzilla ➶ 4560
Papa Godzilla
Die Verrückte ➶ 4660
La pazza

MIKULCIĆ, Damir
Prokionische Kirschen ➶ 4380
Prokionske Trešnje

MIL, Janusz/**MIL**, Slawomir
Die Sanduhr ➶ 4325
Klepsydra

MILAN, Victor
Auge um Auge : 5272
Close Quartes
Aus Okeanos' Tiefen : 5473
From the Depths
Im Herzen des Chaos : 5392
Hearts of Chaos
Mit etwas Hilfe von seinen Freunden ➶ 5604
With a Little Help from His Friends
Puppen ➶ 5606
Puppets
Der schwarze Drache : 5493
Black Dragon
Verklärungen ➶ 5602
Transfigurations

MILICIA, Joseph
Einleitung ➶ 61

MILLER, John J.
Die Geschichte des Wild Cards-Projekts ➶ 5601
(Originaltitel: N. N.)
Kommt ein Jäger ... ➶ 5602
Comes a Hunter
Lasttiere ➶ 5606
Beasts of Burden
Nur Tote kennen Jokertown ➶ 5607
Only the Dead Know Jokertown
Toter als tot ➶ 5604
Half Past Dead
s. **MARTIN**, George R. R.: Wild Cards 5

MILLER, Miranda
Smiles und das neue Jahrtausend : 4956
Smiles and the Millennium

MILLER, P(eter) Schuyler
Herr des schwarzen Thrones ➶ 4020
Lord of the Black Throne
Spuren im Sand der Zeit ➶ 3264
The Sand of Time

MILLER, Rex
Das Klassentreffen ➶ 8543 AR
Reunion Moon
Sweetie ➶ 8831 AR
Sweet Pea

MILLER jr., Walter M(ichael)
Abfallprodukte ➶ 4307
Bloodbank
Bedingt menschlich : 4307
The Best of Walter M. Miller, Jr.
Bedingt menschlich ➶ 4262, auch ➶ 4307
Conditionally Human
Big Joe und die n-te Generation ➶ 4307
Big Joe und the Nth Generation
Cruzifixus Etiam ➶ 4307
Cruzifixus Etiam
Der Darfsteller ➶ 13, auch ➶ 3870,
auch ➶ 4307
The Darfsteller
(auch als »Der Schauspieler«)
Du nichtsnutziges Stinktier ➶ 4307
You Triflin' Skunk
Dunkle Segnung ➶ 4307
Dark Benediction
Ein Lobgesang auf Leibowitz ➶ 97,
auch ➶ 3763
A Canticle for Leibowitz
Gibt es noch jemanden wie mich?
➶ 4307
Anybody Else Like Me?
Der große Hunger ➶ 4307
The Big Hunger
Ich, der Träumer ➶ 4307
I, Dreamer
Der Kabelleger ➶ 4307
The Lineman
Der letzte Wille ➶ 4307
The Will
Lobgesang auf Leibowitz : 49, auch : 3342
A Canticle for Leibowitz
Der Schauspieler ➶ ANTH 23
The Darfsteller
(auch als »Der Darfsteller«)
Die sterbende Stadt ➶ 4307
Dumb Waiter
Vergeltung für Nikolai ➶ 4307
Vengeance for Nikolai

MILLHAUSER, Steven
Das Jademädchen ➶ 6723 AR
Cathay

MILLIN, Nicolaus
SETI: The Search for Extraterrestrial Intelligence
➶ 5245

MILNE, Robert Duncan
In die Sonne ➶ 4022
Into the Sun

MINSKY, Marvin
s. **HARRISON**, Harry/**MINSKY**, Marvin

MITCHELL, Edward Page
Die teuflische Ratte ➶ 8768 AR
The Devilish Rat
Die Uhr, die rückwärts ging ➶ 4022
The Clock That Went Backwards

MITCHELL, Joanne
Antiquitäten ➶ 3825
Heritage

MITCHELL, V. E.
Die Atlantis-Station : 6510
STAR TREK: The Next Generation
– Star Fleet Academy # 5: Atlantis Station
Die Jarada : 5279
Imbalance
Tore auf einer toten Welt : 5472
Windows on a Lost World
Der unsichtbare Gegner : 5248
Enemy Unseen

MITCHISON, Naomi (Margaret)
Der Finger ➶ 4015
The Finger
Das Kommen des neuen Gottes ➶ 3602
The Coming of the New God

MITSCH, Werner
Aphorismen ➶ 7624 AR

MITTERER, Felix
Der Sprachtest ➶ 7624 AR

MÖCKEL, Klaus
Eine Falle für Dagobert ➶ 4897
Der Irrtum ➶ 29, auch ➶ 3952, auch ➶ 5075

MÖLLER, Olaf
s. **GRÄFE**, Lutz/**MÖLLER**, Olaf

MOFFETT, Judith
Erinnerung an Künftiges ➶ 4742
Remembrance of Things Future
Mausketiere ➶ 4747
Not without Honor
Tiny Tango ➶ 4920
Tiny Tango
Überleben ➶ 4880
Surviving

MOMMERS, Helmuth W./**KRAUSS**, Arnulf D.
8 Science Fiction Stories : ANTH 23
Die Nacht der zehn Milliarden Lichter : 3106
9 Science Fiction Stories : ANTH 30
7 Science Fiction Stories : ANTH 17
7 Science Fiction Stories : ANTH 20
10 Science Fiction Kriminalstories : ANTH 11

MOMMERS, Helmuth W./**VLČEK**, Ernst
Wenn trügerisch Besuch kommt ➶ ANTH 11

MONDOLONI, Jacques
Die kleine Katze ist tot ➶ 5645
Le petit chat est mort
Memoschmerzen ➶ 5495
Mémo-Douleurs
Morgen spreche ich Amerikanisch mit meinem Hund ➶ 5880
Demain, je parle américain à mon chien
Papa 1. ➶ 5950
Papa 1er

MONTANA, Ron

Charleys Schwester ➶ 4803
Charley's Sister

Interstate 15 ➶ 4610
Interstate 15

Der letzte Picasso ➶ 4747
The Last Picasso

MONTANARI, Alcide

Vorspiel zur Stille ➶ 3812
Preludio al silenzio

MONTANARI, Gianni

Ad Maiorem Dei Gloriam ➶ 4092
Ad Maiorem Dei Gloriam

Daimon : 4272
Daimon

L wie Liquidator ➶ 4410
L come Liquidatore

S wie Spion ➶ 5160
S come Spia

Staatliches Fleisch ➶ 4380
Carne di stato

Unter der blauen Wölbung ➶ 4059
Sotto l'architrave azzurro

MONTELEONE, Thomas F.

Feraxya ➶ 3737
Breath's a Ware That Will Not Keep

Die heimgesuchte Stadt : 3838
The Time-Swept City

Der Quacksalber ➶ 3780
Curandeiro

Tänzerin der Finsternis ➶ 4009
The Dancer in the Darkness

Die Tore in der Tiefe : 4323
The Secret Sea

MONTGOMERY, Carla

Der Flug der Diebin ➶ 6606
Thief's Flight

MOORCOCK, Michael (John)

Elric am Ende der Zeit ➶ 4076
Elric at the End of Time

Elric von Melniboné : 3643, auch ➶ 4101, auch ➶ 5226
Elric of Melniboné

Elric von Melniboné – Die Sage vom Ende der Zeit
Sonderausgabe des Elric-Zyklus : 4101, auch : 5226

Die Festung der Perle : 5016
The Fortress of the Pearl

Gloriana : 3808
Gloriana or The Unfulfill'd Queen

Der Herr der Lüfte : 3876, auch ➶ 4820
The Warlord of the Air

Im Banne des schwarzen Schwertes : 3753, auch ➶ 4104, auch ➶ 5226
The Bane of the Black Sword

I.N.R.I. oder Die Reise mit der Zeitmaschine : 63, auch : 3399
Behold the Man

Die Kriegsmeute : 4194
The War Hound and the World's Pain

Der Landleviathan : 3903, auch ➶ 4820
The Land Leviathan

Miss Brunners letztes Programm : 3348
The Final Programme

Die Rache der Rose : 5190
The Revenge of the Rose

Die See des Schicksals : 3657, auch ➶ 4101, auch ➶ 5226
The Sailor on the Seas of Fate

Der Stahlzar : 4122, auch ➶ 4820
The Steel Tsar

Sturmbringer : 3782, auch ➶ 4101, auch ➶ 5226
Stormbringer
Der verzauberte Turm : 3727, auch ➶ 4101, auch ➶ 5226
The Vanishing Tower
Der Zauberer des weißen Wolfs : 3692, auch ➶ 4101, auch ➶ 5226
The Weird of the White Wolf
Die Zeitmenagerie : 3492
An Alien Heat
Zeitnomaden – 3 Romane in einem Band : 4820
s. **KÖRBER**, Joachim

MOORE, C(atherine) L(ucile)
Der Dämon ➶ 77, auch ➶ 3874, auch ➶ 4254
Deamon
Frucht der Erkenntnis ➶ 77, auch ➶ 3874
Fruit of Knowledge
Das glänzende Trugbild ➶ 77, auch ➶ 3874
The Bright Illusion
Größer als die Götter ➶ 77, auch ➶ 3874
Greater Than Gods
Kein Licht am Horizont ➶ ANTH 8
There Shall Be Darkness
Der Kuß des schwarzen Gottes ➶ 77, auch ➶ 3874
Black God's Kiss
Nie wurde eine solche Frau geboren ➶ 77, auch ➶ 3874, auch ➶ 4600
No Woman Born
Schwarzer Durst ➶ 77, auch ➶ 3874
Black Thirst
Shambleau : 77
The Best of C. L. Moore
Shambleau ➶ 77, auch ➶ 3870, auch ➶ 3874
Shambleau
Stelldichein in der Zeit ➶ 77, auch ➶ 3874
Tryst in Time
Traubenlese ➶ 77, auch ➶ 3651, auch ➶ 3874, auch ➶ 4484
Vintage Season
Zu »Shambleau« und den anderen – Nachwort ➶ 77, auch ➶ 3874
s. **ELLIOT**, Jeffrey
s. **KUTTNER**, Henry/**MOORE**, C(atherine) L(ucile)

MOORE, Raylyn
Fallen ➶ 4015
Falling
Die Haushüter ➶ 3811
The House Sitters
Der Hummer-Trick ➶ 3402
Lobster Trick
Wildnistraum ➶ 4127
Running Easy in the Dream of Wilderness

MOORE, Sean R.
Conan der Jäger : 5657
Conan the Hunter

MOORE, Ward
God Save the Queen ➶ 3454
Dominions Beyond
Der große Süden : 70, auch : 3760
Bring the Jubilee

MOORHOUSE, Sue
Rikas Welt ➶ 4818
Rika's World

MORAWIETZ, Kurt
Ein Besuch im Colosseum ➶ 3574

MORE (MORUS), Thomas
Utopia (Auszug) ➶ 90
Utopia

MORGENTAL, Michael

An der Straße nach Ghardaia ➶ 3897, auch ➶ 4017

Archivdienst ➶ 4017

Bundesbehörde, 12. Stock ➶ 4017

Entscheidung zwischen den Flüssen ➶ 4017

Garten zwischen Lebensbäumen : 4017

Garten zwischen Lebensbäumen ➶ 4017

Golden Delicious ➶ 4017

Hoshi, Shinichi: Ein hinterlistiger Planet : 3892

In den Tälern von Nysai ➶ 4017

Mayumura, Taku: Der lange Weg zurück zur Erde : 3984

Nachwort ➶ 5895

Nümberger Bratwürste - Spezial ➶ 4017

Parteiverkehr ➶ 3818, auch ➶ 4017

Science Fiction aus einer anderen Welt: Shinichi Hoshi ➶ 3888

Späte La-Tène-Zeit ➶ 3780, auch ➶ 4017

Taku Mayumura, ein Meister der poetischen Phantastik ➶ 3989

Die unbekannte Fee ➶ 4017

Zwei Kapitel aus »Rettung von Bilil« ➶ 4017

MORLAN, A. R.

Löcher ➶ 8649 AR
Holes

MORRELL, David

Die Farbe des Wahnsinns ➶ 8636 AR, auch ➶ 17 JUM
Orange Is for Anguish, Blue for Insanity

Niemand wird dir was tun ➶ 9773 AR
Nothing Will Hurt You

Die Schreibmaschine ➶ 16 UB
The Typewriter

MORRESSY, John

Ein ganz gewöhnlicher Schultag ➶ 3899
No More Pencils, No More Books

Hüter der Zeit ➶ 4888
Timekeeper

Die Prüfung ➶ 3353
When the Stars Threw Down Their Spears

Steinhaut ➶ 4389
Stoneskin

Der Unregistrierte ➶ 3320
Accuracy

MORROW, James

Abe Lincoln in McDonald's ➶ 5250
Abe Lincoln in McDonald's

Biblische Geschichten für Erwachsene - Nr. 7: Die Sintflut ➶ 4920
Bible Stories for Adults, Nr. 7: The Deluge

Die eingeborene Tochter : 4924
Only Begotten Daughter

Der Kontinent der Lügen : 4925
The Continent of Lies

Der Krieger und die Frau ➶ 5495
Arms and the Woman

So muß die Welt enden : 5099
This Is the Way the World Ends

Die Stadt der Wahrheit : 5050
City of Truth

Tagebuch einer irren Gottheit ➶ 4861
Diary of a Mad Deity

Veritas ➶ 4815
Veritas

MORRISON, William

Der Landarzt ➶ 3487, auch ➶ 4001
Country Doctor

MORSELLI, Guido

In Saecula Saeculorum ➶ 5000
Roma senza papa - cronache romane di fine secolo ventesimo (Auszug)

MORTON, Elizabeth
Namensvettern ➶ 9 JB
Namesake

MORWOOD, Peter
Angriff auf Dekkanar : 5147
Rules of Engagement

MORWOOD, Peter/**DUANE**, Diane
Mission unter Wasser : 8010 AR
seaQuest DSV: Secrets to Be or Not to Be
s. **DUANE**, Diane/**MORWOOD**, Peter

MOSIMAN, Billie Sue
Der Raub der Bayende ➶ 6606
The Theft of Bayende, Heart and Soul

MOSKOWITZ, Sam
Der Weg zurück ➶ 4654
The Way Home
Das Wunder Weinbaum - eine Einleitung ➶ 64

MOSKOWITZ, Sam/**ELWOOD**, Roger
Der Robotspion : 3150
The Human Zero

MÜLLER, Götz
Utopie - Antiutopie - Science Fiction ➶ 4167

MUELLER, Richard
Bullivants Messer ➶ 4747
Bullivant's Knife
Justins Lied ➶ 4169
A Song for Justin
Willkommen in Coventry ➶ 4127
Welcome to Coventry

MÜNCHOW, Werner
Spot ➶ 3818

MULISCH, Harry
Alter Ego ➶ 3694, auch ➶ 10108 AR
Gelijkenis

MUNN, H(arold) Warner
Ein König am Rande der Welt : 3696
King of the World's Edge
Merlins Ring : 3826
Merlin's Ring
Das Schiff von Atlantis : 3741
The Ship from Atlantis

MUNRO, Colin
Ein Gespräch mit Stephen Baxter ➶ 5245
Adventures in Science. Colin Munro Talks to Stephen Baxter

MUNSONIUS, Jörg Martin
Ein Gespräch mit Gerd Maximovic ➶ 5380
Michael Ende in memoriam ➶ 5380
Zum 30. Todestags Hans Wörners ➶ 5380

MURAKAMI, Haruki
Der Elefant verschwindet ➶ 10108 AR
(Originaltitel: N. N.)

MURDOCK, M. S.
Das Netz der Romulaner : 4209
auch ➶ 6451, auch ➶ 9744 AR
The Web of the Romulans

MURPHY, Pat
Frauen in den Bäumen ➶ 4803
Women in the Trees
Fynns Pflanzenfrau ➶ 4610
His Vegetable Wife
In einer heißen Sommernacht weit weg ➶ 4366
In a Hot Summer Night in a Place Far Away
Knochen ➶ 5666
Bones

Liebe und Sex unter den Wirbellosen ➶ 4990
Love and Sex among the Invertebrates

Rachel ist verliebt ➶ 4495
Rachel in Love

Voraussicht ➶ 5160
Prescience

Wo der Schnee zu Hause ist ➶ 4697
In the Abode of the Snows

MURPHY, Phyllis

Der Eilige ➶ 3145
Time Was

MURPHY, Warren

s. **COCHRAN**, Molly/ **MURPHY**, Warren

MUSA, Gilda

Abhorrens ➶ 3812
Abhorrens

Dreißig Kolonnen Nullen ➶ 3812
Trenta Colonne di Zeri

Erinnerungen eines Raumschiffs ➶ 4059
Memorie di una nave

Der häusliche Dschungel : 4098
Giungla Domestica

MYERS, Howard L.

Heureka! ➶ 3305
All Around the Universe

Im Land der Hunde ➶ 3320
Fit for a Dog

N

NABOKOV, Vladimir

Lance ➶ 6611 AR
Lance

NABORS, William

Das Studium des endgültigen Friedens ➶ 3863
The State of Ultimate Peace

NAGULA, Michael

»Abgefuckte Landschaft – ziemlich Schrott«: ein Gespräch mit H. R. Giger ➶ 4704

Ästhetik und Zerfall. Die Arbeiten des Thomas Franke ➶ 3952

Atomic Avenue – die andere große Cyberpunk-Anthologie : 4704

Domenica Regelkreis. Das Ersuchen der »virtuellen Realität« ➶ 4704

Fenster ins Licht : 3952

George Orwell, Und Willst du nicht mein Bruder sein ... ➶ 4051

Keine Zukunft für Science Fiction? ➶ 4464

Nachwort ➶ 21, ➶ 4259, ➶ 4413, ➶ 4555, ➶ 4556, ➶ 4578, ➶ 4704, ➶ 4860, ➶ 9943 AR

Die Spur der Wut, Nachwort ➶ 40

NAGULA, Michael/**HEDDERICH**, Detlef

Bruce Sterling – die graue Eminenz des Cyberpunk ➶ 4850

NAGULA, Michael/**RITTER**, Jörg

Raketen, Götter und Barbaren: F&SF im Comic 1989/90 ➶ 4760

s. **RIEPE**, Manfred/**NAGULA**, Michael

NAVIA, Luis E.

Unsere Wiege steht im Kosmos : 7076 AR
The Bridge of the Stars

NEASON, Rebecca

Der Kronprinz : 5414
STAR TREK: The Next Generation – Guises of the Mind

NEFF, Ondřej

Reinhard Heydrichs siebte Inkarnation ➶ 5880
Sedmé převtělení Reinharda Heydricha

NEHER, Franz L.

Menschen zwischen den Planeten : 4070

NEIDEN, Matthias

Golgatha live - Operation Jesus - Pontius Pilatus. Über Zeitreisen zur Zeitenwende ➶ 5380

NELSON, R(adell) Faraday

Punkt acht Uhr morgens ➶ 3023
Eight O'Clock in the Morning

NESVADBA,, Josef

Die absolute Maschine ➶ 3430
Absolutní stroj

Auf den Spuren des Schneemenschen ➶ 3430
Po stopách sněžného muže

Einsteins Gehirn : 3430
Einšteinův mozek

Einsteins Gehirn ➶ 3430
Einšteinův mozek

Der Idiot von Xeenemünde ➶ 4746
The Half-wit of Xeenemuende

Kapitän Nemos letztes Abenteuer ➶ 6611 AR
Posledni dobrudruzstvi kapitána Nemo

Mordair ➶ 3430
Mordair

Theriak ➶ 3430
Dryák

Weltgeschichtsvernichtungstrust ➶ 3430
Trus pro zničení dějepisu

Zärtliche Apokalypse : 4905
Hledám za manzla muze. Druhé tisiciletí nescontcí

Die zweite Insel des Dr. Moreau ➶ 3430, auch ➶ 4000
Druhý ostrov Dr. Moreau

NEUHAUS, Wolfgang

Am Nullpunkt der Posthumanität. Cyberpunkfragmente. Noch einmal: William Gibsons »Neuromancer« ➶ 5245

Cyberface Max Headroom ➶ 5245

s. **LUXBACHER**, Günther/**NEUHAUS**, Wolfgang

NEUMANN, Berit

Widofried geht einkaufen oder Der Zauberspruch des Jahrhunderts ➶ 4897

NEVILLE, Kris (Ottman)

Am Ende der Zeit ➶ 3035
Closing Time

Programmierte Erziehung ➶ ANTH 34
From the Government Printing Office

NEVINS jr., Francis M.

Die Kumquats-Affäre ➶ 2118 BK
The Kumquats Affaire

NEWMAN, Kim

Anno Dracula : 10515 AR
Anno Dracula

NICHOLAS, Joseph/**HANNA**, Judith

Ein Gespräch mit William Gibson ➶ 4760

NICHOLLS, Stan

Den Waschbären kosten. Ein Gespräch mit Dan Simmons ➶ 5380
Chewing the Raccoon

NICHOLS, Nichelle

Nicht nur Uhura – Star Trek und andere Erinnerungen : 5547
Beyond Uhura. Star Trek and Other Memories

NICHOLSON, Geoff

Zeitreisen als Spaß und Bereicherung ➶ 4818
Time Travel for Fun and Profit

NICKEL, Karl

Die Ermeth ➶ 7624 AR

Der Rechner, Die IMB'sche Ehe ➶ 7624 AR

Die Zuse Vier ➶ 7624 AR

NIEMAND, O. (George Alec Effinger)

Die Werbung um Schlepper-Sadie ➶ 4165
The Wooing of Slowboat Sadie

NIGHTINGALE, Charles

s. **ADAMS**, Pete/**NIGHTINGALE**, Charles

NIMOY, Leonard

Ich bin Spock : 5548
I Am Spock

NIVEN, Larry

Aus dem Bilderbuch ➶ 3186
Get a Horse

Baujahr 3100 ➶ 3145
Safe at Any Speed

Bedienung inbegriffen ➶ 3155
The Deceivers

Ein Wolf in der Zeitmaschine ➶ 3337, auch ➶ 5909
There's a Wolf in My Time Machine
(auch als »In meiner Zeitmaschine ist ein Wolf!«)

Falsche Hoffnung ➶ 3264
Wrong-Way Street

Der Flug des Pferdes : 3817
The Flight of the Horse

Der Flug des Pferdes ➶ 3817
The Flight of the Horse

Generalprobe ➶ 3131
Dry Run

Das Glücksspiel ➶ 3138
There Is a Tide

Der grüne Marodeur ➶ 4352
The Green Marauder

Gute Werbung ➶ 4011
The Real Thing

Im Grenzland der Sonne ➶ 3592
The Borderland of Sol

In meiner Zeitmaschine ist ein Wolf! ➶ 3817
There's a Wolf in My Time Machine
(auch als »Ein Wolf in meiner Zeitmaschine«)

Kurzer Prozeß ➶ 96, auch ➶ ANTH 34
The Jigsaw Man

Leviathan! ➶ 3817
Leviathan

Männer wie Stahl, Frauen wie Kleenex ➶ 4167
Man of Steel, Woman of Kleenex

Der Marsianer ➶ 3151
The Meddler

Menschenauflauf ➶ 3817
Flash Crowd

Die Menschenfarm ➶ 3081
Bordered in Black

Nur ein Fabeltier ➶ 3255
Bird in the Hand
(auch als »Der Spatz in der Hand«)

Panne in der Hölle ➶ 3344
Becalmed in Hell

Rammer ➶ 3374
Rammer

Selbstmord en gros ➶ 3175
All the Myriad Ways

Der Sinn des Wahnsinns ➶ 5141
Madness Has Its Place

Der Spatz in der Hand ➶ 3817
Bird in the Hand
(auch als »Nur ein Fabeltier«)

Der Tod auf dem Mars ➶ 3103
How the Heroes Die
Tod durch Ekstase ➶ 3389, auch ➶ 4385
Death By Ecstasy
Der Tod im Käfig ➶ 3817
Death in a Cage
Wechselhafter Mond ➶ 3870
Inconstant Moon
Weit im Nebel ➶ 3288
For a Foggy Night
Wozu ist ein Glasdolch gut? ➶ 3817
What Good Is a Glass Dagger?

NIVEN, Larry/**GERROLD**, David
Die fliegenden Zauberer : 8, auch : 3489, auch : 7022
The Flying Sorcerers

NIVEN, Larry/**POURNELLE**, Jerry
Fußfall : 4708, auch : 5218
Footfall
Luzifers Hammer : 3700
Lucifer's Hammer
Der Ring um das Auge Gottes : 5180
The Moat around Murcheson's Eye
(auch: *The Gripping Hand*)
Der Splitter im Auge Gottes : 3531, auch : 5227
The Mote in God's Eye
Todos Santos : 4072
Oath of Fealty

NIVEN, Larry/**POURNELLE**, Jerry/**FLYNN**, Michael
Gefallene Engel : 5926
Fallen Angels
s. **GERROLD**, David/**NIVEN**, Larry
s. **MAHLOW**, René

NOBLE, Mark
s. **STICKGOLD**, Bob/**NOBLE**, Mark

NOEL, Sterling
Die fünfte Eiszeit : 3022
We Who Survived

NOLAN, William F(rancis)
Die Anderen unter uns : 3120
The Pseudo-People
Der Besuch ➶ 9773 AR
The Visit
Ein bösartiges kleines Geschöpf ➶ 16 UB
Something Nasty
Familienglück ➶ 3120
The Joy of Living
Die Party ➶ 9 JB
The Party
In der Unterwelt ➶ 4074
The Underdweller

NOLAN, William F(rancis)/**JOHNSON**, George Clayton
Flucht ins 23. Jahrhundert : 3544
Logan's Run

NOLANE, Richard D.
Darf ich bitten? ➶ 3897
Dansons, maintenant
Letzte Augenblicke in Gesellschaft teurer Wesen ➶ 4041
Derniers instants en compagnie d'être chers
Peep-Show
(Chronik des neuen amerikanisehen Mittelalters) ➶ 4057
Peep-Show (Chronique du nouveau moyen age américain)
Proteine stinken nicht ➶ 3780
Les protéines n'ont pas d'odeur
Wo die Neurosen wachsen ➶ 3646
Où fleurissent les névroses
Die Zeit der Überraschungen ➶ 28
Le temps des surprises

NORDEN, Eric

Das Familientreffen ➶ 4005
The Gathering of the Clan

Der Fluch des Mhondoro Nkabele ➶ 3792
The Curse of the Mhondoro Nkabele

Das Playboy-Interview mit Stephen King ➶ 7877 AR
Playboy-Interview: Stephen King

NORDLEY, David G.

Venus bei Tagesanbruch ➶ 5635
Dawn Venus

NORMAN, John

Die Bestien von Gor : 3875
Beasts of Gor

Die Blutsbrüder von Gor : 4224
Blood-Brothers of Gor

Die Erforscher von Gor : 4045
Explorers of Gor

Der Geächtete von Gor : 3379
Outlaw of Gor

Gor – die Gegen-Erde : 3355
Tarnsman of Gor

In Sklavenketten auf Gor : 3612
Slave Girl of Gor

Die Jäger von Gor : 3472
Hunters of Gor

Kajira von Gor : 4246
Kajira of Gor

Kampfsklave auf Gor : 4102
Fighting Slave of Gor

Der Leibwächter von Gor : 4179
Guardsman of Gor

Die Marodeure von Gor : 3521
Marauders of Gor

Meuchelmörder von Gor : 3412
Assassin of Gor

Die Nomaden von Gor : 3401
Nomads of Gor

Die Piratenstadt von Gor : 3433
Raiders of Gor

Die Priesterkönige von Gor : 3391
Priest-Kings of Gor

Der Schurke von Gor : 4158
Rogue of Gor

Sklavin auf Gor : 3455
Captive of Gor

Die Söldner von Gor : 5427
Mercenaries of Gor

Die Spieler von Gor : 5125
Players of Gor

Die Stammeskrieger von Gor : 3559
Tribesmen of Gor

Die Vagabunden von Gor : 5951
Vagabonds of Gor

Die Verräter von Gor : 5658
Renegades of Gor

Die Wilden von Gor : 4195
Savages of Gor

s. **ELLIOT**, Jeffrey M.

NORTH, Edmund H./**COEN**, Franklin

Meteor : 3762
Meteor

NORTON, Andre

Alle Katzen sind grau ➶ 4654
All Cats Are Grey

Chole und Nackie ➶ 4884
Chole and Nackie

Der Tränenschild ➶ 4076
Dream Smith

s. **ZIMMER BRADLEY**, Marion/ **MAY**, Julian/**NORTON**, Andre

s. **ZIMMER BRADLEY**, Marion/ **NORTON**, Andre

s. **ZIMMER BRADLEY**, Marion/ **NORTON**, Andre/**LACKEY**, Mercedes

NORWOOD, Warren

Ein Bild aus Stimmen : 4866
The Windhover Tapes: An Image of Voices

Fize der Gabriel-Ratschen : 4868
The Windhover Tapes: Fize of the Gabriel Ratchets

Die Krümmung des Raums : 4867
The Windhover Tapes: Flexing the Warp

Planet der Blumen : 4917
The Windhover Tapes: Planet of Flowers

NOVITSKI, Paul David/
SAROWITZ, Tony

Illusionen ➶ 4215
Illusions

NÜBEL, Volker

Eine kurze Chronik ➶ 9968 AR

Der Visionär aus Bünde ➶ 9968 AR

NUTMAN, Philip

Vollgas ➶ 8543 AR
Full Throttle

NYARI, Miklós

Die Drachenjäger ➶ 5055
Sárkányvadászok

NYBERG, Björn/
DE CAMP, L(yon) Sprague

Conans Rückkehr ➶ 3283
The Return of Conan

Das Volk des Gipfels ➶ 3895
The People of the Summit

NYBERG, Björn

s. **DE CAMP**, L(yon) Sprague/
CARTER, Lin(wood Vrooman)/**NYBERG**, Björn

s. **HOWARD**, Robert E(rvin)/
NYBERG, Björn/**DE CAMP**, L(yon) Sprague

O

OATES, Joyce Carol

Der Bingomeister ➶ 8831 AR
The Bingo Master

Fieberbläschen ➶ 9953 AR
Fever Blisters

Martyrium ➶ 9773 AR
Martyrdom

Phasenverschiebung ➶ 10108 AR
Phase Change

Die Puppe ➶ 9 JB
The Doll

Die Verdammung des A. K. ➶ 4734
The Damnation of A-K

O'BRANIGAN, Devin

Hexenspur : 8730 AR
Witch Hunt

O'BRIEN, Fitz-James

Die Diamanten-Linse ➶ 91
The Diamond Lens

Der Drachenzahn des Zauberers Piou-Lu ➶ 4159
The Dragon Fang Possessed by the Conjurer Piou-Lu

Was war es? ➶ 4183
What Was It?

O'BRIEN, Tim

Das Gespenst des Krieges ➶ 10108 AR
The Ghost Soldiers

O'BYRNE, Elaine

s. **IVERSON**, Eric/**O'BYRNE**, Elaine

O'DONNELL, Elliott

Die Würgeeiche ➶ 4319
The Strangling Oak of Nannau Woods

ODOM, Mel
Auf Beutezug : 5659
Preying for Keeps
Kopfjäger : 6130
Headhunters

O'DONNELL, K. M.
Der letzte Krieg ➶ 3165
Final War
Der Sozialhelfer ➶ 3151
How I Take Their Measure

O'DONNELL jr., Kevin
Der Tisser-Krieg : 5329
War of Omission
Was vermag ein Regentropfen? ➶ 3776
The Raindrops Role

O'DONOGHUE, Michael
Der Psychopath ➶ 10344 AR
The Psycho

OFFENBACH, Jacques/**BARBIER**, Jules
Phöbus stolz im Sonnenwagen
➶ 7624 AR
(Originaltitel: N. N.)

OFFUTT, Andrew J(efferson)
Conan der Söldner : 4020
Conan the Mercenary
Conan und das Schwert von Skelos : 3941
Conan: The Sword of Skelos
Conan und der Zauberer : 4006
Conan and the Sorcerer
Die Nebel des Untergangs : 4422
The Mists of Doom
Sareva, meine Hexe ➶ 3418
Sareva: In Memoriam
Das Schwert des Kelten : 4425
Sword of the Gael
Der unsterbliche Hexer : 4426
The Undying Wizard
Valeron der Barbar ➶ 5 JB, auch : 3868
My Lord Barbarian
Das Zeichen des Mondes : 4427
The Sign of the Moonbow

OFFUTT, Andrew J(efferson)/**TAYLOR**, Keith
Die Todesvögel : 4424
When Death Birds Fly
Der Turm des Todes : 4423
The Tower of Death

OHLANDER, Ben
Rauch und Spiegel ➶ 6606
Smoke and Mirrors

OLIVER, (Symmes) Chad(wick)
Die Affenstation ➶ 1004, auch : 3340
The Shores of Another Sea
Alt Vierauge ➶ 5042
Old-Four Eyes
Brüder unter fremder Sonne : 3036,
auch : 3177, auch ➶ 37 JB
Unearthly Neighbours
Die vom anderen Stern ➶ 1010,
auch : 3090
Shadows in the Sun
Geplantes Risiko ➶ ANTH 5
Between the Thunder and the Sun
Gibt es noch mehr von Ihrer Sorte?
➶ 3507
Any More at Home Like You?
Das große Warten ➶ 1006, auch : 3014
The Winds of Time
Das Kontaktproblem ➶ 3150
Hands across Space
Die letzte Stadt der Erde ➶ 3048
End of the Line
Mit vertauschten Rollen ➶ 3089
A Stick for Harry Eddington
Die Stadt im Eis ➶ 3120
The Life Game

OLIVER, (Symmes) Chad(wick)/**BEAUMONT**, Charles

Das letzte Wort ➶ 4118, auch ➶ ANTH 2
The Last Word

OLSEN jr., Bob (Alfred Johannes)

Vierdimensionaler Bankraub ➶ 3847
Four-Dimensional Robberies

OLTION, Jerry

Friede auf Erden ➶ 4884
Peace on Earth

Mission Starchild : 4896
Frame of Reference

OMNIAVERITAS, Vincent (i. e. Bruce Sterling)

Die Neue Science Fiction ➶ 4704
The New Science Fiction

ONCKELS, Wilfried

Fan und Herausgeber der »ersten Stunde«: Ein Nachruf für Mario Kwiat (1935-1991) ➶ 4850

O'NEIL GEAR, Kathleen

s. **GEAR**, W. Michael/**O'NEIL GEAR**, Kathleen

ORDISH, Jenny

So viele von mir ➶ 4818
Bundles of Joy

ORLOCK, Carol

Dort lebt jetzt niemand, nichts passiert ➶ 8094 AR
Nobody Lives There Now. Nothing Happens.

ORT, Mik

Zurück in die Steinzeit : 4117

ORWELL, George

Gedankenverbrechen ➶ 6611 AR
1984 (Auszug)

s. **BURGESS**, Anthony

s. **NAGULA**, Michael

OSBORNE, Cary G.

Monster McGill ➶ 8094 AR
Monster McGill

O'SHAUGHNESSY, P. J.

Trauma : 3799
Trauma

OTAŃO, Magdalena Araceli Moujan

Gu ta gutarrak ➶ 3878
Gu ta gutarrak

OUNSLEY, Simon

Adam gefunden ➶ 4818
Adam Found

OWENS, Barbara

Der Neue Mensch ➶ 6555 AR
The New Man

Die Pest ➶ 6498 AR
Something Evil

Die Türen ➶ 4315
The Doors

OWEN, Thomas

Die Gefahr ➶ 8175 AR
Le péril

P

PACHTER, Josh

Der Anruf ➶ 20 UB
Crank Call

Höhlen in Klippen ➶ 4353
Caves in Cliffs

Der Junge, der den Alien sah ➶ 4352
The Boy Who Cried Alien

Top Fantasy : 4353

Top Fantasy, Bd. 2 : 4518

Top Horror ➶ 20 UB
Top Horror

Top Science Fiction : 4352

Top Science Fiction, Bd. 2 : 4517

Top Science Fiction, Bd. 3 : 4654

PADGETT, Lewis

Alles was Sie brauchen ➶ 6927 AR
What You Need

Den Rächer auf den Fersen ➶ ANTH 11
Two-Handed Engine

Gar elump war der Pluckerwank ➶ 94, auch ➶ 3614, auch ➶ 4001
Mimsy Were the Borogoves

Die Mutanten : 3065
Mutant

Wenn der Zweig bricht ➶ 4600
When the Bow Breaks

PÄCH, Susanne

Als der Welt Kohle und Eisen ausging : 3754

Filmtrick 2000 – Star Wars, Tron – Und dann? ➶ 4051

PAETZKE, Curd

Die Reise nach Andromeda ➶ 3737

Die Reise nach Cleveland oder Der böse Traum ➶ 3780

Der Schneemann ➶ 3897

PALMER, David R.

Ende und Anfang ➶ 4047
Emergence

PANDOLFI, Massimo

Das weiße Meer ➶ 4059
Il mare bianco

PANGBORN, Edgar

Der Beobachter : 3588
A Mirror for Observers

Davy : 42, auch : 3593
Davy

Ein glorreicher Haufen : 4166
The Company of Glory

Das Elfenei ➶ 4060
Angel's Egg

Harfner Conan und Sänger David ➶ 4283
Harper Conan and Singer David

Der Hexer von Nupal ➶ 4283
The Witches of Nupal

Ich heiße Samantha ➶ 4208
My Name Is Samantha

Der Kinderkreuzzug ➶ 4283
The Children's Crusade

Kundschafter auf Demeter ➶ 3064
The Red Hills of Summer

Langzahn ➶ 4254
Longtooth

Die Legende von Hombas ➶ 4283
The Legend of Hombas

Maxwells Affe ➶ 3175
Maxwell's Monkey

Mein Bruder Leopold ➶ 4283
My Brother Leopold

Der Nachtwind ➶ 4283
The Night Wind

Die Prüfung : 3637
The Judgement of Eve

Der Spiegel des Beobachters : 62, auch : 3588
A Mirror for Observers

Tiger Boy : 4283
Still I Persist in Wondering

Tiger Boy ➶ 4283
Tiger Boy

Vorbemerkung des Autors ➶ 4283
Author's Note

Westlich der Sonne : 4573
West of the Sun

PANICH, Jovan
Der Kleiderschrank ➶ 6793 AR
The Wardrobe

PARCZIK, Thomas
Helden für einen Tag ➶ 3818
Schwarzes Universum ➶ 3737
Visitation aus dem All ➶ 3737

PARDOE, Blaine Lee
Exodus : 6238
Exodus Road
Highlander Gambit : 5335
Highlander Gambit
Der Vater der Dinge : 5636
Impetus of War

PARK, Paul
Coelestis : 5400
Coelestis
Der letzte Homosexuelle ➶ 5636
The Last Homosexual
Der Tourist ➶ 5880
The Tourist

PARKES, Lucas
s. **WYNDHAM**, John/**PARKES**, Lucas

PARKINSON, Bob
Eine bessere Welt als diese ➶ 3602
A Better World Than This
Die frühen imaginären Abenteuer von Gott ➶ 3655
The Early, Imaginary Adventures of God
Preis der Unsterblichkeit ➶ 3498
Premonitions of Immortality
Sternenfeuer ➶ 3398
Starfire

PARNOW, Jeremej/**JEMZEW**, Michail
Das letzte Tor nach Aya ➶ 3216
Posledniaia dver'

PAROWSKI, Maciej
Der Brunnenschacht ➶ 4380
Studnia

PARTLOW, Richard
Kein schlechter Job ➶ 6555 AR
Not a Bad Job

PASS, D. J.
Abendmahl ➶ 6555 AR
Anniversary Dinner

PATTERSON, Teresa
s. **JORDAN**, Robert/**PATTERSON**, Teresa

PAUL, Barbara
Das Drei-Minuten-Universum ➶ 5005
The Three-Minute Universe

PAWLU, Erich
Zwischen Handheld und Natur ➶ 7624 AR

PAXSON, Diana L.
Das Heldenlied des N'Sardi-el ➶ 3856
The Song of N'Sardi-El

PEARLMAN, Daniel
Abschöpfungen ➶ 4861
Taking from the Top
Der letzte Traum ➶ 5042
The Final Dream

PEDERIALI, Giuseppe
Das Leben mit dem JBS ➶ 4255
Vita con JBS
Die schönen Töchter der Madame Doré ➶ 4059
Le belle figlie di Madame Doré

Der Traumreisende ➶ 4161
Il viaggiatore dei sogni

PEDERSEN, Ted

Zigeunerwelt : 6517
Gypsy World

s. **GILDEN**, Mel/**PEDERSEN**, Ted

PEDERSON, Con

Der Freundschaftsdienst ➶ 3019
Pushover Planet

PEDLER, Kit/**DAVIS**, Gerry

Die Dynostar-Drohung : 3635, auch ➶ 5066
The Dynostar Menace

Gehirnpest : 3474, auch ➶ 4439, auch ➶ 5066
Brainrack

Hausgemachte Katastrophen – Das tödliche Ende des Fortschritts : 5066

Mutant 59: Der Plastikfresser : 60, auch : 3382, auch ➶ 5066
Mutant 59: The Plastic Eater
(auch als »Die Plastikfresser«)

PEEL, Jesse

Der Blick für Details ➶ 3664
An Eye for Details

PEEL, John

Drachenjäger : 5415
Here There Be Dragons

Ein Trip durch das Wurmloch : 6514
STAR TREK: Deep Space Nine # 6: Field Trip

Freiheitskämpfer : 6507
STAR TREK Deep Space Nine # 3: Prisoners of Space

PEI, Lowry

Barranca, König der Baumstraßen ➶ 4015
Barranca, King of the Tree Streets

PEIRCE, Hayford

Der dreizehnte Majestral : 5929
The Thirteenth Majestral

Ein Paradies mit Tücken : 5946
The Burr in the Garden of Eden

Die Eiswanderer-Invasion ➶ 3935
Iceback Invasion

Der zeitgereiste Bonaparte : 4926
Napoleon Disentimed

PELEWIN, Viktor

Schlaf ➶ 5390

PELLEGRINO, Charles/**ZEBROWSKI**, George

O Miranda! ➶ 5049
Oh, Miranda!

PELOT, Pierre

Der Olympische Krieg : 3961
La guerre olympique

Pioniere ➶ 3690
Pionniers

PERCHTOLD, Ute/**MAMCZAK**, Sascha/**TILSNER**, Thomas·/**TRÖSTER**, Horst

Science Fiction-Hörspiele 1989/90 ➶ 4760

PERCHTOLD, Ute/**MAMCZAK**, Sascha/**TILSNER**, Thomas/**TRÖSTER**, Horst G./**WESSLEY**, Günther

Science Fiction-Hörspiele 1990/91 ➶ 4850

PERCHTOLD, Ute/**TIMPER**, Christiane/**VOCK**, Birke/**WEIXNER**, Bärbel/**TRÖSTER**, Horst G.

Science Fiction-Hörspiele 1993/94 ➶ 5245

Science Fiction-Hörspiele 1994/95 ➶ 5380

Science Fiction-Hörspiele 1995/96 ➶ 5638

s. **TRÖSTER**, Horst/**PERCHTOLD**, Ute/**MAGNANA**, Helmut/**MAMCZAK**, Sascha/**TILSNER**, Thomas

PERKINS GILMAN, Charlotte

Die gelbe Tapete ➶ 8304 AR
The Yellow Wall Paper

PERRY, Steve

Conan der Furchtlose : 4663
Conan the Fearless

Conan der Herausforderer : 4745
Conan the Defiant

Conan der Landsknecht : 5197
Conan the Freelance

Conan der Schreckliche : 5198
Conan the Formidable

Conan der Unbezähmbare : 5098
Conan the Indomitable

Ein gewisses Geschick ➶ 3748
Small Talent

Die Erbschaft ➶ 6606
Inheritance

STAR WARS – Schatten des Imperiums : 10205 AR
STAR WARS – Shadows of the Empire

Pfeile ➶ *4034*
Darts

PERRY RHODAN

s. **FRICK** Klaus N.

PESTRINIERO, Renato

AU.R.A. ➶ 3812
AU.R.A

Die Darsteller der Szenen ➶ 5275
Quelli die Quadri

21 Stunden Nacht ➶ 3812
Una notte di 21 ore

Knoten ➶ 29, auch ➶ 4059, auch ➶ 5075
Nodi

Souvenir ➶ 4747
Souvenir

PETERMANN, Werner

Drei Gedichte ➶ 4199
strand und schrott, zurande
saiensfikschn
katze fahlgelb im raum

PETREY, Susan C.

Das Lied der Spinne ➶ 3899
Spidersong

PETRI, Winfried

Die große Planetenparade ➶ 3888

Kosmische Einwirkungen und die Evolution der Biosphäre ➶ 4371

Das Schweigen des Weltalls ➶ 4085

PETRIE, Graham

Bars: Ein Aspekt des Nachtlebens ➶ 4005
Bars: An Aspect of Night Life

Herman ➶ 3454
Herman

PETZ, Emst

»Also ab ins Wortall ...« Arno Schmidt als Science Fiction-Autor. Drei Großbeispiele – drei Weltentwürfe ➶ 4850

Einfach tun, was zu tun ist. Rundgang durch das Werk von und Interview mit Harry Harrison ➶ 5080

»Die Figuren leben – ich beschreibe nur« – Ein Gespräch mit John Brunner ➶ 4760

Labyrinth der Sterne:
Über John Brunners gleichnamigen Roman, Iain Banks' »Einsatz der Waffen« und Joe Haldemans »Der ewige Krieg« ➶ 4960

Das liederlich-machend Liedermacher-Leben ➶ 4410

Nachwort ➶ 4683

Pharma ➶ 4255

Schöne nackte Welt oder Die Verfügbarkeit freiwilliger Kriegsschauplätze ➶ 4380

Science Fiction – quo vadis? Erinnerungen an die Vergangenheit bei der 13. Euro-Convention von SF-Autoren in Budapest ➶ 4550

Science Fiction-Filme gibt's nicht ➶ 5925

Stellvertreterkrieg : 4644

Vom Schicksal im Universum oder Das polyenzephalische Konter-Kraftfeld des Philip K. Dick ➶ 4960

Warum Frankenstein scheitern mußte ➶ 4513

PFANNHOLZ, Maria J.

Den Überlebenden : 4557

PFERSMANN, Gerd

Tomas Neumann ➶ 4199

Das unrühmliche Ende der »Dunkelstern« ➶ 4161

PFLEIDERER, Jörg

Winfried Petri zum 75. Geburtstag ➶ 4640

PFOHLMANN, Oliver

BigFISH PAT : 5373

PHILLIPS, Donald G.

Ritter ohne Furcht und Tadel : 5358
Star Lord

PHILLIPS, Robert

Lehrers Lohn ➶ 9 JB
A Teacher's Rewards

PICANO, Felice

Absolutes Schwarz ➶ 8831 AR
Absolute Ebony

PIEGAI, Daniela

Drusilla ➶ 4920
Drusilla

Die fröhlichen Gevatterinnen aus dem Wald ➶ 4059
Le allegre comari della foresta

Die Geschichte einer verlorenen Entropie ➶ 4161
Le sentinelle dell'entropia

Der Mann, der kein Grau sah ➶ 4610
L'uomo que non vedeva il grigio

PIELERT, Volker

s. **GROTE**, Michael/**PIELERT**, Volker

PIERCE, J. Calvin

Sahib ➶ 9953 AR
Sahib

PIERCE, John R.

Unveränderlich ➶ 4600
Invariant

PIERCY, Marge

Die Frau am Abgrund der Zeit : 4286
Woman on the Edge of Time

PIETREK, Klaus W.

»Da macht ein Hauch mich von Verfall erzittern« – Kulturpessimismus und Dekadenz in den Romanen J. G. Ballards. Nachwort ➶ 82

Die Geburt der Tragödie aus dem Geiste der Nation: Überlegungen zu Hans Dominik ➶ 4640

Nachwort ➶ 78, auch ➶ 4572

PIETRZIK, Angela

Mitten auf der Barmbeker Straße ➶ 3985

PIHAČ, Branko

Bumerang ➶ 4199
Bumerang

Eine und tausend Nächte ➶ 4161
Tisućud posljenih noći Dra. Hagena

Der springende Punkt ➶ 4255
Točka divergenije

PILU, Gianluigi

Totales Spektakel ➶ 4059
Spettacolo totale

PIRINCI, Akif

Am Ende aller Zeiten ➶ 3650

PISERCHIA, Doris

Ein ganz gewöhnlicher Tag ➶ 4517
A Typical Day

Sternenreiter : 3738
Star Rider

PIVONAS, Viktorias

Für die linke Hand ➶ 3473

PIXNER, Brigitte

Posthuman ➶ 4294

Verbrennung eines Modells ➶ 4199

PLATT, Charles

Dämmerung über der Stadt : 3880
Twilight of the City – A Novel of the Near Future

Kulturelle Invasion ➶ 4747
Cultural Invasion

Stephen King ➶ 7877 AR
Stephen King

Unergründliche Science Fiction ➶ 4621
Inside Science Fiction

PLAUGER, P. L.

Ein Kind jeglichen Alters ➶ 3737
Child of All Ages

PLEWKA, Willmar

Lautlos im Weltraum? – SF und Musik ➶ 4640

PLOOG, Jürgen

Der Raumagent ➶ 10108 AR

PODLECH, Elmar

Die Harmonie der Welt ➶ 3985

POE, Edgar Allan

Hopp-Frosch ➶ 9 JB
Hop Frog

Im Strudel des Mahlstroms ➶ 4022
A Descent into the Maelstrom

Maelzels Schachspieler ➶ 7624 AR
Maelzel's Chess-Player
(Auszug)

Mellonta Tauta ➶ 91
Mellonta Tauta

POHL, Frederik

Am Pool herumsitzen und Strahlen tanken ➶ 4222
Sitting around the Pool, Soaking Up the Rays

Die armen Reichen ➶ 4183,
auch ➶ ANTH 20
The Midas Plague
(auch als »Die Midas-Seuche«)

Ein Tag auf der großen Lotteriekirmes ➶ 4099
Spending a Day at the Lottery Fair

Die eiserne Tugend ➶ ANTH 11
The Seven Deadly Virtues

Ende der Hochsaison ➶ 3106
Happy Birthday, Dear Jesus

Entenjagd ➶ 3015
Punch

Erlösung im Reich der Quanten ➶ 5196
Redemption in the Quantum Realm

Es grünt in Bedford-Stuyvesant ➶ 4169
The Greening of Bed-Stuy

Es passiert so allerhand ... ➶ 4742
The Things That Happen

Farmer in Not ➶ 4165
Farmer on the Dole

Fermi und Frost ➶ 4366
Fermi and Frost

Die Flugprüfung ➶ 4069
The High Test

Die freundliche Insel ➶ 4690
The Kindly Isle

Gekauft ➶ 3725
We Purchased People

Gelenkte Vernichtung ➶ 3337
Sad Solarian Screenwriter Sam

Die große Absahne ➶ 4485
Saucery

Heiler für den Mars ➶ 3068
The Candle Lighter

In Erwartung der Olympier ➶ 4865
Waiting for the Olympians

Die Kuppel ➶ 4208
The Blister

Die Marsianer kommen! ➶ 4000, auch ➶ ANTH 32
The Day after the Day the Martians Came

Mein Leben als wiedergeborenes Schwein ➶ 4815
My Life as a Born-Again Pig

Mensch + : 76
Man Plus

Die Midas-Seuche ➶ 3734
The Midas Plague
(auch als »Die armen Reichen«)

Der Mutterwahn ➶ 3587
The Mother Trip

Shafferys Syndrom ➶ 3320
Shaffery among the Immortals

Star War ➶ 4734
The Star War

Der Tag Million ➶ 95, auch ➶ 3380, auch ➶ 4517
Day Million

Terror : 4703
Terror

Die Unsterblichen und die Toten : 5146
Outnumbering the Dead

Die Volkszähler ➶ 4000, auch ➶ ANTH 2
The Census Takers

POHL, Frederik/**JESCHKE**, Wolfgang

Titan - 1 : 3487
aus: *Star Science Fiction 1, 2*

Titan - 2 : 3507
aus: *Star Science Fiction 3, 4*

Titan - 3 : 3520
aus: *Star Science Fiction 1, 2, 4*

Titan - 4 : 3533
aus: *Star Science Fiction 2, 3, 4, 5*

Titan - 5 : 3546
aus: *Star Short Novels und Star Science Fiction 5, 6*

POHL, Frederik/
KORNBLUTH, C(yril) M.

Eine Handvoll Venus und ehrbare Kaufleute : 4, auch : 3368
The Space Merchants

Die Entscheidung ➶ 3369
The Meeting

Die letzte Antwort : 3321
Search the Sky

POLESCHTSCHUK, A.

Wer war Homer? ➶ 3216
Padaet Vverkh

POLOTTA, Nick

Schattenboxer : 6128
Shadow Boxer

PONITKA, Lota

Zu den Sternen ➶ 3627

POPKES, Steven

Das Ei ➶ 4795
The Egg

PORGES, Arthur

$ 1.98 ➶ ANTH 2

»$ 1.98«

Die Fliege ➶ 9 JB

The Fly

Geschenk für die Königin ➶ 3035

A Specimen for the Queen

Weltraumbeute ➶ 3103

Priceless Possession

PORUSH, David

Induktion. Ein Drama von R. Boots ➶ 4704

Induction

POTTER, Mitch

Die Klassenarbeit ➶ 6498 AR

The Assignment

POURNELLE, Jerry

So bauten wir »Der Splitter im Auge Gottes« ➶ 5245

Building THE MOTE IN GOD'S EYE

s. **NIVEN**, Larry/**POURNELLE**, Jerry

s. **NIVEN**, Larry/**POURNELLE**, Jerry/ **FLYNN**, Michael

POWELL, Talmage

Die Nacht des Kobolds ➶ 27 UB

Night of the Goblin

POWERS, Tim

Die kalte Braut : 4816

The Stress of Her Regard

Die Tore zu Anubis Reich : 4473

The Anubis Gates

Seltsame Gezeiten : 4632

On Stranger Tides

Zu Tisch in Deviants Palast : 4582

Dinner at Deviant's Palace

POYER, D. C.

Hitzewelle ➶ 3735

Heat Wave

s. **ANDREISSEN**, David/**POYER**, D. C.

PRÄGER, Hansjörg

Apollo + 1 ➶ 3442

PRAETORIUS, Johannes

Eine ausführliche Darstellung des Hexensabbats ➶ 7701 AR

PRASCHKEWITSCH, Gennadi

Das Glück á la Colonde ➶ 5390

PRATCHETT, Terry

Die dunkle Seite der Sonne : 4639

The Dark Side of the Sun

Das Erbe des Zauberers : 4584, auch ➶ 5123

Equal Rites

Eric : 4953

Eric

Die Farben der Magie : 4912

The Colour of Magic

Flügel : 4972, auch ➶ 129 TdM

Wings

Gefährliche Possen ➶ 5909

Theatre of Cruelty

Gevatter Tod : 4706, auch : 9543 AR

Mort

Das Licht der Phantasie: 4583, auch ➶ 5123

The Light Fantastic

MacBest : 4863, auch ➶ 141 TdM

Wyrd Sisters

Die Nomen-Trilogie : 129 TdM

Pyramiden : 4764, auch ➶ 117 TdM

Pyramids

Scheibenwelt – 2 Romane in einem Band : 5123

Strata : 4911

Strata

Die Teppichvölker : 5124
The Carpet People

Trucker : 4970, auch ➶ 129 TdM
Truckers

Wachen! Wachen! : 4805
Guards! Guards!

Wühler : 4971
Diggers

Der Zauberhut : 4715, auch : 5234, ➶ 117 TdM
Sourcery

Zwanzig Pence – mit Umschlag und Weihnachtsgrüßen ➶ 4638, auch ➶ 4884
Twenty Pence with Envelope and Seasonal Greetings

Zwei Romane von der bizarren Scheibenwelt : 141 TdM

Zwei Scheibenwelt-Romane : 117 TdM

PRATCHETT, Terry/**GAIMAN**, Neil

Ein gutes Omen : 5894
Good Omens

PRATT, Fletcher (Murray)

Der blaue Stern : 3570
The Blue Star

Die Einhornquelle : 3671
Well of the Unicorn

s. **DE CAMP**, Lyon Sprague/**PRATT**, Fletcher

PRIESS, Karl-Heinz

Hoffnung ➶ 4140

PRIEST, Christopher

Der Beobachtete ➶ 4199
The Watched

Ein endloser Sommer ➶ 29, auch ➶ 3646
An Infinite Summer

Ein Traum von Wessex : 3631
A Dream of Wessex

Grenzstreifzüge ➶ 3792
Palely Loitering

Der schöne Schein : 4413
The Glamour

Sir Williams Maschine : 3540
The Space Machine

Die Stadt : 3465
The Inverted World
(auch als »Der steile Horizont«)

Der steile Horizont : 41
The Inverted World
(auch als »Die Stadt«)

Die stille Frau : 4833
The Quiet Woman

Der weiße Raum : 4073
The Affirmation

PRIEST, Christopher/**REDD**, David

Der Agent ➶ 29, auch ➶ 5075
The Agent

PRINGLE, David

Zwei Aspekte von J. G. Ballards Werk ➶ 82
aus: *Earth Is the Alien Planet. J. G. Ballard's Four-Dimensional Nightmare*

s. **GODDARD**, James/**PRINGLE**, David

s. **JONES**, Neil/**PRINGLE**, David

s. **ROBERTSON**, Andy/**PRINGLE**, David

PROBST, Alfred

»... un Ruh is!« ➶ 3985

PROCHÁZKA, Jirí W.

Die Schöpfer der Zeit ➶ 5325
Tvůrci času

PROKOP, Gert

Bestürzender Einbruch des Unberechenbaren ➶ 5090

Die Drossel ➶ 3851

Ein Freundesdienst ➶ 3851

Kasperle ist wieder da ➶ 4747
Liebe, du zärtlicher, zitternder Vogel ➶ 4990
Die Sache mit dem Alpha-No-I ➶ 3952, auch ➶ 4000
Samuel, das Monster ➶ 3851
Schneewittchen und der Mann aus dem 20. Jahrhundert ➶ 3851
Spiel auf Leben und Tod ➶ 3851
Story für Anfänger ➶ 4897
Timothy Truckle ➶ 3851
Der Tod der Unsterblichen : 3851
Der Tod der Unsterblichen ➶ 3851
Tote stehlen nicht, oder? ➶ 3851
Wer stiehlt schon Unterschenkel? ➶ 3851
Würde ➶ 5160

PRONZINI, Bill
Der Mann, der *The Shadow* sammelte ➶ 4518
The Man Who Collected The Shadow
Nächste Station: Venus ➶ 3931, auch ➶ 4517
And Then We Went to Venus
Schwarzer Wind ➶ 9 JB
Black Wind

PRONZINI, Bill/**MALZBERG**, Barry N(orman)
Darf ich es wagen, diesen Pfirsich zu verzehrn? ➶ 4274
»Do I Dare to Eat a Peach?«
Endspiel im Prosastadion ➶ 3792
Prose Bowl
Wenigstens ein Klon ➶ 3767
A Clone at Last

PRONZINI, Bill/**MALZBERG**, Barry/**GREENBERG**, Martin
Unheimliches : 9 JB
The Arbor House Treasury of Horror and the Supernatural

PROSPERI, Louis J.
Das steinerne Gefängnis ➶ 5274
Prison of Stone

PROSPERI, Piero
Autogrill ➶ 4059
Autogrill

PRÜSSMANN, Karsten
Die Dracula-Filme : 190 PB

PRUS, Boleslaw
Die Metalle des Professor Geist ➶ 3906
Metale Profesora Geista

PRUYN, Leonard
s. **KEENE**, Day/**PRUYN**, Leonard

PRZYROWSKI, Zbigniew
Eine neue Zivilisation : 3906
Nowa cywilizacja

PTACEK, Kathryn
Einleitung ➶ 8094 AR
Introduction
Feuertanz – Frauen schreiben Horror : 8094 AR
Women of Darkness
Gehetzt ➶ 10344 AR
Hunting Game

PUCHOV, Michail
Kontakt? Nein ... ➶ 4051
Kontakt? Het Kontakta ...
Monopol auf Intelligenz – Drei Geschichten vom Planeten Marion ➶ 4097
Monopolija na razum – Tri istorii s Mariona
Pilotballon ➶ 4610
Lider / лидср

PUHL, Widmar
Ein Gespräch mit Andreas Weber-Schäfer ➶ 5245

Die Gegenwart der Zukunft. Ein Gespräch mit Stanisław Lem ➶ 5080

»Handfeste Luftschlösser«. Der Cyberspace wird ganz seriös. Ein Tagungsbericht ➶ 5245

High Tech, Magie und Gesellschaft in der SF. Die *Shadowrun*-Romane von Robert N. Charrette und anderen ➶ 5245

PUKALLUS, Horst

Das blaue Fenster des Theokrit : 3618

Das Blei der Zeit ➶ 4803

Ein Gespräch mit Darko Suvin ➶ 4640

Der hohle Mann : 3831

Interview mit John Brunner ➶ 3848

Naked Lunch: Die Realität am Ende der Gabel. Über die Affinität zwischen David Cronenberg und William S. Burroughs ➶ 4960

Preiset, Gestirne des Himmels, den Herrn! ➶ 3970

Tod und Auferstehung als Science Fiction-Groteske.
Ein Nachwort ➶ 5535

Die Vereinigten Staaten nach der Reaganeration ➶ 3897

Der wahre Unsichtbare. Zum Tode von William S. Burroughs ➶ 5925

Was in dem Schlaf für Träume kommen mögen ➶ 4713

Die Wellenlänge der Wirklichkeit ➶ 4235

Der zweite Tod : 4009

PUKALLUS, Horst/**IWOLEIT**, Michael K.

Hinter den Mauern der Zeit : 4580

PUKALLUS, Sylvia

»... aber ich lebe noch immer.« Zur Aktualität des Autors Bernhard Kellermann ➶ 3848

Schatten ➶ 3574

PULLEY, James

Die Weltraumzwillinge ➶ 3097
The Space Twins

PURDOM, Tom

Der heilige Gral ➶ 3546
The Holy Grail

Kontrollierte Abrüstung ➶ 3204
Reduction in Arms

PUSCH, Harald

s. **HAHN**, Ronald M./**PUSCH**, Harald

PYNCHON, Thomas

Entropie ➶ 4255
Entropy

Kurt Mondaugen aus Leipzig erlebt in Foppls Landhaus einen Aufstand der Eingeborenen ➶ 4660
Mondaugen's Story

Q

QUEEN, Ellery

Das Abenteuer der toten Katze ➶ 27 UB
The Adventure of the Dead Cat

Der hängende Akrobat ➶ 2118 BK
The Adventure of the Hanging Acrobat

QUENOT, Katherine E.

Weiß wie die Nacht : 9072 AR
Blanc comme la nuit

QUENTIN, Patrick

Porträt eines Mörders ➶ 4319
Portrait of a Murderer

QUICK, Dorothy

Bund mit dem Satan ➶ ANTH 37, auch ➶ 7701 AR
Two for a Bargain

QUICK, W. T.
Ein Bombeneinfall ➶ 3825
Rest in Pieces

QUINN, Seabury
Der Poltergeist ➶ 8302 AR
The Poltergeist

QUINTANA, Anton
Ein neuer Anfang auf Onyx ➶ 3694
Een Groote Taak op Onyx

R

RAASVELD, Julien C.
Das Midas-Syndrom ➶ 3694
Het Midas-Complex

RABBEN, Mascha
Weltenwanderer : 9901 EW

RABEN, Hans-Jürgen
Die Erben ➶ 4161
Krieg der Geschlechter : 4061
Die sieben Leben der Katze ➶ 4057

RADSSAT, Richard
Augurenreport ➶ 3944
Dem 20. Jahrhundert ➶ 3646
Satania ➶ 3780
Seher von Patmos ➶ 3574

RAE, Hugh C.
Harkfast : 3820, auch ➶ 5 JB
Harkfast: The Making of the King

RAFFLENBEUL, Volker
Das neue Spiel der Kinder ➶ 3985

RAHN, Rainer-Michael
Der Glückliche ➶ 3995

RAIOLA, Giulio
Die Frauen von Onfale ➶ 4059
Le donne di onfale
Der Papierdrachen ➶ 3812
L'Aquilone

RAMMENSEE, Martin
Ein Gedicht ➶ 4199
Spuren
No Future ➶ 4410

RAND DANK, Gloria
Der Wald von App : 4592
The Forest of App

RANDALL, Marta
Gefährliche Spiele ➶ 3899
Dangerous Games

RANSOM, Bill
s. **HERBERT**, Frank/**RANSOM**, Bill

RANSOM, James
Programm für Fred Eins ➶ 3027
Fred One

RAO, B. Sridhar
Opfer der Zeit ➶ 4746
Victims of Time

RAPHAEL, Rick
Die fliegenden Bomben : 3099
Code Three

RASCH, Carlos
Polaröl ➶ 3618

RASNIC TEM, Steve

Die Gammler ➶ 16 UB
Derelicts

RATHENOW, Lutz

Drei Gedichte ➶ 3944
Nonfiction
Aufsteigen
Hoffnung

Eine Lektion Geschichte ➶ 3737

Der Herrscher ➶ 3646

Vier Texte ➶ 3818
Die Kitzelmaschine
Nonfiction
Verkündigung
Meldungen

RAY, Jean

Die grausame Gefahr: die Ratte ➶ 8768 AR
Le péril gris: le rat

Die weiße Bestie ➶ 8302 AR
La bête blanche

REAMY, Tom

Blinde Stimmen : 3900
Blind Voices

Der Detweiler-Bub ➶ 3605
The Detweiler Boy

Insekten im Bernstein ➶ 3767
Insects in Amber

San Diego Lightfoot Sue ➶ 3569
San Diego Lightfoot Sue

REAVES, J. Michael

Darkland Detective : 5508
Darkworld Detective

Zerschmetterte Welt : 4383
The Shattered World

REBETEZ-CORTES, René

Die neue Vorzeit ➶ 4746
The New Prehistory

REDD, David

Als Jesus zu Weihnachten den Mond besuchte ➶ 4884
When Jesus Came to the Moon for Christmas

England, schönes grünes Land ➶ 5390
England's Green and Pleasant Land

Das Schwarze ➶ 5275
The Blackness

s. **PRIEST**, Christopher/**REDD**, David

REDFIELD, James

Die Prophezeiungen von Celestine : 254 HC/S
The Celestine Prophecy. An Adventure

Die zehnte Prophezeiung von Celestine : 317 HC/S
The Tenth Insight. Holding the Vision

REDLIN, Ekkehard

Nachwort: Reifeprozeß ➶ 3952

REED, Kit (Lillian Craig)

Auf Posten ➶ 6555 AR
Frontiers

Baby ➶ 8094 AR
Baby

Der Chef des Arztes ➶ 3017
Tell Me, Doctor – Please

Die Halle der neuen Gesichter ➶ 5511
The Hall of New Faces

Hundstage ➶ 3402
Dog Days

Die Macht der Bombe ➶ 3056
Judas Bomb

Magische Zeit : 4201
Magic Time

Rajmahal ➶ 5980
Rajmahal

REED, Robert

In der Oortschen Wolke ➶ 5042
Oort Cloud

An der Schwelle zu einem strahlenden neuen Zeitalter ➶ 5085
On the Brink of That Bright New World
Ehrengast ➶ 5289
Guest of Honor
Endgültige Gewißheit ➶ 5113
After All
Spreu ➶ 4786
Chaff
Der Traumverkäufer ➶ 5948
Dreams from a Severed Heart
Das Turnier ➶ 5892
The Tournament
Vergrabene Schätze ➶ 5511
Treasures Buried

REEVES-STEVENS, Garfield
s. **REEVES-STEVENS**, Judith/**REEVES-STEVENS**, Garfield

REEVES-STEVENS, Judith/**REEVES-STEVENS**, Garfield
Die Erste Direktive : 5051
Prime Directive
STAR TREK – Phase II:
Die verlorene Generation : 6470
Star Trek – Phase II:
The Lost Series
STAR TREK Deep Space Nine – Die Realisierung einer Idee : 5550
The Making of STAR TREK Deep Space Nine

REHN, Jens
Die Kinder des Saturn : 3464
s. **WEIGAND**, Jörg

REIMANN, Gero
Akenguacu oder die Austreibung der Mbüa-Indios aus der Ayuydje, dem Ziel am Ende ihres Weges ➶ 4057
Besuch aus Mexiko ➶ 4255
Die Geschichte vom lebenden Toten ➶ 4034
Illusionaut ➶ 3944
Lila Zukunft und hellgroße Liebe : 4048
Rotten-Kidnapping, Dublin ➶ 4199
Vom Sterben und Leben eines gott- und wertlosen Gnostikers ➶ 4713

REITER, Ralf
H. G. Wells und »The Time Machine« ➶ 5638
Mit Sprache gegen Unterdrückung: Ian McDonald und seine Bücher ➶ 5080

RELLING jr., William
Zu Hause ist es doch am schönsten ➶ 8544 AR
No Place Like Home

REMISOW, Alexij R.
Sanofa ➶ 7701 AR

RENARD, Christine
Für einen Rosenstrauß ➶ 4057
Pour une gerbe de roses
Die Narzissen wachsen am Abend ➶ 4041
Les narcisses poussent le soir

RENARD, Christine/**CHEINISSE**, Claude
Delta ➶ 3837
Delta

RENARD, Joseph
Die letzte Show ➶ 3337
The Antropiranhas

RENDELL, Ruth
Eine Freizeitbeschäftigung ➶ 9953 AR
An Outside Interest

RESNICK, Mike
Ein wenig Wissen ➶ 5666
A Little Knowledge

Die Einhornpirsch : 5897
Stalking the Unicorn: A Fable of Tonight
Elfenbein : 5244
Ivory
Frankie, der Ghostwriter ➶ 4888
Frankie the Spook
Manamouki ➶ 4855
The Manamouki
Santiago : 5038
Santiago – A Myth of the Near Future
Sieben Blicke in die Olduvai-Schlucht ➶ 5398
Seven Views of Olduvai Gorge

RESNICK, Mike/**SHWARTZ**, Susan
Bibi ➶ 5921
Bibi

RESS-BOHUSCH, Birgit
Isaac Asimov's Science Fiction Magazin, 1. Folge : 3608
Isaac Asimov's Science Fiction Magazin, 2. Folge : 3636
Isaac Asimov's Science Fiction Magazin, 3. Folge : 3664
Isaac Asimov's Science Fiction Magazin, 4. Folge : 3695
Isaac Asimov's Science Fiction Magazin, 5. Folge : 3735
Isaac Asimov's Science Fiction Magazin, 6. Folge : 3748
Isaac Asimov's Science Fiction Magazin, 7. Folge : 3761
Isaac Asimov's Science Fiction Magazin, 8. Folge : 3776
Isaac Asimov's Science Fiction Magazin, 9. Folge : 3789
Isaac Asimov's Science Fiction Magazin, 10. Folge : 3807
Isaac Asimov's Science Fiction Magazin, 11. Folge : 3825
Isaac Asimov's Science Fiction Magazin, 12. Folge : 3853
Isaac Asimov's Science Fiction Magazin, 13. Folge : 3873
Isaac Asimov's Science Fiction Magazin, 14. Folge : 3894

REY, Lester del
s. **DEL REY**, Lester

REYNOLDS, Alastair
Enola ➶ 5275
Enola

REYNOLDS, Mack
Geschäft ist Geschäft ➶ 3364
Subversive
Die Handschrift des Dichters ➶ 4274
The Hand of the Bard
Menschenjäger ➶ 3077
Time of War
Der Pannenmacher ➶ 3288
Snafu on the New Taos
Der Pazifist ➶ 3023
Pacifist
Der Revolutionär ➶ 3015
Speakeasy
Söldner ➶ 3863
Mercenary
Die Türme von Utopia : 4813
The Towers of Utopia
Verkauft ➶ 3991
Down the River
Zins und Zinseszins ➶ 29, auch ➶ 5075
Compounded Interest

REYNOLDS, Mack/**JENNINGS**, Gary
Höllenfeuer ➶ 3899
Hell's Fire

REYNOLDS, Ted

Muster ohne Wert ➶ 4047, auch ➶ 4332
Trial Sample

Quaak-Plop ➶ 3695
Ker-Plop

Tausendjahrfeier ➶ 4215
Millennial

Der Untermieter ➶ 3608
Boarder Incident

RICE, Peter

Den Teufel werden wir tun : 5453
Damned If We Do...

Eisiger Tod : 5454
Frost Death

Fernes Land : 5168
Far Country

Monsun : 5455
Renegade Legion: Monsoon

RICHARD, John Thomas

Korrigierte Geschichte ➶ 3073
Minor Alteration

RICHARD, Stephen

Sternschnuppen ➶ 4818
Meteors

RICHARDS, Curtis

Halloween : 21 UB
Halloween

RICHARDS, Thomas

STAR TREK – die Philosophie eines Universums : 10604 AR
The Meaning of Star Trek

RICHARDS, Tony

Denn die Flut wird kommen ... ➶ 4011
The Tide Will Come

Verloren in den Schatten ➶ 4610
Lost in the Switchboard

RICKARD, Dennis

Horror ohne Grenzen: Ein Blick in den Nebel ➶ 7877 AR
Horror without Limits: Looking into the Mist

RIEDEMANN, Kai

Beruhigend ➶ 7624 AR

Ein neuer Goethe? ➶ 4085, auch ➶ 7624 AR

Einen Tag nach dem Gestern, einen Tag vor dem Morgen ➶ 3944

Heimsuchung ➶ 3523

Im Speicher ➶ 7624 AR

Isabellas Kind ➶ 4742 AR

Können Affen sprechen? ➶ 3888

Märchen ➶ 7624 AR

Programmierprobleme ➶ 7624 AR

RIEKEN, Dieter

Überlebensprogramm ➶ 4097

RIEPE Manfred/**NAGULA** Michael

2001 - Odyssee im Weltraum ➶ 4371

RILL, Zbyněk

Das letzte Gericht ➶ 4990
Poslední soud

Die Vergangenheit der Zukunft ➶ 5950
Minulost Budoucnosti

RINGER, Erhard

Das Conan-Universum. Das Handbuch zum Conan-Zyklus : 4908

RINGER, Erhard/**URBANEK**, Hermann

Ashtaru der Schreckliche : 3915

Die Götter von Pegana : 4076

RINONAPOLI, Anna

Die Eremiten des dritten Jahrtausends ➶ 4880
I romiti del terzo millennio

Langsame Apokalypse ➶ 4325
Apocalisse lenta

Nächtliches Ministerium ➶ 3995
Ministro Notturno

Der Registrator ➶ 4059
Il registratore

Die übliche fliegende Untertasse ➶ 3812
Il solito disco volante

RITCHIE, Jack

Wie man Freunde gewinnt ➶ 6723 AR
The Rules of the Game

RITTER, Jörg

s. **NAGULA**, Michael/**RITTER**, Jörg

ROBERSON, Jennifer

Cheysuli: Die Ehre der Prinzen : 5675
A Pride of Princes/Chronicles of the Cheysuli: Book Five

Cheysuli: Ein Gobelin mit Löwen : 5878
A Tapestry of Lions/Chronicles of the Cheysuli: Book Eight, Teil 1

Cheysuli: Die Fährte des weißen Wolfs : 5674
Track of the White Wolf/Chronicles of the Cheysuli: Book Four

Cheysuli: Der Flug des Raben : 5877
Flight of the Raven/Chronicles of the Cheysuli: Book Seven

Cheysuli: Das Lied von Homana : 5672
The Song of Homana/Chronicles of the Cheysuli: Book Two

Cheysuli: Löwenmagie : 5879
A Tapestry of Lions/Chronicles of the Cheysuli: Book Eight, Teil 2

Cheysuli: Die Tochter des Löwen : 5876
Daughter of the Lion/Chronicles of the Cheysuli: Book Six

Cheysuli: Das Vermächtnis des Schwerts : 5673
Legacy of the Sword/Chronicles of the Cheysuli: Book Three

Cheysuli: Wolfsmagie : 5671
Shapechangers/Chronicles of the Cheysuli: Book One

Schwertmagier : 5178
Sword-Breaker

Schwertmeister : 5074
Sword-Maker

Schwertsänger : 5073
Sword-Singer

Schwerttänzer : 5072
Sword-Dancer

ROBERT, Peter

Alien ➶ 5645

Das Gleis ➶ 5275

Die grünen Hügel der Provence ➶ 5390

ROBERTS, Jane

Schreckensnacht im Waschomaten ➶ 3027
Three Times Around

ROBERTS, John Maddox

Conan der Champion : 4701
Conan the Champion

Conan der Draufgänger : 4959
Conan the Bold

Conan der Marodeur : 4781
Conan the Marauder

Conan das Schlitzohr : 5437
Conan the Rogue

Conan der Tapfere : 4346
Conan the Valorous

Stoney Griffon und die UFO-Insassen ➶ 4786
Stoney Griffon and the UFO People

ROBERTS, Keith

Ariadne Potts ➶ 3642
Ariadne Potts

Drachenpiloten : 4857
Kiteworld

Die Edlen ➶ 3845
The Lordly Ones

Die folgenschwere Ermordung Ihrer Majestät Königin Elisabeth I. : 3527
Pavane
(auch als »Pavane«)

Molly Zero : 4993
Molly Zero

Niederlage auf dem 3. Planeten ➶ 3073
Survey of the Third Planet

Pavane : 38, auch : 4395
Pavane
(auch als »Die folgenschwere Ermordung Ihrer Majestät Königin Elisabeth I.«)

Der Tigerpulli ➶ 4621
The Tiger Sweater

Timothy ➶ 4254
Timothy

Die Toilettenanlage ➶ 3866
The Comfort Station

ROBERTS, Mary-Carter

Reitet, Colonel! ➶ 3553
Ride, Colonel, Ride!

ROBERTS, Wess/**ROSS**, Bill

Picards Prinzip - Management by TREK : 9919 AR
Make It So: Leadership Lesson from STAR TREK – The Next Generation

ROBERTSON, Andy/**PRINGLE**, David

Ein Gespräch mit Bruce Sterling ➶ 4760

ROBINETT, Stephen

Ein Mann mit Verantwortung : 4316
The Man Responsible

ROBINS, Madeleine E.

Kuckuck ➶ 4389
Cuckoo

Papa geht auf Jagd ➶ 4936
Papa's Gone A-Hunting

Der Untermieter ➶ 4880
The Boarder

ROBINSON, Frank M(alcolm)

Das Feuer, das Schwert und das Paradies ➶ 3085
The Fire and the Sword

ROBINSON, Jeanne/**ROBINSON**, Spider

Sternentanz : 4082
Stardance

ROBINSON, Kim Stanley

Aus und erledigt im Jahr 2000 ➶ 4410
Down and Out in the Year 2000

Der blinde Geometer ➶ 4477
The Blind Geometer

Eine Geschichte des 20. Jahrhunderts mit Illustrationen ➶ 5055
A History of the Tweentieth Century, with Illustrations

Eine kurze, heftige Erschütterung ➶ 5100
A Short, Sharp Shock

Das Ende der Traumzeit ➶ 4855
Before I Wake

Flucht aus Katmandu ➶ 4380
Escape from Kathmandu

Der Gletscher ➶ 4690
The Glacier

Die Gratwanderung ➶ 4208
Ridge Running

Der grüne Mars ➶ 5935
Green Mars

Grüner Mars : 5362
Green Mars

Lucky Strike ➶ 4740
The Lucky Strike

Roter Mars : 5361
Red Mars

Rückkehr von der Regenbogenbrücke ➶ 4574
The Return from Rainbow Bridge

Schnittstelle ➶ 4660
A Transect

Schwarze Luft ➶ 4127
Black Air

Unsere Stadt ➶ 4803
Our Town

Venedig unter Wasser ➶ 4047
Venice Drowned

Zürich ➶ 4888
Zurich

ROBINSON, Spider

An neue Leser/An Freunde von Callahans Saloon : Vorworte ➶ 4322

Das Dilemma des Tausendfüßlers ➶ 4321
The Centipede's Dilemma

Für Zeitreisende nur gegen bar : 4322
Auswahl aus: *Callahan's Crosstime Saloon/Time Travellers Strictly Cash*

Gerechte Nachspeise ➶ 4322
Just Dessert

Das Gesetz von der Erhaltung des Schmerzes ➶ 4321
The Law of Conservation of Pain

Gott ist hart wie Eisen ➶ 4322
God Is an Iron

Hundstagsabend ➶ 4322
Dog Day Evening

»In Ramah ertönt eine Stimme ...« ➶ 4321
»A Voice Is Heard in Ramah ...«

Kennen Sie den schon? ➶ 4322
Have You Heard the One ...?

Der Kerl mit den Augen ➶ 4321
The Guy with the Eyes

Lokalchampion ➶ 4322
Local Champ

Nacht der Gewalt : 4859
Night of Power

Das Netz der Vernunft ➶ 4322
The Web of Sanity

Nicht umsonst ➶ 4034
Not Fade Away

Nur nicht beim wirklichen Namen ➶ 3674
By Any Other Name

Rah Rah R.A.H. ➶ 4321
Rah Rah R.A.H.

Schlangenzähne ➶ 4047, auch ➶ 4332
Serpent's Teeth

Seelensuche ➶ 4322
Soul Search

Spieglein, nielgeipS an der Wand ➶ 4322
Mirror/ rorriM Off the Wall

Unnatürliche Ursachen ➶ 4321
Unnatural Causes

Vorbemerkung ➶ 4321

Vor-Vorahnung ➶ 4322
Fivesight

Die wunderbare Verschwörung ➶ 4321
The Wonderful Conspiracy

Der Zeitreisende ➶ 4321
The Time-Traveller

Die Zeitreisenden in Callahans Saloon : 4321
Auswahl aus: *Callahan's Crosstime Saloon/Time Travellers Strictly Cash*

Zwei Köpfe sind besser als einer ➶ 4322
Two Heads Are Better Than One

ROCHON, Esther

Der Träumer in der Zitadelle : 3555, auch ➶ 5 JB
Le rêveur dans la citadelle

RODDENBERRY, Gene

Star Trek - der Film : 4942
Star Trek – the Motion Picture

RODEK, Jacek/**TORUN**, Daroslaw J.
Der einzige echte Mensch ➶ 4199
Jedyny prawdziwy

RODENKO, Olga
Die Bewerbung ➶ 3694
Antichambreren

RODERER, Götz
Hallo 1146 : 375 PRh

RODMAN, Howard
Zweimal zum Mond und zurück ➶ ANTH 32
The Man Who Went to the Moon – Twice

RÖMER, Hans Dieter
Wölfe im Betonwald ➶ 8544 AR

ROGERS, Bruce Holland
Groß fern jetzt ➶ 4936
Big Far Now
Das Herz von Shanodin ➶ 6606
Heart of Shanodin
Rettungsboot auf brennender See ➶ 5892
Lifeboat on a Burning Sea

ROGERS, Joel Townsley
Wo du auch hingehst ➶ ANTH 5
No Matter Where You Go

ROGERS, Thomas
s. **LIPSYTE**, Robert M./**ROGERS**, Thomas

ROGOZ, Adrian
Perfekter als perfekter Mord ➶ 3498
Mai Mult ca Perfectful Crimei

ROHAN, Michael Scott
Der Amboß aus Eis : 5091
The Anvil of Ice
Der Hammer der Sonne : 5093
The Hammer of the Sun
Die Schmiede im Walde : 5092
The Forge in the Forest

ROHMER, Sax
Die flüsternde Mumie ➶ 8303 AR
The Whispering Mummy

ROHR, Wolf Detlef
s. **EISFELD**, Rainer

ROHRER, Robert
Der Henker ➶ 3064
Keep Them Happy

ROLF, Rudolf
Abfall ➶ 3985

ROLLER, Howard/**GODWIN**, Parke
Variationen über Sergeant Pepper ➶ 3965
Variations on Sergeant Pepper

ROOS, Peter
Letzte Lust ➶ 3985

ROSENBAUER, Roland
Computerspiele : 3745
Epilog ➶ 3745
Die letzte große Tat ➶ 3985
Orientierungsebene 1-8 ➶ 3745
Prolog ➶ 3745
Und wer ist Gott? ➶ 3745

ROSENBLUM, Mary
Entrada ➶ 5141
Entrada
Flug ➶ 5635
Flight
Gasfische ➶ 5666
Gas Fish
Grenzstadt ➶ 5481
Bordertown

RUBIN, Rick
Der letzte Appell ➶ 3011
Final Muster

RUCKER, Rudy
Hohlwelt : 5887
The Hollow Earth
Houdinis Erzählungen ➶ 4544
Tales of Houdini
Software : 4498
Software
Tod ohne Stachel AG ➶ 4704
Soft Death
Umgestülpt ➶ 4815
Inside Out
Vorwort ➶ 4758
Weißes Licht : 4221
White Light
Wetware : 4802
Wetware

RUCKER, Rudy/**LAIDLAW**, Marc
Pipeline in den Surfspace ➶ 4861
Probability Pipelines

RUCKER, Rudy/**STERLING**, Bruce
Die Erstürmung des Kosmos ➶ 4446
Storming the Cosmos

RÜBESAMEN, Hans Eckart
Einleitung ➶ 56

RUELLAN, André
Chrysalia ➶ 3837
Chrysalia
Memo : 4414
Mémo

RUF, Martin
Kein Rätsel, ein Geheimnis. Über die Grundlagen menschlicher Zeiterfahrung ➶ 5638

RUIBIN, Wladimir
Die Erde ruft ➶ 4470
Semlja sawjot
Die »Perle« ➶ 4199
Schemtschuschnoe serno

RUMPEL, Pamela
Feuerodem : 6006

RUNYON, Charles W(est)
Bei Gefahr den Ntxivbw prspn! ➶ 3537
In Case of Danger Prspn the Ntxivbw!
Die Traumpatrouille ➶ 3385
Dream Patrol

RUSCH, Kristine Kathryn
Ein ganz besonderes Weihnachtsfest ➶ 4884
Christopher's Crummy Christmas
Fremde Einflüsse : 5639
Alien Influences
Die Herzleser : 5631
Heart Readers
Der Mond ist ein Loch im Himmel ➶ 4803
The Moon Is a Hole in the Sky
Pas de deux mit einem Toten ➶ 5325
Waltzing on a Dancer's Grave
Thomas und die Weisen ➶ 4884
Thomas and the Wise Man
Eine Zeit zu jedem Zweck ➶ 4991
A Time for Every Purpose
Die Galerie seiner Träume ➶ 4865
The Gallery of His Dreams
Schnelle Autos ➶ 4880
Fast Cars
Tänzer wie Kinder ➶ 5049
Dancers like Children
Warenhaus ➶ 4920
Repository

Die weißen Schleier der Macht : 5303
The White Mists of Power

s. **SMITH**, Dean Wesley/**RUSCH**, Kristine Kathryn

RUSS, Joanna

Als alles anders wurde ➶ 96
When It Changed
(auch als »Veränderung«)

Die außergewöhnlichen Reisen der Amelie Bertrand ➶ 3767
The Extraordinary Voyages of Amelie Bertrand

Der Barometer-Test ➶ 3219
A Short and Happy Life

Das Bewährungsjahr ➶ 3305
Wilderness Year

Ein altmodisches Mädchen ➶ 3655
An Oldfashioned Girl

Das Geheimnis des jungen Herrn ➶ 4274
The Mystery of the Young Gentleman

Liebste Emily ➶ 4254
My Dear Emily

Mein Boot ➶ 3553
My Boat

Seelen ➶ 4027, auch ➶ 4165
Souls

Veränderung ➶ 4654
When It Changed
(auch als »Als alles anders wurde«)

Woher kommst du? ➶ 3021
There Is Another Shore, You Know…

Zwei von ihnen : 4696
Two of Them

RUSSELL, Eric Frank

Agenten der Venus : 3182
Sentinels of Space

Allamagoosa ➶ 13
Allamagoosa

… dann war'n sie alle futsch ➶ 3651
… and Then There Were None

Der Friedensbringer ➶ ANTH 17
Design for Great-Day

Der letzte Zeuge ➶ ANTH 11
The Witness

Menschen, Marsianer und Maschinen ➶ 1008, auch : 3113
Men, Martians, and Machines

Metamorphose ➶ ANTH 8
Metamorphosite

Nicht erwünscht ➶ 4254
Displaced Person

Der treue Diener ➶ 3150
The Cosmic Relic

Zu mächtig ➶ 5909
A Great Deal of Power

RUSSELL, J. S.

Die Stadt der Engel ➶ 8543 AR
City of Angels

RUSSELL, Ray

Sardonicus ➶ 880 AR, auch ➶ 9 JB
Sardonicus

RUSSO, Patricia

Wahre Liebe ➶ 8094 AR
True Love

RUSSO, Richard Paul

Blick von oben ➶ 4990
View from Above

Dorthin kann man nicht mehr zurück ➶ 4880
No Place Any More

Für einen Platz im Himmel ➶ 4697
For a Place in the Sky

Gebete eines Regengottes ➶ 4513
Prayers of a Rain God

Gefangen in Schwarz und Weiß ➶ 5275
Impressed in Black and White

Hörst Du meinen Herzschlag? ➶ 4610
Listen to My Heartbeat

In der Regenzeit ➶ 4470
In the Seasons of the Rains

Innere Verfinsterung : 5082
Inner Eclipse

Die Kugel im Visier ➶ 4957
Celebrate the Bullet

Liz und Diego ➶ 4920
Liz and Diego

Das offene Boot ➶ 5004
The Open Boat

Städte im Staub ➶ 4803
Cities in Dust

Teleskop, Saxophon und der Tod des Piloten ➶ 4660
Telescope, Saxophone, and the Pilot's Death

Die unterirdische Galerie : 5110
Subterranean Gallery

Vorbei die Nacht ➶ 5325
Night Passage

RYAN, Alan

Das Marsten Haus in *Salem's Lot* ➶ 7877 AR
The Marsten House in Salem's Lot

Sanasardo lernt Attila kennen ➶ 3965
Sanasardo Meets Attila

Tod dem Osterhasen ➶ 16 UB
Death to the Easter Bunny!

RYAN, Kevin

s. **FRIEDMAN**, Michael Jan/**RYAN**, Kevin

RYAN, Mary

Schattentanz : 9874 AR
Mask of the Night

RYAN, Michael G.

Der lange Weg nach Vacar ➶ 6611
The Old Way to Vacar Slab

RYMAN, Geoff

Ein Garten für Kinder oder Eine Posse : 4940
The Child Garden or A Low Comedy

Das unbesiegte Land : 5139
The Unconquered Land. A Life History

Wärme ➶ 5950
Warmth

RYSDYK, Leonard

Der Holo-Mann ➶ 5934
The Holo Man

RZESZOTNIK, Jacek

Im siebten Himmel eingeklemmt. Ein Nachruf auf Roland Topor ➶ 5925

»Morgen ist heute – nur daß es morgen ist.« Zur Geschichte des polnischen SF-Films der Nachkriegszeit ➶ 5638

S

SA'ADAH, Raphael

Ein Gespräch mit Lucius Shepard ➶ 4550

ŞABAH, Victor

Eine imaginäre Reise zum Mond ➶ 4746
An Imaginary Journey to the Moon

SABERHAGEN, Fred(erick Thomas)

Der lange Weg nach Hause ➶ 3040
The Long Way Home

Nachts in der Galerie ➶ 3151
Young Girl at an Open Halfdoor

SABIRKO, Vitali

Der Wachhund ➶ 5090
Сторожевой пес

SACCHETTO, Alberto

Stille Nacht ➶ 3812
Stille Nacht

SAGAN, Carl

Science Fiction – Eine Ansichtssache ➶ 3888
Science Fiction – a Personal View

SAHIHI, Arman

Das Scheiß-Spiel ➶ 3985

SAKI

Als Wilhelm kam : 85
When William Came. A Story of London under the Hohenzollerns

SALA, Mariangela

Die Stimme der Unendlichkeit : 3812

SALEWSKI, Michael

Andere Waffen, andere Geschichte – Verheißung oder Drohung? ➶ 4960

SALLEE, Wayne Allen

Lover Doll ➶ 9953 AR
Lover Doll

Für euch, die ihr lebt ➶ 8544 AR
For You, the Living

Das Grinsen des Schmerzes ➶ 8831 AR
Pain Grin

Schnellverkehr ➶ 8542 AR
Rapid Transit

SALLIS, James

Ansleys Dämonen ➶ 5341
Ansley's Demons

Kartoffelbaum ➶ 4438
Potato Tree

SALVATORE, R. A.

Der Blutrote Schatten : 5955
The Dragon King

Das Joch der Zyklopen : 5953
The Sword of Bedwyr

Luthiens Wagnis : 5954
Luthien's Gamble

SALZA, Giuseppe

Norman X und Monique Z – eine wahre Liebesgeschichte : 10568 AR
Norman e Monique

SAMEDY, F. J.

Das zweite Paradies ➶ 3995

SAMJATIN, Jewgenij Iwanowitsch

Wir : 3218, auch : 3467
My

SAMMEL, Egon

»Invasion vom Mars« oder Die Renaissance der 50er Jahre ➶ 4464

Regen in der Nacht, im Traum erschien mir die Welt. Frühnebel steigt auf ... in memoriain Andrej Tarkowskij ➶ 4464

SAMMON, Paul M.

Nachwort ➶ 8542 AR

Nachwort ➶ 8543 AR

Splatterpunk : 8542 AR
Splatterpunks: Extreme Horror, 1. Teil

Splatterpunk 2 : 8543 AR
Splatterpunks: Extreme Horror, 2. Teil

Vorwort ➶ 8542 AR

Vorwort ➶ 8543 AR

SAMUELS, Arthur L.

Requiem ohne Gesang ➶ 9 JB
Mass without Voices

SANDER, Ralph
Bruxelles-Midi ➶ 5325
Dreimal Zukunft und zurück: Robert Zemeckis' Zeitreisetrilogie »Back to the Future« ➶ 5380
Einleitung ➶ 1309, ➶ 1310 MINI
»Er ist tot, Jim.«: Ein Nachruf für Gene Roddenberry (1921–1991) ➶ 4850
Erfolg ist doch alles – oder? Roland Emmerichs »Independence Day« ➶ 5638
Der Garten – »Die Natur kehrt zurück« : 5310
Das große NEXT GENERATION-Quizbuch: 2222 Fragen für wahre Trekker und solche, die es werden wollen : 10278 AR
Krieg der Sterne und kein Ende – Was hat uns die Special Edition gebracht? ➶ 5925
Nachwort ➶ 4662
Prä-*Star-Trek*-Historisches ➶ 1309 MINI, ➶ 1310 MINI
Die STAR TREK-Biographien. Das Who's Who für alle Fans : 212 FB
STAR TREK Classic: Leonard Nimoy : 1309 MINI
STAR TREK Classic: William Shatner : 1310 MINI
Die *Star Trek*-Jahre/Das Post *Star-Trek*-Trauma ➶ 1310 MINI
Die *Star Trek*-Jahre/Die Post *Star-Trek*-Zeit ➶ 1309 MINI
STAR TREK Timer 1996 : 1996
STAR TREK Timer 1997 : 1997
STAR TREK Timer 1998 : 1998
STAR TREK Timer 1999 : 1999
Das *Star Trek*-Universum – Handbuch zur Multimedia-SF-Serie : 4670, auch : 4900, auch : 5150
Das STAR TREK-Universum, Ergänzungsband : 5151
Vom Zeichenbrett ins All ➶ 4760
Von der Vergangenheit eingeholt ➶ 1309 MINI, ➶ 1310 MINI
20 Jahre Star Trek – »Raumschiff Enterprise« feiert Geburtstag ➶ 4371

SANDERS, Billie
Zwei Gedichte ➶ 3897
Biorhythmen
Blick nach vorn
Zwei Gedichte ➶ 3944
Schau, Stern
Atlantis
Zwei Gedichte ➶ 3995
Gestern-Heute-Morgen
Einzug
Zwei Gedichte ➶ 4199
Ich seh dich
Zwischen dir und mir
Zwei Gedichte ➶ 4325

SANDERS, Lawrence
Die Zukunftsakte : 6540 AR
The Tomorrow File

SANDERS, Scott
Anatomie-Unterricht ➶ 3913
The Anatomy Lesson
Berge der Erinnerung ➶ 3958
Mountains of Memory
Berührt die Erde ➶ 4015
Touch the Earth
Der Konstrukteur der wilden Tiere ➶ 4107
The Engineer of Beasts
Der Schlafwandler ➶ 3946
The Sleepwalker
Terrarium ➶ 3931
Terrarium

SANDRELL, Sandro
Ein Triptychon für die Brüder ➶ 4059
Un trittico per i fratelli

SANTESSON, Hans Stefan
Die Mächtigen des Universums : 3142
Rulers of Men

SAPKOWSKI, Andrzej
Der letzte Wunsch : 9006
Ostatnie Zyczenie
Das Schwert der Vorsehung : 9007
Miecz przeznaczenia

SARA, Dorothea
Katerherz und Tigerseele : 4546

SARAFIN, James
Im Tiegel der Nacht ➶ 5948
In the Furnace of the Night

SARGENT, Carl
Blutige Straßen : 5087
Street of Blood

SARGENT, Carl/**GASCOIGNE**, Marc
Nosferatu 2055 : 5343
Nosferatu 2055
Schleier des Wahnsinns : 5385
Shroud of Madness
Schwarze Madonna : 5539
Black Madonna

SARGENT, Pamela
Amphibien ➶ 5375
Amphibians
Clone Sister ➶ 4517
Clone Sister
Danny fliegt zum Mars ➶ 5018
Danny Goes to Mars
Etwas stimmt nicht ➶ 6555 AR
Out of Place
Rückkehr zu einem unbescheidenen Vorschlag ➶ 5042
An Immodest Proposal Revisited
Das Ufer der Frauen : 5060
The Shore of Women
Wundmale ➶ 98
Gather Blue Roses

SAROWITZ, Tony
Dinosaurier auf dem Broadway ➶ 4027
Dinosaurs on Broadway
Platinen-Therapie ➶ 3664
A Child of Penzance
s. **NOVITSKI**, Paul David/**SAROWITZ**, Tony

SARRANTONIO, Al
Kürbiskopf ➶ 27 UB
Pumpkin Head
Der Mann mit den Beinen ➶ 6611 AR
The Man with Legs

SĂSĂRMAN, Gheorge
Algernons Flucht ➶ 3818
Evadarea Lui Algernon
Atlantis ➶ 3897
Atlantis
Cosmovia ➶ 4041
Cosmovia
Die Enklaven der Zeit : 4259
»2000«
Hattusás ➶ 3944
Hattusás
Konfitüre aus bitteren Kirschen ➶ 3860
Dulceatä de Cirese Amare
Sah-Harah ➶ 4041
Sah-Harah

SAUL, John
Am Strand des Todes : 9459
Cry for the Strangers
Bestien : 8035 AR, auch : 8934 AR
Creature

Blinde Rache : 6636 AR, auch ➶ 84 JB, auch ➶ 127 TdM
Comes the Blind Fury
Blitze des Bösen : 9963 AR
Black Lightning
Duo – 2 Romane in einem Band : 9348 AR
Das Gott-Projekt : 13 UB, auch ➶ 50 TdM, auch ➶ 71 JB
The God Project
Hauch der Verdammnis : 10601 AR
The Presence
Höllenfeuer : 7659 AR, auch ➶ 127 TdM
Hellfire
Im Zeichen Kains : 23 UB, auch ➶ 48 JB, auch ➶ 50 TdM
Punish the Sinners
In den Klauen des Bösen : 8673 AR, auch ➶ 9348 AR
Darkness
Das Kind der Rache : 6963 AR
Brainchild
Nathaniel ➶ 78 JB
Nathaniel
(auch als »Prophet des Unheils«)
Prophet des Unheils : 8336 AR, auch : 28 UB
Nathaniel
(auch als »Nathaniel«)
Schule des Schreckens : 8762 AR
Shadows
Teuflische Schwester : 8203 AR
Second Child
Töchter des Bösen : 9549 AR
The Homing
Die Wächter : 9092 AR, auch ➶ 136 JUB
Guardian
Wehe, wenn der Wind weht : 7755 AR
When the Wind Blows
Wehe, wenn du weggehst : 8437 AR
Sleepwalk
Wehe, wenn sie wiederkehren : 6740 AR
Suffer the Children
Zeit des Grauens : 7944 AR, auch ➶ 9348 AR
The Unloved
Zwei Romane : 50 TdM
Zwei unheimliche Romane : 127 TdM

SAUTER-BAILLIET, Theresia
Hat die Raumfahrt ein Geschlecht? SF-Spekulationen von Arthur C. Clarke und James Tiptree jr. ➶ 4960
Weist die SF von Frauen neue Wege? ➶ 4760

SAVAGE, Felicity
Cyberschicksal ➶ 5892
Cyberfate

SAVAGE, Ron
Connecticut-Nazi ➶ 5892
Connecticut Nazi

SAWTSCHENKO, Wladimir
Erwachen im 20. Jahrtausend ➶ 6611 AR
Molodja gwar daja

SCERBANENCO, Giorgio
Mailand wird wieder aufgebaut : 3601
Il cavallo venduto

SCHADE, Christof
Der genetische Krieg : 4229
Das Paulus-Projekt : 4044
Science Fiction fürs Fernsehen? – Eine Glückssache ➶ 4051

SCHAEF, Konrad
Duell in Terrania : 397 PRh
Hölle Hoch Vier : 387 PRh
Kryptomnesia ➶ 5880

SCHÄFER, Gerd

Von bösen und guten Robotern
und anderen Menschen:
Über den avantgardistischen
Science Fiction-Autor John Sladek
➶ 4960

SCHÄFER, Rüdiger

Atlan – der Einsame der Zeit
➶ 9968 AR

Der kosmische Hintergrund
➶ 9968 AR

Die Zyklen im Überblick ➶ 9968 AR

SCHATTSCHNEIDER, Peter

Die Angst des L. vor den Steinen
➶ 3789

Ein traumhafter Erfolg ➶ 3737

Gips Unlimited ➶ 4990

Hausmacht ➶ 5275

Pflegeleicht ➶ 4747

Rechtsbrecher ➶ 3602

Science Fiction - Vision für das 3. Jahrtausend
➶ 4850

Vakuum ➶ 3737

Vergangenheit wird Zukunft ➶ 4640

Zeitstopp ➶ 3646

Zwiedenker ➶ 5950

SCHATTSCHNEIDER, Peter/**ZETTL**, Günter

Science versus Fiction ➶ 4550

SCHAUDT, Götz F.

s. **KRAUSE**, Manfred/**SCHAUDT**, Götz F.

SCHEER, K(arl) H(erbert)

Die Großen in der Tiefe : 3012

Korps der Verzweifelten : 3026

Die Männer der Pyrrhus : 3070

Der Verbannte von Asyth : 3045, auch :3230

SCHEIDT, Jürgen vom

Der Engel im Fegefeuer ➶ 3745

Im Spiegelkabinett ➶ 3451

Der metallene Traum ➶ 3389

SCHEJA, Christel

Katzenspuren : 6007

Ratte ➶ 6030

SCHENCK, Hilbert

Riskanter Aufstieg ➶ 3931
Buoyant Ascent

Die Schlacht am Abaco Riff ➶ 3845
The Battle of the Abaco Reefs

SCHERBAKOW, Wladimir

Ein beschwingter Morgen ➶ 4513
Krylatoje utro

Erinnern Sie sich an mich? ➶ 4325
Pomnite minja?

Der grüne Zug ➶ 4199
Seleny poesd

Sternenwelten ➶ 4410
Swesdnye dali

SCHERF, Dagmar

Noch zehn Minuten bis Euroschima
➶ 3985

SCHEURER, Frank

Gedicht ➶ 3995
Ersatz

SCHIFFERLE, Hans

Die 100 besten Horror-Filme : 195 FB

SCHIRMBECK, Heinrich

Hektors Abschied von Andromache ➶ 4325

SCHLANGWEISER, Robert

s. **LAMUE**, Isidora/**SCHLANGWEISER**, Robert

SCHLICH, Stephen
Die letzte Stufe ➶ 6498 AR
Top of the Stairs

SCHLÜCK, Thomas
s. **ERNSTING**, Walter/**SCHLÜCK**, Thomas

SCHMIDHÄUSLFR, Fritz J.
Der TDB-Transmitter ➶ 3451

SCHMIDT, Hans-Joachim
Innen und Außen ➶ 4560

SCHMIDT, Peter
Das Prinzip von Hell und Dunkel : 4284

SCHMIDT-MÂCON, Klaus F.
Carpe Diem ➶ 3985

SCHMITZ, Hermann Harry
Der Umzug ➶ 5000

SCHMITZ, James H(enry)
Ausgeglichene Ökologie ➶ 3360, auch ➶ 4001
Balanced Ecology
Die Hexen von Karres ➶ 3734
The Witches of Karres
Opa ➶ 3239
Grandpa
Zeitdrift ➶ 3442
The Winds of Time

SCHNEEWEISS, Heinz
Drei Gedichte ➶ 4880

SCHNURR, Kurt
Der vorletzte Balken ➶ 3985

SCHÖNFELDER, Wilfried
Der Zweikampf ➶ 3913

SCHOEPS, Bernd H.
Probe Sechs ➶ 4470
Das Zeichen des dritten Planeten ➶ 4610

SCHOFIELD, Sandy
Das große Spiel : 5187
The Big Game

SCHOLZ, Carter
Altamira ➶ 5160
Altamira
Amadeus ➶ 4747
Amadeus
An der Küste ➶ 4660
At the Shore
Auf der Suche nach dem Schöpfer ➶ 4560
Eindringen ➶ 4880
Intrusions
Eine Katastrophenmaschine ➶ 5055
A Catastrophe Machine
Galileo der Nörgler ➶ 4405
Galileo Complains
Im Reticulum ➶ 5090
In Reticulum
Johann Sebastian Bach Memorial Barbecue ➶ 4697
The Johann Sebastian Bach Memorial Barbecue
Die Menagerie von Babel ➶ 4920
The Menagerie of Babel
Die Neunte Sinfonie von Ludwig van Beethoven und andere verlorene Stücke ➶ 4865
The Ninth Symphony of Ludwig van Beethoven and Other Lost Songs
Reisen ➶ 4215
Travels
Der Vorabend der letzten Apollo-Mission ➶ 4991
The Eve of the Last Apollo

SCHOLZ, Friedrich
Nach dem Ende : 4273

SCHOW, David J.
Bald auch in Ihrem Theater ➶ 6793 AR
Coming Soon to a Theatre Near You
Der Himmel im Kühlschrank ➶ 10344 AR
*Refrigerator Heaven*s.
s. **LOWENBRUCK**, Oliver

SCHRÖDER, Burkhard
Cypherguerilla ➶ 5666

SCHUMACK, Scott W.
Persephone und Hades ➶ 3451
Persephone and Hades

SCHUTZ, J. W.
Deanes Satellit ➶ 3131
The Bubble
Nicht an weiße Bären denken ➶ 3498
Wait. You'll See!
SOS im All ➶ 3122
The Star Driver

SCHWARTZ, Susan
Welt der Prospektoren : 370 PRh

SCHWEIKERT, Rudi
Nachwort ➶ 8007
Vorwort ➶ 8007

SCHWEITZER, Darrell
Ein Gespräch mit Julian May ➶ 4464
Interview mit P. J. Farmer ➶ 4387
Reisende durch Lichtjahre ➶ 3655
Wanderers and Travellers We Are
Rückkehr aus dem Exil ➶ 4161
Return from Exile
Wir sind Legende : 5627
We Are All Legends

SCHWELIEN, Michael
Den Himmel blankputzen ➶ 4167

SCIENCE FICTION STORY READER
s. **JESCHKE**, Wolfgang
Bde. 1, 3, 5, 7, 9, 11, 13-21
s. **FRANKE**, Herbert W(erner)
Bde. 2, 4, 6, 8, 10, 12

SCORTIA, Thomas N.
John Robert und das Drachenei ➶ 4159
John Robert and the Dragon's Egg

SCOTT, Melissa
Die Freundlichen : 4946
The Kindly Ones
Der Garten : 5812
The Garden
Der Pirat : 5434
Proud Helios

SCOTT, Michael
Das Licht im Wald ➶ 6606
The Light in the Forest

SCOTT, Robin
Glücklich davongekommen ➶ 3110
Near Thing

SCOVEL, Guy
Die Treibjagd ➶ 3690
La traque

SCYOC, Sydney J(oyce) van
Auftrag: Nor'Dyren : 4739
Assignment: Nor'Dyren
Das blaue Lied : 4112
Bluesong
Blaufalke ➶ 4770
Little Blue Hawk

Ein Besuch im Allgemeinen Krankenhaus von Cleveland ➶ 3848
A Visit to Cleveland General

Felsfohlen ➶ 3873
Stonefoal

Die Feuerpriesterin ➶ 4107
Fire Caller

Kind der Dunkelheit : 4111
Darkchild

Der lange Schlaf ➶ 3807
Darkmorning

Lied des Todes ➶ 4097
Deathsong

Mnarra Mobilis ➶ 3374
Mnarra Mobilis

Salzblume : 4372
Saltflower

Silbervögel ➶ 3789
Mountain Wings

Sternenseide : 4164
Starsilk

Süßschwesterlein, Grünbrüderlein ➶ 4060
Sweet Sister, Green Brother

Träume in blauen Wassern ➶ 3894
Bluewater Dreams

Trixie ➶ 3175
Soft and Soupy Whispers

Die Unterweisung ➶ 3958
The Teaching

Wenn Blüten welken ➶ 4697
When Petals Fall

Zac der Häßliche ➶ 4199
Zack with His Scar

SEABRIGHT, Idris

Sternenstaub fällt vom Himmel ➶ 3949
Brightness Falls from the Air

SEABROOK, W. B.

Die Rache der Hexe ➶ 7701 AR

SEIGNOLLE, Claude

Die Gorel ➶ 8175 AR
Les Gorel

SEIPEL, Peter

Wie Helmut K. sein Leben in die Hand nimmt ➶ 3985

SELL, Gundula

Georg Büchner ➶ 5196

SELLERS, J. P.

Nachricht für Mr. Prosser ➶ 3027
Urgent Message for Mr. Prosser

Sein Freund Pete ➶ 3023
Pete Gets His Man

SELLERS, Sally A.

Todesqualen ➶ 3608
Perchance to Dream

SELLINGS, Arthur

Das andere Leben ➶ 3145
Crack in the Shield

Der Kulissenschieber ➶ 3546
The Scene Shifter

SEMBTEN, Malte S.

Blind Date ➶ 5921

SERLING, Rod

Mein schönstes Weihnachtsfest ➶ 6498 AR
My Most Memorable Christmas

Sein größter Wunsch ➶ 3106
The Night of the Meek

SERLING-SUTTON, Anne

Eine für die Engel ➶ 6927 AR,
One for the Angels

SEYMOUR, John

Die Lerchen singen so schön : 3890
The Larks They Sang So Melodious

SHAARA, Michael

Da Capo ➶ 3920
All the Way Back

SHAIKUPT

Aus dem Herzen der Galaxis zur Erde ➶ 3995
Jark Jai Klarnk Galaxi Soo Loke

SHANNON, Lorelei

Whitechapel Rose ➶ 4844
Whitechapel Rose

SHAPIRO, Neil

Liebesgrüße vom Mond ➶ 3219
From the Moon, with Love

SHAREE, Keith

Gullivers Flüchtlinge : 4889, auch 121 JB, auch : 5228
Gulliver's Fugitives

SHARKEY, Jack

Am Ende aller Träume ➶ 3027
Survival of the Fittest

Die Dämonin ➶ 3031
The Trade-In

Das Erwachen ➶ ANTH 14
The Awakening

Der letzte Beweis ➶ 3021
Collector's Item

Die Maschine mit Humor ➶ 3089
Breakthrough

SHARON, Rose

s. **COLE**, Les/**SHARON**, Rose

SHATNER, William

Einführung ➶ 6500

SHATNER, William/**KRESKI**, Chris

Erinnerungen. Die Filme : 5450
STAR TREK Movie Memories

STAR TREK – Erinnerungen : 5188
Star Trek Memories

SHAVER, Edward F.

Die Ankunft der Götter ➶ 4574
The Gods Arrive

SHAW, Bob

Andere Tage, andere Augen : 36, auch : 8001
Other Days, Other Eyes

Brandmuster : 4476
Fire Pattern

Der Durchbruch ➶ 3940
Conversion

Ein Fressen für die Champions ➶ 5166
Lunch of Champions

Die flüchtigen Welten : 4775, auch ➶ 5543
The Fugitive Worlds

Die Heißluft-Astronauten : 4773, auch ➶ 5543
The Ragged Astronauts

Der Himmel ist frei : 4106
Vertigo

Die hölzernen Raumschiffe : 4774, auch ➶ 5543
The Wooden Spaceship

Kleine Welten ➶ 4746
Small World

Licht für die Zukunft ➶ 97
Light for Other Days

Die wilden Astronauten : 5543

SHEA, Michael

Die Autopsie ➶ 3931
The Autopsy

Horror in Linie 33 ➶ 4062
The Horror on the # 33

Normalbenzin ➶ 4485
Fill It with Regular
Probefahrt mit dem Grunt-12 ➶ 4099
Grunt-12 Test Drive

SHECKLEY, Robert
Das Duell ➶ 3175
Meeting of the Minds
Endstadt ➶ 3498
End City
Glücksritter ➶ 3040
Prospector's Special
Infiziert ➶ ANTH 23
Carrier
Der Kontorist ➶ ANTH 2
The Accountant
Das Landrennen ➶ 3145
The People Trap
Miß Mouse und die Vierte Dimension ➶ 6555 AR
Miss Mouse and the Fourth Dimension
Nugent Miller und die Mädchen ➶ 3035
The Girls and Nugent Miller
Nur eine Frage des Körpers ➶ 3888
Body Game
Paradies II ➶ 3181
Paradise II
Die perfekte Stadt ➶ 3138
Street of Dreams, Feet of Clay
Pilgerfahrt zur Erde ➶ 95
Pilgrimage to Earth
Die Pistole ohne Knall ➶ 3549
The Gun without a Bang
Planet der Verbrecher : 3016
The Status Civilization
Planet mit Fehlern ➶ 3131
Budget Planet
Der Preis des Fortschritts ➶ 4746
Cost of Living
Das Problem ➶ 3369
Starting from Scratch
Die Produktionsmaschine ➶ 3068, auch ➶ 4000
The Laxian Key
Der schönste Tod ➶ 3085
The Victim from Space
Sein Geschöpf ➶ 6555 AR
Shootout in the Toy Shop
Das Spiel der Laertaner : 5514
The Laertian Gamble
Trübe Aussichten ➶ 28, auch ➶ 5075
Sneak Previews
Ungeziefer ➶ 3103
Squirrel Cage
Der unsichtbare Beschützer ➶ 3077
Protection
Die Versuchung des Formlosen ➶ 3060
Keep Your Shape
Das Volk der Krieger ➶ 3044
Warrior Race
Warm ➶ 9 JB
Warm
Die Wunschmaschine ➶ 3116
The Necessary Thing

SHECKLEY, Robert/**ELLISON**, Harlan (Jay)
Verdammtes Plankton ➶ 3272
I See a Man Sitting on a Chair, and the Chair Is Biting His Leg
s. **HARRISON**, Harry/**SHECKLEY**, Robert

SHEFFIELD, Charles
Der entfesselte Proteus : 5249
Proteus Unbound
Die Gesichter des Proteus : 4447
Sight of Proteus
Die Höfe von Xanadu ➶ 4560
The Courts of Xanadu
Die McAndrew Chroniken : 4652
The McAndrew Chronicles
Nacht der Ladies im OK Corral ➶ 5160
Ladies Night at the OK Corral

Nennen Sie mich Al ➶ 4786
Out of Copyright
Die Nimrod-Jagd : 4620
The Nimrod Hunt
Proteus in der Unterwelt : 5313
Proteus in the Underworld
Die Rechenmaschine von South Georgia ➶ 5648
Georgia on My Mind
Safari in die Tiefe ➶ 5141
Deep Safari
Systematische Gesundheitsfürsorge ➶ 4957
Health Care System
Der Teufel von Malkirk ➶ 4027
The Devil of Malkirk
Unterwerfung ➶ 4803
Surrender
Welt der Handelsfahrer : 5463
Trader's World
Zwischen den Schlägen der Nacht : 4549
Between the Strokes of Night

SHELLEY, Mary

Frankenstein oder Der moderne Prometheus (Auszug) ➶ 90
Frankenstein or The Modern Prometheus
Der sterbliche Unsterbliche ➶ 4022
The Mortal Immortal

SHEPARD, Lucius

An der Grenze ➶ 4610
On the Border
Aymara ➶ 4446
Aymara
Challenger – von der Westernbrook Bar aus gesehen ➶ 4410
Challenger as Viewed from the Westernbrook Bar
Delta Sly Honey ➶ 4570
Delta Sly Honey
Das Ende der Welt, wie wir sie kennen ➶ 4255
The End of Life as We Know It
Endstation Herrlichkeit ➶ 4865
Bound for Glory
Feuerzone Grün ➶ 4470
Firezone Emerald
Grüne Augen : 4604
Green Eyes
Der Junge aus schwarzem Ton ➶ 4660
The Black Clay Boy
Kalimantan : 4945
Kalimantan
Das Leben im Krieg : 4555
Life During Wartime
Das letzte Mal ➶ 9953 AR
The Last Time
Der Mann, der den Drachen Griaule malte ➶ 4389
The Man Who Painted the Dragon Griaule
Muschelkratzer-Bill ➶ 5648
Barnacle Bill the Spacer
Nomans Land ➶ 4906
Noman's Land
Der Pfad des Jaguars ➶ 4380
The Jaguar Hunter
Professor Sombras Automaten ➶ 4513
Dancing It All Away at Nadoka
R&R ➶ 4380
R&R
Des Schuppensammlers schöne Tochter ➶ 4581
The Scalehunter's Beautiful Daughter
Solitarios Augen ➶ 4127
Solitario's Eyes
Die Sonnenspinne ➶ 4477
The Sun Spider
Der Wanderer ➶ 4249
A Traveler's Tale

SHEPERD, Mark
Auf der Suche nach Taradomnu ➶ 6606
Gathering the Taradomnu

SHERMAN, Delia
Land's End ➶ 4936
Land's End

SHERRED, T(homas) L.
Das Zeitkino ➶ 3827
E for Effort

SHERRIFF, R. C.
Der Mond fällt auf Europa : 3197
The Hopkins Manuscript

SHIEL, M(atthew) P(hipps)
Huguenins Frau ➶ 8304 AR
Huguenin's Wife
Die purpurne Wolke : 3859
The Purple Cloud

SHINER, Lewis
Bis Menschenstimmen uns wecken ➶ 4544
Till Human Voices Wake Us
Epilog: Die dritte Generation ➶ 5602
Epilogue: The Third Generation
Frontera : 4834
Frontera
Der Kreis ➶ 27 UB
The Circle
Die lange, dunkle Nacht Fortunatos ➶ 5602
The Long, Dark Night of Fortunato
Pennies aus der Hölle ➶ 5603
Pennies from Hell
Sag es Santa ➶ 4704
Stompin' at the Savoy
Stunde Null ➶ 5606
Zero Hour
Tänzer ➶ 4704
Dancers
Trip zur Traumwelt ➶ 4005
Stuff of Dreams
Verlassene Städte des Herzens : 4768
Deserted Cities of the Heart
Zeit des Zwielichts ➶ 4740
Twilight Time
s. **MARTIN**, George R. R.: Wild Cards 5
s. **STERLING**, Bruce/**SHINER**, Lewis

SHINN, Sharon
Erzengel : 5952
Archangel
Im Zeichen der Weide : 5634
The Shape-Changer's Wife

SHIRAS, Wilmar H(ouse)
Verborgen ➶ 3827
In Hiding

SHIRLEY, John
Barbara ➶ 10344 AR
Barbara
Delia und die Dinner Party ➶ 8831 AR
Delia and the Dinner Party
Eclipse : 4721
Eclipse
Eclipse Corona : 4723
Eclipse Corona
Eclipse Penumbra : 4722
Eclipse Penumbra
Ein herrliches Chaos : 4684
A Splendid Chaos
Die Erscheinung ➶ 4825
The Unfolding
Fahrkarte zum Himmel ➶ 4825
Ticket to Heaven
Die fast leeren Räume ➶ 4825
The Almost Empty Rooms
Freezone ➶ 4544
Freezone

Gleichgewicht ↗ 4825
Equilibrium

Hitzefühler : 4825
Heatseeker

Ich lebe in Elisabeth ↗ 4825
I Live in Elizabeth

Kinder der Hölle : 9 UB
Cellars

Der Knoten ↗ 4825
Triggering

Lästige Schmetterlingspuppen, unsre Gedanken ↗ 4825
Uneasy Chrysalids, Our Memories

Quill Tripstickler entkommt einer Braut ↗ 4825
Quill Tripstickler Eludes a Bride

Schlafwandler ↗ 4825
Sleepwalkers

Der Schuß ↗ 4825
The Gunshot

Sechs Arten Dunkelheit ↗ 4825
Six Kinds of Darkness

Das sonderbare Glück des Professor Cort ↗ 4825
The Peculiar Happiness of Professor Cort

Stumme Grillen ↗ 4825
Tahiti in Terms of Squares

Unter dem Generator ↗ 4825
Under the Generator

Was Cindy sah ↗ 4825
What Cindy Saw

Wie es sich anfühlt, einen Menschen zu töten ↗ 4825
What's It Like to Kill a Man

Wiederkehrende Träume vom Atomkrieg stürzen B. T. Ouizenbaum in geistige Verwirrung ↗ 4825
Recurrent Dreams of Nuclear War Lead B. T. Quizenbaum into Moral Dissolution

Wölfe des Plateaus ↗ 4704, auch ↗ 4825
Wolves of the Plateau

Zwei Freunde ↗ 3608
Two Strangers

SHIRLEY, John/**STERLING**, Bruce

Die Entfaltung ↗ 4704
The Unfolding

s. **GIBSON**, William/**SHIRLEY**, John

SHOCKLEY, W. M.

Das Erbe der Väter ↗ 5311
A Father's Gift

SHORE, Wilma

Das Interview mit dem Zeitreisenden ↗ 3089
A Bulletin from the Trustees
(auch als »Wie aus gewöhnlich gutunterrichteten Kreisen verlautet«)

Und das ist das Ende der Welt? ↗ 3385
Is It the End of the World?

Wie aus gewöhnlich gutunterrichteten Kreisen verlautet ↗ 29,
auch ↗ 5075
A Bulletin from the Trustees
(auch als »Das Interview mit dem Zeitreisenden«)

SHULTZ, Henry

Der telepathische Mord ↗ 3031
Oreste

SHUNN, William D.

Von uns aus gesehen standen wir links ↗ 5289
From Our Point of View We Had Moved to the Left

SHUTZ, J. W.

Lebenstraum ↗ 3899
Lebenstraum

SHWARTZ, Susan
Der Wald von Broliande : 9559 AR
The Grail of Hearts
s. **RESNICK**, Mike/**SHWARTZ**, Susan

SIDLA, Oliver
s. **LAMMER**, Helmut/**SIDLA**, Oliver

SIEFENER, Michael
Das Reliquiar ➶ 5948

SIEGEL, Mark
Die Kurzgeschichten von James Tiptree jr. (Auszug) ➶ 4464
James Tiptree, Jr.

SILVERBERG, Robert
Absolut unbeugsam ➶ 3264
Absolutely Inflexible
Am Ende des Winters : 4585
At Winter's End
Am Seewall ➶ 3309
By the Seawall
Antiquitäten ➶ 3239
The Artifact Business
Dimension 12 : 3309
Dimension Thirteen
Drei Romane in einem Band : 4337
Der dunkle Begleiter ➶ 3309
Dark Companion
Ein glücklicher Tag im Jahr 2381 ➶ 1007, auch : 3477
The World Inside
Ein Schlaf und ein Vergessen ➶ 4660
A Sleep and a Forgetting
Einführung ➶ 5181, ➶ 5182, ➶ 5183, ➶ 5184
Die 91. Braut ➶ 3309
Bride Ninety-One
Erster Auftritt: Soldat
Darauf: ein anderer ➶ 4770
Enter a Soldier. Later: Enter Another
Es stirbt in mir : 3445
Dying Inside
Exil im Kosmos : 3269
The Man in the Maze
Experimente ➶ ANTH 32
Flies
Der Flug zur Erde ➶ 3309
En Route to Earth
Fürs Dunkel bestimmt ➶ 4650
We Are for the Dark
Gast aus der Zukunft : 3193
The Masks of Time
Gefangene der Ewigkeit ➶ 3116, auch ➶ 4183
Hawksbill Station
Der Gesang der Neuronen ➶ 1005, auch : 3392, auch 4572
Thorns
Gilgamesch im Outback ➶ 4477
Gilgamesh in the Outback
Der Gütige ➶ 3309
Warm Man
Das heilige Atom : 3224
To Open the Sky
Der Heimgang ➶ 3644
Going
Der heiße Himmel um Mitternacht : 5665
Hot Sky at Midnight
Das hunderttorige Theben ➶ 5100
Thebes of the Hundred Gates
Im fünften Jahr der Reise ➶ 4005
In the Fifth Year of the Voyage
Kinder der Retorte ➶ 1003, auch : 3441
Tower of Glass
König Gilgamesch : 4420
Gilgamesh the King
Kolonist Wingert in der Klemme ➶ 3533
Company Store

Das Land der Lebenden : 5542
To the Land of the Living

Macht über Leben und Tod ➶ 1006, auch : 3282
Master of Life and Death

Der Mann, der in der Zeit trieb ➶ 4274
The Man Who Floated in Time

Meerfahrt nach Byzanz ➶ 4325
Sailing to Byzantium

Menschen und andere Ungeheuer : 3378
The Science Fiction Bestiary

Mit den Toten geboren : 3644
Born with the Dead

Mit den Toten geboren ➶ 3644, auch ➶ 4337
Born with the Dead

Die Mörder Mohammeds : 3264
Voyagers in Time

Die Mysterien von Belzagor : 3345, auch ➶ 4337
Downward to the Earth

Nachbarn ➶ 3040
Neighbours

Das neue Atlantis : 3755
The New Atlantis

Der neue Frühling : 4894
The New Spingtime

Nicht unser Bruder ➶ 6555 AR
Not Our Brother

Der Papst der Schimpansen ➶ 4165
The Pope of the Chimps

Die Psi-Rebellen ➶ 3309
The Four

Reisende ➶ 9 JB
Passengers

Reise ans Ende der Welt ➶ 3729
When We Went to See the End of the World

Die Saat der Erde ➶ ANTH 14
The Seed of Earth

Schadrach im Feuerofen : 3626, auch ➶ 4337
Shadrach in the Furnace

Schicksalsgefährten ➶ 96, auch ➶ 3204, auch ➶ 3763
Sundance

Schwingen der Nacht : 3274, auch ➶ 3929
Nightwings

Der Seelenbank : 3256
To Live Again

Der Seher : 3590, auch : 4354
The Stochastic Man

Stammgäste ➶ 3958, auch ➶ 4332
The Regulars

Steinbock-Spiele ➶ 4352
Capricorn Games

Der Stellvertreter ➶ 4713
The Changeling

Die Sterne rücken näher ➶ 1001, auch : 3248
Starman's Quest

Stürme auf Siros ➶ 3237
The Winds of Siros

Tänzer im Zeitstrom ➶ 4353
Dancers in the Time-Flux

Thomas der Verkünder ➶ 3644
Thomas the Proclaimer

Der Tod auf dem Bildschirm ➶ 3044
The Pain Peddlers

Tom O'Bedlam : 4456
Tom O'Bedlam

Trip in die Wirklichkeit ➶ 3389, auch ➶ 4385
The Reality Trip

Über den Wassern : 4973
The Face of the Waters

Die unwillige Eva ➶ 3309
Eva and the Twenty-Three Adams

Viele Häuser ➶ 29, auch ➶ 5075, auch ➶ 6341 AR
Many Mansions

Vox ➶ 4570
The Secret Sharer

Was heute in der Morgenzeitung stand
➶ 29, auch ➶ 5075
What We Learned from This Morning's Newspapers

Welt der tausend Farben
➶ 3309
World of Thousand Colors

Wer, was ist Tiptree? ➶ 3822

Die Wüste der gestohlenen Träume
➶ 3965
The Desert of Stolen Dreams

Zigeunerstern : 4541
Star of Gypsies

Der Zoo ➶ 3378
Collecting Team

SILVERBERG, Robert/**JESCHKE**, Wolfgang

Titan-6 : 3558
aus: *Science Fiction Hall of Fame,* Bd. 1

Titan-7 : 3579
aus: *Science Fiction Hall of Fame,* Bd. 1

Titan-9 : 3614
aus: *Science Fiction Hall of Fame,* Bd. 1

Titan-15 : 3787
aus: *Science Fiction Hall of Fame,* Bd. 1

s. **ASIMOV**, Isaac/**SILVERBERG**, Robert

s. **HABER**, Karen/**SILVERBERG**, Robert

SIMAK, Clifford D(onald)

Albert, der Roboter ➶ 3138
How-2

Altersheim ➶ 3502
Senior Citizen

Das Ding von den Sternen ➶ 3103,
auch ➶ 4000
A Death in the House

Ein Erbe der Sterne : 3726
A Heritage to Stars

Ein großer Vorgarten ➶ 3669
The Big Front Yard
(auch als »Der große Vorgarten«)

Der Einwanderer ➶ 3949
The Immigrant
(auch als »Eldorado der Milchstraße«)

Eldorado der Milchstraße ➶ ANTH 20
Immigrant
(auch als »Der Einwanderer«)

Flucht ➶ 94, auch ➶ 4183,
auch ➶ 4600
Desertion

Geschenke von den Sternen ➶ 3068
Kindergarden

Der große Vorgarten ➶ 13
The Big Front Yard
(auch als »Ein großer Vorgarten«)

Grotte des tanzenden Wildes ➶ 4021
Grotto of the Dancing Deer

Heimat Erde : 3510
Cemetary World

Kampf gegen die Unsterblichkeit ➶ ANTH 30
Second Childhood

Die Kolonie der Kobolde : 3161
The Goblin Reservation

Konstruktion mit kleinen Fehlern ➶ 3451
Construction Shack

Die letzte Idylle : 3370
A Choice of Gods

Mann aus der Retorte : 3126
The Werewolf Principle

Marc Cornwalls Pilgerfahrt : 3525
Enchanted Pilgrimage

Die Mehrzweck-Tiere ➶ 3378
Drop Dead
(auch als »Die Viecher«)

Das Problem mit den Ameisen ➶ 4074
Trouble with Ants

Schlachtfest ➶ 3093
Small Deer

Die Stadt ➶ 4600
The City

Unternehmen Kelly ➶ 3013
Shotgun Cure

Verteufelte Welt : 3247
Out of Their Minds

Die Viecher ➶ 3077
Drop Dead
(auch als »Die Mehrzweck-Tiere«)

Welt der Puppen : 3386
Destiny Doll

Zuflucht ➶ 3614, auch ➶ 4600
Huddling Place

SIMMONS, Dan

Alptraumaugen, die ich fürchte ➶ 8400 AR, auch ➶ 9779 AR
Eyes I Dare Not Meet in Dreams

Das Ende von Hyperion : 8322 AR
The Fall of Hyperion

Erinnerungen an Siri ➶ 9779 AR
Remembering Siri

Gequält vom Alptraum in der schaukelnden Wiege ➶ 9779 AR
Vexed to Nightmare by a Rocking Cradle

Göttin des Todes : 8190 AR, auch : 9039 AR
Song of Kali

Hyperion : 8005, auch : 8321 AR
Hyperion

In der Schwebe : 8890 AR
Phases of Gravity

Iversons Gruben ➶ 8098 AR, auch ➶ 9779 AR
Iverson's Pits

Kinder der Nacht : 9035 AR, : 50 JUM
Children of the Night

Kraft des Bösen : 10074 AR, : 46 JUM
Carrion Comfort

Das leere Gesicht : 9399 AR
The Hollow Man

Metastasis ➶ 8098 AR, auch ➶ 9779 AR
Metastasis

Nach Nam-Land ohne Rückfahrkarte ➶ 9779 AR
E-Ticket to »Namland«

Das Opfer ➶ 9779 AR
The Offering

Rasieren und Haareschneiden, zweimal beißen ➶ 9779 AR
Shave and a Haircut, Two Bites

Sommer der Nacht : 9798 AR, : 36 JUM
Summer of Night

Styx : 9779 AR
Prayers of the Broken Stones

Der Styx fließt bergauf ➶ 9779 AR
The River Styx Runs Upstream

Der Tod des Zentaurs ➶ 8300 AR, auch ➶ 9779 AR
The Death of the Centaur

Totengrausen ➶ 8200 AR, auch ➶ 9779 AR
Carrion Comfort

Vanni Fucci lebt in der Hölle ➶ 8098 AR
Vanni Fucci Is Alive and Well and Living in Hell

Zwei Minuten fünfundvierzig Sekunden ➶ 8831 AR, auch ➶ 9779 AR
Two Minutes Forty-five Seconds

SIMON, Erik

Elementarsonette ➶ 4747

Die Frachtluke klemmt ➶ 5645

Invasion aus dem Weltraum ➶ 3952

Die Konsumaten ➶ 3952, auch ➶ 4000

Der Omm ➶ 4660

Versunkene Zeit ➶ 5645

Von der Zeit, von der Erinnerung ➶ 4897

Zwischen Erde und Mond - Ein Triptychon ➶ 4880

SIMONDS, Bruce

Der perfekteste Roboter ➶ 3089
The Search

SIMONS, Walton

Die Träne von Indien ➶ 5606
The Teardrop of India

Wenn Blicke töten könnten ➶ 5603
If Looks Could Kill
s. **MARTIN**, George R. R.: Wild Cards 5

SINGER, Isaac B.
Hanka ➶ 6498 AR
Hanka

SIODMAK, Curt (Kurt)
Donovans Gehirn : 34, auch : 3003, auch ➶ 4000 (Auszug)
Donovan's Brain
Das dritte Ohr : 23
The Third Ear
Hausers Gedächtnis : 3413
Hauser's Memory
Der Heiligenschein ➶ 3320
Variation of a Theme
Hotel im Weltraum : 3007
Skyport
Ich, Gabriel : 4290
I, Gabriel
Die Stadt im All : 3506
City in the Sky
s. **ROTTENSTEINER**, Franz

SKAL, David
Ambiente ➶ 4990
Ambience
Perfekte Geschöpfe : 5339
When We Were Good
Sie werden mit den Dingen fertig ➶ 5055
They Cope

SKIPP, John
Filmteam um elf ➶ 8542 AR
Film at Eleven

SKIPP, John/**SPECTOR**, Craig
Die man liebt ➶ 8831 AR
The Ones You Love

SKOW, John
Die Ballade von Steve Juraszek und wie er 16 Stunden lang *Defender* spielte ➶ 7624 AR

SKY, Kathleen
Ein Gänseblumenkränzchen für Paw ➶ 3646
A Daisychain for Paw
Ein gewöhnlicher Tag mit Kasten ➶ 3473
One Ordinary Day with Box
Malequar ➶ 3725
Malequar

SLADEK, John T(homas)
Der Aggressor ➶ 4432
The Aggressor
Anno Domini : 1937 ➶ 4432
1937 A. D.!
Der Ausflug ➶ 4432
Joy Ride
Der Bestseller ➶ 4432
The Best-Seller
Bilder aus dem Landleben ➶ 4567
Scenes from Rural Life
Der Dampfmaschinen-Junge ➶ 4432
The Steam-Driven Boy
Die Dichter von Millgrove, Iowa ➶ 4567
The Poets of Millgrove, Iowa
Ein Bericht über die Abwanderung der Bildungsgüter ➶ 4432
A Report on the Migrations of Educational Materials
Ein zweiter Blick ➶ 4567
Another Look
Eine verdammte Sache nach der anderen ➶ 4432
One Damned Thing after Another
Elefant mit Holzbein ➶ 4567
Elephant with Wooden Leg
Das entwendete Dingsbums ➶ 4432
The Purloined Butter

Der Entwurf ➶ 4567
The Design

Das fett-fröhliche Weib Mansard Eliots ➶ 4432
The Short, Happy Wife of Mansard Eliot

Flachland ➶ 4567
Flatland

Die Freundlichen ➶ 3602
The Kindly Ones

Geheimidentität ➶ 4432
Secret Identity

Das Geheimnis des alten Puddings ➶ 4432, auch ➶ 4567
The Secret of the Old Custard

Das Gesicht ➶ 4567
The Face

Gibt es den Tod auf anderen Planeten? ➶ 4432
Is There Death on Other Planets?

Die glückliche Menschheit ➶ ANTH 34
The Happy Breed
(auch als »Die glückliche Spezies«)

Die glückliche Spezies ➶ 4432, auch ➶ ANTH 14
The Happy Breed
(auch als »Die glückliche Menschheit«)

Die Große Mauer von Mexiko ➶ 4567
The Great Wall of Mexico

Der Hammer des Bösen ➶ 4567
The Hammer of Evil

Der Himmel unter uns ➶ 4567
Heavens Below

Im Überlandbus ➶ 29, auch ➶ 5075
The Interstate

Ingenieur der Götter ➶ 4432
Engineer to the Gods

Laß die Giraffe brennen : 4567
Keep the Giraffe Burning

Der Meisterplan ➶ 4567
The Master Plan

Mit brutaler Gewalt ➶ 4432
Broot Force

Das Momster ➶ 4432
The Momster

Das Momster und andere Aliens : 4432
The Steam-Driven Boy and Other Strangers

Der Mond ist ein Groschen ➶ 4432
The Moon Is Sixpence

Nachwort ➶ 4567

Pemberlys Neubeginn-Dampforgel ➶ 4432
Pemberly's Start-Afresh Calliope

Ralph 4 F ➶ 4432
Ralph 4F

Die Rezensionen ➶ 4567
The Commentaries

Robert Roderick – 2 Romane : 86

Roderick oder Die Erziehung einer Maschine ➶ 86
Roderick

Roderick II. Lehr- und Wanderjahre einer Maschine ➶ 86
Roderick at Random

Der seltsame Besucher aus dem Noch-Nicht ➶ 4432
The Singular Visitor from Not-Yet

Der Solare Schuhverkäufer ➶ 4432, auch ➶ 4713
Solar Shoe Salesman

Das Sprungspiel ➶ 4567
A Game of Jump

Die Sublimierungswelt ➶ 4432
The Sublimation World

Das Transzendentale Sandwich ➶ 4432
The Transcendental Sandwich

Undezember ➶ 4567
Undecember

Das verschlossene Zimmer ➶ 4567
The Locked Room

Vorwort ➶ 4567

Die Weltraumschuhe der Götter ➶ 4567
Space Shoes of the Gods

SLAUGHTER, Rick

Zarte unsterbliche Bedeutung ➶ 4818
Delicate Immortal Meanings

SLAWIG, Barbara

Vogelkralle ➶ 5085

SLESAR, Henry

Aufstieg und Untergang des Vierten Reichs ➶ 3502
The Rise and Fall of the Fourth Reich

Der Eindringling ➶ 20 UB
The Intruder

Ersatz ➶ ANTH 32
Ersatz

Flucht in die Vergangenheit ➶ 3131
I Remember Oblivion

Heimkehr zu den Sternen ➶ 3015
Way-Station

Mein Vater, der Kater ➶ 4353
My Father, the Cat

Prüfungstag ➶ 4654
Examination Day

Die seltsame Geschichte des Salvatore Ross ➶ 3011
The Self-Improvement of Salvatore Ross

Der Stau ➶ 9 JB
The Jam

Der Stoff ➶ 28, auch ➶ 5075
The Stuff

Zehn Prozent für einen Mord ➶ 2118 BK
Ten Purcent of Murder

SLUSSER, George

Literarisches MTV: ein Streifzug durch den Cyberpunk ➶ 4760
Literary MTV

SMEDMAN, Lisa

Das Luzifer-Deck : 5889
The Lucifer Deck

SMEDS, Dave

Letzter Einsatz ➶ 5649
Short Timer

Riffprimaten ➶ 5390
Riff Apes

Selbstmörderische Neigungen ➶ 5950
Suicidal Tendencies

Termiten ➶ 4581
Termites

SMITH, A. C. H.

Der Dunkle Kristall : 6192 AR
The Dark Crystal

SMITH, C(lark) A(shton)

Prometheus ➶ 3181
Phoenix

Ubbo-Sothla ➶ 8302 AR
Ubbo-Sothla

Der weiße Wurm ➶ 4254
The Coming of the White Worm

SMITH, Cordwainer

Angerhelm ➶ 3546
Angerhelm

Die Ballade der verlorenen K'mell ➶ 3597
The Ballad of Lost C'Mell

Hinab in den sonnenlosen See ➶ 3569
Down to a Sunless Sea

Mutter Fettchens kleene Kettchens ➶ ANTH 11
Mother Hitton's Littul Kittons

Das Spiel »Ratte und Drache« ➶ 95
The Game of Rat and Dragon

Das Verbrechen und der Ruhm des Kommandanten Suzdal ➶ 3949
The Crime and Glory of Commander Suzdal

Die Weissagung des Abba-Dingo ➶ ANTH 30
Alpha Ralpha Boulevard

SMITH, David C./**TIERNEY**, Richard L.

Endithors Tochter : 4243
Endithor's Daughter

Die Hölle lacht : 4242
When Hell Laughs

Nacht der Dämonen : 4241
Demon Night

Der Prinz der Hölle : 4244
Against the Prince of Hell

Der Ring von Ikribu : 4240
The Ring of Ikribu

Der Stern des Untergangs : 4245
Star of Doom

SMITH, Dean Wesley

Schatten der Vergangenheit ➶ 5649
In the Shade of the Slowboat Man

SMITH, Dean Wesley/
RUSCH, Kristine Kathryn

Die Flucht : 5402
STAR TREK Voyager # 2: The Escape

Invasion 2 - Soldaten des Schreckens : 5754
Invasion! - The Soldiers of Fear

Die lange Nacht : 5517
The Long Night

SMITH, Dorothy

s. **KILLUS**, James/**SMITH**, Dorothy

SMITH, E(dward) E(lmer) ›Doc‹

Die Abenteuer der Skylark : 3479, auch : 4777
The Skylard of Space

Das Erbe der Lens : 3716, auch : 4190
Children of the Lensmen

Die Ersten der Galaxis : 3152
The Galaxy Primes

Die ersten Lensmen : 3705, auch : 4186
The First Lensmen

Galaktische Patrouille : 3708, auch : 4187
Galactic Patrol

Die grauen Herrscher : 3710, auch : 4188
Gray Lensmen

Die Planetenbasis : 3704, auch : 4185
Triplanetary

Die Skylark und der Kampf um die Galaxis : 3515, auch : 4780
Skylark Duquesne

Die Skylark und die Schlacht um Osnome : 3491, auch : 4778
Skylark Three

Die Skylark und die Sternenwanderer : 3503, auch : 4779
Skylark of Valeron

Wächter des Mahlstroms : 3717, auch : 4233
Master of the Vortex
(auch: *The Vortex Blaster)*

Das zweite Imperium : 3713, auch : 4189
Second Stage Lensmen

SMITH, Evelyn E.

Ein Tag in Suburbia ➶ 3353
A Day in the Suburbs

Erzieherin gesucht ➶ 3025
Little Gregory

Gerda ➶ 4159
Gerda

Der sentimentalste Mann ➶ 4074
The Most Sentimental Man

SMITH, George Henry

Die Hexenkönigin : 4376
Witch Queen of Lochlann

Die Welt der Illusion ➶ 3077
In the Imagicon

SMITH, George O(liver)

Das Geheimnis der Wunderkinder : 3053, auch : 3221
The Fourth »R«

So überaus perfekt ➶ ANTH 11
The Undetected

SMITH, L. Neil

Der Durchbruch : 4250
The Probability Broach

Die Gallatin-Abweichung : 4282
The Gallatin Divergence

Ihrer Majestäten Kübeliere : 4252
Their Majesties' Bucketeers

Der Nagasaki-Vektor : 4253
The Nagasaki Vector

Tom Paine Maru : 4281
Tom Paine Maru

Der Venus-Gürtel : 4251
The Venus Belt

SMITH, Lowell Kent

Der Schnupfen ➶ 3958
The Sneeze

SMITH, Nyx

Die Attentäterin : 5294
Striper Assassin

In die Dunkelheit! : 5324
Fade to Black

Jäger und Gejagte : 5384
Who Hunts the Hunter

Stahlregen : 6127
Steel Rain

Striper ➶ 4844
Striper

SMITH, Richard R.

Die Menschenfalle ➶ 3068
The Snare

SMITH, Robert A.

Das Kramer-Projekt : 3779
The Kramer Project

SMITH, Ron

Das stört mich nicht ➶ ANTH 2
I Dont Mind

SNEGOW, Sergej (Alexandrowitsch)

Menschen wie Götter : 3573
Ljudi kak Bogi

SNODGRASS, Melinda

Blutsbande ➶ 5607
Blood Ties

Erniedrigungsrituale ➶ 5601
Degradation Rites

Spiegel der Seele ➶ 5606
Mirrors of the Soul

Die Tränen der Sänger : 4551
The Tears of the Singers

Verwandtschaftsprobleme ➶ 5604
Relative Difficulties

s. **MARTIN**, George R. R.: Wild Cards 5

SNYDER, Gene

s. **WATKINS**, William Jon/
SNYDER, Gene

SOHL, Jerry (Gerald Allan)

Teamarbeit ➶ 3138
Brink's Bounty

SOLOMITA, Stephen

Pur : 8624 AR
Bad to the Bone

Push : 8859 AR
Forced Entry

SOLOW, Herbert F./**JUSTMAN**, Robert H.

STAR TREK – die wahre Geschichte. Ein Blick hinter die Kulissen : 6499
Inside STAR TREK. The Real Story

SOLSCHENIZYN, Alexander

Kerze im Wind ➶ 7624 AR
(Auszug)

SOMMER, Hans Wolf

Rettung eines Sergeanten ➶ 3650

SOMPLATZKI, Herbert

Ein Kuß aus Sternenstaub im Salz des Meeres ➶ 3761

Im Ghetto ➶ 4161

Der längere Atem ➶ 4041

Unter der Doppelsonne ➶ 3935

SOUČEK, Ludvík

Herr Kollege ➶ 4990
Pan kolega

Das Teufelchen Mefisto ➶ 4660
Čertík Mefisto

SOUCHOP, Josef

Die Rückkehr auf den Planeten Erde ➶ 5325
Návrat na planetu Zemi

SOUKUP, Martha

Die gespenstische Willkür der Wohnhausarchitektur ➶ 5196
The Arbitrary Placement of Walls

Meister aller Klassen ➶ 4574
Master of the Game

Mit seinen eigenen Händen ➶ 4803
With His Own Two Hands

Scheinwerfer ➶ 4884
Floodlights

SOURBUT, Elizabeth

Das afrikanische Kontingent ➶ 4818
The African Quota

SPECTOR, Caroline

Die endlosen Welten : 5482
Worlds without End

Kleine Schätze : 5318
Little Treasures

Narben : 5317
Scars

SPECTOR, Craig

s. **SKIPP**, John/**SPECTOR**, Craig

SPENCER, Anne

s. **SPENCER**, John/**SPENCER**, Anne

SPENCER, John/**SPENCER**, Anne

50 Jahre UFOs – Sichtungen, Begegnungen, Erfahrungen : 357 HC/S
50 Years of UFOs. From Distant Sightings to Close Encounters

SPIES, Peter K.

Triebe wie Glas ➶ 3776

SPINRAD, Norman (Richard)

Bilder um 11 : 5664
Pictures at 11

Botschafter der Zukunft ➶ 3068
The Realized Man

Deus X : 5917
Deus X

Eine Welt dazwischen ➶ 3963
A World Between

Der große Blitz ➶ 96
The Big Flash

Kein Weg nach Hause ➶ 3421
No Direction Home

Die letzte Grenze ➶ 4000, auch ➶ ANTH 32
Carcinoma Angels

Russischer Frühling : 4944
Russian Spring

Das Schöne an sich ➶ 3398
A Thing of Beauty

Sierra Maestra ➶ 3574
Sierra Maestra

Der stählerne Traum : 3783
The Iron Dream

Ubik Does the Trick (OA) ➶ 4713

Der Weg der Flamme ➶ 3541
Riding the Torch

Wiedersehen mit dem Cyberpunk ➶ 4640
Cyberpunk Revisited
s. **HENDERSON**, C. J.
s. **JESCHKE**, Wolfgang

SPITTEL, Olaf R.
Fall nach oben ➶ 4660
Der Spieler ➶ 4897
Zeit-Spiele. Ex oriente Science Fiction : 4897
Zur DDR-SF der 80er Jahre ➶ 4464

SPIVACK, Richard
Mein bester Urlaub überhaupt ➶ 4818
My Best Ever Holiday

SPOO, Eckart
Von einem Menschheitstraum und verletztem Stolz – Ein Professor schrieb über Wernher von Braun, »Wunderwaffen«-Vergangenheit inklusive, und provozierte Wut ➶ 5925

SPRANG, Stefan
Das letzte Siegel ➶ 5141

SPRENGER, Guido
U ➶ 4019

SPRINGER, H. W.
Unser unsterblicher Präsident ➶ 3574

SPRINGER, Michael
Der Held der Pest auf Plo ➶ 4057

SPRINGER, Nancy
Herbstnebel ➶ 5090
Autumn Mist
Wiedergutmachung ➶ 4518
Amends – A Tale of the Sun Kings

STABLEFORD, Brian M(ichael)
Berührungslos ➶ 5921
Out of Touch
Fleißiges Sterben ➶ 5511
Busy Dying
Der Ingenieur und der Exekutor ➶ 4517
The Engineer and the Executioner
Die Tatsachen des Lebens ➶ 5390
The Facts of Life
Träger ➶ 5275
Carriers
Der unsichtbare Wurm ➶ 5113
The Invisible Worm
»Was will Chloe?« ➶ 5325
What Can Chloe Want?

STACKPOLE, Michael A.
Abgefeimte Pläne : 5391
Malicious Intent
Blutiges Vermächtnis : 4871
BATTLETECH: Blood Legacy
Coupé : 4689
BATTLETECH: Warrior: Coupé
Dunkles Schicksal : 4872
BATTLETECH: Lost Destiny
En Garde : 4687, auch : 5229
BATTLETECH: Warrior: En Garde
Es war einmal ein Held : 5956
Once a Hero
Hilft es, wenn ich sag, es tut mir leid ➶ 4844
Would It Help to Say I'm Sorry?
Kalkuliertes Risiko : 5148
Assumption of Risk
Die Kriegerkaste : 5195
Bred for War
Namen sind Schall und Rauch ➶ 6606
What's in a Name?
Natürliche Auslese : 5078
Natural Selection

Riposte : 4688
BATTLETECH: Warrior: Riposte

Spiegelfechtereien ➶ 4844
It's All Done with Mirrors

Tödliches Erbe : 4870, auch : 5230
BATTLETECH: Lethal Heritage

Unzureichende Beweise ➶ 6611
Insufficient Evidence

STADTFELD, Curtis K.

Der Baum ➶ 6498 AR
In the Field of the Dying Cherry Tree

STAHL, Joachim

Iain Banks ➶ 4760

STALLINGS, John

Einzelfälle ➶ 3894
Isolated Events

ST. ANDRE, Ken

Turtle im Turm ➶ 4844
Turtle in the Tower

STANTON, Will

Du bist dabei! ➶ 3011
You Are with It!

Das Geburtstagsgeschenk ➶ ANTH 2
The Last Present

Solange du hier bist ➶ 3019
As Long As You Are Here

STAPLEDON, (William) Olaf

Ein moderner Magier ➶ 3739
A Modern Magician

Die Insel der Mutanten : 3214,
auch : 3526
Odd John

Die letzten und die ersten Menschen
: 21, auch ➶ 92 (Auszug)
Last and First Men

Sirius : 37, auch : 3471
Sirius

Der Sternenschöpfer : 5, auch : 3706
Star Maker

STAR TREK

s. 10044 AR, 10304 AR, 121 JB

s. ➶ 5065, auch ➶ 8863 AR,
auch ➶ 9112 AR, auch ➶ 9432 AR

s. ➶ 9744 AR, auch ➶ 9896 AR,
auch ➶ 1278 MINI, auch ➶ 1309 MINI,
auch ➶ 1310 MINI

3 Romane in einem Band : 9432 AR, : 9551
AR, : 9617 AR

STAR-TREK-Black Edition
KIRK: Classic 1 : 6451
SPOCK: Classic 2 : 6452

STARZL, R(aymond) F.

Vorstoß in den Mikrokosmos ➶ 3847
Out of the Sub-Universe

STASHEFF, Christopher

Der Zauberer Ihrer Majestät : 4873
Her Majesty's Wizard

STECHER, L. J.

Die Zeit-Korrektur ➶ 3060
Upstarts

STEELE, Allen

Die gute Ratte ➶ 5880
The Good Rat

STEFFEN, Robert

Die Bedeutung der Zahl 30000 in den Werken
von R. S. (Ein Beitrag zu einer zukünftigen
Germanistik) ➶ 3574

STEIGER, Otto

Sonja oder Sie hat nie geheiratet, die Gute
➶ 7624 AR

s. **RUCKER**, Rudy/**STERLING**, Bruce
s. **SHIRLEY**, John/**STERLING**, Bruce

STERNBERG, Jacques
Der Astronaut ➶ 3574
Le navigateur
Vergangenheit ➶ 3574
Le passé

STEVENS, James
Seelenreiter ➶ 4747
Soulsaver

STEVENSON, Robert Louis
Der Flaschenkobold ➶ 6671 AR
The Bottle Imp
(auch als »Der Flaschenteufel«)
Der Flaschenteufel ➶ 4023
The Bottle Imp
(auch als »Der Flaschenkobold«)
Friedhofsgeschichten ➶ 6671 AR
Graveyard Stories (6. Kapitel des 2. Teiles, *»The Paumotus«, von »In the South Seas«*)
Das Haus in den Dünen ➶ 6671 AR
The Pavilion on the Links
Die krumme Janet ➶ 6671 AR, auch ➶ 7701 AR
Thrawn Janet
Der Leichenräuber ➶ 6671 AR, auch ➶ 8304 AR
The Body Snatcher
Markheim ➶ 6671 AR
Markheim
Olalla ➶ 6671 AR
Olalla
Quartier für die Nacht ➶ 6671 AR
A Lodging for the Night
Der seltsame Fall des Dr. Jekyll und Mr. Hyde ➶ 6671 AR
The Strange Case of Dr. Jekyll and Mr. Hyde
Die Stimmeninsel ➶ 6671 AR
The Isle of Voices
Der Strand von Falesa ➶ 6671 AR
Uma
Die tollen Männer ➶ 6671 AR
The Merry Men
Unheimliche Geschichten : 6671 AR

STEWART, Fred M(ustard)
Sternenkinder : 6622 AR
Starchild

STEWART, George R(ippey)
Leben ohne Ende : 10, auch : 3071
Earth Abides

STEWART, Mary
Der Erbe : 5960, auch : 5336 AR, ➶ 106 JB
The Hollow Hills
Flammender Kristall : 5959, auch : 5035 AR
The Crystal Cave
Merlins Abschied : 5961, auch : 6395 AR
The Last Enchantment
Tag des Unheils : 5962, auch : 6969 AR
The Wicked Day

STEWART, Michael
Adam : 8408 AR
Birthright

STICKGOLD, Bob
Das Kalifornien-Projekt : 4212
The California Coven Project
Susies Wirklichkeit ➶ 3374
Susie's Reality

STICKGOLD, Bob/**NOBLE**, Mark
Gentrip : 3904
Gloryhit

Der Vorbeimarsch der Soldaten ➶ 4990
Watching the Soldiers

Warten auf den Regen ➶ 5055
Waiting for the Rain

STRAUB, Peter

Blaue Rose ➶ 48 JB
Blue Rose

Drei Romane : 70 TdM

Die Frau des Generals ➶ 6428 AR, auch ➶ 8175 AR
The General's Wife

Die fremde Frau : 6877 AR, auch : 10071 AR, auch ➶ 70 TdM
Marriages

Das geheimnisvolle Mädchen : 6781 AR, auch : 9877 AR, auch ➶ 70 TdM
Under Venus

Das Geisterdorf ➶ 9773 AR
The Ghost Village

Geisterstunde : 9603 AR
Ghost Story

Der Hauch des Drachen : 9751 AR
Floating Dragon

Haus ohne Türen : 9099 AR, auch 45 JUM
Houses without Doors

Julia : 6724 AR, auch : 10305 AR, auch ➶ 70 TdM
Julia

Koko ➶ 8636 AR, auch : 17 JUM
Koko

Mein Freund Stevie ➶ 7877 AR
Meeting Stevie

Mystery : 8603 AR, auch : 27 JUM
Mystery

Reise in die Nacht. The Hellfire Club : 59 HC
The Hellfire Club

Schattenland : 3999, auch : 6713 AR
Shadowland

Der Schlund : 9441
The Throat

Der Wacholderbaum ➶ 17 JUM
The Juniper Tree

Wenn Du wüßtest ... : 7909 AR
If You Could See Me Now

s. **KING**, Stephen/**STRAUB**, Peter

STRAUS, Ralph

Eine Geschichte zum Verrücktwerden ➶ 4319
The Most Maddening Story in the World

STREBLOW, Lothar

Ein Planet für Hentrup ➶ 3860, auch ➶ 4139

Entwicklungstendenzen I: Humanisten ➶ 4139

Entwicklungstendenzen II: Der Alpdruck ➶ 4139

Entwicklungstendenzen III: Die Tauben ➶ 4139

Der Fisch ➶ 3869, auch ➶ 4139

Das Geräusch ➶ 4139

Kwem ➶ 3646, auch ➶ 4139

Die lautlose Invasion ➶ 4139

Manipulation ➶ 4139

Der Mensch von Kandum ➶ 4139

Mondkristalle ➶ 4139

Perspektiven für Deserteure ➶ 4139

Das Phänomen ➶ 4139

Der Planet der bunten Damen : 3568

Progressive Lebensqualität ➶ 4139

Der Prospektor ➶ 4139

Sie sollten den Schlaf fürchten! ➶ 4097

Sundera : 4139

Sundera ➶ 3818, auch ➶ 4139

Träume für eine Birke ➶ 4139

Überlebenstraining ➶ 3954, auch ➶ 4139

STRELETZ, Werner

Weitere Aussichten ➶ 3985

STRESAU, Norbert
Die Bilder des Jahres 1988 ➶ 4550
Die Bilder des Jahres ➶ 4850
Eine Zensur findet nicht statt ... »Tanz der Teufel« vor Gericht ➶ 4550
Der Fantasy-Film : 68 FB
Film: Die Nummern des Jahres ➶ 4640
Der Horror-Film : 96 FB
Horror in Hollywood ➶ 7877 AR
Kurz notiert : SF-Filme ➶ 4371
Der Sieg des Wie ➶ 4760
s. **HAHN**, Ronald M./**JANSEN**, Volker/**STRESAU**, Norbert

STRICKLAND, Barbara
s. **STRICKLAND**, Brad/**STRICKLAND**, Barbara

STRICKLAND, Brad
In den Wüsten von Bajor : 6506
STAR TREK Deep Space Nine # 2: Stowaways
Der Kindergreifer ➶ 4315
The Taker of Children
Schwarze Muse ➶ 4936
Her Wild Wild Eyes
Das Sternengespenst : 6505
Star Fleet Academy # 4: The Star Ghost
Die Stunde vor dem Morgengrauen ➶ 4438
In the Hour Before Dawn
Warnschild ➶ 4673
Caution Sign

STRICKLAND, Brad/**STRICKLAND**, Barbara
Kadett Jean-Luc Picard : 6515
STAR TREK: The Next Generation – Star Fleet Academy # 8: Starfall

STRIEBER, Whitley
Bestie : 8786 AR
Wild
Die Besucher – eine wahre Geschichte : 7789 AR
COMMUNION: a True Story
Billy : 8661 AR
Billy
Eins mit dem Tier ➶ 9773 AR
The Properties of the Beast
Katzenmagie : 7666 AR
Catmagic
Majestic : 8477 AR
Majestic
Die Nixon-Maske ➶ 8831 AR
Nixon Mask
Der Pool ➶ 8636 AR, auch ➶ 17 JUM
The Pool
Qual ➶ 8649 AR
Pain
Todesdunkel : 8179 AR
Black Magic
Transformation : 8385 AR
Transformation
Unheiliges Feuer : 9957 AR
Unholy Fire
Wolfsbrut : 8076 AR
The Wolfen

STRIEBER, Whitley/**KUNETKA**, James
Schwarzer Horizont : 8265 AR
Nature's End

STROBL, Karl Hans
Das Grabmal auf dem Père Lachaise ➶ 8303 AR

STROSS, Charles
Todeskloster ➶ 5554
Monastery of Death

STRUGATZKI, Arkadij/**STRUGATZKI**, Boris
Atomvulkan Golkonda : 3377
Strana Bagrovych Tuč

Das Ei ➶ 3216, auch ➶ 4000
Belyi Konus Alaida

Es ist nicht leicht, ein Gott zu sein : 3318
Trudno Byt' Bogom

Der ferne Regenbogen : 3497
Dalekaja Raduga

Die häßlichen Schwäne : 3891
Fadkie Lebedi

Der Knirps ➶ 3790
Malyš

Milliarden Jahre vor dem Weltuntergang : 3809
Sa Milliard Let do Konza Sweta

Sechs Streichhölzer ➶ 4746
Six Matches

Stalker ➶ 5935
СТАЛКЕР

Die Wanderer : 5669
Волны гасят ветер

STRUGATZKI, Boris
s. **STRUGATZKI**, Arkadij/**STRUGATZKI**, Boris

STSCHERBAKOW, Wladimir

Der Rückzug ➶ 4041
Oststyplenie

STUART, William W.

Sternenbaby ➶ ANTH 14
Star-Crossed-Lover

STURGEON, Theodore

Die Ausgestoßenen ➶ ANTH 34
If All Men Were Brothers, Would You Let One Marry Your Sister?

Baby ist drei : 44
More Than Human
(auch als »Die neue Macht der Welt«)

Baby ist drei ➶ ANTH 30, auch ➶ 3651, auch ➶ 4001
Baby Is Three

Der bestgehaßte Mann der Welt ➶ 3140
Extrapolation

Biancas Hände ➶ 9 JB
Bianca's Hand

Donner und Rosen ➶ 94
Thunder and Roses

Ein Wort vorab ➶ 4558

Einigkeit über alles ➶ ANTH 8
Unite and Conquer

Es folgen die Nachrichten ➶ 3763, auch ➶ ANTH 2
And Now the News ...

Gestern war Montag ➶ 4254
Yesterday Was Monday

Das Herz ➶ 3140
The Heart

Hurkls sind fröhliche Geschöpfe ➶ 3378
The Hurkle Is a Happy Beast

Keine Affäre ➶ 4099
Not an Affair

Killdozer ➶ 4600
Killdozer!

Der kleine Gott ➶ 3579
Microcosmic God

Das Milliarden-Gehirn : 3062
The Cosmic Rape

Die neue Macht der Welt : 3200
More Than Human
(auch als »Baby ist drei«)

Ockhams Skalpell ➶ 3374, auch ➶ 4000
Occam's Scalpel

Parallele X : 3140
Sturgeon in Orbit

Paralelle X ➶ 3140
The Incubi of Parallel X

Die Psyche des Parasiten ➶ 3140
Make Room for Me

Das Rätsel Ragnaröks ➶ 3915
Riddle of Ragnarok

Der Strafplanet ➶ ANTH 20
The Education of Drusilla Strange
Synergie ➶ 3140
The Wages of Synergy
Talent ➶ 16 UB
Talents
Verlorene See ➶ ANTH 5
The Man Who Lost the Sea

SUCHARITKUL, Somtow
Aquila ➶ 3913, auch ➶ 4740
Aquila
Ein Tag in Mallwelt ➶ 3776
A Day in Mallworld
Die schwarze Fee ➶ 3825
Darktouch
Die Strangtänzerin ➶ 3807
The Web Dancer
Tollwut in Mallwelt ➶ 4215
Rabid in Mallworld

SUDRIÈ, Stefano
Der unentbehrliche Gegenstand ➶ 3812
L'accessorio indispensabile

SULLIVAN, Timothy Robert
Der Komiker ➶ 4034
The Comedian
Zeke ➶ 6723 AR
Zeke

SULLIVAN, Tom
Koschere Spaghetti gesucht ➶ 4005
The Case for Kosher Pasta

SULLIVAN, Tricia
Lethe : 5940
Lethe

SUMMER, Mark
Der verschwenderische Magier : 6607
Magic – the Gathering: The Prodigal Sorcerer

SUMNER, M. C.
In der Falle ➶ 6606
Animal Trap

SURAGNE, Pierre
iUL ➶ 3837
iUL

SURDUM, Kundeyt
Sieben Gedichte ➶ 4325

SUSSAN, René
Die Agentur ➶ 4747
L'agence
Ein Sohn des Prometheus ➶ 4262
Un fils de Prométhée
Der Geruch der Angst ➶ 3523
Le sale air de la peur
Die Probeexemplare ➶ 5645
Les spécimens
Die Zähne des Weltraums ➶ 5390
Les dents de l'espace

SUTTON, Lee
Ein Herz und eine Seele ➶ ANTH 5
Soul Mate

SUVIN, Darko
Über Gibson und Cyberpunk-SF
➶ 4704
On Gibson and Cyberpunk SF
Ursula K. Le Guin und Philip K. Dick
Zwei der bedeutendsten Autoren
unserer Zeit (1. Teil) ➶ 3954

SUVIN, Darko/**BARMEIER**,
Eike/**HASSELBLATT**, Dieter
Gespräch über die beiden SF-Hörspiele
»Gibt es Sie, Mr. Johns?« von
Stanisław Lem und »Olympia Männertrost«
von Rosemarie Voges
➶ 3989

SWAHN, Sven Christer

Die Weihnachtskarte ↗ 4638, auch ↗ 4884
Julkortet

SWANN, Thomas Burnett

Die Nacht des Einhorns ↗ 3915
The Night of the Unicorn

SWANWICK, Michael

Der blinde Minotaurus ↗ 5971
The Blind Minotaur

Die Drachenlinie ↗ 5971
The Dragon Line

Ein Wintermärchen ↗ 5971
A Midwinter's Tale

Eines Greifen Ei : 5094
Griffin's Egg

Engel der Schwerkraft ↗ 5971
Gravity's Angels

Das Fest der Heiligen Janis ↗ 5971
The Feast of Saint Janis

Genosse Tod ↗ 4294
Marrow Death

Ginungagap ↗ 4021, auch ↗ 5971
Ginungagap

In Zeiten der Flut : 5880
Stations of the Tide

Die Kirche der göttlichen Verheißung ↗ 5971
Covenant of Souls

Der Mann, der Picasso begegnete ↗ 4353, auch ↗ 5971
The Man Who Met Picasso

Mummenkuß ↗ 5971
Mummer Kiss

Postmoderne: Neue Strömungen in der Science Fiction ↗ 4464
A User's Guide to the Postmoderns

Der Rand der Welt ↗ 5971
The Edge of the World

Schnee-Engel ↗ 5971
Snow Angels

Die Seelenwanderung des Philip K. ↗ 4713, auch ↗ 5971
The Transmigration of Philip K.

Die Tochter des stählernen Drachen : 5377
The Iron Dragon's Daughter

Die Todesschneise : 5002
In the Drift

Das trojanische Pferd ↗ 5971
Trojan Horse

Der Umzug ↗ 5481
Walking Out

Vakuumblumen : 4636
Vacuum Flowers

Die Verwandlung des Philip K. ↗ 4713
The Transmigration of Philip K.

Walden Drei ↗ 4352
Walden Three

Weitsicht ↗ 5971
Foresight

s. **GIBSON**, William/**SWANWICK**, Michael

SWIFT, Jonathan

Eine Reise nach Laputa (Auszug aus »Gullivers Reisen«) ↗ 90
Gulliver's Travels, Book Three

Gullivers Reisen ↗ 7624 AR
Gulliver's Travels
(Auszug)

SYMONS, Julian

Für Shakespeare ↗ 2118 BK
Credit to Shakespeare

SYNOWIEC, Adam

Die Brücke ↗ 4880
Most

SZAMEIT, Michael

Drachenkreuzer Ikaros : 5165

Urlaub auf Aldebaranisch ↗ 3952

SZEPES, Mária

Academia Occulta – Die geheimen Lehren des Abendlandes : 9629 EW

Der Berg der Adepten : 4997
Raguel 7 tanitványa, 1. Teil

Die lebenden Statuen von Surayana : 9010
Surayana élö szobrai

Märchenland Gondwana : 5108
A mesés Gondvána

Der Rote Löwe : 4043, auch 5231, auch : 8457 AR
A vörös oroszlan

Die Schande der Familie Jasper ➶ 4991
Jasper család szégyene

Spiegeltür in der See : 3872
Tükörajtó a Tengerben

Weltendämmerung : 4998
Raguel 7 tanitványa, 2. Teil

SZILARD, Leo

Achtung alle Sterne ➶ 3475
Calling All Stars

Der Kriegsverbrecherprozeß ➶ 3475
My Trial as a War Criminal

Die Mark Gable-Stiftung ➶ 3475
The Mark Gable Foundation

Die Stimme der Delphine : 3475
The Voice of the Dolphins

Die Stimme der Delphine ➶ 3475
The Voice of the Dolphins

Die unterminierten Städte ➶ 3475
The Mined Cities

Der Zentralbahnhof ➶ 3475
Report on »Grand Central Terminal«

T

TAKESAKO, Dennis

Stadt der Vernichtung ➶ 4366
Destroyer City

TALL, Stephen

Das fröhliche Volk von Methan ➶ 3946
The Merry Men of Methane

TATE, Peter

Als der Wind starb ➶ 3288, auch ➶ 4000
The Day the Wind Died

Landluft und tödlicher Regen : 3436, auch : 3973
Country Love and Poison Rain

Liebe Hexe Hazel, meine Vögel fliegen nicht fort ... ➶ 3398
Dear Witch Hazel, My Birds Won't Fly ...

Mit der Kamera dabei ➶ 3498
Crumbling Hollywood Mansion, Crumbling Hollywood Man ...

Mondlicht auf stählernen Wiesen : 3581
Moon on an Iron Meadow

TAUBERT, Hans

s. **LEMAN**, Alfred/**TAUBERT**, Hans

TAYLOR, Bernard

Der Einundzwanzigste ➶ 16 UB
Out of Sorts

TAYLOR, Jeri

Mosaik : 5811
Mosaik

Die Zusammenkunft : 5418
Unification

TAYLOR, John Alfred

Wenn die Katze aus dem Haus ist …
➶ 6723 AR
When the Cat's Away

TAYLOR, Keith

s. **OFFUTT**, Andrew J(efferson)/**TAYLOR**, Keith

TAYLOR, Lucy

Der Baku ➶ 8094 AR
The Baku

Hitze ➶ 10344 AR
Heat

Hungrige Haut ➶ 9953 AR
Hungry Skin

TAYLOR, Michael D.

Eine Menge Nichts ➶ 3946
Plenty of Nothing

TEGTMEIER, Ralph

Ein müdes Programm ➶ 4380

Die Enge des Alls ➶ 4325

TEICHNER, Albert

Der vierte Zeitsinn ➶ 3402
The Fourth Sense of Time

TEIXEIRA, Bernardo

Blumen für den Henker : 18 UB
Flowers for the Executioner

TELTSCHIK, Jobst H.

Leben – leben – leben ➶ 3897

TEM, Melanie

Auf ewig dein ➶ 8094 AR
Aspen Graffiti

Bröselspur ➶ 5085
Trail of Crumbs

Der Felsen ➶ 9953 AR
The Rock

TEM, Steve Rasnic

Alans Mutter ➶ 6555 AR
Alan's Mother

Unter der Erde ➶ 9773 AR
Underground

Vorbereitung auf das Spiel : 8831 AR
Preparations for the Game

TENG, Tais

Die Aussicht von hochgelegenen Plätzen
➶ 4410
Het uitzicht vanaf hoge platsen

TENN, William

Alexander, der Lockvogel ➶ 3341
Alexander the Bait

Alle Welt liebt Irving Bommer ➶ 3333
Everybody Loves Irving Bommer

Das Angebot ➶ 3349
Will You Walk a Little Faster

Asyl in der Zukunft ➶ 3297
Sanctuary

Die Befreiung der Erde ➶ 3333
The Liberation of Earth

Bernie ➶ 3297
Bernie the Faust

Die bessere Welt ➶ 3349
It Ends with a Flicker

Besuch aus dem Jahre 2487 ➶ 3068
The Discovery of Morniel Mathaway
(auch als »Grüße aus dem Jahr 2487«)

Besuch von Beteigeuze ➶ 3093, auch ➶ 3349
Betelgeuse Bridge

Der Bewahrer ➶ 3333
The Custodian

Der Botenjunge ➶ 3297
Errand Boy

Der Deserteur ➶ 3349
The Deserter

Das Dienerproblem ➶ 3313
The Servant Problem

Drunten bei den Toten ➶ 4118
Down among the Dead Men
(auch als »Unter Toten«)

Ein Flug mit Hindernissen ➶ 3341
Confusion Cargo

Ein Mann mit Familie ➶ 3313
A Man of Family

Das Eiskrem-Ungeheuer ➶ 3297
The Malted Milk Monster

Der Flirgelflipper ➶ 3333
Flirgleflip

Das freie Land ➶ 3349
Eastward Ho!

Geliebter Vampir ➶ 3341
She Only Goes Out at Night

Grüße aus dem Jahr 2487 ➶ 3313
The Discovery of Morniel Mathaway
(auch als »Besuch aus dem Jahre 2487«)

Der Marsflug ➶ 3349
The Dark Star

Der Mars-Konsul ➶ 3341
Consulate

Meine Mutter, die Hexe ➶ 3341
My Mother Was a Witch

Der Menschenbaukasten ➶ 3297
Child's Play

Der menschliche Standpunkt : 3313
The Human Angle

Der menschliche Standpunkt
➶ 3313
The Human Angle

Mittwochskind ➶ 3313
Wednesday's Child

Mögliche Welten : 3333
Of All Possible Worlds

Die neuen Mieter ➶ 3333
The Tenants

Noahs Kinder ➶ 3349
Generation of Noah

Null-P : 3349
The Wooden Star

Null-P ➶ 3349
Null-P

Paradies der Spione ➶ 3349
Lisbon Cubed

Das Projekt Brooklyn ➶ 94, auch ➶ 3264
Brooklyn Project

Das Robothaus : 3297
The Seven Sexes

Das Robothaus ➶ 3297
The House Dutiful

Der Ruhm der Familie. Und George ➶ 5921
The Girl with Some Kind of Past. And George

Unter Toten ➶ 3333
Down among the Dead Men
(auch als »Drunten bei den Toten«)

Unternehmen Pst ➶ 3313
Project Hush

Venus – Planet für Männer : 3341
The Square Root of Man

Venus – Planet für Männer ➶ 3341
Venus Is a Man's World

Von Menschen und Monstren : 3290
Of Men and Monsters

Wir haben einen Rabbi auf der Venus ➶ 3574
On Venus, Have We Got a Rabbi

Der zitronengrüne, spaghettilaute Tag ➶ 3341
The Lemon-Green, Spaghetti-Loud Dynamite Dribble Day

Der Zweigeteilte ➶ 3313
Party of the Parts

TENZ, Helmut Stephan

Der endgültige Computerkrimi ➶ 7624 AR

TEPPER, Sheri S.

Erbe des Blutes : 4692
Blood Heritage

Monströse Welten: Gras : 5918
Grass

Monströse Welten: Hobbs Land : 5919
Raising the Stones

Nach langem Schweigen : 4934
After Long Silence

Die Schöne : 5344
Beauty

TERRID, Peter

Das Aralon-Komplott : 369 PRh

Gesänge aus der Unterwelt ↗ 9968 AR, auch : 400 PRh

Im Nichts gestrandet : 391 PRh

Das PERRY RHODAN-Handbuch ↗ 9968 AR

Welt über den Wolken : 386 PRh

Die Wurzeln des Todes : 374 PRh
Way of the Clans

TESSIER, Thomas

Essen ↗ 17 JUM, auch ↗ 8636 AR
Food

Zum Lob der Narretei ↗ 9773 AR
In Praise of Folly

TEVIS, Walter S.

Am anderen Ende der Leitung ↗ 3056
The Other End of the Line

THADEWALD, Wolfgang

Neunzig Jahre Anthologien mit Erzählungen phantastischer Literatur im deutschsprachigen Raum ↗ 5245

THIEL, Karl-Heinz

Die letzte Runde ↗ 3985

THIELEN, Paul

Der Geldmacher ↗ 3186
The Money Builder

THIEMANN, Ute

Dark Night in Gotham City, Batman – Der Film ↗ 4640

THIESEN, Michael

Der Mann, der Tolot rennen ließ ↗ 9968 AR

Versuch einer Übersicht ↗ 9968 AR

THOMANN, Jürgen

Über die Mauern des Grauens: Dan Simmons – Meister des Horrors und der SF ... – und mehr ↗ 5380

THOMAS, Craig

Auge um Auge : 8335 AR
All the Grey Cats

THOMAS, Theodore L. (Ted)

Der Eindringling ↗ 3013
The Intruder

Hoher Besuch ↗ 3255
The Tour

Der Mann im Höllenloch ↗ 3116
The Being in the Tank

Der Test ↗ 3011
Test

Die Wettermacher ↗ 3239
The Weather Man

THOMPSON, W. R.

Planet der Schuldner : 5439
Debtor's Planet

THOMSON, Amy

Die Horntänzerin ↗ 6611
Horn Dancer

THURBER, James

Duell im Traum ↗ 3110
A Friend to Alexander

Interview mit einem Lemming ↗ 3131
Interview with a Lemming

THURSTON, Robert

Blutrecht : 4932
Bloodname

Clankrieger : 4931, auch : 5232
Way of the Clans
Falkenwacht : 4933
Falcon Guard
Ich bin Jadefalke : 5314
I Am Jade Falcon
Das Marsschiff ➶ 3642
Marsship

TIEDEMANN, Mark W.
Auf der Abschußliste ➶ 4906
Targets

TIERNEY, Richard L.
s. **SMITH**, David C./**TIERNEY**, Richard L.

TIGGES, John
Im Garten Satans : 8 UB
Garden of the Incubus

TILLEY, Patrick
Blutiger Fluß : 4885
The Amtrak Wars – Book 4: Blood River
Eisenmeister : 4732, auch : 7008
The Amtrak Wars – Book 3: Iron Master
Erdendonner : 4887
The Amtrak Wars – Book 6: Earth-Thunder
Erste Familie : 4731, auch : 7007
The Amtrak Wars – Book 2: First Family
Todbringer : 4886
The Amtrak Wars – Book 5: Death-Bringer
Wolkenkrieger : 4730, auch : 5233, auch : 7006
The Amtrak Wars – Book 1: Cloudwarrior

TILLEY, Robert J.
Der Spion vom anderen Stern ➶ 3048
Apprentice

TILSNER, Thomas/**TRÖSTER**, Horst G./**BAUER**, Ute
Science Fiction-Hörspiele 1985/86
➶ 4371

TILSNER, Thomas u.a.
Science Fiction-Hörspiele 1984/85
➶ 4260
s. **BAUER**, Ute/**TILSNER**, Thomas
s. **BAUER**, Ute/**MAMCZAK**, Sascha/**TILSNER**, Thomas/**TRÖSTER**, Horst
s. **PERCHTOLD**, Ute/**MAMCZAK**, Sascha/**TILSNER**, Thomas/**TRÖSTER**, Horst
s. **PERCHTOLD**, Ute/**MAMCZAK**, Sascha/**TILSNER**, Thomas/**TRÖSTER**, Horst G./**WESSLEY**, Günther
s. **TRÖSTER**, Horst/**PERCHTOLD**, Ute/**MAGNANA**, Helmut/**MAMCZAK**, Sascha/**TILSNER**, Thomas
s. **TRÖSTER**, Horst/**TILSNER**, Thomas
s. **TRÖSTER**, Horst/**TILSNER**, Thomas/**BAUER**, Ute

TILTON, Lois
Der Schrei einer Möwe ➶ 5090
The Cry of a Seagull
Verrat : 5323
Betrayal

TIMPER, Christiane/**VOCK**, Birke/**WEIXNER**, Bärbel/**BETTERMANN**, Ulrich/**MAMCZAK**, Sascha/**TRÖSTER**, Horst G.
Science Fiction-Hörspiele 1996/97
➶ 5925
s. **PERCHTOLD**, Ute/**TIMPER**, Christiane/**VOCK**, Birke/**WEIXNER**, Bärbel/**TRÖSTER**, Horst G.
s. **PERCHTOLD**, Ute/**TIMPER**, Christiane/**VOCK**, Birke/**WEIXNER**, Bärbel/**MAGNANA**, Helmut/**TRÖSTER**, Horst G.

TIPTREE jr., James

All die schönen Jas ➶ 3822
All the Kinds of Yes

All dies und den Himmel dazu ➶ 4405
All This and Heaven Too

Am letzten Nachmittag ➶ 3822
On the Last Afternoon

Amberjack ➶ 3822
Amberjack

Aus dem Überall und andere seltsame Visionen : 4612
Out of the Everywhere and Other Extraordinary Visions

Aus dem Überall ➶ 4612
Out of the Everywhere

Beam uns nachhaus : 3514
Ten Thousand Light-Years from Home

Beam uns nachhaus ➶ 95, auch ➶ 3514, auch ➶ 4000
Beam Us Home

Bibertränen ➶ 4612
Beaver Tears

Dein haploides Herz ➶ 4459
Your Haploid Heart

Dr. Ains letzter Flug ➶ 98, auch ➶ 3822
The Last Flight of Doctor Ain

Ein flüchtiges Seinsgefühl ➶ 3755, auch ➶ 4459
A Momentary Taste of Being

Ein Kommen, ein Gehen ➶ 3822
Through a Lass Darkly

Ein Leben für eine Decke der Hudson Bay Company ➶ 28, auch ➶ 65, auch ➶ 3462, auch ➶ 5075
Forever to a Hudson Bay Blanket

Ein sauberer Deal ➶ 4612
Angel Fix

Das ein- und ausgeschaltete Mädchen ➶ 3822
The Girl Who Was Plugged In

Eine Quelle unschuldiger Freude ➶ 4612
A Source of Innocent Merriment

Eure Gesichter, meine Schwestern! Eure strahlenden Gesichter! ➶ 4612
Your Faces, o My Sisters! Your Faces Filled of Light!

Die Farbe von Neandertaleraugen ➶ 4734
The Color of Neanderthal Eyes

Fehler ➶ 3822
Fault

Die Feuerschneise : 3749
Up the Walls of the World

Die Friedfertigkeit Vivyans ➶ 65, auch ➶ 3514
The Peacefulness of Vivyan

Geburt eines Handlungsreisenden ➶ 65, auch ➶ 3514, auch ➶ 3790
Birth of a Salesman

Geteiltes Leid ➶ 3642, auch ➶ 4612
Time-Sharing Angel
(auch: *The Sharing Angel*)

Die Goldfliegen-Lösung ➶ 4612
The Screwfly Solution

Hilfe ➶ 65, auch ➶ 3514
Help

Hinterm Totenriff ➶ 4099
Beyond the Dead Reef

Houston, Houston, bitte melden! ➶ 3860, auch ➶ 4459
»Houston, Houston, Do You Read?«

Ich bin zu groß, aber ich spiele gern ➶ 65, auch ➶ 3462
I'm Too Big But I Love to Play

Ihr Rauch stieg ewig auf ➶ 4459
Her Smoke Rose Up Forever

Der Kerl, den die Türen grüßten ➶ 65, auch ➶ 3462
The Man Doors Said Hello to

Liebe ist der Plan, der Plan ist Tod ➶ 3822
Love Is the Plan the Plan Is Death

Lirios: Eine Erzählung von Quintana Roo
➶ 3940, auch ➶ 4332
A Tale of the Quintana Roo

Mama kommt nach Hause ➶ 65,
auch ➶ 3514
Mama Come Home

Der Mann, der sich auf den Heimweg machte
➶ 65, auch ➶ 3514
The Man Who Walked Home

Mit zarten irren Händen ➶ 4612
With Delicate Mad Hands

Mitten im Leben ➶ 4621
In Midst of Life

Mutter im Himmel – mit Diamanten ➶ 65,
auch ➶ 3462
Mother in the Sky with Diamonds

Nachts blüht der Saurier ➶ 3822
The Night-Blooming Saurian

Paradiesmilch ➶ 3822
The Milk of Paradise

Der Psychologe, der keine Ratten quälen wollte
➶3848, auch ➶ 4459
The Psychologist Who Wouldn't Do Awful Things to Rats

Schlangengleich erneuert die Erde sich
➶ 4770
The Earth Does Like a Snake Renew

Schmerzerfahren ➶ 65, auch ➶ 3462
Painwise

Der Schnee ist geschmolzen, der Schnee ist fort
➶ 65, auch ➶ 3462
The Snows Are Melted, the Snows Are Gone

Sie wartet auf alle geborenen Menschen
➶ 4459
She Waits for All Men Born

Sphärenklänge ➶ 4021, auch ➶ 4175,
auch ➶ 4612
Slow Music

Sternenlieder eines alten Primaten
: 4459
Stars Songs of an Old Primate

Das Tor zur Vergangenheit ➶ 4062
The Boy Who Waterskied Forever

Treu dir, Terra, auf unsere Art ➶ 65,
auch ➶ 3462
Faithful to Thee, Terra, in Our Fashion

Und ich erwachte und fand mich
hier am kalten Berghang ➶ 65, auch 3462
And I Awoke and Found Me Here on the Cold Hill's Side

Und irrend hab ich dies gefunden
➶ 3822
And I Have Come Upon This Place By Lost Ways

Und so weiter, und so weiter ➶ 4459
And So On, And So On

Die unscheinbaren Frauen ➶ 3763
The Women Men Don't See

Warme Welten und andere : 3822
Warm Worlds and Otherwise

Wer rastet, der rostet ➶ 65,
auch ➶ 3514
I'll Be Waiting for You When the Swimming Pool Is Empty

Wir haben den Traum gestohlen ➶ 4612
We Who Stole the Dream

Yanqui Doodle ➶ 4570
Yanqui Doodle

10000 Lichtjahre von zu Haus : 65,
auch : 3462
Ten Thousand Light-Years from Home

Zurück! Dreh's zurück ➶ 4861
Backward, Turn Backward

TITAN

s. **POHL**, Frederik/**JESCHKE**, Wolfgang:
Bde. 1–5

s. **SILVERBERG**, Robert/**JESCHKE**, Wolfgang:
Bde. 6, 7, 9, 15

s. **BOVA**, Ben/**JESCHKE**, Wolfgang:
Bde. 8, 10–14, 16

s. **HAHN**, Ronald M./**JESCHKE**, Wolfgang:
Bd. 17

s. **ALDISS**, Brian W./**JESCHKE**, Wolfgang: Bde. 18–23

TÖDTER, Gun-Britt

Das letzte Lied : 6032

TÖPPE, Frank

Die letzten Bilder des Grafikers Schneider ➶ 3952

TOLKIEN, J(ohn) R(onald) R(euel)

Baumbart ➶ 6598 AR
(aus: *The Two Towers – Part Two of The Lord of the Rings)*

TOLSTOI, Leo

Wieviel Land braucht ein Mensch? ➶ 4023
Mnogo li Čeloveku Zemli Nužno?

TONDERN, Alf

das ende ➶ 3985

TORUN, Darosław J.

Geschichte mit lebensfremdem Ende ➶ 4470
Historia z nieżyciowym zakończeniem

s. **RODEK**, Jacek/**TORUN**, Darosław J.

TOUFAR, Pavel

Das Experiment ➶ 5275
Experiment

Zur Hölle mit der Maus, noch ein Bier, bitte! ➶ 5645
K certu, s tou mysi, naleijte mi pivo!

TREMAYNE, Peter

Crouch End, auf den Inseln ➶ 7877 AR
In Crouch End, on the Isles

TRENKA, Gabor Csaba

Frühlingsanfang, oben im Rabental ➶ 5325
Koratavasszal, fenn a varjúvölgyben

TREVELYAN, George Macauly

Wenn Napoleon die Schlacht von Waterloo gewonnen hätte ➶ 4085
If Napoleon Had Won the Battle of Waterloo

TRITTEN, Larry

Eine einschneidende Maßnahme ➶ 3519
Final Cut

Führer durch das Universum – für Science Fiction-Leser und Autoren ➶ 4673
A Science Fiction Reader's and Writer's Guide to the Universe

Die heißeste Nacht von Hollywood ➶ 4786
The Date

In Video Veritas ➶ 4621
In Video Veritas

Das Listenbuch der Science Fiction ➶ 4438
The SF Book of Lists

Mr. Corrigans Homunculi ➶ 4734
Corrigan's Homunculi

Reisen mit Harry ➶ 5049
Travels with Harry

TRÖSTER, Horst G.

Phantasie und Kalkül: Erinnerungen an Dieter Hasselblatt ➶ 5925

Science Fiction als Radiospiel: Die Geschichte der SF aus dem Studio Heidelberg des SDR ➶ 4550

Traumkristalle ➶ 5245

Tumohrs Rache oder Mit Nirwana Jones im Weißwurstsektor. Über die phantastischen Produkte von Hörspiel-Amateuren ➶ 4850

Wenn das Grauen in den Alltag einbricht ... Die phantastischen Hörspiele von Christian Mähr ➶ 4960

TRÖSTER, Horst G./**BAUER**, Ute/**VOCK**, Birke/**WEIXNER**, Bärbel/**MAMCZAK**, Sascha/**MAGNANA**, Helmut

Science Fiction-Hörspiele 1992/93 ➶ 5080

TRÖSTER, Horst G./**PERCHTOLD**, Ute/**MAGNANA**, Helmut/**MAMCZAK**, Sascha/**TILSNER**, Thomas

Science Fiction-Hörspiele 1991/92 ➶ 4960

TRÖSTER, Horst G./**TILSNER**, Thomas

Is There Anybody Out There? – Ein Gespräch mit dem Regisseur Andreas Weber-Schäfer ➶ 4550

Science Fiction-Hörspiele 1986/87 ➶ 4464

TRÖSTER, Horst G./**TILSNER**, Thomas/**BAUER**, Ute

Science Fiction-Hörspiel 1987/88 ➶ 4550

s. **BAUER**, Ute/**MAMCZAK**, Sascha/**TILSNER**, Thomas/**TRÖSTER**, Horst G.

s. **PERCHTOLD**, Ute/**MAMCZAK**, Sascha/**TILSNER**, Thomas/**TRÖSTER**, Horst G.

s. **PERCHTOLD**, Ute/**MAMCZAK**, Sascha/**TILSNER**, Thomas/**TRÖSTER**, Horst G./**WESSLEY**, Günther

s. **PERCHTOLD**, Ute/**TIMPER**, Christiane/**VOCK**, Birke/**WEIXNER**, Bärbel/**TRÖSTER**, Horst G.

s. **PERCHTOLD**, Ute/**TIMPER**, Christiane/**VOCK**, Birke/**WEIXNER**, Bärbel/**MAGNANA**, Helmut/**TRÖSTER**, Horst G.

s. **TILSNER**, Thomas/**TRÖSTER**, Horst G./**BAUER**, Ute

s. **TIMPER**, Christiane/**VOCK**, Birke/**WEIXNER**, Bärbel/**BETTERMANN**, Ulrich/**MAMCZAK**, Sascha/**TRÖSTER**, Horst G.

TROLL, Thaddäus

Der geisteskranke Roboter ➶ 7624 AR

Der himmlische Computer ➶ 7624 AR

TUCHOLSKY, Kurt

Rechenmaschine aus USA ➶ 7624 AR

TUCKER, Wilson

Der König des Planeten ➶ 3103
King of the Planet

Die Lincoln-Jäger : 4105
The Lincoln Hunters

TURNER, George

Eine Jagd nach Wundern ➶ 5160
Pursuit of Miracles

Nicht vor den Kindern ➶ 4747
Not in front of the Children

TURTLEDOVE, Harry

Das letzte Gebot ➶ 4740
The Last Article

Winterlager ➶ 4631
Trapping Run

TURZILLO, Mary A.

Der Schnaal ➶ 5275
The Sleel

TUSCHEL, Karl-Heinz

Wie ich meinen linken Beruf wechselte ➶ 3952

TUSHNET, Leonard

Geschenkartikel ➶ 3204
Gifts from the Universe

Reisebüro Galaxis ➶ 3418
The Galaxy Travel Service

Der Teufel holt dich immer ➶ 3035
In the Calendar of Saints

TUTTLE, Lisa

Die andere Art ➶ 5018
The Other Kind

Ein Mädchen wie ein Traum ➶ 6723 AR
A Friend in Need

Ersatz ➶ 9773 AR
Replacements
Der Familienaffe ➶ 4041
The Family Monkey
Heim für Käfer ➶ 3899
Bug House
Der Herr des Landes ➶ 3860
The Horse Lord
Die Knochenflöte ➶ 3965
The Bone Flute
Die Kolonisation des Edwin Beal ➶ 4525
The Colonization of Edwin Beal
Puppenburger ➶ 8831 AR
Dollburger
Die Séance ➶ 8094 AR
The Spirit Cabinet
Die Stadt in der Wüste ➶ 3873
A Spaceship Built of Stone
Der zweite Tod ➶ 4009
The Hollow Man

TUTTLE, Lisa/**MARTIN**, George R. R.
Sturm über Windhaven ➶ 3592
The Storms of Windhaven

TUVO, Stefano
Die wunderbaren Welten des Casey Deiss ➶ 4740
I mondi veramigliosi di Casey Deiss

TWAIN, Mark
Aus der Londoner Times von 1904 ➶ 4060
From the »London Times« of 1904

TYERS, Kathy
STAR WARS - Der Pakt von Bakura : 9372 AR
Star Wars - A Truce at Bakura

U

UEDING, Wolfgang
Finale ➶ 4470
Zwei Gedichte ➶ 3897
Jovis
Alter Mann

ULBRICH, Bernd
Ein Gott hat geweint ➶ 3952
Ein unfaires Spiel ➶ 4897
Philemons Idee ➶ 4650

UMIŃSKI, Władysław
Sonne auf Erden ➶ 3906
Słońce na Ziemi

UNDERWOOD, Michael
Tod in der Oper ➶ 2118 BK
Death in the Opera

UNDERWOOD, R.
Ausflug in den Mikrokosmos ➶ 3027
Crazy Mathematician

UPDIKE, John
Der keusche Planet ➶ 5000
The Chaste Planet

URBANEK, Hermann
Die amerikanische SF-Szene
1984/85 ➶ 4260
1985/86 ➶ 4371
1986/87 ➶ 4464
1987/88 ➶ 4550
1988/89 ➶ 4640
1989/90 ➶ 4760
1990/91 ➶ 4850
1991/92 ➶ 4960
1992/93 ➶ 5080
1993/94 ➶ 5245

1994/95 ➶ 5380
1995/96 ➶ 5638
1996/97 ➶ 5925

Die britische SF-Szene
1984/85 ➶ 4260
1985/86 ➶ 4371
1986/87 ➶ 4464
1987/88 ➶ 4550
1988/89 ➶ 4640
1989/90 ➶ 4760
1990/91 ➶ 4850
1991/92 ➶ 4960
1992/93 ➶ 5080
1993/94 ➶ 5245
1994/95 ➶ 5380
1995/96 ➶ 5638
1996/97 ➶ 5925

Die deutsche SF-Szene
1986/87 ➶ 4464
1987/88 ➶ 4550
1988/89 ➶ 4660
1989/90 ➶ 4760
1990/91 ➶ 4850
1991/92 ➶ 4960
1992/93 ➶ 5080
1993/94 ➶ 5245
1994/95 ➶ 5380
1995/96 ➶ 5638
1996/97 ➶ 5925

Vorwort ➶ 4076

s. **RINGER**, Erhard/**URBANEK**, Hermann

URREA, Luis

Vaters Heimkehr vom Berg ➶ 4015
Father Returns from the Mountain

UTLEY, Steven

Damals auf der jungen Erde ➶ 5635
There and Then

Haiti ➶ 5141
Haiti

Der Mann auf dem Meeresgrund ➶ 4697
The Man at the Bottom of the Sea

Raubtiere ➶ 4880
Predators

Wind über der Welt ➶ 5921
The Wind over the World

UTLEY, Steven/**WALDROP**, Howard

Custers letzter Absprung
➶ 3541
Custer's Last Jump

Schwarz wie der Abgrund,
von Pol zu Pol ➶ 3944
Black As the Pit, from Pole to Pole

V

VACCA, Roberto

Der Tod der Megalopolis : 3532
La morte di Megalopoli

VALLÉE, Jacques

Vorwort ➶ 555 HSB

VAMOSI, Robert

Mit dir oder ohne dich ➶ 5429
With or without You

VANCE, Jack (Holbrook)

Alastor : 4415

Die Asutra : 3480, auch ➶ 4361
The Asutra

Blick in die Überwelt ➶ 3097
The Overworld

Das Buch der Träume : 4014
The Book of Dreams

Der Dämonenprinz : 3143
The Place of Love

Dodkins Job ➶ 4202
Dodkin's Job

Dunkles Wirken ➶ 4254
The Loom of Darkness

Durdane : 4361

Ecce und die alte Erde : 5301
Ecce and Old Earth

Emphyrio : 3261
Emphyrio

Die Gabe der Sprache ↗ 4202
The Gift of Gab

Das Geheimnis ↗ 4478
The Secret

Das Gesicht : 4013
The Face

Gnadenstreich ↗ 4053
Coup de Grace

Der graue Prinz : 3652
The Gray Prince

Grüne Magie : 4478
Green Magic

Grüne Magie ↗ 4478
Green Magic

Die grüne Perle : 4591
The Green Pearl

Heimsuchung einer Stadt
↗ 3674
Assault on a City
(auch als »Sturm auf die Stadt«)

Herrscher von Lyonesse : 4471
Lyonesse

Die heulenden Schlinger ↗ 4053
The Howling Bounders

Jäger im Weltall : 3139
The Star King

Der Kampf um Durdane : 3463,
auch ↗ 4361
The Brave Free Men

Der König der Diebe ↗ 4053
The King of Thieves

Die Kokodkrieger ↗ 4053
The Kokod Warriors

Kurort zwischen den Sternen
↗ 4053
The Spa of the Stars

Das Land der Masken ↗ ANTH 30
The Moon Moth
(auch als »Die Mondmotte«)

Die letzte Burg ↗ 3380
The Last Castle
(auch als »Die letzte Festung«)

Die letzte Festung ↗ 3790
The Last Castle
(auch als »Die letzte Burg«)

Liane der Wanderer ↗ 4478
Liane the Wayfarer

Madouc : 5021
Madouc

Die manipulierten Sardinen ↗ 4053
The Sub-Standard Sardines

Der Mann ohne Gesicht : 3448,
auch ↗ 4361, auch : 7023
The Anome

Marune: Alastor 933 : 3580,
auch ↗ 4415
Marune: Alastor 933

Maske: Thaery ↗ 1011, auch : 3742
Maske: Thaery

Die Menschen kehren zurück ↗ 4171,
auch ↗ 4478
The Men Return

Mitr ↗ 4478
The Mitr

Die Mondmotte ↗ 97, auch ↗ 3827,
auch ↗ 4478
The Moon Moth
(auch als »Das Land der Masken«)

Die Mordmaschine : 3141
The Killing Machine

Das mysteriöse Verschwinden ↗ 4053
To B Or Not to C Or to D

Die Pilger ↗ 4478
The Pilgrims

Raumsegler Fünfundzwanzig ↗ 4202
Dust of Far Suns
(auch: *Sail 25*)

Sabotage auf dem Schwefelplaneten ➶ 4384
Sabotage on Sulphur Planet

Das Schmale Land ➶ 4478
The Narrow Land

Showboot-Welt : 3724
Showboat World

Sieben Ausgänge von Bocz ➶ 4384
Seven Exits from Bocz

Start ins Unendliche : 3111
To Live Forever

Station Araminta : 5300
Araminta Station

Staub ferner Sonnen : 4202
Dust of Far Suns

Die sterbende Erde : 3606, auch : 3977
The Dying Earth

Sturm auf die Stadt ➶ 4384
Assault on a City
(auch als »Heimsuchung einer Stadt«)

Der Teufel auf der Segensklippe ➶ 3507
The Devil on Salvation Bluff

Throy : 5302
Throy

Die Töpfer von Firsk ➶ 3239, auch ➶ 4384
The Potters of Firsk

Traumschloß ➶ 4384
Dreamcastle

Treffen Sie Miß Universum! ➶ 4384
Meet Miss Universe

Trullion : Alastor 2262 : 3563, auch ➶ 4415
Trullion : Alastor 2262

Ullwards Zuflucht ➶ 4202
Ullward's Retreat

Der unnennbare McInch ➶ 4053
The Unspeakable McInch

Verlorene Monde : 4384
Lost Moons

Vierhundert Amseln ➶ 4384
Four Hundred Blackbirds

Die Welten des Magnus Ridolph : 4053
The Many Worlds of Magnus Ridolph

Der Weltersinner ➶ 4384
The World-Thinker

Wer siegt, verliert ➶ 4384
Winner Lose All

Die Wundermacher ➶ 4478
The Miracle Workers

Wyst : Alastor 1716 : 3816, auch ➶ 4415
Wyst: Alastor 1716

VANDER PUTTEN, Joan

Im Schatten meiner Angst ➶ 8094 AR
In the Shadows of My Fears

VAN HISE, Della

Zeit zu töten : 4698, auch ➶ 10044 AR
Killing Time

VAN HOLK, Freder

Das Ende des Golfstroms : 103 JT

VAN LUSTBADER, Eric

Engel der Finsternis ➶ 16 UB
In Darkness, Angels

VAN VOGT, A(lfred) E(lton)

Achtung, Supermann! ➶ ANTH 17
The Silkie
(auch als »Die Veränderlichen«)

Der dritte Gosseyn ➶ 58
Null-A Three

Die Expedition der »Space Beagle« – Roman in 4 Erzählungen : 83
Voyage of the »Space Beagle«

Die Expedition der »Space Beagle« : 3047
The Voyage of the Space Beagle
(auch als »Die Weltraumexpedition der ›Space Beagle‹«)

Ferner Centaurus ➶ 4600
Far Centaurus

Filmbibliothek ➶ 4352
Film Library

Ischer : 73

Itself, der König ➶ 3150
Itself!

Kinder von morgen ➶ 1005, auch : 3278
Children of Tomorrow

Kommentar zu »Black Destroyer« ➶ 83
On »Black Destroyer«

Die kosmischen Schachspieler ➶ 58, auch : 3119
The Players of Null-A

Kosmischer Schachzug : 3119
The Pawns of Null-A

Der Krieg gegen die Rull : 3018, auch : 3205, auch ➶ 3729
The War against the Rull

M 33 im Sternbild Andromeda ➶ 83
M33 in Andromeda

Mißton in Scharlach ➶ 83
Discord in Scarlet

Nervenkrieg ➶ 83
War of Nerves

Null-A : 58

Palast der Unsterblichkeit : 3257
Quest for the Future

Der schwarze Zerstörer ➶ 93
Black Destroyer
(auch als»Schwarzer Verheerer«)

Schwarzer Verheerer ➶ 83
Black Destroyer
(auch als »Der schwarze Zerstörer«)

Slan ➶ 1012, auch : 3094
Slan

Das unheimliche Raumschiff : 3076
Rogue Ship

Die Veränderlichen : 3199
The Silkie
(auch als »Achtung, Supermann!«)

Versteck ➶ 3991
Concealment

Die Waffenhändler von Isher : 3100
The Weapon Shops of Isher
(auch als »Die Waffenläden von Ischer«)

Der Waffenladen ➶ 73, auch ➶ 3579
The Weapon Shop

Die Waffenläden von Ischer ➶ 73
The Weapon Shops of Isher
(auch als »Die Waffenhändler von Isher«)

Die Waffenschmiede ➶ 73
The Weapon Makers
(auch als »Die Waffenschmiede von Isher«)

Die Waffenschmiede von Isher : 3102
The Weapon Makers
(auch als »Die Waffenschmiede«)

Welt der Null-A ➶ 58, auch : 3117, auch : 3925
World of Null-A

Die Weltraumexpedition der »Space Beagle« : 3047
The Voyage of the Space Beagle
(auch als »Die Expedition der Space Beagle«)

Wiedererweckung ➶ 4074
Resurrection

Die Wippe ➶ 73
The Seesaw

s. **ELLISON**, Harlan (Jay)/**VAN VOGT**, A(lfred) E(lton)

s. **GOORDEN**, Bernard/**VAN VOGT**, A(lfred) E(lton)

s. **HOLM**, Inge

VARDEMAN, Robert E.

Im Park ➶ 6723 AR
Incident on Park 37

Das Klingonen-Gambit : 4035, auch ➶ 6451
The Klingon Gambit

Meuterei auf der Enterprise : 4285, auch ➶ 6451, auch ➶ 9617
Mutiny on the Enterprise

Trauerfeier ➶ 6611
Festival of Sorrow

VARLEY, John (Herbert) (i.e. Herb Boehm)
Abgespeichert ➶ 4477
Overdrawn at the Memory Bank
Der Dämon : 4313
Demon
Eingang drücken ➶ 4222
Press Enter
Der heiße Draht nach Ophiuchi : 3852
The Ophiuchi Hotline
Ich muß singen, ich muß tanzen ➶ 4138
Gotta Sing, Gotta Dance
Im Audienzsaal der Marskönige ➶ 3605
In the Hall of the Martian Kings
Im Sumpf ➶ 4021
Beatnik Bayou
In der Schüssel ➶ 3623
In the Bowl
Leb wohl, Robinson Crusoe! ➶ 3627
Good-bye, Robinson Crusoe!
Luftangriff ➶ 98, auch ➶ 3636
Air Raid
Der Magier : 3987
Wizard
Optionen ➶ 3818
Options
Das Phantom von Kansas ➶ 3729
The Phantom of Kansas
Der Pusher ➶ 4027, auch ➶ 4047
The Pusher
Der Satellit : 3986
Titan
Die Trägheit des Auges ➶ 3659
The Persistence of Vision

VARNEY, Alan
Die Geister, die man ruft : 5507
Piercing a Veil

VARSHAVSKY, Ilya
Der Konflikt ➶ 3151
The Conflict

VASEY, Glen
Tochter der Sonne ➶ 6611
Dual Loyalties

VECCHI, Daniele
Der Wanderer ➶ 4990
Il camminatore

VENABLE, Lynn A.
Endlich genug Zeit ➶ 6927 AR
Time Enough at Last

VERCORS
Das Geheimnis der Tropis : 3483
Les animaux dénaturés

VERNE, Jules
Reise um den Mond ➶ 91
Autour de la lune, Auszug
In achtzig Tagen um die Welt : 76 SP
Le tour du monde en quatre-vingts jours
Zwanzigtausend Meilen unter dem Meer ➶ 91
Vingt mille lieues sous les mers
s. **WEIGAND**, Jörg

VEŠINOV, Pavel
Die blauen Schmetterlinge ➶ 3831

VIANO, Maurizio
Die Jahre des Wartens ➶ 4059
Gli anni dell'attesa
Die Säerin ➶ 4199
La seminatrice
Zum Fischen an den Qumran-See ➶ 3812
A pesca sul Lago Qumran

VICK, Edd

Der Wächter ➶ 6611
Defender

VILLA-GILBERT, Mariana

Der Läufer ➶ 4319
The Green Boy

VILLIERS DE L'ISLE-ADAM, Jean-Marie

Erstes Erscheinen der Maschine in der Menschheit ➶ 7624 AR

Vera ➶ 8304 AR
Vera

VINGE, Joan (Carol) D(ennison)

Der alte Zinnsoldat ➶ 3685
Tin Soldier

Blick aus der Höhe ➶ 99
View from a Height

Der Exorzyklus ➶ 3940
Exorcycle

Katzenpfote : 4718
Catspaw

Phönix in der Asche ➶ 3856
Phoenix in the Ashes

Psion : 4230
Psion

Die Schneekönigin : 3950
The Snow Queen

Die Sommerkönigin – Erster Teil: Der Wandel der Welt : 5070
The Summer Queen: The Change, Teil 1

Die Sommerkönigin – Zweiter Teil: Die Abkehr der Welt : 5071
The Summer Queen: The Return, Teil 2

Der Sträfling ➶ 3608
To Bell the Cat

Der Sturmkönig ➶ 3776, auch ➶ 4332
The Storm King

VINGE, Joan D./**VINGE**, Vernor

Der Lehrling des fahrenden Händlers ➶ 3805
The Peddler's Apprentice

VINGE, Vernor

Ein Feuer auf der Tiefe : 5299
A Fire upon the Deep

Der Friedenskrieg : 4565
The Peace War

Gestrandet in der Realzeit : 4566
Marooned in Realtime

Das Karussell der Zeit ➶ 3725
The Whirligig of Time

Der Mitarbeiter ➶ 3818
The Accomplice

Mit der Sünde geboren ➶ 3780
Original Sin

Spiel mit dem Schrecken ➶ 3908
Bomb Scare

VINICOFF, Eric

E-Dep ➶ 4410
E-Dep

Ein Haiku für einen Asteroiden-Scout ➶ 4610
Haiku for an Asteroid Scout

Trauma ➶ 4803
Trauma

VINICOFF, Eric/**MARTIN**, Marcia

Ein dauerhaft legiertes Leben ➶ 4410
To Live in Alloy Continuity

Der Kompromiß ➶ 4380
Compromise

Letzte Jagd ➶ 4470
Last Hunt

Der Wäger ➶ 4255
The Weigher

s. **MARTIN**, Marcia/**VINICOFF**, Eric

Mane, Tekel Phares ➶ 5648
Mane, Tekel, Phares
Die säumige Zeitmaschine ➶ 5645
La machine lente du temps
Die schweigende Stadt : 5644
Le silence de la cité

VONNEGUT jr., Kurt
Epipac ➶ 7624 AR
Epipac
Die Farbe des Weins ➶ 5909
2 B R 0 2 B
Der große Weltraumfick ➶ 10108 AR
The Big Space Fuck
Harrison Bergeron ➶ 95
Harrison Bergeron
Das höllische System : 3029, auch : 3159
Player Piano
Die Körperlosen ➶ 3175
Unready to War
Morgen ... morgen ... morgen ➶ 6611 AR
Tomorrow and Tomorrow and Tomorrow

VORMWEG, Heinrich
Carl Amery: Laudatio anläßlich des Münchner Literaturpreises ➶ 4960

VORNHOLT, John
Earth 2 – Tödlicher Abgrund : 10136 AR
Earth 2: Leather Wings
Erobert die Flagge! : 6509
STAR TREK: The Next Generation – Star Fleet Academy # 4: Capture the Flag
Generationen : 6501
STAR TREK Generations
Kontamination : 4986
Contamination
Kriegstrommeln : 5312
War Drums
Masken : 4787
Masks
Zuflucht : 5468
Sanctuary

VOS, Bert
Schwarze Flügel in einem Kranz von Dunkelheit ➶ 4560
Zwarte vleugels in een krans van duisternis

VUKCEVICH, Ray
Pappnasen im Weltraum ➶ 5649
White Guys in Space

VYSE, Michael
Die letzten Bastionen ➶ 5880
The Last Bastions

W

WACHLER, Dietrich
Archaeopteryx ➶ 3780
Die dreizehnte Tafel : 4084
Das Experiment mit dem Menschen ➶ 4167
Fünf Gedichte ➶ 4325
Nachrichten von Nirgendwo, Nachwort ➶ 53
Die Ruhestörung ➶ 3818
Die Wirklichkeit des Phantoms ➶ 3908

WAGAR, W. Warren
Madonna der Roten Sonne ➶ 4815
Madonna of the Red Sun

WAGNER, Charles
Schein-Werfer ➶ 6793 AR
Deadlights

WAGNER, Karl Edward
Conan und die Straße der Könige : 3968
Conan: The Road of Kings

Die Gruselgeschichten des Jahres : 6614 AR
The Year's Best Horror Stories
Die Gruselgeschichten des Jahres # 2 : 6793 AR
The Year's Best Horror Stories: Series XIII
Im Banne Yslsls ➶ 4076
In the Lair of Yslsl
Sing noch einmal von Valdese ➶ 4353
Sing a Last Song of Valdese
Stöcke ➶ 9 JB
Sticks
Tote sind das einzig Wahre ➶ 9773 AR
Did They Get You to Trade?
Weggesperrt ➶ 10344 AR
Locked Away

WAHREN, Friedel
Asimov's Science Fiction Magazin, 47. Folge : 5481
Asimov's Science Fiction Magazin, 48. Folge : 5635
Asimov's Science Fiction Magazin, 49. Folge : 5666
Asimov's Science Fiction Magazin, 50. Folge : 5921
Asimov's Science Fiction Magazin, 51. Folge : 5948
Isaac Asimov's Science Fiction Magazin, 15. Folge : 3913
Isaac Asimov's Science Fiction Magazin, 16. Folge : 3940
Isaac Asimov's Science Fiction Magazin, 17. Folge : 3958
Isaac Asimov's Science Fiction Magazin, 18. Folge : 3998
Isaac Asimov's Science Fiction Magazin, 19. Folge : 4011
Isaac Asimov's Science Fiction Magazin, 20. Folge : 4034
Isaac Asimov's Science Fiction Magazin, 21. Folge : 4069
Isaac Asimov's Science Fiction Magazin, 22. Folge : 4107
Isaac Asimov's Science Fiction Magazin, 23. Folge : 4140
Isaac Asimov's Science Fiction Magazin, 24. Folge : 4178
Isaac Asimov's Science Fiction Magazin, 25. Folge : 4222
Isaac Asimov's Science Fiction Magazin, 26. Folge : 4249
Isaac Asimov's Science Fiction Magazin, 27. Folge : 4294
Isaac Asimov's Science Fiction Magazin, 28. Folge : 4366
Isaac Asimov's Science Fiction Magazin, 29. Folge : 4405
Isaac Asimov's Science Fiction Magazin, 30. Folge : 4446
Isaac Asimov's Science Fiction Magazin, 31. Folge : 4495
Isaac Asimov's Science Fiction Magazin, 32. Folge : 4536
Isaac Asimov's Science Fiction Magazin, 33. Folge : 4581
Isaac Asimov's Science Fiction Magazin, 34. Folge : 4631
Isaac Asimov's Science Fiction Magazin, 35. Folge : 4690
Isaac Asimov's Science Fiction Magazin, 36. Folge : 4742
Isaac Asimov's Science Fiction Magazin, 37. Folge : 4795
Isaac Asimov's Science Fiction Magazin, 38. Folge : 4855
Isaac Asimov's Science Fiction Magazin, 39. Folge : 4906
Isaac Asimov's Science Fiction Magazin, 40. Folge : 4957

Und einen bittren Kiff für Ganymed ➶ 3831
Et une touffe d'herbes amères pour Ganymède

WALTON, Bryce

Der Friedensrichter ➶ 3031
The Peace Watchers

Die letzte Prüfung ➶ 3056
Final Exam

Tod nach Maß ➶ 3110
The Best Is Yet to Be

WAMBSGANSS, Martin

Das dunkle Schiff ➶ 3944

Der Regen ➶ 3860

WANDER BONANNO, Margaret

Der Fremde vom Himmel : 4669
Strangers from the Sky

Geiseln für den Frieden : 4724
Dwellers in the Crucible

Die Inseln der Anderen : 5286
The Others

WARD, Cynthia

Die Quellen des Mana ➶ 6606
Wellspring

WARREN, Rosalind

Der Bote ➶ 4525
The Messenger

WARRINGTON, Freda

Drei Krieger im Zwielicht : 4902
A Blackbird in Twilight

Drei Krieger in Gold : 4901
A Blackbird in Amber

Drei Krieger in Schwarz : 4797
A Blackbird in Darkness

Drei Krieger in Silber : 4796
A Blackbird in Silver

WARSCHAWSKIJ, Ilja

Draußen im Weltraum ➶ 3216
Znaruži v Kozmoz

WASSERTHEURER, Grete

Ich bin eine Frau ➶ 3737

Monster ➶ 3646

WATERMAN, Laura

Shen Magierschlächter ➶ 6611
Shen Mage-Slayer

WATKINS, Graham

Nacht der Schlange : 8106 AR
Dark Wind

Die trauernden Toten ➶ 8544 AR
Weeping Women

WATKINS, William Jon/**SNYDER**, Gene

Die Litanei von Sh'reev : 3877
The Litany of Sh'reev

WATSON, Ian

Alpträume ➶ 4475
Nightmares

Als das Zeittor versagte ➶ 4610
When the Timegate Failed

Die Anrufung Samathiels ➶ 4963
Samathiel's Summons

Der Auferstehungsmann ➶ 4963
The Resurrection Man

Der Autor als Folterer ➶ 4927
The Author as Torturer

Das Babel-Syndrom : 3942
The Embedding

Botschafter von den Sternen : 3824
Alien Embassy

Das Buch vom Fluß : 4434
The Book of the River

Das Buch vom Sein : 4436
The Book of Being

Das Buch von den Sternen : 4435
The Book of the Stars

Buchstaben aus dem Affenalphabet
➶ 4963
Letters from the Monkey Alphabet

Denken wir eine Weile über die Evolution nach ... ➶ 4019
(aus: *Botschafter von den Sternen*)

Edelsteine in eines Engels Flügel ➶ 4963
Jewels in an Angel's Wing
(auch als »Juwelen auf einem Engelsflügel«)

Dr. Edricks Plan ➶ 4169
A Walk to Manhome, and Away

Ein Brief von Gott ➶ 4475
A Letter from God

Einsicht ➶ 4475
Insight

Flamme und Heiler ➶ 4475
Flame and the Healer

Die Fliegen der Erinnerung : 4841
The Flies of Memory

Frieden ➶ 4475
Peace

Geisterlesungen ➶ 4178
Ghost Lecturer

Harlekin : 5553
Harlequin

Heimkehr ➶ 4475
Homecoming

Hilfe von einem Vampir ➶ 4963
Aid from a Vampire

Hyperzoo ➶ 4963
Hyperzoo

Im Schatten des Chaos ➶ 5554
Warped Stars

In den Pumpenraum mit Jane ➶ 4475
To the Pump-Room with Jane

Inquisitor : 5551
Inquisitor

Jahreswechsel in Tambimatu ➶ 4127
New Year's Eve in Tambimatu

Jean Sandwich, der Gönner und ich
➶ 4475
Jean Sandwich, the Sponsor, and I

Joans Welt ➶ 4963
Joan's World

Juwelen auf einem Engelsflügel
➶ 4815
Jewels in an Angel's Wing
(auch als »Edelsteine in eines Engels Flügel«)

Kind des Chaos : 5556
Chaos Child

Die Knospe ➶ 4475
Bud

Der Kopf des Wurms ➶ 4208
The Worm's Head

Künstlerische Begegnung ➶ 4222
The Artistic Touch
(auch als »Die künstlerische Note«)

Die künstlerische Note ➶ 4475
The Artistic Touch
(auch als »Künstlerische Begegnung«)

Die Legende von den Sieben, die das Ei des Blitzes fanden ➶ 4963
The Legend of the Seven Who Found the True Egg of Lightning

Die Maulwurfswiese ➶ 4734, auch ➶ 4963
The Mole Field

Die Milch des Wissens ➶ 4475
The Milk of Knowledge

Mit der Sommerfeuer-Brigade in die obere Kreidezeit ➶4836
In the Upper Cretaceous with the Summerfire Brigade

Der Mond und Michelangelo : 4963
Salvage Rites

Der Mond und Michelangelo ➶ 4963
The Moon and Michelangelo

Nachtmahre ➶ 4005
Nightmares

Nanowarezeit ➶ 4795
Nanoware Time

Lehrreiche Eroberung ➶ 4325

Resignierte Bemerkungen zum Unglauben auf einem jüngst entdeckten Planeten ➶ 4325

Der Wahrheit eine Gasse! ➶ 4325

Wie John-Zacharias seinen Ruf als bester Moderator des interplanetarischen Rundfunks begründete ➶ 4325

WEINBAUM, Stanley G(rauman)

Der dunkle Doppelgänger : 3424
The Dark Other

Eine Mars-Odyssee : 3558
A Martian Odyssey
(auch als »Mars-Odyssee«)

Insel des Proteus ➶ 64, auch ➶ 3168
Proteous Island

Die letzte Anpassung ➶ 64, auch ➶ 3168
The Adaptive Ultimate

Die Lotosesser ➶ 64, auch ➶ 3168, auch ➶ 4000
The Lotus Eaters

Mars-Odyssee : 64, auch : 3168
A Martian Odyssey
(auch als »Eine Mars-Odyssee«)

Mars-Odyssee ➶ 64, auch ➶ 93, auch ➶ 3168
A Martian Odyssey
(auch als »Eine Mars-Odyssee«)

Der neue Adam : 3542
The New Adam

Der Rand der Unendlichkeit ➶ 64, auch ➶ 3168
Brink of Infinity

Die schwarze Flamme : 3387
The Black Flame

WEINBERG, Gary

Hunger und der Computer ➶ 4175
Hunger and the Computer

WEINBERG, Robert

Ro Erg ➶ 10344 AR
Ro Erg

WEINER, Andrew

Begegnung mit den Aliens ➶ 4525
Going to Meet the Alien

Ein neuer Mensch ➶ 5289
A New Man

Der Glückspilz ➶ 4673
The Man Who Was Lucky

Im Traum ➶ 5196
In Dreams

Die lila Tablette ➶ 5934
The Purple Pill

Sehen ➶ 5289
Seeing

Die Übernahme ➶ 6498 AR
Takeover Bid

Wellen ➶ 4495
Waves

WEINLAND, Manfred

Der Moloch : 394 PRh

WEINSTEIN, Howard

Akkalla : 4879
Deep Domain

Im Exil : 4937
Exiles

Die Macht der Former : 5096
Perchance to Dream

Die Macht der Krone ➶ 4342, auch ➶ 6452, auch ➶ 9617 AR
The Covenant of the Crown

Machthunger : 4771
Power Hungry

McCoys Tochter : 5683
The Better Man

WEISMAN, Jordan K.

Man schreibt das Jahr 2050 – Einleitung ➶ 4844

Der Weg in die Schatten : 4844
Into the Shadows

WEISSER, Michael

Off Shore : 4457

WEITBRECHT, Wolf

Imago ➶ 3952

WEIXNER, Bärbel

s. **PERCHTOLD**, Ute/**TIMPER**, Christiane/**VOCK**, Birke/**WEIXNER** Bärbel/**TRÖSTER**, Horst G.

s. **PERCHTOLD**, Ute/**TIMPER**, Christiane/**VOCK**, Birke/**WEIXNER**, Bärbel/**MAGNANA**, Helmut/ **TRÖSTER**, Horst G.

s. **TIMPER**, Christiane/**VOCK**, Birke/**WEIXNER**, Bärbel/**BETTERMANN**, Ulrich/**MAMCZAK**, Sascha/ **TRÖSTER**, Horst G.

s. **TRÖSTER**, Horst G./**BAUER**, Ute/**VOCK**, Birke/**WEIXNER** Bärbel/**MAMCZAK**, Sascha/**MAGNANA**, Helmut

WELDON, Fay

Angel, in aller Unschuld ➶ 10108 AR
Angel, All Innocence
(auch als »Ein Unschuldsengel«)

Ein Unschuldsengel ➶ 8831 AR
Angel, All Innocence
(auch als »Angel, in aller Unschuld«)

Ich bin froh, daß ich tot bin ➶ 5000
The Rules of Life (Auszug)

WELLEN, Edward

Androiden weinen nicht ➶ 3385
Androids Don't Cry

Der Aufstand der Kryonauten ➶ 3454
The Cryonauts

Cool Cat ➶ 4888
Cool Cat

Einbruch in den Alptraum ➶ 4099
Spur the Nightmare

Gelehrtensprache ➶ 4518
Chalk Talk
(auch als »Wer liebt wen?«)

Der große Käse ➶ 8768 AR
The Big Cheese

Sankt Psikolo ➶ 3486
Sanity Clause

Wer liebt wen? ➶ 3418
Chalk Talk
(auch als »Gelehrtensprache«)

WELLMAN, Manly Wade

Neun Ellen feinstes Tuch ➶ 4254
Nine Yards of Other Cloth

Sherlock Holmes kontra Mars ➶ 3486
Sherlock Holmes Versus Mars

Still war das Tal ➶ 6927 AR
The Valley Was Still

WELLS, H(erbert) G(eorge)

Gott der Dynamos ➶ 3024, auch ➶ 3550, auch ➶ 4000
The Lord of the Dynamos

In der Tiefe ➶ 4022
In the Abyss

Die Insel des Dr. Moreau : 5648 AR
The Island of Doctor Moreau

Das Kristall-Ei ➶ 3024, auch ➶ 3550
The Crystal Egg

Der Mann, der Wunder vollbringen konnte ➶ 3024, auch ➶ 3550, auch ➶ 4023
The Man Who Could Work Miracles

Der neue Beschleuniger ➶ 92, auch ➶ 3024, auch ➶ 3550
The New Accelerator

Stern der Vernichtung : 3024, auch : 3550
Best Stories of H. G. Wells
Stern der Vernichtung ➶ 91, auch ➶ 3024, auch ➶ 3550
The Star
Das Tal der Spinnen ➶ 9 JB
The Valley of the Spiders
Von Tagen, die da kommen ... ➶ 3024, auch ➶ 3550
A Story of the Days to Come
Die Wildesel des Teufels ➶ 5909
The Wild Asses of the Devil
Der Wohltäter auch ➶ 3024, auch ➶ 3550
The Story of the Late Mr. Elvesham
Der Zauberladen ➶ 3024, auch ➶ 3550
The Magic Shop
Die Zeitmaschine ➶ 3264 (Auszug Kap. XI u. XII)
The Time Machine

WELLS, John J./**ZIMMER BRADLEY**, Marion
»Überleben!« ➶ 260 AR, auch ➶ 3019
Another Rib

WELLS, Matthew
Der Auschwitz-Zirkus ➶ 5511
The Auschwitz-Circus

WELTEN DER ZUKUNFT
s. Teil Eins (eigene Rubrik)

WENGUANG, Zheng
Das Spiegelbild der Erde ➶ 4746
The Mirror Image of the Earth

WENSKE, Helmut/**JESCHKE**, Wolfgang
Arcane : 3970

WENZEL, Dietmar
Literarische Seifenblasen des deutschen Kaiserreichs: Nachwort ➶ 4309

WERBER, Bernard
Die Ameisen : 9054 AR
Les fo urmis
Der Tag der Ameisen : 9885 AR
Le jour des fourmis

WERFEL, Franz
Der Djebel ➶ 6611 AR

WERNER, Heinrich
Das Familientreffen ➶ 3602
Die Finger im Licht ➶ 3602

WERNER, Katharina
Schöne nackte Welt ➶ 4199

WERTENBAKER, G. Peyton
Das Eis kommt ➶ 4074
The Coming of the Ice

WESSELL, Deborah
Spazierfahrt ➶ 5018
Joyride

WESSLEY, Günther
s. **PERCHTOLD**, Ute/**MAMCZAK**, Sascha/**TILSNER**, Thomas/ **TRÖSTER**, Horst G./**WESSLEY**, Günther

WEST, Wallace
Einfach Eddie ➶ 4074
Eddie for Short

WESTLAKE, Donald E.
Hydra ➶ 4169
Hydra
Die Kolonie der Unheimlichen ➶ 3128
Earthman's Burden
Der Spion im Fahrstuhl ➶ 3175
The Spy in the Elevator
s. **HARRIS**, Larry M./**WESTLAKE**, Donald E.

WESTON, Susan B.

Kinder des Lichts : 4653
Children of the Light

WEYMAR, Stefan

Pokerface ➶ 4199

WHARTON, Edith

Allerseelen ➶ 27 UB
All Souls

WHEELER, Deborah

Der Tod im Land der Blumen ➶ 5980
Javier, Dying in the Land of Flowers

WHITE, James

Ambulanzschiff : 4977
Ambulance Ship

Chef de Cuisine : 4982
The Galactic Gourmet

Die Föderation : 4826
Federation World

Gegenzauber ➶ 4654
Countercharm

Großoperation : 4976
Major Operation

Hospital Station : 4974,
auch : 7021
Hospital Station

Kleider machen Leute ➶ 3944
Custom Fitting

Leibarzt ➶ 3949
Resident Physician

Notfall Code Blau : 4979
Code Blue – Emergency

Die Puppen ➶ 3015
Counter Security

Radikaloperation : 4981
The Genocidical Healer

Sector General : 4978
Sector General

Spielzeug-Raketen ➶ 3106
Christmas Treason

Star Chirurg : 4975
Star Surgeon

Der Wunderheiler : 4980
Star Healer

Zwischen Erde und Mars ➶ 3017
Fast Trip

WHITE, Robert

Natürliche Auslese ➶ 4673
Natural Selection

WHITLOCK, Dean

Daniels Sterben ➶ 5004
On the Death of Daniel

Faxman ➶ 4888
The Fax Man

Die Kunst, ein Künstler zu sein
➶ 5055
Iridescence
(auch als »Schillernd«)

Schillernd ➶ 5311
Iridescence
(auch als »Die Kunst, ein Künstler zu sein«)

WIDMER, Urs

Stan und Ollie in Deutschland ➶ 7624 AR
(Auszug)

WIESER, Hadmar von

Der Lichtvogel – Elementare Gewalten,
1. Teil : 6026

Der Schwertkönig : 6035

Tronde, geht feiern ➶ 6030

WIESMEIER, Peter C.

E.T. – ein Traum ➶ 3954

Ein Spiel aus der Dose ➶ 3897

Game Over ➶ 3853

Kino im Kopf ➶ 4085

SF-Filmvorschau ➶ 3935
Space Shuttle nach Sindelfingen ➶ 3908

WIGGERSHAUS, Renate
apokalypse ➶ 3985

WIGHTMAN, Wayne
Ganglion ➶ 4315
Ganglion
Käfig 37 ➶ 4880
Cage 37
Der König der Neandertaler ➶ 4936
The King of the Neanderthals
Der Tensor des Begehrens ➶ 4991
The Tensor of Desire

WILDE, Oscar
Das Gespenst von Canterville ➶ 4023
The Canterville Ghost
Lord Arthurs Verbrechen ➶ 3025
Lord Arthur Savile's Crime

WILDER, Cherry
Die Ballade von Hilo Hill ➶ 5880
The Ballad of Hilo Hill
Ein Hauch von Hoffnung ➶ 5645
Something Coming Through
Frauensache ➶ 4880
A Woman's Ritual
Grausame Muster : 5155
Cruel Design
Das Haus in der Friedhof-Straße ➶ 4638, auch ➶ 4884
The House on Cemetary Street
Kein Tod in Venedig ➶ 4803
Alive in Venice
Mab Gallen, Bordarzt a. D. ➶ 3856
Mab Gallen Recalled
Odd ... Man ... Search ➶ 5390
Odd Man Search
Wir sehen der Ernte entgegen ➶ 5950
Looking Forward to the Harvest

WILHELM, Kate
Die Begegnung ➶ 4527
The Encounter
Die blauen Damen ➶ 5537
The Blue Ladies
(auch als »Ein Meisterwerk der Liebe«)
Bruder der Drachen, Kamerad der Eulen ➶ 5537
A Brother to Dragons, a Companion of Owls
Der Clewiston-Test : 3765
The Clewiston Test
Der Demontierer ➶ 4574
The Disassembler
Doppelgänger ➶ 4770
The Lookalike
Das Dorf ➶ 4740
The Village
Die Drachensaat ➶ 4660
The Dragon Seed
Ein Meisterwerk der Liebe ➶ 4470
Masterpiece of Love
Ein Untier an der Angel ➶ 3995
With Thimbles, with Forks, and Hope
Eine Planetengeschichte ➶ 4527
Planet Story
Fühlbare Schatten : 4050
A Sense of Shadow
Das Gorgonenfeld ➶ 5537
The Gorgon Field
Hier sangen früher Vögel : 1, auch : 3600
Where Late the Sweet Birds Sang

Die Hunde ➶ 4527
The Hounds

Huysmans Schoßtierchen : 4596
Huysman's Pets

Ich weiß, was du denkst ➶ 5373
I Know What You're Thinking

Inseln im Chaos : 5536
Death Qualified

Julian ➶ 4097
Julian

Kinder des Windes : 5537
Children of the Wind

Kinder des Windes ➶ 5537
Children of the Wind

Das Mädchen, das in den Himmel fiel ➶ 4477, auch ➶ 5537
The Girl Who Fell into the Sky

Margaret und ich : 4114
Margaret and I

Meine Damen und Herren, hier ist Ihre Krise ➶ 3627, auch ➶ 4000, auch ➶ 4527
Ladies and Gentlemen, This Is Your Crisis

Mrs. Bagley fliegt zum Mars ➶ 4527
Mrs. Bagley Goes to Mars

O homo, o femina, o tempora ➶ 4747
O homo, o femina, o tempora

Die Planer ➶ 98
The Planners

Somerset träumt : 4527
Somerset Dreams

Somerset träumt ➶ 4385, auch ➶ 4527
Somerset Dreams

Stand der Gnade ➶ 4527
State of Grace

Symbiose ➶ 4527
Symbiosis

Die Tür ins Dunkel : 4809
The Dark Door

Verrückte Zeit : 4635
Crazy Time

Die verschwommenen Grenzen der Realität ➶ 4260
The Uncertain Edge of Eternity

Wacholderzeit : 3983
Juniper Time

Winterlicher Strand ➶ 3962
Winterbeach

Wüstenmond ➶ 4161
Moongate

s. **MAHLOW**, René

WILKERSON, Cherie

Rufe Kanal 4 (Cathy) ➶ 4222
Scall Link 4 (Cathy)

WILKINS, Patricia Ann

Vorwort zu ➶ 4412

WILKINS, Mark

Wartours ➶ 4818
Wartours

WILLIAMS, Jay

Das Gesetz der Asa ➶ ANTH 2
The Asa Rule

Spiel ➶ 3035
Somebody to Play with

WILLIAMS, Paul O.

Einführung ➶ 4713
Introduction

Die Enden des Kreises : 4152
The Ends of the Circle

Der Fall der Muschel : 4154
The Fall of the Shell

Der Hinterhalt der Schatten : 4155
An Ambush of Shadows

Die Kuppel im Walde : 4153
The Dome in the Forest

Das Lied der Axt : 4156
The Song of the Axe

Die Zitadelle von Nordwall : 4151
The Breaking of Northwall

Das Schwert der Geduld : 4157
Sword of Forbearance

WILLIAMS, Walter Jon

Aristoi : 5346
Aristoi

Aus der Tiefe ➶ 4650
Surfacing

Bis in die sechste Generation – Epilog ➶ 5603
Unto the Sixth Generation

Bis in die sechste Generation – Prolog ➶ 5603
Unto the Sixth Generation

Bis in die sechste Generation – Teil Eins ➶ 5603
Unto the Sixth Generation

Bis in die sechste Generation – Teil Zwei ➶ 5603
Unto the Sixth Generation

Dinosaurier ➶ 4570
Dinosaurs

Eine Elegie für Engel und Hunde ➶ 5039
Elegy for Angels and Dogs

Engelstation : 4876
Angel Station

Flatline ➶ 4704
Flatline

Hardware : 4524
Hardwired

Das Haus der Scherben : 5164
House of Shards

Die Kronjuwelen : 5163
The Crown Jewels

Mr. Koyamas Komet ➶ 5604
Mr. Koyama's Comet

Nebeneffekte ➶ 4865
Side Effects

Solip: System ➶ 4704
Solip: System

Sterblichkeit ➶ 5608
Mortality

Die Stimme des Wirbelwinds : 4578
Voice of the Whirlwind

Tage der Sühne : 5370
Days of Atonement

Video Star ➶ 4470
Video Star

Wall, Stone, Craft ➶ 5429
Wall, Stone, Craft

Zeit des Wolfs ➶ 4446
Wolf Time

Der Zeuge ➶ 4560, auch ➶ 5601
Witness

s. **ZELAZNY**, Roger/**WILLIAMS**, Walter Joe

WILLIAMSON, Chet

Harolds Alibi ➶ 6555 AR
A Lover's Alibi

Laren und Penaten ➶ 6498 AR
Lares and Penates

Der Lauscher ➶ 6555 AR
The Night Listener

Wird der echte Sam Starburst ...? ➶ 4265
Will the Real Sam Starburst ...

WILLIAMSON, J. N.
Schlag nach im Webster
➶ 8544 AR
The Book of Webster's
Stille Weihnachten ➶ 4638,
auch ➶ 4884
You'd Better Watch Out

WILLIAMSON, Jack (John Stewart)
Antimaterie : 3208, auch : 3923
Seetee Ship
Antimaterie-Bombe : 3211,
auch : 3978
Seetee Shock
Die Chance der Vögel ➶ 5166
The Birds' Turn
Der Dunkelstern ➶ 5934
Dark Star
Eine Chance für die Dinosaurier
➶ 4274
A Break for the Dinosaurs
Das glücklichste Geschöpf ➶ 3487
The Happiest Creature
Die Humanoiden ➶ 93,
auch ➶ 3669
With Folded Hands
Jenseits-Station ➶ 4215
Farside Station
Das kalte grüne Auge ➶ 4518
The Cold Green Eye
Konsumartikel ➶ 3507
Guinevere for Everybody
Kosmos-Express ➶ 4517
The Cosmic Express
Manseed : 4534
Manseed
Die Mondkinder : 3832
The Moon Children
Richtspruch über Terra
➶ ANTH 14
A Planet for Plundering
Überleben : 5040
Lifeburst
Wing 4 : 54
The Humanoids
Zusammenbruch ➶ ANTH 8
Breakdown

WILLIS, Connie
Der Austauschtrick ➶ 4697
Substitution Trick
Auszeit ➶ 4906
Time-Out
Blauer Mond-Tag ➶ 4178
Blued Moon
Brandwache ➶ 3998, auch ➶ 4165,
auch ➶ 4332
Fire Watch
Chancen ➶ 4740
Chance
Daisy in der Sonne ➶ 4654
Daisy, in the Sun
Doppelgänger per Post ➶ 4062
Mail Order Clone
Die Jahre des Schwarzen Todes : 5013
Doomsday Book
Der letzte Winnebago ➶ 4770
The Last of the Winnebago
Lincolns Träume : 4883
Lincoln's Dreams
Notruf ➶ 4747
Distress Call
Schwarzschild-Radius ➶ 4560
Schwarzschild Radius
Der Vater der Braut ➶ 4353
The Father of the Bride
Verloren und gefunden ➶ 6498 AR
Lost and Found

WILSON, F. Paul
Aus dem Abgrund ➶ 5166
Bugs

Es wimmle das Wasser von lebendigem Getier ➶ 3748
To Fill the Sea and Air

Muskeln ➶ 4621
Muscles

Wer sein Fett abkriegt ... ➶ 3664
Lipidleggin

WILSON, Gahan

Der fast ideale Butler ➶ 3454
The Zombie Butler

Die freundliche Drohung ➶ 3288
The Sea Monster and the Mayor of New York City

Harry der Große ➶ 3145
Harry's Golden Years

Kindheitshexe ➶ 27 UB
Yesterday's Witch

Der Ritter und der Drache ➶ 3272
The Knight-Errant, the Dragon, and the Maiden

Das Ungeheuer und die Präriehunde ➶ 3305
The Thing from Outer Space and the Prairie Dogs

Warnung vor dem Hunde ➶ 3353
Beware of the Dog

Der Wissenschaftler und das Ungeheuer ➶ 3337
The Scientist and the Monster

WILSON, Richard

Billiges Geld ➶ 3128
The South Waterford Rumple Club

Ein Freund der Familie ➶ 3487
Friend of the Family

Der ferne König ➶ 3636, auch ➶ 4215
The Far King

Die letzten Minuten ➶ 3272
The Day They Had the War

Die Maulwürfe von Manhattan ➶ 3073
The Eight Billion

Der neue Job ➶ 3520
Helping Hand

Der Schwätzer ➶ 4074
A Man Spekith

WILSON, R(obert) A(nton)

Der Mann von der Insel ➶ 3894
Island Man

WILSON, Robin Scott

Lochkarten-Harley ➶ 3418
For a While There, Herbert Marcuse, I Thought You Were Maybe Right About Alienation and Eros

WILSON, Sam

Nacht des Midas ➶ 6723 AR
Midas Night

WINDGASSEN, Michael

Ein Mann mit zwei Müttern ➶ 5635

WINGROVE, David

Auf einem Feuerrad : 5259
Beneath the Tree of Heaven: Chung Kuo – Book Five
(Erster Teil)

Die Domäne : 5252
The Middle Kingdom: Chung Kuo – Book One
(Zweiter Teil)

Ein Herz aus Stein : 5258
The Stone Within: Chung Kuo –Book Four
(Zweiter Teil)

Das gebrochene Rad : 5255
The White Mountain: Chung Kuo – Book Three
(Erster Teil)

Die Kunst des Krieges : 5253
The Broken Wheel: Chung Kuo – Book Two
(Erster Teil)

Das Reich der Mitte : 5251
The Middle Kingdom: Chung Kuo – Book One
(Erster Teil)

Schutt und Asche : 5254
The Broken Wheel: Chung Kuo – Book Two
(Zweiter Teil)

Ungeheuer der Tiefe : 5257
The Stone Within: Chung Kuo – Book Four
(Erster Teil)

Der weiße Berg : 5256
The White Mountain: Chung Kuo – Book Three
(Zweiter Teil)

s. **IWOLEIT**, Michael K.

WINHELLER, Charlotte

Bennie ist ein schöner Name ➶ 3602

Eins ums andere ➶ 3602

The Magazine of Fantasy and Science Fiction, 1. Folge:
Saturn im Morgenlicht : 3011

The Magazine of Fantasy and Science Fiction, 2. Folge:
Das letzte Element : 3013

The Magazine of Fantasy and Science Fiction, 3. Folge:
Heimkehr zu den Sternen : 3015

The Magazine of Fantasy and Science Fiction, 4. Folge:
Signale vom Pluto : 3017

The Magazine of Fantasy and Science Fiction, 5. Folge:
Die Esper greifen ein : 3019

The Magazine of Fantasy and Science Fiction, 6. Folge:
Die Überlebenden : 3021

The Magazine of Fantasy and Science Fiction, 7. Folge:
Musik aus dem All : 3023

The Magazine of Fantasy and Science Fiction, 8. Folge:
Irrtum der Maschinen : 3025

The Magazine of Fantasy and Science Fiction, 9. Folge:
Die Kristallwelt : 3027

Wegen Elsie ➶ 3498

WINKLER, Richard

Der Mob ➶ 3081
An Afternoon in May

WINSTON-MACAULEY, Marnie

Die perfekte Lösung
➶ 4836
The Perfect Solution

WINTER, Douglas E.

Einführung ➶ 8636 AR,
auch ➶ 17 JUM

Nachtvisionen – Sieben beklemmende Geschichten : 8098 AR
Night Vision 5

Nicht ganz ein Zombie
➶ 8542 AR
Less Than Zombie

Schwarze Sonne ➶ 8544 AR
Black Sun

Stephen King, Peter Straub und die Suche nach dem Talisman ➶ 7877 AR
Stephen King, Peter Straub, and the Quest for the Talisman

Der Streifen ➶ 10344 AR
Loop

WINTER, Ralf

Das Herz des Stroms : 5006

WINTER, Thomas

Das Geschenk ➶ 4513
Het Geschenk

WINTREBERT, Joëlle

In letzter Instanz ➶ 4920
Sans appel

WISMAN, Ken

Ein einzigartiger Mensch ➶ 4005
A Peculiar Man

Oma Babkas Weihnachts-Pfefferkuchenhaus und die Glück/Pech-Leschi
➶ 4884
Grandma Babkas Christmas Ginger and the Good Luck/Bad Luck Leshy

WOINOWITSCH, Wladimir

Moskau 2042 ➶ 5000
Mockwa (Auszug)

WIŚNIEWSKI-SNERG, Adam

Die Arche : 5069
Arka

Engel der Gewalt ➶ 3818,
auch ➶ 4000
Aniol przemocy

Das Evangelium nach Lump : 3914,
auch ➶ 4403
Według łotra

Gedankenverzehr ➶ 3848
(aus: Roboter)

Gespalten ➶ 5880
Rozdwojenie

Nacktes Ziel : 4588
Nagi cel

Roboter : 3815
Robot

WIŚNIOWSKI, Sygurd

Der Unsichtbare ➶ 3906
Niewidzialny

WITT, Uwe-Michael

Renaissance der Utopie oder Einübung in die Endzeit - die russische Science Fiction nach der Perestrojka
➶ 5925

WITZKO, Karl-Heinz

Spuren im Schnee : 6020

Tod eines Königs : 6034

Treibgut : 6011

WODHAMS, Jack

Der Traum ➶ 6723
Premonition

WÖRNER, Hans

Wir fanden Menschen
: 3449

WOHLRABE, Klaus

Korrektur der Vergangenheit
➶ 3952

WOJCIK, Andrzej

s. **KRZEPKOWSKI**, Andrzej/
WOJCIK, Andrzej

WOLF, Gary K.

Muttersöhnchen
➶ 3418
Slammer

WOLF, Jeremias

Mit der Waffe Phantasie eine Bresche in die gepanzerte Ignoranz der Wirklichkeit schlagen
➶ 4051

WOLF, Wladimir

Folter zu verkaufen
➶ 4990
ПРОДАЕТСЯ ПЫТКА

Krieg unterm Weihnachtsbaum
(Heiliger Abend) ➶ 3944, auch ➶ 4000, auch ➶ 4340
The War beneath the Tree
(Christmas Eve)

La Befana
(Weihnachten) ➶ 4340
La Befana
(Christmas Day)

Die Legende von Xi Cygnus
➶ 5166
The Legend of Xi Cygnus

Der letzte packende Groschenroman
➶ 4107
The Last Thrilling Wonder Story

Der letzte Tag ➶ 4274
Last Day

Der Mann aus Nebraska und die Nereide
➶ 4405
The Nebrascan and the Nereid

Die Nachtseite der langen Sonne
: 5941
Nightside of the Long Sun

Pauls Baumhütte
(Tag des Baums) ➶ 4340
Paul's Treehouse
(Arbor Day)

Der Prozeß ➶ 4175
Criminal Proceeding

Die Rückkehr der Peitsche
(Lincolns Geburtstag) ➶ 4340
How the Whip Came Back
(Lincoln's Birthday)

Der See der langen Sonne : 5942
Lake of the Long Sun

Soldat des Nebels : 4602
Soldier of the Mist

Der Schatten des Folterers : 4063
The Shadow of the Torturer

Das Schwert des Liktors : 4065
The Sword of the Lictor

Sieben amerikanische Nächte
➶ 3995
Seven American Nights

Silhouette ➶ 3755
Silhouette

St. Brandon
(St. Patricks Tag) ➶ 4340
St. Brandon
(St. Patrick's Day)

Der Student und sein Sohn
➶ 4005
The Tale of the Student and His Son

Suzanne Delage ➶ 4015
Suzanne Delage

Tarzan bei den Trauben ➶ 3353
Tarzan of the Grapes

Der Tod des Dr. Island ➶ 3674
The Death of Doctor Island

Die Urth der Neuen Sonne : 4655
The Urth of the New Sun
The Book of the New Sun - Volume Five

V.R.T. ➶ 79, auch ➶ 3415, auch ➶ 3962
V.R.T.

Von Relais und Roten Rosen
(Valentinstag) ➶ 4340
Of Relays and Roses
(Valentine's Day)

Der Wechselbalg
(Tag der Kriegsheimkehrer)
➶ 4340
The Changeling
(Homecoming Day)

Westwind ➶ 3398
Westwind

Wie ich den Zweiten Weltkrieg verlor und mithalf, die deutschen Invasoren zurückzuwerfen
(Heldengedenktag) ➶ 4340
How I Lost the Second World War and Helped Turn Back the German Invasion
(Memorial Day)

Der wunderbare messingne Schachautomat
➶ 3627
The Marvellous Brass Chessplaying Automaton

Die Wunder der Augen-Blicke
➶ 3592
The Eyeflash Miracles

Die Zitadelle des Autarchen
: 4066
The Citadel of the Autarch

WOLFE, Ron

Der Tiger und ich
➶ 6723 AR
Tiger of the Mind

WOLFRAM-FALK, Thomas

Umfassende Vorsorge
➶ 4041

WOLLHEIM, Donald A.

Das Ding ➶ 4254
The Rag Thing

WOLVERTON, Dave

STAR WARS – Entführung nach Dathomir : 9374 AR
STAR WARS – The Jedi Academy Trilogy, Volume 2: Champions of the Force

WOMACK, Jack

Die alte Universitätskrawatte
➶ 9953 AR
That Old School Tie

Ambient : 4668
Ambient

Heidern : 4994
Heathern

Terraplane : 4890
Terraplane

Zufällige Akte sinnloser Gewalt : 5669
Random Acts of Senseless Violence

WOOD, Susan

Die Rolle der Frau in der Science Fiction
➶ 3869
Woman and SF

WOODLEY, J. B.

Die Rache Seiner Majestät ➶ 3103
With a Vengeance

WOODROFFE, Patrick

Himmlische Landwirtschaft und der kultivierte Mensch ➶ 4199
Celestial Husbandry and the Cultivated Man

Die Madonna mit dem Spiegel
➶ 4057
The Madonna of the Mirror

WOODROFFE, Patrick/
WOODROFFE, Rosie

Ben und die Kunst des Kamikaze-Zeitreisens ➶ 4325
Ben and the Art of Kamikaze Time Travel

WOOLRICH, Cornell

Das gellende Lachen ➶ 9 JB
The Screaming Laugh

WRCHOWETZKY, Karl

Morgen wird die Kiste gebracht ➶ 3995

Nach Babylon, nach Babylon! ➶ 4041

Nimm die Schätze und verlasse uns!
➶ 3888

... und dann singen alle die Hymne
➶ 4199

WRIGHT, Gary

Auf der Stuka-Bahn ➶ 3128, auch ➶ 4000
Mirror of Ice

WRIGHT, R. Glenn

Vorwort ➶ 4527

WRIGHT, S. Fowler

Erbsünde ➶ 4074
Original Sin

WRIGHT, Susan

Der Mörder des Sli : 5438
Sins of Commission

Verletzungen : 5404
STAR TREK Voyager # 4: Violations

WU, William F.

Cyber Opera : 5102
Hong on the Range

Elektronisches Blutvergießen ➶ 3748
On the Shadow of a Phosphor Sheen

WUL, Stefan

Spiele der Vestalinnen ➶ 3482
Jeux des vestales

WYLDE, Thomas

Körperbeherrschung ➶ 4673
The Man Who Controlled Himself

Die unglaublich dicke Welt ➶ 3811
The Incredible Thick World

Zu den Toren des Ostens ➶ 4991
To the Eastern Gates

WYLIE, Jonathan

Botschaften aus einem fremden Land : 9001
Other Lands

Der Erwählte : 4838
Servants of Ark Book One: The First Named

Das Zauberkind : 4840
Servants of Ark Book Three: The Mage-Born Child

Das Zentrum des Kreises : 4839
Servants of Ark Book Two: The Centre of the Circle

WYLIE, Philip (Gordon)

Das große Verschwinden : 3148
The Disappearance

WYLIE, Philip (Gordon)/**BALMER**, Edwin

Auf dem neuen Planeten : 3183, auch : 3976
After Worlds Collide

Wenn Welten zusammenstoßen : 3178, auch : 3924
When Worlds Collide

WYLSE, Thomas

Das Kindermädchen ➶ 4107
The Nanny

WYNDHAM, John

Ärger mit der Unsterblichkeit : 3207
Trouble with Lichen

Das Chronoklasma ➶ 3487
The Chronoclasm

Es geschah am Tage X ... : 3039
The Midwich Cuckoos

Experiment mit kleinen Fehlern ➶ 3011
A Stitch in Time

Gehe hin zur Ameise ➶ 4183, auch ➶ ANTH 23
Consider Her Ways

Die Reise zum Mars : 3359
Stowaway to Mars

Die Triffids : 27, auch : 3001, auch : 3134, auch ➶ 4000, auch ➶ 37 JB (Auszüge)
The Day of the Triffids

Das versteckte Volk : 3371
The Secret People

WYNDHAM, John/**PARKES**, Lucas

Griff nach den Sternen : 3055
The Outward Urge

WYNNE-TYSON, Jon

Mistral ➶ 6723 AR
Mistral

Y

YANO, Tetsu

Die Legende vom papierenen Raumschiff ➶ 4746
The Legend of the Paper Spaceship

YARBRO, Chelsea Quinn

Am Froschteich ➶ 3523
Frogpond

Ermittlungen in Sachen Jericho ➶ 5004
Investigations Jericho

Falsche Dämmerung : 3744
False Dawn

Novene ➶ 9773 AR
Novena

Die Pfeile ➶ 16 UB
The Arrows

Der Schmetterling des Generalissimus ➶ 3655
The Generalissimo's Butterfly

YEATS, William Butler

Die Weisheit des Königs ➶ 6598 AR
aus: *The Secret Rose*

YEOVIL, Jack

Drachenfels : 5571
Drachenfels

Die untote Geneviève : 5575
Genevieve Undead

YEP, Laurence

Herr der Schatten : 4627
Shadow Lord

Seedämonen : 4633
Seademons

YERMAKOW, Nicholas Valentin

Ein Schimmer von Gold ➶ 3899
A Glint of Gold

Das Orpheus-Implantat ➶ 4005
The Orpheus Implant

YOLEN, Jane

Bruder Hirsch ➶ 3681
Brother Hart

Der stille Mönch ➶ 4742
The Quiet Monk

Der Wassermann ➶ 4786
The Sea Man

YORK, J. Steven

Der unbeschrankte Bahnübergang ➶ 5649
The Unmarked Crossing

YOUNG, Paris ja

Die Höllentaucher ➶ 4660
The Helldivers

YOUNG, Robert F(ranklin)

Ann ➶ 3435
Spacetrack

Die Auswanderer ➶ 3013
There Was an Old Woman ...

Der Bastler ➶ 3549
Tinkerboy

Der blaue Planet ➶ 3064
Hopsoil

Dein Reich komme GmbH ➶ 4638, auch ➶ 4884
Kingdom Come, Inc.

Ein Affe namens Shakespeare ➶ 3519
Shakespeare of the Apes

Ein Riese, ein irisches Mädchen und 21 Kühe ➶ 4525
The Giant, the Colleen, and The Twenty One Cows

Ewige Liebe ➶ 3023
The Eternal Lovers
Gespräche mit einem Vogel ➶ 3369
Dialogue in a Twenty-First Century Dining Room
Himmel über der Erde ➶ 3110
Kingdom Come, Inc.
Johanna II. von Orleans ➶ 3073
L'Arc de Jeanne
Jonathan und der Raumwal ➶ 3089
Jonathan and the Space Whale
Larkins Stern ➶ 4005
The Summer of the Fallen Star
Das Mädchen mit dem Löwenzahnhaar ➶ 29, auch ➶ 5075
The Dandelion Girl
Metamorphose ➶ 3031
Storm Over Sodom
Opfer des Jahres ➶ 27 UB
Victim of the Year
Das Puppenhaus ➶ 3120
Juke Doll
Revolution 20 ➶ 4438
Revolution 20
Schattenwelt ➶ 4069
Darkspace
Der verlorene Erdensohn ➶ 4127
The Lost Earthman

YU, Quah Kung
Gleichberechtigung ➶ 4746
Equality

YULSMAN, Jerry
Elleander Morning oder: Der Krieg, der nicht stattfand : 88, auch : 4312
Elleander Morning

Z

ZAHN, Timothy
Astra : 4645
Spinneret
Die Backlash-Mission : 4587, auch : 7004
The Backlash Mission
Die Blackcollar-Elite : 4586, auch : 7003
The Blackcollar
Kriegspferd : 4941
Warhorse
Totmannschaltung : 4737
Deadman Switch
Zeitbombe : 5084
Timebomb

ZAKEL, Hans
Der heilige Götze des Friedens ➶ 3818
Soldatentod ➶ 4161

ZAMJATIN, Evgenij Ivanovič
s. **SAMJATIN**, Jewgeni Iwanowitsch

ZAUNER, Georg
Begegnung der dritten Art ➶ 4085
Die Enkel der Raketenbauer – Die bajuvischen Dokumente : 3751, auch ➶ 4235
Der verbotene Kontinent : 4024
Zur Theorie der Zeitmaschine ➶ 3908

ZEBROWSKI, George
Fremdere Sonnen : 5153
Stranger Suns
Der heidnische Gott ➶ 4517
Heathen God
Im Fluß von Synergien/Einführung ➶ 4861
Mehr als Unterhaltung ➶ 5042
Beyond Entertainment

Die Omega-Punkt-Trilogie : 5298
The Omega Point Trilogy

Synergisten. Einführung ➶ 4815

Synergy 1 : 4815
Synergy 1

Synergy 2 : 4861
Synergy 2

Synergy 3 : 4927
Synergy 3

Synergy 4 : 5042
Synergy 4

Die Weine der Synergie. Einführung ➶ 4927

Der Wortkehrer ➶ 99
The Word Sweep

s. **DANN**, Jack (Mayo)/**ZEBROWSKI**, George

s. **PELLEGRINO**, Charles/
ZEBROWSKI, George

ZELAZNY, Roger (Joseph)

Asche zu Asche ➶ 5603
Ashes to Ashes

Die Aschenbrücke : 3613, auch ➶ 4439
Bridge of Ashes

Das Biest ➶ 3344, auch ➶ 4335
The Doors of His Face, the Lamps of His Mouth

Das Blut von Amber : 5282
Blood of Amber

Die Burgen des Chaos : 3840, auch ➶ 4275
The Courts of Chaos

Corwin von Amber : 3539, auch ➶ 4275
Nine Princes in Amber

Dem Prediger die Rose ➶ 3787
A Rose for Ecclesiastes

Der dreifache Absturz des Jeremy Baker
➶ 5649
The Three Descents of Jeremy Baker

Die Einhorn-Variante ➶ 3913
Unicorn Variation

Fluch der Unsterblichkeit ➶ 4463
This Immortal

Der Former ➶ 3360, auch ➶ 3790
He Who Shapes

Das Friedhofsherz ➶ 5039
The Graveyard Heart

Die Gewehre von Avalon : 3551,
auch ➶ 4275
The Guns of Avalon

Die Glocken von Shoredan ➶ 3915
The Bells of Shoredan

Göttlicher Wahnsinn ➶ 4254
Divine Madness

Halbjack ➶ 3989
Halfjack

Die Hand Oberons : 3594, auch ➶ 4275
The Hand of Oberon

Der Henker ist heimgekehrt ➶ 3737
Home Is the Hangman

Herr des Lichts : 45, auch ➶ 3500
Lord of Light

Heut wählen wir Gesichter : 3444
Today We Choose Faces

Im Zeichen des Einhorns : 3571, auch ➶ 4275
Sign of the Unicorn

Die Insel der Toten : 3366, auch ➶ 4335
Isle of the Dead

Jack aus den Schatten : 3901
Jack of the Shadows

Katzenauge : 4217
Eye of Cat

Konzert für Sirenen und Serotonin ➶ 5607
Concerto for Siren and Serotonin

Luzifer ➶ 4074
Lucifer

Die Maschine im Herzsprung-Zentrum ➶ 96
The Engine at Heartspring's Centre

Prinz des Chaos : 5285
Prince of Chaos

Die Prinzen von Amber : 4275

Ritter der Schatten : 5284
Knight of Shadows

Der Schläfer ➶ 5601
The Sleeper
Sein letzter Kampf ➶ ANTH 34
Auto-Da-Fé
Straße der Verdammnis : 3310,
auch ➶ 4335
Damnation Alley
Sturm über Station B ➶ 3255
This Moment of the Storm
Der Tod in Italbar : 3434,
auch ➶ 4335
To Die in Italbar
Die Trümpfe des Jüngsten Gerichts
: 5281
Trumps of Doom
Vier Romane in einem Band
: 4335
24 Ansichten des Berges Fuji, von Hokusai
➶ 4380
24 Views of Mt Fuji, by Hokusai
Walpurgisnacht ➶ 4047
Walpurgisnacht
Wechselhaftes Land : 4247
The Changing Land
Der Weg nach Dilfar ➶ 4076
Passage to Dilfar
Zeichen des Chaos : 5283
Sign of Chaos

ZELAZNY, Roger/
WILLIAMS, Walter Jon
Ein Wendebuch : 5039
s. **WALKER**, Paul

ZELDIS, Leon
Die Hure von Babylon ➶ 4746
The Whore of Babylon

ZEROMSKI, Stefan
Eine neue Zivilisation ➶ 3906
Nowa cywilizacja

ZETTL, Günter
Interview mit Ian Watson ➶ 4019
s. **SCHATTSCHNEIDER**, Peter/**ZETTL**, Günter

ZHURAVLEVA, Valentina
Musik aus dem All ➶ 3023
Starlight Rhapsody

ZIEGLER, Thomas
Delirion : Liza ➶ 3970
Eine Kleinigkeit für uns Reinkarnauten
➶ 5935
Holzmann weiß, was Menschen brauchen
➶ 3574
Matuscheks Welten ➶ 3574
See You Later, Alligator ➶ 3650
Die sensitiven Jahre ➶ 3745
Stimmen der Nacht : 5056

ZIEGLER, Thomas/**ANTON**, Uwe
Zeit der Stasis : 3680
s. **ANTON**, Uwe/**ZIEGLER**, Thomas
s. **HAHN**, Ronald M./**ZIEGLER**, Thomas

ZIERGIEBEL, Herbert
Die Experimente des Professors
von Pulex ➶ 3952

ZIETSCH, Uschi
Der chinesische Weihnachtsmann
➶ 4884
Der Drachenkönig : 6008
Rattenfeuer ➶ 8768 AR
Sternwolke und Eiszauber : 4299
Tuan der Wanderer : 6002

ZIMMER BRADLEY, Marion
Der Bronzedrache : 4144, auch : 6359 AR,
auch ➶ 79 TdM, auch ➶ 112 JB
The Brass Dragon

Der anderen Magie ➶ 4265
Somebody Else's Magic

3 ungekürzte Romane : 79 TdM

Ellenbogenfreiheit ➶ 4352
Elbow Room

Die Erbin von Ruwenda : 10581 AR
Lady of the Trillium

Geisterlicht : 74 HC
Ghostlight

Das graue Schloß am Meer
: 6815 AR,
auch : 10086 AR
Souvenir of Monique

Kreuz des Bösen ➶ 20 UB
Treason of the Blood

Robins Welt ➶ 5038 AR,
auch ➶ 6598 AR
The Wind People

Schloß des Schreckens : 7712 AR
Castle Terror

Der Tag der Schmetterlinge ➶ 4353
Day of the Butterflies

Die Teufelsanbeter : 6697 AR,
auch : 9962 AR, auch ➶ 79 TdM
Dark Satanic

Trapez : 7630 AR
The Catch Trab

Trommeln in der Dämmerung
: 6602 AR, auch : 9786 AR,
auch ➶ 79 TdM
Drums of Darkness

Der Verfolger ➶ 4574
The Walker Behind

Die wandernde Laute ➶ 4438
The Wandering Lute

ZIMMER BRADLEY, Marion/**MAY**, Julian/**NORTON**, Andre

Die Zauberin von Ruwenda : 9698 AR,
auch : 7 HC
Black Trillium

ZIMMER BRADLEY, Marion/**NORTON**, Andre

Hüter der Träume : 10340 AR
Golden Trillium

ZIMMER BRADLEY, Marion/**NORTON**, Andre/**LACKEY**, Mercedes

Der Tigerclan von Merina : 10321 AR,
auch : 38 HC
Tiger Burning Bright

s. **WELLS**, John J./**ZIMMER BRADLEY**, Marion

ZIMMERMAN, Herman

Einführung ➶ 5545

ZINDELL, David

Höhlen ➶ 4410
Caverns

Neverness : 4700
Neverness

Shanidar ➶ 4697
Shanidar

Traumloser Schlaf ➶ 4470
The Dreamer's Sleep

ZINK, Jörg

Am Dritten Tage ➶ 7624 AR

ZIOLKOWSKI, Konstantin E(duard)

Außerhalb der Erde : 3554
Vne zemli

ZOLINE, Pamela

Der Wärmetod des Universums ➶ 98
The Heat Death of the Universe

ZOPFI, Emil

23.14 ➶ 7624 AR

ZSOLDOS, Péter

Die Aufgabe : 3731, auch ➶ 4362
A feladat

Fernes Feuer - Wiking II : 4391
Tavoli tüz – Viking II
Kontrapunkt 4484
Ellenpont
Die letzte Versuchung - Wiking III - : 4812
Az utolsá kisértés
Die Rückkehr der Wiking : 4390
A Viking visszatér

ZUDDAS, Gianluigi
Komm mit! 4059
Vieni con me

ZUMBACH, Frank T.
Böse Stimmen : 4319
Vorwort 4319

ZUTAWSKI, Jerzy
Rückkehr zum Planeten der Urväter 3906
Powrót na planetę Praojców

ZUSCHLAG, Reinhart
Das Programm 7624 AR

ZWYSTEIN, Simon
Die Germelshausen-Manuskripte 5090
Leichter als Vakuum 5090

TEIL DREI

Verzeichnis sämtlicher Zyklen und Serien

Termin-, Numerierungs- und Titeländerungen
bei den noch nicht erschienenen Bänden vorbehalten!

Planungsstand: August 1998

FANTASY

Alan Burt Akers
Saga von Dray Prescot
(auch SCORPIO-/ANTARES- und KREGEN-ZYKLUS)

DELIAN-ZYKLUS:

Band 1:
06/3459
Transit nach Scorpio (1975)
Transit to Scorpio (1972)

Band 2:
06/3476
Die Sonnen von Scorpio (1976)
The Suns of Scorpio (1973)

Band 3:
06/3488
Der Schwertkämpfer von Scorpio (1976)
Warrior of Scorpio (1973)

Band 1, 2 und 3 als Sonderausgabe in einem Band:
06/5497
Die Scorpio-Bänder (1996)

Band 4:
06/3496
Die Armada von Scorpio (1976)
Swordships of Scorpio (1973)

Band 5:
06/3504
Der Prinz von Scorpio (1976)
Prince of Scorpio (1974)

HAVILAR-ZYKLUS:

Band 6:
06/3512
Die Menschenjäger von Antares (1976)
Manhounds of Antares (1973)

Band 7:
06/3534
In der Arena von Antares (1977)
Arena of Antares (1974)

Band 8:
06/3547
Die Flieger von Antares (1977)
Fliers of Antares (1975)

Band 9:
06/3567
Die Waffenbrüder von Antares (1977)
Bladesman of Antares (1975)

Band 10:
06/3585
Der Rächer von Antares (1978)
Avengers of Antares (1976)

Band 11:
06/3607
Die fliegenden Städte von Antares* (1978)
Armada of Antares (1976)

KROZAIR-ZYKLUS:

Band 12:
06/3634
Die Gezeiten von Kregen (1979)
The Tides of Kregen (1976)

Band 13:
06/3661
Die Abtrünnigen von Kregen (1979)
Renegade of Kregen (1976)

Band 14:
06/3697
Krozair von Kregen (1980)
Krozair of Kregen (1977)

VALLIA-ZYKLUS:

Band 15:
06/3746
Geheimnisvolles Scorpio (1980)
Secret Scorpio (1977)

* Die Erzählung »Der Zauberer von Scorpio« – enthalten in der Anthologie »Ashtaru der Schreckliche«, hrsg. von Erhard Ringer und Hermann Urbanek (06/3915) – verbindet Band 11 und 12 des Scorpio-Antares-Zyklus.

Band 16:
06/3788
Wildes Scorpio (1981)
Savage Scorpio (1978)

Band 17:
06/3861;
auch als 06/4671
Dayra von Scorpio (1982)
Captive Scorpio (1978)

Band 18:
06/4296
Goldenes Scorpio (1986)
Golden Scorpio (1978)

JIKAIDA-ZYKLUS:

Band 19:
06/4297
Ein Leben für Kregen (1986)
A Life for Kregen (1979)

Band 20:
06/4298
Ein Schwert für Kregen
(1986)
A Sword for Kregen (1979)

Band 21:
06/4357
Ein Schicksal für Kregen
(1986)
A Fortune for Kregen (1979)

Band 22:
06/4358
Ein Sieg für Kregen (1987)
A Victory for Kregen (1980)

SPIKATUR-ZYKLUS:

Band 23:
06/4359
Die Bestien von Antares (1987)
Beasts of Antares (1980)

Band 24:
06/4397
Der Rebell von Antares (1987)
Rebel of Antares (1981)

Band 25:
06/4398
Die Legionen von Antares
(1987)
Legions of Antares (1981)

Band 26:
06/4399
Die Verbündeten von Antares
(1987)
Allies of Antares (1981)

PANDAHEM ZYKLUS:

Band 27:
06/4472
Die Labyrinthe von Scorpio
(1988)
Mazes of Scorpio (1982)

Band 28:
06/4510
Delia von Vallia (1988)
Delia of Vallia (1982)

Band 29:
06/4511
Die Feuer von Scorpio (1988)
Fires of Scorpio (1983)

Band 30:
06/4554
Die Klauen von Scorpio (1989)
The Talons of Scorpio (1983)

Band 31:
06/4593
Die Masken von Scorpio (1989)
Masks of Scorpio (1984)

Band 32:
06/4624
Seg, der Bogenschütze (1989)
Seg, the Bowman (1984)

HEXENKRIEG-ZYKLUS:

Band 33:
06/4642
Die Werwölfe von Kregen (1989)
Werewolves of Kregen (1980)

Band 34:
06/4675
Die Hexen von Kregen (1990)
The Witches of Kregen (1985)

Band 35:
06/4717
Sturm über Vallia (1990)
Storm over Vallia (1985)

Band 36:
06/4789
Die Omen von Kregen (1991)
Omens of Kregen (1985)

Band 37:
06/4806
Der Kriegsherr von Antares (1991)
Warlord of Antares (1988)

LOHVIAN-ZYKLUS:

Band 38:
06/4849
Wiedergeborenes Scorpio (1991)
Scorpio Reborn (1991)

Band 39:
06/4864
Die Meuchelmörder von Scorpio (1992)
Scorpio Assassin (1992)

Band 40:
06/4882
Die Ivasion von Scorpio (1992)
Scorpio Invasion (1992)

Band 41:
06/4923
Scorpio in Flammen (1992)
Scorpio Ablaze (Originalausgabe)

Band 42:
06/4928
Die Trommeln von Scorpio (1992)
Scorpio Drums (Originalausgabe)

Band 43:
06/4989
Der Triumph von Scorpio (1993)
Scorpio Triumph (Originalausgabe)

BALINTOL-ZYKLUS:

Band 44:
06/4807
Die Intrige von Antares (1993)
Intrigue of Antares (Originalausgabe)

Band 45:
06/5137
Die Banditen von Antares (1994)
Gangs of Antares (Originalausgabe)

Band 46:
06/5170
Die Dämonen von Antares (1994)
The Demons of Antares (Originalausgabe)

Band 47:
06/5241
Die Geißel von Antares (1995)
Scourge of Antares (Originalausgabe)

Band 48:
06/5327
Die Fehde von Antares (1995)
Challenge of Antares (Originalausgabe)

Band 49:
06/5396
Der Zorn von Antares (1996)
Wrath of Antares (Originalausgabe)

Band 50:
06/5498
Schatten über Kregen (1996)
Shadows over Kregen (Originalausgabe)

PHANTOM-ZYKLUS:

Band 51:
06/5628
Mord auf Antares (1996)
Murder on Antares (Originalausgabe)

Band 52:
06/5898
Aufruhr auf Kregen (1997)
Turmoil on Kregen (Originalausgabe)

Band 53:
06/5964
Verrat auf Kregen
Treachery on Kregen (Originalausgabe)
Aus Alters- und Krankheitsgründen seitens des Autors erscheint dieser Band möglicherweise nicht. Mit diesem wäre der Zyklus beendet.

Greg Bear
Sidhe-Zyklus

Band 1:
06/4382
Das Lied der Macht (1987)
The Infinity Concerto (1984)

Band 2:
06/4569
Der Schlangenmagier (1989)
The Serpent Mage (1986)

James P. Blaylock
Elfen-Zyklus

Band 1:
06/5152
Das Elfenschiff (1994)
The Elfin Ship (1982)

Band 2:
06/5288
Die Festung des Selznak (1994)
The Disappearing Dwarf (1983)

Weitere Bände in Vorbereitung!

Frena Bloomfield
Dunkelwelt-Legenden

Band 1:
06/4333
Die Drachenpfade (1986)
The Dragon Paths (1973)

Band 2:
06/4334
Die Himmelsflotte von Atlantis (1986)
Skyfleet of Atlantis (1979)

Edgar Rice Burroughs
Venus-Zyklus

Band 1:
06/3188
Piraten der Venus (1970)
Pirates of Venus (1934)

Band 2:
06/3192
Auf der Venus verschollen (1970)
Lost on Venus (1935)

Band 3:
06/3222
Krieg auf der Venus (1972)
Carson of Venus (1937)

Band 4:
06/3241
Odyssee auf der Venus (1972)
Escape on Venus (1946)

Lin Carter
Der grüne Stern

Band 1:
06/3388
Der grüne Stern (1974)
Under the Green Star (1972)

Band 2:
06/3408
Der grüne Stern ruft (1974)
When the Green Star Calls (1974)

Band 3:
06/3468
Im Licht des grünen Sterns (1975)
Light of the Green Star (1974)

Band 4:
As the Green Star Rises
(nicht erschienen)

Band 5:
In the Green Star's Glow
(nicht erschienen)

Vera Chapman
Demoiselle-Trilogie

Band 1:
06/4078
Der grüne Ritter (1984)
The Green Knight (1975/76)

Band 2:
06/4079
Die Rückkehr des Lichts (1984)
The King's Damosel (1975/76)

Band 3:
06/4080
König Artus' Tochter (1984)
King Arthur's Daughter (1975/76)

C. J. Cherryh
Morgaine-Zyklus

Band 1:
06/3629
Das Tor von Ivrel (1979)
Gate of Ivrel (1976)

Band 2:
06/3732
Der Quell von Shiuan (1980)
Well of Shiuan (1978)

Band 3:
06/3921
Die Feuer von Azeroth (1982)
Fires of Azeroth (1979)

Alle 3 Romane in einem Band als illustrierte Sonderausgabe:
06/4204
Tore ins Chaos (1985)

C. J. Cherryh
Eald-Zyklus

Band 1:
06/4231
Stein der Träume (1985)
The Dreamstone (1983)

Band 2:
06/4514
Baum der Schwerter und Juwelen (1988)
The Tree of Swords an Jewels (1983)

Jo Clayton
Brann-Zyklus

Band 1:
06/4647
Die Seelentrinkerin (1990)
Drinker of Souls (1986)

Band 2:
06/4648
Blaue Magie (1990)
Blue Magic (1988)

Band 3:
06/4649
Das Sammeln der Steine (1990)
A Gathering of Stones (1989)

Conan-Zyklus

Band 1:
06/3202
Robert E. Howard/Lin Carter/
Lyon Sprague de Camp
Conan (1970)
Conan (1967)

Band 2:
06/4006
Andrew J. Offutt
Conan und der Zauberer (1983)
Conan and the Sorcerer (1978)

Band 3:
06/4020
Andrew J. Offutt
Conan der Söldner (1983)
Conan the Mercenary (1980)

Band 4:
06/3941
Andrew J. Offutt
Conan und das Schwert von Skelos (1982)
Conan: The Sword of Skelos (1979)

Band 5:
06/4029
Lyon Sprague de Camp
Conan und der Spinnengott (1983)
Conan and the Spider God (1980)

Band 6:
06/3206
Robert E. Howard/Lin Carter/Lyon Sprague de Camp
Conan von Cimmerien (1970)
Conan of Cimmeria (1969)

Band 7:
06/4037
Poul Anderson
Conan der Rebell (1983)
Conan the Rebel (1980)

Band 8:
06/3210
Robert E. Howard/Lyon Sprague de Camp
Conan der Pirat (1970)
Conan the Freebooter (1968)

Band 9:
06/3968
Karl Edward Wagner
Conan und die Straße der Könige (1983)
Conan: The Road of Kings (1979)

Band 10:
06/3236
Robert E. Howard/Lin Carter/Lyon Sprague de Camp
Conan der Wanderer (1971)
Conan the Wanderer (1968)

Band 11:
06/3245
Robert E. Howard/Lin Carter/Lyon Sprague de Camp
Conan der Abenteurer (1971)
Conan the Adventurer (1968)

Band 12:
06/3972
Lyon Sprague de Camp/Lin Carter
Conan der Freibeuter (1983)
(Ursprünglich - 1972 - erschienen als »Conan der Bukanier« 06/3303)
Conan the Buccaneer (1971)

Band 13:
06/3258
Robert E. Howard
Conan der Krieger (1971)
Conan the Warrior (1967)

Band 14:
06/3895
Lyon Sprague de Camp/Lin Carter/Björn Nyberg
Conan der Schwertkämpfer (1982)
Conan the Swordsman
(1970/1978)

Band 15:
06/3263
Robert E.Howard/Lyon Sprague de Camp
Conan der Thronräuber
(1984)
(Ursprünglich - 1971 - erschienen als »Conan der Usurpator«)
Conan the Usurper (1971)

Band 16:
06/3909
Lin Carter/Lyon Sprague de Camp
Conan der Befreier (1982)
Conan the Liberator (1979)

Band 17:
06/3275
Robert E. Howard/Lyon Sprague de Camp
Conan der Eroberer (1972)
Conan the Conqueror (1967)

Band 18:
06/3283
Robert E. Howard/Björn Nyberg/Lyon Sprague de Camp
Conan der Rächer (1972)
Conan the Avenger (1968)

Band 19:
06/4113
Lyon Sprague de Camp/Lin Carter
Conan von Aquilonien
(1984)
Conan of Aquilonia (1977)

Band 20:
06/3295
Lyon Sprague de Camp/Lin Carter
Conan von den Inseln (1972)
Conan of the Isles (1968)

Band 21:
06/3889
Lyon Sprague de Camp/Lin Carter
Conan der Barbar (1982)
Conan the Barbarian (1982)

Band 22:
06/4163
Robert Jordan
Conan der Verteidiger (1985)
Conan the Defender (1982)

Band 23:
06/4172
Robert Jordan
Conan der Unbesiegbare (1985)
Conan the Invincible (1982)

Band 24:
01/6281
Robert Jordan
Conan der Zerstörer (1984)
Conan the Destroyer (1984)
(Allgemeine Reihe)

Band 25:
06/4203
Robert Jordan
Conan der Unüberwindliche
(1985)
Conan the Unconquered (1983)

Band 26:
06/4232
Robert Jordan
Conan der Siegreiche (1985)
Conan the Triumphant (1983)

Band 27:
06/4344
Robert Jordan
Conan der Prächtige
(1986)
Conan the Magnificent
(1984)

Band 28:
06/4345
Robert Jordan
Conan der Glorreiche (1987)
Conan the Victorious (1984)

Band 29:
06/4346
John Maddox Roberts
Conan der Tapfere (1987)
Conan the Valorous (1985)

Band 30:
06/4663
Steve Perry
Conan der Furchtlose (1990)
Conan the Fearless (1984)

Band 31:
06/4664
Leonard Carpenter
Conan der Renegat (1990)
Conan the Renegade (1986)

Band 32:
06/4701
John Maddox Roberts
Conan der Champion (1990)
Conan the Champion (1984)

Band 33:
06/4745
Steve Perry
Conan der Herausforderer
(1990)
Conan the Defiant (1987)

Band 34:
06/4781
John Maddox Roberts
Conan der Marodeur (1991)
Conan the Marauder (1987)

Band 35:
06/4915
Robert E. Howard
Conan und der Schatz von Tranicos
(1971)
The Treasure of Tranicos
(1953)

Band 36:
06/4930
Robert E. Howard/Lyon Sprague de Camp
Conan und die Flammenklinge
(1971)
The Flame Knife (1955)

Band 37:
06/4959
John Maddox Roberts
Conan der Draufgänger (1992)
Conan the Bold (1989)

Band 38:
06/4988
Roland Green
Conan der Wagemutige (1993)
Conan the Valiant (1988)

Band 39:
06/5044
Leonard Carpenter
Conan der Kriegsherr (1993)
Conan the Warlord (1988)

Band 40:
06/5081
Leonard Carpenter
Conan der Held (1993)
Conan the Hero (1989)

Band 41:
06/5098
Steve Perry
Conan der Unbezähmbare (1994)
Conan the Indomitable (1989)

Band 42:
06/5143
Leonard Carpenter
Conan der Angreifer (1994)
Conan the Raider (1986)

Band 43:
06/5197
Steve Perry
Conan der Landsknecht
(1995)
Conan the Freelance (1990)

Band 44:
06/5198
Steve Perry
Conan der Schreckliche (1995)
Conan the Formidable (1990)

Band 45:
06/5345
Leonard Carpenter
Conan der Große (1996)
Conan the Great (1989)

Band 46:
06/5436
Roland Green
Conan der Beschützer (1996)
Conan the Guardian (1991)

Band 47:
06/5437
John Maddox Roberts
Conan das Schlitzohr (1996)
Conan the Rogue (1991)

Band 48:
06/5657
Sean A. Moore
Conan der Jäger (1997)
Conan the Hunter (1994)

Band 49:
06/5899
Roland Green
Conan am Dämonentor (1998)
Conan at the Demons Gate
(1994)

Band 50:
06/5957
Leonard Carpenter
Conan der Gladiator (1998)
Conan the Gladiator (1995)

Band 51:
06/9008
John Maddox Roberts
Conan und die Amazone (1999)
(in Vorb.)
Conan and the Amazon (1995)

Band 52:
06/9026
John C. Hocking
Conan und der Saphir-Lotus (1999)
(in Vorb.)
Conan and the Emerald Lotus (1995)

Band 53:
06/9047
Leonard Carpenter
Conan der Ausgestoßene (1999)
(in Vorb.)
Conan the Outcast (1990)

Storm Constantine
Wraethu-Trilogie

Band 1:
06/5456
Der Zauber von Fleisch und Geist (1996)
The Enchantment of Flesh and Spirit (1987)

Band 2:
06/5457
Im Bann von Liebe und Haß (1996)
The Bewitchment of Love and Hate (1988)

Band 3:
06/5458
Die Erfüllung von Schicksal und Begehren (1996)
The Fulfilment of Fate and Desire (1988)

Hugh Cook
Die Chronik des Dunklen Zeitalters

Band 1:
06/9014
Der Todesstein (1998)
Wizard War (1986)

Band 2:
06/9015
Held wider Willen (1998)
The Questing Hero (1987)

Band 3:
06/9016
Toguras Rückkehr (1998)
The Hero's Return (1987)

Band 4:
06/9017
Die Traumdeuterin
(in Vorb.)
The Oracle (1987)

Cormac MacArt-Zyklus

Band 1:
06/4421
Robert E. Howard
Die Tiger der See (1987)
Tigers of the Sea (1969/74)

Band 2:
06/4422
Andrew J. Offutt
Die Nebel des Untergangs (1987)
The Mists of Doom (1977)

Band 3:
06/4423
Andrew J. Offutt/Keith Taylor
Der Turm des Todes (1987)
The Tower of Death (1982)

Band 4:
06/4424
Andrew J. Offutt
Die Todesvögel (1987)
When Death Birds Fly (1980)

Band 5:
06/4425
Andrew J. Offutt
Das Schwert des Kelten (1988)
Sword of the Gael (1975)

Band 6:
06/4426
Andrew J. Offutt
Der unsterbliche Hexer (1988)
The Undying Wizard (1976)

Band 7:
06/4427
Andrew J. Offutt
Das Zeichen des Mondes (1988)
The Sign of the Moonbow (1977)

Lyon Sprague de Camp
Krishna-Zyklus

Band 1:
06/4086
Die Königin von Zamba (1984)
The Queen of Zamba (1949/76)

Band 2:
06/4087
Die Suche nach Zei (1984)
The Search for Zei
(1950/51/62/78)

Band 3:
06/4088
Die Rettung von Zei (1984)
The Hand of Zei (1950/51/63/78)

Band 4:
06/4089
Die Geisel von Zir (1984)
The Hostage of Zir (1977)

Band 5:
06/4090
Die Jungfrau von Zesh (1984)
The Virgin of Zesh (1953/81)

Band 6:
06/4091
Der Turm von Zanid (1984)
The Tower of Zanid (1958)

Band 7:
06/4092
Der Gefangene von Zhamanak (1984)
The Prisoner of Zhamanak (1982)

Band 8:
06/4093
Die Gebeine von Zora (1986)
The Bones of Zora (1983)

Band 9:
(zusammen mit Catherine Crook de Camp)
06/4193
Die Schwerter von Zinjaban
(1997)
The Swords of Zinjaban (1991)

Band 10:
06/4893
Die Kontinente-Macher (1991)
The Continent Makers (1951)

Lyon Sprague de Camp
Jorian-Zyklus

Band 1:
06/3439
Der Schmetterlingsthron (1975)
The Goblin Tower (1986)

Band 2:
06/3484
Die Uhren von Iraz (1976)
The Clocks of Iraz (1971)

Band 3:
06/4967
Der ungeköpfte König (1994)
The Unbeheaded King (1983)

Susan Dexter
Allaire-Zyklus

Band 1:
06/4614
Der Ring von Allaire (1989)
The Ring of Allaire (1981)

Band 2:
06/4615
Das Schwert von Calandra
(1989)
The Sword of Calandra (1985)

Band 3:
06/4616
Die Berge von Shannadran (1989)
The Mountains of Channadran (1986)

Gordon R. Dickson
Drachenritter

Band 1:
06/5902
Die Nacht der Drachen (1997)
The Dragon and the George (1976)

Band 2:
06/5903
Der Drachenritter (1997)
The Dragon Knight (1990)

Band 3:
06/5904
Der Drache an der Grenze (1997)
The Dragon on the Border (1992)

Band 4:
06/5905
Der Drache im Krieg (1997)
The Dragon at War (1992)

Band 5:
06/5906
Der Drache, der Graf und der Troll (1997)
The Dragon, the Earl, and the Troll (1994)

Band 6:
06/5907
Der Drache und der Dschinn (1998)
The Dragon and the Djinn (1996)

Band 7:
06/9049
Der Drache und der Trollkönig (1999) (in Vorb.)
The Dragon and the Gnarly King (1997)

Stephen R. Donaldson
Die Chroniken von Thomas Covenant dem Zweifler

ERSTE CHRONIK

Band 1:
06/3740
Lord Fouls Fluch (1980)
Lord Foul's Bane (1977)

Band 2:
06/3795
Die Macht des Steins * (1981)
The Illearth War (1977)

Band 3:
06/3839
Die letzte Walstatt (1981)
The Power that Preserves (1977)

ZWEITE CHRONIK

Band 1:
06/4108
Das verwundete Land (1984)
The Wounded Land (1980)

Band 2:
06/4109
Der einsame Baum (1984)
The One Tree (1982)

Band 3:
06/4110
Der Bann des weißen Goldes (1984)
White Gold Wielder (1983)

Stephen R. Donaldson
Mordants Not

Band 1:
06/4530
Der Spiegel ihrer Träume (1988)
The Mirror of Her Dreams (1986)

* Die Erzählung »Güldenfeuer« in der Collection »Tochter der Könige« (06/4225) war ursprünglich ein Kapitel dieses Romans und mußte vom Autor wegen Überlänge des Bandes herausgenommen werden.

Band 2:
06/4531
Einer reitet durch (1989)
A Man Rides Through (1987)

Dave Duncan
Das siebte Schwert

Band 1:
06/4725
Der zögernde Schwertkämpfer (1990)
The Reluctant Swordsman (1988)

Band 2:
06/4726
Die Ankunft des Wissens (1990)
The Coming of Wisdom (1988)

Band 3:
06/4727
Die Bestimmung des Schwertes (1990)
The Destiny of the Sword (1988)

E. R. Eddison
Zimiamvia-Trilogie

Band 1:
06/3867
Die Herrin Zimiamvias (1982)
Mistress of Mistresses (1935)

Band 2:
06/3907
Ein Fischessen in Memison (1982)
A Fish Dinner in Memison (1941)

Band 3:
06/3992
Das Tor des Mezentius (1983)
The Mezentian Gate (1958)

Teresa Edgerton
Die grünen Löwen

Band 1:
06/9002
Das Kind des Saturn (1998)
Child of Saturn (1989)

Band 2:
06/9003
Der verborgene Mond
(1998)
The Moon in Hiding (1989)

Band 3:
06/9004
Das Werk der Sonne (1998)
The Work of the Sun (1990)

Philip José Farmer (Hrsg.)
Das Dungeon

Band 1:
06/4750
Richard A. Lupoff
Der schwarze Turm (1990)
The Black Tower (1988)

Band 2:
06/4751
Bruce Coville
Der dunkle Abgrund (1990)
The Dark Abyss (1989)

Band 3:
06/4752
Charles de Lint
Das Tal des Donners (1990)
The Valley of Thunder (1989)

Band 4:
06/4753
Robin W. Bailey
Der See aus Feuer (1991)
The Lake of Fire (1989)

Band 5:
06/4754
Charles de Lint
Die verborgene Stadt (1991)
The Hidden City (1990)

Band 6:
06/4755
Richard A. Lupoff
Das letzte Gefecht (1991)
The Final Battle (1990)

Alan Dean Foster
Bannsänger

Band 1:
06/4276
Bannsänger (1986)
Spellsinger (1983)

Band 2:
06/4277
Die Stunde des Tors (1986)
The Hour of the Gate (1984)

Band 3:
06/4278
Der Tag der Dissonanz (1986)
The Day of Dissonance (1984)

Band 4:
06/4279
Der Augenblick des Magiers (1986)
The Moment of the Magician (1984)

Band 5:
06/4508
Die Pfade des Wanderers (1988)
The Paths of the Perambulator (1985)

Band 6:
06/4509
Die Zeit der Heimkehr (1988)
The Time of the Transference (1987)

Band 7:
06/5365
Der Sohn des Bannsängers (1996)
Son of Spellsinger (1993)

Band 8:
06/5366
Die Entführung der Musik (1996)
Chorus Skating (1994)

Jane Gaskell
Atlantis-Zyklus

Band 1:
06/3508; auch als 06/4451
Der Turm der Göttin (1976/87)
The Serpent, 1. Teil (1966)

Band 2:
06/3516; auch als 06/4452
Der Drache (1976/87)
The Serpent, 2. Teil (1966)

Band 3:
06/3530; auch als 06/4453
Im Reich der Atlantiden (1977/87)
Atlan (1965)

Band 4:
06/3543; auch als 06/4454
Im Land der Affenmenschen (1977/87)
The City (1966)

Band 5:
06/4455
Die Länder des Sommers (1987)
Some Summer Lands (1977)

Mark Geston
Sternenschiff-Trilogie

Band 1:
06/3419
Das Sternenschiff (1974)
Lords of the Starship (1967)

Band 2:
06/3423
Die Ruinenwelt (1975)
Out of the Mouth of the Dragon (1969)

Band 3:
06/3428
Der Stern der Hoffnung (1975)
The Day Star (1972)

Als Sonderausgabe in einem Band:
06/4515
Das Schiff (1988)

Wim Gijsen
Rissan-Zyklus

Band 1:
06/4428
Die Ersten von Rissan (1987)
De Eesten van Rissan (1980)

Band 2:
06/4429
Die Könige der Vorzeit (1987)
De Konigen van Weleer (1981)

Wim Gijsen
Traumdieb-Zyklus

Band 1:
06/4481
Iskander der Traumdieb (1988)
Iskander de Dromendief (1982)

Band 2:
06/4482
Das Haus des Wolfs – Die Rückkehr des Traumdiebs (1988)
Het Huis van de Wolf – De Terugkeer van Iskander de Dromendief (1983)

Henry Rider Haggard
Gesammelte Werke

Band 1:
06/4130
Sie* (1970/1984)
She – A History of Adventure (1887)

Band 2:
06/4131
Allan Quatermain* (1979/84)
Allan Quatermain (1887)
Urspr. erschienen als 06/3647

Band 3:
06/4132
Ayesha – Sie kehrt zurück* (1984)
Ayesha – The Return of She (1905)

Band 4:
06/4133
Sie und Allan* (1985)
She and Allan (1921)

* Allan Quatermain-Romane

Band 5:
06/4134
König Salomons Diamanten* (1971/85)
King Salomon's Mines (1885)

Band 6:
06/4135
Die heilige Blume* (1985)
The Holy Flower (1915)

Band 7:
06/4136
Das Halsband des Wanderers (1985)
The Wanderer's Necklace (1914)

Band 8:
06/4137
Tochter der Weisheit (1985)
Wisdom's Daughter (1923)

Band 9:
06/4138
Das Sehnen der Welt (1985)
The World's Desire (1890)

Band 10:
06/4146
Morgenstern (1985)
Morningstar (1910)

Band 11:
06/4149
Das Herz der Welt (1986)
Heart of the World (1895/96)

Band 12:
06/4148
Das Nebelvolk (1986)
The People of the Mist (1893/94)

Band 13:
06/4310
Kleopatra (1986)
Cleopatra (1889)

Band 14:
06/4147
Als die Welt erbebte (1985)
When the World Shook (1919)

Band 15:
06/4311
Der Geist von Bambatse (1986)
The Spirit of Bambatse (1906)

Band 16:
06/4367
Allan Quatermain der Jäger* (1987)
Maiwa's Revenge & Allan's Wife (1888/89)

Band 17:
06/4368
Allan Quatermain und die Eisgötter* (1987)
Allan and the Ice-Gods – A Tale of Beginnings (1927)

Band 18:
06/4369
Das Elfenbeinkind* (1987)
The Ivory Child (1916)

Band 19:
06/4370
Der Gelbe Gott* (1987)
The Yellow God (1894)

Band 20:
06/4466
Heu-Heu oder Das Monster* (1988)
Heu-Heu (1924)

Band 21:
06/4467
Nada die Lilie* (1980)
Nada the Lily (1891/1892)
Ursprünglich auch als 06/3733

Band 22:
06/4545
Der Schatz im See* (1988)
The Treasure of the Lake (1926)

Band 23:
06/4601
Marie* (1989)
Marie (1912)

Band 24:
06/4656
Kind des Sturms* (1990)
Child of Storm (1913)

Band 25:
06/4707
Zikalis Rache* (1992)
Finished (1916)

Band 26:
06/4874
Der Allan der Antike* (1992)
The Ancient Allan (1919/20)

Band 27:
06/5144
Der Ring der Königin von Saba (1994)
Queen Sheba's Ring (1909/10)

Band 28:
06/5428
Die Jungfrau der Sonne (in Vorb.)
The Virgin of the Sun (1922)

Die Bände 1, 3 und 4 erschienen auch als Sonderausgabe in einem Band:
06/4950
Die Rückkehr der Göttin (1992)

Die Bände 2, 5 und 21 erschienen auch als Sonderausgabe in einem Band:
06/4951
Die Berge des Mondes (1993)

Peter Hanratty
Mordred-Zyklus

Band 1:
06/4890
Mordred (1992)
The Book of Mordred (1988)

Band 2:
06/4891
Der letzte Ritter von Albion (1992)
The Last Knight of Albion (1986)

Band 3:
06/4892
Der Strand von Avalon (1992)
The Avalon Shore (1992)

Lyndon Hardy
Magic-Zyklus

Band 1:
06/4552
Der Herr der fünf Zauber (1989)
Master of the Five Magics (1980)

Band 2:
06/4553
Das Geheimnis des sechsten Zaubers (1989)
Secret of the Sixth Magic (1984)

Band 3:
06/4590
Das Rätsel der sieben Sphären (1989)
The Riddle of the Seven Realms (1988)

Robert Don Hughes
Pelmen-Zyklus

Band 1:
06/4537
Der Prophet von Lamath (1988)
The Prophet of Lamath (1979)

Band 2:
06/4538
Der doppelköpfige Drache (1988)
The Wizard in Waiting (1982)

Band 3:
06/4539
Die Macht und der Prophet (1988)
The Power and the Prophet (1985)

Robert Jordan
Das Rad der Zeit

Band 1:
06/5026
Drohende Schatten (1993)
Eye of the World, 1.Teil (1990)

Band 2:
06/5027
Das Auge der Welt (1993)
Eye of the World, 2.Teil (1990)

Band 3:
06/5028
Die große Jagd (1993)
The Great Hunt, 1.Teil (1990)

Band 4:
06/5029
Das Horn von Valere (1993)
The Great Hunt, 2.Teil (1990)

Band 5:
06/5030
Der Wiedergeborene Drache (1995)
The Dragon Reborn, 1.Teil (1991)

Band 6:
06/5031
Die Straße des Speers (1994)
The Dragon Reborn, 2.Teil (1991)

Band 7:
06/5032
Schattensaat (1994)
The Shadow Rising, 1.Teil (1992)

Band 8:
06/5033
Die Heimkehr (1995)
The Shadow Rising, 2.Teil
(1992)

Band 9:
06/5034
Der Sturm bricht los (1995)
The Shadow Rising, 3.Teil
(1992)

Band 10:
06/5035
Zwielicht (1995)
The Fires of Heaven, 1.Teil
(1993)

Band 11:
06/5036
Scheinangriff (1996)
The Fires of Heaven, 2. Teil
(1993)

Band 12:
06/5037
Der Drache schlägt zurück
(1996)
The Fires of Heaven, 3. Teil
(1993)

Band 13:
06/5521
Die Fühler des Chaos
(1996)
Lord of Chaos, 1. Teil
(1994)

Band 14:
06/5522
Stadt des Verderbens
(1997)
Lord of Chaos, 2. Teil
(1994)

Band 15:
06/5523
Die Amyrlin (1997)
Lord of Chaos, 3. Teil
(1994)

Band 16:
06/5524
Die Hexenschlacht
(1998)
Lord of Chaos, 4. Teil
(1994)

Band 17:
06/5525
Die zerbrochene Krone
(1998)
A Crown of Swords, 1. Teil
(1996)

Band 18:
06/5526
Wolken über Ebou Dar
(1998)
A Crown of Swords, 2. Teil
(1996)

Band 19:
06/5527
Der Dolchstoß (1999)
(in Vorb.)
A Crown of Swords, 3. Teil
(1996)

Band 20:
06/5528
Die Schale der Winde
(1999)
(in Vorb.)
A Crown of Swords, 4. Teil
(1996)

Patricia Kennealy-Morrison
Die Keltiade

Band 1:
06/4622
Die Kupferkrone
(1989)
The Copper Crown
(1984)
(auch als 01/6818 unter dem Titel:
Die dreizehn Schätze von Keltia)

Band 2:
06/4623
Der Thron von Scone
(1989)
The Throne of Scone
(1986)

Band 3:
06/4772
Der Silberzweig
(1991)
The Silver Branch
(1988)

Band 4:
06/4831
Des Falken graue Feder
(1991)
Hawk's Gray Feather
(1991)

Band 5:
06/9012
Die Königseiche
(1998)
The Oak Above the Kings
(1994)

Band 6:
06/9013
Die Nebelhecke
(1998)
The Hedge of Mist
(1996)

Band 7:
06/9029
Die schwarze Königin
(1999)
(in Vorb.)
Blackmantle
(1997)

Weitere Bände
in Vorbereitung!

Katherine Kurtz
Deryni-Zyklen

FRÜHER DERYNI-ZYKLUS

Band 1:
06/3666
Camber von Culdi (1979)
Camber of Culdi (1976)

Band 2:
06/3720
Sankt Camber (1980)
Saint Camber (1978)

Band 3:
06/4018
Camber der Ketzer (1983)
Camber the Heretic (1981)

SPÄTER DERYNI-Zyklus

Band 1:
06/3576
Das Geschlecht der Magier*
(1978)
Deryni Rising (1970)

Band 2:
06/3598
Die Zauberfürsten (1978)
Deryni Checkmate (1972)

Band 3:
06/3620
Ein Deryni-König (1978)
High Deryni (1973)

DIE GESCHICHTE VON KÖNIG KELSON

Band 1:
06/4561
Das Erbe des Bischofs (1989)
Bishop's Heir (1984)

* Die Erzählung »Des Marluks Untergang« in der Anthologie «Ashtaru der Schreckliche«, hrsg. von Erhard Ringer und Hermann Urbanek (06/3915), spielt einige Jahre vor Beginn des SPÄTEREN DERYNI-ZYKLUS.

Band 2:
06/4562
Die Gerechtigkeit des Königs (1989)
The King's Justice (1985)

Band 3:
06/4563
Die Suche nach Sankt Camber (1989)
The Quest for Saint Camber (1986)

Band 4:
06/4564
Die Deryni-Archive (1991)
The Deryni Archives (1986)

DIE ERBEN VON SANKT CAMBER

Band 1:
Das Martyrium von Gwynedd (in Vorb.)

Tanith Lee
Anackire-Zyklus

Band 1:
06/3759
Herr der Stürme (1980)
The Storm Lord (1976)

Band 2:
06/4295
Anackire (1986)
Anackire (1983)

Band 3:
06/4744
Aztira (1990)
The White Serpent (1988)

Tanith Lee
Zyklus von der flachen Erde

Band 1:
06/3802; auch als 06/4743
Herr der Nacht (1981/90)
Night's Master (1978)

Band 2:
06/4012
Herr des Todes (1983)
Death's Master (1979)

Band 3:
06/4210
Herr der Illusionen (1985)
Delusion's Master (1981)

Band 4:
06/4575
Die Herrin des Deliriums (1989)
Delirium's Mistress (1986)

Band 5:
06/4603
Nächtliche Zauber (1989)
Night's Sorceries (1987)

Tanith Lee
Der Vazkor-Zyklus
(auch: BIRTHGRAVE-Zyklus)

Band 1:
06/3616
Im Herzen des Vulkans (1979)
The Birthgrave (1975)

Band 2:
06/3638
Vazkor (1979)
Vazkor, Son of Vazkor (1978)

Band 3:
06/3687
Die weiße Hexe (1980)
Quest for the White Witch (1978)

Ursula K. Le Guin
Erdsee

Band 1:
06/3675
Der Magier der Erdsee (1979)
A Wizard of Earthsea (1968)

Band 2:
06/3676
Die Gräber von Atuan (1979)
The Tombs of Atuan (1971)

Band 3:
06/3677
Das ferne Ufer (1979)
The Farthest Shore (1972)

Band 1, 2 und 3 als Sonderausgabe in einem Band:
06/4343
Erdsee (1986)

Band 4:
06/4952
Tehanu (1992)
Tehanu (1990)

Fritz Leiber
Schwerter-Zyklus

Band 1:
06/3307
Schwerter und Teufelei (1972)
Swords and Deviltry (1970)

Band 2:
06/3315
Schwerter gegen den Tod (1972)
Swords Against Death (1970)

Band 3:
06/3323
Schwerter im Nebel (1973)
Swords Against Death and Swords in the Mist (1968)

Band 4:
06/3331
Schwerter gegen Zauberei (1973)
Swords Against Wizardry (1968/70)

Band 5:
06/3501
Schwerter im Kampf (1976)
Swords in the Mist (1968)

Band 6:
06/3339
Die Schwerter von Lankhmar (1973)
The Swords of Lankhmar (1968)

Band 7:
06/3819
Schwerter und Eiszauber (1981)
Swords & Ice Magic (1977)
Auch als erweiterte Sonderausgabe in zwei Bänden:
06/4287
Schwerter im Nebel
06/4288
Schwerter von Lankhmar

Band 8:
06/5910
Ritter und Knappe des Schwerts (1997)
The Knight and Knave of Swords (1988)

Megan Lindholm
Schamanen-Zyklus

Band 1:
06/5121
Das Rentiervolk (1994)
The Reindeer People (1988)

Band 2:
06/5122
Wolfsbruder (1994)
Wolf's Brother (1988)

George Lucas/Chris Claremont
Schattentrilogie

Band 1:
01/10285
Schattenmond (1997)
Shadowmoon (1995)

Band 2:
01/10596
Schattendämmerung (1998)
Shadowdawn (1996)

Band 3:
01/10863
Schattensonne (1999)
(in Vorb.)
Shadowsun (1999)

Lori Martin
Lindahne-Zyklus

Band 1:
06/5337; auch 01/8260
Das Orakel von Lindahne
(1995)
Darkling Hills (1986)

Band 2:
06/5338
Die Priesterin der Nialia (1995)
Calling up the Fire (1988)

David Mason
Kavin-Zyklus

Band 1:
06/4317
Kavins Welt (1986)
Kavin's World (1969)

Band 2:
06/4318
Kavins Rückkehr (1986)
The Return of Kavin (1982)

Michael Moorcock
Elric-Saga

Band 1:
06/3643
Elric von Melniboné (1979)
Elric of Melniboné (1972)

Band 2:
06/3657
Die See des Schicksals
(1979)
The Sailor on the Seas of Fate
(1961/62/76)

Band 3:
06/3692
Der Zauber des weißen Wolfs
(1979)
The Weird of the White Wolf
(1967/70/77)

Band 4:
06/3727
Der verzauberte Turm (1980)
The Vanishing Tower (1970)

Band 5:
06/3753
Im Banne des schwarzen Schwertes
(1980)
The Bane of the Black Sword
(1967/70/77)

Band 6:
06/3782
Sturmbringer (1981)
Stormbringer (1963/65/67/77)

Band 1 bis 6 auch als Sonderausgabe
in einem Band:
06/4101
Elric von Melniboné – Die Sage vom
Ende der Zeit* (1984)

Band 7:
06/5016
Die Festung der Perle (1993)
The Fortress of the Pearl (1989)

Band 8:
06/5190
Die Rache der Rose (1995)
The Revenge of the Rose (1991)

Band 9:
06/9005
Der Gesang des weißen Wolfs (1998)
(in Vorb.)
Tales of the White Wolf (1994)

* Die Erzählung »Elric am Ende der Zeit« in der Anthologie »Die Götter von Pegana«, hrsg. von Erhard Ringer und Hermann Urbanek (06/4076), verbindet den ELRIC-Zyklus mit dem JHEREK CARNELIAN-Zyklus (nicht bei Heyne erschienen).

H. Warner Munn
Merlin-Trilogie

Band 1:
06/3696
Ein König am Rande der Welt (1980)
King of the World's Edge (1930)

Band 2:
06/3741
Das Schiff von Atlantis (1980)
The Ship from Atlantis (1967)

Band 3:
06/3826
Merlins Ring (1981)
Merlin's Ring (1974)

John Norman
Gor-Zyklus

Band 1:
06/3355
Gor – Die Gegenerde (1973)
Tarnsman of Gor (1966)

Band 2:
06/3379
Der Geächtete von Gor (1973)
Outlaw of Gor (1967)

Band 3:
06/3391
Die Priesterkönige von Gor (1974)
Priest Kings of Gor (1969)

Band 4:
06/3401
Die Nomaden von Gor (1974)
Nomads of Gor (1969)

Band 5:
06/3412
Meuchelmörder von Gor (1974)
Assassin of Gor (1970)

Band 6:
06/3433
Die Piratenstadt von Gor* (1975)
Raiders of Gor (1971)

Band 7:
06/3455
Sklavin auf Gor* (1975)
Captive of Gor (1972)

Band 8:
06/3472
Die Jäger von Gor* (1975)
Hunters of Gor (1974)

Band 9:
06/3521
Die Marodeure von Gor (1976/85)
Marauders of Gor (1975)

Band 10:
06/3559
Die Stammeskrieger von Gor* (1977/85)
Tribesmen of Gor (1976)

Band 11:
06/3612
In Sklavenketten auf Gor (1978)
Slave Girl of Gor (1977)

Band 12:
06/3875
Die Bestien von Gor* (1982)
Beasts of Gor (1978)

Band 13:
06/4045
Die Erforscher von Gor (1984)
Explorers of Gor (1979)

Band 14:
06/4102
Kampfsklave auf Gor* (1984)
Fighting Slave of Gor (1980)

Band 15:
06/4158
Der Schurke von Gor* (1984)
Rogue of Gor (1981)

Band 16:
06/4179
Der Leibwächter von Gor* (1985)
Guardsman of Gor (1981)

Band 17:
06/4195
Die Wilden von Gor (1985)
Savages of Gor (1982)

Band 18:
06/4224
Die Blutsbrüder von Gor* (1985)
Blood Brothers of Gor (1982)

Band 19:
06/4246
Kajira von Gor* (1985)
Kajira of Gor (1983)

Band 20:
06/5125
Die Spieler von Gor (1995)
Players of Gor (1984)

Band 21:
06/5427
Die Söldner von Gor (1996)
Mercenaries of Gor (1985)

Band 22:
06/5533
Die Tänzerin von Gor
(in Vorb.)
Dancer of Gor (1985)

Band 23:
06/5658
Die Verräter von Gor (1997)
Renegades of Gor (1986)

Band 24:
06/5951
Die Vagabunden von Gor (1998)
Vagabonds of Gor (1987)

* Die so bezeichneten Titel sind von der Bundesprüfstelle für jugendgefährdende Schriften (BPS), Bad Godesberg, indiziert worden. **Sie unterliegen den Bestimmungen nach §§ 3-5 des Gesetzes über jugendgefährdende Schriften und dürfen daher nicht an für Jugendliche unter 18 Jahren zugänglichen Orten angeboten oder ausgestellt werden. Diese Titel sind nicht lieferbar und auch auf Anfrage beim Verlag nicht erhältlich.**

Band 25:
Die Zauberer von Gor
(1998)
(in Vorb.)
Magicians of Gor (1988)

Mit Band 25 beendete der Autor den GOR-Zyklus in der Orginalausgabe im Verlag DAW Books, New York.

Terry Pratchett
Scheibenwelt

Band 1:
06/4583
Das Licht der Phantasie
(1989)
The Light Fantastic (1986)

Band 2:
06/4584
Das Erbe des Zauberers
(1989)
Equal Rites (1987)

Band 3:
06/4706; auch als 01/9543
Gevatter Tod (1990)
Mort (1987)

Band 4:
06/4715
Der Zauberhut (1990)
Sourcery (1988)

Band 5:
06/4764
Pyramiden (1991)
Pyramids (1989)

Band 6:
06/4805
Wachen! Wachen!
(1991)
Guards! Guards! (1989)

Band 7:
06/4863
MacBest (1992)
Wyrd Sisters (1988)

Band 8:
06/4912
Die Farben der Magie
(1992)
The Colour of Magic
(1983)

Band 9:
06/4953
Eric (1992)
Eric (1990)

Die Bände 1 und 2 erschienen auch als Sonderausgabe:
06/5123
Scheibenwelt

Die Bände 4 und 5 erschienen auch als Sonderausgabe:
23/117
Zwei Scheibenwelt-Romane
(in der Reihe
»Tip des Monats«)

Bände 10 ff. nicht bei Heyne

Terry Pratchett
Nomen-Trilogie

Band 1:
06/4970
Trucker (1993)
Trucker (1989)

Band 2:
06/4971
Wühler (1993)
Diggers (1990)

Band 3:
06/4972
Flügel (1993)
Wings (1990)

Auch als Sonderausgabe in einem Band:
23/129
Trucker – Wühler – Flügel
(in der Reihe
Tip des Monats)

Jennifer Roberson
Schwertsänger-Zyklus

Band 1:
06/5072
Schwerttänzer (1993)
Sword-Dancer (1986)

Band 2:
06/5073
Schwertsänger (1993)
Sword-Singer (1988)

Band 3:
06/5074
Schwertmeister (1993)
Sword-Maker (1989)

Band 4:
06/5178
Schwertmagier (1995)
Sword-Breaker (1991)

Band 5:
06/
Schwertprinz (1999)
(in Vorb.)
Sword-Born (1998)

Jennifer Roberson
Cheysuli-Zyklus

Band 1:
06/5671
Wolfsmagie (1996)
Shapechanger (1984)

Band 2:
06/5672
Das Lied von Homana
(1997)
The Song of Homana
(1985)

Band 3:
06/5673
Das Vermächtnis des Schwerts
(1997)
Legacy of the Sword
(1986)

Band 4:
06/5674
Die Fährte des weißen Wolfs (1997)
Track of the White Wolf (1987)

Band 5:
06/5675
Die Ehre der Prinzen (1997)
A Pride of Princes (1988)

Band 6:
06/5876
Die Tochter des Löwen (1997)
Daughter of the Lion (1989)

Band 7:
06/5877
Der Flug des Raben (1997)
Flight of the Raven (1990)

Band 8:
06/5878
Ein Gobelin mit Löwen (1997)
A Tapestry of Lions, 1. Teil (1990)

Band 9:
06/5879
Löwenmagie (1997)
A Tapestry of Lions, 2. Teil (1990)

Michael Scott Rohan
Der Winter der Welt

Band 1:
06/5091
Der Amboß aus Eis (1994)
The Anvil of Ice (1986)

Band 2:
06/5092
Die Schmiede im Wald (1994)
The Forge in the Forest (1987)

Band 3:
06/5093
Der Hammer der Sonne (1994)
The Hammer of the Sun (1988)

R. A. Salvatore
Luthien-Trilogie

Band 1:
06/5953
Das Joch der Zyklopen (1997)
The Sword of Bedwyr (1995)

Band 2:
06/5954
Luthiens Wagnis (1997)
Luthien's Gamble (1996)

Band 3:
06/5955
Blutrote Schatten (1998)
The Dragon King (1996)

Andrzej Sapkowski
Geralt-Zyklus

Band 1:
06/9006
Der letzte Wunsch (1998)
Ostatnie zyczenie (1993)

Band 2:
06/9007
Das Schwert der Vorsehung (1998)
Miecz przeznaczenia (1993)

David C. Smith/Richard L. Tierney
Rote Sonja-Zyklus

Band 1:
06/4240
Der Ring von Ikribu (1985)
The Ring of Ikribu (1981)

Band 2:
06/4241
Die Nacht der Dämonen (1985)
Demon Night (1982)

Band 3:
06/4242
Die Hölle lacht (1985)
When Hell Laughs (1982)

Band 4:
06/4243
Endithors Tochter (1986)
Endithor's Daughter (1982)

Band 5:
06/4244
Der Prinz der Hölle (1986)
Against the Princes of Hell (1983)

Band 6:
06/4245
Der Stern des Untergangs (1986)
Star of Doom (1993)

Mary Stewart
Merlin-Zyklus

Band 1:
06/5959
Flammender Kristall (1998)
The Crystal Cave (1979)

Band 2:
06/5960
Der Erbe (1998)
The Hallow Hills (1963)

Band 3:
06/5961
Merlins Abschied (1998)
The Last Enchantment (1979)

Band 4:
06/5962
Tag des Unheils (1998)
The Wicked Day (1983)

Mária Szepes
Das Buch Raguel

Band 1:
06/4997
Der Berg der Adepten (1993)
Raguel 7 tanitványa, 1. Teil (1991)

Band 2:
06/4998
Weltendämmerung (1993)
Raguel 7 tanitványa, 2. Teil (1991)

Jack Vance
Lyonesse-Zyklus

Band 1:
06/4471
Herrscher von Lyonesse (1993)
Lyonesse (1983)

Band 2:
06/4591
Die grüne Perle (1990/93)
The Green Pearl (1985)

Band 3:
06/5021
Madouc (1993)
Madouc (1990)

Sydney J. Van Scyoc
Sternenseide

Band 1:
06/4111
Kind der Dunkelheit (1984)
Darkchild (1982)

Band 2:
06/4112
Das Blaue Lied (1984)
Bluesong (1983)

Band 3:
06/4164
Sternenseide (1985)
Starsilk (1984)

Paula Volsky
Zauberer-Zyklus

Band 1:
06/4735
Die Lady des Zauberers (1990)
The Sorcerer's Lady (1986)

Band 2:
06/4736
Das Vermächtnis des Zauberers (1990)
The Sorcerer's Heir (1988)

Band 3:
06/4938
Der Fluch des Zauberers (1992)
The Sorcerer's Curse (1989)

Freda Warrington
Blackbird-Zyklus

Band 1:
06/4796
Drei Krieger in Silber (1991)
Blackbird in Silver (1985)

Band 2:
06/4797
Drei Krieger in Schwarz (1991)
A Blackbird in Darkness (1986)

Band 3:
06/4901
Drei Krieger in Gold (1992)
A Blackbird in Amber (1987)

Band 4:
06/4902
Drei Krieger im Zwielicht (1992)
A Blackbird in Twilight (1988)

Lawrence Watt-Evans
Die Herren von Dûs

Band 1:
06/4416
Der Blick des Basilisken (1987)
The Lure of the Basilisk (1980)

Band 2:
06/4417
Die sieben Altäre von Dûsarra (1987)
The Seven Altars of Dûsarra (1981)

Band 3:
06/4418
Das Schwert des Bheleu (1988)
The Sword of Bheleu (1982)

Band 4:
06/4419
Das Buch der Stille (1988)
The Book of Silence (1982)

Band 5:
06/4576
Das verhexte Schwert (1989)
The Misenchanted Sword (1986)

Jonathan Wylie
Die Diener von Ark

Band 1:
06/4838
Der Erwählte (1991)
The First Named (1987)

Band 2:
06/4839
Das Zentrum des Kreises (1991)
The Centre of the Circle (1987)

Band 3:
06/4840
Das Zauberkind (1991)
The Mage-Born Child (1988)

Roger Zelazny
Amber-Zyklus

Band 1:
06/3539
Corwin von Amber (1977)
Nine Princes in Amber (1970)

Band 2:
06/3551
Die Gewehre von Avalon (1977)
The Guns of Avalon (1972)

Band 3:
06/3571
Im Zeichen des Einhorns (1977)
Sign of the Unicorn (1974/75)

Band 4:
06/3594
Die Hand Oberons (1978)
The Hand of Oberon (1976)

Band 5:
06/3840
Die Burgen des Chaos (1981)
The Courts of Chaos (1978)

Band 1 bis 5 auch als Sonderausgabe in einem Band:
06/4275
Die Prinzen von Amber (1986)

Band 6:
06/5281
Die Trümpfe des Jüngsten Gerichts (1995)
Trumps of Doom (1985)

Band 7:
06/5282
Das Blut von Amber (1995)
Blood of Amber (1986)

Band 8:
06/5283
Zeichen des Chaos (1995)
Sign of Chaos (1987)

Band 9:
06/5284
Ritter der Schatten (1995)
Knight of Shadow (1989)

Band 10:
06/5285
Prinz des Chaos (1995)
Prince of Chaos (1991)

Marion Zimmer Bradley/Julian May/ Andre Norton
Ruwenda

Band 1:
01/9698
Die Zauberin von Ruwenda (1994)
Black Trillium (1990)

Band 2:
01/10104
Der Fluch der schwarzen Lilie (1996)
Blood Trillium (1992)

Band 3:
01/10340
Hüter der Träume (1996)
Golden Trillium (1993)

Band 4:
01/10581
Die Erbin von Ruwenda (1998)
The Lady of the Trilliums (1995)

Band 5:
01/10554
Das Amulett von Ruwenda (1998)
Sky Trillium (1997)

SCIENCE FICTION

Terry A. Adams
Alien Contact
Band 1:
06/5388
Kontakt (1996)
Sentience (1986)
Band 2:
06/5389
Die Lady der Aliens (1996)
The Master of Chaos (1989)

Brian W. Aldiss
Helliconia-Triologie
Band 1:
06/50; auch als 06/4678
Helliconia: Frühling
(1985/90)
Helliconia Spring (1982)
Band 2:
06/51; auch als 06/4679
Helliconia: Sommer (1985/90)
Helliconia Summer (1983)
Band 3:
06/52; auch als 06/4680
Helliconia: Winter (1985/90)
Helliconia Winter (1983)

Roger MacBride Allen
Die heimgesuchte Erde
1. Band:
06/5912
Der Ring von Charon
(1997)
The Ring of Charon (1990)
2. Band:
06/5913
Die zerschmetterte Sphäre
(1997)
The Shattered Sphere (1993)

Poul Anderson
Zeitpatrouille
Band 1:
06/3115
Korridore der Zeit
(1968/93)
The Corridors of Time (1965)
Band 2:
06/4377
Zeitpatrouille (1987)
Time Patrolman (1983)
Band 3:
06/4961
Der Schild der Zeit (1993)
The Shield of Time (1990)
Als Sammelband:
06/5661
Die Chroniken der Zeitpatrouille

Piers Anthony
Cluster
Band 1:
06/3784
Flint von Außenwelt (1981)
Cluster (1977)
Band 2:
06/3828
Melodie von Mintaka (1981)
Chaining the Lady (1978)
Band 3:
06/3898
Herald der Heiler (1983)
Kirlian Quest (1978)

Isaac Asimov
Roboter-Foundation
Band 1:
06/20
Meine Freunde, die Roboter
(1982)
I, Robot (1950)

Band 2:
06/3004
Der Mann von drüben (1961)
The Caves of Steel
(1953/54)
auch als 06/71
Die Stahlhöhlen (1988)
(in ungek. Neuübersetzung)

Band 3:
06/3009
Die nackte Sonne (1962/76)
The Naked Sun (1956/57)
auch als 06/72
Die nackte Sonne (1988)
(in ungek. Neuübersetzung)

Band 4:
01/6579
Aurora oder Der Aufbruch
zu den Sternen (1985)
The Robots of Dawn (1983)

Band 5:
01/6607
Das galaktische Imperium
(1985)
Robots and Empire (1985)

Band 6:
01/9563
Das Foundation Projekt
(1995)
Forward the Foundation (1993)

Band 7:
Ein Sandkorn am Himmel
(frühere Ausg. unter dem Titel: Radioaktiv ...!
- nicht bei Heyne)
Pebble In the Sky (1950)
s. FOUNDATION-EDITION

Band 8:
Sterne wie Staub
(frühere Ausg. unter dem Titel:
Sterne wie Staub
- nicht bei Heyne)
The Stars, Like Dust, auch:
The Rebellious Stars (1951)
s. FOUNDATION-EDITION

Band 9:
Ströme im All
(frühere Ausg. unter dem Titel:
Der fiebernde Planet
- nicht bei Heyne)
The Currents of Space
(1952)
s. FOUNDATION-EDITION

Band 10:
01/7815
Die Rettung des Imperiums
(1989)
Prelude to Foundation
(1988)

Band 11:
06/3080
Der Tausendjahresplan (1966)
Foundation (1951)

Band 12:
06/3082
Der galaktische General (1966)
Foundation and Empire (1952)

Band 13:
06/3084
Alle Wege führen nach Trantor
(1966)
Second Foundation (1953)

Die Bände 11, 12 und 13 zusammen
in einem Band mit einem Nachwort
Einführung in die Psychohistorik
von Michael F. Flynn als
06/79
Foundation

Band 14:
01/6401
Auf der Suche nach der Erde
(1984)
Foundation's Edge (1982)

Band 15:
01/6861
Die Rückkehr zur Erde (1987)
Foundation and Earth (1986)

Isaac Asimov
Foundation-Edition
10 Bände in Kassette
Band 1:
06/8101
Meine Freunde, die Roboter
(Ich, der Robot; Geliebter Roboter;
Der Zweihundertjährige)
(1997)
I, Robot (1950), *Earth Is Room Enough*
(1957), *The Bicentennial Man and
Other Stories* (1976)
Band 2:
06/8102
Die Stahlhöhlen (Der Mann von drüben;
Die nackte Sonne)
(1997)
The Caves of Steel (1953/54),
The Naked Sun (1956/57)
Band 3:
06/8103
Der Aufbruch zu den Sternen
(1997)
The Robots of Dawn (1983)
Band 4:
06/8104
Das galaktische Imperium
(1997)
Robots and Empire (1985)
Band 5:
06/8105
Das Foundation Projekt (1997)
Forward to Foundation (1993)
Band 6:
06/8106
Die Größe des Imperiums
(Ein Sandkorn am Himmel;
Sterne wie Staub; Ströme im All)
(1997)
Pebble in the Sky (1950);
The Stars, Like Dust
(auch: *The Rebellious Stars,* 1951);
The Currents of Space (1952)
Band 7:
06/8107
Die Rettung des Imperiums
(1997)
Prelude to Foundation
(1988)
Band 8:
06/8108
Foundation (1997)
Foundation (1951),
Foundation and Empire (1952),
Second Foundation (1953)
Band 9:
06/8109
Die Suche nach der Erde
(1997)
Foundation's Edge
(1982)
Band 10:
06/8110
Die Rückkehr zur Erde
(1997)
Foundation and Earth
(1986)

Isaac Asimov
Isaac Asimov präsentiert
06/4022
Science Fiction Erzählungen des
19. Jahrhunderts (1983)
*Presents the Best SF of the
19th Century* (1981)
06/4023
Fantasy Erzählungen des
19. Jahrhunderts
(1983)
*Presents the Best Fantasy of the
19th Century* (1982)
06/4074
Der letzte Mensch auf Erden
(1984)
The Last Man on Earth (1982)

06/4159
Drachenwelten (1985)
Dragon Tales (1982)

06/4215
Zukünfte – nah und fern (1985)
Asimov's Near Futures and Far (1981)

06/4274
Spekulationen (1986)
Speculations (1982)

06/4332
Die Wunder der Welt (1986)
Wonders of the World (1982)

06/4600
Science Fiction aus den Goldenen Jahren (1989)
The Great SF Stories 6: 1944 (1981)

Iain Banks
Culture

Band 1:
06/4609
Bedenke Phlebas (1989)
Consider Phlebas (1989)

Band 2:
06/4693
Das Spiel Azad (1990)
The Player of Games (1988)

Band 3:
06/4903
Einsatz der Waffen (1992)
Use of Weapons (1990)

Band 4:
06/4904
Ein Geschenk der Kultur (1992)
The State of the Art (1991)

Band 5:
43/00068 HARDCOVER
Die Spur der toten Sonne (1997)
Excession (1996)

Stephen Baxter
Xeelee/Quax

Band 1:
06/5162
Das Floß (1994)
Raft (1991)

Band 2:
06/5240
Das Geflecht der Unendlichkeit (1994)
Timelike Infinity (1992)

Band 3:
06/5937
Flux (1998)
Flux (1993)

Band 4:
06/5397
Ring (1996)
Ring (1994)

Greg Bear
Thistledown

Band 1:
06/4433
Äon (1987)
Eon (1985)

Band 2:
06/4916
Ewigkeit (1992)
Eternity (1988)

Greg Bear
Amboss

Band 1:
06/4617
Schmiede Gottes (1989)
The Forge of God (1987)

Band 2:
06/5510
Der Amboß der Sterne (1996)
Anvil of Stars (1992)

Gregory Benford
Contact
Band 1:
06/3770
Im Meer der Nacht (1980)
In the Ocean of Night
(1972/1973/1974/1977)
Band 2:
06/4237
Durchs Meer der Sonnen
(1985)
Across the Sea of Sun (1984)
Band 3:
06/4694
Himmelsfluß (1994)
Great Sky River (1987)
Band 4:
06/4761
Lichtgezeiten (1994)
Tides of Light (1989)
Band 5:
06/5990
Im Herzen der Galaxis (1999)
(in Vorb.)
Furious Gulf (1994)
Band 6:
06/5991
In leuchtender Unendlichkeit
(1999)
(in Vorb.)
Sailing Bright Eternity (1995)

David Bischoff
Die Ufo-Verschwörung
Band 1:
01/10530
Entführt (1998)
Abduction (1990)
Band 2:
01/10531
Getäuscht (1998)
Deception (1991)
Band 3:
01/10532
Enthüllt (1998)
Revelation (1991)

Michael Bishop
Atlanta
Band 1:
06/3743
Die Cygnus-Delegation
(1980)
A Little Knowledge (1977)
Band 2:
06/3893
Die Jahre in den Katakomben
(1982)
Catacomb Years (1979)
Band 3:
06/3844
Flammenaugen (1981)
A Funeral for the Eyes of Fire (1975)

Reginald Bretnor
Papa Schimmelhorn
Band 1:
06/4408
Die Schimmelhorn-Akte (1987)
The Schimmelhorn File – Memoirs of a Dirty Old Genius (1979)
Band 2:
06/4409
Schimmelhorns Gold (1987)
Schimmelhorn's Gold (1986)

David Brin
Entwicklung (Uplift)
Band 1:
06/4450
Sternenflut (1993)
Startide Rising (1983)

Band 2:
06/5278
Sonnentaucher (1995)
Sundiver (1980)

Band 3:
06/4634
Entwicklungskrieg (1990)
The Uplift War (1987)

John Brosnan
Skylord-Zyklus

Band 1:
06/5010
Die Macht der Himmelsherren (1993)
The Skylords (1989)

Band 2:
06/5011
Der Krieg der Himmelsherren (1993)
War of the Skylords (1990)

Band 3:
06/5012
Der Sturz der Himmelsherren (1993)
The Fall of the Skylords (1991)

Lois McMaster Bujold
Barrayar

Band 1:
06/4968
Scherben der Ehre (1994)
Shards of Honor (1986)
als WARP 7: 06/7012

Band 2:
06/5061
Barrayar (1993)
Barrayar (1991)
als WARP 7: 06/7013

Band 3:
06/5020
Der Kadett (1993)
The Warrior's Apprentice (1986)
als WARP 7: 06/7014 (in Vorb.)

Band 4:
06/5109
Der Prinz und der Söldner
(1994)
The Vor Game (1990)

Band 5:
06/5293
Ethan von Athos (1995)
Ethan of Athos (1990)

Band 6:
06/5452
Grenzen der Unendlichkeit (1996)
Borders of Infinity (1989)

Band 7:
06/5538
Waffenbrüder (1996)
Brothers in Arms (1989)

Band 8:
06/5885
Spiegeltanz (1997)
Mirror Dance (1994)

Band 9:
Cetaganda (1999)
(in Vorb.)
Cetaganda (1996)

Edgar Rice Burroughs
Venus

Band 1:
06/3188
Piraten der Venus (1970)
Pirates of Venus (1932)

Band 2:
06/3192
Auf der Venus verschollen
(1970)
Lost of Venus (1933/35)

Band 3:
06/3222
Krieg auf der Venus (1971)
Carson of Venus
(1937/38/39)

Band 4:
06/3241
Odyssee auf der Venus (1971)
Escape of Venus (1946)

Octavia E. Butler
Xenogenesis

Band 1:
06/4765
Dämmerung (1991)
Dawn (1987)

Band 2:
06/4766
Rituale (1991)
Adulthood Rites (1988)

Band 3:
06/4767
Imago (1991)
Imago (1989)

Alle drei Romane in einem Band als Sonderausgabe:
06/5998
Die Genhändler (1999)
(in Vorb.)

C. J. Cherryh
Die Duncan-Trilogie
auch: **Die sterbenden Sonnen**

Band 1:
06/3857
Kesrith: Die sterbende Sonne (1982)
The Faded Sun: Kesrith (1978)

Band 2:
06/3936
Shon'jir: Die sterbende Sonne (1982)
The Faded Sun: Shon'jir (1978)

Band 3:
06/3948
Kutath: Die sterbende Sonne (1983)
The Faded Sun: Kutath (1979)

Alle drei Romane in einem Band als illustrierte Sonderausgabe:
06/4763
Die sterbenden Sonnen (1991)

C. J. Cherryh
Die Company-Kriege

Band 1:
06/4038
Pells Stern (1984)
Downbelow Station (1981)

Band 2:
06/4040
Kauffahrers Glück (1984)
Merchanter's Luck (1982)

Band 3:
06/4263
40000 in Gehenna (1986)
Forty Thousand in Gehenna (1983)

Band 4:
06/4824
Yeager (1991)
Rimrunner (1989)

Band 5:
06/5017
Schwerkraftzeit (1993)
Heavy Time (1991)

Band 6:
06/5062
Höllenfeuer (1993)
Hellburner (1992)

C. J. Cherryh
Chanur

Band 1:
06/4039
Das Schiff der Chanur (1984)
The Pride of Chanur (1981/82)

Band 2:
06/4264
Das Unternehmen der Chanur (1986)
Chanur's Venture (1984)

Band 3:
06/4401
Die Kif schlagen zurück (1987)
The Kif Strike Back (1985)

Band 4:
06/4402
Die Heimkehr der Chanur (1988)
Chanur's Homecoming (1986)

Band 5:
06/5126
Chanurs Legat (1994)
Chanur's Legacy (1992)

C. J. Cherryh
Cyteen

Band 1:
06/4710
Der Verrat (1990)
Cyteen: The Betrayal (1988)

Band 2:
06/4711
Die Wiedergeburt (1990)
Cyteen: The Rebirth (1988)

Band 3:
06/4712
Die Rechtfertigung (1990)
Cyteen: The Vindication (1988)

Alle drei Romane in einem Band als Sonderausgabe:
06/5287
Geklont (1998)

C. J. Cherryh
Atevi

Band 1:
06/5651
Fremdling (1997)
Foreigner (1995)

Band 2:
06/5652
Eroberer (1997)
Invader (1996)

Band 3:
06/5653
Erbe (1999)
(in Vorb.)
Inheritor (1996)

Arthur C. Clarke
Odyssee im Weltraum

Band 1:
06/3259
2001 – Odyssee im Weltraum (1971)
A Space Odyssey (1969)

Band 2:
01/6680
2010 – Zweite Odyssee
Das Jahr in dem wir Kontakt aufnehmen (1986)
2010: Odyssey Two (1982)

Band 3:
01/7709
2061 – Odyssee III (1988)
2061: Odyssey Three (1988)

Arthur C. Clarke & Gentry Lee
Rama

Band 1:
01/5370
Rendezvous mit 31/439 (1975/77)
Rendezvous with Rama (1973)

Band 2:
01/8187
Rendezvous mit Übermorgen (1991)
Rama II (1989)

Band 3:
01/8452
Die nächste Begegnung (1992)
Garden of Rama (1991)

Band 4:
01/9724
Nodus (1996)
Rama Revealed (1993)

Hal Clement
Nadel

Band 1:
06/3993
Die Nadelsuche (1983)
Needle (1949/50)

Band 2:
06/3994
Das Nadelöhr (1983)
Through the Eye of a Needle (1978)

Hal Clement
Schwerkraft

Band 1:
06/3121
Unternehmen Schwerkraft (1959)
Mission of Gravity (1953)

Band 2:
06/3469
Stützpunkt auf Dhrawn (1975)
Starlight (1971)

Auch als Sonderausgabe in einem Band:
06/03; auch als 06/4271
Schwere Welten

Hans Dominik
Gesammelte Werke – Jubiläums-Edition

Band 1:
06/8111
Die Macht der Drei (1997)

Band 2:
06/8112
Atlantis (1997)

Band 3:
06/8113
Die Spur des Dschingis-Khan
(in Vorb.)

Band 4:
06/8114
Der Brand der Cheopspyramide
(1998)

Band 5:
06/8115
Das Erbe der Uraniden
(in Vorb.)

Band 6:
06/8116
König Laurins Mantel
(auch: Unsichtbare Kräfte)
(in Vorb.)

Band 7:
06/8117
Kautschuk
(in Vorb.)

Band 8:
06/8118
Befehl aus dem Dunkel
(in Vorb.)

Band 9:
06/8119
Der Wettflug der Nationen
(in Vorb.)

Band 10:
06/8120
Ein Stern fiel vom Himmel
(in Vorb.)

Band 11:
06/8121
Land aus Feuer und Wasser
(in Vorb.)

Band 12:
06/8122
Das stählerne Geheimnis
(in Vorb.)

Band 13:
06/8123
Atomgewicht 500
(1999)
(in Vorb.)

Band 14:
06/8124
Himmelskraft (in Vorb.)

Band 15:
06/8125
Lebensstrahlen
(in Vorb.)

Band 16:
06/8126
Treibstoff SR
(auch Flug in den Weltraum)
(in Vorb.)

Band 17:
06/8127
Moderne Piraten
(in Vorb.)

Band 18:
06/8128
Hochströme
(in Vorb.)

Band 19:
06/8129
Zukunftserzählungen
(in Vorb.)

Band 20:
06/8130
Technische Märchen –
Erzählungen II
(in Vorb.)

Band 21:
06/8131
Materialienband zur
Dominik-Edition
(in Vorb.)

Stephen R. Donaldson
Amnion

Band 1:
06/5501
Die wahre Geschichte (1996)
The Gap into Conflict: The Real Story (1991)

Band 2:
06/5502
Verbotenes Wissen (1996)
The Gap into Vision: Forbidden Knowledge (1991)

Band 3:
06/5503
Ein dunkler, hungriger Gott erwacht (1997)
The Gap into Power: A Dark and Hungry God Arises (1992)

Band 4:
06/5504
Chaos und Ordnung (1998)
The Gap into Madness: Chaos and Order (1994)

Band 5:
06/5505
Heut sterben alle Götter
(in Vorb.)
The Gap into Ruin: This Day All Gods Die (1996)

George Alec Effinger
Marid Audran

Band 1:
06/4842
Das Ende der Schwere (1991)
When Gravity Fails (1987)

Band 2:
06/4843
Ein Feuer in der Sonne (1991)
A Fire in the Sun (1989)

Band 3:
06/5054
Der Kuß des Exils (1993)
The Exile Kiss (1991)

Doris Egan
Ivory
Band 1:
06/5131
Das Elfenbeintor (1994)
The Gate of Ivory (1989)
Band 2:
06/5132
Schäbige Helden (1994)
Two-Bit Heroes (1992)
Band 3:
06/5133
Der Schuldspruch (1994)
Guilt-Edged Ivory (1992)

Suzette Haden Elgin
Linguisten
Band 1:
06/4412
Amerika der Männer (1987)
Native Tongue (1984)
Band 2:
06/4651
Die Judasrose (1990)
The Judas Rose/Native Tongue II (1987)

Philip José Farmer
Flußwelt
Band 1:
06/3639
Die Flußwelt der Zeit (1979)
To Your Scattered Bodies Go (1971)
Band 2:
06/3653
Auf dem Zeitstrom (1979)
The Fabulous Riverboat (1971)
Band 3:
06/3693
Das dunkle Muster (1980)
The Dark Design (1977)
Band 4:
06/3836
Das magische Labyrinth (1981)
The Magic Labyrinth (1980)
Band 5:
06/4256
Die Götter der Flußwelt (1986)
Gods of Riverworld (1983)

Alan Dean Foster
Alien
Band 1:
06/3722 (auch als 01/8764)
Alien (1979)
Alien (1979)
Band 2:
01/6839
Aliens – Die Rückkehr (1987)
Aliens II (1984)
Band 3:
01/8490
Alien 3 (1992)
Alien III (1992)
Alle drei Romane auch als Sonderausgabe in einem Band:
01/8764
Alien – Das unheimliche Wesen aus einer fremden Welt (1993)

Alan Dean Foster
Homanx
Band 1:
06/4219
Flinx (1985)
For Love of Mother-Not (1983)
Band 2:
06/3640
Das Tar-Aiym-Krang (1979)
The Tar-Aiym-Krang (1972)

Band 3:
06/3723
Der Waisenstern (1980)
Orphan Star (1977)

Band 4:
06/3736
Der Kollapsar (1980)
The End of the Matter (1977)

Band 5:
06/4160
Auch keine Tränen aus Kristall (1985)
Nor Crystal Tears (1982)

Band 6:
06/3591
Die Eissegler von Tran-ky-ky (1978)
Icerigger (1974)

Band 7:
06/3777
Die Moulokin-Mission (1981)
Mission to Moulokin (1979)

Band 8:
06/3660; auch als 06/4729
Die denkenden Wälder (1979)
Midworld (1975)
als WARP 7: 06/7018

Band 9:
06/4002
Cachalot (1983)
Cachalot (1980)

Band 10:
06/4049
Meine galaktischen Freunde (1984)
With Friends Like These (1977)

Band 11:
06/4308
Die Reise zur Stadt der Toten (1986)
Voyage to the City of the Dead (1984)

Band 12:
06/4618
Die Fahrt der Slanderscree (1989)
The Deluge Drivers (1987)

»Die Eissegler von Tran-ky-ky« und »Die Moulokin-Mission« bilden zusammen mit »Die Fahrt der Slanderscree« eine Trilogie innerhalb des HOMANX-Zyklus

Band 13:
06/4626
Prisma (1989)
Sentenced to Prism (1985)

Band 14:
06/4657
Long Tunnel (1990)
Flinx in Flux (1988)

Die Bände 2, 3 und 4 erscheinen auch als Sonderausgabe in Kassette:
06/4220
Homanx Eins (1985)

Die Bände 1, 2, 3 und 4 erscheinen auch als Sonderausgabe in einem Band:
06/4948
Flinx' Abenteuer (1992)

Die Bände 6, 7 und 12 erscheinen auch als Sonderausgabe in einem Band:
06/5420
Eissegler (1996)

Der Roman »Vorposten des Commonwealth« gehört zum HOMANX-Zyklus, erschien aber nicht bei Heyne, sondern bei Moewig (3597)

Randall Garrett &
Vicki Ann Heydron
Gandalara

Band 1:
06/4500
Der Stahl von Raithskar (1988)
The Steel of Raithskar (1981)

Band 2:
06/4501
Das Glas von Dyskornis (1988)
The Glass of Dyskornis (1982)

Band 3:
06/4502
Die Bronze von Eddarta (1988)
The Bronze of Eddarta (1983)

Band 4:
06/4503
Der Quell der Dunkelheit (1988)
The Well of Darkness (1983)

Band 5:
06/4504
Die Suche nach Kä (1988)
The Search of Kä (1984)

Band 6:
06/4505
Die Rückkehr nach Eddarta (1988)
Return to Eddarta (1984)

Band 7:
06/4506
Der heilige Stein (1989)
The River Wall (1986)

W. Michael Gear
Spinnen

Band 1:
06/5045
Spinnenkrieger (1993)
The Warriors of Spider (1988)

Band 2:
06/5046
Spinnenfäden (1993)
The Way of Spider (1989)

Band 3:
06/5047
Spinnennetze (1993)
The Web of Spider (1989)

Mary Gentle
Hexenvolk

Band 1:
06/4268; auch als 06/4798
Goldenes Hexenvolk (1986)
Golden Witchbreed (1983)

Band 2:
06/4799
Altes Licht (1991)
Ancient Light (1987)

David Gerrold
Der Krieg gegen die Chtorr*

Band 1:
06/4304
Die biologische Invasion (1986)
A Matter for Men (1983)

Band 2:
06/4305
Der Tag der Verdammnis (1986)
A Day for Damnation (1984)

Band 3:
Der Zorn der Rache
(nicht erschienen)

Mark S. Geston
Sternenschiff-Trilogie

Band 1:
06/3419
Das Sternenschiff (1974)
Lords of the Starship (1967)

Band 2:
06/3423
Die Ruinenwelt (1974)
Out of the Mouth of the Dragon (1969)

Band 3:
06/3428
Der Stern der Hoffnung (1975)
The Day Star (1972)

Auch als Sonderausgabe in einem Band:
06/4515
Das Schiff (1988)

* Der Autor hat die ersten drei Romane von seinem amerikanischen Verleger zurückgekauft, sie völlig umgeschrieben und ist dabei, den Zyklus auf 5 oder 6 Bände auszubauen. Wir erwägen eine vollständige Neuübersetzung, aber erst dann, wenn der Zyklus im Original vollständig vorliegt.

William Gibson
Neuromancer-Trilogie

Band 1:
06/4400; auch als 01/8449
Neuromancer (1987)
Neuromancer (1984)

Band 2:
06/4529; auch als 01/9584
Biochips (1988)
Count Zero (1986)

Band 3:
06/4681; auch als 01/9943
Mona Lisa Overdrive (1989)
Mona Lisa Overdrive (1988)

James Gunn (Hrsg.)
Wege zur Science Fiction

Band 1:
06/90
Von Gilgamesch bis Hawthorne (1990)
Roads to Science Fiction 1/1 (1977)

Band 2:
06/91
Von Poe bis Wells (1989)
Roads to Science Fiction 1/2 (1977)

Band 3:
06/92
Von Wells bis Stapledon (1988)
Roads to Science Fiction 2/1 (1979)

Band 4:
06/93
Von Huxley bis Heinlein (1988)
Roads to Science Fiction 2/2 (1979)

Band 5:
06/94
Von Heinlein bis Farmer (1989)
Roads to Science Fiction 3/1 (1979)

Band 6:
06/95
Von Clement bis Dick (1990)
Roads to Science Fiction 3/2 (1979)

Band 7:
06/96
Von Ellison bis Haldeman (1991)
Roads to Science Fiction 4/1 (1979)

Band 8:
06/97
Von Matheson bis Shaw (1992)
Roads to Science Fiction 4/2 (1979)

Band 9:
06/98
Von Lem bis Varley (1993)
Roads to Science Fiction 5/1 (1982)

Band 10:
06/99
Von Malzberg bis Benford (1993)
Roads to Science Fiction 5/2 (1982)

Band 11:
06/100
(in Vorb.)
Roads to Science Fiction: The British Way (1)

Band 12:
06/101
(in Vorb.)
Roads to Science Fiction: The British Way (2)

Band 13:
06/102
(in Vorb.)
Roads to Science Fiction: International SF (1)

Band 14:
06/103
(in Vorb.)
Roads to Science Fiction: International SF (2)

Karen Haber & Robert Silverberg
Mutanten

Band 1:
06/5181
Die Zeit der Mutanten (1994)
The Mutant Season (1989)

Band 2:
06/5182
Das Erwachen der Mutanten
(1994)
The Mutant Prime (1990)

Band 3:
06/5183
Der Aufstand der Mutanten
(1995)
Mutant Star (1992)

Band 4:
06/5184
Das Vermächtnis der Mutanten
(1995)
Mutant Legacy (1992)

Edmond Hamilton
Sternenkönige

Band 1:
06/3774
Die Sternenkönige (1980)
The Star Kings (1949)

Band 2:
06/3781
Rückkehr zu den Sternen (1981)
Return to the Stars (1964/1965/1968)

Harry Harrison
Stahlratte

Band 1:
06/3083; auch als 06/3928
Agenten im Kosmos (1966)
The Stainless Steel Rat (1961)

Band 2:
06/3393; auch als 06/3974
Rachezug im Kosmos (1974)
The Stainless Steel Rat's Revenge (1970)

Band 3:
06/3417
Ein Fall für Bolivar di Griz, die Stahlratte (1974)
The Stainless Steel Rat Saves the World (1970)

Band 4:
06/3678
Jim di Griz, die Edelstahlratte (1979)
The Stainless Steel Rat Wants You
(1978)

Band 5:
06/4096
Macht Stahlratte zum Präsidenten! (1984)
The Stainless Steel Rat for President
(1982)

Neuausgabe
des kompletten Zyklus in neuer Ausstattung und mit neuen Titeln:

Band 1:
06/4487
Die Geburt einer Stahlratte (1988)
A Steel Rat Is Born (1987)

Band 2:
06/4488
Stahlratte wird Rekrut (1988)
The Stainless Steel Rat Gets Drafted (1987)

Band 3:
06/4489
Stahlratte zeigt die Zähne (1966/83/88)
The Stainless Steel Rat (1961)
(vormals: »Agenten im Kosmos«)

Band 4:
06/4490
Stahlratte schlägt zurück (1974/83/88)
The Stainless Steel Rat Revenge (1970)
(vormals: »Rachezug im Kosmos«)

Band 5:
06/4491
Stahlratte rettet die Welt (1974/88)
The Stainless Steel Rat Saves the World (1970)
(vormals: »Ein Fall für Bolivar di Griz, die Stahlratte«)

Band 6:
06/4492
Stahlratte will dich (1979/88)
The Stainless Steel Rat (1978)
(vormals: »Jim di Griz, die Edelstahlratte«)

Band 7:
06/4493
Macht Stahlratte zum Präsidenten! (1984/88)
The Stainless Steel Rat for President (1982)

Band 8:
06/5296
Stahlratte singt den Blues (1995)
The Stainless Steel Rat Sings the Blues (1994)

Band 9:
06/5297
Visionen einer Stahlratte (1995)
Stainless Steel Rat Visions (1993)

Band 10:
06/5331
Stahlratte fährt zur Hölle (1997)
The Stainless Steel Rat Goes to Hell (1995)

Harry Harrison
Todeswelten-Trilogie

Band 1:
06/3067
Die Todeswelt (1966)
Deathworld (1960)

Band 2:
06/3069
Die Sklavenwelt (1966)
Deathworld II (1963)

Band 3:
06/3136
Die Barbarenwelt (1969)
Deathworld III (1968)
als WARP 7: 06/7024

Auch als Sonderausgabe alle 3 Romane in einem Band
06/55; auch als 06/4350
Todeswelten (1985/93)
Deathworld I–III

Harry Harrison
Zu den Sternen

Band 1:
06/3910
Heimwelt (1982)
Homeworld (1979)

Band 2:
06/3911
Radwelt (1982)
Wheelworld (1978)

Band 3:
06/3912
Sternwelt (1982)
Starworld (1980)

Auch als Sonderausgabe alle 3 Romane in einem Band:
06/4695
Zu den Sternen (1990)

Harry Harrison u.a.
Bill, der galaktische Held

Band 1:
06/5171
Der unglaubliche Beginn! (1994)
Bill, the Galactic Hero (1965)

Band 2:
06/5172
Die Welt der Roboter-Sklaven (1994)
Bill, the Galactic Hero # 1: The Planet of the Robot Slaves (1989)

Band 3:
06/5173
Harry Harrison/Robert Sheckley
Die Welt der eßbaren Gehirne (1994)
Bill, the Galactic Hero # 2: On the Planet of Bottled Brains (1989)

Band 4:
06/5174
Harry Harrison/David Bischoff
Die Welt der unaussprechlichen Wonnen (1995)
Bill, the Galactic Hero # 3: On the Planet of Tasteless Pleasure (1991)

Band 5:
06/5175
Harry Harrison /David Bischoff
Die Welt der zehntausend Bars (1995)
Bill, the Galactic Hero # 4: On the Planet of the Ten Thousand Bars (1995)

Band 6:
06/5176
Harry Harrison/Jack C. Haldeman II
Die Welt der Zombie-Vampire (1995)
Bill, the Galactic Hero # 5: On the Planet of Zombie Vampires (1991)

Band 7:
06/5177
Harry Harrison/David M. Harris
Das letzte inkohärente Abenteuer (1997)
Bill, the Galactic Hero # 6: The Final Incoherent Adventure (1992)

Frank Herbert
Wüstenplanet

Band 1:
06/3108/09; auch als 01/6356
Der Wüstenplanet (1967)
Dune (1965)

als ungekürzte Neuübersetzung unter demselben Titel (1978):
06/3108

Sonderausgabe als Buch zum Film (1984):
01/6356

Band 2:
06/3266
Der Herr des Wüstenplaneten (1971)
Dune Messiah (1969)

Band 3:
06/3615
Die Kinder des Wüstenplaneten (1978)
Children of Dune (1976)

Band 4:
06/3916
Der Gottkaiser des Wüstenplaneten (1982)
God Emperor Dune (1981)

Band 5:
06/4141
Die Ketzer des Wüstenplaneten (1984)
Heretics of Dune (1984)

Band 6:
06/4234
Die Ordensburg des Wüstenplaneten (1985)
Chapterhouse Dune (1985)

Die Enzyklopädie des Wüstenplaneten

Band 1:
06/4142
Enzyklopädie – Band 1 (1984)
The Dune Encyclopedia (1) (1984)

Band 2:
06/4143
Enzyklopädie – Band 2 (1984)
The Dune Encyclopedia (2) (1984)

Frank Herbert
Caleban

Band 1:
06/3317
Der letzte Caleban (1972)
Whipping Star (1969/70)

Band 2:
06/3699
Das Dosadi-Experiment (1980)
The Dosadi-Experiment (1977)

Frank Herbert & Bill Ransom
Das Schiff

Band 1:
06/3384
Ein Cyborg fällt aus (1971)
Destination Void (1966)

Band 2:
06/3834
Der Jesus-Zwischenfall (1981)
The Jesus Incident (1979)

Band 3:
06/4320
Der Lazarus-Effekt (1986)
The Lazarus Effect (1983)

Band 4:
06/4577
Der Himmelfahrts-Faktor (1989)
The Ascension Factor (1988)

Christopher Hinz
Paratwa-Trilogie

Band 1:
06/5641
Killer aus dem Eis (1997)
Liege Killer (1987)

Band 2:
06/5642
Ash Ock (1997)
Ash Ock (1989)

Band 3:
06/5643
Paratwa (1997)
Paratwa (1991)

Wolfgang Jeschke (Hrsg.)
Internationale Science Fiction
Originalausgaben

06/3364
Planetoidenfänger (1971)

06/3442
Die sechs Finger der Zeit (1971/75)

06/3541
Die große Uhr (1977)

06/3592
Im Grenzland der Sonne (1978)

06/3646
Spinnenmusik (1979)

06/3674
Der Tod des Dr. Island (1979)

06/3725
Eine Lokomotive für den Zaren (1980)

06/3805
Feinde des Systems (1981)

06/4000
25 Jahre Heyne Science Fiction & Fantasy
Das Lesebuch (1983)
(SF-Jubiläumsband)

06/4001
Aufbruch in die Galaxis (1983)

06/4057
Die Gebeine des Bertrand Russell
(1984)

06/4097
Das Gewand der Nessa (1984)

06/4161
Das digitale Dachau (1985)

06/4199
Venice 2 (1985)

06/4255
Entropie (1986)

06/4325
Langsame Apokalypse (1986)

06/4380
Schöne nackte Welt (1987)

06/4410
L wie Liquidator (1987)

06/4470
Second Hand Planet (1988)

06/4513
Wassermans Roboter (1988)

06/4560
Papa Godzilla (1989)

06/4610
An der Grenze (1989)

06/4660
Mondaugen (1990)

06/4697
Johann Sebastian Bach Memorial Barbecue
(1990)

06/4747
Die wahre Lehre, nach Mickymaus
(1991)

06/4803
Das Blei der Zeit (1991)
06/4880
Der Fensterjesus (1992)
06/4920
Die Menagerie von Babel (1992)
06/4990
Die Zeitbraut (1993)
06/5055
Lenins Zahn und Stalins Tränen (1994)
06/5090
Gogols Frau (1994)
06/5160
Die Pilotin (1994)
06/5275
Die Straße nach Candarei (1995)
06/5325
Partner fürs Leben (1996)
06/5390
Riffprimaten (1996)
06/5495
Die Verwandlung (1996)
06/5645
Die säumige Zeitmaschine (1997)
06/5880
Die letzten Bastionen (1998)
06/5950
Die Vergangenheit der Zukunft (1998)
(in Vorb.)
06/5970
Winterfliegen (1999)
(in Vorb.)
06/5999
Das Proust-Syndrom (1999)
(in Vorb.)

Wolfgang Jeschke (Hrsg.)
Heyne Science Fiction Jahresband
1980: 06/3729
1981: 06/3790
1982: 06/3870
1983: 06/3962
1984: 06/406/
1985: 06/4183
1986: 06/4262
1987: 06/4385
1988: 06/4477
1989: 06/4570
1990: 06/4650
1991: 06/4770
1992: 06/4865
1993: 06/4991
1994: 06/5100
1995: 06/5250
1996: 06/5398
1997: 06/5648
1998: 06/5935
1999: 06/6301 (in Vorb.)

Wolfgang Jeschke (Hrsg.)
Das Science Fiction Jahr
Bd. 1 (1986): 06/4260
Bd. 2 (1987): 06/4371
Bd. 3 (1988): 06/4464
Bd. 4 (1989): 06/4550
Bd. 5 (1990): 06/4640
Bd. 6 (1991): 06/4760
Bd. 7 (1992): 06/4850
Bd. 8 (1993): 06/4960
Bd. 9 (1994): 06/5080
Bd. 10 (1995): 06/5245
Bd. 11 (1996): 06/5380
Bd. 12 (1997): 06/5648
Bd. 13 (1998): 06/5935
Bd. 14 (1999): 06/5965 (in Vorb.)

Wolfgang Jeschke u. a. (Hrsg.)
Titan
Klassische SF-Stories (Auswahlbände)
06/3487
Titan – 1 (1976)
mit Frederik Pohl
Star Science Fiction vol. 1 & 2 (1953/1954)

06/3507
Titan - 2 (1976)
mit Frederik Pohl
Star Science Fiction vol. 3 & 4
(1954/1958)

06/3520
Titan - 3 (1976)
mit Frederik Pohl
Star Science Fiction vol. 1, 2 & 4
(1953/1954/1958)

06/3533
Titan - 4 (1977)
mit Frederik Pohl
Star Science Fiction vol. 2, 3, 4 & 5
(1953/1954/1958/1959)

06/3546
Titan - 5 (1977)
mit Frederik Pohl
Star Short Novels &
Star Science Fiction vol. 5 & 6
(1954/1959)

06/3558
Titan - 6 (1977)
mit Robert Silverberg
Science Fiction Hall of Fame vol. 1 (1970)

06/3579
Titan - 7 (1978)
mit Robert Silverberg
Science Fiction Hall of Fame vol. 1 (1970)

06/3597
Titan - 8 (1978)
mit Ben Bova
Science Fiction Hall of Fame vol. 2/A
(1973)

06/3614
Titan - 9 (1978)
mit Robert Silverberg
Science Fiction Hall of Fame vol. 1 (1970)

06/3633
Titan - 10 (1979)
mit Ben Bova
Science Fiction Hall of Fame vol. 2/A
(1973)

06/3651
Titan - 11 (1979)
mit Ben Bova
Science Fiction Hall of Fame vol. 2/A & 2/B
(1973)

06/3669
Titan - 12 (1979)
mit Ben Bova
Science Fiction Hall of Fame vol. 2/A & 2/B
(1973)

06/3691
Titan - 13 (1980)
mit Ben Bova
Science Fiction Hall of Fame vol. 2/B (1973)

06/3734
Titan - 14 (1980)
mit Ben Bova
Science Fiction Hall of Fame vol. 2/B (1973)

06/3787
Titan - 15 (1981)
mit Robert Silverberg
Science Fiction Hall of Fame vol. 1 (1970)

06/3827
Titan - 16 (1981)
mit Ben Bova
Science Fiction Hall of Fame vol. 2/B (1973)

06/3847
Titan - 17 (1981)
mit Ronald M. Hahn
(Originalausgabe)

06/3920
Titan - 18 (1982)
mit Brian W. Aldiss
Galactic Empires vol. 1/1 (1976)

06/3949
Titan - 19 (1983)
mit Brian W. Aldiss
Galactic Empires vol. 1/2 (1976)

06/3991
Titan - 20 (1983)
mit Brian W. Aldiss
Galactic Empires vol. 2/1 (1976)

06/4036
Titan - 21 (1983)
mit Brian W. Aldiss
Galactic Empires vol. 2/2
(1976)

06/4118
Titan - 22 (1984)
mit Brian W. Aldiss
Evil Earth vol. 1 (1974)

06/4171
Titan - 23 (1985)
mit Brian W. Aldiss
Evil Earth vol. 2 (1975)

Colin Kapp
Cageworld

Band 1:
06/5975
Die Suche nach der Sonne (1998)
Search for the Sun! (1982)

Band 2:
06/5976
Die verlorenen Welten von Cronus (1998)
The Lost Worlds of Cronus (1982)

Band 3:
06/5977
Der Tyrann von Hades (1999)
The Tyrant of Hades (1982)

Band 4:
06/5978
Die Suche nach den Sternen
(1999)
(in Vorb.)
Star-Search (1983)

Eric Koch
C.R.U.P.P.-Trilogie

Band 1:
06/3522
Die Freizeit-Revoluzzer (1976)
The Leisure Riots (1973)

Band 2:
06/3622
Die Spanne Leben (1978)
The Last Thing You'd Want to Know
(1976)

Beide auch als Sonderausgabe
in einem Band:
06/67
C.R.U.P.P.

Band 3:
06/4542
Kassandrus (1988)
Cassandrus (1988)

Nancy Kress
Bettler-Trilogie

1. Band:
06/5881
Bettler in Spanien (1997)
Beggars in Spain (1993)

2. Band:
06/5882
Bettler und Sucher (1998)
Beggars and Choosers
(1994)

3. Band:
06/5883
Bettlers Ritt
(in Vorb.)
Beggar's Ride (1996)

Michael P. Kube-McDowell
Trigon

Band 1:
06/5485
Das Wagnis (1997)
Emprise (1985)

Band 2:
06/5486
Das Geheimnis (1998)
Enigma (1986)

Band 3:
06/5487
Das Reich (1998)
Empery (1987)

Sterling G. Lanier
Hiero

Band 1:
06/3425; auch als 06/39
Hieros Reise (1975)
Hiero's Journey (1973)
als WARP 7: 06/7019

Band 2:
06/4197
Der unvergessene Hiero (1985)
The Unforsaken Hiero (1983)

Ursula K. Le Guin
Hainish

Band 1:
06/3400; auch als 06/84
Winterplanet (1974)
The Left Hand of Darkness (1969)

Band 2:
06/3505; auch als 06/43
Planet der Habenichtse (1976)
The Dispossessed (1974)

Band 3:
06/3578
Rocannons Welt (1978)
Rocannon's World (1966)

Band 4:
06/3466
Das Wort für Welt ist Wald (1975/1988/1992)
The Word for World Is Forest (1972)

Band 5:
06/3604
Das zehnte Jahr (1978)
Planet of Exile (1966)

Band 6:
06/3672
Stadt der Illusionen (1979)
City of Illusions (1967)

Als Sonderausgabe der FRÜHE HAINISH-Zyklus (Band 3, 5 und 6) in einem Band:
06/4460
Hainish (1987)

C. S. Lewis
Perelandra-Trilogie

Band 1:
06/3499
Jenseits des Schweigenden Sterns (1948/76)
Out of the Silent Planet (1938)

Band 2:
06/3511
Perelandra (1957/76)
Perelandra (1943)

Band 3:
06/3524
Die böse Macht (1954/76)
That Hideous Strength (1945)

Als Sonderausgabe alle drei Romane in einem Band:
06/8009
Der schweigende Stern (1999) (in Vorb.)

Elizabeth A. Lynn
Die Chroniken von Tornor

Band 1:
06/3955
Die Zwingfeste (1983)
Watchtower (1979)

Band 2:
06/3956
Die Tänzer von Arun (1983)
The Dancers of Arun (1979)

Band 3:
06/3957
Die Frau aus dem Norden (1983)
The Northern Girl (1980)

Paul J. McAuley
Alien

Band 1:
06/5306
Vierhundert Milliarden Sterne (1995)
Four Hundred Billion Stars (1988)

Band 2:
06/5307
Verborgene Harmonien (1995)
Secret Harmonies (1989)

Band 3:
06/5308
Ewiges Licht (1995)
Eternal Light (1991)

Anne McCaffrey
Dinosaurier-Planet

Band 1:
06/4168
Dinosaurier-Planet (1985)
Dinosaur Planet (1978)

Band 2:
06/4347
Die Überlebenden (1986)
The Survivors (1984)

Anne McCaffrey
Drachenreiter (von Pern)

Band 1:
06/3291
Die Welt der Drachen (1972)
Dragonflight (1968)

Band 2:
06/3330
Die Suche der Drachen (1973)
Dragonquest (1971)

Band 3:
06/3791
Drachengesang (1981)
Dragonsong (1976)

Band 4:
06/3849
Drachensinger (1981)
Dragonsinger (1977)

Band 5:
06/3996
Drachentrommeln (1983)
Dragondrums (1979)

Band 6:
06/3918
Der weiße Drache (1982)
The White Dragon (1978)

Band 7:
06/4196
Moreta – Die Drachenherrin von Pern (1985)
Moreta: Dragon Lady of Pern (1983)

Band 8:
06/4548
Nerilkas Abenteuer (1989)
Nerilka's Story (1986)

Band 9:
06/4666
Drachendämmerung (1990)
Dragonsdawn (1988)

Band 10:
06/5007
Die Renegaten von Pern (1993)
The Renegades of Pern (1988)

Band 11:
06/5135
Die Weyr von Pern (1994)
All the Weyrs of Pern (1991)

Band 12:
06/5540
Die Delphine von Pern (1996)
The Dolphins of Pern (1994)

Anne McCaffrey
Rowan

Band 1:
06/5622
Rowan (1997)
The Rowan (1990)

Band 2:
06/5623
Damia (1997)
Damia (1992)

Band 3:
06/5624
Damias Kinder (1997)
Damias Children (1992)

Band 4:
06/5625
Lyon (1997)
Lyon's Pride (1994)

Michael McCollum
Antares

Band 1:
06/5382
Antares erlischt (1996)
Antares Dawn (1986)

Band 2:
06/5924
Antares Passage (1998)
Antares Passage (1987)

Phillip Mann
Paxwax

Band 1:
06/4522
Der Herr von Paxwax (1988)
Master of Paxwax (1986)

Band 2:
06/4523
Der Fall der Familien (1988)
The Fall of the Families (1987)

Phillip Mann
Ein Land für Helden

Band 1:
06/6302
Flucht in die Wälder (1999) (in Vorb.)
Escape to the Wild Wood (1993)

Band 2:
06/6303
Der Monolith (1999) (in Vorb.)
Stand Alone Stan (1994)

Band 3:
06/6304
Der Drache erwacht (1999) (in Vorb.)
The Dragon Wakes (1995)

Band 4:
06/6305
Der brennende Wald (1999) (in Vorb.)
The Burning Forest (1996)

Julian May
Pliozän

Band 1:
06/4300
Das vielfarbene Land (1986)
The Many-Colored Land (1981)

Band 2:
06/4301
Der goldene Ring (1986)
The Golden Torc (1982)

Band 3:
06/4302
Kein König von Geburt (1987)
The Nonborn King (1983)

Band 4
06/4303
Der Widersacher (1987)
The Adversary (1984)

Michael Moorcock
Zeitnomaden

Band 1:
06/3876
Der Herr der Lüfte (1982)
The Warlord of the Air (1971)

Band 2:
06/3903
Der Landleviathan (1982)
The Land Leviathan (1974)

Band 3:
06/4122
Der Stahlzar (1984)
The Steel Tsar (1981)

Auch als Sonderausgabe in einem Band:
06/4820
Zeitnomaden (1991)

Warren Norwood
Die Windhover-Bänder

Band 1:
06/4866
Ein Bild aus Stimmen (1992)
An Image of Voice (1982)

Band 2:
06/4867
Die Krümmung des Raums (1992)
Flexing the Warp (1982/83)

Band 3:
06/4868
Fize der Gabriel-Ratschen (1992)
Fize of the Gabriel Ratchets (1983)

Band 4:
06/4917
Planet der Blumen (1993)
Planet of Flowers (1984)

Perry Rhodan Taschenbücher

Band 1:
16/1
Clark Darlton
Planet der Mock (1994)

Band 2:
16/2
Kurt Mahr
Der große Denker von Gol (1994)

Band 3:
16/3
Kurt Brand
Schatzkammer der Sterne (1995)

Band 4:
16/4
Clark Darlton
Sturz in die Ewigkeit (1995)

Band 5:
16/5
H. G. Ewers
Die verhängisvolle Expedition (1995)

Band 6:
16/6
Kurt Mahr
Die Tochter des Roboters (1995)

Band 7:
16/7
H. G. Ewers
Die Zeitspringer (1995)

Band 8:
16/8
Hans Kneifel
Am Rand des blauen Nebels (1995)

Band 9:
16/9
William Voltz
Invasion der Puppen (1995)

Band 10:
16/10
Hans Kneifel
Die Goldenen Menschen (1995)

Band 11:
16/11
Clark Darlton
Im Zentrum der Galaxis (1995)

Band 12:
16/12
H. G. Ewers
Die Para-Sklaven (1995)

Band 13:
16/13
Kurt Mahr
Sternkolonie Troja (1995)

Band 14:
16/14
Hans Kneifel
Die Nacht des violetten Mondes (1995)

Band 15:
16/15
William Voltz
Ich, Rhodans Mörder (1995)

Band 16:
16/16
H. G. Ewers
Phantom-Station (1995)

Band 17:
16/17
Clark Darlton
Flug der Millionäre (1995)

Band 18:
16/18
H. G. Ewers
Raumkapitän Nelson (1995)

Band 19:
16/19
William Voltz
Zone des Schreckens (1995)

Band 20:
16/20
Hans Kneifel
Das Gesetz der gläsernen Vögel (1995)

Band 21:
16/21
Kurt Mahr
Das tödliche Paradies (1995)

Band 22:
16/22
H. G. Ewers
Der Geisteragent aus dem All (1995)

Band 23:
16/23
Hans Kneifel
Der Einsame von Terra (1995)

Band 24:
16/24
Kurt Mahr
Baumeister des Kosmos (1995)

Band 25:
16/25
William Voltz
Ins Weltall entführt (1995)

Band 26:
16/26
H. G. Ewers
Die Fischer des Universums (1995)

Band 27:
16/27
H. G. Ewers
Ein Teil der Ewigkeit (1996)

Band 28:
16/28
Clark Darlton
Gucky und die Mordwespen (1996)

Band 29:
16/29
Kurt Mahr
Die Fremden aus dem Mikronebel (1996)

Band 30:
16/30
H. G. Ewers
Der Schlüssel zur anderen Welt (1996)

Band 31:
16/31
Hans Kneifel
Die Spur nach Andromeda (1996)

Band 32:
16/32
Hans Kneifel
Die Schatten des kristallenen Todes (1996)

Band 33:
16/33
Clark Darlton
Gucky und die Geheimagenten (1996)

Band 368:
16/368
Robert Feldhoff
Terra in Trance (1993)

Band 369:
16/369
Peter Terrid
Das Aralon-Komplott (1993)

Band 370:
16/370
Susan Schwartz
Welt der Prospektoren (1993)

Band 371:
16/371
Horst Hoffmann
Luminia ruft (1994)

Band 372:
16/372
Kurt Mahr
Das Gremium der Vier (1994)

Band 373:
16/373
Hans Kneifel
Deserteur der USO (1994)

Band 374:
16/374
Peter Terrid
Die Wurzeln des Todes (1994)

Band 375:
16/375
Götz Roderer
Halo 1146 (1994)

Band 376:
16/376
Robert Feldhoff
Die Toleranz-Revolution (1994)

Band 377:
16/377
Arndt Ellmer
Tränen vom Himmel (1994)

Band 378:
16/378
Peter Griese
Die Elixiere von Chubbid (1994)

Band 379:
16/379
H. G. Francis
Sturm der neuen Zeit (1994)

Band 380:
16/380
Horst Hoffmann
Als die Kröten kamen (1994)

Band 381:
16/381
Hubert Haensel
Verlorenes Leben (1994)

Band 382:
16/382
Hans Kneifel
Das sterbende Imperium (1995)

Band 383:
16/383
Arndt Ellmer
Elohim II (1995)

Band 384:
16/384
Peter Griese
Das Bermuda-Loch (1995)

Band 385:
16/385
Uwe Anton
Eisige Zukunft (1995)

Band 386:
16/386
Peter Terrid
Welt über den Wolken (1995)

Band 387:
16/387
Konrad Schaef
Hölle hoch vier (1995)

Band 388:
16/388
Hans Kneifel
Galaktische Rache (1995)

Band 389:
16/389
Hubert Haensel
Schach den Cantaro
(1995)

Band 390:
16/390
Arndt Ellmer
Das hohle Paradies (1995)

Band 391:
16/391
Peter Terrid
Im Nichts gestrandet
(1995)

Band 392:
16/392
Uwe Anton
Psychospiel (1995)

Band 393:
16/393
Hans Kneifel
Atlans Todfeinde (1995)

Band 394:
16/394
Manfred Weinland
Der Moloch (1996)

Band 395:
16/395
Hubert Haensel
Testflug (1996)

Band 396:
16/396
Rainer Castor
Für Arkons Ehre (1996)

Band 397:
16/397
Konrad Schaef
Duell in Terrania (1996)

Band 398:
16/398
Peter Griese
Der Nirwana-Teleporter (1996)

Band 399:
16/399
H. G. Francis
Kampf des Jahrtausends (1996)

Band 400:
16/400
Peter Terrid
Gesänge aus der Unterwelt (1996)

Band 401:
16/401
Arndt Ellmer
Herrscher von Sonnenland (1996)

Band 402:
16/402
Rainer Castor
Die Macht der Goldenen (1996)

Band 403:
16/403
Hubert Haensel
Tariga sehen und sterben (1996)

01/9968
Das große Perry-Rhodan-Fanbuch
Jubiläumsband

Kim Stanley Robinson
Mars-Trilogie

Band 1:
06/5361
Roter Mars (1997)
Red Mars (1993)

Band 2:
06/5362
Grüner Mars (1998)
Green Mars (1994)

Band 3:
06/5363
Blauer Mars (1999)
(in Vorb.)
Blue Mars (1995)

Bob Shaw
Zwillingswelten-Trilogie

Band 1:
06/4773
Die Heißluft-Astronauten (1991)
The Ragged Astronauts (1986)

Band 2:
06/4774
Die hölzernen Raumschiffe
(1991)
The Wooden Spaceships
(1987)

Band 3:
06/4775
Die flüchtigen Welten (1991)
Fugitive Worlds (1989)

Auch als Sonderausgabe alle drei Romane in einem Band:
06/5543
Die wilden Astronauten (1996)

Charles Sheffield
Proteus-Trilogie

Band 1:
06/4447
Die Gesichter des Proteus (1995)
The Sight of Proteus (1978/94)

Band 2:
06/5249
Der entfesselte Proteus (1995)
Proteus Unbound (1988)

Band 3:
06/5313
Proteus in der Unterwelt (1995)
Proteus in the Underworld (1995)

John Shirley
Eclipse-Trilogie

Band 1:
06/4721
Eclipse (1991)
Eclipse (1985)

Band 2:
06/4722
Eclipse Penumbra (1991)
Eclipse Penumbra (1988)

Band 3:
06/4723
Eclipse Corona (1991)
Eclipse Corona (1990)

Robert Silverberg
Nach der Dunkelheit

Band 1:
06/4585
Am Ende des Winters (1989)
At Winter's End (1988)

Band 2:
06/4894
Der neue Frühling (1992)
The New Springtime (1990)

Edward E. Smith & David Kyle
Lensmen

Band 1:
06/3704; auch als 06/4185
Die Planetenbasis (1969/85)
Triplanetary (1948)

Band 2:
06/3705; auch als 06/4186
Die ersten Lensmen (1969/85)
The First Lensmen (1950)

Band 3:
06/3708; auch als 06/4187
Galaktische Patrouille (1969/85)
Galactic Patrol (1950)

Band 4:
06/3710/11; auch als 06/4188
Die grauen Herrscher (1969/85)
Gray Lensmen (1951)

Band 5:
06/3713/14; auch als 06/4189
Das zweite Imperium (1969/85)
Second Stage Lensmen (1953)

Band 6:
06/3716; auch als 06/4190
Das Erbe der Lens (1969/85)
Children of the Lens (1954)

Band 7:
06/3717; auch als 06/4233
Wächter des Mahlstroms (1977/85)
The Vortex Blaster (1960)
auch als: *Master of the Vortex*

weitergeschrieben von David Kyle:

Band 8:
06/4191
Drachen-Lensmen (1985)
Dragon Lensmen (1980)

Band 9:
06/4192
Lensmen von Rigel (1985)
Lensmen from Rigel (1982)

Band 10:
06/4393
Z-Lensmen (1987)
Z-Lensmen (1983)

Edward E. Smith
Skylark

Band 1:
06/3479; auch als 06/4777
Die Abenteuer der Skylark (1976/91)
The Skylark of Space (1946/47/50/58)

Band 2:
06/3491; auch als 06/4778
Die Skylark und die Schlacht um Osnome (1976/91)
Skylark Three (1930/48)

Band 3:
06/3503; auch als 06/4779
Die Skylark und die Sternenwanderer (1976/91)
Skylark of Valeron (1934/35/49)

Band 4:
06/3515; auch als 06/4780
Die Skylark und der Kampf um die Galaxis (1976/91)
Skylark Duquesne (1965)

L. Neil Smith
Gallatin

Band 1:
06/4250
Der Durchbruch (1985)
The Probability Broach (1980)

Band 2:
06/4251
Der Venus-Gürtel (1985)
The Venus Belt (1980)

Band 3:
06/4252
Ihrer Majestäten Kübeliere (1986)
Their Majestie's Bucketeers (1981)

Band 4:
06/4253
Der Nagasaki-Vektor (1986)
The Nagasaki Vector (1983)

Band 5:
06/4281
Tom Paine Maru (1986)
Tom Paine Maru (1984)

Band 6:
06/4282
Die Gallatin-Abweichung (1986)
The Gallatin Divergence (1985)

Sheri S. Tepper
Monströse Welten

Band 1:
06/5918
Gras (1997)
Grass (1989)

Band 2:
06/5919
Hobbs Land (1997)
Raising the Sontes (1990)

Band 3:
06/5920
Toleranz
(in Vorb.)
Sideshow (1992)

Patrick Tilley
Die Amtrak-Kriege

Band 1:
06/4730
Wolkenkrieger (1990)
Cloudwarrior (1985)
als WARP 7: 06/7006

Band 2:
06/4731
Erste Familie (1990)
First Family (1985)
als WARP 7: 06/7007

Band 3:
06/4732
Eisenmeister (1990)
Iron Master (1987)
als WARP 7: 06/7008

Band 4:
06/4885
Blutiger Fluß (1992)
Blood River (1988)
als WARP 7: 06/7009 (in Vorb.)

Band 5:
06/4886
Todbringer (1992)
Death-Bringer (1989)
als WARP 7: 06/7010 (in Vorb.)

Band 6:
06/4887
Erdendonner (1992)
Earth-Thunder (1990)
als WARP 7: 06/7011
(in Vorb.)

Jack Vance
Alastor

Band 1:
06/3563
Trullion: Alastor 2262 (1977)
Trullion: Alastor 2262 (1973)

Band 2:
06/3580
Marune: Alastor 933 (1978)
Marune: Alastor 933 (1975)

Band 3:
06/3816
Wyst: Alastor 1716 (1981)
Wyst: Alastor 1716 (1978)

Auch als Sonderausgabe
in einem Band:
06/4415
Alastor (1987)

Jack Vance
Dämonenprinz

Band 1:
06/3139
Jäger im Weltall (1969)
The Star King (1964)

Band 2:
06/3141
Die Mordmaschine (1969)
The Killing Machine (1964)

Band 3:
06/3143
Der Dämonenprinz (1969)
The Palace of Love (1967)

Band 4:
06/4013
Das Gesicht (1983)
The Face (1980)

Band 5:
06/4014
Das Buch der Träume (1983)
The Book of Dreams (1981)

Jack Vance
Durdane-Trilogie

Band 1:
06/3448
Der Mann ohne Gesicht (1975)
The Anome (1971)
als WARP 7: 06/7023

Band 2:
06/3463
Der Kampf um Durdane (1975)
The Brave Free Men (1972)

Band 3:
06/3480
Die Asutra (1976)
The Asutra (1973)

Auch als Sonderausgabe in einem Band:
06/4361
Durdane (1987)

Jack Vance
Cadwal-Chroniken

1. Chronik:
06/5300
Araminta Station (1995)
Araminta Station (1988)

2. Chronik:
06/5301
Ecce und die Alte Erde (1995)
Ecce and the Old Earth (1991)

3. Chronik:
06/5302
Throy (1995)
Throy (1992)

A. E. van Vogt
Isher

Band 1:
06/3100
Die Waffenhändler von Isher (1967)
The Weapon Shops of Isher (1949)

Band 2:
06/3102
Die Waffenschmiede von Isher (1967)
The Weapon Makers (1947)

In ungekürzter Neuübersetzung als Sonderausgabe in einem Band:
06/73
Ischer (1989)
enthält die Erzählungen »Die Wippe« (*The Seesaw;* 1941), »Der Waffenladen« (*The Weapon Shop;* 1942) sowie die Romane »Die Waffenschmiede« und »Die Waffenläden von Ischer«

A. E. van Vogt
Null-A

Band 1:
06/3117; auch als 06/3925
Welt der Null-A (1958)
World of Null-A (1945/48)

Band 2:
06/3119
Kosmischer Schachzug (1958)
The Pawns of Null-A (1956)

Band 3:
Der dritte Gosseyn
ist nicht als Einzelveröffentlichung erschienen!

Band 1, 2 und 3 in ungekürzter Neuübersetzung als Sonderausgabe in einem Band:
06/58
Null-A (1986)

A. E. van Vogt
Space Beagle
06/3047
Die Weltraumexpedition der Space Beagle (1965)
Voyage of the Space Beagle (1950)
auch als »Die Expedition der Space Beagle« (1978)
unter gleicher Nummer
in ungekürzter Neuübersetzung als Sonderausgabe
06/83
Die Expedition der Space Beagle (1992) enthält die Erzählungen »Schwarzer Verheerer« (*Black Destroyer;* 1939), »Nervenkrieg« (*War of Nerves;* 1950), »Mißton in Scharlach« (*Discord in Scarlet;* 1939) und »M 33 im Sternbild Andromeda« (*M 33 in Andromeda;* 1943)

John Varley
Gäa-Trilogie
Band 1:
06/3986
Der Satellit (1983)
Titan (1979)
Band 2:
06/3987
Der Magier (1983)
Wizard (1980)
Band 3:
06/4313
Der Dämon (1986)
Demon (1984)

Joan D. Vinge
Tiamat
Band 1:
06/3950
Die Schneekönigin (1983)
The Snow Queen (1980)
Band 2:
06/5070
Die Sommerkönigin (1994)
The Summer Queen (1991)
Teil 1: Der Wandel der Zeit
06/5071
Die Sommerkönigin (1994)
The Summer Queen (1991)
Teil 2: Die Abkehr der Welt (1994)

Joan D. Vinge
Psion
Band 1:
06/4230
Psion (1985)
Psion (1982)
Band 2:
06/4718
Katzenpfote (1990)
Catspaw (1988)

Vernor Vinge
Friedenskrieg
Band 1:
06/4565
Der Friedenskrieg (1989)
The Peace War (1984)
Band 2:
06/4566
Gestrandet in der Realzeit (1989)
Marooned in Realtime (1986)

Ian Watson
Yaleen-Trilogie
Band 1:
06/4434
Das Buch vom Fluß (1987)
The Book of the River (1983)
Band 2:
06/4435
Das Buch von den Sternen (1987)
The Book of the Stars (1984)
Band 3:
06/4436
Das Buch vom Sein (1987)
The Book of Being (1985)

James White
Orbit Hospital
Band 1:
06/4974
Hospital Station (1993)
Hospital Station (1963)
als WARP 7: 06/7021
Band 2:
06/4975
Star Chirurg (1993)
Star Surgeon (1963)
Band 3:
06/4976
Großoperation (1993)
Major Operation (1971)
Band 4:
06/4977
Ambulanzschiff (1993)
Ambulance Ship (1974/80)
Band 5:
06/4978
Sector General (1993)
Sector General (1983)
Band 6:
06/4979
Notfall Code Blau (1994)
Code Blue Emergency (1987)
Band 7:
06/4980
Der Wunderheiler (1995)
Star Healer (1984)
Band 8:
06/4981
Radikaloperation (1996)
The Genocidal Healer (1991)
Band 9:
06/4982
Chef de Cuisine (1997)
The Galactic Gourmet (1995)
Band 10:
06/5114
Die letzte Diagnose (in Vorb.)
Final Diagnosis (1996)

Sharon Webb
Erdenlied-Trilogie
Band 1:
06/4606
Erdenkind (1989)
Earthchild (1981/82)
Band 2:
06/4607
Erdenlied (1989)
Earth Song (1983)
Band 3:
06/4608
Raketenlied (1989)
Ramsong (1984)

George R. R. Martin (Hrsg.)
Wild Cards

Band 1:
06/5601
Vier Asse (1996)
Wild Cards (1) (1986)

Band 2:
06/5602
Asse und Joker (1996)
Wild Cards (2) (1986)

Band 3:
06/5603
Asse hoch! (1996)
Aces High (1) (1987)

Band 4:
06/5604
Schlechte Karten (1996)
Aces High (2) (1987)

Band 5:
06/5605
Wilde Joker (1997)
Jokers Wild (1987)

Band 6:
06/5606
Asse im Einsatz (1997)
Aces Abroad (1988)

Band 7:
06/5607
Nur Tote kennen Jokertown (1998)
Down and Dirty (1) (1988)

Band 8:
06/5608
Konzert für Sirenen und Serotonin (1998)
Down and Dirty (2) (1988)

Band 9:
06/5609
Terror und Dr. Tachyon (1999) (in Vorb.)
Ace in the Hole (1) (1989)

Band 10:
06/5610
Ein Ass in der Hinterhand (1999) (in Vorb.)
Ace in the Hole (2) (1989)

Paul O. Williams
Pelbar

Band 1:
06/4151
Die Zitadelle von Nordwall (1985)
The Breaking of Northwall (1981)

Band 2:
06/4152
Die Enden des Kreises (1985)
The Ends of the Circle (1981)

Band 3:
06/4153
Die Kuppel im Walde (1985)
The Dome in the Forest (1981)

Band 4:
06/4154
Der Fall der Muschel (1985)
The Fall of the Shell (1982)

Band 5:
06/4155
Der Hinterhalt der Schatten (1985)
An Ambush of Shadows (1983)

Band 6:
06/4156
Das Lied der Axt (1985)
The Song of the Axe (1984)

Band 7:
06/4157
Das Schwert der Geduld (1986)
Sword of Forbearance (1986)

Jack Williamson
Antimaterie

Band 1:
06/3208; auch als 06/3923
Antimaterie (1970)
Seetee Ship (1951)

Band 2:
06/3211; auch als 06/3978
Antimaterie-Bombe (1970)
Seetee Shock (1949/50)

David Wingrove
Die Chronik des Chung Kuo

1. Chronik:
06/5251
Das Reich der Mitte (1994)
The Middle Kingdom (1) (1989)

2. Chronik:
06/5252
Die Domäne (1994)
The Middle Kingdom (2) (1989)

3. Chronik:
06/5253
Die Kunst des Krieges (1994)
The Broken Wheel (1) (1990)

4. Chronik:
06/5254
Schutt und Asche (1995)
The Broken Wheel (2) (1990)

5. Chronik:
06/5255
Das gebrochene Rad (1995)
The White Mountain (1) (1991)

6. Chronik:
06/5256
Der weiße Berg (1996)
The White Mountain (2) (1991)

7. Chronik:
06/5257
Ungeheuer der Tiefe (1997)
The Stone Within (1) (1992)

8. Chronik:
06/5258
Ein Herz aus Stein (1998)
The Stone Within (2) (1992)

9. Chronik:
06/5259
Auf einem Feuerrad (1998)
Beneath the Tree of Heaven (1) (1993)

10. Chronik:
06/5260
Unter dem Himmelsbaum (in Vorb.)
Beneath the Tree of Heaven (2) (1993)

11. Chronik:
06/5261
Das Lied der Bronzestatue (in Vorb.)
Song of the Bronze Statue (1994)

12. Chronik:
06/5262
Weißer Mond, Roter Drache (in Vorb.)
White Moon, Red Dragon (1994)

13. Chronik:
06/5263
China am Rhein (in Vorb.)
China on the Rhine

14. Chronik:
06/5264
Tage bitterer Stärke (in Vorb.)
Days of Bitter Strength

15. Chronik:
06/5265
König des Unendlichen (in Vorb.)
The King of Infinite Space

16. Chronik:
06/5266
Vermählung mit der Dunkelheit
(in Vorb.)
Marriage of the Living Dark

Gene Wolfe
Das Buch der Neuen Sonne

Band 1:
06/4063
Der Schatten des Folterers
(1984)
The Shadow of the Torturer
(1980)

Band 2:
06/4064
Die Klaue des Schlichters
(1984)
The Claw of the Conciliator
(1981)

Band 3:
06/4065
Das Schwert des Liktors
(1984)
The Sword of the Lictor
(1981)

Band 4:
06/4066
Die Zitadelle des Autarchen
(1984)
The Citadel of the Autarch (1982)

Band 5:
06/4655
Die Urth der Neuen Sonne (1990)
The Urth of the New Sun (1987)

Gene Wolfe
Das Buch der Langen Sonne

Band 1:
06/5941
Die Nachtseite der Langen Sonne (1998)
Nightside the Long Sun (1993)

Band 2:
06/5942
Der See der Langen Sonne
(1998)
Lake of the Long Sun (1994)

Band 3:
06/5943
Der Caldé der Langen Sonne
(1998)
Caldé of the Long Sun (1996)

Band 4:
06/5944
Der Exodus aus der Langen Sonne (1998)
Exodus from the Long Sun (1996)

Jack Womack
Dryco

Band 1:
06/4994
Heidern (1993)
Heathern (1990)

Band 2:
Zufällige Akte sinnloser Gewalt
(1998)
Random Acts of Senseless Violence
(1993)

Band 3:
06/4668
Ambient (1990)
Ambient (1987)

Band 4:
06/4790
Terraplane (1991)
Terraplane (1988)

Band 5:
Elvissee
(in Vorb.)
Elvissey (1993)

Band 6:
Von einem Flüstern zu einem Schrei
(in Vorb.)
From a Whisper to a Cry

Philip Wylie/Edwin Balmer
Weltuntergang

Band 1:
06/3178; auch als 06/3924
Wenn Welten zusammenstoßen (1959/1970)
When Worlds Collide (1951)

Band 2:
06/3183
Auf dem neuen Planeten (1960/1970)
After Worlds Collide (1933)

Timothy Zahn
Blackcollar

Band 1:
06/4586
Die Blackcollar-Elite (1989)
The Blackcollar (1983)
als WARP 7: 06/7003

Band 2:
06/4587
Die Blacklash-Mission (1989)
The Blacklash Mission (1986)
als WARP 7: 06/7004

Péter Zsoldos
Wiking

Band 1:
06/4390
Die Rückkehr der Wiking (1987)
A Wiking Visszatér (1963)

Band 2:
06/4391
Fernes Feuer – Wiking II (1988)
Tavoli tüz (1969)

Band 3:
06/4812
Die letzte Versuchung – Wiking III (1991)
Az utolsó kisértés (1988)

ROMANE ZUM SPIELEN

Battletech

William H. Keith jr.
GRAY DEATH-TRILOGIE:

Band 1:
06/4628
Entscheidung am Thunder Rift
(1989)
Decision at Thunder Rift
(1987)

Band 2:
06/4629
Der Söldnerstern
(1989)
Mercenary's Star
(1987)

Band 3:
06/4630
Der Preis des Ruhms
(1989)
The Price of Glory
(1987)

Band 4:
06/4686
Ardath Mayhar
Das Schwert und der Dolch
(1990)
Sword and the Dagger
(1987)

Michael A. Stackpole
WARRIOR-TRILOGIE:

Band 5:
06/4687
En Garde (1990)
Warrior: En Garde
(1988)

Band 6:
06/4688
Riposte (1990)
Warrior: Riposte (1988)

Band 7:
06/4689
Coupé (1990)
Warrior: Coupé (1989)

Band 8:
06/4794
Robert N. Charrette
Wölfe an der Grenze (1991)
Wolves on the Border (1988)

Band 9:
06/4829
Robert N. Charrette
Ein Erbe für den Drachen
(1991)
Heir to the Dragon (1989)

Michael A. Stackpole
DAS BLUT DER
KERENSKY-TRILOGIE:

Band 10:
06/4870
Tödliches Erbe (1992)
Lethal Heritage (1989)

Band 11:
06/4871
Blutiges Vermächtnis (1992)
Blood Legacy (1990)

Band 12:
06/4872
Dunkles Schicksal (1992)
Lost Destiny (1991)

Robert Thurston
DIE LEGENDE VOM
JADEPHÖNIX-TRILOGIE:

Band 13:
06/4931
Clankrieger (1993)
Way of the Clans (1991)

Band 14:
06/4932
Blutrecht (1993)
Blood Name (1991)

Band 15:
06/4933
Falkenwacht (1993)
Falcon Guard (1991)

Band 16:
06/5058
Robert N. Charrette
Wolfsrudel (1993)
Wolfspack (1992)

Band 17:
06/5078
Michael A. Stackpole
Natürliche Auslese
(1993)
Natural Selection (1992)

Band 18:
06/5097
Chris Kubasik
Das Antlitz des Krieges
(1994)
Ideal War (1991)

Band 19:
06/5116
James D. Long
Stahlgladiatoren (1994)
Main Event (1993)

Band 20:
06/5128
J. Andrew Keith
Die Stunde der Helden
(1994)
Blood of Heroes (1993)

Band 21:
06/5148
Michael A. Stackpole
Kalkuliertes Risiko (1994)
Assumption of Risk
(1993)

Band 22:
06/5168
Peter Rice
Fernes Land (1994)
Far Country (1993)

Band 23:
06/5290
James D. Long
Black Thorn Blues
(1994)
D.R.T. (1994)

Band 24:
06/5272
Victor Milan
Auge um Auge (1995)
Closed Quarters (1994)

Band 25:
06/5195
Michael A. Stackpole
Die Kriegerkaste (1995)
Bred for War (1995)

Band 26:
06/5314
Robert Thurston
Ich bin Jadefalke (1996)
I Am Jade Falcon (1995)

Band 27:
06/5335
Blaine Pardoe
Highlander Gambit (1996)
Highlander Gambit (1995)

Band 28:
06/5358
Don Philips
Ritter ohne Furcht und Tadel
(1996)
Star Lord (1995)

Band 29:
06/5374
William H. Keith
Pflichtübung (1996)
Tactics of Duty
(1995)

Band 30:
06/5391
Michael Stackpole
Abgefeimte Pläne (1997)
Malicious Intent (1996)

Band 31:
06/5392
Victor Milan
Im Herzen des Chaos
(1996)
Hearts of Chaos (1996)

Band 32:
06/5492
J. Andrew Keith
Operation Excalibur
(1997)
Operation Excalibur
(1996)

Band 33:
06/5493
Victor Milan
Der schwarze Drache (1997)
Black Dragon (1996)

Band 34:
06/5636
Blain Pardoe
Der Vater der Dinge (1997)
Impetus of War (1996)

Band 35:
06/5655
Nigel Findley
Höhenflug (1998)
High Flight (1996)

Band 36:
06/5886
Loren Coleman
Blindpartie (1998)
Double Blind (1997)

Band 37:
06/5893
Loren Coleman
Loyal zu Liao (1998)
Binding Force (1997)

Band 38:
06/6238
Plain Pardoe
Exodus (1998)
Exodus Road (1997)

Band 39:
06/6239
Michael Stackpole
Heimatwelten (1998)
Grave Covenant (1997)

Band 40:
06/6240
Thomas Gressman
Die Jäger (1999)
(in Vorb.)
The Hunters (1998)

Band 41:
06/6241
Robert Thurston
Freigeburt (1999)
(in Vorb.)
Freebirth (1998)

Band 42:
06/6242
Thomas Gressman
Feuer und Schwert
(1999)
(in Vorb.)
Shadows of War (1998)

Band 43:
06/6243
Michael Stackpole
Der Kriegerprinz (1999)
(in Vorb.)
Prince of Havoc (1998)

Band 44:
06/6244
Robert Thurston
Falke im Aufwind (1999)
(in Vorb.)
Falcon Rising (1998)

Band 45:
06/6245
Loren Coleman
Gefährlicher Ehrgeiz (1999)
(in Vorb.)
Threads of Ambition

Band 46:
06/6246
Loren Coleman
Das wahre Gesicht
(in Vorb.)
Nature of the Beast

Band 47:
06/6247
Thomas Gressman
Die Spitze des Dolches
(in Vorb.)
Dagger Point

Band 48:
06/6248
Blaine Pardoe
Die Befreiung
(in Vorb.)
Redemption

Dangerous Journeys

Gary Gygax
MYTHUS-TRILOGIE:

Band 1:
06/4964
Die Anubis Morde (1993)
The Anubis Murders (1992)

Band 2:
06/4965
Die Lösung von Samarkand (1993)
The Samarkand Solution (1993)

Band 3:
06/4966
Tod in Delhi (1994)
Death in Delhi (1993)

Earthdawn

Band 1:
06/5117
Christopher Kubasik
Der magische Ring (1994)
The Longing Ring (1993)

Band 2:
06/5118
Christopher Kubasik
Die Stimme der Mutter
(1994)
Mother Speaks (1993)

Band 3:
06/5119
Christopher Kubasik
Vergiftete Erinnerungen
(1994)
Poisoned Memories (1993)

Band 4:
06/5120
Greg Gordon
Die Prophezeiung (1994)
Prophecy (1994)

Band 5:
06/5274
Sam Lewis
Der Talisman (1995)
Talisman (1994)

Band 6:
06/5317
Caroline Spector
Narben (1995)
Scars (1994)

Band 7:
06/5318
Caroline Spector
Kleine Schätze (1995)
Little Treasures (1995)

Band 8:
06/5385
Carl Sargent & Marc Gascoigne
Schleier des Wahnsinns
(1996)
Shroud of Madness (1995)

Band 9:
06/5435
Nigel Findlay
Das vergessene Kaer (1996)
Lost Kaer (1996)

Band 10:
06/5507
Allan Varney
Die Geister, die man ruft (1998)
A Private Vortex (1996)

Magic – Die Zusammenkunft

Band 1:
06/6601
William M. Forstchen
Die Arena (1995)
Arena (1994)

Band 2:
06/6602
Clayton Emery
Flüsterwald (1995)
Whispering Woods (1995)

Band 3:
06/6603
Clayton Emery
Zerschlagene Ketten (1996)
Shattered Chains (1995)

Band 4:
06/6604
Clayton Emery
Die letzte Opferung (1996)
Final Sacrifice (1995)

Band 5:
06/6605
Teri McLaren
Das verwunschene Land (1996)
The Cursed Land (1995)

Band 6:
06/6606
Kathy Ice (Hrsg.)
Der Gobelin (1996)
Tapestries (1995)

Band 7:
06/6607
Mark Summer
Der magische Verschwender (1996)
The Prodigal Sorcerer (1995)

Band 8:
06/6608
Hanovi Braddock
Die Asche der Sonne (1997)
Ashes of the Sun (1996)

Band 9:
06/6609
Teri McLaren
Das Lied der Zeit (1997)
Song of Time (1996)

Band 10:
06/6610
Sonia Orin Lyris
Der schlummernde Friede (1997)
And Peace Shall Sleep (1996)

Band 11:
06/6611
Kathy Ice (Hrsg.)
Ferne Welten (1998)
Distant Planes (1996)

Band 12:
06/6612
Robert E. Vardeman
Erbe des Dunkels (1999)
(in Vorb.)
Dark Legacy (1997)

Band 13:
06/6613
Jeff Grubb
Bruderkrieg (1999)
(in Vorb.)
The Brother's War (1998)

Das Schwarze Auge

Band 1:
06/6001
Ulrich Kiesow
Der Scharlatan (1995)

Band 2:
06/6002
Uschi Zietsch
Tuan der Wanderer (1995)

Band 3:
06/6003
Björn Jagnow
Die Zeit der Gräber
(1995)

Band 4:
06/6004
Ina Kramer
Die Löwin von Netha
Das Leben der Thalionmel, 1. Teil
(1995)

Band 5:
06/6005
Ina Kramer
Thalionmels Opfer
Das Leben der Thalionmel, 2. Teil
(1995)

Band 6:
06/6006
Pamela Rumpel
Feuerodem (1995)

Band 7:
06/6007
Christel Scheja
Katzenspuren (1995)

Band 8:
06/6008
Uschi Zietsch
Der Drachenkönig (1995)

Band 9:
06/6009
Ulrich Kiesow (Hrsg.)
Der Göttergleiche (1995)

Band 10:
06/6010
Jörg Raddatz
Die Legende von Assarbad
(1996)

Band 11:
06/6011
Karl-Heinz Witzko
Treibgut (1996)

Bernhard Hennen
DREI NÄCHTE IN FASAR-TRILOGIE:

Band 12:
06/6012
Der Tanz der Rose (1996)

Band 13:
06/6013
Die Ränke des Raben (1996)

Band 14:
06/6014
Das Reich der Rache (1996)

Band 15:
06/6015
Hans Joachim Alpers
Hinter der eisernen Maske
Die Piraten des Südmeers, 1. Teil
(1996)

Band 16:
06/6016
Ina Kramer
Im Farindelwald (1996)

Band 17:
06/6017
Ina Kramer
Die Suche (1996)

Band 18:
06/6018
Ulrich Kiesow
Die Gabe der Amazonen (1996)

Band 19:
06/6019
Hans Joachim Alpers
Flucht aus Ghurenia
Die Piraten des Südmeers, 2. Teil (1997)

Band 20:
06/6020
Karl-Heinz Witzko
Spuren im Schnee (1996)

Band 21:
06/6021
Lena Falkenhagen
Schlange und Schwert (1997)

Band 22:
06/6022
Christian Jentzsch
Der Spieler (1996)

Band 23:
06/6023
Hans Joachim Alpers
Das letzte Duell
Die Piraten des Südmeers, 3. Teil (1998)

Band 24:
06/6024
Bernhard Hennen
Das Gesicht am Fenster (1997)

Band 25:
06/6025
Niels Gaul
Steppenwind (1997)

Band 26:
06/6026
Hadmar von Wieser
Der Lichtvogel
Elementare Gewalten, 1. Teil (1997)

Band 27:
06/6027
Lena Falkenhagen
Die Boroninsel (1997)

Band 28:
06/6028
Barbara Büchner
Aus dunkler Tiefe (1997)

Band 29:
06/6029
Lena Falkenhagen
Kinder der Nacht (1997)

Band 30:
06/6030
Ina Kramer (Hrsg.)
Von Menschen und Monstern (1998)

Band 31:
06/6031
Johan Kerk
Heldenschwur (1998)

Band 32:
06/6032
Gun-Britt Tödter
Das letzte Lied (1998)

Band 33:
06/6033
Barbara Büchner
Das Galgenschloß (1998)

Band 34:
06/6034
Karl-Heinz Witzko
Tod eines Königs (1998)

Band 35:
06/6035
Hadmar von Wieser
Der Schwertkönig (1998)
Das Leben des Raidri Conchobair, 1. Teil

Band 36:
06/6036
Barbara Büchner
Schatten aus dem Abgrund
(1998)

Band 37:
06/6037
Barbara Büchner
Seelenwanderer (1999)
(in Vorb.)

Band 38:
06/6038
Hadmar von Wieser
Der Dämonenmeister (1999)
Das Leben des Raidri Conchobair, 2. Teil
(in Vorb.)

Band 39:
06/6039
Christel Scheja
Das magische Erbe (1999)
(in Vorb.)

Band 40:
06/6040
Linda Budinger
Der Geisterwolf (1999)
(in Vorb.)

Als gebundene Ausgabe mit
Schutzumschlag:
06/6000
Ulrich Kiesow
Das zerbrochene Rad (1997)

Renegade Legion

Band 1:
06/5393
William H. Keith jr.
Die Ehre der Legion (1997)
Renegade's Honor (1988)

Band 2:
06/5453
Peter L. Rice
Den Teufel werden wir tun (1997)
Damned If We Do (1990)

Band 3:
06/5454
Peter L. Rice
Eisiger Tod (1997)
Frost Death (1991)

Band 4:
06/5455
Peter L. Rice
Monsun (1998)
Monsoon (1992)

Shadowrun

Band 1:
06/4844
Jordan K. Weisman (Hrsg.)
Der Weg in die Schatten (1991)
Into the Shadows (1990)

Robert N. Charette
GEHEIMNISSE DER MACHT-TRILOGIE:

Band 2:
06/4845
Laß ab von Drachen (1991)
Never Deal with a Dragon (1990)

Band 3:
06/4846
Wähl deine Feinde mit Bedacht (1991)
Choose Your Enemies Carefully (1991)

Band 4:
06/4847
Such deine eigene Wahrheit (1992)
Find Your Own Truth (1991)

Band 5:
06/4983
Nigel Findley
2XS (1993)
2XS – To Excess (1992)

Band 6:
06/4984
Chris Kubasik
Der Wechselbalg (1993)
Changeling (1992)

Band 7:
06/4985
Robert N. Charrette
Trau keinem Elf (1993)
Never Trust an Elf (1992)

Band 8:
06/5068
Nigel Findley
Schattenspiele (1993)
Shadowplay (1993)

Band 9:
06/5087
Carl Sagent
Blutige Straßen(1993)
Streets of Blood (1992)

Hans Joachim Alpers
PANDUR-TRILOGIE –
DEUTSCHLAND IN DEN SCHATTEN:

Band 10:
06/5104
Das zerrissene Land (1994)

Band 11:
06/5105
Die Augen des Riggers
(1994)

Band 12:
06/5106
Die graue Eminenz (1995)

Band 13:
06/5186
Tom Dowd
Spielball der Nacht (1994)
Night's Pawn (1993)

Band 14:
06/5294
Nyx Smith
Die Attentäterin (1995)
Striper Assasin (1993)

Band 15:
06/5305
Nyx Smith
Der Einzelgänger (1995)
Lone Wolf (1994)

Band 16:
06/5324
Nyx Smith
In die Dunkelheit (1995)
Fade to Black (1994)

Band 17:
06/5343
Carl Sargent & Marc Gascoigne
Nosferatu 2055 (1995)
Nosferatu (1994)

Band 18:
06/5354
Tom Dowd
Nuke City (1995)
Burning Bright (1994)

Band 19:
06/5384
Nyx Smith
Jäger und Gejagte (1996)
Who Hunts the Hunter
(1995)

Band 20:
06/5411
Nigel Findley
Haus der Sonne (1996)
House of the Sun (1995)

Band 21:
06/5482
Caroline Spector
Die endlosen Welten
(1996)
Worlds Without End (1995)

Band 22:
06/5483
Robert N. Charrette
Gerade noch ein Patt
(1996)
Just Compensation
(1996)

Band 23:
06/5539
Carl Sargent
Schwarze Madonna (1996)
Black Madonna (1996)

Band 24:
06/5659
Mel Odom
Auf Beutezug (1997)
Preying for Keeps (1996)

Band 25:
06/5667
Jak Koke
Funkstille (1997)
Dead Air (1996)

Band 26:
06/5889
Lisa Smedman
Das Luzifer-Deck (1997)
The Lucifer Deck (1997)

Band 27:
06/6127
Nyx Smith
Stahlregen (1997)
Steel Rain (1997)

Band 28:
06/6128
Nick Polotta
Schattenboxer (1998)
Shadow Boxer (1997)

Band 29:
06/6129
Jak Koke
Fremde Seelen (1998)
Stranger Souls (1997)

Band 30:
06/6130
Mel Odom
Kopfjäger (1998)
Headhunters (1997)

Band 31:
06/6131
Jak Koke
Der Cyberzombie (1998)
Clockwork Asylum
(1997)

Band 32:
06/6132
Lisa Smedman
Blutige Jagd
(1999)
(in Vorb.)
Blood Sport (1998)

Band 33:
06/6133
Jak Koke
Bis zum bitteren Ende
(1999)
(in Vorb.)
Beyond the Pale
(1998)

Band 34:
06/6134
Stephen Kenson
Technobabel
(1999)
(in Vorb.)
Technobabel (1998)

SONDERAUSGABE
Zwei Romane in einem Band:
50/109
Shadowrun
Laß ab von Drachen/
Wähl deine Feinde mit Bedacht
(1996)

WARHAMMER

Band 1:
06/5571
Jack Yeovil
Drachenfels (1996)
Drachenfels (1989)

David Ferring
KONRAD-TRILOGIE:

Band 2:
06/5572
Konrad (1997)
Konrad (1990)

Band 3:
06/5573
Schattenbrut (1997)
Shadowbreed (1990)

Band 4:
06/5574
Kriegsklinge (1998)
Warblade (1993)

Band 5:
06/5575
Jack Yeovil
Die untote Geneviève
(1998)
Geneviève Undead
(1993)

Band 6:
06/5576
David Pringle (Hrsg.)
Das Gelächter dunkler Götter
(in Vorb.)
Ignorant Armies (1989)

Band 7:
06/5577
Jack Yeovil
Bestien in Samt und Seide
(in Vorb.)
Beasts in Velvet (1991)

Brian Craig
ORPHEUS-TRILOGIE:

Band 8:
06/5578
Zaragoz
(in Vorb.)
Zaragoz (1989)

Band 9:
06/5579
Seuchendämon
(in Vorb.)
Plague Demon (1990)

Band 10:
06/5580
Sturmkrieger
(in Vorb.)
Storm Warriors (1991)

Band 11:
06/5581
David Pringle (Hrsg.)
Roter Durst
(in Vorb.)
Red Thirst (1990)

WARHAMMER 40 000

Band 1:
06/5551
Ian Watson
Inquisitor (1996)
Inquisitor (1991)

Band 2:
06/5552
Ian Watson
Space Marine
(1996)
Space Marine
(1993)

Band 3:
06/5553
Ian Watson
Harlekin (1997)
Harlequin (1994)

Band 4:
06/5554
Neil Jones & David Pringle
Genräuber (1997)
Deathwing (1990)

Band 5:
06/5556
Ian Watson
Kind des Chaos
(1998)
Chaos Child
(1995)

STAR TREK®

STAR TREK® – Die Classic Serie

Band 1:
06/3971
Vonda N. McIntyre
Star Trek II: Der Zorn des Khan
(1982)
Star Trek II: The Wrath of Khan
(1981)

Band 2:
06/3988
Vonda N. McIntyre
Der Entropie-Effekt
(1983)
The Entropy Effect
(1981)

Band 3:
06/4035
Robert E.Vardeman
Das Klingonen-Gambit
(1983)
The Klingon Gambit
(1981)

Band 4:
06/4083
Lee Correy
Hort des Lebens
(1984)
The Abode of Life
(1982)

Band 5:
06/4181
Vonda N. McIntyre
Star Trek III:
Auf der Suche nach Mr. Spock
(1984)
Star Trek III:
The Search for Spock
(1984)

Band 6:
06/4209
M. S. Murdock
Das Netz der Romulaner
(1985)
Web of the Romulans
(1983)

Band 7:
06/4270
Sonni Cooper
Schwarzes Feuer (1986)
Black Fire (1982)

Band 8:
06/4285
Robert E. Vardeman
Meuterei auf der Enterprise
(1986)
Mutiny on the Enterprise
(1983)

Band 9:
06/4342
Howard Weinstein
Die Macht der Krone
(1986)
The Covenant of the Crown
(1981)

Band 10:
06/4379
Sondra Marshak & Myrna Culbreath
Das Prometheus-Projekt
(1987)
The Prometheus Design
(1982)

Band 11:
06/4411
Sondra Marshak & Myrna Culbreath
Tödliches Dreieck (1987)
Triangle (1983)

Band 12:
06/4431
A. C. Crispin
Sohn der Vergangenheit (1987)
Yesterday's Son (1983)

Band 13:
06/4458
Diane Duane
Der verwundete Himmel (1987)
The Wounded Sky (1983)

Band 14:
06/4474
David Dvorkin
Die Trellisane-Konfrontation (1988)
The Trellisane Confrontation (1984)

Band 15:
06/4486
Vonda N. McIntyre
Star Trek IV: Zurück in die Gegenwart (1987)
Star Trek IV – The Voyage Home (1986)
Aktionsausgabe: 06/5225

Band 16:
06/4499
Greg Bear
Corona (1988)
Corona (1984)

Band 17:
06/4528
John M. Ford
Der letzte Schachzug (1988)
The Final Reflection (1984)

Band 18:
06/4535
Diane Duane
Der Feind, mein Verbündeter (1988)
My Enemy, My Ally (1984)
Aktionsausgabe: 06/5204

Band 19:
06/4551
Melinda Snodgrass
Die Tränen der Sänger (1989)
The Tears of the Singers (1984)

Band 20:
06/4568
Jean Lorrah
Mord an der Vulkan-Akademie (1989)
The Volcan Academy Murders (1984)
Aktionsausgabe: 06/5223

Band 21:
06/4605
Janet Kagan
Uhuras Lied (1989)
Uhura's Song (1985)

Band 22:
06/4627
Laurence Yep
Herr der Schatten (1989)
Shadow Lord (1985)

Band 23:
06/4662
Barbara Hambly
Ishmael (1990)
Ishmael (1985)

Band 24:
06/4682
J. M. Dillard
Star Trek V: Am Rande des Universums (1989)
Star Trek V: The Final Frontier (1989)

Band 25:
06/4698
Della Van Hise
Zeit zu töten (1990)
Killing Time (1985)

Band 26:
06/4724
Margaret Wander Bonanno
Geiseln für den Frieden (1990)
Dwellers in the Crucible (1985)

Band 27:
06/4741
Majliss Larson
Das Faustpfand der Klingonen (1990)
Pawns and Symbols (1985)

Band 28:
06/4762
J. M. Dillard
Bewußtseinsschatten (1991)
Mindshadow (1986)

Band 29:
06/4776
Brad Ferguson
Krise auf Centaurus (1991)
Crisis on Centaurus (1986)

Band 30:
06/4804
Diane Carey
Das Schlachtschiff
(1991)
Dreadnought! (1986)

Band 31:
06/4819
J. M. Dillard
Dämonen (1991)
Demons (1986)

Band 32:
06/4830
Diane Duane
Spocks Welt (1991)
Spock's World (1988)

Band 33:
06/4848
Diane Carey
Der Verräter (1991)
Battlestations! (1986)

Band 34:
06/4862
Gene DeWeese
Zwischen den Fronten
(1991)
Chain of Attack (1987)

Band 35:
06/4869
J. M. Dillard
Die verlorenen Jahre
(1992)
The Lost Years (1989)

Band 36:
06/4879
Howard Weinstein
Akkalla (1992)
Deep Domain (1987)

Band 37:
06/4898
Carmen Carter
McCoys Träume (1992)
Dreams of the Raven
(1987)

Band 38:
06/4907
Diane Duane & Peter Morwood
Die Romulaner (1992)
The Romulan Way (1987)

Band 39:
06/4922
John M. Ford
Was kostet dieser Planet? (1992)
How Much for Just the Planet?
(1987)

Band 40:
06/4929
J. M. Dillard
Blutdurst (1992)
Bloodthirst (1987)

Band 41:
06/4942
Gene Roddenberry
Star Trek: Der Film (1992)
Star Trek – The Motion Picture (1979)

Band 42:
06/4943
J. M. Dillard
Star Trek VI: Das unentdeckte Land (1992)
Star Trek VI – The Undiscovered Country
(1992)

Band 43:
06/4949
Jean Lorrah
Die UMUK-Seuche (1992)
The IDIC Epidemic (1988)

Band 44:
06/4969
A. C. Crispin
Zeit für gestern (1993)
Time for Yesterday (1988)

Band 45:
06/4996
David Dvorkin
Die Zeitfalle (1993)
Timetrap (1988)

Band 46:
06/5005
Barbara Paul
Das Drei-Minuten-Universum (1993)
The Three-Minute Universe (1988)

Band 47:
06/5015
Judith & Garfield Reeves-Stevens
Das Zentralgehirn (1993)
Memory Prime (1988)

Band 48:
06/5019
Gene DeWeese
Nexus (1993)
The Final Nexus (1988)

Band 49:
06/5043
D. C. Fontana
Vulkans Ruhm (1993)
Volcan's Glory (1989)
Aktionsausgabe: 06/5214

Band 50:
06/5051
Judith & Garfield Reeves-Stevens
Die Erste Direktive (1993)
Prime Directive (1990)

Band 51:
06/5067
Michael Jan Friedman
Das Doppelgänger-Komplott (1994)
Double, Double (1989)

Band 52:
06/5086
Judy Klass
Der Boacozwischenfall (1994)
The Cry of the Onlies (1989)

Band 53:
06/5103
Julia Ecklar
Kobayashi Maru (1994)
Kobayashi Maru (1989)

Band 54:
06/5147
Peter Morwood
Angriff auf Dekkanar (1994)
Rules of Engagement (1990)

Band 55:
06/5167
Carolyn Clowes
Das Pandora-Prinzip (1995)
The Pandora Principle (1990)

Band 56:
06/5179
Michael Jan Friedman
Schatten auf der Sonne (1995)
Shadows on the Sun (1993)

Band 57:
06/5247
Diane Duane
Die Befehle des Doktors (1995)
Doctor's Orders (1990)

Band 58:
06/5248
V. E. Mitchell
Der unsichtbare Gegner (1995)
Enemy Unseen (1990)

Band 59:
06/5273
Dana Kramer Rolls
Der Prüfstein ihrer Vergangenheit (1995)
Home Is the Hunter (1990)

Band 60:
06/5334
Barbara Hambly
Der Kampf ums nackte Überleben (1995)
Ghost-Walker (1990)

Band 61:
06/5349
Brad Ferguson
Eine Flagge voller Sterne
(1995)
A Flag Full of Stars (1990)

Band 62:
06/5375
Gene DeWeese
Die Kolonie der Abtrünnigen
(1995)
Renegade (1991)

Band 63:
06/5412
Michael Jan Friedman
Späte Rache (1996)
Legacy (1991)

Band 64:
06/5464
Peter David
Der Riß im Kontinuum (1996)
The Rift (1991)

Band 65:
06/5465
Michael Jan Friedman
Gesichter aus Feuer (1996)
Faces of Fire (1992)

Band 66:
06/5466
Peter David/Michael Jan Friedman/
Robert Greenberger
Die Enterbten (1996)
The Disinherited (1992)

Band 67:
06/5467
L. A. Graf
Die Eisfalle (1996)
Ice Trap (1992)

Band 68:
06/5468
John Vornholt
Zuflucht (1997)
Sanctuary (1992)

Band 69:
06/5469
L. A. Graf
Der Saboteur (1997)
Death Count (1992)

Band 70:
06/5470
Melissa Crandall
Die Geisterstation (1997)
Shell Game (1993)

Band 71:
06/5471
Mel Gilden
Die Raumschiff-Falle (1997)
The Starship Trap (1993)

Band 72:
06/5472
V. E. Mitchell
Tore auf einer toten Welt
(1997)
Windows on a Lost World
(1993)

Band 73:
06/5473
Victor Milan
Aus Okeanos' Tiefen (1997)
From the Depths (1993)

Band 74:
06/5474
Diane Carey
Das große Raumschiff-Rennen (1997)
The Great Starship Race (1993)

Band 75:
06/5475
Margaret Wander Bonanno
Die Sonde
(in Vorb.)
Probe (1992)

Band 76:
06/5476
Diane Carey
Kirks Bestimmung (1998)
Best Destiny (1992)

Band 77:
06/5477
L. A. Graf
Feuersturm (1998)
Firestorm (1994)

Band 78:
06/5478
A. C. Crispin
Sarek (1998)
Sarek (1994)

Band 79:
06/5479
Simon Hawke
Die Terroristen von Patria (1998)
Patrian Transgression (1994)

Band 80:
06/5360
J. M. Dillard
Star Trek: Generationen (1995)
Star Trek: Generations (1994)
Das Buch zum Film »Treffen der Generationen«

Band 81:
06/5681
Barbara Hambly
Kreuzwege (1998)
Crossroad (1994)

Band 82:
06/5682
L. A. Graf
Ein Sumpf von Intrigen
Traitor Winds (1994)

Band 83:
06/5683
Howard Weinstein
McCoys Tochter (1998)
The Better Man (1994)

Band 84:
06/5684
Judith & Garfield Reeves-Stevens
Die Föderation
(in Vorb.)
Federation (1994)

Band 85:
06/5685
J. M. Dillard
Sabotage (1998)
Recovery (1995)

Band 86:
06/5686
Danny Martin Flinn
Der Coup der Promethaner
(1999)
(in Vorb.)
The Fearful Summons (1995)

Band 87:
06/5687
Diane Carey & Dr. James I. Kirkland
Keine Spur von Menschen
(in Vorb.)
First Frontier (1995)

Band 88:
06/5688
William Shatner
Die Asche von Eden
(in Vorb.)
The Ashes of Eden (1995)

Band 89:
06/5689
William Shatner
Die Rückkehr
(in Vorb.)
The Return (1996)

Band 90:
06/5690
William Shatner
Der Rächer
(in Vorb.)
Avenger (1997)

Band 91:
06/5691
Peter David
Die Tochter des Captain
(1998)
The Captain's Daughter (1995)

Band 92:
06/5692
Jerry Oltion
Das Ende der Dämmerung
(in Vorb.)
Twilight's End (1996)

Band 93:
06/5693
Dean Wesley Smith &
Kristine Kathryn Rusch
Die Ringe von Tautee
(in Vorb.)
The Rings of Tautee (1996)

Band 94:
06/5694
Diane Carey
Invasion – 1: Der Erstschlag (1998)
Invasion! – 1: First Strike (1996)

Band 95:
06/5695
James Gunn & Theodore Sturgeon
Die Glücks-Maschine
(in Vorb.)
The Joy Machine (1996)

Band 96:
06/5696
Jerry Oltion
Der Friedensstifter
(in Vorb.)
Mudd in Your Eye (1997)

Band 97:
06/5697
Dean Wesley Smith &
Kristine Kathryn Rusch
Ein klingonischer Krieger
(in Vorb.)
Klingon (1997)

Band 98:
06/5698
John Vornholt
Teska
(in Vorb.)
Mind Meld (1997)

Band 99:
06/5699
Pamela Sargent & George Zebrowski
Das Herz der Sonne
(in Vorb.)
Heart of the Sun (1997)

Band 100:
06/5700
Josepha Sherman & Susan Shwartz
Vulkans Amboß
(in Vorb.)
Volcan's Forge (1997)

Band 101:
06/5701
Greg Cox
Ziel: Die Ewigkeit
(in Vorb.)
Assignment: Eternity (1997)

Band 102:
06/5702
Dean Wesley Smith & Kristine Kathryn Rusch
Tag der Ehre Bd. 4: Das Gesetz des Verrats
(1999)
(in Vorb.)
Day of Honor Bd. 4: Treaty's Law (1997)

STAR TREK® – Die Anfänge

Band 1:
06/4619
Vonda N. McIntyre
Enterprise: Die erste Mission (1989)
Enterprise: The First Adventure (1986)

Band 2:
06/4669
Margaret Wander Bonanno
Fremde vom Himmel (1990)
Strangers from the Sky (1987)

Band 3:
06/4714
Diane Carey
Die letzte Grenze (1990)
Final Frontier (1988)

STAR TREK® – The Next Generation™

Band 1:
06/4589
David Gerrold
Mission Farpoint (1989)
Encounter at Farpoint (1987)

Band 2:
06/4646
Gene DeWeese
Die Friedenswächter (1989)
The Peacekeepers (1988)

Band 3:
06/4685
Carmen Carter
Die Kinder von Hamlin (1990)
The Children of Hamlin (1988)
Aktionsausgabe: 06/7016

Band 4:
06/4705
Jean Lorrah
Überlebende (1990)
Survivors (1989)

Band 5:
06/4757
Diane Carey
Gespensterschiff (1990)
Ghost Ship (1988)
Aktionsausgabe: 06/7015

Band 6:
06/4733
Peter David
Planet der Waffen (1990)
Strike Zone (1989)

Band 7:
06/4771
Howard Weinstein
Macht Hunger (1991)
Power Hungry (1989)

Band 8:
06/4787
John Vornholt
Masken (1991)
Masks (1989)

Band 9:
06/4793
David & Daniel Dvorkin
Die Ehre des Kapitäns (1991)
The Captain's Honor (1989)

Band 10:
06/4814
Michael Jan Friedman
Ein Ruf in die Dunkelheit (1991)
A Call to Darkness (1989)

Band 11:
06/4837
Peter David
Eine Hölle namens Paradies (1991)
A Rock and a Hard Place (1990)
Aktionsausgabe: 06/7017

Band 12:
06/4856
Jean Lorrah
Metamorphose (1991)
Metamorphosis (1990)

Band 13:
06/4889
Keith Sharee
Gullivers Flüchtlinge (1992)
Gulliver's Fugitives (1990)
Aktionsausgabe: 06/5228

Band 14:
06/4899
Carmen Carter/Peter David/Michael Jan Friedman/Bob Greenberger
Planet des Untergangs (1992)
Doomsday World (1990)

Band 15:
06/4914
A. C. Crispin
Die Augen der Betrachter (1992)
The Eyes of the Beholders (1990)

Band 16:
06/4937
Howard Weinstein
Im Exil (1992)
Exiles (1990)

Band 17:
06/4958
Michael Jan Friedman
Das verschwundene Juwel (1992)
Fortune's Light (1991)

Band 18:
06/4986
John Vornholt
Kontamination (1993)
Contamination (1991)

Band 19:
06/5024
Mel Gilden
Baldwins Entdeckungen (1993)
Boogeyman (1991)

Band 20:
06/5057
Peter David
Vendetta (1993)
Vendetta (1991)

Band 21:
06/5077
Peter David
Eine Lektion in Liebe (1994)
Q-in-Law (1991)

Band 22:
06/5096
Howard Weinstein
Die Macht der Former (1994)
Perchance to Dream (1991)

Band 23:
06/5142
Michael Jan Friedman
Wieder vereint (1994)
Reunion (1991)

Band 24:
06/5158
T. L. Mancour
Spartacus (1994)
Spartacus (1992)

Band 25:
06/5242
Bill McCay/Eloise Flood
Ketten der Gewalt (1995)
Chains of Command (1992)

Band 26:
06/5279
V. E. Mitchell
Die Jarada (1995)
Imbalance (1992)

Band 27:
06/5312
John Vornholt
Kriegstrommeln (1995)
War Drums (1992)

Band 28:
06/5342
Laurell K. Hamilton
Nacht über Oriana (1995)
Nightshade (1992)

Band 29:
06/5356
David Bischoff
Die Epidemie (1995)
Grounded (1993)

Band 30:
06/5357
Peter David
Imzadi (1997)
Imzadi (1993)

Band 31:
06/5413
Simon Hawke
Die Beute der Romulaner (1995)
The Romulan Prize (1993)

Band 32:
06/5414
Rebecca Neason
Der Kronprinz (1996)
Guises of the Mind (1993)

Band 33:
06/5415
John Peel
Drachenjäger (1996)
Here There Be Dragons
(1993)

Band 34:
06/5416
Diane Carey
Abstieg (1996)
Descent (1993)

Band 35:
06/5417
Diane Duane
Dunkler Spiegel (1997)
Dark Mirror (1993)

Band 36:
06/5418
Jeri Taylor
Die Zusammenkunft (1998)
Unification (1990)

Band 37:
06/5419
Michael Jan Friedman
Relikte (1996)
Relics (1992)

Band 38:
06/5438
Susan Wright
Der Mörder des Sli (1997)
Sins of Commission
(1994)

Band 39:
06/5439
W. R. Thomson
Planet der Schuldner (1997)
Debtor's Planet (1994)

Band 40:
06/5440
Carmen Carter
Das Herz des Teufels (1999)
(in Vorb.)
The Devil's Heart (1993)

Band 41:
06/5441
Dave Galanter & Greg Brodeur
Fremde Widersacher
(in Vorb.)
Foreign Foes (1994)

Band 42:
06/5442
Michael Jan Friedman & Kevin Ryan
Requiem (1997)
Requiem (1994)

Band 43:
06/5443
Dafydd ab Hugh
Gleichgewicht der Kräfte (1997)
Balance of Power (1994)

Band 44:
06/5444
Michael Jan Friedman
Die Verurteilung (1996)
All Good Things ... (1994)

Band 45:
06/5445
Peter David
Q^2 (1999)
(in Vorb.)
Q-Squared (1994)

Band 46:
06/5446
Simon Hawke
Die Rückkehr der Despoten (1997)
Blaze of Glory (1995)

Band 47:
06/5447
Robert Greenberger
Die Strategie der Romulaner (1998)
The Romulan Stratagem (1995)

Band 48:
06/5448
Gene DeWeese
Im Staubnebel verschwunden
(1998)
Into the Nebula (1995)

Band 49:
06/5449
Brad Ferguson
Das letzte Aufgebot
(1998)
The Last Stand (1995)

Band 50:
06/5750
Michael Jan Friedman
Die andere Seite
(in Vorb.)
Crossover (1995)

Band 51:
06/5751
Kij Johnson & Greg Cox
Die Ehre des Drachen
(1999)
Dragon's Honor (1996)

Band 52:
06/5752
John Vornholt
Der Test
(in Vorb.)
Rogue Saucer (1996)

Band 53:
06/5753
J. M. Dillard & Kathleen O'Malley
Wahnsinn
(in Vorb.)
Possession (1996)

Band 54:
06/5754
Dean Wesley Smith &
Kristine Kathryn Rusch
Invasion - 2: Soldaten des Schreckens
(1998)
Invasion! – 2: Soldiers of Fear (1996)

Band 55:
06/5755
W. R. Thompson
Infiltriert
(in Vorb.)
Infiltrator (1996)

Band 56:
06/5756
Pamela Sargent & George Zebrowski
Verhöhnter Zorn
(in Vorb.)
A Fury Scorned (1996)

Band 57:
06/5757
J. M. Dillard·
Der erste Kontakt
(1997)
Star Trek: First Contact
(1996)

Band 58:
06/5758
Michael Jan Friedman
Kahless
(in Vorb.)
Kahless (1997)

Band 59:
06/5759
Diane Duane
Das Monster im Abgrund
(in Vorb.)
Intellivore (1997)

Band 60:
06/5760
Diane Carey
Linienschiff
(in Vorb.)
Ship of the Line (1997)

Band 61:
06/5761
Esther M. Friesner
Sturm auf den Himmel
(in Vorb.)
To Storm Heaven (1997)

Band 62:
06/5762
George Zebrowski & Pellegrino
Die Dyson-Sphäre
(in Vorb.)
Dyson Sphere (1997)

Band 63:
06/5763
Diane Carey
Tag der Ehre Bd. 1: Altes Blut (1999)
(in Vorb.)
Day of Honor Bd. 1: Ancient Blood (1997)

Band 64:
06/5764
John Peel
Der Tod der Prinzen
(in Vorb.)
The Death of Princes (1997)

STAR TREK® – Deep Space Nine™

Band 1:
06/5115
J. M. Dillard
Botschafter (1994)
Emissary (1993)

Band 2:
06/5129
Peter David
Die Belagerung (1994)
The Siege (1993)

Band 3:
06/5130
K. W. Jeter
Die Station der Cardassianer (1994)
Bloodletter (1993)

Band 4:
06/5187
Sandy Schofield
Das große Spiel (1994)
The Big Game (1993)

Band 5:
06/5322
Dafydd ab Hugh
Gefallene Helden (1998)
Fallen Heroes (1994)

Band 6:
06/5323
Lois Tilton
Verrat (1995)
Betrayal (1994)

Band 7:
06/5430
Esther Friesner
Kriegskind (1996)
Warchild (1994)

Band 8:
06/5431
John Vornholt
Antimaterie (1999)
Antimatter (1994)

Band 9:
06/5432
Diane Carey
Die Suche (1996)
The Search (1994)

Band 10:
06/5433
K. W. Jeter
Das Böse (1999)
(in Vorb.)
Warped (1995)

Band 11:
06/5434
Melissa Scott
Der Pirat (1996)
Proud Helios (1995)

Band 12:
06/5512
Nathan Archer
Walhalla (1996)
Valhalla (1995)

Band 13:
06/5513
Greg Cox &
John Gregory Betancourt
Der Teufel im Himmel
Devil in the Sky (1995)

Band 14:
06/5514
Robert Sheckley
Das Spiel der Laertaner (1997)
The Laertian Gamble (1995)

Band 15:
06/5515
Diane Carey
Der Weg des Kriegers (1998)
The Way of the Warrior (1995)

Band 16:
06/5516
Diane Carey
Die Katakombe (1998)
Station Rage (1995)

Band 17:
06/5517
Dean Wesley Smith & Kristine Kathryn Rusch
Die lange Nacht (1998)
The Long Night (1996)

Band 18:
06/5518
John Peel
Der Schwarm
(in Vorb.)
Objective: Bajor (1996)

Band 19:
06/5519
L. A. Graf
Invasion – 3: Der Feind der Zeit (1998)
Invasion! – 3: Time's Enemy (1996)

Band 20:
06/5520
John Betancourt
Das Trojanische Raumschiff
(in Vorb.)
The Trojan Spaceship (1996)

Band 21:
06/5721
Michael Jan Friedman
Saratoga
(in Vorb.)
Saratoga (1996)

Band 22:
06/5722
Susan Wright
Der Sturm
(in Vorb.)
The Tempest (1996)

Band 23:
06/5723
Diane Carey
Neuer Ärger mit den Tribbles
(1999)
(in Vorb.)
Trials and Tribble-Ations
(1996)

Band 24:
06/5724
Peter David/Michael Jan Friedman/Robert
Greenberger
Der Zorn der Propheten
(in Vorb.)
Wrath of the Prophets (1997)

Band 25:
06/5725
L. A. Graf
Tag der Ehre Bd. 2: Der Himmel von
Armageddon (1999)
(in Vorb.)
Day of Honor Bd. 2: Armageddon Sky
(1997)

Band 26:
06/5726
Mark A. Garland
Versuch durch Irrtum
(in Vorb.)
Trial by Error (1997)

STAR TREK® – Voyager™

Band 1:
06/5401
L. A. Graf
Der Beschützer (1995)
Caretaker (1995)

Band 2:
06/5402
Dean Wesley Smith &
Kristine Kathryn Rusch
Die Flucht (1995)
The Escape (1995)

Band 3:
06/5403
Nathan Archer
Ragnarök (1996)
Ragnarok (1995)

Band 4:
06/5404
Susan Wright
Verletzungen (1996)
Violations (1995)

Band 5:
06/5405
John Betancourt
Der Arbuk Zwischenfall (1996)
Incident at Arbuk (1995)

Band 6:
06/5406
Christie Golden
Die ermordete Sonne (1997)
The Murdered Sun (1996)

Band 7:
06/5407
Mark A. Garland & Charles G. McGraw
Geisterhafte Visionen (1997)
Ghost of a Chance (1996)

Band 8:
06/5408
S. N. Lewitt
Cybersong (1997)
Cybersong (1996)

Band 9:
06/5409
Dafydd ab Hugh
Invasion – 4: Die Raserei des Endes
(1998)
Invasion! – 4: Final Fury
(1996)

Band 10:
06/5410
Karen Haber
Segnet die Tiere (1997)
Bless the Beasts
(1996)

Band 11:
06/5811
Jeri Taylor
Mosaik (1998)
Mosaic (1996)

Band 12:
06/5812
Melissa Scott
Der Garten (1998)
The Garden (1996)

Band 13:
06/5813
David Niall Wilson
Puppen
(1998)
Chrysalis (1997)

Band 14:
06/5814
Greg Cox
Das schwarze Ufer
(in Vorb.)
The Black Shore (1997)

Band 15:
06/5815
Michael Jan Friedman
Tag der Ehre Bd. 3:
Ihre klingonische Seele
(1999)
(in Vorb.)
Day of Honor Bd. 3: Her Klingon Soul
(1997)

Band 16:
06/5816
Christie Golden
Gestrandet
(in Vorb.)
Marooned (1997)

STAR TREK® – Starfleet Kadetten

Band 1:
06/6501
John Vornholt
Star Trek: Generationen (1995)
Star Trek Generations (1994)
Der Roman zum Film »Treffen der Generationen«

Band 2:
06/6502
Peter David
Worfs erstes Abenteuer (1995)
Worf's First Adventure (1993)

Band 3:
06/6503
Peter David
Mission auf Dantar (1995)
Line of Fire (1993)

Band 4:
06/6504
Peter David
Überleben (1995)
Survival (1993)

Band 5:
06/6505
Brad Strickland
Das Sternengespenst (1995)
The Star Ghost (1994)

Band 6:
06/6506
Brad Strickland
In den Wüsten von Bajor (1995)
Stowaways (1994)

Band 7:
06/6507
John Peel
Freiheitskämpfer (1995)
Prisoners of Peace (1994)

Band 8:
06/6508
Mel Gilden & Ted Pedersen
Das Schoßtierchen (1995)
The Pet (1994)

Band 9:
06/6509
John Vornholt
Erobert die Flagge! (1996)
Capture the Flag (1994)

Band 10:
06/6510
V. E. Mitchell
Die Atlantis Station (1996)
Atlantis Station (1994)

Band 11:
06/6511
Michael Jan Friedman
Die verschwundene Besatzung (1996)
Mystery of the Missing Crew (1995)

Band 12:
06/6512
Michael Jan Friedman
Das Geheimnis des Echsenvolks (1996)
Secret of the Lizard People (1995)

Band 13:
06/6513
Diana G. Gallagher
Arcade (1997)
Arcade (1995)

Band 14:
06/6514
John Peel
Ein Trip durch das Wurmloch (1997)
Field Trip (1995)

Band 15:
06/6515
Brad & Barbara Strickland
Kadett Jean-Luc Picard (1997)
Starfall (1995)

Band 16:
06/6516
Brad & Barbara Strickland
Picards erstes Kommando (1998)
Nova Command (1995)

Band 17:
06/6517
Ted Pedersen
Zigeunerwelt (1998)
Gypsy World (1996)

Band 18:
06/6518
Patricia Barnes-Svarney
Loyalitäten
(in Vorb.)
Loyalties (1996)

Band 19:
06/6519
Kem Antilles
Sieg nach Punkten
(in Vorb.)
Highest Score (1996)

Band 20:
06/6520
Brad & Barbara Strickland
Krise auf Vulkan
(in Vorb.)
Crisis on Volcan (1996)

Band 21:
06/6521
John Vornholt
Nach dem Schock
(in Vorb.)
Aftershock (1996)

Band 22:
06/6522
Diane Carey
Kadett Kirk
(in Vorb.)
Cadet Kirk (1997)

Band 23:
06/6523
Bobbi JG Weiss &
David Cody Weiss
Kadett Janeways
härteste Lektion
(in Vorb.)
Lifeline (1997)

Band 24:
06/6524
Diana G. Gallagher & Martin Burke
Kadett Janeways erster Einsatz
(in Vorb.)
The Chance Factor (1997)

Band 25:
06/6525
Patricia Barnes-Svarney
Kadett Janeways erste Mission
(in Vorb.)
Quarantine (1997)

Band 26:
06/6526
John Vornholt
Kreuzfeuer
(in Vorb.)
Crossfire (1996)

Band 27:
06/6527
Bobbi JG Weiss & David Cody Weiss
Deanna Trois letzte Chance
(in Vorb.)
Breakaway (1997)

Band 28:
06/6528
Mel Gilden
Die Moops
(in Vorb.)
Cardassian Imps (1997)

Band 29:
06/6529
Ted Pedersen
Space Camp auf Rijar
(in Vorb.)
Space Camp (1997)

Band 30:
06/6530
Diana G. Gallagher
Tag der Ehre: Ehrensache
(in Vorb.)
Day of Honor – Honor Bound (1997)

STAR TREK® – Die Neue Grenze
(In Vorbereitung!)

Band 1:
06/6551
Peter David
Kartenhaus
House of Cards (1997)

Band 2:
06/6552
Peter David
Ins Leere
Into the Void (1997)

Band 3:
06/6553
Peter David
Der Zweifronten-Krieg
The Two-Front War (1997)

Band 4:
06/6554
Peter David
Endspiel
End Game (1997)

Band 5:
06/6555
Peter David
Die Waffe
Fire on High (1998)

Band 6:
06/6556
Peter David
Märtyrer
Martyr (1998)

STAR TREK® – Sonderausgaben

DREI ROMANE IN EINEM BAND:

01/8863
STAR TREK – Die Abenteuer des Raumschiffs Enterprise
Ishmael/Das Faustpfand der Klingonen/Krise auf Centaurus
(1994)

01/9112
STAR TREK – Die neuen Abenteuer des Raumschiffs Enterprise
Mission Farpoint/Die Friedenswächter/Die Kinder von Hamlin (1994)

01/9432
STAR TREK – Raumschiff Enterprise – Die nächste Generation
Gespensterschiff/Planet des Untergangs/Die Augen der Betrachter (1994)

01/9551
STAR TREK – Auftrag für Raumschiff Enterprise
Schwarzes Feuer/Sohn der Vergangenheit/Der verwundete Himmel (1995)

01/9617
STAR TREK – Die Mission des Raumschiffs Enterprise
Die Macht der Krone/Meuterei auf der Enterprise/Das Prometheus-Projekt
(1995)

06/5065
Aktionsausgabe
6 Bände in Folie verschweißt
Spocks Welt/Die Romulaner/McCoys Träume/Der Entropie-Effekt/Das Schlachtschiff/Star Trek V – Am Rande des Universums
(1994)

ZWEI ROMANE IN EINEM BAND:

01/9617
STAR TREK – Verschwörung an Bord der Enterprise
Tödliches Dreieck/Die Trellisane-Konfrontation (1996)

01/9744
STAR TREK – Botschaft für Raumschiff Enterprise
Das Netz der Romulaner/Der letzte Schachzug
(1996)

01/10044
STAR TREK - Mission in
Raum und Zeit
Ishmael/Die Zeitfalle
(1997)
01/10314
STAR TREK -
Die besessenen Vulkanier
Corona/Dämonen
(1997)
50/121
STAR TREK SPECIAL
Ein Ruf in der Dunkelheit/
Gullivers Flüchtlinge
(1997)

Black Edition

06/6451
KIRK
Classic 1:
(im Block eingeschweißt)
Der Zorn des Khan
Der Entropie Effekt
Das Klingonen Gambit
Hort des Lebens
Auf der Suche nach Mr. Spock
Das Netz der Romulaner
Schwarzes Feuer
Meuterei auf der Enterprise
06/6452
SPOCK
Classic 2:
(im Block eingeschweißt)
Die Macht der Krone
Das Prometheus Projekt
Tödliches Dreieck
Sohn der Vergangenheit
Der verwundete Himmel
Die Trellisane
Konfrontation
Zurück in die Gegenwart
Corona
06/6471
PICARD
The Next Generation 1:
(im Block eingeschweißt)
Mission Farpoint
Die Friedenswächter
Die Kinder von Hamlin
Überlebende
Gespensterschiff
Planet der Waffen
Macht Hunger
Masken

STAR TREK® - Verschiedenes

01/9581
Dave Marinaccio
Alles, was ich im Leben wirklich brauche,
habe ich von Star Trek gelernt
(1995)
All I Really Need to Know I Learned from Watching Star Trek (1994)
01/9919
Wess Roberts & Bill Ross
STAR TREK - THE NEXT GENERATION:
Picards Prinzip (1996)
Make It So - Leadership Lessons from Star Trek - The Next Generation
(1995)
06/5188
William Shatner (mit Chris Kreski)
Star Trek Erinnerungen (1994)
Star Trek Memories (1993)
06/5450
William Shatner (mit Chris Kreski)
Star Trek Erinnerungen - Die Filme (1996)
Star Trek Movie Memories (1994)
06/5199
Phil Farrand
Cap'n Beckmessers Führer durch
STAR TREK - DIE NÄCHSTE GENERATION
(1995)
The Nitpicker's Guide for Next Generation Trekkers (1993)

06/5451
Phil Farrand
Cap'n Beckmessers Führer durch
STAR TREK – DIE CLASSIC SERIE (1996)
The Nitpicker's Guide for Classic Trekker (1994)

06/6457
Phil Farrand
Cap'n Beckmessers Führer durch
STAR TREK – THE NEXT GENERATION, 2. Teil (1998)
The Nitpicker's Guide for Next Generation Trekkers, Volume II (1995)

06/6458
Phil Farrand
Cap'n Beckmessers Führer durch
STAR TREK – DEEP SPACE NINE
(in Vorb.)
The Nitpicker's Guide for Deep Space Nine Trekkers (1996)

06/5547
Nichelle Nichols
Nicht nur Uhura – Star Trek und andere Erinnerungen (1997)
Beyond Uhura – Star Trek and Other Memories (1994)

06/5548
Leonard Nimoy
Ich bin Spock (1996)
I Am Spock (1995)

06/5549
Lawrence M. Krauss
Die Physik von Star Trek (1996)
The Physics of Star Trek (1995)

06/6499
Herbert F. Solow & Robert H. Justman
STAR TREK – DIE WAHRE GESCHICHTE
Ein Blick hinter die Kulissen (1998)
Inside Star Trek – The Real Story (1996)

06/6470
Judith & Garfield Reeves-Stevens
STAR TREK – PHASE II: DIE VERLORENE GENERATION (1998)
Star Trek – Phase II: The Lost Series (1997)

01/10278
Ralph Sander
Trek'n'Trivia – Das große Next Generation Quizbuch (1997)

01/10370
James Hatfield/George Doc Burt
Patrick Stewart – Der neue Captain (1997)

01/10604
Thomas Richards
Star Trek – Die Philosophie eines Universums (1998)
(in Vorb.)

Bildbände

06/6500
J. M. Dillard
STAR TREK – WO BISHER NOCH NIEMAND GEWESEN IST
Eine Chronik in Bildern (1995)
Star Trek – Where No One Has Gone Before: A History in Pictures (1994)

06/5550
Judith & Garfield Reeves-Stevens
STAR TREK – DEEP SPACE NINE
Die Realisierung einer Idee (1996)
The Making of Star Trek Deep Space Nine (1996)

06/5545
Judith & Garfield Reeves-Stevens
STAR TREK DESIGN (1997)
The Art of Star Trek (1996)

06/6469
Herbert F. Solow & Yvonne Fern Solow
STAR TREK SKIZZENBUCH (1998)
Die Classic-Serie
Star Trek Sketchbook (1997)

Nachschlagewerke

06/4670
Ralph Sander
Das Star Trek Universum (1990)

06/4900
Ralph Sander
Das Star Trek Universum (1991)
Erweiterte und aktualisierte Neuausgabe

06/5150
Ralph Sander
Das Star Trek Universum (1994)
Erweiterte und aktualisierte Neuausgabe
in zwei Bänden

06/5151
Ralph Sander
Das Star Trek Universum (1995)
Dritter Band als Ergänzung
zu der erweiterten und aktualisierten
Neuausgabe in zwei Bänden
von 1994

06/5270
Ralph Sander
Das Star Trek Universum (1998)
Vierter Band als zweite Ergänzung
zu der erweiterten und aktualisierten
Neuausgabe in zwei Bänden
von 1994

06/5350
Uwe Anton & Ronald M. Hahn
Star Trek Enzyklopädie: Film, TV
und Video (1995)

Kalender

06/1996
Ralph Sander
STAR TREK TIMER 1996

06/1997
Ralph Sander
STAR TREK TIMER 1997

06/1998
Ralph Sander
STAR TREK TIMER 1998

06/1999
Ralph Sander
STAR TREK TIMER 1999

Filmbibliothek

32/189
Ronald M. Hahn
Die Star-Trek-Filme
(1993)

32/212
Ralph Sander
Die Star-Trek- Biographien
(1995)

STAR TREK® – Minis

33/1216
Das Star Trek-Fan-Buch, 1. Generation
(1993)

33/1236
Das Star Trek-Fan-Buch, 2. Generation
(1994)

33/1278
Star Trek – Voyager (1997)

33/1309
Spock – Leonard Nimoy (1996)

33/1310
Kirk – William Shatner (1996)

33/1312
Star Trek – Deep Space Nine (1997)

STAR WARS

Die Romane

01/9372
Kathy Tyers
Der Pakt von Bakura (1995)
The Truce of Bakura (1993)

01/9374
Dave Wolverton
Entführung nach Dathomir (1995)
The Courtship of Princess Leia (1994)

01/9970
Vonda N. McIntyre
Der Kristallstern (1996)
The Chrystal Star (1995)

01/10204
Barbara Hambly
Palpatines Auge (1997)
Children of the Jedi (1995)

01/10205
Steve Perry
Schatten des Imperiums (1997)
Shadows of the Empire (1996)

01/10206
Kevin J. Anderson
Darksaber – Der Todesstern (1998)
Darksaber (1995)

DIE AKADEMIE DER JEDI-RITTER-TRILOGIE

01/9373
Kevin J. Anderson
Flucht ins Ungewisse (1995)
Jedi Search (1994)

01/9375
Kevin J. Anderson
Der Geist der Dunklen Lords (1995)
Dark Apprentice (1994

)01/9376
Kevin J. Anderson
Die Meister der Macht (1995)
Champions of the Force (1994)

CORELLIA-TRILOGIE

01/10201
Roger MacBride Allen
Der Hinterhalt (1996)
Ambush at Corellia (1995)

01/10202
Roger MacBride Allen
Angriff auf Selonia (1997)
Assault at Selonia (1995)

01/10203
Roger MacBride Allen
Showdown auf Centerpoint (1997)
Showdown at Centerpoint (1995)

DIE SCHWARZE FLOTTE-TRILOGIE

01/10207
Michael P. Kube-McDowell
Vor dem Sturm (1998)
Before the Storm (1996)

01/10208
Michael P. Kube-McDowell
Aufmarsch der Yevethaner (1998)
Shield of Lies (1996)

01/10209
Michael P. Kube-McDowell
Entscheidung bei Koornacht (1999)
Tyrant's Test (1997)
(in Vorb.)

Filmbibliothek

32/244
Oliver Denker
Star Wars – Die Filme (1996)